COLEÇÃO RECONQUISTA DO BRASIL (2ª Série)

165. **QUANDO MUDAM AS CAPITAIS** - J. A. Meira Penna
166. **CORRESPONDÊNCIA ENTRE MARIA GRAHAM E A IMPERATRIZ DONA LEOPOLDINA** - Américo Jacobina Lacombe
167. **HEITOR VILLA-LOBOS** - Vasco Mariz
168. **DICIONÁRIO BRASILEIRO DE PLANTAS MEDICINAIS** - J. A. Meira Penna
169. **A AMAZÔNIA QUE EU VI** - Gastão Cruls
170. **HILÉIA AMAZÔNICA** - Gastão Cruls
171. **AS MINAS GERAIS** - Miran de Barros Latif
172. **O BARÃO DE LAVRADIO E A HIGIENE NO RIO DE JANEIRO IMPERIAL** - Lourival Ribeiro
173. **NARRATIVAS POPULARES** - Oswaldo Elias Xidieh
174. **O PSD MINEIRO** - Plínio de Abreu Ramos
175. **O ANEL E A PEDRA** - Pe. Hélio Abranches Viotti
176. **AS IDÉIAS FILOSÓFICAS E POLÍTICAS DE TANCREDO NEVES** - J. M. de Carvalho
177/78. **FORMAÇÃO DA LITERATURA BRASILEIRA** – 2vols. - Antônio Cândido
179. **HISTÓRIA DO CAFÉ NO BRASIL E NO MUNDO** - José Teixeira de Oliveira
180. **CAMINHOS DA MORAL MODERNA; A EXPERIÊNCIA LUSO-BRASILEIRA** - J. M. Carvalho
181. **DICIONÁRIO HISTÓRICO-GEOGRÁFICO DE MINAS GERAIS** - W. de Almeida Barbosa
182. **A REVOLUÇÃO DE 1817 E A HISTÓRIA DO BRASIL** - Um estudo de história diplomática - Gonçalo de Barros Carvalho e Mello Mourão
183. **HELENA ANTIPOFF** - Sua Vida/Sua Obra -Daniel I. Antipoff
184. **HISTÓRIA DA INCONFIDÊNCIA DE MINAS GERAIS** - Augusto de Lima Júnior
185/86. **A GRANDE FARMACOPÉIA BRASILEIRA** - 2 vols. - Pedro Luiz Napoleão Chernoviz
187. **O AMOR INFELIZ DE MARÍLIA E DIRCEU** - Augusto de Lima Júnior
188. **HISTÓRIA ANTIGA DE MINAS GERAIS** - Diogo de Vasconcelos
189. **HISTÓRIA MÉDIA DE MINAS GERAIS** - Diogo de Vasconcelos
190/191. **HISTÓRIA DE MINAS** - Waldemar de Almeida Barbosa
193. **ANTOLOGIA DO FOLCLORE BRASILEIRO** - Luis da Camara Cascudo
192. **INTRODUÇÃO À HISTORIA SOCIAL ECONÔMICA PRE-CAPITALISTA NO BRASIL** - Oliveira Vianna
194. **OS SERMÕES** - Padre Antônio Vieira
195. **ALIMENTAÇÃO INSTINTO E CULTURA** - A. Silva Melo
196. **CINCO LIVROS DO POVO** - Luis da Camara Cascudo
197. **JANGADA E REDE DE DORMIR** - Luis da Camara Cascudo
198. **A CONQUISTA DO DESERTO OCIDENTAL** - Craveiro Costa
199. **GEOGRAFIA DO BRASIL HOLANDÊS** - Luis da Camara Cascudo
200. **OS SERTÕES, Campanha de Canudos** - Euclides da Cunha
201/210. **HISTÓRIA DA COMPANHIA DE JESUS NO BRASIL** - Serafim Leite. S. I. - 10 Vols
211. **CARTAS DO BRASIL E MAIS ESCRITOS** - P. Manuel da Nobrega
212. **OBRAS DE CASIMIRO DE ABREU** - (Apuração e revisão do texto, escorço biográfico, notas e índices)
213. **UTOPIAS E REALIDADES DA REPÚBLICA** (Da Proclamação de Deodoro à Ditadura de Floriano) Hildon Rocha
214. **O RIO DE JANEIRO NO TEMPO DOS VICE-REIS** - Luiz Edmundo
215. **TIPOS E ASPECTOS DO BRASIL** - Diversos Autores
216. **O VALE DO AMAZONAS -** A.C. Tavares Bastos
217. **EXPEDIÇÃO ÀS REGIÕES CENTRAIS DA AMÉRICA DO SUL** - Francis Castelnau
218. **MULHERES E COSTUMES DO BRASIL -** Charles Expilley
219. **POESIAS COMPLETAS -** Padre José de Anchieta
220. **DESCOBRIMENTO E A COLONIZAÇÃO PORTUGUESA NO BRASIL -** Miguel Augusto Gonçalves de Souza
221. **TRATADO DESCRITIVO DO BRASIL EM 1587 -** Gabriel Soares de Sousa
222. **HISTÓRIA DO BRASIL -** João Ribeiro
223. **A PROVÍNCIA -** A.C. Tavares Bastos
224. **À MARGEM DA HISTÓRIA DA REPÚBLICA** - Org. por Vicente Licinio Cardoso
225. **O MENINO DA MATA** - Crônica de Uma Comunidade Mineira - Vivaldi Moreira
226. **MÚSICA DE FEITIÇARIA NO BRASIL** (Folclore) - Mário de Andrade
227. **DANÇAS DRAMÁTICAS DO BRASIL** (Folclore) - Mário de Andrade
228. **OS COCOS** (Folclore) - Mário de Andrade
229. **AS MELODIAS DO BOI E OUTRAS PEÇAS** (Folclore) - Mário de Andrade
230. **ANTÔNIO FRANCISCO LISBOA - O ALEIJADINHO** - Rodrigo José Ferreira Bretas
231. **ALEIJADINHO (PASSOS E PROFETAS)** - Myriam Andrade Ribeiro de Oliveira
232. **ROTEIRO DE MINAS** - Bueno Rivera
233. **CICLO DO CARRO DE BOIS NO BRASIL** - Bernardino José de Souza
234. **DICIONÁRIO DA TERRA E DA GENTE DO BRASIL** - Bernardino José de Souza
235. **DA AVENTURA PIONEIRA AO DESTEMOR À TRAVESSIA** (Santa Luzia do Carangola) - Paulo Mercadante
236. **NOTAS DE UM BOTÂNICO NA AMAZÔNIA** - Richard Spruce

HISTÓRIA
DA
COMPANHIA DE JESUS
NO
BRASIL

TOMO I

TOMO II

RECONQUISTA DO BRASIL (2ª Série)
Dirigida por Antonio Paim, Roque Spencer Maciel de Barros
e Ruy Afonso da Costa Nunes. Diretor até o volume 92,
Mário Guimarães Ferri (1918-1985)

VOL. 201 e 202

Capa
CLÁUDIO MARTINS

EDITORA ITATIAIA
BELO HORIZONTE
Rua São Geraldo, 53 — Floresta — Cep. 30150-070
Tel.: 3212-4600 — Fax: 3224-5151
e-mail: vilaricaeditora@uol.com.br
www.villarica.com.br

SERAFIM LEITE S. I.

HISTÓRIA DA COMPANHIA DE JESUS NO BRASIL

TOMO I

(Século XVI — O ESTABELECIMENTO)

TOMO II

(Século XVI — A OBRA)

Edição Fac-Símile

A Mancha desta edição foi ampliada por processo mecânico

EDITORA ITATIAIA

Belo Horizonte

2006

Direitos de Propriedade Literária adquiridos pela
EDITORA ITATIAIA
Belo Horizonte

Impresso no Brasil
Printed in Brazil

NOTA DA EDITORA

A 2ª edição desta obra foi publicada no ano 2000, (fac-símilada) comemorando os 500 anos da Descoberta do Brasil. A antiga direção da Garnier, convidou o renomado historiador Capistrano de Abreu para que escrevesse uma História do Brasil. Capistrano recusou o convite, alegando que seria impossível escrever uma História do Brasil, confiável, sem antes ser escrita a História da Companhia de Jesus no Brasil. O que não se realizou até que o Padre Serafim Leite iniciasse a publicação de sua monumental obra cujos 1º e 2º volumes só vieram a lume em 1938 o 1º em 31/05 e o 2º em 14 de setembro do mesmo ano, ambos impressos em Portugal. O 3º tomo só seria publicado em 2 de janeiro de 1943 e o 3º em 4 de fevereiro de 1943, ambos publicados por proposta de Afrânio Peixoto e Rodolfo Garcia, o então Ministro da Educação Gustavo Capanema e o Instituto Nacional do Livro, na Imprensa Oficial. O 5º e 6º volumes saíram em 25 de agosto e 18 de setembro, também pela Imprensa Oficial. O 7º e 8º publicados em 1949 respectivamente 27 de setembro e 5 de agosto. O 9º volume saiu em 22 de agosto de 1949 e finalmente o 10º e último volume saiu em 8 de março de 1950.

Doze anos foi o tempo da publicação desta obra, 1938-1950, sem contar o tempo gasto na elaboração desta obra-prima da Historiografia Luso-Brasileira, que agora é republicada em 5 volumes, sem nenhuma alteração da Edição princeps.

SERAFIM LEITE S. I.

HISTÓRIA DA COMPANHIA DE JESUS NO BRASIL

TOMO I

(Século XVI — O ESTABELECIMENTO)

EDITORA ITATIAIA
Belo Horizonte

Igreja e Colégio da Baía

Desenho dos meados do século XIX (oferta do Dr. Afrânio Peixoto)

HISTÓRIA
DA
COMPANHIA DE JESUS
NO
BRASIL

Franciscus Franco sculpsit, 1938.

P. MANUEL DA NÓBREGA
Fundador da Província do Brasil

SERAFIM LEITE, S. I.

HISTÓRIA DA COMPANHIA DE JESUS NO BRASIL

TÔMO I

(Século XVI — O ESTABELECIMENTO)

1938

LIVRARIA PORTUGÁLIA
Rua do Carmo, 73
LISBOA

CIVILIZAÇÃO BRASILEIRA
Rua 7 de Setembro, 162
RIO DE JANEIRO

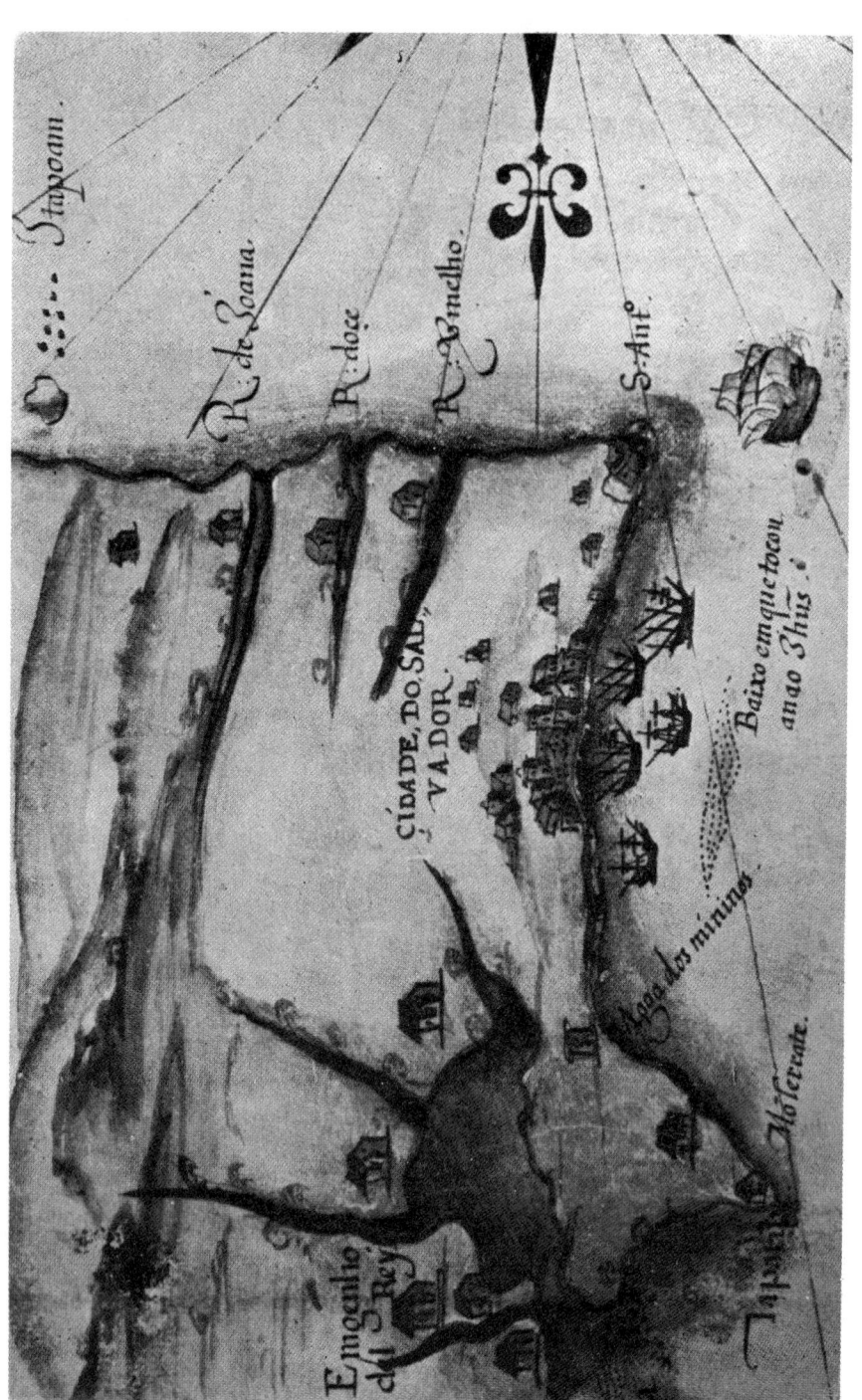

BAÍA DE TODOS OS SANTOS — Pormenor
(Da «Rezão do Estado do Brasil», códice ms. da Bibl. do Pôrto)

A. M. D. G.

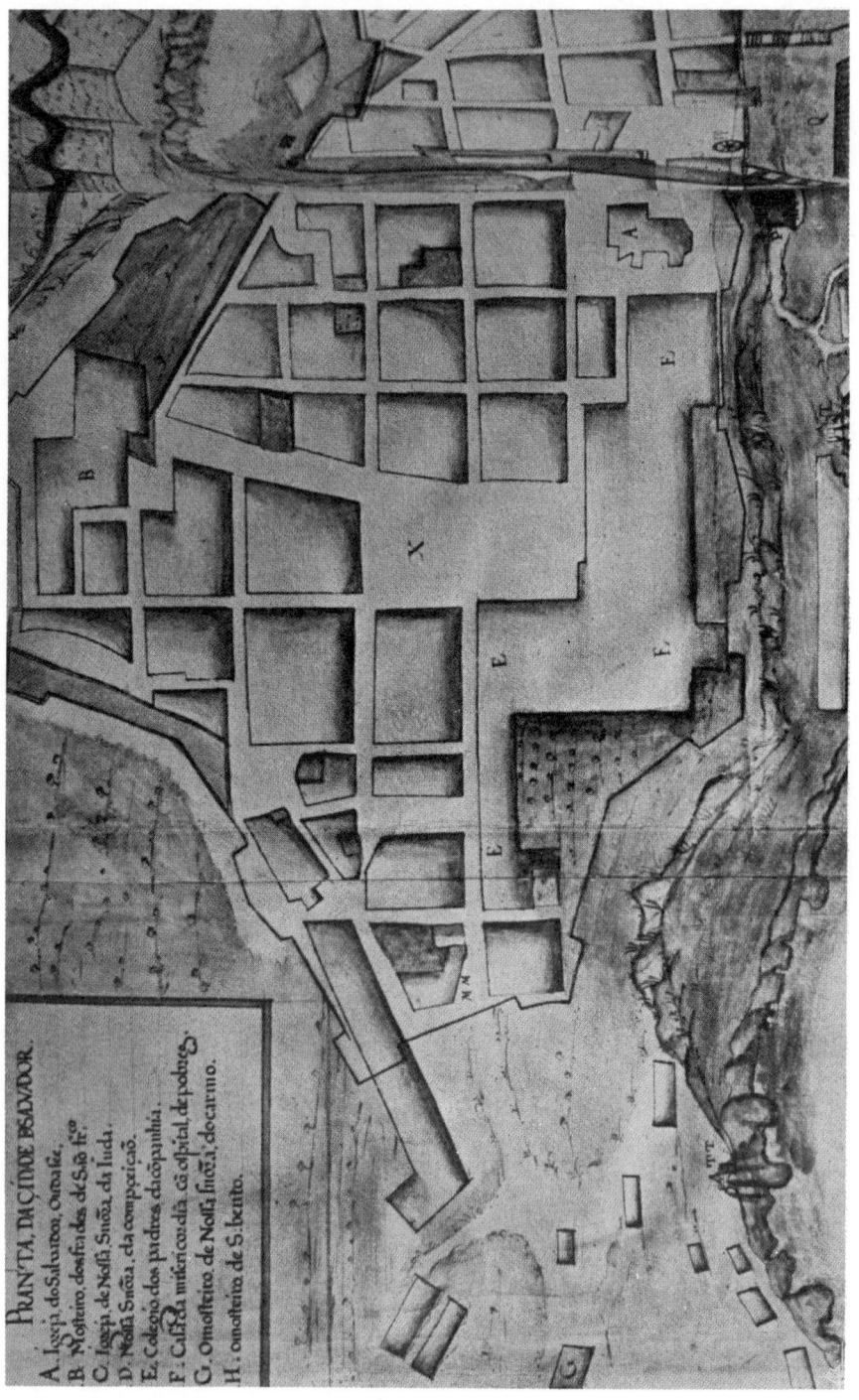

BAÍA — PLANTA DA PARTE NORTE E PRINCIPAL DA CIDADE DO SALVADOR

EEEE = « Colegio dos padres da cõpanhia »; X = « Praça grande de IHVS no meyo da cidade »; TT = Fonte dos Padres
(Da « Rezão do Estado do Brasil », códice *ms.* da Bibl. do Pôrto)

A
Afrânio Peixoto

PLANO DA IGREJA E COLÉGIO DA BAÍA

Redução do 2.º e com os dizeres do 1.º e 3.º que se encontram em Roma (Gesù. *Colleg. 13*).

PREFÁCIO

> «...O Padre Manuel da Nóbrega obedecia ao sentimento colectivo, trabalhava pela unidade da Colónia, e no ardor dos seus trinta e dois anos achava ainda pequeno o cenário em que se iniciava uma obra sem exemplo na história». — CAPISTRANO DE ABREU, *Capítulos de História Colonial* (Rio 1928) 65-66.

A Europa, do século XV, deslumbrada pelo fulgor do Renascimento, produziu a exaltação do homem e das nações. Todavia, emquanto esta exaltação exagerada levava o nacionalismo germano--saxão ao grito revoltoso do non serviam, *rompendo a unidade religiosa da Europa, Portugal, dentro da mesma fôrça do seu nacionalismo, alheando-se de dissidências continentais, desembarcava em Marrocos (1415), precisamente com o sentimento expresso de* servir. *O «serviço de Deus» foi a ideia guiadora de D. João I na sua emprêsa. Com êste primeiro passo, e sob êste alto e divino pensamento, alicerçou Portugal a sua glória, abrindo a era das grandes viagens e descobrimentos modernos.*

O serviço de Deus não foi, contudo, o único pensamento impulsionador dos Descobrimentos. Portugal, comerciante por natureza, é marinheiro por predestinação. Estas necessidades o moveram também. Em todo o caso, é inegável que a frase de D. João I, transformada por seu filho D. Henrique na de atrair as nações bárbaras ao jugo de Cristo, latente em João de Barros, teve, na empresa marítima dos Portugueses, o lugar que lhe assinala Camões, colocando, na epopeia nacional, antes do Império, a Fé. Onde chegasse a proa dum navio português, podia aparecer ou não aparecer a espada, surgia com certeza a Cruz.

Exemplo? O Japão, a China, o Brasil...

Quando ia já alto o século XVI, Portugal começou a sentir o pêso da sua própria expansão. O sangue generoso dos seus filhos mal chegava à periferia imensa dum corpo mais vasto do que podia sustentar o coração da Metrópole. Denotavam-se, aqui e além, sintomas de cansaço, sobretudo no Oriente, a-pesar-de continuar ainda vivo o curso normal da actividade ultramarina. Foi neste momento que se fundou a Companhia de Jesus, como reacção contra a desagregação doutrinária da Europa.

Em Portugal, reinava D. João III. O grande monarca, recusando infiltrações anglo-saxónicas, salvou Portugal da guerra civil e manteve, nesta parte do Ocidente, as tradições intelectuais, morais, religiosas e estéticas, da raça latina. A Providência reservou à Companhia de Jesus a principal colaboração nesta obra de saneamento espiritual, sobretudo na vastidão do Império Português, onde ela iria ser veículo de tão grandes ideias. Insuflaria, no antigo Império, uma alma tão forte que salvaria, quando chegasse a hora do desmoronamento, as suas maiores e mais ricas parcelas. Porções houve de terra portuguesa, fora da Europa, que sentiram em si energias e resistências bastantes para afugentar os inimigos de Portugal, como se foram, de-facto, um prolongamento dêle.

Ordem nova, protótipo das Ordens religiosas modernas, fundada com o fim determinado de propugnar, na Europa, pela unificação do espírito cristão e latino, e de ir combater, in quavis mundi plaga, onde se travassem batalhas por Deus, os Jesuítas de Portugal logo se assinalaram em tôdas as regiões, onde flutuasse a bandeira das Quinas, como senhora ou hóspede de honra. No Oriente, S. Francisco Xavier assombrou o Mundo com as suas maravilhas. Considerando-se, porém, as vastíssimas regiões, que percorreu em tão pouco tempo, êle é modêlo de missionários mais discurrentes que fixos; e convém saber que, de tôdas as missões dos Jesuítas Portugueses, a que teve efeitos mais perduráveis, foi a do Novo Mundo. A sua obra confunde-se com a própria formação do Brasil.

*

A Província do Brasil fazia parte da Assistência de Portugal e esta era uma das que formavam a Companhia de Jesus. Para se escrever a história científica e completa da Companhia, obra ardentemente desejada há mais de um quarto de século, era mister escrever primeiro a das Assistências. A de Portugal, dilatadíssima, não podia ser tratada por um só homem. Para se ver a amplidão dela, basta *recordar o título verdadeiramente ecuménico com que Fernão Guerreiro enumera as missões dos Jesuítas Portugueses:* « Relação anual, das coisas que fizeram os Padres da Companhia de Jesus nas suas missões do Japão, China, Cataio, Ternate, Ambóino, Malaca, Pegu, Bengala, Bisnagá, Maduré, Costa da Pescaria, Manar, Ceilão, Travancor, Malabar, Sodomala, Goa, Salcete, Lahor, Diu, Etiópia a alta ou Preste João, Monomotapa, Angola, Guiné, Serra Leoa, Cabo Verde e Brasil ». *Esta vastidão imperial impunha a divisão do trabalho. E o último da lista imponente das missões da Companhia veio a ser o primeiro. Preferência do coração, que inclinou para êle o Autor, tendo-lhe sido dado a escolher entre o Oriente Português e a América Portuguesa. Preferiu-o, porque, amando entranhadamente o Brasil, onde passou, secular, os melhores anos da sua juventude, julgou que êsse conhecimento directo lhe facilitaria a interpretação de certos pormenores da evolução do Brasil, ao passo que a sua qualidade de português o levaria a interpretar, igualmente com justiça, a actividade da sua Pátria na colonização do Brasil. Entre estas duas tendências do coração, procurou o equilíbrio da verdade, sobreposto a paixões irredutíveis.*

Uma das formas desta paixão depara-se logo na interpretação diversa dos cronistas do Brasil. Os da Companhia são, em geral, complacentes com os Índios, a quem tinham encargo de defender, e severos para com os colonos, que lhes dificultavam ou hostilizavam a defesa. Pelo contrário, os cronistas seculares, em particular, Gabriel Soares de Sousa e Varnhagen, carregam as côres a-respeito dos Índios do Brasil, para justificarem as investidas dos colonos, que assim aparecem melhorados. Esta verificação antecipada é salutar para prevenir simpatias ou antipatias. Realmente há o perigo de se enxergarem as coisas por um ângulo particular, com olhos demasiado portugueses ou demasiado brasileiros ou ainda demasiado eclesiásticos. No entanto, é patente que esta história, sendo história portuguesa, não é a história de Portugal, sendo história brasileira, não é a história do Brasil, sendo história eclesiástica, não é a história da Igreja. É a história dos actos realizados pelos Jesuítas da Assistência de Portugal no Brasil. História autónoma, sem inclinações exclusivistas, que emperram às vezes as investigações da verdade.

Não escrevendo a história geral da Companhia, importa fazer também uma ressalva. Dos elementos que a constituem — Instituto, formação, orgânica interior, etc. — só assumimos o indispensável para dar a conhecer o seu espírito e para que o leitor compreenda fàcilmente a sua actividade particular. Desenvolver tais assuntos seria fugir do nosso, ou avolumar desmarcadamente êste trabalho, por si longo, inserindo estudos já feitos em obras conhecidas.

As fontes principais desta história são as próprias cartas e relações dos que são actores nela. Além destas fontes coevas, existem alguns trabalhos já publicados, em particular, a Chronica, de Simão de Vasconcelos, que abrange o período do primeiro Provincial do Brasil e podia chamar-se Vida de Nóbrega, e as Vidas de Anchieta, escritas pelos Padres Quirício Caxa, Pero Rodrigues, e o mesmo Vasconcelos, que alcançam quási até o fim do século XVI e são uma breve síntese dêle [1].

Nos documentos publicados, e noutros de natureza hagiográfica, sem os menoscabar, procuramos, contudo, verificar as suas afirmações nas fontes respectivas. Estas fontes, escritas em geral sem miras na posteridade, surpreendem os factos na sua pureza essencial. Já não participam da mesma genuinidade as obras históricas do século XVII ou XVIII. Escritores há que as teem aceitado com demasiada confiança. Longe de nós a ideia de que os seus autores quisessem faltar à verdade. Mas a maneira como se escrevia a história naquele tempo difere muito da forma como hoje se escreve. «É sabido, diz Astrain, que então dominava aos historiadores piedosos uma devota parcialidade, que os inclinava a ver em tudo virtudes eminentes, acções heróicas, milagres estupendos, êxtases, visões, arroubamentos, revelações, profecias, todo um mundo de maravilhas espirituais, e que, arrastados pela ânsia de encomiar tudo, chegaram algumas vezes à manifesta falsificação. Alguma coisa desta devota parcialidade se percebe nestas histórias da Companhia» [2].

Aceitamos, absolutamente falando, a possibilidade de tôdas aquelas maravilhas. Mas, achando a piedade útil para tudo, entendemos também que cada coisa tem o seu lugar e que se a obra da Companhia leva, por um lado, o sêlo da maior glória de Deus, possue por outro, o sentido humano, inerente a tôdas as obras dêste mundo.

---

1. Entre as tentativas para continuar a Chronica do Brasil conta-se a do P. Valentim Mendes, baïano, da Cachoeira. Sabe-se apenas o facto, desconhecem-se os resultados. Cf. infra, Apêndice A. — Scriptores Provinciae Brasiliensis, n.º 29, p. 535.

2. Historia, I, XXXV.

  Dir-se-á que nós falamos da acção dos Jesuítas e que outros tiveram também acçōes gloriosas. Mas ¿que dúvida? Simplesmente não são objecto primário do nosso estudo. Ainda assim, quando houve intervenção alheia, enunciamo-la suficientemente para se inferir o respectivo valor. Mal iria ao historiador duma Instituïção, se tivesse que demorar-se com actividades estranhas a ela. Não se conclua, com isso, que seja objectivamente inexacto o que narramos. Sem nos proporrmos escrever tôda a História do Brasil, *concordamos que a parte dos Jesuítas é grande. E é grande, também, como parte da História Eclesiástica e como expressão importante da História da Expansão Portuguesa no Mundo.*

  Porventura o facto de sermos da Companhia de Jesus prejudicará a feitura da obra? Não nos parece. Reconhecemos humildemente que não temos todos os requisitos para tão grande emprêsa. Não é a qualidade de jesuíta que nos preocupa. Quem melhor que um português para escrever a história de Portugal? Quem melhor que um brasileiro para escrever a história do Brasil? Não será um médico, supostas as aptidões de historiador, quem melhor possa escrever a história da medicina, um jurisconsulto a da jurisprudência? Mas — objecta-se — não sofreremos a influência do meio em que vivemos? Entendamo-nos. Assim como um português aprecia a batalha de Aljubarrota de modo diferente dum espanhol; e um brasileiro a batalha de Guararapes, diferente dum holandês, assim um jesuíta aprecia os factos da Companhia de modo diferente do seu adversário. Partimos, porém, do princípio de que a civilização cristã é boa. Mesmo, prescindindo do lado sobrenatural da questão, colocando-nos apenas no plano histórico das civilizações, cremos que a civilização representada pelos povos europeus, em particular o latino, é superior à dos Tupinambás ou fetichistas africanos ...

  Que importa o debate acêrca da sobrevivência de culturas e a verificação de que a cultura inferior, posta em contacto com a superior, ou se desagrega ou morre? Não ficará sempre, como dado positivo, a maior extensão duma cultura superior? O debate seria útil, se os métodos empregados para a vitória, fôssem os da violência, como sucedeu com certos países de civilização extra-latina. Mas foi precisamente uma das glórias portuguesas o ter-se operado essa substituïção quási só pelo dinamismo latente da civilização superior, que por si mesma se impôs, agregando a si os elementos inferiores. Aliás, qualquer outra civilização diferente da latina, que tentasse fixar-se no Brasil, fracassaria, como fracassou sempre nos climas tropicais. Outros, que tenham ideias opostas à nossa civilização, que é afinal a civilização brasileira, poderão tirar conseqüências inversas. Mas damos uma garantia. Se em tôda a história humana há o elemento subjectivo, há também a objectividade do documento, que pode ser dissecado e visto por todos com absoluta independência. No nosso caso, poder-se-á ver, entre outras coisas, que fugimos ao ditirambo e nos abstemos muitas vezes de pôr em relêvo factos, que teem sido muito mais encarecidos por escritores alheios à Companhia.

A têrmos de pecar, preferimos pecar pelo lado do comedimento.

Receamos até que algum leitor, habituado a panegíricos ou amplificações literárias sôbre a influência dos Jesuítas não só sob o aspecto religioso, mas político, moral, social, científico, etc., não encontre, logo à primeira vista, o que esperava a sua curiosidade excitada. Essa impressão é susceptível de se corrigir, recordando que o século XVI, de que agora tratamos, é apenas uma parte desta história...

Disse um dia Capistrano de Abreu, que seria presunçoso quem quisesse escrever a história do Brasil, sem se escrever antes a história da Companhia de Jesus no Brasil. Já lá vão mais de 30 anos. A afirmação do maior historiador brasileiro vale, ainda hoje, a-pesar dos grandes passos dados depois dela, não só para a história orgânica, em si, inexistente até agora, como para a documentação que pressupõe. Ainda assim, a história da Companhia no Brasil relativamente mais estudada é a do século XVI. A dos seguintes, que elaboraremos logo depois dêste, tem muito mais documentação desconhecida. Mas, no século que historiamos nos dois primeiros volumes, tinham serpeado inexactidões sem conta, e faltava obra de conjunto que indicasse a sua fisionomia geral. É o que nos propomos fazer agora, com espírito mais sintético que analítico, para não afrouxar, com ramificações difusas ou ampliações morosas, um trabalho, por si mesmo, vasto. As referências do fundo da página darão aos estudiosos base bastante para orientarem em rumos próprios as suas investigações de interêsse particular para determinada região ou assunto.

*

Não temos a pretensão de ter dito tudo. Acêrca da Chronica, de Vasconcelos, escrevia António Franco: «Da primeira parte da His-

tória do Brasil, que está impressa, vejo que muitas coisas temos cá nos nossos cartórios dignas de História, de que aquêle Historiador não teve as miüdezas; porisso se foi ajustando com as generalidades que desta sua Província tirou a História Geral da Companhia» [1].

Estas miüdezas, dignas de história, pesquisamo-las sèriamente nos diversos «cartórios» do mundo.

Mas outras miüdezas achará ainda quem vier depois de nós. É humano. Ou, como diria Colombo: «andando mais, mais se sabe»...

Na história duma instituïção há assuntos limítrofes, que poderiam ser tratados num capítulo ou noutro. Decidimo-nos pelo que nos pareceu mais consentâneo com a organização desta obra, reconhecendo, sem custo, que caberiam perfeitamente noutro capítulo. Não raro tivemos que dar indicações genéricas para ilustração das particulares. Será menos esquemático, mas é, com certeza, mais compreensivo.

Em obra tão vasta ter-nos-á também escapado algum pormenor ou mesmo tê-lo-emos deixado propositadamente para não alongar ou descair a narrativa. Domina-nos, porém, a firme convicção de não têrmos omitido nada por ser desagradável à Companhia, nem têrmos mudado nada, advertidamente, ao conteúdo dos documentos. Na medida das nossas fôrças, tratamos de perscrutar, segundo a origem e carácter conhecido dos autores e relações, o valor de cada testemunho e os intuitos de cada qual, capazes de corroborar ou infirmar a sua autoridade. Procurámos, com reflexão, realizar êste desideratum.

Desfaríamos, uma vez ou outra, ideias feitas e correntes? Talvez. O povo na sua mentalidade, extremamente simples e sintética, apaga em geral o contôrno dos factos e agrupa-os à roda dum homem ou dum episódio, que transforma em símbolo. É a lenta elaboração dos séculos. Que faz o historiador? Pega nos documentos, e inicia, sistemàticamente, a redistribuïção necessária, atribuindo a diversas pessoas e lugares os factos absorvidos pelo símbolo. Ao símbolo substitue, não raro com estupefacção ou até desagrado dalguns, mas com o assentimento profundo da verdade, a história. Umas vezes a idealização dá para concentrar num homem a glória de muitos. No Brasil, Anchieta. Outras vezes a divagação, como depois da perseguição pombalina e das calúnias impunes contra a Companhia (impunes, porque, pela dissolução e prisão, lhe foi impedida a defesa), dá para fazer do

---

1. Franco, Imagem de Coimbra, II, 212.

Jesuíta um homem de malas artes. Símbolo bom, símbolo mau! Ambos fictícios! A verdade mata a ficção. A revisão das fontes históricas refaz as mentalidades. É preferível assim. O símbolo, bom ou mau, é sempre uma falsificação. E a história pretende ser, simplesmente, a Verdade.

*

No Brasil nenhuma instituïção foi tão popular como a Companhia de Jesus. A popularidade tem sempre um fundo certo, mas alarga o âmbito dos factos particulares e, com o alargamento, esfuma-lhes a precisão histórica. Quando esta retoma os seus direitos, produz-se a surprêsa, mesmo sem se tratar de símbolo. É o caso, por exemplo, de Itanhaém, onde a história é muito mais restrita do que a lenda. Ora há imensa vantagem em substituir noções vagas por certezas, e estas, no caso da Companhia, são tais que, se a lenda fica prejudicada, a verdade, ao surgir no seu quadro simultâneamente simples e amplo, é tão sugestiva que, por si própria, se impõe.

Guiando-nos por um critério positivo, procuramos, na elaboração da história, interpretar as condições mesológicas, antropológicas e sociais do Brasil. Não acatamos, porém, subservientes, os cânones que tornam preponderantes aquêles factores, exagerando uns em prejuízo talvez dos outros. Alguns submetem-se tanto a êsses factores que, julgando fazer história, fazem ciência particular, sociologia, por exemplo. Servem a verdade? Em parte apenas. No fundo servem os seus mitos ou místicas respectivas. A história científica é e há-de ser sempre, as datas e os homens, com a sua multíplice actividade no tempo e no espaço. Mediante investigação rigorosa, procura desprender de tudo, com nitidez, a linha geral dos acontecimentos. Para nós, o historiador não pode ser um simples coleccionador de factos, a enfiar verbetes uns atrás de outros — um erudito-reporter; nem um intérprete unilateral, olhando os sucessos apenas sob determinado aspecto. Muito menos pode ser um simples esteta. O rigor da história não se contenta hoje com narrações literárias: exige a demonstração do que se afirma. Bem sabemos que a ligeireza da arte agrada ao vulgo mais do que a ciência e que certos críticos tratam com desdém a investigação científica. Mas então a história o que é? Em história, a arte pisa terreno perigoso, se a investigação, própria ou alheia, a não precede. Põe-se a caminhar nos lindes do pouco mais ou menos, das impressões ou imprecisões subjectivas, e, quando cuida ser obra que resista ao tempo, tem-se na realidade produto da fantasia, ao sabor da teoria do momento. Não é que, por nossa vez, desprezemos as teorias de que falam os tratadistas. São úteis como instrumento de trabalho, dirigindo a atenção para aspectos históricos, deixados na penumbra. O que rejeitamos é o seu exclusivismo absorvente. Quem o aceita, submisso, corre o risco nada imaginário de tirar conclusões, à primeira vista, novas ou brilhantes, envoltas no fulgor de períodos bem lançados, porém sem bases sólidas, que requerem esfôrço, assimilação, critério e espírito universal a unir relações dispersas, quási a frio, serenamente, sem preocupações de escola.

*

Na realização dum trabalho histórico, como êste nosso, podem-se seguir três caminhos: o cronológico, o ideológico ou o geográfico. Seguimo-los todos três, segundo o desenvolvimento da narração o pedia. Como base, contudo, adoptamos o cronológico, de século em século. Os dois primeiros tomos enchem-se com o século XVI. Isto feito, o primeiro segue geralmente a ordem geográfica, excepto o Livro II, dedicado ao problema das Subsistências, necessário para a boa compreensão do demais. Falando sôbre o Estabelecimento da Companhia no Brasil era, na verdade, mister acompanhar as fases geográficas dêsse estabelecimento. No segundo tômo, consagrado em particular à Obra dos Jesuítas, a ordem lógica impunha-se, de acôrdo com as diversas actividades da Companhia. Na divisão que adoptamos, não quere dizer que o Estabelecimento deixe de ser também uma Obra, nem que, ao tratar da Obra, se omitam referências geográficas. Seria impossível uma e outra coisa. A repartição em séculos não significa que, ao fim de cada um, cortemos cerce a narrativa. Se o assunto o requerer, indicaremos a sua seqüência, numa rápida pincelada, que pode, no entanto, abranger largos períodos.

Não nos pareceu útil dividir a História da Companhia de Jesus no Brasil nos ciclos rotineiros: 1500-1580, domínio espanhol, etc. A fatalidade, que uniu as duas corôas de Portugal e Castela na mesma cabeça real, quási não teve repercussão no Brasil senão no sentido de aportuguesar ou abrasileirar mais a Colónia e alargar as suas fronteiras. Concitou também contra ela os ódios dos inimigos de Espanha. Mas isto foi ainda um elemento de robustecimento da consciência luso-brasileira, repelindo com os próprios recursos a agressão *estranha. O sentimento nacional português, malferido na Europa, lançou raízes livres na América. Lá não houve solução de continuïdade.*

Esta liberdade, que logo se notou nos Portugueses do Brasil, fê-los muitas vezes passar por cima da lei. Cometeram-se injustiças, sobretudo contra os que estavam em condições mais precárias de defesa, que eram os Índios. A Providência costuma, porém, colocar o remédio ao pé da doença. De Portugal vieram também os seus defensores. Se os colonos e administradores portugueses governavam a terra e a cultivavam como fonte de riqueza e elemento de soberania, os Jesuítas da Assistência de Portugal amavam a terra e os seres humanos que essa terra alimentara no decorrer dos séculos. Os primeiros apoderavam-se do corpo; os segundos, da alma. Do concurso de uns e outros, completando-se, nasceu o Brasil. Emquanto os Governadores, Capitãis e funcionários iam estabelecendo as bases do Estado, o elemento religioso alicerçava o novo edifício com formas tão elevadas e nobres, que dariam ao conjunto a solidez da Eternidade.

Rio de Janeiro, 1934 — Lisboa, 1938.

Introdução bibliográfica

A) FONTES MANUSCRITAS

As fontes manuscritas, cujo acervo principal está no Arquivo Geral da Companhia, são o fundo essencial desta história. E são, ao mesmo tempo, fontes auxiliares, poderosas, para a História Geral do Brasil ou pontos dela. Procuramos, porém, cingir-nos ao nosso objecto, indicando só, uma vez ou outra, êsse aspecto particular do documento compulsado. Encontram-se, também, pelos arquivos, reproduções materiais doutros documentos, ou confirmações dêles. Não nos sentimos obrigados a mencionar sempre êstes escritos, que, sem adiantar nada ao documento-base, sobrecarregariam a narração, introduzindo o leitor no labirinto de citações inúteis.

Muitos documentos do século XVI existem em latim ou castelhano. Escrevendo em português, para leitores, sobretudo, de língua portuguesa, não achamos conveniente emperrar a leitura com constantes excerptos em língua estranha. Confiamos, sem presunção, que a nossa modesta formação humanista garanta a interpretação do latim; e que uma longa permanência em Espanha nos tenha subministrado suficiente conhecimento da língua dessa nação.

No manejo dos documentos achamos algumas dificuldades práticas, que vencemos como pudemos. Duas convém ressalvar aqui. Uma refere-se à idade dos Padres. Em geral, os Catálogos antigos não dizem o dia e ano em que nasceram, senão a idade que teem, em determinado ano. Por êste, se faz o cálculo do nascimento. Contudo, como aquêles anos umas vezes significam os já feitos, outras os do ano decorrente, há sempre margem para dúvidas se será uma unidade a mais ou uma unidade a menos. Tomem-se, portanto, em geral, como datas limites.

Outra dificuldade diz respeito à ortografia. A ortografia da língua, comum a Portugal e ao Brasil, tem andado nos últimos tempos num perpétuo tecer e destecer. No entanto, convém adoptar uma. Adoptamos, por disciplina, a que se considera em vigor, no momento em que êste livro começa a imprimir-se. No texto procuramos esta uniformidade, indispensável até na transcrição de documentos já publicados com modificações ortográficas. Reproduzi-los com tais modificações seria o caos. Distinguimos, porém, entre a ortografia e a morfologia.

A morfologia conservamo-la.

Nas *notas*, seguimos geralmente a mesma regra. Muitas citações, feitas em português, de documentos espanhóis ou latinos, não podem, efectivamente, grafar-se senão na ortografia actual. Mas, quando o inèditismo ou importância do documento impõe a citação original, mantemos então, escrupulosamente, a forma primitiva.

Notemos que nem todos os livros, salvos do naufrágio do século XVIII, se encontram no Arquivo da Companhia. Andam dispersos por diferentes bibliotecas públicas ou particulares, se é que alguns se não perderam totalmente.

No *Apêndice A*, no fim dêste primeiro tômo, a lista de *Scriptores Provinciae Brasiliensis* contém algumas obras, que ainda não foi possível encontrar. E uma *Relação Necrológica de Jesuítas ilustres do Brasil*, feita pouco depois de 1757, cujo autor deve de ser o P. Manuel da Fonseca, expressamente nomeado como tal, naquela mencionada lista, termina assim, anunciando dois livros, cuja existência moderna se ignora: « Sunt praeterea plures alii non minori virtutum laude praestantes, quorum facta vel maiorum incuria vel multiplex rerum vicissitudo quam primum sub Hollandis Brasiliam occupantibus, tum modo sub immani hac tempestate experta est Societas Brasilica nobis posteris eripuit. Interim ex parte consolamur *duplici superstite manuscripto libro*, in quo vita functorum Collegii D. Pauli et Fluminis Ianuarii nomina recensebantur, ministrorum oculis subtracto, Romamque furtim conducto » *(Lus. 58 (Necrol. I)* f. 20v).

Ter-se-ão perdido êstes livros? Existirão nalgum Arquivo, mas sem indicação suficiente que permita as pesquisas?

Em 1933, percorremos os Arquivos da Europa (Portugal, Itália, Espanha, França, Bélgica, Holanda; e, a seguir, os do

Brasil, onde nos constava ou pressentíamos houvesse documentação para a nossa história, recolhendo dêles, em verbetes ou fotocópias, tudo o que continham e nos pareceu útil à sua feitura. Seria longo um relatório pormenorizado destas pesquisas pessoais. Eis o seu simples sumário:

I — **Archivum Societatis Iesu Romanum**

É o Arquivo Geral, o grande fundo da história da Companhia. Alguns documentos do seu precioso recheio já estão publicados. A grande maioria está inédita.

Damos entre cancelos o modo de citação:

Brasilia	1 — Epistolae Generalium — 1678-1759	[Bras. 1]
»	2 — Ordinationes PP. Generalium, Visitationes, 1576--1601	[Bras. 2]
»	3(1) — Epistolae Brasilienses, 1550-1660	[Bras. 3(1)]
»	3(2) — » » 1661-1695 [1594]	[Bras. 3(2)]
»	4 — » » 1696-1737	[Bras. 4]
»	5 — Catalogi Breves et triennales (2 vol.): séc. XVI-XVII	[Bras. 5]
»	6 — » » » » 1700-1757	[Bras. 6]
»	7 — [Eram catálogos do século XVII. Êste volume foi desfeito e deu o fundo do 2.º vol. do n.º 5].	
»	8 — Historia: 1600-1647	[Bras. 8]
»	9 — Historia Brasiliae et Maragnonensis	[Bras. 9]
»	10 — Historia Brasiliensis 1700-1756	[Bras. 10]
»	11 — Fundationes: Collegii Bahiensis	[Bras. 11]
»	12 — Historia Fundationum Collegii Bahiensis, Pernambucensis, Fluminis Ianuarii	[Bras. 12]
»	13 — Menologium: I	[Bras. 13]
»	14 — » II	[Bras. 14]
»	15 — Brasiliae Historia 1549-1599	[Bras. 15]
»	16 — Vasconcellos, *Hist.*	
»	17-24 — [Nada até ao n.º 25, onde começa a Vice-Prov. do Maranhão].	
»	25 — Epistolae Generalium	[Bras. 25]
»	26 — » Maragnonenses	[Bras. 26]
»	27 — Catalogus Maragnonensis	[Bras. 27]
»	28 — Inventarium Maragnonense	[Bras. 28]

Pelas datas, apostas a cada número, vê-se quais são os que teem importância para o século XVI: *Bras. 2, 3(1), 5, 11, 12, 15* e ainda parte de *Bras. 3(2)* e *8.* Além dêstes documentos, há outros que, tratando directamente do Brasil, veem contudo distribuídos por outras rubricas:

Lusitania	[*Lus.*]
Congregationes	[*Congr.*]
Historia Societatis Iesu	[*Hist. Soc.*]
Epistolae Nostrorum	[*Epp. NN.*]
Epistolae Externorum	[*Epp. Ext.*]
Opera Nostrorum	[*Opp. NN.*]
Vitae	[*Vitae*]

II — Outros arquivos Europeus

a) *Portugal*. — Os Arquivos Portugueses, mais ricos em documentação jesuítica, sôbre o século XVI, são, em Lisboa, a Biblioteca Nacional [citamos BNL], secção de Reservados, fundo geral [citamos fg] e o Arquivo Nacional da Tôrre do Tombo, cartório dos Jesuítas. Na Biblioteca da Ajuda encontra-se pouco, um ou outro documento incluído nos *Jesuítas na Ásia*, como as relações sôbre Anchieta e o B. Inácio de Azevedo; e no Arquivo Histórico Colonial [Arq. H. Col.], rico sôbre os séculos XVII e XVIII, pouco se guarda do século XVI, a não ser o livro fundamental dos *Registos* n.º 1. A Biblioteca Pública de Évora tem sido bem estudada, e muito do que contém sôbre os Jesuítas do Brasil, no século XVI, já foi impresso. Revimos os originais, confrontando e corrigindo uma ou outra inexactidão. A Biblioteca Municipal do Pôrto e a Biblioteca da Universidade de Coimbra são magras no que toca ao século XVI. O que encontramos de inédito vai indicado nos devidos lugares. Na de Braga, não existe nada que interesse directamente os Jesuítas do Brasil, no período que estudamos.

Nos Arquivos Portugueses, sobretudo na Tôrre do Tombo, conservam-se mais particularmente os documentos que dizem respeito a bens e assuntos económicos, ou porque na Companhia também se guardassem com mais cuidado, ou porque no momento da perseguição se atendesse mais a êles na organização dos inventários.

De todos os Directores das Bibliotecas e Arquivos portugueses recebemos as maiores facilidades e atenções.

b) *Itália*. — Além do Arquivo da Cúria Generalícia, existem, em Roma, alguns arquivos públicos com documentação sôbre os Jesuítas do Brasil no século XVI:

> Fondo Gesuitico, Piazza del Gesù, 45 [Gesù...]
> Biblioteca Nazionale Vittorio Emanuele [Bibl. Vitt. Em.]
> Archivio Segreto del Vaticano [Vaticano...]

Os dois primeiros são mais ricos sôbre o nosso assunto; noutros arquivos de Roma, há pouca documentação, que nos diga respeito. No da Propaganda, por exemplo, o documento mais antigo, referente ao Brasil, é de 1658.

c) *Espanha*. — Os Arquivos, que encerram alguma novidade para o Brasil no século XVI, são o de Índias, em Sevilha, e o da Biblioteca de la Academia de la Historia, em Madrid. O de Simancas não contém quási nada sôbre os Jesuítas do Brasil no século XVI.

d) *França*. — *Fond Portugais* e *Fond Jésuitique* da Bibliothèque Nationale de Paris. Insignificantes para o nosso caso.

e) *Bélgica*. — Estudámos, em Bruxelas, a *Bibliothèque du Royaume* e a magnífica livraria dos Bolandistas. Nesta, não se trata pròpriamente de manuscritos, mas de livros raros, reünidos numa só biblioteca especializada.

f) *Holanda*. — Arquivo e biblioteca de Valkenburg.

III — Arquivos Brasileiros

Depois de estudar os da Europa, percorremos, em 1934, os Arquivos do Brasil (S. Paulo, Rio, Vitória, Baía, Pernambuco, Fortaleza, S. Luiz do Maranhão e Pará). Além dos Arquivos nacionais e estadoais, visitámos os das Câmaras e Cúrias de S. Paulo e Baía. Foi-nos dado ver duas bibliotecas particulares, a de Félix Pacheco, no Rio, e a de Samuel Mac-Dowel, no Pará. Da do Dr. Alberto Lamego possuíamos já fotocópias dos *manuscritos* mais importantes, cedidas gentilmente por êle, quando residia na Europa.

Concluímos, desta nossa visita, que os Arquivos Brasileiros sofreram vários atentados. Acham-se, aqui e além, referências a manuscritos, que seriam utilíssimos hoje, e se perderam ou andam extraviados, sem se lhes conhecer o paradeiro. Em 1592, começou a haver, na Baía, um livro com os nomes de todos os Padres que se ordenavam, o bispo que os ordenava, etc. Nas outras Capitanias principiariam, também, logo depois da próxima Visita do Provincial Marçal Beliarte *(Bras. 15,* f. 408). Que será feito dêstes livros?

Descuidos dos próprios Jesuítas, cupim, naufrágios, a invasão holandesa, e, sobretudo, a perseguição pombalina produziram efeitos catastróficos para a cultura histórica do Brasil. O que narra A. Gonçalves Dias sôbre o Arquivo do Maranhão é do máximo desalento, prova pungente dos estragos do tempo. E, também, da negligência dos homens. Em 1831, diz êle, só se achavam nesse arquivo mil volumes. «Só», porque eram muitos mais. Mas, emfim, eram *mil.* «Os vinte anos que depois decorreram, bastaram para consumar essa obra de destruïção. Nada há hoje que aproveitar do arquivo dos Jesuítas!» Tal é o testemunho daquele ilustre poeta, que o visitou, por encargo oficial, em 1851. (A. Gonçalves Dias, *Exames dos Archivos dos mosteiros e das repartições publicas — para collecção de Documentos Historicos relativos ao Maranhão,* na *Rev. do Inst. Bras.,* XVI (1853) 377-391).

O caso do Maranhão não foi isolado. A-pesar disto, alguns Arquivos Brasileiros encerram documentação importante para os séculos XVII e XVIII. Do século XVI, não conteem documentos inéditos, cujo objecto seja primàriamente a Companhia de Jesus. E um ou outro documento, que fala de Jesuítas, tem sido ùltimamente dado à estampa ou está em via disso, nas diversas e valiosas colecções dos Arquivos, Bibliotecas ou Institutos Históricos.

*

Entre estas colecções, com subsídios uteis para a História da Companhia de Jesus no Brasil, salientam-se, por ordem cronológica, a *Revista do Instituto Histórico e Geográfico Brasileiro,* os *Anais da Biblioteca Nacional* do Rio de Janeiro e, ùltimamente, as *Publicações da Academia Brasileira de Letras.* É inegável o serviço prestado com a publicação de tais documentos. Muitos dêles, porém, estão a pedir nova revisão e confrontação com as fontes originais, para se apresentarem na sua absoluta pureza. Fazemos votos para que se institua, nalguma grande Universidade Brasileira, a Cadeira de *Estudos Jesuí-*

ticos, como já se fêz nos Estados Unidos da América do Norte, com menor dívida à Companhia de Jesus do que o Brasil, não só sob o ponto de vista nacional, como até o de simples cultura científica, histórica e literária.

*

O renascimento dêstes estudos no Brasil pode datar-se do 3.º Centenário da morte de Anchieta, em 1897, patrocinado pelos altos espíritos de Francisco de Paula Rodrigues, Eduardo Prado, Brasílio Machado, Teodoro Sampaio, Américo de Novais, João Monteiro, Couto de Magalhães, Rui Barbosa, Manuel Vicente da Silva, Júlio de Mesquita, António Ferreira Viana, Joaquim Nabuco, Capistrano de Abreu e outros. Êste esplêndido movimento engrossou e empolgou o Brasil com os melhores nomes da historiografia, entre os quais é justo evidenciar, além de Capistrano, os anotadores das *Cartas Jesuíticas*, Vale Cabral, Rodolfo Garcia, Afrânio Peixoto e A. de Alcântara Machado. Aliás, todos os escritores brasileiros, com quem nos foi dado ter contacto, mesmo trabalhando noutros sectores, como Alceu Amoroso Lima (Tristão de Ataíde), Félix Pacheco, Conde de Afonso Celso e o jovem Pedro Calmon, já hoje a enveredar para a historiografia científica, êstes e outros deixaram-nos penhorados com o seu fidalgo e cativante acolhimento. E para dizer tudo, não foi acolhimento simplesmente platónico. A muitos devemos a oferta de valiosas colecções impressas. Merecem menção especial os ilustres historiadores Rodolfo Garcia, Director da Biblioteca Nacional do Rio, Afonso de E. Taunay, Director do Museu Paulista, o venerando ceguinho Barão de Studart e Alcides Bezerra, Director do Arquivo Nacional do Rio de Janeiro.

*

Entre todos os nomes citados, seja-nos lícito relevar o de Afrânio Peixoto, mestre de estilo e sábio especializado, camoneanista insigne, historiador e criador, dentro da Academia Brasileira, da colecção magnífica de cultura histórica e literária, que honra a Academia e leva o seu nome, por decisão unânime da mesma Academia. Afrânio Peixoto, desde o instante em que soube da elaboração desta obra, amparou-a, incitou-a, ajudou-a eficazmente. O Brasil pode orgulhar-se de possuir nêle um verdadeiro embaixador da sua inteligência e cultura, da mais alta e legítima brasilidade, dentro e fora das fronteiras. Por nós, declaramos, pura e simplesmente, que não achamos forma de lhe mostrar quanto lhe deve a *História da Companhia de Jesus no Brasil*, senão inscrevendo, na primeira página do seu primeiro tômo, o nome benemérito e amigo do grande brasileiro.

*

Não foram só os homens. Recebemos também da Imprensa e das Instituïções literárias ou históricas do Brasil as maiores deferências. Citemos o Instituto de Educação do Rio, o Instituto Histórico e Geográfico de São Paulo, o Instituto Histórico e Geográfico Brasileiro, o Instituto do Ceará e a Academia Brasileira de Letras, que tanto nos estimularam na árdua emprêsa que é a presente obra. A todos gratidão infinita. Pena foi que a pouquidade dos nossos recursos não correspondesse melhor às esperanças de tantos homens e instituïções ilustres.

IV — Alguns manuscritos

Não nos é possível dar sequer a simples resenha dos inumeráveis manuscritos utilizados nesta obra. O catálogo sistemático e descritivo dêles daria, por si só, um volume. Indicamos alguns, mais vezes citados. Entre cancelos, o modo de citação.

a) «*Annual do Collegio da Cidade de S. Sebastião do Rio de Jan.ro e das residencias a elle suieitas do anno de 1573 do p.e Oliveira* [Gonçalo]. Deste Collegio de S. Sebastião cidade do Rio De Janeiro, de Nouēbro de 1573». Na BNL, fg. 4532, f. 36v-39 e em *Bras. 15*, f. 233-238. Citamos o exemplar da Bibl. Nac. de Lisboa. [Oliveira, *Anual do Rio de Janeiro*, f . . .].

b) «*Capitolos que Gabriel Soares de Sousa deu em Madrid ao Senhor Dom Christouão de Moura contra os Padres da Companhia de Jesu que residem no Brasil com hũas breves respostas dos mesmos padres que delles forão auisados por hum seu parente a quem elle os mostrou*». — *Bras. 15*, f. 383-389. [*Capítulos*...].

c) «*Enformação e copia de certidões sobre o Governo das Aldeias*», Tôrre do Tombo, *Jesuítas*, maço 88, ainda não ordenado; o seu título primitivo, dentro, é: «*De quam importante seia a continuação da residencia dos Padres da Companhia de Jesu da Prouincia do Brasil nas Aldeas dos Indios naturaes da terra, assi pera o bem de suas almas e serviço de Deus e de Sua Magestade como o bem temporal de o Estado e moradores delle*». [Tôrre do Tombo, *Enformação e Certidões*...].

d) *Discurso das Aldeias.* Encontra-se em *Bras. 15,* f. 1-10v, com o título de *Informação do Brasil e do descurso das Aldeas e mao tratamento que os indios receberao sempre dos Portugueses e ordens del Rei sobre isso.* Existe outra cópia no mesmo códice, f. 340-350. Êste manuscrito foi publicado com o rótulo de *Trabalhos dos Primeiros Jesuitas,* segundo o exemplar da Biblioteca de Évora, cod. CXVI/1-33, f. 56 e seguintes, e com o título de *Informação dos primeiros aldeamentos,* nas *Cartas* de Anchieta, como seu provável autor (pp. 212-247). Pomos em dúvida esta autoria, como também a de Luiz da Fonseca, que lembrou Capistrano. Inclinamo-nos antes para Quirício Caxa, sem todavia decidir a pendência. É assunto que ficará a ser tratado com a devida amplidão por quem fizer a revisão e publicação diplomatística destas fontes históricas, confrontando letras, estilos e mentalidades. Como o título é longo, tomamos dêle o que tem de específico e diferente das demais Informações ou seja Descurso ou *Discurso das Aldeias.* Para efeitos de citação, por ser mais acessível, utilizamos a publicação feita nas *Cartas* de Anchieta, indicando a respectiva paginação. [*Discurso das Aldeias,* p ...].

e) *Historia de la fundacion del Collegio de la Baya de todolos Sanctos, y de sus residencias,* em *Bras. 12,* f. 1-46v. Publicada nos *Annaes da Bibliotheca Nacional,* XIX (Rio 1897) 75-121, segundo o códice da Bibl. Vit. Em., de Roma. Na Bibl. Nac. de Lisboa, há uma carta de Quirício Caxa, de Dezembro de 1573, fg, 4532, f. 39-43v, onde se descreve a arribada dos dois irmãos a Pernambuco *(Hist. de la fund. de la Baya,* 25(100) com *as mesmas palavras.* Portanto, ou os autores da *História* e da *Carta* tiveram a mesma fonte, ou o Autor da *História* copiou neste passo a Caxa, ou Caxa é o Autor da *História.* [*Fund. de la Baya* ... , paginação do *ms.;* entre parênteses a dos *Annaes*].

f) *Historia de la fundacion del Collegio del Rio de Henero y sus residencias,* em *Bras. 12,* f. 47-59v. Publicada, como a anterior, nos *Annaes,* XIX, 47-138 [*Fund. del Rio de Henero* ... , paginação do *ms.;* a dos *Annaes,* entre parênteses].

g) *Historia de la fundacion del Collegio de la Capitania de Pernambuco,* em *Bras. 12,* f. 60-76v. Publicada pela Bibl. Pública do Pôrto, 1923, conforme o manuscrito existente na mesma Biblioteca; e pela Bibl. Nacional do Rio, *Annaes,* XLIX, mediante confrontação nossa com o exemplar do Arquivo da Companhia, e com notas eruditas de Rodolfo Garcia. [*Fund. de Pernambuco* ... , paginação do *ms.;* entre parênteses, a da Separata dos *Annaes*].

h) António de Matos, *De Prima col/legij Flumi/nis januarij Institutione/et quib'/dein/ceps addita/mentis excreuerit/* = Reuerendo admodũ Patri nostro Mutio Vi/telleschio Praeposi/to Generali Soc/ietatis IESU. Em Roma, Fondo Gesuítico del Gesù, *Collegia,* n.º 201 (Rio de Janeiro). Características dêste manuscrito: São 4 1/2 cadernos, que nós próprios paginámos. Bom estado de conservação. Formato: 220 × 320 mm. A capa é de papelão grosseiro e mole. Tem escrito, do lado de fora: *Historia Collegii Fluminis Ianuarii.* O título interior, que damos acima, está roído pela tinta, mas ainda se lê. Depois do Prólogo, vem a assinatura autógrafa de António de Matos. A caligrafia, de dois amanuenses, é muito legível. Não vem datado. Mas infere-se do Epílogo que já tinha falecido o P. Pero de Toledo e ainda era provincial o P. Simão Pinheiro. Ora o P. Toledo morreu em 1619 e o P. Pinheiro deixou de ser provincial em 1621. Logo, foi escrito entre essas duas datas.

B) BIBLIOGRAFIA IMPRESSA

Esta bibliografia abrange todo o século XVI, ou seja a matéria do tômo I e II. Mas indicamos aqui *ùnicamente* as obras, cuja citação mais freqüente nos levou a abreviá-la. Entre cancelos, o modo de citação. No *Índice de Nomes*, no fim, constarão também os demais autores.

ACIOLI, Inácio — Braz do AMARAL. — *Memorias historicas e politicas da Bahia.* vol. I, Baía, 1919. [Acioli — Amaral, *Memorias* ...].

AFRÂNIO PEIXOTO, J. — *Primeiras letras*, Rio, 1923. [Afrânio, *Primeiras letras* ...]

AICARDO, José Maria. — *Comentario a las Constituciones de la Compañia de Jesús.* Madrid. [Aicardo, *Comentario* ...]

ANCHIETA, José de. — Vide *Cartas Jesuíticas.*

Annaes do Archivo Publico e Museu do Estado da Bahia. Em curso de publicação. [*Annaes da Baia* ...]

Annaes da Bibliotheca Nacional do Rio de Janeiro, 49 volumes, 1876-1927. [*Annaes* ...]

Annuae Litterae Societatis Iesu anni 1581 ad Patres et Fratres eiusdem Societatis. Romae, in Collegio eiusdem Societatis, 1583, cum facultate Superiorum. As *Cartas Ânuas* seguintes durante algum tempo mantiveram o mesmo título, mudadas só as datas do ano, a que correspondem, e da impressão. Ei-las, para o século XVI: *1583*, Romae, 1585: *1584*, Romae, 1586; *1585*, Romae, 1588; *1586-1587*, Romae, 1589; *1588*, Romae, 1590; *1589*, Romae, 1591; *1590-1591*, Romae, 1594; *1594-1595*, Neapoli, 1604; *1597*, Neapoli, 1607. [*Ann. Litt. 1581*, p ...]

ASTRAIN, António. — *Historia de la Compañia de Jesús en la Asistencia de España*, Madrid, 7 vol. 1905-1925. [Astrain, *Historia* ...]

AZEVEDO MARQUES, Manuel Eufrásio de. — *Apontamentos Historicos, Geographicos, Biographicos, Estatisticos e Noticiosos da Provincia de S. Paulo.* 2 vol. Rio de Janeiro, 1879. [Azevedo Marques, *Apontamentos* ...]

CA. — Vide *Cartas Jesuíticas.*

CALDAS, José António. — *Noticia geral de toda esta Capitania da Bahia desde o seu descobrimento até o presente anno de 1759*, na *Rev. do Inst. da Baía*, vol. 57 (1931) 1-445. [Caldas, *Notícia Geral* ...]

CARDIM, Fernão. — *Tratados da Terra e Gente do Brasil*, Introdução e Notas de Baptista Caetano, Capistrano de Abreu e Rodolfo Garcia, Rio, 1925. [Cardim, *Tratados* ...]

CARDOSO, Jorge. — *Agiologio lusitano dos Sanctos e Varoens illustres em virtude do Reino de Portugal, e suas conquistas.* 3 vol., Lisboa, 1652-1666. [Cardoso, *Agiologio Lusitano* ...]

Cartas Jesuíticas. Publicações da Academia Brasileira, Colecção « Afrânio Peixoto »; — I Manuel da Nóbrega, *Cartas do Brasil* (1549-1560), Rio, 1931. [Nóbr., *CB* ...]; — II *Cartas Avulsas* (1550-1568), Rio, 1931. [*CA* ...]; —

III *Cartas, Informações, Fragmentos Historicos e Sermões do Padre Joseph de Anchieta, S. I. (1554-1594)*, Rio. [Anch., *Cartas*...]
Constitutiones Societatis Iesu, latine et hispanice cum earum Declarationibus. Madrid, 1892. [*Constitutiones*...]
Constitutiones Societatis Iesu. Roma, 1908. [*Constitutiones*...]
Corpo Diplomático Português — Relações com a Cúria Romana, etc. 14 vols. Lisboa, 1862-1910. [*Corpo Diplomático*...]
Documentos Históricos. Colecção do Arquivo Nacional, Rio, 1928 e seguintes. [*Doc. Hist.*...]
Documentos Interessantes para a História e Costumes de S. Paulo. Em curso de publicação. [*Doc. interessantes*...]
FRANCO, António. — *Imagem da Virtude em o Noviciado da Companhia de Jesus do Real Collegio do Espírito Santo de Evora do Reyno de Portugal*. Lisboa, 1714. [Franco, *Imagem de Évora*...]
— *Imagem da Virtude em o Noviciado da Companhia de Jesus na Corte de Lisboa*. Coimbra, 1717. [Franco, *Imagem de Lisboa*...]
— *Imagem da Virtude em o Noviciado da Companhia de Jesus no Real Collegio de Jesus de Coimbra*. I, Évora, 1719; II, Coimbra, 1719. [Franco, *Imagem de Coimbra, I, II*...]
— *Synopsis Annalium Societatis Iesu in Lusitania*, Augsburgo, 1726. [Franco, *Synopsis an*...]
— *Ano Santo da Companhia de Jesus em Portugal*, Pôrto, 1931. [Franco, *Ano Santo*...]
FREIRE, Felisbelo. — *História Territorial do Brasil*. Rio, 1906. [F. Freire, *Hist. Territorial*...]
GALANTI, Rafael M. — *História do Brasil*, 2.ª ed. S. Paulo, 1911. [Galanti, *H. do B.*...]
GANDAVO, Pero de Magalhãis. — I *Tratado da Terra do Brasil*; — II *História da Província Santa Cruz*. Publicação da Academia Brasileira, Rio de Janeiro, 1924. [Gandavo, *Tratado*..., *História*...]
GASPAR DA MADRE DE DEUS, Fr. — *Memorias para a historia da Capitania de S. Vicente*, 3.ª ed. (Taunay), S. Paulo, 1920. [Fr. Gaspar, *Memórias*...]
GUERREIRO, Bartolomeu. — *Gloriosa coroa d'esforçados religiosos da Companhia de Iesu mortos polla fe catholica nas conquistas dos Reynos da Coroa de Portugal*. Lisboa, 1642. [Bartolomeu Guerreiro, *Gloriosa Coroa*...]
GUERREIRO, Fernão. — *Relação Anual das coisas que fizeram os Padres da Companhia de Jesus nas suas Missões... nos anos de 1600 a 1609*, Nova edição, dirigida e prefaciada por Artur Viegas, I, II, Coimbra, 1930-1933. [Fernão Guerreiro, *Relação Anual*...]
HERRERA, Antonio de. — *Historia General de las Indias Occidentales o de los hechos de los Castellanos en las Indias y Tierra firme del mar Oceano*. 4 vol. Amberes, 1728. [Herrera, *Historia General*...]
História da Colonização Portuguesa do Brasil, Edição monumental comemorativa do primeiro centenário da Independência do Brasil, dirigida por Malheiro Dias. 3 vol., Rio de Janeiro, 1921-1924. [*Hist. da Col. Port. do B.*]
Institutum Societatis Iesu, Florença, 1892-1893, 3 vol. [*Institutum S. I.*...]
Instrumento dos serviços de Mem de Sá nos Annaes, XXVII, 129 ss. [*Instrumento, Annaes*...]

JABOATÃO, Fr. Antonio de Santa Maria. — *Novo Orbe serafico brasilico* ou *Chronica dos frades menores da Provincia do Brasil*, 3 tomos, Rio de Janeiro, 1858-1862. [Jaboatão, *Orbe Seráfico*...]

JARRIC, Pierre du. — *Histoire des choses plvs memorables advenves tant ez Indes Orientales que autres païs de la descouverte des Portugais*, 3 vol., Bordéus, 1608-1613. [Jarric, *Histoire des choses*...]

KNIVET, Antonio. — *Relação da Viagem que nos anos de 1591 e seguintes fez Antonio Knivet da Inglaterra ao mar do sul em companhia de Thomas Candish*, na *Rev. do Inst. Bras.*, 41 (1878). [Knivet, *Relação da Viagem*... com a pag. desta Revista]

LEITE, Serafim. — *Páginas de História do Brasil*, S. Paulo, 1937. [Leite, *Páginas*...]

LOZANO, Pedro. — *Historia de la Compañia de Jesús de la Provincia del Paraguay*, 2 tomos, Madrid, 1755. [Lozano, *Historia de la Compañia*...]

MAFFEI, João Pedro. — *Historiarum Indicarum Libri XVI*, Colónia, 1593. [Maffei, *Hist. Indic*...]

MARQUES, César. — *Diccionario Historico, Geographico e Estatistico da Provincia do Espirito Santo*, Rio, 1879. [Marques, *Diccionario do Espirito Santo*...]

MÉTRAUX, A. — *La civilisation matérielle des tribus Tupi-Guarani*, Paris, 1928. [Métraux, *La civilisation matérielle*...]

Monumenta Historica Societatis Iesu a Patribus eiusdem Societatis edita:

1. *Epistolae Mixtae ex variis Europae locis ab anno 1537 ad 1556 scriptae*. Madrid, 1898-1901, 5 vol. [*Mon. Mixtae*, I, II...]
2. *Sanctus Franciscus Borgia quartus Gandiae Dux et Societatis Iesu Praepositus Generalis tertius*. Madrid, 1894-1911, 5 vol. [*Mon. Borgia*, I, II...]
3. *Epistolae P. Hieronimi Nadal Societatis Iesu ab anno 1546 ad 1577*. Madrid, 1898-1905, 4 vol. [*Mon. Nadal*, I, II...]
4. *Epistolae Paschasii Broeti, Claudii Iaii, Ioannis Coduri et Simonis Roderici*. Madrid, 1903. [*Mon. Rodrigues*...]
5. *Monumenta Ignatiana ex autographis vel ex antiquioribus exemplis collecta*:
    a) Series Prima, *Epistolae et Instructiones*. Madrid, 1903-1911, 12 vol. [*Mon. Ignat.*, ser. 1.ª, I, II...]
    b) Series Secunda, *Exercitia Spiritualia et eorum Directoria*. Madrid, 1919. [*Mon. Ignat., Exercitia*...]
    c) Series Quarta, *Scripta de Sancto Ignatio de Loyola*. Madrid, 1904-1918, 2 vol. [*Mon. Ignat.*, ser. 4.ª, I, II...]
6. *Lainii Monumenta. Epistolae et Acta Patris Iacobi Lainii, secundi Praepositi Generalis Societatis Iesu*. Madrid, 1912-1917, 8 vol. [*Mon. Laines*, I, II...]
7. *Monumenta Paedagogica Societatis Iesu, quae primam Rationem Studiorum anno 1586 editam praecessere*. Madrid, 1901. [*Mon. Paedagogica*...]
8. *Litterae Quadrimestres ex universis praeter Indiam et Brasiliam locis, in quibus aliqui de Societate Iesu versabuntur, Romam missae*. Madrid-Roma, 1898-1932, 7 vol. [*Mon. Litterae Quadrimestres*...]

NÓBREGA, Manuel da — Vd. *Cartas Jesuíticas*.

PASTELLS, Pablo. — *Historia de la Compañia de Jesus en la Provincia del Paraguay (Argentina, Paraguay, Uruguay, Perú, Bolivia y Brasil) según los documentos originales del Archivo General de Indias*. 4 vol. Madrid, 1912-1923. [Pastells, *Paraguay*...]

— *El Descubrimiento del Estrecho de Magallanes*, Madrid, 1920. [Pastells, *El Descubrimiento*...]

POLANCO, João Afonso. — *Chronicon Societatis Iesu*, Madrid, 1894-1898, 6 vol. Faz parte de *Mon. Hist. Soc. Iesu*. [Polanco, *Chronicon*, I, II...]

PÔRTO SEGURO, Visconde de (Francisco Adolfo Varnhagen). — *História Geral do Brasil*, anotada por Capistrano de Abreu e Rodolfo Garcia, 5 vol., 3.ª edição integral (Tômo I, 4.ª ed.) S. Paulo, s/d. [Pôrto Seguro, *HG*, I, II...]

REBELO, Amador. — *Compendio de algumas cartas que este anno de 97 vierão dos Padres da Companhia de Jesus que residem na India e Corte do Grão Mogor e nos reinos da China e Japão e no Brasil em que se contam varias cousas*, Lisboa, 1598. [Amador Rebelo, *Compendio de algumas cartas*...]

Regras da Companhia de Jesus, Oya, 1930. [*Regras*...]

Revista de História, Lisboa. [*Rev. de Hist*....]

Revista do Instituto Arqueológico, Histórico e Geográfico Pernambucano. Em curso de publicação. [*Rev. do Inst. Pernambucano*...]

Revista do Instituto Geográfico e Histórico da Baía. Em curso de publicação. [*Rev. do Inst. da Baía*...]

Revista do Instituto Histórico e Geográfico Brasileiro. Em curso de publicação. Há 165 vol., Rio 1838-1933. Em 1917, deu-se nova numeração dos tomos, que se dividiram em volumes, com numeração diferente a partir do tômo 26. Seguimos a numeração por tomos até à data da mudança. Também pode originar alguma confusão a dupla data que teem muitos dos volumes: a do ano, a que corresponde, e a do ano da impressão. [*Rev. do Inst. Bras*....]

Revista do Instituto Histórico e Geográfico de São Paulo. Em curso de publicação. [*Rev. do Inst. de São Paulo*...]

RICARD, Robert. — *Les Jésuites au Brésil pendant la seconde moitié du XVI.e siècle (1549-1597)* na *Revue d'histoire des missions* (Paris 1937) 321-366; 435-470. [Ricard, *Les Jésuites au Brésil*...]

ROCHA POMBO, José Francisco. — *História do Brasil*, 10 vol. Rio s/d. [Rocha Pombo, *H. do B.*...]

RODRIGUES, Francisco. — *A formação Intellectual do Jesuita*, Pôrto, 1917. [F. Rodrigues, *A Formação*...]

— *História da Companhia de Jesus na Assistência de Portugal*, Tômo I, Pôrto, 1931. [F. Rodrigues, *História*, I, 1.º, 2.º...]

RODRIGUES, Pero — *Vida do Padre José de Anchieta*, publicada nos *Annaes da Bibliotheca Nacional do Rio de Janeiro*, XIX, e outro exemplar mais extenso, no vol. XXIX. [Pero Rodrigues, *Anchieta*, em *Annaes*...]

SANTA MARIA, Fr. Agostinho de. — *Santuário Mariano*... vol. IX, Lisboa, 1722-1723. [*Santuário Mariano*...]

SCHMIDEL, Ulrich. — *Viaje al Rio de la Plata (1534-1554)*. Edição de A. Lafone Quevedo, Buenos Aires, 1903. [Schmidel-Lafone, *Viaje al Rio de la Plata*...]

SOARES, Francisco. — *De algumas cousas mais notáveis do Brasil* na *Revista do Instituto Histórico e Geográfico Brasileiro*, vol. 94, 1927. [Francisco Soares, *De algumas cousas*...]

SOARES DE SOUSA, Gabriel. — *Tratado descriptivo do Brasil*, 2.ª ed. Rio de Janeiro, 1897. [Gabriel Soares, *Tratado*...]

SOMMERVOGEL, Carlos. — *Bibliothèque de la Compagnie de Jésus*, Bruxelas, 1890--1909. [Sommervogel, *Bibl.* ....]

SOUTEY, Roberto. — *Historia do Brazil*, 6 vol. Rio, 1862 [Soutey, *H. do B.* ....]

STUDART, Barão de. — *Documentos para a história do Brasil e especialmente a do Ceará*, 4 vol., Fortaleza, 1904-1921. [Studart, *Documentos* ...]

Summario das Armadas que se fizeram e guerras que se deram na conquista do Rio Parahiba, na Revista do Inst. Bras. 36, 1.ª p. (1873) 5-89. [*Sumário das Armadas* ...]

Synopsis Actorum Sanctae Sedis in Causa Societatis Iesu, 1540-1605, Florença, 1887. [*Synopsis Actorum* ...]

TAUNAY, Afonso de E. — *Historia Geral das Bandeiras paulistas*, 6 vol. S. Paulo, 1924-1936. [Taunay, *Bandeiras Paulistas* ...]

TECHO (Dutoit), Nicolas del. — *Historia Provinciae Paraquariae Societatis Iesu*, Leodii, 1673. [Techo, *Historia* ...]

TELES, Baltazar. — *Chronica da Companhia de Jesu na Provincia de Portugal*, Lisboa, 1645-1647, 2 vol. [Teles, *Crónica*, I, II ...]

VARNHAGEN. — Vd. Pôrto Seguro.

VASCONCELOS, Simão de. — *Chronica da Companhia de Jesu do Estado do Brasil e do que obraram seus filhos nesta parte do Novo Mundo*, Lisboa, 1865, 2 vol. [Vasc., *Crón.* ....]. Citam-se os números, não as páginas.

— *Vida do P. Joam d'Almeida da Companhia de Iesu, na provincia do Brasil*, Lisboa, 1658. [Vasc., *Almeida* ...]

— *Vida do venerável p.e Joseph de Anchieta*, Lisboa, 1672. [Vasc., *Anchieta* ...]

VIANA, Dr. Francisco Vicente. — *Memoria sobre o Estado da Bahia*, Baía, 1893. [Viana, *Memoria* ...]

VICENTE (Fr.) do SALVADOR. — *História do Brasil*, nova edição revista por Capistrano de Abreu. S. Paulo, 1918. [Fr. Vicente, *H. do B.* ....]

YATE, John Vincent. — Duas cartas do Brasil, em inglês, de 12 e 21 de Junho de 1593. *Calendar of State Papers, Domestic series of the Reign of Eduard VI, Mary, Elizabeth and James I*. Volume CCXLV (1591-1594), p. 353 ss. [Yate, *Calendar of State Papers* ...]

IGREJA E COLÉGIO DA BAÍA
Desenho dos meados do século XIX (oferta do Dr. Afrânio Peixoto)

CAPÍTULO I

Pressuposto histórico

1 — Santo Inácio de Loiola; 2 — Fundação da Companhia de Jesus; 3 — Fórmula do Instituto; 4 — As Constituições; 5 — O govêrno da Companhia; 6 — Observância religiosa; 7 — Os Exercícios Espirituais.

1. — A fundação da Companhia de Jesus é um dos factos mais importantes do século XVI e Santo Inácio, seu fundador, um dos homens de maior influência espiritual no mundo moderno.

Dizer aqui o que mereceria a sua gloriosa figura, levar-nos-ia longe. Seja-nos lícito, porém, antes de entrar na história da Companhia de Jesus no Brasil, recordar sumàriamente as suas origens. Ponto de partida, será, também, subsídio útil para a melhor compreensão da obra, que empreendemos.

Santo Inácio nasceu no castelo de Loiola, nas Vascongadas, por volta de 1491. De raça de soldados, êle próprio viveu na sua juventude, a vida descuidada e barulhenta dos gentis-homens, fidalgos e militares, do seu tempo. Desejando fazer carreira brilhante, conseguiu ser nomeado capitão na guarnição de Pamplona, capital de Navarra, e ali estava havia quatro anos, quando estalou a guerra com França. Invadindo os franceses a Navarra, Pamplona abriu as portas ao invasor, excepto a guarnição militar. Encerrada na fortaleza, a guarnição resistiu, e Inácio caíu ferido. Levado para a casa natal, tratou de curar-se; e, para não ficar depois a coxear duma perna, fêz uma operação difícil, primeira e segunda vez.

Ora, durante a longa convalescença, pediu livros de cavalaria. Não os havendo em casa, deram-lhe os que acharam, uma *Vida de Cristo* e um *Florilégio* de Santos. Era o seu caminho de Damasco. No espírito de Inácio surgiu outro ideal. Que fizera

LIVRO PRIMEIRO

A EMPRÊSA DO BRASIL

até aí? Servir os príncipes da terra. Daí em diante seguiria o Rei dos Reis. Se até aí dera a juventude ao mundo e às suas vaidades, para o futuro iria pôr-se únicamente ao serviço da glória de Deus.

Apenas se ergueu do leito, Inácio pôs-se a caminho. Visitou as ermidas de Nossa Senhora. Passou por Monserrate, e deteve-se em Manresa, na Catalunha, um ano. Pedindo esmola, dormindo onde a caridade dos outros lho consentia, ia de vez em quando orar a um lugar retirado, espécie de gruta na escarpa duma ligeira encosta. Jejuns, oração, reflexão, assistência divina. Neste seu retiro de Manresa teve a primeira ideia dos *Exercícios Espirituais*, e aqui redigiu o primeiro esbôço desta sua grande arma de combate. De Manresa seguiu para Barcelona; de Barcelona para a Palestina (1523). Não podendo ficar em Jerusalém, voltou a Barcelona (1524), resolvido a prègar os Exercícios Espirituais através do mundo. Verificando que lhe faltavam letras e teologia, põe-se, homem decidido, depois dos trinta anos, a aprender latim nos bancos da escola. Dirige-se depois para as Universidades de Alcalá e Salamanca. Começando a dar os *Exercícios*, sem estudos, atrai sôbre si a atenção dos Inquisidores, naquelas duas cidades. É prêso. Em Alcalá teve os grilhões aos pés durante 42 dias, em Salamanca durante 22. O processo, que lhe formaram, declarou-o, é certo, isento de êrro na vida e doutrina; todavia, persistindo as peias que lhe tolhiam a prègação, resolveu acabar os estudos em Paris (1528). Ainda o molestou ali a Inquisição. Mas, dentro em breve, impondo-se pela sua pessoa e pela sua doutrina, a Inquisição permitiu a actividade apostólica de Inácio, sobretudo a dos *Exercícios Espirituais*. Respirou. Em Paris estudou primeiro no Colégio de Montaigu, e, em Outubro de 1529, passou para o de Santa Bárbara, de que era director o célebre pedagogo português, Diogo de Gouveia. Inácio de Loiola recebeu o grau de Mestre em Artes em 1534. E, dando-se ainda à Teologia, concluíu, emfim, a sua carreira de estudos.

2. — Entretanto, por obra dos *Exercícios Espirituais*, Inácio fôra juntando à sua volta um grupo de homens notáveis, Pedro Fabro, Francisco Xavier, Diogo Laines, Afonso Salmeron, Simão Rodrigues e Nicolau Bobadilha. Os dois primeiros, hoje nos alta-

res, como êle, foram seus companheiros de quarto no Colégio de Santa Bárbara [1]. E dois dêles teem particular interêsse na nossa Assistência, porque um, Simão Rodrigues, foi o fundador da Província de Portugal, e outro, Francisco Xavier, trabalhando por Cristo no Oriente, à sombra da bandeira portuguesa, mereceu ser elevado às honras dos altares e é Padroeiro Universal das Missões.

Santo Inácio, com tais companheiros, voltou ao propósito antigo de ir, para a Terra Santa, dar-se à conversão dos turcos. Amadureceu a ideia, e concluíu com os companheiros que, se por acaso lhes fôsse impedida a viagem, colocar-se-iam ao dispor do Vigário de Cristo.

Entretanto, organizaram a sua vida espiritual de maneira a dar eficácia aos seus propósitos: voto de castidade, voto de pobreza, voto de ir em peregrinação a Jerusalém e ocupar a vida e fôrças na salvação do próximo, administração dos sacramentos da confissão e comunhão, prègação e celebração da missa, tudo sem estipêndio. Para mais firmeza, decidiram fazer voto desta sua resolução, na capela de Nossa Senhora, edificada em honra de S. Dinis, na Colina de Montmartre, na capital da França.

Fizeram-no a 15 de Agôsto de 1534 [2].

Depois, tratando de pôr em prática o voto de irem à Terra Santa, Inácio deu volta por Espanha (1535) e alguns companheiros dirigiram-se directamente a Veneza em 1536, aonde também foi ter Santo Inácio. A seguir, o Santo fica em Veneza, os mais vão a Roma, onde os favorece o Papa Paulo III. Voltando a Veneza, ali ficaram todos em ministérios, até que, verificando a impossibilidade de embarcar para a Palestina, Santo Inácio e os seus resolveram, emfim, tomar o caminho da Cidade Eterna (1537). Perseguições os aguardavam em Roma durante o ano de 1538. Decidem então fundar a *Companhia de Jesus* (1539) e logram a sua aprovação, nesse mesmo ano, e, depois, definitivamente, na bula *Regimini Militantis Ecclesiae*, de 27 de Setembro de 1540.

---

1. F. Rodrigues, *História*, I 1.º, 30.
2. Pedro de Rivadeneira, *Vida del Bienaventurado Padre Ignacio de Loyola* (Madrid 1900) 112.

3. — Que era a Companhia de Jesus? Que pretendia? Vai-no-lo dizer a Fórmula do Instituto, incluída na Bula de aprovação: «Qualquer que na nossa Companhia, que desejamos seja assinalada com o nome de Jesus, quiser militar como soldado de Deus, debaixo da bandeira da cruz, e servir ao único Senhor e ao Romano Pontífice, Vigário seu na terra, depois de fazer voto solene de castidade perpétua, assente consigo que é membro de uma Companhia, sobretudo fundada para, de um modo principal, procurar o proveito das almas, na vida e doutrina cristã, propagar a fé, pela pública prègação e ministério da palavra de Deus, pelos exercícios espirituais e obras de caridade, e, nomeadamente, ensinar aos meninos e rudes as verdades do cristianismo, e consolar espiritualmente os fiéis no tribunal da confissão; e trate de ter sempre diante dos olhos primeiro a Deus, depois o modo dêste seu Instituto, que é um como caminho para chegar a Êle, e de conseguir por tôdas as fôrças êste fim, que Deus lhe propôs, cada um, todavia, na medida da graça, que o Espírito Santo lhe comunicar, e no grau particular da sua vocação, não suceda que algum se deixe levar de um zêlo não regulado pela ciência».

«O Juízo, porém, do grau, que deve ter cada um, e a distinção e distribuïção dos ofícios ficará inteiramente nas mãos do Prepósito ou Prelado, que havemos de eleger, para que se guarde a boa ordem, necessária em tôda a comunidade bem formada. E êste Prepósito, tomando o parecer dos companheiros, terá autoridade de fazer em Congregação, sempre a maioria de votos, as Constituïções, que sejam conducentes à conservação do fim que nos é proposto. Entenda-se, contudo, que nas coisas mais importantes e perpétuas será formada a Congregação pela maior parte de tôda a Companhia, que o Prepósito puder còmodamente convocar; e, nas de menos gravidade e transitórias, por todos os que suceder acharem-se presentes no lugar em que o Prepósito resida. A êste, porém, compete todo o poder de mandar».

«Saibam todos os companheiros e considerem, cada dia, não só nos princípios de sua profissão, mas emquanto lhes durar a vida, que tôda esta Companhia e cada um de seus membros militam por Deus, sob fiel obediência do Santíssimo Papa, nosso senhor, e dos outros Romanos Pontífices seus sucessores. E aínda que o Evangelho nos ensine, e pela fé ortodoxa saibamos e firmemente confessemos, que todos os fiéis cristãos estão sujeitos ao Romano Pontífice, como a cabeça e Vigário de Jesus Cristo, não obstante, para maior humildade de nossa Companhia e perfeita mortificação de cada um e abnegação de nossas vontades, julgamos importar sobremaneira que, além daquele vínculo a todos comum, se ligue cada um de nós com voto especial, de modo que, sem nenhuma tergiversação nem desculpa, nos tenhamos por obrigados a cumprir, sem delongas, e na medida de nossas fôrças, quanto nos ordenar o actual Romano Pontífice e os que pelo tempo adiante lhe sucederem, para proveito das almas e propagação da fé, sejam quais forem as províncias a que nos enviar, quer nos mande para os turcos, quer para as terras de outros infiéis, ainda para as partes que chamam da Índia, como também para os países de hereges ou cismáticos ou quaisquer nações de fiéis. Pelo que, os que se houverem de juntar connosco, antes de submeterem os ombros a esta carga, considerem demorada e sèriamente se possuem tanto cabedal de bens espirituais, que possam acabar a construção desta tôrre, conforme o conselho do Senhor, quer dizer, se o Espírito Santo, que os move, lhes promete graça tão abundante, que esperem, confiados no seu auxílio, poder levar o pêso desta vocação; e, depois que sob a inspiração divina se alistarem nesta milícia de Jesus Cristo, deverão estar dia e noite dispostos e a ponto para o cumprimento de tão grande obrigação. Mas, para que não haja entre nós quem ambicione ou recuse tais missões e incumbências, prometa cada um que nunca, nem directa nem indirectamente, tratará delas com o Pontífice Romano, mas deixará todo êsse cuidado a Deus, ao mesmo Pontífice, como a seu Vigário, e ao Prepósito da Companhia; e o Prepósito por sua vez prometa, como os demais, que não negociará com o dito Pontífice para ser enviado a esta ou àquela missão, a não ser com o Conselho da Companhia ».

« Façam todos voto de obedecer ao Prepósito da Companhia em tôdas as coisas, que tocam à observância desta nossa regra; e o Prepósito ordene o que lhe parecer oportuno para o conseguimento do *fim*, que Deus e a Companhia lhe assinaram, mas em seu govêrno recorde-se continuamente da benignidade, mansidão e caridade de Cristo e da norma que deixaram Pedro e Paulo; e tanto êle como o seu Conselho tragam sempre diante dos olhos êste modêlo. De modo particular tenham como recomendada a instrução dos meninos e rudes, na doutrina cristã, nos dez mandamentos e noutros rudimentos da religião, como lhes parecer mais acomodado às circunstâncias de pessoas, lugares e tempos. Porquanto, é sumamente necessário que o Prepósito e o Conselho olhem com diligência pela observância dêste ponto, já que nos próximos não pode levantar-se o edifício da Fé sem fundamento, e da parte dos Nossos corre perigo que os doutos, quanto mais o são, tanto mais procurem talvez esquivar-se a êste ministério, como a emprêgo na aparência menos vistoso, sendo verdade que nenhum existe mais frutuoso nem para edificação dos próximos nem para o exercício dos Nossos na caridade e na humildade. Os súbditos, por sua parte, não só pelos grandes proveitos da Ordem, mas também pela contínua prática, nunca louvada bastantemente, da humildade, sejam sempre obrigados a obedecer ao Prepósito em tôdas as coisas atinentes ao Instituto da Companhia, e reconheçam nêle, como presente, a pessoa de Cristo, e, na devida proporção, como tal o venerem».

«Como, porém, tenhamos verificado pela experiência que a vida é mais aprazível, mais pura e mais edificativa para o próximo, quando se afasta da mais pequena sombra de avareza, e se assemelha na maior perfeição à pobreza evangélica, e estejamos certos que Nosso Senhor Jesus Cristo há-de prover do necessário sustento e vestido a seus servos, que busquem sòmente o Reino de Deus, façam todos, e cada um, voto de perpétua pobreza, declarando que não só em particular, mas nem sequer em comum poderão, para mantimento e uso da Companhia, adquirir direito nenhum civil sôbre bens estáveis nem sôbre proventos ou rendas de nenhuma espécie, mas sejam contentes do só uso das coisas doadas, para granjearem o necessário para a vida. Poderão, contudo, ter nas universidades, colégio ou colégios com rendas, censos ou propriedades, que se empregarão nos gastos precisos e usos dos estudantes, ficando em poder do Prepósito e da Companhia todo o govêrno ou superintendência dos ditos estudantes e colégios, no que toca à eleição do superior ou superiores e estudantes, à admissão, demissão, recepção e exclusão dos mesmos, à ordenação dos estatutos para a instrução, erudição, edificação e correcção dos estudantes, maneira de lhes ministrar alimento e vestido, e para tudo o que diz respeito ao govêrno, regime e cuidado dêles, de forma que nem os estudantes possam abusar dêsses bens, nem a Companhia convertê-los em utilidade própria, mas só prover com êles à necessidade dos estudantes. Êstes, depois de se ter experiência do seu adiantamento no espírito e nas letras, e depois de suficiente provação, poderão ser admitidos à nossa Companhia».

«Todos os companheiros que tiverem ordens sacras, ainda que não possuam benefícios nem rendas eclesiásticas, são obrigados a rezar, não em comum, mas só em particular, o ofício divino, segundo o rito da Igreja».

«Estas são as coisas que pudemos, com o beneplácito de nosso senhor, o Papa Paulo III, e da Sé Apostólica, explicar, como em esbôço, acêrca de nossa profissão; o que ora fizemos para neste compendioso escrito informarmos tanto aquêles que sôbre o nosso modo de vida nos interrogam, como também os vindouros, se tivermos, querendo-o Deus, alguns imitadores desta nossa vida. E, porque ela traz consigo, como no-lo demonstrou a experiência, muitas grandes dificuldades, julgámos oportuno determinar, também, que nenhum seja recebido nesta Companhia, se não fôr por longo tempo e cuidadosamente provado; e só quando se mostrar prudente em Cristo e insigne ou pela ciência ou pela pureza da vida cristã, seja finalmente encorporado a esta milícia de Jesus Cristo. Digne-se êste favorecer nossas ténues emprêsas para glória de Deus Padre, a quem ùnicamente seja sempre honra e louvor por todos os séculos. Amen»[1].

Notemos nesta fórmula o relêvo que se dá já a certos ministérios. Entre êles está o das missões, de que o Brasil havia de ser uma das mais gloriosas. Em 1541 S. Inácio foi eleito Geral.

4. — Estabelecida assim a Companhia de Jesus jeràrquicamente, faltava apenas para a sua estabilização orgânica,

---

1. *Institutum S. I.*, I, p. 4-6. Astrain publica o texto castelhano, um pouco mais simples do que o latino. Adoptamos êste por ser oficial, conforme o publica Rodrigues, *História I*, 1.º, 111-115. As *Regras da Companhia de Jesus* (Oya 1930) 116-130, trazem a Fórmula da Bula Apostólica de Júlio III, *Exposcit Nobis*, de 21 de Julho de 1550, já com alguns aditamentos ou desdobramentos da anterior. — *Institutum S. I.*, I, p. 23-26.

que se escrevessem as Constituïções, anunciadas na fórmula. Santo Inácio escreveu-as. Começou-as em 1547, mostrou-as aos Padres mais competentes; e assim, corrigidas e aperfeiçoadas por êle próprio, se promulgaram nas diversas Províncias da Companhia, a partir de 1552. Mas até à sua morte, a 31 de Julho de 1556, Santo Inácio não cessou de as retocar e rever[1].

Antes das *Constituïções* pròpriamente ditas, há um *Exame*, destinado a conhecer o que entra; e, também, a dar-lhe a conhecer o que é a Companhia: «o fim desta Companhia é não sòmente ocupar-se na salvação e perfeição das almas próprias com a graça divina, mas também com a mesma procurar intensamente ajudar à salvação e perfeição dos próximos»[2].

É a definição da Companhia, com o seu duplo fim, individual e apostólico. Nem só activa, para servir o próximo, nem só contemplativa, para a consideração das coisas divinas. Adopta-se o meio têrmo: ordem mixta, para maior glória de Deus.

Além dos três votos, comuns a tôdas as Ordens, faz o professo solene mais um, de obediência ao Papa, a-respeito das missões. Na Companhia de Jesus, os religiosos poderão pertencer a quatro categorias. O noviciado não se conta como grau, nem o período de formação que se segue entre os votos simples feitos ao fim do noviciado e os últimos votos. Os que fazem êstes últimos votos ficam, pois, num dêstes graus: professo de quatro votos; professo de três votos; coadjutor espiritual formado; coadjutor temporal formado. Os três primeiros são Padres, os últimos não recebem Ordens sacras.

O pretendente à Companhia é excluído nalguns casos: se fôr herege ou cismático, homicida ou infame; se vestiu hábito religioso de outra Ordem, se está ligado por vínculo matrimonial ou de escravidão[3].

Verificando-se que está livre, inquire-se da família, se tem obrigações graves, que aptidões e talento possue, e como sentiu desejos de ser religioso; e, emfim, se mantém vontade delibe-

---

1. Astrain, *Historia*, I, 138-139; cf. Rodrigues, *História*, I, 1.º, 127-128.
2. *Examen, Institutum S. I.*, C. I, n.º 2, *Sumário das Constituïções*, r. 2; Cf. *Regras*, p. 4.
3. *Examen*, cap. II.

rada de viver e morrer na Companhia de Jesus Nosso Criador e Senhor[1].

Acabado o Exame, veem as Constituïções. Nas *Declarações* do *Proémio*, Santo Inácio dá logo o conspecto geral delas. São dez partes, perfeitamente concatenadas:

« A *primeira*, da admissão dos que hão-de seguir o nosso Instituto; a *segunda*, da demissão dos que não pareçam idóneos para êle; a *terceira*, da conservação e aproveitamento em virtude dos que ficarem; a *quarta*, da formação em letras e outros meios de ajudar o próximo os que se tiverem ajudado a si-mesmos em espírito e virtudes; a *quinta*, da encorporação na Companhia dos que assim forem formados; a *sexta*, do que devem observar em si mesmos os já encorporados; a *sétima*, do que se há-de observar para com os próximos, repartindo os operários e empregando-os na vinha de Cristo Nosso Senhor; a *oitava*, do que toca a unir entre si e com sua cabeça os que estão repartidos; a *nona*, do que respeita à cabeça e ao govêrno que dela ao corpo desce; a *décima*, do que universalmente toca à conservação e aumento de todo o corpo desta Companhia no seu bom ser. Esta é a ordem, a qual se terá nas Constituïções e Declarações, olhando ao fim que todos pretendemos da glória e louvor de Deus Nosso Criador e Senhor »[2].

5. — O supremo poder legislativo da Companhia está na Congregação Geral, composta de delegados das diversas províncias. Acabada a Congregação, é o Geral quem assegura, de acôrdo com as Constituïções e Decretos das Congregações Gerais, que não pode abrogar nem mudar, o govêrno de tôda a Companhia. Santo Inácio traça, nas mesmas Constituïções, o retrato do Superior Geral: homem de oração e união com Deus; possua as virtudes próprias do estado religioso, em particular caridade, humildade, mortificação, mansidão e fortaleza; seja de grande entendimento e juízo, vigilante e eficaz para levar as coisas a bom têrmo; goze de saúde e fôrças e tudo o mais que possa dar crédito e autoridade. Se algumas destas coisas faltas-

---

1. *Examen*, cap. III.
2. *Institutum*, S, I., II, Prooemium.

sem, não falte ao menos, diz o Santo, muita bondade, amor à Companhia, bom juízo e boas letras[1].

A Companhia está repartida em províncias e cada grupo de províncias, segundo critérios geográficos ou lingüísticos, constitue uma Assistência. Na Companhia antiga existiram 6 Assistências: Itália, Portugal, Espanha, Alemanha, França e Polónia. A Assistência de Portugal compreendia, além da metrópole, a Província da Índia, que se desdobrou depois em duas, Goa e Malabar, o Japão, a Vice-Província da China, a Província do Brasil e a Vice-Província do Maranhão. Além disto, Missões em Angola, Moçambique e Etiópia. Cada Assistência mantém em Roma um representante, chamado Assistente, eleito ordinàriamente nas Congregações Gerais. É simples consultor do Geral para os respectivos negócios.

As Constituïções conferem-lhes certos poderes sôbre a pessoa do Geral, mas só em casos limitadíssimos, para bem da Companhia: assuntos referentes ao modo de viver do Geral, ao cuidado que deve ter no que toca ao corpo e à alma. Num caso extremo, se o bem da Companhia o exigisse, poderiam ir até depor o Geral ou afastá-lo da Companhia[2]. Tal caso nunca se deu. De todos os Superiores da Companhia só o Geral é vitalício.

O critério seguido para formar uma Província depende dos seguintes adjuntos: ter recursos suficientes para subsistir, por si mesma, no que toca à sustentação e recrutamento. Também influem, como na formação da Assistência, circunstâncias geográficas e lingüísticas. Quando as casas se tornam numerosas e distam entre si, a Província dá origem a outra, ou, quando o recrutamento ainda não está plenamente assegurado, a uma Vice-Província.

Os superiores de cada Província, ou Províncias, governam tôdas as casas dela (Colégios e Residências) e cada casa tem o seu superior, que nos colégios se chama Reitor.

---

1. *Constitutiones*, P. IX, II, n.º 10.
2. *Constitutiones*, P. IX, c. IV. Os Padres Assistentes de Portugal, e, portanto, do Brasil, foram: Luiz Gonçalves da Câmara (1558), Francisco de Borja (1564), Diogo Mirão (1565), Pedro da Fonseca (1573), Manuel Rodrigues (1582), João Álvares (1594), António Mascarenhas (1608). — Gesù, *Informationes*, n.º 104 ; L. Schmitt, *Synopsis Historiae Societatis Iesu* (Ratisbonae 1914) 521.

Assim como o Geral se rodeia de Assistentes, assim também em cada Província e em cada casa há um certo número de Padres, até quatro, com quem o Provincial e o Superior se aconselham nos casos importantes, estando um encarregado de mostrar caridosamente ao Superior o que acha necessário ou útil e, porisso, se chama Admonitor, homem bom, prudente e grave. Os Consultores não teem poder deliberativo, mas apenas consultivo. Daí o seu nome.

6. — O govêrno da Companhia, sàbiamente organizado, supõe uma virtude essencial na vida religiosa: a obediência. Ela é a virtude característica da Companhia. O Superior não pode mandar nada que implique desordem moral, nem esteja fora dos fins da Companhia. O religioso, na verdade, só promete obediência segundo as Constituïções. Compreendida e delimitada assim a obediência, como manifestação da responsabilidade humana e liberdade cristã, exorta Santo Inácio: «Podemos sofrer, que outras Ordens religiosas nos levem vantagens noutras virtudes, porém na pureza e perfeição da obediência [...] muito desejo, Irmãos Caríssimos, que se assinalem os que nesta Companhia servem a Deus Nosso Senhor e nisto se conheçam os filhos verdadeiros dela, nunca olhando para a pessoa a quem se obedece, senão nela a Cristo Nosso Redentor, por quem se obedece»[1].

É a sobrenaturalização da obediência. Mas é recíproca. Os Superiores, devem realizar aquêle aviso, que o P. Leão Henriques trouxe de Roma para Portugal, em 1573, da parte de Everardo Mercuriano «que os Superiores não sejam graves *et velut cum dominio* imperantes»[2].

À obediência, pura e simples, dos religiosos aos seus Superiores, como a Cristo, tem de corresponder da parte dos Superiores esforços verdadeiros para representarem, em palavras e em factos, a pessoa divina.

Neste sentido traçou Santo Inácio o retrato do Geral na **forma que vimos**, e, em proporção, o dos mais Superiores.

O **princípio da obediência**, assim temperada e sobrenatu-

---

[1] Carta da Obediência, *Regras*, p. 48; Cf. *Constitutiones*, P. III, C. I, n.º 23; P. VI, n.º 1; Sumário 35, *Regras*, p. 19.
[2] *Lus.* 65, 325-325v.

ralizada, é a fôrça disciplinadora e fecunda da actividade apostólica da Companhia.

A pobreza, quere o santo que se ame como mãi e conserve como muro da Religião[1]. Para cortar o passo a possíveis ambições, os Professos fazem voto de não aceitar dignidade, e, tratando da pobreza, podem tomar métodos que a apertem mais e não a alarguem.

Quanto ao voto de castidade, os Jesuítas devem assinalar-se nela como Anjos, diz Santo Inácio. E ao mesmo tempo que os filhos da Companhia de Jesus se fundam nestas bases essenciais da religião, atiram a vista ao largo para abranger com o seu zêlo o mundo inteiro, tôda e qualquer parte, « *in quavis mundi plaga*, onde se espera maior serviço de Deus e bem das almas »[2]. Mas para a eficácia das obras requere-se virtude sólida, e esta deve antepor-se a todos e outros quaisquer dons, « porque os dons interiores são os que hão-de dar eficácia aos exteriores »[3].

Assim, pois, a própria perfeição é o primeiro cuidado do verdadeiro Jesuíta, que inclue o de viver na união de uns para com os outros, com espírito de generosidade para com Deus, numa perfeita e total abnegação de si mesmo. Para êste alto ideal dispõe de meios de santificação, adequados, além dos especificamente religiosos, que são os votos: a oração, a meditação, os sacramentos, a mortificação dos sentidos, e penitências discretas.

Santo Inácio, com a sua clarividência meticulosa, não deixa nada ao acaso. O cuidado da saúde; as relações com as pessoas de família e de fora; a abertura de consciência com os Superiores: tudo se regula na vida, externa e interna, dum filho da Companhia, que, sendo fiel, diligente e generoso, fica apto para realizar o duplo fim da sua vocação: santificar-se a si próprio e santificar aos outros.

Saído da vida militar, Santo Inácio era o homem da hierarquia. Portanto, colocou-a também nas obras de zêlo: acima das temporais, as espirituais; acima das de menor fôlego ou que

---

1. *Constitutiones* P. VI, n.º 2 ; *Sumário*, regra 23-24 ; *Regras*, 14-15.
2. *Sumário*, 7 ; 3, *Regras*, p. 4.
3. *Constitutiones*, P. X ; *Sumário* r. 16 ; *Regras*, p. 11.

podiam adiar-se, as mais altas e urgentes; acima das implicadas em perigos à vocação ou incertas, as seguras e claras; acima das transitórias, as estáveis e duradoiras. É o seu lema: tudo *para a maior glória de Deus*. Estava tão impregnado dêle, que, a denotar a sua intenção contínua, e como para se infiltrar na própria alma da Companhia, lê-se, só nas Constituïções, essa ou outra fórmula equivalente, 259 vezes — quási tantas como as suas páginas! [1].

7. — As Constituïções, que são o molde da Companhia, a sua orgânica externa, embebem-se dos *Exercícios Espirituais*, raiz da sua vida interior: corpo e alma.

Escritos por Santo Inácio de Loiola, em Manresa, os *Exercícios Espirituais* são um pequeno livro, donde deriva tôda a espiritualidade própria da Companhia de Jesus. Assenta em dois princípios: um, como *fundamento*, na razão esclarecida pela fé, a criação do homem e o fim para que foi criado; outro fundado na fé, — a Incarnação do filho de Deus, cuja imitação deve ser a maior ambição humana. Supõe-se o pecado: e, portanto, a reacção contra o prazer. A mortificação é a grande lição de Jesus. E ela, dada por amor dos homens, pede ao homem a correspondência da imitação e do amor. Cristo apresenta-se como Rei à conquista do mundo sobrenatural, e convida todos os homens de boa vontade a participar desta conquista. Os Exercícios acomodam-se a todo o género de pessoas. Mas para os que seguem ou escolhem a perfeição religiosa, Santo Inácio dá-lhes dela um conceito novo. Até então a vida religiosa considerava-se como afastamento do mundo. Santo Inácio integra a sua Ordem no mundo e faz dela uma campanha para a conquista do mundo. Cerra os laços da disciplina, fortifica as almas pela oração, exame particular, sacramentos, e liberta os seus religiosos, de práticas externas, boas em si, mas que poderiam tolher os movimentos de uma campanha activa: côro, jejuns, capítulo, hábito próprio. A abnegação *interior* é a fôrça da Companhia de Jesus. Fundada nos Exercícios, a sua espiritualidade reveste carácter magnífico de unidade, precisão, largueza de

---

1. Alexandre Brou, *La spiritualité de S. Ignace* (Paris 1928) 10.

vistas, flexibilidade e segurança. A espiritualidade da Companhia está na base de quási todos os Institutos Religiosos, fundados depois dela [1].

Tal é, num rapidíssimo esbôço, a Companhia de Jesus. Não escrevendo a sua história geral não nos pareceu próprio dar notícia mais desenvolvida da sua origem e organização. Aqui e além tocaremos ainda várias cláusulas dela, conforme os assuntos o pedirem, e, no tômo II, consagraremos todo um livro ao *regime interno* da Companhia, aplicado ao Brasil. Deixamo-lo para então, porque só então será perfeitamente compreensível, depois de conhecida a obra e o ambiente em que essa aplicação se operou.

Convinha, entretanto, dar a conhecer desde já ao leitor, leigo nas coisas da Companhia, o espírito da Instituïção, que ia empreender a conquista espiritual do Brasil. Foi o que tentámos neste pressuposto histórico.

Brevíssimo? De-certo. Mas encurtamo-lo intencionalmente. Demorarmo-nos nêle com explanações ou investigações especializadas seria retardar as nossas. E, em verdade, não nos devemos deter com a revisão de fontes peculiares a estudos, que não são objecto nosso imediato. As pesquisas pessoais reservamo-las para a história da Companhia de Jesus na América Portuguesa.

Começamos.

---

[1]. O estudo dos *Exercícios Espirituais* está feito. Compete-nos ùnicamente ver o seu uso e aplicação no Brasil o que faremos no lugar próprio. Notemos, ainda assim, que, para o estudo do texto, a obra fundamental acha-se em *Mon. Ignatiana*, série 2.ª. Sôbre a sua origem, há em português um breve estudo feito por Francisco Rodrigues, *História* I, 1.º 162-173. Quanto ao seu valor ascético, os tratados são inúmeros. Resumam-nos a todos estas palavras de Aquiles Ratti, depois Pio XI: «Un libro come quello degli *Esercise di S. Ignazio* che quasi sùbito si affermò ed impose quale il più sapiente ed universale codice di governo spirituale delle anime, quale sorgente inesauribile della pietà più profonda ad un tempo e più solida, quale stimolo irresistibile e guida sicurissima alla conversione e alla più alta spiritualità, e perfezione...» — Mgr. A. Ratti, *Saint Charles Borromée et les Exercices de Saint Ignace* (Enghien 1911) 28-29.

CAPÍTULO II

Os Jesuítas na Baía de Todos os Santos

1 — Padre Mestre Simão Rodrigues; 2 — P. Manuel da Nóbrega e companheiros; 3 — Armada e viagem do Governador Geral Tomé de Sousa; 4 — Desembarque; 5 — Fundação da cidade do Salvador e da Capela da Ajuda; 6 — Fundação da Igreja do Colégio; 7 — Relíquias; 8 — Projecto de nova Igreja.

1. — O P. Mestre Simão veio de Roma para Portugal com destino à Índia, como S. Francisco Xavier. Retiveram-no na côrte de Lisboa. Em todo o caso não o largou nunca o pensamento das missões. Primeiro Índia, depois Etiópia, e, por fim, quando D. João III pensou a sério na colonização do Brasil e quis enviar para lá religiosos da Companhia de Jesus, ofereceu-se êle próprio: «quero eu ser o primeiro no Brasil, pois não mereci ser o segundo na Índia»[1]. E chegou a alcançar de El-Rei licença por três anos. Com ela na mão escreveu a Santo Inácio, comunicando-lhe que partiria nos meados de Janeiro de 1549 e que levaria consigo uns 10 ou 12 companheiros[2].

Causou alvorôço em Roma tal notícia. Santo Inácio teve que aprovar o facto, que em Roma se dava já, talvez, por consumado, mas que, na realidade, se não levou a efeito. Simão Rodrigues não teve a glória de fundar a Província do Brasil como teve a de fundar a de Portugal e ser o primeiro Provincial de Aragão. Surgiram impedimentos graves, entre os quais o não ter nesse

---

1. Balt. Teles, *Crónica*, I, 436.
2. *Mon. Ignat.* série 1.ª, II, 307; *ib.* sér. 4.ª, I, 666; Polanco, *Cronicon*, I, 318-319; F. Rodrigues, *História*, I, 1.º, 279; Franco, *Imagem de Lisboa*, I, cap. XXI, 90; Vasconcelos, *Crónica*, 6-7; Teles, *Crónica*, I, 435.

momento quem o substituísse no Provincialato de Portugal, pois, ao que parece, estava destinado para isso, o P. Santa Cruz, e êste tinha falecido em Roma, em Outubro de 1548[1]. O próprio Simão Rodrigues desistiu, depois, de ir ao Brasil, como êle próprio diz em carta sua de Barcelona, em 1552[2]. A fundação da Província do Brasil estava reservada para um jovem Padre de 32 anos, Manuel da Nóbrega.

2. — Frustrada a ida de Simão Rodrigues, escolheu-se, de--certo com o aprazimento de El-Rei e de Tomé de Sousa, que ia por Governador Geral, o P. Manuel da Nóbrega, homem nobre, culto e decidido.

Levou consigo mais cinco da Companhia, dignos todos de serem os primeiros obreiros de tão gloriosa tarefa. Encontraremos muitas vezes os seus nomes: Padres Leonardo Nunes, António Pires, João de Azpilcueta Navarro, e os irmãos, que depois se ordenaram, Vicente Rodrigues e Diogo Jácome, ou de Santiago, como lhe chamou Bartolomeu Guerreiro[3].

3. — A armada, em que haviam de fazer viagem, uma das maiores que até então se dirigiram ao Brasil, constava de três naus, *Conceição*, *Salvador* e *Ajuda*, duas Caravelas, *Leoa* e *Rainha*, e um bergantim, cujo nome devia ter sido *São Roque* ou *Santiago*. Parece que também iam duas naus, enviadas a negócios por Fernando Álvares de Andrade, pai do maior escritor místico português, Frei Tomé de Jesus.

Comandava a nau capitânia, que era a *Conceição*, o próprio Governador Geral, Tomé de Sousa; a *Salvador*, o Provedor-mor, António Cardoso de Barros; e a *Ajuda*, Duarte Lemos. Das caravelas eram comandantes Francisco da Silva e Pero de Góis,

---

1. *Carta do P. Miguel Botelho ao P. Luiz da Grã*, Bibl. de Évora, cód. CVIII, 2-I, f. 133.

2. *Mon. Rodrigues*, 636; *Mon. Mixtae*, II, 724. *Mon. Ignat.* ser., 1.ª III, 72.

3. Bartolomeu Guerreiro, *Gloriosa Coroa*, 305; Franco, *Imagem de Coimbra*: cf. vidas respectivas; F. Rodrigues, *História*, I. 2.º, 539; *Mon. Ignat.*, 1.ª, III, 544; Polanco, *Chronicon*, I, 449, onde diz que eram 4; *Mon. Mixtae*, II, 91; Nicolau Orlandini, *Historia Societatis Iesu* (Colónia 1615) 279; Maffei, *Hist. Indic.*, p. 295, onde se diz que chegaram « ineunte aprile mense »; Anchieta, *Cartas*, 314; Ant.º de Matos, *Prima Inst.*, 4-4v; Ricard, *Les Jésuites au Brésil*, 328.

capitão-mor da costa do Brasil [1]. Quando Nóbrega, que andava em missões pelo centro de Portugal, chegou a Lisboa, já a frota tinha levantado âncora com os seus companheiros. Ficou à espera de Nóbrega a nau do Provedor. Passadas, porém, «poucas sangraduras», alcançou a frota, e Nóbrega passou para a nau do Governador Geral [2].

A armada saíu de Belém no dia 1 de Fevereiro de 1549 e chegou à Baía, daí a oito semanas justas, a 29 de Março [3]. É fácil de calcular como se ocupariam na viagem. Além dos comandantes, vinham altos funcionários, um dos quais era o Dr. Pero Borges, ouvidor geral e juiz rectíssimo; vinham muitos colonos, gente de guerra, e 400 degredados: mais de mil homens. Tinham os Jesuítas bem em que exercitar os seus ministérios: confissões, prègações, lição da vida dos santos, compor dissídios. Na viagem, que mais tarde descreverá o P. Fernão Cardim, em que ia o Visitador Cristóvão de Gouveia, o governador Manuel Teles Barreto, viagem semelhante a tôdas as demais no que toca à actividade dos Padres, diz: «todo o tempo da viagem exercitámos nossos ministérios e prègação» [4].

Quando iam muitos da Companhia, organizava-se, nestas longas travessias do Atlântico, a vida regular da comunidade com horário e distribuïção de cargos. Às vezes surgiam graves doenças. Nesta primeira viagem, não houve. Nem também houve contratempo de maior. «Chegámos mais sãos do que partimos», dizia Nóbrega, acrescentando que, com isso, bem mostrava Deus ser sua a obra que agora se principiava, — «obra sem exemplo na história», escreve Capistrano de Abreu [5].

4. — O desembarque da gente da armada operou-se na povoação de *Pereira* (do primeiro donatário da Baía, Francisco Pereira Coutinho), chamada também depois *Vila Velha*, por opo-

---

1. Pôrto Seguro, *HG*, I, 294; Accioli-Amaral, *Memórias*, I, 333; Pedro de Azevedo, *A Instituição do Governo Geral*, na *Hist. da Col. Port. do Brasil*, III, 335.
2. Vasc., *Crón*. I, 24.
3. Nóbr., *CB*, 71. Cf. Ventura Fuentes, in *Catholic Encyclopedia*, N. Y. vol. II, p. 748 (grande confusão).
4. Cardim, *Tratados*, 284.
5. Id., *ib*. 71, 75, 89; Capistrano de Abreu, *Capítulos de História Colonial*. (Rio 1928) 66.

sição à cidade nova, que se edificou meia légua dali na direcção do Recôncavo. A Vila Velha, que faz hoje parte integrante da cidade do Salvador, ficava perto da Barra, nos sítios da Graça e S. António. Tomé de Sousa desembarcou em boa ordem, postos os Portugueses em forma de peleja, para prevenir qualquer assalto dos gentios e sobretudo para dar impressão de fôrça. Nóbrega desembarcou também com os seus, levando um dêles uma cruz alçada como para indicar que eram gente de paz[1]. Efectivamente foram recebidos em paz.

Em Vila Velha moravam alguns Portugueses, que deviam ser o *Caramuru* e os genros. Nóbrega diz que os moradores seriam uns quarenta ou cincoenta, contando provàvelmente todos os parentes do Caramuru. Talvez houvesse ali mais algum português, desgarrado, do tempo do donatário ou vindo na armada do Gramatão[2]. Êstes moradores receberam-nos «com grande alegria, diz Nóbrega, e achámos uma maneira de igreja, junto da qual logo nos aposentámos os Padres e Irmãos em umas casas a par dela»[3]. Os naturais da terra começaram também a acudir, para ver os Portugueses, em multidão e sem arcos[4]. Dois dias depois, a 31 de Março, que era domingo (a quarta dominga da quaresma), o P. Manuel da Nóbrega celebrou, diante de um grande cruzeiro erguido de-propósito, a primeira missa dos Jesuítas no Brasil. Assistiu o Governador e todo o Arraial. Os Padres renovaram os votos; e prepararam-se para a grande emprêsa de conquistar o Brasil para Cristo e para a civilização.

A visão inicial que êles tiveram da nova terra foi boa. Mais tarde, quando conheceram outros climas do Brasil, corrigiram um tanto a primeira impressão, no que toca à Baía. Esta impressão é reveladora do estado de espírito dos Jesuítas ao tomarem contacto com a terra americana. Abraçaram-na com amor, — e amor para sempre. Desta impressão inicial, optimista,

---

1. Quem levava a cruz? O P. Navarro, segundo a *Fund. de la Baya*, 2v(7); o próprio P. Nóbrega, segundo Baltazar Teles, *Crónica*, I, p. 470.

2. Vasc., *Cron.* I, 42-43; *Fund. de la Baya*, em *Bras.* 12, 2-2v; Accioli-Amaral, *Memórias*, 200; D. Clemente Maria da Silva Nigra, *Francisco Pereira Coutinho e o seu documento* (Baía 1937) 11-12.

3. Nóbr., *CB*, 71.

4. *Os Portugueses em África, Ásia, América e Oceania*, vol. VI (Lisboa 1849) 91.

faz-se eco o próprio Nóbrega, numa das primeiras cartas: «Desde logo se fêz a paz com o Gentio da terra e se tomou conselho sôbre onde se fundaria a nova cidade, chamada do Salvador, onde muito ainda obrou o Senhor, deparando logo muito bom sítio sôbre a praia, em local de muitas fontes, entre mar e terra e circundado das águas em tôrno aos novos muros. Os mesmos índios da terra ajudam a fazer as casas e as outras coisas em que se queira empregá-los; podem-se já contar umas cem casas e se começam a plantar canas de açúcar e muitas outras coisas para o mister da vida, porque a terra é fértil de tudo, ainda que algumas, por demasiado pingues, só produzam a planta e não o fruto. É muito salubre e de bons ares, de sorte que, sendo muita a nossa gente e mui grandes as fadigas, e mudando de alimentação com que se nutriam, são poucos os que enfermam e êstes de-pressa se curam. A região é tão grande que, dizem, de três partes, em que se dividisse o mundo, ocuparia duas; é muito fresca e mais ou menos temperada, não se sentindo muito o calor do estio; tem muitos frutos de diversas qualidades e mui saborosos; no mar igualmente muito peixe e bom. Similham os montes grandes jardins e pomares, que não me lembra ter visto pano de rás tão belo. Nos ditos montes há animais de muitas diversas feituras, quais nunca conheceu Plínio, nem dêles deu notícia, e ervas de diferentes cheiros, muitas e diversas das de Espanha; o que bem mostra a grandeza e beleza do Criador na tamanha variedade e beleza das criaturas»[1].

5. — Não achou Tomé de Sousa a povoação de Pereira apta para se estabelecer definitivamente, talvez por ser perto da Barra e menos defensável. Aliás, já trazia de Lisboa indicação concreta para a mudança e até para o nome da nova cidade[2].

Permaneceram um mês em Vila Velha, emquanto procuravam local apropriado para a nova povoação. Ia então esta desde a Barroquinha ao *Terreiro de Jesus*, precisamente, onde, depois, fundaram o seu Colégio os Padres da Companhia, motivo para aquêle Terreiro se chamar *de Jesus*, nome que ainda hoje con-

---

1. Nóbr., *CB*, 89-90.
2. *Regimento* de Tomé de Sousa, § 8. Cf. *Hist. da Col. Port. do Brasil*, III, 346; Nota de R. Garcia, em Nóbr., *CB*, 89.

serva[1]. O Terreiro formava, então, uma suave colina, fora da primeira cêrca da cidade, entre ela e a Aldeia dos índios do Calvário[2]. Não se estabeleceu logo ali a Companhia. Primeiro edificaram os Padres, perto dos antigos Paços da Câmara, uma igreja de taipa, coberta de palha. E construíram-na com as próprias mãos; porque, então, todos trabalhavam; até o Governador Tomé de Sousa levava aos ombros caibros e madeiras para as casas e muros da cidade[3].

A nova ermida, fundada pelos Padres, chamou-se de *Nossa Senhora da Ajuda* e foi cedida, algum tempo depois ao clero secular. Esta Igreja, a primeira dos Jesuítas no Brasil, seria também a primeira da Baía? Se prescindirmos daquela «maneira de igreja», existente em Vila Velha, os documentos coevos falam ùnicamente da Ajuda. *Ajuda* é o nome de uma das naus da armada de Tomé de Sousa, e dela foi trazida para a sua igreja a imagem da Padroeira. As outras duas naus eram *Conceição* e *Salvador*, que haviam de dar também o nome a outras tantas igrejas. A primitiva ermida da Conceição deve ser contemporânea ou pouco depois da Ajuda. Segundo Gabriel Soares, ela

---

1. Anch., *Cartas*, 303; Afrânio Peixoto, in *Cartas do Brasil*, de Nóbrega, 21.
2. Nóbr., *CB*, 83, 104.
3. Fr. Vicente, *H. do B.*, p. 150; *Fund. de la Baya*, 2v; Vasc., *Crón.* I, 46. Em pouco tempo, escreve o arquitecto da cidade, Luiz Dias, «fizemos cadeia, muito boa e bem acabada, com casa, audiência e câmara de cima; e na Ribeira de Góis, casa da fazenda e alfândega e almazens e ferrarias, tudo de pedra e cal e telhado com telha, que serviu já». — *Corp. Cron.* 86, 111, em *Hist. da Col. Port. do B.*, III, 263. Para as obras dos Padres, dizia Nóbrega que não podia contar com os oficiais «a não ser um sobrinho de Luiz Dias», Diogo Peres. — Nóbr., *CB*, 85.

Pregunta-se: *Em que dia foi instalada a fundação da cidade?* No opúsculo com êste título (Baía 1925), Bocanera e Teodoro Sampaio inclinam-se para o dia 13 de Junho. Apontam-se outros: 30 de Maio, 24 de Junho, 6 de Agôsto e 1 de Novembro. Mas haveria realmente dia próprio para essa instalação? Rodolfo Garcia, observando que a partir de *1 de Maio* começaram os pedreiros e outros artífices a vencer sôldo, fixa essa data como a da fundação da cidade (Comunicação à Academia Brasileira, à 19 de Agôsto de 1937, cf. «Jornal do Commercio», de 21 Agôsto de 1937). Cremos que se deve distinguir a fundação da instalação. Provàvelmente, Tomé de Sousa foi provendo os ofícios ou empossando os oficiais, que já vinham nomeados de Lisboa, e êles entravam em exercício à proporção que o requeressem as suas funções.

« foi a primeira casa de oração em que se Tomé de Sousa ocupou »[1]. Da Ajuda tinham-se ocupado os Jesuítas.

Quanto à igreja do Salvador, nome da própria cidade, calam os Cronistas. Contudo Nóbrega, a 9 de Agôsto de 1549, diz que, buscando lugar para o futuro colégio, achou um, mas com muitos inconvenientes. Entre êles, o de ficar « muito junto da Sé e duas igrejas juntas não é bom »[2]. Nesta data ainda se não tinha entregue a Ajuda aos Padres seculares (esperava-se Vigário para breve, nem tinha chegado o Bispo). Como é que se fala já em Sé? Chamaria Nóbrega Sé à Ajuda por ter intenção de a ceder para isso e já o ter assim combinado com Tomé de Sousa? Por outro lado, D. João III, escrevendo ao Papa Júlio III, em 31 de Julho de 1550, diz que queria « novamente criar em Sé catedral a *igreja, que se chama do Salvador,* na cidade outrosi chamada do Salvador, Capitania que se chama a Baía de Todos os Santos »[3].

Como se explica esta igreja do *Salvador?*

A não admitirmos a hipótese de que Tomé de Sousa, logo que fundou a cidade, marcou o sítio para a futura Sé e ali se ergueu alguma ermida da invocação do *Salvador,* da qual se perdesse a memória, teremos que aceitar que a *Ajuda* tomou, por extensão, o nome da cidade pela atribuição, que assumiu, de matriz e de Sé, emquanto se não construíu edifício próprio, recuperando, logo a seguir, o nome primitivo. Esta segunda alternativa é mais conforme à tradição que aplica à Ajuda o ditado popular *velho como a Sé de palha,* e o próprio Gabriel Soares, escrevendo depois da reconstrução da Ajuda, diz, que no sítio dela, « no princípio desta cidade esteve a Sé »[4]. De qualquer modo, é certo que os Padres construíram a *Ajuda,* ao mesmo tempo que a cidade, e a cederam pouco depois ao Clero secular.

A igreja da *Ajuda* conservou sempre vestígios dos fundadores.

---

1. Gabriel Soares, *Tratado*, 114.
2. Nóbr., *CB*, 83.
3. *Corpo Diplomático*, VI, 378. Conhecem-se também vários mandados a favor do « clérigo Manuel Lourenço que ia como Vigário da Igreja do Salvador », datados de 18 de Fevereiro de 1549. « Traslado e Registo da Provisão do Vigário Manoel Lourenço porque foi provido por Sua Alteza na vigararia desta cidade do Salvador » em *Docum. Hist.* XXXV (Rio 1937) 223-224. Manuel Lourenço já estava na Baía no Natal de 1549. — *Hist. da Col. Port. do B.*, III, 360.
4. Gabriel Soares, *Tratado*, 113.

Quando se reedificou, de pedra e cal, em 1579, gravou-se nela esta data e as letras *J. H. S.*, usadas pela Companhia. *Esta igreja da Ajuda* também se chamou *Igreja dos Mercadores*[1].

A actual igreja da Ajuda, imitando o estilo manuelino, junto ao local da primeira, foi construída em 1914 e nela se guardam ainda algumas preciosas recordações dos antigos tempos entre as quais o púlpito em que António Vieira prègou o célebre sermão contra as armas de Holanda[2].

6. — Ora, ainda estavam os Padres naquela primitiva igreja da Ajuda e já o governador Tomé de Sousa lhes tinha permitido morar fora dos muros da cidade, numa colina, que chamaram Monte Calvário (hoje Carmo), e era então aldeia onde se juntava a maior fôrça dos índios. Construíram lá os Padres uma igreja[3]. Começaram logo os baptismos e investiram contra a antropofagia. Julgava o Padre Nóbrega que estariam ali seguros, a-pesar dos receios de Tomé de Sousa, plenamente justificados. Com efeito, o zêlo dos Padres e o seu ataque directo contra o vício de comer carne humana, provocou em breve um ataque violento dos índios contra êles e contra a própria cidade. Os Padres acolheram-se a ela, e o Governador interveio com tôda a sua fôrça, acalmando o alvorôto. Os Padres, porém, retiraram-se, por ordem do mesmo Governador, para umas casas de barro, no lugar onde haviam de permanecer, depois, no seu apostolado por mais de dois séculos[4].

---

1. Refere o *Santuário Mariano* que, ao ser salva das ondas a imagem de Santo António de Arguim, atirada ao mar nas águas da Baía pelos piratas franceses de Pain de Mil, em 1595, foi ela conduzida processionalmente para a «Igreja de Nossa Senhora da Ajuda, a quem dão o título dos *Mercadores*». — *Santuário Mariano*, IX, 191-194.

2. *A Igreja da Ajuda*, por A. J. de Oliveira Rocha, na *Rev. do Inst. da Baía*, 28 (1902) 143-149, onde se descreve a igreja demolida em 1912 ; J. Teixeira de Barros, *Epigraphia da Cidade do Salvador*, na *Rev. do Inst. da Baía*, 51, 56 (1925); Cabral, *os Jesuítas no Brasil* (S. Paulo 1925) 132n. Frei Agostinho de Santa Maria, *Santuário Mariano*, IX, 20-21 ; Pedro Calmon, *Historia da Bahia* (S. Paulo, s/d) 40,

3. *Fund. de la Baya*, 5v(81).

4. Nóbr., *CB*, 83-84 ; *Fund. de la Baya*, 7 ; Vasc., *Crón.*, 47, 52, coloca o facto em 1549. Vemos porém que, em 6 de Janeiro de 1550, ainda os Padres moravam no *Monte Calvário*. Neste caso voltariam para lá, passada a tormenta. António Pires estava dentro da cidade, ainda na *Ajuda* ou, já, nas casas perto do *Terreiro*. — Nóbr., *CB*, 104.

Era o *Terreiro*. Nóbrega, achando-o bom sítio para Colégio, construíu, junto daquelas casas, uma igreja de taipa, primeira duma série de outras que lhe iriam sucedendo. Logo, em 1552, estava já a cair. Era preciso repará-la, ou então os Padres, que viessem do Reino, fizessem uma nova «que durasse outros três anos, porque as suas mãos, diz Nóbrega, — a pensar no Paraguai — já não poderiam fazer outra senão daí quinhentas léguas pelo sertão» [1].

Assim como na da Ajuda, também os Padres trabalharam nesta por suas mãos; e auxiliou também pessoalmente a gente da cidade, tanto servos como senhores [2]. Em 1555, ainda ela estava coberta de palha, quando as demais casas dos Padres já eram cobertas de telha. Escreve Nóbrega, em 1557: «Uma igreja temos principiada há três ou quatro anos e por esperar recado de El-Rei e também por não sermos poderosos para a acabar, nem nos pagarem cá nossa esmola, não se acabou. O que é causa de têrmos pouco encerramento, pois é necessário fazermos igreja do que se fêz para dormitório. E desta maneira estamos muito devassados e apertados, como já disse. Determinamos cobri-la como quer. Porque esperamos ao diante não haver de servir de igreja, por algumas razões: a uma é porque a nossa possibilidade não nos deixa fazê-la como convém para igreja; a outra que esta casa está tão pegada com a Sé, que, por manso que falem, se ouve em uma igreja o que se faz em outra. E portanto nos parece bem que se faça da outra banda dêste sítio em que estamos, por estar mais afastada da Sé, o que esperamos que Sua Alteza mande fazer, se todavia êste sítio houver de ficar connosco» [3].

Tôdas estas casas estavam muito arruïnadas, em 1564, «sobretudo a igreja», que «abria por algumas partes».

Portanto, ao pé delas construíram-se outras, trabalho em que tomaram parte os próprios Padres, manejando o pilão e suprindo

---

1. Nóbr., *CB*, 132. Amaral dá a fundação dela a 31 de Março de 1550, não sabemos com que fundamento. — *Resumo Chronológico*, 28.
2. «Tanto servidori como signori portano le pietre su le spalle», diz a versão italiana da carta de Francisco Pires, de 17 de Setembro de 1552, em *Diversi Avisi Particolari*, p. 155. Frase suprimida na edição das *Cartas Avulsas*.
3. Carta de Nóbrega, da Baía, de 2 de Setembro de 1557, *Bras. 15*, 41v-42.

a falta de jornaleiros¹. Emquanto se ia utilizando aquêle dormitório-capela, resolveu Mem de Sá construir, à sua custa, uma igreja digna, emfim, da Baía e da Companhia, porque «determina de a fazer mui grande» de pedra e cal². Começou-se em 1561. Ao ditar o seu testamento (28 de Julho de 1569) estava ainda por madeirar e telhar; recomenda êle aos seus herdeiros que a concluam, se falecer antes. Desejava que o fôrro da capela fôsse de painéis, para se pintarem de figuras com óleo, «havendo bom pintor». A 9 de Setembro, depõe João de Araújo que a «capela está forrada de bôrdo e que o corpo da igreja se vai cobrindo»³.

Esta igreja de Mem de Sá não tardou a concluir-se. No dia 23 de Maio de 1572, festa do Espírito Santo, trasladou-se solenemente, da igreja velha para a nova, o Santíssimo Sacramento. Ganhou-se, pela primeira vez, um dos quatro grandes jubileus, que S. Francisco de Borja alcançou para o Brasil, e de que foi portador o novo Provincial recém-chegado, Inácio Tolosa⁴. Os sinos, vindos de Portugal, colocaram-se na igreja em 1581. Um operário dos que os «acunhou», de nome João Fernandes, entrou, nesse ano, na Companhia, estando doente, no dia 8 de Dezembro. Viveu ainda oito dias e, curiosidade histórica, por êle se dobraram a primeira vez os sinos⁵.

7. — Entretanto, ia-se enriquecendo a igreja com muitas relíquias. Levava bom número delas o B. Inácio de Azevedo e outras os Padres Diogo Mendes e Francisco Lopes, aprisionados pelos franceses. Diz o P. Vale-Régio que, entre as relíquias tomadas «delle corsari sacrilegi di franza», havia «una molto pretiosa del legno della croce del Sre», — e pedia outras⁶. Salvaram-se as que

---

1. *CA*, 431. Onde diz casas *de palha* leia-se *de taipa*, como escreve o mesmo Blasques, *ib.* p. 412.
2. *CA*, 293, 413.
3. *CA*, 293; Pôrto Seguro, *HG*, I, 446; *Documentos relativos a Mem de Sá* em *Annaes*, XXVII (1906) 139.
4. *Fund. de la Baya*, 19 (93).
5. Caxa, *Breve Relação*, p. 27; Pero Rodrigues, *Anchieta* em *Annaes*, XXIX, 262.
6. Cartas do P. Vale-Régio, de 8 e 24 de Agôsto e 20 de Dezembro de 1574, *Lus. 66*, 218v, 273; cf. *Lus. 64*, 251.

levavam os outros Padres, relíquias que chegaram depois ao Brasil na expedição 15.ª, chefiada pelo P. Morinelo[1].

Esta relíquia do Santo Lenho talvez fôsse a alcançada pelo P. Mestre Inácio Martins. Indo a Roma, como Procurador da Índia e do Brasil, acabada a incumbência, «fêz sua volta pela Alemanha e Flandres, para se prover de muitas relíquias assim para os Colégios do Reino como para os *ultramarinos*, porquanto naqueles tempos, por causa das heresias, se tinha grande cópia de relíquias retirado a diversos lugares e não era dificultoso alcançá-las»[2].

Compreende-se que numa terra, cujo sobrenome era o da própria Cruz de Cristo, ansiassem os Padres por alcançar alguma relíquia dela. Portanto, indo a Roma o P. Gregório Serrão pediu, em 1576, outra do Santo Lenho, expressamente «para consolação da Província do Brasil, terra de Santa Cruz». O P. Geral respondeu: «Escrever-se-á a Viena de Áustria para que se procure haver alguma parte, da Imperatriz; e, havendo-se, se enviará»[3]. A Imperatriz, com licença do Sumo Pontífice, concedeu essa relíquia insigne, do Santo Lenho, «que foi de uma das freiras da Alemanha». Tal dádiva constituía um dos tesoiros do Colégio da Baía.

Em 1584, ordenou o Visitador que se colocassem, na capela interior do Colégio, as relíquias dos Santos encastoadas em prata, num grande relicário de jacarandá e outras madeiras de prêço, com 16 repartições envidraçadas e forradas de setim. Numa repartição maior, ao centro, como que presidindo, um formosíssimo quadro de Nossa Senhora de S. Lucas[4], de que falaremos desenvolvidamente no Tômo II.

O grande relicário inaugurou-se com festas magníficas, no dia da Invenção de Santa Cruz (3 de Maio de 1584), e foi tão extraordinário o fervor que, a-pesar-de ser dentro do Colégio, os homens de fora, arrombaram as grades e encorporaram-se nelas. A capela interior estava forrada de painéis da Paixão.

---

1. Francisco Soares, *De algumas cousas*, 378.
2. Franco, *Ano Santo*, 110-111.
3. Memorial do P. Serrão, *Congr. 93*, 212v.
4. Carta de Quirício Caxa, *Bras. 15*, 273; Carta de Cristóvão de Gouveia, *Lus. 68*, 339; Cardim, *Tratados*, 324, 325.

Tôdas as relíquias se expunham, nos dias de festa, à veneração pública[1].

A igreja de Mem de Sá estava completamente edificada, em 1585. E ficou, diz Fernão Cardim, «capaz, bem cheia de ricos ornamentos de damasco branco e roxo, veludo verde e carmezim, todos com tela de oiro; tem uma cruz e turíbulo de prata, uma boa custódia para as endoenças, muitos e devotos painéis da vida de Cristo e todos os apóstolos. Todos os três altares teem docéis, com suas cortinas de tafetá carmezim; tem uma cruz de prata dourada, de maravilhosa obra, com Santo Lenho, três cabeças das Onze Mil Virgens, com outras muitas e grandes relíquias de santos e uma imagem de Nossa Senhora de S. Lucas mui formosa e devota»[2].

Outras relíquias vieram com o tempo. A ânua de 1594-1595 narra a chegada de algumas, enviadas pelo P. Geral. Foram recebidas com tais festas «quae omnium aliorum Collegiorum ac Residentiarum in eo genere apparatum superarint». O Bispo ordenou que estivessem presentes os Párocos[3].

As obras de prata, a que se refere Fernão Cardim, tinham vindo quási tôdas de Portugal[4]. De Portugal viriam também as imagens, como ainda sucedia um século mais tarde. No dia 8 de Setembro de 1672 colocou-se solenemente, na sua capela, a «milagrosa imagem de Nossa Senhora da Paz do Colégio da Companhia». Foi feita em Lisboa e «é muito fermosa e tem sete palmos de estatura; é de escultura de madeira ricamente estofada»[5].

8. — A Igreja de Mem de Sá não foi a definitiva. Em 1597, escreve o P. Pero Rodrigues que espera «começar a igreja dêste

---

1. Mas, em 1589, determina o Visitador Gouveia que a capela interior esteja sempre ornada «nem se tire dela a imagem alguma se não fôsse para pôr em seu lugar outra coisa com que ficasse melhor ornada». E justifica esta ordem assim: «A cousa de mais devoção e consolação que há, nesta terra, tanto para os de casa como para os de fora, é esta capela. E porque as inclinações dos superiores são variar, e por outras causas de momento, pareceu necessário deixar êste aviso». — Roma, Gesù, *Colleg. 13* (Baya).
2. Cardim, *Tratados*, 288; Anch., *Cartas*, 413.
3. *Annuae Litt. 1594-1595*, 800.
4. *Bras. 15*, 386, n.º 24.
5. Fr. Agostinho de S.ª Maria, *Santuário Mariano*, IX, 40.

Colégio da Baía», e recebe do P. Geral o modo como se há-de haver nessa construção e as condições com que os bemfeitores, que quiserem, poderão edificar capelas dentro dela [1].

Em 1604, ainda se não tinham iniciado as obras da «igreja nova» [2].

---

1. *Bras. 15*, 428, 467-467v ; *Bras. 2*, 130v.
2. Carta do P. Tolosa, *Bras. 8*, 102 v.
   Comemorando o 4.º centenário do nascimento de Anchieta, colocou-se na Catedral da Baía, em 1934, uma placa onde se leem estes dizeres, referentes à sua primeira missa: «In fronte. Basilicae. Primatialis — Quae. Olim. Templum Exstitit Conlegii. Nominis. Iesu — Hoc. Primum. In. Templo — Ministeria Rite. Peregit. Anchieta». «No frontispício da Basílica Primacial, que foi antigamente igreja do Colégio do nome de Jesus. Nesta igreja, Anchieta exercitou ministérios *pela primeira vez» (Memorabilia*, vol. V, fasc. V, p. 356).
   A *actual* catedral da Baía foi, de-facto, igreja dos Jesuítas. Mas não era a mesma que estava aberta ao culto em 1566, ano em que Anchieta se ordenou. Atendeu-se, porém, à ligação moral com a antiga e bem pode ser que a sacristia da catedral seja a igreja antiga ou parte dela. Da igreja actual diz o arquitecto Raúl Lino, que a viu em 1936, depois de falar doutras do século XVIII: «Há obras do princípio do século XVII, como a Sé da Baía, antigo colégio dos Jesuítas, no estilo austero e fino de S. Roque de Lisboa, com um côro alto de linda proporção e sentimento clássico, capelas laterais de época posterior, muito belas, e uma sacristia rica, provida de grande arcaz de jacarandá com espaldar, guarnecido de quadradinhos pintados sôbre chapa de cobre. O todo é muito interessante, mas em especial a arquitectura da igreja, na sua severidade e nobreza, é padrão imponente da admirável obra da Companhia de Jesus — o mais importante veículo da civilização — na América Latina». — Raúl Lino, *A cultura artística no Brasil*, exposição feita na Associação de Arquitectos Portugueses, *Jornal do Commercio*. Rio, 17 de Janeiro de 1937. Cf. von Spix e von Martius, *Através da Bahia*, excerptos da obra «Reise in Brasilien» trasladados a português pelo Dr. Manuel A. Pirajá da Silva (Baía 1916) 55.

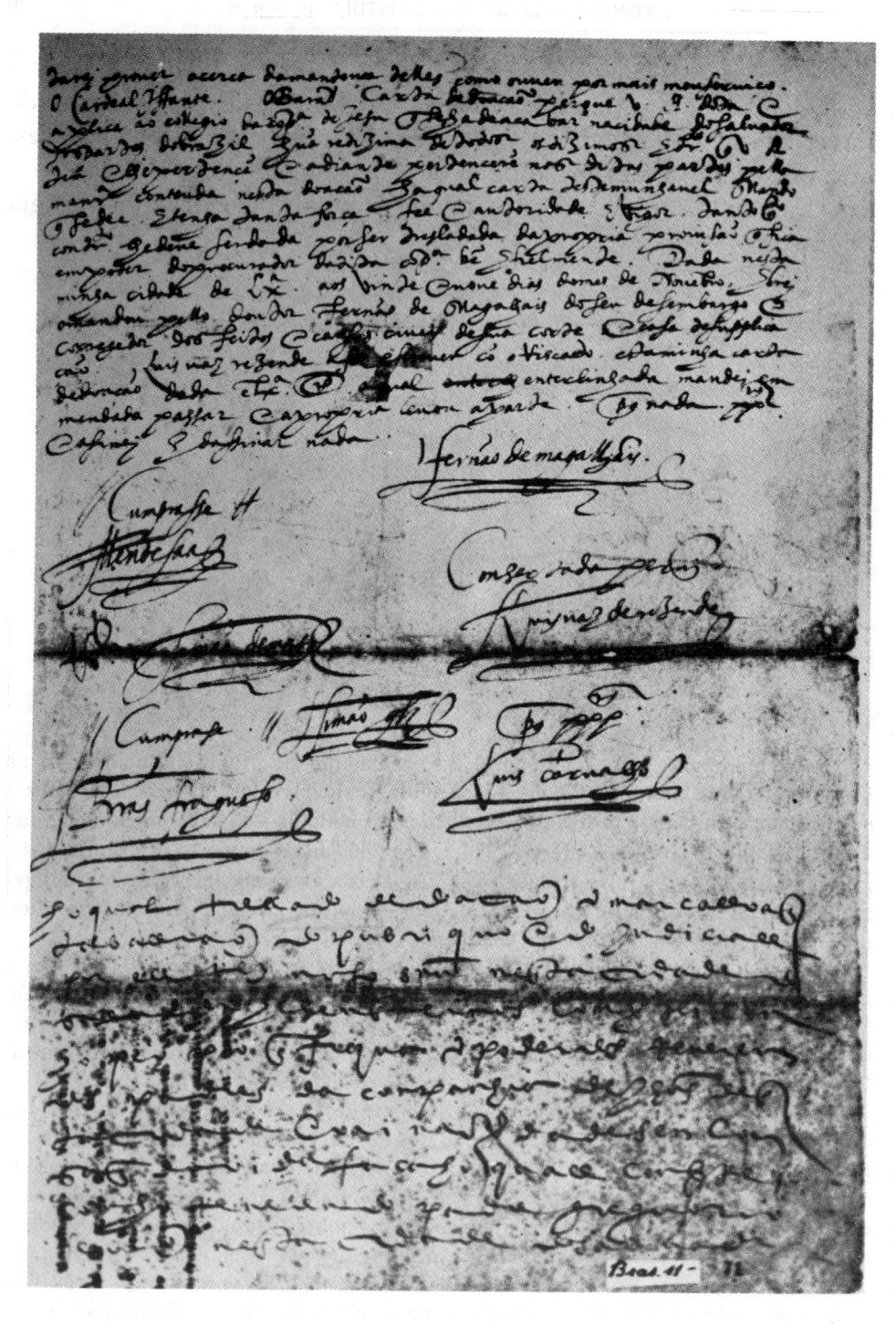

Final do Padrão de El-Rei D. Sebastião para a fundação do Colégio da Baía
(7 de Novembro de 1564)

Notem-se os dois «cumpra-se» autógrafos de Mem de Sá, Governador Geral do Brasil,
e de Braz Fragoso, Provedor-mor da Fazenda. Segue-se o reconhecimento do tabelião Marçal Vaz.

CAPÍTULO III

O Colégio dos Meninos de Jesus

1 — A instrução, meio de catequese ; 2 — Dificuldades económicas ; 3 — A chegada dos órfãos de Lisboa ; 4 — Contradições do Bispo ; 5 — Supressão do Colégio ; 6 — Destino dos órfãos.

1. — O fim, com que os Jesuítas foram ao Brasil, foi a catequese. Assegurar, portanto, a sua eficácia e continuïdade constituía a sua preocupação fundamental. Catequizar adultos ? Sem dúvida. Mas era mais fácil e de resultados mais seguros conquistar e formar crianças. Com elas preparavam os homens do futuro e que, já no presente, evangelizariam os pais ou, pelo menos, captar-lhes-iam as simpatias. A instrução foi um meio. « Convidamos os meninos a ler e escrever e conjuntamente lhes ensinamos a doutrina cristã, lhes prègamos para que com a mesma arte, com que o inimigo da natureza venceu o homem, dizendo: *eritis sicut dii scientes bonum et malum,* com arte igual seja êle vencido, porque muito se admiram de como sabemos ler e escrever e teem muita inveja e vontade de aprender e desejam ser cristãos como nós » [1].

Êste desejo abria caminho à catequese. Múcio Vitelleschi, recomendava aos professores que fôssem como o artista ao confeiçoar a estátua, que olhava mais à glória futura do que à matéria em que trabalhava. Das crianças iriam sair, com o tempo, « pais de família, chefes e governadores dos povos, prelados veneráveis » [2].

---

1. Nóbr., *CB*, 91-92. Sôbre a influência, que estas escolas iniciais dos Jesuítas iriam ter na formação e unidade do Brasil, cf. Manuel Múrias, *A Língua Portuguesa no Brasil* (Lisboa 1928) 19.

2. Cf. Francisco Sauras, S. J., *La educación religiosa en los Colegios de la Compañia de Jesús, según los documentos oficiales de la misma,* (Madrid 1919) 59.

Mas a continuidade do magistério exigia cooperadores. Que fazer quando, por qualquer motivo, faltassem os que vinham de Portugal? E viriam de Portugal tantos que chegassem para tão vasto campo de apostolado? Portugal tinha que atender não só ao próprio território da metrópole, mas à África e ao Oriente. Era preciso preparar o terreno para que a Colónia se bastasse a si própria, e em si mesma se formassem os futuros missionários e apóstolos[1].

Simão Rodrigues, ao dar, em Lisboa, o abraço de despedida ao P. Nóbrega, recomendou-lhe expressamente a criação de meninos. Na Sicília já a Companhia havia ensaiado com êxito o seu primeiro Colégio para alunos externos. Em Roma também. Em Lisboa, Pedro Doménech fundava o Colégio dos Órfãos. Nóbrega não esqueceu a recomendação de Simão Rodrigues. E, ao pensar na fundação do Colégio da Baía, as suas primeiras impressões foram optimistas: «5 escravos para as plantações, 5 escravos para pescar; e para se vestir, algodão, que há cá muito». E com isto já se poderiam sustentar ainda que fôssem 200 estudantes[2].

Quanto à casa para o Colégio, com 100 cruzados far-se-á de taipa, para começar[3].

Tais eram as primeiras comunicações, transmitidas para a Europa, do pensamento de Nóbrega.

2. — Os factos vieram mostrar que eram bem maiores as dificuldades.

Nóbrega e os seus cinco companheiros recebiam, para seu sustento, dois mil e quatrocentos réis, à razão de um cruzado para cada um, por mês. O pagamento era feito umas vezes em ferro, outras em géneros alimentícios; e as ordens, passadas pelo Provedor-mor, eram satisfeitas no almoxarifado da cidade do Salvador. Algumas delas, que se conservam, mostram como

---

1. Numa informação, do tempo de S. Inácio, sôbre a forma de constituir Colégio, recomenda-se expressamente a necessidade, que há, de os fundar nas próprias terras para se prepararem nelas *perpètuamente* os obreiros da vinha de Cristo Nosso Senhor, *Mon. Paedagogica*, 40-41.

2. Nóbr., *CB*, 84.

3. Nóbr., *CB*, 111.

se fazia o pagamento. A de 21 de Fevereiro de 1550 diz que se paguem « ao Padre Manuel da Nóbrega, maioral dos Padres da Companhia de Jesus, dois mil e quatrocentos réis, por um quintal e vinte e cinco arráteis e quarta de ferro, a dois mil réis o quintal, que é o mantimento de seis padres da dita Companhia, à razão de quatrocentos réis cada um por mês ». A ordem do dia 16 de Janeiro de 1551, manda dar « seis alqueires de farinha pela medida da terra e 12 canadas de vinagre e seis canadas de azeite pela medida do reino, que é a regra e mantimento que haviam de haver os ditos seis Padres dêste mês de Janeiro de 1551 ». Outra ordem manda dar vinho para missas [1].

Os Padres recebiam, pois, dos armazéns reais aquilo que lhes ia fazendo falta para si e para os mais, que logo se lhes agregaram.

Além dêste cruzado mensal, parece que se lhes dava algum arroz e mandioca [2].

Pelo menos, em 1557, mandou-se-lhes dar a cada um dos 28 Padres e irmãos da Companhia no Brasil « quatro panicus de mandioca e um alqueire de arroz e, quando não houver arroz, se dará um alqueire de milho da terra, e um cruzado em dinheiro para suas mantenças » [3].

Não era nada desafogada a situação dos Padres, tanto mais que, se êles recebiam esmolas, também as faziam. « Parece-me, escreve Nóbrega, que não devemos deixar de dar a roupa que

---

1. *Doc. Hist.* XIII, 441 e 417; *Ib.* XIV, p. 57-58, 29, 91, 78, 67, 121, etc. Carta de El-Rei D. João III ao Governador Geral do Brasil: «Tomé de Sousa Amigo: Eu El-Rei vos envio muito saudar. Nessa Capitania do Brasil andam alguns Padres e Irmãos da Companhia de Jesus, os quais folgarei que sejam providos do que lhes fôr necessario, assim para seu mantimento como para seu vestido; encomendo-vos e mando-vos que lhes façais dar tudo o que para as ditas coisas houverem mister. Em Almeirim, ao primeiro de Janeiro de 1551». — *Doc. Hist.* XXXV, 96.

2. *Bras. 15*, 383.

3. Arq. Hist. Col., *Registos* I. Cfr. «Traslado da Provisão de El-Rei Nosso Senhor por onde hão de haver 28 Padres e Irmãos da Companhia seu mantimento do 1.º de Janeiro de 1558 em diante, o qual é o seguinte *de verbo ad verbum*» (*Doc. Hist.* XXXV, 429-431). Em 1559, El-Rei explica o modo como se há-de fazer êste pagamento e que se eleve o número de Padres a 36, os 28 mais 6 que embarcaram nesse ano para o Brasil. — Carta por onde os Padres do Brasil hão-de haver seu mantimento cada mês, *Doc. Hist.* XXXVI, 3-6.

trouxemos a êstes que querem ser cristãos, repartindo-lha, até ficarmos todos iguais com êles »[1].

Não foi pequeno, pois, o alvorôço e embaraço quando, pelos meados de 1550, chegou a segunda expedição de missionários e, com êles, sete meninos órfãos. Urgia casa para os agasalhar e sustentação para todos. A Baía estava no comêço, era pobre, e pouca a gente que pudesse desafogadamente ocorrer à sustentação dêles e dos meninos, índios ou mestiços, que iam reünindo. Faltavam trabalhadores, escravos e terras. Nóbrega recorreu ao Governador. E êste, no dia 21 de Outubro do mesmo ano, deu-lhe a primeira sesmaria que possuíu, no Brasil, a Companhia de Jesus, denominada *Água de Meninos*, por ser para o sustento dêles. Os Padres, se haviam de ser missionários, catequistas e mestres, não teriam tempo para lavrar por suas mãos as terras. Mas naqueles primeiros momentos, « assim nós por nossas mãos, como rogando aos índios da terra como aos escravos dos brancos e êles mesmos, começámos a roçar e a fazer mantimentos aos meninos ». Emquanto não se criavam êstes mantimentos proveu com a sustentação o Governador Tomé de Sousa « com tudo o necessário como zeloso e virtuoso que é »[2].

O granjeio das terras surgiu logo como um problema grave. Nem êles se poderiam dar a êsse trabalho, sob pena de deixar o principal da catequese e instrução do gentio, nem podiam contar com a ajuda dos moradores. Tal ajuda oferece-se uma vez, mas não se repete indefinidamente. Sobretudo, à proporção que o colégio aumentasse, e, com êle, as despesas, necessidades e trabalhos agrícolas.

Chegaram à Baía alguns escravos da Guiné, enviados pela Coroa de Portugal. Nóbrega tomou três para êsses trabalhos, sem dinheiro com que pagar o que queriam por êles. Pediu um prazo de dois anos, ficando fiador. Antes de concluído o prazo, concedeu-lhos El-Rei por esmola[3]. Os meninos precisavam também de leite. Nóbrega tomou algumas vaquinhas das que El-Rei mandou, esperando que êle também lhas desse, o que efectivamente aconteceu[4].

---

1. Nóbr., *CB*, 74.
2. Nóbr., *CB*, 138.
3. Arq. Hist. Col., *Registos*, I, f. 234v.
4. Nóbr., *CB*, 129-130.

A responsabilidade de sustentar êstes meninos era a preocupação constante.

Com os órfãos vieram mais quatro Padres. Ficaram, portanto, 10 Jesuítas vindos de Portugal. Fora o cruzado da praxe, «que saía pouco mais de dois tostões em dinheiro» havia um auxílio em roupa.

O P. Manuel de Paiva, na ausência de Nóbrega, recebeu êsse subsídio, que constava de «doze côvados de pano pardo, doze pares de sapatos, dois sombreiros, 14 varas de pano de lenço para camisas». Tudo montava a «7$080 réis»[1].

Os Padres aplicavam-nos aos meninos e viviam, por si, de esmolas. Infelizmente, «a provisão em vestido, que Sua Alteza nos manda cá dar, nos pagam muito mal, tanto que o que dão para 10, que do Reino recebemos, não mantém nem veste a três, se não fôssem esmolas e o que do Reino trouxemos, que ainda nos dura»[2]. E sugeria que, para não haver ilusões, se pagasse tudo em Lisboa e de lá se enviasse para a Baía. Quanto ao futuro confiava nos algodoais, que mandou plantar; e pensava em enviar algodão a Portugal, para que voltasse transformado já em panos, com que se vestissem os meninos. Se El-Rei ajudasse a fundar o Colégio, poder-se-iam sustentar em breve 100 meninos e mais. Assim como está, mantém a 30 pessoas.

3. — Vistas as dificuldades económicas, com que se debatia a organização do Colégio, pode dizer-se que êle principiou oficialmente com a vinda dos primeiros órfãos de Portugal; já antes se ensinava a ler e escrever, desde a primeira estada em Vila Velha. Mas a chegada dos 7 órfãos, em 1550, foi decisiva: «Isto me faz crer, diz Nóbrega, que Nosso Senhor era servido haver aqui casa de meninos e que aquêles vinham para dar princípio a muitos outros»[3]. Chegaram com os Padres Afonso Braz, Francisco Pires, Salvador Rodrigues e Manuel de Paiva, no *Galeão*, que assim por antonomásia se chamava o velho galeão *S. João Baptista*, de Simão da Gama. Saíram de Belém, no dia 7 de Janeiro de 1550, «o dia depois de Reis, à tarde». Foram

---

1. *Doc. Hist.* XIV, p. 76.
2. Carta de Nóbr., *Bras. 3 (1)*, 105-106v; *CB*, 138.
3. *Bras. 15*, 116.

embarcados em procissão. Escreve em carta, cheia de sentimento e de côr local, o seu próprio mestre Pero Doménech:

«Diziam-lhes alguns: — Vós sois ainda meninos e sabeis pouco para ensinar. Respondiam: — Deus é grande e nos esforçará e ensinará aquilo que havemos de dizer. Diziam-lhes outros que, no Brasil, morrem os homens e comem carne humana. Respondiam-lhes que também em Lisboa morrem; e que depois os comem terra e bichos, e que um só pai temos que está nos céus».

Êstes órfãos eram dos que recolhera, na Ribeira de Lisboa, o P. Pero Doménech, fundador, em 1549, do Colégio dos Meninos Órfãos de Lisboa, «moços perdidos, ladrões e maus, que aqui chamam patifes»[1].

Com êstes meninos perdidos de Lisboa, transformados já pela educação cristã, ia Nóbrega fundar na Baía o *Colégio dos Meninos de Jesus*. Tratou de juntar-lhes «outros órfãos da terra, que havia muitos, perdidos e faltos de criação e doutrina, e dos filhos dos gentios quantos se pudessem meter em casa»[2]. E começou o trabalho de atracção, mais natural que se podia imaginar, de criança para criança. «Os meninos órfãos, que nos mandaram de Lisboa, com seus cantares atraem os filhos dos gentios e edificam muito os cristãos»[3].

O Colégio da Baía, além da instrução, tornou-se o centro mais eficaz da catequese e civilização das crianças, no Brasil, atingindo, quanto possível, pelo coração das crianças, a alma dos pais: «Quando algum dêstes nossos meninos sai fora, juntam-se mais de duzentos meninos dos gentios e o abraçam e riem com êle, fazendo muita festa, e veem ali a casa dos meninos a aprender a doutrina, e depois vão-se a suas casas a comunicá-la e a ensiná-la a seus pais e irmãos; e os gentios já fizeram uma ermida lá dentro da terra, onde teem uma cruz, e os meninos índios ajuntam-se ali e fazem oração e ensinam aos outros a doutrina que os nossos meninos lhes ensinam; e como são novos, logo aprendem, de maneira que já os nossos meninos entendem coisas da sua língua. Bemdito seja o Senhor para sempre! Agora

---

1. Cf. Serafim Leite, *O primeiro embarque de Órfãos para o Brasil*, na «Brotéria», vol. XVII, Julho de 1933, p. 37; Id., *Páginas*, 72.
2. Nóbr., *CB*, 150.
3. Nóbr., *CB*, 115; *CA*, 80.

El-Rei lhes manda vestidos e camisas e livros e tudo o que pedem. Êste Príncipe é tão bemdito, que é pai de todos»[1].

Na Baía o P. Navarro animava-se: O Colégio será não só útil para ensinar e doutrinar, «mas também para a paz e sossêgo da terra e proveito da República»[2].

Em 1551, chegaram mais alguns órfãos e bulas do P. Doménech para o P. Nóbrega fundar, na Baía, uma Confraria de Meninos como a de Lisboa. Procurou Nóbrega interessar o Governador e moradores principais, confiado em que êsses órfãos ganhariam aos da terra, preparando-se todos para os estudos ou para os ofícios mecânicos.

Como andariam vestidos êstes meninos? Não nos ficaram documentos explícitos. Mas sabe-se que o Colégio dos Órfãos de Lisboa recebeu do seu fundador regras e estatutos, e que os órfãos se vestiam de branco[3]. O da Baía seguiria idêntico modo, não sendo talvez alheios a êsse uniforme os vestidos e camisas que D. João III mandou. Pelo menos, em 1556, na Baía, realizou-se uma procissão célebre. Nela se encorporaram os filhos dos portugueses, mamelucos, e os filhos dos índios, vestidos todos *igualmente* de branco, «que parecia mui bem»[4]. Esta uniformidade não denotará uma intenção? Há, pelo menos, uma que é, afinal, a glória da catequese jesuítica: o nivelamento de tôdas as raças perante Deus.

Tomé de Sousa, convidado por Nóbrega a auxiliar o Colégio dos Meninos de Jesus, tomou-o efectivamente sob a sua protecção e iniciou-se um período de grande actividade dos órfãos, dentro da sua esfera de pequenos catequistas e doutrinadores. As cartas dos Padres revelam a satisfação e a esperança de todos; e uma, escrita pelos próprios meninos «desta casa do *Colégio dos Meninos de Jesus*, hoje a 5 de Agôsto de 1552 anos», assinada por «vossos irmãos Diogo Tupinambá Piribira Mongeta Quatia», dá largas informações da sua actividade, comum com a dos meninos da terra. Faziam entradas pelo sertão, a pé, até distâncias consideráveis para o tempo e para a idade. Uma vez,

---

1. *Mon. Mixtae*, II, 504.
2. *CA*, 72.
3. F. Rodrigues, *História*, I, 1.º, 702-703.
4. *CA*, 172-173.

andaram sete léguas. Os caminhos através dos matos eram ásperos, a passagem dos rios difícil. Só as «ostras eram bastantes para lhes cortar as pernas se não fôra Deus com êles». Ao chegarem às aldeias, os índios abriam-lhes caminhos largos como a estrada de Coimbra e limpavam-lhes as estradas como a santos e recebiam-nos ao som dos seus instrumentos músicos, — a taquara e o maracá. E êles com grinaldas na cabeça, faziam procissões, erguiam cruzeiros, cantavam, dançavam. As florestas virgens do Brasil alvoroçavam-se com os primeiros acordes da liturgia cristã, evidentemente simplificada, mas não menos bela naquele grandioso cenário.

Entretanto, as crianças, aproveitavam a oportunidade para ensinarem os elementos da religião, «a Paixão de Nosso Senhor, os Mandamentos, o Padre Nosso, o Credo e a Salvè Rainha», na língua dos índios, «de maneira que os filhos na sua língua ensinam os pais e os pais com as mãos postas vão atrás dos filhos, cantando Santa Maria e êles respondendo *ora pro nobis*» [1].

Êste colégio dos Meninos de Jesus, começado assim sob tão bons auspícios, teve curta duração, por várias circunstâncias, provenientes do meio em que se estabeleceu e da natureza mesma daquela instituïção autónoma, parte eclesiástica, por ser confraria, e parte civil, por ser de órfãos, sujeitos a legislação especial.

4. — A primeira contradição grave surgiu no campo económico. Sendo instituïção eclesiástica, a Confraria dos Órfãos devia ficar, segundo a legislação do tempo, isenta de impostos. Ora, os oficiais de El-Rei começaram a exigir «dízimos de peixe e mantimentos dos meninos», e porque o P. Nóbrega não consentiu que se pagassem, «se queixaram alguns». Murmuraram outros de que os Padres tivessem casas, terras e escravos. Muito mais tranqüilos viveriam os Padres, observa Nóbrega, se prescindissem do Colégio e vivessem sós; mas que fruto se faria se não cuidassem da educação das crianças? E meios de subsistência na terra não havia senão aquêles. Resolveu, pois, levar adiante a sua obra; quis, porém, mostrar ao povo, pràticamente, que tudo era por

---

1. *Bras. 3 (1)*, 64-67 ; Serafim Leite, *Primeiras Escolas do Brasil* (Rio 1934) 13-15 ; Id., *Páginas*, 43.

causa dos meninos, começando «a pedir de comer pelas casas; e os mais dos dias, dois que estamos na cidade imos comer com os criados do Governador, o qual dá de comer com os seus criados a todos que o não teem e querem lá ir. Em parte foi bom murmurarem de nós, comenta êle, porque dantes passávamos como Nosso Senhor bem sabe e não sei a vida que levaríamos com tanto trabalho se pudera durar muito; e agora, uma vez ao dia, comemos de maneira que é melhor que as duas que antes comíamos em casa »[1].

Além destas dificuldades económicas, outra, no fundo, do mesmo género, mas de mais persistentes e graves conseqüências, foi a restituïção dos índios Carijós, injustamente cativos, recomendada, aliás, no próprio regimento dado em Portugal a Tomé de Sousa. Interveio nela, de modo eficaz, Manuel da Nóbrega e daí começarem alguns a contrariar os Padres. Nesta atmosfera, menos favorável, chegou o Bispo do Brasil, D. Pedro Fernandes Sardinha, tão pedido por Nóbrega e que tantos desgostos lhe havia de causar, a êle e à Companhia. O Bispo começou a reparar nas coisas que possuía o Colégio. Nóbrega escreveu para Portugal expondo a situação. Estava persuadido que eram necessárias, nestas regiões, casas de meninos e que se não podiam ter sem bens temporais, e que havia de haver sempre êstes e semelhantes escândalos. Tal educação não se podia abandonar: ou pelos Padres ou por outros. E se alguém a quisesse tomar, êle deixava-lha de bom grado. Ofereceu o cuidado da educação dos meninos, com todos os bens, que já tinha, à Misericórdia da Baía, mas nem ela nem ninguém a quis aceitar. Consultou então o Governador e outros amigos e todos foram de parecer que não desistisse da emprêsa. Para a direcção imediata dos bens, nomear-se-ia um homem secular, que, por sua vez, trataria com os Padres. Pensou-se em Diogo Alvares *Caramuru*, ainda vivo. Que se arranjasse esta ou outra solução, mas que se não abandonasse o colégio sob pena de se perder, de todo, a esperança de se frutificar na terra. Tal era o pensamento de Nóbrega, exposto com a sua costumada lealdade e firmeza [2].

Entretanto, o Bispo ia levantando outras questões. Desauto-

---

1. Nóbr., *CB*, 139.
2. Nóbr., *CB*, 140.

rizou, em público e em particular, o proceder dos Padres. E nas suas prègações, êle e os da Sé condenaram as penitências públicas e censuraram a catequese dos Jesuítas. Nóbrega, vendo-se assim assediado, enviou a Portugal uma lista destas dúvidas[1]. Chegaram elas no momento em que estava pendente da decisão de S. Inácio a aceitação ou recusa dos Meninos Órfãos de Lisboa. Pelo que decidisse naquele caso, se regularia também o Brasil. Com isso, e talvez por sentirem na Europa que o Bispo estava contrário aos Padres, no intuito da paz, Nóbrega viu-se sem apoio na Europa.

Nesta conjuntura, inutilizados prestígio e ministérios, resolveu ir visitar o Sul, deixando-se por lá ficar até mudarem os ventos. A tomar conta dos meninos deixou na Baía o Ir. Vicente Rodrigues, chegando daí a pouco Luiz da Grã e os seus companheiros, vindos de Portugal. Trouxe Grã ordem superior para se não ocupar tanto com os meninos, os quais, faltando-lhes o bafo e amparo eficaz de Nóbrega, entraram em breve numa fase de crise, em que influíram vários factores, além daquele ambiente geral pouco propício a criarem ânimo e virtude. E já andavam no Colégio, em 1555, 24 moços mamelucos e índios[2]; causou, pois, grande opressão a chegada de mais 18 ou 20, nesse mesmo ano, dos quais se distribuíram uns por várias capitanias e se colocaram outros em casas particulares. Os que foram para Pôrto Seguro deram trabalho, porque a terra era pobre e não havia com que os sustentar, nem remédios, se caíam doentes. Sobretudo houve o perigo de doenças espirituais, porque, diz o P. Ambrósio Pires, «as mulheres andam nuas e são tão ruins que andam trás êstes moços para pecarem com êles e enganam-nos e êles fàcilmente se deixam enganar»[3].

Deviam mesmo ter chegado a Lisboa estas desagradáveis notícias, porque um órfão, que estava em S. Vicente, de nome Luiz, foi reclamado por sua mãi, e estava para embarcar com o P. Leonardo Nunes[4].

Preocupava também os Padres a sorte dos meninos índios. Dos doutrinados no Colégio andavam fugidos pelo mato, diz Grã,

---

1. Nóbr., *CB*, 141-142.
2. Cf. *Doc. Hist.* XXXV, 286-287; 291-292.
3. *Bras. 3 (1)*, 134.
4. *Bras. 3 (1)*, 137.

uns 15 ou 16[1]. Era o maior desgôsto. Tais rapazes, depois de conhecerem a civilização cristã, traíam-na. Para atalhar a isso, escreveram à Rainha os Padres e alguns índios principais, que se instituísse, na Baía, um recolhimento de meninas índias, dirigido por mulheres honestas e idosas; com aquelas meninas índias, assim cristãmente educadas, se poderiam depois casar os alunos dos padres. Senão, ao fugirem para o sertão, uniam-se com índias pagãs e tinham que ficar, conforme ao costume da terra, às ordens do sogro e cunhados gentios[2]. O Padre Gonçalves da Câmara, de Lisboa, transmitia o pedido para Roma, apoiando-o, e respondia o Geral que lhe parecia «obra mui grata a Deus»[3].

Infelizmente, aquêle alvitre não teve seguimento por então. Estávamos na época de Duarte da Costa e de D. Pedro Sardinha, pouco fagueira para a vida social da Colónia. Entretanto, chegaram cartas a ambos de El-Rei, para que se construísse, na Baía, colégio como o de Santo Antão, em Lisboa, ao mesmo tempo que os Padres recebiam comunicação de que Santo Inácio decidira finalmente não aceitar para a Companhia o encargo de instituições de órfãos[4]. Em vista de tal determinação, des-

---

1. *Bras. 3 (1)*, 145v.
2. *Bras. 15*, 117v.
3. *Mon. Laines*, VI, 578; VIII, 407.
4. «D. Duarte da Costa, Amigo: Eu El-Rei vos envio muito saüdar. O fruto que os Padres de Jesus com sua doutrina, virtude e bom exemplo fazem em tôda coisa do Serviço de Nosso Senhor e Salvação das Almas é tão grande, que se deve muito estimar, granjear e favorecer sua Companhia e conservação, e porque os que estão nessas partes tenho entendido que vão obrando e obram os mesmos efeitos, pareceu-me devida coisa encomendar-vo-los muito, pôsto que tenha por mui certo, que tereis disso muito grande cuidado, por ser coisa de tal qualidade e de tanto meu Contentamento; pelo que vos encomendo muito, que assim o façais, e que vós, com o Bispo, trabalheis de fazer nessa cidade algum modo de colégio, conforme ao desta cidade que os Padres da Companhia teem em Santo Antão, porque disso se pode seguir algum grande serviço de Nosso Senhor, para essas partes; e, do que nisto fizerdes, me escrevereis. E, porque êles se queixam de lhes não ser inteiramente pago o que para suas despesas lhe tenho ordenado, receberei muito contentamento, proverdes como se lhe faça disso o melhor pagamento, que puder ser. Escrita em Lisboa. Manuel de Aguiar a fêz em 21 dias do mês de Março ou Novembro de 1554. A qual carta era assinada por Sua Alteza e selada com o sinete de suas armas. E eu Sebastião Alves, escrivão da fazenda do dito Senhor a trasladei aqui fielmente por mandado do Senhor Governador D. Duarte da Costa e lhe tornei a própria hoje 20 de Agosto de 1556. Sebastião Alves». — *Doc. Hist.* XXXV, 358-359.

fez-se Luiz da Grã dalguns bens que o P. Nóbrega tanto a custo angariara, por julgar isso mais conforme com o voto de pobreza, não distinguindo bem entre o que se exige sob o ponto de vista pessoal e o que se pode possuir para obras de educação e formação, impossíveis sem meios suficientes e estáveis. Nesta data viviam já, à conta do colégio, 44 pessoas[1].

Moviam-no também escrúpulos (e nisto tinha razão) pelo modo como se dava aos padres a esmola de El-Rei, «porque nos livros do Almoxarifado se fala por êstes têrmos: Fulano da Companhia tem vencido tanto do seu ordenado. Parece que é estipêndio, e bastas vezes o dizem, que S. A. nos dá aquilo para que residamos nas suas povoações dos brancos, e ainda não instavam que tivéssemos cura de almas, pois El-Rei nos dava estipêndio por isso, não sendo assim senão pura esmola. Ocorria-nos que se devia largar aquilo, quando não se aplicasse a Colégio»[2].

5. — Para a fundação do Colégio em novos têrmos, Grã aguardava a vinda de Nóbrega, cada dia esperado, de S. Vicente (fins de 1555); não quis, portanto, tratar nada com o Governador nem com o Bispo até que Nóbrega chegasse[3]. Na verdade, mesmo de longe, Nóbrega, como Provincial, não perdia de vista o assunto dos órfãos e do colégio. Entre as incumbências que, em 1554, levava para tratar em Roma o P. Leonardo Nunes, era uma impetrar licença para haver no Brasil casas de órfãos, dirigidas pelos Padres, ainda que separados dos irmãos[4]. Recebendo a notícia de que a Companhia não aceitava o encargo de órfãos, determinou, quando fôsse à Baía, entregar êsse cuidado a pessoa de fora, ficando os padres apenas com a direcção espiritual. Logo viu a impossibilidade prática desta separação de poderes; e, já na Baía, ainda nos primeiros tempos do novo regime colegial, quando se tratava de ajustar e combinar tudo, volta a insistir sôbre a necessidade de se educarem os meninos sob a dependência directa, espiritual e temporal, dos Superiores da Compa-

---

1. *CA*, 143.
2. Carta do P. Luiz da Grã, a 8 de Junho de 1556, *Bras. 3 (1)*, 147v-148.
3. *CA*, 143; *Bras. 3 (1)*, 144v-145.
4. Anchieta, *Cartas*, 67.

nhia. Além da superintendência espiritual dos moços, parece «convir muito, diz êle, que o Provincial ou o reitor do nosso colégio, sòmente, tenha também a superioridade em o mais, para pôr e tirar e ordenar as coisas dos moços, escolhendo quem dêles tenha cuidado e do seu, e êsse tirando e pondo, quando lhe parecer. Porque se de todo os largamos, em breve tempo será tudo tornado em nada, segundo o que por experiência alcançamos. E não teem êles mais ser e vida, nem sua casa, que quanto nós assopramos, maiormente sendo os mais, ou todos, moços do gentio, de quem a gente desta terra tem mui pouco gôsto e devoção, pelo muito ódio, que comumente se tem a esta geração. E, porisso, de duas uma devemos escolher: ou não fazer conta dêles, que podem permanecer, ou ter-se com êles e suas coisas a superintendência que digo. O que os moços cá teem para a sua mantença são quarenta mil réis cada ano, bem mal pagos, e tudo o mais que nós lhes quisermos dar. Minha intenção, quando esta casa se principiou, foi parecer-me que nunca meninos do gentio se apartariam de nós e de nossa administração, e o que se adquiriu foi para êles. Dos moços órfãos de Portugal nunca foi minha intenção adquirir a êles nada, nem fazer casas para êles senão quando fôsse necessário para com êles ganhar os da terra e os ensinar e doutrinar. E êsses haviam de ser sòmente os que para êsse efeito fôssem mais necessários e de cá se pedissem. E todavia nos parece bem dar-lhes as terras, porque se pediram para os meninos do gentio, por não haver escândalo e dizerem que com título dos moços, adquirimos para nós. E para o nosso colégio se devia pedir a El-Rei uma légua ou duas de terra, onde melhor nos parecer, em parte onde não fôr ainda dada, pôsto que já agora não pode ser senão longe, por ser tudo dado. E bastará escrever Sua Alteza ao Governador que onde fôr mais conveniente as dê»[1].

Mem de Sá tinha, sem dúvida, a mesma opinião de Nóbrega. A renda de 40$000 réis dava para sustentar uma dúzia dêles. O Governador resolveu sustentar à sua custa outros 12. E todos ficaram sob a direcção de Rodrigo de Freitas, oficial de El-Rei, já então viúvo, e com desejos de entrar na Companhia, como depois entrou. Os meninos ficaram a viver em aposentos anexos

---

1. *Bras. 15*, 41v-42.

ao Colégio, apenas com cozinha e refeitório comum para ouvirem a leitura à mesa[1]. Mas isto já não era Confraria nem órfãos. De uma coisa e outra deu de mão a Companhia. Não por ser Confraria, porque depois se instituíram outras de carácter religioso ou social, nem por serem órfãos, porque ainda depois se propôs que viessem para o colégio da Baía, mas por ser *Confraria de Órfãos*.

É sabido que os órfãos são objecto de uma legislação própria. Em 1561, houve alvorôço no povo da Baía, querendo que o juiz dos órfãos desse de soldada os moços e moças órfãs, e alguns iam até a pedir os casados. O Governador, que então já era Mem de Sá, não consentiu[2]. Em 1556, tinham-se pôsto alguns assim, como também os meninos índios[3]; e a experiência mostrou que se prestava a abusos. Foram complicações dêste género, acrescidas da responsabilidade na administração de bens alheios, que se pretenderam evitar e não a educação de órfãos. De-facto, desejando Nóbrega enviar alguns meninos do Brasil, de mais talento, para estudarem em Portugal « para ganharem letras e virtudes e voltarem homens de confiança », o Padre Geral aprova a ideia e sugere que se podia « tratar com as casas de órfãos, que os recebam, e mandem *outros*, de lá, em seus lugares ». Isto logo em 1562, em carta onde se aprovam os colégios de meninos que há no Brasil e, se é possível, se fundem outros, buscando-se os meios indispensáveis para isso[4]. Já era tarde.

O Colégio dos Meninos da Baía terminou virtualmente, em 1556, com a sua elevação a colégio canónico. A-pesar-de todos os contrastes, que costumam acompanhar qualquer obra de vulto, foram benéficos os seus resultados. Correspondeu até, num determinado momento histórico, a uma necessidade urgente de captação e nivelamento com os naturais da terra, e é um facto notável, sugestivo e original da colonização portuguesa.

6. — Os órfãos, excepto dois ou três, que, por mal dispostos, pareceu a Nóbrega ser melhor restituí-los a Portugal, os mais

---

1. Carta de Nóbrega, *Bras. 15*, 64v.
2. *CA*, 293.
3. *CA*, 177.
4. *Mon. Laines*, VI, 577-578.

dedicaram-se a ofícios ou a estudos[1]. Realmente, os estudos não se interromperam durante êstes anos e até progrediram. Braz Lourenço, um dos Padres que vieram com Luiz da Grã em 1553, contando como todos foram bem recebidos, fala em particular do Irmão António Blasques, que ensina a ler e escrever e «a alguns ensina gramática», isto é, latim[2]. O Colégio passara, portanto, de elementar a secundário. O mesmo Blasques estava destinado, em 1555, para dar aulas de latim; faltavam, porém, livros tanto para os que principiavam (é o ano da vinda daqueles 18 ou 20 órfãos) como para os mais adiantados e pediam-se de Portugal[3].

Alguns dêstes alunos mais adiantados eram órfãos e entraram na Companhia. Um dêles disse missa nova na Aldeia do Espírito Santo, Baía, na segunda metade de Outubro de 1560, «o qual há-de ficar ali por ser língua; êste é moço dos primeiros órfãos, que cá nos mandaram muito boa coisa»[4]. Órfão era o P. Simeão Gonçalves que foi mestre de noviços[5]. O P. Manuel Viegas, apóstolo dos Maromomis, era órfão ou veio com êles[6]. Blasques, ao narrar as grandes festas que se fizeram na Aldeia de S. Paulo, igualmente na Baía, no dia do seu padroeiro, refere-se expressamente a dois, que tiveram lugar de honra ao lado do Bispo, D. Pedro Leitão, que presidia a essas festas. E, depois de descrever, com grande riqueza de pormenores, os preparativos, confissões da véspera, festas de índios e folias dos brancos, continua:

«Ao romper da manhã, foram os nossos Padres para os seus assentos ouvir os penitentes e, desde as três horas da manhã até que se quis começar a missa, ocuparam-se em ouvir confissões; deu-se ordem que, quando começasse amanhecer, nunca se cessasse de dizer missa em três altares, ora uns, ora outros, para que, com êste expediente, ficassem todos comungados, e aos

---

1. Nóbr., *CB*, 171.
2. *Bras. 3 (1)*, 89v.
3. Carta do P. Grã, *Bras. (3 1)*, 145v.
4. *CA*, 279.
5. *Bras. 5*, 6v; *Bras. 3 (1)*, 163. Faleceu tísico, ao que parece, pois deitava sangue pela bôca, em S. Paulo de Piratininga, em Julho de 1572, com 17 anos de Companhia. Tinha virtude, sobretudo a da obediência. — *Fund. del Rio de Henero*, 51(127). Não se deve confundir com o Irmão Simão Gonçalves, antigo soldado.
6. *Bras. 5*, 8.

enfermos, que tinham vindo ganhar o jubileu, não fôsse penoso e molesto esperar pela missa de pontifical. Ditas as missas, nas quais comungaram algumas 120 pessoas, das que vieram ganhar o jubileu, se deu ordem para que se fizesse a procissão, em que iam 6 cruzes, às quais seguia grande multidão de meninos com as divisas de que atrás falei. Logo vinha o côro com a sua música; cantando hinos e salmos, *maxime* o que começa *Laudate Dominum, omnes gentes*. Junto ao côro estavam os nossos Padres com sobrepelizes, excepto os que traziam capas e iam junto ao Bispo, o qual vinha debaixo de um pálio de setim vermelho, com uma capa de brocado muito rica, precedendo-o, com ricas e formosas dalmáticas, o diácono e subdiácono, que eram dois Padres da Companhia, que desde meninos se criaram com estes índios, ensinando-os e doutrinando-os na Fé Cristã: são êstes dos órfãos que Vossa Reverendíssima mandou a esta terra, haverá 9 ou 10 anos agora, e saíram, pela bondade do Senhor, idóneos ministros da conversão das gentes; chama-se um dêles António de Pina e o outro João Pereira; êste está agora encarregado de ir prègar a Vila Velha, todos os domingos e festas, aos escravos dos cristãos, *ultra* de confessá-los, quando as suas necessidades o exigem; o outro reside na povoação de Santiago, tendo a seu cargo aquela casa»[1].

Ainda ao diante acharemos algumas referências a órfãos e à educação de meninos, que os Jesuítas nunca abandonaram.

Mas como, em 1556, ao *Colégio dos Meninos de Jesus*, da Baía, sucedeu o que leva o nome simples de *Colégio de Jesus*, a história dêste será a daquele, continuado e subido a categoria mais nobre.

---

1. *CA*, 420-421.

CAPÍTULO IV

Colégio de Jesus da Baía

1 — O Terreiro de Jesus; 2 — A construção do Colégio; 3 — Planos arquitectónicos; 4 — Reitores.

1. — «As primeiras moradas, que os Padres tiveram, eram umas pobres casas de taipa cobertas de palha; o seu suor e trabalho lhe custaram, acarretando a suas costas a madeira e água» — escreviam os Padres em resposta a um *Capítulo* de Gabriel Soares[1]. Eram as casas da Ajuda. Antes de as deixar, fizeram outras no Monte Calvário, então fora da cidade, e deu-lhes o Governador uma casa de barro dentro dela, perto dos muros. Foram as três primeiras moradas dos Jesuítas na Baía. Nenhuma delas dispunha dos requisitos indispensáveis para Colégio, ainda que em tôdas se fêz catequese e se ensinaram os rudimentos de ler e escrever. Nóbrega, entre as instruções, que lhe deu o Provincial de Portugal, trazia, como vimos, a de que, se houvesse disposição no Brasil para Colégio ou Recolhimento de meninos, os fundasse[2].

Com êste pensamento buscou local apropriado. Aquela casa de barro, que lhe deu o Governador, estava em bom sítio, mas comprimida contra os muros da cidade. Todavia, a Ajuda já se tinha entregue ao clero secular e o Monte Calvário era demasiado exposto. Com a chegada dos meninos órfãos, em 1550, não teve outro remédio senão decidir-se pelo sítio junto aos muros da cidade. A escolha dêste local deu origem a frases, que hoje

---

1. *Bras. 15*, 383 (2.º).
2. *Bras. 15*, 104 e 116.

mal se pode averiguar se são história ou lenda. Não as achamos em documentos coevos. Fundado em Vasconcelos, diz o P. Luiz Cabral: «Razão tinha Manuel da Nóbrega para dar a Tomé de Sousa, quando êste lhe objectava estar fora da cidade o local escolhido para o Colégio, a mesma resposta que o P. Simão Rodrigues deu a El-Rei D. João III perante a objecção idêntica, a-respeito da casa de S. Roque, em Lisboa:— Não se arreceie Vossa Alteza de ficar a casa fora da cidade; a cidade virá juntar-se ao redor da casa. E assim foi. O grande bairro dos Andrades teve como célula genética a casa de S. Roque, como o Colégio da Baía veio a fazer do *Terreiro de Jesus*, o ponto central da cidade do Salvador»[1].

Neste local, pois, se começaram a fazer as acomodações indispensáveis, só com o auxílio de Tomé de Sousa e dalguns amigos, «sem El-Rei ajudar nada», ainda que para Lisboa se ia escrevendo, e Nóbrega fê-lo directamente a D. João III, urgindo a necessidade de que êle tomasse a edificação do Colégio à sua conta[2]. Entretanto, ordenava se fizessem casas, onde se recolhessem e ensinassem crianças[3]. Desta maneira, em 1551, já estavam construídos alguns edifícios, rodeados de uma forte cêrca de taipa. Um oficial pedreiro, que se pôs à disposição dos Padres, facilitou a tarefa[4]. Em 1552, o P. Paiva era reitor e carpintejava[5]. Nóbrega escrevia: «Trabalhamos por dar princípio a casas que fiquem para emquanto o mundo durar»[6]. Compraram-se, desta vez já com a ajuda de El-Rei, outras casas por 17$000 réis, pagos a Luiz Dias, «mestre da pedraria» ou arquitecto[7]. Mas

---

1. Luiz Gonzaga Cabral, *Jesuítas no Brasil* (S. Paulo s. d.) 266-267.
2. Nóbr., *CB*, 116-117, 126; *CA*, 51, 72.
3. Nóbr., *CB*, 115.
4. Chamava-se Nuno Garcia, degredado, por 11 anos, para o Brasil, por ter morto um homem mulato. Os Padres combinaram com êle que os servisse durante 5 anos, comprometendo-se êles a alcançar-lhe perdão dos outros 5 (um já êle o tinha cumprido). Acedeu. Em 1555, escreve D. Duarte a El-Rei, pedindo êsse perdão — ou o pagamento dos seus serviços durante os 5 anos, acabados de cumprir. — Carta de D. Duarte da Costa, de 3 de Abril de 1555, a D. João III, na *Hist. da Col. Port. do B.*, III, 372.
5. *CA*, 112.
6. Nóbr., *CB*, 137.
7. *Doc. Hist.* XIV, 359; *Hist. da Col. Port. do B.*, III, 335.

tôdas estas casas, por serem de taipa e cobertas de palha, duravam pouco, dois, três anos[1].

No entanto, já estavam cobertas de telha as casas mais novas, quando, em 1555, vieram cartas de El-Rei a D. Duarte da Costa e ao Bispo para se fazer o Colégio dos Padres[2]. Seria possível? Nóbrega não acreditava e tinha as suas razões: havia outras obras, pelas quais se interessavam o Prelado e o Governador, e que, aliás, êle achava perfeitamente justas: estava a Sé por fazer; era preciso acudir ao Espírito Santo; deviam-se erguer fortalezas no Rio de Janeiro e na Bertioga, de São Vicente. Nem Tomé de Sousa, em Lisboa, nem D. Duarte da Costa, nem ninguém de cá, observa êle, há-de mover Sua Alteza a que gaste connosco da sua fazenda em nos construir Colégio; antes o hão-de dissuadir, dizendo que estamos muito bem. Em todo o caso, insiste, impõe-se uma decisão. Padres e moços, juntos, é que não podem ficar, por ser o sítio demasiado pequeno, para uma e outra coisa. « As casas, que temos, não lhes vemos maneira para nós e moços estarmos nelas apartados [uns dos outros como urgiam as Constituïções], salvo se rompermos o muro da cidade e fizermos algumas casas da banda de fora, no sítio que para o Colégio está deputado ». Ora nós « não temos possibilidade para as fazer, nem sei se nos darão licença para romper o muro. As casas, que agora [1557] temos, são estas: uma casa grande de setenta e nove palmos de comprido e vinte e nove de largo. Fizemos nela as seguintes repartições: um estudo e um dormitório e um corredor e uma sacristia, por razão que a outra casa, que está no mesmo andar e da mesma grandura, nos serve de igreja, por nunca, depois que estamos nesta terra, sermos poderosos para a fazer, o que foi causa de sempre dizermos missa em nossas casas. Neste dormitório dormimos todos, assim Padres como Irmãos, assaz apertados. Fizemos uma cozinha e um refeitório e uma dispensa, que serve a nós e aos moços. Da outra parte está outro lanço de casas da mesma compridão. Em uma delas dormem os moços, em outra se lê Gramática, em outra se ensina a ler e escrever. Tôdas estas casas, assim umas como as outras,

---

1. Carta de Grã, *Bras. 3 (1)*, 145.
2. Carta de Grã, *Bras. 3 (1)*, 143; *Mon. Laines*, V, 398; *Mon. Mixtae*, IV, 111.

são térreas. Tudo isto está em quadra. O chão, que fica entre nós e os moços, não é bastante para que, repartindo-se, êles e nós fiquemos gasalhados, maiormente se nêle lhes houvessem de fazer refeitório, dispensa e cozinha como seria necessário». E isto sem falar noutras casas indispensáveis, requeridas pela higiene e para depósito de água e de lenha, diz Nóbrega. «No sítio não há maneira para se fazerem, e, sobretudo, não lhe fica serventia para a fonte e coisas necessárias, ultra de não terem igreja senão a nossa». Portanto, o encarregado, em Lisboa, de zelar os interêsses do Brasil, P. Francisco Henriques, exponha claramente a situação a El-Rei e êle ou dê novas casas aos Padres ou aos moços. A não ser que não queira que se eduquem meninos. Mas então «seria perder tôda a esperança de se frutificar na terra». O melhor, parecia a Nóbrega, era dar-lhes, a êles, «estas casas que nós, com muito trabalho e com pouparmos essa pobre esmola de El-Rei, fizemos, respeitando a pobreza da terra e aos muitos gastos que cá tem Sua Alteza com pouco proveito; e a nós fazerem-nos um pobre agasalho da banda de fora do muro, no lugar que para isso se escolheu»[1].

A sugestão de Nóbrega não teve efeito imediato. Mas o problema estava pôsto e exigia uma solução, que não tardaria a oferecer-se, suprimindo os Padres a incrustação na própria comunidade de um Recolhimento de Meninos. Não se operou de um jacto esta transformação. Ficaram coexistindo, lado a lado, durante algum tempo, em habitações separadas, mas anexas, uns e outros[2].

2. — Chegando, emfim, as esperadas dotações reais, vinha na Provisão, bem clara, a vontade que Sua Alteza tinha de mandar concluir o Colégio. Entrou-se assim numa fase de grande actividade, tanto mais que os edifícios existentes ameaçavam ruína, por serem de taipa[3]. Além da igreja, obra de Mem de Sá, edificaram-se, de-novo, ou remodelaram-se antigas habitações. Em 1568, tinha-se já construído uma aula grande para os cursos de casos e latinidade; e, para os estudantes, um pátio pequeno, mas

---

1. Carta de Nóbrega, *Bras. 15*, 41-41v, 64v; Carta de Grã, *Bras. 3 (1)*, 144.
2. Carta de Nóbrega, *Bras. 15*, 64v.
3. *CA*, 412.

suficiente com diversas dependências, uma das quais fazia de igreja. Em 23 de Maio de 1572, ao inaugurar-se a igreja de Mem de Sá, esta dependência passou a ser habitação dos Padres e Irmãos, recurso urgente e necessário, com que se acomodaram os que vieram na expedição do P. Inácio Tolosa [1]. Êste Padre Tolosa, vindo de Portugal para tomar conta da Província, foi quem principiou as obras do Colégio novo, diz uma informação de 1592, acrescentando que ainda se viam ao lado, nesta data algumas casas do vélho [2].

Entre as instruções concretas de Roma, relativas à edificação das casas, vem esta; que se não construam sem prévio plano e «atenda-se à perpetuïdade». Razão? «Porque ainda que custa mais, sai mais barato» [3].

Dois anos antes da chegada do P. Tolosa tinha-se anunciado a vinda da grande expedição missionária de Inácio de Azevedo, e preparavam-se casas com extraordinária actividade. Havia falta de oficiais e achegas, «que tudo é mais dificultoso de haver-se nesta terra. E porque não há gente de trabalho nestas partes para alugar por jornal, nem os materiais se acham de compra, nos é necessário têrmos muita escravaria e gente da terra, governada e mantida de nossa mão. Mantemos a um pedreiro, com mulher e filhos, que é grande tráfego para o Colégio, e muito maior será, quando em boa hora vier o Padre Inácio de Azevedo com sessenta irmãos, que nos mandam dizer que há-de trazer, e quando se meterem mais oficiais nas obras, porque tudo há-de estar a nosso cárrego, vindo alugados de Portugal» [4].

Entretanto, iam-se «preparando com a maior diligência os materiais, e acarretando o que já estava pronto, como pedra e madeira, que às vezes vinha de dez léguas de distância. Ia um irmão e, ajudado dos índios, trazia êsses materiais na barca do Colégio, e eram de casa os serradores» [5].

Algumas dificuldades, extrínsecas à própria edificação do

---

1. *Fund. de la Baya*, 19.
2. *Bras. 15*, 383v (5.º).
3. *Bras. 2*, 125v.
4. Carta de Gregório Serrão, *Bras. 15*, 198v.
5. *Bras. 15*, 183, 183v, 256, 386; *CA*, 491.

Colégio, tiveram também que defrontar os Padres. Os mercadores queriam-se aproveitar das circunstâncias para exigir preços exorbitantes, tanto pelos materiais como pela mão de obra. Recorreram os Padres a El-Rei, lembrando a sua promessa de fundador do Colégio. O Procurador do Brasil em Lisboa alcançasse dêle as facilidades indispensáveis. Na realidade, a promessa de El-Rei convertia-se em factos. El-Rei como que assumia o encargo da construção:

«Mando, diz D. Sebastião, ao Ouvidor Geral das partes do Brasil e aos Ouvidores das Capitanias da governança e repartição da Baía de todos os Santos e mais justiças delas, que deem e façam dar e vender, com muita diligência, tôda a pedra, cal, madeira e mais achegas, que forem necessárias, para as obras dos Colégios da Companhia de Jesus da dita governança e façam dar e apenar para as mesmas obras todos os pedreiros, carpinteiros, cavouqueiros, carreiros, embarcações, servidores e quaisquer outros oficiais e coisas necessárias, pago tudo pelos preços da terra. Almeirim, aos 20 de Fevereiro de 1575 »[1].

Na mesma data, envia El-Rei outro alvará ao Governador Luiz de Brito e Almeida, em que lhe recomenda facilite aos Padres a aquisição das terras, em que se há-de fundar o Colégio da Baía, mandando-as avaliar pelo seu justo prêço, adquirindo-as para o Colégio. Quanto a uma serventia ou rua pública, El-Rei pede à Câmara, se não causar muito prejuízo, que haja por bem cedê-la para o Colégio sair perfeito, como convém[2].

O P. Vale-Régio, Procurador em Lisboa, alcançou ainda de El-Rei um novo auxílio, desta vez, pecuniário. D. Sebastião, que verdadeiramente, com D. João III, e mais do que êste, se deve considerar o fundador real do Colégio da Baía, ordena, em 2 de Maio de 1575, ao Governador do Brasil, que aplique às obras do Colégio *metade do dinheiro das comutações dos degredos*, a que tivessem sido condenadas quaisquer pessoas. A outra metade aplicá-las-á o Governador como lhe parecer[3].

Com tamanhas ajudas, vindas da Coroa, as obras tinham que

---

1. Tôrre do Tombo, *Jesuítas*, maço 8, n.º 7.
2. *Bras. 11*, 9.
3. *Bras. 11*, 10.

ir adiante. Ainda assim gastaram-se quási vinte anos. Iniciado durante o provincialato de Inácio Tolosa, o Colégio inaugurou-se em 1590-1591.

Os documentos da época revelam algumas fases da construção, seus progressos e vicissitudes. Em 1581, estava já lançada a parte da claustra, virada ao sul, e foi êste o período de maior actividade. Em 1583, concluíu-se quási tôda a claustra com bons quartos, a enfermaria, bem orientada, que servia não só para os doentes do Colégio, mas para os vélhos e cansados de tôda a província [1], e a capela interior, reservada aos irmãos, unida, por uma janela na parede, com a mesma enfermaria donde os doentes vélhos e cansados viam o altar e assistiam à missa.

Segundo a *Informação da Província do Brasil*, de 31 de Dezembro de 1583, o Colégio novo tem, nesta data, o «claustro de pedra e cal, e, na parte leste, fica a igreja e a sacristia; a do sul, «tem por címa a capela e a enfermaria de boa grandura, por debaixo, dispensa e adega. O lanço do poente tem 19 quartos: nove por cima e dez por baixo, sôbre o mar, com mais três janelas grandes, que fazem cruz nos corredores. Ao nordeste, ficam treze quartos, sete por cima e seis por baixo. Todos os quartos são forrados de cedro e maiores que os do Colégio de Coimbra. Os portais são de cantaria e o edifício é bem acomodado, mas está por acabar e falta, além disso, forrar e guarnecer os corredores» [2].

Contudo isto, o Colégio «ainda falta muito para estar acabado», diz Gouveia, em 1584 [3]. Faltava concluir um dos lados do claustro, e serviam de noviciado, de oficinas e de escolas, várias casas do vélho. As do novo Colégio iam-se construindo, mas devagar, porque escasseavam os recursos.

Sobrevieram os maus dias de Manuel Teles Barreto, Governador Geral que desfavoreceu os Padres quanto pôde. O que se devia gastar no Colégio não se recebia senão tarde e a más horas. Os oficiais de El-Rei seguiam geralmente os humores do Governador.

---

1. Carta de Gouveia, *Bras. 5*, 18.
2. Gouveia, *Informação para Nosso Padre*, em Anchieta, *Cartas*, 413.
3. *Lus. 68*, 407v.

Às vezes pagavam «em coisas que valem pouco, porque dizem que nesta terra não há dinheiro com que pagar; e por esta causa tem êste Colégio, para remédio das suas necessidades, pedido emprestado mais de mil cruzados, e não se acham fàcilmente pessoas, que tenham, nem queiram emprestar mais dinheiro. E com isto padecem os Nossos farta necessidade sem haver remédio. Até agora, como os tempos eram outros, sempre havia algum modo de pagar, mas, agora, nem bem nem mal» [1].

O Procurador a Roma, António Gomes, aconselha como remédio a compressão de despesas, reduzindo-se o pessoal assalariado [2].

O Visitador prestou a sua atenção à cêrca do Colégio, onde realizou várias obras, «muito aceitas dêste Colégio: a primeira foi um poço de noventa palmos de alto, e sessenta em roda, todo empedrado, de boa água, que deu muito alívio a êste Colégio, que, por estar em um monte alto, carecia de água suficiente para as oficinas; e também fêz um eirado sôbre colunas de pedra, aberto por tôdas as partes, e fica eminente ao mar, e vaus que estão no pôrto, que servem de repousos; e é tôda a recreação dêste Colégio, porque dêle vêem entrar as naus, descobrem boa parte do mar largo, e ficamos senhores de todo êste recôncavo, que é uma excelente, aprazível e desabafada vista» [3].

A casa do noviciado deve-se ter construído também neste tempo, porque, em 1590, só faltavam escolas e oficinas novas, que ainda levaram tempo a edificar-se, havendo necessidade de mudar o plano, se é que não houve mais do que um.

3. — Com efeito, existem em Roma três planos diferentes do Colégio e igreja da Baía. Conforme ao segundo e terceiro plano, o edifício seria uma construção simétrica, tendo ao centro a igreja com onze altares e de cada lado um pátio. Cada pátio dispunha de um corredor: ao sul, *corredor para a banda da Sé;* ao norte, *corredor para a banda do Carmo,* unidos ambos por um maior de duzentos palmos, *para a banda do mar.* A fachada do *Terreiro de*

---

1. *Lus. 68,* 339.
2. *Lus. 68,* 416 (2.º).
3. Cardim, *Tratados,* 364

Jesus ficaria na linha da antiga Rua Direita e a igreja ao centro da fachada.

O primeiro plano, que é a *estampa antiga da igreja*, traz esta ao lado do Colégio como existe actualmente [1]. Nenhum dêstes planos dá indicação do autor; poderia ter sido algum dêles enviado já no tempo de D. Duarte da Costa. Como quer que seja, o Colégio construíu-se sob a direcção do Irmão Francisco Dias, vindo de Portugal expressamente para isso. Efectivamente, começando as obras, verificou-se logo a falta de alguém entendido que as dirigisse e assegurasse a sua continuïdade.

Gozava então fama, em Portugal, aquêle irmão. Tinha trabalhado na construção da Igreja e casa de S. Roque, de Lisboa [2]. Gregório Serrão, quando foi a Roma, como procurador do Brasil, pediu-o ao P. Geral Everardo Mercuriano, que lho cedeu por algum tempo. E ainda que de Portugal o tornaram a pedir, por fazer lá falta, e de Roma veio ordem para o mandar, o certo é que não tornou a Portugal. Chegando, em 1577, assumiu logo a direcção dos trabalhos.

Interveio também activamente, com as suas sugestões, na elaboração dos planos, o Visitador Cristóvão de Gouveia. No Memorial da sua visita, de 1 de Janeiro de 1589, quando o Colégio estava quási concluído, estranha êle que se tivessem feito mudanças ao que tinha aprovado e ordenado, o que causava prejuízos, proïbindo que, daí em diante, se fizessem modificações, pois os planos tinham sido elaborados « com muito cuidado e acôrdo do Irmão Francisco Dias, arquitecto », diz êle [3]. Algumas destas improvisadas alterações tiveram o inconveniente de colocar as oficinas do lado da cidade, expostas aos olhares indiscretos de

---

1. Roma, Gesù, *Colleg.*, 13 (Baya).
2. F. Rodrigues, *A Formação*, 504.
3. Roma, Gesù, *Colleg., 13; Bras.* 2, 142. O Ir. Francisco Dias, que sofria duma grave doença, a que chamam de Santo Antão ou Cobrelo, e que foi curado em Nossa Senhora da Ajuda, de Pôrto Seguro, teve uma vida larga, sendo por muitos anos, além de arquitecto, pilôto do navio do Colégio. Faleceu em 1632 (*Hist. Soc. 43*, 68v). Um ano antes de falecer, estava no Colégio do Rio de Janeiro, e diz o respectivo catálogo: «Francisco Dias, de Nossa Senhora da Merciana, Diocese de Lisboa, 97 anos, boa saúde. Admitido em Lisboa, no ano de 1562. Arquitecto e pilôto durante 38 anos. Formado desde o ano de 1583 ».— *Bras. 5*, 132v.

quem passava. Antes ficavam do lado de dentro. Marçal Beliarte explica a mudança, dizendo que os planos previam a construção das escolas e oficinas nuns terrenos separados do corpo principal do Colégio por uma rua pública, aquela, de-certo, do alvará de 1575. Alguns dêsses terrenos já se haviam comprado, outros porém tinham casas, habitações e quintais. Quando os seus donos souberam que os Padres os pretendiam, e se lhes falou em preços, pediram-nos tão excessivos, («onde vale *um* pedem *dez*») «que por nenhuma via se podem comprar»—diz Marçal Beliarte, que, como provincial, tomou então a iniciativa de reparar o edifício antigo das escolas, para nelas funcionarem as do novo Colégio [1].

Assim pois, dada a última demão, inauguraram-se as aulas solenemente, sem prejuízo de obras posteriores, sendo reitor o P. Fernão Cardim. Houve grandes festas literárias. Foi nesta ocasião que o bispo Barreiros instituíu o seu prémio anual de 15 arrôbas de açúcar.

Não há escritor antigo de renome que se não refira à grandiosidade dêste Colégio da Baía. Das descrições, que nos legaram, retenhamos uma — a de quem foi também, em parte, obreiro dela. Escreve Fernão Cardim, em 1585:

O Colégio «é uma quadra formosa, com boa capela, livraria, e alguns trinta cubículos; os mais dêles teem a janela para o mar. O edifício é todo de pedra e cal de ostra, que é tão boa como a de pedra de Portugal. Os cubículos são grandes, os portais de pedra, as portas de angelim, forradas de cedro; das janelas descobrimos grande parte da Baía e vemos os cardumes de peixes e baleias andar saltando na água, os navios estarem tão perto que quási ficam à fala» [2].

Esta proximidade e situação privilegiada sempre se conservou, mas o Colégio foi ainda objecto de grandes remodelações e reconstruções nos dois séculos seguintes. A seu tempo as referiremos, assim como os vários acontecimentos históricos de carácter religioso, literário ou político de que foi teatro êste célebre Colégio.

---

1. Carta de Gouveia, *Lus. 69*, 131; Carta de Pero Rodrigues, *Bras. 15*, 407v; Carta de Beliarte, *Bras. 15*, 369v (14.º).

2. Cardim, *Tratados*, 288; Anch., *Cartas*, 429.

« Espanha e Portugal estabeleceram bispados e abriram Colégios para os meninos gentios. Dêste simples facto se podem ufanar, mais que da conquista do Continente ou de qualquer outra emprêsa», diz Ricardo Hakluyt [1].

O Colégio da Baía veio, com o tempo, a ser Hospital Militar e é hoje a Faculdade de Medicina.

4. — Entre os Superiores ou Reitores dêste famoso Colégio contam-se, no século XVI, algumas das mais importantes figuras da Companhia: Nóbrega, Luiz da Grã, Gregório Serrão, Fernão Cardim, etc.

a) Manuel da Nóbrega (1549). — A *Casa* da Baía foi fundada pelo P. Manuel da Nóbrega; o *Colégio*, como entidade jurídica, fundou-se depois; mas houve sempre unidade moral com a casa de 1549, donde se segue que, na série dos Superiores da Baía, Nóbrega deve ser citado em primeiro lugar.

b) Manuel de Paiva (1551-1552). — O P. Manuel de Paiva, vindo logo na segunda expedição, ficou a governar a casa da Baía, emquanto Nóbrega foi a Pernambuco. A êle, como «maioral» dos Padres de Jesus, se pagavam na Baía, os mantimentos assinados por El-Rei [2]. Ao mesmo tempo ocupava-se êle «em carpintejar e fazer taipas — e também em confessar e prègar e fazer as práticas das sextas-feiras, a que assistia o Governador com a gente principal» [3]. Manuel de Paiva anda unido a muitos sucessos dos primeiros trinta anos da Companhia no Brasil. Com êle se deu o caso da venda fingida, a-fim-de chamar a atenção do povo para as condições precárias do Colégio de Jesus [4]. Na Capitania de S. Vicente, foi caluniado, despedido e readmitido com honra, sendo nomeado primeiro Superior de S. Paulo de Piratininga, dizendo lá missa, no dia 25 de Janeiro de 1554. Era parente de João Ramalho. Acompanhou as duas expedições contra os Tamóios, onde deu provas de extraordinário zêlo e

---

1. Ricardo Hakluyt, citado no *Times*, Educational Supplement, 17 de Maio de 1924, cf. Constantino Bayle, *España en América* (Vitoria 1934), 388.
2. *Doc. Hist.*, XIV, 29, 57, 58, 67, 76, 78, 91-92; *CA*, 82-86, 112.
3. *CA*, 112.
4. *Fund. de la Baya*, 4(79); Carta de D. Pedro Sardinha, *Bras. 3 (1)*, 102 v.

valor, pelo qual deve ser considerado *o primeiro capelão militar do Brasil* [1].

Depois destas expedições voltou para a Baía, em 1562 [2], passando algum tempo depois, em 1564, para o Espírito Santo, onde ficou como Superior e, mais tarde, como operário. Um dos seus primeiros actos foi libertar uns náufragos, cativos dos índios, arranjando, com esmolas, o seu resgate [3]. Paiva parece que passou, no Espírito Santo, os últimos 20 anos da vida, ensinando os meninos, catequizando os Índios e assistindo aos brancos. Intrépido e piedoso, tinha duas horas de meditação diária [4]. Natural de Águeda, distrito de Aveiro, Paiva entrou já Padre, no Colégio de Coimbra, a 18 de Junho de 1548 [5]. Faleceu em Vitória, a 21 de Dezembro de 1584. E «a sua morte foi muito sentida de tôda aquela vila por ser muito amado de todos» [6].

c) Vicente Rodrigues (1553). — Retirando-se Nóbrega para o Sul, ficaram três Jesuítas na Baía, o P. Salvador Rodrigues e os irmãos Vicente Rodrigues e Pecorela. A-pesar-de ainda não ser sacerdote, Vicente Rodrigues ficou como Superior [7]. Natural de S. João da Talha, junto a Sacavém, entrou na Companhia em Coimbra, no dia 16 de Novembro de 1545, para coadjutor [8]. Era irmão do célebre Ministro do Colégio de Coimbra, P. Jorge Rijo (daqui o chamar-se também às vezes Vicente Rijo). Sem estudos de latim, os seus bons modos supriam a falta de cultura. Tinha, no entanto, suficiente instrução para ser mestre-escola, e, 15 dias depois de chegar, já Nóbrega escrevia que êle ensinava a doutrina aos meninos, e tinha «escola de ler e escrever» [9]. Além

---

1. Cf. infra, livro IV, cap. I, § 2.
2. *CA*, 379.
3. *CA*, 457.
4. *Annuae Litt. 1585*, 137; Franco, *Ano Santo*, 751.
5. *Lus. 43*, 3v.
6. Carta de Cristóvão de Gouveia ao P. Geral, 19 de Agôsto de 1585, *Lus. 69*, 133. Esta carta dá, por equívoco, a morte do P. Paiva um ano antes. Mas foi naquela data (Cf. *Bras. 5*, 29; *Hist. Soc.* 42, 32v; *Anch. Cartas*, 314; Évora, Cód. CVIII/2-5, f. 131v). O seu nome ainda vem no catálogo de 1584, que lhe dá, nesta data, 75 anos de idade *(Bras. 5, 23v)*.
7. Vasc., *Crón.*, I, 139.
8. *Lus. 43*, 2v.
9. Nóbr., *CB*, 72.

desta circunstância cronológica, importante na história da instrução brasileira, o nome de Vicente Rodrigues anda associado a outros factos da Companhia de Jesus no século XVI, fundando com o P. Francisco Pires a ermida de N.ª S.ª da Ajuda, em Pôrto Seguro [1]. Ordenado de sacerdote, trabalhou na Baía e arredores. Indo para o sul, em 1553, estava nos campos de Piratininga, quando se fundou S. Paulo.

Fêz os votos de coadjutor espiritual, em S. Vicente, no mês de Abril de 1560 [2]. Governou várias Residências, em diversos tempos, por espaço de vinte anos, como diz o catálogo de 1598 [3]. Era Superior de São Paulo de Piratininga no grande assalto de 1562; estava também no acampamento do Rio de Janeiro, quando se deu o ataque naval dos Tamóios durante a conquista [4]. Sofreu naufrágios e moléstias, sendo aliás de precária saúde, mesmo antes de chegar ao Brasil, pois sofria de uma otite [5]. Por causa dos seus padecimentos pensou em voltar a Portugal, dissuadindo-o disso, em 1585, o Visitador Cristóvão de Gouveia [6]. «Fiel companheiro», dos Padres, Vicente Rodrigues faleceu, no Colégio do Rio de Janeiro, a 9 de Junho de 1600 [7], com «cincoenta e um anos de Brasil, diz o Provincial Pero Rodrigues, *plenus dierum*, de grande bondade, paz, humildade e edificação para com todos os de casa e de fora» [8].

d) Luiz da Grã (1554-1556). — O quarto Superior da Baía foi o P. Luiz da Grã. Escreve Braz Lourenço que estêve êle próprio para ser Reitor da Baía, mas depois ficou Grã, por ser prègador, e, «muito querido da gente, principalmente do Governador», D. Duarte [9].

---

1. Cardim, *Tratados*, 297.
2. *Lus. 1*, 134.
3. *Bras. 5*, 39.
4. António de Matos, *Prima Inst.*, 19.
5. Orlandini, *Hist. Soc. Iesu*, 180.
6. *Lus. 68*, 340; *Lus. 69*, 133v; *Hist. Soc. 42*, 33; *Hist. Soc. 43*, 65. Cf. Serafim Leite, *Um Autógrafo inédito de José de Anchieta*, na Brotéria, vol. XVII, 263-266; Id., *Páginas*, 189-194.
7. *Bras. 5*, 50.
8. Carta de Pero Rodrigues, *Bras. 3 (1)*, 170v; cf. Vasc., *Anchieta*, 178; Franco, *Imagem de Coimbra*, II, 204-209; Id., *Ano Santo*, 308; A. de Alcântara Machado, nota 19 em Anch., *Cartas*, 56.
9. Carta de Braz Lourenço, 26 de Março de 1554, *Bras. 3 (1)*, 108.

e) AMBRÓSIO PIRES (1556). — O P. Ambrósio Pires exercia o cargo de Reitor da Baía, quando voltou de São Vicente o P. Nóbrega, em 1556, e exercia-o desde que o P. Grã seguiu para o sul [1]. Nóbrega, ao chegar, meteu-o a trabalhar na cozinha [2], não como castigo, mas para exercício de humildade. Nóbrega tinha, de-facto, boa opinião do P. Ambrósio Pires, das suas lições de latim e de português e das suas prègações: «é muito aceito de todos» [3]. Numa grande desordem entre os duma nau da Índia e os da terra, em 1557, meteu-se de permeio, apaziguando os ânimos. Ambrósio Pires retirou-se, em 1558, para Portugal com o Governador D. Duarte da Costa [4]. Lastimou-o Nóbrega: «vale por cinco» [5]. Pelo conteúdo desta carta, vê-se que Nóbrega aspirava a que êle voltasse ao Brasil. Não voltou; nem mesmo ficou na Companhia. Faltam-nos os motivos explícitos da sua saída. Ambrósio Pires, já antes de ir ao Brasil, era de importância em Portugal, pois, em 1551, tinha ido a Roma como Procurador do Colégio de Coimbra [6]. Depois de voltar do Brasil ainda foi reitor do Colégio de Santo Antão, em Lisboa, donde era natural, durante um ano [7]. Grande amigo do P. Simão Rodrigues, a sua vinda a Portugal era uma das condições para a concórdia na grande questão em que estêve envolvido o P. Simão Rodrigues [8]. Isto talvez explique a opinião pouco favorável a Ambrósio Pires, de que se faz eco o P. Miguel de Tôrres, dando-o como um dos que «rebolviam» as coisas do Brasil [9]. Destas perturbações não ficaram notícias. Ambrósio Pires trabalhou primeiro em Pôrto Seguro, «onde estive quási todo o tempo que há que em estas partes

---

1. *CA,* 169.
2. *CA,* 156.
3. Nóbr., *CB,* 161, 171, 184-186.
4. *CA,* 198.
5. Carta de Nóbrega, 30 de Julho de 1559, *Bras. 15,* 65.
6. Fr. Rodrigues, *História,* I, 2.º, 64.
7. *Lus. 43,* 256v.
8. *Mon. Ignat.* 4.ª series I, 696: «Ambrósio Pires se fue bien tentado al Brasil; nuestro senor le aiude; quédanos una su madre para mantenerla; paresce obligación nescessaria, no podemos escusarlo» — Carta de Mirón a S. Inácio, Lisboa, 17 de Julho de 1553, *Mon. Mixta, III,* 397.
9. *Mon. Laines, V,* 398.

ando», escrevia êle, em 6 de Janeiro de 1555 [1]. Depois que voltou para Portugal e algum tempo depois do seu reitorado de Santo Antão, a 29 de Outubro de 1567, S. Francisco de Borja manda ao Provincial de Portugal, P. Leão Henriques, que consulte sete Padres dos mais grados da Província, cujos nomes especifica, cada um dos quais devia dar o seu parecer sôbre o Padre Ambrósio Pires, separadamente, por haver informações contrárias. Em Roma, fazia-se pressão, «por instância do Cardial Francisco Pacheco, *sacrae fidei quaesitor*, para que o desligassem dos votos». S. Francisco de Borja queria evitá-lo [2]. Mas não o conseguiu; e, a 9 de Fevereiro de 1568, dá-se a notícia de que saíra de casa, sem querer voltar a ela. Ambrósio Pires tinha protectores, a quem imprudentemente dava ouvidos [3]. E aconteceu, mais uma vez, o caso de êstes tais protectores serem-no só de nome. E assim morreu, fora da Companhia, e em grande pobreza, um Padre que, no Brasil, tanto tinha trabalhado, — e bem!

f) António Pires (1556-1557). — Era Reitor em Agôsto de 1556 e em 1557, tendo sucedido ao P. Ambrósio Pires [4]. Foi duas vezes vice-provincial [5].

g) João Gonçalves (1558). — «Neste Colégio da Baía reside um só, que é o P. João Gonçalves com alguns Irmãos» [6]. O P. Nóbrega, presente na Baía, visitava então as aldeias vizinhas. O P. João Gonçalves, de carácter bondoso e suave, faleceu neste mesmo ano, a 21 de Dezembro, como conta o próprio Nóbrega com sentidíssimas palavras [7].

h) Francisco Pires. (1560-1562). — Francisco Pires entrou na Companhia, em Coimbra, no dia 24 de Fevereiro de 1548 [8]. Natural de Celorico da Beira, é um dos casos raros de religiosos de outra ordem entrarem na Companhia de Jesus. Em 1560,

---

1. *Bras. 3 (1),* 139. Cf. A. Machado, Anch., *Cartas,* 53 ; *Bras. 3 (1),* 89v ; **Vasc.,** *Crón.,* I, 140 ; Ambrósio Pires, em *CA,* 140-141, 144, nota de Afrânio.
2. *Mon. Borgia, IV,* 538 ; *Lus.* 62, 79, 176.
3. *Lus. 62.* 186.
4. *CA,* 156 ; Nóbr., *CB,* 171.
5. Cf. Tômo II, Livro IV.
6. *CA,* 203, 205.
7. Nóbr., *CB,* 186.
8. *Lus. 43,* 3v. O catálogo de 1584 diz que em 1547, *Bras. 5,* 23.

andava inquieto por «aver tomado habito de otra religion antes de entrar en ella», inquietação proveniente da promulgação das Constituïções, que dão aquêle facto como impedimento. Nóbrega assegurou-o de que o P. Geral o dispensaria[1]. Neste mesmo ano de 1560, ficou Reitor da Baía[2]. Em 1565 era já Superior dos Ilhéus[3], e ali estava em 1569[4]. O P. Francisco Pires trabalhou também nas Aldeias de Pôrto Seguro[5], tendo intervenção directa na construção da Igreja de N.ª S.ª da Ajuda[6]. Bom operário. Prègava muito, ainda que não agradava, às vezes, por ser demasiado longo[7]. Faleceu na Baía, em Janeiro de 1586[8].

i) JOÃO DE MELO (1562-1563). — O P. João de Melo, natural de Monte-Redondo, entrou na Companhia, em 1551, com 26 anos de idade, diz o catálogo de 1574, que o dá, nesta data, como Superior de Pôrto Seguro. Prègava, aos sábados, na ermida de N.ª S.ª da Ajuda[9]. O catálogo de Portugal tem a sua entrada na Companhia, a 19 de Agôsto de 1550[10]. Fêz os votos de Coadjutor espiritual, a 3 de Maio de 1568[11]. «Sofria de dor de

---

1. Carta de Miguel de Tòrres a Laines, de Lisboa, 10 de Janeiro de 1560, *Lus. 60,* 171v.
2. *CA,* 256, 310-362.
3. *CA,* 466.
4. *Bras. 3 (1),* 163v.
5. *CA,* 81.
6. Vasc., *Crón. II,* 70-72.
7. *Primeira Visitação : Denunciações da Bahia, 1591-1593,* p. 348.
8. Franco, *Imagem de Coimbra,* II, 215-216 ; Id. *Ano Santo,* 19, que dá o dia 12 de Janeiro. Mas a *Hist. Soc. 42,* 32v, dá o ano de 1587, sem mais indicações. Cf. A. de A. Machado, em Anch. *Cartas,* 18. A *Fund. del Rio de Henero,* 47v-48 (123), e, de-certo apoiado nela, António de Matos, *Prima Inst.,* 6, dão o P. Francisco Pires como envolvido no escândalo dos Mamelucos, de S. Vicente, sendo despedido e readmitido, com edificação. Pomos em dúvida êste facto. Nóbrega diz : «despedi-os a todos quantos aquí achei, dêsses que andavam por fora». Pires não podia estar incluído nesse número, porque precisamente chegou a S. Vicente com Nóbrega, conforme ao testemunho dêle próprio : «Y truxe comigo al p.e Fr.co pires».—Carta de Nóbrega, de S. Vicente, dominga da quinquagésima de 1553, *Bras. 3 (1),* 106.
9. *Bras. 5,* 13 ; Carta de Caxa, 2 de Dezembro de 1573, BNL, fg., 4532, f. 43 ; F.co Soares, *De Alg. cousas,* 372.
10. *Lus. 43,* 4v.
11. *Fund. de la Baya,* 16v (90).

pedra». Em 1562, estava na Baía e tinha a seu cargo a Vila-
-Velha, onde ia quinzenalmente. Deixou isso para ser Reitor do
Colégio [1]. Como Superior de Pernambuco, em 1563, exerceu notável actividade [2]. Faleceu na Baía, em 1576: «*Veteranus Societatis
miles et singularis probitatis vir*» [3].

j) GREGÓRIO SERRÃO (1564-1574). — O P. Gregório Serrão,
natural de Sintra, entrou na Companhia em 1550, embarcando
para o Brasil em 1553 [4]. Era adoentado. Trabalhou algum tempo
em Pôrto Seguro, seguindo para S. Vicente com o P. Leonardo
Nunes, ainda no próprio ano da chegada [5]. Mestre em Maniçoba,
discípulo em S. Paulo, melhorou e viveu em Gerebatiba [6]. Per-
lustrou os campos de Piratininga, aprendeu a língua, e acompanhou, como intérprete, o P. Manuel de Paiva nas expedições militares, ficando na Capitania de S. Vicente até 1562, ano em que
voltou à Baía, em Setembro. Ordenando-se pouco depois,
estreou-se, nesse mesmo dia, num grande baptismo, na Aldeia
de Espírito Santo [7]. No ano seguinte, adoeceu em Itaparica,
usque ad portas mortis [8]. Grande operário nas Aldeias, prègava
em português e sabia a língua, com o que «jogava com ambas
as mãos», diz Blasques [9]. Deve ter sido nomeado Vice-Reitor
da Baía, em 1563 ou 1564, e depois Reitor. O catálogo de 1584
diz que ocupara êste cargo durante 12 anos neste primeiro
período [10]. Como Reitor da Baía, exerceu o cargo de Vice-Provincial, entre a morte do Vice-Provincial António Pires e a chegada do seu sucessor P. Tolosa [11]. Gregório Serrão fêz primeiro
profissão de três votos, na Baía, a 24 de Junho de 1572 [12], e, nove

---

1. *CA,* 362.
2. *CA,* 401-403.
3. Carta de Luiz da Fonseca, *Bras. 15,* 288; *Hist. Soc. 42,* 32.
4. *Lus. 43,* 229.
5. *Bras. 3 (1),* 111.
6. Anch., *Cartas,* 90, 95, 171.
7. *CA,* 379.
8. *CA,* 384.
9. *CA,* 427; 408, 441; Vasc., *Crónica,* III, 2.
10. *Bras. 5,* 20.
11. Desde 27 de Março a 23 de Abril de 1572, *Fund. de la Baya,* 18-19 (92-93); Anch., *Cartas,* 327.
12. *Lus. 1,* 119-119v; *Fund. de la Baya,* 19v (94).

anos depois, a de quatro votos, também na Baía, em 24 de Fevereiro de 1581 [1]. Em 1573, inaugurou uma lutuosa nas Aldeias da Baía, deixando o cargo de Reitor, em 1574; e, sendo eleito procurador a Roma, em 1575, embarcou para Portugal e Roma, negociando, entre outros assuntos, a dotação do Colégio de Pernambuco [2]. Voltando ao Brasil em 1577, retomou o cargo de Reitor da Baía. Em 1582, era tido já por menos regular, e em 1583 caíu doente. O Visitador, presente na Baía, deu-lhe como substituto o P. Luiz da Fonseca, por Vice-Reitor, e pensou em o aliviar definitivamente do cargo, esperando apenas que melhorasse para lho comunicar, porque temia que a nova lhe causasse sentimento e lhe prejudicasse mais a saúde [3]. Gregório Serrão, indo depois para o Rio de Janeiro, em busca de melhoras da sua doença, «graves delíquios, que o chegavam a perigo», como diz Vasconcelos, ou, mais claramente, alienação mental, como diz Anchieta, faleceu no Espírito Santo, no dia 25 de Novembro de 1586 [4]. Tinha 57 anos de idade, segundo o catálogo de 1584, que lhe dava então 54 [5]. Foi o primeiro Reitor nomeado segundo as Constituïções. Dêle dizia o P. Gouveia, em 1583, que era homem de virtude e confiança; «geralmente amado dos de fora e dos de casa» [6]. Em 1567, ao mesmo tempo que o P. Gregório Serrão, estava na Baía o P. António Pires com o cargo, que depois se suprimiu de «soprastante del Colegio» [7].

k) LUIZ DA GRÃ (1574). — Em Junho de 1574-1575 achava-se outra vez o P. Luiz da Grã à frente do Colégio da Baía [8].

---

1. *Lus. 1,* 65; Vasc., *Anchieta,* 225.
2. *Fund. de Pernambuco,* 70 (38); Carta do Prov. de Portugal, Manuel Rodrigues ao P. Geral, Lisboa, 26 de Setembro de 1575, *Lus. 67,* 196.
3. *Lus. 68,* 343; Cf. *ib.* 340; Anch., *Cartas,* 327.
4. *Hist. Soc. 42,* 32v; Vasc., *Anchieta,* 229.
5. *Bras. 5,* 20.
6. Carta de Cristóvão de Gouveia, 25 de Julho de 1583, *Lus. 68,* 337; António Franco, *Imagem de Coimbra,* II, 217-219, *Vida de Gregório Serrão,* escrita por Anchieta, transcrita em Anch., *Cartas,* 489-492; Cf. *ib.* p. 57, 58, nota de A. de A. Machado.
7. *Bras. 5,* 6. «El P. Luis de la Grana por acudir mejor a todas las partes nombro por Rector deste Collegio al P.e Antonio Pires, entrambos de mucha vertud y prudencia y zelosos del bien de la Compañia y ansi por muchos anos tuvieron cuidado deste Collegio». — *Fund. de la Baya,* 11 (85).
8. *Bras. 5,* 10; Anch., *Cartas,* 327. Cf. Tômo II *(Provinciais).*

l) Cristóvão Ferrão (1575). — A 15 de Março de 1575, assina o P. Cristóvão Ferrão, como Vice-Reitor da Baía, o registo da sesmaria do Rio de Janeiro, nas notas do tabelião Marçal Vaz [1]. Assina outros documentos jurídicos nesse mesmo ano, como representante da Companhia [2]. O catálogo de 1598 dá-o em Santos com 67 anos de idade e diz que entrou na Companhia, em 1557; estivera durante 5 anos no Colégio da Baía, como professor ou ministro; e como procurador, dois. Professo de 3 votos; natural de Santarém [3]. Faleceu no Colégio do Rio, no dia 2 de Janeiro de 1609, com 78 anos de idade e 52 de Companhia [4]. O facto de o catálogo de 1598 não mencionar o seu Vice-Reitorado da Baía faz supor que o fôsse transitòriamente, só para aquêle efeito de despachar os negócios das terras.

m) Quirício Caxa (1576-1578). — Quirício Caxa (é assim que êle assina), natural da diocese de Cuenca, Espanha, entrou na Companhia em 1559. Embarcou em Lisboa para o Brasil em 1563. Logo começou a exercitar o ministério da prègação [5]. Em 1565, começou a ler no Colégio casos de consciência [6]; e, em 1572, além dos casos, ensinou teologia [7]. Constava, em Lisboa, em 1572, depois da morte de Nóbrega, que era o P. Caxa o único que podia resolver, com facilidade, casos de contratos e outras questões difíceis [8]. Fêz profissão de 4 votos, no dia 1 de Janeiro de 1574, estando presentes os dois governadores do Brasil, D. Luiz de Brito de Almeida e Dr. António Salema [9]. Ocupou o cargo de Vice-Reitor do Colégio da Baía, durante a ausência, na Europa, do P. Gregório Serrão. Com êle se aconselhava o Visitador, Cristóvão de Gouveia, ainda que, por essa data, pedia a Roma licença para voltar a Portugal e daí a Andaluzia. Foi-lhe

---

1. Cf. Serafim Leite, *Terras que deu Estácio de Sá ao Colégio do Rio de Janeiro*, p. 25. Cf. «Brotéria», Fevereiro de 1935 e «Jornal do Commercio», Rio, 17 de Fevereiro de 1935.
2. *Bras. 11*, 441-441v.
3. *Bras. 5*, 40.
4. *Hist. Soc. 43*, 65; Ânua de 1609-1610, *Bras. 8*, 109.
5. *CA*, 412, 428, 438, 441.
6. Vasc., *Crón.*, III, 66; *Mon. Borgia*, IV, 344.
7. *Fund. de la Baya*, 19 (93).
8. Carta do P. Tolosa ao P. Geral, Lisboa, 22 de Janeiro de 1572, *Lus. 64*, 249.
9. *Lus. 1*, 50; *Fund. de la Baya*, 30v (106).

concedida a licença, com a condição de a aprovarem no Brasil [1]. Pareceu ao mesmo Visitador que essa resolução seria motivada por não ter nenhum cargo de govêrno. Bem lho daria o Visitador, por suas qualidades e talentos; mas o P. Anchieta, Provincial, e os seus consultores, eram de opinião diferente, por não contentar aos de fora [2].

Caxa passou os últimos anos da vida adoentado e difícil. Deu-lhe para se sentir pouco estimado de Pero Rodrigues, Provincial [3]. No entanto, foi o mesmo Provincial que o encarregou de escrever a Biografia de Anchieta, a *Breve Relação*, e chama-lhe pessoa de muita virtude e letras [4]. Faleceu na Baía, a 18 de Fevereiro de 1599 [5]. Quirício Caxa foi, de-facto, exemplar, culto e um dos Professores mais assíduos da Companhia [6].

n) GREGÓRIO SERRÃO, pela 2.ª vez (1578-1584).

o) LUIZ DA FONSECA (1583-1587). — O P. Luiz da Fonseca foi primeiro Vice-Reitor, no impedimento e doença do P. Gregório Serrão [7]; e depois Reitor [8]. A sua patente tem a data de 15 de Agôsto de 1584 [9].

---

1. *Epp. NN.*, *1*, 192.
2. *Lus. 68*, 408.
3. Carta do P. Tolosa ao P. Geral, Baía, 17 de Agôsto de 1598, *Bras. 15*, 469v.
4. Pero Rodrigues, *Anchieta*, em *Annaes*, XXIX, 238.
5. *Bras. 5*, 48.
6. Diz dêle o catálogo de 1598: «P. Quirício Caxa ex dioeces. Conchensi annorum 60, infirma valetudine, admissus in societatem anno 1557; studuit artibus liberalibus annos 4or, Theologiae duos, docuit latinam linguam tres, casus conscientiae 8, Theologiam speculativam undecim. Fuit Rector Collegii Baiensis anno cum dimidio. Magister in artibus liberalibus. Concionator; Professus 4or votorum, ab anno 1574. Fuit consultor Provincialis et Rectoris per multos annos». — *Bras. 5*, 36.
7. Carta de Gouveia, 31 de Dezembro de 1583, *Lus. 68*, 343.
8. Anch., *Cartas*, 327; *Bras. 15*, 385v.
9. *Hist. Soc. 61*, 114v. «O P. Luiz da Fonseca, de Alvalade, diocese olisiponense, 35 anos, boa saúde, foi admitido na Companhia, em 1569. Estudou quatro anos letras humanas, fêz o curso de Artes, estudou dois anos de teologia, ensinou gramática dois anos e meio, e casos de consciência três, agora é Reitor [da Baía], foi sócio e admonitor do Provincial três anos, professo de quatro votos desde 1583 [30 Novembro], Mestre em Artes».—Catálogo de 1584, *Bras. 5*, 20; *Lus. 2*, 10-11v. Segundo o catálogo de 1577, entrou em 1568, com 18 anos e era do têrmo de Lisboa, *Bras. 5*, 11. Alvalade, em Lisboa, é o actual Campo Grande ou Campo 28 de Maio (1938).

O P. Fonseca fazia bem o seu ofício de Reitor. Mas «criou-se cá, e ao sabor do P. Provincial José de Anchieta, observa o P. Gouveia, e tem certa frouxidão em que deixa as faltas e imperfeições irem muito adiante e não adverte tanto a prevenir o futuro, que é condição própria dos que cá se criam » [1]. Não sabendo prevenir, parece que também não sabia remediar convenientemente. Diz o Provincial Pero Rodrigues que «açoitou pela própria mão a um irmão com disciplinas molhadas. Êstes castigos causam mais aversão que emenda » [2]. O seu reitorado foi a época mais crítica do Colégio da Baía. No volume II, ao tratarmos das relações com as autoridades civis, no tempo de Manuel Teles Barreto, vê-lo-emos. Por aquêles testemunhos de Gouveia e Rodrigues, e pela própria correspondência de Luiz da Fonseca, não nos parece que êste Padre fôsse de espírito conciliador. E, mostrando-se ostensivamente amigo do Ouvidor Geral, concorreu de-certo para a tirantez de relações com o Governador Teles Barreto.

Por ser homem de influência, despachado e amigo de Anchieta e Beliarte, e ser dado como «homem de govêrno », numa das informações, que dêle mandaram a Roma, foi nomeado Reitor e depois eleito para ir à Cidade Eterna, como procurador. «Parti em Setembro passado do Colégio da Baía, escreve êle próprio, para achar-me, êste ano, na Congregação de Procuradores em Roma ». Viagem breve. 15 dias de grandes tormentas. Ao fim dêles, «estivemos por espaço de quatro horas afogados e o galeão metido debaixo do mar, sem velas, nem leme, ninguém pensou escapar e foi milagre o que Deus fêz em nós, seja êle bemdito! Viemos aportar à Galiza, onde, antes de tomar pôrto, e estando nós à vista de terra, nos saíram seis naus de corsários, mas delas nos livrou o Senhor com muito particular providência sua, como alguma hora espero contar mais por extenso a Vossa Paternidade. Da Galiza vim, por terra, por todos êsses Colégios, até que, dia da Epifania, cheguei a esta casa de S. Roque, ainda que incomodado, tanto do mar como do caminho » [3]. De Lis-

---

1. Carta de Gouveia, 5 de Novembro de 1584, *Lus. 68*, 412v.
2. Carta de Pero Rodrigues, *Bras. 15*, 393v.
3. Carta do P. Luiz da Fonseca ao P. Geral, Lisboa, 22 de Janeiro de 1593, *Lus. 72*, 31. Aquêle galeão era de Viana, segundo a informação de Anchieta, mas a data de saída não concorda com a que tem Luiz da Fonseca. Anch., *Cartas*, 283.

boa o P. Fonseca partiu, com os outros, em princípio de Abril, por mar, numa nau «ragusea» que se dirigia a Veneza [1]. Assistiu à 5.ª Congregação Geral, tomando parte em duas Comissões a XI e a XII [2]. E, depois de ter negociado os assuntos do Brasil, fêz o caminho de volta, vindo a falecer em Madrid, no mês de Junho de 1594 [3].

p) FERNÃO CARDIM (1587-1592). — O P. Fernão Cardim sucedeu ao P. Luiz da Fonseca [4]. E deixou de ser Reitor entre Maio e Agôsto de 1592 [5]. O P. Geral indica, para lhe suceder, o P. Fernão de Oliveira, mas resolveu-se que ficasse o P. Tolosa [6].

q) INÁCIO TOLOSA (1592-1598). — O P. Tolosa, vindo à Baía à Congregação Provincial, foi nomeado Reitor. Já tinha assumido o cargo, em 7 de Agôsto de 1592 [7].

r) VICENTE GONÇALVES (1598-1602). — Tinha sido já Vice-Reitor de Pernambuco e mestre de noviços [8]. O P. Vicente Gonçalves era natural de Valverde, diocese de Viseu. Em 1598, dizia-se que êle era o «corpo» do Colégio da Baía: e a «alma» era o P. Cardim. Mas outra informação do seu predecessor, P. Tolosa, tem que êle dizia «sim» a tudo e depois não fazia nada [9].

---

1. Carta do P. João Álvares ao P. Geral, de Lisboa, 16 de Abril de 1593, *Lus. 72*, 83.
2. *Congr. I*, 112.
3. «*Livro das Sepulturas do Collegio de Coimbra*, Titolo dos nossos Padres e Irmãos [...] que falecem fora deste Collegio», BNL, n.º 4505, f. 71v; Vasc., *Anchieta*, 314; cf. Serafim Leite, «*De algumas coisas mais notáveis do Brasil*» — *Quem é o autor desta obra*, em «Brotéria», vol. 17, p. 93-97. Neste artigo, onde demos algumas notícias mais sôbre Luiz da Fonseca, emitíamos a opinião provisória de ser êle o autor daquela obra. Posteriores investigações levaram-nos a achar em Madrid o referido trabalho com o nome do P. Francisco Soares. Ao P. Fonseca atribue Capistrano a autoria provável do *Discurso das Aldeias*, ou *Trabalhos dos Primeiros Jesuítas*, in Pôrto Seguro, *HG*, I, 425. Com o seu nome expresso deixou várias cartas, algumas ainda inéditas.
4. Cardim, *Tratados*, 364.
5. Carta de Pero Rodrigues, *Bras. 15*, 393.
6. Carta de Beliarte, *Bras. 15*, 410.
7. Carta de Pero Rodrigues daquela data, *Bras. 15*, 393; cf. *Bras. 5*, 36; *Bras. 15*, 410.
8. *Lus. 68*, 343.
9. Carta do P. Tolosa, de 16 de Maio de 1600, *Bras. 3 (1)*, 190; *Bras. 15*, 469; *Bras. 5*, 36.

Acabou o triénio em Novembro de 1601[1]. Professo de 4 votos, em 28 de Abril de 1596[2]. Faleceu a 3 de Dezembro de 1602, na Baía[3].

---

1. *Bras. 8*, 28.
2. *Lus. 2*, 137.
3. *Hist. Soc. 43*, 65. Cf. Pero Rodrigues, *Bras. 8*, 40.

Reitores seguintes até 1638, com a data da respectiva patente (*Hist. Soc. 62*, 60):

Fernão de Oliveira (26 de Agôsto de 1603). Tinha sido Vice-Reitor do Rio de Janeiro. Professo de 4 votos. Natural de Extremoz. Em 1598, tinha 46 anos, e era então mestre de noviços na Baía (*Bras. 5*, 46), onde mais tarde faleceu, em 1614 ou 1615, pois a sua morte vem narrada na relação dêsse biénio, que traz também um breve elogio seu (*Bras. 8*, 191-191v).

Outras patentes:

Manuel de Oliveira, 30 de Maio de 1605;
Pedro de Toledo, 9 de Setembro de 1608;
Domingos Coelho, 23 de Abril de 1612;
Simão Pinheiro, 7 de Dezembro de 1615;
Manuel Fernandes, 30 de Abril de 1618;
Fernão Cardim, 13 de Março de 1621;
Manuel Fernandes, 29 de Abril de 1623;
Simão Pinheiro, 12 de Abril de 1627;
Domingos Coelho, 10 de Setembro de 1629;
Baltazar de Sequeira, 13 de Dezembro de 1638.

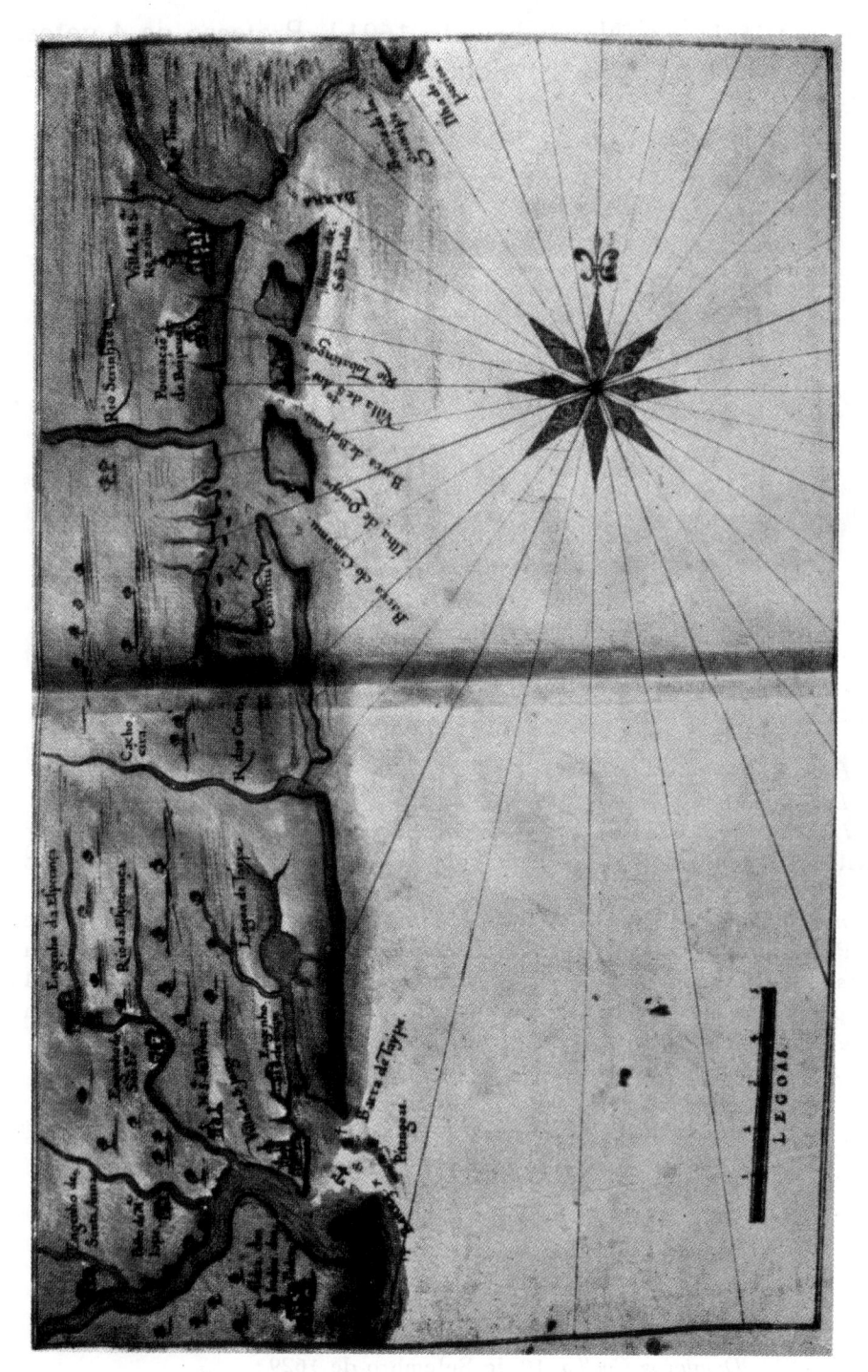

S. JORGE DE ILHÉUS — CAMAMU — BOIPEBA

Notar, à esquerda, «Aldea dos Indios dos Padres»
(Da "Descripção de toda a costa", códice ms. da Ajuda)

CAPÍTULO V

Educação e instrução

1 — O « Ratio Studiorum »; 2 — Letras Humanas; 3 — O Curso de Artes; 4 — Teologia moral; 5 — Teologia especulativa; 6 — Os Estudantes; 7 — Os Estudantes externos; 8 — Os Professores; 9 — Disciplina colegial; 10 — Férias; 11 — Graus académicos; 12 — Prémios e festas literárias.

1. — As primeiras normas de estudos na Companhia foram as *Constituïções*, cuja Quarta Parte lhes é tôda consagrada. Depois de Santo Inácio e da prova prática dos Colégios, organizou-se o célebre *Ratio Studiorum*, verdadeiro código pedagógico dos Jesuítas. O primeiro esbôço do *Ratio* data de 1586, sendo consultados homens sábios e experimentados no ensino. Imprimiu-se, como manuscrito, em 1591, e promulgou-se, depois da impressão definitiva, como lei geral da Companhia de Jesus, no dia 8 de Janeiro de 1599 [1].

Havia, além do *Ratio Studiorum*, certas ordenações, adaptadas aos diversos países, pedidas pelas circunstâncias locais. Vê-las-emos, bem como o estabelecimento das três faculdades de Letras Humanas, Artes e Teologia, ciclo geral dos estudos na Companhia de Jesus, ciclo longo, porque « num Jesuíta a ciência é absolutamente necessária, quási tão necessária como a virtude » [2]. No Brasil, nos Colégios pròpriamente ditos, devia haver, por direito, algumas aulas de ensino secundário, pelo menos

---

1. F. Rodrigues, *A Formação*, 118; Manuel Múrias, *O seiscentismo em Portugal* (Lisboa 1923) 31. Beliarte assinala a chegada ao Brasil do *Ratio*. No século XIX (1832) e no século XX, o *Ratio* foi objecto de reforma; isto, porém, é já alheio à nossa história.

2. Cf. M. A. Ferreira Deusdado, *Educadores Portugueses* (Coimbra 1910) 27.

Gramática ou Humanidades. Fora dos Colégios existia nas casas, espalhadas pelas capitanias, escola de ler, escrever e cantar. Mas êste ensino primário pode e deve considerar-se prolongamento da catequese.

2. — Depois do estudo elementar, que também houve sempre nos Colégios do Brasil, o primeiro curso, segundo S. Inácio, abrangia as Letras Humanas, o latim, o grego e o hebreu. Entendia êle por Letras Humanas, além da Gramática, a Retórica, a Poesia e a História. Mas o fundador da Companhia tinha-lhe assinalado, como fim próprio, a evangelização, na Europa e fora dela. Daqui, a necessidade de preparação adequada. Os que fôssem destinados aos mouros ou turcos deveriam aprender a língua arábica ou caldaica; os que fôssem para a Índia, a índica, e assim para as outras [1]. A língua é o instrumento apto e próximo para a conquista das almas. Aqui está a razão porque os Jesuítas tanto urgiram no Brasil o estudo da língua indígena, o tupi.

O *Ratio* de 1599, já de experiência feito, divide o curso de Letras Humanas em três grandes secções, Retórica, Humanidades e Gramática, subdividindo esta última em Suprema, Média e Ínfima, primeiro estádio de todos os estudos na Companhia. Quando se lê nos documentos que havia duas classes de latim, isto significa, em todo o século XVI, no Brasil, não alguma das subdivisões da Gramática, mas duas daquelas três grandes secções: Gramática e Humanidades.

A primeira classe de latim, no Colégio da Baía, ensinou-a o Irmão António Blasques, em 1553, pouco depois de chegar de Portugal, na expedição em que vieram, entre outros, Grã e Anchieta. A Gramática, que depois se adoptou, no Brasil como em todo o mundo, foi a do Padre Manuel Álvares, português, natural da Ilha da Madeira.

Ao estudo do latim, juntou-se, no Renascimento, o da língua grega, igualmente clássica. O latim, guardou, porém, evidente predomínio. Nêle estavam então escritas ou traduzidas tôdas as grandes obras da antiguidade e nêle se escreviam ainda todos os documentos científicos do tempo. Os pedagogos do século XVI

---

1. *Constitutiones*, P. IV, C. XII, 2.

davam importância decisiva ao estudo do latim, e defendiam-no por tôdas as vias possíveis. Herman conta os casos de Melancton, que proscrevia a língua alemã dos programas do Saxe; e a reforma da Universidade de Paris eliminava o francês. Por tôda a parte, o latim. O legislador da Universidade de Estrasburgo, J. Sturm, mandava punir quem usasse outra língua que não fôsse a latina [1].

Esta defesa do latim, então geralmente usado, revestiu carácter mais humano no Colégio da Baía. Não havia castigos, mas exigia-se que os grandes exercícios escolares se escrevessem na língua do Lácio. Também se devia falar latim nos dias de aula. O português era permitido durante os recreios e nos dias feriados [2]. Obedecia ao mesmo critério a recomendação, que deixou o Visitador Cristóvão de Gouveia, em 1586: «Procurem os Superiores com tôda a diligência que nunca faltem às lições públicas nem os mestres nem os estudantes de casa, dando-lhes todo o tempo e mais ajudas necessárias para as estudar. Não se façam coplas em romance nas escolas, sem licença do Padre Provincial, nem representações algumas, fora das classes, e muito menos em procissões de estudantes, nem usem de foguetes, sem a mesma licença» [3].

Cortando assim o caminho a distracções repetidas e demasiadas, pois que tudo isto admitia o Colégio, mas com a devida ordem, os estudantes progrediam ràpidamente, no estudo das Letras Humanas, que sempre se cultivaram e recomendaram expressamente. Até uma vez, em que por falta de alunos se deixou de começar um curso de Teologia especulativa (1579), o P. Geral, consentindo naquela supressão provisória, acrescenta que se mantenha o de Teologia moral e o de Letras, «porque, ainda que sejam poucos os alunos e o fruto pouco, se deve estimar em muito» [4]. Note-se que nada disto impediu o cultivo da

---

1. «Qui sermone utuntur alio quam latino, puniantur». — J. B. Herman S. I., *La Pédagogie des Jésuites au XVIe siècle* (Louvain 1914) 213; Fournier, *Les Statuts et Privilèges des Universités Françaises*, IV (Paris 1894) 25, citado por F. Rodrigues, *A Formação*, 36.
2. *Bras.* 2, 124.
3. *Bras.* 2, 144.
4. *Bras.* 2, 46v.

língua portuguesa, antes o favoreceu com a disciplina clássica. Coincidiu, com o ensino dos Jesuítas, o período mais brilhante da Literatura portuguesa [1]. Aliás Vieira não teve outros mestres nem outros métodos, e não há escritor, que lhe leve vantagem no conhecimento e propriedade da nossa língua.

O curso de Letras, na Baía, desde que começou em 1553, tirando um curto período, não deixou nunca de funcionar, desde 1556, a não ser à roda de 1560, em que faltaram os estudantes da Sé. A partir de 1564, data da dotação oficial do Colégio por El-Rei, não consta que se interrompessem os estudos de Letras Humanas, que sempre existiram nalguma das duas formas, de Humanidade ou Gramática, havendo quási sempre ambas classes [2]. Neste ano de 1564, o irmão Luiz Carvalho, chegado no ano anterior, lia «uma hora de poesia do livro 2.º da *Eneida* aos mais adiantados» [3].

Como exercício escolar existiam as disputas semanais, aos sábados (sabatinas). Naquele mesmo ano de 1564, vinha argumentar com os alunos da escola elementar o Bispo D. Pedro Leitão, « e pela bondade do Senhor, para estudantes brasis, fazem-no muito bem » [4]. Semelhantes disputas existiam em todos os cursos, à proporção que se foram instituindo.

As aulas, ao princípio, duravam duas horas de manhã e duas de tarde. Em 1579, quiseram introduzir meia hora a mais, de manhã, e outra meia, de tarde. Mas viu-se que não era prático em terra de tanto calor e conservou-se o costume *ab antiquo* [5]. Em todo o caso, o P. Visitador Cristóvão de Gouveia, que trouxe ordens terminantes para a reorganização dos estudos [6], urgiu de

---

1. M. A. Ferreira Deusdado, *Educadores Portugueses*, 18.
2. Não se lê Retórica, *Bras. 15*, 407v.
3. *CA*, 428-429. Tendo ido para o Brasil doente e não achando melhoria, o Irmão Luiz Carvalho voltou para Portugal em 1565. O Ir. Carvalho, « que por orden de los médicos se auía embiado al Brasil a procurar si la tierra le ayudaria a su trabajosa indisposicion y por no sentir mejoria e hazer poco alla le boluieron a embiar y queda ahora en esta casa». (Carta do P. Manuel Godinho ao P. Geral, de Lisboa, a 31 de Maio de 1565, *Lus. 61*, 289). O P. Luiz Carvalho, natural de Lisboa, ordenou-se depois de sacerdote e, em 1577, tinha 38 anos de idade *(Lus. 42*, 27v; *CA*, 434, 463, 465).
4. *CA*, 428, 429.
5. *Bras. 2*, 47v.
6. Roma, Gesù, *Coleg. 20* (Brasil).

novo aquêle horário, deixando a seguinte ordem em 1586: « Nas aulas de latim, escrever e Artes, se gastarão duas horas e meia de manhã e outro tanto à tarde, começando no inverno às oito e no verão às sete » [1].

Para estimular os estudos, propusera Santo Inácio a erecção de Academias, correspondentes às respectivas aulas. Fariam parte delas os alunos de maiores esperanças, onde se recrutavam depois os Professores. Era a especialização antecipada do que se faz hoje nos Seminários universitários. Num momento em que, faltando professores, se pediam da Europa, responderam de Roma (11 de Fev. de 1584) que tratassem de prescindir da Europa, e se preparassem os futuros professores nestas academias literárias, que se deviam, portanto, promover e amparar no Brasil [2].

No curso de Letras Humanas estudavam-se todos os clássicos, desde Ovídio a Horácio, e desde Demóstenes a Homero. Mas os mestres de estilo, mais recomendados pelo *Ratio*, eram Cícero e Virgílio [3]. Grego não se estudou no Brasil, no século XVI. Em compensação, havia o que os Padres classificavam pitorescamente de grego da terra, que era a língua dos índios. E dela fêz-se Gramática e ensinou-se no Colégio [4].

3. — Depois do curso de Letras vinha o de Artes ou Ciências Naturais, como então se denominava o curso de Filosofia, e abrangia a Lógica, a Física, a Metafísica, a Ética e a Matemática [5]. No *Ratio* desenvolveu-se isto mais no que toca sobretudo ao método, autores e doutrinas. Quanto ao Brasil em particular, vemos que se recomendou o mesmo que se tinha indicado para

---

1. *Bras.* 2, 144-144v.
2. *Bras.* 2, 54.
3. *Institutum*, Reg. Prof. Rhet. 1 (Cícero); Reg. Prof. Humanit. 1 (Cícero e Virgílio). Conservam-se os catálogos dos livros usados nos Colégios de Coimbra, Évora, Lisboa e Braga. Nesta última cidade, havia três classes de Humanidades e ensinava-se, em 1563, na 1.ª: Rudimenta grammatices, epistolae familiares selectae; na 2.ª: *Cato Maior* Ciceronis, Ovidius *de Tristibus*, *Orationes* Ciceronis, Virgilius, Syntaxis, syllabarum quantitas: na 3.ª: Rhetorices epitome, *Orationes* Ciceronis, Ovidius *de Fastis*, Virgilius, Ars Graeca (*Mon. Paedagogica*, 698).
4. Pero Rodrigues, *Anchieta em Annaes*, XXIX, 199.
5. *Constitutiones*, P. IV, Cap. XII, Decl. C.

Coimbra em 1567, isto é, que durasse o curso três anos, ao modo do Colégio Romano [1].

Em 1568, pedia a Congregação Provincial da Baía faculdade para começar o curso de Dialéctica e Teologia, logo que houvesse número suficiente de alunos [2].

O curso começou quatro anos depois, em 1572, e foi o primeiro curso de Artes (Filosofia e Ciências) no Brasil, sendo lente o P. Gonçalo Leite, recém-chegado de Portugal [3]. Curso mais elevado já que o de Letras, escasseavam também mais os estudantes. Por isso, para se iniciar um triénio, esperava-se às vezes algum tempo até haver número bastante. Geralmente havia um curso de Artes, de quatro em quatro anos, e durava cada curso três anos e às vezes quatro [4]. O P. Visitador, em 1586, regulando as condições do curso para os externos, mantém o triénio e exige que haja pelo menos dez alunos. Facilita, porém, os estudos, dando licença para se suprimirem as glosas, «onde não haja definições ou as suas explicações», que se não preguntariam nos exames. Determina também que as disputas, que se costumam ter em casa, se fizessem diàriamente na última meia hora de aulas, tanto de manhã como de tarde; e tanto de manhã como de tarde houvesse duas horas e meia de aulas [5].

Havia também Disputas Magnas, anualmente, ao começo do curso.

O curso de Artes, em 1593, começou com 20 estudantes e, em 1598, com 40. Acentuavam-se os progressos [6].

---

1. *Bras. 2*, 123v.
2. *Congr. 41*, 299v.
3. *Fund. de la Baya*, 19; «El P.e Leite lector del curso y prefecto de los estudios començarloa de aqui a quinze dias, tiene doze discipulos, 8 hermanos y 4 de fuera» (Carta do P. Tolosa, da Baía, 17 de Maio de 1572, BNL, fg, 4532).
4. Carta de Pero Rodrigues, *Bras. 15*, 407v.
5. *Bras. 2*, 143v-144v.
6. Sílvio Romero dizia no seu livro, *A Philosophia no Brasil*: «Pode-se afirmar, em virtude da indagação histórica, que a filosofia nos três primeiros séculos da nossa existência nos foi totalmente estranha». Citado por Alcides Bezerra em *A Philosophia na Phase Colonial* (Rio 1935) 4. Alcides Bezerra contesta, com razão, o que diz Sílvio Romero e dá a seguinte lista de autores que escreveram alguma coisa sôbre filosofia no Brasil durante o período colonial: P. António Vieira (1618-1676), Diogo Gomes Carneiro (1618-1676), Manuel do

4. — O curso de Teologia dividia-se em *moral*, que estuda os actos, virtudes, vícios, etc. (a célebre «lição de casos») e em *especulativa*, que estuda o dogma católico.

A lição de casos sempre existiu nas casas do Brasil. Na Baía começou de forma regular em 1565, dando o curso o P. Quirício Caxa[1]. Se não constantemente, ao menos com freqüência, assistíam a êle os clérigos da cidade. Tratavam em particular dos casos mais ocorrentes no Brasil e arquivavam-se as soluções dos principais: liberdade dos índios, sacramentos, negócios, etc. Além da questão da liberdade dos índios, em que intervieram Quirício Caxa e Nóbrega, conservam-se as resoluções tomadas acêrca de outros assuntos morais como os *Pareceres sôbre os casamentos dos Índios do Brasil*, em que deram a sua opinião vários Professores de Portugal (Fernão Pérez, Gaspar Gonçalves, Molina) e os Padres do Brasil José de Anchieta, Francisco Pinto, Leonardo Armínio, Inácio Tolosa, etc.[2]; *Pareceres sôbre o baptismo dos Índios do Brasil*[3]; *sôbre o preceito de ouvir missa*[4], e outros, cujas respostas foram dadas, em Portugal, por aquêles referidos Padres Pérez, Gonçalves, Molina e pelo Dr. Navarro. São 5, a que cada Padre responde separadamente: *Sententiae circa resolutionem aliquorum casuum qui in Brasilia frequenter occurrunt*: se é lícito vender a crédito mais caro do que a pronto pagamento;

Desterro (1652-1706), Fr. Mateus da Encarnação Pina (1687- ?), Nuno Marques Pereira (1652-1728), Matías Aires (1705- ?), Fr. Gaspar da Madre de Deus (1715-1800), Francisco Luiz Leal (1740- ?), Frei Caneca (1779-1825). A esta lista, além do P. Vieira, podemos acrescentar, desde já, os seguintes nomes de Jesuítas: P. Alexandre de Gusmão com o livro, sôbre moral, *Arte de bem educar os filhos*; o P. Luiz de Carvalho, natural do Pôrto, falecido na Baía, a 22 de Junho de 1732, que deixou pronto para a imprensa *Quaestiones selectiores de Philosophia problemathice expositae*; o P. António de Andrade, nascido no Rio de Janeiro, e falecido na Aldeia de Natuba, que deixou também concluído um *Cursus Philosophicus*; o P. Manuel Ribeiro, de Coimbra, cuja morte, na Baía, a 17 de Dezembro de 1745, interrompeu um tratado moral sôbre a Escravatura (Cf. Apêndice A, *Scriptores Brasiliensis Provinciae*). O P. Manuel da Nóbrega pode-se considerar o primeiro que, no Brasil, escreveu sôbre filosofia ética ou natural. Data de 1568 o seu breve tratado sôbre a Liberdade dos Índios, de que falaremos no tômo II.

1. Vasc., *Cron.* III, 66.
2. Bib. P. de Évora, CXVI/1-33, f. 100-163.
3. *Ib.*, 159-162 e 179v-182.
4. *Ib.*, 175.

se é lícito confessar um escravo que não saiba português; se é lícito, em caso de naufrágio, dar uma absolvição geral; se é lícito aos Portugueses vender entre si escravos, quando é certo que muitos os possuem sem justo título; se é lícito ao pároco omitir as proclamas para os matrimónios, etc.[1].

O que se estatuíu sôbre esta matéria consta da Visita de Cristóvão de Gouveia, em 1586; «As conferências dos casos nos Colégios se terão pelo menos duas ou três vezes na semana, em que, por um quarto, se lerá ou repetirá alguma coisa. Na Quaresma e nas Férias, poderão deixar-se. Os Superiores devem achar-se nelas muitas vezes para que, com a sua presença e direcção, se façam como convém»[2]. O próprio Gouveia antes de embarcar para o Brasil, fêz diversas consultas em Portugal, como diz Cardim[3].

5. — O curso de Teologia especulativa principiou com o de Artes, em 1572, com o Tratado *de Incarnatione*, lido pelo P. Provincial, Inácio Tolosa[4]. Dêste primeiro professor de teologia dogmática no Brasil chegou-nos até nós um episódio revelador de quanto os Jesuítas eram superiores ao seu tempo, dando a explicação científica duma crendice popular, à custa do próprio prestígio. Na viagem de Lisboa até à Baía deu-se o fenómeno do fogo de Santelmo. «O dia de S. Pedro Gonçalves, que é festa dos marinheiros, *porque êles estavam sentidos de mim, porque lhes disse que aquela candeia que aparecia no mastro no tempo da tempestade, que era coisa natural*, foi mister para incitá-los à verdadeira devoção do santo, celebrar-lhe a sua festa»[5].

O curso de Teologia para os externos começou em 1575. Achamos, entre as Ordenações dêste ano, uma pregunta de Roma sôbre a lição da Sagrada Escritura e o modo como se fazia[6]. Pode entender-se como leitura à mesa, ou como aula. Neste último caso, se existiu, englobou-se na Teologia. Em 1581, houve

---

1. *Ib.*, 109-130; Cunha Rivara, *Catalogo dos Manuscriptos da Bibliotheca Publica Eborense*, I, 15-17, traz a enumeração de vários dêstes casos.
2. *Bras.* 2, 154.
3. Cardim, *Tratados*, ao começo da *Narrativa*.
4. *Fund. de la Baya*, 19 (93).
5. Carta de Inácio de Tolosa, da Baía, 17 de Maio de 1572, BNL, fg, 4532.
6. *Bras.* 2, 28v.

dois cursos de Teologia especulativa, um destinado exclusivamente aos que tinham feito com brilho o curso de Artes[1].

Em 1586, já se anunciava a vinda do *Ratio Studiorum* no seu primeiro esbôço. Emquanto não chegava, o Padre Visitador deixou as seguintes instruções: «Haverá também uma lição de Teologia na qual, emquanto não chegar a ordem dos estudos, que de Roma se enviará a tôdas as províncias, se guardará esta, a saber: que explicarão as três partes de São Tomaz, com tal ordem que, em quatro anos, se leiam as principais matérias do especulativo: no 1.º ano a matéria de *Beatitudine, Scientia Dei, Voluntate Dei, Praedestinatione, Trinitate, et Angelis*; no 2.º e 3.º ano, de *Voluntario, Peccatis, Gratia, Fide, Spe, et Charitate*; no 4.º ano de *Incarnatione* e as mais, que puderem, dentro dos quatro anos. As outras matérias de São Tomaz se poderão deixar para o que ler a lição de casos, na qual sòmente se lerá Caetano ou Navarro, de maneira que, dentro de três ou quatro anos, se leiam as principais matérias morais, de *Contractibus, Restitutione, Voto, Iuramento, Sacramentis et Censuris*. E quando não houver lição de especulativo, poderão ler duas de caso. E não se deem glosas senão em latim e por espaço de meia hora; e a outra meia, pelo menos, gastarão em ler a lição, e tomar conta da lida. E não deem opiniões contrárias às que os Nossos comumente seguem »[2].

Esta ordem dos estudos teológicos previa a interrupção do curso de especulativo, o que sucedia, de-facto, por falta de alunos, pois naquele tempo muitos se contentavam só com a Teologia moral e com alguns estudos abreviados de dogma. Para que não fôsse necessário recorrer a Roma tôda a vez que se quisesse iniciar novo quadriénio, a Congregação Provincial pediu as faculdades necessárias. O Geral não só as concedeu, mas recomendou expressamente que se instituísse o curso, e, se faltassem alunos de fora, ao menos para os de casa[3].

6. — **O primeiro** discípulo dos Jesuítas no Brasil, logo depois **de chegarem em 1549**, foi um índio principal, e rezam as cróni-

---

1. *Bras. 15*, 326v.
2. *Bras. 2*, 144.
3. *Bras. 2*, 78, 6.º.

cas que aprendeu o ABC todo em dois dias[1]. Foi excepção com certeza. Os alunos que realmente merecem tal nome, não foram índios adultos mas os seus filhos, e os filhos dos portugueses, que iam nascendo na terra. Os netos do *Caramuru*, na Baía, e os de João Ramalho, em S. Vicente, contaram-se entre os primeiros. Não tinham chegado os Jesuítas há um mês, e já o irmão Vicente Rodrigues ensinava a ler e escrever aos meninos da Baía.

Os órfãos de Lisboa, chegados em breve, completam o quadro dêstes primeiros estudantes. Grupos idênticos se formaram em S. Vicente, S. Paulo de Piratininga e depois no Rio de Janeiro, Pernambuco, etc.

Com a reorganização do Colégio da Baía vieram também os capelães da Sé, em 1557, para as aulas de latim, uns três ou quatro; êstes, porém, faltaram daí a pouco. «Escola de ler e escrever se tem em casa, diz Nóbrega em 1559, estudo houve muito tempo, até que os estudantes, que era gente da Sé, não quiseram vir: espera-se pelo Bispo [D. Pedro Leitão] para pôr tudo em seu lugar»[2].

As aulas reabriram em 1564, com grande fervor, entenda-se entre os Padres e Irmãos, «que a gente de fora pouco se dá disso», diz Blasques. Os de casa estudavam Virgílio[3].

Para reforçar a freqüência das aulas, sugeriu Grã que viessem de Portugal jovens que servissem para a Companhia[4]. Nóbrega tinha também os olhos postos nos meninos índios e dêles esperava tirar bons discípulos. Mandou admitir, em 1557, vinte de 10 a 11 anos; ordenou que estudassem Gramática e queria enviar os melhores à Europa para voltarem depois homens de confiança, preparados condignamente em letras e virtude. Mas para isso haviam de ficar lá muito tempo, acrescenta êle[5].

---

1. Nóbr., *CB*, 72.
2. Nóbr., *CB*, 190. O Caramuru faleceu em 1557 e deixou um legado a favor do Colégio; o vigário levou isso a mal. Teria êste facto influído no abandôno dos estudantes da Sé? É certo que na ausência do Governador houve certa frieza e desordem, informa Rui Pereira *(CA*, 270). As cartas da rainha D. Catarina ao Governador Mem de Sá e à Câmara da Baía, em 1558, puseram têrmo a semelhante efervescência.
3. *CA*, 428, 429.
4. *CA*, 292.
5. *CA*, 177. 204; Carta de Nóbr., *Bras. 15*, 64-65, 114v.

Era o primeiro anseio de vocação e o temor de falta de perseverança!

Já, em 1552, queria Nóbrega enviar dois. Não os mandou então por falta de embarcação capaz e com temor dos Franceses[1]. Enviou-os depois. Ambos « morreram na Companhia, no Colégio de Coimbra »[2].

Entre os estudantes da Baía, andava, aí por 1573, um, resgatado pelos Padres no sertão de Pôrto Seguro. Achava-se já em cordas para ser comido pelos índios selvagens, uma vez que foram lá os Padres. Conseguiram libertá-lo, pagando o que pediram. Levado para o Colégio da Baía, baptizou-se, e dava mostras de bom talento[3].

Estabilizado o Colégio, depois da dotação de El-Rei, melhoraram os estudos e aumentou a freqüência. Em 1575, os alunos da escola elementar eram 70 e os das superiores, 50[4].

Na *Informação para Nosso Padre* vem a distribuïção dos alunos pelas respectivas disciplinas, com aumento sôbre 1575[5]; mas, como não se especificam os estudantes da Companhia, preferimos uma estatística de 1589, completa. Ela confirma igualmente os progressos.

Estudantes na Faculdade de *Teologia*: de casa, um; externos, cinco; de *Casos de Consciência* (Teologia moral): de casa, três; externos, seis; Curso de *Filosofia* (Artes): de casa, oito; de fora,

---

1. Nóbr., *CB*, 131.
2. Anch., *Cartas*, 474. Um dêles, pelo menos, chamado Cipriano, brasil, ainda vivia em 1561 ou 1562. No exame feito então pelo P. Nadal, diz êle o seguinte: « Chamo-me Cipriano; sou de vinte anos; sou de São Vicente, bispado da Baía, do Brasil... Recebeu-me o Padre Leonardo Nunes em São Vicente. Há nove anos que entrei na Companhia. Não tenho Ordens algumas. Estive no Colégio do Brasil, de São Vicente, no Colégio de Coimbra, Santo Antão e agora em S. Roque». — *Mon. Nadal I*, 693n; *Lus. 43*, 384. No livro das sepulturas do Colégio de Coimbra: *Titolo dos nossos Padres e Irmãos que falleceram neste Collegio de Coimbra desdo anno de 1555*, aparece falecido, a 2 de Dezembro de 1558, um Ir. Pero de Góis (BNL, fg, 4505, f. 23). Ora, recebeu-se na Baía, em 1555, um moço, com o mesmo nome, filho dum fidalgo muito amigo da Companhia (Carta do P. Luiz da Grã, *Bras. 3 (1)*, 143; Polanco, *Chronicon V*, 631). Será o mesmo?
3. Carta de Caxa, de 2 de Dez. de 1573, BNL, fg, 4532, f. 43; *Fund. de la Baya*, 30-30v.
4. *Bras. 11*, 329-330,
5. Anchieta, *Cartas*, 415.

dezasseis; *Humanidades*, primeira classe: de casa, um; externos, quinze; na segunda classe: de casa, um; de fora, quarenta. Os meninos da classe de *instrução elementar* eram, nesse ano, 120 [1]. Esta estatística mostra o desenvolvimento notável da instrução; indica também, infelizmente, a ausência de vocações, entre os naturais, para o apostolado. É diminuta a percentagem dos estudantes de casa. Para fomentar os estudos e facilitá-los aos meninos do interior, o P. Visitador, indo a Pernambuco, propôs ao P. Geral a criação dum Colégio ou Seminário, «aonde os homens principais, que estão pelos engenhos e fazendas, enviassem seus filhos a aprender, como todos desejam, porque, por não ter na cidade onde os ter, nem quem os sustente, os deixam de enviar a aprender e se perdem e estragam lá por fora. Falámos com o Senhor Bispo; pareceu-lhe muito bem, como a todos parece, contudo, como sempre estas coisas do bem comum são muito difíceis nestas partes, duvidamos se terá isto efeito » [2].

O P. Geral não desaprovou a ideia e pediu informações. E o mesmo Visitador estende a necessidade dêsses Colégios internos, como já se fazia em Goa, à Baía e Rio de Janeiro, para a formação dum clero digno e como fonte, também, de vocações sacerdotais tão necessárias. Infelizmente, o projecto, que teria talvez adiantado de muitos anos a cultura geral do Brasil, não pôde ir adiante. O próprio Visitador diz que consultou várias pessoas gradas, «mas, porque vejo muito bem que nada se fará, não escrevo mais sôbre esta matéria». Era o tempo do Governador Manuel Teles Barreto, avêsso à Companhia [3].

Entre os estudantes jesuítas havia duas categorias. Uns que se destinavam a letrados: professores e prègadores; outros, à conversão do gentio. Dependia isso do talento de cada qual, com as demais qualidades pessoais, próprias daqueles respectivos destinos. Influía também o conhecimento da língua indígena, sendo em geral escolhidos, para o mister da conversão, os que a falavam melhor. Acabados os estudos de Gramática, e às vezes durante êles, iam para as aldeias dos índios, aprendiam a língua

---

1. *Bras.* 5, 32.
2. Carta de Crist. de Gouveia, de Pernambuco, a 6 de Setembro de 1584, *Lus. 68*, 403.
3. Carta de Gouveia, da Baía, a 19 de Agôsto de 1585, *Lus. 69*, 131-131v.

e aplicavam-se à Teologia moral, o necessário apenas para a conscienciosa administração dos sacramentos. Os demais seguiam os cursos superiores de Artes e Teologia. Tinha-se cuidado que os estudantes jesuítas se ocupassem nos seus estudos especiais para que, ao chegarem ao sacerdócio, tivessem a preparação requerida. O P. Gouveia, notou que, na Baía, ocupavam os Irmãos em assuntos alheios ao estudo, pelo que perdiam o gôsto por êle. E tratou de cortar êsse abuso [1].

Como bons observadores, anotavam os Padres, nas suas cartas, o que lhes sugeria a disposição da terra para os estudos. Quanto ao talento são quási todos de acôrdo (há uma ou outra excepção) em afirmar que eram bem dotados os estudantes; mas, por ser a «terra relaxada, remissa e melancólica, tudo se vai em festas, cantar e folgar» [2]. Pero Rodrigues traz êste símil, que abrange até os Padres letrados: «Como nesta província nasce um bicho, como raposas, a que chamam preguiça, não sei como também se pega em muitos a pouca curiosidade do estudo e contentam-se com pouco, donde entra a ociosidade e com ela suas filhas e isto se vê mais nos naturais » [3]. Resultado: falta de aplicação aos estudos e perigo de desistência. A-pesar disto, ou tendo precisamente isto em conta, « não se faz pequeno fruto com êles e já há alguns casuístas, que são Párocos, e alguns formados em Artes, que são professores, e dois ou três teólogos, prègadores na Sé desta cidade, e cónegos da matriz e Párocos das paróquias ». Isto em 1583 [4]. Dizia o Prelado D. António Barreiros, referindo o grande fruto, que tiravam dos estudos tanto os portugueses como os filhos da terra, que « já saem pessoas que eu sem escrúpulos ordeno de Ordens sacras e aos quais seguramente encarrego minhas ovelhas » [5]. Eram os primeiros frutos; depois multiplicaram-se. « E cada dia se vão fazendo mais ... » [6].

---

1. Carta de Gouveia, *Lus. 68*, 411. Carta de Beliarte, *Bras. 15*, 397v-398.
2. Anchieta, *Cartas*, 415.
3. *Bras. 15*, 428v.
4. Anchieta, *Cartas*, 415, 326.
5. Certidão de D. António Barreiros, 26 de Março de 1582, *Bras. 15*, 330-330v.
6. *Bras. 15*, 386v (27.º).

7. — Os estudantes externos vestiam como tôda a gente. É o que se depreende daquele menino de Pernambuco, bem inclinado, que em 1574, sendo ainda aluno, pediu à mãi batina e barrete, dizendo que queria ser da Companhia e que os outros vestidos havia de dar por amor de Deus. Assim foi. A mãi deu-lhe o que pedia: e êle distribuíu os vestidos, que trazia, pelos meninos pobres da escola[1]. Êste costume de andar com batina devia ser contudo bastante freqüente, em particular nos que pensavam em ser eclesiásticos. É o caso daquele estudante que, achando na propriedade de seu pai, nos arredores do Salvador uma escrava, quási moribunda, a mandou para a cidade, envôlta na sua própria roupeta[2]. Esta roupeta devia distinguir-se da dos Jesuítas, porque se recomendava expressamente que, quando algum se despedia, « se lhe desse outro vestido de maneira que não pareçam da Companhia »[3].

De batina andava Bento Teixeira, aluno do Colégio da Baía em 1580, mancebo alto, grosso, de pouca barba, que estudava « para se ordenar de missa ». Bento Teixeira não chegou a sacerdote e parece ser o autor da *Prosopopeia*[4].

Entre os primeiros discípulos dos Jesuítas, na Baía, estava, em 1555, no curso de Gramática, « Pero de Góis, nobre e de bom talento », admitido no Brasil[5]. No dia 28 de Agôsto de 1591, faz um depoimento o licenciado em Artes, Bartolomeu Fragoso, que se formara, havia pouco, na Baía e cita, como testemunhas presentes, o licenciado Domingos Pires e o mestre em Artes Júlio Pereira, natural de São Tomé, « que ora vai para o Reino » e o licenciado Bartolomeu Madeira[6].

Muitos discípulos dos Jesuítas se celebrizaram nos séculos seguintes, e, mais que todos, António Vieira, mas ainda neste se deve incluir a Fr. Vicente do Salvador, autor da *História do Brasil*[7], e

---

1. *Fund. de Pernambuco*, 67v (32).
2. *Fund. de la Baya*, 35 (111).
3. *Bras.* 2, 142.
4. *Primeira Visitação do Santo Ofício: Denunciações de Pernambuco (1593-1595)* (S. Paulo 1929) 288, 289, e XXVI-XXIX, *Introdução* de Rodolfo Garcia.
5. Polanco, *Chronicon*, V, 631.
6. *Primeira Visitação : Confissões da Bahia 1591-1592* (Rio 1935) 44.
7. Cf. Capistrano de Abreu, *Nota Preliminar* à mesma História (S. Paulo 1918) IX.

o Capitão-mor de Rio Grande do Norte, Jerónimo de Albuquerque Maranhão, nascido de Jerónimo Albuquerque e da filha do índio Arcoverde [1]. E, também, Gregório Mitagaia, filho de Mitagaia, índio que se apresentou, em 1584, ao Visitador Gouveia, vestido de damasco com passamanes de oiro e de espada à cinta. O espectaculoso índio entregou o filho ao P. Grã. E o jovem Gregório em breve aprendeu português, a ajudar à missa e a ler, escrever e contar [2].

Termina o século XVI com um curso de Artes aumentado e florescente. Iniciou-se em Junho de 1598, com 40 estudantes, seis de casa, e cinco religiosos carmelitas.

«E os estudantes aproveitam bem o seu tempo...» [3].

8. — Não seria alheia a êste aproveitamento a qualidade dos Mestres. Como é sabido, a formação dos Professores da Companhia de Jesus é feita com demora e tempo, para se conhecerem bem as suas aptidões respectivas. Naturalmente, aplicam-se depois àquilo para que teem mais inclinação. E supõe-se que possuem, além de talento, virtude bastante para os discípulos tirarem das suas lições, «juntamente com as letras, costumes dignos de cristão» [4]. Quando os Jesuítas chegaram ao Brasil, a falta de Padres obrigava-os a diferentes ministérios ao mesmo tempo. Tal desvantagem foi-se corrigindo à proporção que surgiram vocações. Mas quási não houve desafôgo durante o século XVI.

Na Baía, como vimos, o primeiro mestre-escola foi Vicente Rodrigues (1549), o primeiro professor de latim, António Blasques (1553, depois de 13 de Julho), o primeiro leitor de Casos de consciência, Quirício Caxa (1565), o primeiro professor de Artes ou Filosofia, Gonçalo Leite (1572), e o primeiro lente de Teologia especulativa, Inácio Tolosa [5].

---

1. Augusto Tavares de Lima, *A Colonização da Capitania do Rio Grande do Norte*, na *Revista do Inst. Bras.* 77, 1.ª P. (1914) 11.
2. Cardim, *Tratados*, 331.
3. *Bras. 15*, 469v. Cf. Hélio Viana, *Formação Brasileira* (Rio 1935) 224-226.
4. *Ratio Studiorum*, 2.ª reg. Profes.
5. Dêstes Padres teremos ainda ocasião de falar, excepto de António Blasques. Natural de Alcântara, diocese de Placência, em Espanha, António Blasques

S. Vicente, como veremos, precedeu a Baía no estudo de Gramática e de Casos. Daria as primeiras aulas de latim o próprio Leonardo Nunes, no Colégio dos Meninos de Jesus, que ali fundou. No dia 15 de Junho de 1553, diz Nóbrega, que era professor «um mancebo gramático de Coimbra que para cá veio desterrado»[1]. Substituíu-o José de Anchieta, ao passar-se o Colégio ao Campo de Piratininga, em 1554. Neste mesmo Colégio leu os primeiros casos de consciência o P. Luiz da Grã, em 1555, curso que também precedeu o da Baía.

É possível que, nesta cidade, houvesse alguma aula de teologia antes de 1572, porque já nesse tempo haviam subido ao sacerdócio alguns irmãos: a vinha era grande, e os operários poucos. A necessidade dispensava maiores estudos, bastando um pouco de moral. Se houve alguma lição de teologia foi esporádica, sem forma regular, e sem deixar vestígios.

Esta mesma necessidade imperiosa de catequese, que levava à formação rápida de sacerdotes, cerceava o número de professores. E pediam-se reiteradamente de Portugal e de Roma. Nesta cidade andavam dois estudantes portugueses destinados ao Brasil. Indo à Cidade Eterna o P. Gregório Serrão, ficou encarre-

---

entrou na Companhia, em Coimbra, aos 19 de Setembro de 1548 *(Lus. 43*, 3v). Dizia-se dêle, em 1552: «tiene cerca de quatro años, quasi siempre estudó mal por indisposición de la cabeça» *(Lus. 43*, 232). No ano seguinte, embarcou para o Brasil, na expedição de Luiz da Grã, chegando à Baía a 13 de Julho de 1553, e ficou ali mestre de latim, que ensinou durante um ano *(Bras. 3 (1)*, 89; *Bras. 5*, 36v). Foi depois para Pôrto Seguro *(Bras. 3 (1)*, 100v, 111), onde se encarregou da escola elementar, voltando pouco depois à Baía, continuando o seu mister de professor de primeiras letras *(CA*, 140, 143, 156, 171, 369; *Bras. 3 (1)*, 145v). Com êste ofício entremeou outros de catequese, excursões às Aldeias da Baía, preparação e confissões e amanuense para as cartas dos Superiores, como se vê das *Cartas Avulsas (CA*, 369, 412, 439). Nisto gastou a sua longa vida. No dia 1 de Novembro de 1559, fêz os votos de Coadjutor Espiritual *(Lus. 1*, 133. Cf. *Mon. Nadal*, IV, 189). Já devia ser então sacerdote. Em 1561, tinha padecido duma grave doença *(CA*, 293), e, para o fim da vida, foi um tanto achacado (Carta do P. Armínio, de 24 de Agôsto de 1593, *Lus. 72*, 124-125v). Não vimos indicação de êste Padre ter ido nunca às Capitanias do sul. Faleceu na Baía, no dia 27 de Dezembro de 1606, com 78 anos de idade, segundo o catálogo de 1598, que lhe dava então 70, *Bras. 5*, 36v.

1. Carta de Nóbrega, S. Vicente, 15 de Junho de 1553, *Bras. 3 (1)*, 97.

gado de os trazer, quando voltasse. O P. Geral respondeu à sua petição: *fiat* [1].

Rogava a mesma Congregação Provincial, que enviara o P. Serrão a Roma, que de Portugal viessem dois Professores, um para ensinar Artes, outro Teologia [2]; e, em 1583, pediam-se nada menos que oito, três para Casos, um para Teologia, outro para Filosofia e três para Gramática [3]. tais pedidos não supõem necessàriamente que estivessem vagos os quadros. De-facto, em 1584, estavam cheios com seis professores, como refere Anchieta [4].

Não se podia, porém, contar indefinidamente com professores de fora. Pedindo-se mais da Europa, respondeu o Geral que iriam dois, competentíssimos, de Humanidades: mas, ao mesmo tempo, recomendava que para as classes menores de latim, não estivessem atados, no Brasil, à espera que lhos mandassem já feitos de Portugal, porque em tôda a parte eram precisos, e, pela distância, não chegariam a tempo, quando mais fôssem necessários. Com o fim de preparar professores, observava êle, existiam, nos Colégios, as Academias de Letras Humanas [5]. Vigilavam e intervinham os Reitores e Superiores para que as aulas dessem o devido rendimento. Quirício Caxa, professor de Teologia, lembrou-se de fazer grandes ditados e volumosos cartapácios. Num dado momento, os discípulos emmaranhavam-se na quantidade, sem aprender o essencial. Determinou o Visitador, Cristóvão de Gouveia, que se expusesse São Tomaz em quatro anos, como se

---

1. Êste *fiat* não chegou a ter repercussão no Brasil. O P. Anchieta tornou a pedir os dois estudantes, que estavam em Roma, ao que parece por conta do Colégio da Baía. Responde o P. Geral: « Ninguno se cria en Roma a costa de ninguna otra provincia; y ya los dos estudiantes se han embiado aunque Pedro Aluares por alguna indisposicion no acabó en Roma sus estudios » (1584, *Congr. 95*, 159v; *Congr. 93*, 213). Não chegou ao Brasil nenhum Jesuíta com êste nome. Mas teve um irmão, o P. Vicente Gonçalves, que foi reitor do Colégio da Baía no fim do século: «é irmão de Pedro Álvares, que está lá em Roma», escreve o Visitador Gouveia em 1583, *Lus. 68*, 343.

2. *Congr. 93*, 213.

3. *Lus. 68*, 415.

4. *Annaes* XIX, 58; *seis* professores e não cinco como se traduziu (Anchieta, *Cartas*, 395).

5. *Bras. 2*, 54, 55v.

usava em Portugal. E comenta que, segundo o método de Caxa, nem 15 anos chegariam [1].

Também, para que não faltasse aos professores o tempo indispensável para a preparação das aulas, urgindo o P. Geral em 1597 a prègação aos domingos, acrescenta: «que seja, se puder ser, sem dispêndio dos mestres» [2].

Com semelhantes precauções mantinham-se os estudos a boa altura. E, ao terminar o século XVI, nos três Colégios da Baía, Rio de Janeiro e Pernambuco, vamos encontrar um claustro respeitável de 12 Professores, alguns dêles graduados, capazes de ensinar Teologia, Artes e Humanidades em qualquer parte do mundo [3].

9. — Não basta haver bons Professores. É mister a disciplina. Ora a disciplina colegial, no século XVI, era rigorosa. No Brasil, menos do que na Europa. Naquele tempo, além das repreensões, reclusão ou privação de recreios, usavam-se castigos corporais. Ficaram célebres os do Colégio de Montaigu, em Paris, merecendo um dos seus principais, Pierre Tempête, o apôdo de vergastador-mor das crianças *(grand fouetteur des enfants)*.

Sturm, no estatuto que deu à Universidade de Estraburgo, em 1538, determinava que fôsse açoitado quem não chegasse à hora, sem razão suficiente e provada; fôsse castigado o aluno que nos exercícios escolares usasse língua diferente do latim; e até o aluno decurião, se fôsse negligente no seu ofício de avisar, informar ou acusar, *virgis corrigendus*, fôsse açoitado. Os golpes costumavam dar-se com uma vergasta fina, em número regulado de antemão pela natureza da falta, e em sítio onde não ferisse nem quebrasse ôsso, ao fundo das costas. Intervinham dois nessa delicada operação, um para segurar o delinqüente, outro para dar os açoites. O Reitor da Universidade de Paris, em 1520, escrevia a um amigo, que lhe pedia conselhos sôbre a educação de meninos, que a norma decisiva, era o castigo, sempre o castigo *(frapper très fort et ne cesser de frapper)* [4].

A-pesar dalgum raro opositor, como Erasmo e Montaigne,

---

1. *Lus. 68*, 408.
2. F. Rodrigues, *A Formação*, 35-36.
3. *Bras. 2*, 131.
4. *Bras. 15*, 482v.

tal era a doutrina e prática nesta matéria, quando apareceram os Jesuítas e as suas Constituïções. Santo Inácio suavizou aquêles meios coercitivos, dando mais importância ao elemento moral, — *ubi verba valent, ibi verbera non dare* — recomendando, de preferência, o estímulo e a emulação. Não os proscreveu, porém, totalmente [1]. Em todo o caso, proïbiu que os desse o próprio Jesuíta. Nomeassem em cada Colégio uma pessoa de fora, para êsse ofício. As Constituïções de Santo Inácio, nesta matéria, podem-se concretizar tôdas nesta : « Quanto aos pais, que não querem que se toque nos filhos, uma destas três coisas é necessária : ou que os meninos se corrijam por palavra, ou se lhes bata, se não bastam palavras, ou que os levem para outra escola, porque não se pode tolerar que estejam nas nossas sem tirar fruto » [2].

No Brasil, como em tôda a parte, usaram-se, pois, os açoites como medida de disciplina escolar. Ocasionava isto, às vezes, actos de extraordinária energia moral, como o sucedido em Pernambuco, em 1574. Acusaram a um estudante de qualquer falta contra o regulamento. O mestre mandou-lhe dar os açoites da praxe. Pois o delinqüente colocou-se tão acima da desforra, e mostrou-se tão agradecido a quem o acusou, que o levou a sua casa e disse à mãi : « êste moço acusou-me e açoitaram-me : dê-lhe alguma coisa. E, com licença da mãi, deu-lhe uns calções e um gibão de sêda » [3].

Um dos fins, com que Mem de Sá instituíu tronco e pelourinho em cada vila, foi para mostrar que tinham o mesmo que os cristãos e para o meirinho meter os moços no tronco, quando fogem da escola, explica o mesmo Governador [4].

Na legislação da Companhia, não achamos nada determinado expressamente para as escolas do Brasil no século XVI, a não ser que não recebessem açoites os estudantes de 16 anos para cima [5], e não se castigassem por ninguém da Companhia, mas

---

1. *Constitutiones*, P. IV, Cap. VII, 2.
2. Cf. José Manuel Aicardo, *Comentario a las Constituciones de la Compañia de Jesus*. III (Madrid 1922) 197.
3. *Fund. de Pernambuco*, 67v (32).
4. **Carta de Mem de Sá a El-Rei D. Sebastião, do Rio de Janeiro, 31 de Março de 1560**, *Annaes* XXVII (1906) 228. Portanto, um dos castigos, nas vilas ou aldeias, era a reclusão por mais ou menos horas.
5. *Bras.* 2, 144v.

pelo Corrector, como ordenavam as Constituïções¹. Os Colégios dos Jesuítas regiam-se no Brasil provàvelmente pelo que foi ordenado na metrópole pelo Visitador Jerónimo Nadal, em 1561. Dividiu êle os estudantes externos em três grupos, menores, médios e grandes. Os menores podiam ser açoitados, os médios receberiam apenas palmatoadas, e os grandes nem palmatoadas nem açoites. Seriam sòmente repreendidos, primeiro em particular, depois em público. Se não aproveitasse a repreensão, nem houvesse emenda, seriam então expulsos. Ninguém poderia receber castigos corporais dos professores ou prefeitos; pertencia ao Reitor determinar quais alunos poderiam ser castigados, quais não; só depois é que se entregavam ao Corrector ².

Ora, com a ida ao Reitor e dêste ao Corrector, dissipavam-se os assomos de ira e evitavam-se repentes, sempre desmoralizadores, não só na pedagogia colegial mas também na familiar. Esta, no Brasil, era deficiente. Os Índios tinham grande debilidade para com os filhos, demasiado amimados, o que produzia dois efeitos contraditórios. Efeito bom: os Índios « estimam mais fazerem bem aos filhos que a si próprios e agora estimam muito e amam os Padres, porque lhos criam, ensinam a ler, escrever, cantar e tanger, coisa que êles muito estimam » ³. Efeito mau: como, nesta criação e ensino, nem sempre se pode levar tudo a cantar e a tanger, o demasiado mimo dos filhos irritava os pais, quando se tornava mister usar de energia. Queixavam-se já disso os primeiros Padres, que os Índios não se podiam castigar nem se lhes podia ralhar forte, porque se melindravam e ressentiam mais do que se lhes batessem ⁴. « Todos criam seus filhos viciosamente, diz Magalhãis Gandavo, sem nenhuma maneira de castigo; e mamam até à idade de sete, oito anos, se as mãis té então não acertam de parir outros que os tirem das vezes » ⁵. « Nenhum género de castigo teem para os filhos, escreve Fernão Cardim,

---

1. *Bras. 2*, 137v.
2. Cf. F. Rodrigues, *A Formação*, 32. Os açoites seriam ordinàriamente seis e não podiam passar de oito. O Corrector não podia aceitar presentes dos alunos nem ter familiaridade com êles, e ser homem de integridade e bom exemplo (Aicardo, *Comentario*, III, 201-202).
3. Cardim, *Tratados*, 170-171.
4. *CA*, 176, 225; Carta de Grã, *Bras 3 (1)*, 142v, 149.
5. Gandavo, *História*, 129.

nem há pai nem mãi que em tôda a vida castigue nem toque em filho, tanto os trazem nos olhos »[1]. E « só o ver dar uma palmatoada a um dos mamelucos basta para fugirem »[2].

Êste fraco dos pais índios não ficou totalmente nêles. E nisto residia um dos maiores obstáculos aos educadores do Brasil. No sul, parecia menor a dificuldade. Dizia Pero Correia que, quando algum menino da escola de Piratininga « é preguiçoso e não quere ir à escola, o Irmão o manda buscar pelos outros, os quais o trazem prêso e o tomam às cavaleiras com muita alegria. E seus pais e mãis folgam muito com isso »[3].

Entre os castigos disciplinares mais usuais em todos os estabelecimentos de ensino, antigos e modernos, está o da exclusão. Os Padres não podiam deixar de o usar, quer na sua forma individual quer mesmo colectivamente a tôda uma classe, quando assim o exigia o bem comum. Indiquemos um, sucedido na segunda metade do século XVII, mas que convém recordar desde já para o rectificar. É sabido que os Portugueses, e é esta uma das suas glórias, nunca fizeram distinção de raças nas terras que a Providência confiou à sua colonização. Os Jesuítas, portugueses e brasileiros, muito menos. Se não se admitiram nas escolas do Brasil os escravos, a razão foi a mesma que atinge hoje a grande massa do proletariado; não o permitiam as circunstâncias económicas da terra, nem os senhores compravam escravos para os mandar estudar. Até a-respeito dos meninos índios, que Nóbrega fazia estudar, diz êle que os colonos não gostavam disso e preferiam-nos mais para escravos do que para estudantes[4].

Mas se os escravos não freqüentavam as escolas, já não sucedia o mesmo com os filhos, que os brancos iam tendo das suas escravas negras. Seriam êstes alunos, modelos sempre de disciplina e moralidade?... Parece que não. É certo que, num dado momento, foram excluídos dum Colégio, o da Baía. Houve reclamação; e El-Rei mandou inquirir do sucedido e que, se o Governador achasse que os Padres eram obrigados a ensinar,

---

1. Cardim, *Tratados*, 310.
2. Carta de Grã, 27 de Dez. de 1555, *Bras. 3 (1)*, 142v.
3. Carta de Pero Correia, de 18 de Julho de 1554, de S. Vicente, *Bras. 3 (1)*, 113; *CA*, 139.
4. *Bras. 15*, 116v.

fizesse que fôssem readmitidos, «porque as escolas de ciências devem ser comuns a todo o género de pessoas sem excepção alguma», e porque os moços pardos estavam já *de posse há muitos anos de estudarem nas escolas públicas do Colégio dos Religiosos da Companhia*».

Pelo teor desta recomendação vê-se que se tinha obliterado o motivo da fundação dos Colégios, conforme aos padrões, que não é a obrigação do ensino público, mas sustentar e preparar os obreiros da catequese dos Índios. «A intenção, que teve S. A. em fundar Colégios no Brasil, não foi abrir estudos para os filhos dos Portugueses, senão criar ministros para a conversão, que é tanto da sua obrigação, como consta dos Padrões»[1]. Nem por isso deixaram os Padres de ser os fundadores da instrução no Brasil e de aceitarem nos seus Colégios todo o género de pessoas sem excepção alguma. Aquela exclusão, portanto, explica-se por um dêstes motivos: ou como sanção contra distúrbios ou imoralidades cometidas por tais alunos, ou como imposição dos moradores brancos, em qualquer dos casos, medidas transitórias de disciplina colegial, admitida em tôdas as regiões e em todos os tempos[2].

Mais do que castigos de natureza física e de exclusão, usavam-se os morais. Como exemplo seja êste, que se deu na escola de S. Paulo de Piratininga. Mandou-se a um menino buscar umas limas doces. O menino foi, mas escondeu algumas no quintal. José de Anchieta, que estava sentado na escola com o P. Vicente Rodrigues, chamou então outro menino estudante, Domin-

---

1. *Bras. 15*, 386v (27).
2. Gilberto Freire, ao transcrever êste documento, que lhe mostrou o Cónego Carmo Barata, de Pernambuco, no seu livro *Casa Grande & Senzala* (Rio 1934) 442, elogía a cultura portuguesa e com sobrada razão; mas tem palavras injustas para com os Jesuítas, portugueses e brasileiros, deslocando do seu ambiente próprio e generalizando um facto isolado. No espírito do leitor fica a impressão de que os Jesuítas repeliam, por sistema, os homens de côr. Ora o mesmo documento prova precisamente o contrário; que êles «há muitos anos» estudavam nos Colégios dos Jesuítas; portanto, que se não fazia diferença. O motivo tem de ser forçosamente local e transitório. Sangue negro tinha-o António Vieira e foi não só aluno, mas, na ocasião em que se deu aquêle episódio escolar, era até Jesuíta e dos mais ilustres do mundo. — (Cf. Lúcio de Azevedo, *História de António Vieira*, II (Lisboa 1931) 12; Oliveira Lima, *O movimento da Independência*, 1821-1822 (S. Paulo 1922) 31.

gos Gracia (mais tarde Padre e grande sertanista) e disse-lhe que fôsse ao quintal e lhe trouxesse as limas que acharia escondidas em certo buraco, que lhe indicou. Chegadas as limas, Anchieta entregou-as ao menino que as escondera, dizendo-lhe: Toma-as, são para ti, mas não furtes!

O menino « arrebentou em lágrimas e não as quis comer de vergonha ». A lição fôra expressiva e humana [1].

10. — Para entrecortar as tarefas escolares, tinham os estudantes os seus dias de descanso e férias. Feriados semanais ou periódicos. O assueto semanal era um dia por inteiro, à moda de Roma, e não meio dia apenas, como nalgumas partes [2]. Tinha-se às quartas ou quintas-feiras, segundo as conveniências. Os estudantes da Baía, depois que houve Casa de Campo, pertencente ao Colégio, iam a ela ou espalhavam-se pelas ribas do mar ou pelas margens daquele formoso tanque, junto da cidade, onde, diz Cardim, poderia andar um bom navio e onde entravam « algumas ribeiras de boa água em grande abundância » [3].

As férias anuais passavam-nas, a princípio, nalguma aldeia ou fazenda próxima, onde houvesse ermida. As primeiras férias do Colégio da Baía, em 1556, para os irmãos estudantes e para os órfãos, que ainda então havia, foram numa quinta entre o Rio Vermelho e a cidade. A Aldeia do Rio Vermelho estava, nesse ano, a cargo do Irmão António Rodrigues. O grande catequista tinha vindo ali com 70 índios, a maior parte meninos, e com êles fêz uma luzida procissão até à cidade. Os da cidade pagaram-lhe a visita e aproveitaram a ocasião para passar as férias. « Daí a quatro dias, que foi véspera de Todos os Santos, por lhes pagar esta vinda, mandou o Padre à aldeia os meninos órfãos a que lhe cantassem as vésperas e oficiassem à missa. Estiveram os estudantes em a ermida dois meses, refazendo-se em as fôrças corporais, porque do contínuo trabalho estavam muito debilitados e haviam enfermado alguns, assim que, como dizem, fizeram de uma via dois mandados, porque indo a cobrar saúde do corpo,

---

1. Pero Rodrigues, *Anchieta*, em *Annaes*, XXIX, 256-257.
2. *Bras. 2*, 164.
3. Cardim, *Tratados*, 289.

davam a outros a saúde da alma, ensinando aos filhos dos Índios a doutrina cristã, tomando-lhes também conta de sua lição. Também tomavam seu trabalho em os ir a buscar, porque o caminho, por onde os vão chamar, é de areais, que com a fôrça do sol estão tão abrasados, que lhes convém, aos que vão em sua busca, ir correndo e descansar em alguma sombra por não poder tal sofrer».

«Não estimam os Irmãos êste trabalho, porque sabem por quem o padecem, nem os espinhos que se lhe metem pelos pés, nem os ardores que lhes queimam os pés, nem a fome que sofrem; mas o que lhes dá pena e angústia é ver que, não se contentando com os ir buscar uma vez, indo outras, ainda com tudo isso não veem todos, porque, dado que dizem ao som da campainha: *hitia*, que quere dizer: *logo vou*, nunca acabam de vir. Isto lhes acontece por serem naturalmente muito preguiçosos, e tais, que o que lhes é necessário para seu mantimento, por esta causa o deixam de buscar. Não se esfriam por isso os obreiros, mas antes os vão tirar às suas rêdes, *scilicet:* camas, ora fingindo palavras ásperas, ora dando-lhes em rosto com seu demasiado descanso, pondo-lhe outros espantos, com os quais se movam a ouvir a palavra de Deus. Tudo isto, e mais, é necessário para a gente que não tem rei, nem conhece senhorio senão fazer quanto se lhe vem à vontade sem lhe ir à mão alguém, agora seja bom, agora mau o que fazem» [1].

Estas e outras ocupações usaram-se sempre durante as férias. Mas ao diante, entremearam-se, com as honestas distracções, alguns ofícios humildes, como de servir na cozinha, varrer, etc. A lista dêstes ofícios afixava-se de antemão, e cada qual escolhia livremente os que queria. Ficaram também para essa época os Exercícios Espirituais de Santo Inácio, que todos os Religiosos da Companhia devem fazer uma vez por ano. Isto, porém, só começou, quando houve casa apropriada. Já desde 1561, tratou Nóbrega de a construir, preguntando-o para Roma, e referindo-se a «certos outeiros» que para isso destinava [2]. E alguma coisa se fêz, porque ao chegar, em 1572, o P. Tolosa encontrou já duas

---

1. *CA*, 161.
2. *Epp, NN. 36*, 256.

quintas, « uma para os dias de repouso, outra para as férias, légua e meia daqui, à beira-mar »[1]. Numa destas quintas mandou êle, como Provincial, edificar uma casa de taipa coberta de palha, para os estudantes « irem lá os dias de assueto ; como a Companhia procura ter em tôdas as partes para a conservação da saúde dos seus ». Depois, o Visitador Cristóvão de Gouveia reconstruíu-a e melhorou-a. No Rio de Janeiro, também tinham os estudantes casa própria para as férias ; mas os feriados semanais iam passá-los a uma ilheta, que ficava na Baía de Guanabara, defronte do Colégio[2].

As férias grandes, na Baía, andaram sempre à roda do Natal, com ligeiras variantes. As de 1556 começaram, ao que parece, no fim de Outubro. Ordenou-se, em 1572, que fôssem desde Santa Luzia (13 de Dezembro) até à Purificação (2 de Fevereiro)[3]. Depois, fixaram-se nos meses de Dezembro e Janeiro, inaugurando-se os estudos, a 4 de Fevereiro, a seguir às festas da Purificação e da distribuição dos prémios, dia de S. Braz (2 e 3 de Fevereiro). As férias não eram iguais para todos. Os ouvintes de Teologia, especulativa ou moral, ordena em 1586 o Visitador, que as tenham completas ; para os de letras e da escola elementar serão da véspera de Natal em diante. Contudo as aulas, durante o mês de Dezembro, ficaram reduzidas a hora e meia. Eram, na realidade, férias menores. Na Páscoa, os do Curso superior tinham 15 dias ; os estudantes dos outros cursos metade, de quarta-feira de trevas a quarta-feira de Páscoa. Infere-se dum aviso de 1589 que havia também férias no Espírito Santo, pois, a não ser por doença ou causa grave, não era permitido a ninguém pernoitar na quinta *fora do tempo de férias e das oitavas de Páscoa e Pentecostes.* Durante o ano, havia ainda alguns feriados especiais. Não se davam aulas na véspera das festas solenes celebradas na igreja do Colégio, nem no dia do Carnaval, nem no de S. Nicolau[4].

De vez em quando, recebiam-se, na Casa de Campo, hóspedes da cidade. Para evitar a dissipação dos estudantes, durante as

---

1. BNL, fg, 4532, f. 33.
2. Anchieta, *Cartas*, 421.
3. *Fund. de la Baya*, 23v (98).
4. *Bras.* 2, 144v.

férias, limitou-se a admissão apenas ao Governador Geral e ao Bispo e a uma ou outra pessoa amiga e benemérita. Nessa quinta mandou fazer o Visitador, Cristóvão de Gouveia, «umas casas com capela, refeitório, cozinha, uma sala com suas varandas e um formoso terreiro com uma fonte que lança mais de uma manilha de água muito sadia para beber; mandou plantar árvores de espinho e outras frutas, que tudo faz uma boa quinta que se pode comparar com as boas de Portugal»[1]. Lê-se, numas ordens do mesmo Visitador, que êle determinou se fizesse o «cano da água que vai ter à fonte; e tenha-se sempre limpo o tanque grande»[2]. Esta frase permite-nos a identificação do local, que era a famosa *Quinta do Tanque*, celebrizada mais tarde pelo Padre António Vieira que nela viveu os últimos anos da sua vida[3].

11. — Nesta matéria de estudos deve-se assinalar um facto importante: a iniciação dos graus académicos no Brasil e os debates que suscitou. Os primeiros graus de bacharel em Artes datam de 1575 e conferiram-se aos alunos que principiaram o curso, em 1572, com o P. Gonçalo Leite. *São os primeiros graus académicos que se deram na América Portuguesa;* portanto, é uma data a marcar na História da Instrução Luso-Brasileira. O próprio redactor da *Carta Ânua* correspondente pressentiu a transcendência dêsse facto, porque diz, não sem ênfase, que foram os primeiros a que *ninguém até ali tinha subido no Brasil desde todos os séculos.* Como era natural, assistiu em pêso a cidade do Salvador[4].

A êste primeiro passo seguiram-se outros. E assim, no ano seguinte, deu-se a licenciatura a alguns estudantes externos e a quatro Jesuítas, com as costumadas festas; e, em 1578, conferiram-se as primeiras láureas de Mestre em Artes. Foi o acto, que revestiu pompa extraordinária, na Igreja do Colégio, com a assistência do Governador Geral e do Bispo. Precedeu disputa

---

1. Cardim, *Tratados*, 365.
2. *Bras. 2*, 148.
3. Ainda hoje se chama *Quintas* ao bairro da cidade em que ficava a *Quinta do Tanque*, actualmente hospital de *lázaros*.
4. Carta de Caxa, *Bras. 15*, 273.

pública, recitaram-se epigramas, e houve música de instrumentos e vozes. Receberam aquela dignidade três externos e dois da Companhia, para poderem depois por sua vez dar graus [1]. O grau de Mestre em Artes «era então mais estimado do que é hoje o de doutor por qualquer academia» [2].

Em 1581, novos doutoramentos. Foi um espectáculo europeu. Diz-se numa carta inédita assinada por Anchieta: «o número de estudantes aumentou êste ano: 100 além dos meninos da escola elementar, que são quási outros tantos. Nestas regiões, onde ninguém cultiva as letras, e tôdos se dão a negócios, é o máximo. E ainda que não aumentassem numèricamente, contudo, em letras e virtude, fizeram mais progressos do que nunca nesta Província. Além das lições de Teologia e de casos de consciência, houve outra de Teologia exclusivamente destinada aos que tinham concluído o curso de Artes; o grande aproveitamento nos estudos funda boas esperanças na sua doutrina. Êste ano elevaram-se à dignidade de Mestre alguns externos. A cerimónia fêz-se ainda com maior solenidade e com o aparato que se costuma nas Academias da Europa, como nunca se tinha feito aqui. Não faltou nem o anel, nem o livro, nem o cavalo, nem o pagem do barrete, nem o capelo feito de estôfo de sêda» [3]. O capelo de Artes era azul. Numa das Academias da Europa, na de Évora, que era dos Jesuítas, o «magistrando» seguia à direita do Reitor, com o capelo de sêda azul vestido. Ia o padrinho, que devia ser nobre ou constituído em dignidade. Iam os Mestres e Professores e, à frente do cortejo, «os trombetas e charamelas». Ninguém podia ser magistrado sem ter 18 anos cumpridos [4].

---

1. Carta de Fonseca, *Bras. 15*, 288v, 302v; Carta de Beliarte, *ib.* 369v.
2. Moreira de Azevedo, *Instrução Pública nos tempos coloniais do Brasil*, na *Rev. do Inst. Bras. 55*, P. 2.ª (1892) 142.
3. *Bras. 15*, 326v.
4. *Ordem das Disputas conforme o capítulo 4.º do Instituto, que se há-de praticar no Colégio da Companhia de Jesus da cidade de Évora*, cap. 10 (BNL, fg. 6657). Cf. *Estatutos de D. Sebastião para o Colégio das Artes* (20 de Fevereiro de 1565) in *Documentos para a história dos Jesuítas em Portugal*, por António José Teixeira (Coimbra 1899) 416-435. A fórmula para a colação do grau de Mestre em Artes, como se usava em Portugal, no Colégio de Santarém, era a seguinte: «Ego N. in praeclara artium facultate magister, et in sacrosancta theologia doctor et huius scalabitani collegi Rector, auctoritate Apostolica creo, constituo et

A imponência dêste cortejo e a pompa da imposição das insígnias provocaram indescritível alvorôço na cidade. Tais festas e doutoramentos marcam o apogeu dos estudos no Brasil, no século XVI.

Segue-se um interregno de debates e indecisões. Reparemos na data. Ela talvez o explique. Em 1583, o P. Miguel Garcia receou que se elevasse o Colégio a Universidade e comunicava para Roma os seus temores: « Com darem-se neste Colégio graus em letras, parece que querem meter ressaibos de Universidade; e assim uma vez se matricularam os estudantes, pagando cada estudante um tanto a um homem de fora, que serviu de escrivão. Eu avisei, mas foi tarde. Determinou-se que não se fizesse mais. Queria saber, pelo que se tem cá tratado, se, para dar grau de doutor em Teologia a algum estudante externo neste Colégio, é necessário que os examinadores sejam doutores em Teologia. Porque a bula do Papa *innuit* (parece dizer) que sim »[1].

Levantada a questão, protelou-se ela durante anos; até que assumiu aspecto agudo no tempo do P. Marçal Beliarte. Tinha êste Provincial, por inclinação sua, gôsto pela magnificência. Ergueu os estudos quanto pôde e, se não transformou o Colégio em Universidade de facto, foi porque o contrariaram na Baía e em Roma. No dia 2 de Julho de 1590 (Visitação de N.ª S.ª), deu o grau de bacharel a 12 alunos externos com as costumadas festas, assistindo o Bispo D. António Barreiros[2]. Tal acto deve

---

declaro te magistrum in eadem praeclara artium facultate; et concedo tibi omnes facultates, functiones et immunitates, quae iis, qui ad hunc gradum promoventur, concedi solent, in nomine Patris et Filii et Spiritus Sancti.

In huius autem tam praeclarae dignitatis signum, his quoque externis ornamentis condecorandus es, quae in praesentiarum adhiberi solent.

Imprimis Pileum coeruleum diademate ornatum capiti impono. Deinde trado tibi Philosophiae Librum clausum et apertum ut illam publice profiteri et interpretari possis. Tandem infero digito tuo annulum scientiae splendoris signum. Postremo accedat etiam osculum pacis ». — Lino de Assunção, *O Catholicismo da Côrte ao Sertão* (Paris 1891) 99. Livro sem senso crítico, mas com notícias úteis.

1. Carta do P. Miguel Garcia ao P. Geral, da Baía, 26 de Janeiro de 1583, *Lus.* 68, 335v.

2. Carta de Beliarte, *Bras,* 15, 364v; *Ann. Litt. 1590-1591*, p. 821. Aqui diz-se que foi *die sacro Conceptae-Virgini,* mas no *ms.* lê-se *die Deiparae Virginis Visitationi sacro.*

ter suscitado reparos, porque, em 1592, reünindo-se a Congregação Provincial, pregunta ela se é «lícito promover tanto os externos como os nossos aos graus de Filosofia e de Teologia, quando fôr necessário para examinar os externos» [1]. Acompanhava êste postulado da Congregação Provincial uma carta de Beliarte. Nela dizia que, nesse ano, concluíram os estudos com grande exactidão, como se pudera fazer *em qualquer boa Universidade*, 19 alunos. Os que eram externos, em número de 10, graduaram-se todos de Mestre em Artes; dos de casa, receberam êsse grau três Padres. A resposta de Roma ao postulado da Congregação foi que «não parece necessário no Brasil tal promoção, porque não seria essa faculdade de nenhuma utilidade» [2]. Os graus dos anos anteriores, conferidos aos da Companhia, deveriam ter sido com alguma licença particular ou interpretativa. Diante da recusa do P. Geral, que implicava uma repreensão, justificou-se Marçal Beliarte com dizer que teve por si todos os consultores e que não havia tempo de chegar a resposta de tão longe antes do fim do Curso.

A negativa visava os de casa evidentemente. Contesta Marçal Beliarte que a intenção, com que dera aquêles graus de Mestre em Artes, foi, porque os julgou necessários aos Padres que tivessem de examinar os outros, sobretudo os externos. Advertiram-no também de ter chamado alguns Irmãos a mais altos estudos *(ad altiora studia)*. Aplicou-os a estudos superiores — respondeu êle — por virem já de Portugal com êsse destino, ou por julgar que tinham as aptidões requeridas [3].

Com tais resoluções havia o perigo de se estancar o brilho e emulação nos estudos, que estavam então altos.

Gabriel Soares, nos seus *Capítulos*, presta indirectamente homenagem ao Colégio do Salvador. Pretendia êle apoucar os estudos da Companhia no Brasil, para levar a Côrte de Madrid a suprimir as rendas e os Colégios do Rio de Janeiro e de Pernambuco. «E se em Portugal, antes, não havia mais que a Universidade de Coimbra, porque não bastará ao Brasil a da Baía

---

1. *Bras. 2*, 78v.
2. *Bras. 2*, 78v.
3. Carta de Beliarte, *Bras. 15*, 409v; *Lus. 72*, 94-94v; Ordinationes, *Bras. 2* 63v, 78v.

para todo o Estado?»[1]. Se a intenção é má, a comparação redunda tôda em louvor do Colégio da Baía, que êle equipara nada menos que à Universidade de Coimbra.

Não era tanto assim; mas alguma coisa era; e seria pena que se inutilizasse o movimento.

Felizmente, não terminaram os debates com aquelas decisões de Roma. E foi causa de uma solução favorável, quem tinha talvez concorrido para as primeiras negativas. Em 1592, estava de passo na Baía, onde arribara, o P. Pero Rodrigues, Visitador de Angola. Dada esta sua alta patente, foi ouvido nas coisas do Brasil, a-pesar-de não pertencer a esta Província. Rodrigues mostrara-se contrário ao pedido de Beliarte para se conferirem graus. Era de opinião que primeiro se elevasse o Colégio a Universidade e, dado o número das suas aulas e estudantes, não lhe parecia que tivesse então categoria para isso[2]. Ora, sucedeu que êste mesmo Pero Rodrigues, depois de realizada a sua Missão em Angola, voltou ao Brasil como Provincial, sucessor de Beliarte. Investido na responsabilidade do mando, apalpou as possibilidades e necessidades da terra, e pediu, por sua vez, para Roma, os poderes de conferir graus de Mestre em Artes. Alegava, como motivo suficiente, o mesmo que se tinha proposto antes, a saber, a conveniência de dar também êsse grau aos Padres da Companhia, que, sendo destinados a Professores, o não tivessem ainda. Mais feliz do que Marçal Beliarte, alcançou êle, em 1597, a faculdade de conferir essa prerogativa académica[3].

Chegamos, assim, ao fim do século com os estudos outra vez em maré alta. E pôde então escrever o mesmo P. Rodrigues, em 1605, que no Colégio da Baía «há estudos públicos das faculdades que os Padres costumam ensinar que são ler, escrever, contar, lições de humanidades, curso em que se agraduam em Mestre em Artes, e Teologia moral e especulativa, donde saem muitos bons filósofos, artistas e prègadores»[4].

---

1. *Bras. 15*, 386v (27).
2. *Bras. 15*, 407v.
3. *Bras. 15*, 467.
4. Pero Rodrigues, *Anchieta*, em *Annaes*, *XXIX*, 192.

12. — O curso, em todos êstes estudos, começava dia de S. Braz, 3 de Fevereiro. Inaugurava-se com solenidade. E desde que os estudos assumiram envergadura, tinha-se, nesse dia ou na véspera, a *Oração de Sapientia* e a Profissão de Fé, ordenada pelo Concílio Tridentino. Assistiam Professores e alunos [1].

As festas, que acompanhavam inauguração, repartiam-se pelas respectivas classes, segundo a ordem ascendente.

Em 1574, no dia de Nossa Senhora da Purificação, depois do discurso da praxe, distribuíram-se os prémios aos discípulos mais adiantados ou que mais se distinguiram no estudo da caligrafia, aritmética e do catecismo: era o dia dos estudos elementares. O segundo dia reservou-se aos estudos superiores, duas aulas de humanidade e uma de Artes ou Filosofia. Cada qual teve as suas festas privativas. Na segunda classse de Humanidades, houve Diálogo latino, entrecortado por um discurso em verso e outro em prosa; na primeira classe, declamaram-se duas peças oratórias igualmente em prosa e verso.

O curso de Filosofia assumiu carácter científico, como era natural. Realizou-se um acto público em que os alunos, disputando entre si, mostravam o respectivo adiantamento. Assistiam as pessoas mais importantes da cidade, com o Governador Luiz de Brito e Almeida, a quem se dedicou também, por ocasião da sua chegada, em 1573, um Diálogo aparatoso. O Governador, bem impressionado, prometeu concorrer daí em diante, com prémios aos alunos [2].

Quando o Governador Manuel Teles Barreto fêz a sua primeira visita ao Colégio, em 1583, Manuel de Barros proferiu um discurso de recepção, «onde entraram todos os troncos e avoengos dos Monizes, a que pertencia o novo Governador com as maravilhas que teem feito na Índia». Três dias antes, tinha também visitado o Colégio o P. Cristóvão de Gouveia: «Foi recebido dos estudantes com grande alegria e festa. Estava todo o pátio enramado, as classes bem armadas com guadamecins, painéis e várias sêdas. O P. Manuel de Barros, lente do curso, teve uma eloqüente oração, e os estudantes duas, em prosa e em verso.

---

1. *Bras. 2*, 84v.
2. Carta de Caxa, *Bras. 15*, 253 ; *Fund. de la Baya*, 23v (34).

Recitaram-se alguns epigramas, houve boa música de vozes, cravo e descantes. O P. Visitador lhes mandou dar, a todos, *agnus Dei*, relíquias e contas bentas, de que ficaram agradecidos »[1].

Estas festas, com serem de recreação e alívio aos estudantes e ao povo, eram essencialmente pedagógicas: a preparação do próprio estudante; por isso incluíam também manifestações oratórias, como na visita do mesmo P. Gouveia se fêz, prègando três irmãos estudantes, do púlpito, discursos, nas três línguas da Companhia no Brasil: português, latim e tupi-guarani[2].

O Colégio de Pernambuco não se deixou vencer pelo da Baía. Logo em 1573, antes mesmo da dotação real, mas já de-certo com mira nela, inauguraram-se os estudos, no dia 2 de Fevereiro, « com tanto aparato e concêrto que disse o Dr. António Salema [Ouvidor Geral do Brasil e futuro Governador do Rio de Janeiro], que se achou presente, que em qualquer Universidade não se faria melhor »: *Oração de Sapientia*, um Diálogo, prémios, enigmas e profissão de fé. Concorreu tôda a gente da vila e dos engenhos e fazendas vizinhas[3]; e no ano seguinte o mesmo; só que, em vez do Diálogo, representou-se uma Écloga pastoril.

A cultura humanística desenvolvia-se, pois, no Brasil e ia atirando a barra cada vez mais alto. No fim dos estudos, em 1575, a representação foi já da tragédia aparatosa *História do Rico Avarento e Lázaro Pobre*[4].

Nem eram só motivos escolares de começo ou fim de curso. Outras datas se tomaram para pretexto de festas, que, ao mesmo tempo que as solenizavam, serviam para cultivar as faculdades dos alunos. Tal foi a que se realizou no Colégio de Pernambuco, no dia 15 de Julho, em que se « festejou dentro de casa, como cá é costume, o martírio do Padre Inácio de Azevedo e seus companheiros, com uma oração em verso no refeitório, outra em língua d'Angola, que fêz um irmão de 14 anos com tanta graça que a todos nos alegrou, e tornando-a em português com tanta

---

1. Cardim, *Tratados*, 286.
2. *Annaes*, XIX, 63.
3. *Fund. de Pernambuco*, 64 (24); *Fund. de la Baya*, 28v (104).
4. *Fund. de Pernambuco*, 68 (33), 70v (45).

devoção que não havia quem se tivesse com lágrimas »[1]. Como se vê, o apostolado com os escravos negros não andava alheio às preocupações daquela generosa juventude.

O verdadeiro valor destas festas pode inferir-se pela descrição indirecta, que faz das da Baía o P. Marçal Beliarte. Propunha êle a Roma que ficasse, para depois das festas da Páscoa ou do Espírito Santo, o Acto Público dos Filósofos, porque, já no começo do curso, havia festa solene e se prejudicariam mùtuamente. «Não se podem juntar, diz êle, os Letrados de fora, Religiosos, Bispo, Cabído, para as disputas menos das três, e também por motivo das vésperas e completas, que primeiro se hão-de dizer na Catedral. Em recitar-se a Oração do princípio do ano, com música de instrumentos e vozes, que sempre há, se gasta até às quatro; fica só hora e meia para disputar em três matérias, que só as provas das conclusões hão-de gastar a meia e é nada; e assim fica tudo muito frívolo e amesquinhado. Além disso, é impossível dar conclusões [teses] a estudantes e estudá-las em tempo de férias, que tôdas se passam fora da cidade em suas recreações »[2].

Esta carta é de 4 de Janeiro de 1590. Houve, de-facto, êste ano alguma alteração na ordem das festas, porque ficou para a Visitação de Nossa Senhora (2 de Julho) a colação dos graus. Para aquela música de instrumento e vozes, que sempre havia, se preparavam os alunos mais novos dos Jesuítas, durante o ano. Depois da doutrina e da lição, reüniam-se a « cantar cantochão e canto de órgão e outros a tanger frautas e charamelas para oficiarem as missas em dias de festas e ornavam as procissões, na aldeia e na cidade e em outros autos públicos, como quando se examinam na sala os estudantes do curso para bacharéis e licenciados e quando tomam os graus »[3].

As festas do começo do ano foram também, em 1590, mais solenes, por se inaugurarem juntamente várias dependências novas do Colégio. Assistiu o Bispo e a cidade. O Professor de Humanidades disse um «grave e elegante» discurso; recitaram-se epigramas em louvor da Sabedoria e de D. António Barreiros. Êste

---

1. Cardim, *Tratados*, 327.
2. *Bras. 15*, 369v.
3. Pero Rodrigues, Anchieta em *Annaes*, XXIX, 244

ilustre Prelado mostrou-se à altura da homenagem, que lhe prestaram. E para não ficar só em agradecimentos verbais, instituíu um prémio anual de 15 arrôbas de açúcar, « que valem 30 cruzados », a repartir pelos estudantes mais distintos [1]. Depois instituíu outro prémio em Pernambuco, de 20 cruzados, que se repartia anualmente e era grande ajuda aos pobres [2].

A periodicidade dêstes prémios fá-los precursores dos que distribuem as Academias modernas.

---

1. *Bras. 15*, 364v ; *Ann. Litt.*, 1590-1591, p. 821.
2. Ânua de 1597, *Bras. 15*, 431 ; *Ann. Litt. 1597*, p. 500.

LIVRO SEGUNDO

MEIOS DE SUBSISTÊNCIA

ESPÍRITO SANTO e ALDEIA DOS REIS MAGOS
(Da «Rezão do Estado do Brasil», códice *ms.* da Bibl. do Pôrto)

CAPÍTULO I

Dotação real

1 — A pobreza religiosa e a necessidade de bens; 2 — Informações para o sustento dos Colégios; 3 — O alvará de D. Sebastião, de 7 de Novembro de 1564; 4 — Escrúpulos e dificuldades; 5 — Parecer do Visitador Cristóvão de Gouveia; 6 — Pagamento em açúcar.

1. — Para viver uma corporação, como a dos Jesuítas no Brasil, convinha que possuísse meios de subsistência — e grandes! Se tivessem acção isolada como a do eremita, não precisariam dêles: bastava que arroteassem alguns palmos de terra, e a caridade dos crentes faria o resto. Mas a sua actividade ficaria restrita à penitência, oração e edificação, obras magníficas em si, carecidas porém do alcance catequístico, educativo ou cultural, que se propunha a Companhia de Jesus. Os Jesuítas, além daqueles meios comuns de perfeição religiosa, tinham um fim particular mais vasto. Se não possuíssem os meios indispensáveis para o realizar, não ficaria frustado?

Determinou S. Inácio, nas *Constituições*, que a pobreza dos Padres e Irmãos da Companhia fôsse rigorosa, e que só os Colégios, como entidade moral, pudessem possuir os meios indispensáveis para a consecução do seu objectivo comum. Entrava nêle a formação de religiosos e a educação gratuita da juventude. Os encargos de comer, vestir, calçar e tôdas as demais achegas necessárias à sustentação honesta da vida, com a multiplicação dos estudantes, com a construção do colégio e igreja, tornavam-se insensìvelmente graves e onerosos. Requeriam bens. E naturalmente avultados, sob pena de ficar tudo em pouco. A mesquinhez é alheia ao espírito da Companhia, cujo lema *ad maiorem Dei gloriam* esperta o zêlo de preparar o maior número possível de missionários, professores e estudantes, e obras de apostolado.

Não podiam, pois, os Jesuítas ganhar o próprio sustento com ocupações alheias ou impeditivas do seu fim próprio, nem podiam confiar só na caridade dos fiéis. É certo que sempre, mais ou menos, existiram esmolãs em tôdas as Capitanias. Talvez se distinguissem o Espírito Santo e Pernambuco. Esta última casa ministra-nos uma lição. Até 1572, vivia a casa de Pernambuco, parte de esmola dos moradores, parte com a ajuda do Colégio da Baía. O P. António Pires, então Vice-Provincial, um dos dois primeiros Padres que estiveram em Pernambuco, conhecendo bem os recursos e generosidade da terra, determinou que vivesse só de esmolas. Assim o fêz o P. Grã, indo com um saquinho de porta em porta. É até uma prescrição das Constituïções esta de andar de porta em porta, se a necessidade o requerer. Em S. Vicente, em 1556, alguns Irmãos, poucos, poder-se-iam realmente sustentar assim [1]. Em Pernambuco, onde êle fêz o mesmo, a gente acorria generosamente, queixando-se, porém, de serem culpados em êle andar a pedir [2]. Como exercício de pobreza actual, é realmente meritório êste acto do P. Grã e doutros, mas já isso não era possível nas aldeias, muito menos tratando-se dum Colégio formado. Se os Padres, em vez de estarem a dar aulas, tivessem que andar nesse peditório, quem não vê a desorganização, que tal sistema traria ao andamento normal do Colégio?

Em 1576, com a dotação real deixou de vigorar a ordem de viver só de esmolas. Ora, com o tempo, vieram estabelecer-se, em Pernambuco, outras instituïções religiosas ou de assistência pública. Ampliando-se o círculo da caridade, podia ser que uns reparassem no que se dava aos outros; podia ser que se criassem movimentos de simpatia ou antipatia, prolongados ou passageiros. Movimentos de opinião, inevitáveis. E mal iria a uma obra, que requere continuïdade e segurança, estar dependente de tais flutuações. A lição, a que me referi, é a seguinte. Em 1598, os Irmãos da Misericórdia de Olinda pediram a El-Rei esmolas e recorreram aos Capitãis e Governadores, para corro-

---

1. *Bras. 3 (1)*, 148.
2. *Fund. de Pernambuco*, 63-64, 74 (19, 48); *Fund. da Baya*, 22 (96); *Bras. 15*, 381.

borarem o seu pedido. Com o fim de alcançar o donativo real, faziam prevalecer as dificuldades económicas da terra, que tinha muita opressão, por haver nela quatro mosteiros religiosos, « como são o Colégio da Companhia de Jesus, o mosteiro dos Capuchos e de S. Bento e de Nossa Senhora do Carmo, que viviam de esmolas ». Assinam Manuel Mascarenhas Homem, no *Rio Grande;* Feliciano Coelho de Carvalho, na *Paraíba;* Alexandre de Moura, em *Olinda*[1].

Advirtamos que, a êste tempo, já o Colégio dos Jesuítas não vivia de esmolas, a não ser as que espontâneamente lhe quisesse fazer a devoção do povo; em todo o caso citam-no, juntamente com os outros, como elemento de encargos para a terra. Queremos dizer que, se o Colégio vivesse só de esmolas, ver-se-ia, como no caso presente, a braços com dificuldades insuperáveis. Felizmente, já estava ao abrigo de semelhantes perturbações, devido à previdência dos Padres anteriores.

E sob o ponto de vista da pobreza religiosa? É simples. Se estas rendas dos Colégios, garantiam, por um lado, a estabilidade do apostolado, deixavam intacto, por outro, o voto de pobreza. Os Colégios possuíam *colectivamente*. E só êles podiam possuir. Por isso, no Brasil do século XVI, dividiam-se as propriedades dos Jesuítas em três grandes secções ou entidades jurídicas, possuidoras de bens, correspondentes aos três Colégios da Baía, Rio de Janeiro e Pernambuco, fazendo-se depender de cada qual as Aldeias e residências mais próximas. Pernambuco, por exemplo, só assume esta categoria, em 1576; por isso, ainda em Dezembro de 1573, escrevia Caxa, do Colégio da Baía: « a êste Colégio estão sujeitas Pernambuco, Ilhéus e Pôrto Seguro »[2].

A distinção fundamental, entre colégio e casa, que o não seja, é pois de carácter económico; terá outra distinção ainda no que toca a estudos; os colégios terão alunos de casa e de fora e estudos secundários ou superiores. As casas, só escolas elementares para os de fora — como complemento da catequese[3].

O Jesuíta, cada qual, *pessoalmente*, não podia possuir nada,

---

1. Arq. Hist. Colonial, *Pernambuco — 1605.*
2. BNL, fg. 4532, f. 39-43.
3. Daremos, no tômo II, em Apêndice, os Colégios e casas existentes no Brasil, ao findar o século XVI.

nem, de-facto, possuía. Ao professar, mesmo que não fôssem votos solenes, desfazia-se livremente dos bens que tivesse; abdicava dos que pudesse vir a ter; e não dispunha dos bens próprios dos Colégios, senão em obediência às Constituïções, a cuja guarda se comprometeu com a máxima liberdade.

A pobreza essencial, pessoal, ficava intacta.

Já agora acrescentemos que, algumas vezes, os Padres sentiram pobreza real, com a falta do necessário, como em S. Vicente, no ano de 1553[1]. É conhecido o caso de Nóbrega, na Baía, um ano antes, « comendo pelas casas dos criados desta gente principal, o que fazemos porque não se escandalizem de fazermos roças e têrmos escravos e para saberem que tudo é dos meninos »[2].

Com o desenvolvimento progressivo das casas e colégios, os bens aumentaram, nem sempre na mesma proporção, mas, emfim, aumentaram de volume. Na realidade, o espírito foi sempre aquêle de Nóbrega. No exercício dos ministérios, nas Aldeias, nas entradas do sertão, tiveram inúmeras ocasiões, não buscadas por humildade, mas impostas pelas circunstâncias, de sentirem verdadeiramente a pobreza efectiva. Vejamos os meios de subsistência, com que, no Brasil, se pôde sustentar e desenvolver a obra da Companhia.

2. — Em primeiro lugar: com que rendas se havia de fundar o Colégio da Baía? Antes de se chegar a um acôrdo deram-se vários alvitres, segundo influíram determinadas pessoas ou critérios ou ia mostrando a experiência. Umas vezes, e nisto vê-se a interferência de Luiz da Grã, afastava-se a hipótese de terras com escravos; outras, indicavam-se os dízimos sôbre o gado [3]; ainda outras, os dízimos das miunças. O Reitor da Baía, propôs também que se fundasse, em Lisboa, uma espécie de associação, sob a presidência de Sua Alteza, para vestir os índios que se recolhessem no Colégio da Baía [4]. Havia hesitações e tenteios. Em Roma, também, Santo Inácio seguia o assunto do

---

1. Carta de Nóbrega, 15 de Junho de 1553, *Bras. 3 (1)*, 97v.
2. Nóbr., *CB*, 129.
3. *Bras. 15*, 114.
4. *CA*, 176.

Brasil e escrevia, em 1556, pouco antes de falecer, ao P. Luiz Gonçalves da Câmara, residente em Lisboa, que, entre outras coisas, fizesse valer a sua autoridade junto de El-Rei e senhores para ajudarem o Brasil em tudo o que tocasse ao aumento e conservação da religião naquelas terras [1]. Mas é evidente que do Brasil haviam de vir as indicações decisivas. No mesmo ano, escrevia Nóbrega: «Na Baía, se El-Rei ordena de fazer Colégio da Companhia, deve-lhe dar coisa certa e dotá-lo para sempre, que seja mantença para certos estudantes da Companhia; e não deve aceitar Vossa Paternidade dada de terras com escravos, que façam mantimento para o Colégio, senão coisa certa ou dos dízimos, ou tanto cada ano do seu tesouro, salvo se lá acharem maneira com que nós em nada nos ocupemos nisso, o qual eu não sei como possa ser. E ordene V. P. que não nos deem cá nada aos Padres que entendemos com os próximos, porque parece que é dar-nos renda e como salário de nossos trabalhos» [2].

Esta primeira sugestão de Nóbrega foi, afinal, a que veio a prevalecer com o tempo, no que se refere à dotação pròpriamente dita, ainda que também êle próprio pediu terras, apenas chegou à Baía. O Padre Francisco Henriques, Procurador da Companhia em Lisboa, e que estava a tratar, na Côrte, do modo como se havia de dotar o Colégio, requereu do Brasil dados certos sôbre os rendimentos da fazenda real. Responde Nóbrega: «quanto a esta Capitania, digo que El-Rei tem nela, de renda dos dízimos, o seguinte, scilicet: as miunças rendem cento e vinte mil réis: nisto andam arrendadas em cada ano. O peixe, mandioca e algodão, que andam arrendadas sôbre si, rendem setenta ou oitenta mil réis em dinheiro. O açúcar de um engenho, que até agora não há outro na terra, anda em cento e cincoenta arrôbas de açúcar, que vale a cruzado a arrôba. Todos êstes dízimos se espera que vão crescendo, segundo a terra se fôr povoando. Daqui podia El-Rei dar o que quisesse, contanto-que fôsse perpétuo. A nós, mais nos serviam os dízimos das miunças, porque entram nelas as criações. De S. Vicente escrevi, conformando-me com o Padre Luiz da Grã, que nos parecia não se haver de acei-

---

1. *Mon. Ignat.*, s. 1.ª, IX, 507.
2. Nóbr., *CB*, 155.

tar de El-Rei terras nem escravos para granjearia. Agora, conformando-me, com o que de lá escrevem e com o parecer dos Padres de aqui, digo que se aceite tudo, até palhas. E digo que, se Sua Alteza nos quisesse mandar dar uma boa dada de terras, onde ainda não fôsse dada, com alguns escravos da Guiné, que façam mantimentos para esta casa e criem criações, e assim para andarem em um barco pescando e buscando o necessário, seria muito acertado. E seria a mais certa maneira de mantimento desta casa»[1]. E insiste em que o dote seja perpétuo ou de dízimos. Para facilitar o negócio, e porque não via então possibilidade para a construção do Colégio, sugeria que se concentrasse tôda a atenção no assunto da renda.

Entretanto, davam-se ordens provisórias. O alvará de 12 de Fevereiro de 1557, destinava, a cada um dos 28 religiosos do Brasil, quatro panicus de mandioca e um alqueire de arroz, e, quando não houvesse arroz, um alqueire de milho da terra e um cruzado em dinheiro[2]. Em 1559, depois das cartas de Nóbrega, ordenou El-Rei a Mem de Sá que desse aos Padres o que êles precisassem, durante quatro anos, esperando que, ao fim dêsse tempo, estivesse tudo ultimado para uma dotação em regra[3]. O Governador Geral ordenou, pois, que se desse a cada religioso, por ano, além do estipulado no alvará de 12 de Fevereiro, cinco mil réis e doze cruzados em ferro[4].

Estas negociações, entre o Govêrno de Lisboa e Mem de Sá, continuaram por algum tempo; e delas se faz eco o Provincial de Portugal, transmitindo-as a Roma. Mas, em 1561, tudo eram ainda indecisões quanto ao modo de fundação, «nada fácil». Sabia-se apenas que El-Rei tinha vontade de fundar tantos Colégios quantas fôssem as povoações firmes, e prevalecia a ideia de lhes dar terras, «para lavrar seus mantimentos e ajuda de escravos»[5].

---

1. Carta de Nóbrega, *Bras. 15*, 42-42v.
2. *Registos do Conselho ultramarino*, na *Rev. do Inst. Bras.* 67, 1.ª P. p. 60.
3. *Lus. 68*, 156.
4. Pôrto Seguro, *HG*, 392; *Annaes*, XXVII, 265.
5. *Mon. Laines*, V, 398; *Epp. NN. 36*, 256v.

3. — Assim se prolongaram as informações desta natureza. Ao terminar o prazo dos quatro anos, fêz-se, emfim, um acto definitivo.

«D. Sebastião, por graça de Deus, Rei de Portugal e dos Algarves, daquém e dalém mar em África, Senhor da Guiné e da Conquista, Navegação e Comércio da Etiópia, Arábia, Pérsia e da Índia, e como governador e perpétuo administrador, que sou, da ordem e cavalaria do Mestrado de Nosso Senhor Jesus Cristo, faço saber a quantos esta minha carta de doação virem, que, considerando eu a obrigação, que a coroa de meus reinos e senhorios tem à conversão da gentilidade das partes do Brasil e instrução e doutrina dos novamente convertidos, assim por as ditas partes serem da conquista dêstes reinos e senhorios, como por estarem os dízimos e fruitos eclesiásticos delas, por bulas dos Santos Padres, aplicados à ordem e cavalaria do dito Mestrado de Nosso Senhor Jesus Cristo, de que eu e os reis dêstes reinos meus subcessores somos governadores e perpétuos administradores; e havendo também respeito a El-Rei, meu senhor e avô, que santa glória haja, vendo quão apropriado o Instituto dos Padres da Companhia de Jesus é para a conversão dos infiéis e gentios daquelas partes e instrução dos novamente convertidos, ter mandado alguns dos ditos Padres às ditas partes do Brasil com intenção e determinação de nelas mandar fazer e fundar Colégios à custa de sua fazenda, em que se pudesse sustentar e manter um copioso número de religiosos da dita Companhia, porque quanto êles mais fôssem e melhor aparelho tivessem para exercitar seu Instituto, tanto mor benefício poderão receber as gentes das ditas partes, na dita conversão e doutrina; e, emquanto se lhe não faziam e dotavam os ditos Colégios, mandava o dito senhor prover de sua fazenda os ditos Padres, nos ditos lugares, em que estavam, de mantimentos, vestidos e tudo o mais necessário a suas pessoas, igrejas, casas e habitações. E vendo eu o intento e determinação de El-Rei, meu senhor e avô, neste caso, e o muito fruto que Nosso Senhor em a dita conversão e doutrina faz, por meio dos Padres da dita Companhia, e a esperança que se tem de, com ajuda de Deus, pelo tempo em diante ir em maior crescimento, tendo êles, nas ditas partes, fundadas casas e Colégios para seu recolhimento, conforme a seu Instituto e Religião, mandei tomar informação do modo que se poderia ter para se melhor poder fazer, havendo respeito ao estado em que minha fazenda ao presente está. E, depois de havida a dita informação, assentei, com parecer dos do meu conselho, de mandar acabar nas ditas partes um Colégio da dita Companhia, na cidade do Salvador, da Capitania da Baía de Todos os Santos, onde já está começado; o qual Colégio fôsse tal que nêle pudessem residir e estar até sessenta pessoas da dita Companhia, que parece que por agora deve haver nêle, pelos diversos lugares e muitas partes em que os ditos Padres residem e a que do dito Colégio são enviados pera bem da conversão e outras obras de serviço de Nosso Senhor; *e pera sustentação do dito Colégio, e religiosos dêle, hei por bem de lhes aplicar e dotar, e de feito por esta minha carta de doação, doto e aplico, uma redízima de todos os dízimos e direitos que tenho e me pertencem e ao diante pertencerem, nas ditas partes do Brasil, assim na Capitania da Baía de Todos os Santos, como nas outras Capitanias e povoações delas; para que o dito Reitor e Padres do dito Colégio tenham e hajam a dita redízima do primeiro dia do mês de Janeiro do ano que vem, de quinhentos sessenta e cinco, em diante, pera sempre* » [1].

Portugal, assumia assim, na pessoa do seu Chefe supremo, o encargo oficial de sustentar os Padres da Companhia de Jesus no Brasil.

---

1. « Padrão da Redízima de todos os dízimos E direitos que pertencerẽ a Elrey em todo o Brasil de que S. A. faz esmola pera sempre pera sostentação do collegio da Baya », *Bras. 11*, 70-71v. Cf. *Treslado da provisão da carta de doação por que S. A. dota e aplica ao Colégio da Companhia de Jesus que se há-de acabar na cidade do Salvador das partes do Brasil de sua redízima de todos os dízimos e direitos que S. A. tem na cidade*. Em Lisboa, a sete de Novembro de 1564, Arq. H. Col. *Registos*, I, 232-233; *Treslado do Alvará sobre o Mantimento que hão-de auer os sessenta Padres da Companhia de Jesu das partes do Brasil*. Em Lisboa, a sete de Novembro de 1564, id. ib. 233-234v; *Prouisão de El-Rei de Portugal en que manda al capitán de la Baya que vea quanto han menester sesenta personas de la Compa. en el Colegio de St. Saluador; y si la redezima que les ha dado por fundacion no les basta supla lo que faltare de la hazienda de S. A., Bras. 11*, 1-4. É o documento autêntico em português com o sêlo e armas reais e a assinatura do Dr. Jorge da Cunha, desembargador, etc.; Treslado do mesmo Padrão, também com as armas reais, dirigido aos Padres de S. Roque, id. *ib.* 5-7v, e cópia, *ib.*, f. 61-64. O Padrão, citado nesta nota em primeiro lugar, tem a particularidade de trazer os dois *cumpra-se*, autógrafos, do Governador Geral do Brasil, Mem de Sá, e do Provedor-mor, Braz Fragoso, além de outras assinaturas, ao ser registado na Baía. É já documento brasileiro. Damo-lo, completo, no *Apêndice B*.

Os *títulos*, que invoca, são três: a sua obrigação em consciência, como rei cristão, de cuidar da dilatação da fé; a sua qualidade de governador e perpétuo administrador da Ordem de Cristo; e a vontade de completar a obra começada pelo seu real avô, D. João III[1].

O *motivo* da dotação era: saber «quão apropriado é o Instituto da Companhia para a conversão do gentio e instrução dos novamente convertidos», fim portanto catequístico e religioso, a visar estritamente a conversão e os convertidos. Não se alude sequer a ministérios com os Portugueses nem à instrução dêles. Se os Jesuítas fizeram, depois, gratuitamente, uma e outra coisa, não foi obrigação consignada no Padrão real ou na intenção do fundador. «Sôbre a conversão do gentio estão fundadas as rendas do Colégio e não sôbre estudos», dirá, em 1600, o Provincial Pero Rodrigues, e o mesmo se repetirá em tôdas as informações da época[2].

4. — Os têrmos, em que estava redigida a doação, suscitaram escrúpulos e dúvidas, se os Padres a poderiam ou não utilizar para o próprio sustento. Em Portugal, foram de opinião que sim, que podiam[3]. Mais tarde, voltaram os escrúpulos, como veremos, provocados, também, um pouco, pelo modo como se fazia o pagamento. Mas, antes dos escrúpulos, vieram as dificuldades. E logo desde o comêço. O sistema da redízima era complicado. Colocava os Padres à disposição dos humores dos funcionários públicos e dos seus interêsses ou política. Determinou-se que cada religioso recebesse 20$000 réis por ano. A princípio, não recebiam nem 10. Escreve o Reitor da Baía, Gregório Serrão, em 1570: «A renda, que El-Rei manda dar a êste Colégio, quando muito, se poderá pagar a metade nesta terra, e o mais fica em dívida, para se nos pagar quando Deus Nosso Senhor ordenar. E ainda isso, que nos dão, por não haver dinheiro na terra, a maior parte nos passam por letra para nos ser pago em

---

1. Os privilégios e sufrágios que, na Companhia, se costumam atribuir aos fundadores, ficaram reservados a D. Sebastião, neste Colégio da Baía, até à perseguição pombalina.
2. *Bras. 3 (1), 194; Bras. 15, 386v; Bras. 5, 35-35v.*
3. *Lus. 62, 14.*

Portugal, de modo que por esta causa padecem os de cá muita necessidade »[1].

Quando a Côrte se informou dêste precário estado, deu-se algum remédio, mandando que se pagasse[2]. Não foi remédio definitivo. Diante de novos adiamentos, pediram informações: a Côrte[3], o P. Vale-Régio, Procurador em Lisboa, e, até de Roma, o P. Geral. Responde o Provincial do Brasil: « O Colégio da Baía tem três mil cruzados de renda. Para isto tem aplicado El-Rei uma redízima de todos os dízimos que tem no Brasil. Mas esta ainda não chega àquela quantidade, e por isso os oficiais de El-Rei a pagam em dinheiro, parte nesta cidade, parte em Pernambuco, e parte no Reino. Estão a dever sete mil cruzados. Cobra-se com muita dificuldade »[4]. Tudo isto deu ocasião a um novo mandado de El-Rei, que se pagasse a dotação com o rendimento das Alfândegas[5]. Protestaram contra a determinação real o Governador e o Contratador. O Procurador, a pedido dos Padres do Brasil, ficou de alcançar outras provisões, para remediar a dificuldade[6].

É inegável um facto histórico, que honra sôbre-modo Portugal: o auxílio, que a Coroa prestava à expansão da civilização

---

1. *Bras. 15*, 198v.
2. *Treslado do alvará per que S. A. manda que nas partes do Brasil se paguem aos Padres da Companhia que nelas residem os ordenados e esmolas que teem cada ano a custa da fazenda de S. A. e do que lhe fôr devido dos anos passados.* Em Almeirim, 5 de Maio de 1570, Arq. H. Colonial, *Registos*, I, 236v.
3. *Alvará de El-Rei ao Governador do Brasil ordenando que veja quanto rende a redízima dos rendimentos reais. E que tudo vá em certidões autênticas (Bras. 11, 11).*
4. Carta de Tolosa, 16 de Junho de 1575, *Bras. 11*, 329, 332.
5. Arq. H. Col., *Registos*, I, 134-134v.
6. Pelo que toca ao Colégio do Rio de Janeiro, ordena El-Rei, em 14 de Fevereiro de 1576, que se paguem os ordenados atrasados « e não se façam outras despesas até não serem pagos » (Arq. H. Col., *Registos*, I, 242). Não havia meio de haver regularidade nos pagamentos. E vemos que, referindo-se ainda ao Colégio do Rio, manda El-Rei a Bento Dias de Santiago que se paguem, nos dízimos da Baía, Pernambuco, Itamaracá, os ordenados do Colégio do Rio, « porque se lhe não pagam a tempo » (Arq. H. Col., *Registos*, I, 151). Por outro lado, como os assuntos do Rio de Janeiro tinham que ser tratados, em grande parte, na Capital da Colónia, determina o P. Gouveia, na sua visita de 1589, que haja no Colégio da Baía « um Padre de prudência e autoridade, nomeado pelo Provincial, que faça os negócios do Colégio do Rio de Janeiro e procure arrecadar os seus pagamentos ». — Roma, Gesù, *Colleg. 13* (Baya).

Cristã nas Colónias. Informa o Beato Inácio de Azevedo a S. Francisco de Borja: «El-Rei mostra particular afecto em favorecer esta Província, e o Cardial e todo o Conselho real; e tôdas as coisas que se apontaram, que convinham para o bem e aumento dela, o concederam e aprovaram, com muita satisfação de tudo o que se representou e deu por memória, para executar-se. E deu mais da sua fazenda boa parte dos direitos, que neste reino se cobravam das coisas que vinham do Brasil, o que *quere que se expenda em benefício da mesma terra lá*, e para gasto e custo que se faz com os ministros eclesiásticos e senhores da justiça» [1].

Nem sempre correspondiam, infelizmente, a esta alta compreensão de Portugal, os oficiais subalternos, encarregados mais imediatamente de satisfazer os encargos assumidos por El-Rei. Tirando um ou outro período, nunca os Jesuítas receberam, em paz e sem lutas, uma dotação, que parecia prometer segurança na catequese e colonização do Brasil, mas que, na realidade, obrigava os Religiosos, para se não endividarem, a buscar por outro lado os meios necessários de subsistência, imprescindíveis para a vida e para a construção de um Colégio digno do Brasil. Das dificuldades, na Baía e no Rio de Janeiro, e dos debates, em Lisboa, dá ideia esta carta do Procurador, Sebastião Sabino, ao P. Geral, de 20 de Agôsto de 1579:

«As rendas dos Colégios da Baía e do Rio de Janeiro são assinadas sôbre certa redízima dos engenhos de açúcar, porque o Rei de Portugal, como Mestre da Ordem de Cavalaria de Jesus Cristo, por autorização apostólica, recebe a dízima destas partes. E, para pagamento das rendas dos Colégios sobreditos, ordenou El-Rei *uma dízima sôbre os ditos dízimos*, a qual assinou aos Padres dos ditos Colégios, até à quantidade das respectivas rendas, e a esta chamam *redízima*. Eu não entendo êste embrulho de Portugal nem sei como El-Rei, sem autoridade do Papa, sôbre os dízimos possa assinar outros dízimos, e não vejo como

---

1. Carta do B. Inácio de Azevedo ao P. Geral, de Évora, a 16 de Março de 1570, *Mon. Borgia*, V, 321. Foi movido por êste espírito, que El-Rei atribuíu, por alvará de 4 de Janeiro de 1576, para o culto divino dos três Colégios do Brasil, a quantia anual de 500 cruzados, a repartirem-se por êles (Arq. H. Col., *Registos* I, 132, 222v-224v).

esta coisa seja legítima e firme. Ora os pobres Padres sempre no pagamento são prejudicados [strapazati] pelos oficiais de El-Rei, que pagam mal e tarde. Escrevem de lá, a ver se se pode alcançar de El-Rei que estas rendas se assinassem e mandassem pagar sôbre os dízimos do açúcar, *em açúcar*, como se faz com a renda do Colégio de Pernambuco. Seria o melhor modo para se haver e cobrar sem tantos trabalhos e sem passar por mãos de oficiais de El-Rei, e assim se aumentariam as ditas rendas. E queríamos deixar os redízimos, para nos desaparecerem os escrúpulos de que seja alienação e, mesmo que não fôsse alienação, para assegurar melhor a coisa, e porque mais fundadas estarão as rendas sôbre os *dízimos*, do que sôbre a *redízima*. V. P. dirá o que se há-de fazer sôbre êste negócio »[1].

Eternizando-se as questões, trouxe o Visitador Cristóvão de Gouveia a incumbência de examinar tudo de raiz e propor as medidas, que lhe parecessem óbvias, para liquidar uma situação tão vexatória e molesta.

O primeiro, que êle verificou, foi a desproporção existente entre o que recebia o Colégio e as despesas que fazia: cada Padre e Irmão recebia 20$000 réis, anualmente: o dôbro não chegaria, por ter tudo encarecido. Depois, as rendas eram só para 60, e os religiosos já passavam de 70[2]. Além dos 130 Jesuítas, que no Brasil recebiam sustentação de Portugal (Baía, 60; Rio, 50; Pernambuco, 20), havia mais dez nas Aldeias do sertão a ensinar a doutrina aos Índios. Feita a devida representação a El-Rei, mandou (30 de Novembro 1582) que se desse a cada um dêstes dez o que recebiam os outros « por um ano », até ver as informações que mandava pedir do Brasil[3].

As informações de Manuel Teles Barreto, desafeiçoado à Companhia, foram, porém, contrárias; e as do próprio Bispo, D. António Barreiros, também não foram favoráveis. O Prelado, aliás amigo dos Jesuítas, andava político com êles, nos meados

---

1. Carta do P. Sebastião Sabino ao P. Geral, de Lisboa, 20 de Agôsto de 1579, *Lus. 68*, 229, em italiano. Já antes, tinha dito o P. Sabino que o pagamento da renda do Colégio de Pernambuco, em açúcar, além de ser mais fácil, vinha a ficar *no dôbro*.
2. *Lus. 68*, 339, 348.
3. Arq. H. Col., *Registos*, I, 264.

de 1583. Entre êle e alguns homens do govêrno ergueram-se certas desinteligências. Os Padres, conhecendo as más disposições do Governador e da sua gente, não as querendo agravar, mantiveram-se no seu pôsto, à margem da questão, melindrando-se o Prelado, de que o não apoiassem. Gouveia diz que o Bispo, assim magoado, informa a El-Rei de modo contrário aos Padres acêrca das rendas — e que o remédio, visto que os Padres não deram ocasião a isso, era encomendar o negócio a Deus[1].

5. — Diante desta situação dolorosa, tomou o Visitador o assunto em mãos. Apalpou as possibilidades da terra, estudou os padrões reais, conheceu por experiência os abusos dos oficiais de El-Rei e a necessidade de pôr têrmo, por uma vez, a tal estado de coisas. Os resultados do seu estudo, sério e aprofundado, constam de uma relação verdadeiramente notável pela clareza com que está redigida. Dá também ideia nada lisonjeira da burocracia colonial, igual à de todos os tempos, em que os funcionários, salvo excepções, se prevaleciam dos seus cargos para os seus interêsses particulares, à custa do Governo central e dos Padres:

« *O que pareceu ao Padre Cristóvão de Gouveia, Visitador da Província do Brasil, que se deve propor a Nosso Padre acêrca das fundações do Colégio da Baía e Rio de Janeiro, é o seguinte* » :

« O *Primeiro* que não parecem estas fundações ou rendas dêles, pelo modo com que se cobram, tão conformes a nossas Constituïções, antes parecem estipêndio de nossos ministérios, e que por êsse respeito e fim foram feitas, o que se pode fàcilmente coligir de muitas coisas » :

« A 1.ª, porque El-Rei dá isto para descargo da sua consciência, por entender que, já que levava o dízimo desta terra, ficava obrigado a procurar a conversão dos naturais dela, e assim o dizem nos padrões, com palavras muito claras, e nas provisões que, para que se nos façam bons pagamentos, passa. De maneira que, ao modo com que paga os estipêndios ao Bispo, Cónegos e Vigários das igrejas, que aqui há, para cumprir com a obrigação

---

1. *Lus. 68*, 339.

que tem ao culto divino e bem espiritual dos Portugueses por levar os dízimos, a êste mesmo nos manda pagar a nós, porque o descarregamos da obrigação da conversão e de dar párocos aos Índios. E assim, deu três mil cruzados para sessenta, que haviam de residir no Colégio da Baía, e dois mil e quinhentos para cincoenta no do Rio de Janeiro, à razão de 20$000 réis a cada um, mandando que déssemos conta do número dos Nossos, que em cada Colégio havia em cada ano, para que, conforme a isso, se fizesse o pagamento dos que eram, ainda que depois nos tirou esta obrigação».

« A 2.ª, porque obrigam a pagar dízimos aos Índios cristãos, que residem nas Aldeias, de que a Companhia tem cuidado; e, alegando nós em seu favor que como lhes podiam levar êsses dízimos, pois não tinham outros ministros a quem fôssem obrigados a sustentar senão aos Padres da Companhia, foi respondido que El-Rei os podia levar, pois lhes dava ministros que lhes ministrassem os sacramentos e apascentassem com a palavra de Deus, que eram os Padres da Companhia. E êste é o modo de falar, corrente na terra, e dizem que estamos obrigados a residir nas Aldeias e Capitanias, e que o trabalho, que levamos, bem no-lo paga El-Rei. E, assim, comumente não agradecem isto à caridade e Instituto da Companhia, senão à obrigação que pensam temos pelo que nos dá El-Rei».

« A 3.ª, para mais confirmação do dito, enviou agora Sua Majestade uma carta ao Bispo, encarregando-o lhe avisasse do número dos Nossos e se eram necessários dez mais, que estavam nas Aldeias, ou se bastavam menos, e em que nos ocupávamos e se havíamos mister acrescentamento na renda, com outras minudências, quais podia querer saber de oficiais seus, a quem êle paga salário. E, ao que parece, tão ruim côr teem estas fundações como os três mil cruzados, que a Universidade de Coimbra dava ao nosso Colégio, depois que lhe entregaram os estudos de Humanidades e Artes, o que pareceu tão escrupuloso na segunda Congregação Geral, que se fêz decreto que aquilo se pusesse em melhores têrmos e fora de escrúpulo, *vel Collegium dissolveretur* ».

« O *Segundo*, que me parece propor a Vossa Paternidade, é que parecem estas fundações muito pequenas, no caso de se julgar que são sem escrúpulo, porque realmente não bastam para o número assinalado, quanto mais para muitos mais que somos. E se nós não lavrássemos as nossas terras com escravos, que para isso comprámos, e se não criássemos algumas vacas com os mesmos, de nenhuma maneira nos poderíamos sustentar, fora outros gastos muito grandes que temos para o edifício, como de embarcações para a madeira, cal e coisas semelhantes e meneio contínuo do Colégio, que é muito para aqui, carros, bois, ferreiros, carreiros, carpinteiros e pedreiros, que todos levam grandes salários, e para a igreja, livraria, enfermaria, além de tudo o mais, que é necessário para o serviço de Colégios tão grandes, em refeitório, cozinha, dispensa, o qual tudo há-de sair dos 20$000 réis que para cada um dão. Ajunte-se a isto que, como as mais destas coisas mandamos vir de Portugal por mais barato, a metade se dá em fretes, avarias e tudo isso muitas vezes o levam os Franceses. Fica ainda mais fácil o requerer acrescentamento nelas, considerando os dois motivos principais que houve para arbitrar aquela quantia de 20$000 réis para cada um: o 1.º, o estado, que a fazenda de El-rei àquele tempo tinha nestas partes, que era muito pouco; o 2.º, o custo das coisas, que se achavam tôdas muito baratas, assim as que dava a terra, como as que vinham de Portugal, o qual tudo está mudado, porque a fazenda de El-Rei cresceu muito e tôdas as coisas valem o dôbro e tresdôbro. E assim, nos é necessário fazer mui estreita provisão e padecer muitas necessidades assim no comer e beber, azeite, vinagre, e outras coisas desta sorte, como no vestir ».

« O *Terceiro*, que me ocorre, é que ainda que estas fundações fôssem sem escrúpulo, e se hajam de acrescentar, não convém muito e é sumamente necessário mudar-se o modo que se tem em pagá-las, que é passar o Governador ou Provedor-mor mandados para que nos pague o Tesoureiro ou Almoxarife, o qual nos atormenta muito. E se passamos necessidades grandes pela renda ser pouca, muito maiores nos fazem passar êstes oficiais de El-Rei, por não a quererem pagar a seu tempo senão com mil desgostos e aflições. Em particular, se seguem quatro inconvenientes grandes desta maneira de pagamento, que se devem remediar » :

« O 1.º, a nossa desinquietação contínua, porque, primeiro que paguem um pouquinho, é necessário ir muitas vezes a suas casas, sem alcançar nada, e o Governador nos remete ao Provedor e o Provedor ao Tesoureiro, o qual, primeiro que cumpra o mandado, se passam muitos dias, nos quais é necessário que não cessemos de tornar lá uma e muitas vezes, e, quando pensamos que temos feito alguma coisa, sai-nos com dizer que não tem, e que El-Rei tem muitas necessidades, nunca faltando para êles, nem para os amigos com quem se entendam. Outras vezes nos saem com dizer que o cobremos noutras Capitanias, que nos darão letras ou cédulas, nas quais há as mesmas dificuldades, e porque mais não podemos, muitas vezes as aceitamos com muita perda nossa. Outras vezes, nos dão respostas ásperas e com palavras não devidas a religiosos e, se teem qualquer agravo de nós sôbre os Índios, cuja liberdade desejamos defender, ou por não lhes emprestar o barco ou carros ou madeira ou serras ou coisa desta sorte, logo é certa a vingança na má paga. E como êstes sejam os principais na terra e El-Rei está longe, não há senão padecer, porque como sejam muitos êstes oficiais, é impossível trazê-los sempre contentes, sem muito dispêndio da religião. Outras vezes nos põem dúvidas em nossas provisões, não as querendo guardar, e tudo isto por não tirar o dinheiro da mão e a-fim-de ganhar com êle alguns anos e fazerem-se ricos; e, primeiro que o remédio nos venha do reino, não há que gastar nem a quem peçamos emprestado».

«O 2.º inconveniente é que, além de se pagar tão mal como está dito, muitas vezes compramos fiado por sessenta o que, com dinheiro na mão, compraríamos por trinta. Outras, não compramos as coisas a tempo e em conjunção, pela mesma causa. Outras, nos pagam em uma loja de um mercador onde nos dão o que querem e como querem e não o que havemos mister, nem como corre na terra com dinheiro. Outras, nos pagam em açúcar o que nos custa muito, assim pelas quebras que tem, como pelo trabalho de cobrá-lo e beneficiá-lo e custas que nisto se fazem: e tôdas estas pagas nos convém aceitar. Outras, dizem que, para que El-Rei pague aos muitos que deve, nos hão-de deixar de pagar a nós *pro rata* do que nos devem para que chegue a todos, sendo verdade que muito mais devem a El-Rei, com que a todos poderiam pagar, mas nisto não se fala e anda a coisa como querem».

«O 3.º é que, como neste negócio é necessário ser importunos, pois êles são tão descuidados, sucede, muitas vezes, quebrarem connosco e não nos podem ver. E por êsse respeito, não se querem aproveitar de nossos ministérios, principalmente sendo necessário, alguma vez, tirar instrumento de agravo contra êles para os oficiais de El-Rei em Portugal, como de lá somos avisados dos Nossos que façamos, se queremos ter remédio. E como êstes sejam os principais na terra e as cabeças, segue-se daí ser isso muito notado. De maneira que, se queremos usar do remédio que nos avisam, ficamos muito odiosos e com ofensa notável dos maiores e de quem depende o bem universal das almas e mal de muitos; e, se não queremos usar dêle por evitar isto, ficar-nos--emos sem comer nem vestir. E deve Vossa Paternidade avisar--nos como nos haveremos nesta dificuldade, quando não se desse nenhum outro remédio, porque realmente há-de ser necessário despovoar o Colégio da Baía, porque deve quatro mil cruzados, por causa dêstes maus pagamentos. E o pior é que não há para onde os enviar, onde não tenham mais trabalhos, porque das esmolas do Brasil não há que fazer caso, porque não são para sustentar tantos e de tudo o que hão mister, em especial agora, que, na Baía, há de novo dois mosteiros de religiosos, que, ainda que são poucos, não se podem manter».

«O 4.º, que disto se segue, é um escândalo do povo, que segue a êstes como a cabeças e nos teem por pedintões e interesseiros e que, por coisas temporais e não perder um vintém, como êles pensam, nos pomos de mal com o Governador e Provedor-mor e mais oficiais da fazenda de El-Rei, o que tudo redunda em diminuїção dos nossos ministérios. E até os escrivãis, ou seja porque são do mesmo parecer, ou por mêdo dos seus maiores, que são os ditos, não nos querem fazer uma diligência necessária tocante a êste negócio. E chega a tanto que, se temos alguns amigos, não ousam ser muito públicos nem vir mui descobertos a êste Colégio, por não agravar a quem temem».

«Para evitar, em alguma maneira, todos êstes inconvenientes, se oferecia um de seis modos para que Vossa Paternidade procure o mais acomodado com Sua Majestade»:

«O 1.º, que a nós parecia melhor e mais fácil, é que Sua Majestade ordenasse que os que arrendarem as suas rendas nesta terra sejam obrigados a pagar-nos, sem que os oficiais seus nisto entendam e que com certificados nossos, êles levem em conta o que nos pagarem, e, quando assim não o fizessem, o nosso Conservador ou o Ouvidor de El-Rei pudesse compeli-los a que pagassem ».

« O 2.º, que S. M. nos desse, lá em Portugal, alguns mosteiros ou igrejas, que rendessem os 5.500 cruzados, que são as fundações do Colégio da Baía e Rio de Janeiro. Com isto, os Nossos no-las cobrariam lá, e S. M. não gastaria connosco de suas rendas, nem os seus oficiais teriam de que ofender-se ».

« O 3.º, é que conceda S. M. que se pague a êstes dois Colégios em açúcar, que nós possamos cobrar sem ter necessidade dos seus oficiais, da maneira que se paga ao de Pernambuco, como está em seu padrão, e que ao Colégio da Baía se pague nela e ao do Rio em Pernambuco, emquanto lá não há engenhos que bastem ».

« O 4.º, que S. M. conceda que Bento Dias de Santiago, que tem as rendas de S. M., ou quem lhe suceder, pague em Portugal o que se deve a êstes dois Colégios, sem intervir nisto os oficiais da fazenda, e que os desobrigue de pagar cá o que lá nos houver de pagar. Nisto Sua Majestade não perde nada e nós recebemos proveito, porque de lá nos vem o necessário, e para o de cá nunca faltarão letras de pessoas que se vão para Portugal ».

« O 5.º, haver provisão de S. M. que o seu tesoureiro nesta terra seja obrigado a pagar-nos, sem mais outro mandado de Governador nem Provedor, e juntamente dê licença para, não pagando conforme à provisão, poder proceder contra êle por nosso conservador ».

« O último, é que a redízima de tôdas as rendas nesta terra, que está dotada ao Colégio da Baía, S. M. a conceda sem nenhuma limitação, porque, como consta do padrão, depois de ser concedida absolutamente, se limitou que tomássemos dela até três mil cruzados, não mais, assim por El-Rei ter ainda então pouco proveito do Brasil, como por parecer conforme aos preços que então as coisas tinham, se podia remediar um de nós regularmente com 20$000 réis; o qual tudo está já mudado, como acima se disse. E, se S. M. isto conceder, há-de ser de maneira que os seus oficiais não entendam nisso, como não entendem nas redízimas dos Capitãis, mas que fique desmembrada de suas rendas e aplicada perpètuamente à Igreja, para que nós a cobremos da mão dos lavradores, como quisermos e melhor nos parecer. Mas, para o Colégio do Rio de Janeiro, tem que procurar-se o seu pagamento nalgum modo mais fácil e proveitoso dos cinco que estão ditos »[1].

O Visitador enviou cartas a apoiar esta minuciosa exposição. E, ao mesmo tempo, resolveu não aceitar mais ninguém no Brasil, emquanto não viesse satisfação aos seus requerimentos, visto não haver com que sustentar os novos candidatos e para não se endividar o Colégio. Fazia excepção a favor de algum de maiores predicados[2]. Deu várias prescrições de economia, até pelo que tocava à mesa[3]. O Reitor, Luiz da Fonseca, escreve também sôbre a deselegância dos oficiais de El-Rei que não pagam e ainda zombam. E que se escolha algum dos meios propostos pelo Visitador[4]. No Memorial do Procurador do Brasil a Roma, António Gomes diz que a renda, que se dá para 60, não chega nem para 30, e que, portanto, no Colégio da Baía não fiquem senão 40. Tinha instruções êste Procurador para não voltar ao Brasil sem levar despacho para o melhor pagamento das rendas[5]. Por sua vez, a Congregação Provincial pedia remédio, porque estavam-se a dever as coisas e víveres necessários para a vida no Brasil, e os credores exigiam o pagamento, e o pedirem os Padres as rendas incomodava o Governador e os Oficiais.

Diante de tal unanimidade de informações, o P. Geral assegura que tratará do caso com Sua Majestade e recomenda, entretanto, aos Padres paciência e bons modos para com os funcionários públicos[6]. Mas dêles nada, por então, era de esperar. Manuel Teles, na Baía, e Gabriel Soares, na Côrte de Espanha, desenvolviam grande actividade contra a Companhia. A intervenção de Gabriel Soares não a conheceram logo os Padres. Da do Governador diz o P. Jerónimo Cardoso, em 1586, que « emquanto lá estiver aquêle Governador, não terão os Padres

---

1. *Bras. 11*, 330-331.
2. *Lus. 68*, 407v.
3. Roma, Gesù, *Colleg. 13* (Baya).
4. *Lus. 68*, 399.
5. *Lus. 68*, 414, 416, (1.º).
6. *Congr. 95*, 158; *Lus. 68*, 415; *Bras. 2*, 53-54.

sossêgo nem remédio »[1]; e António Gomes explicitava, em 1587, que, em Lisboa, nas esferas oficiais, tudo são dificuldades provenientes das más informações que do Brasil teem ido êstes últimos tempos[2]. Teles Barreto faleceu neste mesmo ano e as coisas melhoraram com a *Junta do Govêrno* que lhe sucedeu. No *Regimento*, que levou Francisco Giraldes, saído de Lisboa em Março de 1588, encomendava-lhe já El-Rei todos os que tratavam do ministério da conversão, mas « tereis nisto particular respeito aos Padres da Companhia de Jesus, como a principiadores desta obra em que há tanto tempo continuam, havendo-vos com êles de maneira que se devam satisfazer do modo que com êles tiverdes, e lhes fareis fazer bom pagamento do que cada ano teem, da minha fazenda, para sua mantença por minhas provisões »[3].

Ainda tornou a haver faltas no pagamento. Solução verdadeiramente satisfatória só se devia alcançar no século XVII, em 1604. Por então, e a seguir àquelas reclamações de 1583-1584, deram-se várias ordens a Bento Dias de Santiago, arrematante das rendas de El-Rei, que pagasse aos Padres o corrente e o atrasado, visto que os oficiais da fazenda não o pagam, « com o que padecem muito detrimento »[4].

6. — Determinou-se, depois, que o pagamento se efectuasse, como pediram os Padres, nas redízimas do açúcar. Tal medida facilitava a cobrança dos 3.000 cruzados, mas tinha ainda o inconveniente de marcarem os oficiais os engenhos mais difíceis ou distantes, ou marralhentos, o que criava aos Padres novas ocasiões de conflito. Representaram a El-Rei, que « recebiam

---

1. *Lus. 69*, 240.
2. *Lus. 70*, 60.
3. *Treslado do Regimento que levou Francisco Giraldes que Sua Majestade ora mandou por Governador do Estado do Brasil em Março de 88*, in *Rev. do Inst. Bras.* 67, 1.ª P., p. 222. Francisco Giraldes arribou a Portugal. E pouco tempo depois faleceu, sem ter chegado a tomar posse do cargo.
4. *Arq. H. Col., Registos*, I, 150v, 225, 264, etc., com as datas de 2 de Novembro de 1584, 1 de Dezembro de 1584, 6 de Fevereiro de 1585, etc. Cf. *Documentos interessantes para a história e costumes de S. Paulo*, vol. 48, p. 45, 47-49, onde veem publicadas duas provisões, a de 11 de Dez. de 1584, a outra com data de 2 de Fevereiro de 1584, referentes ao Colégio do Rio de Janeiro.

muito trabalho e opressão, por não terem renda certa e aplicada em que lhe fôsse feito o dito pagamento, a seu tempo». Requeriam lhes desse a faculdade de indicarem os engenhos em que isso se fizesse. As faltas contínuas no pagamento, sôbre o qual contava legitimamente o Colégio, causaram dívidas grandes, cada vez maiores desde o tempo de Teles Barreto, e não foi possível extingui-las com os pagamentos parciais [1].

Perante semelhante situação, deferiu El-Rei ao pedido de indicação dos engenhos e recomenda às autoridades que assim o façam cumprir por «oito anos». A provisão indica as condições em que se faria a cobrança e os preços do açúcar (800 réis a arrôba, na Baía).

Os Padres puderam emfim respirar [2].

Com a mesma data que a da Baía (20 de Julho de 1604), é a Provisão, concedendo, aos Padres do Rio de Janeiro, a «faculdade de apontarem êles mesmos os engenhos em que houvessem seu açúcar, pagos em Pernambuco, o conto de réis que tinham para a sua sustentação». Motivos: porque, não tendo engenhos certos, não recebiam a renda a tempo de lhes valer em suas necessidades. A provisão adverte as autoridades que assim o façam cumprir. E indica os preços: «à razão de setecentos réis a arrôba de açúquere branco e mascabado um per outro, verde, na balança, assim como sair da pilheira, conforme a arbitração

---

1. Movimento destas dívidas nos últimos anos do século XVI: Em 1593, devia o Colégio mais de 5.000 cruzados *(Lus. 72*, 424); em 1594, 7.000 *(Bras. 3 (2)*, 354v); em 1598, 7 a 8.000 *(Bras. 5*, 35); em 1601, 18.000 *(Bras. 8*, 30v), e em 1604, 20.000. O atraso da fazenda real subiu a 13.000 só ao Colégio da Baía. O Colégio do Rio devia 5.500 e tinha a haver de El-Rei, 4.000 cruzados *(Congr. 51*, 311 e 318).

2. *Registo de segunda Prouisão aos mesmos Padres do Colegio do Saluador da Baia de Todos os Santos*, de 20 de Julho de 1604. Arq. H. Col., *Registos*, I, 252-253v. Êste prazo de oito anos foi prorrogado por várias vezes. Cf. *Treslado de hũa prouisão ao Reitor e Religiosos do Colegio da Companhia de Jesu da Bahia de Todos os Santos no Estado do Brasil*, para que se pague a tença dos dízimos nos engenhos que êles próprios indicarem. Há nêles um despacho de 22 de Maio de 1610. (Arq. Hist. Col., Papéis soltos ainda não classificados quando os consultámos em 1935). Novo Alvará, prorrogando, por mais oito anos e nos mesmos têrmos, o de 20 de Julho, em 16 de Maio de 1621. Tendo-se perdido os livros em que êste alvará se registou na Baía, no saque dos holandeses, foi registado novamente em 3 de Fevereiro de 1627. Transcreve-se em Accioli-Amaral, *Memorias*, p. 359.

que se fêz na dita capitania de Pernambuco, o ano de seiscentos e um, pelos oficiais a que foi cometida»[1].

Êste alvará de El-Rei significa um verdadeiro triunfo. Mas com justiça. O Papa confiara ao Rei de Portugal o encargo de converter os pagãos das suas Conquistas. Estado Missionário, Portugal exercia a função *vicária* da evangelização do mundo. Se a Coroa Portuguesa houve por bem utilizar os serviços da Companhia nessa magna e gloriosa emprêsa da instrução, conversão, civilização e defesa dos Índios do Brasil e lhes assinalou dote, com que se sustentasse, não é justo lhe desse também os meios de o receber, sob pena de ser letra morta ou contraproducente? A falta do pagamento colocava os Jesuítas em condições angustiosas. E como a sua actividade e organização não se podia sustar de um dia para o outro, chegou o Colégio da Baía ao começo do século XVII com dívidas avultadas.

Notemos que desta dotação régia do Colégio se valiam também as casas isoladas pelas Capitanias e até outras fora do Brasil e de difícil sustentação, «como é a de Angola», que o Provincial do Brasil visitara, havia pouco[2].

Pôrto Seguro classifica de «escandalosas» aquelas Provisões. Também parece levar a mal que os Padres tivessem os Colégios e diz que êles ficavam com a têrça parte dos rendimentos que El-Rei deixava no Brasil. Capistrano de Abreu, em nota, já corrige em parte a Varnhagen[3]. Para se compreender o modo como Varnhagen fala dos Jesuítas, convém atender à

---

1. Arq. Hist. Col., *Registos*, I. 251-252. Andava-se a agenciar esta solução desde 1601, como se depreende duma série de documentos, de que, a petição do Procurador do Colégio do Rio de Janeiro, se tiraram juridicamente duas públicas formas, em Novembro de 1601. Destinava-as o Procurador à Côrte de Lisboa, como documentação prévia para a Provisão de 1604. Por êles se vê o trabalho insano que dava a cobrança das rendas, a papelada que originava, com os avaliadores ajuramentados, os despachos dos oficiais de El-Rei, e mais trâmites burocráticos e pesados daquele tempo. São 30 páginas em letra tabelioa. Uma das vias originais estava no códice 241 da biblioteca do Dr. Lamego (Brasil) e possuímos dela cópia fotográfica. — Arq. Prov. Portuguesa, *Pasta 188*.

2. Carta de Pero Rodrigues, de 24 de Março de 1596, *Bras. 15*, 418v.

3. Pôrto Seguro, *HG*, I, 485-486 (e notas de Capistrano); II, 59. No Arq. H. Col., *Baía, 1668*, achamos que os dízimos só da Capitania da Baía foram arrendados por três anos a Mateus Lopes Franco, ao preço de 67.000 cruzados, *cada ano*. A pescaria das baleias tinha sido arrematada por 542$000 réis. Sôbre Var-

época em que escreveu, às suas ideias morais e políticas e, também, a que era partidário do cativeiro dos Índios. Resta saber se foi, porque os Jesuítas defenderam a sua liberdade, que êle a ataca ou se foi, por ser partidário do cativeiro, que êle maltrata os Jesuítas [1].

---

nhagen cf. o estudo de Gonçalves de Magalhãis, hoje esquecido, mas que convém recordar, *Os Indigenas do Brasil perante a historia*, na *Rev. do Inst. Bras.*, XXII (1860) 48.

1. Não é exclusivo do século XVI protegerem os Governos as Missões. Nos tempos modernos fazem o mesmo as nações coloniais da Europa. Para só falar de Portugal, é bem conhecido o decreto com fôrça de lei n.º 12.485, de 13 de Outubro de 1926, art.º 6.º, e § 1 do artigo 10.º, em que isenta os Colégios missionários portugueses do pagamento de tôdas as contribuïções, tanto gerais e locais, como de registo predial. — Cf. para o Colégio de Cucujães, João Domingos Arede, *Breve notícia histórica da Freguesia e Vila do Couto de Cucujães* (Cucujãis 1935) 32.

SÃO VICENTE — SANTOS

Observe-se também « Villa de nossa Sñª da cõceicam » (Itanhaém)
e o « caminho pera o sertão » (S. Paulo)
(Do « Roteiro de todos os sinaes », códice *ms.* da Ajuda)

CAPÍTULO II

Procuratura em Lisboa

1 — Atribuïções do Procurador; 2 — Na côrte de Filipe II; 3 — Contas da Província do Brasil; 4 — Permutas, compras e vendas.

1. — Ainda que a Província do Brasil se separou canònicamente da de Portugal em 1553, contudo Lisboa ficou sendo o centro donde irradiavam para o Brasil os missionários quer portugueses quer doutras nações; por outro lado, o Estado Português, pelos seus Soberanos e Ministros, dotou com rendas próprias os Colégios do Brasil. Dêstes dois factos decorria a necessidade da assistência em Lisboa de algum Padre, encarregado de prover ao embarque dos missionários e agenciar na Côrte não só o pagamento da dotação dos Colégios, mas despachar as coisas necessárias no Brasil: «vestido, vinho, azeite, farinha para hóstias e outras que não há na terra e hão-de vir necessàriamente de Portugal», com todos os negócios emergentes, que o desenvolvimento do Brasil ia sugerindo e postulando[1].

O Padre, encarregado dêstes assuntos, chamava-se Procurador. Convém saber que na Companhia se distinguem duas espécies de funções com êste nome. O delegado das Congregações Provinciais, que vai a Roma levar, em períodos trienais, os postulados dessas Congregações; e o que tem a seu cuidado as contas e assuntos materiais necessários à subsistência duma casa, colégio ou província. Dêste último falamos.

O cargo de Procurador em Lisboa era difícil e complexo.

---

1. Anch., *Cartas*, 326.

Em 1561, escrevia o P. Francisco Henriques: «Tenho, por ordem de Roma, o ofício de Procurador Geral desta Província [de Portugal] e das três transmarinas, scilicet, Índia, Etiópia e Brasil, inclue-se Angola [...]. Ao ofício de Procurador tocam os negócios, assim de pleitos como despachos de El-Rei, e expedição dêles e doutros, que há com outras pessoas, como Cardial, Núncio, Cidade, etc. Também lhe tocam as provisões dos Colégios e casas desta Província e das outras três, que se fazem por via desta cidade; algumas, que aqui se negociam e compram; outras, que se mandam trazer de Flandres, França, Castela, África, Algarves, etc. Cobram-se também os dinheiros que se dão da fazenda de El-Rei, açúcar, especiaria e outras esmolas, que ordinàriamente se pedem, assim para os Colégios e casas da Província como para as outras fora dela. Fazem-se alguns negócios de pessoas de fora da Companhia, a que há obrigações»[1].

Os negócios, que tocavam mais directamente ao Brasil, eram promover o pagamento em dia da dotação dos Colégios, e receber, agasalhar e prover à viagem e embarque para o Brasil dos missionários portugueses ou vindos de outras nações; cobrar da fazenda real a matalotagem, ou seja o subsídio que El-Rei dava para ajudar estas despesas, — cincoenta cruzados a cada um dos que embarcavam. A cobrança de tais verbas umas vezes era fácil, outras um tormento[2].

Como o Procurador em Lisboa trabalhava para o Brasil, era natural que o Brasil concorresse também para a sua manutenção e a dum Irmão coadjutor, que o auxiliava[3].

---

1. Carta de Francisco Henriques, de 8 de Novembro de 1561, *Lus. 61*, 47.
2. Exemplos. Em 1560 — *fácil*: «Tambien les fue [para o Brasil] buena provision de mantenimiẽtos, camas, vestido, y otras cosas para ellos y para las nuevas yglesias que se han hecho, y procurarseha de continuar con lo que piden para que quanto sea posible no sientan alla falta», *Lus. 60*, 171v.; *Lus. 60*, 171.
Difícil, em 1562: «Al Brasil uaan 4 este anno, y a la India uaan 6; y es tanta la pobreza a que este misero reino uino, que quasi se no poden sacar de los oficiales lo prouision necessaria, y essa que se saca es contanto trabajo e escandalo dellos, que dudamos se seria mejor ir sin nada. Y daqui nasce la dificultad en todo». — *Mon. Nadal*, II, 152.
3. Em 1583, tinha êste ofício o Irmão Sebastião Gonçalves. Graças à sua previdência e às coisas com que abasteceu os Padres Gouveia e Freitas, melhoraram êles, na viagem do Brasil, de graves doenças: «E tudo se deve à caridade

A pensão anual de cada um, em 1578, estava arbitrada em 50 cruzados, a repartir-se pelas três Províncias ultramarinas[1].

O primeiro encargo do Procurador em Lisboa foi a dotação dos Colégios do Brasil; e estas e outras fundações, em diversas Províncias, fizeram que se criasse, em Roma, o cargo de Procurador Geral da Companhia, a quem estivesse anexo um secular para tratar, nos tribunais eclesiásticos, do pagamento das rendas. Receberia êste secular 80 ou 100 cruzados e deviam pagá-los os Colégios e Províncias das diversas Assistências. Diogo Mirão escreveu ao P. Araoz, que não havia motivo para que a Assistência de Portugal pagasse mais do que as outras, «porque a Índia e o Brasil nenhum negócio temporal teem em Roma nem o tiveram até agora, nem há fundamento de pensar que os possam ter ao diante, porque as dotações daquelas partes não se podem fazer de rendas da Igreja, que as não há lá, senão dos dízimos, que todos pertencem a El-Rei, como Mestre de Cristo; e Sua Alteza dota os Colégios de sua fazenda; e o mais, que teem ou podem ter, é de pessoas particulares, que lhes fazem esmolas perpétuas ou temporais». Negócios puramente temporais não os tinha, pois, o Brasil, em Roma. Para o expediente, costumado com as graças espirituais, concordava Mirão que o Brasil desse, como as demais Províncias, a sua quota parte[2].

A construção dos Colégios também exigia actividade especial. Quando se tratou da construção do da Baía, a seguir a 1572, requeria-se auxílio de Lisboa. E o P. Alexandre Vale-Ré-

---

do Irmão Sebastião Gonçalves que com grande amor, mais que de pai e mãi, provê a todos que se embarcam para estas partes». — Cardim, *Tratados*, 284.

Êste Irmão, soto-ministro do Colégio de Santo Antão em Lisboa, tinha escrito uma carta ao P. Geral, a 15 de Novembro de 1575, a pedir a Missão do Brasil. *Lus.* 67, 233; *Lus.* 68, 414.

1. *Lus.* 68, 29. Também ordenou o P. Mercuriano que as Províncias, a que se destinavam os missionários, em trânsito por Lisboa, contribuíssem para as despesas da sua estadia naquela cidade. O P. Cristóvão de Gouveia, em 1581, ainda reitor do Colégio de S. Antão em Lisboa, diz-nos o que se praticava nesse ano. Pelos primeiros dias que os missionários estão em casa não se leva nada. Se demoram mais, leva-se o costume, um real de prata por dia. Os missionários, que viessem doutras Províncias, não deviam ir logo juntos para Lisboa, mas repartirem-se pelos diversos Colégios e só chegarem a Lisboa na proximidade do embarque. — *Inform. ao P. Geral*, de Lisboa, 31 de Abril de 1581, *Lus.* 68, 296v.

2. De Almeirim, a 15 de Dezembro, 1564, *Lus.* 61, 263v, 265.

gio, Procurador, obteve, de-facto, várias provisões e alvarás, que facilitaram aquelas obras[1].

Com esta actividade coordenava-se a do Procurador do Brasil a Roma, de passagem na metrópole. Foi o que sucedeu com Gregório Serrão, Luiz da Fonseca, António Gomes e Fernão Cardim. Em 1576, levou o P. Gregório Serrão a incumbência de tratar com El-Rei o aumento das rendas dos Colégios da Baía e do Rio. O P. Geral aconselhou-o a que se entendesse com o Ministro Martim Gonçalves[2]. Tratava-se de alcançar, para as casas das Capitanias, algum subsídio extraordinário de El-Rei, e estender também a elas a esmola ordinária do culto, que se dava para os Colégios; e pedia-se que as dotações fôssem pagas nos dízimos de açúcar, *em açúcar*, como se fazia em Pernambuco. Geriam então êste e outros negócios os Padres Sebastião Sabino, Procurador em Lisboa, e Leão Henriques. Mas em que condições se havia de exercitar a acção dos Procuradores? Subordinação ou independência? Escrevendo para o Geral em 1579, queixa-se o P. Sabino dalgumas morosidades de Leão Henriques. Parecia-lhe que antepunha os interêsses da sua Província aos das ultramarinas. Era de opinião que o Procurador pudesse tratar com El-Rei, por si mesmo, sem depender de superior algum[3]. Aludia evidentemente à regra 48 das Comuns, segundo a qual, quem fôr tratar dalgum negócio a alguma parte, o não leve adiante sem o conselho e direcção do superior do lugar aonde fôr[4].

---

1. Cf. *Copias das prouisões e aluaras q̃ este anno de 75 alcançou o p.e Alexandre Vallereggio de Su Alteza em fauor dos Collegios e Capitanias da prouincia do Brasil* (Bras. 15, 11-14v). O P. Vale-Régio, italiano, tinha sido zeloso missionário do Japão, embarcando em Lisboa para a Índia, em 1565. Vindo a Roma, e suspirando por voltar ao Oriente, ficou encarregado de gerir, em Portugal, os negócios do Japão, juntamente com os da Índia e Brasil. Esteve em Álcácer-Quibir. Escapando da batalha, voltou a Portugal, e foi mandado por D. Henrique a Marrocos resgatar os cativos. Faleceu em Ceuta, servindo aos empestados, no dia 11 de Janeiro de 1580. — *Ephemerides da Companhia de Jesus*, BNL, Col. Pomb. 514, p. 8; Franco, *Ano Santo*, 16.

2. *Congr. 93*, 211v.

3. Carta de Sebastião Sabino, Lisboa, 31 de Maio de 1579, *Lus. 68*, 150-151; *Bras. 2*, 25.

4. Por esta ocasião, tinha ido a Lisboa tratar directamente dos assuntos do Brasil o P. Rodrigo de Freitas, antigo tesoureiro da fazenda real da Baía. Depois

No mesmo sentido lembra o P. Anchieta, sendo Provincial em 1584, o inconveniente que tem a regra de consultar o superior local, quando se trate de idênticos negócios. Há o perigo, na verdade, de o superior angariar primeiro os seus, deixando para o fim os outros ou mesmo omitir positivamente os alheios, com pretexto de que muitas coisas juntas não se alcançam. Em 1600, constava ao Provincial do Brasil, Pero Rodrigues, que tratavam de dissuadir, em Lisboa, ao Procurador Fernão Cardim, que não pedisse nem exigisse certas vantagens para o Colégio da Baía. O Provincial do Brasil chegou a escrever a Roma, para de lá animarem o Padre Cardim e lhe mostrarem a necessidade em que se achava o Brasil[1]. Responde o Geral que a regra de consultar o Superior era necessária para evitar confusões; contudo, recomendaria se desse preferência, em tudo, aos assuntos do Brasil e da Índia[2].

2. — Êste primeiro esbôço de separação de poderes, entre o Procurador do Brasil e os da Europa, tomou importância com a residência da Côrte fora de Lisboa, durante o reinado de Filipe II de Espanha. Para evitar possíveis atritos, elaboraram-se, em Janeiro de 1584, umas *Instruções* para o Procurador das Províncias de Portugal, Brasil e Índia Oriental, residente na côrte de Valladolid. O projecto impunha demasiada subordinação; introduziram-se, portanto, nêle as modificações necessárias. Na minuta, que se conserva, vêem-se dum lado as próprias instruções; do outro as mudanças. Começa por algumas indicações técnicas, (como se deve enviar a correspondência para Roma); e, depois, prescreve a subordinação do Procurador de Portugal ao Provincial de Castela e ao Reitor de Valladolid. As modificações, feitas talvez em Roma pelo Assistente de Portugal, consideram esta

---

de negociar «muitas coisas», de interêsse para o Brasil, voltou, em 1583, com o Visitador Cristóvão de Gouveia e Fernão Cardim (Cardim, *Tratados,* 282, 292). Entretanto ficou, ao que parece, algum tempo encarregado dos negócios do Brasil, em Lisboa, o P. Gabriel Afonso, porque o Visitador sugere, em carta de 31 de Dezembro de 1583, que fique em lugar dêle o P. António Gomes, vindo do Brasil, como Procurador a Roma. E diz a razão: «porque o P. Gabriel Afonso não tem tanta notícia e experiência das coisas desta província do Brasil», *Lus. 68,* 341.
 1. Carta de Pero Rodrigues, 1 de Janeiro de 1600, *Bras. 3 (1),* 169.
 2. *Congr. 95,* 160.

dependência prejudicial ao bom andamento dos negócios e aos interêsses das Províncias Portuguesas (Metrópole, Brasil e Índia). E atenuavam-na. «A subordinação, no que toca às regras, deve ser ao Reitor, mas a direcção deve ser do Procurador de Portugal em Côrte e do Provincial de Portugal, que tem as suas ordens particulares e separadas». Outras notas dêste género destinam-se a distinguir completamente as respectivas esferas de actividade, de maneira que os Portugueses pudessem tratar dos seus negócios, com isenção, e fora da órbita dos Castelhanos [1].

Por êste tempo, deu-se uma grande tribulação dos Procuradores em Lisboa, semelhante e correspondente à que sucedia no Brasil com a oposição de Manuel Teles Barreto. Partidário seu e adversário dos Jesuítas, tinha saído da Baía para Espanha, em 1584, o Capitão Gabriel Soares de Sousa, a quem já nos temos referido. Em Madrid desenvolveu grande actividade contra a Companhia de Jesus. Restam-nos dessa campanha os seus *Capítulos*, que deveriam ser entregues a Dom Cristóvão de Moura, em Madrid por volta de 1587 [2].

Ignoravam os Padres, em Lisboa, donde provinham as dificuldades dos oficiais da fazenda. Recorreram à Imperatriz, mas não havia meio de alcançar nada, e a Imperatriz escreveu ao Cardial Alberto, sôbre os negócios do Brasil. O Prepósito da Casa de S. Roque, com o P. Jerónimo Cardoso, falaram igualmente com êle e apresentaram-lhe um memorial. O Cardial, porém, entregou a papelada aos oficiais; e «como os oficiais, diz Jerónimo Cardoso, sentem que El-Rei não nos é afeiçoado, e fazem pouco caso do Cardial, por ver seus poucos poderes, tenho por tempo perdido instar agora nisto». Observando o mesmo Padre que, por causa das grandes armadas contra os Ingleses, não há dinheiro, continua: «faz-me compaixão o pouco favor que se faz àquela Província [do Brasil]». Confiava, contudo, que depois da tempestade viesse a bonança. Pedia, entretanto, aos do Brasil que mandassem documentos *autênticos* dos seus interêsses contra as

---

1. *Instrucion para el Procurador de las Provincias de Portugal, Brasil y India Oriental, que reside en corte de Valladolid Catolica hecha en Henero de 1584.* Êste ms. tem por fora em português: *Instrução velha do Padre Procurador de Corte*, Roma, Bibl. Vitt. Em., *Mss. Gess.* 1255, n.º 7.

2. *Bras.* 15, 383-389.

falsidades « que os nossos émulos nos opõem »[1]. Os negócios corriam tão mal, que El-Rei nem sequer pagava o subsídio do costume aos missionários prestes a embarcar, e, mesmo que o pagasse, era tão escasso que não chegava para as despesas[2]. Bem procuravam os Superiores de Portugal que os Padres se não mostrassem desafectos a D. Filipe. O P. Manuel de Sequeira, vice-Provincial, escreve porém que os súbditos nem sempre o eram. Fala em particular do P. João Soeiro, Procurador mais tarde das Províncias Ultramarinas, como sucessor de Amador Rebelo. Filipe I de Portugal, mostrava-se nitidamente avêsso. E, no entanto, diz o P. Sequeira: « Nesta Província sempre os Superiores foram por Sua Majestade, e quási todos os outros e agora mais que nunca. E quanto mais somos por êle, mais o achamos contra nós ». Atribuía esta má vontade de Filipe I a que, a-pesar daquela atitude, por assim dizer oficial, vários Padres não escondiam aos seculares as suas opiniões favoráveis ao Prior do Crato. Os seculares comunicavam-nas a outros e assim chegavam aos ouvidos do monarca. El-Rei queria até suprimir as rendas ao Colégio de Santo Antão, de Lisboa[3]. Felizmente, o pagamento das rendas do Brasil melhorou, ainda em vida daquele soberano. Assumindo o Govêrno do Brasil D. Francisco de Sousa, as informações voltaram a ser mais justas. Por outro lado, tiveram os Padres, em 1592, conhecimento dos Capítulos difamatórios de Gabriel Soares e contestaram-lhe à letra, capítulo por capítulo, enviando a resposta para a Côrte[4].

---

1. Carta de Jerónimo Cardoso ao P. Geral, Lisboa, 23 de Maio de 1587, *Lus.* 70, 140.

2. *Lus.* 70, 80.

3. Carta de Manuel de Sequeira ao P. Geral, de 5 de Setembro de 1592, *Lus.* 71, 231, 232. Rebelo da Silva, fundado na correspondência de D. Juán de Zúniga, ofício de 10 de Janeiro de 1579, alude a esta questão e à recomendação que o P. Geral, Everardo Mercuriano, movido pelos agentes do Rei de Espanha, fizera aos Padres Portugueses de se absterem de intervir na contenda dos pretendentes. O qual cometeu « a um padre italiano, procurador da Província do Brasil, a essa hora residente em Lisboa, a informação mais severa acêrca do exacto cumprimento destas ordens ». — Rebelo da Silva, *História de Portugal*, I (Lisboa 1860) 328. Êste Padre italiano, cujo nome não cita Rebelo da Silva, era o P. Vale-Régio.

4. No exemplar, que se encontra no Arquivo Geral, estão as assinaturas de Marçal Beliarte (Provincial), Inácio Tolosa, Rodrigo de Freitas, Luiz da Fonseca,

Em conclusão, diz-se que o fim dêste apontamento de Gabriel Soares contra a Companhia era induzir El-Rei a não lhes fazer mercês. «Mas o coração de El-Rei está nas mãos de Deus e não do informante», diziam os Padres na contestação, como homens que já tinham então experimentado a mudança [1].

3. — O cargo de Procurador em Lisboa era espinhoso, não só pelas dificuldades opostas pelos de fora, mas também pelos de casa. Dêmos-lhe uma breve referência para se ajuïzar delas e dos costumes da época. Havia, em Lisboa, um comerciante que devia 3,000 cruzados ao Colégio da Baía. Precisando o Procurador do Brasil dêsse dinheiro, para ocorrer às despesas com uma grande expedição de missionários e outros negócios, tratou de os receber. Não sabemos porquê, recusou-se o mercador a pagá-los ou, pelo menos, diferiu o pagamento. O Procurador instaurou-lhe processo. Deu-se o caso de o devedor ser amigo do P. Beliarte, eleito já como Provincial do Brasil, em substituição de Anchieta. Opôs-se êle ao litígio. Cardoso, que tinha letras a vencer e não dispunha doutros meios com que as pagar, vendo, além disso, que Beliarte dispendia dinheiro em coisas diferentes da missão, perdeu a paciência e disse que êle era provincial eleito, mas não provincial em exercício. Melindrou-se Beliarte. E pouco depois aparecia o P. Amador Rebelo, procurador das Missões [2].

António Gomes, Procurador do Brasil a Roma, então em Portugal, narrando o facto, dá a entender que teria sido melhor que o Provincial deixasse a livre cobrança ao P. Jerónimo Cardoso, por ser da sua competência [3].

Quirício Caxa, Fernão Cardim, as pessoas mais categorizadas da Província. Dêle cortaram duas assinaturas. Uma delas devia de ser de Anchieta. O próprio recorte da tesoura segue a forma habitual da sua assinatura. Talvez a levassem como relíquia.

1. *Bras. 15*, 389.
2. Cf. Carta do P. Amador Rebelo ao P. Geral, de Lisboa, a 10 de Junho de 1587, *Lus. 70*, 202.
3. Cartas do P. Jerónimo Cardoso ao P. Geral, de 13 e 20 de Fevereiro de 1587, *Lus. 70*, 70, 79v e 80; carta do P. António Gomes ao P. Geral de 13 de Fevereiro de 1587, *Lus. 70*, 60. O P. Jerónimo Cardoso faleceu, na casa de S. Roque, a 3 de Agôsto de 1605. — Vítor Ribeiro, *Obituários da Igreja e Casa Professa de São Roque* (Lisboa 1916) 18.

O mesmo P. Beliarte prometeu, por sua conta e risco, enviar da sua Província ao Procurador em Lisboa, 100$000 réis, anualmente, para ocorrer aos gastos do Brasil. Amador Rebelo, fundado nessa promessa, começou logo a girar com dinheiros, que do Brasil recebia, conforme as necessidades mais urgentes, facto que motivou reparos do sucessor de Beliarte no Provincialado, P. Pero Rodrigues[1]. Em tudo isto, é bom notá-lo, havia apenas diferenças de critério e não falta de lisura. Veremos, mais abaixo, as contas correntes entre o Brasil e o novo Procurador em Lisboa.

Amador Rebelo, êste novo procurador, tinha sido Mestre de El-Rei D. Sebastião e é clássico da língua. Também era homem de negócios, mas não tanto como homem de letras. Ao tomar conta da Procuradoria das Províncias Ultramarinas, achou grandes dívidas por causa dos pagamentos em atraso. Havia mesmo o risco da falência, diz êle, em Lisboa e no Brasil. Mas o Brasil tem com que pague, desde que lhe paguem a êle. O pior foi que um mercador, a quem se recorria nestes e semelhantes apuros, acabava também de perder uma nau com muitos mil cruzados. Como recurso imediato, Amador Rebelo pedia ao Geral que as Províncias, de que era Procurador (Índia, Japão e Brasil), pudessem emprestar dinheiro umas às outras. Entretanto, insistia com os oficiais da fazenda para a cobrança das dívidas em atraso e das despesas feitas havia pouco com o embarque da expedição de missionários, chefiada por Beliarte, saída de Lisboa a 18 de Março de 1587. Mas foi inútil. Responderam-lhe os oficiais de El-Rei: «Não vêdes como vai o tempo?...»[2].

O caso era sério, porque as letras tinham prazo fixo, e o seu pagamento «tocava ao crédito da Companhia».

As contas-correntes, a que nos referimos, são duas entre a Procuradoria de Lisboa e a Província do Brasil. Uma é de 1586, outra de 1589. Para se compreenderem as suas verbas, recordemos que, na Companhia, só os Colégios podem possuir bens: no Brasil do século XVI, as demais casas ficavam anexas a algum Colégio e, portanto, dependentes dêle no que se refere às subsis-

---

1. Carta de Pero Rodrigues, de 9 de Dezembro de 1594, *Bras. 3 (2)*, 354.
2. Cartas de Amador Rebelo ao P. Geral, 18 de Julho e 14 de Agôsto de 1587, *Lus. 70*, 218, 219 e 229.

tências, se as esmolas e ministérios locais não bastassem. Além das contas dos Colégios, existia uma conta flutuante, adstrita à Província, para gastos emergentes com os deslocamentos dos Provinciais e despesas com Padres e Irmãos, que se formassem fora da Província ou então, estando já formados, emquanto se não destinavam a alguma casa ou colégio. Era o que sucedia com os Missionários que de várias nações passavam por Lisboa com destino à América Portuguesa. As suas despesas entravam na conta da Província do Brasil.

As conclusões da conta-corrente geral de 1586 são estas:[1].

«A Província do Brasil deve ao Procurador de Portugal	325$754 réis
«O Colégio da Baía » » » » »	873$533 »
«O Colégio do Rio de Janeiro deve ao Procurador de Portugal.	175$187 »
	1.374$474 »

O Procurador de Portugal deve ao Colégio de Pernambuco 455$698 réis. Isto em 1586.

A conta-corrente de 1589 menciona apenas as contas da Província do Brasil e do Colégio da Baía. A do Brasil assinala saldo, êste ano. Entre outras entradas, estão 300 cruzados, recebidos da fazenda, «à conta de mor contia, que está devendo a esta Província »[2].

Conclusão:

« Soma a receita	592	cruzados
« Soma a despesa	550	»
« Fica devendo o P. Amador Rebelo	42	»

A conta do Colégio da Baía apresenta, porém, *deficit* e revela grande movimento:

« Soma a despesa	5.470	cruzados
« Soma a receita.	4.710	»
« Fica devendo o Colégio ao Procurador	760	»

---

1. *Bras. 15*, 30v-31: 1586 e 1589 são as datas da visita de Cristóvão de Gouveia. Devem ser, portanto, efeito delas.
2. *Bras. 11*, 333v-334.

Não especifica Amador Rebelo a natureza da receita do Colégio da Baía. Diz apenas que recebeu os 4.710 cruzados por quatro vezes, e se pagaram várias letras, sacadas pelo Reitor da Baía, Fernão Cardim. Era o Colégio que se edificava. O Reitor queria-o concluir quanto antes, e os materiais e mão de obra custavam caro.

Na prestação de contas, havia algumas vezes demoras ou descuidos. Em 1602, o Provincial do Brasil pedia providências ao Geral contra o facto de o Procurador, em Lisboa, não as prestar durante os últimos 8 anos, tendo recebido muito âmbar e açúcar. E propunha que se não enviassem para a Baía, com a marca dêsse Colégio, as coisas encomendadas por outras casas ou Colégios. Isto por causa da Alfândega [1]. A negligência do Procurador, em Lisboa, levou os Padres do Brasil a comprar directamente o que precisavam aos mercadores de Lisboa, sem se preocuparem com o Procurador, ainda então Amador Rebelo. O Provincial de Portugal, Francisco de Gouveia, escreveu, em 1595, ao P. Geral que assim não estava bem, nem aquelas compras directas eram úteis, por várias razões: porque os géneros, enviados pelos Padres, não pagavam direitos, pelos mercadores, sim; porque os mercadores teem os seus lucros, que é justo tenham, mas podendo-se evitar, melhor; porque é pouca edificação; e porque, finalmente, agora o Procurador é o P. Soeiro, diligente [2].

Proïbiram-se as compras directas e tudo continuou a passar pelas mãos do Procurador em Lisboa. João Soeiro encarece as vantagens disso para os Colégios do Brasil, motivo porque não estão endividados, «por custarem lá muito as coisas de cá» [3].

---

1. Carta de Pero Rodrigues, *Bras. 8*, 16v.

2. Provisão de El-Rei D. Henrique, de 22 de Maio de 1579, em que isenta os Padres de pagarem direitos de pão, vinho, azeite, carnes, pescados, bêstas, nem de qualquer outro móvel que comprarem, venderem, escambarem em quaisquer partes de meus reinos [...] e sendo as tais coisas para as Ilhas ou para a Índia, Brasil ou outras partes, onde houver casas da Companhia, será a dita certidão do superior ou reitor da casa ou Colégio, onde se as tais compras, vendas ou escambos fizerem». Transcrito por António José Teixeira, *Documentos para a História dos Jesuítas em Portugal*, 185. Cf. Carta de Francisco de Gouveia, Lisboa, 23 de Dezembro de 1595, *Lus.* 73, 77.

3. Carta do P. João Soeiro ao P. Geral, de Lisboa, 11 de Maio de 1596, *Lus.* 73, 130. João Soeiro faleceu em Lisboa, a 5 de Abril de 1604. — Livro das Sepulturas do Colégio de Coimbra — *Titolo dos que falecem fora* — BNL, *Jesuítas*

O procurador do Brasil, no comêço, era o mesmo de Portugal. O transtôrno, que as freqüentes mudanças dêste Procurador causavam, era já assinalado por Nóbrega, em 1557, que não podia repetir, em cada carta, o que dissera na anterior. Recebendo-a, em Lisboa, Procurador diferente, quebrava-se, nos assuntos do Brasil, a sequência indispensável ao bom êxito[1]. Começaram, portanto, a pedir Procurador próprio. Tendo que ir quási tudo de Portugal, sob pena de se comprar «a pêso de ouro» no Brasil, um Procurador, dividido em muitos negócios, não atende bem ao que o Brasil necessita[2]. Tal separação, que já existia em 1574, ainda não satisfazia plenamente o Brasil, que aspirava a ter Procurador exclusivo, diferente do da Índia, ou ao menos assistido por alguém da sua Província.

Cristóvão de Gouveia mostrava, em 1584, a necessidade de estar em Lisboa um Padre e um Irmão do Brasil, para se não dar o caso, como se deu, de mandarem para o Brasil coisas destinadas à Índia e vice-versa. Por um engano dêstes, chegou a faltar, no Brasil, para as missas, o vinho e o trigo[3]. Pedia o mesmo a Congregação Provincial da Baía (1583). O postulado rejeitou-se por então[4]. E foi pena. A-pesar-de tôdas as bôas-vontades, um Procurador único, desconhecedor da terra e coisas do Brasil, havia por fôrça de se prestar a queixas dos que sentiam, ao longe, mais intimamente, as conseqüências de tal desconhecimento. Além disto, os Procuradores em Portugal faziam às vezes gastos comuns, que depois era difícil repartirem-se pelas diversas Províncias, surgindo a natural estranheza em quem as havia de pagar, por não ter tido delas conhecimento, nem as ter encomendado[5].

Representando, de novo, o P. Pero Rodrigues a necessidade

---

fg, 4505, f. 72v. Os seus predecessores tinham sido, por ordem de sucessão, Francisco Henriques, Alexandre Vale-Régio, Sebastião Sabino, Jerónimo Cardoso e Amador Rebelo.

1. Carta de Nóbrega, de 2 de Setembro de 1557, *Bras. 15*, 41.

2. Carta de Vale-Régio ao P. Geral, de Lisboa, 24 de Agôsto de 1574, *Lus. 66*, 231-231v.

3. *Lus. 68*, 407v.

4. *Congr. 95*, 158; *Bras. 2*, 53; *Lus. 68*, 415, 415v; *Lus. 69*, 269v: *Lus. 70*, 61-62.

5. *Bras. 2*, 135.

de Procurador privativo do Brasil em Lisboa, o P. Geral permitiu, finalmente, que, «se quisesse», podia enviar para Lisboa um companheiro ao P. Soeiro, para êsse fim [1]. E «visto ter de tratar com os Ministros de El-Rei, que seja de bom exemplo e edificação» [2].

A resposta era razoável. Mas ainda por então se não efectuou. Em 1604, era Procurador do Brasil, em Lisboa, o P. António Colaço [3].

4. — Um dos encargos do Procurador era cuidar também dos objectos enviados do Brasil para a Europa. Convém conhecer as origens e intuitos de semelhantes permutas. Escreve Nóbrega, em 1561, numa carta clarividente e ousada: «O mestre [do navio] leva estas conservas, para os enfermos, scilicet, ananases para dor de pedra, os quais, pôsto que não tenham tanta virtude, como verdes, todavia fazem proveito. Os Irmãos, que lá houvesse desta enfermidade, deviam vir para cá, porque se achariam cá bem como se tem por experiência. Vão também marmeladas de ibas, camucis, carasases para as câmaras, uma pouca de abóbora. Disto podemos cada ano de cá prover a nossos Irmãos, se fôr coisa que lá queiram. Açúcar pudéramos mandar também, mas não o permitiu o P. Luiz da Grã, porque lhe parece que será tratar. A mim me parece que até dois pares de caixas, que vão para nossos Irmãos, não haverá escândalo, pois sabem todos que estão lá muitas casas em que há-de haver enfermos, que o hão lá mister. Disto nos avise o que se fará. Eu, segundo sou pouco escrupuloso nisto, não tivera de ver com o escândalo, se alguém o tomara por mandar de cá, não sòmente para os Irmãos enfermos de lá, mas também para com êle se mercar lá coisas para os enfermos de cá. Maiormente que a moeda, que nesta Capitania corre, não é senão açúcar e nêle nos pagam a esmola de El-Rei. Se lá o aprovarem, pode-lo-emos mandar desta Capitania de S. Vicente [4]».

---

1. *Bras. 2*, 94.
2. *Congr. 51*, 318.
3. *Congr. 51*, 311 e 318v.
4. Carta de Nóbrega a Francisco Henriques, de S. Vicente, a 12 de Junho de 1561, *Bras. 15*, 114.

O P. Geral, informado, responde a Nóbrega, que não há inconveniente em mandar açúcar e outras coisas do Brasil, *que, em certa maneira, serve de moeda*, para que de Portugal vá o que fôr necessário aos doentes e sãos do Brasil[1]. E quanto à conserva de ananases e mais fruta, que lá mesmo, em Roma, «para ver se aproveitava, fariam a prova de boa vontade...»[2].

Assim se manifestou, pela primeira vez, um intercâmbio que havia de tomar, com o tempo, grande envergadura. Na simplicidade do começo, aparecem já os motivos essenciais, e que serão sempre os mesmos, através dos tempos. Razão fundamental: no Brasil não haver dinheiro, para comprar os objectos necessários, nem alguns então se achavam na terra, ainda que houvesse dinheiro, por serem de importação. A economia local permanecia ainda quási no estado primitivo da *commutatio rerum*. O Beato Inácio de Azevedo repete o mesmo: no Brasil há mantimentos, mas não há dinheiro com que possa sustentar, em Portugal, os que se destinarem ao Brasil. Que embarquem logo, para serem recebidos na Baía[3]. A falta de dinheiro, por um lado, e a abundância de alguns produtos, por outro, sugeriu e impôs, naturalmente, no Brasil, a forma primitiva do comércio humano, o intercâmbio de géneros. São os célebres *resgates*. Davam-se uns objectos e recebiam-se outros em troca. O açúcar, por muito tempo, quási fazia de moeda.

Na remessa de objectos para Portugal, começou-se, como vimos, pelos mais úteis ou medicinais, a princípio, por motivo de caridade e boa correspondência entre Irmãos; depois, para se obterem os materiais e rendimentos precisos para a construção e manutenção do Colégio; mais tarde, alargou-se o âmbito a pessoas de fora da Companhia, a quem se deviam favores e a quem os Padres Procuradores, quando iam à Europa, levavam coisas do Brasil, em particular, macacos e papagaios. Mas isto, por ser menos próprio de religiosos, proïbiu-se em 1593[4]. Entre as casas da Europa, que mais ajudavam as do Brasil, conta-se o Colégio de Coimbra. Em 1552, pensava Nóbrega em plantar algo-

---

1. *Mon., Laines, VI*, 578-580.
2. De Trento, 25 de Março de 1563, *Epp. NN. 36*, 256.
3. *Mon. Borgia, V*, 29-30.
4. *Bras.* 2, 64.

doais, para mandar, depois, o algodão e voltar de Portugal transformado «em pano de que se vistam os meninos; e não será necessário que o Colégio de Coimbra cá nos ajude senão com orações, antes de cá lhe seremos bons em alguma coisa »[1]. Temos já, mencionados como objecto de remessa, frutas, açúcar e algodão. Com o desenvolvimento e necessidades dos Colégios, enviaram-se bois, carnes, farinha e pau brasil. Sôbre êste último, consultado o P. Geral, diz que não haverá inconveniente, contanto que concorram estas três condições: seja necessário para o sustento dos Padres e Irmãos; não se escandalize a gente de fora, como se fôsse negócio; e não se gaste o produto dêle em coisas supérfluas[2]. Sôbre o pau brasil, houve no século XVII algumas questões. Mas, por emquanto, fiquemos no século XVI.

A organização dêstes assuntos exigia escrita em regra. Como também a de cada casa ou Colégio. Para se saberem a todo o tempo os gastos respectivos, ordenou o Visitador Inácio de Azevedo que houvesse em cada casa um livro, em que se apontasse o que entrava e o que saía, e fôsse revisto pelos Superiores maiores nas suas visitas[3]. Devia haver outro livro dos móveis da casa e igreja[4]. Não chegou até nossos dias nenhum dêstes livros do século XVI, mas depara-se-nos uma lista de gastos, feita pelo P. Provincial Beliarte, entregue ao seu sucessor, Pero Rodrigues (1594). Encontram-se nela objectos de uso corrente, com os respectivos preços, cális, vestimentas de tafetá, resgate de anzóis, contas, espelhos, facas, cadeados, pão da China, tesoiras de barbear, panos de Portalegre, vinho de Jerez, biscoito de Portugal, camisas de pano de linho delgado, com suas carapuças e lenços; chapéus, forrados de coiro, com seus cairéis e fitas; baús, chapeados de ferro estanhado; uma alcatifa grande, que deu Martim Leitão para a capela; uma colcha da Índia, com que se cobriam os doentes das Aldeias, quando iam comungar; cinco caixões de açúcar, que lhe deram, e enviou para os Colégios de Portugal, São Roque e Santo Antão, em Lisboa, e os de Pôrto, Braga e Bragança; resmas de papel, bom, para cartas; panelas de ferro coado de Paraíba; peças de guingão para roupetas e

---

1. Nóbr., *CB*, 130.
2. Carta do P. Geral, 12 de Dezembro de 1573, *Bras.* 2, 43, 57, 64.
3. *Bras.* 2, 139.
4. *Bras.* 2, 146v.

gibões, e peças de grise com que se fizeram roupetas e mantéus para alguns Padres e «uns calções para o P. Joseph»[1].

A utilidade daqueles livros de contas era para ir tudo bem apontado e não se quebrantar o voto de pobreza. E, também, para estabelecer mútuas relações, entre as diversas casas. É sabido que, na Companhia, cada casa vive sôbre si-mesma seja de rendas, como os Colégios, seja de recursos locais. As casas das Aldeias distantes utilizavam-se dos bons ofícios das melhor situadas, nos portos da costa, para lhes fazerem, por sua conta, as compras indispensáveis. É o caso que narra Pero Rodrigues, para mostrar a generosidade de Anchieta. Sendo êle Superior na Capitania do Espírito Santo, «provia de vinho, azeite, sal e mais coisas necessárias a um Padre, que tinha cuidado de uma aldeia, comprava e pagava por êle, e o deitava em livro, até que lhe disse uma vez: V. R. cuida que tudo há-de ser levar e nunca pagar, não há ela assim de ser; façamos conta que hoje o hei-de esfolar. Fizeram conta e ficou devendo uma boa soma de cruzados; disse então o P. José, como quem conclue contas: é certo que cuidava V. R. que lhe havia de levar alguma coisa, nós não somos Irmãos? V. R. não ajuda a manter esta casa? Emfim, já tem pago; eu sou o que devo. E com esta benignidade lhe perdoou tôda a dívida»[2]. Ponto, que ainda importa mencionar nesta matéria, era a tentação de ceder a terceiros as mercadorias recebidas com isenção alfandegária. Com a construção do Colégio em 1572, de que El-Rei se declarou Patrono, para a favorecer, em terra onde faltavam tantas coisas, e onde era tão cara a mão de obra, passou êle um Alvará, isentando de direitos de entrada e saída tôdas as coisas que os Padres recebessem e enviassem, e isto valia tanto dos direitos alfandegários, então existentes, «como dos que ao diante se pagarem»[3].

A falta de dinheiro obrigava aos Padres a pagarem a pedreiros, carpinteiros e mais oficiais, que trabalhavam nas obras

---

1. *Bras. 3*, (2), 358-359.
2. Pero Rodrigues, *Anchieta*, em *Annaes*, XXIX, 235.
3. Alvará de D. Sebastião, Lisboa, 4 de Maio de 1573. — Tôrre do Tombo, *Jesuítas*, maço 80. Não cuidemos que tal isenção de direitos fôsse privilégio único dos Jesuítas. Em 1559, passou também El-Rei um Alvará, isentando todos os moradores dos direitos dos açúcares, por três anos, e depois por mais sete com determinadas condições. Arq. H. Col., *Registos*, I, 196.

do Colégio, naquilo que tinham: panos, vinho, azeite. Mas a que preço se haviam de dar? Pelo da terra? Não parecia bem aos Padres, porque lhes ficavam êsses objectos, pela isenção alfandegária, mais baratos que aos outros. Pelo preço que os tinham? Neste caso, os oficiais revendiam géneros ao povo e faziam concorrência aos mercadores. Coisa semelhante sucedia no Rio de Janeiro com a Armada de Flores Valdés. O P. António Gomes, nomeado Procurador a Roma, em 1583, diz que o povo murmura e pede providências [1]. A construção do Colégio da Baía implicava não raro dificuldades financeiras, sérias. Convinha haver um fundo de reserva para garantir empréstimos de urgência. Para êsse efeito, comprou o Visitador Cristóvão de Gouveia, em 1589, quinhentos cruzados em oiro e determinou que se não pudessem alienar [2].

Para evitar quanto possível que os Padres se imiscuíssem directamente em assuntos comerciais, de si odiosos, ainda que imprescindíveis, dado o modo de ser da terra, e, também, para que não sofresse o espírito religioso, deixou ordenado Cristóvão de Gouveia, que houvesse um feitor, homem fiel, de fora da Companhia, que se encarregasse de arrecadar o açúcar, farinha e mais coisas necessárias para os de casa [3]. Parece, contudo, que isto não se fazia ou não era fácil, porque achamos uma recomendação do Geral, de 16 de Julho de 1594, para que os noviços não cumprissem a peregrinação que se costuma no noviciado, indo com o Procurador, quando êste discorria pelas fazendas «a negociar» [4]. Esta proïbição supõe que um Procurador, Padre ou Irmão, fazia as arrecadações. Quando, em 1590, o P. Geral permitiu que o Colégio plantasse canaviais, como medida necessária para se desendividar a Província dalguns milhares de cruzados que devia, recomendou, ao mesmo tempo,

---

1. Do Memorial do P. Procurador, *Lus. 68*, 416, (8.º e 9.º). Segundo Aires do Casal, «mandava El-Rei cada ano uma armada com gente voluntária, órfãos, degredados, materiais e todo o género de mercancias para se venderem aos moradores pelo mesmo custo do reino e repartirem em pagamento pelos que tinham ordenado ou sôldo. Do Colégio se proviam as outras Capitanias». — Aires do Casal, *Corografia Brasílica*, 2.ª ed., II (Rio 1845) 86.
2. Roma, Gesù, *Coll. 13* (Baya).
3. *Bras. 2*, 148.
4. *Bras. 2*, 88.

que se fizesse sem inquietação dos Nossos e que se não metessem êles próprios a fabricar o açúcar [1]. Temeram alguns Padres que isso causasse desedificação nos de fora [2]. O caso é que as condições da terra e o mau pagamento das rendas reais requeriam estas medidas de excepção.

Mais tarde, tendo o Papa exigido o cumprimento da lei do triénio, relativa aos Superiores, representou-se-lhe o inconveniente de mudarem, no Brasil, os Reitores e Provinciais de três em três anos. Entre os argumentos, dados para a dispensa dessa lei, vem um que se refere à matéria de subsistências. Diz que o modo de govêrno temporal no Brasil é diferente do da Europa. Como nada se acha de compra, tudo os Reitores teem de granjear de própria indústria e, assim, é necessário, «ter escravos, quintas, gados, pescarias, currais, e até a cal, pedra e madeira, para o Colégio, é preciso que o Reitor cuide disso. Um ano não chega ao Reitor para se enfronhar bem em tão variados assuntos e, se houver tão freqüentes mudanças, tudo se vai em começar e inventar de novo e tudo descai» [3].

Recebendo os Colégios a sua dotação real não em dinheiro, difícil de se encontrar na terra, mas em açúcar, é evidente que tinham de o vender, para com o seu produto poderem viver e custear as despesas de construções, viagens, etc.

Serão estas vendas uma forma velada de «mercatura»? Não são, nem nunca o foram. Mercatura, ou comércio pròpriamente dito, é *comprar para vender*. Meros actos de compra e venda ficam fora da definição. São actos absolutamente necessários a quem vive no mundo. Uma coisa é mercar, para tornar a vender, outra é comprar o necessário para o seu consumo, ou vender os produtos da sua lavra, para, com a venda, ocorrer às exigências da própria vida [4].

---

1. *Bras.* 2, 61.
2. *Lus.* 72, 424-424v.
3. *Hist. Soc.* 86, 39v. O documento é de 1594 e em castelhano; não traz assinatura, mas a letra é de Luiz da Fonseca, então Procurador em Roma.
4. Cf. Xavier de Ravignan, *Da Existência e Instituto dos Jesuítas* (Lisboa 1889) 220.

CAPÍTULO III

Terras e heranças

1 — Razão de se possuírem terras; 2 — Terras do Colégio da Baía; 3 — Camamu; 4 — Contratos e enfiteuses; 5 — Heranças; 6 — Litígios; 7 — O navio da Companhia.

1. — Quando chegaram os órfãos, em 1550, era preciso começar o Colégio da Baía. Naqueles primeiros dias da cidade, não havia riqueza na terra, nem fundações eclesiásticas antigas, cujas rendas se pudessem aplicar, como se fêz na Europa, à sustentação dos Colégios. O que El-Rei de Portugal dava aos Padres chegava apenas para a sua alimentação individual. Para a construção de edifícios e o sustento dos seus moradores, não Jesuítas, como os meninos e estudantes, recorreu o P. Manuel da Nóbrega ao Governador Geral, Tomé de Sousa e, com o seu parecer, tomou alguma terra. «E logo, assim nós por nossas mãos, como rogando aos Índios da terra, como aos escravos dos brancos, e êles mesmos, começámos a roçar e a fazer mantimentos aos meninos»[1].

Estas primeiras terras, lavradas pelos Jesuítas, seriam emprestadas ou eram já as que lhes doaria daí a pouco Tomé de Sousa, a sesmaria, que recebeu o nome expressivo, e hoje histórico, de *Água de Meninos*[2]. A estas terras vieram-se juntar outras pouco e pouco[2].

Ao tratar-se da reorganização do Colégio, houve as dúvidas,

---

1. Nóbr., *CB*, 138.
2. O instrumento jurídico da doação tem a data de 21 de Outubro de 1550. A posse desta sesmaria, a primeira que possuíram os Jesuítas no Brasil, confirmou-a Mem de Sá, em 30 de Setembro de 1569, *Bras. 11*, 21-22v.

que vimos, se a dotação real havia de ser em terras ou não. Nóbrega, a princípio, declarou-se contra a dotação em terras, para se conformar com Luiz da Grã, e pela dificuldade da sua laboração, numa região em que a mão de obra escasseava tanto, que, nem as que possuíam em 1555, havia meio de aproveitar[1]. Entendeu, depois, que num país eminentemente agrícola, como era o Brasil, não haveria maneira de fazer prosperar os Colégios sem terras próprias, e que aquelas e outras dificuldades se haviam de vencer de qualquer forma. Em Portugal, também se inclinavam a isso. Nóbrega declara então: «conformando-me com o que de lá escrevem e com o parecer dos Padres daqui, digo que se aceite tudo, até palhas». E sugeria se pedissem terras ao Donatário Martim Afonso de Sousa nas margens do rio de Piratininga. Tal foi a origem da *sesmaria de Luiz da Grã*, assim conhecida, por ser êle quem procedeu à sua encorporação[2].

Em 11 de Junho de 1561, pedia o mesmo Nóbrega para a criação de gado, que era então o que achava mais apropriado para a sustentação das casas, umas terras que estavam destinadas a Adão Gonçalves, que entrara na Companhia, mas que, depois da sua entrada, requerera para si o colono, procurador do mesmo Adão Gonçalves; e outras terras ao longo do mar, de Iguape a Ubaí[3].

Assim pois, reconhecida a necessidade das terras, levou-se o caso a Roma; e reconhecendo-a, por sua vez, o P. Geral aconselha, em 1562, que dirijam os trabalhos do seu aproveitamento pessoas seculares, para se evitar a possível desedificação, e que todos vejam, na administração da Companhia, isenção e integridade[4].

Estabelecido o princípio de que os Colégios podiam possuir bens e verificada assim, pelo que tocava ao Brasil, a necessidade dêles, principiaram a formar-se núcleos territoriais, mais ou menos extensos, por alguma destas quatro vias: sesmaria, doação *inter vivos*, herança, compra. Às vezes, também, troca. Em 16 de Janeiro de 1586, trocou o Colégio da Baía um pedaço de terra

---

1. Carta de Luiz da Grã, *Bras. 3 (1)*, 145.
2. Carta de Nóbrega, 2 de Novembro de 1557, *Bras. 15*, 42v-43.
3. Carta de Nóbrega, *Bras. 15*, 114v.
4. *Mon. Laines*, VI, 578.

por outro de Álvaro Gonçalves Ubacã[1]. Também, conforme as conveniências locais, a propriedade oriunda dalguma daquelas vias arredondava-se por alguma ou algumas das outras.

Com o tempo, surgiram dificuldades: urgia a documentação legal de tôdas as terras. Organizou-se o respectivo cadastro; demarcaram-se e registaram-se. E, em 1586, mandou o P. Visitador Cristóvão de Gouveia que se fizessem «tombos das nossas terras, para que conste em todo o tempo as que são do Colégio e se aproveitem»[2].

2. — Ao tratar das fundações doutras casas, daremos notícia das respectivas terras. Eis aqui as do Colégio da Baía, postas cronològicamente, segundo os documentos que pudemos apurar.

1550, 21 de Outubro. — Carta de sesmaria da *Água de Meninos*, na cidade da Baía, pelo Governador Tomé de Sousa, a pedido do P. Manuel da Nóbrega[3].

1557, 5 de Outubro. — Diogo Alvares Caramuru, falecido nesta data, deixa ao Colégio metade da sua têrça[4].

1563, 27 de Janeiro. — Doação de 12 léguas de terra, no Camamu, por Mem de Sá[5].

1563, 22 de Maio. — Doação das primeiras terras que deram no sertão de Passé (Iapacé)[6].

---

1. *Bras. 11*, 17-20v. Estas combinações atingiam, às vezes, terrenos da Câmara. Assim, por volta de 1581, trocou-se uma rua pública por outras terras. Gabriel Soares, inimigo de Cosmo Rangel, o funcionário que sancionou a operação, tem que dizer, apresentando o caso não como troca, mas como doação pura e simples. A doação seria legítima, porque Cosmo Rangel tinha autoridade para isso. Mas os Padres restabelecem a verdade e que foi realmente troca: e, se receberam da Câmara umas terras, deram-lhe o «Terreiro do Mosteiro», igualmente público, *Bras. 15*, 385v(ao 20.º).

2. *Bras. 2*, 142.

3. *Bras. 11*, 22.

4. «O Padre [Ambrósio Pires] dará relação do que ca passamos com os clerigos da See acerca de hum legado que nos deixou hum Diogo Alvares Caramelu, o mais nomeado homem desta terra, o qual, por nos ter muito credito e amor, nos deixou a metade da sua terça». *Apontamento de cousas do Brasil que mandou Manuel da Nóbrega por Ambrósio Pires,* Arq. Prov. Lus.

5. *Bras. 11*, 43-45.

6. *Bras. 11*, 55-56.

1566, 10 de Março. — Nova sesmaria dada por Mem de Sá, no Passé. Ao lado, diz-se: 2 léguas. Inclue-se a que já havia desde 1563. Estas terras iam até ao Rio Jacuípe, o que desagua no mar [1].

1566, 20 de Maio. — Doação de terras no Passé, contíguas às anteriores, feita por Lázaro de Arévolo [2].

1575. — «*Pedaços de terras e casas, que tem o Colégio da Baía, de que parece se não devem levar escrituras:*

1) Êste Colégio, conforme a traça, está sôbre o mar, até o qual tem terra pera cêrca, em que se podem prantar árvores, com lhe fazerem uns taboleiros por ser a terra íngreme.

2) Tem uns chãos defronte de todo o edifício, da parte da cidade, que servem pera terreiro do mesmo Colégio, e pera o afastar agora no edifício novo um pouco pera fora que lhe é necessário, conforme a traça; e, defronte das escolas, tem um pedaço de chão pera terreiro daquela parte.

3) Ao longo do mar, tem uma casa nova de pedra com seu cais pera desembarcar a barca e se recolher nela o que logo se não pode trazer arriba e as coisas necessárias à mesma barca.

4) *Item* mais, ao longo do mar, tem um pedaço de chão pera umas casas, que se pode aforar pera coisas semelhantes e vale pouca coisa.

5) Antre o nosso Colégio e a Sé temos umas moradas de casas, que teem chãos pera quintal sôbre o mar; e rendem ao presente tôdas ao Colégio trinta e oito mil réis, cada ano, de aluguer.

6) Tem um pedaço de terra, fora da cidade defronte de uma ermida de São Sebastião, que está aforada por dez cruzados cada ano, mas arrepende-se o aforador por lhe parecer muito.

7) Tem mais, junto a esta terra, uma ponta do mar em que se faz uma camboa, e se toma peixe alguns meses do ano. Rendia sete tostões e agora ninguém a quere.

8) Tem mais, no cabo desta cidade, uns chãos pera umas casas com seu quintal que se pode aforar; e valerão de fôro até um cruzado.

9) Tem mais, defronte do Colégio, um pedaço de chão pera

---

1. *Bras. 11*, 479-479v.
2. *Bras. 11*, 57-58v.

se poderem fazer nêle umas casas. Êste está incerto, por dizer a câmara da cidade que é seu.

10) Tem uma terra, aqui defronte da cidade, que está aforada por nove anos em 7 tostões cada ano.

11) Outra, logo além desta, do mesmo tamanho que, por ser já gastada, estêve alugada, êstes anos, por cinco tostões cado ano.

12) Tem uma veiga pequena dentro nesta baía, terra fraca, que está aforada por 9 anos, a dez cruzados por ano.

13) Junto desta, tem outra mais pequena, que está aforada por outros nove anos, a dois mil réis por ano.

14) Tem uma ponta de terra nesta baía, dentro dum braço de mar, que rende seis tostões cada ano. Está aforada em três vidas; anda agora na segunda vida.

15) Tem mais, dentro na baía, a casa de Nossa Senhora da Escada, ao longo do mar, com 150 braças de terra, em que está situada. Dista do Colégio duas léguas por mar » [1].

1584, 24 de Setembro. — Carta de compra de 150 braças de terra a Maria de Almeida [2].

1585, 28 de Setembro. — Compra de um pedaço de terra a António da Fonseca, para os lados do Rio Vermelho [3].

1586, 13 de Fevereiro. — Doação de Francisca Velha, de 300 braças de terra [4].

1586, 24 de Abril. — Compra de 300 braças de terra em quadra a Fernão Ribeiro de Sousa [5].

1586, 16 de Maio. — Doação que Braz Afonso fêz de tôda a sua fazenda ao Colégio da Baía [6].

---

1. Relação de Inácio Tolosa, com data de 6 de Abril de 1575 *(Bras. 11,* 59). As terras, mencionadas em último lugar, são as doadas por Lázaro de Arévolo. Em 1572, « faleció Lazaro darevolo muy devoto ñro el qual hizo donacion a este Collegio de la Iglesia y casas de ñra Snra de la geada [leia-se Escada] con las tierras que alli tenia y dejó en su testamiento su hazienda para el Collegio ». Arévolo ficou sepultado na igreja do mesmo Colégio *(Fund. de la Baya,* 20 (94). A festa de N.ª S.ª da Escada celebra-se a 21 de Novembro (Apresentação de N.ª Senhora). A ela costumavam assistir os Padres e Irmãos do Colégio da Baía. — Pero Rodrigues, *Anchieta,* em *Annaes,* XXIX, 272.

2. *Bras. 11,* 23-26v.
3. *Bras. 11,* 35-38v.
4. *Bras. 11,* 31-34.
5. *Bras. 11,* 39-42v.
6. *Bras. 11,* 27-30v.

1590, 8 de Maio. — Doação, feita pela Segunda Junta Governativa do Brasil, de duas léguas de terra no Rio de Joanes, com as seguintes confrontações: «Da banda donde entra a ribeira de Camaçaripo e o rio de Joane e caminhando pela dita ribeira acima, entrando pela ribeira da aguada, que foi dos índios de S. João até sua nascente; e da nascente da ribeira de Camaraipio e daí cortará direito até o Rio de Joane, ao pôrto que vem do Iapacé pera S. João, ficando o dito rio e ribeiras, acima nomeadas, por marco» [1].

1590, 6 de Outubro. — Aforamento enfitêutico de 3 léguas nas terras do Conde de Castanheira «onde chamam o Jacuípe, que é dentro nesta capitania pera a banda do Norte, e as ditas três léguas de terra partirão pelo rumo e confrontações seguintes, convém a saber: do pôrto de Jacoim-mirim, por onde agora passam pera São João, e onde estêve assentado o arraial que foi ao Seregipe no ano de oitenta e nove; e daí irão passar o rio de Jacoim-açú pelo caminho que vai pera a aldea de Santo António, e daí até à várzea de [palavra ilegível] ao longo da ribeira de Ibirapitanga, e daí virão ao longo da dita várzea, ficando ela dentro, e tornam daí outra vez ao Rio de Jacoim-açú, até à foz da ribeira de Ibirapitanga e daí tornarão a buscar o pôrto da aldea do dito São João, onde estêve o arraial que atrás dito fica; e daí cortarão ao leste até entestar no Icoaboçú-una, que se mete no Jacoim-açú, que atrás dito fica, onde se acabará a medição» [2].

1600, 11 de Maio. — O Bispo D. António Barreiros, falecido neste dia, deixou, para a construção da nova igreja do Colégio da Baía, umas casas que valeriam seis mil cruzados. Mas, como também deixou grandes dívidas, as casas teriam que se vender para as pagar [3].

3. — As terras mais importantes do Colégio da Baía foram as do Camamu, na Capitania de Ilhéus, doadas por Mem de Sá no dia 17 de Janeiro de 1563, doação confirmada por êle próprio em 1569. As terras constavam, como declara no seu testamento,

---

1. *Bras. 11*, 47-48
2. *Bras. 11*, 49-51.
3. Carta de Tolosa, *Bras. 3 (1)*, 190.

de « dez ou doze léguas de terra desde o Rio das Contas até Tinharé ». Pensou Mem de Sá reservar para si e com destino aos seus herdeiros, onde mais lhe aprouvesse, uma água para engenho com légua e meia de terra. Antes de falecer, cedeu também isto ao Colégio, arredondando-se assim as terras do Camamu. Na escritura de doação, diz Mem de Sá que a fazia por « amor e graça sem interêsse algum de nenhuma maneira e qualidade que seja », sòmente por ser « serviço de Deus e pelas boas obras e trabalhos e gastos que os ditos Padres e Colégio teem e sustentam; e lhes dá as ditas *doze léguas* de terra para sempre, com tôdas suas entradas e saídas, direitos e pertenças, serventias logradoiros, e com todalas cláusulas e condições da dita doação feita a êle dito senhor, Mem de Sá, pelo dito Jorge de Figueiredo. Assim poderão dar e doar, vender, trespassar, permudar e aforar, emprazar, arrendar, escambar as ditas léguas de terra », etc.

Reüniram-se as testemunhas e o tabelião « nas pousadas do Senhor Mem de Sá [...] e pelo dito Senhor foi dito que êle tinha e possuía umas *doze léguas* de terra na Capitania de Ilhéus, de que foi capitão e governador Jorge de Figueiredo Correia, como agora o é Lucas Giraldes, as quais doze léguas de terra, *que são em quadra,* eram no Rio das Contas e no Camamu, e as tinha por doação e carta de sesmaria »[1].

Não se incluem aqui as demarcações nem existiam então. Aquêle modo de falar, umas *doze léguas de terra,* é igualmente indefinido. Daqui se originaria, de-certo, uma questão que depois houve com Francisco Giraldes, filho e sucessor de Lucas Giraldes na Capitania dos Ilhéus.

Diz o P. Visitador, Cristóvão de Gouveia, em 25 de Julho de 1583, que alguns colonos se queixam de estarem as terras do Camamu defeituosamente demarcadas, possuindo portanto os Jesuítas terras que lhes não pertencem. O Visitador acha que

---

1. A escritura de doação, autenticada com a assinatura de Mem de Sá, acha-se em *Bras. 11,* 43-43v ; a segunda doação, da légua e meia de terra, tem a data de 23 de Julho de 1572 *(Bras. 11,* 15-15v) ; o testamento de Mem de Sá existe na Tôrre do Tombo, e foi publicado por R. Garcia in Pôrto Seguro, *HG,* I, 451. Segundo um documento da Tôrre do Tombo, a escritura de doação de Jorge de Figueiredo a Mem de Sá tem a data de 1544 e remonta a 1537, estando ainda Mem de Sá em Portugal. Cf. Malheiro Dias, *O Regimen Feudal das Donatarias,* na *Hist. da Col. Port. do B.,* III, 247.

essas queixas teem fundamento, precisamente por não estarem feitas demarcações rigorosas. Como trouxe licença de El-Rei, vai proceder a novas demarcações [1].

A primeira notícia, de que Francisco Giraldes movia demanda à Companhia, encontrámo-la numa carta do P. Jerónimo Cardoso, Procurador em Lisboa, datada de 20 de Junho de 1586. Refere êle que o P. António Gomes, Procurador do Brasil a Roma, de passagem em Portugal, estava inclinado a fazer composição com o donatário dos Ilhéus; contudo, Jerónimo Cardoso seguia o parecer do Visitador, oposto a que se fizesse tal composição [2]. Não alega o motivo dêste parecer contrário. Supomos que seria porque, uma vez feitas as demarcações legais, não havia que tocar mais no assunto.

Ora, Francisco Giraldes estava em Lisboa e foi eleito para Governador Geral do Brasil. O P. Gonçalo Leite, recém-chegado da Baía, visitou-o, e Francisco Giraldes deu a entender que eram falsidades muitas coisas que do Brasil lhe mandavam dizer, mas que, a-pesar disso, desejava uma arbitragem [3]. Os tempos não eram propícios para se acalmarem os ânimos atiçados contra os Jesuítas, simultâneamente, em Madrid, por Gabriel Soares e, no Brasil, por Teles Barreto. Francisco Giraldes, em conversas particulares, ameaçava os Padres de que, no Brasil, lhes havia de tirar as Aldeias [4].

Temendo represálias, ou por estar em Lisboa e não saber até que ponto assistia justiça ao Colégio da Baía, do que começou a duvidar, propôs o P. Jerónimo Cardoso, contra o seu primeiro parecer, que se fizesse composição ou cedência das terras [5]. Em vista desta opinião, ordenou o P. Aquaviva ao novo Provincial do Brasil, Marçal Beliarte, que, antes de embarcar, se entendesse com Francisco Giraldes e terminasse o litígio. Quando a ordem de Roma chegou a Lisboa, Beliarte já tinha embarcado [6].

---

1. *Lus. 68*, 338v-339.
2. *Lus. 69*, 240.
3. *Lus. 69*, 243.
4. *Lus. 69*, 270-270v.
5. *Lus. 70*, 46v.
6. *Lus. 70*, 140.

O P. Amador Rebelo, que sucedeu a Jerónimo Cardoso na Procuradoria de Lisboa, escrevendo para o P. Geral, em 11 de Setembro de 1587, informa que Giraldes está renitente na demanda. E que no Brasil verá; se as terras se avaliarem por um tanto, êle dará mais; a opinião de Amador Rebelo é que se lhe cedam as terras pura e simplesmente, porque, ainda que a justiça está do lado dos Padres, na maior parte dos pontos, como o « *Governador no Brasil tem tanto poder, pode ser que lhe achem justiça!* »[1]...

Nada mais sabemos sôbre êste assunto. Francisco Giraldes embarcou para o Brasil a tomar posse do seu cargo de Governador Geral, em Março de 1588, e no seu *Regimento* levava recomendação expressa de El-Rei a favor dos Padres da Companhia, como principiadores da obra da conversão, e que se houvesse nos pagamentos de modo a que os Padres tivessem dêle satisfação[2].

Francisco Giraldes não chegou ao Brasil. Arribou duas vezes e não ousou meter-se terceira vez ao mar[3]. Falecendo em Portugal algum tempo depois, talvez a sua morte pusesse têrmo ao litígio. Podia também ser que já se tivesse realizado a composição sugerida por Amador Rebelo. Como quer que seja, os Padres ficaram, daí em diante, na posse pacífica daquelas terras[4].

A princípio, iam os Padres ao Camamu, só de vez em quando, em missões volantes, por não oferecer segurança a residência lá fixa.

---

1. *Lus.* 70, 258.
2. Vd. Regimento de Francisco Giraldes, in *Rev. do Inst. Bras.*, 67, P. I (1904) 222.
3. Pôrto Seguro, *HG*, II, 31.
4. Uma das acusações, apresentadas em Madrid por Gabriel Soares contra os Padres, era que o Ouvidor, Martim Leitão, por ser amigo dêles, lhes dera as terras do Camamu. Respondem os Padres que Martim Leitão lhes não podia dar o que já possuíam. Se fêz a demarcação, foi por ter recebido para tanto uma provisão de El-Rei *(Bras. 15,* 385v). Aliás, o próprio Gabriel Soares *(Tratado,* 44) afirma que foi Mem de Sá quem as deu. Reduz, contudo, a doação a dez léguas de costa. Os documentos autênticos falam claramente de doze.
No *Livro que dá rezão do Estado do Brasil*, datado de 1612, e atribuído ao Governador Diogo de Meneses ou ao secretário do Govêrno, Diogo de Campos, lê-se que o Colégio da Baía tem no Camamu « um engenho e a maior quantidade de índios que aqui se recolhem e estão à ordem da sua doutrina, tem outras muitas fazendas da gente leiga, que estão arrimados a *esta sua data, que começa na*

Quási duas décadas, as últimas do século XVI, estiveram ocupadas aquelas terras pelos Aimorés, selvagens e antropófagos [1]. Depois de vencidos e pacificados, no começo do século XVII, criou-se nelas um engenho e estabeleceram-se várias aldeias e povoações, a mais importante das quais foi a de Nossa Senhora do Camamu (Macamamu), iniciada já, em 1561, pelo P. Luiz da Grã, a pedido do índio cristão, Luiz Henriques, de Ilhéus. O Camamu transformou-se, com o tempo, num grande centro abastecedor do Colégio da Baía. Visitando-o, em 20 de Agôsto de 1584, escreve o P. Fernão Cardim: «O Camamu são doze léguas de terra, por costa, e seis em quadra, para o sertão: tem uma barra de três léguas de bôca, com uma baía e formosa enseada, que terá passante de quinze léguas, em roda e circuito; tôda ela está cheia de ilhotes mui aprazíveis, cheios de muitos papagaios; dentro nela entram três rios caudais, tamanhos ou maiores que o Mondego de Coimbra, afora muitas outras ribeiras, aonde há águas para oito engenhos copeiros, e podem-se fazer outros rasteiros, e trapiches, as terras são muito boas, estão por cultivar por serem infestadas dos Guimarés, gentio silvestre, tão bárbaro que vivem como brutos animais nos matos, sem povoação, nem casas. A enseada tem muitos pescados e peixes-bois: os lagostins, ostras, e mariscos não teem conta. Se estas terras foram povoadas, bem puderam sustentar todos os Colégios desta Província e ainda fazer algumas caridades, maxime de açúcar a esta Província, mas como agora está, rende pouco ou nada. O Governador Mem de Sá fêz doação destas ao Colégio da Baía» [2].

Barra do Rio de Contas e chega até à Barra de Boipeba». — Accioli-Amaral, *Memorias*, I, 428-429.

A barra de Boipeba fica na altura de Tinharé. Do *Rio de Contas até Tinharé*: são as próprias palavras de Mem de Sá no seu testamento. Freire, *Hist. Territorial*, 174, escreve, e o teem repetido e ampliado outros, citando o códice manuscrito do Instituto Histórico Brasileiro, n.º 242, datado de 1783, a seguir já à perseguição pombalina, que os Padres, naquela medição, passaram do Rio de Contas para o sul até à praia de Itacaré, contando por duas léguas o que eram quatro. Entre os dois documentos de 1612 e 1783, temos que optar pelo primeiro, nada também favorável aos Padres nem à sua influência. A data, atribuída por Felisbelo Freire à demarcação, 20 de Setembro de 1543, é também êrro evidente. Nesta data não havia ainda Jesuítas no Brasil.

1. Anchieta, *Cartas*, 414.
2. Cardim, *Tratados*, 295; cf. Viana, *Memória*, 434.

4. — Entre as terras do Colégio da Baía, vê-se que, já em 1575, havia algumas arrendadas e outras aforadas em três vidas. Atendendo, porém, às necessidades crescentes dos Colégios e, dada a experiência que os Padres iam tendo das terras, e que elas valiam menos depois de lavradas (naquele tempo não havia ainda adubos químicos), convinha arrendá-las a largos prazos ou até aforá-las perpètuamente. Gregório Serrão, quando foi de Procurador a Roma, levava essa incumbência, porque o serem bens eclesiásticos colocam as terras dos religiosos sob a alçada do direito canónico, o qual não permite aos Superiores locais senão a venda e compra de coisas miúdas. Para transacções maiores requere-se, hoje como então, o recurso a Roma. O Padre Geral, consultado, disse a princípio que se procedesse, no Brasil, como se fazia em Portugal, com os bens da Igreja. Entretanto, impetrou da Santa Sé as necessárias faculdades. O Papa concedeu-as em 18 de Dezembro de 1576 e, depois, já mais amplas, por meio de um breve, datado de 23 de Agôsto de 1579[1]. Explica-o e delimita o seu uso o P. Geral, Everardo Mercuriano, em carta a Anchieta, de 19 de Agôsto de 1579: «Propôs-se a Sua Santidade o proveito que se seguia da licença, que de lá se pede, para aforar as nossas terras *in perpetuum*. Ainda que Sua Santidade fêz dificuldade nisso, todavia, pela informação que lhe demos da qualidade das terras, a concedeu *absolute*. O que se deve entender das que são nossas até o dia da concessão [ao lado: 23 de Agôsto de 1578; a cópia do Breve de Gregório XIII diz 1579]. A-pesar do Breve, que se envia, levar a licença *absolute*, todavia nem V.ª R.ª nem os seus sucessores usarão dela, senão quando não puderem cómodamente arrendar as ditas terras por certos anos ou aforá-las por vidas. Porque sempre se julga que cada um dêstes meios é melhor que a enfiteuse *in perpetuum*[2]. Como se vê, não se fechava o caminho à enfiteuzação perpétua; a intenção do Padre Geral era, porém, manifestamente inclinada a que se não efectuasse. Nasceram daqui escrúpulos e embaraços para os Superiores do Brasil, porque o arrendamento e aforamento a prazos não tinha muitos pretendentes, e, por outro

---

1. *Bras. 3 (1)*, 174.
2. *Bras. 3 (1)*, 173; *Bras. 2*, 48v.

lado, o Colégio não dispunha ainda de pessoal bastante nem de possibilidades económicas para explorar em grande escala todos os seus latifúndios. Com o mesmo pensamento de salvaguardar o património do Colégio, determinara-se que, quando se vendessem algumas terras, se aplicasse o produto noutra propriedade e não na construção de edifícios como o Colégio [1]. Deviam guardar-se, pois, nestas transacções, as devidas cautelas, consultando-se primeiro os Padres graves e entendidos, para não haver surprêsas desagradáveis com escândalo de estranhos ou prejuízo da religião [2].

Medida prudente e útil. Mas a dupla proïbição de se não aplicar a edificações o produto das vendas de terras, nem fazerem-se aforamentos perpétuos, mostrou a experiência que foi contraproducente. Proposto o primeiro caso ao Padre Geral, levantou êle a proïbição em 1598, permitindo que se vendessem terras ou se construíssem casas para ajudarem ao pagamento das dívidas, então avultadas [3]. Quanto à enfiteuse perpétua, o seu impedimento causava conseqüências até de ordem moral. Entre os pretendentes à construção de engenhos nas terras maiores dos Padres (Passé, Camamu, Rio de Janeiro), contava-se o próprio Governador do Brasil, D. Francisco de Sousa, afecto e bemfeitor da Companhia. Ora a cedência da terra, a prazo, não lhe convinha. Dá-la em enfiteuse perpétua, tinham escrúpulos os padres, lembrados das determinações de Everardo Mercuriano. Consultaram, portanto, Roma. E para preparar o ambiente e moverem o seu sucessor, P. Cláudio Aquaviva, a conceder a devida autorização, tanto o Provincial, Pero Rodrigues, como o P. Inácio Tolosa, encareceram a necessidade dela e exprimiram-se por forma a que a licença se não fizesse esperar: « Um queixume teem contra nós, neste Estado do Brasil, os moradores dêle, diz o Provincial, em que cuidam teem alguma razão, e é que, tendo o Colégio do Rio de Janeiro e Baía algumas ou muitas léguas de terra, muito boa para fazer engenhos e plantar canas, com que novos moradores tenham remédio de vida, os Colégios mais alguma renda, e as rendas de Sua Majes-

---

1. *Bras.* 2, 47.
2. *Bras.* 2, 50, 142.
3. *Congr.* 49, 455-456.

tade vão em mor crescimento [...], nós não as aforamos e cresce nelas o mato e enchem-se de Aimorés». O P. Tolosa emprega linguagem idêntica[1].

Com tais informações, a resposta veio pronta. Em carta de 16 de Abril de 1601, o P. Geral tira as limitações postas ao breve de Gregório XIII. Os padres do Brasil poderiam utilizar-se dela, em pleno, daí em diante, conforme lhes parecesse. O P. Provincial aforou logo terras, no Rio de Janeiro, para um engenho, facto que vemos aprovado pelo Padre Aquaviva[2]. Em breve, se estabeleceram engenhos no Camamu, a que se juntou, depois, o deixado pela Condessa de Linhares, filha de Mem de Sá, em Sergipe do Conde. Iniciava-se, assim, um período de cultura intensiva nos latifúndios dos Jesuítas. Mas estamos já em pleno século XVII.

5. — Mantenhamo-nos no século XVI e passemos a outra fonte dos bens da Companhia, as heranças. Sôbre elas não havia no começo ideias claras, se se deviam aceitar ou não. Em 1553, pregunta Nóbrega para Roma o que se havia de fazer com uma de Alvaro de Magalhãis, a favor de Santo António, e, por não haver êstes religiosos na terra, queriam os herdeiros fôsse para a Companhia[3]. Não achamos resposta a esta pregunta, mas conhecemos a que deu o P. Geral, em 1561. Morrera um amigo da Companhia e deixara algumas terras ao Colégio da Baía com a obrigação de rezarem certas missas. Como isto parecia estipêndio, renunciou-se à herança. Para casos futuros, Nóbrega pede de Roma as normas indispensáveis. A resposta, datada de Trento, 25 de Março de 1563, diz que, se o legado tem efectivamente a forma de estipêndio, se não aceite; mas se há desproporção ou se se oferece primeiro, e só depois se pedem as missas, então aceite-se. Parecia ao Geral que se deviam aceitar semelhantes legados, para que os Padres e Irmãos do Brasil tivessem com que se sustentar independentemente de esmo-

---

1. Carta de Pero Rodrigues, 16 de Setembro de 1600, *Bras. 3 (1)*, 193; *Bras. 8*, 10-11; Carta de Inácio Tolosa, 5 de Setembro de 1600, *Bras. 3 (1)*, 191-191v.
2. Carta de Pero Rodrigues, 25 de Agôsto de 1603, *Bras. 2*, 94v.
3. *Bras. 3 (1)*, 107.

las e provisões de El-Rei, que então nem eram perpétuas, nem certas[1].

Esclarecida assim a situação, aceitaram-se algumas heranças. *Nos Inventários e Testamentos*, de S. Paulo, acham-se alguns legados pios ao Colégio de Jesus para missas: coisa de pouca monta[2]. Doação maior é a de D. Águeda Gomes Cabral, em Pernambuco (200$000 réis, com duas vacas e umas casas), mas essa fê-la para ter as honras e os benefícios de fundadora da capela de Santa Ana, na Igreja do Colégio de Olinda[3].

Diogo Álvares, o Caramuru, e alguns outros deixaram algumas terras, como vimos. Os que entravam na Companhia também às vezes lhe legavam ou doavam os bens. Poucos também: em todo o Brasil, no século XVI, não chegam a meia dúzia. O Irmão Pero Correia, que doou os seus bens à Confraria dos Meninos de Jesus, de S. Vicente; o P. Luiz de Mesquita, o P. Gonçalo de Oliveira e uns dois ou três mais, de que achamos vagas referências.

O P. Mesquita, chegando de Portugal à cidade do Salvador, no dia 2 de Março de 1574, faleceu logo ao 1.º de Novembro dêsse ano. Legou a sua legítima ao Colégio da Baía. Quando Gregório Serrão foi a Roma, em 1576, soube em Lisboa que êle tinha duas irmãs. Preguntou ao P. Geral o que havia de fazer. Respondeu que se informasse, por via de Coimbra, de quanto valia a herança: se fôsse grande, desse às irmãs do P. Mesquita o que fôsse mister para viverem e o resto ao Colégio da Baía; senão, que ficasse tudo para elas[4].

O P. Gonçalo de Oliveira, que tinha saído da Companhia, quando tornou a entrar nela em 1584, fêz doação da sua fortuna ao Colégio da Baía. Mas, tornando a sair em 1590, ou 1591 foram-lhe restituídos «todos os seus bens com aumento»[5].

---

1. *Epp. NN.* 36, 256.
2. *No 1.º volume*: 6 cruzados (p. 69); 8 cruzados (p. 125); cinco cruzados (p. 195); dois cruzados (p. 285); mil réis (p. 449); *no 2.º volume*: dois mil réis, que foram pagos em três arrôbas e quatro arráteis de carne de porco (p. 42); outros dois mil réis (p. 113 e p. 148). Coisa idêntica se fazia com as outras casas religiosas ou com a matriz, segundo as inclinações piedosas de cada qual.
3. *Bras.* 11, 487-487v.
4. Memorial do P. Gregório Serrão, *Congr.* 93, 211.
5. *Bras.* 15, 373-373v.

Êste caso levantou um problema: e se as coisas doadas estivessem já aplicadas a obras ou gastas? Para se evitar tal tecer e destecer, determinou-se, em 1617, que as doações ou não se aceitassem ou se fizessem sempre com documentos legais [1].

6. — A falta dêstes requisitos podia prestar-se a equívocos e demandas. Como em tôdas as actividades humanas, onde se entrechocam interêsses, também nalgumas demandas se viram envolvidos os Padres. E nem sempre estaria a justiça da sua parte. Aos Colégios fizeram-se doações, cujos títulos poderiam oferecer, depois, dúvidas. A solução, em último recurso, estava nos tribunais. Em todo o caso, como as demandas teem sempre uma parte odiosa, proïbiram-se expressamente, em 1565, as civis, sobretudo as que tratassem de negócios temporais. Buscassem os Superiores do Brasil, por todos os meios, chegar a um acôrdo. E, mesmo quando êste se tornasse impossível, não se iniciasse a demanda sem licença do P. Geral ou de quem tivesse dêle expressa autoridade [2]. Movido, pois, por um pensamento semelhante, resolve e acaba, em 1553, o P. Nóbrega uma demanda com Braz Cubas, que de inimigo, que era, se transformou logo em amigo dedicado.

«Eu achei nesta Capitania, diz o P. Nóbrega, uma demanda em aberto, que trazia Pero Correia com Braz Cubas, antes que entrasse na Companhia; e, quando entrou, concertou-se o Padre Leonardo Nunes com Braz Cubas e antes que se assentasse o concêrto, foi-se Braz Cubas fugido para Portugal por coisas mal feitas nesta terra, sendo capitão. Agora, que veio, negou o concêrto a Leonardo Nunes; e, sendo êle o que devia, se andava queixando que lhe deviam. A cujas vozes mandei eu saber a coisa, como passava, e achei que Pero Correia lhe demandava dois mil e seiscentos cruzados de tôda a sua fazenda, que lhe destruíu evidentemente, pelo qual fêz Pero Correia uma doação aos meninos de tudo quanto tinha; e os mordomos seguiam a demanda. De maneira que conveio a Braz Cubas vir com lágrimas a pedir misericórdia ao mesmo Pero Correia. E onde, antes,

---

1. *Congr. 55*, 256 e 257v.
2. *Congr. 1*, 38.

o Padre Leonardo Nunes se contentava com nada, agora, por concêrto, deu os escravos, que tinha tomado a Pero Correia, e mais dez vacas para os meninos ter leite e outras coisas, e creio que lhe tirariam tôda a sua fazenda, porque, ainda que é o mais rico da terra, nem tudo bastara para pagar a demanda, se se acabara. E disse que será verdadeiro servo dos meninos. Eu consenti no concêrto por forrar a nossa vexação e outros trabalhos grandes e não destruir um próximo, e é melhor um, com paz, que vinte com contenda » [1].

Ainda na mesma vila de Santos, fundada por Braz Cubas, houve outra questão, para o fim do século: não temos os elementos para a reconstituir em todos os seus pormenores. Mas devia tratar-se ou dalguma questão de pagamento de impostos ou de casa, à qual a Companhia se julgasse com direito, por qualquer motivo, ou ser construída em terreno seu ou ter-lhe sido doada. O Provincial, Pero Rodrigues, achou melhor fazer a cedência ou composição. E o P. Geral, Cláudio Aquaviva, aprovou o facto, em carta de 4 de Outubro de 1597: « Julgamos por bem feito haver-se largado a alfândega de Santos aos oficiais de El-Rei. Pois, vistas as razões que V. R. nos refere na informação, não se podia insistir sem desgôsto do Governador e das outras justiças e procuradores de Sua Majestade. E foi boa a condição que se lhes ajuntou com seu consentimento » [2].

O Colégio da Baía possuía, em 1561, algumas léguas de terra, ainda que nalgumas delas lhe punham embaraço outras pessoas [3].

Tais diferenças resolveram-se ràpidamente, bastando para a conclusão dalgumas as cartas de El-Rei a Mem de Sá, em que lhe ordenava garantisse aos Padres a posse das terras e procedesse nisso sem apelação nem agravo [4].

D. Duarte da Costa, Governador Geral do Brasil, tinha dado a seu filho D. Álvaro da Costa, umas terras em Jaguaripe com as condições de sesmaria. D. Álvaro pediu a El-Rei que as decla-

---

1. Carta de Nóbrega, *Bras. 3 (1)*, 97v.
2. *Bras. 2*, 130v.
3. Carta de Tôrres a Laines, de Lisboa, Março, *Mon. Laines*, V, 399.
4. Carta de 10 de Janeiro de 1564, Tôrre do Tombo, *Jesuítas*, maço 80; Carta de 11 de Novembro de 1567, *Bras. 11*, 21-22v.

rasse Capitania, prometendo para isso edificar povoações e vilas. Não fêz tais edificações. As terras vieram depois a pertencer à Companhia de Jesus, em regime de sesmaria. D. Gonçalo da Costa, sobrinho de D. Álvaro, apresentou-se um dia a reclamar essas terras, alegando que eram de Capitania. Os Padres, possuídores legítimos, com perigo de serem esbulhados, defenderam-se, declarando que as terras lhes tinham sido doadas como sesmaria; e, fora êste título, havia outro: o facto de não terem sido realizadas as condições de Capitania, que prometera D. Álvaro da Costa [1].

Outras demandas se produziram no andar do tempo. E ainda no século XVI surgiu, ameaçadora, uma com Francisco Giraldes, Governador eleito do Brasil, sôbre as terras do Camamu e dela já falámos.

Gabriel Soares acusa os Padres do Brasil, perante Crístóvão de Moura, ministro em Madrid de El-Rei Filipe, de êles deitarem os moradores fora de terras que lhes pertencem. Os Padres respondem com serenidade: «prova-se o contrário com as suas escrituras, e sempre procederam em justiça e direito». E acrescentam que se acabaram os litígios com os colonos, «depois que a justiça deu a cada um o seu» [2].

Um caso, narrado pelo mesmo Gabriel Soares, mostra o estado de espírito dos acusadores da Companhia, que se deixaram surpreender na sua boa fé por informações fantasistas e inverosímeis (já então!) como a seguinte. Diz êle: Um «agravo fizeram os Padres da Baía a João de Barros, que agora está morador em Lisboa, a quem pediram licença para que lhes deixasse fazer nas suas terras, junto do seu engenho, um curral pera receber nêle umas poucas de vacas, até que se lhes despejasse outra terra, que tiravam a quem a possuía de renda, o qual lha deixou fazer, cuidando pedirem esta licença sem malícia; os quais Padres, como tíveram feito o curral, uma noite de luar trouxeram em carros uma casa feita de peças, a qual, nesta noite, armaram e telharam e assentaram-lhe as portas, de maneira que, ao outro dia, amanheceu feita. E como João de Barros lhes deu licença pera cur-

---

1. Cf. *Pleito com os Jesuítas sôbre terrenos de Sesmaria no Brasil*, BNL, Col. Pombalina, 475, f. 396.
2. Capítulos, *Bras. 15*, 384 e 388 (6.º, 7.º e 41.º).

ral, não atentaram os seus pelo feitio da casa, entendendo que também lhe daria licença pera se fazer. E, passando o sobredito pera a cidade, vendo a dita casa, pasmou de tamanho atrevimento. Queixando-se disto ao Reitor, lhe respondeu que aquela terra era do Colégio e que por isso estavam de posse dela e que lha não haviam de despejar e que, se quisesse alguma coisa contra o Colégio, que mandasse requerer perante o seu juiz, que tinham em Roma. Pelo que, estêve êste homem em risco de se perder com êles, senão acudiram outras pessoas a o persuadir que tivesse paciência».

Os Padres responderam, simplesmente, com a afirmação da posse jurídica das terras e a negação pura do resto, por inútil. « A terra é do Colégio e dela está de posse há mais de 40 anos, como consta da carta de sesmaria, que dela temos, por onde o Colégio não tinha necessidade de pedir licença para fazer o curral. O que diz da casa não passou pola imaginação, salvo a êle, nem houve tais brigas com João de Barros nem se achou passar assim coisa nenhuma das que aqui diz »[1].

É extraordinária a credulidade de Gabriel Soares, quando se trata da Companhia — um precursor! Ao falarmos da questão da liberdade dos Índios, veremos o motivo verdadeiro e profundo que o movia contra o Colégio. O ser parte naquela questão enfraquecia-lhe o critério apreciativo, quanto aos bens e intenções dos Padres. Afirmando que êles só começaram a ser mal vistos, depois do Provincialado do P. Luiz da Grã, respondem: « Os Padres sempre procederam com os moradores como agora, mas êles não procedem como quando eram poucos e não faziam coisas com que cerrassem a porta aos sacramentos, com que os Padres os consolavam. O qual agora e em todo o tempo hão-de achar menos, os que fazem o que não devem com os Índios. E daqui nascem as queixas e durarão emquanto êstes agravos durarem, os quais muito cresceram, depois que o sertão foi aberto por Luiz de Brito, que haverá dezóito anos, pouco mais ou menos, do que o *informante bem sabe pela parte que lhe coube*. E se os Índios não foram, de que a Companhia tem particular protecção, pelo que importa à conversão, os Padres foram,

---

1. Capítulos, *Bras. 15*, 384 (10.º).

ainda agora, adorados como deuses, a dito de todos. Mas êles teem conta com o que mais importa »[1].

Compreende-se que, para atingir os Padres na questão dos Índios, lhes movessem dificuldades noutros campos. E êles não podiam deixar-se esbulhar impunemente dos seus bens ou ludibriar nos seus direitos. Para evitar possíveis surprêsas, deixou o Visitador, Cristóvão de Gouveia, em 1589, a seguinte ordem: «Quando a justiça fôr clara da nossa parte e não houver tempo pera dar conta ao Provincial, bem poderá o P. Reitor intentar e prosseguir demanda, *auditis consultoribus*, sendo coisa de importância e haver perigo *in mora*». Êle próprio justificava para Roma: «esta faculdade parece que é necessário ter o Reitor, porquanto o Provincial está ausente, muitas vezes um ano e dois, sem poder ter resposta sua»[2].

Nas demandas, segundo a legislação do tempo e por se tratar de bens da Igreja, as comunidades religiosas podiam nomear (não em Roma, como dizia Gabriel Soares, mas nas respectivas cidades) um Conservador que, depois de estudar a questão, dava a sentença. Preguntaram uma vez do Brasil, se o Conservador do Colégio podia sentenciar contra êle. De Roma responderam, que se elegesse conforme aos privilégios da Companhia. Feito isto, o Conservador podia dar a sentença, como lhe parecesse, a favor ou contra, segundo os ditames da sua consciência e da justiça[3].

Não eram só demandas sôbre questão de bens materiais aquelas em que, às vezes, se viam envolvidos os Padres. Achamos também outro género, em que estão do lado da Companhia os interêsses superiores e espirituais dos Índios. É o caso de os Jesuítas irem ao sertão descer gente para a catequese e trazerem juntamente antigos escravos dos colonos. Fugidos no sertão, ninguém os poderia obrigar a descer. E se não viessem com os Padres, por lá ficariam, abandonados e inúteis para a doutrina e a civilização. Nestas circunstâncias, os Padres convenciam-nos a baixar, mas é natural que lhes prometessem a liberdade. Os colonos, porém, tendo à mão os seus antigos escravos, procuravam

---

1. Capítulos, *Bras. 15*, 383v(4.º).
2. Roma, Gesù, *Colleg. 13* (Baya).
3. *Bras. 2*, 83v.

logo rehavê-los. Surgia então a luta e a demanda, como esta que conta o P. Provincial, Pero Rodrigues:

«Quando, por mandado de V.ª Paternidade, vim de Angola e entrei nesta Província, que foi a 19 de Julho de 94, achei uma missão ordenada pelo P.ᵉ Provincial, Marçal Beliarte, de que ia por Superior o P. António Dias, com três companheiros, à serra do Arari, continuarem a missão como estava ordenado. E indo pelo sertão, além do Rio Real, encontraram com algum gentio, que desejava de vir pera a Igreja, mas tinham um grave impedimento que era terem entre si muitos parentes, que tinham sido escravos dos Portugueses. Os Padres se viram em muito apêrto, porque ou não haviam de trazer gente nenhuma ou haviam de trazer os escravos com perigo de revoltas, que cá podiam suceder sôbre êles, como de-feito sucederam. Vendo-se nesta dúvida, e que estavam em perigo de se levantar o gentio e matá-los, se resolveram em trazer os livres e escravos juntamente, dando-lhes palavra que viveriam em sua liberdade, que por todos seriam quatrocentas almas. Foram bem recebidos dos parentes que estavam nas Aldeias, mas logo se começou a levantar grande poeira da parte dos senhores, cujos escravos ali vinham, que eram os principais da terra, contra os Padres, pedindo que lhos entregassem. O Superior dêste Colégio teve mão em lhos não dar, pola palavra de liberdade, que o Padre lhes tinha dado no sertão. Chegou o negócio a demanda formada, arrezoando e alegando direito de parte a parte; nós pela liberdade dos Índios e êles por seus escravos. Neste meio tempo, mandou o Governador Geral que, emquanto ia a apelação e vinha sentença do Reino, fôssem aquêles escravos postos em uma fronteira contra os Aimorés, porque, estando em serviço de El-Rei, e defendendo a terra, ninguém pudesse, entretanto, bulir com êles. Correu a demanda em Lisboa, e finalmente se deu sentença que não fôssem os tais escravos entregues a seus senhores. E o fundamento da sentença é que, visto terem fugido a seus senhores pera suas próprias terras e parentes, tinham em direito alcançada liberdade. Foi esta uma grande mercê de Nosso Senhor assi pera os Índios como pera os Padres que, daqui por diante, com mais segurança, quando prègarem ao gentio, lhes farão o campo franco, prometendo-lhes liberdade, pois assim se tem julgado no Supremo

Tribunal do Reino. Quando o Padre Procurador nos mandou esta sentença, escreveu que, depois dela dada, alguns letrados, que tinham contrário parecer, se desceram dêle, e que já se começava também de praticar em África e outras partes sujeitas à Coroa do Reino de Portugal » [1].

7. — Concluamos esta matéria com uma palavra sôbre a forma especial de propriedade, que era o navio ou navios da Companhia, e como se originou a necessidade de os possuir. Durante todo o século XVI, as comunicações regulares do Brasil eram marítimas. O movimento para o interior, de penetração catequética, agrícola ou pastoril, que se ia operando lentamente, vinha desembocar todo em povoações costeiras por onde se escalonavam, como colar luminoso, os Colégios e grandes residências, excepto S. Paulo. Todavia, também êste era servido pelos portos de S. Vicente ou Santos. A obrigação, que incumbia ao Provincial, de visitar canònicamente as diversas casas do Brasil tinha, pois, que se efectuar por via marítima e acarretava despesas extraordinárias. Nóbrega e o P. Grã fizeram as suas primeiras visitas aproveitando as armadas, mas nem sempre poderiam ficar dependentes da irregularidade de tais viagens. Portanto, recorreram a Lisboa e, no dia 14 de Fevereiro de 1575, passou D. Sebastião um alvará, em que ordenava aos governadores das Capitanias do Brasil, dessem embarcação e mantimento ao Provincial ou Visitador e a dois companheiros seus, quando fôssem visitar as casas e Colégios, de três em três anos. « Isto com diligência e de maneira que por falta destas ajudas se não deixe de fazer a costumada visitação » [2].

Alvitrou-se depois que seria mais prático fazer o pagamento pelo almoxarifado real. Calcularam-se as despesas em 80$000 réis, como mandara El-Rei, cada três anos. Mas o Visitador, em 1583, escreveu que nem 100$000 réis, por ano, che-

---

1. Carta de Pero Rodrigues, Baía, 19 de Dezembro de 1599, BNL, fg. cx. 30, 82 (7.º); *Bras. 15*, 369 (10), 473v-474.
2. Arq. Hist. Col. *Registos*, I, 241, Tôrre do Tombo, *Jesuítas*, maço 80; *Bras. 11*, 13v. Já antes tinha El-Rei mandado dar ao Bispo do Salvador embarcação para as viagens, que êle, como Prelado, também era obrigado a fazer nas visitas pastorais. — Alvará de 9 de Setembro de 1559, Arq. Hist. Col., *Registos*, I, f. 197; Cf. *Rev. do Inst. Bras.* 67, 1.ª P., (1894) 61.

gariam, quanto mais 80$000 só de 3 em 3. E observava que tais visitas não eram úteis apenas à observância ou regime interno da Companhia, mas aos próprios Portugueses que se ajudavam espiritualmente dos Padres da Companhia, ao passarem assim nas suas terras[1]. El-Rei, em 1589, manda aumentar efectivamente para 100$000 réis trienais os 80$000 anteriores[2].

Entretanto, acharam os Padres que era mais útil possuir navio próprio, construindo-o à sua custa e aplicando depois à manutenção dêle o subsídio de El-Rei. Para ser menos oneroso, começaram também a receber passageiros, que pagariam o respectivo frete. Pareceu ao Geral que era maneira de negociar e ordenou a Anchieta que o vendesse. Em carta de 15 de Janeiro de 1582, recebida em Roma a 20 de Julho, punha Anchieta as suas dificuldades. Era êste um dos pontos que o Visitador levava para resolver no Brasil[3]. O P. Gouveia, feitas as consultas do estilo e vendo que até a gente de fora reconhecia vantagem em se manter a embarcação, determinou que se não vendesse, e organizou êle próprio o modo como se havia de proceder daí em diante:

« Havendo navio de casa, como é bem que haja, em que o Padre Provincial visite a Província, não se levem nêle mulheres. E a matalotagem, assim para os Padres e Irmãos como para os marinheiros e moços de navio, se fará à custa do Colégio para onde fôr; e, depois de chegados, se sustentarão uns e outros à custa do mesmo Colégio; e sòmente se porá em conta à custa de tôda a Província o que se gastar em benefício do navio e em soldadas dos marinheiros, que nêle servem. O preço das coisas, que derem, será o que lhes custaram, e as que se não compraram, se darão pelo mais baixo da terra e as coisas miúdas não se devem levar em conta. O gasto, que assim se fizer por conta de tôda a Província, se compensará com os fretes tanto das pessoas como das demais coisas, que forem para cada Colégio, e, quando os fretes não bastarem, se repartirá o gasto *pro rata* pelos três Colégios, ao cabo de cada ano, à razão de sessenta ao Colégio da Baía, cinquenta ao do Rio de Janeiro e vinte ao de Per-

---

1. Carta de Gouveia, de 25 de Julho de 1583, *Lus. 68*, 340.
2. *Bras. 3 (2)*, 359.
3. Roma, Gesù, *Colleg.* 20 (Brasil).

nambuco; e de cada Colégio *pro rata* darão os escravos necessários para o govêrno e serviço do navio »[1].

Em 1592, havia dois navios da Companhia: um em que viajou o P. Marçal Beliarte, quando foi visitar o Rio de Janeiro, e « *outro* navio da mesma Companhia », que foi tomado e saqueado pelos corsários ingleses[2].

Êste facto de ser tomado pelos corsários um navio da Companhia fêz que o P. Beliarte pensasse em arranjar outro mais ligeiro. Vendeu, portanto, o que tinha e mandou fazer um, com seis remos por banda, menor, para em caso de necessidade, durante as calmarias, escapar aos corsários[3].

O dinheiro, que El-Rei dava para o custeio do navio — aplicavam-no, às vezes, os Provinciais a missões entre os Índios, Amoipiras, Carijós, etc.[4].

---

1. Visita do P. Gouveia, 1586, *Bras.* 2, 142v; Cf. *Lus.* 68, 340. Franco, *Imagem de Évora,* 178.
2. Carta de Beliarte, de 9 de Agôsto de 1592, *Bras. 15,* 409.
3. Carta de Beliarte, de 15 de Maio de 1593, *Lus.* 72, 94.
4. Pero Rodrigues destinou-o, uma vez, à missão dos Amoipiras (*Congr. 49,* 466). O facto repetiu-se. Nas respostas a um Memorial do P. Provincial do Brasil do ano de 1608, lê-se: « Ao 6.º, haver o *placet* dos 250 cruzados que gastei da esmola do navio com a missão do P. Lobato ». O *placet* do Geral veio: « Que por hũa vez o podia fazer, mas veia que nam se agrave a Província ». — *Congr. 51,* 220. Tratava-se da célebre Missão aos Carijós dos Patos.

S. Paulo — O Pátio do Colégio em 1860

Segundo o barão de Tschudi. Gravura obsequiosamente cedida pelo Dr. Afonso de E. Taunay, Director do Museu Paulista

CAPÍTULO IV

Indústria pastoril e agrícola

1 — Criação de gado; 2 — Indústria agrícola; 3 — Canaviais; 4 — Os bens da Companhia.

1. — Os Portugueses levaram para o Brasil, logo nas primeiras expedições colonizadoras, os animais domésticos de uso corrente em Portugal. Segundo a *Informação das Terras do Brasil*, de Nóbrega, havia ali bois, vacas, ovelhas e galinhas, em grande quantidade [1]. E, em 1555, dizia o P. Luiz da Grã, que os Índios antes não tinham carne «senão de mato, que êles caçavam com as suas flechas e laços, e agora também com cãis, que lhes deram os cristãos. Mas todo o género de gado se cria em abundância, porque os cristãos teem muitos porcos, bois, cabras, galinhas, patos, etc.» [2].

Os Jesuítas promoveram essa criação em tôdas as casas que abriram e nas Aldeias que administraram. E vemos que, na visita do P. Cristóvão de Gouveia, os Índios vinham prestar-lhe as suas homenagens, oferecendo-lhe, entre outras coisas, patos, galinhas e leitões. Vasconcelos enumera também perdizes e rôlas [3]. O mesmo Cardim, tratando *dos animais, árvores, ervas, que vieram de Portugal e se dão no Brasil*, enumera cavalos, vacas, porcos — «é cá a melhor carne de tôdas, ainda que de galinha» — ovelhas, cabras, galinhas, perus, adens, cãis, tão estimados dos Índios por os ajudarem na caça que «os trazem as mulheres às costas de

---

1. Nóbr., *CB*, 98.
2. Carta do P. Luiz da Grã ao P. Geral, 2 de Dezembro de 1555, *Bras.* 3 (1), 140v.
3. Cardim, *Tratados*, 293; Vasc., *Crón.*, 149.

uma parte para outra e os criam como filhos e lhes dão de mamar ao peito »[1].

Entre os animais caseiros, começaram também os Padres a criar coelhos e pombas; vemos, porém, em duas observações, emanadas de Roma, de 1589 e 1598, que era melhor que os Padres se não ocupassem com essa criação, considerada superfluïdade ou alimento de luxo[2].

O comêço do gado dos Jesuítas, no Brasil, foram 12 novilhas que diz o P. Nóbrega, em 1552, ter conseguido, no valor de 30$000 réis. Pertenciam às que enviara ao Brasil El-Rei D. João III[3].

Nóbrega não tinha com que pagar aquêles 30$000 réis e pedia que, em Portugal, lhe alcançassem de El-Rei, como efectivamente se alcançou, a respectiva provisão ou condonação[4]. Algumas destas vacas iriam para as casas das Capitanias. Indicando Nóbrega, em 1561, que o melhor para o Colégio era a criação de vacas, por se aproveitar tudo, «carnes e couros e leite e queijos», (indústria de lacticínios e curtumes) acrescenta que o Colégio de S. Vicente já tem 100 cabeças de 7 ou 8 que houve; e mais teria, se não fôssem as opiniões do P. Grã, que tendiam a encurtar os bens da Companhia em oposição ao P. Nóbrega.

---

1. Cardim, *Tratados*, 104-106; cf. Francisco Soares, *De algumas coisas mais notáveis*, 374; José Ribeiro de Sousa Fontes, *Animais europeus introduzidos na América*, na *Rev. do Inst. Bras.*, XIX (1856) 508 ss., quási não fala do Brasil, por desconhecer as fontes históricas brasileiras.

2. Gesù, *Colleg. 13* (Baya); *Congr. 49*, 455.

3. « Este ano passado veo a esta cidade a caravella *Galga* de V. A. com guado vacuum, que he a mayor nobreza e ffartura que pode aver nestas partes ». — Carta de Tomé de Sousa a El-Rei, Baía, 18 de Julho de 1552, Tôrre do Tombo, *Corp. Cron. I*, maço 86, doc. 96, publicada por Pedro de Azevedo, na *Hist. da Col. Port. do B.*, III, p. 362. No texto, dá o mesmo Azevedo à caravela o nome de *Galega*. Diz Tomé de Sousa que, em 18 de Julho de 1552, ela tinha voltado a Cabo Verde, a buscar mais gado « e um ano que é partida daqui ». Portanto, deve ter chegado à Baía em 1551. Com efeito, em 1551, chegou a armada comandada por António de Oliveira: « Llevó tambien esta armada y otras que cada año fue continuãdo el magnanimo Rey, ganado, semillas y muchos mercaderes, y hacienda para que se ocupasse muy de proposito la tierra ». — Frey Antonio San Roman, *Historia General* (Valladolid 1603) 694.

4. Nóbr., *CB*, 130; cf. *Registos do Conselho Ultramarino*, na *Rev. do Inst. Bras.*, 67, 1.ª P., p. 57.

O Colégio da Baía terá outras tantas, de 6 novilhas que o mesmo Nóbrega tomara das que El-Rei enviou ao Brasil [1]. As de S. Vicente foram doadas por Pero Correia e Braz Cubas, que para fechar a contenda que teve com êle, entregou 10 vacas para o leite dos meninos estudantes [2]. O gado do Colégio de Pernambuco começou por 80 vacas, que se compraram em 1576 para sustento do Colégio, que funcionava desde 1568, mas que naquele ano dotou El-Rei D. Sebastião [3].

Assim pois foi-se espalhando o gado pelas casas dos Jesuítas. E a previsão de Nóbrega realizou-se plenamente: a indústria de lacticínios prosperou. Alguns anos depois, em 1584, passou Fernão Cardim por uma fazenda situada nos arredores da Baía, entre as Aldeias do Espírito Santo e Santo António. «Fomos jantar a uma fazenda do Colégio, diz êle, onde um Irmão, além de muitas outras coisas, tinha muito leite, requeijões e natas que faziam esquecer Alentejo» [4].

---

1. *Bras. 15*, 114.
2. Nóbr., *CB*, 155; *Bras. 3 (1)*, 97v; Carta de Luiz da Grã, *Bras. 3(1)*, 147v.
3. *Bras. 11*, 447; *Fund. de Pernambuco*, 74v (63), edição do Pôrto. Na edição do Rio, p. 49, houve salto, omitindo-se a referência às « ochenta bacas ».
4. Cardim, *Tratados*, 311. Notemos, de passo, que esta sumária exposição responde a uma pregunta, que se tem feito, sôbre a origem do primeiro gado do Brasil. A ela respondeu Ferdinand Denis confusamente: « Uns dizem que dos gados abandonados no começo do século XVI nas margens do Paraguai. Pinheiro Fernandes diz que o Rio Grande do Sul recebeu de S. Vicente os primeiros animais. Por sua vez dizem os Jesuítas que todo o gado do Brasil provém de 11 vacas e um touro que os seus missionários tinham levado para o Guairá ». — Fernando Denis, *Brasil*, I, 81, texto e nota. O que se conhece, diz Afonso Taunay, é que Cipriano de Góis levou (em 1555) para Assunção 7 vacas e um touro « origem do colossal rebanho que hoje povoa a pampa argentina ». — Taunay, *Bandeiras Paulistas*, I, 41.

Ferdinand Denis ignorava a *Informação do Brasil para Nosso Padre*, há muito publicada e escrita alguns anos antes da fundação das Missões do Guairá: « Há nesta terra (do Brasil) abundância de gados, como bois, porcos, galinhas, perus, patos e carneiros e cabras, ainda não muitos porque começam agora; e *tudo isto veio do reino* ». — Anchieta, *Cartas*, 428. Aliás, na mesma época, Antón de Pablos, pilôto da Armada do General Diogo Flores Valdés, num *parecer*, que deu em Espanha « sobre lo que debe hacerse para socorrer a dicho Estrecho » de Magalhãis, diz que « de ganados bibos para multiplicacion se podra tomar en la costa del Brasill como es en el Rio de Jenero y Puerto de san Viçente bacas puercos algunas cabras y tambien se podra sacar destos puertos dos dozenas de yeguas e cavallos ». — Arq. de Sevilha, *Patronato real*, I-12-23, n.º 3, r.º 51. Publicado por Pastells, *El Descubrimiento*, 736.

Em resposta ao que dizia o P. Nóbrega, em 1561, sôbre a criação de gado bovino, o P. Geral Diogo Laines não só aprova o seu modo de proceder, mas encarece a necessidade das fazendas para a sustentação dos meninos índios e mamelucos, que estudam nos Colégios[1]. Todavia, o P. Francisco de Borja, que lhe sucedeu no Generalato, manifestou-se de opinião contrária: « que se não criasse gado para vender; sobretudo agora que El-Rei deu a dotação da redízima, e que vissem no Brasil se era possível passar sem tais encargos », « para o fim que pretendemos, que é a salvação das almas, nossas e alheias »[2]. Como não era fácil prescindir de tais encargos, num postulado da Congregação Provincial de 1568, levado a Roma pelo próprio Padre Visitador Beato Inácio de Azevedo, representa-se ao P. Geral que o Colégio e as casas podem e devem ter as vacas e escravos, que forem precisos, se não houver meio de se sustentarem sem isso[3].

Aceito o postulado, desde então desapareceram as dificuldades de carácter interno. E a criação de tôda a espécie de gado tomou grande incremento, dado o espírito de economia e previdência, que usaram os Padres. Escreve Anchieta a respeito de Nóbrega. O P. Nóbrega « com a certeza que tinha da multiplicação dos Irmãos no Brasil, no princípio em Piratininga, ainda que se padecia muita fome, mui raramente mandava matar alguma rez, emquanto eram poucas as vacas, para que multiplicassem para os vindoiros. Bem mostra a experiência o espírito de Deus, que o movia, porque ainda que os Colégios da Baía e Rio teem fundação de El-Rei, contudo era impossível sustentarem-se com ela, se não foram as terras e vacas, que o P. Nóbrega com tanta caridade foi granjeando, que é a melhor sustentação que agora teem, com que se criam tantos Irmãos, que fazem tantos serviços a Deus no Brasil »[4].

Em geral, perto das Aldeias dos Índios a cargo da Companhia, havia alguns currais, não só para ocupação da gente, mas

---

1. *Mon. Laines VI*, 578-580.
2. Carta de 30 de Janeiro de 1567 ao P. Inácio de Azevedo, *Mon. Borgia, IV*, 399-400; e de 22 de Setembro de 1567, *ib.*, 524.
3. « Ex vaccis et seruis potest et debet haberi quod necessum fuerit tam in hoc Collegio quam in oppidis quae dicunt Capitanias: si alius modus quo Nostri sustentari possint, inveniri nequeat », *Congr. 41*, 299v.
4. Anchieta, *Cartas*, 475-476.

para sustento dela mesma, evitando assim que os Índios levassem a vida anterior, semi-errante e venatória. É o caso das que ficavam ao norte da Baía, Santo António, Espírito Santo e São João: « à sombra e circuito destas aldeias teem os Padres quatro ou cinco currais de vacas, ou mais, que granjeiam, de que se ajudam a sustentar » [1].

Dêste sustento beneficiavam não só os Padres, alunos e Índios, mas gente de fora, a quem se dava carne na portaria no Colégio da Baía. E dava-se tanta, aí por 1588, que foi preciso pôr moderação nisso para não ser preciso comprar gado. E para o mesmo efeito, determinou o Visitador que « andem sempre vivas quinhentas vacas parideiras » [2]. Aquelas poucas vacas adquiridas pelo P. Nóbrega tinham proliferado bem! Esta ordem é de 1 de Janeiro de 1589, quando ainda persistiam algumas dificuldades externas, comuns a todos os colonos, provenientes das qualidades das terras, fracas a longo prazo, como as da Baía, o que obrigava o Colégio a mudar com freqüência os currais duns pastios para outros. A Junta Governativa do Brasil concedeu, a 8 de Maio de 1590, campos mais vastos no Rio de Joanes. Dificuldades desta ordem quási não existiam em S. Paulo, onde há « muito pasto nos campos que são mais grandes que os de Santarém » [3].

2. — Ao mesmo tempo, e precedendo a própria criação de gado, davam-se os Padres à agricultura e anotavam o que viam e faziam. A *Informação das Terras do Brasil*, em 1549, dá conta das plantas portuguesas, que encontraram, uvas, cidras, limões e figos. As uvas, diz Nóbrega, davam duas vezes por ano; porém

---

1. Gabriel Soares, *Tratado*, 39.
2. Roma, Gesù, *Colleg. 13* (Baya).
3. *CA*, 483. Também «antes de 1600, já havia criação bovino no litoral fluminense, sendo um dos principais núcleos a Real Fazenda de Santa Cruz, no Realengo, o que se conclue, diz o Dr. Vieira Fazenda, pela existência então de curtumes na cidade do Rio de Janeiro », Henrique Silva, *Indústria Pastoril*, em *O Brasil, suas riquezas naturais.—Suas industrias*, II, (Rio 1908) 403. A Fazenda de Santa Cruz só se desenvolveu verdadeiramente no século XVII. O gado para aquêles curtumes poderia provir da fazenda de Iguaçu nas terras que deu Estácio de Sá ao Colégio do Rio de Janeiro, onde houve criação de gado desde 1569, ano em que mandou para lá algumas vacas o P. Luiz da Grã, *Bras. 3 (1)*, 163v.

são poucas por causa das formigas; os figos eram tão bons como os de Portugal[1]. Lery escreve que os Portugueses levaram também para o Brasil laranjeiras e limoeiros[2]. E, em 1551, já as vides tinham dado uma vez uvas na cêrca dos Padres, em S. Vicente. Na mesma cêrca existiam laranjeiras, cidreiras e limoeiros[3]. Em Piratininga, mais tarde, havia, além disto, marmeleiros, limeiras, roseiras, cravos amarelos e vermelhos, cebola, cecém, rosas de Alexandria, etc.[4] Já existia a cana em tôda a costa, onde quer que houvesse gente branca[5]. Tais eram as plantas principais, que os Portugueses levaram para o Brasil desde os primeiros dias da colonização, e que os Jesuítas, por sua vez, cultivaram e desenvolveram.

Todos os Padres tecem elogios à fecundidade da terra; mas, bons observadores, distinguem os prós e os contras e a diversidade das regiões. «A terra é mui grossa e larga, diz Nóbrega, e uma planta, que se faz, dura dez anos aquela novidade, porque, assim como vão apanhando as raízes, plantam logo ramos e logo arrebentam»[6]. A experiência mostrar-lhes-ia que as terras se não podiam lavrar muitos anos seguidos e que enfraqueciam ao fim de dois ou três, sendo preciso deixá-las descansar algum tempo. Acharam também estarem as costas cobertas de areais e que os cristãos, excepto em S. Vicente, ainda se não atreviam, em 1555, a penetrar nas terras do interior, melhores que as da costa. Havia, além disto, um inimigo terrível da agricultura, as formigas, que «teem na bôca umas como tenazes» e dão cabo da mandioca e da videira, que «hoje está cheia, e amanhã só serve para se pôr ao fogo»[7]. Mas, precavendo-se o homem contra êstes inimigos, o triunfo é certo e fácil, porque tirando os areais da costa, dizem os Padres, «nem a água nem o muito sol causa fome como em Portugal e outras partes, mas em todo o tempo que um quiser trabalhar e pôr o têrço da diligência, que

---

1. Nóbr., *CB*, 97-98.
2. Jean de Lery, *Histoire d'un voyage faict en la terre du Brésil autrement dite Amérique*, cap. XIII, na *Rev. do Inst. Bras.* 52, II (1889) 242.
3. *CA*, 106.
4. Cardim, *Tratados*, 356.
5. Cardim, *Tratados*, 107-108; Anch., *Cartas*, 429.
6. Nóbr., *CB*, 80.
7. *CA*, 142; cf. Anch., *Cartas*, 432.

põem os lavradores da Beira e do Alentejo, terá que comer e que dar»¹.

As primeiras roças dos Padres datam de 1550, quando chegaram à Baía os meninos órfãos de Lisboa. Começaram pelo mais necessário e urgente: mandioca, que era o pão da terra, legumes, frutas e algodão.

Luiz da Grã escrevia, em 1555: «Pão de trigo não há senão de Portugal, ainda que em S. Vicente se semeia e colhe, muito formoso; mas, nem ali nem nas outras Capitanias, se trabalha por o semear, porque êste mantimento da terra, de raízes de árvores, a que chamam mandioca, aipim, farinha, é suficientemente bom, e ainda que a mandioca é peçonha, se se bebe a sua água, contudo a farinha, que dela se faz, não faz mal à saúde. O aipim come-se cru, como muitas outras raízes, de que usamos, e desta farinha se faz pão de muitas maneiras. Há, contudo, muito milho, e arroz muito bom, e em muita quantidade. As frutas próprias da terra são de muitas diferenças e muito estranhas. Tem-se experiência que quási tôdas as que há no Reino se dariam cá muito bem. E se não fôsse a destruïção, que faz a formiga nas árvores, já houvera todo o género de plantas. Vinho se faz nesta Baía, que eu vi»².

Trinta anos depois, descreve Fernão Cardim o que existia nas cêrcas de cada casa e Colégio³. A *Informação do Brasil para Nosso Padre*, a seguir a uma belíssima descrição da fruticultura do Brasil, conclue: «Tôdas estas frutas se dão nas hortas e nos campos em grande quantidade e delas se fazem conservas, como laranjadas, cidradas, limões, ananases em conserva e outros; e cruas não faltam aos Nossos para antepasto. Da terra há poucos legumes, mas de Portugal há muitos, scilicet, couves, rábãos, alfaces, pepinos, abóboras, gravanços, lentilhas, perrexil e erva boa e outras muitas; e, em Pernambuco e Rio de Janeiro, muitos melões da terra e Guiné: há muitas abóboras e favas, que são melhores que as de Portugal; e são tão sãs como ervilhas e feijões e outros legumes; e todo o ano não faltam de ordinário aos Nossos, e muitos dêles teem em suas roças»⁴.

---

1. *CA*, 383.
2. Carta ao P. Geral, de 2 de Dez.º de 1555, *Bras. 3 (1)*, 140v.
3. Cardim, *Tratados*, 289, 296, etc.
4. Anch., *Cartas*, 430.

Fernão Cardim, além das frutas mencionadas, assinala a existência de romãs, em Pernambuco[1].

Oliveira Lima, descrevendo a païsagem pernambucana, árida ao tempo da descoberta, sem os diademas farfalhantes dos coqueiros nem a folhagem densa e sóbria das mangueiras, escreve que foram os Jesuítas «os principais importadores não só dos coqueiros e das mangueiras, como de outras espécies vegetais da Ásia e da África, que muito enriqueceram a flora brasílica. Antes, eram só cajueiros ralos e de fôlhas claras, que se espalhavam pelo litoral, confundindo-se com a vegetação rasteira dos mangues[2].

Diz Borges de Barros que o algodão já era cultivado na Baía, em 1587[3]. Os Jesuítas cultivaram-no muito antes. Nóbrega observa a sua existência, logo que chegou, e mandou plantá-lo pouco tempo depois: e «agora mando fazer algodoais», pensando remetê-lo para Portugal e com êle se tecerem os panos e as roupas dos Padres, Irmãos e alunos do Colégio da Baía[4]. Afinal, os Jesuítas resolveram fabricá-lo ali mesmo, no Brasil, dando-se o Irmão (depois Padre) Vicente Rodrigues a aprender o ofício de tecelão, ensinando-o aos Índios[5]. E, já em 1558, se podia dar para a Europa esta notícia de extraordinário alcance civilizador: «Um dêstes moços, que os anos passados criámos e se ensinou a tecelão, está com o seu tear em S. Paulo [aldeia da Baía] e já faz pano; e o cuidado, que antes tinham todos nas festas da carne humana e em suas guerras e cerimónias, o convertem em plantar algodão e fiarem-no e vestirem-se; e êste é agora seu cuidado, geralmente, e é começo para todos se vestirem e de-facto muitos o andam»[6].

Outro género agrícola de grande importância moderna é o tabaco ou fumo. Não foi cultivado directamente pelos Jesuítas, pelo menos ao começo. Mas ficou ligado ao seu nome Luiz de Góis, que, segundo o autor da *Crónica de D. Manuel*, o deu a

---

1. Cardim, *Tratados*, 328.
2. Oliveira Lima, *A Nova Lusitânia*, na *Hist. da Col. Port. do B.*, III, 292-293.
3. *Annaes do Archivo Publico e Museu do Estado da Bahia*, 14 (1927) 42.
4. Nóbr., *CB*, 130.
5. *Fund. de la Baya*, 4v; Vasc., *Cron.*, I, 83.
6. *CA*, 204-205.

conhecer na Europa. É a erva a que os Índios chamam *betum*. «Esta erva trouxe primeiramente a Portugal Luiz de Góis que depois, sendo viúvo, se fêz na Índia dos da Companhia do nome de Jesu»[1].

Nóbrega, em 1550, assinala já as qualidades desta erva[2].

3. — Quando o mesmo Nóbrega, em 1561, enviou, para Portugal e Roma, ananases, compotas de ibas, cararases e abóbora, asseverou que não mandava açúcar, porque se escandalizariam alguns com isso[3]. Era açúcar provindo de engenhos alheios. Os Jesuítas não possuïriam engenho próprio no Brasil durante todo o século XVI e o açúcar, que remeteram a Portugal, recebiam-no de particulares ou da fazenda real. Supuseram êles que as dotações de El-Rei bastariam para o seu sustento, junto com as terras que reservaram para as culturas de géneros indispensáveis ao uso quotidiano do Colégio e para pastio do gado, ou então como fonte de rendimento, por meio de aluguéis, sem ser preciso assumir a exploração directa das terras, em grande escala, com a natural concorrência aos demais senhores de engenho e outras inquietações administrativas. As terras, porém, davam pouca renda, na Baía: Em 1575, as que se tinham arrendado produziam apenas 15.000 réis[4]. E, assim, quando se construíu o Colégio e as despesas aumentaram com o número crescente de Padres e estudantes, ficando as rendas de El-Rei estacionárias, e, o que é pior, adiados muitas vezes os pagamentos, não acharam outra saída senão buscar por si-mesmos os

---

1. Damião de Góis, *Chronica do Serenissimo Senhor Rei D. Emanuel*, I, cap. 56, *Dalgumas particularidades da terra de Santa Cruz, e costumes da gente della* (Coimbra 1790) 135.

2. Nóbr., *CB*, 111-112. «Pelo que é do Brasil, cabe ao frade André Thevet, companheiro de Villegaignon na expedição de 1555, a precedência nas notícias sôbre a cultura do fumo entre as nossas tribus indígenas. «Domingos Sérgio de Carvalho, *Considerações Historicas sobre a cultura do fumo*, in *O Brasil, suas riquezas naturais, suas indústrias*, II, 232; F. C. Hoehne, *Botânica e Agricultura no Brasil, século XVI* (S. Paulo 1937) 93.

A data da carta de Nóbrega, 1550, coloca-o à frente dêsse e de todos os autores conhecidos que escreveram sôbre a existência da preciosa planta no Brasil.

3. *Bras. 15*, 114.
4. *Bras. 15*, 329.

recursos necessários e urgentes para cobrir as despesas imediatas e pagarem-se as dívidas, que se iam amontoando e orçavam já por 5.000 cruzados. Eram as circunstâncias imperativas da Colónia a exigir dos Padres uma acomodação ou transigência com as realidades. Pediram, pois, licença a Roma para plantarem canaviais no Camamu. Concedeu-a o P. Geral, contanto que o Colégio não fabricasse o açúcar por si mesmo. Licença, portanto, para canaviais, não ainda para engenho [1].

O Reitor do Colégio começou a tratar dos canaviais. Todavia, alguns Padres e Irmãos temeram escândalo na terra e que a Companhia perdesse muito do seu crédito e reputação. Fêz-se eco dêsses temores o P. Leonardo Armínio, acrescentando que alguns Irmãos nunca pensaram que haviam de ver com os seus olhos a Companhia lançar mão de semelhante recurso [2]. O P. Geral Cláudio Aquaviva, em carta ao Provincial, Pero Rodrigues, um ano depois, a 22 de Agôsto de 1594, responde: «Escrevem-me que há desedificação em que o Colégio da Baía faça canaviais para remédio de suas necessidades. De cá se escreveu que isto não repugnava nem às Constituïções nem à pobreza dos Colégios. Mas V.ª R.ª verá lá e consulte se pela ofensão que disso há, ou pelo modo, se porventura fazem lavrar aos naturais da terra contra a sua vontade, ainda que se lhes pague, conviria deixar essa lavrança, e nos avise». Ao lado da transcrição desta carta, no livro das *Ordenações* do Colégio, que se conserva ainda, está esta nota sôbre canaviais: «Sem desedificação os teem os frades de S. Bento e do Carmo». E a seguir: «Ainda os não tínhamos a êste tempo; mas os tomámos em Agôsto de 1601» [3].

---

1. Carta do P. Geral, de 19 de Julho de 1590, *Bras.* 2, 61. Borges de Barros diz que, em 1561, tinham os Jesuítas um engenho de açúcar em Pitanga, *Catálogo de documentos, notas e comentários para a História da Agricultura na Baía*, nos *Anais da Baía*, 14, p. 4. Necessita de ser rectificada a lista dos engenhos da Baía, que aí dá o mesmo autor. Nóbrega, em carta de 2 de Dezembro de 1557, na qual enumera tôdas as fontes de riqueza da Baía, para se calcularem os possíveis dízimos de El-Rei, escreve: « o açúcar de um ingénio, *até agora não há outro na terra*, anda em cento e cincoenta arrôbas de açúcar que vale a cruzado a arrôba», *Bras.* 15, 42.

2. Carta de Leonardo Armínio ao P. Geral, a 24 de Agôsto de 1593, *Lus.* 72, 124-125.

3. *Bras.* 2, 89v. Pero Rodrigues esclarece que aquêles canaviais dos Beneditinos e Carmelitas eram dirigidos por feitores, com escravos da Guiné, *Bras.* 8, 28v.

Tais foram os começos da indústria açucareira dos Jesuítas. Além do benefício, que auferiam, prestaram serviços à agricultura do Brasil. Os Índios da América não conheciam, antes do descobrimento, nem o arado, nem a nora, nem os quadrúpedes de tiro para as lavranças. Agricultura rudimentar, muito mais ainda no Brasil. Com os Portugueses exercitaram tôdas as indústrias agrícolas e em particular com os Jesuítas chegaram a realizar emprêsas hidráulicas, de grande envergadura, represas, canais, etc., como as que veremos a seu tempo. Utilidade pública e civilizadora evidente. Mas notemos que a Companhia de Jesus não era associação de carácter industrial ou agrícola. Por isso só recorria, como a contra-gôsto, a recursos que implicavam movimento e complicação de negócios. Contudo, desde que se justificasse e urgisse a necessidade de tais emprêsas para garantia dos seus fins educativos, instrutivos, catequéticos e missionários, então assumia tais encargos, conscienciosamente, e procurava que dessem, pelo método e boa administração, o máximo rendimento, donde nascia o progresso. É o que sucederá, daqui em diante, com os canaviais e engenhos e outros elementos de riqueza, em que havia também de sobressair, ao Norte, a plantação do cacau.

4. — A lista geral de todos os bens da Companhia de Jesus no Brasil: subsídio real, colégios, terras, criação de gado e canaviais, parece à primeira vista impressionante e é-o de-facto, considerada em si mesma. Todavia uma visão assim isolada presta-se a equívocos, que se desfazem fàcilmente, indo ao fundo das coisas. Recordemos aqui, sumàriamente, os diversos títulos que impunham a existência dêsses bens.

Catequese: Dizia Nóbrega, já em 1553: «Não se pode falar com os gentios «sem facas, anzóis, contas, espelhos e outros objectos...»

Edifícios: Construção e manutenção dos grandes Colégios, igrejas, residências das Capitanias.

Instrução: Depois de construídos os Colégios, os Jesuítas sustentam nêles professores e alunos internos e administram a instrução elementar, secundária e superior, gratuitamente, sem que os alunos pagassem nada. Comparemos isso com o que sucede hoje com as universidades ou ginásios ou colégios particulares e as enormes despesas, que importa a instrução pública ou privada, e conclua-se se não se fazia mister possuir rendimentos — e grandes! Se os não tinham, sucedia o que lastimava Leonardo Nunes: não pôde ir, em 1551, à missão dos Carijós porque não teria quem sustentasse o Colégio de S. Vicente [1].

O Colégio da Baía «não escusa uma fazenda grossa para se poder sustentar, dirá uma relação redigida pelos anos de 1611, pagar as dívidas e acabar de fazer os cubículos, igreja, oficinas e provação e classes onde hão-de ficar, porque a falta destas coisas não sòmente é falta de comodidade temporal, mas também redunda em faltas espirituais». E depois, comparando-se com a Europa: «No Brasil, não há outras fazendas de momento senão canaviais e engenhos e quem isto não tem é assaz pobre. Porque estas são cá as quintas, as vinhas, os olivais»... [2].

Obras de Misericórdia: esmolas na portaria do Colégio, esmolas aos presos e doentes, esmolas aos parentes pobres dos próprios religiosos, esmolas aos pobres envergonhados, como se verá ao tratar-se da assistência...

Terras e criação de gado: Era uma necessidade imprescindível no Brasil. No fim do século XVI, os Religiosos da Companhia chegavam a 163. Ao mesmo tempo havia, no Brasil, alguns grandes proprietários, e um dêles, na Baía, Garcia de Ávila, possuía quási tantos bens como todo o Colégio [3]. Ora o Colégio era uma colectividade, Garcia de Ávila um só. O mesmo sucedia em S. Paulo, onde, na primeira metade do século XVII, António Pedro de Barros, natural de S. Paulo, filho do capitão-mor Pedro Vaz de Barros, foi juntando terras a terras e índios a

---

1. CA, 81.
2. *Algumas advertências para a Província do Brasil*, Roma, Vittorio Em. Gess. *1255*, 23v. A história repete-se. A seguir à proclamação da 2.ª república espanhola, o Govêrno confiscou os bens dos Jesuítas em Espanha, que se consideravam fabulosos. Verificou-se, porém, que, «con todo lo que pueda sacar el Gobierno de la confiscación, apenas si tendrá para mantener *un solo colegio* del Estado». — Amado González, *Las grandes riquezas de los Jesuítas* (Burgos 1933) 270.
3. «Êle e os seus descendentes transformaram-se nos maiores criadores do sertão baiano, chegando a possuir duzentas e cincoenta léguas de testada na margem do Rio São Francisco e dêste ao Parnaíba setenta léguas». — Roberto C. Simonsen, *Historia Económica do Brasil*, 1500-1820 I (S. Paulo 1937) 231; André João Antonil, *Cultura e opulência do Brasil por suas drogas e minas* (S. Paulo 1923) 264; Oliveira Viana, *Evolução do Povo Brasileiro*, 2.ª ed. (S. Paulo 1933) 57.

índios. Índios, tinha mais de mil, e as suas terras estendiam-se num vasto circuito no distrito de Parnaíba, que são as actuais de Sorocaba, Itu e Campinas [1]. Manuel Preto, o «herói de Guairá», chegou «a possuir mais de mil índios de arco e frecha» [2]. Não é luminoso êste confronto entre indivíduos, *só por si*, tão ricos, tão individualistas, com todo um Colégio, entidade colectiva?

Modo como possuíam as terras: Francisco Nunes da Costa escreve sôbre as do Camamu: «Êles, que não perdiam palmo de terra, deixaram sempre os redores desta vila para logradouro do povo, as lenhas francas e as madeiras, para constituïção de casas e cêrcas dos quintais; as fontes públicas e os pastos comuns, para a criação de animais domésticos e repouso das cavalgaduras dos roceiros e dos moradores da vila» [3].

Rendas e dívidas: As terras e prédios arrendados dos Padres da Baía rendiam, em 1598, 2.000 cruzados. A renda de El-Rei, 3.000; ao todo 5.000 cruzados. Com isso, e com o produto imediato das suas roças, viviam os professores e mais religiosos, todo o pessoal externo do Colégio, ministrava-se a instrução a mais de 150 alunos igualmente externos, compravam-se os livros indispensáveis, edificavam-se ou concluíam-se obras no Colégio e Igreja, mantinham-se os encargos do culto com dignidade e brilho, aviavam-se os missionários que tinham de fazer entradas ao sertão, abasteciam-se as Residências pobres das Capitanias. Da dotação do Colégio do Rio proviam-se as casas do Espírito Santo, de Santos, de S. Paulo, com as respectivas Aldeias, «por serem a êle anexas e entrarem no número dos cincoenta para que tem dote» [4]. Cuidava-se dos doentes e satisfazia-se aos demais encargos da catequese e da caridade. Com tôdas estas despesas inevitáveis, com o atraso nos pagamentos da renda, o Colégio devia, ao começar o século XVII, 20.000 cruzados. As aparências enganavam. E, já em 1590, observando o P. Marçal Beliarte que as terras pouco rendiam, e que era melhor vendê-

---

1. Azevedo Marques, *Apontamentos*, I, 28.
2. Id., *ib.*, II, 66.
3. Ofício do Desembargador de Ilhéus, Francisco Nunes da Costa in *Os fundos das doze leguas*, por Augusto Silvestre de Faria (Baía 1927) 11.
4. Cardim, *Tratados*, 345; *Bras. 3 (1)*, 201v.

-las, escrevia para Roma que se fazia «grande polvoreda de terras e rendas não sendo nada»[1].

Não diremos tanto. Eram bens avultados. Mas, perscrutando a fundo a complexa actividade dos Jesuítas, o homem de bom senso tem forçosamente de concluir que os seus bens eram, na realidade, pequenos para tão grande obra.

Tal obra vê-la-emos nos diversos tomos desta História. Propondo-nos, porém, neste primeiro, estudar sobretudo o Estabelecimento da Companhia de Jesus no Brasil, fechemos o parêntese das Subsistências, incluído aqui, como esclarecimento indispensável.

E sigamos, sem mais delongas, os passos daquele punhado de apóstolos, que desde a Baía, recém-fundada, como traço de união na Costa imensa, se abalançaram à gloriosa conquista do Brasil para a civilização cristã.

LIVRO TERCEIRO

A CAMINHO DO SUL

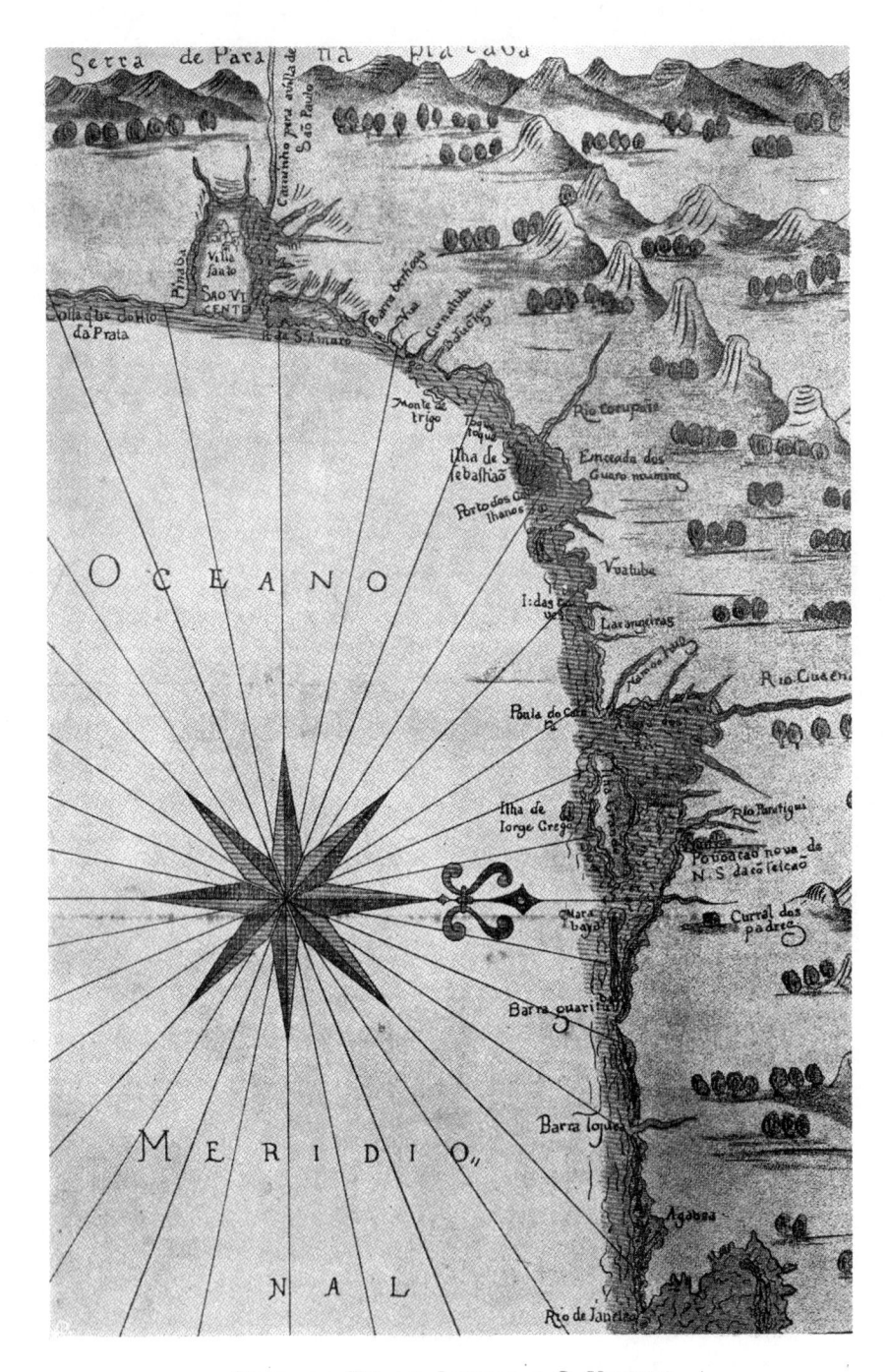

COSTA DO RIO DE JANEIRO A S. VICENTE

**Notem-se, no centro da gravura, *Uvatuba*, equivalência de Iperoig, e mais abaixo, *Curral dos Padres*, origem da famosa Fazenda de Santa Cruz.
(Do «Livro que dá rezão do Estado do Brasil»)**

CAPÍTULO I

Capitania de S. Jorge de Ilhéus

1 — Chegada dos Padres e construção de edifícios; 2 — Defesa contra os Aimorés e piratas; 3 — Ministérios; 4 — Obstáculos e imprudências.

1. — Poucos meses depois de chegados os Jesuítas, foram mandados aos Ilhéus o P. Leonardo Nunes e o Ir. Diogo Jácome [1]. No fim dêsse mesmo ano de 1549, também passou por ali o P. Nóbrega; passou, depois, o P. Afonso Braz e passaram todos os que se dirigiram para o sul ou ali arribavam com freqüência, por ficar nas proximidades da Baía [2]. Faziam alguns ministérios, mas sem demora, a-pesar-de os moradores pedirem residência efectiva, prometendo casas para a habitação dos Padres [3]. A ida de Nóbrega para o sul, em 1552, com o empenho de estabelecer na Capitania de S. Vicente a maior fôrça dos Padres e Irmãos, retardou por algum tempo êsses desejos. E a gente não estava desamparada, por haver vigário na vila. Passando, porém, nos Ilhéus, em 1560, o P. Luiz da Grã, a êsse tempo Provincial, com o Governador Mem de Sá, tratou-se disso de-propósito. Tanto mais que também o pedia António Ribeiro, um dos heróis da tomada do forte de Villegaignon, deixado por Mem de Sá, como capitão de Ilhéus, amigo dedicado dos Padres. O próprio Governador oferecia, para se fazer a casa, 40 arrôbas de açúcar, e tôda a gente da terra concorreria com alguma coisa: os pobres dariam a tarefa « de trinta dias de seus ofícios e outros o traba-

---

1. Nóbr., *CB*, 74, 86.
2. *CA*, 87, 466; *Bras. 3 (1)*, 90, 108; *CA*, 383-284.
3. *CA*, 131.

lho de suas peças, por alguns dias». Escolheu-se um bom lugar e mandaram ao P. Provincial os planos do edifício[1].

Tais entusiasmos não se mantiveram por então. Mas voltando o Governador e o Bispo a insistir, e vendo o P. Grã a necessidade verdadeira de cultivar aquela vinha, que tão ardentemente o pedia, a-pesar da falta de gente, enviou a Diogo Jácome e Luiz Rodrigues[2].

Os Padres Diogo Jácome e Luiz Rodrigues saíram da Baía no dia 3 de Janeiro de 1563. Chegando aos Ilhéus, logo começaram os ministérios. Fizeram uma comunhão solene no dia de N.ª S.ª das Candeias (2 de Fevereiro) e trataram de edificar casa, concorrendo o povo e facilitando tudo, como escreve um dos Padres: «Hão-me feito muitas esmolas; com ser a terra pobre, pera fazer a nossa igreja e casa passam de duzentos cruzados, sem muitos serviços de escravaria, que me prometeram; deram-me um chão muito bom para nossa igreja, o melhor que na vila havia, sôbre o mar, e o Conselho me deu umas casas suas e desfazem a cadeia por me darem o chão com ser muito. Custou haver de fazer outra e o Capitão, visto como eu pedia aquêle, fêz que mo dessem, fazendo êle outra cadeia à sua custa. Começarei a carretar a pedra a 15 dêste, com o favor do Senhor, com duas juntas de bois, de uma pedreira muito perto, e assi esperamos de estar acabada pera o Natal, porque a gente anda muito devota e com grão fervor. Vim muito pobre de ornamentos; sòmente trouxe uma vestimenta velha, porque na Baía não as havia, que esperando por armada não se povoou antes esta Capitania, por falta de ornamentos»[3].

As obras começaram; contudo, em 1565, ainda estavam por concluir, porque o povo andava ocupado na defesa da vila contra os Aimorés. Em todo o caso, Jorge Rodrigues, outro Irmão recém-chegado, esperava que se concluíssem em breve e em

---

1. CA, 271.

2. Borges de Barros escreve que os primeiros, que começaram a residir em Ilhéus, foram os Padres Francisco Pires e Baltazar Álvares. — Borges de Barros, *Memória sôbre o Município de Ilheus* (Baía 1915) 45. Êstes estiveram lá, de-facto, e por muitos anos, mas a seguir àqueles. — CA, 466-469; *Fund. de la Baya*, 22v(97).

3. CA, 376-377, 381.

Setembro pudesse começar a aula de ler e escrever, « por os pais estarem ansiosos de mandar os filhos à escola »[1].

A 15 de Agôsto, dia de N.ª S.ª da Assunção, Padroeira da nova Igreja[2], se fizeram festas solenes com grande movimento de sacramentos. Jorge Rodrigues elogia a gente da terra, « amiga de Deus », e compraz-se na descrição do templo, novo e bem ornado, com grades de pau vermelho e delicados lavores, obra do P. Francisco Pires: além do altar-mor, « fizemos outros dois, fora da capela, de uma banda e doutra: estavam todos mui bem ornados, em todos se disse missa; as vésperas foram cantadas em canto de órgão; o padre Francisco Pires prègou. Tudo se fêz mui bem, bemdito o Senhor, e com muita alegria espiritual, assim dos de casa como de fora »[3].

A residência ainda estava em construção, em meados de Março de 1569. Construíu-se, segundo ordem e plano deixado pelo Beato Inácio de Azevedo[4]; e ajudou muito a generosidade dos moradores de Ilhéus[5]. Em 1572, estava tudo pronto: igreja pequena, mas boa; a casa tinha quatro câmaras assobradadas e ao todo seis ou sete cubículos. Ficava em situação esplêndida, desanuviada, alta e voltada ao mar. Possuía uma « cêrca aprazível, com coqueiros, laranjeiras e outras árvores de espinho e frutas da terra: as árvores de espinho são nesta terra tantas que os matos estão cheios de laranjeiras e limoeiros de tôda a sorte e por mais que cortam não há desinçá-los »[6].

Ligada econòmicamente ao Colégio da Baía, a Residência de Ilhéus recebia dêle « vestido, calçado, vinho, azeite, vinagre e outras coisas, que não há na terra »[7].

2. — Possuía a igreja de Ilhéus uma relíquia de S. Jorge, patrono da vila. Enviara-a o P. Geral, em 1575. A-respeito dela, conta a ânua de 1581 que os Aimorés atacaram a vila. E, se

---

1. *CA*, 466-467.
2. *Ann. Litt. 1583*, p. 202; *Bras. 15*, 18-18v.
3. *CA*, 468.
4. Carta de Grã, *Bras. 3 (1)*, 163.
5. *Bras. 8*, 4v; *Ann. Litt. 1583*, p. 202.
6. Cardim, *Tratados*, 296; *Fund. de la Baya*, 12v(87); *Bras. 8*, 4v; Anch. *Cartas*, 417.
7. Anch., *Cartas*, 417.

outras vezes tinham levado vantagem, desta vez foram derrotados. Os Portugueses levaram a relíquia para o combate. Venceram e o povo atribuía à protecção de S. Jorge essa vitória. E celebrava-lhe a festa com solenidade e veneração [1].

Por muito tempo êstes triunfos contra os Aimorés foram simplesmente defensivos, porque os colonos não tinham fôrças para os repelir nem reduzir. A êste círculo de ferro, que apertou a Capitania durante todo o século XVI, vieram juntar-se, no fim dêle, os ataques dos piratas. A ânua de 1597 refere um terrível assalto que lhe deram uns hereges. Os Padres perderam tudo. «Fugindo os moradores, saíram [os Piratas] do pôrto carregados de despojos. No saque profanaram torpemente as sagradas imagens. Os sinos de bronze foram arrancados; os objectos do culto divino, calcados aos pés; as igrejas, arrasadas; e perpetraram outras façanhas dêste género os desertores da fé. Nesta calamidade o que mais sofreu foram as nossas coisas» [2].

3. — Na Capitania de Ilhéus, além do comum a todos os ministérios, houve uma particularidade. Como os Aimorés não deixavam tranquilos os moradores e apertavam o cêrco à roda da Capitania, o território útil e cultivado foi-se reduzindo, e os que possuíam fazendas, confinantes com os índios contrários,

---

1. *Ann. Litt. 1581*, p. 110-111.
2. « Annotationes annuae Provinciae Brasiliae, anni Domini 1597 », *Bras. 15*, 430-430v; *Ann. Litt. 1597*, p. 497. Não especifica a ânua a nacionalidade dos assaltantes. Os Ingleses foram assinalados na costa do Brasil em 1596. Em todo o caso, parece tratar-se de Franceses. A êles se refere expressamente o P. Pero Rodrigues, em 1597, como inimigos temíveis que tinham feito estragos e saqueado alguns lugares do Brasil (Amador Rebelo, *Compendio de algumas cousas*, 215). Conta o *Santuário Mariano* que, em 1595, vieram os Franceses aos Ilhéus e estiveram senhores da vila durante 27 dias. E diz que, a princípio, fugiram os moradores, mas, depois, foram-se refazendo e contra-atacaram, comandados por António Fernandes, o *Catucadas* (assim manda que se leia Capistrano de Abreu, em Fr. Vicente do Salvador, *H. do B.*, 244. No *Santuário Mariano*, em Jabotão e Pôrto Seguro, lê-se *Catuçadas*), matando em terra 57 franceses entre os quais o capitão; e, « se tiveram mais advertência, os matariam a todos e lhes tomariam os navios ». Fr. Agostinho de Santa Maria elucida que esta informação lhe foi enviada pelo vigário da matriz da Baía *(Santuário Mariano*, IX, 231-232). Não achamos vestígios de tal sucesso nas ânuas de 1594-1595 e 1596, coevas dos acontecimentos. A de 1597 conta o assalto dos piratas como coisa dêsse ano e do modo referido.

eram atacados por êles e viam a cada passo arrancadas as suas sementeiras. Seguia-se a penúria e a fome. Nestas circunstâncias aflitivas, os Padres intervinham com uma medida de alcance social. Estendiam a mão aos mais abastados e com a mesma o redistribuíam aos pobres. Em 1573, os donativos, assim recebidos e feitos, subiram a 300 cruzados, soma respeitável para aquêle tempo e lugar[1]. A residência de Ilhéus não tinha à sua conta Aldeias de Índios que doutrinassem. Apenas achamos referência, em 1591, a uma em que um índio principal, que por muito tempo recusara ser cristão, sendo ferido pelos Aimorés, mandou chamar um Padre, que logo foi. Baptizou-se e morreu abraçado a uma cruz. Caso idêntico refere a ânua de 1594[2].

Êstes Índios eram Tupinaquins, sempre amigos dos Portugueses, excepto em 1558-1559, em que se rebelaram e puseram em perigo a Capitania, causando pânico, por o donatário não ter meios de resistência. Acudiu então o Governador Geral, Mem de Sá: e, em «menos de dois meses, deixou os Índios sujeitos e tributários e restituíram o mal todo que tinham feito, assim aquêle presente como todo o passado, e obrigados a refazerem os engenhos [que tinham queimado] e a não comerem carne humana e a receberem a doutrina, quando houvesse Padres para lha dar; de maneira que já agora a geração dos Tupinaquins, que é muito grande, poderá também entrar no Reino dos Céus »[3].

Não havendo Aldeias fora da Vila, em que os Padres morassem de modo estável, cuidavam êles da assistência religiosa aos Índios, indo visitar os engenhos e fazendas, «a duas e mais léguas por mar e por terra». Andavam nisso na roda do ano um Padre e um irmão, com grande fruto das almas e também

---

1. *Fund. de la Baya*, 28v, 29, 45 (104, 120); *Bras. 15*, 292v.
2. *Bras. 15*, 376; *Ann. Litt.*, 1594-1595, p. 795.
3. Nóbr., *CB*, 211-213, 221-222. *CA*, 230-239. Nóbrega, na carta a Tomé de Sousa, de 5 de Julho de 1559, narra êstes sucessos com mais desenvolvimento, mostrando a necessidade da fôrça para prestigio da autoridade, referindo a actuação valente do capitão Vasco Rodrigues Caldas, « cujo esfôrço tira o mêdo aos Cristãos desta terra ». — Nóbr., *CB*, 212-216; Pôrto Seguro, *HG*, I, 383-384, segue a narração de Nóbrega; *Documentos relativos a Mem de Sá nos Annaes*, XXVII, 127ss; Vasc., *Crón.*, II, 93-94, equivoca-se chamando Aimorés àqueles Índios.

com muitas fomes e sêdes e perigos de caírem nas ciladas dos Aimorés [1].

Em Ilhéus, como em tôdas as terras, e mais naqueles tempos e circunstâncias, houve graves desavenças entre os colonos, «gente inquieta e de bandos», sem excluir as autoridades. São freqüentes os testemunhos relativos à intervenção eficaz dos Padres para aquietar os ânimos [2].

4. — Os Jesuítas estiveram sempre bemquistos em Ilhéus. Sirva de prova o que sucedeu na arribada dos Padres Gonçalo de Oliveira e Rui de Pereira, em 1560.

Foram recebidos por Henrique Luiz, feitor do donatário Lucas Giraldes, e sua mulher D. Marta, com todo o carinho. «E quando nos houvéramos de partir, proveram-nos de açúcar e muita conserva e outras coisas de açúcar e adens, e ainda dizia que estava corrido de irmos mal providos. A outro engenho nos levou um Tomaz Alegre, criado que foi de Lucas, onde nos mostrou muito gasalhado e nos proveu dalgumas coisas» [3].

Só no tempo do Governador, Manuel Teles Barreto, tiveram dificuldades, expressas nos dois casos seguintes:

O primeiro conta-o António Franco na vida do Visitador Cristóvão de Gouveia. Diz que, indo êle visitar a Capitania dos Ilhéus, «achou a gente amotinada pelas imprudências com que

---

1. *Bras. 15*, 303v, 423; *Bras. 8*, 4v; Anch., *Cartas*, 318.
2. *Bras. 8*, 4v; *Bras. 15*, 292, 327, 423; *Ann. Litt.*, 1588, p. 320. Salientou-se neste ponto o P. Sebastião de Pina, que «tem boa maneira e alcança o que quere», *Fund. de la Baya*, 28v-29(104). Êste Padre, natural de Aviz, entrado em Évora, em 2 de Agôsto de 1577 (*Lus. 43*, 332), depois duma vida de incontestável zêlo, saíu da Companhia, na Baía, em 1577, por motivo que se ignora, e embarcou para Portugal. Num depoímento do P. Baltazar de Miranda, da Companhia de Jesus, há uma referência ao «P. Sebastião de Pina, que foi da dita Companhia, ora morador em Lisboa», *Primeira Visitação: Denunciações da Baía, 1591-1593*, p. 350; *Bras. 5*, 53.
3. *CA*, 283-284. A êste Tomaz Alegre deve referir-se Fr. Vicente do Salvador. Parece que Tomaz Alegre enviou a Lucas Giraldes mais boas palavras do que açúcar. «Pelo que êle escreveu a um florentino chamado Tomaz que lhe pagava com cartas de muita eloqüência: *Thomazo, quiere que te diga, manda la asucre deixa la parolle*, e assinou-se sem escrever mais letra». — Fr. Vicente, *H. do B.*, 100.

um nosso se tinha havido em uma prègação, de que os principais se mostraram sentidos». O Visitador «castigou a desatenção do Padre e mandou dar satisfação aos que estavam agravados. Com isto lhe ficaram todos mui afeiçoados e se evitaram alguns inconvenientes que justamente se temiam»[1].

Caso mais grave foi o ocorrido com o P. Diogo Nunes, em 1584, residente nas terras do Camamu, Ilha de Boipeba, complicado num caso de homicídio, atribuído a sugestões suas. O capitão de Ilhéus, Lourenço Monteiro, apoiado pelo governador Manuel Teles Barreto, moveu-lhe processo-crime, que levantou celeuma[2].

Tal escândalo, junto com outras dificuldades de momento, levaram o Visitador P. Gouveia a propor ao Geral que se fechasse a residência de Ilhéus e se substituísse por missões anuais que lá fariam do Colégio da Baia. Haveria assim, justificava êle, mais Padres disponíveis para outras emprêsas, não se sobrecarregaria a gente da terra, para os sustentar, e, com a ausência dos Jesuítas e da sua falta para os ministérios, ficariam a ter-lhes mais estima e desejá-los-iam mais[3].

Entretanto, esclareceu-se o ambiente. Não se chegou a fechar a residência nem se tornou a falar nisso, continuando os Padres com os seus trabalhos apostólicos, com grande aceitação dos moradores e autoridades locais[4].

Infelizmente, a Capitania fôra decaindo. Em 1599, escreve Pero Rodrigues, não era possível fazer missão alguma pelos arredores dos Ilhéus, infestados completamente de Aimorés[5].

Êste decaïmento entrou até pelos princípios do século XVII,

---

1. Franco, *Imagem de Évora*, 178.
2. Cf. infra, Tômo II, *Relações com as autoridades civis*.
3. Carta de Gouveia, 1 de Nov. de 1584, *Lus. 68*, 407v-408.
4. *Bras. 15*, 365.
5. *Bras. 15*, 473v. Pode ver-se reflectida esta decadência na seguinte estatística da administração de Sacramentos nos últimos anos. Em *1581*: Confissões, 500; Baptismos, 500; *(Ann. Litt. 1581*, 110-111). Em *1588*: Baptismos, 200; Casamentos, 47 *(Ann. Litt. 1588*, 320). Em *1589*: Confissões, 4.000; Comunhões, 1.500; Baptismos, 65; Casamentos, 42 *(Ann. Litt. 1589*, 455). Em *1590*: Confissões, 12.000 *(sic,* mas é desproporcionado aos mais anos); Comunhões, 1.900; Baptismos, 60; Casamentos, 47 *(Bras. 15*, 365). Em *1592*: Comunhões, 520; Baptismos, 12; Casamentos, 8 *(Bras. 15*, 379v). Tanto em 1588 como em 1592, não se dão as cifras das confissões. Em 1574, só numa festa, tinha havido 500 comunhões *(Bras. 15*, 262v, 263).

mesmo depois das pazes com aquêles Índios. Em 1604, conta Fernão Cardim que os moradores, agravando-se as condições económicas locais, iam procurar modo de vida noutras partes [1]. Contudo, os catálogos continuam a registar a permanência dos Padres nos Ilhéus, com a menção especial de que os que ali moravam em 1606, Domingos Monteiro e João de Azevedo, já sabiam, além do tupi-guarani, a língua aimoré. Era a captação que se operava.

Os Jesuítas iam desenvolvendo assim, dentro do possível, o seu zêlo, instruindo as crianças na escola, catequizando os Índios domésticos, e ajudando os colonos, como elemento forte de moralização, incutindo a todos confiança com a sua presença.

---

1. *Bras.* 8, 49v.

CAPÍTULO II

Capitania de Pôrto Seguro

1 — Os primeiros Padres; 2 — Condições morais e económicas da terra; incêndios; 3 — Trabalhos apostólicos; 4 — Conflito com as autoridades locais; 5 — A ermida e peregrinação de Nossa Senhora da Ajuda; 6 — Actividade nas Vilas e Aldeias da Capitania.

1. — Os Jesuítas chegaram ao Pôrto Seguro no mesmo ano da sua vinda ao Brasil. O primeiro parece ter sido o P. Manuel da Nóbrega, que ali passou, com o Ir. Diogo Jácome, o Natal de 1549[1]. Leonardo Nunes, enviado a Ilhéus e a Pôrto Seguro, com o mesmo Irmão, não consta que fôsse além daquela primeira vila. Pelo menos não ficaram notícias de ter ido então a Pôrto Seguro[2].

Estiveram aqui também vários padres e Irmãos, Afonso Braz, Francisco Pires, Vicente Rodrigues, João de Azpilcueta Navarro, que substituíu o P. Pires, até que, em 1552, tornou a passar por ali o P. Nóbrega, de caminho para o sul com o Governador Tomé de Sousa. Acharam ao P. Navarro, que principiara, o ano anterior em casa provisória, a ensinar três ou quatro meninos, primeiro esbôço duma escola que prometia muito, mas depois deu pouco[3].

---

1. Nóbr., *CB*, 107.
2. Nóbr., *CB*, 74, 86, 106.
3. *CA*, 69, 127. Pela proximidade da Baía, houve nos primeiros tempos grande movimento de Padres em Pôrto Seguro, e todos, mais ou menos, ali estiveram ou por ali passaram. No dia 29 de Abril de 1554, chegou o Padre Ambrósio Pires com o Ir. Gregório Serrão. Achava-se ainda ali o P. Navarro, mas, já a 5 de Maio, tinha iniciado a entrada ao sertão de Minas. Também antes desta data passou por ali o P. Leonardo Nunes que levou o Ir. Gregório, dei-

Estava já construída a igreja de Nossa Senhora da Ajuda, e nela se recolhia João Navarro, quando vinha das Aldeias dos Índios. Aproveitando esta passagem do Padre Nóbrega, reüniram-se os homens principais da Capitania e pediram-lhe, como a Superior, «que fizesse ali uma casa para se sustentar e ensinar os meninos, que êles todos ajudariam o que pudessem. O Padre tratou isto com o Governador, que é muito amigo da Companhia; o qual, imitando-o todos os principais, foi com o Padre ver o sítio que melhor se achasse. E assim escolheu um lugar muito cómodo, que tinha perto um laranjal. E logo prometeram muito açúcar e escravos e se elegeram quatro homens para pedir esmola e a fazer. E um homem, que sabe a língua, afirmava que trariam ali tantos filhos dos Índios, quantos a casa pudesse sustentar»[1].

Aquêles quatro homens deveriam ser o núcleo da Confraria do Menino Jesus, que se tentava organizar para a instrução e educação de meninos; mas não prosperou, porque as condições morais e económicas da terra revelaram-se precárias. Caso típico: chegando alguns órfãos portugueses, enviados da Baía, assediaram-nos as índias por tal forma que êles, por falta de preparação espiritual, não resistiram suficientemente. A estas dificuldades morais acrescia outra. A-pesar-de tôdas as promessas anteriores, escassearam os recursos. E os Padres escrevem com desalento: «já começamos a vender os bérnios, que [os órfãos] traziam, para lhes dar a comer»[2].

A escola fechou. Mas, voltando os Padres em 1563, tornou-se a abrir e dava bons frutos em 1566[3]. Duraria muito desta vez? A condição da terra não nos dá garantia bastante; e talvez sobreviesse outra interrupção, porque um menino de 7 ou 8 anos, resgatado da mão dos Índios, em vez de se ensinar em Pôrto Seguro, foi para a Baía[4].

---

xando, em seu lugar, o Ir. Blasques (Cartas de Ambrósio Pires, *Bras. 3(1)*, 111, 89v). O P. Navarro prègava então na vila e em Santo Amaro e visitava os Índios.

    1. Carta de um Irmão de S. Vicente, 10 de Março de 1553, *Bras. 3(1)*, 90.
    2. Carta de Ambrósio Pires, *Bras. 3(1)*, 139v.
    3. *CA*, 472.
    4. Carta de Caxa, BNL, fg, 4532, f. 43.

A escola de ler e escrever, de Pôrto Seguro, funcionava em 1581 e 1583 [1]. E assim continuaria, com maior ou menor dificuldade, talvez com intermitências, conforme a sorte da Residência, até se fechar de todo.

2. — Quando Nóbrega estêve nesta vila pela primeira vez, em 1549, os Brancos deixaram-lhe má impressão; os Índios, favorável; ainda assim, numa situação de revolta ou pelo menos de indiferença para com a civilização. Os colonos, por um lado, abusavam dêles e não faziam caso do seu progresso moral, dando-lhes péssimo exemplo com uma vida desregrada, resultando de tudo isto que os Índios perdiam o respeito aos Brancos [2]. E o pior ainda para a prosperidade local era que os Brancos não se entendiam entre si: «achei o povo muito revôlto e uns com outros mui alvorotados» [3]. Esta observação, já de Leonardo Nunes, ao passar por ali em 1551 (onde fêz alguns ministérios frutuosos), dá-nos a fisionomia habitual desta Capitania, em todo o século XVI, apenas modificada por alguns momentos desanuviados, de pouca duração. Semelhantes alvoroços e dissenções degeneraram, em 1553, numa fúria incendiária de que se faz eco o P. Navarro: «a gente aqui só tem nome de cristãos, diz êle, embebidos em malquerenças, metidos em demandas, envoltos em torpezas e deshonestidades pùblicamente». O Padre sentiu-se desanimado a princípio; reagiu, começou a prègar «e quis Nosso Senhor que alguns se apartassem dos pecados, uns tirando-os de si, outros casando-se; e fizeram-se algumas amizades. Nisto começa um barulho noutra povoação e vila desta Capitania de muitos ódios e malquerenças até vir em bandos sem se poderem aplacar». De-repente, conta o P. Navarro, «salta o fogo, sem se saber donde, nem de quem, e queimou a maior parte do lugar com muita fazenda de moradores; e acharam uma mulher nova queimada, o que mais se sentiu; disse-me depois uma mulher de crédito que, estando dentro da sua casa, ouviu umas vozes como de meninos gritando que saísse a ver; não vira nada, sòmente o fogo que começava a

---

1. *Ann. Litt. 1583*, p. 202.
2. Nóbr., *CB*, 107-108.
3. *CA*, 57.

arder e tudo foi um instante, sem poder acudir ninguém». Êste caso singular e trágico repetiu-se noutra «vila principal», onde o Padre tinha grande dificuldade em mover a gente à penitência. Do mesmo modo, «saltôu o fogo sùbitamente e queimou quási tôda a vila dos muros a dentro, sem se poder valer a casas nem fazenda, que ardeu em muita quantidade; e as casas contaram cincoenta e tantas». Escapou a casa de um homem, com fama de rico e de mau viver, que se gabou da sua incolumidade. Pois, logo no dia seguinte, «se lhe pegou o fogo na cumieira da sua casa e se queimou tôda e o que tinha nela»[1]. Não consta que se descobrisse o incendiário ou incendiários, mas infere-se a ausência de escrúpulos e fraqueza da autoridade, incapaz de impedir ou punir tais crimes, que não achamos se dessem noutras Capitanias. Num meio dêstes trabalhavam os Jesuítas como podiam, mas sempre com desalento e pouco fruto a não ser de paciência para êles próprios. Em 1555, atribue Ambrósio Pires êstes sáfaros resultados à «falta de disposição dos que habitam a terra»[2].

Assim se sumiam as primeiras esperanças. Cremos que ficou alguns anos a Residência sem Padres. Não achamos nenhuma referência a Pôrto Seguro, desde a passagem de Nóbrega por ali, em 1556, até 1563, em que foram enviados os Padres Francisco Viegas e António Gonçalves, depois de o instarem ao Provincial Luiz da Grã, «assim a Câmara em nome de tôda a Capitania, como outras pessoas honradas e devotas em particular»[3].

3. — O Padre António Gonçalves deixou-nos a carta mais simpática que se conhece sôbre Pôrto Seguro. Dá notícias circunstanciadas dos ministérios dos Padres e deixava entrever dias melhores. A-pesar dos Jesuítas passarem fome por causa dos Aimorés, que infestavam a Capitania, impedindo que a gente fôsse ao mato roçar e caçar, como antes, nem haver gado vacum, foi, com certeza, êste o período mais fervoroso de Pôrto Seguro o século XVI[4]. Como a Câmara é que tinha

---

1. *Bras. 3(1)*, 100v.
2. *Bras. 3(1)*, 139.
3. *CA*, 382.
4. *CA*, 475-476.

chamado os Padres, aplanaram-se as dificuldades e ao seu zêlo efectivo correspondeu fruto espiritual, senão duradoiro ao menos abundante. Celebraram-se três jubileus solenes: o de nossa Senhora da Ajuda, o de S. Pedro, orago da Residência dos Padres, o do Nome de Jesus, onomástico da Companhia. Festas religiosas na quaresma com as suas penitências, e «não era devoção fingida, pelos sinais das bofetadas que nos rostos se viam»; e na Páscoa, com festas também externas, já com foguetes, e argolinhas, como numa Aldeia de Portugal, característica futura das festas nacionais brasileiras, anota Afrânio Peixoto.

Estava então em Pôrto Seguro o P. Braz Lourenço que, desde 1564, era o Superior, homem dotado do dom de gentes, amado de todos, desterrando as blasfémias com a Confraria da Piedade, atraindo pessoas e dissipando inimizades que naquela terra pequena tomavam às vezes proporções mortais [1].

Na Capitania de Pôrto Seguro, além desta vila existiam mais quatro núcleos de Portugueses e, por 1574, alguns engenhos e fazendas. Disseminavam-se também, aqui e acolá, 11 Aldeias de Índios [2]. Com todos e com os escravos negros exercitavam os Padres os seus ministérios, no meio de grandes trabalhos, chuvas, calores e perigos dos Aimorés [3].

Em 1583, visitou Cristóvão de Gouveia esta Capitania. A Informação respectiva diz: «Aqui temos casa em que vivem de ordinário seis dos nossos: três Padres e três Irmãos. Vivem de esmolas, ajudados da Baía, como a casa dos Ilhéus. O sítio é amplo, de bom prospecto ao mar; tem quatro câmaras térreas forradas e oficinas acomodadas. A igreja é pequena, bem aca-

---

1. Carta de Grã, *Bras. 3(1)*, 163v; *CA.* 473-474; *Ann. Litt. 1588*, p. 321; *Ann. Litt. 1589*, p. 466. O Padre Braz Lourenço foi substituído, em Dezembro de 1572, pelo P. João de Melo, seguindo aquêle para o Rio de Janeiro, em companhia do Provincial, *Fund. de la Baya*, 27(97).

2. *Bras. 15*, 263; *Bras. 8*, 4v.

3. Anch., *Cartas*, 418. As últimas ânuas trazem a lista dêles e, como se verá, em forma decrescente. Em *1590*: Confissões, 5.000; Comunhões, 2.700; Baptismos, 230; Casamentos, «quási o mesmo» (Carta de Beliarte, *Bras. 15*, 365v). Em *1594*: Confissões, 3.000; Comunhões, 2.067; Baptismos, 44; Casamentos, 28 (*Bras. 15*, 416). Em *1595*: Confissões, 1.040; Comunhões, 1.300; Casamentos, 20; Baptismos, 20 (*Bras. 15*, 423).

bada, ornada de bons ornamentos. Tem sua cêrca grande com muitas laranjas, coqueiros, limões e outros frutos »[1].

4. — Em 1578, houve desgostos entre os Jesuítas e as autoridades locais, por causa dos Índios. A Câmara tirou instrumentos jurídicos contra os Padres e os Padres contra a Câmara. O Bispo interveio, excomungando alguns homens da terra. O P. Geral, informado, chama a atenção do Provincial para que o zêlo dos Padres não excedesse os limites da edificação que sempre se deve dar[2].

Êstes despiques que por causa dos Índios se manifestaram aqui e além, agravando-se em terras pequenas, levaram os Padres a encarar a possibilidade de deixar Pôrto Seguro. Tanto mais que a malevolência aumentava e, já em 1581, arregimentava contra a Companhia um sacerdote que de Padre só tinha o nome, diz uma carta assinada por Anchieta[3].

Cristóvão de Gouveia, na sua visita, viu as Aldeias, apalpou a terra. E, observando que os Capitãis e outros homens eram pouco favoráveis à Companhia; e que, tirando os ministérios com os Índios, não se fazia maior fruto, propôs ao Geral a supressão da residência. As razões, que apontava, além da má vontade das autoridades, eram que, por um lado, os moradores estavam tão embaraçados moralmente, que não queriam nada com os Padres, antes os evitavam; e por outro lado, tornava-se difícil encontrar Superiores e Padres, tão escolhidos e provados em virtude, fôrças e vontade, para estar em tal terra. E como era necessário, dadas as condições dela, que só fôsse para lá gente desta, ficavam privados os Colégios dos melhores Padres.

Propunha êle, portanto, que, para dar conta de todo o serviço, bastaria que fôssem lá anualmente dois Padres *per modum missionis*[4]. As dificuldades revestiram feição aguda em 1591. O Ca-

---

1. Anch., *Cartas*, 418 ; Cardim, *Tratados*, 299. Não achamos documentos de que os Padres possuíssem outros bens nesta Capitania, durante o século XVI.
2. Bras. 2, 45v.
3. Bras. 15, 327.
4. Carta de Gouveia, 1 de Nov. de 1584, Lus. 68, 407-408. Anch., *Cartas*, 417. Aires do Casal dá, como explicação do pouco fruto colhido em Pôrto Seguro, o irem para ali, de preferência teólogos antes de aprenderem a língua, homens, portanto, que para pouco mais serviriam que para a catequese. — *Coro-*

pitão de Pôrto Seguro, Gaspar Curado, e os Oficiais da Câmara, davam evidentes provas de má vontade contra os Jesuítas e dificultavam o acesso às Aldeias que êles catequizavam. O Capitão chegou a lançar pregão « que ninguém desse embarcação e passagem a pessoa alguma para a banda donde está a Aldeia de Santo André dos Índios da terra », onde os Padres costumavam ir. E constou, depois, que o fazia por causa dêles. Os Padres, que eram Pantaleão de Banhos e Agostinho de Matos, avisaram o Provincial, Marçal Beliarte, o qual, já farto de tantos obstáculos e, talvez por isso mesmo, precipitadamente, denunciou o Capitão Curado à Inquisição, no dia 19 de Agôsto de 1591, como homem que impedia a conversão e não era para tais cargos[1].

O Capitão foi deposto. Chegando a Roma os ecos dêste caso, pediu o Geral informações e deu-lhas já o novo Provincial, Pero Rodrigues, severo na apreciação dos actos do seu antecessor. Rodrigues, com reconhecer que o Capitão de Pôrto Seguro era mal afecto aos Padres, nem favorecia os Índios das Aldeias, continua: depois da sentença do Inquisidor Heitor Furtado de Mendonça, foi o P. Beliarte « visitar Pôrto Seguro, levou consigo um clérigo secular, que lhe intimou a provisão por parte do Santo Ofício, e foi deposto o dito Capitão, e veio aqui. E como justificasse a sua causa e que tudo era vento, entendeu o Inquisidor que fôra paixão do Padre e daí a 3 ou 4 meses o tornou a enviar com honra à sua Capitania. E está servindo o cargo »[2].

Naturalmente, depois dum incidente dêstes, as relações do Capitão com os Padres foram ainda piores. Tornou-se insustentável a sua permanência em Pôrto Seguro. Perder tempo para quê, se não faltava campo para a sua actividade? Indo a Roma, o P. Luiz da Fonseca levou incumbência de urgir o encerramento da Residência. O Geral deu-se por informado em Janeiro

---

grafia Brasilica, II, 2.ª ed. (Rio 1845) 66. Não satisfaz a explicação. Colocar ali missionários novos, em terra tão desorganizada, era expô-los a graves perigos. Os Superiores sentiam a necessidade de enviar Padres já experimentados. A razão do fruto diminuto tem que se buscar nas insuperáveis dificuldades que opunham aos Padres as condições mesológicas, económicas e políticas desta Capitania.

1. *Primeira Visitação: Denunciações da Baía* (1591-1593) 371.
2. Carta de Pero Rodrigues, Baía, 29 de Setembro de 1594, *Bras.* 3(2), 360v.

de 1594, mas, sentindo-se pouco disposto a suprimir casas, escreveu, em 1595, ao Superior do Brasil, rogando que o informasse miüdamente, antes de tomar qualquer resolução [1].

Respondeu Pero Rodrigues, em 1602: «Em uma de 15 de Fevereiro de 95, me encomenda V. P. que não tire os Padres da Capitania de Pôrto Seguro e ajunta V. P.: mas convém prevenir os perigos, quando forem urgentes. Por êste respeito, fui conservando até agora esta Residência, com trabalho. Porém como os perigos foram sempre crescendo e os moradores despovoando a terra e de presente não chegam a 30, por vezes consultei se mandaria vir os Padres, antes que acontecesse a morte de algum ou de todos. Êste ano foi visitar aquela Residência, em meu nome, o P. Vicente Gonçalves e finalmente, com sua informação e de outros Padres, dignos de fé, e parecer dos Padres consultores, os mandei vir daquela casa. As razões, que o Padre e outros homens apontaram, são as seguintes:

1.ª — A terra está já ocupada dos Aimorés, nem teem já os moradores onde cavarem mantimentos, porque lhes teem mortos êstes bárbaros seus escravos e a muitos dos moradores. E como se não podem sustentar a si, menos podem acudir a sustentar os Padres.

2.ª — Queixam-se os moradores que, por nós não despejarmos, êles estão na terra consumidos, sem irem buscar por outras seu remédio.

3.ª — Os Índios, que tínhamos a cargo, são já muito poucos e já os Padres os não podem ir visitar sem perigo de vida e ainda na mesma vila correm perigo os Padres e os mesmos moradores.

4.ª — Ùltimamente o Capitão da terra, para a gente não despejar, não tem outro remédio senão tomar-lhes as velas e impedir a fugida, o que como intentasse um dia dêstes, sucedeu um criado seu ferir ou matar a um homem principal, pelo que o Capitão foi prêso e largou o cargo, e, sem falta, acabar-se-á de despovoar a terra. Por estas razões, com parecer dos Padres consultores, me resolvi a mandar vir os Padres, cujas vidas estão arriscadas sem nenhum fruito» [2].

---

1. *Bras. 2*, 80-87.
2. Carta de Pero Rodrigues, Baía, 15 de Setembro de 1602, *Bras. 8*, 16, 18. Cf. Fernão Guerreiro, *Relação Anual*, I, 390.

Assim acabou a Residência desta Capitania, tão cheia de complicações e trabalhos. Mas os Padres iam lá em missões volantes. Em 1610, sucedeu o grande ataque dos Índios a Pôrto Seguro, intervindo os Jesuítas da Baía, para que se socorressem eficazmente os sitiados [1]. Depois, tornando-se mais respirável o ambiente, e, mediante pedido da Câmara, que se dirigiu expressamente a Roma ao Geral, a 20 de Julho de 1620, voltaram para ali os Jesuítas e reconstituíu-se a casa, por obra dos Padres Mateus de Aguiar e Gabriel de Miranda, no ano de 1621 [2].

5. — Mas ainda não terminaram os trabalhos dos Jesuítas em Pôrto Seguro no século XVI.

No mapa, que o Barão Homem de Melo fêz para mostrar as singraduras da Armada de Pedro Álvares Cabral, no descobrimento do Brasil, há as seguintes notações: na margem esquerda do Rio Buranhem, *matriz:* na margem direita: actual *Pôrto Seguro;* e mais ao sul, num monte, *Nossa Senhora da Ajuda.* Quando os Padres chegaram a Pôrto Seguro, a povoação com êste nome ficava na margem esquerda, e, na direita, Santo Amaro. Nossa Senhora da Ajuda é fundação dos Jesuítas e data de 1551.

Estavam nesse ano aqui o P. Francisco Pires e o Irmão Vicente Rodrigues. A primeira carta, que se refere à fundação da Ajuda, é de António Pires, a 2 de Agôsto de 1551, e diz: «Francisco Pires está em Pôrto Seguro e com êle estêve até agora Vicente Rodrigues e veio agora a comunicar com o P. Manuel da Nóbrega em esta Costa algumas coisas, em a qual adoeceu e não pôde mais tornar. Fêz uma ermida ali, a qual é mui visitada de romarias. Diz-se, por tôda a Costa, que uma fonte que se abriu, depois da fundação da ermida, dá saúde aos enfermos» [3].

Vicente Rodrigues, que foi o feliz descobridor da fonte,

---

1. *Bras.* 8, 105.

2. *Bras.* 8, 302-305; 309-309v; *Lettere Annue d'Ethiopia, Malabar, Brasil e Goa* (Roma 1627) 127.

3. *CA,* 81; Pero Rodrigues, *Anchieta,* em *Annaes,* XXIX, 193; *Fund. de la Baya,* 29v(104); Amaral, *Resumo Cronológico* na *Rev. do Inst. da Baía,* 47, p. 558, dá como data inicial para a edificação da igreja, 26 de Dezembro de 1551. Não aduz documento. Nesta data só poderia ser reedificação.

conta o caso com esta singeleza: «Estando dois Padres em Pôrto Seguro fundando uma casa, e não tendo água que fôsse boa para beber, desejavam ali perto uma fonte. Quis Deus que, neste comenos, caíu um monte e com o abrir da terra se abriu a mais formosa fonte que agora há naquela terra. E porque a casa, que fundavam, é da invocação de Nossa Senhora, se chama a fonte, entre cristãos e gentios, da mesma Senhora» [1]. O povo gostava de ouvir o ruído da água que corre debaixo do altar e da terra até sair à fonte [2].

Outros contam que foi ao cair uma árvore, que se abriu a terra, desabrochando a água. Ambrósio Pires, que viveu ali pouco depois, escreve, em 1554, que estava um homem em cima da árvore a podá-la ou a cortá-la, quando caíu, não sofrendo êle mal algum. «E assim brotou no lugar, onde foi a árvore, uma fonte, bebendo da qual vários enfermos sararam, e todos, sem mais, se curam. Se isto houvesse acontecido noutro lugar, tornava-se objecto de grande devoção, qual outra Guadalupe» [3]. Compara êle a ermida de Nossa Senhora da Ajuda à de Monserrate e, se o lugar fôra tão seguro como é bom sítio, seria o melhor do Brasil. Mas fica num êrmo e portanto exposto aos assaltos dos Índios [4].

---

1. *CA*, 119.
2. Vasc., *Crón.*, II, 70.
3. *CA*, 141.
4. *Bras.* 3(1), 111v. O tratado de *Algumas coisas mais notáveis do Brasil* conta várias curas milagrosas, que ali se operaram, de mordeduras de cobra, câmaras de sangue, quebraduras; e acrescenta que tudo isto se autenticou pelo Sr. Administrador Eclesiástico (*Rev. do Inst. Bras.*, 94, p. 372). Cf. António Gonçalves em *CA*, 476, que narra vários milagres, de que foi testemunha de vista.

Pero Rodrigues conta que o Ir. Francisco Días, arquitecto e pilôto, ficou são da doença do cobrelo ou Santo Antão, passando ali no navio da casa com Anchieta. — Pero Rodrigues, *Anchieta* em *Annaes*, XXIX, 274; Vasconcelos, *Anchieta*, 247-248. Mas o ano que êste dá de 1567 é êrro, talvez do copista. Francisco Dias só veio de Portugal 11 ou 12 anos depois.

Segundo Fr. Vicente do Salvador, Nossa Senhora da Ajuda fica «em um monte mui alto e, no meio dêle, no caminho que se sobe, uma fonte de água milagrosa, assim nos efeitos, que Deus obra por meio dela, dando saúde aos enfermos que a bebem, como na origem, que sùbitamente a deu o Senhor ali, pela oração de um religioso da Companhia, segundo me disse, como testemunha de vista e bem qualificada, um neto do dito Pero do Campo Tourinho, e do seu próprio

A-pesar disto, a devoção de Nossa Senhora da Ajuda, de Pôrto Seguro, foi em aumento, e tornou-se lugar de grande romaria ou peregrinação, tanto que Simão de Vasconcelos a classifica no seu tempo como o mais famoso Santuário do Brasil, comparável a Nazaré e Loreto; ou, como diríamos hoje, dada a eficácia e uso da sua água, a Lourdes ou Fátima.

Tal foi a primeira igreja dos Jesuítas na região de Pôrto Seguro e também a sua primeira residência.

Os Padres umas vezes viviam nela, outras não. Moraram no comêço, não moravam no tempo do P. Navarro (1553); e achamos que, em 1556, deixando o Padre Nóbrega dois da Companhia, um em Pôrto Seguro, determinou que o outro morasse na Ajuda, « o qual tinha cuidado de ir com dia a uma Aldeia dos gentios, que está a uma légua de Nossa Senhora, e depois tornava a fazer o mesmo à povoação de Santo Amaro; e, feito êste serviço ao Senhor, fazia a sua volta para a ermida »[1]. Talvez para evitar tão grande isolamento, o Provincial Inácio Tolosa, na visita que fêz às Capitanias (1572-1573), passando ali, ordenou que se fizesse casa conveniente para agasalhar o missionário que lá fôsse cada semana. A gente da terra prometeu construir um tanque para a água[2]. Mas pouco depois, à semelhança da igreja da Ajuda, da Baía, foi também esta entregue ao Bispo, por proposta do mesmo Provincial, aprovada pelo Geral, Everardo Mercuriano, em carta de 2 de Dezembro de 1574[3]. Continuaram, porém, a ir os Jesuítas todos os sábados à Ajuda prègar e afervorar o povo. Em 1584, havia confraria e bons ornamentos[4].

No dia 22 de Setembro de 1583, estiveram ali em romaria os Padres Cristóvão de Gouveia, José de Anchieta, Fernão Cardim, com outros Jesuítas. Partindo de Pôrto Seguro,

---

nome, meu condiscípulo no estudo das Artes e Teologia, e depois deão da Sé desta Baía », *H. do B.*, p. 98. Observa Rocha Pombo, comentando estas palavras de Fr. Vicente, que talvez quando escreveu (1627) já não estivesse a ermida no primitivo lugar.— Rocha Pombo, *H. do B.*, III, 240; *Santuário Mariano*, IX, 257-258; Jaboatão, *Orbe Seráfico*, I, 81; A. de Alcântara Machado em Anch., *Cartas*, 341, nota 404.

1. *CA*, 154.
2. Carta de Caxa, de 2 de Dezembro de 1573, BNL, fg, 4532, f. 43.
3. *Bras. 2*, 43-v.
4. Anch., *Cartas*, 317.

« passámos um rio caudal mui formoso e grande; caminhámos, diz Cardim, uma légua a pé em romaria a uma Nossa Senhora da Ajuda, que antigamente fundou um Padre nosso; e a mesma igreja foi da Companhia. E, cavando junto dela o P. Vicente Rodrigues, irmão do Padre Jorge Rijo (que é um santo velho, que dos primeiros que vieram com o Padre Manuel da Nóbrega, êle só é vivo) cavando, como digo, junto da igreja, arrebentou uma fonte de água, que sai debaixo do altar da Senhora e faz muitos milagres ainda agora. Tem um retábulo da Anunciação de maravilhosa pintura e devotíssima. O Padre, que edificou a casa, que é um velho de setenta anos, vai lá todos os sábados a pé a dizer missa e prègar a quási tôda a gente da vila, que ali costuma ir aos sábados em romaria, e pera sua consolação lhe deu o Padre licença que se enterrasse naquela igreja, quando falecesse; e bem creio que recolherá a Virgem um tal devoto e receberá sua alma no céu, pois a tem tão bem servido »[1].

6. — Na catequese dos Índios de Pôrto Seguro, seguiu-se o sistema de missões volantes. Da sede da Capitania os Padres irradiavam, pela Costa e pelas margens dos rios, por todos os principais núcleos de Índios Tupinaquins. Nóbrega passou o seu primeiro Natal em Pôrto Seguro e logo com Diogo Jácome

---

1. Cardim, *Tratados*, 297. Êste Padre, que tinha licença de se enterrar na igreja, dissemos nós em *Um autógrafo inédito de José de Anchieta*, in « Brotéria », XVII, 272, que era o P. Vicente Rodrigues. Hoje temos alguma dúvida: tanto poderia ser êle como o Padre Francisco Pires. Se existisse o catálogo de 1583, estava resolvida a dificuldade, vendo que Padres viviam em Pôrto Seguro nesse ano. Mas não existe. O de 1584 tem o P. Vicente Rodrigues na Baía e o P. Francisco Pires em Pôrto Seguro. Examinando os documentos referentes a Nossa Senhora da Ajuda, todos consideram o P. Vicente Rodrigues como descobridor da fonte; quanto à edificação da ermida, atribuem-na a ambos e mais ao P. Francisco Pires, por ser o Superior local. Na hipótese verosímil de estar em Pôrto Seguro em 1583, a êle se podem aplicar aquelas palavras de Cardim: « O Padre *que edificou a casa*, que é um velho de setenta anos, vai lá todos os sábados »; a êle se referiria, portanto, a licença de se enterrar naquela ermida. O certo é que nenhum dos fundadores faleceu em Pôrto Seguro. Francisco Pires morreu no Colégio da Baía, em 12 de Janeiro de 1586 (Franco, *Imagem de Coimbra*, II, 216), ou, segundo o *ms. de Defunctis*, em 1587, « Sine mense neque die » (*Hist. Soc. 42*, 32v). Vicente Rodrigues faleceu no Rio de Janeiro, a 9 de Junho de 1600, *Bras. 5*, 50.

percorreu a costa para o sul, chegando ao Rio do Frade, «que eu já atravessei com muito pouco perigo» — escreve êle, a 6 de Janeiro de 1550[1]. E, como em tôda a parte, trataram também aqui os Padres de se porem em contacto com os Índios. O Padre Navarro pernoitava na ermida da Ajuda, quando os ia visitar. Diz Ambrósio Pires que, em 1554, existiam «quatro ou cinco povoações ao redor [da Ajuda] de uma légua ou duas ou três. Uma está mais longe, que é onde Braz Teles tem uma fazenda de açúcar que está a sete léguas. A esta ainda não fui senão uma vez e estive nela alguns dias, porque tem aquêle mui temeroso e rápido rio em que se afogou aquêle bemdito frade capuchinho, que cá deixou muito boa fama»[2].

Por volta de 1573, começaram a descer do sertão muitos Índios Tupinaquins para se catequizarem. Repartiram-se por diversas Aldeias e como não era possível ao P. João de Melo, que então morava em Pôrto Seguro, assistir em tôdas, de maneira a fazer catequese seguida, combinou fazê-la numa Aldeia mais central acorrendo os Índios das outras, às vezes de três e quatro léguas[3].

Em 1574, chegaram mais, vindos de montes distantes, a que a hipérbole dos mesmos Índios dava distâncias de 100, 200 e 300 léguas. E, produto já certamente da catequese anterior, baptizaram-se 434 e, pouco depois, 270[4].

Pediam-se missionários. Mas se havia espírito de seqüência nos anseios dos missionários e nas canseiras, que padeciam, não o havia nos resultados, muito desiguais.

Uma *Informação* dá-nos o estado da Capitania de Pôrto Seguro, poucos anos depois de 1573:

«Tem esta Capitania, em si, duas vilas e duas povoações, afora os engenhos e trapiches de pilão.

---

1. Nóbr., *CB*, 108.
2. Carta de Ambrósio Pires, 5 de Maio de 1554, *Bras. 3 (1)*, 111v; Anchieta, *Cartas*, 71; Nóbr., *CB*, 108. Frade *Capuchinho*: Anchieta chama-lhe de S. Francisco; e Nóbrega «Padres de Santo António», e acrescenta que eram italianos. Não encontramos referência alguma no livro «*Os missionários Capuchinhos no Brasil*» pelos Padres Fr. Modesto Rezende de Taubaté e Fr. Fidelis Motta de Primerio (S. Paulo 1930).
3. Carta de Caxa, BNL, fg. 4532, f. 43.
4. Carta de Caxa, *Bras. 15*, 278v; Oliveira, *Anual do Rio de Janeiro* 38v; *Fund. de la Baya*, 45v-46; Cf. *Annaes*, XIX, 104.

«A principal destas vilas é a de Pôrto Seguro, a qual tem 78 vizinhos e terá 500 escravos. A vila de Santo Amaro dista desta para a parte do sul três quartos de légua; tem 36 vizinhos e terá 220 escravos. Antre estas duas vilas vai um rio grande, a que chamam Cerianhaia, ao longo do qual estão as mais fazendas desta terra, por ser navegável para embarcações. Estão, ao longo dêle, 3 engenhos e 3 trapiches. Os engenhos, dois dêles não fazem açúquere, um por estar já todo desbaratado e o outro pouco menos; mas agora o tornam a consertar. O outro e os trapiches são os que fazem algum açúquere. Estão ao longo dêste rio 4 Aldeias de Índios, pequenas, ainda que as três já estão fornecidas de gente que veio do sertão. A mais pequena é uma em que temos uma igreja de S. Mateus, que tem 96 almas. Tem pouca gente, por ser o principal dela no sertão, a buscar a gente que lá tem. Desta aldeia os 60 serão cristãos, os mais dêles inocentes. É gentio êste Tupinaquim de muito bom entendimento para caírem nas coisas de Deus. Começaram-se a converter na era de 73. Está esta nossa igreja perto da maior parte das fazendas dos Portugueses, por onde se pode fazer muito fruito na sua escravaria, havendo quem nisso entenda».

«Da Vila de Santo Amaro para o sul três quartos de légua, está uma povoação a qual chamam Igtororém. Tem 13 vizinhos, terá 100 escravos. Tem ali um engenho. Êste não faz agora açúquere, por falta de gente. Além desta povoação, légua e meia para o sul, está um trapiche que faz honestamente açúquere, por ter gente para isso. Uma légua desta para o sertão está uma Aldeia com honesta gente, a qual se começa agora a converter. Dêste trapiche, três léguas para o sul, estão duas Aldeias: uma delas é pequena, a outra terá 1.000 almas ou mais. Destas Aldeias, uma légua para o sul, estêve a outra vila com um engenho que chamavam Aun-acema. Êste destruíram os Tapuias e nunca se mais tornou a fazer».

«Na vila de Pôrto Seguro, para o norte meia légua, está outro engenho a que chamam Itaicimirim. Êste já não faz açúquere, por estar já todo desbaratado».

«Desta vila para o norte, 3 léguas, está a povoação de Cerenambitipe. Tem 28 vizinhos; terá 150 escravos. Por outro nome se chama povoação Santa Cruz, porque assim se chamava o outro lugar, onde ela já estêve, que era o engenho da Riaga, que despois foi do Duque de Aveiro. Êste engenho queimaram também os [Ta]puias segundo alguns dizem. Nunca mais o Duque o consertou. E assim ficou tudo desbaratado. É êste rio de Cerenambitipe mui fermoso e grande. Tem algumas águas para engenhos. Duas léguas desta povoação para o sertão estão duas Aldeias».

«São estas Aldeias por tôdas 9. Terão de quatro mil almas para cima. A mais longe delas está 6 léguas de Pôrto Seguro».

«Falta a esta Capitania, para ser boa, ter senhor que se doa dela para a povoar, porque do mais tem muito pau de Brasil e está muito perto das povoações dos Portugueses e, tirando o de Pernambuco, êle é o melhor. Tem muitas águas para engenhos. É verdade que as terras ao longo do mar são fracas, por ser antigamente mui povoada de gentio; mas 3 léguas para o sertão vão muito boas terras. Os Tapuias já agora não fazem tanto mal, porque teem já cobrado mêdo aos Portugueses»[1].

As visitas a tôdas estas Aldeias continuavam de modo regular em 1581 e em 1583[2]. Mas neste ano os Padres «quási que residiam» numa. E eram grandes os trabalhos e perigos, por causa dos calores, chuvas e rios caudais que passavam e também por causa dos Aimorés[3]. Neste ano, dão-se os nomes explícitos de duas Aldeias de Índios: uma de Santo André ao norte, em frente de Santa Cruz, outra S. Mateus, ao sul, ambas a distância, mais ou menos igual, de Pôrto Seguro (5 léguas). Esta última visitaram-na, no dia 22 de Setembro de 1583, os Padres Cristóvão de Gouveia, Anchieta, Cardim e outros. Foram recebidos com «uma dança mui graciosa de meninos todos empenados, com seus diademas na cabeça e outros atavios das mesmas penas, que os faziam mui lustrosos»[4]. Em 1589, como os

---

1. Informação da Capitania de Pôrto Seguro, *Bras. 11*, 473-473v. Anónima. Escrita por um Padre da Companhia, letra do século XVI. Posterior a 1573, citado no texto. Uma carta do P. Luiz da Fonseca, de 1578, diz que os Padres visitavam as Aldeias dos Índios, que eram muitas: uma delas é quási já só de cristãos, *Bras. 15*, 303v-304. Êste pormenor de uma Aldeia quási só de cristãos, poderia ser S. Mateus, expressa na *Informação*, o que ajudaria a fixar a data da mesma *Informação*.

2. *Bras. 15*, 323; *Bras. 8*, 4v; *Ann. Litt. 1583*, p. 202-203.

3. Anch., *Cartas*, 308, 418.

4. Cardim, *Tratados*, 297.

selvagens incomodavam os Índios cristãos, puseram-nos os Padres em locais mais defendidos. E fizeram igreja melhor e maior [1].

Em 1592, os Aimorés atacaram as Aldeias dos Índios cristãos, quando os homens estavam para o campo. As mulheres, assustadas, refugiaram-se na igreja sem reparar num menino que ficou fora. Depois viram-no. E então, empunhando os arcos, as mulheres atacaram o inimigo, não consentindo que se aproximasse da criança, que assim se salvou de ser comida [2].

Os ataques repetidos dos Aimorés, a questão da liberdade dos Índios, as querelas entre colonos, envolvendo as autoridades, o descaso com que o Duque de Aveiro tratava a sua Capitania, pràticamente pobre, desagregaram as suas possibilidades de coesão e resistência. Escrevia o P. Rodrigues, no fim do século: «Não se pode tratar acêrca de missões, porque se não pode daí fazer nenhuma; e a razão é estarem postas em grande apêrto há muitos anos e a gente as ir pouco e pouco desamparando. E assim dizem que, se os Nossos ali não estiveram, já foram de todo despovoadas, tanto aperta com a gente uma praga de gentio bravo, cuja língua se não pode entender, e que chamam Aimorés. Os nossos assaz fazem em ter mão em alguns Índios do serviço dos moradores, acudindo-lhes em suas necessidades espirituais, além dos ministérios da Companhia de prègar e confessar e o mais que por tôdas as partes exercitam com muita edificação dos próximos e glória de Nosso Senhor» [4].

As coisas chegaram a têrmos que foi mister, daí a pouco, interromper a catequese por alguns anos. O sector da actividade dos Padres no século XVI, nesta região de Pôrto Seguro, ia do Rio de Santo António, ao norte, até o rio Graminuã, ao sul, dando daí um salto a Caravelas, que, não sendo então povoação de importância, é, hoje, entre as que sobreviveram, a mais florescente [4].

---

1. *Ann. Litt. 1589*, p. 466.
2. *Bras. 15*, 380.
3. Carta de Pero Rodrigues, da Baía, 19 de Dezembro de 1599, BNL, fg, Cx. 30, 82, n.º 7; *Bras. 15*, 473v; Amador Rebelo, *Compendio de algumas cartas*, 235.
4. Além de Caravelas, Vicente Viana dá também procedência jesuítica à vila de Trancoso, que viria duma Aldeia de Índios, chamada S. João «fundada em 1586 pelos Jesuítas». — Vicente Viana, *Memória*, 436, 556. Que os Padres iam ao Rio das Caravelas consta em *Bras. 5*, 18v, e em Anchieta, *Cartas*, 319.

CAPÍTULO III

Capitania do Espírito Santo

1 — Estado da Capitania; 2 — Ministérios; 3 — Acção contra os piratas franceses; 4 — Acção contra os piratas ingleses; 5 — A Igreja de Santiago; 6 — Situação económica.

1. — No dia 23 de Maio de 1535, oitava de Pentecostes, aportou Vasco Fernandes Coutinho, antigo herói da Índia, à sua Capitania do Brasil. Esta circunstância do tempo da chegada vinculou à terra o nome de Espírito Santo[1].

Vasco Fernandes Coutinho não a pôde valorizar, por falta de recursos, nem conseguiu impor-se com perfeita autoridade a brancos e Índios. E a intranqüilidade, que reinava na Capitania, era às vezes pior que a guerra declarada[2]. Ainda assim, tem que se reconhecer a sua presença como útil para a terra, pois foi precisamente durante uma ausência sua em Portugal, que houve os dois maiores desastres bélicos do Espírito Santo, morrendo em cada um dêles algumas das personagens principais da Capitania[3].

Noutro grande perigo foi oportuna a intervenção dos Padres, que salvou a situação crítica em que já se viam os cristãos. Infelizmente, Anchieta, que nos refere o facto, não deixou mais pormenores senão que, «estando quási todos os moradores sôbre uma forte Aldeia, daí 30 léguas, já desconfiados e em perigo de se perder, pelas palavras de outro nosso Padre, se entregou aquela Aldeia e outras»[4].

---

1. Rocha Pombo, *H. do B.*, III, 225.
2. *Bras. 3 (1)*, 137.
3. Nóbr., *CB*, 199, 207.
4. Anch., *Cartas*, 323-324.

Esta perturbação e falta de recursos para a defesa da Capitania fêz que se pedisse a El-Rei a tomasse para si. Mem de Sá tomou-a, e, diz expressamente, que por amor dos Padres[1]. Nóbrega regozijou-se com isso e transformou o pessimismo anterior em esperança: «esta Capitania se tem, diz êle, pela melhor coisa depois do Rio de Janeiro»[2]. A sua expectativa não se frustrou pelo que toca ao trabalho da conversão do gentio, ponto que êle principalmente visava nas suas esperanças. Na verdade, o Espírito Santo recebeu mais gente do sertão do que nenhuma outra Capitania, refere em 1584 Fernão Cardim[3].

Sob o aspecto material não se desenvolveu tanto. A proximidade do Rio de Janeiro neutralizou a sua influência marítima; a posição inegualável de S. Paulo, na encruzilhada dos caminhos fluviais, antecipou por aquêle lado a penetração do território de Minas, geogràficamente unido ao Espírito Santo.

2. — A esta Capitania de Vasco Fernandes Coutinho chegaram, pois, os Jesuítas, em 1551. Eram o P. Afonso Braz e o Irmão Simão Gonçalves, soldado português, que entrara na Companhia logo depois de vindo o P. Nóbrega, em 1549. Tinham estado antes em Pôrto Seguro. A viagem e as primeiras impressões conservou-as a pena do próprio Afonso Braz: «Partimos aos 23 de Março de 1551, ficando a gente mui desconsolada, e muitos com lágrimas, chorando. Há do Pôrto Seguro ao Espírito Santo 60 léguas. Receberam-nos, quando chegámos, os moradores com grande prazer e alegria; e desde que cheguei até Páscoa, não me ocupei, nem entendi em outra coisa senão em confessar e fazer outras obras pias. Passada a Páscoa, ordenámos de fazer uma pobre casa para nos podermos recolher. Ela está já coberta de palha e sem paredes. Trabalharei que se edifique aqui uma ermida junto dela, em um sítio mui bom, e em a qual possamos dizer missa, confessar, fazer a doutrina e outras coisas semelhantes»[4].

O P. Afonso Braz ficou encantado. Já conhecia a costa

---

1. *Instrumento*, em *Annaes*, XXVII, 228.
2. Nóbr., *CB*, 197-199, 223.
3. Cardim, *Tratados*, 339; Anch., *Cartas*, 419.
4. *CA*, 87; Orlandini, *Hist. Soc.*, 264; Vasc., *Crón.*, I, 95-97; Id., *Anchieta*, 43; Aires do Casal, *Corographia*, 2.ª (Rio 1845) 54.

desde a Baía. Segundo o que vira, a vantagem ia para a terra do Espírito Santo: «esta onde ao presente estou é a melhor e a mais fértil de todo o Brasil»[1].

Não havia pároco na terra, nem existiu durante algum tempo outra igreja na vila da Vitória senão a dos Jesuítas. Assim ficaram, meia dúzia de anos, recaindo sôbre êles todo o pêso dos ministérios, tanto em Vitória, como na Vila Velha, primeiro sôbre Afonso Braz e depois sôbre Braz Lourenço, que foi Superior do Espírito Santo, por duas vezes, e por muitos anos[2].

Ministérios os do costume: administração de sacramentos, prègação aos Portugueses, escola de ler e escrever, doutrina às crianças, Índios e escravos, visitas aos enfermos, aos engenhos e às Aldeias dos Índios, cuja liberdade defendia o P. Braz Lourenço até contra os pais, que vendiam os próprios filhos[3].

Algumas vezes, iam os Padres em pessoa ao sertão a buscar os Índios ou os parentes dos que já viviam no Espírito Santo, e iam «a mais de cem léguas por caminhos mui ásperos e não seguidos, em que padecem muitos trabalhos de fome e sêde e outros perigos de vida, sem dêles pretenderem mais que a salvação das suas almas e a glória de Deus»[4].

---

1. *CA*, 88, 81.
2. Matos, *Prima Inst.*, 26v; Vasc., *Crón.*, 186-187; *CA*, 337-338; *Fund. del Rio de Henero* em *Annaes*, XIX, 131. O P. Afonso Braz, primeiro missionário do Espírito Santo, era natural do têrmo de Coimbra, de Arcos ou Avelãs (os últimos catálogos teem Avelãs; os primeiros, Arcos). Entrou na Companhia na mesma cidade de Coimbra, a 22 de Abril de 1546 *(Lus. 43,* 2v). Chegando ao Brasil, logo na 2.ª expedição (1550), aqui trabalhou por mais de 60 anos, falecendo depois de 1610. Reza o catálogo dêste ano: «P. Afonso Braz, de Avelãs, diocese de Coimbra, 86 anos, fraca saúde, entrou em 1548. Estudou gramática e casos de consciência quanto bastou para as sagradas Ordens. Foi Superior nas Residências quási 7 anos. Trabalhou na construção das nossas casas e em ouvir confissões. Coadjutor espiritual formado, desde 1557», *Bras. 5,* 82v. Já não está no catálogo seguinte (1613). Faleceu, portanto, entre estas duas datas, 1610-1613. Como data de sua entrada deve preferir-se a do catálogo português (1546). Também só fêz os votos de Coadjutor espiritual no mês de Abril de 1560, em Piratininga, mas mãos do P. Luiz da Grã *(Lus. 1,* 135; Cf. *Mon. Nadal,* IV, 189). O que caracterizou a vida do P. Afonso Braz, além dos ministérios comuns, foi a sua qualidade de carpinteiro e arquitecto, que exercitou não só no Espírito Santo, mas em S. Paulo e no Rio de Janeiro.
3. *CA*, 215, 217, 218.
4. Pero Rodrigues, *Anchieta* em *Annaes*, XXIX, 195.

São unânimes as referências elogiosas à piedade local; devoção à água benta, às relíquias de S. Maurício, e, no fim do século, a S. Inácio de Loiola. Em 1552, confessava-se a gente de oito em oito dias ou de quinze em quinze, hábito de-veras extraordinário para o tempo¹.

Visitando o Espírito Santo em 1568, o P. Inácio de Azevedo apertou a concessão de baptismos aos Índios, pela facilidade com que voltavam aos seus antigos costumes. Já tinham os Padres três Aldeias. Pareceu ao Visitador, por motivos justos, que os Padres não residissem nelas, mas que fôssem lá, de Vitória, quando houvesse necessidade. Há várias disposições dos Superiores determinando, umas vezes, que residissem os Padres nas Aldeias, outras não, sinal de que eram quási de igual pêso as vantagens e desvantagens de tal residência².

Uma das ocasiões, que tinham os Padres para exercitar mais o seu zêlo, paciência e caridade, eram doenças: « o sítio não é muito sadio, nem aprazível por estar em lugar baixo », dizem algumas cartas³. Umas vezes, eram os Padres que caíam doentes: Luiz da Grã, indo lá em 1568, achou-os a todos convalescentes com grandes febres⁴. Outras vezes, eram epidemias gerais, que atingiam a todos. Em 1564, houve uma de bexigas, sobretudo na Aldeia da Conceição. Periòdicamente se referem outras, como em 1594 e 1595, esta última agravada com uma sêca terrível. O povo, vendo-se em aflição, recorreu a S. Maurício, de que se conservava uma relíquia na Igreja dos Jesuítas, e era advogado contra a sêca; e logo choveu⁵.

Para amostra do ambiente capichaba recordemos ainda alguns factos arquivados nas cartas jesuíticas.

---

1. *Bras.* 3 *(1),* 90v ; *Bras. 8,* 43 ; *Bras. 5,* 18v. Também, segundo o costume então admitido, faziam-se algumas confissões por intérprete. Em 1556, era o Ir. escolástico Lucena, *CA,* 153.

2. Carta de António da Rocha, 26 de Junho de 1569, *Bras. 3 (1),* 161v-162. Os sacramentos administrados no Espírito Santo acham-se algumas vezes englobados com outros. Em 1587, vemo-los separados. *Nas Aldeias*: 300 baptismos ; 3.000 confissões ; 1.500 comunhões e 90 casamentos. *Na Vila*: 5.000 confissões e 3.000 comunhões *(Annuae Litt. 1589,* p. 468-470).

3. Anch., *Cartas,* 419 ; Carta de Grã, *Bras. 15,* 200v.

4. Carta de Grã, *Bras. 3 (1),* 163v.

5. *Bras. 15,* 423 ; *Annuae Litt. 1594-1595,* p. 798 ; *Bras. 3 (1),* 176.

Um índio cristão, recebidos os últimos sacramentos, morreu ou assim se julgou. Preparado já o entêrro, voltou a si três horas depois, e disse: em tal sítio está um arco escondido. Furtei-o. Tragam-mo que quero restituí-lo, antes de morrer. Entregue o arco a seu dono, deu a alma a Deus. Foi caso que abalou o povo, diz Pero Rodrigues[1]. Outro facto, mais raro e importante: em 1585, faleceu um rapaz em quem se tinha realizado o duplo milagre de *não beber* e *ser casto*[2].

Prègou um Padre um dia contra o vício de jogar. O Donatário Vasco Fernandes Coutinho (filho) mandou por tôdas as casas que se recolhessem os jogos. Assim se fêz. E acabou-se o vício[3].

Junto com a prègação frutuosa, fundam-se associações de defesa. Logo que chegou ao Espírito Santo, em 1554, erigiu Braz Lourenço uma Confraria contra as *juras e blasfêmias*, cuja multa se destinava ao dote de orfãs para o casamento[4]. O mesmo Padre levou muitas vezes os senhores a casarem-se com as escravas índias, com quem viviam maritalmente e de quem tinham filhos, — factos êstes de evidente alcance social[5].

Existia, em 1586, outra Confraria de *S. Maurício*: chegando a 20 de Agôsto dêsse ano ao Espírito Santo os Padres, que iam para o Tucumã, demoraram-se até o dia 4 de Outubro, com o fim expresso de ganharem o jubileu de S. Maurício (a 22 de Setembro)[6].

E já antes, em 1583, funcionava uma *dos Reis*, constituída por escravos índios. Na ocasião da Visita do P. Christóvão de Gouveia, quiseram dar-lhe vista das suas festas: «Vieram um domingo com seus alardos à portuguesa, e a seu modo, com muitas danças, folias, bem vestidos, e o rei e a rainha ricamente ataviados, com outros principais e confrades da dita Confraria: fizeram no terreiro da nossa igreja seus caracóis, abrindo e fechando com graça por serem mui ligeiros, e os vestidos não carregavam muito

---

1. *Bras. 15*, 417.
2. *Quae duo in hos homines, si quando reperiuntur, pro miraculo habentur (Litt. Ann. 1585*, 138).
3. Carta de Fonseca, *Bras. 15*, 304v.
4. Carta de Braz Lourenço, *Bras. 3 (1)*, 109; Vasc., *Crón.*, I, 185.
5. *Bras. 3 (1)*, 104v.
6. Cf. *Relacion del Viage*, em Pastells, *Paraguai*, I, 40; *Annuae Litt. 1589*, p. 470.

a alguns, porque os não tinham. O Padre lhes mandou fazer uma prègação na língua, de como vinha a consolá-los e trazer-lhes Padre para os doutrinar, e do grande amor com que sua Majestade lhos encomendava. Ficaram consolados e animados, e muito mais com os relicários, que o Padre deitou ao pescoço do rei, da rainha e outros principais» [1].

3. — Os Índios do Espírito Santo prestavam bons serviços contra as piratarias francesas e inglesas. Os Franceses várias vezes vieram à Capitania do Espírito Santo. Em 1558, foram capturados vinte pela gente do Maracajaguaçu, em Itapemerim [2]. Depois que Mem de Sá destruíu o forte de Villegaignon, os Franceses infestaram a Capitania do Espírito Santo dois anos a seguir. Em 1561, entraram no pôrto «duas naus mui grandes e bem artilhadas». Ancoraram defronte da vila; e causaram grande terror aos habitantes, porque eram poucos, as casas cobertas de palha, e não tinham fortaleza. O Capitão-mor da terra, Melchior de Azeredo, um dos heróis do Rio de Janeiro, tratou de organizar a defesa. Antes do combate foi encomendar-se êle, com tôda a gente, a Santiago, conforme ao seu costume. Foi preciso ao P. Braz Lourenço servir de alferes da Bandeira. «Tomando a bandeira do bem-aventurado Santiago, se foi com êles até o lugar do combate». Os Franceses bombardearam a vila sem dano para ela, «antes, um dos nossos lhe deu um falcão ao lume da água em uma das suas naus; com o qual se puseram em fugida. E os cristãos, seguindo seu capitão, se foram após êles em almadias, com muita escravaria, às frechadas, até os lançarem fora do pôrto». Achou-se também ali uma nau portuguesa, de passagem para o reino, vinda de S. Vicente. Prestou bom concurso [3].

---

1. Cardim, *Tratados*, 342-343.
2. *CA*, 210. Passando os Franceses pelo Espírito Santo, exageraram-lhes tanto as fôrças da vila que êles atemorizaram-se e levantaram ferro, indo carregar pau brasil a Itapemerim. «Consultaram os da vila darem lá com êles e levaram Vasco Fernandes, aliás Gato, com sua gente. Os quais, adiantando-se dos cristãos, deram nos Franceses, que estavam em terra, que seriam alguns vinte, os quais trouxeram; e duas chalupas e uma ferraria e muito resgate e roupas, de maneira que todos os negros vinham vestidos», *CA*, 213.
3. *CA*, 339, 342 (nota de Afrânio Peixoto), 363.

Os Franceses deviam ficar escarmentados desta vez, porque, voltando no ano seguinte, já se não atreveram a entrar; mandaram uma chalupa a explorar o pôrto; sendo logo corrida pela gente da terra, retirou-se [1].

Em 1581, tornaram ao Espírito Santo. Eram as mesmas três naus, que estiveram algum tempo antes no Rio de Janeiro. Os moradores, atemorizados, não acharam quem os defendesse senão quási só, diz Anchieta, os Índios das Aldeias jesuíticas. Apenas desembarcaram, saíram os Índios dos esconderijos, matando e ferindo a muitos. Surpreendidos por tal resistência, recolheram-se os piratas franceses às naus e levantaram âncoras. O povo não se cansava de elogiar os Índios das Aldeias e de confessar que nêles estava tôda a sua defesa. O que não impedia, comenta a carta, de voltarem, passado o perigo, às suas costumadas artimanhas contra os mesmos Índios [2]. Alusão ao abuso de se servirem dêles, « a torto e a direito », segundo se exprimirá, em 1594, o Ven. Padre Anchieta [3].

4. — Também em 1582, apareceram três naus inglesas por alturas do Espírito Santo. Não fizeram então mal nenhum à terra. Atirou apenas cada qual um tiro e fizeram-se de volta ao mar [4].

Grave foi, em 1592, o ataque de Cavendish que vinha de Santos. Governava a Capitania D. Luiza Grinalda, viúva de Vasco Fernandes Coutinho, e era seu adjunto o Capitão Miguel de Azeredo. Já esperavam o ataque e tiveram tempo de se prevenir. A gente construíu à pressa dois fortins perto da vila. Armaram-se ciladas nos lugares mais altos para esmagar o inimigo com pedras e flechas. Os Padres trouxeram os Índios das Aldeias [5].

---

1. *CA*, 340.
2. *Bras. 15*, 328.
3. Anch., *Cartas*, 291.
4. Foram êstes mesmos que roubaram a nau do P. Comissário, Fr. João de Ribadaneira, que ia para o Rio da Prata. O encontro dera-se no Pôrto de D. Rodrigo, a 4 léguas de Santa Catarina. — Sarmiento, *Relacion*, de 1/6/1583, in Pastells, *Descubrimiento*, 604, 621.
5. *Enformação e Copia de Certidões sôbre o Governo das Aldeias*, Tôrre do Tombo, *Jesuítas*, 88.

Não suspeitando tal vigilância, viram-se os piratas ingleses reduzidos a combater num espaço limitado e, sem poderem subir à vila, escorregavam na água. Uns afogados, outros mortos pelas frechas e pedras, outros cativos, poucos foram os que voltaram a bordo, e «com as mãos nos cabelos», frase expressiva de Pero Rodrigues[1]. Das naus fugiram também quatro ingleses que se entregaram. A-pesar-de tão grande vitória, não esqueceram os Padres os sentimentos de humanidade. A todos receberam com amor. «Cuidaram os feridos, procuraram a liberdade aos prisioneiros, vestiram os andrajosos e fizeram que fôssem recebidos em casa de homens honrados»[2]. O P. João Vicente Yate, narrando êste facto, diz que Cavendish «perdeu 40 pessoas»; e oito dos seus homens foram tomados vivos; e, «vendo água e terra pelejando contra êle, queimou um dos navios por falta de marinheiros e de mastros e prosseguiu seu rumo para onde ninguém sabe»...[3]

---

1. Pero Rodrigues, *Anchieta* em *Annaes*, XXIX, 265. Cf. Braz da Costa Rubim, *Memorias historicas e documentadas da Provincia do Espirito Santo*, na *Rev. do Inst. Bras.*, XXIV (1861) 221-222.

2. *Bras. 15*, 380.

3. «The thirth was Thos. Cavendish, who departed England, 26 Aug. 1591, with five ships of his own, to sail into the South Seas, where he took a great ship laden with gold, silks, and much riches, as also three boys of Japan, and returned rich to England, upon the words of the Japanese boys, to lade there, and come back. After three years, he came 150 leagues from thence; last Christmas he took a village called St. Vincent, misused and violated the churches and relics, and then went towards the straits of Magellan, but before he got there, he lost two of his ships in a storm; not being able to sail through contrary winds, he turned back to St. Vincent, on his passage lost two more great ships, and arrived there with only two ships, and his men dying with hunger; he sent a boat on shore with 26 soldiers, who, except two or three, were all slain by the Portuguese. Thereupon he sailed to another village called Spiritu sancto, where he lost 40 persons, and eight of his men were taken alive; and seeing water and earth fighting against him, he burnt one of his sails, for lack of mariners and masts, and went his way, but whither no man knoweth; being well whipped with the scourge of God, for the irreverence he committed against His Divine Majesty and His saints, especially against a holy head of one of the 11,000 virgins of England.

One of the eight prisoners taken is an Irishman; another, Robert Arundel, an Englishman, calls himself of kin to Sir John Arundel, and states that Sir John died a Catholic in London, and that his body was carried to Cornwall with great pomp, to be buried. Asks if it was so; cannot believe that a Catholic would be

Diferem as relações quanto ao número de mortos. Knivet, um dos soldados ingleses presentes, diz que foram a terra 120 homens, faltaram 80 e «dos quarenta que voltaram não havia um que não estivesse ferido de flecha e alguns o estavam em cinco ou seis partes do corpo»[1].

5. — A Companhia de Jesus não achou no Espírito Santo algumas das dificuldades, que acompanharam o seu estabelecimento noutras partes. Em 1551, dando o P. Braz Afonso princípio a uma casa, os seus ecos chegaram logo à Baía, envoltos numa aura de ampla esperança. Escrevia Nóbrega, referindo-se àquele Padre: «tem grande Colégio e manda pedir meninos para o principiar»[2]. Depois quando o próprio Nóbrega com Tomé de Sousa passou em Vitória, no ano de 1552, já encontrou o Colégio de Santiago: grande casa e igreja. Entrando com o Governador geral na igreja, Nóbrega entoou o *Veni Creator Spiritus*, alusão ao nome da terra que pisavam. A igreja, ou recebeu o nome dalguma capelinha, que ali existisse, anteriormente, ou talvez fôsse inaugurada no dia 25 de Julho de 1551, o que explicaria a invocação de Santiago. Como quer que seja, a 4 de Maio de 1552 já se chamava assim[3].

A igreja, ao princípio, era pobríssima; ainda em 1561, estava desprovida de retábulos, ornamento, galhetas[4]. Urgia, portanto, edificar outra: a ocasião para isso não tardou a apresentar-se, motivada por um naufrágio que, em 1573, ia vitimando os Padres Tolosa (Provincial), Luiz da Grã, António da Rocha, Vicente Rodrigues, Fernão Luiz, e os Irs. Bento de Lima e João de Sousa. Tinham saído do Espírito Santo no dia 28 de Abril,

---

suffered to be buried after that sort. Robert Arundel, who is a youth, has little knowledge of the Catholic religion; has written him good advice». — Yate, *Calendar of State Papers*, 356.

1. António Knivet, *Relação da Viagem*, 203; *Nova e completa collecção de viagens e jornadas ás quatro partes do mundo*, traduzida do inglês (editor J. H. Moore) por José Vicente Rodrigues, I (Pôrto 1790) 344-345. Fernão Guerreiro, *Relação Anual*, I, 377; Barco Centenera, *Argentina* (Lisboa 1602) Canto XXVIII (último): «En este canto se cuenta la gran victoria que tuvieron los Portugueses contra el señor de Mitiley (Candish) y su perdida y desbarate de su armada» (p. 224).
2. *CA*, 81; Nóbr., *CB*, 131.
3. *Bras. 3 (1)*, 90v; *Bras. 11*, 475.
4. *CA*, 339.

quando sobreveio um terrível naufrágio, nesse mesmo dia à noite, na foz do Rio Doce. Perdeu-se o navio e tudo quanto levavam. Grã livrou-se a custo da morte. Retrocedendo, foram agasalhados com amor por tôda a população. Depois de feita uma romaria, por terem escapado com vida, a Nossa Senhora da Penha, ermida que se vê ao longe, no mar, e é refrigério e devoção de mareantes, resolveram os Padres aproveitar esta demora forçada, de 5 meses, para construir a nova igreja[1].

Diz Tolosa: « começámos logo uma igreja capaz, de mais de cem palmos de comprido, fora a capela, e quarenta e cinco de largo; as paredes de taipa, por não haver aqui pedreiro: os alicerces todavia são de pedra e cal, que fizeram os Padres de casa como souberam ». O Capitão Belchior de Azeredo « com tôda a mais gente principal ajudaram com suas próprias mãos a trazer umas pedras grandes para os alicerces. Todos mandam os seus escravos para a obra. Outros mandam as coisas necessárias para nosso mantimento e da gente que trabalha. Uma pessoa nos tem dado três bois. E com andarem quási cincoenta pessoas nas obras, com a gente da casa, tôda se sustenta de esmolas, que é para espantar em Capitania tão pequena, onde há mais gente pobre que rica »[2].

Os espírito-santenses enriqueceram pouco e pouco a igreja de Santiago com os objectos necessários para o culto, — e genero-

---

1. Esta ermida da Penha (os antigos escreviam *Pena*, e Cardim compara-a expressamente a N.ª S.ª da *Pena*, Sintra), deve-se a Fr. Pedro Palacios, leigo, a quem Anchieta chamou capucho, e Jaboatão, religioso menor, leigo por profissão, descendente de uma família de Rio Seco, perto de Salamanca. Segundo o mesmo Jaboatão, veio para Portugal, foi da Província de Arrábida, serviu de enfermeiro muitos anos no Real Hospital de Lisboa, passando depois ao Brasil com licença. — Jaboatão, *Orbe Seráfico*, II, 18-29. O *Santuário Mariano*, X, 93, tem que foi a 2 de Maio de 1575. Confessava-se com os Jesuítas e comungava com freqüência. Como não tinha letras e ignorava a língua brasílica, deram-lhe os Jesuítas um formulário com que se pudesse guiar. Nas *Cartas de Anchieta* (p. 319), onde se lê *com* Ordens sacras, deve ler-se *sem*, como é óbvio, pois era leigo. Frei Pedro Palacios chegou ao Brasil por 1558, e apareceu morto na sua ermida, a 2 de Maio de 1570. Cf. Vasc., *Anchieta*, 333; Machado de Oliveira, *O Convento da Penha na Província do Espírito Santo*, na Rev. do Inst. Bras., V (3.ª ed.) 127; Rodolfo Garcia, nota a Cardim, *Tratados*, 406-407; Fernando de Macedo, *O Brasil Religioso* (Baía 1920) 8-10.

2. Carta de Inácio Tolosa, incluída na *Anual do Rio de Janeiro*, Nov. de 1573, BNL, fg. 4532, f. 37-38v; Matos, *Prima Inst.*, 28v; *Fund. del Rio*, 56-56v. Bel-

samente. Em 1584, já se diz que a «igreja é nova, mui capaz para a terra e bem ornada»[1]. Em 1596, por ocasião de epidemias, ofereceram ornamentos ricos, cruz e turíbulo de prata. Deram uma coluna, igualmente de prata, para uma relíquia das santas virgens. Havia outra relíquia de S. Maurício, tebeu, a quem o povo tinha extraordinária devoção, do qual existia a Confraria, que dissemos, e em cuja honra compôs um auto o P. Anchieta[2].

Nesta igreja de Santiago desejou ser enterrado o Donatário Vasco Fernandes Coutinho, filho, falecido em 5 de Maio de 1589[3]. E nela, como de costume, se enterraram os Padres da Companhia. Coube-lhe, portanto, a esta igreja a honra de possuir o túmulo do Ven. Anchieta, falecido nesta Capitania em 1597.

Quanto ao Colégio, passando Nóbrega pelo Espírito Santo, no último trimestre de 1552, já encontrou a funcionar uma Confraria dos Meninos de Jesus, à semelhança da Baía e S. Vicente[4]. Freqüentavam-no crianças mamelucas e índias, sob a direcção de Afonso Braz. Sendo, porém, encarregado êste Padre, em 1554, de construir o Colégio de Piratininga, veio para o Espírito Santo, tendo viagem tormentosa no mar entre Pôrto Seguro e Caravelas, o P. Braz Lourenço: «e me deixaram aqui só, diz êle, com um irmão [António de Atouguia, que depois saíu] e nove meninos». As condições dêste Colégio, a-pesar da boa vontade ambiente, eram precárias. Tôda a biblioteca de Braz Lourenço constava dum livro, a *Vita Christi*[5].

Juntaram-se outras dificuldades, como a da situação dos meninos. Voltando o P. Nóbrega de S. Vicente para a Baía, em 1556, parou no Espírito Santo para explicar as *Constituïções*. Interpretavam-se elas, então, no sentido de que não podiam morar os meninos com os Padres nem os Padres se podiam encarregar de meninos sob a forma jurídica de Confraria. Nóbrega resolveu

---

chior de Azeredo teve dois sobrinhos, Marcos de Azeredo e Miguel de Azeredo, a quem Anchieta escreve uma Carta que se conserva (Anch., *Cartas*, 280; cf. *Enformação e copia de certidões sobre o Governo das Aldeias*, Tôrre do Tombo, *Jesuítas*, 88).

1. Anch., *Cartas*, 419.
2. *Bras. 15*, 423.
3. César Marques, *Dic. Histórico do Esp. Santo*, 112.
4. Anch., *Cartas*, 316.
5. *Bras. 3 (1)*, 109.

o seguinte. Tirou os mamelucos e filhos dos Índios «de nossa casa e pô-los noutra a par da nossa, tomando-os a seu cargo um homem leigo, bom homem; emquanto se não efectuou isso, tinham-nos alguns devotos em suas casas, por amor de Deus»[1].

Com isto terminou o Colégio dos Meninos de Jesus do Espírito Santo. Fundando-se o Rio de Janeiro, preferiu-se aquela cidade para o Colégio.

Em vez dêle, abriu-se escola de ler e escrever e contar. Quem quisesse seguir maiores estudos, ia para a Baía ou para o Rio, de que ficou dependente a casa do Espírito Santo.

Desta escola achava-se encarregado, em 1571, o P. Manuel de Paiva, já conhecido na terra, pois ali viera, algum tempo antes de ir para S. Paulo como primeiro superior: «o P. Paiva tem 60 anos, prega e ouve confissões e tem cuidado da escola dos meninos portugueses, que serão quarenta»[2].

A casa do Espírito Santo era bem acomodada, diz Cardim em 1584, com sete cubículos. Na cêrca havia «laranjeiras, limeiras doces, cidreiras, acajus e outras frutas da terra, com todo o género de hortaliça de Portugal»[3]. O terreno da casa descia até o porto, onde havia cais de embarque e desembarque privativo[4].

Anchieta compôs e fêz representar aqui alguns dos seus melhores autos. É notável sobretudo o da *Vila da Vitória*, com que honrou a capital do Espírito Santo, escrito em português e castelhano. Uma das personagens do auto é o *Govêrno* e fala em português, naturalmente, como quem era. Anchieta propõe as qualidades do bom govêrno e nêle encarna a figura de Vasco Fernandes Coutinho[5].

Vasco Fernandes Coutinho merecia, com efeito, a homenagem de Anchieta, porque sempre se mostrou amigo dos Padres e, naquilo que podia, protector dos Índios[6]. Esta amizade do pri-

---

1. *CA*, 153.
2. *Bras. 15*, 231.
3. Cardim, *Tratados*, 344; Anch., *Cartas*, 419.
4. Quando chegou ao Espírito Santo o Ir. Manuel Quintal, estava na vila o P. Anchieta e «foi recebê-lo ao pôrto *dentro de uma cêrca nossa*». — Vasc., *Anchieta*, 321.
5. *Opp. NN. 24*, 109v-130.
6. Vasco Fernandes Coutinho faleceu no mês de Fevereiro de 1571.

meiro Donatário manteve-se nos seus sucessores, que consultavam os Padres e os atendiam. Assim é que levantando-se, em 1583, uma grave discórdia entre o governador e o povo, interveio Anchieta e sanou-se o conflito[1]. Tal atenção e amizade tornou-se quási fraterna com o capitão-mor Miguel de Azeredo, cujos interêsses, como os da donatária D. Luíza Grinalda, urgia e amparava na Baía o próprio Anchieta[2].

6. — Esta boa harmonia com os Donatários provinha dos primeiros tempos e ela facilitou a questão das subsistências necessárias para o bom andamento da catequese. Em 1552, chegou da Baía ao Espírito Santo o P. Manuel de Paiva. Trazia a incumbência de assegurar a situação económica do Colégio de Santiago, que se acabava de instituir. Duarte de Lemos tinha oferecido, na sua Ilha de S. António, algumas terras, mas faltava legalizar essa doação. Legalizou-a Bernardo Sanches Pimenta, loco-tenente do Donatário, ampliando a doação com outras terras de sesmaria. Duarte de Lemos oferecera terras suficientes, para a construção do Colégio e mantimentos dêle. O loco-tenente acrescentava-lhe outras na própria Ilha e fora dela. Na Ilha, eram uns montes maninhos em Jacurutucoara com as seguintes demarcações: «partiam com Diogo Fernandes, da parte do sul, cortando ao cume da serra; e, pela parte do nordeste, com Jerónimo Diniz; e, em riba da serra, partia com Diogo Álvares e Manuel Ramalho, assim tôdas as terras que estavam em aquêle limite e não eram dadas. E assim outra terra, que partia com Gonçalo Diniz, por metade do meio, por um brejo acima; e assim partia com Fernão Soares pouco mais ou menos, pela banda do sueste». Dava-se também «um pedaço de terra que foi do Caldeira, que estava da banda dalém Rio, que partia com Jerónimo Diniz, conforme ao que achasse no livro das dadas. E assim, um bananal, que foi de Afonso Vaz, o qual está da banda dalém do Rio, ao longo do campo».

Enumeradas desta forma as terras e matos, o loco-tenente do Donatário, vendo que era serviço de Deus, dava posse delas

---

1. *Bras.* 8, 7.
2. Anch., *Cartas,* 280-284 e notas de Alcântara Machado, 321, 328, 329; *Bras. 15,* 376; *Litt. Ann. 1590,* p. 825.

« à dita casa de Santiago e Colégio dos Meninos », livres de todos os encargos fiscais, « salvo dízimo a Deus » [1].

Além de Vitória, foram-se estabelecendo os Padres em diversas Aldeias da costa; e naturalmente possuíam, em cada uma delas, a respectiva casa e cêrca. Depois foram-se ampliando casas e fazendas (Muribeca, Orobó, etc.), à proporção que se desenvolviam, nos séculos seguintes, as povoações e os seus ministérios.

Em 1571, estava a residência do Espírito Santo dependente do Colégio do Salvador. E dêle recebia 125 cruzados para ajuda dos gastos [2]. A princípio viveu com dificuldades. Sentia-se isolada: « há perto de dois anos que por aqui não passa algum dos Nossos », e às vezes não se podia dizer missa por falta de vinho [3]. Em 1554, Braz Lourenço, fazendo notar a pobreza da igreja, sem ornamentos, nem farinha para hóstias, rogava que se remetessem de Portugal, mas advertia: « o que se mandar, venha logo para aqui, porque o que de lá vem, tudo se leva a S. Vicente » [4].

A situação económica di-la, em 1562, o mesmo Braz Lourenço. Além de dois Padres e dois Irmãos « há mais nesta casa 5 ou 6 meninos dêste gentio, já cristãos, a que os Padres ensinam a doutrina, e servem de levar o Padre Fabiano em uma almadia à Aldeia dos Índios, e vão pescar e pedem esmola para seu comer. Os nossos Padres se manteem do que Sua Alteza manda dar, ainda que aqui lhe não dão mais que pera dois, e êles são os que digo, de modo que lhes é necessário viverem também do trabalho de suas mãos *ut neminem gravent;* nem pedem esmola » [5].

---

1. *Bras. 11*, 475-475v. Esta questão dos dízimos originou, depois, uma pequena diferença, sanada por dispensa real *(Bras. 3 (1)*, 145v). Aquelas terras, ou parte delas, rendiam, em 1575, a quantia de 6$000 réis *(Bras. 15*, 329-330). A Ilha de Santo António, de Duarte de Lemos, é a mesma em que está a capital do Espírito Santo; e Jarucutucoara ou Jacutucoara, como escreve Braz Rubim, é « um saco, praia e morro na margem norte da baía do Espírito Santo, entre a fortaleza de S. João e a ponta de Bento Ferreira ». — Braz da Costa Rubim, *Diccionario Topographico da Provincia do Espirito Santo*, na *Rev. do Inst. Bras.*, 25, 622.

2. *Bras. 15*, 232.
3. *CA*, 337.
4. *Bras. 3 (1)*, 110.
5. *CA*, 338-339.

Depois que esta Residência pôde laborar as suas terras, tirou delas alguns recursos, os quais, junto com a generosidade local e com o auxílio do Colégio do Rio de Janeiro, para cujo âmbito passou, suprimiram aquêles primitivos apertos. Fernão Cardim escrevia, em 1584: «vivem os nossos [no Espírito Santo] de esmolas e são muito bem providos; e o Colégio do Rio de Janeiro os ajuda com as coisas de Portugal »[1].

Esta Residência da capital do Espírito Santo passou mais tarde a Colégio, fundado em 1654[2]. E, desenvolvendo-se a região económica e civilmente, o Colégio transformou-se com o tempo num majestoso edifício, o maior e mais importante do Espírito Santo[3].

---

1. Cardim, *Tratados*, 344.
2. Fr. Rodrigues, *A Companhia de Jesus em Portugal e nas missões*, 2.ª ed. (Pôrto 1935) 64.
3. Para avaliar a sua importância local, basta saber o que êle era em 1879. « Numa das suas vastas dependencias reside o Presidente da Provincia, e noutras funcionam a secretaria da Presidencia, o Lyceu, a Thezouraria da Fazenda, a Administração do correio, o armazem de artigos bellicos, a Bibliotheca publica, uma escola de primeiras letras e o quartel de pedestres ». — César Marques, *Dic. Historico do Espirito Santo*, 244; Braz da Costa Rubim, *Dic. Topographico*, in *Rev. do Inst. Bras.* 25, 648.

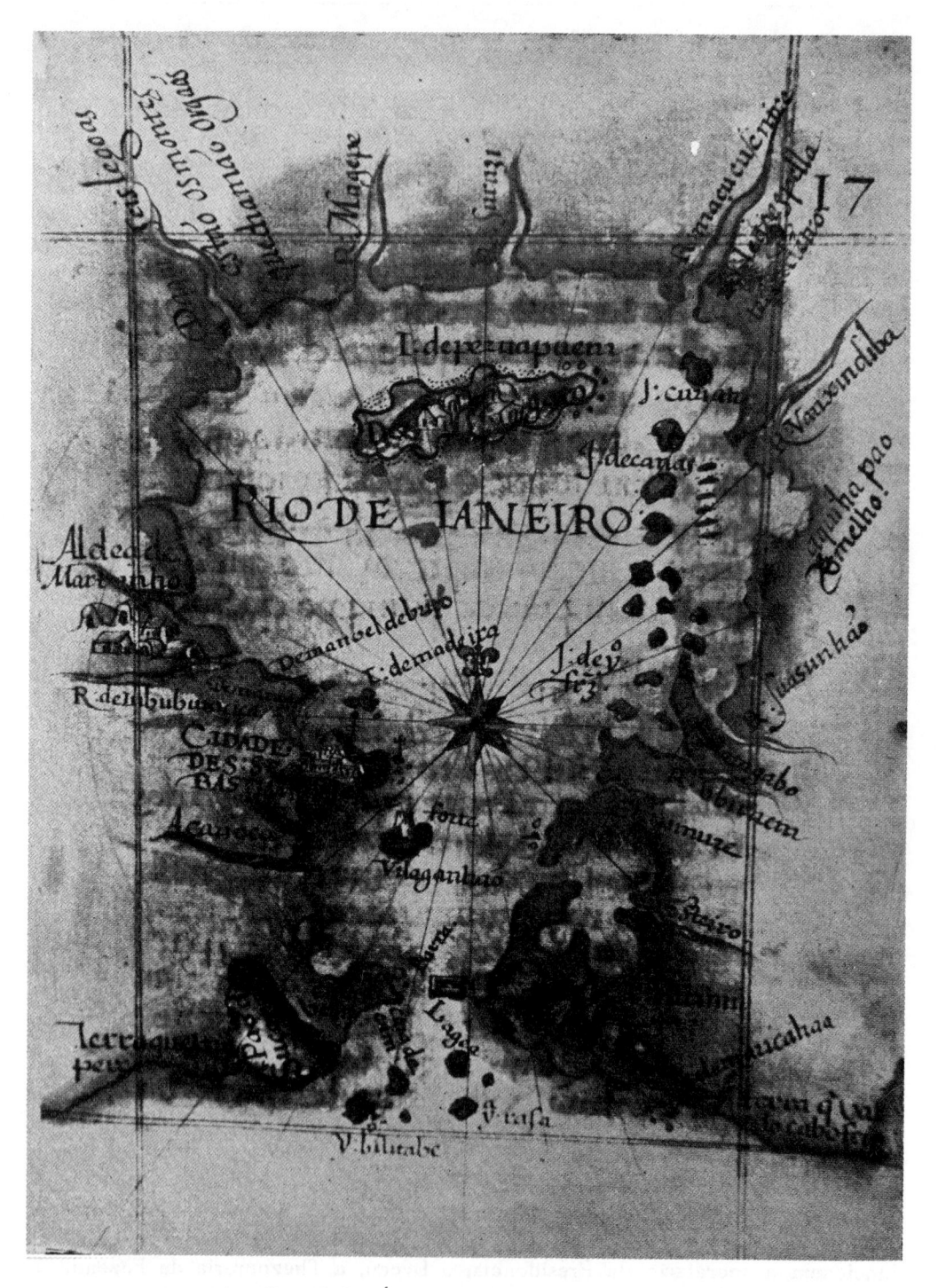

RIO DE JANEIRO — BAÍA DE GUANABARA

Mostra as posições da «Cidade Velha», «Vilaganhão» e «Aldea de Martinho»
(Do «Roteiro de todos os sinaes», códice ms. da Ajuda)

CAPÍTULO IV

Aldeias do Espírito Santo

1 — Características gerais; 2 — Aldeias do Maracajaguaçu ou da Conceição; 3 — Aldeia de S. João; 4 — Aldeia de Guaraparim; 5 — Aldeia dos Reis Magos; 6 — Reritiba.

1. — É extremamente difícil determinar hoje com exactidão todos os lugares onde os Padres trabalharam com os Índios, não só nesta Capitania como noutras. A confusão resulta, por um lado, de usarem às vezes documentos coevos o têrmo genérico de Aldeias, sem mais denominação; e, por outro lado, pelo menos ao comêço, do hábito de os Índios mudarem as suas povoações de sítio para sítio. Assim o chefe Temiminó, Vasco Fernandes Maracajaguaçu, vendo-se, num dado momento, importunado pelos brancos, « pôs-se da outra banda com tôda a sua casa »[1].

Os autores modernos dão origem jesuítica, e com razão, às principais povoações da costa do Espírito Santo. Mas a época rigorosa dessa origem é de averiguação custosa. Tentemos esboçar o seu quadro com dados certos.

Nas cartas jesuíticas aparecem referências a elas, logo desde o comêço. Nos catálogos, a primeira vez que se nos deparam Aldeias com residência fixa de Padres é em 1586. Fala-se apenas de duas: Nossa Senhora da Conceição e S. João. Três anos depois, em 1589, dá-se conta de uma terceira com o nome de S. Cristóvão, e de que era Superior o P. Diogo Fernandes. Nunca mais se fala de semelhante Aldeia, nesta Capitania. Achamos, porém, em 1598, uma nova Aldeia de Nossa Senhora da Assunção, que tem como Superior o mesmo Padre Fernan-

---

1. CA, 212.

des. Mas sucede que Nossa Senhora da Assunção é Reritiba. Aquêle S. Cristóvão ou seria nome de Aldeia desaparecida nalguma transferência, ou o de alguma ermidinha transformada depois em igreja de Nossa Senhora, ou simplesmente lapso de amanuense. Como quer que seja, no último catálogo existente do século XVI, mencionam-se, no Espírito Santo, quatro grandes Aldeias com residência fixa: S. João, Nossa Senhora da Conceição, Nossa Senhora da Assunção, S. Inácio dos Reis Magos. No primeiro catálogo do século XVI (1606), surge-nos já nas mesmas condições a Aldeia de Nossa Senhora de Guaraparim.

Fora estas, achamos ainda referências vagas, em 1558, a Itapemerim, onde foram tomados então 20 franceses [1].

Não se conservam nomes explícitos de outras Aldeias do Espírito Santo no século XVI. Mas deviam existir. Em 1581, diz Anchieta que eram dez, duas sob a administração imediata dos Padres, e mais oito, « quatro ao sul e quatro ao norte, separadas da vila, a iguais intervalos, e distantes dela 72.000 passos. Os Padres vão visitá-las por mar, nem podem ir de outra maneira » [2]. Em 1584, por ocasião da visita do P. Gouveia, só se nomeiam oito, ao todo. E eram: « quatro léguas da vila, por um rio muito ameno acima, uma Aldeia de Índios da invocação de Nossa Senhora, e outra a meia légua desta, que se diz S. João, e nelas haverá até 3.000 Índios cristãos. Na da Conceição residem, de ordinário, dois dos Nossos e a de S. João visitam quási cada dia. Além destas, visitam outras seis Aldeias mais longe, que são de Índios, cristãos e pagãos, e terão até mil e quinhentas almas; e com estas ocupações estão bem ocupados. São amados do povo » [3]. A ida a estas Aldeias faz-se « com muito trabalho, por ser a visita necessàriamente por mar e pela costa brava com muitas águas, tormentas e perigos de vida » [4]. Aquelas dez

---

1. *CA*, 208, 210. Escreve Felisbelo Freire que o P. Anchieta visitou, em 1595, uma povoação existente às margens do Rio Cricaré, chegando lá no dia 21 de Setembro, consagrado a S. Mateus. Daqui o nome que o rio tomou (F. Freire, *Hist. Territ.*, 377). César Marques assegura que foi em 1596; e acrescenta que neste ano ou no seguinte se edificou uma ermida, e lá ia, de Vitória, um Padre a ministérios. — César Marques, *Dic. Hist. do Espirito Santo*, 215.

2. *Bras.* 15, 328.

3. *Enformaçion*, Évora, cód. XCVI, 1/33, f. 39v; Anch., *Cartas*, 419, 319.

4. Carta de Gouveia, *Bras.* 5, 18-19.

Aldeias de 1581 tinham, pelo menos algumas delas, começado antes. Em 15 de Junho de 1571, escreve Luiz da Grã que se visitam duas Aldeias a miúde; e outras mais raramente[1].

César Marques refere-se a uma Aldeia de Índios Goitacazes, que dataria do fim do século XVI; e diz que o P. Afonso Braz fundou duas Aldeias: «Campo» e «Velha», «aquela em 1556 e esta em 1553»[2].

Averiguamos o seguinte. Pelo que se refere a Goitacazes, é sabido que se organizou, em 1594, no Espírito Santo uma expedição contra êles. Não foram Jesuítas. Mas Pero Rodrigues e Vasconcelos narram algumas predições de Anchieta, a-respeito dos expedicionários[3]. Pelo que toca a «Velha» e «Campo», ou se identificam com alguma das aqui apontadas ou foram localidades, onde estiveram assentes temporàriamente algumas delas. Marques identifica também a Aldeia Velha, que diz fundada por Afonso Braz em 1556 e regida por Maracajaguaçu, com a Vila de Santa Cruz, a 3 léguas de Nova Almeida[4]. Não encontramos em documentos coevos confirmação disto. É certo que, em 1556-1557, não vivia na Capitania do Espírito Santo Afonso Braz, mas Braz Lourenço. Semelhante confusão, fácil por causa do nome comum, verifica-se também com freqüência noutros autores, a-respeito dos mesmos Padres.

Os Índios, que constituíram as Aldeias do Espírito Santo, foram Temiminós e Tupinaquins (ou Tupininquins). E, além dos Goitacazes, vieram outros no fim do século para a Aldeia dos Reis Magos. Oriundos de tão longe, valeria a pena que os antropólogos lhes prestassem um pouco de atenção para determinarem, quanto possível, o seu habitat e raça. Procurou impedir-lhes o passo a tríbu ou sub-tríbu dos Apiepetangas. Quem são? Identificação que parece sumamente dificultosa a Métraux[5].

As Aldeias do Espírito Santo formaram-se quási sempre a seguir a alguma entrada ao sertão. Por volta de 1555, data dos primeiros aldeamentos do Espírito Santo, além dos Temiminós,

---

1. *Bras. 15*, 200v.
2. César Marques, *Dic. Hist. do Espirito Santo*, 142.
3. Pero Rodrigues, *Anchieta*, em *Annaes*, XXIX, 248; Vasc., *Anchieta*, 330.
4. César Marques, *Dic. Hist. do Espirito Santo*, 5, 208.
5. Métraux, *La civilisation matérielle*, 18-19.

da Baía de Guanabara, fala Vasconcelos doutros Índios chefiados por Pirá-Obig (Peixe verde)[1]; e, no primeiro trimestre de 1569, houve guerras cruéis entre os Índios duma Aldeia, onde já existiam 600 cristãos, que afinal fugiram para o mato. Todavia, há males que veem por bem. Passados poucos meses, tornaram aquêles Índios e trouxeram consigo duas novas Aldeias que principiaram a ouvir a palavra de Deus[2]. Também em 1573, estêve no interior Melchior de Azeredo em guerra com Índios inimigos, de quem triunfou. Com êles andavam outros já baptizados. Desceram com o capitão; e com êles outros ainda, voluntàriamente, « vieram para a igreja e serão por todos mais de duzentos. Estão, [escreve Gonçalo de Oliveira] na Aldeia com outros nossos, mui contentes e alegres. Dizem êstes, que vieram, que estão muitas Aldeias de caminho quási para se virem à nossa igreja. E não aguardam senão que tenham cá mantimentos para o fazer »[3]. A igreja, a que se refere a passagem anterior, deve ser a da Conceição, que já existia há muito com a de S. João. Pouco depois, formou-se uma terceira Aldeia, cujo nome se não diz, a 1.400 passos da vila da Vitória[4]. A Ânua de 1576 fala da entrada dum Padre da Companhia, que desceu do sertão mil Índios[5]. E ainda em 1584, chegou outro grupo importante de Índios, dos quais se ocupou o Visitador P. Gouveia. Deu êle « ordem com que fôssem dois Padres daí a vínte e oito léguas à petição dos Índios, que queriam ser cristãos; espera-se grande fruto desta missão e descerão logo quatro ou cinco mil, e ficará porta aberta para descer grande multidão de gentios, para o qual efeito o Governador desta terra, Vasco Fernandes Coutinho, filho daquele Vasco Fernandes Coutinho, que fêz as maravilhas de Malaca, detendo o elefante que trazia a espada na tromba[6], deu grandes provisões sob graves penas que ninguém fôsse saltear ao caminho. Deu-lhes três léguas de terra, que os Índios pediam, e perdão dalgumas mortes de brancos e alevantamentos, que tinham antigamente

---

1. Vasc., *Crón.*, I, 204-205; Id., *Almeida*, 32-33.
2. Carta de António da Rocha, 26 de Junho de 1569, *Bras. 3 (1)*, 162.
3. Oliveira, *Anual do Rio de Janeiro*, 38v.
4. Ant. de Matos, *Prima Inst.*, 29.
5. *Bras. 15*, 295v.
6. João de Barros, *Decadas*, II, livro VI, cap. IV (Lisboa 1777) 61.

feito. E quando foi ao assinar da provisão, não a quis ler, nem viu o que se dizia, antes vindo-a selar a nossa casa, disse que tudo o que o Padre Visitador pusesse havia por bem, e que pedisse tudo quanto quisesse em favor dos Índios, que êle o aprovaria logo »[1].

A porta ficou de-facto aberta para a descida de Índios. Entre outros, veio, em 1589, por ocasião da visita ao Espírito Santo do P. Marçal Beliarte, o chefe Tujupabuco, de grande talento e juízo recto. E trouxe consigo inumerável multidão para se doutrinar[2].

Assim se formaram as Aldeias do Espírito Santo. Receberam os benefícios da catequese e civilização; e prestaram, por sua vez, serviços inestimáveis à vila com andarem vigilantes contra os seus inimigos.

Residiram os Padres, ao menos por temporadas, nas Aldeias da Conceição, S. João, Guaraparim, Reis Magos e Reritiba.

2. — No mês de Abril de 1555, estava de passagem no Espírito Santo o P. Luíz da Grã. Ia para S. Vicente, saíu do pôrto e tornou a arribar. Escreve êle: « Depois que eu tornei a arribar a esta Capitania, chegou aqui um principal que chamam *Maracajaguaçu*, que quere dizer Gato Grande, que é mui conhecido dos Cristãos, e mui temido entre os gentios, e o mais aparentado entre êles. Êste vivia no Rio de Janeiro, e há muitos anos que tem guerra com os Tamóios, e tendo dantes muitas vitórias dêles, por derradeiro vieram-no pôr em tanto apêrto, com cêrcas, que puseram sôbre a sua Aldeia e dos seus, que foi constrangido a mandar um filho seu a esta Capitania a pedir que lhe mandassem embarcação para se vir, pelo apêrto grande em que estava; porque êle e sua mulher e seus filhos e os mais dos seus se queriam fazer cristãos. Moveu isto a piedade aos moradores por saberem quanta bondade e bom tratamento e fidelidade usara sempre com os cristãos; e que os mesmos cristãos, que então vieram dessa mesma parte, afirmavam a extrema necessidade e lhes parecia que daí a mui poucos dias seriam comidos dos contrários; e que aquela vontade de ser cristão tinha êle dito, muito havia, a muitas pessoas e assim o disseram a Tomé de Sousa. Mas não ousa-

---

1. Cardim, *Tratados*, 342.
2. *Ann. Litt. 1589*, p. 468-470.

ram a fazê-lo por ser êle de Capitania alheia, que é S. Vicente, a quem êle não mandou pedir êsse socorro, por serem seus contrários também os Índios de S. Vicente. E assim se tornou seu filho sem ajuda. E depois que chegou Vasco Fernandes Coutinho, parece que sabendo, tornou-se outra vez do caminho a pedir-lhe êste socorro. Pedímos-lhe então muitas pessoas que, sendo certa a extrema necessidade, em que diziam estar, pois, assim como assim, haviam de ser comidos dos contrários, que mandassem por êles, porque com isso salvar-se-iam aquelas almas e principalmente os filhos pequenos, e cumpririam os cristãos com o que deviam a tão boa amizade, como nêle sempre tiveram. Tirou Vasco Fernandes Coutinho sôbre isso 7 testemunhas e mandou 4 navios para que fôssem seguros dos Franceses, que sempre há naquele rio, e que lhe dessem todo o favor com artilharia e mantimentos que levaram, mas que não os trouxessem se não estivessem em extrema necessidade. Chegando lá os navios, estando já com casas e fato queimado, dentro em dia e meio se embarcaram com tanta pressa, que havia pais que deixavam na praia seus filhos; e dois, que ficaram na praia para expirar, já de fome, baptizaram logo e no-los deram. Êstes fazem sua Aldeia, apegada com esta vila. Fazia eu de conta, se estivera aqui, de ir morar entre êles, mas o P. Braz Lourenço se ocupará dêles. E espero no Senhor Deus que se farão cristãos e que daí ajuntaremos alguns meninos e que serão mais fiéis do que êles costumam ser »[1].

Esta carta de Luiz da Grã dá a primeira origem da Aldeia de Nossa Senhora da Conceição.

No dia 20 de Janeiro de 1558, dia de S. Sebastião, baptizou-se um filho do « Gato Grande », que estava doente. Por êsse motivo ficou a chamar-se Sebastião, sendo seu padrinho Duarte de Lemos, que lhe deu o seu próprio apelido. Sebastião de Lemos casou-se por essa ocasião com a índia, com quem vivia, e que se baptizou igualmente. Além de Duarte de Lemos, foram padrinhos Bernardo Pimenta e André Serrão. Como já estava gravemente enfêrmo, Sebastião de Lemos sucumbiu a 2 de Abril, assistido pelos Jesuítas. Fizeram-lhe ofícios solenes. Por essa

---

1. Carta de Luiz da Grã, desta Capitania do Espírito Santo, hoje 24 de Abril de 1555, *Bras. 3 (1)*, 137v.

ocasião, o Donatário Vasco Fernandes Coutinho honrou o Maracajaguaçu, sentando-o entre si e o seu filho Vasco Fernandes. E depois, aproveitando esta oportunidade, o Donatário, a instâncias do P. Francisco Pires, convidou o Maracajaguaçu, a que, já que era tão amigo dos Padres, o fôsse totalmente, recebendo a mesma fé que êles. Maracajaguaçu respondeu que sim. E então disse o Governador que «lhe queria fazer uma grande festa no dia do seu baptismo e que por êste amor queria que tomasse o seu nome, e sua mulher o de sua mãi, e seus filhos os nomes dos seus; e assim os pôs a cada um. E assim assentamos em baptizá-lo para a festa do Espírito Santo»[1].

Com isto conseguiu-se que o Maracajaguaçu viesse a estabelecer-se perto da vila, deixando o lugar para onde se tinha retirado, agreste e fragoso. Para o fixarem mais à civilização e cristandade, fingiram os Padres que se queriam retirar do Espírito Santo, não por êle, mas pelos seus, com quem não faziam fruto. Respondeu o chefe índio que, se os Padres se fôssem embora, êle também iria. E acrescentou que viera por amor dos Padres, e não era justo irem-se êles agora e deixarem-no, depois de já ser cristão[2]. Não desejavam os Padres ouvir outra resposta e procuraram tirar partido destas disposições. Ora sucede que os Índios não se educam nem modificam de um dia para o outro. Um dos seus hábitos ancestrais era a mudança periódica de sítio, com grave desarranjo para todos. Depois de se escolher local para casa e igreja, lembravam-se os Índios de levantar pouso inopinadamente e ir para outra parte. Os Padres combinaram pois com Maracajaguaçu que impusesse a sua vontade aos Temiminós (alguns parece que não lhe obedeciam tão dòcil-

---

1. *CA*, 196. A mulher do Maracajaguaçu recebeu o nome de D. Branca e gozava de grande influência, diz António de Sá: «Dona Branca mulher do principal, é muito minha devota, e eu trabalho por estar bem com ela, porque, tendo-a de minha parte, tenho tôda a Aldeia e não se faz nada senão o que ela quer». *CA*, 220. Em 1558, a festa de Pentecostes foi a 29 de Maio. Nas *Cartas Avulsas* lê-se uma vez Jaraguai e Maraguai, corrupções de Maracaiá ou Maracajá (Gato). Também não traz data, mas nos *Nuovi Avisi delle Indie di Portugallo* (Venetia 1562) 51, tem *l'ultimo d'Aprile 1558*. Deve ser, portanto, posterior a 20 de Janeiro de 1558 a morte de Bernardo Pimenta, à mão dos Índios, referida em Pôrto Seguro, *HG*, I, 352.

2. *CA*, 213.

mente como seria para desejar) e que, pois, tinham já feito casas novas havia pouco, não deviam mudar-se tão de-pressa. Assim estavam as coisas em Junho de 1559 [1], quando sobreveio a jornada do Rio de Janeiro e a tomada da ilha de Villegaignon, em cuja emprêsa tomaram parte muitos Temiminós.

A formação da Aldeia entrou na fase definitiva em 1560, depois que Fabiano de Lucena, que desde 1556 estava no Espírito Santo, se ordenou e tomou conta dela: «os Índios de que o Padre Fabiano tem cárrego estão em uma grande Aldeia, que lhes êle fêz fazer aqui, arriba da povoação dos cristãos, em um bom sítio onde lhe fêz fazer uma grande igreja, mui airosa e bem guarnecida, com uma casa para os Nossos, quando ali vão. Esta igreja é da invocação de Nossa Senhora da Conceição e muito pobre, porque nem cális tem; um dêsses ornamentos, de que lá não fazem muita conta, lhe fôra cá mui bom para as festas. Fêz também fazer outra grande casa, na qual está um homem devoto com sua mulher, que ali tem muitas moças daqueles Índios, debaixo de sua disciplina, e as ensina a alfaiatas e a fiar, etc. Estas se casam com os mancebos já doutrinados e instruídos nos bons costumes. A esta Aldeia vai o mesmo Padre Fabiano todos os dias haverá dois anos, partindo ante-manhã desta casa em uma almadia, ora contra a maré, ora com chuva e frio, que é um trabalho incomportável. Haverá nesta Aldeia mil almas. E são Índios que para aqui vieram do Rio de Janeiro, êstes anos passados, os quais sempre foram amigos dos cristãos» [2].

---

1. *CA*, 219-220.
2. *CA*, 340-341, cf. 153. O P. Fabiano de Lucena, depois de uma vida apostólica, digna de melhor futuro, pediu um dia ao P. Grã, que o deixasse voltar para a sua terra, alegando doença. Não pareceu ao Provincial motivo suficiente e negou-lhe a licença indispensável. Fabiano tomou-a por si e embarcou em 1565. Ao chegar a Lisboa, sabendo-se já o modo ilegal como embarcara, não foi recebido na Companhia. «Este se vino a mí y me no pareció admitirlo» (Carta do Prov. de Portugal, Leão Henriques, ao P. Geral, S. Francisco de Borja, de Lisboa a 12 de Fev. de 1566, *Lus. 62*, 11). Fabiano embarcou em Olinda para Lisboa com Jorge de Albuquerque «em uma nau nova de duzentos tonéis por nome Santo António». Saíu a 20 de Junho de 1565. Na viagem foram tomados pelos Franceses. Sobreveio depois uma terrível tempestade, que desarvorou a nau. Os Franceses, então, depois de a saquearem, abandonaram-na. Alguns pediram ao capitão que permitisse comerem os cadáveres, o que êle não consentiu. Muitos morreram de pura fome. Várias vezes se viram perdidos, por a nau meter

No ano de 1564, grassou violenta epidemia de varíola nesta Aldeia. Vivia então já nela permanentemente o P. Diogo Jácome e o Ir. Coadjutor Pedro Gonçalves. As mortes eram às três e quatro por dia. Os Índios fugiam dos doentes e, por fim, da própria Aldeia, mudando mais uma vez de sítio. Com o acréscimo de trabalho não só para a construção da mesma casa, como porque os Índios «são gente de muitas castas e muitas vontades e nenhuma boa ordem sabem tomar», tiveram os dois grande fadiga, sucumbindo em breve o Irmão Pedro Gonçalves [1].

Ficando só, redobrou o trabalho para o Padre Jácome e, com o cuidado da construção da nova igreja e com o cansaço acumulado da epidemia anterior, caíu doente e em três dias se finou, morrendo «na semana de Lázaro dêste ano de 1565, uma têrça-feira à noite» (10 de Abril). Conta o P. Pero da Costa, que lhe assistiu à morte, que «foi o seu trânsito de muita pureza, humildade e paciência nos trabalhos e caridade com os próximos e resignação na santa obediência com que havia servido ao Senhor alguns 15 ou 16 anos, que estêve na Companhia». Ambos se enterraram na igreja do Colégio de Santiago [2].

água. Finalmente, nos começos de Outubro, chegou à costa de Portugal. E no dia 4 dêsse mês foi trazida por uma galé, por ordem do Infante D. Henrique, «que neste tempo governava», e ficou defronte da igreja de S. Paulo. Lucena aparece com o nome de Álvaro de Lucena, por lapso, originado talvez da abreviatura da palavra invulgar de Fabiano (p. 38). No começo do naufrágio, vendo-se perdidos, «se achegaram todos a hum Padre da Companhia de Jesvs por nome Aluaro de Lucena, que com elles vinha & com elle se confessaráo com as mais breues palauras que cada hum podia». — Bento Teixeira Pinto, *Naufragio que passou Iorge Dalbuquerque Coelho Capitão e Governador de Pernambuco* (Lisboa 1601) 16v ; *Relação do naufrágio que passou Jorge de Albuquerque Coelho vindo do Brasil no anno de 1565*, Rev. do Inst. Bras., XIII (1850) 279-314 ; *História Trágico-Marítima*, III, 133,

1. O Ir. Pedro Gonçalves, cujo ofício era andar sempre com a enxada na mão, faleceu nos primeiros dias de Novembro de 1564, *CA*, 459-460 ; cf. Vasc., *Crón.*, III, 70.

2. Diogo Jácome entrou na Companhia em Coimbra, no dia 12 de Novembro de 1548 *(Lus. 43*, 3v). Chegando ao Brasil com o P. Nóbrega, participou dos trabalhos da catequese dos primeiros Padres, na Baía, em Pôrto Seguro, nos Ilhéus, em S. Vicente, em Piratininga. Irmão coadjutor, a princípio, trabalhou com os Índios. Aprendeu, por si só, a manobrar o tôrno e ensinou esta arte aos Índios (Anch., *Cartas*, 151). Ordenou-se de sacerdote, na Baía, em 1562 *(CA*, 370). Pouco depois, foi para Ilhéus, donde passou ao Espírito Santo. O P. Luiz Rodrigues, em carta de Ilhéus, de 11 de Março de 1563, diz o seguinte: «o meu compa-

Com a morte dêstes dois obreiros ficou sem Padres a Aldeia. Entretanto, deu-se a conquista do Rio de Janeiro por Estácio de Sá, que levou do Espírito Santo muitos Índios, que por lá ficaram. Reorganizada a Aldeia, os Padres não deixaram de ir a ela, aos domingos e festas de guarda. Assim era em 1573 [1].

Mas não tardaram em morar outra vez na Aldeia da Conceição, exercitando-se nos costumados ministérios de cura de almas, sacramentos e catequese. Da visita que lhe fêz, a 8 de Dezembro de 1584, o Visitador, deixou-nos Fernão Cardim esta primorosa página: « Véspera da Conceição da Senhora, por orago da Aldeia mais principal, foi o Padre Visitador fazer-lhe a festa. Os Índios também lhe fizeram a sua: porque duas léguas da Aldeia em um rio mui largo e formoso (por ser o caminho por água) vieram alguns Índios *murubixaba*, scilicet, principais, com muitos outros em vinte canoas muito bem equipadas, e algumas pintadas, enramadas e embandeiradas, com seus tambores, pífanos e frautas, providos de mui formosos arcos e frechas mui galantes; e faziam a modo de guerra naval muitas ciladas em o rio, arrebentando poucos e poucos com grande grita, e perpassando pela canoa do padre lhe davam o *Ereiúpe*, fingindo que o cercavam e o cativavam. Neste tempo, um menino, perpassando em uma canoa pelo Padre Visitador, lhe disse em sua língua: *Pay, marape guarinime nande popeçoari?* scilicet, em tempo de guerra e cêrco, como estás desarmado! E meteu-lhe um arco e frechas na mão. O Padre assim armado, e êles dando seus alaridos e urros, tocando seus tambores, frautas e pífaros, levaram o Padre até

---

nheiro é o Padre Diogo Jácome, que veio com o Padre Leonardo Nunes; é língua e serve para a escravaria, que é muita, de confessar e doutrinar, que tem bem em que entender, e emprega o seu talento de maneira que eu lhe tenho grã inveja. Seja glória ao Senhor: também anda polos engenhos, instruindo os pagãos em nossa Santa Fé Catolica e confessando e doutrinando aos Cristãos que é uma emprêsa grandíssima, com a qual êle anda em meio de seus trabalhos tão alegre que não ha coisa na terra a que o possa comparar e assi os caminhos se lhe fazem curtos com ser muito compridos, e as calmas não sente, que são muito grandes nesta terra, porque o calor do Espírito Santo, que êle traz dentro, vence o de fora ». — *CA*, 373; 381; 457, 459-461; A. de Alcântara Machado em Anch., *Cartas*, nota 22, p. 57; Vasc., *Crón.*, III, 68-71; Franco, *Imagem de Coimbra*, II, 203-204.

1. Oliveira, *Anual do Rio de Janeiro*, 38v.

à Aldeia, com algumas danças que tinham prestes. O dia da Virgem, disse o Sr. Administrador missa cantada, com sua capela, e o Padre Visitador, pela manhã cedo, antes da missa, baptizou setenta e três adultos, em o qual tempo houve boa música de vozes e frautas, e na missa casou trinta e seis em lei de graça, e deu a comunhão a trinta e sete. Por haver jubileu, concorreu tôda a terra, e tôda a manhã confessámos homens e mulheres portugueses. Houve muitas comunhões e tudo se fêz com consolação dos moradores, Índios e nossa».

Depois, procissão solene, o Diálogo da Avé-Maria, de Álvaro Lôbo, danças, músicas e festas...[1].

3. — Parte daqueles Temiminós vindos do Rio de Janeiro foram-se internando pela terra dentro, misturando-se com os Tupinaquins. Pelo ano de 1562, o Capitão Belchior de Azeredo fêz que se mudassem «para um bom sítio, que está por êste rio arriba, aonde teem muitas e boas terras, e estão muito mais à mão e melhor aparelhados, apartados dos Tupinaquins, para nêles podermos fazer fruto. Fomo-los ver um dia dêstes; e o Principal, que é homem entendido e desejoso de se fazer cristão, nos agasalhou com galinhas e caça do mato, mostrando-nos o lugar, que já tinha limpo, para nos mandar fazer a Igreja. Determinam os Padres de o casar cedo, fazendo-o cristão. A mulher para êste, que é uma moça dos seus, ensina a mulher do Capitão em bons costumes»[2].

No que acabamos de ler, há duas referências igualmente vagas: uma nova Aldeia que começa e um novo chefe Temiminó. Nada mais se adianta. Mas, logo daí a dois anos, se dão como existentes no Espírito Santo «duas Igrejas feitas, scilicet, na Aldeia do Gato, uma de Nossa Senhora da Conceição; e, na Aldeia de Arariboi, outra de S. João»[3].

É esta a primeira vez que em documentos coevos se encontra o nome célebre de Arariboia. E é obvia uma dupla conexão: a primeira entre a igreja que se estava para fazer em 1562 e a que se encontra já feita em 1564; a segunda en-

---

1. Cardim, *Tratados*, 339-340.
2. *CA*, 341.
3. *CA*, 457.

tre aquêle principal, entendido e ainda não baptizado, e Araribóia[1].

Acima desta Aldeia de S. João, légua e meia ou quási duas, existiam então umas três pequenas Aldeias de Índios. Na de S. João morava, em 1567, o P. Pero da Costa com um mocinho da terra e dali visitava essas duas ou três Aldeias. Depois da morte do P. Jácome, também ia à Conceição e lá dizia missa de quando em quando. A epidemia, que assolou a do Maracajaguaçu, foi mais benigna em S. João e nas Aldeias vizinhas. Mas também ela, como a de câmaras de sangue, que se lhe seguiu, matou muitas pessoas, em especial crianças. Tratou o Padre que morressem baptizadas. Em 27 de Junho de 1567 (data das informações de Pero da Costa), tinham-se baptizado passante de 400 pessoas, muitas das quais escaparam do contágio. Baptizaram igualmente e casaram «alguns Índios principais desta povoação, os quais teem até agora dado muito boas mostras de perseverança»[2].

Não residiram sempre aqui os Padres, umas vezes por falta

---

1. Não sabemos com que fundamento diz Fr. Vicente do Salvador que Araribóia se baptizou em 1530, sendo seu padrinho Martim Afonso de Sousa (H. do B., 195). Como de costume não cita fontes. O ter Araribóia o nome de Martim Afonso não é prova bastante. Verificando-se aquela conexão, o facto explicar-se-ia fàcilmente. Tendo-se baptizado o Maracajaguaçu com o nome de Vasco Fernandes, Donatário do Espírito Santo, não quereria o chefe Araribóia, ao baptizar-se por sua vez, ficar atrás; e para não haver repetição e confusão, receberia o nome também dum Donatário, mas o da Capitania, donde era natural. Opor-se-ia a esta identificação, se fôsse verdadeiro, o facto narrado por alguns de que Araribóia estivera com Mem de Sá na tomada de Villegaignon, em 1560. Mas se estêve, foi como soldado anónimo, não como chefe. Contudo, nem disto se encontra a menor referência em escritos da época, omissão já notada pelo próprio Simão de Vasconcelos (Crón., II, 81).

2. CA, 461. O P. Pedro da Costa, natural da Portela de Tamel, diocese de Braga, entrou na Companhia de Jesus, no Brasil, em 1556. Gastou a vida a catequizar os Índios, cuja língua sabia. Em 1559, estava na Aldeia de S. Paulo da Baía (CA, 225); em 1561, na de Santiago (CA, 299); em 1562, na de S. Miguel de Camamu (CA, 268). Ainda estava no Espírito Santo em 1569 (Bras. 3 (1), 161v). Em 1598 era Superior da Ilha de Boipeba. Diz o catálogo dêste ano: «P. Petrus a Costa Superior ex Portela de Tamel dioec. Bracharensis annorum 69 firma valetudine admissus in societatem anno 1556. Studuit Grammaticæ casibus conscienciæ quantum fuit satis ad sacros ordines. Didicit Brasilicam linguam et annos jam 39 in Indorum conversione versatur. Coadiutor spiritualis formatus ab anno 1560» (Bras. 5, 38). Faleceu em adiantada e santa velhice, na Baía, em 1616 (Bras. 8, 213).

de obreiros, outras por disposição superior; nesses casos, a assistência espiritual era feita de Vitória ou da Conceição. Mas, sempre que era possível, morava lá um ou dois Jesuítas.

No dia 9 de Dezembro de 1584, visitaram esta Aldeia os Padres Gouveia e Cardim. A Aldeia de S. João estava a meia légua da Conceição. Foram «por água, por um rio acima mui fresco e gracioso, de tantos bosques e arvoredos que se não via a terra, e escassamente o céu. Os meninos da Aldeia tinham feito algumas ciladas no rio, as quais faziam a nado, arrebentando de certos passos com grande grita e urros, e faziam outros jogos e festas na água, a seu modo, mui graciosos, umas vezes tendo a canoa, outras mergulhando por baixo e, saindo em terra todos com as mãos levantadas, diziam: Louvado seja Jesus Cristo! — e vinham tomar a bênção do Padre, os principais davam seu *Ereiupe*, prègando da vinda do Padre com grande fervor. Chegámos à igreja acompanhados dos Índios, e os meninos e mulheres com suas palmas nas mãos, e outros ramalhetes de flores, que tudo representava ao vivo o recebimento do dia de Ramos. Porém neste tempo, ainda que os Índios fazem a festa, tudo é pasmar, *maxime* as mulheres, do *Païguaçu*».

«Ao dia seguinte baptizou o Padre Visitador trinta e três adultos, e casou na missa outros tantos em lei de graça, e tudo se fêz com as mesmas festas. Estavam êstes Índios em ruim sítio mal acomodados, e a igreja ia caindo; fêz o Padre que se mudassem a outra parte, o que fizeram com grande consolação sua»[1].

No mesmo sítio, ou já noutro, porque não se pode bem saber ao certo, dada a facilidade de tais mudanças, morava em 1596 o P. Sebastião Gomes, que escreve a 26 de Outubro dêsse ano: Nesta Aldeia, de que estou incumbido, «que é da invocação do glorioso apóstolo S. João, haverá oitocentas almas cristãs; e como nesta Capitania se dá o algodão mais que em nenhuma outra, quási todos veem à igreja vestidos. Dêstes cristãos se teem escolhido e examinado cento e quarenta, que recebem o Santíssimo Sacramento nas três páscoas do ano [Natal, Ressurreição, Espírito Santo] com tanta quietação, modéstia e lágrimas, que os Portugueses se edificam, por uma parte muito, de os ver e, por

---

1. Cardim, *Tratados*, 340-341.

outra, se envergonham. Êstes que comungam são avantajados de todos os outros, assim nos bons costumes e devoção, como no conhecimento e justiça das coisas da fé e doutrina cristã ».

Depois de ter referido vários casos particulares desta devoção singela dos Índios, fala da porta aberta que há para descerem do sertão muitos outros a receber a fé, se não fôssem os obstáculos que os colonos põem, cativando-os. E continua: « Castiga Nosso Senhor êstes cativeiros injustos e outros pecados do Brasil, com molestar os Portugueses uma nação de gentios que chamam Tapuias ou Aimorés, os quais teem feito despovoar a Capitania de Pôrto Seguro, e vão por outras partes fazendo muitos danos e estragos. Desta Aldeia de S. João teem ido os Índios cristãos em busca dêles por três vezes. Onde pousavam, arvoravam logo uma cruz e, antes de pelejar, se punham todos de joelhos diante dela. Feito isto, arremetiam aos inimigos com tanto esfôrço e confiança de vitória, que sempre Nosso Senhor lha deu »[1].

4. — Em 1558, tencionava estabelecer-se em Guaraparim um irmão de Maracajàguaçu, de apelido Cão Grande. Veio por sua conta e risco do sertão e ali ficaria com sua gente por conselho e gôsto do Donatário[2]. Talvez datem desde então as visitas que lá faziam periòdicamente os Padres. É certamente uma das dez Aldeias assinaladas, em 1581, ao longo da costa do Espírito Santo. César Marques diz que, em 1585, fundaram os Padres uma residência no alto da embocadura do Rio Guaraparim e ali edificaram uma igreja dedicada a Santa Ana[3]. É verosimil. Tanto mais que, em 1587, fêz o Padre Anchieta o gracioso Diálogo, com que os Índios de Guaraparim receberam na sua Aldeia o P. Provincial, Marçal Beliarte, recém-chegado do reino: « Vinde pastor desejado [...], para nós sois cá mandado, do reino de Portugal »[4].

---

1. Carta de Bastião Gomes, incluída noutra de Pero Rodrigues, de 1 de Maio de 1597, em *Annaes*, XX, 263-264; cf. Amador Rebelo, *Compendio de algumas cartas*, p. 235.
2. *CA*, 196.
3. César Marques, *Diccionario do Espirito Santo*, 137.
4. *Opp. NN.* 24, 21; cf. Fr. Rodrigues, *A Formação*, 477; Afrânio, *Primeiras Letras*, 92-104.

Segundo Vasconcelos, assistiam nesta Aldeia, por volta de 1596, os dois Padres Dias (António e Manuel); e Anchieta, sentindo-se doente em Reritiba, mandou-os consultar e foi com o P. Manuel Dias até à vila do Espírito Santo, recuperando a saúde[1].

Residência efectiva de Padres nesta povoação só no-la dá o catálogo de 1606. Mas a ânua de 1604 já traz a seguinte informação: «Guaraparim é uma célebre Aldeia de Índios, onde êste ano se realizaram com grande pompa os ofícios da Semana Santa. Fêz-se um belo sepulcro; e, fora as tochas de cera, viam-se dependuradas quarenta lâmpadas. Houve música de instrumentos e vozes»[2].

5. — Segundo César Marques a Aldeia dos Reis Magos foi fundada pelos Jesuítas em 1580 em um lugar alto que goza de lindo panorama[3]. A Aldeia dos Reis Magos era com certeza visitada por êles em 1581, mas só o catálogo de 1598 a dá como residência fixa. Em todo o caso, já lá moravam os Padres antes, porque dali mandou fazer o P. Domingos Garcia uma grande entrada, em Dezembro de 1595. Falam os bons dos Índios em 400 léguas. Não tinham êles meios de as calcular e talvez encarecessem as distâncias para ampliar o merecimento. Ainda assim, dando todos os descontos, a julgar pelo tempo que levou, quer por terra quer pelo Rio Doce, a entrada devia ter chegado pelo menos ao centro de Minas Gerais. Desde a foz do Rio Doce até à Aldeia dos Reis Magos vieram os Índios por terra. O P. Garcia esperava-os já, com uma pobre igreja, a 3 léguas da costa. Uma simples inspecção ao mapa, e vemos que êsse local devia coincidir sem grandes diferenças com a actual cidade de Santa Cruz[4].

---

1. Vasc., *Anchieta*, 338.
2. Carta de Fernão Cardim, *Bras. 8*, 50.
3. César Marques, *Diccionario do Espirito Santo*, 7.
4. Reis Magos já aparece no Mapa de 1599, feito em Norimberga por Levinum Hülsiüm, publicado em Schmidel-Lafone, *Viaje al Rio de la Plata*, in fine. Na *Noite Ilustrada*, Rio, 16 de Maio de 1934, veem três fotogravuras de «O mais antigo Convento do Brasil», «A igreja do convento dos Reis Magos, em Nova Almeida considerado o mais antigo do Brasil», «Ruinas dos Claustros do Con-

Escreve o P. Pero Rodrigues: « No mês de Dezembro de 1595, foram dois Índios cristãos da Aldeia dos Tupinaquins por mandado do P. Domingos Garcia, que dêles tem cuidado, chamados um dêles Miguel de Azeredo, e na sua língua Arco Grande, e outro Inácio de Azevedo, com trinta Índios, e entraram polo sertão, obra de quatrocentas léguas, em busca de seus parentes que, por fugirem dos Portugueses, se ausentaram tanto do mar ».

« As primeiras cem léguas, encontraram com um principal cristão, chamado Pero Luíz, que vinha já por caminho pera a igreja, com passante de cem almas, aos quais os nossos Índios deram aviso de como haviam de vir seguramente para não serem salteados. O que guardando, chegaram a uma das Aldeias e foram recebidos do P. Domingos Garcia e dos Índios com muita festa e alegria. Os dois Índios Principais, que tenho dito, seguiram seu caminho até acharem seus parentes em duas Aldeias. Deram-lhes as boas novas do muito cuidado, que os nossos Padres dêles tinham, e do muito zêlo com que procuravam sua salvação, ensinando-lhes as coisas de nossa santa fé, de como os defendiam das injúrias dos Portugueses. Com estas e outras particularidades, que lhes contaram e em especial da honesta vida e bons costumes dos Padres, os moveram a vir para a igreja e, duvidando alguns e não se fiando de-todo dos parentes, disse o principal de todos:

— *Ora vamos, ainda que não seja mais que pera ser escravos de tais Padres como êsses!* »

« E, depois de fazerem mantimentos pera o caminho, começando de se abalar, se partiu diante o Inácio de Azevedo com quatro Índios a dar aviso ao Padre como vinham já os seus, com

---

vento dos Reis Magos, que tem quatrocentos anos », « Altar da Igreja do Convento, vendo-se ao alto, a tela célebre, que é atribuída a Miguel Ângelo ». O articulista afirma que examinou essa obra de arte, pela qual tinham oferecido 200 contos e que « conserva bem vivo o seu colorido e as suas imagens de uma perfeição admirável. Segundo afirmaram conhecedores da História, aquêle Convento foi fundado pelo P. Gouveia, em *1534* ». O artigo não traz assinatura. O P. Cristóvão de Gouveia passou por Nova Almeida não em *1534*, mas em *1584*. Nem Cardim, nem algum outro documento coevo falam de tal construção, que é de-facto grandiosa, para simples residência, como foi sempre a dos Reis Magos. Não é obra do século XVI.

tanta alegria e contentamento, que não estimou desandar quatrocentas léguas, por meio de contrários, por vir dar tão boas novas; os que ficaram continuaram seu caminho, fazendo-o em muitas partes de-novo por serras e matos bravos. Por todos eram passante de quatrocentas almas, e por virem, assim homens como mulheres e crianças, a pé, gastaram em chegar alguns seis meses. E antes de chegar ao mar, obra de oito jornadas, foram avisados como uns contrários seus os estavam aguardando em canoas, em certa paragem do Rio Doce e em ciladas por terra, para os matarem e comerem. E pôsto que foram de súbito acometidos, ajudou Deus os desejos de seu novo exército, dando-lhes tal vitória que destruíram seus inimigos e mataram obra de duzentos e, aos que fugiram, frechados, tomaram as armas».

«Vendo isto o Arco-Grande, que com êles vinha, lhes disse que, pelos desejos que traziam de vir para a Igreja, os ajudara Nosso Senhor, que lho agradecessem, com que os animou a prosseguirem sua viagem. O que sabendo o P. Domingos Garcia por três Índios, que de-novo lhe mandaram do caminho, lhes mandou refrêsco de farinha, peixe e outros mantimentos em seis canoas, com quarenta homens, que chegaram a bom tempo, pola falta que já tinham dêles. Com êste refrêsco tomaram todos alívio do trabalho; e, em breve, chegaram com saúde à barra do Rio Doce, que dista oito léguas da nossa Aldeia. Foi-os esperar o Padre com seu companheiro e trezentos frecheiros, afora muitos meninos e mulheres, três léguas da aldeia, onde fêz uma choupana para dizer missa, o seguinte dia, que era do glorioso São Miguel, em cuja manhã chegaram os Índios novos por esta ordem: vinham diante os meninos com seus arcos e frechas, em uma mão, e na outra seus bordões; após êles se seguiam as mulheres, trazendo algumas delas as crianças às costas; seguia-se depois a gente de guerra, e, no cabo, vinha o principal, todo empenado ao seu modo, com uma pedra verde muito fina no beiço, e sua espada ao hombro, o qual, tanto que viu os Padres, se pôs de giolhos e deitando-se de-bruços estêve sem poder falar um grande pedaço, tendo o Padre abraçado pelos pés. Levantou-o o Padre e dando-lhe os parabéns da vinda, o levou com tôda a gente à igreja, com tambor e frautas, de que ficaram muito espantados. O que vendo o principal disse aos Padres:

— *Eu venho pera a Igreja abalado com a boa fama de vos-outros, e do bom tratamento que nos fazeis, o que já comecei de experimentar, porque, estando no sertão e correndo muitas terras, nunca senti em minha alma quietação como agora sinto, depois que me determinei de vir pera a Igreja* ».

« Os antigos agasalharam os novos com o que levaram e descançaram ali todos aquela noite. Ao dia seguinte, ante-manhã, lhes fêz o Padre uma prática, de que os mais velhos ficaram não menos consolados que espantados, dizendo: se êste Padre fôr ao sertão, não ficará lá pessoa que não venha para a Igreja. Finalmente chegaram ao pôrto, aonde o restante da Aldeia os estava aguardando, e ali se renovaram as lágrimas de alegria, vendo a igreja que de propósito estava para isso concertada com ramos e lata, que os novos cuidaram ser ouro, e espantados diziam: com razão se chama isto *Tupã ôca* que quer dizer *Casa de Deus* ».

« Em companhia dêstes Índios veio um principal de outras quatro Aldeias, com um seu companheiro, a ver se era verdade o que lá no sertão lhe diziam dos Padres para que, com mais certeza, pudesse abalar sua gente. Êstes estiveram seis meses na nossa Aldeia, na qual adoecendo o principal, foi curado pelo Padre com tanta caridade que, em sarando, começou a prègar pela Aldeia, conforme o seu costume, que os que estavam na Igreja não tinham necessidade de pai, nem mãi, pois tudo tinham nos Padres. Tornou-se com seu companheiro para o sertão e levou outros quatro, dos que tinham vindo para testemunhas do que passava, para com isso abalar tôda sua gente. Não são ainda vindos, mas espera-se por êles êste Junho de noventa e sete » [1].

Como se demoraram em voltar os seis Índios, que tinham ido, mandou o P. Garcia outros, aviando-os do necessário para a expedição. Comandavam-na quatro Índios de confiança, cristãos,

---

1. Carta de Pero Rodrigues, da Baía, 13 de Junho de 1597, *Bras. 15*, 436--437v. Nos *Annaes*, XX, 261-263, acha-se outra do mesmo Padre, com data de 1 de Maio, de 1597, com algumas variantes e omissões; e em Amador Rebelo, *Comp. de alg. cartas*, 227-232. Cf. Ânua de 1597, *Bras. 15*, 431; *Annuae Litt. 1597*, 499; Carta de Pero Rodrigues, 19 de Dezembro de 1599, *Bras. 15*, 473v e BNL, fg, Cx. 30, 87(7).

Miguel de Azeredo (Arco Grande), Manuel Mascarenhas, António Dias, Inácio de Azevedo.

O Índio principal, que tinha vindo a Reis Magos e tinha por nome *Jaguaraba* (Cabelo de Cão), abalara de-facto, com a sua Aldeia, a caminho da costa. Atacado, porém, pelos Índios Apiapetangas, retrocedeu. Com os mesmos Apiepetangas tiveram que lutar os Índios de Reis Magos, enviados agora pelo P. Garcia. Os cristãos levaram a melhor, mas não sem morte de alguns, entre os quais o valente Manuel Mascarenhas.

Depois de vencerem dificuldades sem conta, chegaram finalmente à Aldeia de Reis Magos muitos Índios, um dos quais, principal e destemido, chamado Piraguaçu, substituíu Manuel Mascarenhas. Também veio a viúva de Jaguaraba, que entretanto falecera. Trouxe todos os seus filhos e filhas e genros. Recebeu-os o Padre a todos com a costumada festa e caridade. A viúva do Jaguaraba era «índia mui grave e acatada dos seus e quando os meninos brincavam e dançavam no terreiro, mandava armar uma rêde mui limpa à sua porta e dizia aos seus:
— *Vêdes vós outros? Isto é ser filhos de Deus e dos Padres, e nós estávamos nos matos como filhos do diabo, sem participarmos do que agora vemos*» [1].

Estas e outras lutas semelhantes, introduzindo no interior do continente o nome de Jesus, são páginas obscuras da conquista do Brasil. É ainda uma luz difusa. Mas, através dela, adivinha-se já o sol da civilização cristã [2].

6. — Reritiba é a mais famosa Aldeia do Espírito Santo. Deve-se isto ao facto de ter vivido e falecido nela o Ven. P. José de Anchieta, em 1597. Alguns dão ao mesmo Anchieta como seu fundador, em 1565 ou 1567, na rampa da montanha, defronte do Rio Iriritibá ou Reritiba [3]. Não vimos confirmação. Entre 1565 e 1567, não vivia Anchieta no Espírito Santo. Passou

---

1. Fernão Guerreiro, *Relação Anual*, 386-389; Jarric, *L'histoire des choses*, 485-490.

2. O P. Domingos Gracia ou Garcia era natural de S. Paulo: «Grande língua e persuasivo», «célebre entre todos os Índios». Faleceu com 60 anos de idade e 40 de Companhia, em Reritiba a 2 de Outubro de 1618, *Bras. 8*, 240; *Hist. Soc. 43*, 66; Vasc., *Almeida*, 39.

3. César Marques, *Diccionario do Espirito Santo*, 16.

ali, visitando-o, sendo ainda estudante, quando deixou o acampamento de Estácio de Sá, no Arraial do Pão de Açúcar, e foi ordenar-se na Baía; tornou a passar no Espírito Santo, junto com o Visitador B. Inácio de Azevedo, o Provincial Luiz da Grã e outros, na armada de Mem de Sá, a caminho do Rio. Não é verosímil que se detivesse a fundar Aldeias, não podendo assistir-lhes, num momento sobretudo em que não se tratava de fixar gente na terra, mas de arregimentar a que houvesse para a conquista do Rio de Janeiro.

Não se pode, pois, assinalar com exactidão o ano em que se fundou. Mas que por ali passassem os Padres da Companhia, depois da tomada de Villegaignon, é provável; e que Reritiba fôsse uma das Aldeias que os Padres visitavam periòdicamente em 1581, é mais que provável. O primeiro Superior de Reritiba, que assinalam os catálogos já depois desta data, é o P. Diogo Fernandes[1].

Estêve algum tempo nesta Aldeia o P. Martim da Rocha. Escreve êle, já de Piratininga, a 12 de Junho de 1600: «Quando eu estava na Aldeia de Reritiba (Reritiba quer dizer, na língua dos Índios, *lugar de muitas ostras*) foi ao sertão o P. Diogo Fernandes, onde andou oito meses. E neste tempo fiquei eu só na Aldeia. Como o Padre desceu muita gente, que seriam obra de duas mil almas e a terra os apalpava, eu andava vigilante sôbre isso, porque, como o Padre os ia mandando adiante de si para a Aldeia, acudi eu logo a bautizar todos os inocentes e fazer práticas aos adultos». Uma terrível epidemia de bexigas matou mais de 400 daqueles Índios, que o Padre não deixou morrer sem baptismo[2].

Anchieta compôs em Reritiba várias das suas poesias, algumas das quais recordam o próprio nome da terra: uma no «*dia da Assunção quando levaram a sua imagem a Reritiba*», estando presente o P. Marçal Beliarte, Provincial; outra, cujo título é *Parati — Reritiba — Tupitamba*; e ainda outra *Reritiba Xeretama*, tôdas três em língua tupi[3].

---

1. Jaz ali enterrado com outros grandes missionários: Jerónimo Rodrigues, António Dias, Domingos Garcia. — Vasc., *Almeida*, 36 e 39.

2. *Bras. 3(1)*, 175-176.

3. *Opp. NN.* 24, 27, 31, 167v. Aquela imagem de Nossa Senhora da Assunção, padroeira de Reritiba, que Anchieta celebrou com cânticos, talvez seja a

Reritiba teve depois maior incremento, embalsamada pela memória de Anchieta, cuja tradição perdura indelével nestas paragens. O seu nome anda anexo a muitas circunstâncias históricas locais, nem tôdas rigorosamente verídicas, indício porém de grande popularidade. Reritiba recebeu mais tarde o nome de Benavente e é hoje a actual cidade de *Anchieta*, em memória do glorioso apóstolo que nela acabou os dias [1].

---

mesma a que se refere o *Santuário Mariano*: « imagem mui fermosa, e obrada sem dúvida em Lisboa, aonde sempre os Padres da Companhia mandam fazer as suas imagens por se obrarem naquela cidade com muita perfeição e por se acharem nela artífices excelentes em tôdas as artes ». — Fr. Agostinho de Santa Maria, *Santuário Mariano*, X, 71.

1. A Residência que os Jesuítas deixaram, por ocasião da perseguição pombalina, repartiu-se em três secções que serviam, ainda nos meados do século XIX, uma para residência paroquial, outra para Tribunal de Justiça e outra para Câmara Municipal. — César Marques, *Dic. do Espirito Santo*, 16.

PERNAMBUCO — VILA DE OLINDA

Igreja e Colégio dos Jesuítas no primeiro plano
(Do «Roteiro de todos os sinaes», códice ms. da Ajuda)

CAPÍTULO V

Capitania de S. Vicente

1 — Situação da Capitania de S. Vicente à chegada dos Jesuítas; 2 — Colégio dos Meninos de Jesus; 3 — Terras e bens; 4 — Zêlo e actividade dos Padres; 5 — Os Jesuítas no pôrto de Santos.

1. — A Vila de S. Vicente foi fundada pelo Donatário Martim Afonso de Sousa, no dia consagrado àquele santo, uma têrça--feira, 22 de Janeiro de 1532. Pero Lopes de Sousa, irmão do Donatário, descreve assim a fundação: Martim Afonso « fêz uma vila na Ilha de S. Vicente e outra, 9 léguas dentro pelo sertão, à borda de um rio, que se chama Piratininga; e repartiu a gente nestas duas vilas e fêz nelas oficiais; e pôs tudo em boa ordem e justiça, de que a gente tôda tomou muita consolação, com verem povoar vilas e ter leis e sacrifícios e celebrar matrimónios e viverem em comunicação das artes; e ser cada um senhor seu; e [in]vestir as injúrias particulares; e ter todos os outros bens da vida segura e conversável »[1].

Como se vê, logo desde o começo existiram os elementos essenciais para o progresso, que são a religião e a justiça. Mas deviam levar existência precária. A povoação da margem de Piratininga desaparecera; e, no dizer de Anchieta, o P. Leonardo Nunes, que saíu da Baía no dia 1.º de Novembro de 1549, com a armada de Pero de Góis, que visitava a costa, foi enviado de Pôrto Seguro adiante e recebido na Capitania de S. Vicente pelos Portugueses « como anjo ou apóstolo de Deus; e, vi-

---

1. Eugénio de Castro, *Diário da Navegação, de Pero Lopes de Sousa, 1530--1532*, I (Rio 1927) 340-342. Cf. Luiz Chaves, *Os Pelourinhos de Portugal nos domínios do seu Império de Além-Mar*, na Revista *Ethnos*, Lisboa, I (1935) 110.

vendo êles dantes tão mal ou pior que os brasis, fizeram tão grande mudança de vida, que ainda agora se enxerga naquela terra um *nescio quid* de mais virtude, devoção e afeição à Companhia que em tôda a Costa »[1].

Não generaliza tanto nem a corrução dos costumes nem a conversão, Nóbrega, em 1553, quando veio à Capitania de S. Vicente.

Em todo o caso, vai dizendo que « esta terra está tão estragada que é necessário levar alicerces de novo »[2]. Achou gente de « má qualidade », diz êle; mas não tôda. Separa-os a questão da liberdade dos Índios. Os escravagistas hostilizam-nos quanto podem; « os que estão livres desta praga amam-nos muito ». A « terra é a melhor do mundo »[3].

Esta visão das terras vicentinas é o retrato fiel do que sempre haviam de ser para os Jesuítas, no decorrer dos anos. Os Padres do Espírito Santo lastimavam que a sua Capitania estivesse ao abandôno, porque as coisas do Reino iam primeiro a S. Vicente e só depois se repartiam por ela[4]; Nóbrega, por sua vez, escreve que S. Vicente está muito abandonada de El-Rei e do Donatário e que era preciso atender mais a esta Capitania. É « a mais sã de todas » e dela « se devia fazer mais fundamento do que de nenhuma, por quanto, por esta gentilidade, nos podemos estender pela terra dentro »[5].

Esta circunstância local foi bem aproveitada pelos missionários. A rapidez com que se deslocava o primeiro Jesuíta, que pisou terras vicentinas, mereceu-lhe o nome de *Abêrê Bêbê*, Padre voador...

2. — Leonardo Nunes chegou a S. Vicente, em fins de 1549 ou princípios de 1550, com dez ou doze meninos. Não levou mais, diz Nóbrega, por não haver lugar[6]. Chegou, pois, com a intenção formada de abrir escola de instrução e catequese. Na sua entrada aos Campos de Piratininga trouxe outros meninos, filhos

---

1. Anch., *Cartas*, 315; *CA*, 62; Vasc., *Crón.*, I, 65.
2. *Bras. 3 (1)*, 97.
3. *Bras. 3 (1)*, 104v-105.
4. *Bras. 3 (1)*, 110.
5. *Bras. 3 (1)*, 96, 98, 110.
6. Nóbr., *CB*, 106-107.

dos povoadores Portugueses e dos Índios, com os quais, juntos a outros de S. Vicente, começou uma espécie de Seminário ou Colégio, onde se ensinou a falar português, a ler e a escrever, e, a alguns mais hábeis, latim. A todos «sustentou do necessário para o corpo com grande trabalho seu e dos Irmãos até o ano de 1554», quando se passaram a S. Paulo de Piratininga, onde se podiam manter melhor. A outro, escreve Luíz da Grã, que não tivesse as fôrças do P. Leonardo Nunes, não seria isso possível [1].

Não nos repugna crer que desse o próprio Padre Nunes as primeiras aulas de latim. Nóbrega, quando chegou, diz: «em casa teem os meninos os seus exercícios ordenados. Aprendem a ler e escrever, vão muito adiante, e alguns a cantar. E outros, de melhor engenho, aprendem já a gramática. Aproveitam em devoção. Cremos que virão êstes a ser verdadeiros operários pela muita esperança que nos dão seus princípios» [2].

Em 15 de Junho de 1553, era professor de latim «um mancebo gramático de Coimbra, que para cá veio desterrado» [3]. Nóbrega, que nos dá a notícia, em carta daquela data, não cita o nome do mestre.

Quem eram os alunos? O mesmo Nóbrega, noutra carta, escrita igualmente de S. Vicente, informa que viera com o Governador Tomé de Sousa e que achara «7 Irmãos grandes e muitos meninos órfãos e outros filhos dos gentios, dos quais não queremos já tomar senão os grandes e principais, por não têrmos com que os manter; e quanto ao vestido sofre-se que os meninos andem nus. Aqui achei o P. Nunes e trouxe comigo o P. Francisco Pires» [4].

Nóbrega, nesta sua chegada, teve grande recepção. Só do Colégio passava de 80 o número de pessoas entre Padres, Irmãos e meninos, sem contar os pais dêstes que, sendo do Campo, sempre vão e veem para os ver [5].

---

1. Carta de Luiz da Grã, *Bras. 3 (1)*, 17; Anch., *Cartas*, 315-316; Vasc., *Crón.*, I, 71.
2. Carta de Nóbrega, *Bras. 3 (1)*, 93.
3. Id. *ib.*, 97.
4. *Bras. 3 (1)*, 106.
5. *Ib.*, 91.

Ao primeiro contacto com esta terra e esta gente, previu Nóbrega o futuro. Mais pobre nesse tempo do que a Baía, dificuldades maiores do próprio clima a exigir resguardos de vestuário, relativamente inúteis na cidade do Salvador, contudo comunicava que esta Capitania de S. Vicente era a de « maiores esperanças » [1].

Com quatro meninos órfãos, que trouxe, e com os alunos, que já achou, pensou em estabilizar o Colégio e dar-lhe forma jurídica semelhante à da Baía, instituindo, como lá, a Confraria dos Meninos de Jesus. A base económica desta Instituïção foram os bens doados pelo Irmão Pero Correia. Ficaram a dirigi-la dois mordomos e um provedor. Os Padres reservaram para si « sòmente a erudição e doutrina dos meninos » [2].

Inaugurou-se o Colégio dos Meninos de Jesus, de S. Vicente, com festa solene, no dia da Purificação de Nossa Senhora, 2 de Fevereiro de 1553. Prègou o próprio Manuel da Nóbrega [3].

Os meninos afeiçoaram-se aos Padres e em particular a Leonardo Nunes. Quando êle embarcou para a Europa, em Junho de 1554, como primeiro Procurador do Brasil, muitos queriam ir com êle; e « os Índios, diz Pero Correia, morriam por mandar os filhos. O Governador não o permitiu, mas um meteu-se debaixo da coberta e foi... » [4].

O navio, infelizmente, naufragou. *Leonardo Nunes foi a primeira vítima da Companhia de Jesus na evangelização do Brasil.* Alguns já tinham falecido antes dêle, mas de morte natural. O naufrágio deu-se a 30 de Junho de 1554. O P. Nunes animou heròicamente os náufragos, com um crucifixo alçado, até que se afundou, conforme testemunharam alguns sobreviventes [5].

Leonardo Nunes tinha entrado na Companhia, em Coimbra, no dia 6 de Fevereiro de 1548. Era natural de S. Vicente, da Beira, Bispado da Guarda. Aproximando êste facto e a data da sua entrada, é provável que fôsse um dos sacerdotes convertidos por

---

1. *Ib.*, 97v.
2. *Ib.*, 10v, 97.
3. Carta de Nóbrega, *Bras.* 3 *(1)*, 91; Vasc., *Crón.*, I, 133.
4. Carta de Pero Correia, *Bras.* 3 *(1)*, 113-114; Carta de Nóbrega, *Bras.* 15, 116v.
5. Menológio, *Bras.* 13, 85; *Ephemerides da Companhia de Jesus*, BNL, Colecção pombalina, 514, p. 88; *Mon. Mixtae*, IX, 781.

Nóbrega, quando por ali andou em missões, aquêle que desejava entrar na Companhia, como conta o próprio Padre Nóbrega [1].

Nunes era de espírito apostólico, resoluto e incansável. Segundo a carta de Diogo Jácome de 1552, já tinha feito então estas viagens e entradas: uma ao sul, donde trouxe o homem chagado; outra ao Campo de Piratininga, onde se encontrou com a gente de João Ramalho e Tibiriçá; outra, de-novo, ao longo do mar, donde trouxe o homem casado em Portugal [2]. Fêz ainda outras viagens à Laguna dos Patos, a buscar as senhoras castelhanas naufragadas, outra à Baía para acompanhar os Irmãos recém-chegados de Portugal, outras ao Campo, e ardia em desejos de ir ao Paraguai: *Abêrê-Bébé*, Padre Voador!

« Nosso Senhor tem cá obrado grandes coisas por nosso Padre, diz dêle o Irmão Pero Correia, ainda que só, mas os trabalhos, que êle tem tomado, não sei quem os sofrera » [3].

Leonardo Nunes pode e deve ser considerado o *primeiro Apóstolo do Estado de São Paulo* [4].

3. — A êste Colégio dos Meninos, como património próprio, foram dadas as primeiras terras dos Padres de S. Vicente. Doou-as, como dissemos, o Ir. Pero Correia. Constavam de dois lotes, um na própria vila de S. Vicente, outro mais ao sul, em Iperuíbe. As terras de S. Vicente tinham pertencido a « um Mestre Cosmo, bacharel », e ficavam « a partir do Pôrto das Naus, partindo com terras de António Rodrigues [diferente do Irmão António Rodrigues] até ir partir com terras de Fernão de Morais » [5]. As terras de Iperuíbe começavam « a partir de um regato que está aquém da dita Aldeia [dos Índios de Peruíbe],

---

1. Serafim Leite, *Nóbrega em Portugal*, carta inédita de 31 de Julho de 1547, em *Brotéria*, vol. XXI (1935) 189.
2. *CA*, 103-105.
3. *Ib.*, 95.
4. Cf. Vita del Padre Leonardo Nunes, *Lus.* 58 *(Necrol. I)*, 31v-37; Franco, *Imagem de Coimbra*, II, 193-199; Idem, *Ano Santo*, 349-350; Afrânio, em *CA*, nota 9, p. 63; A. de Alcântara Machado, em Anch., *Cartas*, p. 50; Vasc., *Crón.*, I, 168.
5. Eugénio de Castro, *Diário da Navegação, de Pero Lopes de Sousa, 1530--1532*, vol. 2.º, *Documentos e Mapas*, mapa 9.º: *O antigo e novo porto de S. Vicente*. Vê-se indicado o Pôrto das Naus e a residência de António Rodrigues.

que chamam, em língua dos Índios, Tapiiranema, que é desta banda do Levante. E da outra banda do Poente, passando o rio grande, que se chama Guraípe e em nosso nome lhe puseram de Santa Catarina, partindo pelo mar, assim como vai a costa». Era terra em quadra: «tanto terá de largo como de comprido». Incluía-se, neste lote de terras, a Ilha de Guaraú, em frente de Iperuíbe. Quer as terras de S. Vicente, quer as de Iperuíbe tinham sido confirmadas a Pero Correia pelo Capitão António de Oliveira, loco-tenente de Martim Afonso de Sousa, em 5 de Maio de 1542; e, num codicilo de 22 de Março de 1553, lê-se que Pero Correia «que é metido na Ordem de Jesus, êle as tem dadas à Confraria, que ora ordena, no Colégio da Vila de S. Vicente». Indo de Santos à Cananeia por terra, em 1605, os Padres João Lobato e Jerónimo Rodrigues passaram por ali: «ao terceiro dia, diz Jerónimo Rodrigues, subimos por uma serra não muito íngreme, que dizem ser da casa de Santos, na qual serra me parece haver mais de 15 águas fermosíssimas e excelentíssimas» [1].

Depois da fundação de S. Paulo, para sustento do Colégio, pediu Nóbrega a Martim Afonso de Sousa terras à margem do Rio de Piratininga. E que as não negasse Martim Afonso, «pois há homens particulares em S. Vicente, a quem se dá muito mais terra; e creio que, se alguma coisa pode fazer que os moradores não despovoem aquela Capitania, será estar ali aquela casa» [2]. As requisições de Nóbrega não foram inúteis, porque o Donatário concedeu-lhe duas léguas de terra ao longo do Rio de Piratininga. Mas, depois que se mudou para S. Paulo a vila de S. André, tornaram-se necessárias aquelas terras à expansão da vila de S. Paulo. Cremos que a cedência delas entrou nas estipulações preliminares. Como quer que seja, a 26 de Maio (sic) de 1560, o P. Luiz da Grã, sucessor de Manuel da Nóbrega no

---

1. *Bras. 15,* 74; *Bras. 11,* 477-477v. B. Calixto publica o documento, excepto o codicilo, e dá as indicações topográficas modernas da localização das terras, tanto de S Vicente como de Iperuíbe no seu livro *A villa de Itanhaem* (Itanhaem 1895) 120-125. Publicamo-lo agora, completo, no *Apêndice C.*

2. Carta de Nóbrega, de 2 de Dez. de 1557, *Bras. 15,* 43. E, no seu *Apontamento,* de 8 de Maio de 1558, a-respeito das terras do conde da Castanheira, onde tinham as suas roças os Índios da nova vila de S. Paulo, diz que as terras serviam de pouco ao Conde e, portanto, que as cedesse àqueles Índios.

Provincialado, propôs a troca nos seguintes têrmos: « O P. Luiz da Grã, Provincial da Companhia de Jesus destas partes do Brasil, faz saber a Vossa Mercê como o Senhor Martim Afonso de Sousa fêz esmola à Companhia, nesta sua Capitania de São Vicente, de duas léguas de terra ao longo do Rio de Piratininga, como mais largamente se contém na provisão que é a presente. E porque, tomando-se ao longo do dito Rio, faz muito prejuízo à nova vila, que agora aí se faz, em Piratininga, pera donde se muda a vila de Santo André da Borda do Campo, pede a Vossa Mercê que, havendo respeito ao bem comum dos moradores e a dizer na provisão que as ditas duas léguas serão em parte, que não façam prejuízo aos moradores do Campo, e ao suplicante desistir das ditas duas léguas, ali ao longo do rio, contanto que lhas deem em outra parte, haja por bem de lhe dar e mandar demarcar as ditas duas léguas, indo pera Piratininga, pera o mar, pelo caminho novo, que ora se abriu, passando o campo por donde soía a ir o caminho da Borda do Campo pera Geraïbativa, as quais duas léguas começarão logo passando o Campo, entrando o mato, caminho do rio, que se chama Geraïbatiba, assim e, porque há de ser tão largo como comprido, o comprimento será pelo caminho, duas léguas, e de largo terá uma légua, pera uma parte, e a outra, pera a outra parte; a qual terra estará de Piratininga perto de duas léguas, pouco mais ou menos».

A troca, assim proposta, foi aceita. E tomou posse da terra, alguns meses depois, a 12 de Agôsto de 1560, o Irmão Gregório Serrão, que então era ministro do Colégio de S. Paulo[1].

O P. Fernão Luiz Carapeto possuía umas terras na Ilha de

---

1. *Bras. 11*, 481. Pedro Taques escreve que Martim Afonso de Sousa, « em 10 de Dez. de 1562, concedeu duas léguas de terra aos Padres Jesuítas do Colégio de S. Paulo» (*Historia da Capitania de S. Vicente*, na *Rev. do Inst. Bras.*, 9, 2.ª ed. (1870) 148). Ou há equívoco ou trata-se de algum registo da doação de 1560. Êste documento foi publicado por Azevedo Marques, *Apontamentos*, II, 145-146, e no artigo *Santo André da Borda do Campo*, por Gentil de Assis Moura, *Rev. do Inst. de S. Paulo*, 16 (1914) 9-10. O primeiro publicou-o truncado; o segundo transcreveu-o como o achou. Assis de Moura publica um mapa onde, na sua opinião, deviam ficar as terras dos Jesuítas. Cf. também Teodoro Sampaio: *Restauração Historica da Villa de Santo André da Borda do Campo*, na *Rev. do Inst. de S. Paulo*, 9 (1904) 19, e *S. Paulo no tempo de Anchieta*, in *III centenário do Veneravel Padre Joseph de Anchieta* (Paris-Lisboa 1900) 141. Ambos êstes estudos de Teodoro Sam-

Santo Amaro, as quais, com umas braças de chãos, nos arredores de Santos, caminho de S. Vicente, foram dadas a José Adorno em troca de outras no Guaratiba (fazenda de Santa Cruz)[1].

Além de terras de cultura ou criação, possuíam os Padres, naturalmente, nas povoações, em que se estabeleciam, os solares das suas casas ou Colégios, com as respectivas cêrcas. Primeiro em S. Vicente, depois em S. Paulo; a seguir em Santos, e, já no fim do século, na vila de Cananeia.

Em S. Vicente, logo que chegou Leonardo Nunes, ofereceram-se os moradores a construir-lhe casa, ajudando por suas mãos, como se fêz na Baía e em quási tôdas as povoações portuguesas daquele tempo[2]. Ao lado da casa, que era de moradia e de escola, edificou-se a igreja. Na cêrca havia muitas plantas e árvores fruteiras[3]. A primeira missa, que se celebrou na igreja dos Jesuítas de S. Vicente, foi da Invocação do Nome de Jesus, no dia consagrado, então, litùrgicamente a esta festa, 1.º de Janeiro. A carta de Diogo Jácome, que narra o facto, não traz data. Provàvelmente a 1 de Janeiro de 1552, porque Leonardo Nunes dizia que, em Agôsto de 1551, faltava ainda emmadeirar, mas esperava que o fôsse em breve[4]. Quando se concluíu, ficou a maior igreja do Brasil. E até em Portugal não possuíam ainda então os Jesuítas outra melhor[5].

Quanto ao sustento pròpriamente dito, os Padres de S. Vicente recebiam o mesmo que os da Baía, ou seja 5$600 réis por ano, cada um, para «vestiaria e mantimento»[6]. Mas cediam-nos para os meninos do Colégio; e, ainda que o povo também ajudava e os meninos tinham o necessário, é certo, diz Nóbrega,

---

paio trazem mapas com os caminhos de S. Vicente a S. Paulo. Divergem as opiniões quanto à localização de S. André. Talvez o texto exacto da doação acima referida, que damos no *Apêndice D*, concorra para essa identificação histórica.

1. Cf. *Rev. do Inst. Bras.*, 38, 2 P. (1875) 172.
2. Vasc., *Crón.*, I, 66.
3. *CA*, 65.
4. *CA*, 62. Também o P. Jácome, depois de narrar a inauguração, a 1 de Janeiro, diz: haverá «*um ano e meio ou mais* que nem da Baía, onde está o P. Nóbrega [...] temos novas», *CA*, 106.
5. Carta de Nóbrega, *Bras. 3 (1)*, 106, 91, 96.
6. *Doc. Hist.*, XIV, 396.

que os Padres passavam privações [1]. Porque 80 bôcas (tais eram as que pertenciam ao Colégio e foram esperar a Nóbrega, quando chegou) supõem grande despesa. Êle próprio escrevia aos Padres de Portugal, para conseguirem de El-Rei que ajudasse o Colégio de S. Vicente. E anunciava que o Governador lhe dera «esperanças de alcançar de Sua Alteza o dízimo do arroz desta Capitania, que lhe rende pouco e para nós será muita provisão» [2]. Para a Capitania ser mais favorecida, era de parecer que El-Rei tomasse conta dela, como fizera a outras [3].

4. — Os ministérios dos Jesuítas em S. Vicente começaram logo com a chegada do P. Nunes. Além da direcção do Colégio, dedicou-se em cheio ao apostolado entre os Portugueses e seus filhos; e teve realmente êxito na reforma dos costumes, desterrando mancebias, jogos, juramentos e murmurações [4]. A-respeito dos Índios, «tem feito cá muitas almas cristãs e fizera tôda esta geração [...] se não viera a esta terra só, como veio, porque não quere baptizar nenhum até primeiro o não doutrinar» [5]. Quando foi ao Campo de Piratininga, levou como guia e língua, o Ir. Pedro Correia. O Irmão prègava duas e mais horas e, de madrugada, à maneira dos pagés. Em S. Vicente, prègava aos Índios, a princípio, dia sim outro não; depois às quintas-feiras e aos domingos e dias santos [6]. Não andando o Padre em missão pelo interior, havia o Santíssimo em casa [7].

Em S. Vicente os ministérios revestiram a dupla feição de todos os ministérios do Brasil: saneamento moral contra as mancebias; saneamento social contra o cativeiro injusto dos Índios. O primeiro choque foi com João Ramalho, de quem falaremos detidamente no segundo tômo. O caso foi sério e Leonardo Nunes chegou a ser ameaçado. Nóbrega, em 1553, acalmou tudo. A prègação de Pero Correia, o único Jesuíta que então prè-

---

1. Carta de Nóbrega, *Bras. 3 (1)*, 96v, 97v.
2. *Bras. 3 (1)*, 105.
3. *Bras. 3 (1)*, 96v, 105v.
4. *CA*, 66.
5. *CA*, 98.
6. *CA*, 90-91.
7. *CA*, 65.

gava na língua dos Índios, preparou o terreno [1]. « Nesta casa tem-se feito muito fruto na gente da terra, filhos e filhas de cristãos, mamalucos e com os escravos. Há grande fervor nas confissões. Muitos veem chorando, pedindo confissão e com grande dor de não se saberem confessar. Todos sabem a doutrina, e melhor que muitos cristãos velhos de nação. Casam-se muitos escravos, que estavam em pecado. Outros se apartam. Muitos se disciplinam com tão grande fervor que põem confusão aos brancos » [2].

« Ensinamo-lhes cada dia aqui a doutrina, chamando-os pela vila com uma campainha e veem com muito desejo de aprender » [3].

Trabalhou-se tanto e tão bem que já em 1555 reinava harmonia entre os Jesuítas e os Portugueses.

Por êste tempo, estava em S. Vicente o mais forte núcleo de Padres no Brasil. Começou a declinar em 1556, porque Nóbrega, ao fundar ou reorganizar, na Baía, o Colégio, levou alguns, assim como a fundação do Colégio do Rio de Janeiro, depois da conquista, atraíu outros. A resolução de se fundar Colégio no Rio tomou-se em fins de 1567 ou princípios de 1568, numa Consulta em S. Vicente, onde se juntaram os Padres mais importantes: Inácio de Azevedo (Visitador), Luiz da Grã (Provincial), Manuel da Nóbrega, Anchieta, etc. [4].

A actividade dos Padres em S. Vicente foi grande — « o que lhes vale é ser a terra sã », — diz um dêles [5] — e ficou assinalada com alguns factos de significação histórica, além dos apostólicos pròpriamente ditos.

Daqui enviou Nóbrega valiosos reforços ao Rio de Janeiro, tanto em 1560 como em 1565. Daqui irradiavam os Padres línguas pelos campos, aldeias, e engenhos dos arredores, com positivo fruto e mudança de vida, e tanto os escravos como os senhores « mostram grande contentamento e gratidão » [6].

---

1. *Bras. 3 (1),* 97.
2. Carta de Nóbrega, *Bras. 3 (1),* 93v.
3. *Bras. 3 (1),* 91v.
4. *Mon. Borgia,* IV, 591.
5. Carta de Luiz da Grã, *Bras. 3 (1),* 164.
6. *CA,* 449 ; Cartas ânuas, de Luiz da Fonseca, de 1576 e 1578, *Bras. 15,* 294-295 e 304.

Era extraordinário o prestígio dos Jesuítas. Quando Francisco Morais Barreto terminou o prazo de seu cargo de loco-tenente do Donatário, levantou-se questão para a eleição do sucessor. Houve bandos de parte a parte. Lavrava o desassossêgo quando, requerido pelo povo, Nóbrega presidiu às eleições, recolhendo os votos. Pela sua autoridade e isenção, restituíu a paz à Capitania. Foi eleito Pedro Colaço Vieira[1].

S. Vicente tinha, aí por 1585, uns 80 vizinhos com seu vigário. «Aqui teem os Padres uma casa, onde residem de ordinário seis da Companhia: o sítio é mal assombrado, sem vista, ainda que muito sadio. Tem boa cêrca com várias frutas de Portugal e da terra, e uma fonte de mui boa água. Estão como ermitãis, por tôda a semana não haver gente, e aos domingos pouca». Tal isolamento denunciava já a decadência de S. Vicente, «por se lhe fechar o pôrto e a barra, e estar gasta a terra»[2].

Também por êste tempo (que era o de Manuel Teles Barreto) surgiram dificuldades à vida da Companhia, e houve escassez de missionários de confiança para se colocarem nas residências. Alvitrou-se a ideia de se fecharem as casas de Ilhéus e Pôrto Seguro e também a de S. Vicente, bastando que ali fôssem dois Padres missionar[3]. Em compensação, abriu-se casa do outro lado da Ilha, em Santos. Desde 1576 que Santos pedia residência de Jesuítas. A transferência realizou-se em 1585.

Seis anos depois, foi queimada a vila de S. Vicente pelos piratas ingleses de Cavendish, incluindo o cartório[4].

Na actual vila de S. Vicente, mantém-se ainda viva a recordação oral dos Jesuítas. A fonte da sua cêrca tem o nome de

---

1. Anch., *Cartas*, de 12 de Junho de 1561, p. 174 e nota 194 de A. Alcântara Machado, *ib.*, p. 175.
2. Cardim, *Tratados*, 358; Carta de Gouveia, *Lus. 69*, 133-133v; Anch., *Cartas*, 422.
3. Gouveia, *Lus. 68*, 408.
4. Pero Leme, fazendo testamento em 9 de Setembro de 1592, determinava que «se o mosteiro de Jesus se consertar me enterrarão lá na cova de minha mulher que Deus haja»; e deixava aos Padres de Jesus «cinco cruzados de esmola, os quais lhes darão nas coisas que por casa houver, e não o consertando não lhos»... Está ilegível o manuscrito. Provàvelmente concluía que se não consertassem a igreja, não lhos dessem. — *Inventários e Testamentos*, I (S. Paulo 1920) 27-28.

«Biquinha de Anchieta». E é objecto de veneração dos naturais da terra e visita certa dos forasteiros, que ali vão de Santos.

A vila de S. Vicente não se tornou a levantar depois da passagem de Cavendish. E deu-se então o inverso. Antes era de S. Vicente que iam os Padres a Santos. Desde 1585 eram os daqui que iam a S. Vicente, de oito em oito dias [1]. Desde então os ministérios das duas vilas englobaram-se. Mas quem aparece é Santos.

5. — Santos fica na mesma Ilha de S. Vicente. Fundou-a Braz Cubas, vindo na armada de Martim Afonso. A origem desta povoação costuma datar-se de 1543 e o fundador foi nomeado capitão dela, em 8 de Junho de 1545.

Braz Cubas erigiu na sua vila uma instituïção de caridade, a Misericórdia, que à imitação da de Lisboa recebeu o nome de Todos os *Santos*. Tal é a procedência, simples e gloriosa, do nome desta cidade [2].

A-pesar-de ter Misericórdia, Santos não possuía ainda hospital, quando chegou Leonardo Nunes, em fins de 1549 ou princípios de 1550, indo hospedar-se, à falta dêle, numa casa particular [3].

Esta primeira ida dos Jesuítas a Santos, foi comêço de muitas outras, sobretudo à proporção que S. Vicente decaía, e Santos, graças ao seu maravilhoso pôrto, crescia e prosperava. Iam regularmente lá um Padre e um Irmão intérprete. Entre os Irmãos conta-se Anchieta, e entre os Padres o Beato Inácio de Azevedo e Manuel da Nóbrega, que duma vez adoeceu de tal forma que foi preciso levá-lo em braços para S. Vicente [4].

---

1. *Ann. Litt. 1594-1595*, p. 799; Azevedo Marques, *Apontamentos*, I, 90.
2. «No *Islario General de todas las islas del mundo*, dirigido a la S. C. R. M. del Rey Don Felipe Nuestro Señor por Alonso de Santa Cruz su cosmógrafo maior» (falsamente atribuido a Céspedes) com data de 1555, ainda não aparece Santos nem S. Paulo; vê-se apenas S. Vicente. — Bibl. Nac. de Madrid, *ms.* exposto na Exposição de Cartografia organizada em Sevilha, por ocasião do XXVI Congresso Internacional de Americanistas, Outubro de 1935.
3. *CA*, 60. Há grande confusão nas datas desta carta. Mas Nóbrega dá a saída do P. Nunes da Baía para S. Vicente, a 1 de Novembro de 1549, *CB*, 106; Anch., *Cartas*, 315; Orlandini, *Hist. Soc.*, 207.
4. Anch., *Cartas*, 169, 178; *CA*, 482, 499; Oliveira, *Anual do Rio de Janeiro*, 37.

Não morando os Padres em Santos, não podiam, é claro, atender aos casos urgentes. Os moradores pensaram naturalmente em ter os Padres de modo fixo. Santos era então a principal povoação da Capitania de S. Vicente. Braz Cubas tomou por si mesmo a iniciativa de os convidar. Di-lo o Padre Luiz da Grã, a 30 de Julho de 1569. Queriam os Padres nalgumas terras, «principalmente na vila de Santos, onde me fizeram instância que fizéssemos ali casa, para a qual doou um bom sítio Braz Cubas, que o tempo passado, muitos anos, nos moveu demanda e agora é muito nosso amigo»[1].

Talvez no sítio, doado por Braz Cubas, se erguesse a princípio alguma pobre morada. Na escritura de 1585, alude-se a casas que em Santos tinham, já principiadas, os Jesuítas. Dada a insistência, resolveram os Padres propor, em 1576, ao Geral a mudança da Residência de S. Vicente. Respondeu Everardo Mercuriano afirmativamente, com a condição de que os moradores, pois requisitavam os Padres, lhes dessem os meios de viverem, a saber, casa e igreja[2]. Os santistas não se fizeram rogados, e trataram disso com Anchieta, Provincial. O assunto demorou algum tempo; até que, aproveitando a vinda do Visitador Cristóvão de Gouveia, de quem tudo dependia, lhe falaram outra vez nisso os oficiais da Câmara e ultimou-se o acôrdo.

Refere-o assim o próprio Visitador:

«Os moradores da vila de Santos pediram-me com instância lhes desse Padres que residissem nela. E para isso deram certas casas e a cadeia pública com um bom sítio, à beira-mar, bem acomodado e aprazível, que tudo valerá mais de quinhentos cruzados, que, para gente tão pobre, é o sumo que se poderia fazer; e ajudam a obra com os seus donativos com grande fervor, conforme a sua possibilidade. E porque o P. Everardo, de boa memória, tinha concedido que se mudasse a residência de S. Vicente para esta vila, por ser terra mais acomodada, por ter pôrto de mar e mais gente, pareceu-me devê-lo conceder, principalmente porque a vila de S. Vicente, onde até agora residem os Nossos, está quási despovoada, nem teem esmolas de que se sustentar, e o sítio é pouco acomodado e melancó-

---

1. Carta de Grã, *Bras. 3 (1)*, 164.
2. *Bras. 2*, 23.

lico. Em tôda esta Capitania há quatro vilas em que poderão haver trezentos vizinhos, os quais todos são como feitura e filhos da Companhia e lhe teem grande amor e respeito».

Os santistas ofereceram a própria casa do Conselho, junto ao local em que os Padres ergueriam a sua morada e igreja. Para a Câmara, arranjar-se-iam outras casas, já em andamento. Interveio na transferência o Capitão Jerónimo Leitão, cedendo o Donatário Pero Lopes os direitos, que tinha, à casa do Conselho. Do novo edifício e Igreja dos Jesuítas devia ser arquitecto o Irmão Francisco Dias. Tudo isto vem expressamente declarado na escritura, que refere também que a Câmara consultou com o povo e a todos pareceu bem, «por ser muito serviço de Nosso Senhor e bem e prol desta vila e aumento dela»[1].

Erecta desta forma, canònicamente, a casa de Santos prosperou logo. E, assim como de S. Vicente se tinha ido socorrer o Rio de Janeiro no tempo da conquista, assim de Santos se enviou um precioso socorro a Piratininga, cercada em 1596 pelos Índios[2].

Santos sofreu muito dos piratas ingleses. No Natal de 1591, foi tomada e saqueada por Cavendish.

Marçal Beliarte, que era Provincial, e fazia a visita das casas do sul, tendo saído da Baía, a 2 de Novembro de 1590, e voltado a ela, a 5 de Maio de 1591, conta os perigos de que Deus

---

1. Carta de Cristóvão de Gouveia, da Baía, 19 de Agôsto de 1585, *Lus. 69*, 133-133v; Anch., *Cartas*, 422 e nota de A. de Alcântara Machado, p. 443; *Annuae Litt. 1585*, p. 141. A resolução da Câmara foi a 17 de Março de 1585 e a escritura, nove dias depois, a 26 de Março. O documento acha-se no Cartório da Tesouraria, *Próprios Nacionais*, maço 4, e transcreve-a Azevedo Marques, *Apontamentos*, I, 96-98. O primeiro Superior de Santos foi o P. Pedro Soares, que exercia êsse cargo em S. Vicente, à chegada do Visitador Cristóvão de Gouveia. Pero Soares, informa êle, era bemquisto dos de fora (não tanto dos de casa, por ser de condição pouco amável) e de grande virtude e exemplo. — Carta de Gouveia ao P. Geral, Baía, 17 de Agôsto de 1585, *Lus. 69*, 133. Foi Superior em S. Vicente, Santos, Pôrto Seguro e S. Paulo *(Bras. 3 (1)*, 170). Professo de 4 votos (segundo os catálogos, em 1593; segundo a sua fórmula, em 20 de Março de 1594, *Lus. 2*, 94-95). Nasceu na cidade de Évora, em cujo noviciado entrou no ano de 1565. Fêz o curso de Artes *(Bras. 5*, 38v). Faleceu no Colégio do Rio, em 1614. Nos últimos anos de vida *insania laborabat*, mas não era molesto a ninguém. Foi homem de virtude, humilde e sofrido *(Bras. 8*, 136v).

2. *Bras. 15*, 366-366v; *Annuae Litt. 1590-1591*, pp. 826-827.

o livrou: «Porque deixando os perigos do mar e navegação nos livrou quási milagrosamente de uma armada de ingleses luteranos, que por esta costa anda, havendo tomado outro navio da nossa Companhia, e feito, nos que iam nêle, grandes pesquisas por nós. Depois do qual deram na Capitania de S. Vicente, que é a última da banda do sul, e, tomando-a de improviso, a entraram, queimando uma vila tôda e parte de outra, fazendo grandes desacatos às imagens, templos, relíquias, etc. Os Nossos, contudo, tiveram algum tempo para se acolherem, consumindo primeiro o Santíssimo Sacramento, e levando a prata e alguns ornamentos. Depois de haverem estado os ingleses quarenta dias senhores da terra, e feito muitos insultos, se partiram com intento, segundo cremos, de passar o Estreito de Magalhãis e dar no Peru».

«Tôda a nossa pobreza roubaram e desejaram bem e procuraram haver os Nossos às mãos. Entraram a 26 de Dezembro de 91 e foram a 3 de Fevereiro de 92. E porque aquela terra ficou sem defesa alguma, por lhe haverem êles levado tôda a artilharia, com intento de fazerem ali sempre escala e fornecerem-se de bastimentos, ordenei aos Nossos que, emquanto El-Rei ou os seus Governadores não a provêem, não tenham ali mais fato que o que, em os ingleses entrando, se possa logo levar e passar à serra, em terra firme, onde tudo é seguro»[1].

A importância do saque da vila, incluindo tôda a artilharia, calcula-a o P. Tolosa em mais de 100.000 cruzados. «A nós também nos coube parte da perda, porque, ainda que os Padres puseram algumas coisas a salvo, não pôde ser tudo. Desampararam a casa; e nela se alojou o general, tomando a capela-mor e a sacristia para seus aposentos. Mas nenhuma perda sentimos tanto quanto a cabeça das Onze Mil Virgens. Como estava bem ornada, apanharam-na e nunca se soube dela. Imaginamos que aquêles malditos ingleses a atirariam ao mar»[2].

Também não puderam os Padres salvar tôdas as reservas monetárias, que destinavam à construção da casa. Por isso, diz o Padre que perderam tôda a sua pobreza. Um dos piratas, António Knivet, que se alojara na Residência, achou, conta êle, de-

---

1. Carta de Beliarte, Baía, 9 de Agôsto de 1592, *Bras. 15*, 409.
2. Carta de Tolosa, 11 de Maio de 1592, *Bras. 15*, 42.

baixo de um leito, uma pequena caixa, que ali estava, posta a um canto escuso. «Essa caixa estava bem pregada e tinha os ângulos ornados de veludo branco. Puxando-a para mim, vi que pesava bastante; despreguei-a e encontrei nela mil e setecentas piastras [cruzados], valendo cada piastra quatro shellings ingleses. Assentei morada nesta cela e ninguém soube do meu feliz achado».

Não tardaram os piratas a voltar a Santos, de retôrno do Estreito; mas, desta vez, a terra estava prevenida. Avisou-se para Piratininga que se esperavam Ingleses e que era mister organizar a resistência [1]. Portanto, sucedeu-lhes mal. Conta o caso o mesmo Knivet e também o P. João Vicente Yate. Cavendish chegou a Santos «só com dois navios e com os homens a morrer de fome. Mandou uma embarcação a terra com 26 soldados; os quais, excepto dois ou três, foram todos mortos pelos Portugueses» [2].

Como a segurança da vila de Santos era tão precária que dificilmente resistiria aos «ladrões do mar», o P. Beliarte enviou ao Geral um postulado em que lhe pedia ficasse «em mãos do Provincial poder deixar a casa de Santos, em caso que aquela vila não tenha mais defesa contra os corsários, que a que agora tem, por ver quão arriscados estão ali os nossos». A resposta foi que, «quando vier algum perigo iminente, se poderão os nossos retirar por ordem que para isso dará o Provincial emquanto durar o perigo; mas não de modo que se deixe de-todo a casa» [3].

Os moradores, entretanto, faziam fôrça para que ficassem, o perigo parecia afastado e os ministérios corriam com aceitação e proveito geral. Depois do incêndio de S. Vicente, a vida da costa, nesta Capitania, concentrou-se em Santos. Daqui irradiavam os Padres pelos demais portos vizinhos [4]. Também iam visitar os

---

1. *Actas da Câmara de S. Paulo*, I, 472.
2. Yate, *Calendar of State Papers*, 356, §§ 32, 33; *Bras. 15*, 380; Rodolfo Garcia in Pôrto Seguro, *HG*, II, 98. Cavendish tinha feito uma viagem com Dracke à volta do mundo. De Santos foi ao Espírito Santo. Repelido, retirou-se para a Inglaterra, morrendo no mar em 1592, como dissemos. Cf. Lúcio José dos Santos, *O Domínio Espanhol* na *Rev. do Inst. Bras.* Tômo Especial (1914), 1.ª P., p. 303-305; Knivet, *Narração da Viagem*, 190-191.
3. *Bras. 2*, 80.
4. Conserva-se notícia dos ministérios feitos pelos Padres da Residência de Santos em *1594:* Confissões, 2.995; Comunhões, 1.189; Casamentos, 97; Con-

engenhos e fazendas, onde houvesse almas a salvar. A igreja do engenho de S. Jorge foi muitas vezes visitada por êles e até se prende a ela uma graça que Anchieta teria ali recebido [1].

Assente que a Residência de Santos se havia de manter, tratou-se de a dotar dos requisitos indispensáveis para o seu bom funcionamento. Em Maio de 1600, havia «feito de novo, um corredor de 8 cubículos por traça do Irmão Francisco Dias; querem agora começar a consertar a igreja, tudo de esmolas e indústria do Irmão Diogo Álvares». Superior ficou o P. Manuel de Oliveira, que o era também de Piratininga, onde residia, por causa do Governador D. Francisco de Sousa, grande amigo seu e da Companhia. Em Santos, à frente da casa, ficou o P. Francisco de Oliveira, vindo expressamente do Rio [2].

Desde que se fundou a Residência de Santos, funcionou sempre uma escola para os filhos da terra. Escola gratuita, visto que para ela não havia nem dotação especial nem rendas próprias. O Colégio de S. Miguel, de Santos, fundou-se, em 22 de Junho de 1652, por Salvador Correia de Sá e Benevides, depois de se ter acalmado completamente o dramático motim de 1640 por causa da liberdade dos Índios. A história dêstes factos importantes pertence, porém, ao século seguinte.

---

versões de adultos, 122. Parece pouco: pela exigüidade dos moradores da terra são grandes resultados.

1. Pero Rodrigues, *Anchieta*, em *Annaes*, XXIX, 228, 261; Vasc., *Anchieta*, 139. Êste engenho pertencia aos Schetz, nobre família de Flandres. Sendo mais tarde malbaratado o engenho pelos seus feitores, recorreram os Schetz aos Jesuítas e em particular ao P. Fernão Cardim, que tinha estado na Bélgica, para que interviessem a seu favor. Cf. Cartas e documentos sôbre êste assunto, em Alcibíades Furtado, *Os Schetz na Capitania de S. Vicente*, nas *Publicações do Archivo Nacional*, 14 (Rio 1914) 2-31.

2. *Bras.* 3 *(1)*, 170.

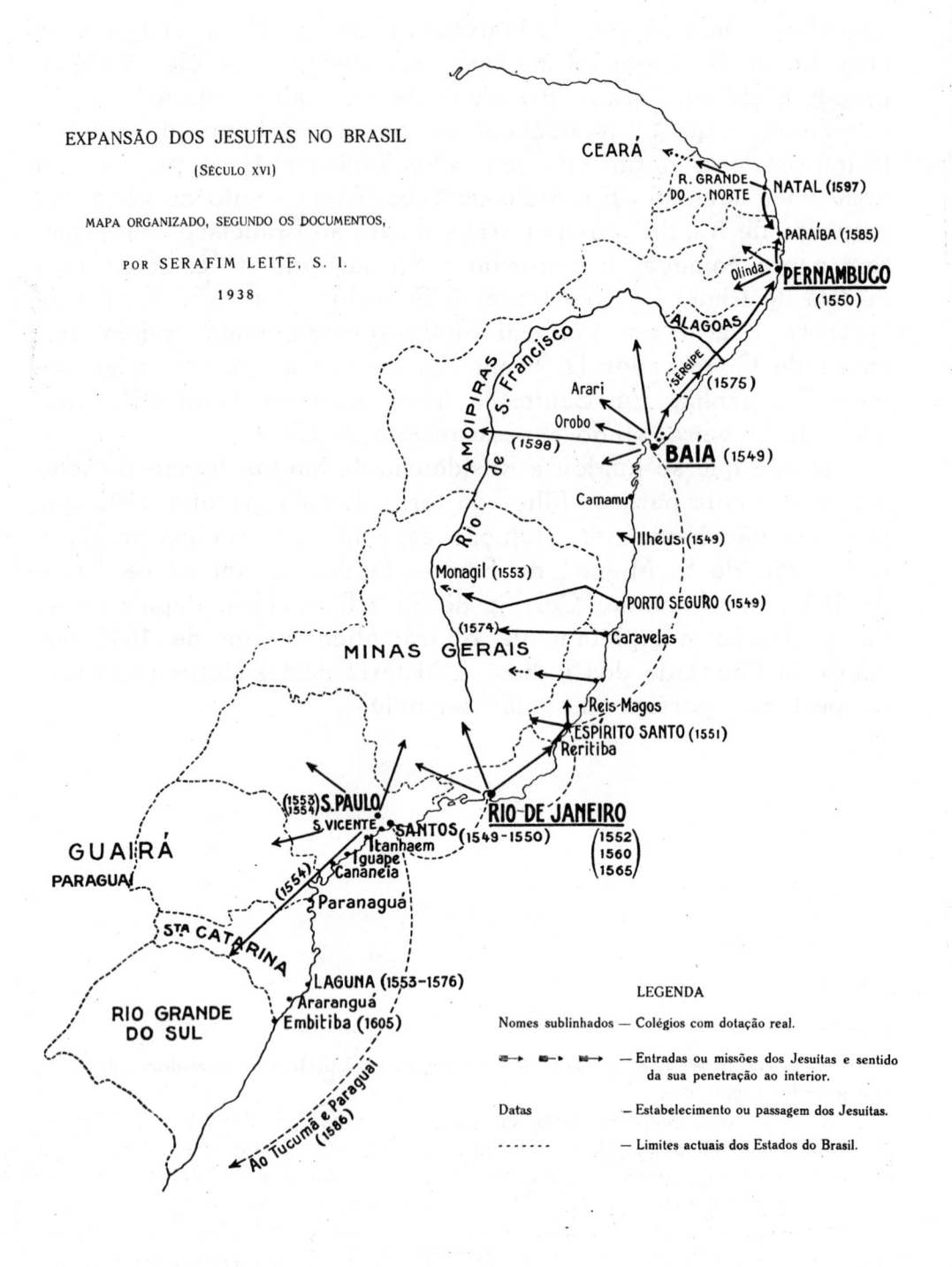

EXPANSÃO DOS JESUÍTAS NO BRASIL

(SÉCULO XVI)

MAPA ORGANIZADO, SEGUNDO OS DOCUMENTOS,

POR SERAFIM LEITE, S. I.

1938

LEGENDA

Nomes sublinhados — Colégios com dotação real.

▬▶ ▬▶ ▬▶ — Entradas ou missões dos Jesuítas e sentido da sua penetração ao interior.

Datas — Estabelecimento ou passagem dos Jesuítas.

------- — Limites actuais dos Estados do Brasil.

CAPÍTULO VI

São Paulo de Piratininga

1 — Fundação de São Paulo; 2 — Os fundadores; 3 — Os primeiros edifícios; 4 — A mudança de Santo André da Borda do Campo; 5 — Guerras; 6 — O Colégio de Jesus; 7 — As Aldeias dos Jesuítas; 8 — Actividade apostólica.

1. — Verificou Nóbrega, na vila de S. Vicente, que os pais dos meninos, que freqüentavam o Colégio, viviam quási todos no interior e iam e vinham ver os filhos, com grande incómodo. Do Campo traziam farinha e outros géneros através da serra difícil. Nóbrega atravessou a serra e foi ver o Campo. Ficou maravilhado com o que viu, regiões próprias para a criação do gado e todo o género de cultivos. «É tão bom o mantimento desta terra que não alembra o pão do reino», dirá mais tarde, numa frase expressiva, Baltazar Fernandes [1].

Verificou também que era ali «escala para muitas nações de Índios», condição esplêndida para o apostolado directo. Assim, referindo-se mais tarde à fundação de S. Paulo, afirmava Nóbrega que tirara os meninos de S. Vicente e os colocara «em casa de seus pais, em Piratininga, onde por sua contemplação principalmente fiz aquela casa» [2].

Tais foram os motivos de carácter económico e topográfico que sugeriram a Nóbrega o estabelecimento ali do Colégio. A êstes motivos veio juntar-se ainda um terceiro, mas de carácter interno. Nóbrega compreendera que a convivência dos estudantes e noviços com os colonos de S. Vicente prejudicava a

---

1. *CA*, 483.
2. *Bras.* 3(1), 148; *Bras.* 15, 116-117; Serafim Leite, *Páginas*, 154; Vasc., *Crón.*, I, 49.

sua formação religiosa e moral. Daqui, a questão dos mamelucos e a necessidade, em que se viu, de proceder a investigações e até de expulsar alguns. Para evitar a repetição de incidentes tão desagradáveis, decidiu fundar casa separada dos colonos. Era medida urgente não só para a formação adequada e robusta dos futuros Jesuítas, mas também para a imunização dos Índios recém-convertidos, emquanto não assimilavam a civilização cristã e não se defendiam, por si próprios, da cobiça e maus exemplos daqueles que incoerentemente se diziam civilizados. Nóbrega estudou o local, entendeu-se com João Ramalho, conquistou a amizade de Tibiriçá e Caiubí, e escolheu sítio junto do Tieté, perto da confluência do Tamanduateí, entre êste e o Anhangabaú, posição magnífica, defendida naturalmente das incursões do mar pela serra altíssima, com um clima suave, de ares puros, despejados e largos, que favoreciam o estudo, ou, como escreve António de Matos, *ibi et purius et frigidius coelum quo Minerva gaudet*[1].

Foi uma intuïção de génio. Além dêstes predicados, abrindo um mapa hidrográfico da América do Sul, vê-se que o Tieté pertence à grande Bacia do Rio da Prata. A povoação, que fundavam agora os Jesuítas nas suas margens, seria o centro mais importante da expansão territorial do Brasil.

Os Jesuítas convidaram Caiubí a estabelecer-se nas imediações do sítio escolhido; e com Tibiriçá, morador da terra, arranjaram o demais. Assim, diz Anchieta, « mudou o Padre Manuel da Nóbrega os filhos dos Índios do Campo a uma povoação nova chamada Piratininga, que os Índios faziam, *por ordem do mesmo Padre*, para receberem a fé »[2].

Três Aldeias se queriam juntar numa, escreve Nóbrega em 12 de Junho de 1553; e, pouco depois, a 30 de Agôsto, dá esta notícia fundamental: « Ontem, que foi dia da Degolação de S. João Baptista, vindo a uma Aldeia, onde se ajuntam novamente e apartam os que se convertem, e onde pus dois Irmãos para os doutrinar, fiz solenemente uns 50 catecúmenos,

---

1. António de Matos, *Prima Inst.*, 5. Teodoro Sampaio faz dêste local uma descrição literária em *S. Paulo no tempo de Anchieta*, in *III centenario do Veneravel Joseph de Anchieta* (Paris-Lisboa 1900) 126.

2. Anch., *Cartas*, 316.

dos quais tenho boa esperança de que serão bons cristãos e merecerão o baptismo e será mostrada por obras a fé que recebem agora. Eu vou adiante, buscar alguns escolhidos, que Nosso Senhor terá entre êste gentio: lá andarei até ter novas da Baía, dos Padres que creio serão vindos. Pero Correia foi adiante a denunciar penitência em remissão dos seus pecados » [1].

Esta carta de Nóbrega é a *certidão de idade* de S. Paulo.

Aquela aldeia, «onde se ajuntam novamente e apartam», não é Maniçoba, como à primeira vista parece. Precisamente, da povoação, onde fêz os catecúmenos, seguiu Nóbrega adiante, até Maniçoba, com o Ir. António Rodrigues, quatro meninos, e alguns Índios.

Como «guia, e para autorizar os seus ministérios», levou o filho mais velho de João Ramalho.

Não constam os nomes dos dois Jesuítas, postos em Piratininga por Nóbrega em 1553. Um talvez fôsse Manuel de Paiva, que depois ficou Superior, parente de João Ramalho, com o qual manteria as boas relações, necessárias para suprimir possíveis atritos com o fogoso guarda-mor do Campo. O outro poderia ser Manuel de Chaves, língua, e já homem feito. São simples conjecturas, ainda que verosímeis.

Tal foi, humildemente, como em geral nas grandes coisas, o primeiro princípio da povoação que havia de adquirir no futuro tão capital importância!

Continuando o caminho, Nóbrega foi encontrar-se com Pero Correia ao lugar de Maniçoba (ou Japiúba, como também lhe chama Vasconcelos), a 90 milhas dali, ou 35 léguas, no sertão, «junto de um rio donde embarcam para os Carijós», disseminados pelas margens do Paraná. O sonho de Nóbrega era então o Paraguai. Tomé de Sousa e o Rei de Portugal impediram-lhe a ida. Mas êle, adiantando-se meio século aos bandeirantes, sentia a atracção do Guairá. Aproximava-se...

Ora, constando aos Índios Guaranis que havia Padres em Maniçoba, começaram a afluir, acompanhados de Castelhanos. Mas custou-lhes caro. Os Índios Tupis, por terem com êles contas

---

1. *Bras. 15*, 116. Cf. *Rev. do Arquivo Municipal de S. Paulo*, II, 45 ; *Rev. da Academia Brasileira de Letras*, 160, p. 462.

antigas a ajustar, ou porque fôssem prevenidos pelos Portugueses, para cortar o passo a tais adventícios, saíram-lhes ao caminho, e destroçaram-nos, sem lhes valerem os Padres. Outros Índios vieram depois, com três Espanhóis, que foram igualmente mortos, excepto um, que pôde fugir e acolher-se à protecção dos Jesuítas.

Soube Nóbrega que dois Espanhóis, daquela primeira vinda, se conservavam ainda com vida entre os inimigos. «Os quais estavam, do lugar onde o Padre o soube, 100 léguas; mandou lá um Irmão que, com o favor do Senhor, os livrou e trouxe». O cronista dêste sucesso é o Ir. Pero Correia. O lugar, onde estavam os Espanhóis, não o conta êle. Simão de Vasconcelos chama-lhe Paranaitu [1].

Nóbrega esperava de Portugal a vinda de alguns Padres e Irmãos. Enviou à Baía Leonardo Nunes para trazer os que pudesse, porque pensava então que o Colégio principal da Companhia havia de ser na Capitania de S. Vicente [2].

De volta da Baía, chegou Nunes, dia 24 de Dezembro de 1553, com dois Padres, Afonso Braz e Vicente Rodrigues, e dois Irmãos, José de Anchieta e Gregório Serrão [3]. Os dois Irmãos vinham de Portugal, doentes, em busca de melhoras. Como sabiam latim, Nóbrega, que os fôra esperar ao desembarque, resolveu confiar-lhes o ensino dessa língua aos que entrassem na Companhia no Brasil.

Tendo já duas casas, Piratininga e Maniçoba, achou melhor repartir por ambas os Padres e Irmãos, deixando na vila de S. Vicente apenas os Jesuítas estritamente indispensáveis aos ministérios locais.

Assim pois, a seguir às festas do ciclo do Natal, que findam no dia de Reis, puseram-se a caminho «alguns 12 Irmãos, para que estudassem gramática e juntamente servissem de intérpretes para os Índios» [4]. Chegando a Piratininga, acharam casa; e no dia 25 de Janeiro de 1554, dia da *Conversão de S. Paulo*, que ia dar o nome à casa e à terra, «dissemos a primeira missa em

---

1. *CA*, 138; Vasc., *Crón.*, I, 132.
2. *Fund. del Rio de Henero*, 49v(125).
3. *Bras. 3 (1)*, 111; Vasc., *Crón.*, I, 144.
4. Anch., *Cartas*, 316.

êste lugar »¹. Quem disse esta primeira missa? Estavam alguns Padres, pelo menos dois; e não teria já dito missa ali o P. Nóbrega, no dia 29 de Agôsto de 1553, quando fêz solenemente os catecúmenos?

Superior da casa ficou o P. Manuel de Paiva; professor de latim o Ir. José de Anchieta, que tanto havia de ilustrar depois o Brasil com a aura do seu nome. Para Maniçoba foram outros. A 18 de Julho de 1554, Pero Correia dá notícia do estado das duas casas ou colégios incipientes: «Pela terra dentro algumas cincoenta léguas, ou mais, também já há princípio em outro lugar [Maniçoba] onde estão dois Padres e Irmãos e o Ir. Gregório Serrão com escola de gramática. E José também está com certos estudantes no outro lugar de que acima falei» (Piratininga)².

Aquela carta de Pero Correia é datada de S. Vicente, onde estavam então o P. Manuel da Nóbrega e êle, vindos a despachar o P. Leonardo Nunes, enviado a Lisboa e a Roma, para os assuntos do Brasil. Também veio Anchieta como secretário de Nóbrega e estavam prestes a tornar para o Campo³.

Já existia, a êste tempo, uma terceira Aldeia, onde residiam os Padres Francisco Pires e Vicente Rodrigues e alguns Irmãos⁴. Deve ser Geribatiba, perto de S. André, pois vamo-la encontrar daí a pouco expressamente nomeada.

S. Paulo converteu-se logo em centro destas povoações, incluindo S. André, que havia de assimilar. Daqui a sua população flutuante. Anchieta escreve que chegaram a estar lá umas vinte pessoas: em Julho não passavam de oito⁵. Para se chegar àquele número de 20 era mister incluir os pretendentes à Companhia, ainda não admitidos, como Leonardo do Vale e outros. O próprio Anchieta, dando o catálogo geral dos Jesuítas do Brasil,

---

1. Id., *ib.*, 72, 321; Vasc., *Crón.*, I, 152; Cardoso, *Agiológio Lusitano*, I, 290.
2. *Bras. 3 (1)*, 113v. Anchieta dirá mais tarde, na vida de Gregório Serrão, que êste também estudou latim em Piratininga e teve escola de meninos em Geribatiba (Anch., *Cartas*, 490). Compaginam-se as duas informações, de Pero Correia e José de Anchieta, se em Maniçoba a escola de latim fôsse rudimentar, como de-facto era, e em Piratininga, superior. Nada impede que Gregório Serrão, tão doente, verificasse depois a vantagem de aperfeiçoar o seu próprio latim.
3. Carta de Pero Correia, *Bras. 3 (1)*, 114; Anch., *Cartas*, 63.
4. Anch., *Cartas*, 44.
5. Id., *ib.*, 42-43; Vasc., *Crón.*, I, 149.

em Julho de 1554, ainda os não menciona. Em compensação, já se encontrava agora em S. Paulo ou imediações o Ir. Gregório Serrão, a quem se refere sem o citar: « Um Irmão, que chegou de Portugal, sofrendo na saúde, como vivesse em uma Aldeia, distante desta nossa 90 milhas [Maniçoba], tendo por alimento diário uma galinha, que com bastante trabalho, e todavia por baixo preço, se ia procurar a diversos lugares, o seu estômago não a podia conservar e logo vomitava; veio para junto de nós e, com as paupérrimas comidas, que usamos, se fêz mais robusto » [1].

Esta questão do clima deve ter decidido da sorte de Maniçoba ou Japiúba.

A distância, a que se encontrava, e a turbulência dos Índios fizeram o resto. Desde êste ano em diante não se torna a falar em tal povoação. Teodoro Sampaio, no seu mapa da Capitania de S. Vicente, distingue geogràficamente Maniçoba de Japiúba [2]. Simão de Vasconcelos diz Maniçoba ou Japiúba, e pelo contexto parece que se deve identificar. Gentil de Moura vai mais longe: além desta identificação faz outras: « Biesaie, mais tarde Maniçoba e hoje Itú » [3].

Culpam alguns a gente de João Ramalho pelo abandono de Maniçoba [4]. É possível que também houvesse algumas intrigas neste sentido. João Ramalho era fronteiro, e veria com maus olhos a vinda de Carijós e Espanhóis. Mas a *História da Fundação do Colégio do Rio de Janeiro* é omissa, e aquelas razões são, por si mesmas, suficientes. Piratininga oferecia melhores garantias do que Maniçoba, tanto para os estudos como para a segurança e facilidade de comunicações. Os Padres e Irmãos de Maniçoba distribuiram-se por S. Paulo e Geribatiba e, daí a pouco, por Iberapuera, onde já existiam alguns Padres e Irmãos em 1556.

De maneira que os núcleos jesuíticos, formados no Campo, durante a estada de Nóbrega na Capitania de S. Vicente, foram por sua ordem: Piratininga (Agôsto de 1553), Maniçoba

---

1. Anch., *Cartas*, 44.
2. Teodoro Sampaio, in *III Centenario do Veneravel Joseph de Anchieta*, p. 141.
3. Cit. por Alfredo Romario Martins, *Caminhos históricos do Paraná*, no livro *Cincoentenário da Estrada de Ferro do Paraná* (Curitiba 1935) 26.
4. Vasc., *Crón.*, I, 163; Jacques Damien, *Tableau racourci*, p. 111.

(Setembro), Geribatiba (Junho de 1554?), Iberapuera, pouco depois.

Prevaleceu a todos êstes agrupamentos, S. Paulo de Piratininga. E « vai-se fazendo uma formosa povoação », diz Nóbrega ainda em 1554 ¹.

Notemos que os Jesuítas, ao estabelecerem a sua casa em Piratininga, tiveram simplesmente em vista (com uma visão aliás avançadíssima) ensinar os meninos, e preparar, cómoda, económica e pacìficamente, nos próprios locais, os futuros apóstolos da catequese e civilização brasileira. Não se vislumbra, em nenhuma fonte histórica, motivo diferente.

Carecem, pois, de objectividade, as asserções dalguns, segundo os quais a fundação de S. Paulo obedeceria a uma intenção de exdrúxula grandiosidade de estabelecer uma capital para impérios indígenas. Chegou-se a escrever, tratando daquela fundação, que os Jesuítas do Brasil « contavam por seguro formar um império indígena não inferior ao guaranítico do Paraguai, com o qual, logo depois de constituído êste, presto se puseram em comunicação » ².

O império guaranítico dos Jesuítas espanhóis do Paraguai é uma das grandes lendas do século XVIII. Deixemos o assunto para o seu lugar próprio. Mas uma coisa sabemos já com certeza: é que nada disto podia ser no século XVI. A primeira missão do Paraguai, foi feita pelos Jesuítas da Assistência de Portugal, idos do Brasil, em 1586. Colocar, portanto, na origem de S. Paulo uma intenção de semelhança com o que ainda não existia é um contra-senso histórico.

Recordemos o veredicto de Carlos Pereyra: « El Paraguay fué erigido por la Compañia en provincia separada, y las Misiones Jesuíticas del Rio de la Plata formaron un cuerpo desligado del Brasil. Este fué el llamado Imperio Jesuítico del Paraguay, más conocido por las mentiras de una leyenda mañosamente formada, que por los hechos de la realidad establecidos con rigor objetivo » ³.

---

1. Nóbr., *CB*, 145.
2. Basílio de Magalhãis, *Expansão Geographica do Brasil Colonial*, 2.ª ed. (S. Paulo 1935) 107.
3. Carlos Pereyra, *Historia de América Española* (Madrid 1920-1926) IV, *Las Repúblicas del Plata*, p. 131.

2. — Teem procurado os historiadores averiguar quais foram os Jesuítas fundadores de S. Paulo [1].

Simão de Vasconcelos organizou a seguinte lista de discípulos de Anchieta. Como certos: Padres Manuel de Paiva, Afonso Braz, Vicente Rodrigues, Irmãos Pero Correia, Manuel de Chaves, Gregório Serrão, Diogo Jácome, Leonardo do Vale e Gaspar Lourenço; prováveis: P. Braz Lourenço e Irmãos João Gonçalves e António Blasques [2].

Em primeiro lugar, não se confunda a qualidade de discípulo com a de fundador. Nem mesmo como discípulos a lista é exacta. No Catálogo dos Padres e Irmãos da Companhia, feito por Anchieta, em Julho de 1554, já depois da fundação de S. Paulo, ainda não constam os nomes de Leonardo do Vale e Gaspar Lourenço. Outros dois, Gregório Serrão e António Blasques, eram professores como Anchieta, e o primeiro foi para Maniçoba, com outros Irmãos, e o segundo ficou em Pôrto Seguro [3]. Os Padres Afonso Braz e Braz Lourenço vieram já sacerdotes de Portugal, onde Afonso Braz entrara na Companhia muito antes de Anchieta. Aliás o P. Lourenço ficou no Espírito Santo, e Afonso Braz foi para Piratininga, não como discípulo, mas para construir os edifícios indispensáveis, ocupação em que já se tinha assinalado no Espírito Santo. O Ir. João Gonçalves êsse ficou na Baía com Luiz da Grã e nunca foi à Capitania de S. Vicente [4].

Vejamos o que se pode dar realmente como certo e o que se deve admitir como provável.

Em Julho de 1554 existiam na Capitania de S. Vicente repartidos por quatro povoações (S. Vicente, Piratininga, Maniçoba e Geribatiba) 16 Jesuítas: Padres Manuel da Nóbrega, Vicente Rodrigues, Afonso Braz, Francisco Pires, Manuel de Paiva; Irmãos José de Anchieta, Gregório Serrão, António Rodrigues, Manuel de Chaves, Pero Correia, Diogo Jácome, Mateus Nogueira João de Sousa, Fabiano de Lucena, António Gonçalves e Gonçalo [5]. Em Janeiro ainda estava o P. Leonardo Nunes e não é

---

1. Cf. A. de Alcântara Machado, *Cartas de Anchieta*, p. 60, nota 33; Id., *Anchieta na Capitania de S. Vicente*, na *Rev. do Inst. Bras.*, 159, p. 29-30.
2. Vasc., *Anchieta*, 21, 40-46.
3. *Bras. 3 (1)*, 111.
4. Carta de Braz Lourenço, *Bras. 3 (1)*, 108.
5. Anch., *Cartas*, 37-38.

certo que já estivessem os dois últimos, Fabiano e Gonçalves. Em Julho morava em Piratininga o P. Nóbrega com sete Irmãos, entre os quais Anchieta, António Rodrigues e Mateus Nogueira. Aqueles 12 ou 13, de que falam Anchieta e Vasconcelos, deviam ser todos os que saíram de S. Vicente para o Campo[1]. Por onde se vê — sem a menção explícita de nomes, e com a dispersão que tiveram — a dificuldade, quási insuperável, de organizar a lista definitiva dos fundadores[2].

O exame objectivo dos documentos dão-nos estas certezas: no dia 29 de Agôsto de 1553, andavam no Campo de Piratininga Manuel da Nóbrega e António Rodrigues, e tinha passado pouco antes Pero Correia. No dia 25 de Janeiro de 1554 estavam os Padres Manuel de Paiva, Afonso Braz e o Ir. José de Anchieta. Êstes são fundadores. Quem mais? Entre os primeiros alunos dos Jesuítas contam-se igualmente alguns jovens, que entraram depois na Companhia. Mas onde começaram os estudos? Em Piratininga? Em Maniçoba? Com José de Anchieta? Com Gregório Serrão?

Conjecturas e probabilidades podem formular-se muitas.

Uma coisa é certa — e não se pode esquecer — que a Nóbrega se deve, pessoalmente, a escolha do sítio, a primeira casa, os primeiros catequistas, que ali colocou. E também, sob o ponto de vista de apostolado, se não teve as primícias do Campo (estas pertencem a Leonardo Nunes) realizou o primeiro e grande acto solene dos 50 catecúmenos de Piratininga, no dia 29 de Agôsto de 1553, festa do Santo Precursor, sugestão litúrgica do próximo advento da civilização cristã nestas regiões.

Por êstes títulos, Nóbrega é, incontestàvelmente, o primeiro e principal fundador de S. Paulo[3].

---

1. Anch., *Cartas*, 316.
2. A. de Alcântara Machado, *Anchieta na Capitania de S. Vicente* in *Rev. do Inst. Bras.*, 159, p. 29, diz que aquêle Irmão Gonçalo, que em Anchieta traz o nome de Gonçalo António, era Gonçalo António Monteiro. Achamos, de-facto, êste nome entre os moradores de S. Vicente, mas não nos consta, por documento algum, que tivesse entrado na Companhia. Em compensação, conhecemos Gonçalo Alves, que estava na Companhia em 1559 e Nóbrega faz dialogar com Mateus Nogueira, o ferreiro de Jesus Cristo (Nóbr., *CB*, 229), e Gonçalo de Oliveira, já então na Companhia, e em S. Vicente. As probabilidades vão para êste último. Cf. *Apêndice K*.
3. A vinda de Nóbrega a Piratininga vem consignada já em Polanco, *Chro-*

3. — Os Padres e Irmãos encontraram já casa feita, na qual trabalhara o chefe Tibiriçá com as «suas próprias mãos»[1]. Não seriam alheios à feitura desta casa, os dois Irmãos, que ali deixou Nóbrega em 29 de Agôsto de 1553. Anchieta descreve-a assim: «desde Janeiro até agora estamos, sendo algumas vezes vinte pessoas, em uma casa feita de madeira e palha [noutra carta diz de barro e paus, coberta de palha], a qual terá de comprido 14 passos e 10 de largo, que nos serve de escola, dormitório, refeitório, enfermaria, cozinha e dispensa. E, com recordar-nos que N. S. Jesus Cristo nasceu em um presepe entre dois animais e morreu em outro lugar muito mais estreito, estamos muito contentes nela e muitas vezes lemos a lição de gramática no campo»[2].

No mesmo campo diziam missa os Padres, quando o bom tempo o permitia.

Semelhantes apertos exigiam novas construções. Em breve se principiou outra casa, perto da primeira, e todos ajudavam, Índios, alunos e mestres. Dirigia os trabalhos o P. Afonso Braz, vindo do Espírito Santo com êsse fim expresso. Êle «fazia os petipés, traçava paredes, lavrava madeira com sua enxó na mão, sem que nunca tal ofício aprendesse. Êle era juntamente obreiro com os demais, trazendo os cestos de terra às costas, a água da fonte e o mais necessário»[3].

Ao pé da casa ergueu-se a igreja; e ao lado da igreja fêz-se em 1561, por ordem do P. Nóbrega, um recolhimento para os irmãos estudantes terem os exercícios próprios do noviciado e juniorado, têrmo técnico com que se designa o período dos estudos de Letras[4].

---

nicon, III, 472. Afonso de E. Taunay, *S. Paulo no século XVI* (Tours 1921) 70, aponta a opinião de Capistrano de Abreu, segundo a qual a primeira ideia da fundação de S. Paulo caberia provàvelmente a Leonardo Nunes, nascida das suas freqüentes incursões serra acima, pertencendo a Manuel da Nóbrega a sua realização. É uma observação justa. E já se vai generalizando esta verdade. Cf. Pinheiro da Fonseca, *Quelques aperçus sur le Brésil moderne* (Bruxelas 1930) 19.

1. Anch., *Cartas*, 187.
2. Vasconcelos resume da seguinte maneira a carta de Anchieta: « Vem a dizer que dos princípios de Janeiro até a feitura daquela (carta), se fêz ali uma casinha de torrão e palha » (Vasc., *Anchieta*, 24). Anchieta não escreveu *fizemos*; escreveu *estamos* (Anch., *Cartas*, 73, 43).
3. Vasc., *Anchieta*, 43; Id., *Crón.*, I, 158, 202; Anch., *Cartas*, 94.
4. Anch. *Cartas*, 174.

A êste tempo já se tinha inaugurado a igreja, no dia 1.º de Novembro de 1556[1]. Luiz da Grã, que visitou Piratininga nesse mesmo ano, achou a casa «muito boa e no melhor lugar que se podia escolher»[2].

Com efeito, do alto do Colégio dominava-se tôda a amplitude da veiga feracíssima, «muito semelhante ao sítio de Évora», observa o alentejano Fernão Cardim, quando passou por S. Paulo em 1585, com o Visitador, P. Cristóvão de Gouveia. Todo o edifício era novo, escreve êle, «com um corredor e oito cubículos de taipa, guarnecida de certo barro branco e oficinas bem acomodadas. Uma cêrca grande com muitos marmelos, figos, laranjeiras e outras árvores de espinho, roseiras, cravos vermelhos, cebolas, cecém, ervilhas de borragem e outros legumes da terra e de Portugal. E na claustra, um poço de boa água. A igreja é pequena, tem bons ornamentos, e fica muito rica com o Santo Lenho e outras relíquias que lhe deu o P. Visitador»[3].

Fernão Cardim fala trinta anos já depois da fundação de S. Paulo.

Os começos foram mais modestos. Contudo, na sua modéstia envolviam uma alta ideia civilizadora e social naquele ambiente de nomadismo indígena.

Afonso Braz não se contentou com fazer as casas dos Jesuítas. Pode ser considerado o **primeiro arquitecto de S. Paulo**, porque estendeu o seu mester de construtor às obras dos próprios Índios. Êle, com os seus companheiros e discípulos, «feitos tracistas uns, outros pedreiros, outros carpinteiros», ajudavam «a fábrica das casas necessárias para cada família, arruadas e feitas à moda portuguesa, trazendo, junto com os Índios, a terra e a água às costas»[4].

Com esta cooperação verdadeiramente prática, foram-se

---

1. Id., *Ib.*, 94.
2. Carta de Luiz da Grã, *Bras. 3 (1)*, 174v. No século XVII reconstruiram-se, em maiores proporções, igreja e colégio. Para a confrontação do Colégio de Piratininga com os modernos locais da grande cidade, cf. António de Toledo Piza, *A Igreja do Collegio da capital do Estado de S. Paulo* na *Rev. do Inst. Bras.* 59, 2.ª P. (1896), 58-60.
3. Fernão Cardim, *Tratados*, 356-357 ; Anch., *Cartas*, 424.
4. Vasc., *Anchieta*, 28.

aconchegando à roda do Colégio, moradias de taipa para os Índios dispersos [1].

Era, depois de algumas indecisões iniciais, a fixação ao solo, o primeiro passo para a catequese e a civilização.

A mudança da vila de Santo André para junto do Colégio ia ser também outro passo decisivo para a estabilidade e o progresso de S. Paulo.

4. — A povoação, que Martim Afonso de Sousa, depois de fundar a vila de S. Vicente tinha instituido no interior, não chegou a ter vida municipal efectiva, ou só a teve efémera, dispersando-se a breve trecho os seus moradores [2].

Leonardo Nunes, quando transpôs a serra e os foi visitar, achou-os neste estado: «Aqui me disseram que no Campo, 14 ou 15 léguas daqui, entre os Índios, estava alguma gente cristã derramada e passava-se o ano sem ouvirem missa e sem se confessarem, e andavam numa vida de selvagens».

«Vendo isto, determinei de ir por lá, tanto por dar remédio a êstes cristãos, como por me ver com êstes gentios, os quais estão mais apartados dos cristãos que os de tôdas as outras Capitanias. Levei comigo duas línguas, as melhores da terra, as quais depois se determinaram de servir a Deus em tudo o que eu lhes mandasse, e eu o aceitei, assim pela necessidade como por êles serem mui aptos para isso e de grande respeito, principalmente um dêles, chamado *Pero* Correia [3]. E indo na derradeira jornada topámos um mancebo com umas cartas para mim, que me estavam esperando, porque já tinham novas que eu desejava de os ver».

---

1. Anch., *Cartas*, 151.
2. Nóbr., *CB*, 154.
3. Na carta está escrito, por lapso de cópia, *António* Correia; mas é com certeza *Pero* Correia; o outro deve ser Manuel de Chaves, já na Companhia em 24 de Agôsto de 1551, data certa desta carta, e não 1550, como dão as *Avulsas*, Leonardo Nunes faz um como resumo do seu apostolado neste período, utilizando porém conhecimentos posteriores, à guisa de comentário: diz que foram com êle intérpretes, que *depois* entraram na Companhia; diz que no Espírito Santo foi recebido pelo Vigário, por não haver ninguém ali da Companhia; mas já estava em Agôsto de 1551 o P. Afonso Braz e por isso diz que não podia bastar *(non poteua bastare)*. O texto conhecido em português traz «abastava», fazendo supor simultaneidade entre a estada de Afonso Braz e a passagem de Leonardo Nunes. Cf. *Avisi Particolari* (Roma 1552) 144-145, que trazem 24 de Agôsto de 1551.

«Trabalhei muito com os cristãos, que achei derramados naquele lugar entre os Índios, que se tornassem às vilas entre os cristãos, no qual os achei mui duros. Mas enfim acabei com êles que se ajuntassem todos em um lugar e fizessem uma ermida e buscassem algum Padre, que lhes dissesse missa e os confessasse. Puseram-se logo à obra e tomaram campo para a igreja. Gastei dois ou três dias com êles e confessei alguns e dei-lhes o Santíssimo Sacramento. Depois disto fomos dar com os Índios às suas Aldeias, que estavam 4 ou 5 léguas dali; e indo, achámos uns Índios, que andavam com grande pressa, fazendo o caminho por onde havíamos de passar, e ficaram muito tristes, porque o não tinham acabado. Chegando à Aldeia veio o principal dela e me levou consigo a sua casa, e logo encheu a casa de Índios e outros que não cabiam fora, que trabalharam muito por me ver».

«Considerai vós, meus Irmãos em Cristo, o que minha alma sentiria, vendo tantas almas perdidas por falta de quem as socorresse. Algumas práticas lhes fiz, aparelhando-os para o conhecimento da fé; e lhes disse, pela tristeza que mostravam por me eu haver logo de tornar, que não ia senão a vê-los, e que outras muitas vezes os visitaria, se tivesse tempo. Também achei ali alguns homens brancos; e acabei com êles que se tornassem aos cristãos. E dali me tornei outra vez a S. Vicente »[1].

Faltam neste documento os nomes de locais, de pessoas e datas. Mas pelas distâncias, ainda que não rigorosas, pode-se talvez situar uma das paragens de Leonardo Nunes por altura de Santo André, outra na taba de Martim Afonso Tibiriçá. Na verdade, Tomé de Sousa, ao fundar em 1553, uma vila no Campo, resolveu chamar-lhe «Santo André, porque onde a situei estava uma ermida dêste apóstolo »[2]. Não seria esta ermida a mesma que o P. Nunes ordenara algum tempo antes, no lugar em que confessou os cristãos e lhes administrou o Santíssimo Sacramento? Para êste efeito devia ter celebrado o Santo Sacrifício da Missa (sem ela não poderia dar a comunhão); e esta foi a primeira missa dos Jesuítas nos Campos de Piratininga.

O Governador Geral deixou capitão da vila de Santo André

---

1. *CA*, 61-62.
2. Carta de Tomé de Sousa a D. João III, de Junho de 1553, na *Hist. da Col. Port. do B.*, III, 365.

a João Ramalho, fronteiro-mor do Campo. Daí a pouco recebeu Santo André o pelourinho municipal, a 8 de Abril de 1553, segundo Fr. Gaspar, ou a 8 de Setembro do mesmo ano, segundo Azevedo Marques, que parece ter consultado o livro das vereanças [1].

A vila de Santo André não teve pároco nem padre algum. Depois da fundação de S. Paulo, iam lá os Jesuítas aos domingos e dias santos. Celebravam missa, administravam os sacramentos, prègavam aos brancos, doutrinavam os Índios [2].

Porque não se fundou em Santo André o Colégio de Piratininga? Porque agradou mais a Nóbrega o actual sítio da cidade de S. Paulo; e também porque não eram afectuosas as relações da gente de Ramalho com os Jesuítas. Sem dúvida que no momento em que Nóbrega passou em Piratininga (Agôsto de 1553), iam já a caminho de solução, como consta da famosa carta que êle próprio então escreveu a favor de João Ramalho. E tudo se desanuviou depois. A 25 de Março de 1555, refere o Padre que, quando chegara, dois anos antes, havia alguns escândalos. Pusera-lhes remédio; e «como se cortou e tirou tudo, e a verdade apareceu, gozamos já de tranqüilidade no Senhor» [3].

Assim, pois, desapareceram os inconvenientes de ter a casa de formação dos Jesuítas perto dos brancos; e começou a despontar a ideia de reünir as duas povoações numa só, por motivos que a experiência e as circunstâncias do tempo e do lugar iam sugerindo.

Os documentos coevos indicam três motivos para essa mudança: o incómodo que era para os Padres irem de S. Paulo a Santo André para a paroquialidade e administração dos sacramentos; maiores facilidades económicas de S. Paulo; e a neces-

---

1. Azevedo Marques, *Apontamentos*, II, 212; Pedro Taques de Almeida Leme *Historia da Capitania de S. Vicente*, na *Rev. do Inst. Bras.*, IX, 2.ª ed. (1870) 149; Porto Seguro, *HG.*, I, p. 325; Afonso de E. Taunay, *João Ramalho e Santo André*, na *Rev. do Inst. de S. Paulo*, 29, p. 57. Quanto ao local exacto da vila de Santo André, existe vasta literatura e até polémica, na qual intervieram Teodoro Sampaio e Assis Moura. Também escreveram sôbre êste assunto Luiz de Toledo Piza, Benedicto Calixto, Afonso Taunay, etc. *Rev. do Inst. de S. Paulo*, IX, 1-19; XIII, 203-227; XIV, 3-38; 53-70; XV, 253-263.

2. Anch., *Cartas*, 321; Vasc., *Crón.*, II, 11.

3. Carta de Nóbrega, *Bras. 3 (1)*, 136v.

sidade de uma comum defesa contra os Tamóios e Franceses de Guanabara, que alvoroçavam e incitavam, pelo menos indirectamente, os Tupis contra os Portugueses e Índios amigos.

O incómodo da assistência espiritual indica-o expressamente Anchieta em duas cartas suas. Fêz-se a mudança, porque além dos perigos espirituais, mais importantes, havia também o perigo «dos inimigos corporais», que é já, também, o elemento de defesa pública a postular a mudança[1].

Os motivos de ordem económica e defensiva aparecem em vários documentos. As Actas da Câmara de Santo André da Borda do Campo elucidam-nos perfeitamente sôbre o estado de espírito dos seus moradores pouco antes da transferência. Umas vezes, conta-se que a vila estava aberta aos ataques dos Índios contrários e urgia a defesa; outras, que na Borda do Campo morría o gado, frechado pelos Índios; outras ainda que a mandioca, espremida ao pé dos caminhos, matava os suínos e não raro escorria para a aguada donde bebiam os homens. No dia 20 de Setembro de 1557 expressa-se o desejo dos andreenses nesta frase, cheia de desalento e pouco lisonjeira para a sua vila: «Requereu o procurador do conselho aos oficiais, em nome do povo, como estavam em esta vila e morriam de fome e passavam muito mal e morriam o gado, e que fôssem dentro do têrmo dela, de longo de algum rio»[2]... A sugestão era clara.

Nóbrega, por sua vez, escreve uma carta onde transparece o abatimento a que chegou a Capitania de S. Vicente, e a importância que tinha o Colégio da mesma Capitania para fixar a gente da terra. Depois contínúa: «Também me parece que se devía pedir a Martim Afonso e a Sua Alteza que se quer que aquela Capitania não se despovoe de todo, que deem liberdade aos homens para que os do Campo se ajuntem todos no Rio de Piratininga, onde êles escolherem. E os do mar se ajuntem também, todos juntos, onde melhor fôr, por estarem mais fortes, porque a causa de despoarem é fazerem-nos viver na vila de Santo André, à Borda do Campo, onde não teem mais que farinha, e não

---

1. Anch., *Cartas*, 321, 170.
2. *Actas de Santo André da Borda do Campo* (S. Paulo 1914) 67

se podem ajudar do peixe do rio, porque está três léguas daí, nem vivem em parte conveniente para suas criações, e se os deixassem chegar ao rio tinham tudo e sossegariam »[1].

Mais tarde, revelam-nos as Actas da Câmara de S. Paulo que não se podiam fazer mantimentos à beira-mar e que as vilas da costa tinham necessidade da vila do campo, para mantimentos e criação do gado vacum; e, por isso, o povo de S. Vicente, o de Santos e os Padres da Companhia requereram a Mem de Sá « que as provesse, fortalezasse esta vila, pelas razões acima ditas, as quais, vistas por êle, o fêz, com o despovoamento da vila de Santo André e os moradores dela recolher e fazer viver nesta dita vila de S. Paulo »[2].

A transferência operou-se em 1560. Pediram-na, como vimos, o povo de S. Vicente, o de Santos e os Jesuítas. E Santo André? Também o seu procurador, em nome do povo, o desejava. Mas existe um documento capital, que o prova de maneira positiva. Pouco depois da mudança, os camaristas de S. Paulo, antigos vereadores de Santo André, escrevem à Rainha D. Catarina. E, referindo-se à actividade dos Tamóios e Franceses e às medidas urgentes, que convinha tomar, acrescentam: « Este ano de 1560 veio a esta Capitania Mem de Sá, governador geral e [...] mandou que a vila de Santo André, em que antes estávamos, se passasse para junto da casa de S. Paulo, que é dos Padres de Jesu, porque nós todos lho pedimos por uma petição, assim por ser o lugar mais forte e mais defensável, assim dos contrários como dos nossos Índios, como por muitas outras coisas, que a êle e a nós moveram[3].

O pelourinho de Santo André ergueu-se no terreiro, diante do Colégio dos Padres. E a vida municipal duma vila continuou na outra.

S. Paulo já possuía foral desde 1558, diz Azevedo Marques[4]. E João Ramalho, a 24 de Junho de 1562, dia do seu santo onomástico, jurou aos Santos Evangelhos, o cargo de ca-

---

1. Carta de Nóbrega, *Bras. 15*, 43-43v. Serafim Leite, *Páginas*, 88; Nóbr., *CB*, 154; Vasc., *Crón.*, II, 84.
2. *Actas da Câmara da vila de S. Paulo*, I (S. Paulo 1914) 42.
3. Pôrto Seguro, *HG*, I, 400-401.
4. Azevedo Marques, *Apontamentos*, II, 214.

pitão-mor de S. Paulo de Piratininga, para que fôra designado « por vozes e eleição »[1].

Era uma eleição provocada pelas ameaças bélicas dos Índios, porque a existência da vila de S. Paulo nem sempre foi pacífica.

5. — Efectivamente, os moradores de S. Paulo, situados no Campo, entre Índios, tiveram algumas vezes que se defender dêles com as armas na mão. Não está feita ainda a história crítica destas guerras. Por agora, os documentos, publicados e inéditos, falam-nos de guerras no século XVI, nos seguintes anos, 1554, 1561, 1562, 1578, 1590, 1591, 1593.

Nesta matéria, o primeiro acto dos Jesuítas foi suprimir o abuso de dar armas aos Índios, « que era mui geral fazê-lo sem nenhum escrúpulo »[2].

---

1. *Actas da C. da V. de S. Paulo*, I, 14; Frei Gaspar da Madre de Deus, *Memórias para a História da Capitania de S. Vicente*, 3.ª ed. (S. Paulo, 1920) 223. Disseram alguns escritores modernos que êste episódio da mudança de Santo André para S. Paulo foi vingança dos Jesuítas contra João Ramalho. A origem da lenda deve provir, por um lado, dos exageros dos Vasconcelos contra os Ramalhos, e por outro de Frei Gaspar escrever que « depois de contenderem alguns anos por êste modo, chegaram os Padres a cantar vitória ». Os documentos históricos, que aduzimos (e não existem outros conhecidos), não justificam tal contenda nem tal vitória. Dizia Capistrano que a carta dos camaristas de S. Paulo à rainha D. Catarina rasgaria muitas páginas de história fantasiada. Cf. Madureira. *A liberdade dos índios, a Companhia de Jesus, sua pedagogia e seus resultados*, I (Rio 1927)17n. É lamentável que, depois daquela advertência do grande historiador, ainda se deslustrasse a *História do Brasil*, de Handelmann, transcrevendo-se, em nota, o arrazoado de Machado de Oliveira no seu *Quadro Histórico*, corrigindo-se, assim, para mal a exposição dos factos, feita com regular bom senso pelo autor alemão. Cf. Henrique Handelmann, *História do Brasil*, in Rev. do Inst. Bras. *162* (1930) 77-80.

2. *CA*, 66. Que armas eram? Entre outras, « facas grandes e pequenas da Alemanha », diz Pero Correia em carta de 10 de Março de 1553, *Bras. 3 (1)*, 86. Contra esta prudente medida, de se não darem armas ao gentio, se prevaricou muitas vezes e em diversas partes do Brasil. Entre as confissões de 1592, depõe, a 2 de Fevereiro, um André Dias, mestiço, e do seu depoimento se conclue que se deram no sertão, aos Índios, espadas, pistoletas, uma espingarda, pólvora, um tambor de guerra e até cavalos, dizendo-lhes que se lá fôssem os brancos da Baía que se defendessem dêles com aquelas armas, e « sendo preguntado dixe que os dittos gentios são infieis que quando acham tempo e ocasiam matão aos brancos, e já os gentios do ditto sertão matarão brancos » *(Primeira Visitação: Confissões da Bahia*, 1591-1592 (Rio 1935) 146; cf. *ib.*, 97.

A primeira guerra, depois da existência de S. Paulo, foi logo em 1554, mas, desta vez, apenas entre Índios, uns com os outros. Contudo, como os de uma parte eram de Piratininga, assinalamo-la, porque já se faz sentir nela a catequese jesuítica. Conta-se que, num momento de apêrto, a mulher do chefe piratiningano, fazendo o sinal da cruz, esforçou os combatentes, e alcançaram vitória [1].

Ainda neste ano, segundo refere Pero Correia, ter-se-iam revoltado os Índios do interior, se não estivessem lá os Padres [2].

Perigo maior foi em 1558. Os Tupis, acossados pelos Castelhanos e Carijós, puseram-se em grande alvorôto. Vinham já «com determinação de matar os cristãos de Geribatiba, e lá houveram de ir também os meus Irmãos de Piratininga [é Nóbrega quem fala] se Nosso Senhor não socorresse; e foi que meteu na vontade a dois principais do Campo, os quais detiveram a muita gente, que já caminhava com aquêle mau propósito, e fizeram-nos tornar » [3].

A história conserva o nome de dois principais, amigos dos Padres: Tibiriçá (Piratininga) e Caiubí (Geribatiba). Seriam êles os defensores, a que alude Nóbrega.

Com o estabelecimento dos Franceses na Baía de Guanabara, os Tamóios, inimigos dos Tupis, ganharam alento e atreviam-se a rondar, subindo pelo Paraíba, os campos de Piratininga, que pouco e pouco iam arroteando os Portugueses e seus filhos. Ora aqui, ora ali, matavam e roubavam, causando inquietação a S. Paulo e aos Índios aliados.

« Por estas causas, escreve Anchieta em 1561, determinaram os moradores de Piratininga, com alguns mestiços, vendo que não se acudia a êstes males, fazer guerra a um lugar dos inimigos fronteiros, para que pudessem viver com alguma paz e sossêgo, e juntamente começassem a abrir algum caminho para se poder prègar o Evangelho, assim aos inimigos como a êstes Índios, sôbre os quais já temos sabido que por temor se hão de

---

1. Maffei, *Hist. Indicœ*, 319; Vasc., *Crón.*, I, 164-166. Levado pelas informações de Vasconcelos, Rocha Pombo atribue o ataque dos Índios a Piratininga a instigações da gente de Ramalho, *H. do B.*, III, 406-407.

2. Pero Correia, *Bras.* 3 *(1)*, 113.

3. Nóbr., *CB*, 217.

converter mais que por amor. E para isto se prepararam todos, confessando-se e comungando, mais zelosos da honra de Deus e dilatação da Fé do que de seus próprios interêsses. Foi com êles um sacerdote dos nossos, para os Índios baptizados, que com êles iam »[1].

« O seu caminho é desta maneira: vão primeiro por um rio, algumas jornadas, em almadias, as quais não são mais, cada uma, que o âmago de uma árvore, mas tão grandes, que numa cabem vinte a vinte e cinco pessoas, com seus mantimentos e armas[2]. Chegados ao ponto do primeiro rio, para onde vão, saem fora delas e as levam às costas, por quatro ou cinco léguas de bosques, de mui maus caminhos; e aí, descarregando-as, vão seguindo jornada até entrar em outro rio, que está já em guerra, com inimigos ».

« Partiram, pois, de Piratininga, onde então estávamos, esta quaresma passada, dizendo o Padre cada dia missa, e prègando-lhes antes de chegar aos inimigos. Tornaram-se a confessar e a comungar muitos dêles, fazendo igreja daqueles bravos e espantosos matos. E com isto lhes deu Deus Nosso Senhor grande vitória, destruindo o lugar sem escapar mais que um só. Sendo para êles a coisa mais forte que até hoje se tem visto nesta terra de inimigos. O que bem se mostrou nos muitos daqueles Índios, que morreram e foram flechados, ao passo que dos Portugueses, que logo de entrada os tomaram quási todos, morreram três. De maneira que só dez ou doze homens, com a ajuda da Real Bandeira da Cruz, que o Padre trazia adiante, animando-os, queimaram e assolaram o lugar, do qual vieram muitos inocen-

---

1. Não se sabe ao certo o nome daquele Padre e Irmão, que os acompanharam. Mas sabe-se, com certeza, que foram a duas expedições o Ir. Gregório Serrão e o P. Manuel de Paiva (Anch., *Cartas*, 486). Capistrano de Abreu, em nota a Pôrto Seguro, *HG*, I, 387, diz que fôra o Ir. Anchieta, por intérprete. Como se verá, por esta mesma relação, Anchieta estava, durante êste tempo, na vila, excitando o povo à oração e à penitência para alcançar do céu o almejado triunfo. Antes de Capistrano tinham-no dito outros, por exemplo, Pereira da Silva, *Os Varões illustres do Brazil*, I (Paris 1858) 75, e Basílio de Magalhãis, a quem seguiu Taunay, *Bandeiras Paulistas*, I, p. 170. Cf. também Gentil de Assis Moura, *As bandeiras paulistas*, na *Rev. do Inst. Bras.* Tômo especial II (1914) 224.

2. No texto diz-se erradamente *com armadilhas*. Estas almadias, pela descrição que delas faz Anchieta, são as *ubás* indígenas.

tes, que estão já metidos no grémio da Santa Igreja pelo baptismo » [1].

« Emquanto êles andavam em guerra, meu ofício consistia em ajudá-los com orações públicas e particulares, repartindo a noite de maneira que sempre havia oração até de manhã; e, acabada a oração, cada um tomava a sua disciplina, e o mesmo faziam muitas mulheres devotas e as mestiças, fazendo sua disciplina, vigília e oração. E ordenou Nosso Senhor que a batalha se desse em dias de sua Paixão, nos quais eram tantos os gemidos, choros e disciplinas no fim dos ofícios, de joelhos, assim os de casa como os de fora, que tôda a igreja era uma voz de pranto, que não podia deixar de penetrar os céus, e mover ao Senhor a ter misericórdia de nós, tendo padecido assaz trabalho os homens que cansaram pelos caminhos desertos » [2].

Vencidos aquêles Índios, não tardou a surgir inimigo pior, animado por um desastre sucedido aos Portugueses, na costa, para os lados de Iperoig [3].

Quando menos se esperava, insurgiram-se os próprios Tupis. Diz Anchieta mais tarde, em 1584, que foi essa a única vez, e depois se mostraram amigos como dantes. Em todo o caso, narrando a guerra no momento dela, e ainda sob a impressão do perigo de que se livraram êle e os companheiros, dá-lhes côres mais negras e chama-lhes « ladrões de casa », os piores evidentemente, por ser uma como guerra civil, e por conhecerem bem os métodos e os locais da luta.

Começaram, pois, êstes Tupis do sertão a fazer depredações e até mortes, arrebatando uma índia cristã, mulher de um Português, que mataram. Era índia fervorosa. Querendo êles abusar dela (os Índios consideravam isso uma honra por ela ter sido mulher de branco) a cristã preferiu morrer a consentir em tal.

Com estas e semelhantes tropelias ganharam ânimo os Índios e apregoaram guerra contra S. Paulo. Organizou-se a defesa.

---

1. Trecho imperfeitamente traduzido por Baltazar da Silva Lisboa. Tentamos restituir-lhe aqui o seu sentido óbvio.
2. Anch., *Cartas*, 171-173; Carta da Câmara de S. Paulo à Rainha D. Catarina, de 20 de Maio de 1561, in Pôrto Seguro, *HG*, I, 401.
3. Anch., *Cartas*, 487; Vasc., *Crón.*, II, 130.

Estavam então ali dez Jesuítas e todos os moradores brancos da vila e arredores. Superior dos Jesuítas era o P. Vicente Rodrigues. Chefe militar, Martim Afonso Tibiriçá. Reüniu êle os seus Índios, que trazia repartidos por três Aldeias, abandonou aos inimigos as sementeiras e preparou-se para a resistência.

Tibiriçá recordou aos seus que «defendessem a igreja, que os padres haviam feito para os ensinar a êles e a seus filhos», que Deus lhes daria vitória contra seus inimigos, que tão sem razão lhes queriam fazer guerra».

O ataque foi no dia 9 de Julho[1]. Os Índios «deram de manhã sôbre Piratininga com grande corpo de inimigos, pintados e emplumados, e com grandes alaridos, aos quais saíram logo a receber os nossos discípulos, que eram mui poucos, com grande esfôrço, e os trataram bem mal, sendo coisa maravilhosa que se encontravam às flechadas irmãos com irmãos, primos com primos, sobrinhos com tios; e, o que é mais, dois filhos, que eram cristãos, estavam connosco contra seu pai, que era contra nós. De maneira que parece que a mão de Deus os apartou e os forçou, sem que êles o entendessem, a fazerem isto».

«As mulheres dos Portugueses e meninos, ainda dos mesmos Índios, recolheram-se a maior parte à nossa casa e igreja, por ser um pouco mais segura e forte, onde algumas das mestiças estavam tôda a noite em oração com velas acesas ante o altar, e deixaram as paredes e bancos bem tintos de sangue, que se tiravam com as disciplinas, o qual não duvido que pelejava mais rijamente contra os inimigos que as flechas e os arcabuzes».

«Tiveram-nos em cêrco dois dias sòmente; dando-nos sempre combate, ferindo muitos dos nossos Índios, e ainda que eram flechadas perigosas, nenhum morreu por bondade do Senhor, pois que se recolhiam a nossa casa, e aí os curávamos de corpo e alma, e assim fizemos depois, até que de-todo sararam. Mas dos inimigos foram muitos feridos e alguns mortos, dentre os quais foi um nosso catecúmeno, que fôra quási capitão dos maus, o qual, sabendo que tôdas as mulheres se haviam de recolher a

---

1. Costuma dar-se como data do assédio a Piratininga o dia 10 de Julho de 1562; Anchieta escreve que foi no «oitavo da Visitação de Nossa Senhora». A oitava das festas obtém-se, juntando sete à data festiva. A Visitação cai a dois; acrescentando-lhe sete, temos 9 de Julho, que é de-facto, a oitava da Visitação.

nossa casa, e que aí havia mais que roubar, veio dar combate pela cêrca da nossa horta, mas aí mesmo achou uma flecha, que lhe deu pela barriga e o matou, dando-lhe a paga, que êle nos queria dar, pela doutrina que lhe havíamos ensinado, e pelas boas obras que lhe tínhamos feito, tendo-o já curado, no tempo em que estava connosco, a êle e a seus irmãos, de feridas mui perigosas de seus contrarios» [1].

No dia seguinte, vendo-se desbaratados, fugiram os Índios, desordenadamente, matando o gado e talando as fazendas. Saíu-lhes no encalço Tibiriçá e, afugentando-os, matou os que pôde. Ainda continuaram algumas escaramuças pelos caminhos, até que os Índios cristãos e catecúmenos, com três Portugueses, entraram pelo sertão umas vinte léguas e limparam o campo, libertando mais de quarenta pessoas, que o inimigo tinha levado e por lá andavam como cativas» [2].

«Esta guerra foi causa de muito bem para os nossos antigos discípulos, explica Anchieta, porque são agora forçados pela necessidade a deixar tôdas as suas habitações, em que se haviam esparzido, e a recolherem-se todos a Piratininga, que êles mesmos cercaram agora de-novo com os Portugueses; e está segura de todo o embate. E desta maneira podem ser ensinados nas coisas da Fé, como agora se faz, havendo contínua doutrina de dia, às mulheres, e de noite aos homens, a que concorrem quási todos;

---

1. Segundo Vasconcelos, êste índio seria sobrinho de Tibiriçá, e filho de Ararig ou Piquerobi. O seu nome, Jagoanharó, cão bravo (Vasc., *Crón.*, II, 136). Cf. Domingos José Gonçalves de Magalhãis, *A Confederação dos Tamoyos* (Rio 1857) 250-254.

2. Gaffarel diz que foram os Franceses de Villegaignon que cercaram S. Paulo. «*Bientôt nos colons passèrent de la défensive à l'offensive. Aidés par les Tamoyos ils attaquèrent à la fois par la côte et par les montagnes les Portugais de Piratininga, et leur firent subir de nombreux échecs. Ils attaquèrent même la cité naissante de San Paolo, et l'auraient prise sans l'énergique résistance des neophytes commandés par un chef brésilien, Martin Alfonso Tebyreza (1561)* ». — *Histoire du Brésil français au seizième siècle* (Paris 1878) 243. Gaffarel deve ser lido com circunspecção. É verdade que os Franceses espicaçaram e ajudaram os Índios contra os Portugueses; mas que êles próprios se atrevessem a ir a S. Paulo, em som de guerra, não consta de documentos contemporâneos. É inverosímil que não tivesse aparecido algum dêles, morto, ferido ou prisioneiro. Bolés e os seus companheiros apresentaram-se, não há dúvida, em S. Vicente; mas êsses vieram dois anos antes, e não para combater; pelo contrário buscavam refúgio contra os seus compatriotas do Forte Coligny.

havendo um alcaide que os obriga a entrar na igreja. Teem-se já baptizado e casado alguns dêles, e prossegue-se a mesma obra com esperança de maior fruto, porque êstes não teem por onde se apartem, sendo inimizados com os seus. E, estando sempre junto de nós, como agora estão, não podem deixar de tomar os costumes e vida cristã, ao menos pouco e pouco, como já se tem começado. Parece-nos, agora, que estão as portas abertas nesta Capitania para a conversão dos gentios, se Deus Nosso Senhor quiser dar maneira, com que sejam postos debaixo de jugo, porque para êste género de gente não há melhor prègação do que espada e vara de ferro, na qual, mais que em nenhuma outra, é necessário que se cumpra o *compelle eos intrare* ».

«Vivemos agora nesta esperança, ainda que postos em perigo, por estar tôda a terra levantada; e como são ladrões de casa, em cada dia veem assaltar-nos pelas fazendas e caminhos»[1].

Os Tupis revoltados ainda deram que falar de si em 1563, indo a Itanhaém com propósito, ao que parece, de matar os Índios Tamóios, que estavam em reféns em S. Vicente, em lugar do P. Nóbrega e Anchieta, igualmente reféns em Iperoig. Mas os Portugueses, com os Tamóios, venceram-nos, levando êstes Tamóios alguns para as suas festas antropófagas. Foi enorme o desgôsto dos Padres, porque não era muito certo que os Tupis tivessem vindo com aquela intenção; e, mesmo que viessem, não se devia permitir que os Tamóios os comessem[2].

O ataque de 1562 foi o maior perigo, em que se viu Piratininga desde a sua fundação, pelas precárias condições de defesa em que se achava.

Tudo estava dependente da lealdade de Tibiriçá. Por felicidade, o chefe Goianás mostrou-se digno da confiança que nêle depositaram os Padres; e, com o seu esfôrço, se salvou a civilização nascente naquela guarda avançada do interior do Brasil. Este herói principal era filho da terra, como o seu contrário igualmente o era. Discute-se se seriam irmãos. Se eram, temos um símbolo. Um apegava-se ao passado, estacionário, selvagem; o outro pronunciava-se pelo futuro, cristão e civilizado[3].

1. Anch., *Cartas*, 179-187; Vasc., *Crón.*, II, 132-136; Id., *Anchieta*, 68-72.
2. Anch., *Cartas*, 210.
3. Simão de Vasconcelos escreve que êsse contrário se chamava Ararig. João Mendes de Almeida afirma que Ararig é nome de lugar, o lugar onde

Martim Afonso Tibiriçá faleceu pouco depois, no dia de Natal de 1562. Os Jesuítas tributaram-lhe a maior homenagem, que fazem aos seus amigos, ainda que sejam reis [1].

Segundo Vasconcelos, veio-lhe assistir à morte, a pedido seu, o P. Fernão Luiz [2].

A-fim-de liquidar os restos daquela inquietação dos Índios, foi eleito para suceder a Tibiriçá o Capitão João Ramalho, antigo fronteiro-mor.

Tudo se aquietou pouco a pouco, concorrendo para isso, mais que nada, a ida de Nóbrega e Anchieta a Iperoig. Nóbrega conseguiu que se abraçassem, na igreja de Itanhaém, Tupis e Tamóios. Em Piratininga, o caso foi solene. Vieram nada menos de 300 Tamóios do Paraíba. E um Índio tupi, na igreja dos Jesuítas, subindo a um banco, disse que tinha mortos muitos Tamóios, mas agora, por amor de Cristo, se apartava dos Tupis desertores; e, por êsse mesmo amor, se unia aos Tamóios contrários, transformados em amigos [3]. Dois anos depois, já os Tupis de Piratininga iam, a pedido dos Padres, ajudar Estácio de Sá, na conquista do Rio de Janeiro [4].

---

morava Piquerobi, irmão de Tibiriçá, inimigo dos Portugueses. Piquerobi seria, portanto, na sua opinião, o chefe dos inimigos *(Qual foi o principal chefe da nação Tupi na região nomeada Piratininga? Quem comandou o cêrco e ataque de Piratininga em 10 de Julho de 1562?* in Rev. do Inst. de S. Paulo, VII, 448-457; A. de Alcântara Machado, in Anch., *Cartas*, nota 210, p. 195; Southey, *H. do B.*, I, 402, onde confessa que os Jesuítas salvaram Piratininga).

1. Os Jesuítas declararam-no bemfeitor e fundador, aplicando-lhe como tal os respectivos sufrágios. O seu corpo ficou sepultado na igreja do Colégio (Anch., *Cartas*, 187). Hoje encontra-se na nova e grande catedral de S. Paulo em construção. Cf. Taunay, *Ascendencia paulista e vicentina de Francisco José Teixeira Leite e Anna Alexandrina Teixeira Leite, Barão e Baronesa de Vassouras* (1 fôlha), S. Paulo, 1932.

2. Vasc., *Crón.*, II, 138. Êste Padre fêz os últimos votos em S. Vicente, a 8 de Abril de 1557 *(Lus. I*, 156). Contudo, o catálogo de 1574 tem que entrou com 43 anos em 1556. Sabe a língua. « Es del término de feria » *(Bras.* 5, 14. Traduzimos Feria por Feira. Fernão Luiz, o primeiro sacerdote entrado na Companhia no Brasil, faleceu santamente em 1583, no Colégio do Rio de Janeiro, que ajudara a conquistar (Carta de Anchieta, *Bras.* 8, 4v-5). Fernão Luiz Carapeto tinha sido, antes de entrar na Companhia, Vigário da Vila do Pôrto de Santos, cargo que começou a servir em 25 de Maio de 1550; e da Igreja de Santiago, da vila de Bertioga, para que foi nomeado a 22 de Dezembro de 1555 *(Docum. Hist.* XXXV, 81, 312).

3. Anch., *Cartas*, 225.
4. *CA*, 450.

O triunfo na costa deve ter fortalecido o predomínio dos brancos no interior. Porque só em 1578 achamos referências a nova guerra, provàvelmente um ano antes. A ela foram dois Padres da Companhia de Jesus, como capelãis militares e conselheiros, e também como elemento de prestígio para assegurar a colaboração dos Índios. Iam em especial para a assistência religiosa a uns e outros. A notícia desta guerra é extremamente sumária, sem mais indicações senão de que foram frutuosos os seus ministérios espirituais [1].

Por êste tempo, ajudavam os Padres de Piratininga noutras guerras, que se faziam fora da Capitania. Basta ver a carta que Anchieta dirige, de amigo para amigo, ao Capitão Jerónimo Leitão: nela dá conta do que andou tratando para a viagem, das pessoas que angariou, e armamento que levavam [2]. Trabalhavam também muito os Portugueses por conservar a amizade dos Índios, que traziam os parentes para junto dos brancos [3]. Não admira que se seguisse um período de paz relativamente longo, em Piratininga, quási indiferente às mudanças que se operavam em Portugal e às piratarias do mar, quando de súbito, em 1590, irromperam os Tupinaquins sôbre S. Paulo, pondo em risco a vida dos habitantes, devastando as Aldeias vizinhas, queimando igrejas, como a de Pinheiros, profanando imagens sagradas. À de Nossa Senhora, daquela Aldeia, feita de argila, quebraram os selvagens a cabeça. Avisado a tôda a pressa o Capitão Jerónimo Leitão, residente em Santos, apressou-se a socorrer S. Paulo com muitos homens. Foi também o Padre Superior de Santos, porque os Portugueses sem êle não queriam ir *(negabant enim Lusitani se pedem domo elaturos nisi Pater praeiret: tanta apud illos est existimatione)*.

Não existe catálogo de 1590. Mas o de 1589 dá como superior de Santos o P. João Pereira. Em Piratininga, era Pedro Soares; e estavam também aqui os Padres Leonardo do Vale, Manuel de Chaves e Manuel Viegas, todos três grandes línguas; e os irmãos António Ribeiro e António de Miranda [4].

---

1. *Bras.*, 15, 304.
2. Anch., *Cartas*, 268.
3. Anch., *Cartas*, 317.
4. *Bras.*, 5, 32v.

O P. Manuel de Chaves faleceu a 18 de Janeiro de 1590 [1]. O ataque deve ter sido posterior a esta data, porque, segundo Anchieta, emquanto morou em S. Paulo o P. Chaves, só uma vez houve guerra, que logo acabou ; e só tornou a haver depois que morreu, porque êle era o « que suspendia os arcos guerreiros entre os Índios e os Portugueses ; nunca jamais, emquanto estêve em Piratininga, se abriu guerra entre uns e outros. Uma só vez se ausentou e foi o mesmo que rompesse a guerra, que com a sua presença depois parou, durando a paz tôda a sua vida, e acabando-se com a sua morte » [2].

Com o auxílio vindo de Santos, coadjuvados pelos Índios cristãos, puderam os Paulistas afugentar os Tupinaquins. O profanador da estátua caíu vivo nas mãos das autoridades ; e, atado à cauda dum cavalo, foi arrastado pela Aldeia para escarmento de todos [3].

---

1. *Bras.*, *15*, 374v (8.º) ; *Hist. Soc. 42*, 32v ; *Ann. Litt. 1590-1591*, 826.

2. Cf. Azevedo Marques, *Apontamentos*, II, 60. O P. Manuel de Chaves, natural da vila de Moreira, diocese do Pôrto, entrou na Companhia em S. Vicente, com 36 anos de idade, em 1550. O seu nome anda unido a todos os sucessos da Capitania de S. Vicente, e falam sempre com elogio — « muito boa coisa » — os Padres que, por qualquer circunstância, a êle se referem (Nóbr., *CB*, 175; Carta de Nóbrega, de 2 de Dezembro de 1557, *Bras. 15*, 43). Fêz os votos de Coadjutor espiritual formado, dia de S. Pedro de 1567, nas mãos do B. Inácio de Azevedo, em S. Vicente *(Lus. 1,* 146). Escreve, a 1 de Janeiro de 1591, o Provincial Beliarte, de Pernambuco : « Foi dos primeiros homens que vieram ao Brasil, onde viveu alguns anos muito estragadamente, depois entrou na Companhia, em que estêve com notável virtude e exemplo quarenta anos. Homem de rara inocência e simplicidade, que parecia que nunca soubera que coisa era mundo nem se criara com êle, e na serenidade do seu aspecto e suavidade de costumes representa um retrato da vida do céu. Era dos melhores línguas, que tínhamos e, como já ao tempo que entrou na Companhia o era, todos êstes quarenta anos se ocupou na conversão pela qual passou infinitos trabalhos e muitos perigos e riscos de vida entre os gentios, estando muitas vezes a ponto de ser dêles morto : e tão incansável era que, com ser de *73 anos* e ter já a vista de um ôlho de todo perdida e do outro quási, sem ter mais que pele e ossos, ainda andava a pé por águas frigidíssimas, morto de fome, caminhos muito fragosos, de três e quatro léguas, visitando as Aldeias dos Índios e ensinando-os, com os quais trabalhos converteu e baptizou a muitos milhares de almas. Finalmente foi o melhor ou dos melhores operários, que até agora teve esta Província para a conversão » (*Lus.* 71, 4).

3. *Bras. 15*, 366v ; *Annuae Litt. 1590-1591*, p. 826-827 ; Afonso Taunay, *Bandeiras Paulistas*, I, 114.

Derrotados os Tupinaquins, aproveitou S. Paulo a deixa para fazer incursões nas suas terras. A 7 de Julho de 1590, representa a Câmara ao Capitão Jerónimo Leitão que faça guerra aos Tupinaquins, dando como pretexto as mortes e desacatos que fizeram; tanto mais que êles eram gente com quem tinham comunicação e «compadres»; e esperavam auxílio da Paraopoba, ameaçando entregar «o Capitão e os Padres» aos ingleses [1].

Para atrair a participação do Capitão e dos Padres, os camaristas encareciam, de-certo, o perigo dos Tupinaquins mais do que era na realidade.

Contudo, êste estado de espírito mostra que se aproximava o ciclo da caça ao índio, em que as guerras iam ser pretexto para cativeiros injustos.

Logo que se manifestou semelhante espírito, os Jesuítas abstiveram-se de guerras ou contrariaram-nas. Reüniu-se a Câmara, a 3 de Outubro de 1593, para ver se o Capitão Jorge Ferreira havia de ir fazer guerra aos Índios. A resolução foi negativa. O Vigário de Santos, Jorge Roiz, então em Piratininga, diz o mesmo, e para se autorizar, invoca a opinião dos Padres da Companhia, «que se não pode fazer a guerra» [2].

Não obstante, a expedição realizou-se, não logo a seguir, mas pouco depois, contra os Carijós e Tupinais [3].

Estas são as guerras de S. Paulo, de que nos ficaram notícia no século XVI, em que intervieram os Jesuítas.

Examinando os factos, concluímos que os Jesuítas umas vezes as aprovavam, outras não. Parece-nos vislumbrar, na sua atitude, um critério objectivo de justiça. Aceitavam-nas e ajudavam eficazmente, quando as guerras tinham carácter defensivo, a que chamaríamos hoje, patriótico ou nacionalista (1562, 1590); também colaboravam nelas quando eram de carácter vindicativo, para castigar injustas tropelias e impor respeito aos Índios, que inquietavam a vizinhança, matando gente (1561, 1578). Mas

---

1. *Actas da Câmara Municipal de S. Paulo*, I, 403. Dava também como motivo o terem morto muitos brancos e índios e «queimaram muitas igrejas e quebraram a imagem de Nossa Senhora do Rosário dos Pinheiros e fizeram outros delitos por que mereciam gravemente castigo».

2. *Ib.*, 471.

3. A. de Alcântara Machado, em Anch., *Cartas*, 291 e nota 350; Afonso Taunay, *Bandeiras Paulistas*, I, 114.

quando se tratava de meros interêsses escravagistas, o caso mudava de figura: declaravam firmemente «que se não podia fazer a guerra».

6. — O fim imediato da fundação de S. Paulo foram os estudos. Houve-os também algum tempo em Maniçoba. Mas não passaram dos rudimentos e duraram pouco.

Em S. Paulo, freqüentavam o Colégio, além dos Irmãos de casa, «bom número de estudantes brancos e mamalucos, que acudiam das vilas circunvizinhas»[1]. E também Índios. Escreve Anchieta em 1555: «Estamos nesta Aldeia de Piratininga, onde temos uma grande escola de meninos, filhos de Índios, ensinando-os a ler e escrever; aborrecem muito os costumes de seus pais, e alguns sabem ajudar a cantar missa. Êstes são a nossa consolação»[2].

Tibiriçá foi um dos sustentáculos do Colégio, ao começo, quando escasseavam as esmolas e ainda não havia Portugueses[3].

O Colégio de S. Paulo, estava, sob o aspecto jurídico, nas mesmas condições do Colégio dos Meninos de Jesus na Baía, complicado com a situação de ser também casa de estudos para os Jesuítas. Para que se harmonizasse com o voto de pobreza da Companhia, era mister proceder à reorganização dos estudos, levantando-se vários problemas. Convém recordá-los. Nóbrega expõe-os com a sua costumada clareza: «Nesta Capitania de S. Vicente, o Padre Leonardo Nunes fêz o mesmo que na Baía; ajuntou muitos meninos da terra do gentio, que se doutrinavam nesta casa, e estavam de mistura com alguns Irmãos, que êle recolheu nesta terra; a todos era muito dificultoso, e obrigavam--nos a coisas, que não eram de nosso Instituto, porque para a mantença dêles e por na terra haver poucas esmolas para tanta gente, foi-me forçado, des-que à Capitania vim, a passar os meninos a uma povoação de seus pais, donde era a maior parte dêles; e, com êles, passei alguns Irmãos; e fizemos casa e Igreja; e tivemos connosco sòmente alguns, que eram de outras partes. Esta casa servia de doutrinar os filhos e os pais e mães e outros

---

1. Vasc., *Crón.*, I, 154.
2. Anch., *Cartas*, 85.
3. Id., *Ib.*, 187.

alguns, como pelas cartas dos Quadrimestres verá; aqui se visitam outros lugares do gentio, que estão ao redor».

«Nesta casa se lê gramática a quatro ou cinco da Companhia, e lição de casos a todos, assim Padres como Irmãos, e outros exercícios espirituais; a mantença da casa, a principal, é o trabalho de Índios, que lhe dão de seus mantimentos, e a boa indústria de um homem leigo, que, com três ou quatro escravos da casa e outros tantos seus, faz mantimentos, criação, com que manteem a casa; e com algumas esmolas, que alguns fazem à casa; e com a esmola que El-Rei dá. Tem também esta casa umas poucas de vacas, as quais, por nossa contemplação, se deram aos meninos, quando estavam em S. Vicente, e do leite delas se mantém a casa».

«Há cá um Irmão ferreiro, que, por consertar as ferramentas dos de S. Vicente, se ficou para se viver de esmolas, os que se nela pudessem sustentar, que serão dois ou três sòmente».

«Desta maneira vivemos até agora nesta Capitania, onde estamos seis Padres de missa e quinze ou dezasseis Irmãos, por todos; e aos mais sustentava aquela casa de S. Paulo de Piratininga com alguns meninos do gentio, sem se determinar, se era Colégio da Companhia, se casa de meninos[1], porque nunca me responderam a carta que escrevesse sôbre isso, e nestes têrmos nos tomaram as Constituïções, que êste ano de 56 nos fêz Nosso Senhor mercê de no-las mandar, pelas quais entendemos não devermos ter cargo nem de gente para doutrinar na Fé; ao menos em nossa conversação conhecemos também não poderem os Irmãos ter bens temporais nenhuns, se não fôr Colégio; vemos que, para se fazer, daquela casa de S. Paulo, Colégio, não tem mais que a granjearia daqueles homens com aquêles escravos, os quais morrerão, e nós não buscamos outros; assim mesmo o Irmão ferreiro é doente e velho; não sei quanto durará».

«As vacas foram adquiridas para os meninos da terra e são suas; a esmola de El-Rei é incerta; para não ser Colégio, senão

---

1. *Colégio da Companhia*, isto é, entidade jurídica e moral, capaz de possuir bens. *Casa de meninos*, isto é, uma espécie de orfanato, com administração própria à semelhança do que estabeleceu Pero Doménech em Lisboa. Neste caso, os Padres seriam simples gerentes de bens alheios, com os concomitantes atritos e desgostos. Esta distinção esclarece o que segue, e o recurso ao Núncio.

casa, que viva de esmolas, é impossível poderem-se sustentar os Irmãos daquela casa, em tôda esta Capitania, nem com eu agora levar cinco ou seis que imos, uns para o Espírito Santo, outros para a Baía, porque as povoações dos cristãos são muito pobres; e se nesta casa de S. Vicente se não podem manter mais de dois ou três, que é a principal vila, quanto mais nas outras partes!»

«Vendo-nos, o Padre Luiz da Grã e eu, nesta perplexidade, dando conta aos Padres, que nos aqui achamos, nos pareceu escrever estas coisas tôdas a V. P. e ao Padre-Mestre Inácio, para que, com o que lá assentarem, se tomar resolução nas coisas seguintes:

«Primeiramente, se nos convém que aquela casa de Piratinim seja de meninos. A nós cá parecia-nos que não, e que é melhor andá-los doutrinando por suas povoações, a pais e a filhos; e, se todavia El-Rei quisesse casa dêles e os quisesse manter, nós não têrmos mais que a superintendência espiritual sôbre êles. E já que El-Rei os não queira manter, nem nos convenha tê-los, se será bom fazermos daquela casa Colégio da Companhia; e nisto o nosso voto é que, se Sua Alteza quisesse dar àquela casa alguns dízimos de arroz e miunças, já que ali hão--de estar Padres e Irmãos, aplicando-os àquela casa, para sempre, e tirar de nós tôda a esmola que cá nos dão, era muito bem fazer-se Colégio e se serviria muito Nosso Senhor dêle, e a Sua Alteza custaria menos do que lhe custa o que agora nos dá; e podia dar-nos alguns moios de arroz do dízimo, e o dízimo da mandioca da vila de Santo André, que creio que tudo é menos do que nos cá dão: e a nós escusar-nos-ia de mandarmos fazer mantimentos, nem têrmos necessidade de ter escravos, e com isto, e com o mais que a casa tem, seria Colégio fixo, porque já tem casas e igrejas e cêrca, em muito bom sítio, pôsto o melhor da terra, de tôda abastança, que na terra pode haver, em meio de muitas povoações de Índios, e perto da vila de Santo André, que é de Cristãos, e todos os Cristãos desejam ir ali viver, se lhes dessem licença. Ali foi a primeira povoação de Cristãos, que nesta terra houve, em tempo de Martim Afonso de Sousa, e vieram a viver ao mar, por razão dos navios, de que agora todos se arrependem, e todavia a alguns deixaram lá ir viver; assim também ensina-se já ali gramática a alguns estudantes nossos, e lição de casos a todos: e, sendo Colégio, largando-se de-todo o cuidado dos meninos da terra, será necessário haver trespassação do Núncio ou de quem o puder fazer, para aquelas vacas, que são dos meninos, ficarem para Colégio nosso, no qual não haverá escândalo nenhum; porque, como se houveram por contemplação do nosso Irmão Pero Correia, todos as teem por dos Irmãos; mas elas, na verdade, a êles foram doadas com umas terras, assim mesmo do Irmão Pero Correia» [1].

As licenças do Núncio de-certo se alcançaram. E Nóbrega, com o parecer de Luiz da Grã, aplicou a Piratininga «tôda a fazenda móvel e de raiz que, havia na Capitania de S. Vicente, que pertencia à Companhia». Estavam incluídas as terras e vacas de Pero Correia.

A casa de S. Vicente ficou a viver de esmolas [2].

Assim se constituíu canònicamente o Colégio de S. Paulo de Piratininga. Neste sentido, pode dizer-se que foi o primeiro do Brasil [3].

Infelizmente, os factos não corresponderam às esperanças, no que toca aos estudantes. Assim como em S. Vicente, com o contacto com os de fora, tinha havido o escândalo dos mamalucos, também em S. Paulo o viverem os meninos em casa de seus pais fêz que êles, ao vir a crise da idade, juntando-se ao pendor da natureza o ambiente ancestral, ainda não purificado, dessem nisto, que refere Anchieta:

«Dos moços (que falei no princípio foram ensinados não só nos costumes cristãos, vida quanto era mais diferente da de seus pais, tanto maior ocasião dava de louvar a Deus e de receber consolação) não queria fazer menção por não refrescar as chagas, que parecem algum tanto estar curadas; e daqueles direi sòmente, que, chegando aos anos da puberdade, começaram a apoderar-se de si, vieram a tanta corrupção, que tanto excedem agora a seus pais em maldade, quanto antes em bondade, e com tanta maior sem-vergonha e desenfreamento se dão às borracheiras e luxúrias, quanto com maior obediência e modéstia se entregavam dantes aos costumes cristãos e divinas instruções. Traba-

---

1. Carta de Grã, *Bras.*, 3 *(1)*, 148; Nóbr., *CB*, 152-155.
2. Vasc., *Crón.*, I, 202.
3. Anch., *Cartas*, 324.

lhamos muito com êles, para os reduzir ao caminho direito, nem nos espanta esta mudança, pois vemos que os mesmos cristãos procedem da mesma maneira » [1].

Como já havia em S. Vicente « moços de fora, que podiam estudar », voltaram para lá os estudos, em 1561.

Luiz da Grã corroborava aquelas informações de Anchieta [2]. A Nóbrega, porém, não pareceu bem a mudança; e explica a defecção dos moços índios com o costume, que tinham os pais, de mudarem de terra, o tempo que lhes dura a casa de palha; e depois mudam para outra, de mais a mais dispersos; e, ao retirarem-se, levam os filhos, ficando êstes longe das vistas dos Padres e da indispensável assistência religiosa. Por isso, a muitos sucedeu o que escreve Anchieta; mas, para alguns, o recuar foi aparente. Não vinham à missa, conclue Nóbrega, porque andando agora nús e, estando habituados com os Padres a andarem vestidos, tinham vergonha [3]. De Roma diziam-lhe que, se a experiência de S. Vicente não desse resultado, restituísse o Colégio a S. Paulo [4].

A-pesar da mudança do Colégio para S. Vicente, ficaram alguns Irmãos estudantes ou noviços em Piratininga e, pelo modo de falar de Anchieta, parece que com êsses continuou a haver estudo de gramática. Como quer que seja, poucos meses estiveram os estudos na vila de S. Vicente.

Faltando os alimentos, antes do fim do ano (em Novembro), se trasladaram outra vez a Piratininga [5]. Com as guerras, que sobrevieram, o grande ataque dos Tupis em Julho de 1562, e o dos Tamóios na costa, acabaram os estudos de gramática em tôda a Capitania. De 1562 em diante, ficou a casa de S. Vicente apenas com o título nominal de Colégio. Finalmente, em 1567, o Visitador Inácio de Azevedo, que assistíra à tomada do Rio de Janeiro por Mem de Sá e examinara os locais maravilhosos da nova cidade, ordenou que o Colégio do sul, quando se reorganizasse definitivamente, teria a sua sede na baía de Guanabara [6].

---

1. Id., *Ib.*, 156.
2. Carta de Grã, *Bras. 3 (1)*, 147.
3. *Bras. 15*, 116-117.
4. *Epp. NN. 36*, 256v.
5. Anch., *Cartas*, 171, 175, 178.
6. Id., *Ib.*, 325.

Nem por isso deixou de haver sempre escola de ler, escrever e contar em Piratininga, que subiria de-novo a Colégio, mas já no século seguinte.

Ainda no século XVI, em 1598, a casa e escola de Piratininga tinha três Padres, um estudante e dois Irmãos coadjutores. Sustentava-se parte com donativos dos paulistas, «por a terra ser abastada», parte com subsídios do Colégio do Rio de Janeiro, «vinho, azeite e farinha para hóstias».

A escola era freqüentada por grande número de alunos [1].

7. — Quanto à doutrinação dos Índios, os Jesuítas, além de missões volantes, inventaram os aldeamentos.

Os Padres e Irmãos da Capitania de S. Vicente cruzaram-na em tôdas as direcções. Não ficaria Aldeia de Índios, tanto na costa, como no campo, que não evangelizassem. Infelizmente, por falta de indicações concretas, não é fácil agora identificar êsses lugares. Só nos ficou o nome daqueles em que aconteceu algum facto digno de especial menção, ou porque nêles residiram os Padres ou os visitaram com regularidade. Não são muitas, nestas condições, as que pertencem à órbita de S. Paulo.

As Aldeias indígenas tinham carácter flutuante, sucedendo que o mesmo núcleo de Índios, assinalados num local, aparecia algum tempo depois em local diverso. É uma das dificuldades para a classificação sistemática das raças indígenas e do seu habitat. Métraux, por exemplo, coloca os Tupinaquins ou Tupininquins na região compreendida, primeiro na costa e depois no mato, entre o Camamu ao norte e o Espírito Santo ao sul [2]. No entanto, nos documentos paulistas aparecem os Tupinaquins, como assaltantes de Piratininga no século XVI. E António Rodrigues, vindo em 1553, ou pouco antes, do Paraguai, por terra, até à costa de S. Vicente, diz: «Y asi me vine aqui, que son cerca de 360 legoas, por unos gentiles llamados Tupinachinas» [3].

Entre os Tupis e Goianases da Capitania de S. Vicente era

---

1. *Bras. 5*, 35v.; Anch., *Cartas*, 424.
2. A. Métraux, *La civilisation matérielle*, 14.
3. Carta de António Rodrigues, *Bras. 3 (1)*, 91v-93v; cf. Serafim Leite, *António Rodrigues, soldado, viajante e jesuíta português na América do Sul, no século XVI*. Ed. da Bibl. Nacional do Rio (1936) 18, em *Páginas*, 135.

comum o nomadismo intermitente. Testemunha-o o P. Luiz da Grã na sua carta inédita de 8 de Junho de 1556:

«O que maior dificuldade nos faz é a mudança contínua desta gente, que não atura em um lugar senão muito pouco. Porque como as casas de terra, que usam, ou de palma, não duram senão até três ou quatro anos, vão fazer outras em outro lugar. E é também a causa, que, acabada uma novidade de mantimentos em uma parte, buscam outra em outra parte, derribando sempre, para isso, matos, como fazem os brancos. O pior é que não se mudam juntos senão espargidos. Isto faz que é necessário gastar o tempo com pouca gente; e esta, quando se gastaram três ou quatro anos com ela, muda-se e perde-se tudo, porque não é gente que persevere, se os deixam; e os moços espargidos seguem a seus pais. São também tão sem cuidados que indo ao mar a fazer sal, demoram-se logo um ano e se vão ao campo, muitos, primeiro que voltem » [1].

Sentiam os Padres a necessidade absoluta de fixar os Índios ao solo para ganharem amor à terra, hábitos de trabalho, e os poderem catequizar.

O Colégio de Piratininga foi, na Capitania de S. Vicente, o grande núcleo fixador, formando-se à sua roda uma série de Aldeias, que vieram a ser mais tarde a melhor defesa de S. Paulo.

Da Aldeia de Maniçoba ou Japiúba, que durou pouco, já falámos; de Mairanhaia há apenas vaga referência, relativa a 1563, em Vasconcelos [2]. Geribatiba ou Jaraïbatiba existia florescente em 1556, assim como Ibirapuera, que neste ano se estabeleceu, e ficava, na opinião de Azevedo Marques, na moderna vila de Santo Amaro [3].

Da vida, que se levava em Geribatiba, deixou-nos descrição desenvolvida o P. Anchieta. Geribatiba tinha o seu assento a duas léguas de Piratininga, a caminho do mar, e ali possuía terras o cacique, amigo dos Portugueses, João Caiubi. Ouçamos Anchieta, escrevendo de Piratininga: «Em Jaraïbatiba, que dista daqui seis mil passos, e de que falámos nas anteriores, vai bem a doutrina cristã. Também aqui vão as mulheres, duas vezes à

---

1. Luiz da Grã, *Bras.* 3 *(1)*, 148v.
2. Vasc., *Crón.*, III, 31.
3. Azevedo Marques, *Apontamentos*, II, 144.

igreja, e não poucos homens. Não faltam entre os Índios, alguns que, calculando bem a conta dos dias, em chegando ao sábado, se acaso se encontram a trabalhar no campo, deixam o trabalho e voltam à Aldeia, para assistir no dia seguinte à missa solene. E o que é mais, nos outros dias, que são de abstinência de carnes, êles se absteem delas, mesmo quando se acham fora da Aldeia. Assim durante a quaresma, vivendo longe dos Irmãos [Jesuítas], quando outros comem carne, êles, dando a razão de que já teem costumes cristãos, se absteem de alimentos proïbidos. [...]. Anda agora entre êles o P. Luiz [da Grã] trabalhando muito na catequese, ali e noutra Aldeia, a dois mil passos dela, onde lança os fundamentos da fé. Visita-os com freqüência, mas a sua residência é em Jaraïbatiba. Depois de instruídos, uniu alguns em legítimo matrimónio. Baptizaram-se muitos inocentes, que foram para o Senhor. Também se tem cuidado em ensinar os meninos » [1].

Tal é o modo típico duma Aldeia do sul, nestes começos. Jaraïbatiba ou Geribatiba não tardou a dispersar-se. Anchieta, vendo perder-se o fruto da catequese, ou parte dêle, pela instabilidade dos Índios, e que êles, ao retirarem-se para outros sítios, entregues a si-próprios, voltavam aos costumes antigos (excepto o de comer carne humana), lançou um olhar para as Aldeias da Baía e ambicionou o mesmo para Piratininga: « Praza ao Senhor que chegue já o tempo desejado, como aconteceu aos da Baía, com cuja conversão se podem os nossos Irmãos consolar; e, entretanto, rogarão a Nosso Senhor pela conversão dêstes » [2].

Estas más impressões de Anchieta são de 1560, vésperas antecipadas do grande ataque em que haviam de tomar parte alguns dos seus próprios discípulos. Mas, vencidos êles em 1562, e vencidos os Tamóios definitivamente em 1567, começou a fir-

---

1. Anchieta, em *Annaes*, XIX, 56. A tradução do Prof. Vieira de Almeida (Anch., *Cartas*, 89-90) é defeituosa. Em geral enfermam de iguais ou maiores deficiências as traduções portuguesas das cartas latinas da Companhia. Confronte quem souber a língua do Lácio o texto das *Litterae Trimestres*, inserto nos *Annaes*, XIX, 56-64, com a versão daquele professor (Anch., *Cartas*, 395-405). Multiplicam-se os dislates, alguns verdadeiramente imprevistos. Urge a revisão e publicação crítica de todos aquêles documentos, tão importantes para a história do Brasil.

2. Id., *Cartas*, 92-97, 166.

mar-se a autoridade dos brancos. E logo os Jesuítas, nas suas peregrinações apostólicas através das Aldeias dos arredores de S. Paulo (a princípio eram 12, diz Anchieta), a uma, duas e três léguas, por água e por terra, começaram a recolher fruto realmente precioso na administração dos sacramentos e conquista das almas [1].

O discorrer por estas Aldeias, assim dispersas, supõe trabalhos heróicos. « Quási sem cessar andamos visitando várias povoações assim dos Índios como de Portugueses, sem fazer caso das calmas e chuvas, grandes enchentes dos rios, e muitas vezes de noite, por bosques mui escuros, a socorrer os enfermos, não sem grande trabalho, assim pela aspereza dos caminhos como pela incomodidade do tempo, máxime sendo tantas estas povoações, estando longe umas das outras, que não somos bastantes a acudir a tão várias necessidades como ocorrem, e, mesmo que fôramos muitos mais, não poderíamos bastar. Ajunta-se a isto que nós, que socorremos as necessidades dos outros, muitas vezes estamos adoentados e, cansados de dores, desfalecemos no caminho, de maneira que apenas o podemos acabar; e assim mais parece que temos necessidade de médico que os mesmos enfermos. Mas nada é árduo a quem tem por fim sòmente a honra de Deus e a salvação das almas, pelas quais não duvidamos dar a vida » [2].

Nestas excursões apostólicas eram constantes os perigos: de cobras, — por exemplo, uma que Anchieta matou e tinha muitos filhos; também de onças — uma que apareceu a um homem « por um caminho perto de Piratininga, por onde sempre vamos e voltamos » [3].

Para Jesuítas, que ponham todo o seu afecto no exercício da religião, a êstes perigos acrescia um, resultante das enormes distâncias e dificuldades de transporte: de vez em quando, faltavam os objectos indispensáveis para o culto, e viam-se privados de celebrar missa por falta de hóstias ou vinho [4].

Os frutos de tão altos sacrificios não se fizeram esperar, não

---

1. Id., *Ib.*, 258, 321 ; *Mon. Borgia*, V, 441 ; Vasc., *Crón.*, II, 11.
2. Anch., *Cartas*, 149.
3. Id., *ib.*, 115, 117.
4. Id., *ib.*, 144.

só para a civilização cristã, mas até para a expansão e unidade geográfica do Brasil: «a maior parte dos Índios, que a armada de Estácio de Sá levou consigo a povoar o Rio, diz Leonardo do Vale, em 1565, são os nossos discípulos de Piratininga, os quais tanto conhecimento teem do amor, com que a Companhia os trata, e trabalha por sua salvação, que, com terem bem que fazer em defender suas casas, e, sabendo que se apregoava grande guerra contra êles, sofreram deixar suas mulheres e filhos, e repartirem-se por favorecer a armada que, sem êles, mui mal podia povoar. E lá andam há seis meses, sofrendo mui grandes trabalhos de dia e de noite, por amor de nós, pelo que devem ser mui ajudados espiritualmente de todos »[1].

Com êste amor dos Índios à Companhia foi possível fixá-los mais à terra. Os Padres continuariam a missionar as Aldeias dispersas; mas, no aldeamento dos Índios, transformava-se em assistência intensiva uma actividade que, sem êle, era por natureza disseminada. Jerónimo Leitão, amigo dos Jesuítas, compreendeu todo o seu pensamento e colaborou na formação dêsses grupos estáveis, concedendo terras aos Índios.

Assim, a 12 de Outubro de 1580, dá-lhas « de hoje para todo sempre », porque « me enviaram a dizer os Índios de Piratininga, da Aldeia dos Pinheiros e da Aldeia de Urarai, por sua petição, que os Índios dos Pinheiros até agora lavraram nas terras dos Padres, por serem Índios cristãos e as ditas terras se vão acabando ». Os Índios de Piratininga esperavam outros Índios que haviam de chegar brevemente do sertão. E, se lhas não desse, « ser-lhes-á forçado irem viver tão longe que não possam ser doutrinados, o que não será serviço de Deus, nem de El-Rei Nosso Senhor, nem proveito dos Portugueses, os quais se defendem com os ditos Índios ».

Jerónimo Leitão deu seis léguas de terra em quadra, para os Índios dos Pinheiros, em Carapicuíba, nas margens do Umbiaçaba, tanto de uma parte como de outra; para os Índios de Urarai deu outras seis, ao longo do rio Urarai, contíguas à sesmaria de João Ramalho »[2].

---

1. *CA*, 450.
2. *Registo Geral da Câmara Municipal de S. Paulo*, I, 354-356 ; *Cartas de Datas de terra*, I (S. Paulo 1937) 21-24 ; Fr. Gaspar, *Memórias*, 223.

A *Informação do Brasil para Nosso Padre* dá conta de que, em 1583, tinham os Jesuítas a seu cargo as duas referidas Aldeias, onde se haviam juntado a maior parte dos Índios que andavam dispersos, cêrca de mil almas, ao todo. A Aldeia de Nossa Senhora dos Pinheiros (Carapicuíba) distava uma légua de S. Paulo; a de S. Miguel de Urarai, duas léguas [1].

O Visitador Cristóvão de Gouveia estêve em ambas no ano de 1585 e os «Índios receberam-no com muita festa», escreve Fernão Cardim. Em S. Miguel, baptizou trinta adultos e, casou «em lei de graça outros tantos» [2]. Por essa ocasião ordenou que morassem em cada Aldeia dois Jesuítas para ajudarem mais de-propósito aos Índios [3]. Por falta de Padres, a ordem não se cumpriu então, continuando a assistência espiritual dos Índios a cargo dos Jesuítas de S. Paulo, que iam lá aos domingos, alternadamente [4].

A vida destas Aldeias seguiu o ritmo habitual até ao fim do século, entrecortada apenas pelo assalto dos Tupinaquins em 1590 e pelas desordens que periòdicamente ali provocavam os brancos. Os colonos iam de vez em quando a estas Aldeias de «goianases» e faziam «desaguisados», na frase pitoresca dos

---

1. Anch., *Cartas*, 424, 316. O P. Francisco de Morais, num certificado que faz em 1674 sôbre estas migrações dos Índios de umas Aldeias para as outras, escreve que «os Índios dantes se tinham mudado da sua Aldeia de Guapiranga para a de Carapicuíba» (Certificado de 25 de Junho de 1674, em Azevedo Marques, *Apontamentos*, I, 204). Segundo Francisco Eugénio de Toledo, os Índios Goianases foram transferidos do Ipiranga para a terra dos Pinheiros por Fernão Dias com o concurso de Anchieta *(História da Independencia do Brasil,* na *Rev. do Inst. Bras.*, 161 (1931) 146). E, com o mesmo concurso de Anchieta, diz Azevedo Marques, se fundou a povoação que deu origem à actual cidade de S. José dos Campos *(Apontamentos,* II, 150-151). Por sua vez, Fr. Agostinho de Santa Maria cita, no *Santuário Mariano*, X, 160, quatro Aldeias fundadas por Anchieta: S. Miguel, Nossa Senhora da Conceição, Nossa Senhora dos Pinheiros, Nossa Senhora do Maruim. Há diversas confusões em todos êstes autores. E em lugar de *Anchieta* deve ler-se *Jesuítas*. Também a êste respeito escreveu J. J. Machado de Oliveira uma *Notícia raciocinada sôbre as Aldeias de Índios da Província de S. Paulo*, na *Rev. do Inst. Bras.*, 8, 2.ª ed., p. 204-254; e dá uma lista delas A. de Alcântara Machado, em *Anch., Cartas*, 343-344. Mas nem um nem outro distingue suficientemente as Aldeias do século XVI das que se criaram em data posterior.

2. Cardim, *Tratados*, 355.
3. *Ann. Litterae 1585*, 141.
4. Carta de Cristóvão de Gouveia, *Bras.* 5, p. 18v; Anch., *Cartas*, 316.

camaristas. Com isso — comunicavam à Câmara de S. Paulo — podia haver mortes e perda para a terra. Determinou, portanto, a Câmara, em 1583, que sem licença do Capitão Jerónimo Leitão não fôsse lá ninguém; e, além disso, que nenhuma pessoa construisse casa nessas Aldeias «nem em seus arrabaldes a menos de duzentas braças». Mas podia pedir licença aos oficiais da Câmara [1].

Sôbre isto houve dares e tomares. O assunto das Aldeias andava intimamente ligado ao da liberdade dos Índios, questão que se tinha vindo insinuando pouco e pouco. A protecção oficial e o mêdo dos próprios Índios aldeados impôs, ao começo, respeito aos cobiçosos do trabalho alheio. Esta magna questão havia de assumir, no século seguinte, proporções trágicas. Entretanto, percebia-se já que o vulcão lavrava no subsolo. Atiçavam-no elementos, na sua maioria, adventícios.

Em todo o caso, durante o século XVI, os Paulistas, tirando alguns arrufos de momento, permaneceram fiéis e unidos aos fundadores da sua terra [2].

8. — Os trabalhos dos Jesuítas em S. Paulo, tanto com os Índios como com os brancos, tiveram carácter de compenetração, mais acentuado do que noutras partes, pelo facto de serem êles

---

1. *Actas da Câmara Municipal de S. Paulo*, I, 211.
2. Escreve Azevedo Marques de José Ortiz de Camargo, filho de espanhóis: «Exerceu na vila de S. Paulo todos os cargos da república, desde 1580 até 1614, tomando parte activa nas primeiras demonstrações contra os Padres da Companhia de Jesus» *(Apontamentos*, II, 35). Alonso Pérez também se pode considerar o cabecilha na recusa em cumprir ordens do Capitão-mor, quando êste, por determinação superior, ordenou que se entregassem aos Padres as Aldeias dos Índios mansos. Cf. Taunay, *S. Paulo nos primeiros annos (1554-1601)* (Tours 1020) 77. Notemos que a grande questão dos Índios foi com os que estavam sujeitos aos Jesuítas espanhóis, e que a crise paulista foi também motivada pela intervenção do P. Taño, igualmente estrangeiro. Êste assunto da liberdade dos Índios requere estudo à parte, que faremos no Tômo II. Na sua fase aguda, não pertence ao século XVI. Mas recordemos, desde já, o que diz Afonso de E. Taunay, o homem que melhor conhece a história paulista, vincando a diferença entre a colonização portuguesa e espanhola e a sua aplicação a S. Paulo, onde se infiltrou tanta gente castelhana. A verificação histórica dêste facto explica muita coisa. Só no fim do século XVII, conclue Taunay, é que o laivo castelhano se dissolveu no bom senso e pacatez lusitana *(Bandeiras Paulistas*, I, 49).

os próprios fundadores. O Colégio era o centro de tôda a vida civil e social. E, ainda depois de se estabelecer em 1560 o Município, continuou a sê-lo por muito tempo.

Os negócios importantes da Câmara, apregoavam-se, ainda em 1585, «ao sair da missa o povo, junto da igreja de S. Paulo[1]. O Colégio era o refúgio de todos nas calamidades públicas, o dispensário geral nas epidemias como a que assolou S. Paulo em 1561 (câmaras de sangue e bexigas)[2]. No começo, os Padres fizeram de clínicos; e não só no começo: indo os Piratininganos socorrer a armada do Rio, foram também os «barbeiros». Encarregaram-se os Padres da cirurgia empírica do tempo (flebotomia)[3].

Em 1560, passou por S. Paulo um grande tufão, «depois do sol pôsto». Luiz da Grã e Manuel de Chaves percorreram a vila, «visitando todos, para saber se havia acontecido algum desastre com a caída das casas»[4].

Mais tarde, no dia 4 de Novembro de 1574, havia de causar estragos uma chuva de granizo do tamanho dum punho e algum de «dois punhos»[5].

Tôda a gente se vinha prover na botica do Colégio. Remédios da terra; remédios de Portugal. O Colégio dava-os. E o povo reconhecia «o grande cuidado que se tem com tôdas as suas necessidades assim espirituais como temporais»[6].

A Câmara de S. Paulo, numa representação ao Capitão-mor Estácio de Sá (um dos signatários era António de Mariz, o do *Guarani*), escreve o bem que os Jesuítas faziam às almas. Convertiam muitos Índios, que se faziam cristãos, e diz: «o mosteiro de S. Paulo é uma das coisas melhores que há nesta terra»[7].

Pelo que toca à vida espiritual, a-pesar das dificuldades dos primeiros tempos, já havia, em 1560, alguns bons cristãos e mui-

---

1. *Actas da Câmara Municipal de S. Paulo*, I, 265.
2. Anch., *Cartas*, 173; Vasc., *Crón.*, 116.
3. *CA*, 431. Sôbre estas sangrias, médicos, doenças e remédios, cf. Alcântara Machado, *Vida e morte do Bandeirante* (S. Paulo 1929) 95ss.
4. Anch., *Cartas*, 150-153.
5. António de Matos, *Prima Inst.*, 30; *Fundación del Rio de Henero*, 59 (138): «como bolas de iugar».
6. *CA*, 431.
7. *Actas da Câmara Municipal de S. Paulo*, I, 44.

tos dêles se confessavam e comungavam cada domingo ; e era notável a assistência aos sermões e ofícios divinos[1].

Como em tôda a parte, os ministérios dos Jesuítas em S. Paulo tinham uma feição prática: luta contra a antropofagia, luta contra a superstição, luta contra a mancebia e todos os abusos. Fomentava-se a união do povo e das famílias, aprimorava-se o culto, ensinavam-se cânticos, organizavam-se associações. Os Jesuítas serviam-se de métodos directos; aprendiam a língua brasílica e sistematizavam-na em moldes científicos; ensinavam à indústria os primeiros passos, em especial à agrícola e pastoril; utilizavam os recursos da terra, aclimatando plantas de outros continentes; e faziam de tudo isto elemento ou pretexto para a catequese. Citemos alguns factos mais característicos, do seu apostolado, como pontos de referência, que insinuem a linha geral da actividade jesuítica, na sua qualidade de religiosos pròpriamente ditos.

Comecemos por um facto, sucedido em 1573, que deve ficar histórico nos anais da vida religiosa de S. Paulo.

Até esta data, não havia o Santíssimo Sacramento na vila, fora do Santo Sacrifício da Missa. O Provincial, visitando Piratininga neste ano, ordenou que se conservasse de modo permanente. E « fica-lhes agora companheiro naquele deserto »[2].

Para cultivar a piedade dos fiéis instituíram os Jesuítas em 1583 uma cerimónia, ao mesmo tempo singela e brilhante, que seduziria Chateaubriand. Foi a festa ou Bênção das Rosas, que só nesta terra germinam, diz o cronista Anchieta. Inaugurou-se a Congregação de Nossa Senhora do Rosário com grandes festas. Depois da missa solene houve procissão. Os assistentes iam coroados de rosas bentas e outras flores. O sacerdote levava debaixo do pálio de sêda uma linda imagem de Nossa Senhora, tôda igualmente circundada de rosas escarlates[3].

Ter-se-ia perdido a lembrança desta suave *Bênção das Rosas*?...

As Capitanias do sul governavam-se, em geral, por um superior comum; e foram-no durante algum tempo Nóbrega,

---

1. Anch., *Cartas*, 150-153.
2. Oliveira, *Anual do Rio de Janeiro*, 37.
3. Anch., *Bras. 8*, 5v-7.

Luiz da Grã, Anchieta. Possuía, além dêste, um superior local, permanente. Os catálogos mencionam os seguintes nos anos respectivos: Vicente Rodrigues (1567), Adão Gonçalves (1574), João Salónio (1584-1586), Pedro Soares (1589), Gabriel Gonçalves (1598), Martim da Rocha (1600), Manuel de Oliveira (1601). Antes de Gabriel Gonçalves, foi também superior o P. Francisco Soares durante 2 anos [1].

Em Piratininga estiveram todos os grandes Jesuítas do século XVI: Nóbrega, Anchieta, Grã, Beato Inácio de Azevedo, Fernão Cardim, Cristóvão de Gouveia, Tolosa, Beliarte, António e Pero Rodrigues. Às vezes a sua entrada era acompanhada de festivas demonstrações. Da do Visitador Gouveia, deixou-nos Cardim elegante notícia. Os principais homens da cidade vieram recebê-lo, a três léguas da vila. «Todo o caminho foram escaramuçando e correndo seus ginetes, que os teem bons, e os campos são formosíssimos, e assim, acompanha-

---

1. *Bras. 5*, 39. Aquêle Padre Martim da Rocha, natural de Coimbra, passou os últimos anos da vida em Piratininga, onde faleceu, de idade avançada, no biénio de 1616-1617 *(Bras. 8,* 222v). O catálogo de 1613 dá-o, nesta data, com 70 anos, e que fôra ministro e procurador durante 10 anos nos Colégios da Baía e Rio de Janeiro *(Bras. 5,* 102). Era Professo de 3 votos, que fêz em S. Roque, Lisboa, dia 18 de Janeiro de 1572, pouco antes de embarcar para o Brasil, cuja viagem descreve, numa carta ainda inédita de Setembro de 1572 (BNL, fg, 4532, f. 34v).

No ano em que foi Superior de Piratininga, escreveu três cartas ao P. Geral, em que fala de si próprio e das graças espirituais que recebia, umas *visitas de Nosso Senhor*. A duração destas visitas não sei quanto será, o que sei, dizia, é que nos anos passados, quando Nosso Senhor me tornava a visitar, duravam as tais visitas às vezes um ano, às vezes seis meses, e outras vezes menos tempo, mas sempre de minhas faltas procedia a carência delas» (De Piratininga, 12 de Julho de 1600, *Bras. 3 (1),* 175-176; cf. *Bras. 8,* 141-151). Mais tarde, em 1613, torna a escrever ao P. Geral uma carta, que tem a particularidade de assinalar no Brasil a devoção a Santo Inácio de Loiola, como advogado de partos difíceis. Possuía êle uma assinatura do Santo, que arranjou em Coimbra, quando ali estêve, diz êle, com o P. Pero Dias, mártir, que «era procurador-mor e eu procurador pequeno», o qual deixou uma patente em pergaminho, dada em Roma pelo Fundador da Companhia. Ora, sabendo que em Roma a assinatura do Beato Inácio fazia tais graças, começou a aplicá-la no Rio de Janeiro. Conta vários sucessos desta natureza e conclue: «nesta Piratininga, onde ao presente estou, tôdas as mulheres prenhes, parem muito bem, aplicando-lhes esta relíquia e é mui buscada para êsse efeito», Carta de Martim da Rocha ao P. Geral, de Piratininga, 3 de Junho de 1613, *Bras. 3 (1),* 198; cf. *Bras. 8,* 141-151.

dos com alguns vinte de cavalo, e nós também a cavalo, chegámos a uma cruz, que está situada sôbre a vila, adonde estava prestes um altar, debaixo de uma fresca ramada, e todo o mais caminho feito um jardim de ramos. Dali levou o P. Visitador uma cruz de prata dourada com o Santo Lenho e outras relíquias, que o Padre deu àquela casa. E eu levava uma grande relíquia dos Santos Tebanos. Fomos em procissão até à igreja com uma dança de homens de espadas, e outra de meninos da escola. Todos iam dizendo seus ditos às santas relíquias. Chegando à igreja, demos a beijar as relíquias ao povo. Ao dia seguinte, disse o Padre Visitador missa, com diácono e sub-diácono, oficiado em canto de órgão pelos mancebos da terra. Houve jubileu plenário, confessou-se e comungou muita gente. Prèguei-lhes [é Cardim quem fala, e o dia era 25 de Janeiro de 1585] da conversão do Apóstolo. E em tudo se viu grande alegria e consolação no povo »[1].

Como fêz Cardim, prègaram mais ou menos todos os Padres que passaram por S. Paulo. E prègaram muito, como aquêle incansável Padre Luiz da Grã, que falava, por dia, três, quatro e cinco vezes, repartindo «o pão da doutrina aos famintos»[2]; e o Ven. P. Anchieta, «que é muito doente, mas da sua muita caridade tira fôrças para servir ao Senhor, que lhas dá, com muitas freqüentes prègações de que se teem ajudado mui de-veras os moradores dali»; e seus companheiros o ajudam com farto trabalho, tanto que foi preciso recomendar que houvesse moderação[3].

A estas canseiras e desvelos como correspondiam os piratininganos?

«Nesta terra não se podem mover sem os nossos», escrevia Gonçalo de Oliveira em 1573[4]; e, dez anos depois, os Nossos são «muito amados de tôda aquela gente, Índios e brancos»: «quási filhos e feitura da Companhia»[5].

S. Paulo tinha então 120 fogos de moradores brancos, que nem sempre se entendiam entre si. Um facto, repetido com fre-

---

1. Cardim, *Tratados*, 354.
2. Anch., *Cartas*, 152; *CA*, 482.
3. Ordinationes, *Bras.* 2, 42v.
4. Oliveira, *Anual*, 37.
5. Carta de Cristóvão de Gouveia, *Lus. 69*, 131-131v; Anch., *Cartas*, 224.

qüência nas *Cartas Ânuas*, é a habilidade e eficácia dos Jesuítas para congraçar desavindos[1].

Tudo isto junto criou aquêle *nescio quid* de mais virtude, devoção e afeição à Companhia, de que fala Anchieta. E dava a razão: «porque também a vida do P. Leonardo Nunes era muito exemplar e convertía mais com obras que com palavras»[2]. Esta razão do exemplo pode-se generalizar com justiça aos demais Padres. Não houve aqui outro clero senão êles durante quási 40 anos. Os Jesuítas eram mestres catequistas e párocos. Todos os trabalhos próprios dos Vigários — baptizar, confessar, casar e enterrar — estavam a seu cargo, e o faziam «por caridade»[3].

Os Paulistas não queriam outros vigários, testemunham o mesmo Anchieta e Fernão Cardim, em 1585. Foi preciso que os Jesuítas tomassem a iniciativa de proporem a sua vinda. E propuseram-na, porque a Companhia, a-fim-de ficar mais livre para a catequese, ensino e missões, não pode assumir, em virtude do seu Instituto, o múnus paroquial. Dentro da administração eclesiástica é necessário dirimir certas questões ou impor multas. Emquanto exerceram os Jesuítas o ofício de Vigários, havia (para se mostrar em tudo a sua isenção) um ouvidor, homem leigo, nomeado expressamente pelo Administrador do Rio de Janeiro, que tomava conhecimento de tais negócios. Dá notícia da existência dêste ouvidor o P. Gouveia em 1584[4]. Os Jesuí-

---

1. *Annuae Litt. 1597*, p. 498; Fernão Guerreiro, *Relação anual*, I, 386; Pero Rodrigues, *Anchieta* em *Annaes*, XXIX, 236-237.

2. Anch., *Cartas*, 315.

3. Id., *ib.*, 321. Várias *Cartas Ânuas* trazem a lista dos ministérios umas vezes englobados com os de Santos (*Ann. Litt. 1589*, 470); outras separadamente (*Ann. Litt.*, *1584*, 144; *1588*, 322; *1589*, 470; *Bras. 15*, 376v (1591) e 381 (1592). Em 1592, a administração dos sacramentos em Piratininga pelos Padres da Companhia foi: 2.250 confissões; 1.250 comunhões; 90 baptismos; 10 casamentos. Muitos documentos dos primeiros tempos falam de baptismos de crianças e de adultos *in extremis* (Anchieta, *Cartas*, 149). Dos que se enterravam na igreja do Colégio conservam-se alguns letreiros. Eis o de Afonso Sardinha, bemfeitor do mesmo Colégio:

NON IACET ALPHONSUS CONIUXVE HIC: SURGIT IN ASTRA
QUI CADIT AD PLANTAS, GRATA MARIA, TUAS.

Cf. António de Toledo Piza, *A Egreja do Collegio da Capital do Estado de São Paulo*, na *Rev. do Inst. Bras.*, 59, 2.ª P., p. 81.

4. Carta de Cristóvão de Gouveia, *Lus. 69*, 131v.

tas apontaram, desde 1576, a situação especial de párocos em que se encontravam em S. Paulo. Indo a Roma, como procurador do Brasil, o P. Gregório Serrão, expôs no seu Memorial que em «Piratininga está uma vila de brancos e por não ter pároco exercitam os Padres êste ofício e por esta causa se enterram na nossa igreja os daquela vila». A resposta do Geral foi: «Já que ali há Portugueses, os Nossos devem fazer que êles tenham o seu pároco, nomeado pelo Bispo». Lêmos, à margem, com outra letra: «já o teem»[1].

Êste *já o teem* deve ser posterior a 1591. No dia 31 de Agôsto dêsse ano foi a S. Paulo o Vigário de Santos, Jorge Rodrigues, e apresentou o Vigário Lourenço Dias Machado, com carta comendatícia do Administrador Eclesiástico do Rio de Janeiro. A Câmara que, já desde 1588, reconhecera a necessidade de ter pároco próprio, aceitou a apresentação no dia seguinte e resolveu edificar a igreja paroquial à custa do povo[2].

A igreja não se construíu logo ou andava em obras no dia 15 de Julho de 1599; neste dia Maria Álvares, fazendo o seu testamento, «pedia que o seu corpo fôsse enterrado na igreja dos Padres da Companhia, que ora serve de matriz»[3].

A Ânua de 1597, falando da Capitania de Santos e Piratininga (notemos esta toponímia singular) reflecte a mesma satisfação antiga. Nestas duas casas os Padres «são tão queridos que os moradores nada fazem de importância sem os consultar, *ita ab oppidanis in deliciis habentur ut ipsis inconsultis nullum prorsus lapidem moveant*»[4]. É o caso do Recolhimento de Nossa Senhora da Luz. Querendo um morador, Domingos Luiz, o carvoeiro, deixar renda certa para o culto da primitiva capela, determinou que o administrador fôsse da sua geração, mas «o que parecesse melhor à justiça ordinária e ao Superior do Colégio de S. Paulo do nome de Jesus»[5].

---

1. Ordinationes, *Bras.* 2, 24; *Lus. 69*, 131-131v; Carta de Anchieta, *Bras. 8*, 5v-7; Vasc., *Crón.*, II, 12, 84.

2. *Actas da Câmara Municipal de S. Paulo*, I, 425-426; *Registo Geral*, I, 30-31; Taunay, *S. Paulo nos Primeiros Annos*, 48 ss.

3. *Inventários e Testamentos*, I (S. Paulo 1920) 195.

4. Annotationes Annuae Provinciae Brasiliae Anni Domini 1597, *Bras. 15*, 431.

5. Azevedo Marques, *Apontamentos*, II, 129.

Termina o século, ou entra o seguinte, com esta informação do Provincial Pedro Rodrigues, que passou em S. Paulo a Páscoa de 1600. Era ali Superior o P. Martim da Rocha. O Provincial mandou que ficasse o P. Manuel de Oliveira, por ser bom prègador, em atenção ao Governador Geral. Achou a todos, Padres e Irmãos, «com boa disposição, ocupados em ajudar ao próximo com nossos ministérios com edificação; os quais exercitam, assim com a gente ordinária da terra, como com a que lá tem consigo o Governador Dom Francisco de Sousa, que anda agora por aquelas partes, por ordem de Sua Majestade, sôbre as minas de prata e ouro. Está o Governador muito bem com os Padres e muito edificado da virtude de todos». E como Dom Francisco de Sousa anda pela terra dentro, «contra as bandas do Peru», pode ser que, fazendo-se novas povoações, se venham os Índios «também chegando para nós, convidados com as pazes e bom tratamento de Sua Senhoria»[1].

Era o alargamento material e espiritual do Brasil que andava no pensamento de todos...

---

1. Cartas de Pero Rodrigues, Baía, 19 de Dezembro de 1599, *Bras. 15*, 473, e 29 de Agôsto de 1600, *Bras. 3 (1)*, 170.

CAPÍTULO VII

Ao sul de S. Vicente

1 — Os Jesuítas em Itanhaém; 2 — Em Iguape; 3 — Na Cananeia; 4 — Entre os Carijós; 5 — Missão dos Padres João Lobato e Jerónimo Rodrigues.

1. — Um dos ministérios dos Padres Jesuítas de S. Vicente era a visita às povoações da costa. Chegaram, no século XVI, até ao sul do Estado actual de Santa Catarina; de tôdas estas povoações, aquela, onde haviam de ter com o tempo mais influência, foi Paranaguá, que possuíu Colégio e Seminário. Mas, no século XVI, só estiveram ali de passagem, como aliás em tôdas as demais vilas ao sul de S. Vicente.

A primeira destas vilas é Itanhaém e, diz Benedito Calixto, que foi fundada por Martim Afonso de Sousa em 1532; todavia, afirma Pôrto Seguro que a fundou Tomé de Sousa em 1553. Fala-se, de-facto, numa Aldeia dos Itanhaéns, um pouco ao sul da vila actual. Por Itanhaém passaram os primeiros Padres, Leonardo Nunes, Manuel da Nóbrega, Anchieta, Luiz da Grã, e mais tarde, em 1567, o Beato Inácio de Azevedo [1], e, em 1585, o Visitador Cristóvão de Gouveia, etc. [2].

O documento explícito mais antigo, que se refere aos trabalhos dos Jesuítas em Itanhaém, é com data de 1561; e diz Anchieta que êles não residiam na povoação, mas acudiam lá, com fruto [3]. O próprio Anchieta passou em Itanhaém a quaresma de 1563, antes de ir a Iperoig com Manuel de Nóbrega [4]. Foi nessa

---

1. *CA*, 482.
2. Cardim, *Tratados*, 357-358.
3. Anch., *Cartas*, 169.
4. Id., *Ib.*, 189.

estada, que sucedeu a conversão e morte do velho, que se dizia ter 130 anos, narrada por Simão de Vasconcelos. O qual conta igualmente o seguinte episódio, referido ao tempo em que Anchieta foi Superior da Capitania de S. Vicente (1569-1576): «Achava-se Joseph na igreja da Conceição de Itanhaém, cujo devotíssimo era. Queixavam-se-lhe os mordomos da confraria que não havia azeite». Diziam que a botija estava vazia; Anchieta mandou que a tornassem a ver e encontraram-na cheia [1].

Já antes de Vasconcelos, conta Pero Rodrigues «outros casos *que na praia de Itanhaém aconteceram*», sendo êste o próprio título do capítulo 12 da *Vida de Anchieta* [2].

Também, naquele mesmo ano de 1563, Nóbrega, depois da volta de Iperoig, fêz em Itanhaém as pazes entre os Tamóios de Cunhambeba e os Índios Tupis, discípulos dos Jesuítas. «O P. Nóbrega os fêz ajuntar a todos na igreja, onde se falaram e abraçaram e ficaram grandes amigos» [3].

As visitas dos Padres de S. Vicente não cessaram nunca à vila de Itanhaém e às Aldeias próximas, que eram pelo menos duas, em 1584: «da outra banda do rio, como uma légua tem duas aldeias pequenas de Índios cristãos» (S. João de Peruíbe?) [4].

Nesse tempo a vila não possuía vigário e teria 50 moradores: «Os Padres os visitam, consolam e ajudam no que podem, ministrando-lhes os sacramentos por sua caridade», diz Fernão Cardim [5].

Não só os Jesuítas, mas todos os Portugueses da Capitania eram sumamente devotos de Nossa Senhora da Conceição, de Itanhaém. Concorriam para a sua confraria com esmolas, incorporavam-se nela, faziam-lhe visitas, não a esqueciam nos seus testamentos. Passando por ali, em 1605, os Padres João Lobato e Jerónimo Rodrigues, indo para os Carijós, entregaram ao «mordomo de Nossa Senhora uma esmola de azeite e uma guarda rica com um rosário de cristal, cujos extremos e cruz eram de oiro,

---

1. Vasc., *Anchieta*, 139.
2. Pero Rodrigues, *Anchieta* em *Annaes*, XIX, 21. *O Santuario Mariano*, X, 123-128 repete e amplia aquêles casos.
3. Anch., *Cartas*, 224; Vasc., *Crón.*, III, 31.
4. Anch., *Cartas*, 320.
5. Cardim, *Tratados*, 357-358.

que lhe mandou um João de Alvarenga ». Tiveram um desgôsto. Porque, dizem êles, « foi o mordomo de tal condição que, por mais que lhe pedimos pusesse aquêle rosário ao pescoço da Senhora, pera nossa consolação e pera testemunho de lhe ser oferecido, nunca o pudemos acabar com êle; e mais trazendo o Padre Provincial Fernão Cardim esta esmola a seu cárrego, que por nós virmos por ali, e êste estar de pressa, a não trouxe » [1].

Nesta data, já Itanhaém possuía vigário, o P. António Fernandes, que fôra da Companhia [2].

Os ministérios dos Jesuítas em Itanhaém e arredores, durante o século XVI, consistiam em missões mais ou menos prolongadas, feitas pelos Padres de S. Vicente e de Santos [3].

Tais missões produziam fruto, que a tradição avultou com o tempo, sobretudo no que se refere a Anchieta. E com perfeito fundamento, neste caso, porque foi êle, não há dúvida, o principal apóstolo da praia de Itanhaém a que chamava « o seu Peru, pelo rico minério de almas que nêle achava para salvar, entre Índios e Portugueses » [4].

As primeiras relações dos Jesuítas com Itanhaém, teem andado obscurecidas. Sendo tão grande a sua influência, mal podem crer os historiadores que nunca ali morassem com residência estável.

Benedito Calixto escreve: « Logo que chegaram os primeiros Jesuítas em 1549, foram ali residir [em Itanhaém] entre os indígenas e os colonos, antes de fundarem o Colégio de Piratininga; e deram imediatamente começo às obras da Igreja e estabelecimento do Colégio, florescendo a povoação até o ano de 1561 ». Calixto chegou a aventar a ideia de haver casa professa em Itanhaém antes de 1553. E o próprio Teodoro Sampaio, geralmente tão seguro, diz que os Padres da Companhia possuiam em

---

1. *Bras. 15*, 74.
2. *Ib.*, 76v. Foi despedido em 19 de Julho de 1603. Dizia o Catálogo de 1598: « Antonius Fernandes, ex Portu Securo, dioceseos Ianuariensis, annorum 27, firma valetudine, admissus in societatem anno 1587, studuit Grammaticae annos fere quinque, scit Brasilice. Studet casibus conscienciae », *Bras. 5*, 37.
3. Cf. Oliveira, *Anual*, 39.
4. Pero Rodrigues, *Anchieta*, em *Annaes*, XXIX, 239.

Peruíbe, desde 1559, «igreja e noviciado e serviço de catequese entre os Carijós»[1].

Os documentos históricos não justificam tais afirmações. Em Itanhaém ou Iperuíbe nunca houve Colégio, casa professa ou noviciado da Companhia, nem residência fixa dos Padres em todo o século XVI[2].

2. — Um pouco ao sul de Itanhaém, fica a vila de Iguape. Da estada dos primeiros Jesuítas nela não se conservou memória explícita. Passou por lá com certeza o P. Leonardo Nunes, quando foi recolher as senhoras castelhanas naufragadas no «Rio dos Patos». Também por ali passaram os irmãos Pedro Correia, João de Sousa e Fabiano de Lucena, na sua ida para os Carijós[3].

Pouco depois dêstes factos, entrou na Companhia Adão Gonçalves. Trazia êle certa questão com um procurador seu. Encarregara-o de requerer algumas terras em Iguape e o procurador pediu-as para si. Nóbrega, escrevendo de S. Vicente em 1561 expõe o caso ao P. Francisco Henriques, Procurador do Brasil em Lisboa, nos seguintes têrmos: «Um irmão novo en-

---

1. Teodoro Sampaio, *Peregrinações de Antonio Knivet no Brasil no seculo XVI*, in *Rev. do Inst. Bras.* Tômo especial, 1914, Parte 2.ª, p. 366; Benedito Calixto, *A Villa de Itanhaem* (Itanhaém 1895) 17; id., *Os primitivos aldeamentos indigenas e indios mansos da Itanhaem*, in *Rev. do Inst. de S. Paulo*, X, 488-505; id., *Capitania de Itanhaem*, na *Rev. do Inst. de S. Paulo*, XX, 401-744; Liberato da Costa Fontes, *Impressões de Itanhaem* (Jaboticabal 1926) 23 ss., que reproduz as asseverações de Calixto.

2. Pela atmosfera de Anchietísmo, em que se acha envôlta, visitámos a vila de Itanhaém no dia 25 de Maio de 1934. A povoação conserva hoje, como poucas terras do Brasil, o seu aspecto colonial, com as casas voltadas para o areal rectangular onde se levanta a igreja.
Nada ali recorda concretamente a passagem dos Jesuitas senão três imagens que se veneram na matriz, uma de Ecce-homo, outra de Nossa Senhora da Conceição, a que o vulgo chama «A Virgem de Anchieta», e a de S. João Baptista. Afiançou-me o Snr. Dr. José Mendes Júnior, morador da terra, meu guia amável nesta romagem, que era tradição, terem vindo estas imagens de Iperuíbe, onde os Jesuitas possuiam casa e onde hoje existem algumas ruínas do século XVIII. Também na igreja do convento de S. Francisco, no morro que domina a vila de Itanhaém, se admiram três curiosos vitrais modernos, obra de Benedito Calixto, melhor pintor do que historiógrafo, com a efígie dos Padres Leonardo Nunes, Manuel da Nóbrega e José de Anchieta.

3. *Rev. do Inst. de S. Paulo*, 20, p. 600.

trou agora na Baía, que tem nesta Capitania boa fazenda, e não tem mais que um filho, que lhe aquí temos, o qual êle deseja que também sirva a Nosso Senhor, e que fique tudo a êste Colégio de São Vicente. Êste deixou encomendado aqui ao seu procurador que lhe pedisse uma terra para trazer seu gado, mas, como são amigos do mundo, pediu-a para si. Aqueixando-me eu disto ao Capitão, o qual nos é afeiçoado e devoto, me aconselhou que mandasse pedir a Martim Afonso nesta forma: que a desse, se a podia dar por direito, e que êste que a tem não a pode agora, nem dentro do tempo da sesmaria, aproveitar, por estar longe daqui, adonde se não permite ninguém morar, por temor dos Índios; mas se fôr nossa, assim por rezão, porque não se perderá por não fazer bemfeitura, pois temos alvará para isso, como porque poderemos lá logo trazer o gado, pois nos é lícito andar entre os Índios, nos ficará esta terra pera as criações do gado do Colégio, porque a melhor cousa de que cá se pode fazer conta pera renda dos Colégios é criações de vacas que multiplicam muito e dão pouco trabalho; porque ater-se tudo a El-Rei não sei quanto durará ou se bastará para manter tanta gente como a conversão de tanta gentilidade requere. E o mesmo aviso se deverá dar à Baía, ao P. Luíz da Grã, para que acrescente e não diminua a criação de gado, que lá deixei. E a terra, que há-de pedir a Martim Afonso é esta, *nempe*: ao longo do mar do Rio de Iguape até o Rio de Ibaí, légua e meia pouco mais ou menos, da costa, e pera o sertão 3 ou 4 léguas. E se Martim Afonso fôr propício, podem pedir mais, *nempe*, do Rio de Iguape três ou quatro léguas, ao longo do mar, e outras tantas pera o sertão de largura, e se fôr caso que esta seja dada, que nos encham esta dada ao diante, donde não estiver dado »[1].

Aquêle capitão afeiçoado aos Padres era Francisco de Morais. Talvez houvesse dificuldades na combinação proposta por Nóbrega, porque não achamos o documento comprobatório de que fôssem restituídas ou dadas aquelas terras ao Ir. Adão Gonçalves. O seu filho chamava-se Bartolomeu e entrou, de-facto, na Companhia, mas faleceu ainda estudante em 1576, quando o pai, já sacerdote, era Superior de S. Paulo[2].

---

1. *Bras. 15*, 114v.
2. Vasc., *Anchieta*, 143-144.

A Iguape iam de vez em quando os Padres de S. Vicente ou de Santos. E faziam ministérios os que seguiam para Cananeia ou Carijós. Assim é que, em 1605, administraram ali os sacramentos os Padres João Lobato e Jerónimo Rodrigues. Iguape era então «uma povoaçãozinha de brancos, que nos agasalharam muito bem», dizem êles [1].

3. — Na Cananeia também estiveram os Jesuítas no século XVI. Os primeiros foram os que passaram por Iguape e pelos mesmos motivos [2].

Passaram outros e é notável que um documento oficial dos princípios do século XVII chame aos Jesuítas «os fundadores desta povoação».

No dia 31 de Outubro de 1601, estavam em Cananeia os Padres Agostinho de Matos e um companheiro seu. O Capitão Diogo de Medina, com os oficiais e moradores, foram buscar sítio para «fundar a *vila*». No sítio, assim escolhido, deram posse ao P. Agostinho do Matos «de umas terras para os Reverendos Padres fazerem as suas casas, quintais e mosteiro». «Os quais ditos oficiais, capitão e mais povo, por muitos respeitos, pelos Reverendos Padres fazerem muito serviço a Deus e às nossas almas e *serem êles os fundadores desta povoação nos seus princípios* e acharem-se sempre nos trabalhos dela e, por sermos todos contentes, lhas concedemos» [3].

Os Padres João Lobato e Jerónimo Rodrigues, fizeram escala na Cananeia. E com demora, a pedido de Diogo de Medina, por não haver vigário. Chegaram no domingo de Ramos, 4 de Abril de 1605. «Acabada a missa [que êles disseram ainda em Iguape ou perto dali] fomos por um rio abaixo até Cananeia, que são 12 léguas, ficando da banda do mar esta ilha de 12 léguas, muito baixa; e contudo, de dentro dela sai um rio de água doce, ao mar, que é coisa maravilhosa». É a *Ilha Branca* do

---

1. *Bras. 15*, 75.
2. Anch., *Cartas*, 74-78, 80-83; Vasc., *Crón.*, I, 170-177.
3. O documento é assinado por Manuel Álvares, escrivão, Jorge Martins, André Alves, Martinho da Costa, Capitão Diogo de Medina. Viu-o, no cartório da Tesouraria da Fazenda de S. Paulo, Azevedo Marques, que o transcreve nos seus *Apontamentos*, I, 84.

«Diário de Navegação» de Pero Lopes de Sousa ou *Ilha Comprida*, como actualmente se chama.

Em Cananeia foram recebidos com grandes demonstrações de regozijo. Assinalaram-se sobretudo «o senhor Diogo de Medina, que de todos é tido por um homem mui honrado, mas está mui pobre». E a «pobreza faz muitas vezes não poderem os amigos fazer quanto desejam a seus amigos; e Jorge de Ramos, o mais antigo morador da Cananeia, também mui honrado velho; e êste era o que nos sustentava todo o tempo, que ali estivemos, por estar junto da igreja, na povoação, que Medina está em uma ilha dali a uma légua».

«Não se pode bem descrever a alegria que aquela pobre gente sentiu com a nossa chegada, o amor que todos geralmente nos mostravam, por haver muito tempo que se não tinham confessado, assim por não terem a quem, como por alguns andarem homiziados por algumas mortes. E a todos, com o favor divino, consolámos, confessámos e comungámos, dia de Páscoa, e todo o tempo que ali estivemos».

Tôda esta alegria era temperada pela grande penúria da terra, «por causa dos ratos, que tudo lhe tinham destruído. E até as cascas de algumas raízinhas comiam os pobres, deixando muitas vezes de comer por no-lo dar. Deus Nosso Senhor lhes pague quanta caridade ali nos fizeram».

Ao mesmo tempo, prepararam os Padres canoa e o mais necessário para a viagem, seguindo, passados três meses, para Paranaguá e Laguna dos Patos, a caminho dos Carijós [1].

4. — Os Carijós viviam ao sul da Capitania de S. Vicente, «como oitenta léguas», diz Fernão Cardim [2]; e Fernão Guerreiro acrescenta que seguiam dali «até o Rio da Prata onde se termina o Brasil» [3]. Métraux, modernamente, guiado por documentos de origem portuguesa e espanhola, situa-os entre a Barra da Cananeia e o Rio Grande do Sul [4].

---

1. *Bras. 15*, 75-78.
2. Cardim, *Tratados*, 198.
3. Fernão Guerreiro, *Relação Anual*, I, p. 384.
4. Au seizième siècle les Guaranis étaient établis sur toute la côte de l'Atlantique depuis la Barra de Cananeia jusqu'à Rio Grande do Sul. — A. Métraux, *La civilisation matérielle*, p. 35.

Foi com esta gente que se deu a primeira intervenção dos Jesuítas a favor dos Índios do Brasil, Índios «que estão além de S. Vicente, o qual todos dizem que é o melhor gentio desta costa». O motivo desta intervenção foi que, indo lá um navio, aprisionara, por dolo, alguns Índios trazendo-os para as Capitanias. Nóbrega, informado (o caso sucedera dois anos antes de chegar), resolveu dar-lhes liberdade, recorrendo a Tomé de Sousa. E escreve: «Agora temos assentado com o Governador que nos mande dar êstes negros [assim chamavam então aos Índios por oposição aos brancos], para os tornarmos à sua terra e ficar lá Leonardo Nunes para os ensinar»[1].

Leonardo Nunes pôs-se a caminho da Baía para o Sul. Mas, chegando a S. Vicente, deteve-se para atender aos Portugueses e Índios da região. Não desceu mais, nem já poderia ir, pela falta que faria à casa de S. Vicente, que se fundava[2]. E os Carijós, a quem Nóbrega obtivera a liberdade, por serem já cristãos, quando foram salteados, estabeleceram-se quási todos no Espírito Santo, livres e casados[3].

Ficando em S. Vicente, Leonardo Nunes desceu daí a algum tempo umas trinta léguas pela costa, mas por terra, com grandes trabalhos e fomes. Trouxe daquelas bandas um português, doente, que vivia à maneira dos Índios[4]. Pelo interior sulcou também vários caminhos: e entre êles, pelo menos parcialmente, o chamado Piabiru que ia até o Paraguai, ramificando-se para o sul até o Iguaçu, em cujas margens moravam os Ibirajaras. Por êste mesmo caminho iam os Irmãos Pero Correia e João de Sousa, quando os mataram os Carijós. Veremos depois outras tentativas de Manuel da Nóbrega e Luiz da Grã para a penetração do interior; mas convém conhecer, antes, o esfôrço realizado ao longo da costa. Ainda em vida do P. Leonardo Nunes se avançou na direcção do sul. Iniciou êle próprio as viagens, indo recolher umas senhoras naufragadas no Rio dos Patos. Fôra a pedido de Tomé de Sousa, estava para lá no dia 10 de Março de 1553, e já tinha voltado a 15 de Junho. Neste dia, escreve

---

1. Nóbr., *CB*, 82.
2. *CA*, 81.
3. Nóbr., *CB*, 139.
4. *CA*, 105.

Nóbrega que estão todos de saúde, « salvo Leonardo Nunes, que veio muito doente do Rio dos Patos, aonde foi buscar umas senhoras Castelhanas, a pedido do Governador ».

Nóbrega temia que os Espanhóis, indo por terra, o levassem consigo até o Paraguai [1]. Tinham vindo aquelas senhoras com o capitão João de Salazar, fundador da cidade de Assunção [2].

Leonardo Nunes achou entre os Carijós alguns cristãos, como os que tinham sido salteados e restituídos à liberdade algum tempo antes. Catequizaram-nos todos Frei Bernardo de Armenta e Fr. Alonso Lebrón, religiosos franciscanos, que acompanharam o Governador de Paraguai, Alvar Núñez Cabeça de Vaca [3].

Daqueles Índios cristãos ficaram vestígios por muito tempo. É possível, também, que outros de S. Vicente ou de S. Paulo se viessem estabelecer por ali. Carijós em S. Vicente estiveram,

---

1. Carta de Nóbrega, *Bras. 3 (1)*, 98; *ib.*, 91; Vasc., *Crón.*, 79.

2. João de Salazar saíra de Sanlúcar, em 1550, como comandante de uma nau e duas caravelas. A nau perdeu-se na Ilha de Santa Catarina; uma das caravelas ou bergantins não apareceu e o outro foi perdê-lo a 20 léguas de Santa Catarina, mais ou menos, à roda duma « laguna mui grande em que entra o mar; e, entrando pela barra, perdemos o bergantim. E prouve a Nosso Senhor salvarmos as vidas e não outra coisa ». As 300 pessoas, que João de Salazar trouxera, « entre as quais vinham cincoenta mulheres casadas e donzelas para povoar », achavam-se reduzidas a 80 homens e 40 mulheres, donzelas e meninos. Entre elas estava D. Mência Calderón, com três filhas. D. Mência era viúva de Diogo de Senábria, pai, falecido em Espanha, recebendo o mesmo cargo de governador um filho, de igual nome, que viria noutra armada. Também estava entre as senhoras D. Isabel de Contreras, com quem se casou no Brasil o próprio Capitão Salazar, antes de seguir para o Paraguai. De S. Vicente foi a Santa Catarina buscar os náufragos uma caravela de Pero Rossel, flamengo, em Setembro de 1552. E depois voltou lá, não se especificando datas, mas antes de 25 de Junho de 1553. — Carta de Juan de Salazar de « Laguna del Embiaça », a 1 de Janeiro de 1552, e outra do mesmo, de Santos e S. Vicente, a 25 de Junho de 1553. — Archivo de Indias, *México*, 168. Esta 2.ª carta já a vimos publicada.

3. Carta de Pero Hernández, de Assunção, a 28 de Janeiro de 1545, publicada por Mariano A. Pelliza, em Schmidel, *Historia y Descubrimiento del Rio de la Plata y Paraguay* (Buenos Aires 1881) e em Schmidel-Lafone, *Viage al Rio de la Plata*, p. 340 e 353. Pero Hernández acoima os dois franciscanos de homens de mau viver, porque « tienen mas de treinta mancebas ». É inverosímil. Tanto mais que êstes frades não se deram bem com o Governador Cabeça de Vaca; e Pero Hernández, panegirista do Governador, malsina todos os que não seguiam o partido do seu amo. — Pedro Fernández, *Comentarios de Álvaro Nunes Cabeça de Vaca*, na *Rev. do Inst. Bras. 56*, 1.ª P. (1893) 202, 203, 207.

com certeza, além daqueles primeiros do tempo de Leonardo Nunes. Veio o irmão dum certo Martinho, Índio principal. E êsse ou outro estêve em S. Paulo e, vendo baptizar, fazia o mesmo na sua terra[1]. Daquele Martinho falava-se em S. Vicente, em 1574. Tinha uma cruz na sua Aldeia. Quando via que alguns Portugueses, que iam a contratar com êle, faziam reverência à Cruz, dizia que aquêle era bom homem e dava-lhe quanto queria de sua casa. E se algum se descuidava nisto, dizia que não era bom e não lhe dava nada[2]. Existiam, pois, freqüentes relações entre Portugueses e Carijós da costa. Contudo, não deviam de ser demasiado amistosas. E os Espanhóis, ao começo, fizeram todo o possível para que o não fôssem. Escreve o mesmo Capitão Salazar, da Laguna do Embiaça, ao 1.º de janeiro de 1552: Seriam ainda maiores as nossas necessidades se não « achássemos aqui, com êstes Índios, um cristão, que eu tinha enviado a Lisboa, o ano de 1548, que viesse a esta costa a aperceber os Índios como a armada vinha, que fizessem mantimentos. Tem-nos ajudado muito com sua língua, porque não trazíamos nenhuma; e também achámos outro cristão Afonso Bellido, morador em Porcuna, pessoa honrada que veio com Cabeça de Vaca e com sua licença veio com Fr. Bernardo de Armenta. Quando morreu o Padre, o deixou recomendado aos Índios. Estes dois cristãos foram parte para que os Portugueses não tenham feito maiores saltos. E assim procuraram os Portugueses matar a êstes dois cristãos, para poder enganar os Índios com muitas dádivas que lhes dão de roupas e resgates »[3].

O tom com que está escrita esta carta justifica as medidas de precaução que depois Tomé de Sousa tomou contra êle, fechando o caminho de Santa Catarina a Assunção. Explica também, até certo ponto, o requerimento que, em 1585, fizeram os moradores de Santos e S. Vicente ao Capitão-mor, Jerónimo Leitão, para irem atacar os Carijós; invocando, como pretexto, que em 40 anos tinham morto mais de 150 Portugueses e dois Irmãos da Companhia, Pero Correia e João de Sousa. O Capi-

---

1. Guerreiro, *Relação Anual*, I, 385.
2. Carta de Inácio Tolosa, incluída por Oliveira na *Anual*, 38v-39; *Fundación del Rio de Henero*, em *Annaes*, XIX, 125, 138; Serafim Leite, *Páginas*, 164.
3. Arch. de Indias, *Mexico*, 168.

tão Jerónimo Leitão acedeu. Chegaram a reünir-se os homens suficientes para a emprêsa, mas é desconhecido o resultado[1].

Em 1596, sucedeu um caso grave que veio colocar os Índios em contacto mais directo com os Jesuítas, que os mesmos Índios já conheciam, ou por ouvir falar, ou pelas suas idas a S. Vicente. Indo ao porto dos Carijós um navio, apanhou desprevenidos os Índios e levantou âncora, trazendo a bordo uns 70, entre os quais Caiobig, irmão do principal Facaranha. Chegados a S. Vicente, estranharam o facto os moradores. O Capitão da terra e o Provedor meteram nisso a justiça e obrigaram o capitão do navio a ir restituir os Índios a suas terras, para se não quebrarem as pazes ou, melhor, para se restaurarem, pois com isso ficavam quebradas. Não se atrevia êle a ir « sem levar Padres a cuja sombra fossem melhor recebidos e andassem mais seguros». Foram os Padres Agostinho de Matos e Custódio Pires. A 27 de Novembro de 1596, saíram de S. Vicente; e, a 4 de Dezembro, chegaram a «um pôrto chamado Laguna de los Patos por razão de uma alagoa que junto dela está em que andam muitos patos, os quais não sòmente dão apelido ao pôrto, mas também aos mesmos Carijós, que por outro nome se chamam Patos e teem suas Aldeias de vinte pera trinta léguas afastadas dêste pôrto »[2]. Os Padres arvoraram em terra uma cruz, e junto dela construíram uma igreja. E logo «os Portugueses entregaram os Índios que traziam, e a gente começou de concorrer de muitas léguas a ver os Padres. Houve principal que veio obra de duzentas. Êstes abraçavam os Padres com muitas lágrimas e outros sinais de amor, pedindo quisessem morar entre êles ou ao menos tornar lá cedo; porém não foi possível efectuar-se, porque, como não há entre êles povoação de Portugueses, não é seguro fazermos ali morada »[3].

---

1. Azevedo Marques, *Apontamentos*, I, p. 89 ; *Rev. do Inst. de S. Paulo*, XX, 605-607.

2. Recordemos que Laguna dos Patos (Santa Catarina) é diferente da Lagoa dos Patos (Rio Grande do Sul).

3. Carta de Pero Rodrigues, da Baía, 1 de Maio de 1597, *Annaes*, XX, 259-260. Do mesmo, da Baía, a 19 de Dezembro de 1599, BNL, fg, cx. 30, n.º 7; Fernão Guerreiro, *Relação Anual*, I, 385 ; Amador Rebelo, *Compendio de algumas cartas*, 219-227 ; *Bras. 15*, 431 e 437 ; Vasc., *Almeida*, 122. Boiteux, em vez de *Facaranha*, lê *Tatarana*, que interpreta *Fogo falso*, e diz que êle « se apresentou ao

Esta falta de segurança, assinalada pelo Provincial do Brasil, era uma razão poderosa para dificultar a estabilização dos Padres e vê-lo-emos concretamente daqui a pouco. Entretanto, duas emprêsas de grande envergadura ocupavam as atenções dos Portugueses: a penetração do interior, via S. Paulo, no engôdo das minas, e a expansão ao norte, ameaçado pelos Franceses na Paraíba e Maranhão. Acrescia ainda que a parte meridional do Brasil era naquele tempo mais acessível pelas vias fluviais do Uruguai e Paraná do que pela costa, sem grandes portos naturais, e um tanto agreste na faixa litoral: «Em tôdas estas 50 léguas [entre Santa Catarina — Rio Grande do Sul] não há terra preta nem vermelha, nem cá a vi: tudo são areias e de areia muito fina»[1].

Urgia, contudo, cultivar aquelas terras. E o P. Fernão Cardim, ao voltar de Roma, trouxe a resolução de iniciar as missões e, até se fôsse possível, fundar residência na região dos Patos.

5. — Assim, no dia 27 de Março de 1605, saíram de Santos os Padres João Lobato e Jerónimo Rodrigues, levando consigo sete Índios cristãos da Aldeia de S. Barnabé, no Rio de Janeiro. Passaram trabalhos inauditos. De Santos até Cananeia foram a pé. Ali chegaram a 4 de Abril, depois de indiscritíveis dificuldades. Não tendo embarcação, arranjaram um «pau de ibiracuí», de que, em uma semana, fizeram uma canoa de cinco palmos de bôca, e de cincoenta e tantos de comprido, mas «de pau que a pique se vai ao fundo, que tôdas as vezes que nisso cuidava, estremecia», diz Jerónimo Rodrigues, relator desta perigosa expedição. Em Paranaguá acharam uma urca de flamengos,

---

P. Domingos Garcia, em missão aos Carijós em 1567» (Lucas A. Boiteux, *Historia de Santa Catarina* (S. Paulo 1930) 73). Deve ser lapso. Agostinho de Matos, que realizou esta missão, veio de Portugal em 1572, não sendo ainda da Companhia, na qual entrou nesse mesmo ano, na Baía (António de Matos, *Prima Inst.*, 25v). Em 18 de Fevereiro de 1596, pouco antes desta viagem aos Carijós, fêz os últimos votos em Piratininga (*Lus. 19*, 80). Agostinho de Matos, natural de Lisboa, faleceu no Colégio do Rio, no biénio de 1616-1617. Tinha 65 anos de idade e 43 de Companhia, como diz a ânua correspondente, sem acertar bem as datas. Era homem de grande caridade. Fazia os seus caminhos com os pés descalços e não se preocupava, durante a viagem, com o que havia de comer ou beber (*Bras. 8*, 218v-220).

1. Relação de Jerónimo Rodrigues, *Bras. 15*, 91.

encalhada na areia e que preparavam um barco para voltar ao Rio de Janeiro. Os da urca, que estiveram para fazer fogo sôbre êles, por não saber de quem se tratava, alegraram-se depois com a vinda dos Padres. «Todos mostravam serem cristãos da Alemanha». Demoraram-se os Padres à espera da bagagem, que tinha ficado para trás, e chegaram dia de S. Inácio, 31 de Julho.

Havia, já então, em Paranaguá alguns Portugueses. Porque, ao largarem no dia seguinte para o mar, estava êste tão ruim na barra, que diz o Padre: «Bem creio que as orações dalguns Portugueses, que ali estavam, nos ajudaram muito». Não puderam entrar em Guaratuba por causa do mar, chegando perto da meia noite ao rio de S. Francisco, que parecia «um rio morto, por ter uma barra mui formosa, grande e funda». Já ali acharam uma canoa de Carijós, um dos quais era dos que restituíram a suas terras os Padres Custódio Pires e Agostinho de Matos. Retomando a navegação, chegaram à Laguna dos Patos, no dia 11 de Agôsto de 1605 [1].

Os perigos de tempestades, baleias, cachões da costa, naufrágios, frios e fomes, descreve-os o P. Jerónimo Rodrigues com vivas e verídicas palavras. Logo que desembarcaram, vieram ter com os missionários 17 Índios ao todo, entre grandes e pequenos. Deram mostras de alegria. Mas foi alegria fugaz, porque, passadas as primeiras efusões, só olhavam para as coisas que êles poderiam trazer para lhes dar. Julgavam êles que, com a vinda dos Padres, «haviam de ficar ricos e cheios de resgate».

Trataram os Padres de visitar as Aldeias vizinhas. Acharam, com desapontamento, que aqui «uma casa chamam uma Aldeia». Quando, emfim, se lhes deparou uma Aldeia com duas casas, ali pararam, para fazer igreja. Esta Aldeia de duas casas tinha ao todo nove ou dez moradores com as respectivas famílias. Chamava-se o *Embitiba*. Havia, entre os moradores, «alguns cristãos antigos a quem uns frades, a quem Deus perdoe, haverá 50 anos

---

1. Oitenta anos mais tarde, em 1684, Domingos Brito Peixoto com seu filho Francisco «se foram a *descobrir* umas alagoas que se chamam dos Patos, por breves notícias que delas tiveram e com efeito se acharam». E ali fundaram a povoação chamada Santo António dos Anjos da *Laguna*. Consta do atestado, que passou a favor de Francisco de Brito Peixoto, a Câmara de S. Vicente, transcrito por Azevedo Marques, *Apontamentos*, I, 124, 155.

pouco mais ou menos, fizeram cristãos, deixando-os sem doutrina em seus vícios e desaventuras, e todos estavam amancebados e cheios de filhos com diversas mulheres ».

Dia de S. Bartolomeu, 24 de Agôsto de 1605, disseram as suas primeiras missas naquela terra. E « tomou-se posse, da parte de Deus, de gente que o Demónio tantos mil anos tinha em seu poder », diz o P. Jerónimo, acrescentando que neste dia se desencadeou uma terrível tempestade e que apareceu uma nuvem molestíssima de môscas, espectáculo único nos dois anos, que alí ficaram. Percorreram os Jesuítas, naturalmente, as povoações dos arredores. O cronista descreve uma destas excursões ao Rio Ararungaba, onde os brancos costumavam já ir resgatar de vez em quando. O intermediário, escravagista da terra, era um Índio curioso, chamado Tubarão. É uma página, digna de se reter, o primeiro contacto dos Padres com êste índio:

« Chegados, pois, aonde êste índio estava, que era junto a uma alagoa, aonde com grande perigo passámos, entrámos em um tejupar, aonde estavam três ou quatro rêdes armadas. E êle, como raposo, vestido em uma marlota azul, pele dalgum pobre índio, coberto com uma manta listrada, e com um chapéu na cabeça, com grande gravidade, sem fazer caso algum de nós, começou logo a falar com um índio, que connosco ia, mui de-vagar. E depois falou outro pedaço com outro, convidando-os a seu modo, com certa beberagem, que imagino ser o sumo do betele da Índia, conforme as virtudes que dizem ter. E nós, como Joanianes, ouvindo-lhe suas patranhas. Depois acudiu com seu *ereiupe* ao Padre e a mim. O Padre, que já estava enfadado, e com rezão e quási se quisera erguer da rêde, e o fizera se fôra outra gente, em breve lhe disse ao que éramos vindos. E, se quisessem ser filhos de Deus e terem igreja e Padres em suas terras, que se haviam de ajuntar e deixar suas vendas e suas matanças, por ser ofensa de Deus; e que os Tapuías podiam vender em trôco de suas coisas »[1].

---

[1] «Neste comenos veio-lhe vontade de oirinar. E assi o fêz, na mesma rêde em que estava assentado junto ao Padre, muito de seu vagar, não deixando por isso sua prática e de beber, de quando em quando, da sua beberagem, que uma de suas mulheres lhe estava dando. Mas tão pouco saber não é de espantar em gente que nenhum parece que tem. E assim muitas vezes me lembra um dito do Padre

« Querendo-nos despedir, disse êle ao Padre que folgava com nossa vinda, que faria primeiro duas guerras, e que depois se ajuntaria connosco, em um lugar, que êle nomeou, que era junto da *Laguna dos Patos*. E, perguntando-lhe o Padre se era seu filho um menino, que ali estava, respondeu: *Sim pera vos outros o açoitardes*. Isto é dito de escravos de brancos, que pera cá fogem. E êles tinham alguns em seu poder, sem os querer dar, dizendo serem seus escravos ».

« Isto é o que passámos com o senhor Tubarão, do qual diz o Padre que nunca no Brasil viu índio tão soberbo, nem que tanto o mostrasse, com não ser principal. E Cristóvão de Aguiar confessa que êle o fêz principal e o assentara naquela cadeira, que agora tem, scilicet, de ser estimado dos brancos, mas isto por êle ser um grande ladrão de Índios pera os brancos » [1].

Desta página realista ressalta a má impressão dos Padres. Outras páginas semelhantes contam a vida dêstes Índios do litoral: indiferentes, preguiçosos, sujos, incestuosos, antropófagos. Vendendo-se uns aos outros, não vendiam nunca algum Tapuia que tomassem na guerra, preferindo comê-lo. Tudo isto é, na verdade, pouco lisonjeiro e em contradição com as informações sôbre os Carijós vistos de longe, acima referidas. O próprio autor dá a razão da diferença de critérios: Se « os brancos dizem ser os Carijós bons, é porque se lhes vendem. E até os mesmos Carijós o estão dizendo: porque lhes vendemos nossos parentes, dizem que somos bons ».

Estas vendas recíprocas, estavam generalizadas, favorecidas pelos colonos. Os Tubarões lançavam o terror entre os Índios e, por isso, nos dois anos que ali estiveram os Padres, não vieram nunca visitá-los os Índios Arachãs com tal temor [2].

Não obstante, algumas qualidades acharam, entre os Carijós, os missionários: bebem, mas não se embriagam; e, sendo ladrões de *pessoas* (vendendo-se uns aos outros), não roubam os *objectos*

Paiva, que Nosso Senhor tem, que ainda que o dizia zombando, parece quadrar em alguma maneira a êstes. E pode passar por entremez. O qual dizia que havia alguma [gente] que Deus Nosso Senhor fizera; outra que mandara fazer; e outra que deixara recado que se fizesse...».

1. *Bras.* 15, 87.
2. *Bras.* 15, 100.

uns dos outros ; e as mulheres não bebem, « que é a melhor coisa que cá vimos ».

O motivo, porque não houve grande fruto, além dêste conjunto de circunstâncias, era não haver morada de Portugueses. É a mesma observação de sempre, já reconhecida por Nóbrega e Anchieta, e apontada igualmente por Jerónimo Rodrigues: « Se tivessem mêdo, far-se-ia muito com êles pera as coisas de Deus ».

Faltava ali o império e prestígio da autoridade [1].

A ânua de 1608 traz o resultado final e catastrófico desta missão. Os padres, com muito trabalho, tinham conseguido juntar uns 150 índios e índias nos dois anos que ali estiveram. Como não havia então possibilidade de continuarem os Padres na Laguna, os índios acompanharam-nos para serem doutrinados nas Aldeias do Rio de Janeiro. Quando voltaram, durante o ano de 1607, ao passarem por altura de S. Vicente, tiveram ventos con-

---

1. *Bras. 15*, 73-110. A presente Relação não vem assinada nem tem data; e traz no fim o enunciado de novos capítulos, pelo que parece tratar-se do original. O autor é o P. Jerónimo Rodrigues. Diz-se no começo que foram enviados àquela missão os Padres Lobato e Rodrigues; e a cada passo lê-se: o Padre Lobato e *eu*. Este pronome na primeira pessoa identifica o autor. Fernão Guerreiro cita, em resumo, duas cartas do P. Jerónimo Rodrigues, uma de 26 de Novembro de 1605, outra de 11 de Agôsto de 1606. *Relação anual*, II, p. 419-424, e compendiada por Pierre du Jarric, *Troisième Partie des choses*, 481-486. Cf. Rodolfo Garcia, *Introdução* aos *Tratados* de Cardim, p. 17. — Jerónimo Rodrigues reassume, na sua narrativa, o que dissera nas cartas, ordenando-a, enchendo-a de pormenores, que se não vêem em Fernão Guerreiro. O P. Jerónimo Rodrigues escreve com estilo desenfastiado e faz preciosas observações sôbre a etnografia, história natural e vida civil daquela gente. Fala de tôda a região desde Tramandataí (Rio Grande do Sul), onde os Portugueses iam resgatar, até ao Embitiba (Laguna). Algumas páginas da viagem por mar não ficariam mal na *História Trágico-Marítima*. Carlos Teschauer (*História do Rio Grande do Sul*, I (Pôrto Alegre 1918) 33 e 40) dá o ano de 1626 para o descobrimento do Rio Grande do Sul pelo P. Roque González. A narrativa do P. Jerónimo Rodrigues mostra que os Portugueses já conheciam e tinham negócio no Rio Grande do Sul, vinte anos antes daquela data. Jerónimo Rodrigues, natural de Cucanha, diocese de Lamego, entrou na Companhia, em 1572; faleceu, octogenário, em Reritiba, no ano de 1631. Tinha feito os últimos votos em 21 de Setembro de 1594, na Vila da Vitória *(Lus. 19*, 65 ; *Lus. 58*, 20). O P. João Lobato, de Lisboa, entrou na Baía em 1563, com 17 anos de idade. Foi dos maiores sertanistas do Brasil e tido por santo ainda em vida. Faleceu no Rio, a 22 de Janeiro de 1629 *(Bras. 13*, 13 ; Vasc., *Almeida*, 38-39).

trários e foram obrigados a arribar a Santos. Então o Capitão de Santos instigou os moradores a que não deixassem sair os Índios para fora da Capitania. E, meio por fôrça, meio por embustes, distribuíu-os pelos próprios moradores: os Índios acabavam de perder a sua liberdade.

Refere a ânua que não era fácil o recurso ao Governador Geral, distante, e por conseguinte a injustiça ficou impune [1].

Emquanto sucediam estas coisas na costa, iam os Padres da Companhia de Jesus recortando o interior daquelas regiões do sul do Brasil pelas vias fluviais do Rio da Prata com sorte vária.

No fim do século, os domínios portugueses chegavam ao « Rio de Piquiri, o qual é a cabeça do Rio da Prata e é o marco pelo sertão das jurisdições das duas coroas de Portugal e Castela » [2].

Nesses confins se haviam de dar acontecimentos trágicos.

Mas, limitando-nos por agora ao século XVI e aos Padres da Assistência de Portugal no Brasil, vejamos as tentativas que fizeram para se estabelecerem nessas regiões disputadas.

---

1. Fernão Guerreiro chama àquele capitão « homem poderoso com gente de armas » ; a ânua de 1608, latina, tem que era o *dux oppidanus*, o Capitão da vila *(Bras. 8,* 66v; cf. Fernão Guerreiro, *Relação Anual,* II, p. 424). Segundo Azevedo Marques, era Capitão-mor da Capitania de S. Vicente, em 1607, António Pedroso de Barros, tendo sido antes, seu irmão, Pedro Vaz de Barros, *Apontamentos*, I, 86. Guerreiro conclue assim a narração dêste triste sucesso : « Não dizemos isto, por desautorizar nossa gente portuguesa, cuja piedade e cristandade Deus tomou por meio para bem e conversão destas almas, mas para que se veja a impiedade dalguns ».

2. *Bras. 15,* 473.

CAPÍTULO VIII

Fundação da Missão do Paraguai

1 — Primeiras tentativas dos Padres da Assistência de Portugal;   2 — Expedição de 1586 e entrada no Paraguai;   3 — Trabalhos e actividade dos Padres idos do Brasil.

1. — A ideia de fundar missão entre os Guaranis do Paraguai vem de 1551. Neste ano, tencionava Leonardo Nunes, concluída a igreja de S. Vicente, «sair por esta terra dentro quási 200 léguas», onde gastaria seis ou sete meses e levaria consigo quatro línguas, um dos quais era o Irmão Pero Correia[1]

Por sua vez, Nóbrega, em 1552, referindo-se à igreja da Baía, arruïnada, diz que suas mãos já não seriam capazes de levantar outra, senão dali «500 léguas pelo sertão»...

Era o Paraguai[2].

O caminho de 200 léguas, a que se referia o P. Leonardo Nunes, chamava-se Piabiru, caminho pre-colombiano que se estendia da costa de S. Vicente ao Rio Paraná «atravessando os rios Tibagi, Ivaí e Piquiri, por onde os povos indígenas se comunicavam com o mar e com as regiões mais distantes do ocidente. Ao poente do Paraná, o caminho prosseguia, atingindo o Peru e a costa do Pacífico». Podia-se ir ou pelo Tietê, menos freqüentado, ou pela linha-tronco, a principal, cujo «itinerário era S. Vicente, Piratininga (S. Paulo), Sorocaba, Botucatu, Tibagi, Ivaí, Piquiri». A igual distância dêstes últimos rios, Ivaí e Piquiri, bifurcava-se o caminho, indo um ramal para o sul, até «ao Iguaçú, no ponto

---

1. *CA*, 62, 98.
2. Nóbr., *CB*, 115, 132, 135; *CA*, 131; Pastor, *Geschichte der Päpste*, VI (Freiburg im Breisgau 1932) 281.

em que êste rio, na sua margem esquerda, recebe o Santo António» [1]. Êste caminho tornou-se o ponto de junção de Portugueses e Espanhóis: os Portugueses, penetrando no continente americano; os Espanhóis, refluindo do interior para a costa. A sua posse chegou a ser a chave da conquista, num sentido ou noutro, e estas lutas, como veremos, tiveram repercussão na ida dos Jesuítas ao Paraguai, retardando-a. Entretanto, recolhamos as notícias, que chegavam a S. Vicente, do que se passava naquelas paragens.

O P. Leonardo Nunes, em carta de 29 de Junho de 1552, contava a Nóbrega o que lhe referiram uns Castelhanos, vindos por terra, uns do Peru, primeiro, e logo outros do Paraguai. Há nesta terra, diziam, dez sacerdotes seculares de vida pouco honesta, como o resto dos conquistadores. Naturalmente haveria excepções e veremos uma no Padre Gabriel. Mas basta ler a carta de Martim González ao Imperador Carlos v, de Assunção, a 25 de Junho de 1556, e a de Pedro Hernández, secretário do Governador Alvar Núñez Cabeça de Vaca, escrita igualmente de Assunção, a 28 de Janeiro de 1545, para se ter uma ideia lastimosa dos escândalos, mancebias, poligamias, tiranias contra os Índios, assassinatos e dissenções entre os próprios colonizadores [2].

Tal situação pedia remédio urgente. E os Espanhóis, que chegavam a S. Vicente, rogavam ao P. Leonardo Nunes que fôsse lá, que era uma necessidade e seria grande o fruto. Garantiam que os Índios eram dóceis, havia um mancebo para entrar na Companhia e a viagem de ida e volta ao Paraguai não levaria sete meses: um mês ou mês e meio para ir, pelo Anhembi (Tieté), dois meses para lá estar, e três meses para a volta, por

---

1. Alfredo Romario Martins, *Caminhos Históricos do Paraná*, in *Cincoentenário da Estrada de Ferro do Paraná* (Curitiba 1935) 25, com dois mapas. Carlos Pereyra tomando por base os *Comentários* de Cabeça de Vaca, traça o roteiro que seguiu. A inspecção do seu mapa indica que entrou por altura da ilha de St.ª Catarina, subiu até o Rio de Tibaíba e daí em direcção ao Rio Paraná a meia distância entre o Piquiri e o Rio Iguaçu. Desceu o Paraná. E, um pouco ao sul do Mondaí, entra por terra até Assunção. — Carlos Pereyra, *Historia da América Española*, (Madrid 1920-1926) Tômo IV, *Las Repúblicas del Plata*, 66.

2. Cf. Schmidel, *Viage al Rio de la Plata*, ed. Lafone, págs. 325-365, 467-485; *Cartas de Indias*, CIII, p. 604.

ser rio acima. O P. Nunes tinha resolvido partir no dia primeiro de Agôsto. Nóbrega, se os ouvisse, faria o mesmo [1].

Nóbrega, de-facto, quando chegou a S. Vicente, tomou uma resolução: iria êle-próprio. Esta resolução firmava-se e afervorava-se, cada dia, com novas informações. A 13 de Junho de 1553, chegam a S. Vicente o soldado alemão Ulrico Schmidel e um capitão espanhol, Rui Dias Melgarejo [2], que havia de ficar ligado à história dos Jesuítas, por dois motivos. Porque foi o fundador, no Guairá, das três cidades de Vila-Rica, Ciudad-Real e Santiago de Jerez, campo mais tarde da actividade apostólica dos Jesuítas do Brasil; e porque, voltando a S. Vicente, em 1573, fugido como da primeira vez, um filho seu, nascido no Paraguai, de nome Rodrigo Melgarejo, entrou na Companhia: é aquêle filho dum «governador do Paraguai», que celebrou missa nova no Espírito Santo, no dia 25 de Novembro de 1584, e de que fala Cardim, sem lhe citar o nome [3].

Rui Dias Melgarejo, tendo um filho jesuíta no Brasil, não seria estranho às negociações e pedidos que depois se multiplicaram, no Paraguai, para a ida dos Padres.

Antes de Schmidel e Melgarejo, talvez nalguma daquelas expedições a que se refere Leonardo Nunes, tinha vindo, igualmente por terra, um soldado português de nome António Rodrigues. Embarcando para a sua Pátria, tornou a arribar e entrou na Companhia. António Rodrigues, natural de Lisboa, diz Simão de Vasconcelos, embarcara para o Rio da Prata na armada de Pedro de Mendoça, que saíra de Bonança (Sanlúcar) a 24 de Agôsto de 1535. Foi um dos fundadores de Buenos Aires (primeira fase, Fevereiro de 1536) e da Assunção, com João de Salazar (15 de Agôsto de 1537). Tomou parte em duas grandes expedições, uma pelo Rio Paraguai com Ribera, até aos Gatos e Paraís (Parecis?), perto do Amazonas, e outra em 1546-1548 com Irala, até à Fronteira do Peru. Referiu aos Padres de S. Vicente o que vira, as tribus e costumes dos Índios e a catequese dum sacerdote virtuoso, chamado Gabriel, na cidade de Assun-

---

1. *Bras. 3 (1)*, p. 88-89.
2. Schmidel-Lafone, 279, 285.
3. Cardim, *Tratados*, 338; Félix Azara, *Descripción e historia del Rio de la Plata*, II (Madrid 1847) 131, 202, 206.

ção, e como êste, desgostado do proceder dos Espanhóis, se retirou da cidade, indo numa nova entrada pelo Paraguai acima ¹. Ficando sem pastor, principia a cidade de Assunção a ir ao desbarato. Os conquistadores escandalizam os «novos cristãos, porque lhes não deixam aos pobres Índios nem filha, nem roça, nem rêde, nem cunha, nem escravo, nem alguma coisa boa, que lhes não tomem e roubem. Levam-nos como escravos até ao Peru, e aqui a S. Vicente teem trazido muitos cativos. Assim que, com o desamparo, se perdem, por não haver quem os socorra. Eu falei com o P. Manuel da Nóbrega que fôsse ou enviasse lá um da Companhia, porque ali perto há outros gentios, que não comem carne humana, gente mais piedosa e preparada para receber a nossa santa fé, por terem grande estima e crédito dos cristãos. Quem me dera ser de vinte anos e ter longa vida para ir com alguns Padres da nossa Companhia, por eu ter mais experiência da terra!» ²

Tomé de Sousa, Governador Geral do Brasil, consultado, tinha prometido o apoio indispensável para a missão. Contudo, a-pesar-de ser amigo de Nóbrega, quando viu as suas disposições, que levava ferreiro (o Ir. Nogueira), capela, cantores e tudo o necessário para fundar a 100 léguas da costa uma cidade, arripiou caminho e opôs-se à viagem. As razões, que deu, foram que se despovoariam estas capitanias «e assim parece que queriam ir muitos homens connosco» ³; e que também se iriam acolher ali os malfeitores e outros fugitivos; disse mais que, vivendo os Padres no meio dos Índios, quando êstes fizessem algum desacato à gente da costa e merecessem castigo, o Governador

---

1. Na carta de António Rodrigues vem Nuno Gabriel, talvez por lapso do copista. Entre a gente, que foi na Armada de D. Pedro de Mendoça (1535), está «Juan Gabriel de Lezcano, clérigo, hijo de Juan Sánches de Lescano [y] de Catalina de Villegas vecino del Valle de Salzedo.— Arch. de Indias, *Contratación* 5536, Lº 3º, p. 389. A Juan Gabriel deixou Ruiz Galán em 1538 como beneficiado e adjunto do P. Francisco de Andrade, sacerdote português, primeiro chefe daquela nascente igreja (Schmidel-Lafone, 489-490 e 440 ss.).

2. Carta de António Rodrígues, de S. Vicente, 31 de Maio de 1553, *Bras. 3(1)*, 93; cf. Serafim Leite, *Antonio Rodrigues, soldado, viajante e jesuita portuguez na America do Sul, no seculo XVI*, separata dos *Annaes da Bibliotheca Nacional*, vol. XLIX (Rio de Janeiro 1936) 18; Paul Groussac, *Mendoza y Garay — Las dos fundaciones de Buenos Aires (1536-1580)*, 2ª ed. (Buenos Aires 1916) 60.

3. *Bras. 3(1)*, 91.

não lho poderia dar, com mêdo de que se vingassem nos Padres que tinham entre si.

Estas razões eram justas. Nóbrega indica outra, talvez mais forte. Notícias repetidas anunciavam o aparecimento de prata e oiro[1]. Os Castelhanos andavam por lá «e dizem, escreve Nóbrega, que na demarcação de El-Rei de Portugal». Tomé de Sousa decidiu cortar-lhes o caminho de Santa Catarina ao Paraguai e vigiar o de S. Vicente. Por dois motivos: para impedir que os Espanhóis se assenhoreassem daquelas terras, ainda em litígio, e para que os Portugueses, ao som de tão auspiciosas descobertas, não abandonassem o litoral. O caso atingiu a maior acuïdade em 1553, com a presença, em S. Vicente, do Capitão João de Salazar, o mesmo que fundara Assunção, Dias Melgarejo e família do Governador do Paraguai, Diego de Senábria. Pelos louvores, que Tomé de Sousa dará depois, em Portugal, aos Padres, infere-se que pesou também na sua resolução o não deixar o Brasil privado da assistência tão necessária dos Jesuítas. Queria sobretudo que os Padres se fixassem no interior, sòmente à proporção que se alargassem os domínios dos Portugueses. Fora disso, poderiam ir em missões volantes de dois ou três. Tomé de Sousa tinha a sua opinião formada sôbre a cidade de Assunção.

«Parece-nos a todos que esta povoação está na demarcação de Vossa Alteza; e se Castela isto negar, mal pode provar que é Maluco seu. E se estas palavras parecem a Vossa Alteza de mau esférico e pior cosmógrafo, terá Vossa Alteza muita razão, que eu não sei nada disto senão desejar que todo o mundo fôsse de Vossa Alteza e de vossos herdeiros».

Quanto à proïbição, feita aos Jesuítas, acrescenta:

«Sinto isto muito e de maneira que o tomem como martírio, que lhes eu desse. Vossa Alteza acuda a isto logo, porque não quero eu ter com homens tão virtuosos e tanto meus amigos, diferenças de pareceres, porque sempre tenho o meu por pior, e senão, para tôda esta costa, contra esta opinião, não ousava eu de lho impedir»[2].

---

1. Cf. Capistrano, in Pôrto Seguro, *HG*, I, 258.
2. Carta de Tomé de Sousa a El-Rei, do Salvador, 1 de Junho de 1553, na Tôrre do Tombo, Gav. 18, m. 8, n. 8, publicada por Pedro de Azevedo na *Hist. da Col. Port. do B.*, III, 366.

Nóbrega teve que ceder. Mas, escrevendo para Portugal, mantém a intenção de ir, apenas as circunstâncias mudem. Fica à espera dos Padres e Irmãos, que haviam de chegar da Europa e da Baía, aonde foi buscá-los o P. Leonardo Nunes. Depois, tentará de-novo a entrada. E abre-se com o P. Gonçalves da Câmara:

«No Paraguai, 500 homens castelhanos teem sujeitos aos gentios Carijós, que teem mais de 300 léguas de terra. E não os sujeitam ao jugo de Cristo, mas à sua cobiça e tirania, maltratando-os e fazendo-os servir pior que escravos, tomando-lhes suas mulheres e filhas e filhos e quanto teem. Diga V.ª R.ª a Sua Alteza que se aquela cidade ficar sua, a mande prover em breve de justiça. E se mandar gente pela terra dentro, levem Nosso Senhor consigo e um capitão zeloso e virtuoso. Todo êste Brasil é mui fácil coisa sujeitá-lo a Jesus Cristo Nosso Senhor, porque, quando 500 homens castelhanos, e todos divididos entre si, tiveram poder para sujeitar a tão grande gentilidade, que é a maior de todo o Brasil, que fará onde entrar boa ordem e bom zêlo da glória de Deus?»

E lembrava que lhe alcançasse licença ao menos para fazer casa entre a gentilidade, porque nas Capitanias pouco se fará, dada a disposição do Bispo, que vai por vias, «que êle não entende», e a do seu clero, pouco edificante [1].

Tanto para Nóbrega, como para Tomé de Sousa, como até para Anchieta [2], o Paraguai era parte integrante da mesma expressão geográfica, o Brasil. E se esta convicção espertava os Jesuítas a assumir a catequese daquela região, é certo que também de lá enviavam a pedir essa catequese com reiteradas instâncias. Para melhor atraírem os Padres, pintavam, até talvez com côres demasiado encarecidas, tanto as bondades da terra, como a dos Índios. E os Padres viam com olhos favoráveis os emissários que recebiam. É o caso de António de Leiva, índio Carijó, que veio a S. Vicente e deixou a todos maravilhados, rezam os cronistas, pela compostura e discrição com que se houve [3].

---

1. *Bras.* 3 (1), 96-96v, 91, 98, 104-104v, 106.
2. Anchieta, *Cartas*, 74.
3. Vasc., *Crón.*, I, 198-200; Anch., *Cartas*, 80.

Nóbrega, entretanto, foi explorando a terra e fundara as povoações de S. Paulo de Piratininga e Maniçoba, a 90 milhas de S. Vicente. Eram marcos avançados, postos no interior, a caminho do Paraguai, aonde resolutamente tencionava ir.

S. Inácio, informado, não desaprovou a ida. Escrevendo a Ribadeneira anunciava-lhe que os Nossos de S. Vicente se puseram em comunicação com uma cidade «chamada Paraguai» e que Nóbrega queria ir lá, e que, se fôsse, era necessário o auxílio de Sua Majestade[1].

Sua Majestade era o Rei de Espanha. Ora o auxílio do Rei de Espanha não era exeqüível, nas presentes circunstâncias. As cartas de Salazar e outros já tinham chegado à côrte de Espanha e temia-se lá que os Portugueses se infiltrassem nas colónias espanholas do Río da Prata. É o que se infere também das informações, enviadas de Lisboa para a côrte de Carlos v, em 1554. Segundo êlas, El-Rei de Portugal enviava ao Brasil uma armada com muita gente, homens casados, com mulheres e filhos, uns para povoar aquelas terras, outros para fazerem entradas no interior do país, e então, a juízo do informador, penetrariam nas possessões espanholas, talvez na colónia de Assunção[2].

Por outro lado, aprestava-se outra armada, em Sevilha, para ir àquelas regiões, e era agora a vez de Portugal de recear que se intrometessem em territórios, sôbre os quais Portugal se julgava com direitos. Seguiram-se diligências diplomáticas dando os dois países garantias recíprocas de que não invadiriam terras alheias[3].

É um período de vivas contestações e mútuas aspirações a territórios pouco delimitados, e sôbre os quais as duas coroas de Portugal e Castela se atribuíam direitos, interpretando cada qual,

---

1. *Mon. Ignat.*, ser. 1.ª, XI, 84-85, carta de Março de 1556.

2. Simancas, *Leg.* 377, 170, encadernado; Cf. *Rev. do Inst. Bras.* vol. 81 (1918) 21.

3. *Reales cédulas al Rey de Portugal y al embajador de España Don Luis Sarmiento de Mendoza en contestación a la respuesta que ambos dieron acerca de los temores que los Portugueses tratasen de ocupar algun territorio perteneciente a España en el Brasil y sobre la falsa creencia que sostenia El-Rei quejándose de que los españoles avían ocupado la ciudad de la Asunción, que decía caer dentro de su demarcación.* Ponferrada, 13 de Junio de 1554. — Arch. de Indias, *Buenos Aires I*, Libro 2, f. 6. Está publicado, aliás com as referências antigas do Arquivo, por Carlos Correa Luna, *Campaña del Brasil, Antecedentes Coloniales*, Tômo I (Buenos Aires 1931) 6-7.

a seu sabor, o meridiano previsto em Tordesilhas. Mais tarde, a contenda havia de decidir-se a favor de Portugal com as bandeiras paulistas e os tratados de limites. Mas, por então, as fôrças equilibravam-se. Parecia até que Espanha preponderava. O capitão Melgarejo, actualmente em S. Vicente, estabelecia-se pouco depois no Guairá com o propósito confessado de cortar o passo aos Portugueses. É evidente que, estando acesas estas lutas e temores, não iria El-Rei de Espanha favorecer oficialmente as missões dos Jesuítas do Brasil. Também o Provincial de Portugal se mostrou contrário à ida dos Padres. Escrevendo para Roma, e referindo-se a cartas enviadas do Brasil para El-Rei, o Cardial D. Henrique e Tomé de Souza, já então em Portugal, achava que os Jesuítas não deviam ir, aduzindo, como razão, o serem poucos e não bastarem para a costa, quanto mais para entrarem pela terra dentro [1].

A conseqüência de tudo isto foram ordens apertadas de El-Rei D. João III ao Governador do Brasil, D. Duarte da Costa, que não permitisse a entrada dos Padres senão em condições de segurança, de maneira que nem êles corressem risco, nem as pessoas que com êles fôssem [2].

Não sabemos se a carta de El-Rei chegou ao Brasil antes da missão do Ir. Pero Correia e João de Sousa ao sul, com o duplo fim de preparar caminho a João de Salazar para o Paraguai e de se pôr em comunicação com os Ibirajaras. O certo é que, em Dezembro dêsse mesmo ano de 1554, foram mortos às frechadas pelos Índios Carijós, a instigação, segundo é tradição constante, do espanhol a quem os Jesuítas tinham libertado das mãos dos Índios, mas a quem tinham também arrancado uma concubina, casando-a honestamente [3]. Como quer que seja, êste facto vinha dar razão aos que dificultavam as entradas ao interior. E as ordens impeditivas redobraram de fôrça, como se

---

1. *Mon. Mixtae*, IV, 112, carta de 17 de Março de 1554; *Mon. Ignat.* ser. 1.ª, VII, 322-323, carta de 26 de Julho de 1554; *ib.*, VIII, 448, carta de 20 de Fevereiro de 1555.

2. Carta régia a D. Duarte da Costa, de Lisboa, a 23 de Julho de 1554, *Documentos Interessantes*, 48, p. 29. Refere-se a esta proïbição António Blasques, quando alude « a uma carta de El-Rei em que ordena ao Governador que não deixe entrar os Padres pela terra dentro », *CA*, 181.

3. Anchieta, *Cartas*, nota 75, p. 84.

vê na que o Governador D. Duarte da Costa transmitiu para S. Vicente, registada, depois, na Câmara da vila fronteira de Santo André da Borda do Campo, a 10 de março de 1556; por essa ordem, nenhum Português podia passar ao Paraguai; e por sua vez, seriam deportados os Espanhóis que dali viessem a S. Vicente[1].

Emquanto se iam desenrolando êstes acontecimentos e debates, de tão diverso carácter, chegou o P. Luiz da Grã, a 15 de Maio de 1555. Veio num momento em que Nóbrega estava prestes a partir, em condições de segurança, tendo-se demorado ùnicamente à sua espera[2].

Deveria ir o P. Nóbrega com uns Castelhanos, diz êle, sem explicitar mais. Perdeu uma boa ocasião. O capitão Salazar, retido à fôrça no Brasil, partiu para o Paraguai, devido a rogos directos da côrte de Espanha[3]. Combinara a ida com o filho de Luiz de Góis, Cipriano, recentemente chegado de Portugal, que levaria a mulher, assim como João de Salazar levou a sua, que a êsse tempo já era D. Isabel de Contreras. Iam mais duas filhas suas, três mulheres casadas e seis Portugueses. Depois de Nóbrega os ter livrado das mãos dos Índios, que os queriam matar no caminho, excitados pela gente de S. Vicente, chegaram a Assunção em Outubro de 1555[4].

A chegada do P. Grã, que poderia favorecer a ida, não a favoreceu. Reflectindo, sem dúvida, a opinião corrente em Portugal, o P. Grã, colateral de Nóbrega, foi de parecer contrário.

---

1. Taunay, *João Ramalho e Santo André*, in *Rev. do Inst. de S. Paulo*, 29 (1932) 74.

2. *Bras. 3(1)*, 135-136; Nóbr., *CB*, 174; Anchieta, *Cartas*, 49; *CA*, 138; Vasc., *Crón.*, I, 199.

3. *Real Cédula del Príncipe D. Filipe al embajador en Portugal para que hablase al Rey con objeto de que se mandase al Gobernador de San Vincente y Costa del Brasil que libremente dejase ir a las provincias del Rio de la Plata al Capitán Salazar y demás personas que se hallaban con él*. De Valladolid, 19 de Enero 1554. — Arch. de Indias, *Buenos Aires I*, Libro 2, f. 7v.

4. Carta de João de Salazar, de Assunção, a 20 de Março de 1556, *Cartas de Indias* (Madrid 1887) 579; Schmidel-Pelliza, *Historia y descubrimiento del Rio de la Plata, y Paraguay* (Buenos Aires 1881) 199. — João de Salazar, Doutor e Capitão, também aparece com o nome de João de Salazar de Espinosa, Comendador da Ordem de Santiago, para se distinguir de outro, Padre Frei Juan de Salazar. Cf. Schmidel-Lafone, 443, onde se fala de ambos com tôda a distinção.

A-pesar do seu veemente desejo, Nóbrega acedeu, voltando-se então em cheio para a fundação ou reorganização do Colégio da Baía, para onde partiu em 1556. Com esta reviravolta providencial, achava-se na capital da colónia à vinda do Governador Mem de Sá, sôbre cuja admirável administração havia de influir tão poderosamente.

Nóbrega resignou-se, mas não se convenceu. E para mostrar que esta emprêsa do Paraguai por Padres Portugueses, e por êle em particular, era um dos seus sonhos, ainda em 1557 suspirava por ela [1].

De todo êste seu empenho na conquista do sertão do sul ficou apenas de positivo (e isto é imenso) o Colégio de S. Paulo de Piratininga. Contudo, os seus suspiros transformava-os em esperanças. Para se não desgostar a Côrte de Lisboa, Nóbrega escreveu ao Dr. Tôrres, em 1557, a recomendar-lhe que apresentasse as devidas desculpas a sua Alteza. Se em Espanha temiam os Portugueses, os Espanhóis do Paraguai não temiam os Jesuítas. O Provincial volta a enumerar as razões: pedidos do capitão e principais do Paraguai; o despovoamento ameaçador e rápido de S. Vicente; a necessidade de ter «um ninho» para quando se despovoasse de-todo; dar uma satisfação aos Castelhanos, escandalizados dos maus tratos dos Portugueses, quando vieram a S. Vicente, depois de perdidos na armada do Rio da Prata; e também para ordenar alguns Irmãos, que era mais fácil ir de S. Vicente ali, do que à Baía [2].

A carta de Nóbrega é espelho do desânimo a que chegaram as coisas do Brasil, ao terminar o govêrno de D. Duarte da Costa. Felizmente, daí a pouco, Mem de Sá ia restabelecer o prestígio e a confiança.

Como se vê, Nóbrega, com a sua habitual tenacidade, continuava a insistir para Lisboa pela ida ao Paraguai. E chegaram finalmente instruções do Provincial de Portugal, Dr. Tôrres, colocando a última resolução nas mãos dos Padres do Brasil, que poderiam ir ou não, conforme entendessem. Pôsto o negócio em consulta, em que não entrou Nóbrega por se sentir inclinado mais a uma coisa do que a outra, isto é, à ida, resolveram

---

1. Carta de Nóbrega, *Bras. 15*, 42-43.
2. Carta de Nóbrega, *Bras. 15*, 42v-43; id. *CB*, 174-175.

os consultores que fôsse Luiz da Grã, visto ser necessária a presença de Nóbrega no Brasil, por ser Provincial [1].

Na Europa, ainda chegou a constar esta ida do P. Grã. Efectivamente, parece que iniciou a viagem [2]. Mas não cremos tivesse vontade verdadeiramente eficaz, como a tinha Nóbrega. Deu-se também a coincidência de andar o sertão revôlto em 1558 e ser perigosa a viagem. Acossados os Tupis do sertão pelos Espanhóis do Paraguai, voltavam-se contra todos os que achassem nos caminhos dizendo: «todos são uns». Foi talvez por seguir o mesmo critério, que um Capitão do Paraguai se tinha oferecido a sujeitá-los a S. Vicente, se lhe dessem licença [3].

O oferecimento do capitão espanhol não foi aceito, naturalmente. Mas, com tôdas estas vicissitudes, perdeu-se a ocasião da ida do P. Grã. E, entretanto, chegou-lhe a patente de Provincial, cargo que exigia a sua presença no Brasil. Assim terminou, por então, êste tentame porfiado de expansão da Companhia de Jesus ao sul. Não tardaram a vir instruções de Roma (1561), determinando que, para a viagem do Paraguai, se requeria primeiro licença expressa de Sua Alteza em Portugal ou do seu Governador na América Portuguesa [4]. Manteve a mesma proïbição, em 1568, o Visitador, Beato Inácio de Azevedo: que não se abrisse casa fora dos senhorios de Portugal; e em 1576, em Roma, o P. Geral, ao dar-se nova tentativa dos Padres do Brasil, confirmava as proïbições anteriores [5].

Registamos estas tentativas e esforços, não só pelo paralelismo que teem com lutas de carácter político entre as coroas de Castela e Portugal, como também pelo zêlo apostólico que animava os Jesuítas do Brasil, em particular Leonardo Nunes e Manuel da Nóbrega. E, também, porque êstes esforços não foram inúteis. A missão do Paraguai, tão instantemente desejada e tentada pelos Padres do Brasil, havia de fundar-se, de-facto, por êles, mas só depois que a reünião das duas coroas numa só cabeça facilitasse a tarefa.

---

1. Nóbr., *CB.*, 175; *Mon. Laines*, III, 455.
2. António de Matos, *Prima Inst.*, 9, onde diz que o P. Grã chegou a andar 100 milhas.
3. Nóbr., *CB*, 217-218; Anch., *Cartas*, 101, 156; Vasc., *Crón.*, I, 206.
4. *Epp. NN*, 36, 256v.
5. *Bras.* 2, 24, 138v.

2. — Ora esta reünião operou-se em 1580. E o Brasil sofreu logo a repercussão correspondente: os inimigos da Espanha tornaram-se inimigos de Portugal. É a época das piratarias por diversas nações europeias e das ocupações holandesas no Brasil. Ao lado, porém, dêstes efeitos funestos, houve um bom. Afrouxaram as barreiras que separavam, na América, os territórios espanhóis dos portugueses, dependentes agora uns e outros do mesmo soberano. Tal conjuntura teve consideráveis conseqüências para a expansão territorial do Brasil. Aproveitaram-na bem os Jesuítas e renovaram mais uma vez o pedido de missões no sul.

Em 1583, propôs a Congregação Provincial da Baía que o Geral mostrasse a Sua Majestade a vantagem de irem os Padres, aproveitando as armadas espanholas, ao «Rio da Prata, ao Paraguai, aos Patos, e a outras partes que se conteem no ininterrupto litoral brasileiro». Estava então no Brasil a armada de Flores Valdés e Pero Sarmiento, destinada ao Estreito de Magalhãis. Os Padres, que fôssem, ficariam sujeitos ao Provincial do Brasil. De Roma responde o Geral, louvando a iniciativa e zêlo; mas que veria depois quem havia de mandar e que subordinação se guardaria. Apoiava Cristóvão de Gouveia, Visitador, o postulado da Congregação; e comunicava que alguns Padres ardiam com desejos dessas missões e se julgavam deslocados no Brasil, sem elas.

Em carta de 1 de Novembro de 1584 respondeu o P. Geral, Cláudio Aquaviva, afirmativamente: o Visitador podia mandar alguns Padres ao Paraguai *per modum missionis*[1].

Estavam coroadas de êxito, finalmente, as reiteradas instâncias de 30 anos!

Deu-se então uma circunstância que sobremodo facilitou a emprêsa, que se ia iniciar.

Era Bispo do Tucumã D. Fr. Francisco Vitória, a quem faltavam sacerdotes para a sua diocese. A 6 de Março de 1585, enviou uma carta ao Provincial do Brasil, de que foi portador o cónego Francisco Salcedo. Nessa carta, diz o Bispo, que já pedira missionários ao Peru, mas, por haver poucos naquela província, aproveitava a oportunidade de ir um navio ao Brasil, para lhe rogar enviasse alguns Padres da Companhia, de quem se confessa

---

1. *Lus. 68*, 408, 415 (8º); *Congr. 95*, 157v.

afeiçoado desde criança. O P. Diogo Laines, que fôra Geral da Companhia, era «tio primo-irmão do seu pai», diz êle. Termina desta forma:

«Escrevo ao Bispo e ao Governador para que me favoreçam com V. Paternidade e o animem a esta santa emprêsa. Leva ordem o P. Salcedo para prover de navio e do que fôr preciso aos Padres que vierem a esta breve viagem e *a terra que pertence a essa província*, pois é na mesma costa e junto do mar, se pode dizer, porque veem desembarcar vinte léguas do nosso bispado »[1].

Dizia o Prelado que, quando voltasse a Espanha, havia de ir pelo Brasil para o conhecer; e recomendava ao P. Salcedo que recebesse com humildade as homenagens, que lhe prestassem ali, no Brasil, «porque é costume *em nossa terra de Portugal* honrar muito aos hóspedes »[2].

Pelo modo de falar do Bispo, D. Francisco Vitória, a respeito dos hóspedes «em nossa terra de Portugal» e pelo interêsse que tomava pelo Brasil, se infere que D. Francisco Vitória, era português. E era-o, na verdade. O seu nome, pela iniciativa de chamar os Jesuítas, fica indissolùvelmente unido à missão e província do Paraguai. Francisco Vitória foi a princípio comerciante no Peru. Entrou em Lima para a gloriosa Ordem dos Prègadores. Indo a Roma, como Procurador da sua Província, granjeou a amizade de S. Pio V e dos Cardiais. Também, ao passar por Espanha, caíu em graça a Filipe II, que o apresen-

---

1. *Epp. Ext.* 14, 216.
2. *Epp. Ext.* 14, 219. Exemplo desta caridade, expressa pelo Bispo de Tucumã, foi o que se praticou no Rio de Janeiro, em 1608, com uma expedição de Padres da Companhia, que da Europa se dirigiam ao Paraguai, já então Província organizada e independente. Diz uma relação, feita por um dos expedicionários: «Veio o Procurador [do Colégio do Rio] com seu companheiro ao próprio navio receber-nos com entranhas de caridade que costuma a Companhia. Em desembarcando para ir ao Colégio, saíu a meio da rua, a receber-nos, o P. Visitador, Pero Rodrigues, acompanhado do P. Reitor e dos Padres mais graves do Colégio. Todos com grandes demonstrações de amor e caridade; e acompanhando-nos até nossos aposentos, logo, sem esperar a noite, nos lavaram a todos os pés, sendo o P. Reitor o primeiro que no-los lavou. Dezóito dias estivemos ali, tão regalados e servidos como se fôssemos os Provinciais de Espanha. Levou-nos o próprio Visitador à Casa de Campo, onde nos fêz mil obséquios e atenções e nos enviou carregados de presentes e refrescos que duraram até o pôrto de Buenos Aires». Astrain, *Historia*, IV, 636; *Paraquariae Hist.*, I, 8.

tou ao Papa para a Diocese de Tucumã. Entrou nela em 1582. Zeloso, activo, eloqüente e honesto, além de chamar os Jesuítas, abriu o Rio da Prata ao comércio do Brasil. Teve algumas diferenças com São Toríbio, outros bispos e vários capitãis e governadores daquelas terras. Daí, uma série de queixas contra êle. O Presidente da Real Audiência de la Plata representa a Filipe II, em 3 de Janeiro de 1588, que se proíba o trato com os Portugueses do Brasil e que, «se o Bispo de Tucumã apresenta como merecimento haver sido o primeiro que abriu viagem, caminho e comércio do seu bispado e Rio da Prata, eu entendo que é demérito, por tê-lo feito sem licença de V. Majestade e ter mostrado aquela entrada neste reino aos que a não sabiam, que será (ou por tempo poderá ser) causa que não seja tão freqüentada a viagem de terra firme». Queixas idênticas fêz o governador do Tucumã, João Ramírez de Velasco e outros. Tornando-se difícil o govêrno da diocese, e incorrendo no desagrado de Filipe II, resignou e retirou-se para a Europa, falecendo no Mosteiro de Atocha em 1592 [1].

Enviado, pois, com tôdas aquelas recomendações do seu Prelado, saíu Salcedo com Diogo de Palma Carrilho, de Buenos Aires, a 20 de Outubro de 1585. Chegaram à Baía nos começos de Março de 1586. Foram bem recebidos por todos. Entregaram as cartas, que levavam, ao Governador Manuel Teles Barreto e ao Bispo D. António Barreiros [2].

---

1. Pastells, *Paraguay*, I, 49-54. Lozano, *Historia de la Compañia*, I, dedica-lhe todo o capítulo VIII (pp. 33-40); Dávila, *Teatro Eclesiástico de la primitiva Iglesia de las Indias Occidentales*, II (Madrid 1655) 52; Roberto Levillier publica o fac--símil da assinatura dêste ilustre prelado e trata-o com desmarcada acrimónia, Rob. Levillier, *Nueva Crónica del Tucumán*, III (Buenos Aires 1931) 197-203. Procura restabelecer o equilíbrio histórico Pablo Cabrera na sua *Introducción a la Historia Eclesiástica del Tucumán*. Cf. *Estudios*, 44 (Buenos Aires 1936) 72. Segundo Cabrera, D. Francisco Vitória saíu de Potosi para a sua diocese «en cierto dia de uno de los primeros meses del año 1582, según presumo» (p. 292).

2. Fr. Vicente do Salvador diz que foi durante o govêrno interino do Bispo D. António Barreiros e Cristóvão de Barros; e que Salcedo viera «a esta Baía a buscar estudantes pera ordenar e cousas pertencentes à igreja, o que tudo levou». *Hist. do Brasil*, 330. Em 1586, ainda vivia Manuel Teles Barreto; e Salcedo não veio buscar estudantes para se ordenarem, mas Padres da Companhia de Jesus para missionarem. Note-se, aliás, a incongrüência que seria irem estudantes, da Baía, ordenar-se tão longe a Tucumã, estando presente, na Baía, o Bispo D. António Barreiros.

O pedido, dirigido ao Provincial do Brasil, foi recebido pelo Visitador Cristóvão de Gouveia, que tinha então a autoridade suprema na Província. Não desejava outra coisa o Visitador, como quem também o pedira de Roma. Os emissários demoraram-se seis meses na Baía, até se construir um navio de 35 a 40 toneladas, que lhes custou, pôsto à vela, 1.000 cruzados (Não desprezemos êste pormenor, índice de que já existia no Brasil, com certo desenvolvimento, a indústria naval). Com outro navio, que tinham comprado em S. Vicente, fizeram-se de volta para Buenos Aires, levando cinco Padres Jesuítas: Leonardo Armínio, Superior, Manuel Ortega, João Salóni, Tomaz Filds e Estêvão da Grã [1].

Os dois navios tiveram próspera viagem, até à entrada do Rio da Prata. Ali foram surpreendidos pelo corsário Roberto Withrington. O pirata inglês mostrou carta de côrso de D. António, Prior do Crato. Os navios foram saqueados de quanto levavam, que era muito, roupas, livros, ornamentos; as relíquias profanadas, os Padres (e só êles) maltratados e presos. Lozano diz que o P. Ortega chegou a ser atirado à água [2]. Ficaram-lhes só as camisas rôtas sôbre o corpo, ou, como informa o Governador de Tucumã, «nem a camisa lhes deixaram». Os piratas abandonaram depois os dois navios, no alto mar, a 30 léguas da costa, por altura de 41 graus e meio, «sem pilôto, sem velas nem âncoras, só com um pouco de lastro e um pouco de fari-

---

1. *A Relação da Viagem do Brasil* diz que iam seis *Padres*. Se assim foi, um dêles ficou nas Capitanias do sul e não chegou ao seu destino. Astrain, *Historia*, IV, 611, fala daqueles cinco Padres e de um Irmão *coadjutor*. Não achamos tal indicação em nenhum documento da época. Também o P. Estêvão da Grã não chegou a estar, de-facto, no Paraguai. Ou ficou na costa do Brasil, ou voltou antes de chegar ao Paraguai, não passando do Tucumã. O seu nome não aparece, como tendo chegado ao Paraguai, em nenhuma carta ou relação. Pelo contrário, na Ânua de 1588, lê-se que estavam lá quatro *(Annuae litterae anni 1588*, 318); e, no ano seguinte, já o P. Estêvão da Grã era procurador do Colégio do Rio de Janeiro, emquanto os outros quatro (sempre os mesmos: Armínio, Ortega, Salóni e Filds) aparecem no catálogo do Brasil sob a rubrica de *Missão de Tucumã e Paraguai (Bras. 5*, 32v-33); cf. Lozano, *Historia de la Compañia*, I, p. 22. O P. Estêvão da Grã, natural de Ceuta, faleceu na Baía, a 22 de Fevereiro de 1614 *(Hist. Soc. 43*, 66; Ânua de 1614, *Bras. 8*, 155).

2. Lozano, *Historia de la Compañia*, p. 25.

nha e cinco pipas de água para cento e vinte pessoas»[1]. Por felicidade, conseguiram os Padres alcançar o pôrto de Buenos Aires, nos fins de Janeiro de 1587. Esperava-os em terra o Bispo do Paraguai, D. Frei Alonso Guerra, também da Ordem dos Prègadores, o qual os recebeu e agasalhou com todo o amor e os desejou logo para a sua diocese[2].

Uma novidade souberam em terra os Padres do Brasil. Havia ano e meio que já missionavam na diocese de Tucumã dois Padres da Companhia, Francisco Angulo e Alonso Barzana. A rogos do mesmo Prelado, haviam chegado em 1585, em data anterior a 24 de Novembro, dia em que escreve D. Francisco Vitória uma carta ao Provincial do Peru, agradecendo a vinda daqueles Padres e relatando o fruto que faziam[3].

Reüniram-se os Padres das duas Províncias do Brasil e Peru em Córdoba do Tucumã, em Abril de 1587; e parecendo aos recém-chegados que vinham meter foice em seara alheia retraíram-se e comunicaram o facto para a sua Província. Parece também que Filipe II, a-pesar da união das coroas de Portugal e

---

1. *Relación del Viaje del Brasil que por mandado del reverendíssimo de Tucumán se ha hecho para traer religiosos de la Compañía de Jesús y descubrir este camino del Rio de la Plata hasta el Viasa y de alli al Brasil.* — Archivo de Indias, Charcas, 16. Publicada por Pastells, *Paraguay*, I, 29-45; e por Levillier, *Organización de la Iglesia y Órdenes Religiosas en el Virreinato del Perú en el siglo XVI*, I, 399-403: nos *Annaes do Museu Paulista*, I, 2.ª P. (1922) 139-147. O P. Amador Rebelo alude ao facto em carta ao P. Geral, *Lus. 70*, 250. Taunay, *Bandeiras Paulistas*, I, escreve a p. 171, «a região de Santa Catarina ou de Viasa»; e na p. 221, identifica o Viasa com a «zona da Lagoa dos Patos»; deve-se distinguir entre Laguna dos Patos e Lagoa dos Patos, esta no Rio Grande, aquela em Santa Catarina.

2. D. Francisco Salcedo, clérigo, tesoureiro da Catedral de Tucumã, que trouxe os Padres, foi benemérito da Companhia naquela diocese. Mais tarde, em 1602, numa *Informação de Ofício*, assinada pelas principais pessoas da terra e capitães, e com parecer do Bispo e do Governador de Tucumã e Charcas, invoca-se o trabalho e despesas que fêz com a vinda dos Padres do Brasil. «Los quales en aquel Obispado y en el del Paraguay han hecho mucho fruto, gran servicio a Dios Nuestro Señor y a S. M. en aumento de nuestra Santa Fe Católica». Cf. Pastells, *Paraguay*, I, 105.

3. *Epp. Ext. 14*, 263. Não teem nenhum fundamento as afirmações de Machado de Oliveira, no seu *Quadro Histórico*, ao dar o ano de 1555 para a fundação das reduções jesuíticas do Guairá, como nem as de João Pedro Gay, que dá o ano de 1557, a quem segue Azevedo Marques, nos seus *Apontamentos*, II, 214; Gay, *Hist. da República Jesuítica do Paraguay*, na *Rev. do Inst. Bras.*, 26 (1863) 39.

Castela, não desejava que se confundissem as emprêsas de Espanhóis e Portugueses. E vemos que o P. Geral, em carta de 24 de Janeiro de 1587, dispôs que a nova missão pertencesse ao Peru[1]. Instado do Brasil, o Geral confirmava a ordem de 1587; e, em carta de 1 de Outubro de 1591 dizia ao Provincial do Brasil, que podia mandar retirar os Padres que lá andavam. Assim o ordenou o P. Beliarte[2]. Mas três daqueles Padres tinham-se afeiçoado já ao novo campo de apostolado e obtiveram licença para ficar[3]. Leonardo Armínio voltou. Tendo ido como superior e ficando prejudicada esta sua gestão pela situação de facto que achou, e sendo competente para professor de ciências teológicas, ao reorganizarem-se estas na Baía, tornou-se necessária a sua presença no Brasil[4].

O P. Salóni faleceu em 1599. Num dado momento, os três Padres, que se encontravam no Paraguai, Ortega, Filds e Lorenzana, êste último vindo do Peru, tiveram que retirar-se por determinação do Visitador P. Paes. Ortega foi levado prêso a Lima. Apenas ficou Filds, por estar adoentado. Recorreram os Superiores do Peru aos do Brasil, pedindo de-novo Padres para a missão do Paraguai. Parece mesmo que o Visitador P. Paes, dada a falta de gente com que se debatia, queria entregá-la definitivamente ao Brasil. Filds, interpretando a opinião corrente, dirigiu-se ao Geral, de Assunção, a 27 de Janeiro de 1601, insistindo por aquela entrega, alegando a facilidade de comunicações com o Brasil, contraposta às difíceis e demoradas com o Peru[5].

---

1. Astrain, *Historia*, IV, 613.
2. *Bras. 15*, 397v, 409.
3. Segundo Charlevoix, êles alcançaram licença do P. Armínio para ficar, ou antes, «crurent devoir attendre un ordre de leur Provincial pour retourner à leur ancienne mission: et cet ordre ne vint point». — Pierre François Xavier de Charlevoix, *Histoire du Paraguay*, I (Paris 1757) 288.
4. O P. Leonardo Armínio, da diocese de Nápoles, partiu do Brasil como superior da Missão. O achar, no Tucumã, Padres do Peru, deve ter modificado ou anulado êste cargo: contudo o catálogo de 1598, *Bras. 5*, 39, diz expressamente que «fuit superior Nostrorum quatuor annos in Missione Tucumanica». Cf. *Bras. 15*, 369v, 372 (11.º). Faleceu, no Colégio de Pernambuco, a 24 de Julho de 1605. *Hist. Soc. 43*, 65v; Ânua de 1605-1606, *Bras. 8*, 61; *Bras. 15*, 407; *Bras. 3(1)*, 170v; *Lus. 68*, 402-402v.
5. *Peruana Hist. I*, N.º 28; Astrain, *Historia*, IV, 625.

Tolosa, Vice-Provincial do Brasil, escreve ao P. Geral, em 25 de Setembro de 1604; e, a-propósito desta nova requisição de missionários, feita pelo venerando P. Filds, pede que o Paraguai fique dependente da sua Província, como se pensara antigamente. Aduzia, como sempre, o argumento verdadeiro das comunicações, porque mais fácil era ir do Brasil a Buenos Aires, «que é a primeira cidade do Paraguai», do que do Peru [1].

O requerimento do Provincial não foi deferido. Portanto, também êle não acedeu ao pedido de Padres, tanto mais que solicitavam agora missionários as regiões, que se iam descobrindo e ocupando sucessivamente, ao Norte do Brasil.

A solução definitiva só veio em 1607, com a fundação da Província independente do Paraguai, ordenada já desde 1604 pelo Padre Geral Cláudio Aquaviva [2]. A missão, porém, já tinha sido fundada desde 1588, e essa é a glória dos três Padres vindos do Brasil, Ortega, Salóni e Filds, que foram os primeiros a regar com os seus suores apostólicos aquelas históricas paragens. Ficaram algum tempo êstes Padres, depois de chegar, em Santiago del Estero com o P. Barzana. Tendo porém adoecido êste Padre, e não sabendo êles a língua do Tucumã, trasladaram-se todos três ao Paraguai, com a anuência do P. Angulo, superior daquela Missão. Os Padres Salóni, Filds e Ortega foram recebidos festivamente pelo Governador e a gente principal na cidade

---

1. «Los Padres que residen en Córdova y en Tucumán me escriven que tienen alargada la residencia que tenían en el Paraguai en la Ciudad de la Assumpción y los de aquella ciudad y los Padres también piden com mucha instancia que les den desta provincia remedio. Quedóse en la Assumpción el Padre Thomas Fildi sólo, por estar enfermo, y escrive sobre esto con grande lástima. Bien veo que desta provincia se puede mejor dar remedio aquellas almas que del Perú; porque de allá es mucha distancia y están faltos de gente. De acá por mar vase a Buenos Aires, que es la primera ciudad del Paraguay, en 20 dias y van cada anno dos y tres navios e vienen de allá, porque del Brasil se provian los moradores de aquellas partes. Por caridad trate V. R. con nuestro Padre General si será bueno que de acá se les de algun remedio si quiera *per modum missionis*. Bien me acuerdo que al principio asi lo ordenó nuestro Padre, que el Paraguai fuese subieto al Brasil por la comodidad que dixe ay, mas después esfrióse esto por los Padres del Perú tomarlo a su cargo y aguora claramente dize el Provincial del Perú que no puede proveer y por esso largó la residencia», *Bras. 8*, 102.

2. Lozano, *Historia*, I, p. 545.

de Assunção, no *dia 11 de Agôsto de 1588, verdadeira data inicial da Missão do Paraguai*¹.

A diversidade de nações dos seus fundadores, um português, um catalão e um irlandês, é a imagem prévia da universalidade que havia de ter mais tarde esta célebre província.

3. — Logo distribuíram os Padres entre si o campo de apostolado. Salóni ficou como superior na capital e os outros dois partiram para o Guairá. Ao P. Salóni veio juntar-se depois o P. Barzana; e êste, escrevendo ao seu Provincial, de Assunção, a 8 de Setembro de 1594, diz:

«Em Santa Fé estêve o P. Armínio, onde fêz grande fruto com os Espanhóis antes de regressar ao Brasil; e em Vila-Rica do Espírito Santo trabalharam, mais de dois anos, dois da Companhia tanto com Índios como com Espanhóis, acudindo também ao Guairá, que se achava sem sacerdote, e aos Espanhóis que tinham fundado nova povoação, havia coisa de dois anos, nos Niguaras. Os três Padres, que vieram do Brasil, sabem muito bem o guarani, pouco diferente do tupi; e o P. Manuel Ortega tomou a peito no Guairá o estudo da língua Ibirajara, nação numerosa e valente»².

---

1. Pastells, *Paraguay*, I, 78; Leonhardt, *Cartas Anuas de la Provincia del Paraguay, Chile y Tucumán, de la Compañia de Jesús* I (Buenos Aires 1927) LXIX; Pablo Hernández, *Organización social de las Doctrinos Guaranies de la Comp. de Jesús*, I (Barcelona 1913) 5; Lozano, *Historia de la Compañia* I,1 ibro I; Astrain, *Historia* IV, 613, tem que foi em 1587. Omite porém a estada dos Padres em Santiago del Estero. Furlong segue a Astrain e escreve; «El 11 de Agosto de 1587 partieron del Salado, donde se hallaban misionando y a fines de aquel mismo mes llegaron a la Assunción». — (Guillermo Furlong, *Un precursor de le cultura rioplatense, Tomas Field, 1549-1625,* em *Estudios* 55 (1937) 148.

2. Cf. Pastells, *Paraguay*, I, 97n. Também vieram depois, em 1593, o P. Lorenzana e o Ir. del Águila, e o próprio P. Romero, Superior da Missão, por ali passou e trabalhou algum tempo *(2.ª parte de la Historia de la provincia de la Comp. de Jhs del Perú,* pp. 378-389, mss. Arch. S. I. Rom.).

Paira alguma dúvida sôbre a localização das cidades de Vila-Rica e Ciudad Real, em que missionaram os Padres Ortega e Filds.

Segundo Funes, Ciudad Real foi fundada, em 1557, por Rui Dias Melgarejo, na bôca do Piquiri, a 3 léguas da vila de Ontiberos. Gregorio Funes, *Ensayo de la Historia civil de Buenos Aires, Tucumán y Paraguay,* 1.º vol. 2.ª ed. (Buenos Aires 1856) 99. O mesmo Melgarejo, diz Azara, fundou, em 1576, Vila-Rica do Espírito Santo e, em 1580, Santiago de Jerez ao sul do actual Estado do Mato

Nesta região começaram, pois, o seu apostolado os dois Padres. Filds deu-se mais aos Espanhóis; Ortega, aos Índios. Foram recebidos com extraordinárias demonstrações de afecto. Daí voltaram a Assunção a servir aos empestados numa terrível epidemia, que grassava em tôda a América Meridional, atingindo os naturais·da terra, consumindo famílias inteiras [1].

Passada a peste, tornaram às suas missões. Em nove meses, baptizaram mais de 6.500 pessoas e realizaram 2.800 casamentos [2].

Não teriam êstes Padres influído na formação das reduções do Paraguai? Pablo Hernández nega que os Jesuítas do Brasil

---

Grosso. Diferem destas datas as que dá Pastells: Ciudad Real e Vila-Rica, ambas em 1557, e Santiago de Jerez, em 1580. E elucida: Ciudad Real, destruída por los portugueses; Vila-Rica, desamparada e trasladada; Santiago de Jerez, desamparada. — Pastells, *Paraguay*, I, p. 213; Félix de Azara, *Descripción é Historia del Paraguay y del Rio de la Plata*, vol. 2.º (Madrid 1847), 202-206. O mapa de Seutterus, de 1720, traz Guairá, na margem esquerda do Rio Paraná, entre o Piquiri e o Paranapamena. Ciudad Real vem assinalada na margem direita do Piquiri perto da confluência; Vila-Rica, na margem esquerda do Ivaí, muito no interior, a meio curso do rio.—*Recens elaborata Mappa Geographica Regni Brasiliae* [...] per Matth. Seutterum, Sac. Caes. Maj. Geograph. Aug. Vind. — 1720, in Rocha Pombo, *Hist. do Brasil, para o ensino secundario*, 17.ª ed. (S. Paulo, s. d.) 52-53). Interpretando-os, de-certo, descreve Leonhardt que Ciudad Real ficava nas margens do Piquiri; e Vila-Rica nas do Ivaí. O curso dêstes rios inclue-se todo dentro do actual Estado do Paraná no Brasil. Teschauer, inclina-se a fazer da barra do Paranapanema o centro do Guairá com uma periferia distante daquela, mais ou menos três graus *(Historia do Rio Grande do Sul*, I (Pôrto Alegre 1918) 114-115). Neste caso, a actividade dos dois Padres ter-se-ia exercido em grande parte dentro do Brasil actual, nos três Estados de S. Paulo, Paraná e Mato-Grosso. Diz João Pedro Gay que o nome de Guairá provém de um famoso cacique, assim chamado naquela região, povoada, antes da conquista dos Espanhóis e Portugueses, por inúmeras tríbus de Índios. A dos Ibirajaras significa «senhores do garrote», por uns garrotes de que usam na guerra com destreza singular, diz o P. Ortega. Os Ibirajaras, notáveis pela sua ferocidade, que tinham sido amigos dos Espanhóis, estavam então alçados contra êles. O P. Ortega aprendeu a sua língua, baptizou 2.800, casou perto de 1.400, e confessou a alguns que averiguou terem sido baptizados pelos Espanhóis, quando eram amigos. O P. Ortega conseguiu que muitos dêles se estabelecessem nas cercanias de Vila-Rica. (Carta do P. Ortega, transcrita em Lozano, *Historia*, I, p. 72; Gay, *História da República Jesuítica do Paraguay*, na *Rev. do Inst. Hist. Bras.*, p. 245-246). Notemos que Homem de Melo, no seu *Atlas do Brasil*, escreve Guayra e Rocha Pombo, *Historia do Paraná* (S. Paulo 1929) 28, Guaíra.

1. Lozano, *Historia de la Compañia*, I, 63.
2. Leonhardt, *Cartas Anuas*, I, LXIX-LXX.

influíssem nelas, aduzindo que só se fundaram vinte anos depois da sua chegada [1].

Distinguindo a questão da fundação da questão da influência, concordamos que as *reduções* do Paraguai se fundaram mais tarde e que diferem dos *aldeamentos* do Brasil em muitos dos seus aspectos, condicionados pela topografia e pelo ambiente fluvial e mediterrâneo do Paraguai. Mas não se pode negar que os Padres do Brasil já tinham visto agitar-se a questão da liberdade dos Índios e já os aldeamentos brasileiros se apresentavam com os seus contornos bem definidos e com o regime do govêrno temporal entregue aos Jesuítas, quando saíram do Brasil. Porque é que, habituados a êste regime, não haviam de falar nêle no Paraguai e propor coisa semelhante? Aliás, um daqueles Padres, Filds, ainda teve contacto e viveu nas primeiras reduções, quando chegaram novos missionários e se fundou a Província.

É incontestável que os Padres introduziram no Paraguai os métodos usados nas Aldeias da Baía. Fizeram um bom catecismo «e com êle instruíu o P. Ortega aos catecúmenos». Catequeses, cantos, procissões, e, sobretudo, por serem poucos, constantes excursões. Lozano conta, com grande luxo de pormenores, os trabalhos e perigos, de que escaparam [2].

A Ânua do Brasil de 1590, no título *Missão do Paraguai*, traz o seguinte:

«Há quatro anos que dois dos nossos Padres, pedidos pelo Bispo do Tucumã, percorrem aquela vastíssima região que os Espanhóis chamam Rio da Prata e a gente da terra Paraguai. Prègam a palavra de Deus, confessam, fazem pazes entre os mal-avindos e exercitam os demais ministérios da nossa Companhia. Pena é que tudo seja rodeado de tantos cardos e espinhos, pois quási que anda esquecida a religião, a piedade e os sacramentos, e a custo se encontra naquela terra sacerdote que sirva de cura

---

1. Pablo Hernández, *Organización social*, I, p. 440.
2. Lozano, *Historia de la Compañia*, I, p. 70. A-propósito do catecismo, recordemos o que escreve o P. Pero Rodrigues, em carta de 7 de Maio de 1597, exaltando a unidade e extensão da língua tupi-guarani, que a «Arte desta língua [a *Arte de Gramática* de Anchieta] e as práticas e doutrinas, que nela andam escritas, servem também os Padres da Companhia que andam no Peru, para ensinar os Índios do Tucumão, do Rio da Prata e doutras terras que confinam com o Brasil». — Amador Rebelo, *Compendio de alg. cartas*, 236-237.

ou pároco. Encontram-se muitas pessoas de ambos os sexos que há mais de vinte ou trinta anos que se não confessam. Os Nossos, admirados de tão grande pesca, pedem Padres que os vão ajudar. Os próprios Governadores das cidades e as Câmaras [senatus] suplicam freqüentemente em cartas ao Padre Provincial do Brasil que mande auxílio aos Nossos. Já se teria satisfeito a êste desejo, se não fôsse a falta de operários. Contudo, àqueles dois reüniu-se um terceiro. Mas que é isto para tantos? Os Nossos até agora não teem tido lugar nem casa fixa, percorrendo tôdas as povoações, quer dos Espanhóis quer dos Índios, a grandes distâncias umas das outras. Algumas distam por terra, a pé, mais de duzentas léguas. É tal a colheita, que acham nestas missões, que às vezes nem lhes fica tempo para comer. Basta dizer que só dois Padres, em oito meses, ouviram sete mil confissões, a maior parte de tôda a vida »[1].

O Loco-Tenente do Governador do Rio da Prata, General Bartolomeu de Sandoval Ocampo, em provisão de 7 de Agôsto de 1595, diz que se não pode explicar todo o serviço que êsses Padres da Companhia de Jesus prestaram na catequese, doutrina e administração dos sacramentos « tanto aos naturais como aos filhos e filhas dos conquistadores e povoadores de tôda esta *Gobernación* ». O mesmo testemunham os Governadores João Ramírez de Velasco e Hernandarias de Saavedra. Em Vila-Rica, construíram casa e Igreja, « a primeira que fêz a Companhia de Jesus nas *Gobernaciones* do Paraguai e Rio da Prata »[2]. Por sua vez Leonhardt, referindo que os Padres Angulo e Barzana, no exercício dos seus ministérios não tinham passado dos confins da Argentina e Bolívia, acrescenta que Ortega, Salóni e Filds foram os « primeiros apóstolos do Paraguai pròpriamente dito »[3].

---

1. *Notationes Annuae Brasiliensis Provinciae anni 1590 e Bayensi Collegio*, pelo P. Marçal Beliarte, Calendis ian., anni 1591, Bras. 15, 367. Outros ministérios em *Annuae Litt.* (1589) 466. No Guairá não existia cura à chegada dos Jesuítas, ou por falta de sacerdotes ou, diz Lozano, por não quererem retirar-se para o « ângulo mais remoto de esta América Meridional ». — Lozano, *Historia de la Compañia*, 59-60.

2. Pastells, *Paraguay*, I, 78-82.

3. Leonhardt, *Cartas Anuas*, LXIX-LXX; Lozano, *Historia de le Compañia*, I, 79. Antonio Ruiz de Montoya, na sua *Conquista Espiritual hecha por los Religiosos de la Compañia de Jesus en las provincias del Paraguay, Paraná, Uruguay y Tape*

Dos três Padres fundadores da Missão do Paraguai, o primeiro a falecer foi João Salóni, catalão, natural de Granadilla, diocese de Lérida. Entrou na Companhia, em 1570. Veio de Barcelona para Lisboa com destino à Índia. O P. Visitador Valignano não o quis levar. Foi então para o Brasil. O Procurador em Lisboa, Vale-Régio, pregunta para Roma em que Província há-de carregar as despesas da vinda até Portugal. Em Roma, escreveram uma nota ao lado: *O Brasil pediu-o*[1]. Embarcou em Lisboa, em 1574. Missionou com o P. Braz Lourenço, logo em 1575, no Rio Real, fronteira dos Estados actuais da Baía e Sergipe, e foi, pouco depois, Superior de S. Paulo de Piratininga, durante seis anos. Dali conheceu directamente pessoas e terras do Paraguai. Em Assunção, lançou os fundamentos da residência que havia de ser mais tarde Colégio da Companhia. Era a casa central da missão. Sôbre êle recaíu o maior pêso dos ministérios até 1599, ano em que faleceu de febres, apanhadas indo confessar um moribundo. Homem de grande virtude e paciência. Faleceu, diz Lozano, «na semana da Páscoa, que caíu aquêle ano por Abril, aos 62 de sua idade, 29 de Companhia e pouco mais de dois de professo de 4 votos[2].

O P. Tomaz Filds (achamos o seu nome escrito das seguin-

---

conta da seguinte forma *Cómo los de la Compañia entraron a la provincia del Paraguay*: «Los Padres Provinciales del Perú enviaron algunos Padres por via de missión a la ciudad de la Assunción, que dista de la Villa de Potosi, último término de la Provincia del Perú, 500 leguas, en donde hecieron casa, predicaron e exercitaron los ministerios de la Compañia por algunos años; pero como los Superiores no pudiesen visitar esta residencia por la longitud de tierra, la deshicieron, llamando a los Padres. Sólo uno, llamado el P. Tomas Filds, irlandés de nación, hombre de muy madura edad y rara virtud, fue detenido allí con providencia del cielo para guarda de nuestra casa y iglesia, que aun con vivir el Padre en ella no faltaron Religiosos que deseasen ocuparla; pero el Padre con la esperanza que siempre tuvo de que havia de ser bien ocupada de nuestros Religiosos que habian de acudir á la miés de Indios gentiles que ya se iba sazonando, nos la conservó». — Edição de Bilbau, 1902, p. 23. — Concisão talvez nímia, tratando-se de *Cómo los de la Compañia entraron a la provincia del Paraguay*. Os primeiros são sempre dignos de particular relêvo!

1. *Lus. 66*, 237v.
2. Lozano, *Historia de la Compañia*, I. p, 394, 404; mas o catálogo de 1584 (*Bras. 5*, 24) diz que tinha então 41 anos; segundo êste cômputo, em 1599 teria 56 anos. — Carta de Caxa, *Bras. 15*, 277; Del Techo, *Historia Provinciæ Paraquariæ Societatis Iesu*, II (Leodii 1673)44; Leonhardt, *Cartas Anuas*, I, LXX.

tes maneiras: Fihilly, Fildio, Phildius, Fildius, Fildi, Filde, Fili, Fids, Fields, Filds, êste com mais freqüência e por isso o adoptamos) nasceu em 1549 na diocese de Limerik, na Irlanda. Era filho de Guilherme Filds, médico, e de Genet Creah. Em virtude das suas crenças católicas, teve que emigrar, na adolescência, para a França e Bélgica. Estudou letras humanas em Paris e Douai, três anos, e Filosofia em Lovaina, outros três, tomando o grau de mestre em Artes. Da Bélgica passou a Roma, onde entrou na Companhia, a 6 de Outubro de 1574, no Noviciado de Santo André. Tinha 25 anos de idade [1].

Conta Du Toict que veio de Roma a pé até Portugal. De Lisboa embarcou, em 1578, para o Brasil. O P. Filds missionou nos sertões do Brasil e, em 1584, estava em S. Paulo de Piratininga. No Paraguai, além dos ministérios comuns a todos, coube-lhe a glória de ser o traço de união entre a missão fundada pelos Padres do Brasil e a Província do Paraguai, erecta em 1607. Tendo morrido o P. Salóni e indo para Lima prêso o P. Ortega, e retirando-se os Padres do Peru, que os tinham vindo secundar (em 1602, havia oito Padres e dois Irmãos), ficou êle só durante muito tempo. Faleceu, já depois de fundada a Província, em Assunção, em 1625. Quatorze anos antes, escrevia o P. Diogo González estas palavras que poderiam ser o epitáfio do P. Filds: « Grande obreiro de Índios e Espanhóis » [2].

---

1. Lê-se no livro de entradas do Noviciado de Santo André, Roma, página referente ao dia 6 de Outubro de 1574: « Thomas Phildius, 6º 8bris 1574. Examinanatus nullum habere impedimentum repertus est. Natus annos 25 Limerici in Hibernia oriundus. Patris nomen erat Gulielmus Phildius qui medicinae scientiam callebat, matris Genet Creah, ambo mortem obiere Parisiis et Duacii tres anos humanioribus litteris vacavit, Lovanii missus Philosophiae tres annos, ubi ad magisterium in artibus promotus fuit... Thomas Phildius » (assinatura autógrafa).
— *Codex novitiorum Societatis Iesu qui Romae tyrocinium posuerunt ab anno 1565 ad annum 1586*, manuscrito não paginado, conservado no actual noviciado da Província romana da Companhia. É instrutivo aproximar desta, a referência muito mais simples do Catálogo de 1 de Janeiro de 1584: « Thomas Fildius, dioeces. limerecens. in Hybernia, annorum 32 firmae valetudinis in Societatem admissus est anno 1575. studuit grammaticae annos 4ºr et dialecticam audivit », *Bras. 5*, 24v; F. Soares, *De algumas cousas mais notáveis do Brasil*, 377; Franco, *Synopsis*, no Catálogo do fim, chama-lhe italiano: outros (cf. Luiz Gonzaga Cabral, *Jesuítas no Brasil*, 199n) chamam-lhe escosses.

2. Leonhardt, *Cartas Anuas*, I, LXXI, 133, 154: Carta de Diogo González de 19 de Janeiro de 1611. O nome de Filds não consta dos Catal. Defunct. — *Hist.*

Manuel Ortega nasceu em Portugal, na diocese de Lamego, em 1561. Diz Lozano que o bispo de Lamego era irmão de sua mãi, senhora nobre e insigne bemfeitora da Companhia[1]. Entrou na Companhia de Jesus, no Rio de Janeiro, a 8 de Setembro de 1580. Indo muito novo para o Brasil, aprendeu com facilidade a língua indígena, que lhe serviu à maravilha no Brasil e no Paraguai. Entre as suas inúmeras excursões apostólicas correu graves perigos. Emquanto estêve no Tucumã com o P. Barzana, faltou-lhes de comer e chegaram a estar « cinco dias naturais contínuos sem provar bocado ». Disseram-lhes que, daí a oito dias de caminho, havia Espanhóis que os poderiam socorrer. O P. Barzana ordenou ao P. Ortega que fôsse lá. Fêz a viagem com um Índio em boas cavalgaduras, gastando apenas onze horas. Só por milagre não caíu nas mãos dos Índios. Êle mesmo conta o caso, pormenorizadamente, em carta sua, que Lozano diz transcrever « a la letra »[2]. Certo dia, em 1597, para acudir aos Índios numa grande enchente do rio, na região de Santiago de Jerez [no actual Mato-Grosso], picou-se numa perna. Quando lhe arrancaram o espinho, no dia seguinte, era tarde e ficou a sofrer disso o resto da vida. Visitou três vezes aquela cidade. O campo principal do seu apostolado foram, no entanto, as cidades de Ciudad Real e Vila-Rica no Guairá. Nesta última, acusaram-no de violar o sigilo sacramental. Levado para Lima, estêve prêso, *stupente tota Peru-*

Soc., *41, 42, 43* (1557-1626). Mas diz Furlong que « todos los catálogos consignan el año 1625 » como o da sua morte. — Guillermo Furlong, *Un precursor de la cultura rioplatense, Tomas Field, 1549-1625*, em *Estudios*, 56 (1937) 410. Sôbre o P. Filds, podem ainda citar-se as seguintes obras: Edmund Hogan S. I. *Irish Worthies of the sixteenth century: Father Thomas Field*, The Month, 70 (1890) 345-358 e 514-524; reimpresso em *Distinguished Irishmen of th sixteenth Century*. First series (London 1894) 128-162: Father Thomas Filde; Aubrey Gwynn S. I. *Father Thomas Fihilly S. I. (1549-1625)* in *The Irish Way* (London 1832) 155-167. Gwynn indica no próprio título o ano da morte; Hogan escreve a p. 158 de *Distinguished Irishmen*: « In 1626 he died at Asuncion in the seventhy-eight or eightieth year oh his age, and the fifty-second of his religious life, during which he spent about ten years in Brazil and forty in the missions of Paraguay, of which he and de Ortega were the founders and in which for more than three years he was the only representative of the Society ». Cf. também *Annaes*, VI, 1.º (1879) 93; Del Techo, *Historia*, cap. XIX, 191; *Bras. 5*, 24v.

1. Lozano, *Historia de la Compañia*, I, 467.
2. Lozano, *ib.*, I, 29-30.

via, em rigoroso cárcere, suspenso dos ministérios sacerdotais, às ordens da Inquisição, durante cinco meses. Consentiu depois o Santo Ofício que ficasse prêso no Colégio de S. Paulo, de Lima. Felizmente, o delator e caluniador, arrependido, confessou, antes de morrer, a falsidade da acusação. E, para mais eficácia, chamou um notário público de Vila-Rica, que reduziu a auto as suas declarações. Quando êstes documentos jurídicos chegaram a Lima, onde residia penitenciado, o P. Manuel Ortega foi conduzido ao Tribunal da Inquisição e declarado livre. Ao voltar num carro com o P. Cabredo, reitor do Colégio, o povo, que soube logo a novidade, aclamou com efusiva alegria pelas ruas da capital do Peru a inocência do P. Ortega.

Em 1607, foi escolhido para a Missão de Tarija, onde prestou grandes serviços aos Chiriguanos. Faleceu no dia 21 de Outubro de 1622, no Colégio de Chuquisaca [1]. Tinha 61 anos de idade e 42 de Companhia, passados mais de 35 nas missões.

Manuel Ortega, sofrido e obediente, cativo dos piratas, confessor da fé, apóstolo dos Ibirajaras, converteu milhares de almas e percorreu imensos territórios, então inexplorados, que se repartem hoje pelas repúblicas do Brasil, Argentina, Paraguai, (Uruguai?), Bolívia e Peru. É um dos grandes da América: *adeo ut inter Americae Heroes iure merito computaretur* [2].

---

1. Hoje Sucre na Bolívia: « La antigua Chuquisaca india, llamada tambien Charcas y la Plata durante el coloniaje, cambió su nombre por el de Sucre ». *Geografia Universal*, Tomo V, *América*, Gallach, Barcelona, p. 434.

2. Del Techo, *Historia*, II, cap. XXXIII, 51; Pastells, *Paraguay*, I, 130, 221-223; *Bras*. 5, 21v, que o dá com 23 anos em 1584; Rocha Pombo, *Hist. do B.*, V, 158, nota 2; Coetlosquet, *Au Paraguay — Missionnaires et Oeuvres sociales*, in *l'Action Populaire*, n. 217, 9; Lozano, *Historia*, I, 274-280, 458-469.

LIVRO QUARTO

RIO DE JANEIRO

CAPÍTULO I

Conquista e fundação do Rio de Janeiro

1 — Os Jesuítas no Rio, antes de Villegaignon; 2 — Expedições contra os Índios Tamóios; 3 — O Armistício de Iperoig por Nóbrega e Anchieta; 4 — A Tomada do Forte Coligny; 5 — Villegaignon tenta trazer para o Brasil Jesuítas franceses; 6 — A campanha de Estácio de Sá; 7 — A parte dos Jesuítas na fundação da capital do Brasil.

1. — No tempo em que os Jesuítas chegaram ao Brasil, a baía de Guanabara era ocupada por duas tríbus diferentes, em guerra entre si: Maracajás e Tamóios.

Os Tamóios viveram em paz algum tempo com os Portugueses; mas então estavam em guerra. Os Maracajás eram amigos [1]. Visitavam com freqüência estas paragens navios de mercadores franceses. Também lá iam os Portugueses de S. Vicente fazer negócio, mesmo com os Tamóios, tomando naturalmente as devidas cautelas [2].

Cunhambebe, chefe Tamóio, que vivia na baía de Guanabara, por volta de 1560, ficou na história com fama de antropófago voraz. Dêste índio, a quem Thevet chama *le plus redouté diable*, compôs êle um retrato na sua *Cosmographia*, reproduzido em Pôrto Seguro e na Revista do Instituto Histórico. O mesmo Thevet, rectificando depois algumas patranhas de Lery (êstes dois excelentes autores dizem-se mùtuamente as últimas), dá um retrato um tanto diverso do primeiro. Cunhambebe está agora com o rosto mais voltado para o ombro direito, e ostenta, perfurando cada face, uma pedrinha redonda; tem as feições mais suaviza-

---

1. Anch., *Cartas*, 195.
2. Hans Staden, *Viagem do Brasil* (Rio 1930) 93.

das e adorna-se com algumas virtudes e com o gôsto pelos actos do culto. Mas Thevet afirma que nunca vira tamanho fanfarrão. Gabava-se, diz êle, de ter *deffaict* (não escreve comido) milhares de adversários [1].

Entre os Portugueses, que estiveram na baía de Guanabara antes de Villegaignon, conta-se Pero Correia, que depois entrou na Companhia. Por essa ocasião, viu-se em perigo de morte. Livrou-se dela com um hábil estratagema, de caracter psicológico, documento valioso do alto grau a que podia chegar a sugestão entre os Índios. O facto, por inacreditável que seja, é narrado sem dúvidas nem reticências, em carta ainda inédita, escrita de S. Vicente, a 10 de Março de 1553. Lê-se, a-propósito do Rio de Janeiro:

«Aqui veio uma vez o Irmão Pero Correia, estando ainda no mundo, e querendo-o matar os gentios, se fêz filho de uma destas índias e de um homem branco. A qual, por pensar que era seu filho, fêz que não o matassem. Esta mulher, por haver já aqui visto êste Irmão com o P. Leonardo Nunes, nos disse que o seu filho era *Abaré*, que quere dizer abade santo verdadeiro, e logo pediu ao Padre [Nóbrega] que a levasse aonde estava o seu filho. E o Padre a trouxe com um seu filho e uma filha prenhe, que já aqui pariu, em S. Vicente, e se baptizaram todos. Todos ficaram muito espantados dos meios que Nosso Senhor tem para trazer aquelas almas ao verdadeiro caminho da salvação».

Nóbrega, que levou aquêles índios para S. Vicente, passou no Rio, no mês de Dezembro de 1552 ou Janeiro seguinte. Vinha do norte e acabava de tocar no Espírito Santo:

«Daqui viemos ao Rio de Janeiro, onde o Governador quere fazer uma povoação de Portugueses. Ali não saíu gente em terra, porque os Índios estão mal com os brancos. Aqui adoeceram muitos homens, ainda que pela graça de Deus não morreu nenhum. E os Padres tíveram grande trabalho em confessá-los e consolá-

---

1. André Thevet, *Pourtraits et vies des hommes illustres* (Paris 1584) 661. Thevet estêve com Villegaignon no Forte Coligny. Era franciscano. Secularizou-se em 1558; e foi depois capelão da rainha de França e cosmógrafo real. Escreveu também *Les singularités de la France Antartique*. Cf. Pôrto Seguro, *HG*, I, 354-355.; *Rev. do Inst. Bras.*, 13 (1850) 517. Reproduzindo a efígie de Cunhambebe, o Redactor da Revista dirige-se « aos filósofos admiradores da selvageria »: se vos lisongeáveis de ser governados por um homem-fera, — êle não!

-los, porque faziam grandes calores. Depois foram os Padres pelo rio acima a umas Aldeias de uns Índios, que são amigos dos brancos, onde lhes prèguei na sua língua, e juntava os meninos e lhes ensinava a doutrina. Também lhes fazia decorar cantares de Nosso Senhor em sua língua e lhos fazia cantar» [1].

É a primeira catequese dos Jesuítas no Rio de Janeiro. A carta não menciona o local, onde estiveram os Padres Manuel da Nóbrega e Francisco Pires. Mas os Índios, amigos dos Portugueses, eram os Maracajás, que habitavam a Ilha do seu nome, hoje do *Governador* [2].

Tomé de Sousa, que vinha na armada, escrevendo a El-Rei, diz que ficou maravilhado com o Rio; e se não fêz logo ali fortaleza, como Sua Alteza mandava, foi «por ter pouca gente e não lhe parecer siso derramar-se por tantas partes» [3].

Os Índios Maracajás ou Temiminós, vendo-se em apertos, pediram ao Donatário do Espírito Santo que os socorresse. E êle, aconselhando-se com os Padres Braz Lourenço e Luiz da Grã, enviou-lhes quatro embarcações, e foram fundar uma grande Aldeia naquela Capitania, em Abril de 1555 [4].

Êstes Índios Maracajás e Temiminós parece que se devem identificar entre si. A-pesar dos grandes progressos dos estudos indiográficos no Brasil, a classificação rigorosamente científica dos seus Índios está por fazer, nem é fácil pela prodigiosa mobilidade dos mesmos. Notemos simplesmente que o chefe dos Índios, mudados do Rio, se apelidava Maracajaguaçú (Gato Grande), de

---

1. *Copia de una de un hermano del Brasil para los hermanos de Portugal*, de San Viçente, a diez de março del año de 1553, *Bras. 3 (1)*, 90. Com Nóbrega vinham o P. Francisco Pires e quatro moços estudantes. Um dêstes, de difícil identificação actual, seria o catequista da língua brasílica e o autor da carta.

2. Ocorre naturalmente esta pregunta: saindo os Padres em terra, e demorando-se tempo bastante para os meninos aprenderem e decorarem cantigas, não teriam dito missa ambos os Padres ou o P. Nóbrega, superior de todos?

¿Não seria esta a primeira missa no Rio de Janeiro?

Não podemos afirmá-lo com certeza, mas também não se poderá negar. Pelo menos, será arriscado, daqui em diante, repetir que foi Thevet quem disse tal missa, como se vê, se não estamos em êrro, numa pintura mural do Palácio de S. Joaquim.

3. Pôrto Seguro, *HG*, I, 323; *Hist. da Col. Port. do B.*, III, 364; Afrânio Peixoto, *Enciclopédia pela Imagem — Rio de Janeiro* (Pôrto 1938) 20.

4. Carta de Luiz da Grã, *Bras. 3 (1)*, 137v.

quem já falámos, e ao qual chamam alguns Temiminó. Capistrano identifica-os expressamente. Métraux, contudo, distingue entre Temiminós e Maracajás (Margais, Marakaya, sinónimos, para êle, de Tupinaquins); mas sem a devida clareza [1].

Os Temiminós haviam de alcançar renome na conquista do Rio de Janeiro, sobretudo um dêles, Martim Afonso Araribóia.

Ora, sucedeu que, no mesmo ano de 1555, em que êstes índios se transferiram para o Espírito Santo, chegou, a 10 de Novembro, à baía de Guanabara, o cavaleiro de Rodes, Nicolau Durand de Villegaignon. Aproveitando-se da inimizade dos Tamóios com os Portugueses, estabeleceu-se na Ilha de Sergipe, facto considerável, que implicava as mais funestas conseqüências para a unidade, comércio e catequese do Brasil.

Esta colónia, a quem intitularam depois enfàticamente França Antártica, degenerou num refúgio de calvinistas. Com tal apoio na América, os corsários franceses interceptavam, quando podiam, a correspondência entre o Brasil e a Europa. E preparavam o ambiente para as atrocidades dos 40 Mártires do Brasil, alguns anos mais tarde.

O perigo francês tinha sido assinalado várias vezes, e de modo veemente e claro, por Luiz de Góis, em 1548, em carta a D. João III; e recordou-o Anchieta, em 1560, notando que êles se fortificavam no Rio, para dali assaltarem as naus da Índia, na altura do Cabo da Boa Esperança ou Ilha de Santa Helena [2].

Não seria por si mesmo grave o perigo, se não fôsse a conivência dos Tamóios; êstes, acirrados e armados pelos Franceses, assolavam, insolentes, a costa, roubando, matando e atrevendo-se a ir até às portas de Piratininga [3].

A atitude hostil dos Tamóios e o perigo dos Franceses ia entrar logo num período agudo e ser o problema mais difícil e urgente de resolver no Brasil. Nêle intervieram eficazmente os Padres da Companhia; e a sua intervenção revestíu três aspectos diferentes, segundo as necessidades de momento. Umas

---

1. Capistrano de Abreu, nota a Pôrto Seguro, *HG*, I, 415; A. Métraux, *La civilisation matérielle*, 14.

2. Anch., *Cartas*, 303. Não se confunda êste Luiz de Góis com outro, que deu a conhecer o tabaco na Europa e se fêz jesuíta depois, na Índia. Cf. Pedro de Azevedo, *Os Primeiros Donatários*, na *Hist. da Col. Port. do B.*, III, 213.

3. Vasc., *Anchieta*, 59.

vezes, acompanhavam as expedições organizadas contra os Tamóios; outras, dividiam os inimigos, conseguindo pazes com uma parte dêles; outras ainda, impunham e ajudavam, com a sua influência decisiva, a conquista final do Rio de Janeiro. Nóbrega foi a alma de todo êste movimento. Di-lo formalmente Anchieta: « Do Colégio do Rio de Janeiro foi o primeiro [Reitor] o P. Manuel da Nóbrega, que o começou *a fundamentis*, e nêle acabou a vida, depois de deixar tôda aquela terra sujeita e pacífica, com os Índios Tamóios sujeitos e vencidos, e tudo sujeito a El-Rei, sendo êle o que mais fêz na povoação dela. Porque, com o seu conselho, fervor e ajuda, se começou, continuou e levou a cabo a povoação do Rio de Janeiro »[1].

2. — Das expedições organizadas contra os Tamóios, ficou-nos uma breve relação na vida do P. Manuel de Paiva. Transcreve-a António Franco, copiando a Anchieta, « de cujo manuscrito é à letra esta vida ». Diz assim:

« Ordenaram os Capitãis de S. Vicente duas guerras contra os Tamóios, foi necessário mandar o P. Nóbrega em sua companhia ao Padre Paiva, o qual todo o caminho, que foi largo, lhes disse missa, e prègou sempre, esforçando os Portugueses, e confessando-os, e acudindo juntamente aos Índios Cristãos com o Irmão Gregório Serrão, que era o língua que levava. Em uma guerra e em outra, foi sempre o Padre Paiva sem mêdo com a cruz na mão diante, até cêrca das Aldeias, uma das quais foi rendida de-todo, e com o esfôrço do Padre se salvaram muitos dos nossos, que estavam a ponto de fugir com perigo certo das vidas: os quais o Padre fêz esperar, até que de-todo se renderam os inimigos, de que havia ainda boa cópia recolhidos em uma casa forte; e se sentiram covardia nos nossos, houveram de sair, e matar muitos nas canoas, em que se queriam ir com pouca ordem, e com muitos já frechados ».

« Pelo grande perigo, em que estavam, se pôs o Padre Paiva sem mêdo algum, defronte daquela casa, donde se tiravam muitas frechadas até que se tomaram os inimigos às mãos, e os nossos ficaram salvos. A outra Aldeia não foi rendida, antes muitos dos nossos feridos, os quais o Padre Paiva ajudava a

---

1. Anch., *Cartas*, 327.

tirar do perigo presente de os acabarem de matar, e recolhendo-se todos pera as canoas, êle foi o último, que ficou no mato; porque, além de êle ser homem velho e pesado, quis que todos fôssem diante, e achando-o menos no pôrto, um Índio cristão o veio buscar e, encontrando-o no mato, já perto, o acompanhou até o embarcar com tôda a gente ».

« Neste combate nunca o Padre Paiva se apartou da cêrca com a cruz em a mão, animando a todos, e depois os Tamóios nos perguntavam: Quem era aquêle de uma roupa longa, que estava com uma Cruz junto da cêrca, porque lhe tirávamos muitas frechadas e nunca o pudemos acertar? Desta maneira guardou Nosso Senhor por sua misericórdia, por meio do Padre Paiva, os nossos; e não quis que se destruísse aquela Aldeia, porque depois estêve nela o Padre Nóbrega, fazendo pazes com os Tamóios, muitos dos quais são agora cristãos »[1].

Como se vê, esta última expedição foi adversa aos Portugueses[2]. E aquela Aldeia, onde estêve depois o P. Nóbrega, fazendo as pazes com os Tamóios, foi Iperoig.

3. — Os Tamóios, desde o Cabo Frio à Bertioga, oprimiam a Capitania de S. Vicente e levavam de contínuo « escravos, mulheres e filhos dos cristãos, matando-os e comendo-os »[3].

Os Portugueses foram atacá-los uma vez e venceram-nos; foram atacá-los outra e foram vencidos. Parece que Deus permitia isto como castigo aos Portugueses, pelas muitas sem-razões que lhes tinham feito, explicava-se então. Mas era preciso algum remédio, porque, na Capitania de S. Vicente, em 1563, já « quási não pensam os homens senão em como se hão-de ir e deixá-la »[4]. Nóbrega interveio. Pareceu-lhe que o mais expediente era propor aos Tamóios pazes equitativas. Se êles as aceitassem, estava resolvida a dificuldade; se as recusassem, passava-se a justiça para o lado dos Portugueses[5].

---

1. Franco, *Imagem de Coimbra*, II, 214; Anch., *Cartas*, 486-487; Teles, *Crónica*, I, 494; Jorge de Lima, *Anchieta* (Rio 1934) 130.
2. Vasc., *Crón.*, II, 130.
3. Anch., *Cartas*, 193, 197.
4. Anch., *Cartas*, 194.
5. Anch., *Cartas*, 192; Caxa, *Breve Relação*, 15, em Serafim Leite, *Páginas*, 159; Francisco Soares, *De algumas coisas*, 380.

Nóbrega tinha ido amadurecendo o plano, desde 1561. Era a época das primeiras efervescências dos Índios; os Tamóios já se tinham confederado contra os Portugueses, espicaçados pelos Franceses hereges, de quem recebiam ferramentas, espadas e arcabuzes. A vida dos colonos tornava-se quási impossível em S. Vicente, que pensavam em despovoar, indo para terras mais seguras. Aliás, aquela efervescência impossibilitava a catequese. A intervenção da heresia justificava o contra-ataque dos Padres. Em 1563, o estado da Capitania de S. Vicente era na realidade crítico. Os Tupis do sertão, amigos dos Portugueses, com a tal vitória dos Tamóios, começaram, como tôdas as civilizações inferiores, a desamparar os vencidos, sem reparar que o eram talvez só na aparência ou de passagem. Ergueram-se contra Piratininga. Foram derrotados, é certo; mas inquietavam constantemente as fazendas dos brancos e impediam a penetração catequética.

Nóbrega meditou um golpe audacioso. Nada menos que separar os Tamóios da Costa dos do Rio e confederá-los depois com os Tupis de Piratininga e de S. Vicente. Com o enfraquecimento da confederação geral dos Tamóios, seria possível ou mais fácil a fundação da cidade do Rio de Janeiro. Com a aliança dos Tamóios com os Tupis fiéis, cortava-se o vôo às ousadias dos Tupis sertanejos.

Entretanto, os Portugueses impor-se-iam definitivamente. E a colonização e a catequese prosseguiriam em paz.

Para realizar tão vasto plano, Nóbrega dispunha de um meio simples e directo. Oferecer-se-ia a si mesmo em refém, com risco de perder a vida. Foi a mais perigosa embaixada, de que ninguém jámais se encarregou, diz Southey. Para o bom êxito dela, contava Nóbrega com a ajuda de Deus e o prestígio dos Jesuítas entre todos os Índios do Brasil.

A proposta foi aceita com reconhecimento pelos Portugueses. Nóbrega escolheu para companheiro ao Irmão José de Anchieta, por ser conhecedor da língua brasílica e, ainda que novo, homem de virtude e prudência. Preparada a viagem, saíram de S. Vicente, ao que parece, no dia 18 de Abril de 1553 [1].

---

1. Há certa obscuridade nesta data: Anchieta diz que foi na primeira oitava da Páscoa, que em 1563 caíu a 11 de Abril. Como dissemos, ao tratar do

A um de Maio, estavam na Ilha de S. Sebastião, onde Nóbrega celebrou missa. No dia 5, aportaram a Iperoig, povoação de Índios Tamóios, na região de Itaúba, ao norte do moderno Estado de S. Paulo e que êles iam celebrizar para todo o sempre [1]. Iam em dois navios, pertencentes ambos, ou pelo menos um, a José Adorno, natural de Génova, dedicado aos Jesuítas e escolhido por Nóbrega para intermediário entre os Padres e o povo de S. Vicente [2].

Duvidaram a princípio os Tamóios se os recém-vindos eram efectivamente os Padres, de quem tanto ouviam falar. Por acaso havía entre êles certa mulher que estivera em S. Vicente; mandada chamar, reconheceu o P. Nóbrega como Superior dos Jesuítas e que podiam confiar nêle.

Feito assim o reconhecimento, entrou-se no assunto das pazes. Para que durassem, e até se ultimar tudo com os diversos chefes Tamóios, os Padres ficaram em reféns; recìprocamente, era necessário que fôssem também alguns Tamóios para entre os Portugueses. Êste assunto estava já preparado de ante-mão. Os Tamóios, muitos dos quais tinham os Padres impedido de serem

---

assédio a Piratininga, a oitava duma festa obtém-se juntando-se 7 ao dia da mesma festa. A oitava da Páscoa, em 1563, foi a 18 de Abril. Os dias intermédios contam-se, primeiro, segundo... oitavo. A primeira oitava da Páscoa de 1563 é o dia 12 de Abril. Caso saíssem neste dia, a carta de Anchieta, datada de 16 de Abril de 1563, onde diz que «estamos já de caminho para esta jornada», seria escrita da Bertioga, onde ficou 5 dias. Nóbrega administrava os sacramentos; êle escreveria a carta. Mas o contexto de 1565 parece indicar que embarcaram em S. Vicente no dia 18. Então teriam saído não na 1.ª oitava da Páscoa, segunda-feira, mas no dia da própria oitava (Domingo de Pascoela).

1. Sôbre Ubatuba, cf. B. Calixto, *Rev. do Inst. de S. Paulo*, 20, p. 540 ss.
2. Pero Rodrigues, *Anchieta*, em *Annaes*, XXIX, 204; Vasc., *Crón.*, III, 5, chama-lhe Francisco Adorno, equívoco que outros seguiram. Anchieta não diz o nome dos capitãis dos navios no momento em que chegaram, mas fala depois expressamente de José Adorno, «tio de nosso Irmão Francisco Adorno». Talvez daqui se originasse a confusão. Dêste Francisco Adorno, jesuíta, sabemos que entrou na Companhia em Portugal. Estudou em Coimbra. Depois seguiu para a Itália, sua Pátria, onde foi confessor de S. Carlos Borromeu, fêz parte da Comissão dos 12, nomeada em 1581 para preparar o *Ratio Studiorum*, e foi provincial de Génova (Pero Rodrigues, *Anchieta*, em *Annaes*, XXIX, 204; F. Rodrigues, *A Formação*, 115n). A José Adorno encontramo-lo várias vezes; estêve na conquista do Rio de Janeiro, doou à Companhia alguns bens e quis entrar nela em 1591, não chegando a realizar os seus intentos.

devorados pelos Tupis, quando voltaram para as suas terras espalhavam por lá a fama dos Padres. Portanto, ouvindo a proposta, prontificaram-se logo 12 Tamóios para ir em lugar dos Jesuítas. Meteram-se por si mesmos nos navios e deixaram-se levar[1].

Os Padres haviam de ficar entre os Tamóios o tempo que Deus quisesse. Tratou Nóbrega de organizar a sua vida: para êles, de religiosos, para os Índios, de catequese. No dia 9 de Maio, que era domingo, celebrou ao ar livre a primeira missa. Ajudava Anchieta. Era indizível a curiosidade dos selvagens. No dia 14, os Índios desalojaram uma casa e ofereceram-na aos Padres para sua morada exclusiva. Contudo, como havia à roda de Iperoig outras Aldeias de Índios, para contentar a todos, os Jesuítas viviam uma temporada, ora numa ora noutra.

Começou a correr a novidade da vinda. Os principais Tamóios chegavam-se cautelosos, a princípio, e com disposições nada propícias. Anchieta conservou-nos o nome de dois, Pindobuçu e Cunhambeba, que de inimigos se transformaram logo em defensores, salvando a vida aos Padres contra as arremetidas de outros que vinham para os matar[2].

Além de Cunhambeba e Pindobuçu, aponta Vasconcelos mais dois: Caoquira, que recebeu os Jesuítas em sua casa, nos primeiros momentos; e Aimbiré, Índio crudelíssimo das bandas do Rio, que veio com o firme propósito de matar os Padres[3]. Quando chegou a Iperoig tão espantoso Índio, com dez canoas, Pindobuçu e Cunhambeba não estavam presentes. O perigo foi grande. Mas o tamóio, surpreendido com a atitude serena e suave dos Padres, acalmou um pouco; só desistiu, porém, dos seus inten-

---

1. Anch., *Cartas*, 193.
2. Será êste Cunhambeba o mesmo de que fala Thevet? Segundo Heulhard, *Villegaignon, Roi de l'Amérique*, p. 114, citado por Capistrano em Pôrto Seguro, *HG*, I, 355, Cunhambeba morreu de peste, pouco depois de chegar Villegaignon. Sendo assim, são diferentes. Mas notemos que Thevet, que estêve com Villegaignon precisamente os primeiros meses, nada diz de sua morte, *Pourtraits et vies des hommes illustres* (Paris 1584) 661-663.
3. Vasc., *Crón.*, III, 8, 10. Dêle conta Anchieta a seguinte façanha: «Uma das suas mulheres, de algumas vinte que tinha, fêz-lhe adultério; a qual êle tomou e atou a um pau, de pés e mãos, e com a espada a abriu pelos peitos e barriga e depois a mandou queimar». — Carta de 8 de Janeiro de 1565, nos *Annaes*, II, 89. Trecho suprimido na tradução portuguesa, Anch., *Cartas*, 206.

tos, quando lhe disseram que um seu genro que tinha, francês, acabava de fazer as pazes com José Adorno, quando ia a caminho do Rio, aonde não chegou, por-lhe dizerem que, se lá fôsse, o matavam. Adorno voltou, portanto, a Iperoig. E Pindobuçu requereu-lhe que saísse em terra para assistir às negociações; como refém ficaria a bordo um irmão do próprio Pindobuçu.

Nóbrega e Anchieta, acompanhados de José Adorno, foram a um outeiro, onde já se achavam os Índios de Iperoig, os de Guanabara e um francês de categoria, diferente daquele genro de Aimbiré. O francês estava sentado no meio de todos, com «uma boa espada na mão e com um saio preto bem fino»[1].

Nóbrega tinha associado José Adorno a esta negociação, porque era amigo dedicado e de absoluta confiança; e porque, sendo natural de Génova, não poderiam os Tamóios, em caso de dissidência, invocar a sua qualidade de português. Também não era indiferente o ter sido educado em França, circunstância favorável para captar as boas graças dos Franceses, fazendo-os falar, se fôsse mister.

Nesta reünião magna, a proposta dos Jesuítas era que os Tamóios fizessem pazes com os Portugueses e com todos os Índios amigos seus, e tivessem trato e comunicação, sem guerras nem assaltos. Os Tamóios exigiam, como condição preliminar, que os Portugueses entregassem alguns Índios principais, Tupis, inimigos dos Tamóios, para os matarem e comerem. Pero Rodrigues concretiza a exigência dos Tamóios, com dizer que êles reclamavam «três principais que entre êles ajudaram a defender os Portugueses e Índios cristãos em um salto que foram dar na vila de S. Paulo»[2].

Os Padres rejeitaram, é claro, semelhante cláusula; e pouco faltou para logo ali se quebrarem as pazes «com quebrarem-nos as cabeças», se Deus lhes desse licença. Alvitrou José Adorno que o melhor seria consultar o Capitão de S. Vicente. Então, Pindobuçu, que estivera sempre calado, interveio e declarou que achava bem.

---

1. Não era Villegaignon, que já se tinha retirado para França. Poderia ser seu sobrinho Bois-le-Comte. Mas êste, diz Heulhard, pouco mais fazia que andar em contínuas viagens entre o Brasil e a França. Cf. Capistrano in Pôrto Seguro, *HG*, I, nota 16, p. 415.

2. *Anchieta*, em *Annaes*, XXIX, 205.

Os Padres escreveram, por José Adorno, aos da governança das vilas vicentinas, o resultado da conferência e que se não entregasse nenhum índio, quer fôsse inocente ou culpado, ainda que isso houvesse de custar a vida a Nóbrega e ao seu companheiro [1].

José Adorno, antes de partir de Iperoig, soube dum francês as maquinações do tamóio Aimbiré, e como vinha apostado, com as suas dez canoas, a impedir as pazes e a matar os Padres.

O facto é que, vendo frustrado o seu intento em Iperoig, seguiu para S. Vicente, em som de guerra, com vontade de atacar a fortaleza da Bertioga. Mas chegou adiante José Adorno. Preveniu o Capitão de S. Vicente, Pedro Ferraz Barreto, que juntou gente para a defesa e enviou ao encontro dos Tamóios alguns dos reféns. E êles, ou por saberem da prevenção da terra ou persuadidos pelos reféns, quando chegaram a S. Vicente, iam já de paz.

Por êste tempo vieram a Itanhaém os Tupis revoltos do sertão, com o fim, ao que diziam, de impedir as pazes. Aquêles Tamóios deram-lhes um assalto, tomaram alguns e os Portugueses consentiram que os levassem consigo e ainda lhes deram outros, como prova de que desejavam selar com isso a amizade e as pazes. Era, em certo sentido, pactuar com êles, contra a opinião expressa dos Jesuítas. Ainda que não levaram os principais, que desejavam, levaram outros. E para o fim que os queriam — matá-los e comê-los — o resultado era o mesmo.

Julgando o Capitão de S. Vicente que com isso ficariam firmes as pazes, enviou um bergantim a Iperoig, para conduzir a S. Vicente o P. Nóbrega e o Ir. Anchieta. Os Tamóios, porém, « crendo a nossa fé e verdade pela sua, que é mui pouca », não deixaram ir a ambos. Poderia ir um, ficaria o outro. Não foi pre-

---

1. Southey, *H. do B.*, I, 407, confunde José Adorno com Aimbiré e diz que foi êste que se propusera ir pessoalmente a S. Vicente apresentar a exigência da entrega daqueles principais. Anchieta diz expressamente o contrário: « o Capitão [José Adorno], vendo-o [a Aimbiré] tão bravo como lôbo carniceiro, que não pretendia mais que fartar-se de sangue, e não dava nada pela razão, para se desembaraçar dêle, disse-lhe que viria cá [a S. Vicente] e praticaria aquilo com o Capitão », etc. Êste equívoco de Southey tem arrastado outros que o transcrevem, v. g. Galanti, *H. do B.*, I, 282.

ciso pensar muito. Era necessária, em S. Vicente, a presença de um homem decidido. Convinha ficar em Iperoig quem soubesse bem a língua. A escolha era evidente. Nóbrega deixou Iperoig no dia 21 de Junho. Para fazer companhia a Anchieta, ficou um colono de S. Vicente, António Luiz, cuja mulher, filhos, uma cunhada e escravos tinham sido roubados pelos Tamóios, e fôra a Iperoig com a esperança de os resgatar. Infelizmente, não só os não resgatou, como se constituiu uma fonte perene de preocupações para Anchieta. Os Tamóios não lhe guardavam a êle o mesmo respeito que aos Padres e chegou-se a temer que o devorassem.

Evitou-se, pelo que toca ao branco, mas não se pôde impedir que da barraca, em que viviam, fôsse arrancado à fôrça um escravo seu e, ali mesmo, em terreiro, à vista dêle e de Anchieta, fôsse abominàvelmente morto e comido.

Anchieta tratou de proteger António Luiz, e fêz que embarcasse antes dêle próprio. Havia certa freqüência de barcos, que iam e vinham a S. Vicente, e algumas vezes ficavam alguns amigos com Anchieta, como se conta de Aires Fernandes, mas também, como António Luiz, acabavam por lhe dar trabalho, pois com êles não tinham os Índios a mesma consideração [1].

Nóbrega, mal chegou a S. Vicente, revolveu céus e terra para alcançar a volta de Anchieta e se fazer algum acto positivo de pazes entre Tupis e Tamóios.

Com a sua habitual resolução e actividade, conseguiu o máximo, que as circunstâncias permitiam. O representante dos Tamóios de Iperoig foi o próprio Cunhambeba, com outros muitos: as pazes fizeram-se na igreja de Itanhaém, em que Tupis e Tamóios se abraçaram [2]. As pazes com os do Campo realizaram-se na igreja do Colégio de S. Paulo, onde se juntaram mais de 300 Tamóios, vindos do Rio Paraíba, com um chefe que conhecera os Padres em Iperoig. Um Tupi de Piratininga, declarou solenemente, em nome dos mais, que por amor de Cristo deixara os seus Tupis revoltados e que agora, não por mêdo, mas porque assim o queriam os Padres, que ordenavam aquelas pazes, que daí em diante se não falasse mais de guerras passadas e fôssem

---

1. Pero Rodrigues, *Anchieta*, em *Annaes*, XXIX, 258.
2. Vasc., *Crón.*, III, 31.

todos amigos. A ambos os actos estêve presente Nóbrega, como quem dispusera tudo para êste resultado, que a-final era o seu próprio triunfo.

Quanto a Anchieta, alcançou Nóbrega a promessa clara de Cunhambeba, o «mais desenganado de todos os Índios, de que o traria secretamente a S. Vicente». Secretamente, isto é, que o não soubessem os do Rio, nem os que ainda estivessem renitentes contra as pazes [1].

Cunhambeba, assim como o prometeu, o cumpriu. Na sua canoa, e em sua companhia, chegou Anchieta à fortaleza de Bertioga, no dia 22 de Setembro [2].

A vida dos Padres em Iperoig foi um constante sobressalto. A-pesar-de significar tréguas a sua estada ali e deverem, portanto, ficar suspensos os ataques dos Tamóios, o certo é que continuaram. Os do Campo deram, pela serra, em uma fazenda, queimando a casa, matando o dono dela e a sua mulher, levando outra mulher e algumas escravas, que mataram depois «com grandes festas e vinhos e cantares» [3].

---

1. Las pazes *no quedaron* tan fixas como se deseaba y assi el P. Joseph tuvo recado del P. Nóbrega que se veniesse secretamente y un indio amigo suio lo truxo secretamente en una canoa a S. Vicente *(Fundacion del Rio de Henero*, 50; Caxa, *Breve Relação*, 16; Serafim Leite, *Páginas*, 162). Nos *Annaes*, XIX, p. 126, vem suprimida a partícula negativa *no*. O P. Luiz da Fonseca, na ânua de 1 de Janeiro de 1576, conta o facto da seguinte maneira: Os Tamóios violavam as pazes: «Quare Anchieta... fugam clanculo arripuit fuissetque ab ipsis interceptus et obtruncatus nisi quidam primarius inter Tamoyos vir eum istorum furori subtraxisset et in Divum Vicentium usque lintri devexisset» *(Bras. 15,* 293). Quási com as mesmas palavras, em castelhano, se exprime o P. Inácio Tolosa, na sua carta de 31 de Agôsto de 1576, *Bras. 15,* 285.

2. No tempo de Cardim, havia duas fortalezas na Bertioga, a maior era «cousa formosa, parece-nos ao longe com a de Belém» (Cardim, *Tratados*, p. 351 e nota de R. Garcia LXXX). A Bertioga (ou Buriquioca) é um canal que separa a Ilha de Santo Amaro da terra, em frente de Santos: «tem de extensão 13 1/2 milhas desde a bôca, fronteira à cidade de Santos, até à barra de S. João na costa do Oceano». — Barão de Tefé, *O Bertioga (Porto de Santos)*, na *Revista da Sociedade de Geografia do Rio de Janeiro*, Tômo II, 23-26.

3. Isto é o que testemunha Anchieta *(Cartas,* 214). Mas logo Pero Rodrigues diz que os Índios deram na tôrre chamada Bertioga, situada em uma das barras da ilha de S. Vicente e pondo logo fogo às portas, a entraram e mataram um homem com sua mulher e destruíram tôda a família, matando e levando os que quiseram *(Anchieta,* em *Annaes,* XXIX, 206). E Simão de Vasconcelos es-

Coincidiu com aquêle ataque à fazenda do colono a chegada a S. Vicente do P. Nóbrega. Naturalmente, êle evitou que se fizessem represálias para não pôr em risco a vida de Anchieta. O perigo maior, emquanto estiveram em Iperoig, vinha dos Tamóios do Rio, que não chegavam a acôrdo ou resistiam às pazes; e o perigo era imediato, tôda a vez que chegava alguma canoa daquelas bandas e não estava na povoação algum dos seus defensores. Anchieta descreve um dêstes casos angustiosos, em que êle e sobretudo Nóbrega, por ser de mais idade e doente, se viram em risco de ser cativos ou mortos, um dia que andavam na praia, longe do povoado [1].

Idênticos « tragos de morte » se repetiam a cada passo e mais de uma vez os livrou da morte Pindobuçu ou Cunhambeba. Não procedia, contudo, esta defesa tanto de amor como de temor. Persuadidos de que os Padres tinham trato directo com Deus, cuidavam que, se os maltratassem, logo seriam castigados.

Diz Anchieta, depois que ficou só, que se Pindobuçu o defendia era « porque temia, e assim parece que o tinha encaixado no coração, que não tinha mais vida que emquanto me defendesse ».

Anchieta não fêz nada para o desiludir, antes procurava tudo para aumentar êste temor salutar e para êle apelou mais duma vez.

Seria longo contar tudo o que ali passaram os Jesuítas : as impertinências dos Índios, as fomes e perigos de morte ; os assédios contra a castidade ; a habilidade de que deram provas para inutilizar intrigas e traições ; as obras de beneficência ou medicina empírica ; e como Anchieta, depois de ficar só, teve de multiplicar a dedicação e solicitude para atrair e, ao mesmo tempo, dominar aquelas naturezas selvagens.

Tudo isto é uma das mais belas páginas da história da Companhia e do Brasil, e da colonização portuguesa. A carta, que o companheiro e secretário de Nóbrega escreveu, narrando êste

---

creve : « os bárbaros entraram a fortaleza de S. Vicente, mataram o capitão dela e sua mulher e levaram cativa a sua família ». A simples *casa* de Anchieta sobe a *tôrre* em Pero Rodrigues e transforma-se em *fortaleza*, com seu capitão, na « Chrónica » de Vasconcelos *(Crón.*, III, 18).

1. Cf. Jonatas Serrano, *Deus o quer!* (Rio 1934) 22, onde se insurge contra o modo jocoso como Vasconcelos narra estas cenas trágicas.

feito heróico, é também um monumento de informações para o conhecimento dos Índios. A ida a Iperoig teve ainda, para Anchieta, outra utilidade. Para fugir à inacção e para ocupar o pensamento num objecto elevado, antídoto contra as tentações ambientes, teve a inspiração de escrever um poema latino, a Nossa Senhora, *De Beata Virgine Dei Matre Maria*.

O efeito imediato, e por assim dizer político, desta célebre jornada, foi impedir que os Tamóios confederados atacassem, com as suas canoas guerreiras, a S. Vicente, numa ocasião em que, andando rebelados os Tupis do interior, se veriam os brancos entre dois inimigos.

Nóbrega envidou todos os esforços, ainda durante muito tempo, para que ninguém fizesse mal aos Tamóios que andavam pela Capitania de S. Vicente.

Queria provar-lhes que as pazes não se quebrariam da parte dos brancos, mesmo que não houvesse reféns entre os Tamóios. Por sua vez, os Tamóios, que aceitaram as pazes, não tornaram a guerrear a Capitania de S. Vicente. Mas Anchieta ainda temia: « agora são todos tornados a suas terras e creio que também a sua natureza cruel, amiga de guerra e inimiga de toda a paz ; e a primeira vinda será a roubar e a matar como soem »[1].

Felizmente, pôde obstar-se a isso. A gente de Iperoig mostrou-se sempre fiel, ou por vontade ou por fôrça. Porque, como os Tamóios de Guanabara e Cabo-Frio não quiseram pazes, foi-se preparando Mem de Sá e, entretanto, chegaram navios e reforços de Portugal. E a conquista da baía de Guanabara, desalojando-se dela os Franceses hereges, e a fundação da cidade do Rio de Janeiro foi um facto dentro de pouco tempo. Com êste acto de fôrça impuseram-se os Portugueses. E pôde então implantar-se definitivamente a nossa civilização naquelas paragens, suprimindo-se emfim o hiato perigoso que existia entre o norte e o sul.

4. — Villegaignon, ao estabelecer-se, em Novembro de 1555, na baía de Guanabara, chamou ao estabelecimento, que fundou, na ilha de Sergipe, Forte Coligny, em homenagem ao almirante francês daquele nome. Não haveria nesta homenagem uma inten-

---

1. Anch., *Cartas*, 196-240 ; António de Matos, *Prima Inst.*, 10-12v.

ção religiosa, divergindo de seus compatriotas, preocupados até ali com fins puramente mercantis, passageiros, — troca de produtos entre êles e os indígenas?[1].

Villegaignon apetrechou-se para êste comércio «do pau e pimenta, gengibre e algodão» com um estabelecimento fixo, contando talvez com a fraqueza de D. Duarte da Costa.

Ora, uma fortaleza estranha no Rio de Janeiro, separando assim o norte do sul, era um evidente perigo político. Perigo que poderia ser funesto não só para Portugal, mas para tôda a Península[2].

E a êste juntava-se outro. Nesta fortaleza viera abrigar-se, sob a protecção ou tolerância de Villegaignon, grande número de protestantes, enviados alguns directamente de Genebra pelo próprio Calvino. Era um grave elemento de desordem. Na verdade, ao estudarmos a vida interna da Colónia, verificamos que os Franceses transplantaram consigo para a América as preocupações e disputas da pátria. Exacerbaram-se as paixões. Houve conspirações, traições, execuções de pena capital, fugas. Uma verdadeira miniatura da França revôlta de então, onde já fermentava a tragédia de S. Bartolomeu.

Um quisto de tal natureza no Brasil inquietava vivamente os Portugueses e os Padres. As reclamações começaram desde S. Vicente à Baía, desde a Baía a Lisboa. Requeria-se maneira forte no modo de governar, para restabelecer o prestígio. Os Jesuítas entraram neste movimento de opinião. Nóbrega, na sua carta de 1559 a Tomé de Sousa, dá-lhe conta do Estado do Brasil e, para não demorar o auxílio, encarece os factos. Nos Ilhéus, diz êle, os colonos, só porque os Índios queimaram uma casa, abandonaram engenhos, casas e tudo, que «nem parecem da casta dos Portugueses, que lêmos nas Crónicas e sabemos que sempre tiveram o primado». No ponto, a que chegaram as coisas, de duas uma: ou se largava o território ou se conquistava de-todo. Situações dúbias eram a morte do Brasil: nem se povoava a terra, nem se convertiam as almas. O perigo francês viera

---

1. M. E. Gomes de Carvalho, *D. João III e os Franceses* (Lisboa 1909) 174.
2. «Villegaignon's colony in Brazil seemed a new danger to Spain as well as to Portugal». — Francis Gardner Davenport, *European Treaties bearing on the History of the United States and its Dependencies to 1648*, Carnegie Institution (Washington 1917) 220.

ennegrecer o quadro. E se alguma Capitania estava mal, era S. Vicente, «já com a candeia na mão», diz Nóbrega, que conclue, invocando a amizade do antigo Governador: pelo amor que me tem, «faça socorrer a êste pobre Brasil» [1].

A 30 de Novembro de 1559, aportava à Baía uma armada sob o comando de Bartolomeu de Vasconcelos. Vinha pròpriamente para guardar a costa. Mas o Governador Mem de Sá não deixou perder a oportunidade. Na Baía, abasteceu-se a armada de gente de guerra, concorrendo as Aldeias dos Padres com o maior contingente; no Espírito Santo, entraram também os Temiminós. Saindo do Salvador, a 16 de Janeiro de 1560, a armada chegou ao Rio, no dia 18 de Fevereiro. Os de S. Vicente enviaram um bergantim artilhado, com algumas canoas de guerra, onde iam mamelucos e Índios da costa e de Piratininga, assistidos pelo Padre Fernão Luiz e Irmão escolástico Gaspar Lourenço [2].

Todos juntos deram sôbre a fortaleza. Estavam nela passante de 60 Franceses de peleja e mais de 800 Tamóios, diz Nóbrega. Mem de Sá escreve números superiores. Os Portugueses seriam 120 com 140 Índios. «Era a fortaleza mui forte, assim pela natureza e situação do lugar, tôda cercada de penhas, que se não podia entrar senão por uma subida, estreita e alta, por rochas, como pela muita artilharia, armas e alimento e grande multidão de bárbaros que tinha, de maneira que, pelo juízo de todos, era inexpugnável» [3].

Ao segundo dia de combate, Franceses e Tamóios abandonaram a fortaleza. «Fugiram todos, deixando o que tinham, sem o poderem levar» [4]. Não se encontrou sinal nenhum de religião católica, crucifixos, imagens de santos, etc. Um missal, que acharam, tinha as estampas roídas. Livros heréticos havia muitos, diz Anchieta [5].

O papel dos Jesuítas na tomada da Ilha de Villegaignon,

---

1. Nóbr., *CB*, 218.
2. Anch., *Cartas*, 159; Vasc., *Crón.*, II, 77; id., *Anchieta*, 65.
3. Anch., *Cartas*, 159.
4. Nóbr., *CB*, 223-228.
5. Anch., *Cartas*, 160. Entrada a fortaleza, celebrou-se missa, *in gratiarum actione*, purificando o ambiente. No último de Março, fundeou a armada em Santos, diz Vasconcelos. — *Crón.*, II, 74-83; cf. Capistrano in Pôrto Seguro, *HG*, I, 385, nota 14.

além do socorro de Índios das suas diversas catequeses, estêve sobretudo na atitude de Nóbrega, que viera na armada. Os capitãis, vendo as disposições topográficas da Ilha, fortificada à europeia, e os meios reduzidos de que dispunham, estavam irresolutos. O Governador, com o apoio de Nóbrega, conseguiu dobrar as opiniões contrárias. O triunfo justificou a resolução e clarividência de ambos [1]. Durante a conquista, Villegaignon estava em França.

5. — E, interessante coincidência, emquanto os Portuguêses, com a colaboração dos Jesuítas, destruíam o forte na Ilha, que tem hoje o nome do aventureiro francês, procurava êste, em Paris, a colaboração dos mesmos Jesuítas. Para dar importância à emprêsa, Villegaignon transformara em grande conquista de 200 léguas os escassos palmos da sua ilha.

O P. Liétard narra o caso da seguinte maneira:

«Por muitas vias se nos vão acrescentando as esperanças de alevantarmos muito cedo Colégio, por meio de um cavaleiro principal de Rodes, homem assi nas letras gregas e latinas como em virtude assinalado, o qual haverá cinco anos que, por mandado do Cristianíssimo Rei, foi à Ilha América pera a conquistar. E conquistando perto de duzentas léguas, parte com boas obras que fazia, parte à fôrça de armas, haverá três meses que chegou, não com outro intento, senão a buscar Bispo e sacerdotes pera cultivar esta Ilha e a reduzirem a nossa santa Fé. O Ilustríssimo Cardial Lotarigiense [2], lhe prometeu que lhe daria alguma gente de nossa Companhia. Com esta confiança veio êste cavaleiro a Paris. E pera melhor efeituar isto, tomou por intercessor um doutor, devoto nosso. Por ordem do Padre, falei ao doutor, dizendo-lhe não haver aqui quem com êle a tão longe se pudesse mandar, porque era primeiro necessário que disto se desse conta ao Padre Geral e que em Roma andavam os Nossos tão ocupados todos, que não era de todo certo poder vir de lá alguém pera

---

1. Cf. Nóbr., *CB*, 224; *Documentos relativos a Mem de Sá*, em *Annaes*, XXVII, 141, 182-185, 193. A Ilha de Villegaignon pertencia, em 1754, aos Jesuítas que a traziam arrendada a Simão da Costa por 3$200 réis anuais. — *Arquivo do Distrito Federal*, I, p. 270.

2. Carlos de Guise. Cf. *Mon. Litt. Quadrimestres*, VI, 547.

esta missão. Mostrando-lhe, contudo, o desejo que temos de ganhar almas pera Cristo, lhe demos algumas esperanças. Pôsto êle entre mêdo e esperanças, mais acendido com amor que reprimido com o mêdo, nos começou a dizer que não deixássemos tão boa emprêsa por mêdos de caminho nem por arreceios e falta do necessário, porque êle tomava tudo à sua conta e faria tudo com El-rei, que nos desse todo o necessário, assi de livros como de mantimentos, e que daria, além disso, ordem que ou por petição de El-Rei ou por rogos do Cardial, fôssemos pedidos ao Sumo Pontífice, uma dúzia ou mais, pera esta Ilha; o que, se Deus fôr servido se efeitue, será grande ajuda para nesta Ilha se alevantar o Colégio. Com esta determinação se partiu para a côrte, ficando de se tornar a ver connosco ainda antes da Páscoa. E pera melhor suceder êste negócio lhe aconselhei se confessasse, e, comungando, encomendasse o negócio a Deus, o qual êle tão fàcilmente aceitou, que logo se confessou com um nosso e comungou com os Irmãos em São Germano. Em América há assaz grande lugar, e acomodado, pera se exercitarem nossos ministérios. Há perto de duzentas léguas, onde há muitos infiéis, que se podem reduzir ao grémio da igreja, nem faltam lá mancebos franceses, que entendem já a língua da terra, os quais nos podem servir, na obra do catequismo, de intérpretes, como tenho entendido de um dêles que de lá veio. As naus se ficam aviando em um pôrto daqui perto [1]. O nome dêste Cavaleiro é Nicolau Villegaignon. Rogue Vossa Reverência ao Senhor *ut mittat operarios in vineam suam*» [2].

Anchieta conheceu, de-certo, esta carta de Liétard, porque se refere a Villegaignon em têrmos idênticos, chamando-lhe católico [3].

Lery diz que êle se declarou calvinista. Mas os próprios ataques de Lery são prova do contrário, ou, pelo menos, de

---

1. No original latino diz que é o Havre: «naves adornantur in portu apud Normannos dicto *le Hable de grâce*». *Mon. Litt. Quadrimestres*, VI, 548.

2. Évora, cód. CVIII/2-2, f. 4v-5, 2.º tômo das *Cartas da Europa: Quadrimestre de Paris*, escrita a seis de Março de 1560, por Nicolau Liatarão Paredense. Códice que pertenceu ao Colégio de Coimbra. Publicada em latim em *Mon. Litt. Quadrimestres*, VI, 1559-1560, p. 545-549.

3. Anch., *Cartas*, 311, 313; Pero Rodrigues, *Anchieta*, em *Annaes*, XXIX, 202.

que a atitude dúbia de Villegaignon foi pura tática para atrair gente¹.

Villegaignon faleceu em França, em 1571, sem ter voltado ao Brasil. Depois do estabelecimento definitivo dos Portugueses no Rio de Janeiro, reclamou ao agente de Portugal em Paris, João Pereira Dantas, alguma indemnização. O agente inclinava-se a que lhe fôsse concedida, não por ter direito a ela, mas por ser fidalgo, « e tão bom católico como é »².

Villegaignon andava por então empenhado já em grandes polémicas religiosas. Esta figura singular tem afinidade com certos homens de agora, defensores intelectuais da religião, mas sem grandes escrúpulos na prática. Talvez se esclareça assim a aventura em que se meteu na América. Prevalecendo a ambição de renome e a vontade de angariar colaboradores para uma arriscada emprêsa, não olhou à qualidade, admitindo tudo, católicos e não católicos, criando assim uma situação de incoerência religiosa que desagregava os espíritos. Semelhantes tergiversações não poderíam chegar a Lisboa senão com o aspecto de heresia, aliás justificado. Portanto, ao conhecerem-se ali as negociações de Villegaignon em França, já estava preparada a resposta: O P. Miguel de Tôrres escreve ao P. Geral, explicando que aquela terra, para onde queria voltar o tal cavaleiro de Rodes, com Padres da Companhia, era terra de Portugal, onde já trabalhavam Jesuítas. Em Lisboa, diz êle, já se sabe quem é êsse homem: herege, que vive tirânicamente, no Rio de Janeiro, donde foi expulso pelos Portugueses. E acrescenta, que isto mesmo dizia aos Padres de Paris, mas seria bom repetirem-lho de Roma³. É claro que, nestas condições, nenhum jesuíta francês embarcaria para o Brasil com Villegaignon. O aventureiro enviou, ao que parece, alguns religiosos de hábito branco, parte dos quais teria morrido, parte voltado a França, pouco depois. Anchieta dá dêles vaga referência⁴. Em 1553, todos os Franceses do Rio eram

---

1. Jean de Lery, *Histoire d'un voyage faict en la terre du Brésil autrement dite Amérique* (La Rochelle 1578). Há uma tradução de Tristão de Alencar Araripe na *Rev. do Inst. Bras.*, 52, 2.ª P., pp. 111-372. Consultem-se as págs. 160, 161, onde se refere a disputa sôbre a Eucaristia, etc.

2. Zeferino Cândido, *Navegação e Conquistas* (Rio 1899) 149.

3. *Mon. Laines*, V, 397-398.

4. Anch., *Cartas*, 208.

protestantes, conforme confessa um dêles ao mesmo Anchieta, nas praias de Iperoig[1].

6. — A-pesar-de destruído o Forte Coligny em 1560, Mem de Sá não pôde ficar no Rio de Janeiro, «por não ter o Governador gente para logo o povoar e fortificar como convinha»[2]. Ora a fortaleza podia reerguer-se. É o que expõe Manuel da Nóbrega ao Cardial Infante, lembrando a necessidade de se povoar o Rio de Janeiro e de «fazer-se nêle outra cidade como a Baía, porque com ela ficaria tudo guardado, assim a Capitania de S. Vicente como a do Espírito Santo, que agora estão bem fracas». Tal emprêsa deve-se tomar a peito, encarecia êle, «porque a fortaleza que se desmanchou, como era de pedras e rocha, que cavaram a picão, fàcilmente se pode tornar a reedificar e fortalecer muito melhor»[3].

A fortaleza não tornou a erguer-se, mas os Tamóios entricheiraram-se em terra. E os Franceses não desampararam a região. Leonardo do Vale assinala a presença das seguintes naus francesas nos portos do Brasil, uma na Baía, sete no Rio, duas das quais foram atacar o Espírito Santo[4]. Falava-se que viria socorro da França. A Capitania de S. Vicente via-se realmente em situação melindrosa, quando, em 1563, sucedeu o duplo facto do armistício de Iperoig e da volta ao Brasil de Estácio de Sá, com duas naus grandes[5].

Neste ano, precisamente, recolhia Anchieta aquela informação de que todos os Franceses do Rio eram protestantes e até perseguiam e matavam a quem celebrasse missa[6], motivo a mais para se apressar a emprêsa. A rainha D. Catarina, o Governador, a gente do Brasil, os Jesuítas, todos a achavam urgente. E os Jesuítas talvez mais do que ninguém. A experiência de Iperoig mostrava-lhes que os Tamóios, instigados pelos Franceses do Rio e Cabo Frio, queriam a guerra. Anchieta conta as terríveis depre-

---

1. Anch., *Cartas*, 208.
2. Nóbr., *CB*, 227.
3. Id., *Ib.*, 227.
4. *CA*, 339-340, 362-364.
5. Francisco Soares, *De algumas cousas*, 378; Vasc., *Crón.*, III, 56.
6. Anch., *Cartas*, 208-209.

dações que os Tamóios iam fazer em S. Vicente, depois das pazes, e como «tinham determinado pôr tudo a fogo e sangue»[1].

Em S. Vicente, esperava-se a armada de Estácio de Sá. Depois que chegou à Baía, deu-lhe o Governador alguns reforços. No Espírito Santo, recolheu o Capitão-mor a Melchior de Azeredo e a Araribóia, chefe Temiminó. Mem de Sá encomendou ao sobrinho que não arriscasse nada, sem ouvir primeiro o P. Nóbrega. Estácio assim o fêz; «apenas chegou ao Rio, mandou um navio pequeno a S. Vicente, para com cujo conselho se assentar o que se havia de fazer. Nóbrega, trazendo Anchieta, partiu a 19 de Março e chegou ao Rio a 31, sexta-feira santa, à meia noite. A esquadra de Estácio de Sá, que saíu dois dias antes, voltou, obrigada pelo tempo, no sábado de aleluia»[2]. Esta volta foi a salvação de ambos, senão teriam sido infalivelmente capturados pelos Tamóios. Domingo de Páscoa, Nóbrega celebrou missa na Ilha de Villegaignon, já abandonada. Havia quási dois meses que viera Estácio de Sá. O Padre, vendo a atitude hostil dos Tamóios e como se haviam entrincheirado, foi de parecer que convinha melhor preparação. A armada portuguesa fêz-se na volta de S. Vicente.

A preparação meticulosa da campanha levou dois meses. Foi extraordinária a actividade de Nóbrega: alistar combatentes, ajudado pelos seus Padres e Irmãos. Havia quem se opusesse «assim do povo de S. Vicente como dos capitãis e gente da armada, aos quais parecia impossível povoar-se o Rio de Janeiro com tão pouca gente e mantimentos». Estavam firmes Estácio de Sá e o ouvidor Braz Fragoso, que também viera da Baía. Estácio de Sá preguntou ao grande jesuíta:

— «Padre Nóbrega! E que conta darei a Deus e a El-Rei, se lançar a perder esta armada? Respondeu êle, com confiança mais que humana:

— Senhor, eu darei conta a Deus de tudo: e, se fôr necessário, irei à presença do Rei e responderei aí por vós»[3].

---

1. Anch., *Cartas*, 235.
2. Capistrano in Pôrto Seguro, *HG*, I, 406; Anch., *Cartas*, 236; Vasc., *Crón.*, III, 58-59.
3. Vasc., *Crón.*, III, 62, citando Anchieta. Antes de Vasconcelos, e citando o mesmo Anchieta, António de Matos: «Qualem, Pater mi, Deo me Regique

Emquanto se aprontou a armada, Nóbrega convidou Estácio de Sá e os outros capitãis a visitar as casas dos Jesuítas em S. Vicente e S. Paulo e apresentou-lhe os Índios principais e publicou perdões em nome do Governador[1]. O resultado não se fêz esperar. Escreve Leonardo do Vale, alguns meses depois, que a maior parte dos Índios, que a armada levou consigo a povoar o Rio, eram os discípulos dos Padres, de Piratininga. E que, a-pesar do temor, em que estavam, de guerras na própria terra, deixaram mulheres e filhos e, por amor dos Padres, lá foram. E «sem êles mal se poderia povoar»[2].

Para assistir a êstes Índios e os animar, seguiram o P. Gonçalo de Oliveira e o Irmão José de Anchieta. Anchieta ia ser o cronista da expedição[3].

No dia primeiro de Março de 1565, estabeleceu-se o Capitão-mor à entrada da baía, no sítio limitado da parte do mar pelos dois morros *Cara de Cão* e *Pão de Açúcar*, e pela parte da baía pelo mesmo *Cara de Cão* e outro morro, que vai até junto ao *Pão de Açúcar*. É o espigão da *Urca*. Aí armaram os soldados as tendas e construíram casas de palha. Do lado dos morros defendia-os a própria natureza. Do lado das praias cravaram-se estacas[4].

---

praestabo, si milites meos Tamoyarum, Gallorumque armis mactandos trucidandosque tradidero ? Nam etsi illi fortes aeque ac leones sint, ipsa tamen certe barbarorum multitudine, cum perpauci sint, opprimentur. In me, ait Nobrega, sceleris istius culpa refundatur. Hac ipsa aspergar ignominia. Ego Regi pro te Deoque Optimo Maximo satisfaciam». — António de Matos, *Prima Inst.*, 21 ; Baptista Pereira, *Pelo Brasil maior* (S. Paulo 1934) 391.

1. Vasc., *Crón.*, III, 63-64.
2. *CA*, 451 ; J. C. Fernandes Pinheiro, *Breves reflexões sobre o systema de catechese seguido pelos Jesuitas no Brasil*, in *Rev. do Inst. Bras.*, 19, 2.ª P. (1856) 387.
3. Anch., *Cartas*, 245-254. Da sua carta de 9 de Julho de 1565 dão os diversos autores resumos ou interpretações próprias. A mais objectiva é a de Capistrano de Abreu, in Pôrto Seguro, *HG*, I, 427-429. E, antes dêle, Felisbelo Freire, *Historia da Cidade do Rio de Janeiro*, p. 34.
4. Tal é a localização do acampamento de Estácio de Sá, segundo António de Matos. Diz que o Capitão-mor «locum pro castris delegisse ante ipsum Ianuarii sinus ostium quam ex parte littoris maritimi duae ingentes claudunt rupes (una *Canis Vultus* altera *Sachareus Panis* appellatur); ex parte vero alterius littoris sinuosi scilicet, eodem *Canis Vultu* et altera rupe usque ad *Sachareum Panem* decurrente, clauditur. Eo in loco ad planum tentoria ceu mapalia, siccato foeno

O arraial de Estácio de Sá recebeu a invocação de S. Sebastião, homenagem a El-Rei, e deu-se princípio, na cidade que se fundava, a uma administração rudimentar, mas disciplinada. Com o inimigo iniciou-se um regime de ciladas e escaramuças, «de sorte que, até princípio de 1567, todo o dia era de guerra. De manhã, uma emboscada no francês, de tarde uma sortida valente no tamóio. Só a presença dos Padres e a certeza da protecção de S. Sebastião, sem se contar com a valentia provada de Estácio, davam uma coragem religiosa à população, tôda ela tornada guerreira, com a tenção única de desbancar o contrário, extinguindo a heresia e seu aliado selvagem » [1].

O primeiro mês foi para se fixarem e estabelecerem a defesa. Fizeram-se plantações e construíu-se um baluarte de taipa e pilão, munido de artilharia. Ergueram-se guaritas de madeira. Para ficarem ao abrigo de incêndios, cobriram-nas de telha, trazida de S. Vicente. Também se fortificaram numa eminência vizinha, miradouro donde dominavam tôdas as evoluções do inimigo de terra e mar. Maravilha de tática e defesa, posição verdadeiramente inexpugnável para o tempo. Todavia, como os Tamóios, por sua vez, se entrincheiraram em terra e na Ilha do Governador, era mister desalojá-los, sob pena de se eternizarem uns e outros, inùtilmente, nas posições respectivas. Tanto mais que os Franceses iam passando palavra, e não tardariam a concentrar-se no Rio as naus artilhadas, que êles tinham pela costa ou em Cabo

---

tecta, disposuere milites; et ex parte littorum sudibus in terram defixis munierunt; nam caetera natura munivit» *(Prima Inst.,* f. 16). Se êste texto fôsse conhecido antes, poupar-se-iam algumas canseiras tanto a Vieira Fazenda na determinação dêste local, *Fundamentos da cidade do Rio de Janeiro,* in *Rev. do Inst.,* 71, I P., 23-31; 80, p. 532-550, como a Morales de los Rios, *Subsídios para a História da cidade de S. Sebastião do Rio de Janeiro,* in *Rev. do Inst. Bras.* Tômo especial do Congresso de História, 1914, Parte I, p. 1161-1220. Aliás o *Roteiro de todos os sinais, conhecimentos, fundos, baixos, alturas que há na Costa do Brasil,* códice quinhentista da Biblioteca da Ajuda, publicado na *Hist. da Col. Port. do B.,* vol. III, 230-231, indica a *cidade velha* entre o *Pão de Açúcar* e o *Cara de Cão* (morro de S. João) o qual, colocado no extremo da península, vai do mar à baía, como aponta o P. António de Matos, reitor do Colégio do Rio de Janeiro, conhecedor *de visu* dos locais que descreve.

1. Jorge de Lima, *Anchieta* (Rio 1934) 179; Vasc., *Crón.,* III, 76-77, 84; Id., *Anchieta,* 103-118; *Anch., Cartas,* 307; *CA,* 452-454; Pero Rodrigues, *Anchieta,* in *Annaes,* XXIX, 212-213.

Frio ou poderiam vir da Europa. E, de-facto, alguns ataques navais se registaram [1].

7. — Dos dois Jesuítas, presentes no arraial, um era sacerdote, outro não. É inegável que, se ambos o fôssem, mais úteis seriam os ministérios. Resolveu Nóbrega enviar à Baía o Irmão Anchieta para se ordenar. Ao mesmo tempo, informaria Mem de Sá da situação do Rio de Janeiro e da necessidade de vir refôrço para a conquista efectiva. O socorro só havia de chegar em 1567. Anchieta partiu no dia 31 de Março de 1565 [2]. Daí em diante (22 meses), Gonçalo de Oliveira trabalhou incansàvelmente no Rio de Janeiro, com brancos e Índios; e de S. Vicente ia enviando Nóbrega outros companheiros ao P. Oliveira e os ia revezando, «com ocasião de socorros que mandava freqüentemente ao capitão-mor e soldados de refrêsco, canoas e Índios, animando-os e consolando-os» [3]. Os Tamóios de Iperoig permaneciam fiéis. Estava, portanto, assegurada a comunicação pacífica entre o Rio e S. Vicente; e é de crer que, não só por meio de emissários, mas pessoalmente, se tivessem avistado e falado Nóbrega e Estácio de Sá. Chegaram a acôrdo que era de absoluta necessidade a vinda de uma poderosa armada. Nóbrega escreve para Portugal e insiste que venha quanto antes, e que traga também novos obreiros para a Companhia, porque fazem falta. Luiz da Grã corrobora o pedido, «para que se não perca, por negligência e descuido, o que com tantos trabalhos, como cá se sabem, se ganhou» [4]. Anchieta reflecte o mesmo espírito e insinua que Bois-le-Comte se aprestava (ao que corria) para vir em socorro de Tamóios e Franceses [5]. O Governador Geral fazia instâncias semelhantes. Esta unanimidade não deixou de impressionar Lisboa, que aliás ardia no desejo de arrancar, emfim, de Guanabara o escalracho inimigo.

Sob o comando de Cristóvão Cardoso de Barros, chegou a armada à cidade do Salvador, no dia 23 de Agôsto de 1566. Nela

---

1. Cf. Vasc., *Crón.*, III, 77, 81, 82; Francisco Soares, *De algumas cousas*, 379.
2. Anch., *Cartas*, 252-253.
3. Vasc., *Crón.*, III, 86.
4. *CA*, 454.
5. Anch., *Cartas*, 253.

vieram também o P. Visitador, Inácio de Azevedo, e mais três Padres e quatro Irmãos [1].

A armada constava de três galeões. O Governador Geral junta-lhes três caravelões, gente e mantimentos e vai pessoalmente ao Rio, saindo da Baía em Novembro e chegando no dia 18 de Janeiro de 1567. Vinham na armada, além do Bispo D. Pedro Leitão, seis Jesuítas, Inácio de Azevedo (Visitador), Luiz da Grã (Provincial), José de Anchieta, recém-ordenado, António Rodrigues, Baltazar Fernandes e António da Rocha [2].

A posição dos Tamóios, à chegada de Mem de Sá, é a seguinte. Possuem três redutos fortificados: o de «Biroaçumirim, grande principal e muito guerreiro» (em Vasconcelos e na maior parte dos historiadores, Uruçú-Mirim). Ficava numa posição altíssima onde havia alguns Franceses, sítio, que Capistrano identifica, «sem grande risco de errar», com o actual Morro da Glória [3]. Outro, na Ilha do Governador, a que Mem de Sá chama Paranapecu; outro ainda, guarnecido de muitos Franceses, com três cêrcas fortíssimas, baluartes e casas fortes.

Observada a situação, logo se resolve o ataque geral e sucessivo. No dia 20 de Janeiro, dia de S. Sebastião, patrono da cidade, investe-se Biroaçumirim. É o maior feito de armas desta conquista. Vencem os Portugueses. Mas a luta é renhidíssima e nela fica ferido o Capitão-mor.

A seguir, impugna-se a fortaleza da Ilha do Governador, sendo tomada depois de três dias de combate [4]. A terceira fortaleza não chega a ser combatida: é simplesmente entrada. Os inimigos, desmoralizados com as duas derrotas precedentes, fulminantes, antes de serem atacados, escreve Mem de Sá, «logo

---

1. *Lus. 61*, 289; *Lus. 62*, 22; *Fund. de la Baya*, 16(90); Franco, *Synopsis* an. 1566, n.º 6; Vasc., *Crón.*, III, 90. A Armada saíu de Lisboa, antes de 6 de Junho de 1566; nesse dia, escreve o P. Leão Henriques que «o Padre Inácio de Azevedo já partiu com seus companheiros para o Brasil», *Lus.* 62, 44v.

2. Vasc., *Crón.*, III, 93 e 100. De Baltazar Fernandes existe uma carta referente a esta viagem, *CA*, 481-487. A António Rodrigues, como antigo soldado e experimentado já nas guerras do Paraguai e da Baía, foram confiados os Índios, recebidos no Espírito Santo (Ant. Matos, *Prima Inst.*, 22v-23).

3. In Pôrto Seguro, *HG*, I, 430.

4. Vasc., *Crón.*, III, 101-103.

me vieram pedir pazes e lhas outorguei com ficarem vassalos de Sua Alteza » [1].

Para contrastar êstes triunfos, Estácio de Sá sucumbe, no dia 20 de Fevereiro de 1567, aos ferimentos recebidos um mês antes no Morro da Glória, conquistando-a para si eternamente. A morte dêste jovem capitão encerra o ciclo heróico da conquista [2].

Do fundador da cidade do Rio de Janeiro traçou Anchieta as seguintes palavras, que valem pelo maior elogio: « Nesta conquista, que durou alguns anos, andavam os homens como religiosos, confiados em Deus e na presença do capitão-mor, Estácio de Sá, o qual, além do seu grande esfôrço e prudência, era todo exemplo de virtude e religião cristã. E bem mostrou o Padre Nóbrega, que foi regido nesta matéria pelo Divino Espírito, pelas muitas e insignes vitórias que, por misericórdia sua, houveram tão poucos Portugueses de tanta multidão de Tamóios ferocíssimos, costumados por tantos anos a serem vencedores, e dos Franceses luteranos, que consigo traziam » [3].

« É notório a todos, diz Leonardo do Vale, em carta de 23 de Junho de 1565, nos começos da campanha, serem tantos e tão evidentes os prodígios que se viram na fundação desta cidade e nos combates, que houve, que podem já esquecer os da Índia e África » [4].

Mem de Sá mudou, no dia 1 de Março de 1567, a cidade para sítio mais amplo, a uma légua, no Morro do Castelo, actual-

---

1. *Instrumento*, in *Annaes*, 27, p. 136.
2. Estácio de Sá sepultou-se na capela dos Jesuítas da Cidade Velha. Teve exéquias solenes. Antes de 1583, transferiram-se os restos mortais do capitão-mor para a igreja de S. Sebastião. E ali permaneceram até ao presente século (cf. Documentos relativos à sua exumação em 1862, *Rev. do Inst. Bras.*, 26 (1863) 301--316). « Em 1921, informa Rodolfo Garcia, com o desmonte do Morro do Castelo, foram os restos de Estácio de Sá trasladados para o novo convento dos Capuchinhos, à Rua Conde de Bonfim » (In Pôrto Seguro, *HG*, I, 417). Vieira Ferreira publicou a fotografia da lápide primitiva, *Antigas inscripções do Rio de Janeiro e Niteroi*, in *Rev. do Inst. Bras.*, 160 (1930), gravura n.º 96. Cf. Vasc., *Crón.*, III, 105; Manuel dos Santos, *História Sebastica*, cap. VI, p. 38; Max Fleiuss, *Historia da Cidade do Rio de Janeiro* (S. Paulo 1928) 49; Baltazar da Silva Lisboa, *Annaes do Rio de Janeiro*, in *Rev. do Inst. Bras.*, 4 (1842) 248-264, 318-330, 403-420.
3. Vasc., *Crón.*, III, 105; Id., *Anchieta*, 115-118.
4. *CA*, 448.

mente arrasado e que teve também, segundo o Barão do Rio Branco, as seguintes denominações: Morro do Descanso, Alto da Sé, Alto de S. Sebastião e Morro de S. Januário [1].

Neste morro célebre fundaram os Jesuítas o seu Colégio. Estabeleceram-se logo ali mais de 150 moradores [2]. E aqui começou a desenvolver-se a actual capital do Brasil, para cuja posse tinham concorrido Portugueses, mamelucos e Índios de tôdas as missões jesuíticas, numa coadjuvação valente e leal. Nestes dias históricos, o Rio de Janeiro foi teatro de grandes actos de heroísmo individual e colectivo. Silva Lisboa traz uma lista «das pessoas distintas que ajudaram a fundação e edificação do Rio de Janeiro», com os dados biográficos de cada qual [3].

A parte, que coube aos Jesuítas, foi grande. Ferdinand Denis exagera-a, atribuindo a êles tudo: «Emquanto os Franceses trabalhavam por se estabelecer nestas regiões, os Jesuítas, que haviam adquirido já grande influência sôbre os colonos da Capitania de S. Vicente, se decidiram a expulsá-los completamente. Aprestou-se a expedição» e operou-se a conquista [4]. A Heulhard parecia-lhe tão grande a parte dos Jesuítas, que, para a explicar, os multiplica, escrevendo que Tomé de Sousa trouxera «six bons vaisseaux chargés de Jésuites, admirables propagandistes, patients, insinuants, infatigables et disciplinés, tous formés en bataillon carré» [5].

A verdade é que com Tomé de Sousa vieram apenas seis Jesuítas!

Sem chegarmos aos exageros dos historiadores franceses, é certo que a iniciativa, intervenção e laboriosidade dos Padres foi preponderante e decisiva.

Três merecem especial referência.

José de Anchieta, que estêve no arraial o primeiro mês, levou informações a Mem de Sá, e assistiu ao embate final.

---

1. Rio Branco, *Ephemerides Brasileiras*, in *Rev. do Inst. Bras.*, vol. 82 (1917), dia 1 de Março de 1567; *Bras. 15*, 183.
2. *CA*, 482-483.
3. Baltazar da Silva Lisboa, *Annaes do Rio de Janeiro*, I, cap. VII. Esta lista acha-se também na *Rev. do Inst. Bras.*, 4 (1842) 318-330.
4. Ferdinand Denis, *Brazil*, I, 77.
5. Heulhard, *Villegaignon, Roi d'Amérique*, 112, citado por Morales de los Rios, *Rev. do Inst. Bras.* Tômo Especial do Congresso de História (1914), P. I, p. 1172.

Gonçalo de Oliveira, capelão militar da praça, companheiro de Estácio e assistente dos Índios, todo êste tempo, desde o primeiro dia até ao último. A êle se refere êste passo de Pero Rodrigues: «algumas vezes deram os inimigos assalto na cidade, que não era mais que uma cêrca de pau a pique e casas de palha; e, uma delas, ajuntando-se muitos imigos, estava o Padre junto do altar de giolhos, e as flechas, que vinham de mais alto, passavam o telhado de palha e se pregavam no chão, ao redor dêle, sem lhe tocarem». Os soldados, vendo isto, «cobravam ânimo e tornavam ao combate, com mais esfôrço, até que de--todo fizeram fugir o inimigo»[1].

Emfim, Manuel da Nóbrega, que antes e durante a conquista atendeu com energia e providência de chefe, para que nada faltasse aos combatentes e se mantivesse bem desperta a coragem e confiança geral no triunfo definitivo. *Nóbrega foi o verdadeiro animador da gloriosa emprêsa*. Os escritores brasileiros modernos notam que lhe não tem sido feita a devida justiça. Fale por todos Capistrano: «O primeiro reitor do Colégio dos Jesuítas do Rio foi o Padre Manuel da Nóbrega, que tanto concorreu para a fundação da cidade, sem o qual Estácio de Sá não poderia ter vindo reforçado de S. Vicente, de modo a arrostar Franceses e Tamóios durante quási dois anos. Êsse Jesuíta benemérito não tem sido condignamente apreciado; com grande desprêzo da perspectiva histórica, Simão de Vasconcelos esfumou-o na irradiação de Anchieta, seu discípulo querido; tácita ou explicitamente outros o teem imitado»[2].

---

[1]. Pero Rodrigues, *Anchieta*, in *Annaes*, XXIX, p. 214.
[2]. Capistrano de Abreu, in Pôrto Seguro, *HG*, I, 431 e 393.

CAPÍTULO II

O estabelecimento da Companhia no Rio de Janeiro

1 — A igreja de S. Sebastião ;   2 — Relíquias ;   3 — Os Jesuítas e a defesa da cidade ; 4 — Construção do Colégio ;   5 — Os primeiros estudos no Rio ;   6 — Os Reitores ;   7 — Os Jesuítas e as autoridades civis.

1. — Em 1565, fundou o P. Gonçalo de Oliveira «uma casa-igreja da evocação de S. Sebastião», na cidade que Estácio de Sá fundou à sombra do Pão de Açúcar. Era de palha e algumas vezes a furaram as flechas dos Tamóios. Ali exercitou êle os seus ministérios sacerdotais, celebrando missa, confessando e administrando a sagrada comunhão aos combatentes, esforçando-os na luta[1]. Fêz isto dizer a Duarte Nunes que os Jesuítas foram os fundadores, no Rio de Janeiro, da Religião e da Igreja «não só formal, mas material»[2].

Antes, tinha havido na baía de Guanabara alguns actos de culto, parte protestante parte católico, pelos Franceses, e antes dos Franceses pelos Jesuítas, em Dezembro de 1552 ou Janeiro de 1553, quando Nóbrega ali estêve com o Governador Tomé de Sousa[3]. O mesmo P. Nóbrega disse missa no Forte Coligny. Mas tanto uns como outros foram actos sem seqüência. Pelo contrário, aquela igreja de S. Sebastião fundada pelos Jesuítas e onde disse missa o P. Gonçalo de Oliveira, acolitado por Anchieta, ia persistir agora através dos séculos sem solução de continuïdade.

---

1. Anch., *Cartas*, 253.
2. Duarte Nunes, *Almanac Historico*, na *Rev. do Inst. Bras.*, 21 (1858) 120.
3. *Bras. 3 (1)*, 90v.

Quando se mudou a cidade mais para dentro, logo o povo reedificou, de taipa, no morro central, a igreja de S. Sebastião, patrono da cidade, oferecendo-a aos Jesuítas, tomando posse dela, em Agôsto de 1567, o Visitador B. Inácio de Azevedo[1].

Até à nomeação do Pároco todos os ministérios correram a cargo dos Padres. Mem de Sá fala, em 1570, de uma igreja que êle tinha mandado fazer para êles. Parece-nos diferente da primeira capelinha de S. Sebastião, feita pelo povo, nos primeiros instantes da mudança e de que se não torna a falar, sendo pròvàvelmente substituída por alguma das duas seguintes. Diz Mem de Sá: «fiz a igreja dos Padres de Jesus, onde agora residem, telhada e bem concertada; e a Sé «de três naves», também telhada e bem concertada»[2]. Esta Sé, de que fala Mem de Sá, era a matriz. Assumiu, portanto, para si o nome do titular da cidade, S. Sebastião.

A nomeação do primeiro Pároco tem a data de 20 de Fevereiro de 1569, e recaíu na pessoa de Manuel Nunes, presbítero do hábito de S. Pedro[3].

No dia 19 de Julho de 1576 (per litteras datas XIX Iulii millesimo quingentesimo septuagesimo sexto), foi criada por Gregório XIII uma administração Eclesiástica no Rio de Janeiro e proveu-a no licenciado Bartolomeu Simões Pereira[4].

Os Jesuítas verificaram, em breve, que a sua igreja ia ficando velha e era insuficiente[5]. O culto progredia à proporção que a cidade aumentava. O Visitador Cristóvão de Gouveia deu ordem, em 1585, que se começasse outra[6]. E construíu-se de-pressa: em três anos. A sua inauguração realizou-se no dia de Natal do ano

---

1. «Sacramque divi Sebastiani aediculam nobis pro templo a civitate ipsa tributam». — António de Matos, *Prima Inst.*, 21v.
2. *Documentos relativos a Mem de Sá*, em *Annaes*, XXVII, 136.
3. *Memoria sobre a fundação da Igreja de S. Sebastião primeira matriz que teve a cidade do Rio de Janeiro*, na *Rev. do Inst. Bras.*, 2 (1840) 175. Diz-se aqui que foi copiado dum *ms.* da Cúria arquiepiscopal do Rio, mas, na mesma Revista, 21 (1858) 119-153, aparece de-novo e como parte já do *Almanac Historico* de Duarte Nunes, acima referido. Cf. Moreira de Azevedo, *O Rio de Janeiro, sua historia, monumentos, homens notaveis, usos e curiosidades*, I (Rio 1877) 136, 126.
4. Cf. Paiva Manso, *Bullarium Patronatus Portugalliae Regum*, II, 167; Fortunato de Almeida, *História da Igreja em Portugal*, Tômo III, P. I, p. 95.
5. Anch., *Cartas*, 420.
6. *Lus. 69*, 133v.

de 1588, conduzindo-se o Santíssimo Sacramento, com grande pompa, da igreja antiga para a nova. Media esta igreja 115 palmos de comprido, 50 de largo e 45 de altura[1]. Presidiu à construção o P. Reitor, Inácio Tolosa. Tinha três altares. E foram-se pouco a pouco introduzindo nela diversas bemfeitorias. Em 1604, fizeram-se pinturas na parede de entrada[2].

2. — Dentro do Colégio, construíu-se também a capela doméstica, onde se colocou um relicário de mármore branco com elegantes embutidos pretos de jacarandá. Povoaram-no 12 estátuas de Santos, tendo cada qual, incrustada no peito, uma caixinha de cristal com a respectiva relíquia. As estátuas, pintadas de oiro e outras suaves côres, guardavam-se em relicários de madeira, envidraçados.[3] Havia ainda uma preciosa cruz de prata com o Santo Lenho.

É célebre a página de Fernão Cardim, em que descreve a chegada ao Rio de Janeiro, no dia 20 de Dezembro de 1584, da relíquia de S. Sebastião, padroeiro e protector da cidade, e as extraordinárias festas públicas, que se fizeram, no mar e na terra, com o Governador, à chegada dos Padres Gouveia e Cardim, que a trazia, engastada num braço de prata. Houve alarde de arcabuzaria, tambores, pífaros, bandeiras. Missa a bordo do navio, rodeado por mais de 20 canoas. Presente, Martim Afonso Araribóia. Jôgo de artilharia. Procissão solene. Levavam as varas «os da Câmara, cidadãos principais, antigos e conquistadores daquela terra». Houve *Diálogo* do martírio do Santo, com representação do asseteamento. Danças dos mesmos Índios, ornados com várias invenções de diademas de penas, colares e braceletes. «Chegados à igreja, foi a Santa relíquia colocada no sacrário para consolação dos moradores, que assim o pediram»[4].

Vários bemfeitores concorreram, nos começos do século XVII, para o esplendor do culto, ofertando ornamentos e alfaias preciosas. Cada altar possuía a sua lâmpada suspensa, de prata.

---

1. António de Matos, *Prima Inst.*, 33.
2. Carta de Cardim, *Bras.* 8, 50.
3. Eram de S. Macário, mártir; S. Demétrio, m.; S. Julião, m.; S. Zenão, soldado; S. Sebastião, m.; S. Tiago Maior; S. Maurício, m.; Santa Mónica e três Santas das Onze Mil Virgens.
4. Cardim, *Tratados*, 345-347.

Pouco antes de 1619, chegaram de Lisboa 17 estátuas de madeira para a igreja, revestidas de oiro e diferentes côres. Não tinham chegado ainda as relíquias correspondentes a cada uma ¹.

A igreja tomou, depois da canonização de S. Inácio, a invocação do Santo fundador da Companhia de Jesus. A seguir ao ataque dos holandeses à Baía, fortificou-se na expectativa dalgum assalto. E muito mais tarde, começou a construir-se outra igreja, monumental, com «admiráveis lavores em pedra», diz Araújo Viana, obra que interrompeu para todo o sempre a perseguição pombalina ².

3. — Transferida a cidade para o Morro do Castelo, em 1567, ficou Reitor o P. Manuel da Nóbrega, coadjuvado pelo mencionado P. Oliveira e pelos Padres Fernão Luiz e António Rodrigues, que viera de-propósito para evangelizar os Tamóios, dada a fama extraordinária que alcançara na Baía, com as Aldeias que fundara. Deus, porém, chamou-o a si logo no ano seguinte, a 19 de Janeiro de 1568 ³.

---

1. Eram de S. Fabião, papa, S. Ponciano, p., S. Xisto, p., S. Remígio, S. Basílio, S. Gabínio, S. Domício, m., S. Sebastião, m., S. Ponciano, m., S. Antimo, m., S. Tibúrcio, m., S. Valeriano, m., S. Demétrio, m., Santa Júlia, Santa Inez, Santa Praxedes, Santa Basilissa. Comparando com as da capela, vê-se que há algumas estátuas repetidas, como S. Demétrio e S. Sebastião, padroeiro da cidade. Também se nomeia duas vezes S. Ponciano. — António de Matos, *Prima Inst.*, 33-34; Bras. 8, 67.

2. Ernesto da Cunha de Araújo Viana, *Das artes plásticas no Brasil em geral e na cidade do Rio em particular*, na *Rev. do Inst. Bras.*, 78, 2.ª P. (1915) 525.

3. Dá-se geralmente a data de sua morte a 20 de Janeiro, mas a *Fund. del Rio de Henero*, 51v (128), diz expressamente «véspera de S. Sebastião». Vasconcelos escreve que nasceu em Lisboa, tinha 52 anos de idade (Vasc., *Crón.*, III, 124--128). António Rodrigues tinha sido soldado na América do Sul. Assistiu às fundações das cidades de Buenos Aires e Assunção, foi com Irala ao Peru, através do Chaco, e com Ribera, pelo Rio Paraguai até ao centro do Brasil. Da sua vida anterior à entrada na Companhia, escreveu êle próprio uma carta, de S. Vicente, a 31 de Maio de 1553, já por nós publicada nos *Annaes XLIX (1935)* e em *Páginas*, 117-136, com o título de *António Rodrigues, soldado, viajante e jesuíta português na América do Sul no século XVI*.

Entrando na Companhia em 1553, determina-se em Roma, em 1560, que fôsse coadjutor espiritual: «António Roiz no era anchora ordinato» (Mon. Nadal, IV, 189). Disse a primeira missa, a 18 de Novembro de 1562, na Aldeia de S. Pedro da Baía (CA, 352, 354).

António Rodrigues, exemplar perfeito dos aventureiros portugueses do nosso

A êste primeiro jesuíta falecido no Rio seguiu-se, dois anos depois, o P. Nóbrega. O santo velho, a-pesar da doença, prègou sempre incansàvelmente até o derradeiro momento, ora na Sé ora no Colégio. Era o homem com quem todos se aconselhavam e resolviam os casos de consciência. Com isto, escreve Luíz da Grã, em 1569, «tem aquela gente suficiente resguardo de sua salvação »[1].

Os Padres do Rio de Janeiro visitavam as Aldeias, que se formavam e as terras dos Tamóios, aos quais o Governador ia concedendo ou diferindo as pazes, como julgasse mais útil[2].

Prestavam, não raro, serviços de carácter público, a que hoje chamaríamos nacional. Refere a ânua de 1590 que estêve em perigo de vida um filho do Capitão-mor do Rio de Janeiro, durante uma expedição ao interior. Salvou-lhe a vida um Padre da Companhia[3].

Em outras dificuldades graves com os Índios do sertão, era aos Padres que se recorría para as ir aplanar. Du Jarric conta que, em 1585, tendo-se sublevado os Índios do interior, as autoridades recorreram aos Jesuítas. Foi lá um Padre. E não só pacificou os Índios, mas desceram com êle 600 para se catequizarem[4].

Quanto aos inimigos externos, estava ainda na lembrança o que fizeram os Jesuítas para a conquista do Rio. Não menos trabalhavam agora para a sua conservação. Em 1581, surgiram no Rio de Janeiro três naus francesas; foram os Padres que em grande parte organizaram a defesa. Com alguns tiros de canhão tinham procurado os Franceses, ao passar em Cabo Frio, despertar inùtilmente o entusiasmo dos Tamóios, seus antigos aliados. Salvador Correia de Sá achava-se ausente do Rio de Janeiro, ocupado em guerras com o gentio. Tinham ido com êle quási todos os homens válidos. O Administrador Eclesiástico, Bartolomeu Simões, que ficara por vice-governador, desenvolveu prodi-

---

século de oiro, foi o grande fundador das Aldeias da Baía. Gozava de enorme prestígio entre os Índios: « Havendo sido no mundo mui contrário a êste Gentio, deixando o mundo, de tal maneira deixou também o aborrecimento e o converteu em fervor e zêlo de o ajudar a salvar, que a todos mete espanto » (CA, 354).

1. Bras. 3 (1), 163v.
2. Carta de Gonçalo de Oliveira, Bras. 15, 203.
3. Bras. 15, 366 ; não se dizem nomes e o Padre foi do Espírito Santo.
4. Du Jarric, Histoire des choses plus mémorables, 467.

giosa actividade, demonstrando que era digno realmente da confiança que nêle depositara o Governador. Êle, com os Jesuítas, e a própria mulher de Salvador Correia de Sá, D. Inez de Sousa, organizaram a defesa, colocando-se a própria D. Inez à frente dum batalhão de mulheres: pondo chapéus militares na cabeça e empunhando arcos e flechas, encheram as fortalezas, dando a impressão de estarem guarnecidas. Os estudantes do Colégio juntaram-se num batalhão semelhante. E os Padres, os mais idosos com as suas orações, e os outros acarretando madeiras e penedos, em companhia do Administrador, punham à disposição da cidade tudo quanto havia no Colégio e sustentavam com palavras e exemplo o entusiasmo de todos. Pela cidade havia extraordinário rumor de militança: multiplicavam-se os toques de caixa e acendiam-se, pela calada da noite, fogos na praia. Os Franceses perderam a esperança de tomar a cidade. E, quando se dirigiam a ela e de terra dispararam o primeiro tiro de artilharia, arriaram velas e ergueram bandeira de paz. Escreveram em latim três cartas ao Administrador, cheias de louvaminhas e promessas.

Não sendo ouvidos, levantaram âncoras e retiraram-se. A gente do Rio respirou; era opinião comum que, se os Franceses investissem a cidade, tê-la-iam tomado. E dizia o povo que foi a actividade dos Jesuítas e todo aquêle apresto e aparato bélico, que aterrou o inimigo, e que a êles ficavam devendo as vidas e fortunas [1].

Não deixariam os Padres de prestar idênticos serviços na tentativa de desembarque, que Oliver van Noort fêz em Fevereiro de 1599. O almirante holandês teve que retroceder pelo vivo fogo que lhes fizeram os Fortes de N. S.ª da Graça e de S. Teodósio [2].

---

1. « Hoc igitur beneficio nobis civitatem devinximus ut se nobis vitas fortunasque omnes debere vulgo profiteantur ». — Carta assinada por Anchieta, a 1 de Janeiro de 1582, *Bras. 15*, 327-328, resumida em *Annuae Litt. anni 1581* (Romae 1583) 108-109. Fr. Vicente do Salvador escreve que os Franceses traziam cartas do Prior do Crato para o Governador Geral *(H. do B.*, 266). Anchieta nada diz. Rodolfo Garcia transcreve em Pôrto Seguro, *HG*, I, 480, o passo de Fr. Vicente e fala de outra expedição francesa, referida em Hakluyt, III, 705, notando que existe certa confusão nas datas. Pelo que toca à expedição das três naus, o presente documento situa-a em 1581.

2. Cf. Rodolfo Garcia, in Pôrto Seguro, *HG*, II, 108; Fausto de Sousa, *A Bahia do Rio de Janeiro*, in *Rev. do Inst. Bras.*, 44, 2.ª P. (1881) 29; *Nova e com-*

Quando o Visitador P. Gouveia passou pelo Rio, pouco depois, em 1584, achou que os Padres estavam bemquistos da população[1]. Não admira, porque além dêstes serviços e dos que são próprios dos seus ministérios, como administração dos sacramentos, prègações e ensino, ocupavam-se êles em mil obras de zêlo: congregações que floresciam na piedade, catequese a Índios e negros, inimizades que compunham, visitas às Aldeias, entradas ao sertão, consultas a casos de consciência, visitas a doentes e presos, perdões. Por intermédio de Anchieta, perdoou o General Diogo Flores Valdés a um inglês que prendera[2]; e outro inglês célebre, António Knivet, deveu a vida aos Jesuítas, como conta êle mesmo nas suas *Memórias*[3].

Quanto à virtude dos Padres: «sólida e verdadeira», diz Cardim[4]. Também houve no Rio de Janeiro, durante algum tempo, casa de Noviciado, que depois se centralizou na Baía para unidade de formação.

---

pleta collecção de *Viagens e Jornadas às quatro partes do mundo*, traduzida do inglês por José Vicente Rodrigues, I (Pôrto 1790) 385. No Arquivo de Indias vimos a patente que passara a Oliver van Noort, a 12 de Maio de 1598, Maurício, príncipe de Orange, Conde de Nassau, para fazer guerra e *dañar quanto poder los dichos spañoles y portugueses*. A patente recolheu-se duma nau que lhe tomaram junto a Manila. — Arq. de Indias, *Patronato*, 268-N2-R2.

1. Anch., *Cartas*, 421.
2. Pero Rodrigues, *Anchieta*, em *Annaes*, XXIX, 242.
3. Knivet, *Narração da Viagem*, 216. Ministérios do Rio, segundo as Cartas Ânuas:

Em 1583: Confissões e comunhões, cêrca de 3.000, *qui numerus ut in tali loco exiguus videri non debet*; baptismos, nas 2 Aldeias, 530, no Colégio e Missões, 590 *(Annuae Litt. 1583*, p. 202).

Em 1585: 6.000 confissões e 2.000 comunhões. Não se dá o número dos baptismos; mas no ano anterior foram 160 *(Annuae Litt., an. 1585*, 139; *ib., 1584*, 143).

Em 1589: 6.500 confissões e 4.000 comunhões *(ib., 1589*, 467).

Em 1595: 12.687 confissões, 9.067 comunhões, 555 baptismos e 267 casamentos *(Bras. 15*, 423; *Annuae Litt. 1594-1595*, p. 797).

Êste cômputo final abrange tôdas as casas dependentes do Rio de Janeiro. Só no Colégio: 3.895 confissões, 305 comunhões, 45 baptismos, 7 casamentos (id., *ib.*).

Em 1597: Confissões, 6.556; comunhões, 5.254; baptismos, 42; casamentos, 11. No fim do século XVI, a cidade, pròpriamente dita, teria 2.000 habitantes. Ribeiro da Fonseca atribue-lhe, em 1608, a população de 2.500. — Ribeiro da Fonseca, *Quelques aperçus sur le Brésil moderne* (Bruxelles 1930) 19.

4. Cf. *Tratados*, 350.

4. — Tal Noviciado e mais dependências dos Jesuítas funcionavam num edifício, cuja origem se há-de buscar aos primitivos dias da cidade.

Com efeito, no dia 24 de Julho de 1567 chegavam ao Rio, vindos de S. Vicente, alguns Padres, entre os quais Inácio de Azevedo, Visitador, e Manuel da Nóbrega, que vinha assumir o Reitorado do futuro Colégio. E logo em Agôsto, ao tomarem posse da igreja de S. Sebastião, principiaram a construir, junto dela, um edifício acomodado, onde morassem e que servisse depois de Colégio, quando se ultimassem as negociações com Lisboa (11 de Janeiro de 1568)[1]. Mas tudo ia de-vagar. «Quanto ao material desta casa, informa, em 1570, o P. Gonçalo de Oliveira, está ainda por acabar tudo o começado. Até uma casa, que deixou já principiada o P. Inácio de Azevedo, pera que por entretanto se recolhessem os Padres, está coberta de telha e, à míngua de carpinteiros e taboado, não é acabada. Até agora estamos ainda recolhidos em uma casinha, que será do tamanho de dois cubículos, e nela cabemos com tudo o que temos, que sempre nos cheira a santa pobreza, por estarmos faltos de tudo »[2].

As condições precárias, em que se achavam os Padres, e o cuidado que tinham dos colonos e a necessidade de se regularizar a posse da sesmaria, doada por Estácio de Sá, não permitiram mais rápidos aumentos. Por outro lado, Nóbrega, depois de lançar os fundamentos do Colégio e procurar garantir o seu futuro, falecia em Outubro dêsse ano. A perda era irremediável. Assegurou o andamento da casa, como pôde, o P. Gonçalo de Oliveira, procurador do Colégio, até que, em 1572, assumiu o reitorado o P. Braz Lourenço e achamos no Rio, neste mesmo ano, o P. Afonso Braz, «encarregado das obras do Colégio, por ser grande carpinteiro »[3].

El-Rei de Portugal, informado das dificuldades locais e para que o edifício saísse digno da cidade do seu nome, expede, a

---

1. António de Matos, *Prima Inst.*, 21v, 33; *Fund. de la Baya*, 16-v (90); *Fund. del Rio de Henero*, 51-51-v (127); Vasc., *Crón.*, III, 117.
2. *Bras. 15*, 203v; cf. Serafim Leite, *Por comissão de Manuel da Nóbrega*, na *Brotéria*, vol. XIX, 312; Id., *Páginas*, 137-146.
3. *Fund. del Rio de Henero*, 52-53 (129).

exemplo do que já fizera para a Baía, dois alvarás, datados de 20 de Fevereiro de 1575, dirigidos um ao Governador do Rio e o outro ao Ouvidor Geral, para que mandem dar e façam dar e vender aos Padres «tôda a pedra, cal, madeira e mais achegas que forem necessárias para as obras dos Colégios da Companhia». E também fareis dar e apenar, «para servirem nas ditas obras, todos os pedreiros, carpinteiros, cabouqueiros, carreiros e embarcações e servidores e quaisquer outros oficiais e coisas que para elas forem necessárias»[1]. Em outro alvará, de Évora, a 2 de Março de 1575, mandava El-Rei ao Dr. Salema que aplicasse metade das multas pecuniárias às obras do Colégio, emquanto durassem[2]. Também se fala numa esmola de 166 cruzados, doados por D. Sebastião, sem mais explicações, senão que ainda se não tinham pago[3].

A-pesar-de tais ajudas de custo, as obras foram-se arrastando e deteriorando. E tornou-se mister, em 1584, erguer outro, de raiz, aproveitando-se do edifício anterior o que fôsse possível. A 1 de Novembro, diz o P. Gouveia que o novo Colégio ainda se não começara[4]. A princípio planearam-se grandes obras; todavia, em meados de 1585, estando no Rio o mesmo Visitador, reduziram-se para metade e ficou o Colégio «mais cómodo e formoso», diz êle[5].

Com planos definitivos, as obras atacaram-se a valer. Em Outubro, já podia escrever Fernão Cardim: a cidade «está situada em um monte de boa vista para o mar, e dentro da barra tem uma baía, que bem parece a pintou o Supremo Pintor e arquitecto do mundo, Deus Nosso Senhor; e assim é coisa formosíssima e a mais aprazível que há em todo o Brasil, nem lhe chega a vista do Mondego e Tejo; é tão capaz que terá vinte léguas em roda, cheia, pelo meio, de muitas ilhas frescas, de grandes arvoredos e não impedem a vista umas às outras, que é o que lhe dá graça». «Os Padres teem aqui o melhor sítio da cidade. Teem grande vista com tôda esta enseada de-fronte das janelas. Teem começado o edifício novo e teem já 13 cubículos

---

1. *Bras. 11*, 12v.
2. *Bras. 11*, 14.
3. Anch., *Cartas*, 420.
4. *Lus. 68*, 407.
5. *Lus. 69*, 133v.

de pedra e cal que não dão vantagem aos de Coimbra, antes lha levam na boa vista. São forrados de cedro »[1].

O número de quartos aumentou com o tempo. A Ânua de 1601-1602 refere que se construíram alguns êste ano[2].

Em 1607, concluíram-se algumas dependências do Colégio, com certo gôsto artístico (illustri operis extructura): dispensa, cozinha e refeitório. O Colégio ficou em quadrado e, dentro, um belo pátio[3].

Mudou-se depois a portaria comum da casa para lugar central e ergueu-se sôbre ela a Tôrre do Relógio[4].

Dos sucessos históricos do Colégio do Rio de Janeiro já falámos e ainda falaremos a seus tempos e também das suas remodelações até desaparecer na destruïção do Morro do Castelo em 1922.

5. — Neste Colégio começaram, pois, os primeiros estudos do Rio. Em Janeiro de 1573, chegou o P. Provincial, Inácio Tolosa, com os Padres Luiz da Grã, Braz Lourenço e outros, entre os quais o Irmão Escolástico Custódio Pires. A morte do P. Nóbrega tinha atrasado tudo. Para o substituir, nomeou-se reitor ao P. Anchieta, mas o Provincial resolveu deixar ali o P. Braz Lourenço em vez de Anchieta, que teve de ficar em S. Vicente e não chegou a tomar posse.

Inauguraram-se, êste ano, as aulas no Colégio. Em Fevereiro, com certeza, talvez no dia 3, por ser êsse o dia em que o P. Provincial fixara na Baía para a abertura do ano escolar. Começou humildemente com o curso elementar de ler e escrever e algarismo. Encarregou-se dêle o Irmão Custódio Pires, que foi assim o primeiro mestre-escola do Rio de Janeiro[5].

---

1. Cardim, *Tratados*, 349-350; cf. Anch., *Cartas*, 420.
2. *Bras. 8*, 43-44.
3. *Bras. 8*, 67.
4. Matos, *Prima Inst.*, 33. Vem uma fotografia da igreja de *Santo Inácio*, antes de ser demolida, em *O quadro histórico da fundação da Escola de Medicina do Rio de Janeiro*, pelo Dr. António Gonçalves Pereira da Silva, *Rev. do Inst. Bras.*, LXXIV, 2.ª P., 269, com parte do Colégio, onde funcionou o Hospital Militar e onde se deram as primeiras aulas da Escola Médico-Cirúrgica do Rio de Janeiro.
5. *Fund. del Rio de Henero*, 53v (130); Ant. de Matos, *Prima Inst.*, 25v, 26; *Lus. 64*, 249.

No ano seguinte de 1574 instituíu-se a primeira classe de Humanidades. Ficou lente o P. António Ferreira, prègador e mestre de Noviços. Matricularam-se 19 alunos, 5 de casa e 14 de fora. Deu-se ao acto a solenidade devida: oração *De Sapientia*, Profissão de Fé Tridentina, sermão na igreja. Assistiram as pessoas mais representativas da cidade, com o capitão-mor à frente [1].

De vez em quando, entrecortavam-se os estudos com festas escolares, como as que se referem do Colégio da Baía. Por exemplo, em 1578, indo o Administrador Eclesiástico visitar o Colégio, receberam-no os estudantes com demonstrações de carácter literário, declamando um *Diálogo*, curto e elegante [2].

Os estudos progrediam. Em 1583, vamos achar o Colégio com três cursos: elementar, Humanidades e Teologia moral ou casos de consciência para tôda a sorte de gente, como se exprime Anchieta [3].

Uma vez ou outra referem as Ânuas que havia aumento de alunos, como em 1597 [4]; e no ano seguinte começou uma nova classe de Humanidades [5].

A Baía era então a capital do Brasil. É natural que fôsse ela a sede do Colégio Máximo. Em todo o caso, os estudos do Rio de Janeiro iam-se também desenvolvendo, à proporção que a cidade aumentava de população e de importância.

6. — Os Reitores do Colégio do Rio de Janeiro foram os seguintes:

a) MANUEL DA NÓBREGA (1567-1570). — Fundador e primeiro Reitor [6].

---

1. Ant. de Matos, *Prima Inst.*, 29; *Fund. del Rio de Henero*, 57v-58. O P. António Ferreira, natural da Ilha da Madeira, entrou no Noviciado de Évora em 1565. Tinha o curso de Humanidades e de Artes. Era professo de 3 votos *(Bras. 5,* 83). Faleceu neste mesmo Colégio do Rio, a 25 de Julho de 1614 *(Hist. Soc. 43,* 65v). Nos últimos anos sofreu, com paciência, de úlceras nas pernas; gastou grande parte da vida nas Capitanias e Aldeias dos Índios; e tinha especial gôsto em atender os humildes e os escravos africanos (Ânua de 1614-1615, *Bras. 8,* 193v).

2. Carta de Luiz da Fonseca, *Bras. 15,* 303-304.
3. *Anch., Cartas,* 326; *Bras. 5,* 18v.
4. *Annuae Litt. 1597,* p. 498.
5. *Congr. 49,* 461v.
6. *Anch., Cartas,* 327.

b) Gonçalo de Oliveira (1570-1573). — Assistiram à morte do P. Nóbrega os Padres Gonçalo de Oliveira e Fernão Luiz. Nóbrega, antes de morrer, nomeou o P. Oliveira para Superior. O sucessor de Nóbrega era natural de Arrifana de Santa Maria, distrito de Aveiro, e foi menino para o Brasil, entrando na Companhia em 1552, com 17 anos de idade[1]. Estava nos Campos de Piratininga, como estudante e como intérprete, por ocasião da fundação de S. Paulo, em cuja região se demorou até 1560, ano em que voltou à Baía, onde se ordenou[2]. Seguindo pouco depois para Pernambuco, abriu de novo aquela casa[3]. Voltou para o Sul com a armada de Estácio de Sá, desenvolvendo a maior actividade durante a campanha do Rio e depois como companheiro e amigo de Nóbrega, a quem sucedeu no govêrno da casa. Em 1573, foi nomeado procurador do Colégio. E, assim como tinha alcançado do Capitão-mor Estácio de Sá antes, em 1565, terras para o Colégio do Rio, assim também as defendeu agora com atenção e energia[4].

Em 1574, voltou para a Baía[5], saindo da Companhia algum tempo depois. Correu que saíra com achaque de doença para ficar com sua mãi, herdar e voltar.

O P. Oliveira, emquanto estêve fora da Companhia, possuía uma casa e ermida no caminho das Aldeias da Baía e nela pousavam os Padres, quando por ali passavam[6]. Escandalizavam-se com isso o P. António Gomes e mais alguns; e com visos de razão. Nos primeiros dias de Novembro de 1584, estando a convalescer nas Aldeias da Baía, chegou à cidade José de Anchieta, trazendo consigo o P. Oliveira para ser readmitido. Tinha estado 30 anos na Companhia, diz o P. Gouveia, e saíra com *licença* para ficar com sua mãi, viúva. Depois que ela morreu, retirou-se para uma fazenda da sua propriedade, confessou-se sempre com o P. Anchieta e fêz tôdas as boas obras que pôde ao Colégio, dizendo sempre que ainda havia de morrer na Com-

---

1. *Bras.* 5, 13.
2. Anch., *Cartas,* 154; *CA,* 269.
3. *Fund. de Pernambuco,* 61(13); *CA,* 281; Vasc., *Crón.,* II, 89, 91, 92.
4. *Bras. 11,* 416-417v; António de Matos, *Prima Inst.,* 26.
5. *Fund. del Rio de Henero,* 53v(131).
6. Memorial do Procurador a Roma, António Gomes, *Lus. 68,* 417 (11.º); Cardim, *Tratados,* 302, 307 e Nota XL de Rodolfo Garcia.

panhia. Há um ano que pedia para entrar. Dilatou-lho o Visitador, por causa dos bens que possuía, três ou quatro mil cruzados em terras, gados e escravos. O Visitador queria que os deixasse aos pobres, êle aos Padres. Nomeando-se uma comissão para resolver o assunto, prevaleceu a opinião do P. Gonçalo de Oliveira, fazendo doação pública de tudo ao Colégio. Levo-o agora para o Rio, acrescenta o mesmo Visitador, para fazer lá a costumada provação [1].

Nesta readmissão fizeram-se algumas cláusulas sôbre a sua profissão e modo de viver na Companhia. Diz Anchieta, que se cumpriram emquanto estêve nas partes do sul. Mas, voltando à Baía, ou por inquietação sua, ou porque o Superior dali, como dá a entender o mesmo Anchieta, não as cumprira bem, fêz-se intolerável a sua permanência na Companhia, e tornou a sair em 1591 [2]. Foram-lhe então restituídos os seus bens, com aumento [3].

Esta questão da herança empanou a vida dum religioso, que durante tantos anos tinha prestado relevantes serviços à religião e ao Brasil. Por felicidade, o P. Gonçalo de Oliveira tornou a entrar na Companhia, em 1610, falecendo com morte edificante, no Colégio de Pernambuco, em 1620, com 93 anos de idade, segundo a ânua correspondente [4].

c) BRAZ LOURENÇO (1573-1576). — O P. Braz Lourenço, que tinha sido Superior no Espírito Santo, onde desenvolveu notabilíssima actividade e onde fêz os últimos votos a 25 de Julho de 1560 [5], era em 1572 Superior do Pôrto Seguro, quando o P. Tolosa, passando por ali, em Dezembro dêsse ano, o levou para o Rio. Nomeado Vice-Reitor do Colégio na ausência de Anchieta, indigitado Reitor, mas que estava adoentado em S. Vicente, e por lá ficou, o P. Lourenço passou à plenitude do cargo [6]. Mais tarde, voltou ao Espírito Santo, cuja casa governava em 1583 [7].

---

1. Carta de Gouveia, 5 de Novembro de 1584, *Lus. 68*, 412.
2. Anch., *Cartas*, 457-465.
3. *Bras. 15*, 373-373v.
4. *Bras. 8*, 279v; *Bras. 5*, 103v-104; *Hist. Soc. 42*, 33; cf. Serafim Leite *Por Comissão de Manuel da Nóbrega*, em *Brotéria*, XIX (1934) 306-313.
5. *Lus. 1*, 136.
6. António de Matos, *Prima Inst.*, 26.
7. *Lus. 68*, 340.

O Catálogo de 1598 tem que foi Reitor do Rio durante quási quatro anos e superior das Residências durante quási 25 [1]. Natural de Melo, diocese de Coimbra, entrou na Companhia, a 9 de Maio de 1549 [2]. Faleceu em Reritiba, no dia 15 de Julho de 1605 [3]. A Ânua respectiva diz que morreu com 80 anos de idade e 56 de Companhia: «Pai comum de todos» [4].

d) PEDRO DE TOLEDO (1576?-1583). — Foi sete anos Reitor, diz Cardim [5] e terminou, com certeza, em 1583 [6]. O P. Toledo, natural de Granada, faleceu a 6 de Março de 1619, na Baía [7]. Foi também Reitor de Pernambuco e da Baía e Provincial, de 1615 a 1618. Por êste motivo falaremos dêle a seu tempo.

e) INÁCIO TOLOSA (1583-1591). — O P. Cristovão de Gouveia, em carta de 31 de Dezembro de 1583, comunica que nomeou Reitor do Rio de Janeiro a Inácio Tolosa, por ter as condições requeridas, ser de confiança e poder visitar o Sul. Pedia para êle a patente [8]. Tolosa tinha acabado de ser Provincial, poucos meses antes. A patente veio, com data de 15 de Agôsto de 1584 [9].

f) FERNÃO DE OLIVEIRA (1592). — Era Vice-Reitor em 1592 [10]. Mais tarde Reitor da Baía [11].

g) FRANCISCO SOARES (1594). — Era Vice-Reitor em 1594 [12]. O P. Francisco Soares chegou ao Brasil em 1587, donde não tornou a sair, até falecer no Rio de Janeiro, a 2 de Fevereiro de 1602 [13]. Em 1598, visitou o Colégio de Pernambuco em vez do Provincial, Pero Rodrigues [14]. Natural da cidade do Pôrto e mestre em Artes. Entrou em 1561. Fêz profissão solene no

---

1. *Bras. 5*, 40v.
2. *Lus. 43*, 4.
3. *Hist. Soc. 43*, 65v.
4. Ânnua 1605-1606, *Bras. 8*, 63v.
5. Cardim, *Tratados*, 333.
6. *Lus. 68*, 343.
7. *Bras. 8*, 226v.
8. *Lus. 68*, 343.
9. *Hist. Soc. 61*, 114v. Cf. *Bras. 15*, 410; Cardim, *Tratados*, 301.
10. *Bras. 3*, 361; *Bras. 15*, 410.
11. Cf. supra, p. 69.
12. *Bras. 3*, 354; Anch., *Cartas*, 291.
13. *Hist. Soc. 43*, 65; *Bras. 8*, 43v.
14. *Bras. 15*, 467.

próprio ano da chegada e foi, durante um biénio, Superior de Piratininga. Tornou a ser Vice-Reitor no Rio, em 1598.

h) FERNÃO CARDIM (1594-1598). — Data da sua patente: 22 de Março de 1594[1].

i) FRANCISCO SOARES (1598-1601). — Vice-Reitor pela 2.ª vez. Começou em Novembro de 1598[2]. Em Junho de 1600 dizia dêle o Provincial. «Faz bem o seu ofício, mas custa-lhe já muito, por estar gasto»[3]. De-facto, faleceu daí a ano e meio. Em 1598 tinha 53 anos de idade[4].

7. — Como se deram todos êstes Superiores com as autoridades civis? Em geral bem. E desde o começo. A amizade entre Estácio de Sá e os Jesuítas foi íntima, como a de seu tio, Mem de Sá. Da colaboração de uns e outros nasceu o Rio de Janeiro. A Estácio de Sá sucedeu o seu primo Salvador Correia de Sá (1568-1572) e, a êste, Cristovão de Barros. Nomeado a 31 de Outubro de 1571[5]. Cristóvão de Barros, saíu de Lisboa, a 29 de Janeiro de 1572, com a 13.ª expedição de Padres Jesuítas. Amigo dêles, na viagem, no Rio, — sempre.

Para contrabalançar tão boa harmonia, veio António Salema, Governador das Capitanias do Sul, simultâneamente com Luiz de Brito e Almeida, Governador das do Norte.

O Dr. António Salema, emquanto estêve em Pernambuco,

---

1. *Hist. Soc. 61*, 114; *Bras. 5*, 39.
2. *Bras. 8*, 28.
3. *Bras. 3 (1)*, 170v.
4. *Bras. 5*, 39. Reitores seguintes:
Leonardo Armínio (1602). Vice-Reitor em Março de 1602 *(Bras. 8, 10v)*.
Manuel de Oliveira (1603). Patente com data de 26 de Agôsto de 1603 *(Hist. Soc. 62, 60 ; Bras. 8, 14)*. Mas estava na Baía em Maio de 1604, onde fêz a profissão de quatro votos, em mãos do P. Cardim *(Lus. 3, 124-125)*.
Domingos Coelho, Reitor em 1601 *(Bras. 5, 62)*.

Outras patentes, segundo a *Hist. Soc. 62*, 60 :

    António de Matos, 7 de Dezembro de 1615 ;
    João de Oliva, 6 de Setembro de 1619 ;
    Francisco Carneiro, 29 de Abril de 1623 ;
    Francisco Fernandes, 12 de Julho de 1627 ;
    Francisco Carneiro, 16 de Abril de 1633 ;
    José da Costa, 13 de Dezembro de 1638.

5. Pôrto Seguro, *HG*, I, 420.

como presidente da Alçada, favoreceu algumas pretensões dos Padres, pois com sua ajuda se celebrou, em 1572, um casamento difícil, onde se temia morte de homem[1]. Na Baía, fêz parte da Junta de 1574, sôbre a liberdade dos Índios, e no Rio pôs em execução algumas ordens reais favoráveis à construção do Colégio[2]; e, ainda em 17 de Junho de 1577, passou uma provisão «para não pagarem dízimos os Padres da Companhia, nem as pessoas que lavrarem as suas terras»[3].

A-pesar destas medidas favoráveis, parece que êle as fazia mais tocado de cima do que por convicção ou por dependerem ùnicamente de si. Porque, em 1584, diz-se dêle que não deu grande ajuda aos Padres[4]. Gabriel Soares alude até a questões que teve com os Jesuítas[5]. Que pendências seriam? Elucida-nos António de Matos. Os Padres do Rio antecipando já a liberdade de António Vieira, estigmatizavam do púlpito os vícios correntes, procurando, como lhes cumpria, zelar e promover a moralidade pública. O Governador mandou-os notificar judicialmente de que não repreendessem do púlpito certas acções; e acrescentou que os Padres violavam o segrêdo sacramental e induziam o povo contra êle, temendo, dizia, um «pretoricídio». O caso chegou a tanto que, na rua, os amigos do Governador escarneciam os Padres. Felizmente, em Fevereiro de 1578, chegou ao Rio o novo Governador Salvador Correia de Sá e o Licenciado Bartolomeu Simões Pereira, Administrador Eclesiástico. O Administrador, vendo o abuso que cometia Salema, intrometendo-se em assuntos de igreja, avocou a si a questão e castigou os mofadores. Salema retirou-se para Portugal, e com êle terminou a experiência perigosa de estar o Brasil dividido em dois governos, facto que, se fôsse por diante, talvez resultasse funesto para a unidade brasileira[6].

Salvador Correia de Sá voltou a governar o Rio e o seu govêrno, desta segunda vez, durou 20 anos (1577-1597). Quando existem boas relações, a história destas relações e mútuo apoio

---

1. *Fund. de la Baya*, 22 (96); *Discurso das Aldeias*, 366-370.
2. *Bras. 11*, 12v e 14.
3. Caldas, *Notícia Geral*, 156.
4. *Lus. 68*, 416v (6.º).
5. Capítulos, *Bras. 15*, 384v.
6. António de Matos, *Prima Inst.*, 30-30v; Pôrto Seguro, *HG*, I, 476.

conta-se em breves linhas. Salvador Correia de Sá favorecia, quanto podia, os requerimentos dos Padres para o bem público e a catequese. Por sua vez os Jesuítas retribuíam, com a mesma boa vontade, e salvaram, em 1590, uma entrada ao sertão, que se via perdida: comandava-a o próprio filho do Governador [1].

Inácio Tolosa, dando notícias sôbre as depredações, cometidas em Santos, pelos ingleses de Cavendish, e como tinham ido para o Estreito de Magalhãis e talvez voltassem, diz: «mas já não os temem, porque em tôdas as partes estão com cêrcas e postos em armas, esperando por êles. Especialmente os do Rio de Janeiro, que teem fama de grandes soldados. E o Governador Salvador Correia [é] mui animoso e bom capitão» [2].

A Salvador Correia de Sá sucedeu Francisco de Mendonça e Vasconcelos [3]. Pero Rodrigues, que estava no Rio de Janeiro, em Junho de 1600, escreve: «o novo Governador desta cidade é homem áspero e do povo malquisto, mas o P. Reitor [Francisco Soares] o leva com tanta prudência, que temos nêle um grande amigo e defensor» [4].

---

1. *Bras. 15*, 366.
2. Carta de Tolosa, da Baía, 11 de Maio de 1592, *Bras. 15*, 412. Dêste «Salvador Correia de Sá, o primeiro, que foy grande soldado, servio com reputação no Brasil com o Governador Mendo de Sá», proveem os Viscondes de Asseca. — D. António Caetano de Sousa, *Memorias Historicas e Genealogicas dos Grandes de Portugal*, 2.ª (Lisboa 1755) 254. Salvador Correia de Sá tomou posse do cargo de Governador do Rio, da primeira vez, a 4 de Março de 1568. Cf. Pôrto Seguro, *HG*, I, nota VII, p. 431; Alexandre Max Kitzinger, *Resenha Historica da cidade do Rio de Janeiro*, na *Rev. do Inst. Bras.*, 76, 1.ª P. (1913) 170; Knivet, *Narração da Viagem*, 183-272, dá muitas informações sôbre êle e os seus dois filhos Martim de Sá e Gonçalo de Sá; cf. Teodoro Sampaio, *Peregrinações de Antonio Knivet*, in *Rev. do Inst. Bras.* Tômo especial (1914) p. 345-390.
3. Cf. *Rev. do Inst. Bras.*, 1 (1839) 241.
4. Pero Rodrigues, *Bras. 3 (1)*, 170v; cf. *Bras. 8*, 11.

CAPÍTULO III

Fontes de receita

1 — A dotação do Colégio do Rio; 2 — Terras e prédios; 3 — Terras de Iguaçú; 4 — Terras de Macacu; 5 — Fazenda de Santa Cruz.

1. — A 20 de Fevereiro de 1567, o próprio dia em que morreu Estácio de Sá, comunica o B. Inácio de Azevedo a S. Francisco de Borja: «Escrevo do Rio de Janeiro, que é uma nova povoação, que se fêz de dois anos a esta parte, e agora a manda El-Rei aumentar, e quere que se faça uma cidade». Para Colégio talvez venha, com o tempo, a ter «mais disposição que noutras partes do Brasil»[1]. Esta impressão num Padre, que era o Visitador, e, portanto, a suprema autoridade dos Jesuítas no Brasil, junto à informação, que lhe davam, da fertilidade da terra, e à sua beleza, que êle via por si-mesmo, fêz que, ao reünir-se em S. Vicente com os Padres graves da Província, se decidisse que o Colégio das Capitanias do sul ficasse no Rio de Janeiro. Simão de Vasconcelos acrescenta que foi também «para animar o povo vitorioso»[2]. Era essa, aliás, a vontade de Nóbrega. Já, em 1565, pedira a Estácio de Sá, por intermédio do P. Gonçalo de Oliveira, as terras indispensáveis para a sua fundação e sustento. É pois natural que o P. Azevedo trouxesse de Lisboa instruções para a erecção imediata dêsse Colégio, como de-facto trazia[3]. Ordenou que lhe ficassem subordinadas as casas das Capitanias de S. Vicente e Espírito Santo[4].

---

1. *Mon. Borgia*, IV, 411-491.
2. Vasc., *Anchieta*, 119; Anch., *Cartas*, 325.
3. *Bras. 2*, 139.
4. Pero Rodrigues, *Anchieta*, em *Annaes*, XXIX, 215.

Quanto à dotação de El-Rei, existe uma provisão de 15 de Janeiro de 1565, em que ordena a Mem de Sá veja onde se poderá fundar um Colégio para 50 religiosos da Companhia de Jesus [1]. Prestadas as informações requeridas, assinou El-Rei D. Sebastião, a 11 de Janeiro de 1568, a provisão definitiva. O soberano português assumiu assim as honras de fundador. As disposições dêste documento são idênticas às do Colégio da Baía, até na determinação das rendas: a redízima da dízima real que lhe tocava por ser Grão-mestre da Ordem de Cristo [2].

Como na Baía, houve igualmente dificuldades e atritos nos pagamentos do Rio; e, como lá, alvitrou-se também que, em vez da redízima, se desse a renda fixa de 20$000 réis anuais para cada um, ou seja um conto de réis ao todo, ou ainda 2.500 cruzados. Pagavam-se, em 1583, parte — 2.000 — na Baía, «ainda que mal e tarde» e parte — 500 — na Capitania do Espírito Santo [3].

Ao tratarmos da dotação real do Colégio da Baía, vimos o que se refere ao do Rio, porque êstes negócios geriam-se sempre, mais ou menos, em globo. Para tratar expressamente dos negócios do Rio, na capital da Colónia, que era a Baía, determinou o Visitador, em 1589: «Haverá sempre neste Colégio [da Baía] um Padre de prudência e autoridade, nomeado pelo Provincial, que faça os negócios do Rio de Janeiro e procure e arrecade seus pagamentos, ao qual se dará companheiro e as

---

1. *Bras. 11*, 479-479v.
2. Arq. Hist. Col., *Registos*, I, f. 324-325, publicado em *Documentos Interessantes*, vol. 48, p. 39-43. O documento existente no Arquivo da Companhia, *Bras. 11*, 483-484v, é já de origem brasileira. Está autenticado pelo P. Cristóvão Ferrão, em 15 de Maio de 1575. Contém 3 peças: a carta de D. Sebastião aos Padres (11 de Fevereiro de 1568); a carta de D. Sebastião a Mem de Sá, datada de 15 de Março de 1568, e o Alvará de 11 de Fevereiro do mesmo ano, em que ordena a Mem de Sá a fundação dum segundo Colégio dos Jesuítas (o outro era o da Baía), na Capitania de S. Vicente. Vasconcelos *(Crón.*, III, 115) traz parte do alvará de D. Sebastião, dando-lhe a data de 6 de Fevereiro de 1568. No *Archivo do Distrito Federal*, p. 38-39, vem uma carta de El-Rei a Mem de Sá, de 11 de Novembro de 1567, trasladada por Mem de Sá no seu alvará e provisão de «hoje, dous dias de Outubro de mil quinhentos e sessenta e oito anos», expedida a 5 do mesmo mês e registada a 11 de Dezembro de 1568. Assina também Manuel da Nóbrega. — Vd. *Apêndice E.*
3. Anch., *Cartas*, 421.

mais ajudas que fôr necessário para a provisão daquele Colégio» [1].

Gabriel Soares de Sousa tentou também, junto da Côrte de Madrid, que se suprimisse esta dotação. Diz êle:

«Pediram os Padres a Sua Alteza 2.000 cruzados para o Colégio do Rio de Janeiro, fazendo-lhe entender ser muito necessário, onde êles já tinham seu mosteiro feito e muitas terras de sesmaria, que lhes os Capitãis deram. O qual Colégio é bem escusado, pois não serve de mais que fazer esta despesa a El-Rei, que tem bem necessidade dela para fortificação da terra, porque no Rio de Janeiro haverá até 200 vizinhos; os mais dêles são mamalucos e casados com negras, cujos filhos de maravilha sabem ler. Pois quem há-de aprender neste Colégio, para se levar, por êsse respeito, dois mil cruzados a El-Rei, cada ano, que não seja mais serviço de Deus e de El-Rei gastarem-se na fortificação da terra, pois não tem nenhuma defensa?»

Os Padres, quando tiveram conhecimento de tais acusações, responderam:

«Em muitas coisas peca o informante neste apontamento: em fazer tão pouco da cidade do Rio de Janeiro, a qual tem muitos moradores Portugueses e é a mais bem fortalecida de tôda a costa, como é bem notório; em dizer que o Colégio tem de Sua Alteza 2.000 cruzados, tendo 2.500; em cuidar que o respeito de se fundar aquêle Colégio foi ensinar os filhos dos Portugueses, não sendo êsse senão sustentar nela cincoenta da Companhia, que descarguem a El-Rei da obrigação, que tem, de atender à conversão, como é nos mais Colégios, como consta de seus padrões. Por onde, se aqui há tantos mamalucos e negras, como êle diz, e outro muito gentio, assim fôrro como cativo, não se emprega mal a renda em sustentar quem ajude à salvação dos tais. Quanto mais que fazem outros serviços a Deus e à terra, com prègações e confissões, com lhes ensinar seus filhos a ler, escrever e latim; aonde também acodem do Espírito Santo, S. Vicente e mais povoações da banda do sul; e em lhes sustentar duas povoações de Índios, que são muito boa parte da fortificação da terra, como se tem visto nos recontros, que com Fran-

---

1. *Bras. 2*, 149.

ceses até agora tiveram, e naus que com sua ajuda lhes tomaram. E, se tão zeloso é da fazenda de Sua Majestade, houvera-lha de poupar e não lha gastar, como tem gastado, e ao adiante gastará, nas minas, que lá deixou tão assoalhadas e que cá são tão pouco ouvidas » [1].

Os *Capítulos* de Gabriel Soares eram secretos e assoprados também pelo Governador Manuel Teles Barreto. Não admira que chegassem a causar alguma frieza em Madrid a-respeito dos Padres do Brasil, o que logo se reflectiu nas dificuldades postas ao pagamento das rendas reais. Só se dissiparam as más vontades, quando os Jesuítas tendo conhecimento das acusações, que assim lhes assacavam, tão falsa ou exageradamente, puderam esclarecer a verdade.

2. — Estas dificuldades e incertezas da dotação real, dependente da boa ou má vontade da Côrte, e, sobretudo, a sua insuficiência para o desenvolvimento progressivo da Companhia de Jesus, obrigavam os Padres a buscar o complemento em recursos estáveis, de que necessitavam as suas obras. Como em tôda a parte, mas ainda mais no Brasil, os recursos tinham que vir do solo. Era preciso cultivá-lo. A pouco e pouco foram-se adquirindo bens imóveis. Uma lista enviada para Roma, no primeiro quartel do século XVII, indica as terras e casas, que possuía o Colégio do Rio de Janeiro, 50 anos depois da sua fundação. As casas eram dezasseis e tinham-se edificado e construído em diversas ocasiões pelos próprios Jesuítas. Só uma tinha sido doação de Aires Fernandes, que oferecera igualmente um terreno, vendido em 1595, aos Padres Carmelitas por 60$000 réis [2]. Possuía o Colégio mais alguns pedaços de terra, cuja denominação e situação se omitia, por não valer a pena, isto é, porque não rendiam nada ou quási nada [3].

Junto do Colégio, havia uma «cêrca que é coisa formosa, diz Fernão Cardim; tem muito mais laranjeiras que as duas cêrcas de Évora, com um tanque e fonte; mas não se bebe dela por a água ser salobra; muitos marmeleiros, romeiras, limeiras,

---

1. Capítulos, *Bras. 15*, 386-386v.
2. *Archivo do Distrito Federal*, III, 251-253.
3. António de Matos, *Prima Inst.*, 34v-35.

limoeiros e outras frutas da terra. Também tem uma vinha, que dá boas uvas; os melões se dão no refeitório quási meio ano, e são finos, nem faltam couves mercianas bem duras, alfaces, rábãos e outros géneros de hortalíça de Portugal, em abundância; o refeitório é bem provido do necessário; a vaca na bondade e gordura se parece com a de Entre-Douro e Minho; o pescado é vário e muito, são para ver as pescarias da sexta-feira»[1].

Os estudantes iam passar os dias feriados em uma ilhota que ficava defronte do Colégio, talvez a Ilha Fiscal ou das Cobras[2].

Além do Colégio e da igreja, tinham realmente importância três lotes de terra, doados em diversos tempos, preciosas fontes de receita para a formação e sustento dos estudantes, missionários e demais pessoal, donde resultou que êste Colégio não se endividasse tanto como o da Baía.

3. — As primeiras terras do Colégio do Rio de Janeiro foram-lhe doadas por Estácio de Sá. O P. Gonçalo de Oliveira, Superior dos Jesuítas no arraial, com delegação do P. Nóbrega, comunicou ao jovem Capitão a necessidade de reservar algumas terras para o futuro Colégio, e de comum acôrdo lhe apresentou o requerimento legal. O Capitão-mor despachou favoràvelmente no dia 1.º de Julho de 1565, nem podia deixar de ser, dado que os Jesuítas estavam ali a concorrer como ninguém para a conquista da mesma terra. Não havia ainda escrivão das sesmarias, que se nomeou pouco depois, sendo então registada no livro respectivo, no dia 27 de Novembro do mesmo ano[3].

A sesmaria constava de «uma água que se chama Iguaçú, que poderia estar légua e meia do arraial de Estácio de Sá. A sesmaria ia desde a nascente de água até à baía de Guanabara, seguia a praia ao longo dela, «para a banda do noroeste, cortando direito até uma tapera, que se chama Inhaum, outro tanto em quadra pela terra dentro». De acôrdo com estas con-

---

1. Cardim, *Tratados*, 350; Anch., *Cartas*, 420.
2. Anch., *Cartas*, 421.
3. 27 de Novembro e não 21, como se lê na *Relação das sesmarias da Capitania do Rio de Janeiro*, feita por José Pizarro de Sousa Azevedo e Araújo, *Rev. do Inst. Bras.*, 63 (1902) 95.

frontações, e para as fixar, determinou o Capitão-mor que aquela terra pelo sertão, de Iguaçú a Inhauma, fôsse de duas léguas[1].

Com a mudança da cidade para o Morro do Castelo, a sesmaria, que estava a légua e meia, ou como diz António de Matos, a 4.500 passos, ficou apenas a 1.500[2].

Daí a sua rápida valorização e as competições e cobiças. Passaram os Padres trabalhos para as conter[3]. Mem de Sá, informado, atalhou a isso, confirmando a sesmaria por expressa recomendação de El-Rei. O auto de posse fêz-se no dia 15 de Dezembro de 1567 e registou-se no dia 10 de Junho de 1568.

Com a sua costumada previdência, iam examinando os Padres, de vez em quando, os títulos que lhes davam direito às terras. E verificaram, sem dúvida, que a doação ordinária das sesmarias trazia determinadas cláusulas de beneficiamento imediato, pouco fácil, naqueles primeiros tempos. Não seria de admirar que desta dificuldade se prevalecessem os que deitavam olhos cobiçosos para as terras. Os Reitores dos Colégios do Rio e Baía, juntamente, deram os passos indispensáveis para que desaparecessem todos os óbices e ficassem com a sua posse pacífica. Recorreram primeiro à Coroa; e depois, em 25 de Setembro de 1569, a Mem de Sá, pedindo-lhe confirmasse e assinasse os títulos das terras, « como Sua Alteza manda ». Sua Alteza, em carta de Lisboa, datada de 11 de Novembro de 1567, dizia efectivamente ao Governador Geral: « Eu El-Rei [...] vos encomendo que não consintais que as terras e roças e quaisquer outras propriedades, que por qualquer via até ora são dadas aos ditos Padres dos ditos Colégios, que lhes sejam, por nenhum modo, tiradas e lhe[s] confirmeis, em meu nome, as dadas e doações, e lhes passeis carta para as êles possuírem, pôsto que nelas não tenham feito até ora bemfeitorias, sem embargo do que na sentença das tais dadas fôr ordenado per minhas ordenações, e pera isso hei por cumpridos quaisquer defeitos que, de feito ou de direito, houver neste caso, porque hei que assim convém ao bem espiritual e temporal dessas partes ».

---

1. *Bras. 11*, 416-423.
2. António de Matos, *Prima Inst.*, 23-23v.
3. *Fund. del Rio de Henero*, 52v (129).

Cinco dias depois, a 30 de Setembro de 1569, espaço necessário para a preparação dos documentos, assinou-os o Governador Geral, de acôrdo com a carta de El-Rei.

Nóbrega faleceu daí a um ano, ficando, como se vê, perfeitamente legalizada, ainda em sua vida, a posse das terras do Colégio, de que era Reitor. Supondo que houvesse alguma falha, jurídica ou de facto, nas doações anteriores, sanava-se agora com êste acto supremo de Mem de Sá e de El-Rei. A-pesar-de estarem as coisas assim legalizadas, nem por isso se cortou o ádito a incursões dos colonos, que iam invadindo pouco a pouco essas terras. Elas não estavam demarcadas. Alegariam ignorância de limites? Para evitar abusos, urgia a demarcação. E já se não procedeu tão a tempo que se evitassem de-todo. A primeira balizagem efectuou-se em Janeiro de 1573. Antes de se proceder à da segunda partida de terras, alguns particulares, cujos nomes se citam (não aparece a Câmara entre os embargantes) requereram ao Provedor, que estava presente, António de Mariz, que não a fizesse, porque daí em diante as terras, diziam, não eram do Colégio. Acedeu o Provedor; e o Procurador do Colégio protestou contra semelhantes embargos, declarando que apelaria para quem de direito. Feita a apelação, respondeu o Capitão-Governador, Cristóvão de Barros, mandando lindar o resto das terras, conforme as doações feitas por Estácio de Sá e confirmadas por Mem de Sá, de ordem de El-Rei. Com isto se deu por concluída definitivamente a documentação (25 de Janeiro de 1574).

A-propósito da recusa de António de Mariz, veem nos autos da demarcação, que depois se efectuou por ordem do Capitão-Governador, umas palavras que talvez expliquem a sua atitude. Ao meterem os lindes, chegando a certo ponto, rumo de sueste, foram dar a «uma alagoa, que está em uma chapada adiante, além do dito rio Carioca, onde se diz que estêve um curral das vacas de António de Mariz, os dias passados...»

Não teria êle também pensado um momento em se aproveitar da negligência ou incúria dos Padres, se não demarcassem as suas terras? Ou cuidaria, realmente, que não eram de ninguém? Esta segunda hipótese é menos crível, em vista da preocupação, comum a tôda a gente, de possuir fazendas e campos à roda da cidade.

Poderia também julgar que quatro ou cinco Padres não precisariam de tantas terras. Colocado assim o problema, tinha talvez razão. Fazemos-lhe essa justiça, a êle e aos mais. Não compreendiam que não eram para si, mas para o Colégio, que começava; e que, se não fôsse a clarividência daqueles primeiros Padres, ficaria a sua acção catequística e educativa reduzida a pouco. É o desconhecimento prático do fim da Companhia de Jesus, então como agora, nos que escrevem o mesmo. Não cremos que então se achasse demasiada a generosidade de Estácio de Sá. Tinham ali sob os olhos a cooperação decisiva dos Padres na fundação da cidade. E o autor da *Informação da Província do Brasil para Nosso Padre*, declara, poucos anos depois, que os Jesuítas estavam bemquistos nela [1].

Para os que a estranham hoje, deu a resposta Capistrano de Abreu, aludindo ao concurso decisivo do primeiro Reitor do Colégio do Rio [2]. Como é que Estácio de Sá deixaria de aceder a um pedido de Manuel da Nóbrega, transmitido demais a mais pelo Padre Gonçalo de Oliveira, que lhe estava prestando ali, com os Índios aliados, os mais valiosos serviços?

Convém ainda lembrar que, antes do Capitão-mor conceder aquelas terras, tinha escrito El-Rei, em 15 de Janeiro de 1565, a Mem de Sá que visse onde se podia fundar um segundo Colégio dos Padres de Jesus (o outro era o da Baía) para as bandas de S. Vicente, ali ou noutro lugar da costa. Escolhido o Rio de Janeiro, Estácio de Sá não fêz mais que secundar os desejos de Mem de Sá e de El-Rei [3].

Regulado definitivamente o assunto, principiou a cuidar-se da sua utilização. Trabalho lento pelas circunstâncias do tempo. Para as facilitar, passou o Dr. Salema, Governador do Rio de

---

1. Anch., *Cartas*, 421.
2. Capistrano de Abreu, in Pôrto Seguro, *HG*, I, nota VI, pág. 431. Cf. supra, p. 380.
3. Cf. Serafim Leite, *Terras que deu Estácio de Sá ao Colégio do Rio de Janeiro, Documento inédito quinhentista*, Edições *Brotéria*, Lisboa, Fevereiro de 1935. Publicámos, na íntegra, o texto da sesmaria e, no fim, a similigravura das duas últimas páginas. Também saíu no *Jornal do Commercio*, do Rio de Janeiro, 17 de Fevereiro de 1935. E publicámo-lo, por o Sr. João da Costa Ferreira, em a *Cidade do Rio de Janeiro*, in *Rev. do Inst. Bras.*, 164 (1931) 241, se ter permitido afirmações desprovidas de fundamento histórico.

Janeiro, o alvará de 17 de Junho de 1577, dispensando de impostos os Padres e mais pessoas que lavrassem as terras[1].

Desde 1569, criava-se gado nelas, mandado para o Rio pelo P. Luiz da Grã[2]. As terras foram-se arroteando, naturalmente, da periferia para o centro. Em 1584, faziam-se já os mantimentos do Colégio, havia roças e habitavam ali mais de cem pessoas, entre escravos de Guiné e Índios da terra com suas mulheres e filhos. Construíu-se uma igreja; os trabalhadores eram doutrinados, granjeavam as terras e viviam folgadamente[3].

Os Padres tiveram cuidado em conservá-las e aumentá-las. Em 1620, já as tinham arredondado com duas propriedades, uma comprada e outra doada por Simão Barriga[4].

Mais tarde, construir-se-iam dentro dos limites desta sesmaria alguns engenhos célebres, cujos nomes ainda hoje se conservam em bairros da grande capital brasileira. A ideia dêstes engenhos remonta ao século XVI. Mas a princípio, como os Padres não tinham possibilidades nem gente para os construir e administrar por si mesmos, deram as terras em enfiteuse, para não ficarem por mais tempo devolutas; e porque também precisavam de recursos para as obras do Colégio então em grande actividade. Expõe tudo isto, ao P. Geral, Pero Rodrigues, que era nìtidamente partidário dos arrendamentos. Mas havia quem fôsse de opinião contrária. Êle refuta as razões opostas e, para alcançar mais fàcilmente de Roma a indispensável licença, aduz um argumento de pêso, qual era o de que o povo murmurava, por andarem algumas terras devolutas. A licença não se fêz esperar. Pero Rodrigues, que era o Provincial, coadjuvado por outros Padres igualmente favoráveis, deu certas águas em arrendamento enfitêutico a Álvaro Fernandes Teixeira, com a obrigação de dar ao Colégio 4 % do açúcar que fabricasse. Calculava o P. Rodrigues que o engenho produziria daí a dois anos cinco mil arrôbas de açúcar. Caberiam portanto ao Colégio 200 arrôbas, que «nesta terra valem 600 cruzados». Era uma boa ajuda!

«Além disto, no dito engenho está posta obrigação de nos

---

1. Caldas, *Noticia Geral*, 156.
2. *Bras. 3 (1)*, 163.
3. Anch., *Cartas*, 421.
4. António de Matos, *Prima Inst.*, 34v.

fazer cada ano quarenta tarefas de cana, ao menos, de cujo rendimento a metade do açúcar é do senhor do engenho e a outra metade do Colégio, a qual metade pode montar 400 arrôbas de açúcar. Souberam desta resolução o Governador Geral, D. Francisco de Sousa, e o Governador desta cidade, Francisco de Mendonça de Vasconcelos, e lhes pareceu muito bem, por ser coisa de muito proveito dos moradores e aumento da terra e acrescentamento da real fazenda de Sua Majestade; e da mesma maneira foi de todo o povo bem recebida» [1].

4. — Outra propriedade importante do Colégio do Rio de Janeiro eram as terras do Macacu, doação feita por Miguel de Moura, cavaleiro e secretário de El-Rei. Constituíam uma sesmaria dada por Mem de Sá: «Dou a Miguel de Moura três léguas de terra de largo, com ficar o rio no meio, e quatro pera o sertão com o dito rio e com tôdas as mais águas que na dita terra houver. Hoje, 25 dias de Outubro de 1567».

Quatro anos depois, a 18 de Outubro de 1571, foram doadas estas terras aos Padres da Companhia do Rio de Janeiro, «no lugar de Sacavém, têrmo de Lisboa, nas casas e quintas do Senhor Miguel de Moura, fidalgo da casa de El-Rei Nosso Senhor, estando êle aí presente e a Senhora Beatriz da Costa, sua mulher».

A doação confirmada, em Lisboa, por El-Rei, a 17 de Dezembro de 1571, supriu todos os possíveis defeitos, e registou-se no Rio de Janeiro com o *cumpra-se* do Governador Cristóvão de Barros, a 22 de Outubro de 1573. Nesse mesmo dia, tomou posse das terras o Procurador do Colégio, Gonçalo de Oliveira. Para isso, êle e as autoridades competentes foram numa canoa ao Rio Macacu, com as cerimónias usuais. Não se fizeram então as devidas demarcações «por causa da guerra», ficando para logo que houvesse paz [2].

---

1. *Informação das agoas e terras do Collegio do Rio de Janeiro, que dei para se fazerem engenhos, no anno de 1602*, Rio de Janeiro, 30 de Junho de 602, Pero Rodrigues, *Bras. 8*, 10v-11; *Bras. 3 (1)*, 192-193; *Bras. 2*, 94v. A licença tinha sido dada pelo Papa Clemente VIII, V Kal. Iulii 1600, pelas letras *Ex iniuncto nobis*. Vem resumida na *Synopsis Actorum*, 211. Tanto Pero Rodrigues, como Salvador Fernandes, teem nesta *Synopsis* os nomes trocados. Também a percentagem ali indicada é só de 3%.

2. O Procurador mandou passar um treslado no dia 8 de Março de 1574,

Anos depois moveram pleito à Companhia de Jesus os herdeiros de Baltazar Fernandes, um dos que estiveram na conquista do Rio de Janeiro. Alegavam que Mem de Sá tinha dado antes a Baltazar Fernandes 600 braças de terra, abrangidas na sesmaria e doação de Miguel de Moura. O facto era exacto, mas o Governador não tinha autoridade para dar terras de sesmaria no Rio de Janeiro, atribuição própria do Capitão-mor local da cidade, a êsse tempo falecido. Nas mesmas condições estava a sesmaria dada a Miguel de Moura e que, por desconhecimento exacto dos locais, compreendia a primeira. Verificando-se esta circunstância, devia prevalecer a sesmaria que tivesse a vantagem da anterioridade. Todavia complicava a questão o facto de El-Rei ter confirmado a sesmaria de Miguel de Moura e, ao dar-se aos Padres, suprir quaisquer defeitos. Para deslindar o caso, cometeu-se a questão ao tribunal competente. Veio a primeira sentença a favor dos herdeiros de Baltazar Fernandes; veio a segunda e definitiva a favor dos Padres, que ficaram com as terras.

A-propósito dêste pleito, notemos a atitude completamente diversa de dois Padres: a de Beliarte, Provincial, que aceitou as terras em 1590, fundado naquilo que nas demandas pode-se estar em consciência pela sentença do Juiz; e a do P. Cristovão de Gouveia, Visitador, que tinha ordenado, em 1585, que as 600 braças se entregassem aos herdeiros de Baltazar Fernandes, ainda que o Juiz desse sentença a favor do Colégio.

Num nobilíssimo documento que enviou a Roma, e pelos argumentos que aduz, de ser gente pobre, causar escândalo e serem terras de pouca valia, vê-se o empenho que êle tinha de mover o P. Geral a conceder a entrega. E assim foi. Mas, assumindo o P. Beliarte o cargo de Provincial, pouco atreito a seguir as ordenações estabelecidas pelo Visitador, frustrou-se a solução elegante que êste queria e teria dado, se não se ausentasse do Brasil [1].

---

reconhecido, um ano depois, pelo tabelião Marçal Vaz, a pedido do P. Cristóvão Ferrão, no dia 15 de Março de 1575, juntamente com a sesmaria dada por Estácio de Sá na cidade do Rio de Janeiro. Existe êste documento autêntico em *Bras. 11*, 406-409v ; cf. António de Matos, *Prima Inst.*, 34v.

1. *Informação das terras do Macacu para Nosso Padre Geral*, pelo P. Cristóvão

As terras do Macacu eram tidas por melhores que as do Iguaçu[1]. Meneava-as o pessoal do Colégio, mas não se mantiveram unidas. Em 1620, restavam poucas. Tinha-se trocado uma têrça parte por outras terras mais longe; e venderam-se outros pedaços[2].

O Macacu tinha valor, sobretudo como ponto de reünião e fixação de Índios, que adquiriram à sua roda várias sesmarias. E até, para irem entretanto vivendo, se alojaram às vezes nas terras dos Padres, os Índios descidos do sertão, emquanto não recebiam dos Governadores terras próprias[3].

5. — De tôdas as terras do Colégio do Rio de Janeiro celebrizaram-se mais as da Fazenda de Santa Cruz. Tiveram a seguinte origem. No dia 6 de Janeiro de 1576, recebia Cristovão Monteiro, morador antigo de S. Vicente, uma sesmaria de terras que iam de «Sapiaguera, Aldeia que foi dos Índios, até a Goratiba, que são quatro léguas boas, ao longo da costa do mar, e estarão oito léguas boas da bôca do Rio de Janeiro para cá, contra Angra dos Reis. A qual terra, que êle suplicante me pede, [fala Pedro Ferraz Barreto, loco-tenente de Martim Afonso de Sousa] tem um rio de água doce quási no meio, o qual se chama, na língua dos Índios *Nhundan*»[4].

Cristovão Monteiro era casado com Marquesa Ferreira (Marquesa, feminino de Márques, não de marquês) e teve dois filhos Eliseu e Catarina. Cristóvão e Eliseu faleceram. Catarina casou-se com José Adorno, que estêve com Nóbrega e Anchieta em Iperoig. A viúva, Marquesa Ferreira, interpretando o desejo do marido e do filho, emquanto vivos, dividiu as suas terras de Guaratiba e Guarapiranga em duas partes iguais, e fêz testa-

---

de Gouveia, *Lus. 69*, 152-153 (vd. *Apêndice F*); *Bras.* 2, 57, onde se lê que veio licença de Roma para a entrega das terras; *Bras. 15*, 369v, 372v, em que o P. Beliarte refere que não houve escândalo, ao voltarem as terras para o Colégio.

1. Anch., *Cartas*, 421.
2. Matos, *Prima Inst.*, 34v.
3. *Lus. 69*, 134.
4. Em 1567 e não em 1557, como se lê na *Historia da Imperial Fazenda de Santa Cruz*, por José de Saldanha da Gama, *Rev. do Inst. Bras.*, 38, 2.ª P. (1875) 169.

mento, deixando herdeira duma parte a sua filha e da outra a Companhia de Jesus[1].

No dia seguinte, 8 de Dezembro de 1589, resolveu dar logo a parte que tocava à Companhia, lavrando-se a escritura. A posse jurídica das terras operou-se no dia 10 de Fevereiro de 1590, indo aos próprios locais com as autoridades o P. Estêvão da Grã, Procurador do Colégio do Rio de Janeiro, e o Irmão porteiro Manuel Fernandes, que soltou os pregões do estilo.

Parece que andava metida nisto a vontade de José Adorno e de Catarina, sua mulher. Porque vamos achá-los também, daí a dois dias, a ceder a sua parte á Companhia, com a intenção evidente de se não dividir a propriedade. José Adorno andava com ideias de entrar na Companhia. E deram-se, de-facto, alguns passos com êsse intuito no fim dêste mesmo ano, já depois de lhe falecer a espôsa[2]. Provàvelmente andaria ela adoentada, para se justificarem tais pensamentos. Como quer que seja, Catarina ainda vivia no dia 12 de Fevereiro de 1590 e ambos fizeram doação à Companhia de Jesus, em Santos, na pessoa do P. João Pereira, Superior, da parte que lhes restava. Receberam, por sua vez, umas terras que tinham pertencido ao P. Fernão Luiz Carapeto, na Ilha de Santo Amaro (Bertioga) e mais 40 braças de chão nos arredores de Santos, caminho de S. Vicente. Havia desproporção na permuta. Por isso, José Adorno e Catarina Monteiro foram considerados bemfeitores e manteve-se o título mais de *doação* que de *troca* a esta transacção[3].

Em 1590, procedeu-se às demarcações legais. Refere-as assim José Saldanha da Gama com a identificação moderna dos lugares. «A testada da primitiva fazenda abrangia, pela primeira medição (1596), a distância que vai da Ilha de *Guarequeçaba* na Pedra da Freguesia de Guaratiba, à ilha de Itinguçú em Itacuruçá, município de Mangaratiba. Portanto, quatro léguas de costa. Sôbre esta linha fundamental colocaram êles a agulha magnética, e voltando-se para o continente percorreram tôda a

---

1. Assim, e não de uma parte a Companhia e doutra os seus filhos Catarina e Eliseu, como diz Pôrto Seguro, *HG*, I, 204.
2. *Bras. 15*, 374.
3. Treslado autêntico feito no Rio de Janeiro a 16 de Outubro de 1597 e que se conserva em *Bras. 11*, 410v-415v; cf. António de Matos, *Prima Inst.*, 34v.

distância do litoral até o outeiro das pedras, no Bananal, ficando ali um grande marco na extremidade da linha recta que teve princípio na Ilha de Guaraqueçaba. Do outeiro das pedras fizeram rumo, sempre paralelamente à linha de testada, até quatro léguas de extensão, e em seguida, desceram outras quatro léguas, em procura da ilha de Itinguçu, fechando por esta forma o grande rectângulo das quatro léguas em quadra da Guaratiba. Os quatro marcos fundamentais, assim como todos quantos foram construídos de boa pedra pelos Padres da Companhia, teem em uma das faces as iniciais: I. H. S. » [1].

Estamos no fim do século. No seguinte entrará esta fazenda num período intenso de lavoura e criação de gado; virão juntar-se-lhe novas terras, por compra; e constituirá, com as suas 10 léguas quadradas, a mais importante propriedade dos Padres, no sul do Brasil [2].

---

1. José de Saldanha da Gama, *Historia da Imperial Fazenda*, 173.
2. Sôbre esta fazenda existe alguma literatura. Além do citado José Saldanha da Gama, merece menção a valiosa monografia do coronel Manuel Martins do Couto Reis, *Memorias de Santa Cruz: seu estabelecimento e economia primitiva: seus sucessos mais notáveis continuados do tempo da extinção dos denominados Jesuítas, seus fundadores, até o ano de 1804*, na *Rev. do Inst. Bras.*, 5 (1843) p. 143-186, e na 3.ª ed., p. 154-199. Ambos confrontam a organização modelar do tempo dos Jesuítas com a desorganização, desperdício e abandono, que se lhe seguiu, com outros administradores. Cf. também *O Tombo ou copia fiel da medição e demarcação da fazenda nacional de Santa Cruz, segundo foi havida e possuida pelos Padres da Companhia de Jesus, por cuja extinção passou à Nação*, com um mapa, Rio de Janeiro, 1829; e J. A. Padberg-Drenkpol, *Recordações históricas do Rio através de velhas inscripções latinas*, no *Boletim do Centro de Estudos Historicos* (Rio, Abril-Junho de 1937) 18-22, onde transcreve duas inscrições Jesuíticas da Fazenda de Santa Cruz, do século XVIII.

CAPÍTULO IV

Aldeias do Rio de Janeiro

1 — Aldeia de Geribiracica ou de Martinho; 2 — A expedição de Cabo Frio;
3 — Aldeia de S. Lourenço; 4 — Aldeia de S. Barnabé.

1. — Os Índios, que vieram de Piratininga à guerra do Rio de Janeiro, voltaram quási todos para suas terras. Dos que vieram do Espírito Santo ficou a maior parte. Tal foi o primeiro núcleo das Aldeias do Rio. Com os Índios do Colégio serviram de «baluarte e defensão da cidade contra Tamóios, Franceses e Ingleses »[1].

A primeira Aldeia chamou-se de Geribiracica, junto à cidade, e foi seu chefe Martim Afonso Araribóia, assinalado como autêntico herói na conquista do Rio de Janeiro.

A Aldeia de Geribiracica ficou depois conhecida pelo nome de Martim Afonso, ou simplesmente Aldeia de Martinho, como se vê no Roteiro quinhentista da Ajuda[2]. Metade eram já cristãos, diz Luiz da Grã[3].

Em 1568, procurou-se que os Índios tivessem terras próprias e mais amplas para as suas lavouras. Combinou-se, entre o Provedor António de Mariz, o Governador Salvador Correia e os Padres, que o primeiro cedesse, mediante justas compensações, uma légua de terra ao largo do mar e duas para o sertão, que possuía do outro lado da baía, junto da actual

---

1. Vasc., *Crón.*, III, 129; Carta de Grã, *Bras. 3 (1)*, f. 164.
2. *Hist. da Col. Port. do B.*, III, 230-231; cf. Serafim Leite, *Terras que deu Estácio de Sá ao Colégio do Rio de Janeiro*, p. 19 e 21.
3. Carta de Luiz da Grã, *Bras. 3 (1)*, 164.

Niteroi. A escritura pública tem a data de 16 de Março de 1568 [1].

A nova Aldeia recebeu o nome de S. Lourenço e nela edificou igreja o P. Gonçalo de Oliveira, seu primeiro apóstolo e que nos dá também dela, em 1570, as primeiras notícias. Mas o facto de pertencerem aos mesmos Índios as Aldeias de Geribiracica e São Lourenço estabeleceu confusão entre elas na localização de certos sucessos históricos. E seja o primeiro o ocorrido em 1573, motivado por um zêlo que, pela distância a que nos encontramos e por falta de explicações cabais, não podemos apreciar se foi discreto ou indiscreto. O certo é que êle esfriou momentâneamente as relações entre Índios e Padres, sobretudo por terem aproveitado os brancos a oportunidade para espalharem a cizânia nessas relações. Estava no seu auge o processo da demarcação das terras do Colégio, que António de Mariz e outros viam com olhos pouco favoráveis. Foi o caso que se amancebaram alguns principais, já cristãos. Trataram os Padres de remediar o escândalo, separando as mancebas e casando-as com Índios, que as quiseram. Quando Braz Lourenço, Reitor do Colégio, e Gonçalo de Oliveira, trataram de fazer o mesmo com outras, que estavam em idênticas condições, intervieram os brancos, dizendo aos Índios que não tivessem mêdo dos Padres, que não tinham arcos nem frechas. E armou-se grande alvorôto, em que os Padres chegaram a temer pela própria vida, e os Índios foram à cidade queixar-se ao capitão. Ordenou a Câmara que todos os cidadãos tomassem armas, sob pena de mil réis de multa, e assim armados foram à Aldeia de S. Lourenço. Os Índios assustaram-se. E a Câmara requereu aos Padres que se retirassem, ao que êles acederam. Algum tempo depois, os Índios, arrependidos, sentindo a falta que lhes fazia a ajuda e protecção dos Jesuítas, tornaram a pedir que lá fôssem; e já lá iam de-novo, em Novembro de 1573, como se não tivesse sucedido nada [2].

---

1. Publicada por Joaquim Norberto, *Memória sôbre as Aldeias dos Indios da Provincia do Rio de Janeiro*, na *Rev. do Inst. Bras.*, 17 (1854) 273-275.

2. Oliveira, *Anual*, 36v; *Fund. del Rio de Henero*, 57-57v (135-136). Segundo êste último documento, ainda que se fala expressamente de S. Lourenço, parece que o desaguisado se passou em Geribiracica, pois diz-se que os da cidade foram lá «por mar e por terra», ao mesmo tempo. Esta ida por terra dificilmente se compreende, se fôsse da outra banda da baía. Aliás Gonçalo de Oliveira, na refe-

Deve referir-se também a Geribiracica o célebre feito de armas de Araribóia, em que êle obrigou a retirarem-se, com perdas, os Franceses de quatro naus que vinham do Cabo Frio, expressamente para o cativar e entregar aos Tamóios. Tinham ido a França alguns Tamóios pedir socorro ao rei daquela nação, que lho negou. Mas um fidalgo francês enviou quatro naus bem armadas com gente, e ela e os Tamóios recebidos em Cabo Frio, desembarcaram na Aldeia de Martim Afonso [1]. Atacados de súbito pela gente de Araribóia e um pequeno refôrço de Portugueses do Rio, comandados por Duarte Martins Mourão, que o Governador lhe mandou apenas viu o perigo em que se achavam, tiveram os Franceses de reembarcar desordenadamente, queimando as casas e quebrando as imagens. Entretanto, chegou o refôrço maior, que o Governador pedia a tôda a pressa da Capitania de S. Vicente; não querendo êstes voltar sem combater, foram todos, guanabarinos e vicentinos, a Cabo Frio para onde os assaltantes se tinham retirado. Já não acharam as quatro naus francesas. Deparou-se-lhes outra, que êles trataram de tomar. O capitão da nau estava armado de ponto em branco. As flechas deslizavam, deixando-o incólume. Conta-se então que um índio preguntou por onde é que êle seria vulnerável. Sabendo que tudo era ferro, menos o interstício do elmo, correspondente aos olhos, enfiou-lhe por êle uma frecha certeira que lhe atravessou o crâneo e o prostrou morto. Desanimando a gente francesa, tomou-se a nau [2].

---

rida ânua, diz expressamente que a Aldeia ficava a «mea legoa desta cidade». Parece, pela narrativa da *Hist. de la Fundacion del Col. del Rio de Henero*, que estava também incurso na mancebia o próprio principal. Em todo o caso, Gonçalo de Oliveira, narrando directamente os factos, como quem teve parte imediata nêles, não fala de nenhum principal em particular, mas de alguns Índios principais, sem nomear nenhum.

1. Francisco Soares, *De alg. coisas*, 378.
2. Vasc., *Crón.*, III, 130-136, refere o caso à Aldeia de S. Lourenço; mas assim como dissemos antes que não seria fácil ir lá por terra, dizemos agora que estando o mar ocupado pelos Franceses, mal se compreende que fôsse socorro por mar. Da narrativa de Pero Rodrigues tira-se claramente que o ataque se deu a Geribiracica. Pero Rodrigues, *Anchieta*, em *Annaes*, 216-217. Aliás segue esta opinião Augusto de Carvalho, na sua monografia *A Capitania de S. Tomé*, e Vieira Fazenda, *Antigualhas*, na *Rev. do Inst. Bras.*, 142 (1920) 11-13. A Ânua de 1573, escrita em Novembro pelo P. Gonçalo de Oliveira, que segundo Vasconcelos se achara

2. — Em 1570, foram os Padres a uma Aldeia de Tamóios, que os receberam bem. O Capitão-mor ia dando ou diferindo as pazes como lhe parecia para o bem comum [1]. Mas, a-pesar das passadas derrotas e dos alicientes com que se procuravam captar, os Tamóios iam cansando a gente do Rio com constantes ciladas. Acrescente-se que os Tamóios do sertão desciam também de vez em quando e todos juntos faziam correrias, incomodando os moradores da cidade que se viam obrigados a viver como que em armas, para debelar os perigos. Sucedeu que, no dia 29 de Junho de 1575, vieram os Tamóios e prenderam, de-improviso, alguns índios da cidade, que levaram e comeram. Ao divulgar-se a notícia, a gente do Rio fremiu de indignação e reclamou castigo exemplar. O Governador Salema determinou exterminar de-vez aquêle foco perene de inquietações. Foram na expedição dois Jesuítas, o P. Baltazar Álvares e o Ir. Gonçalo Luiz. O modo como nela interveio o P. Álvares consta de duas cartas ânuas, uma de Luiz da Fonseca, outra de Inácio Tolosa, esta última inédita. Eis como êste narra o trágico feito:

Com a fundação da cidade do Rio de Janeiro foram bem agasalhados os Tamóios das redondezas. Mas eram constantes as incursões dos de Cabo Frio e Paraíba. Por isso, «era necessário aos cidadãos do Rio estarem sempre em armas e desta maneira se viveu no Rio de Janeiro até o dia de S. Pedro e S. Paulo da era de 75 no qual tempo [os Tamóios] fizeram a derradeira e mais custosa prêsa de todas. Porque, tendo saído da cidade obra de 40 canoas a buscar de comer por diversas partes, saíram de uma ilha bem pequena três canoas de contrários e deram em duas das nossas e tomaram 7 pessoas. E entre elas um índio principal da nossa Aldeia, e assim se acolheram com a sua prêsa. E ainda que foram algumas das nossas canoas em sua busca, não os puderam alcançar todo aquêle dia. No dia seguinte lhe fugiu um mancebo, que levavam de S. Vicente, e contou que em saindo em terra, mataram dois dos nossos Índios e que come-

---

presente, não faz referência alguma a êstes factos. Conforme ao mesmo cronista, o ataque ter-se-ia dado em 1568 ou pouco depois. É certo que, em 1569, achou o P. Grã uma nau francesa no Espírito Santo *(Bras. 3 (1)*, 163); e é igualmente certo que, em Janeiro de 1573, vivia Martim Afonso na sua Aldeia de Geribiracica (Serafim Leite, *Terras que deu Estácio de Sá*, 19-20).

1. *Bras. 15*, 203.

ram parte dêles e que a outra parte levaram consigo para repartir com tôda a gente das suas Aldeias, como teem por costume. Vendo o Governador, António Salema, o prejuízo que êstes Índios Tamóios tinham feito e cada dia faziam nas Capitanias sujeitas àquele Estado, determinou mui de-propósito destruí-los. E ajuntando muita gente, assim do Rio de Janeiro como de S. Vicente, a 28 de Agôsto de 1575, partiu a dar-lhes guerra, indo a gente e mantimentos parte por terra, parte por mar. Ia o P. Baltazar Álvares em sua companhia. E por todo o caminho ia exercitando o ministério da Companhia, dizendo comumente missa no arraial, e às noites, estando todos juntos, as ladaínhas. Confessavam-se muitos; nos dias de festa administrava-se o Santíssimo Sacramento da Comunhão. E pelos lugares, aonde passavam, arvoravam cruzes, deixando nomes de santos a tôdas aquelas terras. Assim chegaram a 12 de Setembro a uma Aldeia, onde os Tamóios estavam com grande pressa cercando-se e tinham já feitas algumas casas com muito artifício e bem fortes, para o que se ajudavam de dois franceses e um inglês, que tinham consigo. Cada dia lhes entrava socorro de outras Aldeias comarcãs; e assim estariam dentro da Aldeia obra de mil Índios frecheiros, todos mui esforçados. Houve alguns acometimentos de ambas as partes em que houve alguns mortos e feridos. Tomou o Governador por conselho de tê-los cercados, por ver que não se podia combater a Aldeia sem muito prejuízo dos nossos e assim o fêz, tendo muita gente em cêrco para que não saíssem a tomar água, nem entrasse nenhum refrêsco. E como êstes Índios naturalmente desfalecem, se não teem água, porque teem por costume lavar-se muitas vezes, e quando estão muito cansados e suados, o remédio, que tomam para cobrar novas fôrças, é meterem-se todos na água, assim mais guerra lhes fazia a falta da água que o cêrco dos nossos. Estava entre êles um feiticeiro, a quem tinham grande crédito. Êste, para dar-lhes água, fêz uma feitiçaria, que foi lançar uns ossos de porco ao ar com outras cerimónias. E para consumar o crédito, que lhe tinham, se serviu o demónio da conjunção da lua e, permitindo-o o Senhor, choveu tanto aquela noite que bastou a dar-lhes água por alguns dias, porque logo se lhes corrompeu. Vendo-se já sem esperanças, os que tinham vindo para o socorro determinaram fugir e por esta causa não apareciam em público senão muito poucos, nem vinham à fala com os nossos como antes acostumavam, porque todos andavam ocupados em preparar a fuga a seu salvo. Tanto o Governador como a demais gente do Exército estava espantada de ver quão pouco barulho havia dentro. E porque havia cinco dias que dêles se não sabia nada, desejava o Governador ter fala disso. Dando conta ao P. Baltazar Álvares, lhe disse êste que lhe parecia que se êle [Padre] fôsse falar-lhes, saïriam alguns a falar-lhe, pelo muito crédito e confiança que todos os Índios teem dos Padres da Companhia, mas que era mister conceder a vida aos que saíssem. Prometeu-lhe o Governador. E assim o Padre, confiado na graça do Senhor, dia de S. Mateus [21 de Setembro] à noite se dirigiu à cêrca dos contrários, e um língua, em voz alta, disse que chamassem o seu principal que estava ali um Padre para falar-lhes. E ainda que havia alguns dias que não falavam, a-pesar--de êles falarem, logo acudiram como ouviram nomear ao Padre. E falando com o principal, entre outras coisas lhe disse o Padre que aquêle castigo lhes vinha justamente da mão de Deus, pois se aproveitaram tão mal de quantos bons recados lhes haviam mandado e por não quererem aceitar a vida verdadeira que lhes ofereciam; e que se êle ou outra qualquer pessoa quisesse vida, que logo ao outro dia pela manhã saísse da cêrca à vista de todos e viesse à estância e preguntasse logo pelo Padre. Êle respondeu que era já muito de noite e êle desejava saber se o que lhe falava era Padre, que pela manhã falaria com êle; e assim se apartaram. Aquela noite não houve frechas perdidas como as outras, nem se deshonraram uns aos outros como costumavam.

Pela manhã, estava o Padre dizendo missa e viram os Índios estar um clérigo secular, fora da cêrca em pé com alguma outra gente, e parecendo-lhes pelos hábitos que aquêle era o Padre, saiu da cêrca dos Índios o filho de um principal chamando pelo *Abaré*, que assim chamam aos Padres, e deixando a todos se foi a abraçá-lo pelas pernas sem o poder desapegar por um pedaço. O clérigo tornou ao Governador, que logo mandou chamar o Padre Baltazar Álvares, a quem o Índio vinha buscar. Depois de falar com êle, lhe pareceu ao Governador que fôsse chamar a seu pai e que com êle se concertaria, o que se havia de fazer. Veio logo o principal da Aldeia por nome *Ião gaçú*[1], índio muito

---

1. Madureira chama-lhe Tapiguaçú, *Liberdade dos Indios*, I, 28.

venerável, bem vestido. E chegando diante do Governador e mais gente, lhe disse o Governador por seu língua que, antes de falar em nada, lhe havia de entregar os franceses, o qual êle concedeu. Foi à Aldeia e trouxe dois franceses e um inglês. No outro dia os mandou enforcar o Governador, por os achar culpados. Confessou primeiro o Padre aos franceses pela língua do Brasil e ao inglês por intérprete. Morreram todos como bons cristãos, confessando e mostrando crer tudo o que crê a Santa Madre Igreja e que o que tinham feito foi por comprazer aos Tamóios, que os tinham como escravos, que o seu intento não tinha sido prejudicar aos Portugueses. E assim, quando atiravam com os arcabuzes, em lugar das pelotas metiam algodão. O que mais edificou a todos foi o inglês. Morreu o derradeiro de todos, animando aos outros com palavras de prudente e bom cristão. Quando chegou a sua hora, estando com as mãos atadas atrás se pôs de joelhos diante da cruz, que tinha o Padre nas mãos e fêz um colóquio muito bem feito em inglês e com grande devoção, segundo disse quem o entendia. Depois disse as orações na sua língua e em latim e beijou a santa cruz e depois beijou ao Padre as mãos e o rosto, pedindo muito ao Padre que o encomendasse a Deus. E dizendo-lhe o Padre que êle diria uma missa, se alegrou grandemente. Depois se despediu de todos, rogando-lhes encomendassem a sua alma a Deus. Então pediu ao Padre que lhe fizesse passar as mãos adiante para poder com elas bater no peito quando o pendurassem na forca. Pediu também que lhe pusessem uma cruz pequena de pau nas mãos, o qual tudo se lhe concedeu. E com o nome de Jesus na bôca, estando pendurado, batia com as mãos no peito como podia. E sem bulir com pernas nem braços nem mudar a côr do rosto, estêve na forca até que o sepultaram. Ficaram todos muito consolados vendo quão bem acabou; e com muita confiança de que iria gozar do seu Criador».

«Tornando ao índio principal, depois de entregues os franceses, lhe mandou o Governador que mandasse derribar um pedaço da sua cêrca e que então lhe falaria. Preguntou êle que lhe queria fazer. Responderam-lhe que não tivesse mêdo que tudo se faria bem. Foi êle a derribar um pedaço da cêrca e pediu licença para levantar dentro da sua Aldeia uma cruz, parecendo-lhe que, como vissem os Portugueses cruzes dentro da sua

Aldeia, não lhes fariam nenhum mal. E assim os que antes se gabavam, que tinham derrubadas as cruzes que se deixavam postas pelos caminhos, êles mesmos as levantavam para sua defesa. E assim, quando entraram na Aldeia, acharam três ou quatro cruzes levantadas que, parece se dava já o Demónio por vencido ».

« Depois de derribado um pedaço da cêrca, pediu o principal da Aldeia que o deixassem estar ali que serviria para ajudar aos Portugueses que por aquelas partes passam. Responderam-lhe que entregasse primeiro a gente que tinha vindo em seu socorro que tudo se faria bem. E parecendo-lhe ao Índio que com isso ficaria em seu salvo, com tôda a gente da sua Aldeia, entregou-os logo. E como os iam dando aos Portugueses, os iam amarrando. Seriam por todos quinhentos. Feito isto, disse o Governador ao Principal que a sua determinação era dar liberdade a êle e a seus filhos, mulheres e parentes, mas que tôda a demais gente haviam de ser escravos; que não querendo aceitar êste partido voltasse para a sua Aldeia e se defendesse. O Índio, vendo-se já cercado de tôdas as partes, sem remédio, entregou-se com aquela condição. Assim entraram na Aldeia, a 27 de Setembro em procissão e com a cruz levantada, com grande alegria, vendo a vitória que Deus lhe tinha dado dos seu inimigos com tão pouca custa sua. Ao outro dia, deu sentença o Governador que morressem todos os quinhentos Índios, que tinham vindo em socorro, que já estavam amarrados, e passassem da idade de 20 anos. Entregaram-nos logo aos Índios que iam em nosso favor para que os matassem. Causou grande pena ao Padre ver matar tanta gente com tanta crueldade, sem poder dar remédio a suas almas, porque ainda que procurava instruir alguns para logo os baptizar, a pressa e fúria com que os matavam era tanta que não lhe deram lugar para o que desejava. É verdade que muitos escravos dos brancos, que andavam entre os Tamóios, se confessaram com o Padre e ao parecer morreram conformes com a vontade de Deus. Um dêles foi aquêle grande feiticeiro que, segundo criam os Índios, lhes tinha dado água ao tempo da necessidade. Êste confessou-se com o Padre e morreu bem ».

« Outra coisa, que deu muita tristeza ao Padre, foi ver as mulheres e filhos dos mortos, juntos, e repartirem-nos pelos Portugueses, apartando a mãi do filho e o filho da mãi: uns iam para

S. Vicente e outros para o Rio de Janeiro. E era tão grande o pranto que quebrava os corações de quem no ouvia » [1].

« Depois de alcançar a vitória desta Aldeia, tôdas as mais do Cabo Frio se despovoaram e acolheram aos matos, mas o Governador foi em sua busca, prosseguindo a sua vitória, matando uns, capturando outros. E assim os cativos seriam por todos obra de quatro mil. Os mortos seriam mais de mil, fora muitos que os Índios matavam pelos matos sem se saber. Num caminho feriram um escravo dos nossos, o qual vinha com muitas lágrimas pelo caminho pedindo a Nosso Senhor que o deixasse confessar; e não consentiu que lhe tirassem a frecha até se confessar. E assim em chegando aonde estava o Padre, o confessou com muita consolação sua, vendo em um índio tão grande arrependimento; e daí a pouco foi gozar de Deus. Depois da repartição dos escravos entre os Portugueses, pediu o Padre ao Governador que, pois havia muitas crianças doentes, de fome e má vida que passavam pelos matos, mandasse dar um pregão que todo o homem que tivesse criança enfêrma a trouxesse a baptizar. Baptizaram-se, dia de Santa Catarina, 50 e daí a pouco tempo tôdas foram gozar do seu Criador, fora de outras muitas que se baptizaram, quando estavam para morrer » [2].

---

1. Na *Fundacion del Rio*, lê-se que « neste mesmo ano [de 1574] se fizeram pazes com os Índios Tamóios da Paraíba, coisa muito importante para esta terra para o temporal e espiritual desta nação », *Fund. del Rio de Henero*, 58 (137).
  Talvez isto ajude a explicar o rigor que teve o Dr. António Salema com os Tamóios, vindos de fora. Porque, se fôssem de Paraíba, teriam vindo com quebra das pazes, assentes um ano antes.
2. Ânua de 1576, de Tolosa, escrita de Pernambuco a 31 de Agôsto de 1576, *Bras. 15*, 284-286. A Ânua de Luiz da Fonseca tem a data de 16 kal. Ian. 1576 (*Bras. 15*, 288-296). Segundo a materialidade do latim, devia traduzir-se 17 de Dezembro de 1575. Mas a tradução italiana desta carta dá-lhe a data de 17 de Dezembro de 1576, *Lus. 106*, 86-103. E esta é a verdadeira, porque, contando a guerra de Sergipe, narra factos que sabemos, por outras vias, pertencerem a 1576. Publicou-a o Barão de Studart em *Documentos*, II, p. 17-63. Além da italiana, existe uma tradução francesa inserta nas *Lettres du Iappon, Peru et Brasil* (Paris 1578) 73-79. Capistrano publicou um resumo dela na *Gazeta de Notícias*, do Rio, 6 de Novembro de 1882. Rodolfo Garcia indica as reimpressões dêste resumo e êle próprio a inclue em Pôrto Seguro, *HG*, I, 477-478. Demos na íntegra a narração de Tolosa, que aliás condiz essencialmente com a de Fonseca, mas completa e rectifica alguns passos de Capistrano, como o de só terem sido mortos os Índios vindos de fora e com idade superior a 20 anos. Os da Aldeia foram distri-

Segundo Fr. Vicente do Salvador, tomaram parte nesta expedição, além de Salema e Cristóvão de Barros, «quatrocentos Portugueses e setecentos gentios amigos». O Cronista diz que estavam em Cabo Frio muitas naus francesas e dá a entender que os índios cativos, que se quiseram converter, foram para as Aldeias de S. Barnabé e S. Lourenço [1].

3. — Tornando a esta Aldeia de S. Lourenço, os Padres iam descendo Índios para a costa, que a princípio se alojavam nela. Mas, crescendo o número, não havia campo suficiente para o sustento de todos. Sugeriram os Padres a aquisição de terras ainda devolutas no Macacu. Concedeu-lhes Salvador Correia de Sá, em 9 de Julho de 1578: «quatro léguas de terra da banda de lá do Rio Macacu, que começarão aonde acaba a data de Duarte de Sá e correrão ao longo da terra, que naquela parte tem o Colégio da Companhia de Jesus, até encher quatro léguas, e pera o sertão até o pé da Serra dos Órgãos». Faziam a petição «Vasco Fernandes, António Salema, Salvador Correia, António de França e Fernão d'Álvares, como índios principais da Aldeia de S. Lourenço dêste Rio de Janeiro» [2]. Notemos que os índios, ao baptizarem-se, adoptavam os nomes portugueses dos capitãis e outras pessoas gradas.

Não se inclue, entre os requerentes, Araribóia, porque não teria a intenção de se deslocar para as novas terras. Mas ainda

---

buídos pelos soldados e não destruídos. Também ficamos a saber a sorte de Japuaçu (ou Jãogaçu), que, de suspensa, que tinha ficado em Capistrano, se tira, em definitivo, ser a de salvar a vida e ficar em liberdade com os seus filhos e parentes como se lhes tinha prometido.

1. Fr. Vicente, H. do B., 227. O P. Baltazar, que acompanhou a expedição, era natural de Astorga, Espanha. Entrou na Companhia em 1559, com 19 anos de idade. Sabia a língua brasílica, que aprendeu com facilidade, e casos de consciência; e tinha prudência para tratar com gente de fora, diz o catálogo de 1574 (Bras. 5, 13; CA, 407). Embarcara de Lisboa para a Baía, em 1563. Muito da estimação do Visitador Gouveia, deixou-o êste, como Superior interino do Rio de Janeiro, emquanto levou consigo à Baía o P. Tolosa, Reitor (Lus. 69, 125). O P. Baltazar Álvares faleceu, no Rio, no dia 31 de Outubro de 1586, Hist. Soc. 42, 32v; Annuae Litt. 1586-1587, 574. O Ir. Gonçalo Luiz, coadjutor, entrou na Companhia, em 1572, com 27 anos de idade. Era natural do têrmo da Faria. Depois foi despedido (Bras. 5, 13-v, 52v).

2. Rev. do Inst. Bras., 17 (1854), 319-320.

vivia nesse tempo, porque só veio a falecer em 1589, por ocasião de graves doenças na Aldeia de S. Lourenço. Escaparam muitos. Infelizmente, outros sucumbiram, diz a ânua de 1589. E *« foi do número dêstes Martim Afonso, guerreiro ilustre e de insigne memória nos sucessos daquela costa. Êle foi causa de que os Portugueses tomassem esta cidade [do Rio] e outras povoações. El-Rei D. Sebastião nomeou-o cavaleiro da Ordem de Cristo. Nem foi menor o seu zêlo pela religião, o que bem mostrou não só durante a vida, depois que se baptizou, mas sobretudo à hora da morte »* [1].

A vida religiosa de S. Lourenço progredia com regularidade. Antes iam lá os Padres aos domingos e dias santos. Em 1583 já tinham residência fixa. E êste ano o P. Anchieta admitiu pela primeira vez à comunhão os Índios mais virtuosos dela, coisa que até aí não faziam: apenas se confessavam. Dêste mesmo ano datam as duas Confrarias, do Santíssimo Sacramento e das Almas do Purgatório [2].

Não se confinava só a ministérios religiosos a actividade dos Padres. Em caso de epidemias, fomes ou guerras, tudo recaía sôbre êles. Conta Anchieta em 1579, que « os Índios de Araribóia se carregaram todos às costas do P. António Gonçal-

---

1. « Indorum pagi Nostrorum curae commissi laborarunt hoc anno gravissimis morbis: et quamquam complures opportune sublevati, aliqui non euaserunt: ex horum numero Martinus Alphonsus, vir bello egregius; rerumque fortiter in hac ora gestarum memoria insignis. Is auctor olim vt hac vrbe Lusitani aliisque oppidis potirentur: eas ob res illum Sebastianus inter equites Christi ordinis adlegit. Nec pietatis erat studio minore: atque id tum tota vita, ex quo renatus est fonte baptismatis, tum maxime in supremis declaravit ». — *Litt. Ann. 1589*, 468. Cunha Barbosa, na biografia de Araribóia, *Rev. do Inst. Bras.*, 4.º (1842) 209, diz que Araribóia morrera « desastrosamente afogado junto da Ilha de Mocanguê ». Repetiu o mesmo Rocha Pombo *(Hist. do Brasil*, III, p. 586); Max Fleuiss, *Apostillas de Historia do Brasil* (Rio 1933) 105; e Vieira Fazenda, *Antigualhas*, na *Rev. do Inst. Bras.*, 142, p. 15, acrescentando que se duvida do local onde morreu afogado, se na Ilha do Mocanguê se na do Fundão. Observemos que, desde 1591 anda impressa a narração de sua morte, natural e edificante, por testemunhas de vista. E trá-la de modo idêntico Pero Rodrigues, *Anchieta em Annaes*, 29, p. 218, mas sem especificar a data do falecimento. Rodolfo Garcia, consigna já a não conformidade daquelas informações com as de Rodrigues (Cardim, *Tratados*, nota LXXII, p. 408) e, fundado nelas, refuta Matoso Maia a lenda do afogamento (José Matoso Maia Forte, *Notas para a Historia de Niteroy* (Niteroi 1935) 26; António Figueira de Almeida, *Historia de Niteroy* (Niteroi 1935) 21.

2. *Bras.* 8, 5; *Bras.* 15, 366; Ant. de Matos, *Prima Inst.*, 30v-31; Anch., *Cartas*, 421.

ves » e por isso êle lhes levava de Piratininga « alguma farinha para ajuda da matalotagem do mar e da terra » [1].

4. — A segunda Aldeia dos Índios dirigida pelos Jesuítas no Rio de Janeiro, formou-se no Cabuçu, e é conhecida pelo nome de S. Barnabé. Achamos que aos Índios das Aldeias do Rio foram dadas, em 26 de Agôsto de 1579, seis mil braças de terra em quadra [2]. Não se diz que Aldeias eram. Mas como aos de S. Lourenço se havia dado pouco antes o dôbro, talvez esta nova dada se refira aos de S. Barnabé. Determinou o Visitador, conforme ao que já se fazia em S. Lourenço, que residissem também dois Jesuítas no Cabuçu para atenderem melhor à salvação das almas [3]. Verificando-se, porém, que o local não era o mais acomodado, transferiu-se em 1584 a Aldeia de S. Barnabé do Cabuçu para as margens do Rio Macacu, perto das terras dos Padres. Esta proximidade favorecia a unidade de direcção e a catequese. Não sendo os Padres em número bastante, das suas terras iam fàcilmente às dos Índios. Foi o que sucedeu, não ficando, por então, residência fixa dos Padres em S. Barnabé [4].

Os Índios no novo local, antes de construírem casa para si, construíram a de Deus. Emquanto se abriam os alicerces e erguiam as paredes, viu o principal que um seu filhito de três anos acarretava terra com as pequeninas mãos : — « Assim, meu filho, diz êle, põe-na aí, para as paredes da igreja. Porque ela é para ti. É para não te tornares a lembrar dos costumes selvagens e ferinos dos teus antepassados » [5].

Depois da perseguição, no século XVIII, diz Moreira de Azevedo que «o Marquês do Lavradio elevou a Aldeia de S. Barnabé « a vila, com o nome de Vila Nova de S. José de El-Rei, sem outra formalidade além de enterrar entre a igreja e o cruzeiro do adro um padrão de pedra com as suas armas ». Esta vila ficou a ser conhecida pelo nome abreviado de Vila Nova. [6].

No último quartel do século XVI, tinham ambas as Aldeias,

---

1. Anch., *Cartas*, 269.
2. Pizarro, *Relação das sesmarias*, na Rev. do Inst. Bras., 63, 1.ª P. (1902) 106.
3. Ant. de Matos, *Prima Inst.*, 31.
4. Anch., *Cartas*, 320.
5. *Ann. Litt. 1584*, p. 143.
6. Moreira de Azevedo, *O Rio de Janeiro* (Rio 1877) 39.

de S. Lourenço e S. Barnabé, 3.000 Índios já cristãos. Os Padres ensinavam-lhes a doutrina, prègavam, confessavam os que queriam, fundavam corporações para promover a piedade, consolavam os doentes (em 1594 houve em S. Barnabé uma epidemia grave, estando quatro da Companhia a tratar dos empestados), faziam as pazes entre os discordes, baptizavam os recém-nascidos e casavam os Índios, que estavam para isso[1].

Assim se iam criando, folgada e cristãmente, os Índios, sob o regime paternal e suave dos Jesuítas, todo orientado a criar naquelas naturezas selvagens, sem hábitos de trabalho, a disciplina, que fortalece e é a essência mesma da civilização. Por sua vez, prestavam êles grandes serviços nas obras dos Padres (que eram, na realidade, em grande parte, as próprias obras dos Índios). E também nas do Estado. Não houve feito de armas, na defesa da cidade, em que não interviessem.

Em «Abril de 1608, saindo o Governador Martim de Sá com algumas embarcações a certa nau estranjeira, os Índios da mesma Aldeia de S. Barnabé, de que os Padres teem cuidado, foram os primeiros que abalroaram em batéis, morrendo alguns no assalto e outros feridos. E depois, ficando na dita nau 4 índios, da Aldeia de Reritiba, da Capitania do Espírito Santo, de que também os Padres teem cuidado, êstes 4 sós, vendo boa ocasião, se levantaram contra os framengos, e, matando-os quási todos, se fizeram senhores da nau com a qual pretenderam entrar no Rio de Janeiro, e com efeito entraram, se lhes não viesse uma rija tempestade, que deu com a nau à costa cinco ou seis léguas da barra do Rio para o Norte, onde contudo se aproveitou, por parte dos oficiais de Sua Majestade, alguma fazenda». E já antes, em Abril de 1605, acompanharam os Índios de S. Barnabé ao mesmo Governador, «em cinco canoas e ajudaram a tomar duas lanchas com perto de 40 franceses, tendo no Março antecedente, guiados por um Irmão da Companhia, tomado outra com nove homens, na Ilha de Marambaia »[2].

---

1. Oliveira, *loc. cit.*; Ann. Litt. *1594-1595*, 799. As Cartas ânuas vão registando os números de tais ministérios. Quási no fim do século, em 1597, temos para ambas as Aldeias: 2.494 confissões, 184 comunhões, 84 baptismos, 54 casamentos *(Bras. 15*, 431, 380v).

2. *Enformação e copia de certidões sobre o Governo das Aldeias*, Tôrre do Tombo, *Jesuitas*, maço 88.

Em tempo de paz, os Índios davam para as obras públicas o concurso dos seus braços, construindo fortificações e trincheiras; e isto «sem outro estipêndio que a sustentação, como testemunham os Fortes do Rio de Janeiro, feitos em tempo do Governador Salvador Correia de Sá, em que, desde o princípio das obras até o cabo, sempre trabalharam, assistindo com êles o P. João Lobato, da Companhia »[1].

Segundo Fausto de Sousa, os Fortes de N.ª Senhora da Guia e de S. Teodósio obrigaram com o seu fogo, em 1599, a retroceder a armada do almirante holandês Olivier van Noort[2]. E, segundo êle[3], o Forte de N.ª S.ª da Guia chamou-se depois Santa Cruz, e o Forte de S. Teodósio era um dos quatro redutos, que vieram a constituir a fortaleza de S. João da Barra. Nelas trabalharam os Índios das Aldeias Jesuíticas.

---

1. Id., *ib.*; cf. Fernão Guerreiro, *Relação Anual*, I, 376.
2. Fausto de Sousa, *A Bahia do Rio de Janeiro*, na *Rev. do Inst. Bras.*, 44, 2.ª P. (1881) 29.
3. Id., *Fortificações no Brasil*, na *Rev. do Inst. Bras.*, 48, 2.ª P. (1885) 103-104.

LIVRO QUINTO

Rumo ao Norte

CAPÍTULO I

Sergipe de El-Rei

1 — Aldeias de Cereji; 2 — Guerra e destruição das Aldeias; 3 — Conquista de Sergipe; 4 — Sesmaria e Missões dos Jesuítas; 5 — O Rio de São Francisco.

1. — Deve-se aos Jesuítas o primeiro tentâmen de colonização do Sergipe. Colonização pacífica e catequética, cortada cerce, infelizmente, na sua mesma raiz. Dela ficou apenas uma recordação penosa, envolta em actos de heroísmo e dedicação cristã, Episódio já suficientemente conhecido pelo *Discurso das Aldeias* e uma carta de Inácio Tolosa, de 7 de Setembro de 1575, publicada em parte por Felisbelo Freire[1]. Acrescentaremos algumas informações novas.

Entre Pernambuco e a Baía ficam os dois Estados modernos de Alagoas e Sergipe. Um e outro permaneceram incultos durante quási todo o século XVI. Nessa região sucedeu o trágico naufrágio da nau do Bispo; e, em conseqüência da mortandade dêle e dos seus companheiros, a condenação dos Caetés. A hostilidade dos Índios dessa região existiu sempre mais ou menos latente, dificultando as comunicações entre a Baía e Olinda. E alguns brancos, que tentaram a passagem, foram mortos pelos Índios dali, entre os quais se acolheram também muitos escravos fugidos das fazendas da Baía, em 1568. Demais a mais, os Franceses, aproveitando e acirrando esta disposição de espírito, freqüentavam aquelas paragens. Era uma situação evidentemente incómoda para a colonização portuguesa e todos desejavam aca-

---

1. Felisbelo Freire, *Historia de Sergipe*, 6-13. O original completo da carta acha-se na BNL, fg, 4532, f. 161-167.

basse. A iniciativa para um entendimento partiu dos próprios Índios. Apresentou-se na Baía uma delegação dos principais a pedir Padres para a catequese. Mas, abrindo-se a porta, logo quiseram entrar também por ela os colonos com as armas na mão. E o que poderia fazer-se em paz, terminou numa guerra, sem outros resultados práticos, senão destruir as Aldeias, que os Padres tinham já fundado, e retardar, com isso, a colonização por muitos anos.

Assim pois, no ano de 1574 foram alguns Índios do Rio Real à Baía a convidar os Padres para fundarem igrejas nas suas terras. O Provincial, verificando que o pedido era sincero, acedeu e enviou o P. Gaspar Lourenço e o Irmão João Salóni ou aportuguesando o nome como então se usava, João Salónio. Empreenderam a viagem, no princípio de 1575, chegando ao Rio Real a 28 de Janeiro [1]. Com êles enviou o Governador Luiz de Brito e Almeida uma fôrça militar de vinte soldados, comandados por um Capitão [2].

A fôrça militar ficou na barra do Rio Real. Os Jesuítas seguiram àvante. Fundaram três igrejas. Na primeira, que foi de *São Tomé,* onde se ergueu uma cruz de oitenta palmos, ao lado da igreja abriram uma escola. Chefe da missão ficou o P. Gaspar Lourenço; mestre o Irmão estudante. Logo freqüentaram a escola 50 meninos, que depois subiram a 100. *Foi a primeira escola do Estado de Sergipe.* E deu-se êste caso interessante. Estando os Jesuítas ausentes em ministérios durante nove dias, deixaram um índio da Aldeia de Santo António a tomar conta dela: à volta viram que o índio dava a aula como se fôsse o irmão [3].

---

1. Carta de Tolosa, BNL, *4532,* 163; Carta de Caxa, *Bras. 15,* 275 e 276.
2. A. de Alcântara Machado em Anch., *Cartas,* nota 504, p. 392, escreve que êste capitão era Garcia de Ávila e cita em seu abono Gabriel Soares e Fr. Vicente do Salvador. O primeiro não dá o caso como certo; o segundo diz que Garcia de Ávila, por ter as suas fazendas perto de Sergipe, ficou encarregado pelo Governador, *depois da expedição,* de povoar aquela comarca, o que aliás não fêz. Digamos de passo que ambos aquêles autores omitem a actividade dos Jesuítas nesta emprêsa.
3. Onde ficava a Aldeia de São Tomé? Responde Felisbelo Freire: «Não sei positivamente localizar esta Aldeia, entretanto acredito que ella ficasse nas imediações do Rio Piauhy, afluente do Rio Real. Isto assevero pela carta de sesmaria de Gaspar de Almeida». — Felisbelo Freire, *Hist. de Sergipe,* p. 5, nota 8; Id., *Historia Territorial,* p. 275, nota 2.

Um índio famoso de Sergipe, chamado Surubi, que havia matado antes alguns colonos, desejava muito ter na sua Aldeia uma igreja. Tomando as devidas precauções, e depois de se assegurar das boas intenções o índio, passou até lá o P. Gaspar Lourenço e fundou a segunda igreja de Sergipe, a que deu o título de *Santo Inácio* [1].

Fundou ainda uma terceira, no dia 29 de Junho de 1575, dia de S. Pedro e S. Paulo, e, para solenizar o Santo do dia, deu-lhe a invocação de *S. Paulo*. Na inauguração dela, houve missa, ensinaram a doutrina e prègaram. Ficava à beira-mar. Esta Aldeia foi depois desamparada, por estar precisamente à beira do mar, portanto demasiado exposta e os Índios recearam os Portugueses.

Iniciou-se a catequese com entusiasmo. Os Jesuítas, além daquelas Aldeias, visitaram ou pacificaram mais umas 28 ou 30, fizeram alguns baptismos *in extremis* e anunciaram a lei de Deus. Nas Aldeias, enramavam-se as igrejas, faziam-se procissões solenes e até chegou a haver disciplina pública. Contudo, duas circunstâncias concorriam para perturbar a paz: a presença dos soldados, na barra, e a intriga dos colonos em particular os mamelucos. A presença dos soldados atemorizava os Índios que temiam algum assalto; os mamelucos propalavam, e alguns escravos fugidos também, que os Índios se não fiassem dos Padres, porque atrás dêles viriam os soldados. Os sucessos deram-lhes razão: e a atmosfera de inquietação, criada por estas mesmas intrigas, foi grande causa nisso. Entretanto, o P. Lourenço tratava de informar e instar com o Governador que, indo a catequese em boa paz e estando a terra pacífica e a passagem para Pernambuco assegurada, de modo algum devia alvorotar os Índios e entrar em som de guerra, contra o Aperipê. Para tranqüilizar os Índios, excitados por emissários de outros mais hostis, passou o Padre trabalhos e perigos de morte, só comparáveis aos que padeceram Nóbrega e Anchieta em Iperoig. Mas também, como lá, achou

---

1. «A Aldeia de Surubi ficava nas margens do Rio Vasa-Barris junto ou talvez no lugar em que se acha edificada a vila de Itaporanga, o que se vê pela carta de sesmaria de Sebastião da Silva, Francisco Rodrigues e Gaspar de Fontes». — Felisbelo Freire, *Hist. de Sergipe*, p. 5; Id., *Hist. Territ.*, p. 275, nota 3.

fiéis defensores, extremando-se na dedicação um principal chamado Tipitã e o próprio Surubi [1].

Chegou a constar na Baía que os dois Jesuítas estavam já em cordas para serem devorados. A êstes perigos juntou-se um terceiro. A presença dos Padres entre os Índios incomodava os colonos, que, à sombra dos Padres, se tinham infiltrado nas terras de Sergipe e, vendo os Índios pacificados, queriam rehaver, a bem ou a mal, os antigos escravos fugitivos.

Enviaram cartas à Câmara da Baía e grandes queixas contra o P. Lourenço para verem se os Superiores o retiravam. O Provincial encarregou o P. Grã de visitar estas Aldeias, e dar o remédio que o caso urgisse: Luiz da Grã levou como companheiro o Ir. Francisco Pinto, futuro apóstolo e mártir de Ibiapaba. Viu logo o P. Grã o nenhum fundamento das acusações e não só não retirou os Jesuítas das Aldeias, mas de tal maneira, informou, à sua volta, o Provincial que êste enviou-lhes novo reforço com o P. João Pereira e o Irmão Pero Leitão [2].

2. — Ao chegar João Pereira, distribuiram-se assim os Jesuítas: o P. Pereira e o Ir. Salónio ficaram na igreja de São Tomé; o P. Gaspar Lourenço e o Ir. Pero Leitão na de Santo Inácio, que era a do Surubi, onde o Padre empenhava todos os

---

1. A publicação de Felisbelo Freire é muito defeituosa. Tepitã aparece com o nome de Pepita (*Hist. de Sergipe*, p. 10). A. de Alcântara Machado cuidou que Pepita fôsse êrro em vez de Aperipê (Anch., *Cartas*, nota 508, p. 392). São diferentes: Tipitã era amigo, Aperipê inimigo.

2. A actividade do P. Grã em Sergipe é narrada pormenorizadamente em Quirício Caxa, *Bras.* 15, 276, 277; cf. Carta de Inácio Tolosa, da Baía, 7 de Setembro de 1575, BNL, fg. 4532, f. 165v-166. Além das três Aldeias de São Tomé, Santo Inácio e São Paulo, aparece uma quarta com o nome de *Nossa Senhora*. O *Discurso das Aldeias* diz que foi fundada pelo P. Gaspar Lourenço e dá-lhe o nome de Nossa Senhora da *Esperança*; na ânua do P. Fonseca chama-se Nossa Senhora da *Conceição*. Todavia a carta do P. Tolosa, escrita emquanto estava em Sergipe o P. Luiz da Grã, não se refere a nenhuma igreja de Nossa Senhora, ao passo que outra do mesmo Padre, como veremos, já depois de liquidada a emprêsa, lhe chama Nossa Senhora da *Graça*. Parece inferir-se daqui que a Aldeia tivesse sido fundada durante a estada ali do P. Grã. A divergência na invocação explica-se pela precariedade de tal Aldeia, logo destruída. Provàvelmente, chegou ao conhecimento dos cronistas, como certa, a invocação de Nossa Senhora, e, vagamente, o título da invocação.

esforços por aquietar o chefe índio. Êle, porém, dificilmente se acalmava e cada vez as coisas pioravam com as novas de que o Governador se preparava para fazer guerra ao Aperipê, inimigo dos Portugueses. O Governador dava ouvidos aos inquietos que promoviam as desinteligências, com o fito na guerra, isto é, na boa colheita de escravos, e êle próprio queria ver umas terras que ali possuía. Do Reino, é certo, tinham-no incumbido de submeter aquela região; mas a norma geral era que onde se pudesse entrar de paz se escusava a guerra. Infelizmente, neste caso preponderou o conselho da violência.

Saíu o Governador, da Baía, no dia 25 de Novembro de 1575, chegando ao Rio Real, a 18 de Dezembro. Ia acompanhado de muitos Portugueses e escravos, pertencentes aos mesmos Portugueses e às Aldeias, que êle requisitou quàsi à fôrça [1]. No dia 21 de Dezembro, festa de São Tomé, achava-se o exército na Aldeia do mesmo nome. O P. João Pereira celebrou missa, à qual assistiu tôda a gente, e muita comungou. Fez-se procissão rogatória, levando o Padre, debaixo da umbela, uma cruz artística, incrustada de muitas relíquias de santos. No dia seguinte, partiram para a guerra ao Aperipê e Surubi [2]. Contra êste último também. Porque, quando êle soube da vinda do Governador, não se sentindo em segurança na sua Aldeia, contra as reiteradas instâncias do P. Gaspar Lourenço, que lhe prometia a paz, abandonou-a imprudentemente. Deu com isso ocasião a que se tomasse a sua saída como acto de inimizade e hostilidade para com os Portugueses. Os Índios foram desbaratados ou cativos; na refrega, morreu o próprio Surubi.

A guerra contra o Aperipê tinha-se dado na Baía como justa. Parece que não a tiveram por tão justa no Reino, como se infere duma resposta dos Padres a um capítulo de Gabriel Soares, que também desta guerra se serviu para cativar Índios e malquistar os Jesuítas do Brasil. Diz êle: «Estando o Governador Luiz de Brito na Aldeia de Santo António, com todo o poder da Baía, para ir dar guerra ao gentio de Rio Real e de Sergipe por terem morta muita gente dos brancos, que iam pera Pernambuco, que deram à costa naquela paragem, e teem feito outros danos, man-

---

1. *Bras. 15*, 292.
2. Carta de Fonseca, 17 de Dezembro de 1576, *Bras. 15*, 292.

dando dali recado, por pessoas principais, aos Padres, que assistiam nas mais Aldeias, para que lhe mandassem a gente de guerra, os quais se escusaram que o não podiam fazer, que mandasse êle línguas que os movessem a isso. Os quais foram mandados e os Índios diziam em segrêdo que tinham boa vontade de irem à guerra, mas que os Padres em segrêdo lhes mandavam não fôssem e gastaram-se em recados oito dias, sem os Padres quererem consentir que os Índios fôssem. Até que o Governador fêz um auto do que passava e preguntou por êle testemunhas e com isso mandou, com um juiz e dois escrivães, fazer um requerimento e protesto aos Padres, com que se moveram e deixaram ir os Índios à guerra».

Até aqui a acusação. Agora a defesa:

«Tinham os Padres juntos muitos Índios, no Rio Real, em três Aldeias, em que fizeram igrejas, ensinavam a doutrina cristã; e, estando de paz e quietos, o Governador Luiz de Brito quis ir ver, com grande aparato de guerra, umas dez léguas de terra, que lá tinha, e os Padres lhe disseram que estavam quietos e se aparelhavam para serem cristãos. Confiados no amparo das igrejas, que tinham, e que, com isso, ficava a costa segura para irem e virem por terra da Baía para Pernambuco, porque tinham já feito pazes com outras trinta Aldeias do Cereji, e que, se fôsse daquela maneira, haviam de fugir com mêdo, como aconteceu, e se perderem as três Aldeias, com grande dôr de quem as havia ajuntado com tanto trabalho, e se tornarem a alevantar as trinta Aldeias, que tinham pacificado; e o Governador mandou, em pós os fugitivos, ao informante com outros capitãis e mataram e cativaram muitos e *no Reino foi julgada esta guerra por injusta* e que pusessem em liberdade os cativos; e o Governador faria os autos que diz o informante, na forma que quisesse; mas visto está a quem se deve dar maior crédito se aos Padres se aos Índios, estando tão escandalizados do mau tratamento, que recebem dos Portugueses na guerra, pois não lhe servem senão de carga e de os porem na dianteira por barreira dos contrários»[1].

O que a seguir sucedeu conta-o o P. Tolosa, em carta de 31 de Agôsto de 1576: «Já escrevi a Vossa Paternidade o sucesso da Missão do Rio Real, como, depois que o Governador

---

1. *Bras. 15*, 388v(40.º).

foi dar guerra naquelas partes, se desfizeram as três igrejas, que estavam edificadas, e como trouxeram os Padres a gente das duas Aldeias de Nossa Senhora da Graça e de São Tomé, para as Aldeias da Baía, que seriam, por tôdas, mil e duzentas almas, pouco mais ou menos. Uma destas Aldeias se assentou na Aldeia de Santiago, outra na do Espírito Santo. Os trabalhos, que com êles passaram no caminho, foram muito grandes. Vinham em sua companhia o P. Gaspar Lourenço e o P. João Pereira com dois Irmãos [Pero Leitão e João Salónio]; e era-lhes necessário não se separar um momento dêles, porque diante dos seus olhos os tomavam os brancos e amarravam e escondiam pelos matos, para servir-se dêles como de escravos. Outros queriam voltar com o trabalho do caminho e falta de mantimentos, mas os Padres a todos animavam e consolavam e proviam do sustento. Pelo caminho, os pais e mãis traziam os filhos às costas, os novos traziam os velhos, e isto por espaço de 50 léguas. Uma destas era uma cega velha de mais de 100 anos, consumida já de velhice, que não podia já ter-se nos pés, que parece não vinha mais que a ser baptizada. Ela, vendo o trabalho, que dava aos Padres no caminho, dizia ao P. Gaspar Lourenço: — deixe-me aqui acabar nestes caminhos. Mas o Padre dizia-lhe que não a havia de deixar, ainda que fôsse necessário trazê-la às costas».

«Foram recebidos dos Índios das nossas Aldeias, com grandíssima caridade, cousa, certo, para louvar a Nosso Senhor, que com serem antes contrários, que se comiam uns aos outros, saíram a recebê-los no caminho, levando refrêsco, tomaram aos ombros os que achavam fracos, levaram-nos para suas casas, e repartiram com êles das suas roças e mantimentos, com tanta liberalidade, como se fôssem parentes e amigos, muito antigos. E isto maravilha mais na Aldeia de Santiago, onde estavam uns filhos dos principais, que os do Rio Real tinham matado os anos passados. E com serem êstes Índios naturalmente vingativos, que não descansam até terem vingança dos que lhes mataram seus parentes, ainda que seja mister desenterrá-los depois de mortos, para lhes quebrar as cabeças; e os próprios Índios punham êste inconveniente aos Padres quando os traziam para as Aldeias, e diziam: ¿como quereis que nos vamos meter entre as casas de nossos verdadeiros contrários? Mas a graça do Espírito Santo, que receberam no baptismo, pôde tanto que os receberam em suas casas os nossos Índios, sem nenhum sinal de ódio, antes aquêles que não tinham hóspedes se queixavam aos Padres, tanto era o desejo, que tinham, de tratar de caridade com êles »[1].

Assim terminou esta primeira tentativa de colonização de Sergipe. « Com felicidade », diz Pôrto Seguro, sem reparar, como nota Capistrano, que « o resultado foi negativo »[2]. Com efeito, grande parte daqueles Índios morreram em breve na Baía, vitimados por doenças epidémicas, sarampão e varíola[3]. E nada mais ficou, digno de memória, senão aquela odisseia de caridade, de que deram tão alto exemplo os Padres e Índios cristãos[4].

---

1. Ânua do Brasil por Inácio Tolosa, de Pernambuco, a 31 de Agôsto de 1576, *Bras. 15*, 284; cf. *Discurso das Aldeias*, 376-377.
2. Pôrto Seguro, *HG*, I, 460.
3. *Discurso das Aldeias*, 241-242.
4. O P. Gaspar Lourenço, primeiro apóstolo de Sergipe, nasceu em Vila Real de Traz-os-Montes *(Bras. 5*, 10v). Entre as ordens de pagamento da Baía, do ano de 1549, existe uma de 8 de Junho, a favor de Gaspar Lourenço, pedreiro, na importância de 1$800 réis, por servir nas obras da cidade *(Doc. Hist.*, XIII, 275). Seria seu pai? É certo que o P. Gaspar Lourenço veio menino para a América Portuguesa. Por isso aprendeu o tupi de tal modo que se dizia ser « um Cícero na língua brasílica » *(CA*, 407; Caxa, *Bras. 15*, 261v).

Gaspar Lourenço tinha 15 anos de idade, quando se fundou S. Paulo, a que assistiu ou ali estêve nos primeiros dias. Sendo estudante, foi com o P. Fernão Luiz em socôrro de Mem de Sá, na tomada do Forte Coligny, onde passou rudes trabalhos do mar e guerra, caindo gravemente doente (Anch., *Cartas*, 159; Vasc., *Crón.*, II, 82). Seguiu depois, no mesmo ano de 1560, com o P. Grã, na armada de Mem de Sá, para a Baía, onde se ordenou de sacerdote *(CA*, 269). Trabalhou incansàvelmente nas Aldeias da Baía ou directamente ou com o P. Grã, a quem servia de intérprete nas confissões *(CA*, 299, 348, 369; Vasc., *Crón.*, II, 102). Prestou grandes serviços com os seus Índios a uma jangada em perigo *(CA*, 368) e mais tarde aos sobreviventes duma grande nau da India, naufragada em 1573, nas costas da Baía *(Fund. de la Baya*, 24-24v(99). A Aldeia, de que era Superior, transformou-se numa espécie de seminário para a língua tupi, sendo êle o mestre. (Carta de Caxa, *Bras. 15*, 261v). Em 1574 prègou nas festas jubilares da Aldeia de Santo António (Id., *ib.*, 257v). Fêz a sua eloqüência persuasiva que o elegessem para a emprêsa de Sergipe. Depois dela, realizou outra missão no Arabó e faleceu, tuberculoso, numa Aldeia da Baía em 1581, tendo 42 anos de idade e 28 de Companhia *(Bras. 15*, 324-324v; *Hist. Soc. 42*, 32v). Entrara nela em « 53, sendo de idade de 14 anos » *(Bras. 5*, 10v). Mas « criou-se de pequeno com os Padres da Companhia » *(Bras. 5*, 7; *CA*, 299). A-pesar-de entrar em 1553, Anchieta não o inclue no catálogo de Julho de 1554, ou por lapso ou por o considerar ainda simples menino estudante. Simão de Vasconcelos diz que foi

3. — Tão lamentável desfecho atrasou de quási meio século a fixação dos Jesuítas em Sergipe, solicitados por outras emprêsas. Em todo o caso, possuíram lá terras desde o princípio do povoamento e por ali fizeram diversas entradas e missões.

Em 1586 deu-se uma expedição de colonos da Baía contra os Índios de Baepeba. Os expedicionários foram todos mortos. Como os Jesuítas se opusessem a tal entrada, o governador Manuel Teles Barreto e os Beneditinos procuraram responsabilizar os Padres pelo desastre. Ao tratarmos das relações dos Jesuítas com aquêle Governador ver-se-à a quem cabe a responsabilidade e a imprudência com que os colonos se expuseram ao perigo.

É claro que dada a crueldade e traição daquelas mortes, declarou-se, como represália, a guerra justa contra êles; e tornou-se urgente a necessidade de conquistar, de uma vez para sempre, uma terra, que ficava tão perto da Baía, e a-pesar disso tão descurada. A conquista efectuou-se em fins de 1589, princípios de 1590, por Cristóvão de Barros, dando começo à cidade de S. Cristóvão, que depois se transferiu para o sítio onde actualmente se encontra [1].

Não achamos notícia nenhuma concreta de terem participado pessoalmente os Padres nesta conquista; mas deram os seus Índios: «Quatrocentos frecheiros destas Aldeias [da Baía] no ano de 89 acompanharam a Cristóvão de Barros, governador

---

admitido em S. Vicente, pelo P. Leonardo Nunes, em 1549 (Vasc., *Crón.*, I, 70). Talvez por isso escreveu Rocha Pombo que era menino índio ou mameluco; e, entrando-se no caminho das fantasias, chegou-se a aventar que fôsse da família Lourenço, a do «Voador»... (Cf. Rocha Pombo, *Hist. do Bras.*, III, 362, nota; Gonzaga Cabral, *Discurso Inaugural da Estátua de Christo Redemptor em S. Christovam (Sergipe)*, 1926, p. 14; Id., *Inéditos e Dispersos*, IV (Braga 1930) 234. O necrológio do P. Gaspar Lourenço tem que era homem de exemplar virtude, indefesso trabalhador, «apóstolo dos Índios», «príncipe da língua brasílica» (*Bras. 15*, 324-324v). É a principal característica sua: «falou aos brasis com tanto aplauso e gôsto dos ouvintes que ainda os que não entendiam a língua folgavam muito de se achar presentes, vendo sua acção e graça, que Deus nesta parte lhe tem comunicado mui particular», escreve António Blasques (*CA*, 411). Comenta Afrânio Peixoto: «A poesia pura independe do sentido das palavras, como a oração em língua desconhecida ou até sem palavras. O P. Gaspar Lourenço possuía o dom da eloqüência pura» (*CA*, nota 157, p. 273).

1. Fr. Vicente, *H. do B.*, 334-338; Galanti, *Hist. do Brasil*, I, 346-347.

que então era, na guerra de Sergipe, e o ajudaram na insigne vitória que ai houve de inumeráveis Índios contrários »[1].

4. — Não obstante a contrariedade de 1576, o prestígio dos Padres, perante os Índios, permaneceu intacto. Em 1594 andava na missão do Arari o P. António Dias[2]. E tendo deixado ir os seus Índios com Cristóvão de Barros, é natural que os Padres se valessem disso, logo nos primórdios do povoamento de Sergipe, adquirindo as sesmarias indispensáveis para criação de gados e para mantimentos. A aquisição das primeiras terras é anterior a 16 de Maio de 1596; porque, já nesta data, obtem um colono uma sesmaria « no Rio Real, chamado Itanhí, junto à *sesmaria dos Jesuítas* »[3].

Desde êste ano de 1596 ou do seguinte começaram, os famosos currais de Sergipe, verificando-se, a breve trecho, que as terras eram insuficientes e que apenas serviam para pastios, necessitando-se de outras para mantimentos que chegassem ao menos para o pessoal respectivo, que parece foi muito, desde o princípio. Assim em 1601 requereu o Irmão Amaro Lopes, superintendente de tais assuntos, que se lhe concedesse outra sesmaria em lugar mais apropriado. E indicou umas terras, no vale « direito ao Rio Vasa-Barris, e pelo rio acima, tornando pelas fraldas de Itanhana e Cajaíba para oeste, de maneira que fiquem as ditas três léguas em quadra ». Na petição destas três léguas de terra, além do motivo dos mantimentos, alegava também que os Padres, « vai em quatro anos pouco mais ou menos, que estão ajudando a povoar esta Capitania, sustentando a passagem de Vasa-Barris e vindo todos os anos a esta Capitania ajudar o espiritual com muito trabalho ». Achavam-se aquelas terras fronteiriças aos contrários. Morando lá os Jesuítas, ficavam em segurança todos os moradores da rectaguarda. O despacho diz: « Dou ao suplicante, em nome de Sua Majestade, na parte que pede, duas léguas de terra em quadra de sesmaria com tôdas as águas e madeiras que nela se achar. Em Sergipe, 10 de Março de 1601 »[4].

---

1. Tôrre do Tombo, Jesuítas, maço 88, *Enformação e certidões*.
2. *Bras. 15*, 473v-474.
3. Felisbelo Freire, *Hist. Territorial*, 284.
4. Assinava o Capitão M. M. B., em ausência de Diogo de Quadros. Documento publicado por Borges de Barros nos *Annaes do Museu da Bahia*, XVII, 194-

Os Padres e Irmãos da Baía iam de vez em quando a Sergipe. Já desde 1597 veio à Baía uma embaixada de Índios a pedir que êles fôssem lá missionar[1]. O Visitador, P. Manuel de Lima, ordenou, em 1610, se pusesse em Sergipe um «clérigo língua» para administrar os sacramentos aos trabalhadores rurais[2]. Mas isto não satisfazia os Padres nem a gente da terra, que desejava residência fixa. Esboça-se desde então o movimento dos Sergipanos para fundar um Colégio da Companhia. A situação, em 1615, é exposta neste postulado enviado da Baía a Roma: «Resolveu-se pedir a Vossa Paternidade licença para aceitar uma residência na cidade de Cirigipe. Os seus moradores oferecem-nos suficiente sustentação para quatro dos nossos. Todos acharam bem. De-facto, parece cómoda aquela residência, por ficar a meio do caminho entre Pernambuco e Baía e distar duma e doutra Capitania 50 léguas; e assim se tornará mais fácil o caminho por terra ao Provincial, quando tiver de ir de uma à outra, e se achar impedida a navegação por mar. Os Padres, que aí residirem, cuidarão também das fazendas e currais, que lá tem êste Colégio, e administrarão os sacramentos aos Índios e escravos. Para isto não basta o sacerdote de fora. Será contudo muito difícil aos Provinciais visitar aquela casa, e mais difícil achar bons operários para ali, porque há muita falta nem chegam para as residências actuais. Expostas assim as razões a favor e contra, pede-se a V.ª Paternidade licença; talvez, com o tempo, envie Nosso Senhor operários, e cessem estas dificuldades»[3].

As fazendas de Sergipe de *El-Rei* (chamava-se assim para se distinguir de Sergipe do *Conde*, no Recôncavo da Baía) desenvolveram-se muito; e pela de *Tejupeba*, começou a residência dos Jesuítas, com os correspondentes ministérios da Companhia. Colégio nunca chegou a fundar-se em território do actual Estado

---

-195, omitindo, como de costume, a respectiva fonte. Cf. Felisbelo Freire, *Hist. Territorial*, 288, nota 7. O loco-tenente de Diogo de Quadros era o Capitão Manuel de Miranda Barbosa; cf. Firmo de Oliveira Frade, *Colonização de Sergipe de 1590 a 1600*, na *Rev. do Inst. Bras.*, 51, Suplemento, p. 214n.

1. Amador Rebelo, *Compendio de Alg. Cartas*, 217.
2. Roma, Bibl. Vitt. Em., *Gesuitici*, 1255, 14, f. 7.
3. «Actae Consultationis Provincialis apud Brasiliam habitae in Collegio Bayensi, 3.º Julii anni 1615», *Congr.*, 55, 258v-259.

de Sergipe, prejudicado, para êste efeito, pela proximidade da Baía e de Pernambuco. Todavia não faltaram instâncias, tanto dos moradores e da Câmara como dos próprios Jesuítas.

5. — Entre os modernos Estados de Sergipe e Alagoas fica o famoso Rio de S. Francisco. A primeira notícia, em que se pedem Padres para êste rio, data de 1574, quando os Índios de Sergipe foram à Baía para êsse fim. Quirício Caxa chama-lhes mesmo Índios do Rio de S. Francisco, e entre êles inclue o próprio Surubi, de quem falámos. Garantiam aquêles Índios que já tinham grande terreiro para igreja. O Provincial respondeu que mandaria com muito gôsto os seus Padres, mas que não dispunha de licença das autoridades civis. Preguntando a um dêles se queria baptizar-se, respondeu que nenhum homem tinha tanta ânsia de casar-se com sua noiva como êle em ver já êsse dia [1]. É crível que Gaspar Lourenço, nas suas largas correrias pelo sertão sergipano, pisasse território de Alagoas. Também parece que andaram por ali os Jesuítas depois de 1590, quando os Índios do *Porquinho* mataram os brancos, que com êles iam. Chega-nos esta referência por intermédio de Fr. Vicente do Salvador. Conta êle que um Índio « veio falar secretamente a Diogo de Castro, soldado nosso, por ser seu amigo e conhecido, e lhe disse que se espantava muito que, vindo êle ali, lhe quisessem fazer guerra, pois sabia quão amigos eram dos brancos; e se haviam morto os que vieram com os Padres da Companhia, foi por êles dizerem mal dos mesmos Padres, que não ouvissem sua prègação, porque os vinham enganar; nem êsses todos, senão alguns, e não era bem que todos pagassem » [2].

Como de tantas outras missões jesuíticas, também desta escasseiam as notícias. Infere-se porém de tudo isto, ainda que vagamente, que já no século XVI andaram os Jesuítas pelo Rio de S. Francisco. Mas só no século XVII se estabeleceram de modo permanente nas suas duas margens, de Sergipe e Alagoas.

---

1. *Bras. 15*, 261v (1574), 275v (1575).
2. Fr. Vicente, *H. do B.*, 341.

CAPÍTULO II

Pernambuco: Estabelecimento

*1 — Igreja de Nossa Senhora da Graça; 2 — Colégio de Olinda; 3 — Estudos;
4 — Reitores do Colégio; 5 — Terras do Colégio; 6 — Dotação real.*

1. — Duarte Coelho fundou, num pequeno outeiro da sua vila de Olinda, uma ermida a Nossa Senhora da Graça, com intuito de a oferecer aos Religiosos de Santo Agostinho, se viessem ao Brasil. Não vieram. Por isso quando os Jesuítas chegaram à sua Capitania, em 1550, doou-lha o Governador [1].

Vindo, em 1562, como Superior de Pernambuco, o P. João de Melo com o P. António de Sá, tratou de construir igreja melhor do que a ermida, demasiado estreita. Começaram a abrir-se os alicerces em 1563, dia de Santa Ana (26 de Julho). Tiraram-se esmolas para a obra, juntando-se uns 410 cruzados. Os Padres dirigiam a construção: «Às vezes somos carreiros e imos à mata carregar os carros; outras vezes somos cavouqueiros, com a gente que tira a pedra; e assim em tôdas as mais coisas, que são necessárias para a igreja, que nós as negociamos e cavamos» [2].

Em 1567, a igreja estava concluída [3].

Mas ela, assim como o Colégio correspondente, era de medíocres proporções. Estabelecendo-se dotação real em 1576, con-

---

1. A ermida de Nossa Senhora da Graça «entende-se que foi fundada no tempo em que os fundadores começaram a povoar a cidade». — Fr. Agostinho de Santa Maria, *Santuário Mariano*, IX, 319.
2. *CA*, 400-401, 380-381; Vasc., *Crón.*, II, 128.
3. *Fund. de Pernambuco*, 61v (14); *Fund. de la Baya*, 11

vinha que houvesse igreja digna da terra e dos Padres. Luiz da Grã, nomeado Reitor em 1584, lançou mãos à obra, sem recursos económicos, confiado apenas na Providência e na generosidade dos Pernambucanos. Não foram vãs as suas esperanças. O edifício da igreja crescia a olhos vistos, refere a ânua de 1590 [1]. Dois anos depois, estava coberta e pronta, só faltava caiar. De uma só nave no mais puro estilo jesuítico, dizia-se que era a mais bela do Brasil [2].

Passando em Pernambuco, no ano de 1597, o P. Pero Rodrigues «achou já uma igreja, da traça de S. Roque, quási acabada, custaria 18.000 cruzados, começada pelo bom P. Luiz da Grã com duzentos réis ou dois tostões, tudo ou quási tudo de esmolas» [3].

Alguns bemfeitores assumiram o encargo da construção e manutenção do culto em capelas ou altares laterais da igreja, auferindo assim os benefícios correlativos de sepultura para si, para seus filhos e netos, segundo os usos e privilégios da Companhia [4].

Além dêstes donativos em dinheiro, vinham outros particulares: uma lâmpada, em 1572, que custaria 30$000 réis [5]; em 1584, um retábulo de preço superior a 1.000 cruzados [6]; em 1589, o povo deu mais 3.000 cruzados e levantou-se uma tôrre com relógio, muito útil para os de casa e para o mesmo povo [7]. Os donativos continuaram [8] — porque «a gente daquela vila é muito esmoler» [9].

Nesta igreja se ordenavam de sacerdotes os candidatos Je-

---

1. *Bras. 15*, 366v.
2. «Templum facile totius Brasiliae pulcherrimum», *Bras. 15*, 381.
3. Carta de Pero Rodrigues, *Bras. 15*, 428.
4. *Bras. 2*, 130v-131. A 26 de Dezembro de 1585, fêz uma doação dêste género D. Águeda Gomes Cabral. Fundou a capela de Santa Ana, na igreja do Colégio: Para isso doou 200$000 réis, duas vacas e umas casas. Pedia uma missa, por ano, cantada, em honra de Santa Ana; uma missa, rezada, por mês, em honra dos Apóstolos, mas sem obrigação. O Visitador Cristóvão de Gouveia aceitou. Seria boa ajuda para a edificação da igreja, *Bras. 11*, 487-487v.
5. *Fund. de Pern.*, 63-19.
6. Carta de Gouveia, *Lus. 68*, 402.
7. *Ann. Litt. 1589*, 471.
8. *Bras. 15*, 423v.
9. *Fund. de la Baya*, 21v-22 (96).

suítas. Havia grandes solenidades. Ficaram célebres as que se realizaram em 1576, por ocasião da recepção de uma relíquia das Santas Onze-Mil-Virgens, trazida pelo Provincial Inácio Tolosa, num « estojo de prata primorosamente lavrado »; veio em procissão desde o pôrto do Recife, conduzindo-a o próprio Bispo D. António Barreiros [1]. A festa era no fim de Julho; e no ano de 1584 prègou Cardim, que refere estar já então essa relíquia « bem concertada, em uma tôrre de prata » (que era a forma externa do relicário) [2].

Antes desta, já possuía a igreja outra relíquia de S. Braz. Para ela também ofereceram, em 1590, um relicário de prata em forma de braço. Outras relíquias vieram posteriormente. E para receber umas, que ofereceu em 1596 à Igreja de Pernambuco o P. Geral, determinou o Prelado que estivesse presente todo o clero secular a-fim-de se receberem em procissão solene [3].

Para o esplendor do culto concorria o povo com dádivas especiais: azeite para a lâmpada litúrgica, ornamentos de sêda e damasco, imagens de santos; em 1590, ofereceram-se duas de mármore, belíssimas [4]. Em 1611, chegou de Lisboa uma estátua de Santo Inácio. Naturalmente, houve grandes festas, procissões, representações [5].

Cremos que o arquitecto do Colégio de Olinda, Ir. Francisco Dias, não seria estranho ao plano da igreja, simultâneamente edificada. Tinha êle colaborado, como dissemos, na construção da grande e formosa igreja de S. Roque, Casa Professa dos Jesuítas, em Lisboa. Ora, precisamente, a igreja do Colégio de Olinda é da mesma *traça de S. Roque* [6].

2. — Pelo que se refere ao Colégio, Nóbrega, escrevendo de Pernambuco, em Setembro de 1551, diz que as índias fôrras ajudam a angariar meninos « do gentio para os ensinarmos e

---

1. Carta de Fonseca, *Bras. 15*, 296 e *Rev. do Inst. do Ceará*, 23 (1909) 60; *Fund. de Pern.*, 72v-73 (45).
2. Cardim, *Tratados*, 330.
3. *Bras. 15*, 423.
4. *Bras. 15*, 366v, 376v.
5. *Bras. 8*, 118.
6. A igreja de Olinda restaurou-se em 1661. A lâmpada de prata, que arde hoje diante do Santíssimo Sacramento, encontrou-se, há poucos anos, dentro duma

criarmos em uma casa que para isso se ordena ». E nela trabalha com muita pressa e fervor « todo o povo, assim homens como mulheres » [1].

Era a residência de Olinda que se fundava.

O P. António Pires, que ficou em Pernambuco depois de Nóbrega voltar à Baía, aplanou o alto da colina debruçada sôbre o mar, em que se erguia a pequenina ermida de N.ª Senhora da Graça, dada aos Jesuítas pelo Governador Duarte Coelho; fêz com os seus próprios braços um terreiro e, exercitando êle próprio ofícios mecânicos, construíu casas para morar e ensinar meninos. A circunstância de os Jesuítas erguerem aqui o seu Colégio, deu ao local o nome de « Ponta de Jesus »[2].

Gonçalo de Oliveira e seus companheiros, chegados a Pernambuco em 1560, ampliaram o edifício primitivo, com quatro aposentos ao rés-do-chão[3]. E o povo de Pernambuco, como sempre, generoso, ajudava. Dando a entender o P. Rui Pereira que era preciso acrescentar um par de câmaras à casa, « por não ter mais que uma assobradada; como o souberam, um me deu as traves, outro as tábuas, outro os pregos, outros os cravos; os carpinteiros se ajustaram de modo que o demais da obra fizeram em um dia, e dois a acabaram dentro da mesma semana »[4].

Construíu-se depois, fora da portaria de entrada, o edifício para a escola dos meninos, que ali funcionava já em 1571[5].

Ambicionando o povo de Pernambuco, para a sua terra, um Colégio em forma, começou a instar por êle. Para mostrar vontade eficaz, e para que El-Rei se movesse e desse a dotação con-

cisterna, que ocupa quási todo o claustro do antigo Colégio. Ainda se veneram na igreja duas estátuas de Santo Inácio e de S. Francisco Xavier. A de Santo Inácio empunha, na mão direita, uma espada, meio desembainhada, com a bainha apoiada no chão; na mão esquerda segura uma evocativa muleta. Segundo Carmo Barata, « a imagem de Nossa Senhora, que está no altar do lado do Evangelho, na igreja do Seminário, é a primitiva imagem da capela das Graças ». — José do Carmo Barata, *Historia ecclesiastica de Pernambuco* (Recife 1922) 8.

1. Nóbr., *CB*, 120.
2. *CA*, 84; *Fund. de Pernambuco*, 60v-61 (13); Pereira da Costa, *Annaes Pernambucanos*, na *Rev. de Historia de Pernambuco*, ano 2.º, n.º 8, p. 315.
3. *Fund. de Pernambuco*, 61v (13).
4. *CA*, 288-289.
5. *Fund. de Pernambuco*, 62v (15).

veniente, concorreu logo com esmolas e com o seu trabalho para que fôsse realidade.

Como a casa de Pernambuco tinha sido fechada duas vezes, houve alguma negligência em garantir a posse dos terrenos doados por Duarte Coelho. Valeu aos Padres que, emfim, lhes apareceu o documento, por onde se concluíu que antigamente deram aos Padres escola nos terrenos adjacentes à casa; pela falta dêsse papel, viviam êles agora apertados. Com o seu aparecimento, deu-lhes o Ouvidor posse dêles. Puderam então viver mais desafogadamente, com a vantagem ainda de que dentro dos terrenos ficava uma fonte e uma pedreira, que muito ajudariam as futuras construções, logo começadas, em 1574, com grande actividade[1].

Todos trabalhavam. Até os meninos estudantes, a-pesar do Padre, que dirigia as obras, lhes ir à mão nisso, « quando sentiam vir as carrêtas pelas ruas, iam atrás delas e ajudavam a descarregar às costas o ladrilho, telha e madeira; não havia quem os tirasse de trazerem água do poço para amassar o barro. A-par do trabalho, os donativos; até êsse ano, já se tinham dado mais de 300$000 réis e, no ano seguinte, Pero Fernandes deixou um legado de 3.000 cruzados[2].

Em 1583, construíu-se, para recreio dos Irmãos estudantes junto do Colégio, um novo tanque com poço e bomba para se regar o quintal em pouco tempo; e também se edificou uma grande ramada de videiras, sustentada dum lado e doutro por quarenta pilastras de ladrilho[3]. Fernão Cardim, que ali estêve no ano seguinte com o P. Visitador, escreve: « à tarde fomos merendar à horta, que tem muito grande, e dentro nela um jardim fechado com muitas hervas cheirosas e duas ruas de pilares de tijolo com parreiras e uma fruta que chamam maracujá, sadia e gostosa, e refresca muito o sangue em tempo de calma, tem ponta de azêdo, é fruta estimada. Tem um grande romeiral, de que colhem carros de romãs, figueiras de Portugal e outras fru-

---

1. Ânua de 1574 pelo P. Caxa, *Bras. 15*, 262.
2. *Fund. de Pern.*, 70(38); *Fund. de la Baya*, 44v; *Bras. 15*, 261-262v; Manuel Lubambo, *Olinda, sua evolução urbana no século XVI*, em *Fronteiras* (Recife) ano VI, n.º 22, Fevereiro-Março de 1937.
3. *Bras. 8*, 7.

tas da terra. E tantos melões que não ha esgotá-los, com muitos pepinos e outras boas comodidades. Também tem um poço, fonte e tanque, ainda que não é necessário para as laranjeiras, porque o céu as rega; o jardim é o melhor e mais alegre que vi no Brasil, e, se estivera em Portugal, também se pudera chamar jardim»[1].

Constava o Colégio, então, de 19 câmaras assobradadas. Todavia não bastavam para as necessidades crescentes do Colégio, em conformidade com o desenvolvimento da terra. Pensou-se pois noutro maior. Para êsse Colégio futuro, diz a *Informação do Brasil*, havia 166 cruzados de esmola «que lhe fêz El-Rei D. Sebastião, e, por se pagar mal e por não haver tanta comodidade de oficiais e cal, o edifício não se começou»[2].

O Visitador, Cristóvão de Gouveia, encarregou o mesmo arquitecto, Ir. Francisco Dias, de rever os planos. Reviu-os e reformou-os, tendo em vista uma diminüição de despesas[3].

Isto era em 1584. Em Novembro, ainda não tinham começado as obras. Construindo-se o Colégio ao mesmo tempo que a igreja, beneficiou esta em detrimento daquele[4].

Assim, quando em 1597 estêve em Pernambuco, o P. Pero Rodrigues pôde escrever com verdade que o Colégio estava apenas principiado[5]. Tudo dependia dos donativos recebidos. A-pesar da gente ser generosa, havia mais e menos. Não obstante a renda de El-Rei e as esmolas, o Colégio estava endividado, em 1604, «despesas feitas com o edifício novo»[6].

Em 1607, a generosidade foi maior e também nesse ano se adiantou mais que nos outros: acrescentaram-se 6 quartos e concluíu-se a capela[7]. Assim prosseguiram as obras até à conclusão. Quando os Holandeses tomaram Olinda em 1630, acharam o Colégio dos Jesuítas superior a tôdas as demais casas religiosas de Pernambuco: «É muito grande e de bela construção em forma de quadrado e tem no centro um pátio; é alto de dois andares com galerias duplas ao longo dos mesmos, dos quais se

---

1. Cardim, *Tratados*, 327-328.
2. Anch., *Cartas*, 411.
3. Carta de Gouveia, *Lus. 68*, 402, 407.
4. *Ann. Litt. 1589* (Roma 1591) 471.
5. *Bras. 15*, 311; *Bras. 5*, 35v.
6. *Congr. 51*, 311, 318v.
7. Carta de Álvares, *Bras. 8*, 69.

entra em todos os quartos situados em redor, em número pròximamente de quarenta »[1].

O Colégio foi testemunha doutros acontecimentos históricos, mesmo no século XVI. Depois que Castrejón deitou a artilharia ao mar, na Paraíba, meteu ao fundo uma nau, queimou o forte e quebrou o sino, veio para Olinda, como « quem não tinha feito nada ». O ouvidor Martim Leitão reüniu, no Colégio, o Bispo, o capitão D. Filipe, a Câmara e o Provedor Martim de Carvalho, e esta junta resolveu mandar a Castrejón prêso para o Reino[2].

Restará hoje alguma coisa do século XVI ? Segundo o cónego Carmo Barata, professor do seminário arquidiocesano, que é actualmente o antigo Colégio dos Jesuítas, restam algumas paredes: « ao menos a parte que dá para o nascente, são as mesmas que ainda hoje lá estão a desafiar há séculos, impávidas, os vendavais terríveis do tempo e o camartelo dos homens », — diz êle[3].

3. — Logo desde a primeira ida do P. Nóbrega a Pernambuco, em 1551, se pensou em ensinar meninos e em instituir um seminário à semelhança da Baía e S. Vicente; a ideia não foi então adiante, como não pôde ainda fundar-se o Colégio em 1564, quando se dizia já que haviam feito instância por êle os moradores de Pernambuco. Parece ainda assim que houve por êsse tempo algumas aulas, junto com a catequese[4]. Os estudos, porém, só se iniciaram definitivamente, no segundo semestre de 1568. Tinha vindo a Pernambuco o P. Luiz da Grã, por determinação do Beato Inácio de Azevedo; combinou tudo e, ao retirar-se de-novo para a Baía, deixou estabelecido o curso elementar de ler e escrever. Primeiro professor foi o P. Amaro Gonçalves. Nos começos de 1570, inaugurou-se a primeira aula de latim e foi êle o primeiro mestre. Para tomar conta da escola

---

1. João Baers, *Olinda Conquistada*, trad. do holandês por Alfredo de Carvalho (Recife 1898) 41.
2. *Sumário das Armadas*, 47.
3. Carmo Barata, *Escola de Herois: O Collegio de N.ª S.ª das Graças — O Seminário de Olinda* (Recife 1926) 17.
4. *CA*, 415.

de ler e escrever, acabava de chegar de Lisboa o P. Afonso Gonçalves [1].

Tais foram os princípios do Colégio de Pernambuco. As aulas começaram logo com entusiasmo; e àqueles dois cursos juntou-se daí a pouco, não com a mesma regularidade, o de casos de consciência, estudo necessário numa terra, onde o grande movimento comercial do açúcar poderia implicar dúvidas morais, de solução difícil [2]. Inaugurou solenemente o curso de casos, em 1576, o P. Pero Dias com a presença do Bispo, D. António Barreiros, do clero e gente principal [3].

Ficaram célebres as festas da abertura dos anos lectivos de 1573 e 1574, dias 2 e 3 de Fevereiro. Exercícios escolares, actos de declamação, representações teatrais, distribuição de prémios, pecuniários ou em livros, aos alunos que mais se distinguiram em prosa e verso, proposição de enigmas, que se resolviam ou não conforme a dificuldade respectiva ou a habilidade dos concorrentes — festas literárias estas que logo deram aos estudos pernambucanos uma elevação que fazia suspirar o povo por alguma coisa de estável. Nestes actos literários externou o Doutor Salema, Ouvidor Geral e futuro Governador do Rio de Janeiro, a sua admiração, afirmando que em qualquer Universidade se não faria melhor [4]. Festas idênticas se repetiram depois [5].

Numa ocasião, visitando o Colégio o Ouvidor Geral, receberam-no os estudantes com «epigramas e discursos». E houveram-se «com tanta graça, diz ingènuamente o cronista, que fizeram cho-

---

1. *Fund. de la Baya,* 28v(104); *Fund. de Pern.,* 61v, 62 (14); Vasc., *Crón.,* III, 123; *Mon. Borgia,* V, 237. O P. Afonso Gonçalves ainda vivia em 1607 com 67 anos de idade. Natural de Moura, no Alentejo, tinha sido ministro nos Colégios de Bragança, Baía e Pernambuco, mais de 14 anos. Fêz os votos de Coadjutor espiritual em Olinda, a 23 de Setembro de 1576 *(Lus. 1,* 155; *Bras. 5,* 71v). Faleceu em 1608 *(Hist. Soc. 43,* 65v).

2. Por exemplo, o seguinte existente na Biblioteca de Évora, onde se propõe « se serão licitos os contractos que se estilam em Pernambuco de vender muito mais caro os engenhos de açúcar a crédito do que a dinheiro de contado: *An sit licitus contractus Pernambuci usu receptus quo saccari torcularia multo pluris venduntur pecunia credita, quam statim soluta.* A resposta é afirmativa: *Quod sit licitus, inde potest probari,* etc. — Bibl. de Évora, Cód. CXVI, 1-33, f. 169; Anch., *Cartas,* 326.

3. *Fund. de Pern.,* 73v(47).

4. *Fund. de Pern.,* 64(24).

5. *Bras. 15,* 304v.

rar a muitos, por ver meninos de tão pouca idade ser tão vivos e hábeis; e alguns determinaram mandar os seus filhos a estudar»[1].

Assim, não admira o empenho de Pernambuco em alcançar de El-Rei Colégio fundado. Em 1574, dois anos antes da dotação real, tinha o Colégio de Pernambuco 92 alunos: 32 de humanidade, 70 do curso elementar[2]. Esta freqüência era extraordinàriamente alta para o tempo. Por isso vemos que baixou alguns anos depois[3]. Não duvidamos que fôsse tão alta freqüência um esfôrço da terra para demonstrar capacidade e jus a tal Colégio. Mais tarde, o número de alunos tornou a aumentar progressivamente. Em 1597, vindo da Índia, o P. Cristóvão de Castro, passando em Pernambuco, espantou-se de ver, em um Colégio tão pequeno, tanta gente feita[4].

Os alunos de Pernambuco tiveram fama de bom espírito e de piedade prática, como aquêle, que 1576, foi em missão com um Padre, servindo de intérprete, de engenho em engenho[5]. Ou como os que, dois anos antes, antecedendo por mais de quatro séculos os gloriosos vicentinos modernos, iam visitar os presos da cadeia, fazendo o que lhes mandavam os reclusos e levando-lhes água para beber[6]. Também ao Colégio de Pernambuco pertence a primazia de ser fonte de vocações para outros Institutos religiosos.

A Ânua de 1590-1591 consigna que dois alunos entraram para mosteiros de religiosos não Jesuítas[7]; já havia então, em Olinda, Beneditinos, Carmelitas e Franciscanos.

Visitou Pernambuco o P. Cristóvão de Gouveia em 1584. Observando a grande quantidade de engenhos no interior da Capitania, onde tantos meninos se estiolavam à míngua de instrução e de assistência moral, concebeu êle a ideia de fundar em Pernambuco, e depois nas principais Capitanias, Colégios internos para os educar e preparar para a vida e até para o

---

1. *Fund. de Pern.*, 68 (32).
2. *Fund. de la Baya*, 44-44v (119).
3. Anch., *Cartas*, 411.
4. Carta de Pero Rodrigues, *Bras. 15*, 428v.
5. *Fund. de Pern.*, 71v (42); *Bras. 8*, 7; *Annaes*, XIX, 62.
6. *Fund. de Pern.*, 67v (31).
7. «Coenobia religiosorum», *Bras. 15*, 366v.

apostolado e sacerdócio. Tal desejo, de incalculável alcance para o Brasil, não pôde transformar-se então em realidade: era Governador Geral Manuel Teles Barreto, desafecto aos Jesuítas[1].

4. — Os Reitores do Colégio de Pernambuco foram por sua ordem:

a) RODRIGO DE FREITAS (1568-1572). — Êste Padre, uma das pessoas mais importantes entradas na Companhia de Jesus, no Brasil, era, antes de entrar, oficial de El-Rei e Tesoureiro das rendas do Brasil[2]. No exercício do seu cargo de almoxarife sofreu alguns vexames por parte de D. Duarte da Costa e do Ouvidor-mor[3].

Enviüvando depois, ocupou-se, antes mesmo de entrar na Companhia, dos meninos do Colégio de Jesus, do Salvador[4]. Entrou em 1560 e, a 3 de Maio de 1568, fêz votos de Coadjutor espiritual em mãos do B. Inácio de Azevedo, na Baía[5]. Indo para Pernambuco, ficou Superior até 1572[6]; depois, no ano seguinte, voltou, feito já Procurador Geral da Província, na armada do Governador António Salema, com quem seguiu para o Rio de Janeiro, como Visitador dêste Colégio e Capitanias a êle sujeitas[7]. Muito entendido em negócios, foi a Lisboa tratar dos do Brasil, voltando em 1583 com Cristóvão de Gouveia, a quem acompanhou na maior parte da Visita às Casas da Província[8].

Numa destas viagens, ao embarcar no Recife, de torna-viagem, caíu ao mar entre o navio e a barca que o trazia, «donde

---

1. Carta de Cristóvão de Gouveia, *Lus. 68*, 403; *Lus. 69*, 131-131v; cf. supra, p. 82.

2. Carta de Mercê a «Rodrigo de Freitas cavaleiro fidalguo de sua casa por Respeito dos seus seruiços do oficio de Tesoureiro das Rendas do Brasill», em data de 5 de Outubro de 1555, Arq. Hist. Colonial, *Registos,* I, f. 185v; cf. *Doc. Hist.,* XXXV, 195-197.

3. «Lembrança de Rodrigo de Freitas sobre os livros do Almazem da matricula», na *Hist. da Col. P. do B.,* III, 369.

4. Carta de Nóbrega, 30 de Junho de 1559, *Bras. 15,* 64v.

5. *Lus. 1,* 148; Vasc., *Crón.,* III, 122, dá a data de 4 de Maio.

6. *Fund. de Pernambuco,* 61v (14); Vasc., *Crón.,* III, 123.

7. Carta de Caxa, *Bras. 15,* 252; Carta de Amaro Gonçalves, *Bras. 15,* 241; *Fund. del Rio de Henero,* 58 (137); *Fund. de la Baya,* 220 (97).

8. Cardim, *Tratados,* 282, 294; *Bras. 5,* 17; Carta de Gouveia, *Lus. 68,* 402.

o tirámos, meio afogado, escreve Cardim, mas foi Nosso Senhor servido que não chegasse o desastre a mais »¹. O catálogo de 1584 tem que era natural do têrmo de Melgaço e que fôra ministro na Baía e Superior de Pernambuco e S. Vicente e fizera de Visitador e Provincial nalgumas partes da Província². Faleceu na Baía em 1604, com 44 anos de Companhia e 95 de idade. Grande exemplo de paciência na doença e velhice³.

b) Amaro Gonçalves (1572-1574). — « Natural de Chaves, entrou na Companhia em 1559; ouviu o Curso de Artes e alguma teologia. Ensinou latim. Sabe bem casos de consciência e é capaz de presidir à sua resolução. Tem talento para prègar ». Tais são as informações que dá o catálogo de 1574⁴. Quanto à data da entrada, achamos que se admitiu para a primeira provação, em Évora, no ano de 1556, um jovem de nome Amaro Gonçalves. Não garantimos que seja o mesmo, dadas as divergências de datas⁵. Amaro Gonçalves foi para o Brasil em 1566 com o Beato Inácio de Azevedo. Em Julho de 1568, seguiu para Pernambuco, dando princípio estável à casa, onde ficou primeiro como professor e depois como Reitor até 1574⁶. Promoveu, com eficácia, os estudos do Colégio, de que foi o primeiro mestre, excitou o zêlo das almas e todos os ministérios da Companhia, arrostando com os contrastes que lhe moveu o clérigo « nigromante », António de Gouveia. Acabou o reitorado em 1574, retirando-se para a Baía e daí para o Rio de Janeiro, onde faleceu, a 23 de Outubro de 1579⁷.

c) Melchior Cordeiro (1574-1576). — Lêmos no catálogo de 1574: « Belchior Cordeiro, mestre de noviços, professo de 3 votos, é ouvinte de teologia, tem talento para prègar. Entrou no ano de 60, sendo de 23 anos. É de Guimarãis »⁸.

Cordeiro embarcou em Lisboa, em 1572. Fizera pouco antes, a 13 de Janeiro, um domingo, a profissão solene de 3 votos, em

---

1. Cardim, *Tratados*, 336.
2. *Bras.* 5, 20v.
3. Carta de Cardim, *Bras.* 8, 49 (1606).
4. *Bras.* 5, 12v.
5. *Lus.* 43, 332.
6. *Fund. de Pern.*, 61 (14); *Bras.* 15, 261v.
7. *Hist. Soc.* 42, 32v.
8. *Bras.* 5, 10.

S. Roque, nas mãos de Miguel de Sousa[1]. Na viagem para o Brasil, serviu de ministro e dispenseiro a bordo[2].

No mesmo ano da chegada, exerceu o cargo de mestre de noviços, na Baía, e ao fim de dois anos foi substituir o Reitor de Pernambuco, Amaro Gonçalves. Fêz viagem com o Ouvidor Fernão da Silva. Os ministérios começaram logo com grande entusiasmo e fervor, a que não seria alheia a sua eloqüência. Choveram importantes donativos para as obras do Colégio. As primeiras informações diziam que «era muito amado de todos»[3].

Deu edificação: foi à cadeia levar de comer aos presos com batina parda. Desenvolveu extraordinária actividade em ministérios, talvez necessários, mas expostos à maledicência e a verdadeiros perigos, como o de solucionar casos de adultério, terminar mancebias, e casar orfãs para quem buscava os respectivos dotes[4].

De-repente, não se fala mais dêle. Deve ter voltado para a Baía, em Setembro de 1576, com o P. Tolosa, Provincial, depois da visita que fêz a Pernambuco. O Provincial nomeou novo Reitor; e o cronista diz que com êle voltaram para a Baía vários Padres, não nomeando a Melchior Cordeiro. O facto de calar o nome do reitor cessante depõe contra êle[5]. Doze anos depois, há uma carta do P. Geral Cláudio Aquaviva dirigida ao P. Cordeiro, já residente em Lisboa, em que responde a duas daquele Padre, uma de 22 de Maio, outra de 10 de Junho, cujos originais se não conservam. Tira-se da resposta, que o P. Cordeiro se queixava das penitências, que lhe davam. Responde o Geral que isso é devido a ter «andado tanto tempo com pouca segurança da sua consciência e menos honra da Companhia», e que aquela sua situação não é senão justiça. Se quiser passar a outra Ordem religiosa, que passe; «faça-o, porém, com edificação»[6].

---

1. *Lus. 1*, 107-107v.
2. Carta de Martim da Rocha, Setembro de 1572, BNL, fg. 4532, 33v.
3. Carta de Caxa, *Bras. 15*, 261v; *Fund. de la Baya*, 19, 36 e 44 (112, 119).
4. *Fund. de Pern.*, 68v (35-36).
5. *Fund. de Pern.*, 72v, 73v (44, 47).
6. *Lus. 32*, 4.

Talvez o P. Melchior Cordeiro aproveitasse a licença. Aparece depois entre os saídos da Companhia [1].

Que teria passado? Qual seria a causa daquela pouca segurança de consciência? Não nos é lícito afirmar nada, por falta de provas concretas. Mas uma representação da Câmara Municipal de Olinda, dirigida em 1577 ao P. Everardo Mercuriano, que era então o Geral, alude a um « grande falso testemunho », levantado contra o P. Melchior Cordeiro e pelo qual era removido para a Europa. Não se diz sôbre que matéria versaria o falso testemunho. Mas, por ter sido arredado do campo da sua actividade e pela situação de descrédito e penitência, em que se achava em Lisboa, se infere que aquêle testemunho não seria totalmente falso [2].

d) AGOSTINHO DEL CASTILHO (1576). — O P. Agostinho del Castilho foi pouco tempo Vice-Reitor, pois dá-se a sua morte em Pernambuco, a 25 de Agôsto de 1576 [3].

A *Chrono-História* do Colégio de Placência diz que « pasó tambien al Brasil con el empleo de rector, antes de ser sacerdote; y era hombre de aventajada caridad » [4]. Não era Padre, quando saíu de Espanha; mas já era Padre, quando foi Reitor. Agostinho del Castilho ordenou-se em Lisboa, dizendo missa nova na capital portuguesa, no dia 1.º de Novembro de 1575 com o P. Miguel Garcia [5]. Chegou à Baía, com outros, no dia 27 de Junho de 1576 [6]. Agostinho del Castilho ficou Vice-Reitor de Pernambuco, emquanto não voltava de Roma o P. Gregório Serrão, nomeado Reitor durante a sua viagem, cargo que à volta não chegou a ocupar, por ficar na Baía [7]. A ser exacta a data da sua morte, acima referida, o seu govêrno teria sido de muito poucas semanas.

---

1. *Bras.* 5, 52-54.
2. A representação da Câmara de Olinda ao Padre Geral da Companhia de Jesus, pelo espírito de generosidade que a anima, pelos pormenores que encerra e pelas personagens que a assinam, é um documento importante e nobilíssimo. Cf. *Apêndice G.*
3. *Hist. Soc.* 42, 32.
4. *Chrono-Historia de la Compañia de Jesús en la Provincia de Toledo*, por el P. Bartholomé Alcazar, 2.º Tômo (Madrid 1710) 245.
5. *Lus.* 67, 218.
6. Carta de Fonseca, *Bras.* 15, 288 ; *Rev. do Inst. do Ceará*, 23, p. 19.
7. *Fund. de Pern.*, 73v(47).

e) Luiz da Grã (1577-1589). — O Reitor mais benemérito de Pernambuco, no século XVI [1].

f) Pedro Toledo (1589-1592). — Foi a princípio apenas Vice-Reitor [2].

g) Henrique Gomes (1592-1594). — O P. Henrique Gomes foi nomeado em Março de 1592 [3]; e, em 1594, assumiu o ofício de sócio do Provincial, com quem seguiu para o Sul [4]. Não achamos quem o substituísse e pelo modo de falar do Provincial, dizendo simplesmente, em 1598: «provi de Reitor daquele Colégio o P. Pero de Toledo», dá-se a entender que não havia ali Reitor [5]. O P. Henrique Gomes veio a ser Provincial e era Visitador do Brasil, quando faleceu em 1622.

h) Vicente Gonçalves. — O P. Vicente Gonçalves exercitou o ofício de Vice-Reitor de Pernambuco. Não achámos a data, mas o catálogo de 1598 diz que o foi durante dois anos [6]. Deve ter sido neste período, entre Gomes e Toledo.

i) Pedro de Toledo (1598-1603). — O P. Pedro de Toledo foi Reitor de Pernambuco desde 1598 [7]. A última data indicada é uma data limite. Nesse ano achamos a patente de seu sucessor [8].

5. — Quanto ao modo de subsistência dêste Colégio, além do próprio solar, possuía três lotes de terras, oriundos um por sesmaria, outro por compra e um terceiro por doação.

---

1. *Bras. 5*, 24v ; *Bras. 15*, 368.
2. *Bras. 15*, 368, 405.
3. Carta de Simão Travassos, *Bras. 15*, 411.
4. *Bras. 3*, 35.
5. *Bras. 15*, 467.
6. *Bras. 5*, 36.
7. *Bras. 15*, 405.
8. Damos a série destas patentes no primeiro têrço do século XVII, como se encontram no registo do Arquivo *(Hist. Soc. 62, 60),* prescindindo agora de mais averiguações:

> *Simão Pinheiro,* 25 de Agôsto de 1603 ;
> *Luiz Figueira,* 23 de Abril de 1612 ;
> *Marcos da Costa,* 7 de Dezembro de 1615 ;
> *Francisco Fernandes,* 6 de Setembro de 1619 ;
> *Manuel do Couto,* 29 de Abril de 1623 ;
> *Domingos Ferreira,* 12 de Julho de 1627 ;
> *Manuel Fernandes,* 16 de Abril de 1633 ;
> *Francisco Ferreira,* 18 de Julho de 1634.

Da existência das primeiras terras de sesmaria, distantes sete léguas de Olinda, dá conta um breve escrito do P. Tolosa, de 1576, em que discrimina as terras em duas léguas, uma das quais já desembaraçada e firme, outra ainda duvidosa[1]. A *História da Fundação do Colégio de Pernambuco* refere que a Governadora D. Brites deu nesse ano uma légua de terra, além de outra já dada[2]; e por sua vez a *Informação da Província do Brasil* consigna a posse de ambas as léguas, sem mais explicações, acrescentando apenas que ainda estão improdutivas aquelas terras pela proximidade e perigo dos Potiguares[3].

Nos nossos arquivos achámos uma carta de sesmaria, em que se dá «ao longo da dita Ribeira de Camaragibe uma légua de terra em quadra», confrontando com outras «já dadas a Dona Catarina e a Dona Margarida de Melo, correndo pela dita Ribeira, se ainda não fôr dada, ou acima dela, ou por onde não fôr dada». A carta de sesmaria, passada por Dom Cristóvão de Melo, tem a data de 9 de Julho de 1573. É possível que fôsse esta a légua de terra que se achava duvidosa em 1576 e que já o não era em 1583. Nesse intervalo, a 24 de Julho de 1579, confirma a «Capitoa e Governadora» de Pernambuco, D. Brites, a doação de uma légua de terra, na Ribeira de Camarajibe, que tinha sido concedida antes por Dom Cristóvão de Melo[4].

Ainda no século XVI, no dia 17 de Outubro de 1600, comprou o Colégio, no têrmo de Iguaraçu, a Jorge Camelo e Paulo Valcácere, seu genro, umas terras «do Paço de Santa Cruz para o sul, ao longo da estrada que vem para esta vila [de Olinda], até os marcos que estão entre êles e Manuel Lobeira; e, da dita estrada para o sertão, o que a carta lhe dá, conforme a dita carta, que são três mil e duzentas braças craveiras, pela parte do sertão e mil e quinhentas de largura».

O Reitor do Colégio era Pero de Toledo; procurador, Diogo Martins. Compraram as terras «por preço e quantia de seis-

---

1. *Bras. 11*, 447.
2. *Fund. de Pern.*, 74 (49).
3. Anch., *Cartas*, 411.
4. *Bras. 11*, 441-441v; F. A. Pereira da Costa, *Capitães Mores governadores de Pernambuco*, na *Rev. do Inst. Pernambucano*, vol. 50, p. 58; Anch., *Cartas*, nota 557, p. 441.

centos e setenta mil réis em dinheiro que, ao fazer desta escritura, lhes entregou o dito P. Diogo Martins, procurador do dito Colégio, em dinheiro de contado, patacas e meias patacas, que receberam perante mim, tabelião, e testemunhas». A fazenda de Iguaraçu era já laborada; por isso se determina bem o que se inclue na compra. «Fica na dita terra o açude e levada, que é de Nuno de Barros, para efeito do seu engenho; e *tudo o mais pertence aos ditos Padres e seu convento*, por a água ser do engenho do dito Nuno de Barros. E o dito Paulo Valcácere não tirará cousa alguma da dita terra, de casas nem bemfeitorias, sòmente as roças de maniba, que essa poderá sòmente desfazer; e os lavradores também levarão seu mantimento, que tiverem plantado, e telha e o mais que tiverem em suas casas e deixarão a terra livre e desembargada ao dito Colégio»[1].

Seis dias depois, a 23 de Outubro, «em Aïama, têrmo da vila dos Santos Cosmos, em as casas e aposentos de António Jorge, estando êle aí presente e bem assim Maria Farinha, sua mulher», receberam dêles os mesmos Padres do Colégio, «de amor em graça», um pedaço de terra, que «por tôda são oitocentas braças em quadra, que são pastos para os gados, as quais terras estavam no têrmo da vila de Iguaraçu, em Tajepe»[2].

Nestas terras teria o Colégio o gado necessário para o seu sustento, começado com oitenta vacas, que se compraram em 1576, «por não haver matadoiro na vila, e, se assim não fizéssemos, não teríamos que comer»[3]. Não achámos documentos doutras terras do Colégio de Pernambuco no século XVI, a não ser os terrenos de algumas casas que possuía na vila: umas, que

---

1. *Bras. 11*, 435-438. Grifamos no texto aquelas palavras tocantes à posse da *terra* pelos Padres, tirando o açude e a levada. Confronte-se com o que se referiu acima, p. 166.
2. *Bras. 11*, 439-440v. Ao sul da Ilha de Itamaracá, existe uma expressão geográfica que perpetua, ainda hoje, o nome que supomos ser daquela bemfeitora do Colégio; é a baía de *Maria Farinha*. E no mapa *Praefecturae Paranambucae Pars Borealis una cum Praefectura de Itâmaracâ*, inserto em Francisco Plante, *Mauritiados* (Lugduni Batavorum 1647) 132-133, vem indicada a Ribeira de «Camuriji», afluente esquerdo do «Capiibarii» e a Ribeira de «Aiama», que desemboca na mencionada baía de Maria Farinha.
3. Enformación de 31 de Dez. de 1583, Bibl. de Évora, Cód. CXVI/1-33, f. 37v; Anch., *Cartas*, 415.

já lhe pertenciam em 1576 e rendiam cinco a seis mil réis[1], outras que foram doadas depois por D. Águeda Gomes Cabral, como já assinalámos, ao tratar da fundação da igreja[2].

6. — Quando o povo de Pernambuco pediu Colégio da Companhia, investigaram os Padres se seria ou não possível. Como se reünia a Congregação Provincial na Baía, em Março de 1575, pôs-se o caso em deliberação.

As conclusões foram favoráveis e apresentaram-se as seguintes razões para a fundação do Colégio de Pernambuco:

1.ª — porque é lugar grande e freqüentado e por isso também se pode tirar grande fruto;
2.ª — porque havia ali muita juventude para estudar e muito clero, que precisava do estudo, para ouvir e resolver casos de consciência;
3.ª — porque existiam também muitas povoações vizinhas e muitos engenhos, cheios de escravos, que poderíam ser ajudados dos Nossos, se o seu número aumentasse. E esta era a principal razão.

Parecia pois à Congregação Provincial que se devia pedir a El-Rei a correspondente dotação e o Padre Geral que a confirmasse[3].

Gregório Serrão, eleito procurador a Roma, foi encarregado de agenciar o postulado. Em Junho estava em Pernambuco, onde o receberam, com grandes demonstrações de simpatia, os estudantes e o povo. A Câmara escreveu a El-Rei pedindo se dignasse fundar o Colégio[4]. O emissário despediu-se no dia 13 de Junho; em Setembro, estava em Lisboa. E logo neste mês comunica para Roma o P. Vale-Régio, Procurador do Brasil em Lisboa, que estava concedida a dotação de Pernambuco, *a pedido dos naturais da terra*[5]. Nunca se viu tamanha rapi-

---

1. *Bras. 11*, 447.
2. *Bras. 11*, 487-487v.
3. *Congr. 42*, 321v; cf. Serafim Leite, *Páginas*, 57.
4. Carta de Caxa, *Bras. 15*, 278-278v; *Fund. de Pern.*, 70 (38).
5. *Lus. 67*, 196, 212; *Fund. de Pern.*, 70 (38).

dez na agenciação dum negócio, quebrando-se tôdas as peias burocráticas.

O alvará de El-Rei tem a data de 6 de Janeiro de 1576. D. Sebastião aduz nêle os fundamentos jurídicos da fundação. Recebia os dízimos da Ordem de Cristo. Ora, sendo dízimos eclesiásticos deviam ter aplicação eclesiástica: importavam, portanto e correlativamente, a obrigação de promover a religião nas terras das suas conquistas e em particular as «igrejas e casas de religiosos». Êncarregava dessa promoção aos Padres da Companhia, porque a experiência já mostrara o fruto que tiravam e como eram eficazes na conversão do gentio e na reformação da vida e costumes de todos. O motivo de se escolher Pernambuco para êste terceiro Colégio, era porque iam em muito crescimento as suas povoações e rendas.

Portanto, «hei por bem, diz El-Rei, referindo-se aos Jesuítas de Pernambuco, e me apraz de fazer mercê, por esmola e doação perpétua para sempre e de dar em dote ao Colégio, de sua Ordem e na dita Capitania mando que se funde, de quatrocentos mil réis de juro, em cada ano, para sustentação dos vinte Padres, que nêle há-de haver».

A dotação dos Jesuítas era a mesma que aos dos outros Colégios: 20$000 anuais, a cada um. Fazendo-se a avaliação do açúcar ao preço corrente médio dêsses anos, equivalia a 800 arrôbas do branco e mascavado e 100 do negro de sinos. Não tardou, porém, a verificar-se que esta quantidade de açúcar podia valer mais do que os 400$000 réis da dotação, como realmente valiam em 1583 [1]. Em 1578, representou a El-Rei o Provedor Cristóvão de Barros essa desvantagem para a fazenda real [2]. O soberano português, que era já D. Henrique, mandou ouvir os peritos e achou por bem, na sua munificência, de confirmar aquêle modo de pagamento, em açúcar, ao preço estipulado. Mais do que confirmação, foi uma ampliação da dotação existente ou, por outras palavras, uma dotação nova. No Livro de *Registos*, à mar-

---

1. Vendidos na terra, diz a *Informação da Província do Brasil*, renderiam 1.500 cruzados; enviados a Portugal, com os riscos por conta dos Padres, importariam *deductis expensis* em 2.000 cruzados, o dôbro do dote primitivo (Anch., *Cartas*, 411).

2. Anch., *Cartas*, nota 556, p. 441.

gem do alvará de D. Sebastião, lê-se esta cota: «Fêz El-Rei [D. Henrique] Nosso Senhor esmola ao Colégio de Nossa Senhora da Graça, da Companhia de Jesus da Vila de Olinda, de oitocentas arrôbas de açúcar branco e cem arrôbas de açúcar de sinos, e não hão-de haver mais os quatrocentos mil réis conteúdos neste Registo, como mais largamente é declarado na carta de doação, que lhe foi passada e que foi feita, em Lisboa, a vinte e quatro de Abril de 1579 »[1].

A Gabriel Soares não podia deixar de fazer engulhos, como tudo o que era Jesuíta, a dotação dêste Colégio. Dedica-lhe também dois *Capítulos*, com as suas costumadas insinuações:

«Também fizeram entender ao mesmo Rei D. Sebastião que era mui necessário fundar-se em Pernambuco outro Colégio, tendo êles já nesta Capitania mosteiro bastante para 30 religiosos, que se mantinham das esmolas da terra, honradamente, e pediram para isso mil cruzados sòmente; e depois requereram que não corria na terra dinheiro, que lhes pagassem em açúcar; e fizeram crer que valia o açúcar a 400 réis um ano per outro, valendo êle ordinàriamente, de 12 anos a esta parte, por mais de 800 réis. De-maneira que êles levam a El-Rei o açúcar a preço de 400 réis a arrôba e El-Rei paga ao rendeiro dos dízimos a 800 réis por cada arrôba, no que deveram ter muito escrúpulo em fazerem entender a El-Rei ser muito necessário, nesta Vila, Colégio para ensinar as letras aos de fora».

Respondem os Padres: «El-Rei fundou êste Colégio como os outros e pelo mesmo respeito. Os Padres não pediram nada. Êle o dotou para 20, dando para cada um 20$000 réis, como tinha feito nos outros. O que diz do açúcar passou desta maneira:

«El-Rei mandou fazer essa avaliação uns anos por outros e fêz-se, por autoridade de justiça, intervindo nisso o provedor-mor e procurador de Sua Alteza e moradores e pessoas ajuramentadas, como consta do padrão. E se, com tudo isso, El-Rei lhes quis fazer alguma vantagem ou esmola, não devia de tomar

---

1. Arq. Hist. Col., *Registos*, I, f. 129v-131; Carta de Fonseca, *Bras. 15*, 295v-296. Publicamos, no *Apêndice H*, a carta de doação de El-Rei D. Henrique. Como se verá, êle transcreve literalmente o alvará de D. Sebastião e a carta de Cristóvão de Barros. Na sua minuciosidade vislumbra-se o empenho do doador em cortar o passo a possíveis tropeços no pagamento. É documento existente no Arquivo da Companhia, *Bras. 11*, 443-446.

pena por isso o informante, não lhe digam o do evangelho da vinha».

Continua Gabriel Soares, referindo-se à Capital de Pernambuco: «Em a qual basta que se ensine um pouco de latim, ler e escrever, como se fazia sem esta renda, e como na verdade se não ensina outra coisa, nem há na terra quem aprenda mais. E bastava o Colégio da Baía para todo o Estado do Brasil, em o qual até hoje não acabaram o curso das Artes mais que seis ou sete pessoas e alguns dêstes se receberam na Companhia. E Teologia não ouviram mais que quatro pessoas de fora e uma só acabou e se fêz bom prègador. No em que se faz mais fruto é em se ler latim e casos de consciência. E se em Portugal, antes, não havia mais que a Universidade de Coimbra, porque não bastará ao Brasil a da Baía para todo o Estado?».

Resposta. — «Não acaba de entender o informante que a intenção, que teve Sua Alteza em fundar Colégios no Brasil, não foi abrir estudos para os filhos dos Portugueses, senão criar ministros para a conversão, que é tanto de sua obrigação, como consta dos padrões, que não põem aos Padres obrigações de ter escolas nenhumas. E se alguma Capitania há que tenha necessidade dêstes ministros é Pernambuco, onde há sessenta engenhos cheios de escravaria e outra muita gente, de que se servem os Portugueses, muito gentio, que trazem do sertão, e muitos pretos de Angola, os quais não teem outro remédio para suas almas senão aos Padres da Companhia, como é notório. Além dos Padres cumprir com esta obrigação, vendo a muita necessidade, que havia, de doutrina e quanto serviço se faria a Deus e aos moradores, puseram escolas, sem ter nisso obrigação, onde, desde as primeiras letras, criam homens que muito sirvam a Deus e ao próximo. E dêstes há já muitos cónegos da Sé da Baía e muitos curas e vigários por tôda a costa e alguns prègadores e cada dia se vão fazendo mais. E isto principalmente na Baía. Nos outros Colégios aprendem até poderem ir a êstes estudos gerais a ouvir Artes e Teologia e assim se faz em Pernambuco, onde, além disso, se ensinam casos de consciência para bem de muitos clérigos que há»[1].

A-pesar destas rendas, tão invejadas por Gabriel Soares, os

---

1. Capitulos, *Bras. 15*, 386v (26, 27).

Jesuítas de Pernambuco, com os encargos que assumiram da construção dos edifícios da igreja e Colégio, dignos ambos do fim a que se destinavam e da terra, achavam-se endividados por tal forma, em 1593, que o P. Beliarte viu-se forçado a reduzir o número dêles[1]. Mas foi passageiro. As dívidas é que se repetiram nalguns anos, segundo o avanço maior ou menor das construções. Mas, emfim, de todos os Colégios do Brasil, Pernambuco foi o que teve vida mais desafogada. E procurou corresponder também quanto possível a esta situação. Progressivamente, vieram juntar-se às aulas, com que começara, de primeiras letras, Humanidades e casos, os cursos de Artes e Teologia. No século XVIII, usava o título de Real Colégio de Olinda[2].

---

1. *Lus. 72*, 94.
2. Pereira da Costa, *Annaes Pernambucanos*, na *Rev. de História de Pernambuco*, ano 2.º, n.º 8, p. 313. Como em Pernambuco não havia Governador por El-Rei, desde 1576 que se colocava sôbre o altar o círio do Fundador, D. Sebastião, com as armas reais *(Bras. 2, 25)*.

CAPÍTULO III

Pernambuco: Actividade apostólica

1 — Situação moral da Capitania; 2 — O Donatário Duarte Coelho; 3 — Abertura definitiva do Colégio de Olinda em 1568; 4 — Contradições do clérigo António de Gouveia, o «padre nigromante»; 5 — Reconciliações agenciadas pelos Jesuítas; 6 — Harmonia com os Donatários; 7 — Projecto de casa no Recife; 8 — Saque do Recife pelos Piratas ingleses e derrota que sofreram; 9 — Ministérios na Vila de Olinda; 10 — Missões pelos Engenhos; 11 — Aldeias de Índios.

1. — No dia 26 ou 27 de Julho de 1551, chegaram a Pernambuco os Padres Manuel da Nóbrega e António Pires. Levavam alguns meninos [1]. Foram bem recebidos por tôda a população e em particular pelos Donatários Duarte Coelho e sua mulher Brites de Albuquerque. Ficaram bem impressionados quanto à disposição da gente, «melhor que de tôdas as outras Capitanias», escreve António Pires [2].

A situação moral e religiosa é que era deplorável. Iniciaram logo os Padres a reforma dos costumes. Nóbrega prègava em português; António Pires procurou exercitar-se na língua brasílica, em que levava escritas «as orações e alguns sermões». Como estava ainda pouco prático nelas, utilizou por intérprete, tanto para as exortações como para as confissões urgentes de índios escravos, o auxílio de uma fervorosa e prudente cristã, Maria da Rosa que, enviüvando depois, se fêz religiosa da Ordem de S. Francisco [3]. As obras de zêlo dêstes Padres nar-

---

1. *CA*, 112.
2. Os donatários tinham chegado em 1535 e Duarte Coelho tomou posse da sua Capitania a 9 de Março nesse mesmo ano. — António José Vitoriano Borges da Fonseca, *Nobiliarchia Pernambucana*, II (Rio 1935) 349.
3. *Fund. de Pernambuco*, 60v(9). Maria da Rosa ou Maria Rosa, diz Rodolfo

ram-se pormenorizadamente nas cartas que êles próprios escreveram. Conta Manuel da Nóbrega que nomearam meirinha das mulheres cristãs a uma delas. O fruto que fizeram, diz o mesmo Padre, que se deve sobretudo ao prestígio de que estava já circundado o nome da Companhia e que a isso se tem de atribuir, mais do que a êles próprios, o grande abalo e emenda de vida que se operou na terra. E continua, aglomerando aspectos diferentes da actividade dos Jesuítas, que no volume seguinte se retomarão ou desenvolverão separadamente. Nem por isso deixará de ser útil verem-se, uma vez, reünidos num mesmo local e num mesmo momento histórico. Diz Nóbrega: «Os mais que aqui tinham índias de muito tempo, de que tinham filhos, e tinham por grande infâmia casarem com elas, agora se vão casando e tomando vida de bom estado. São feitas muitas amizades. Porque esta Capitania estava em bandos com os principais da terra e os fizemos amigos, à porta da igreja, com que já todos estão em paz. Havia muitas môças, filhas de cristãos, dadas à soldada a solteiros, com quem pùblicamente pecavam, e dava--lhas a Justiça; fi-las ajuntar em casa de casados virtuosos e agora se vão casando e amparando. Pelo sertão há muitos, assim machos como fêmeas e algumas já mulheres, filhos de brancos. Damos ordem a se tirarem todos e já são fora alguns, dos quais já lá mandei a Portugal um mancebo, que estava perdido e comia carne humana com o Gentio, para lá servir e ter alguma notícia da Cristandade».

«Havia cá muito pouco cuidado de salvar almas; os sacerdotes, que cá havia, estavam todos nos mesmos pecados dos leigos, e os demais irregulares, outros apóstatas e excomungados. Alguns conheceram seu pecado e principalmente um pediu perdão a todo o povo com muita edificação. Alguns, que foram contumazes, não dizem missa e andam como encartados sem aparecerem, por seus erros serem mui públicos e escandalosos; os outros nos amam muito. Estavam os homens cá em grande abusão, que não comungavam quási todos por estarem amancebados, e todavia os absolviam sacramentalmente, de maneira que, pelas Constituïções, ficavam excomungados; e homens havia 20 anos

---

Garcia que era mulher do capitão Pedro Leitão e foi fundadora do Recolhimento da Conceição em Olinda,·*Ib.*, 11. Cf. Jaboatão, *Orbe Serafico*, II, 135, 386.

que estavam nesta terra sem comungarem. Tudo se vai remediando como Nosso Senhor ensina. As índias fôrras, que há muito que andam com os Cristãos em pecado, trabalhamos por remediar por não se irem ao sertão, porque são cristãs e lhes ordenamos uma casa, à custa dos que as tinham, para nela as recolher e dali casarão com alguns homens trabalhadores pouco a pouco. Tôdas andam com grande fervor e querem emendar-se de seus pecados e se confessam já as mais entendidas e sabem-se mui bem acusar. Com se ganharem estas, se ganha muito, porque são mais de 40 só nesta povoação, afora muitas outras, que estão pelas outras povoações, e acarretam outras do sertão, assim já cristãs como ainda gentias. Algumas destas mais antigas pregam às outras. Temos feito uma delas meirinha, a qual é tão diligente em chamar à doutrina, que é para louvar a Nosso Senhor; estas, depois de mais arraïgadas no amor e conhecimento de Deus, hei-de ordenar que vão prègar pelas Aldeias de seus parentes e certo que em algumas vejo claramente obrar a virtude do Altíssimo. Ganharemos também que estas nos trarão meninos de Gentio para ensinarmos e criarmos, em uma casa, que para isso se ordena, e já fazem nela com muita pressa e fervor, todo o povo, assim homens como mulheres. Muitos casamentos tenho acertado com estas fôrras: quererá Nosso Senhor, por esta via, acrescentar sua Fé católica e povoar esta terra em seu temor, e será fácil coisa casar tôdas, porque com os não absolverem e lhes mandarem tomar estado, hão se de casar como puderem os homens, como a experiência das outras Capitanias nos tem ensinado, onde se casaram tôdas quantas negras fôrras havia entre cristãos».

«Há cá muita soma de casados em Portugal, que vivem em graves pecados: a uns fazemos ir, outros mandam buscar suas mulheres. Porém, de tudo o que me alegra mais o espírito é ver, por experiência, o fruto que se faz nos escravos dos Cristãos, os quais, com grande descuido dos seus senhores, viviam gentilicamente, em graves pecados. Agora ouvem missa cada domingo e festa e teem doutrina e prègação na sua língua, às tardes. Andam tais que, assim nas festas como pela semana, o tempo que podem furtar, veem a que lhes ensinemos as orações e, muito antes de irem pescar ou a seus trabalhos, hão-de ir rezar à igreja e o mesmo, da tornada, antes que entrem em casa. E dêstes é a multidão tanta que não cabem na igreja e muitas vezes é necessário fazerem duas esquipações dêles, de maneira que, assim nós como os meninos órfãos, é necessário o mais do tempo gastá-lo com êles ».

« Os que estão amancebados com suas mesmas escravas, fazemos que casem com elas, e por ser costume novo a seus senhores, hão mêdo que, casando, lhes fiquem fôrras, e não lho podemos tirar da cabeça. Isto é coisa mui proveitosa para estas partes. E para São Tomé e outras partes, onde há fazendas de muitos escravos, devia El-Rei de mandar desenganar aos senhores, que não ficam fôrras, porque isto arreceiam; que doutra maneira todos se casariam ».

« Dêstes escravos e das prègações corre a fama às Aldeias dos Negros, de maneira que veem a nós de mui longe a ouvir nossa prática. Dizemos-lhe que, por seu respeito principalmente, viemos a esta terra e não por os brancos. Mostram grande vontade e desejos de os conversarmos e ensinarmos. Mui fácil coisa é serem todos cristãos, se houver muitos obreiros, que os conservem em bons costumes, porque doutra maneira far-se-á grande injúria ao Sacramento ».

« Vinde, caríssimos Irmãos, ou chorai tanto que Nosso Senhor vo-lo outorgue. Em tôdas as Capitanias se ordenam casas para os filhos do Gentio se ensinarem, de que se crê resultar grande fruto e para mais em breve o Senhor ajuntar seus escolhidos, que nesta gentilidade tem. Eu prego domingos e festas, duas vezes, a tôda a gente da vila, que é muita, e às sextas-feiras teem prática com disciplina, com que se muito aproveitam todos. Vão-se confessando e juntamente fazendo penitência. Assim em Brancos como nos Índios há grande fervor e devoção. O Capitão desta Capitania e sua mulher são mui virtuosos e sòmente por ignorância se deixavam de fazer muitas coisas do serviço de Nosso Senhor; muito nos favorecem e ajudam em tudo ».

« Isto vos quis escrever, assim em breve, para que vejais, caríssimos, quanta necessidade cá temos de vossas orações. *Non solum nobis nati estis:* um corpo somos em Jesus Cristo; se lá não sustentardes, êste vosso membro perecerá »[1].

---

1. Nóbr., *CB*, 119-121, 123-127; *CA*, 75, 82; *Fund. de la Baya*, 4v (80); *Fund. de Pern.*, 60v (9); Vasc., *Crón.*, I, 108-109; Pero Rodrigues, *Anchieta*, nos *Annaes*, XXIX, 193; Orlandini, *Hist. Soc.*, 265.

2. — Em carta a D. João III, alude outra vez o P. Nóbrega aos Donatários: «Duarte Coelho e sua mulher são tão virtuosos, quanto é a fama que teem, e certo creio que por êles não castigou a justiça do Altíssimo tantos males até agora; êle, porém, é já velho e falta-lhe muito para o bom regimento da justiça e por isso a jurisdição de tôda a costa devia de ser de Vossa Alteza»[1].

Nóbrega voltou para a Baía, em Janeiro de 1552. O P. Pires continuou em Pernambuco. E juntou aos seus trabalhos o encargo de Visitador Apostólico de tôda a Capitania, por comissão de D. Pedro Sardinha. Fê-lo com licença do P. Nóbrega que, entretanto, comunicou o facto para Portugal, ao P. Simão Rodrigues; se êle não achasse bem, que escrevesse directamente ao Bispo para não encarregar os Jesuítas de tais assuntos. É sabido o odioso que isso implica junto do clero secular, a quem se tem que visitar e às vezes corrigir, *ex officio*.

O próprio Nóbrega, pouco depois de chegar à Baía e de ver a atitude hostil do Prelado, achou que seria melhor ter recusado aquêle consentimento[2].

António Pires era homem de grande tino prático, mas não de grandes letras: os moradores queriam um Padre letrado, diz êle contra si mesmo[3]. Tais aspirações não impediram a estima, que lhe votavam;[4] e assim, construindo a casa, visitando a terra, trabalhando com zêlo, estêve o P. António Pires quási dois anos, depois da ida de Nóbrega, que, apenas chegou a S. Vicente, o chamou para lá. Não pôde ir logo, por falta de embarcação. Só chegou à Baía no primeiro domingo do Advento de 1554[5]. Desta forma se fechou a residência da Companhia, em Pernambuco. Entregou-se a casa a um homem de confiança, até à chegada dos novos Padres com que reabriu. Houve quem quisesse ver entre esta saída e aquêle conselho, que Nóbrega, com o sentimento profundo da unidade territorial do Brasil, dera a El-Rei, de tomar

---

1. Nóbr., *CB*, 124.
2. Nóbr., *CB*, 129; *Bras. 3 (1)*, 71; *CA*, 122; Vasc., *Crón.*, I, 114.
3. *CA*, 121.
4. *Ib.*, 122.
5. *Bras. 3 (1)*, 144v.

para si a Capitania de Pernambuco, uma relação de efeito a causa, despeitando-se o Governador[1].

Não houve tal despeito, nem tal motivo. A amizade entre os primeiros Donatários e os Jesuítas foi inalterável. A razão da saída está na decisão que Nóbrega, depois de completar o conhecimento da costa brasileira, tomou de concentrar os seus Padres na Baía, por ser a capital, e no sul, por ser próximo dos Carijós e do Paraguai, onde tinha então o sentido. Afirma-o expressamente o P. Luiz da Grã, ao falar da vinda de António Pires. Diz o P. Grã de si, que está de ida para S. Vicente, por ordem de P. Nóbrega, que era o Provincial; que mandara chamar de Pôrto Seguro ao P. Ambrósio Pires, mas por falta de monção não tinha ainda chegado, e por isso deixará na Baía a António Pires como Vice-Reitor. Êle, Grã, vai a S. Vicente, porque a «determinação do P. Nóbrega era não nos dividirmos por tantos lugares, por sermos tão poucos, senão ter esta casa [da Baía] por ser cabeça, e a de S. Vicente, porque é a entrada para um gentio em que se espera mais fruto que neste »[2].

3. — A saída dos Padres não quadrava de modo algum aos moradores de Pernambuco, que os pediam. Mas, estando êles ocupados nas Aldeias da Baía, que se fundavam, não podiam aceder fàcilmente. Em todo o caso, a Governadora D. Brites de Albuquerque insistiu com «o mais povo» de tal forma que chegaram a escrever para Portugal, pedindo influências do Reino, a-fim-de os Padres voltarem a Pernambuco. Mandou, pois, o P. Luiz da Grã tornar a abrir a casa, tanto mais que pensava já então em prover de Padres tôdas as Capitanias, que ainda os não tivessem e, neste caso, começava por Olinda[3].

Foram encarregados os Padres Gonçalo de Oliveira, Rui Pereira e João Dício. Chegaram a Pernambuco, a 19 de Janeiro de 1561, depois de graves perigos tanto do mar como dos Fran-

---

1. Oliveira Lima, *Pernambuco, seu desenvolvimento histórico* (Leipzig 1895) 18. Livro de juventude, onde, a par de frases retumbantes, se imiscuem apreciações precipitadas e injustas; o próprio Oliveira Lima as omite no estudo mais reflectido *A Nova Lusitania*, na *Hist. da Col. Port. do B.*, III, 304; Pedro de Azevedo, *Os Primeiros Donatários, ib.*, III, 200.

2. Carta do P. Grã, Baía, 27 de Dezembro de 1555, *Bras. 3 (1)*, 143.

3. *CA,* 271, 282.

ceses e de terem feito uma arribada forçada aos Ilhéus. Recebeu-os Pernambuco tão bem que escreve um dêles que, « ainda que eu chegara a casa de meus pais, não me fizeram mais gasalhado »[1].

Gonçalo de Oliveira, como excelente língua que era, deu-se todo à evangelização das classes humildes, índios e escravos; Rui Pereira dedicou-se aos colonos: « na quaresma prego três, quatro vezes na semana »[2].

Fizeram fruto. Até os escravos queriam que lhes falassem em português. No ano de 1563, chegaram os Padres João de Melo, Superior, e António de Sá. Na carta, que êste último escreve de Olinda, a referir a vinda, não fala dos três anteriores, o que parece indicar que já ali não estavam[3].

A actividade dos dois Padres recém-chegados consistiu, sobretudo, na reconstrução da casa e ministérios do costume, em especial contra as mancebias, a que estava atreita « terra tão larga e gente tão sôlta », como se expressa António de Sá. O donatário Duarte Coelho de Albuquerque era grande amigo da casa. Fazia, de boa mente, quanto lhe requeria o P. Melo[4]. Não nos ficaram pormenores dêstes anos. Supomos que surgiram dificuldades no regime interno da casa. Porque, em 1567, estava

---

1. CA, 286-287; Fund. de Pern., 61 (5).
2. Ib., 288. Rui Pereira, era natural de Vila Real, Arcebispado de Braga, filho de Pero Borges e Isabel Pereira (Lus. 43, 4, 8, 34v). Concluíu o curso de Artes em Coimbra. Era prègador e dava grandes esperanças, como se pode ver pelas duas formosas cartas, que se encontram nas Avulsas. Além delas não deixou mais vestígios. Simão de Vasconcelos tem que foi despedido. A saída da Companhia apagou-o (Vasc., Crón., II, 64; Afrânio Peixoto, in CA, nota 145, p. 271).

O P. Dicio era flamengo (Mon. Nadal, IV, 187). Entrou na Companhia, em Coimbra, no ano de 1544. Sofria da gota ou epilepsia (Lus. 43, 360v). Miguel de Tôrres enviou-o para o Brasil, no ano de 1559, em busca de saúde, porque, « diziam os médicos que a cobraria lá com os ares e os exercícios da terra, se em alguma parte a podia cobrar » (Lus. 60, 156). No Brasil, porém, foi « como lá ou pior » (CA, 257). Voltou, portanto, para Portugal. De Lisboa foi para Coimbra em Maio de 1569, falecendo ali, a 8 de Agôsto do mesmo ano (Livro das sepulturas do Colégio de Coimbra, coval 10, ms. da BNL, fg. 4505, f. 73). O Catálogo Lus. 43, 360v, dá a sua morte a 19 do mesmo mês e ano.

Dos outros primeiros Jesuítas de Pernambuco já falámos ou falaremos ainda.
3. CA, 380-381; Vasc., Crón., II, 128.
4. CA, 380-381, 401-403.

anunciado que iriam dois Padres, além dos que ali já viviam[1]. E achamos que não foram; antes, o P. Melo foi chamado à Baía e fechou-se a residência, pela segunda vez, ficando o povo «muito sentido». Ao voltar João de Melo, não se fala já do P. Sá que andava com desejos de passar para a Cartuxa, como passou[2].

O ciclo instável da Residência de Pernambuco terminou no ano seguinte, reabrindo-a pessoalmente o P. Luiz da Grã, que iria ser, pelos anos adiante, o seu grande apóstolo[3]. Abriu em tão boa hora que, desde 1568, não se tornou a fechar até ao século XVIII. O P. Grã levou consigo quatro Padres, dois dos quais se conhecem: Rodrigo de Freitas, primeiro Superior, e logo Procurador geral da Província; e Amaro Gonçalves, mestre e logo Reitor e prègador[4].

Agora sim, iriam realizar os Jesuítas em Pernambuco obra verdadeiramente duradoira, com a fundação jurídica do Colégio e da igreja, palestras escolares e literárias, confrarias e congregações, visita aos engenhos, a Iguaraçu e a Itamaracá, assistência, doutrinação e defesa dos índios e escravos, moralização dos costumes, pacificação dos espíritos, — obras na realidade profícuas e grandes.

Mas antes, ou simultâneamente, haviam de vencer um obstáculo oposto aos seus ministérios, vindo dum clérigo, que tentou infamar de herética a prègação de Amaro Gonçalves.

4. — Havia em Pernambuco um Padre secular, António de Gouveia, degredado, que ficou conhecido na história local com os apelidos de «padre do oiro» por ter pretensões a alquimista, «padre nigromante» e ainda «padre mágico»[5].

Este clérigo levou uma vida inconsistente e aventurosa. Tentou carreiras diversas, numa flutuação alheia a escrúpulos morais. Açoreano, fêz-se padre em Portugal; pouco depois, é soldado, na Itália, nos exércitos de Alexandre Farnésio. Volta à Pátria e

---

1. *CA*, 481.
2. *Bras.* 5, 35; *Fund. de Pern.*, 61v (14); *Fund. da Baya*, 11 (86).
3. *Fund. de Pern.*, 61v (14).
4. *Fund. de la Baya*, 21v-22 (96-97); *Fund. de Pern.*, 61v-62 (14-15); Vasc., *Crón.*, III, 123.
5. Cardim, *Tratados*, 196; Anch., *Cartas*, 306, 337.

entra na Companhia de Jesus[1]. Despedido dela, apenas se conheceu quem era, o P. Gouveia atraíu o olhar da Inquisição, que o prendeu durante quatro anos. Fugiu do cárcere em 1564. Recapturado, teve que servir nas galés. Apelou para o Infante D. Henrique, que lhe comutou a pena em degrêdo. Mas, sem esperar pela comutação, tornou a fugir e andou pela França, Itália, Alemanha. Voltando a Portugal, quis retirar-se para os Açores. Concederam-lhe a licença: Gouveia, em vez de seguir o rumo do mar, tomou o das minas de Aljustrel. A Inquisição prendeu-o outra vez e degredou-o então para Pernambuco.

Era o ano de 1567.

Com um homem desta fôrça tiveram os Padres da Companhia que se haver. Gouveia, deixando-se arrastar pelo seu temperamento inquieto, aproveitou as circunstâncias do meio e deu largas ao gôsto de aventuras que o dominava, explorou a alquimia, prometeu oiro a mãos cheias, e lisonjeou a crendice do povo, com prestidigitações singulares; e, o que é pior, desprovido de princípios religiosos firmes, sem escrúpulos, tomou parte em expedições contra os Índios e êle próprio os cativou, chegando a destruir a nação dos Viatãs[2].

Naturalmente, os Jesuítas não viram com bons olhos semelhante vida, que nada tinha de sacerdotal. Para mais, o aventureiro, trocando os papéis, meteu-se com os Jesuítas, e acusou pùblicamente de herege o P. Amaro Gonçalves, Reitor do Colégio. Com a sua eloqüência, desorientou e moveu a gente contra os Padres. Nesta tribulação, serviu-lhes de defesa aos Jesuítas a própria vida do acusador. O clérigo achava-se sob a alçada da Inquisição de Lisboa. Recorreram os Padres a quem a representava no Brasil, que era o Bispo. Tanto mais que o proceder actual do P. Gouveia não desdizia do passado. Das peças do seu processo, publicadas no *Arquivo Histórico Português*, tira-se que nas viagens ao interior cometia constantes irregularidades canónicas: «nos próprios dias em que celebrava [missa], andava em guerras com o dito gentio, nas quais guerras, matou e mandou

---

1. Não em 1556, como se tem escrito. Em *Lus. 43*, 17, lê-se «P. António de Gouveia, sacerdote recebido em 17 de Dezembro de 1555». Com três riscos por cima.

2. Cardim, *Tratados*, 195-196.

matar muito gentio e cativou e logo mandou ferrar no rosto, pondo-os em ferros, e por sua mão os açoitava e mandava açoitar».

Concedendo algum exagêro à acusação, haveria fundamento para ela; e é certo que, por êste auxílio no cativeiro dos Índios, o protegiam pessoas categorizadas de Olinda, sem excluir o Donatário e D. Jerónimo de Moura[1]. Até o Bispo D. Pedro Leitão manteve com êle, durante algum tempo, relações amistosas e interesseiras. Conserva-se uma carta do Prelado dirigida «ao muito reverendo Padre António de Gouveia, doutor em santa teologia, em Pernambuco». Pregunta-lhe se achou algum oiro ou prata, como se dá com a gente da terra e «com os Apóstolos» (assim chamavam aos Jesuítas). Queixa-se de que o vigário Silvestre Lourenço não guardasse segrêdo sôbre as licenças, que o P. Gouveia tinha para prègar. Estava combinado que, emquanto não viessem demissórias de Portugal, diria que tinha «demissórias do Papa», e que se não falasse no nome do Bispo para «não ser mexericado com o Cardial». O Vigário fêz o contrário, «descobrindo tudo ao Padre Rodrigo de Freitas, porque assim o escreveu cá». Termina o Bispo, pedindo ao P. António de Gouveia proteja um seu criado, Luiz de Góis, que manda a Pernambuco comprar alguns escravos «de que tenho muita necessidade», e veja se lhe pagam em Pernambuco os ordenados, porque «importa muito à minha honra para pagar umas dívidas, que devo em Portugal há dez anos».

O Bispo, como se vê por esta carta, tinha-se deixado iludir na sua boa fé; depois mudou de ideia a respeito do seu correspondente. Num requerimento, já feito aos Inquisidores em Lisboa, declara Gouveia que o ouvidor eclesiástico, P. Manuel Fernandes Cortiçado, o foi prender por comissão do dito Bispo e lhe disse que o Cardial Infante Nosso Senhor o mandava prender e trazer a êste Reino».

É curioso notar que a provisão do Bispo ao P. Cortiçado, para prender António de Gouveia, ordena que prenda também ao vigário Silvestre Lourenço e o ponha a ferros e o desterre para Itamaracá, e o suspenda do ofício sacerdotal e de tôdas as rendas, «por culpas que dêle temos».

---

1. *Fund. de Pern.*, 62 (15).

Ao ser notificado do motivo da sua prisão: « casos heréticos e cerimónias judaicas e vitupério feito ao Santíssimo Sacramento », o P. Gouveia dá como suspeitos os que o prenderam, incluindo o Bispo e o ouvidor, P. Cortiçado; e que a « suspeição, que tinha ao dito ouvidor, era por ser feitura dos Padres de Jesus ».

O padre aventureiro foi entregue na Baía, em 4 de Maio de 1571, ao mestre da nau S. João, que por sua vez o entregou em Lisboa ao Tribunal da Inquisição, a 10 de Setembro do mesmo ano. O seu processo foi parar ao Conselho geral do Santo Ofício, em 1575. É a última notícia do P. Gouveia [1]. A memória dêste padre entrou na lenda como a dum escravagista e feiticeiro. Fr. Vicente de Salvador, conta com a máxima seriedade que êle, indo para o Reino, « arribou às Ilhas, donde desapareceu numa noite, sem se saber mais dêle »; e nas guerras bastava depenar um frângão ou um ramo e as penas e fôlhas, que atirava aos ares, transformavam-se em demónios negros, com que atemorizava os Índios, que logo se rendiam a tremer [2]...

Neste extravagante caso interveio o P. Luiz da Grã, que conseguiu mover o Bispo, como autoridade competente, a terminar a intriga dum aventureiro sem escrúpulos, que ameaçava destruir todo o prestígio dos Padres. Diz a História do Colégio de Pernambuco que êle não só infamou o P. Amaro Gonçalves, mas também « era tão ardiloso que à gente principal persuadia o mesmo; e assim quási todos eram contra os Padres e os muito amigos se afastavam dêles. Mas Nosso Senhor os defendia e, como sabia a sua inocência, daí a poucos dias a manifestou. Para isto ajudou muito o favor do Bispo e a presença do P. Luíz da Grã. O Bispo mandou prender pela Santa Inquisição o clérigo por graves delitos, que se lhe provaram, e enviou-o a Portugal.

---

1. Tôrre do Tombo, *Inquisição de Lisboa*, n.º 5158. Documentos publicados, com uma introdução, por Pedro A. de Azevedo, *Archivo Historico Portuguez*, III, 179-208, 274, 286, subordinado tudo ao título de *António de Gouveia, alchimista do século XVI*. Pedro de Azevedo presta bons serviços, quando publica documentos. Ao apreciar a ciência do século XVI, sente-se menos senhor de si. Cf. Notas de Capistrano e Garcia a Pôrto Seguro, *HG*, I, 453-454; Alfredo de Carvalho, *O Padre do Ouro*, na *Rev. do Inst. Pernambucano*, 71-74, p. 171-211; Biografia do P. Gouveia nos *Annaes Pernambucanos*, de Pereira da Costa, publicados na *Rev. de Historia de Pernambuco*, 8, pp. 283-286, 288.

2. Frei Vicente, *H. do B.*, 202.

O P. Luíz da Grã declarou ao povo que o que o Padre tinha prègado era a verdade. E assim ficou livre da infâmia, que lhe tinham feito, e com muito maior crédito que dantes. Durou êste trabalho dois anos. Não convém calar a satisfação, que uma pessoa nobre deu, por ter sido alguma causa disto. Estando à morte, mandou chamar o Padre e pediu-lhe perdão do mal, que lhe tinha feito, e foram tantas as lágrimas que os travesseiros da cama ficaram bem ensopados nelas » [1].

5. — A reconciliação dêste nobre, ofensor, com o Padre, ofendido, não é caso isolado, nem só dêste género. Um dos ministérios, registado com mais freqüência nas cartas de' Pernambuco, são as pazes agenciadas pelos Jesuítas entre pessoas desavindas, algumas delas da mais alta categoria. São factos, que não excluem o pitoresco, impedindo os Padres que o pitoresco se transformasse alguma vez em tragédia. Consignemos alguns. E seja o primeiro o do Ouvidor Geral, Fernão da Silva, em 1574. Assolaram os Índios da Paraíba um engenho, e mataram quási todos os seus moradores. Resolveu o Ouvidor com muita gente ir castigá-los. Os Índios, porém, fugiram, escondendo-se nas serranias. Seria difícil e perigoso ir lá. Voltou o Ouvidor para Pernambuco, contentando-se com lhes queimar as casas, roças e mantimentos para não servirem aos Franceses. Ora, ao chegar a Pernambuco, «uma pessoa principal e poderosa» mandou-lhe pôr no caminho, por onde havia de passar, uma roca, como quem diz que mais convinha ao Ouvidor uma roca para fiar do que uma espada para combater...

A injúria era grave. Os alvorotos e ameaças surgiram e pareciam intermináveis, até que um Padre chamou a ambos ao Colégio e fêz que aquela pessoa principal e poderosa pedisse perdão ao Ouvidor. Assim terminou cristãmente esta que hoje chamaríamos pendência de honra [2].

---

1. *Fund. de la Baya*, 11v-12(86); *Fund. de Pern.*, 62(15). Capistrano de Abreu traça, em breves pinceladas, o carácter de António de Gouveia, « epiléptico, sujeito a visões, que era tido e se tinha por nigromático ». — Capistrano, *Noções de História do Brasil até 1800*, em *O Brasil*, vol. I (Rio 1907) 52; Id., *Capítulos de Historia Colonial* (Rio 1928) 73.

2. *Fund. de Pern.*, 66-66v (29); *Fund. de la Baya*, 44v (120); *Sumário das Armadas*, 15.

Desavenças semelhantes sucederam entre pessoas principais e capitãis, que criavam bandos na terra, e ameaçavam dirimir as questões com as armas na mão[1].

Destas querelas não ficou isento o Donatário. Em 1563, Duarte Coelho de Albuquerque brigou com dois parentes seus, Jerónimo de Albuquerque, irmão de sua mulher, D. Brites, e com «Filipe Cavalgante», genro dêste mesmo Jerónimo. Entre os dois primeiros fêz as pazes o P. João de Melo e aplanou o caminho para que se chegasse a igual resultado com Filipe Cavalcanti[2].

Até D. Brites de Albuquerque teve molesta contenda com um homem principal em 1576, diferença que só rematou meses depois com a intervenção dum Padre. Persuadiu êle a um dos contendores que ajoelhasse diante do outro: e, metendo-lhe uma bengala na mão, lhe pediu que o castigasse como lhe aprouvesse. Abrandou-se a parte contrária e daí em diante visitaram-se e falaram[3].

São casos de carácter mais ou menos político. Intervieram também noutros, de natureza doméstica, alguns dos quais atingiam a extrema gravidade do seguinte: Estava um fidalgo casado com uma mulher, ao que parece ainda nova; o fidalgo tinha um filho bastardo, já homem. Num dado momento, deram a entender ao fidalgo que o filho requestava a sua própria madrasta. Enfureceu-se êle e resolveu matá-los a ambos. Ela, sabendo-o a tempo, fugiu de casa, de noite, e refugiou-se no Colégio, na parte da escola, que ficava fora da clausura, acompanhada pelo pai e mãi, esperando que êle, incitado pelos parentes, a cada instante a acometesse. O filho não pôde fugir tão a tempo que o pai o não agarrasse; e, amarrando-o, parece que o enterrou vivo, do que êle em todo o caso escapou. Num acontecimento de tamanha retumbância intervieram o P. Grã e o Bispo. Depois de muito trabalho, conseguiram demonstrar a inocência de ambos. O fidalgo tornou a receber a mulher e o filho embarcou para Portugal. Isto era em 1572. Quatro anos depois, voltava o filho a Pernambuco e reacendeu-se a questão. Negaram-lhe a palavra pai e madrasta e entraram em intentos de o matar.

---

1. *CA,* 402; *Bras. 15,* 366v, 381; *Ann. Litt. 1585,* 129; *ib. 1589,* 471; *ib. 1590-1591,* 829; *ib. 1594-1595,* 800; *Fund. de Pernambuco,* 69 (36-38); Pereira da Costa, *Annaes Pernambucanos,* na *Rev. de Hist. de Pernambuco,* n.º 7, p. 252.

2. *CA,* 401; *Fund. de Pern.,* 61v (14); Vasc., *Crón.,* III, 128.

3. *Fund. de Pern.,* 74 (48).

O Bispo e os Jesuítas intervieram de-novo. Desta vez era o P. Tolosa. O dissídio terminou definitivamente com consentirem pai e madrasta, que êle se casasse, como pretendia, com uma môça honesta, dando-lhe terras para granjear a vida[1]. Reflexo destas contendas familiares encontram-se até no testamento de Jerónimo de Albuquerque, que afasta da administração da herança os parentes de sua mulher, D. Filipa de Melo, e nomeadamente a D. Cristóvão de Melo[2].

Assim utilizavam os Padres a sua influência e espírito conciliador, removendo dissensões que desprestigiavam a autoridade ou arruïnavam a harmonia das famílias. Não há *Carta Ânua* que não fale em pazes dêste género. O terem-se registado êstes sucessos, mais em Pernambuco do que noutras Capitanias, não quere dizer que fôssem aqui mais freqüentes. Significa apenas que o cronista dêste Colégio sabia dar relêvo a semelhantes factos, ao passo que outros registam-nos genèricamente, sem descer a tais particularidades, sempre elucidativas do ambiente local.

6. — Ora a amizade, que os Jesuítas fomentavam com os colonos entre si, fomentavam-na igualmente entre êles próprios e os Donatários. Não achámos, em todo o século XVI, questão nenhuma grave entre uns e outros. Até a protecção, que Duarte Coelho de Albuquerque deu ao clérigo «nigromante», se deve interpretar não por ser contra os Jesuítas, mas porque o aventureiro servia ou prometia servir os interêsses materiais do Donatário. Arredado para longe o intrigante, que tão mau exemplo dava sob o aspecto moral, continuou a boa harmonia de sempre.

Pelo que toca a D. Brites de Albuquerque, mulher do primeiro Donatário Duarte Coelho, tôdas as informações, quando por qualquer motivo se referem a ela, a tratam de grande bemfeitora e devota da Companhia.

Ao voltarem os Padres para Pernambuco, em 1561, estava ela num engenho, fora da cidade uma légua. Sabendo-o já tarde, «com ter uma sobrinha doente, diz que tôda aquela noite não pôde dormir com alvorôço e, como foi manhã, sem sabermos nada, já estava em nossa igreja. Era sua alegria tamanha em

---

1. *CA.* 287.
2. *Fund. de Pern.*, 62v (15), 74 (48); *Fund. de la Baya*, 12 (86).

nos ver que não fazia senão chorar e dizer coisas de pessoa que amostrava ter quanto seu coração desejava »¹.

Anchieta chama-a « Governadora e como Mãi de Pernambuco ». Sobreviveu 30 anos a Duarte Coelho. E sempre fazendo bem. Ainda, pouco antes de morrer, ofereceu 250 escudos para as obras do Colégio².

Coincidiu o falecimento de D. Brites de Albuquerque com a estada em Pernambuco do Visitador Cristóvão de Gouveia (de meados de Julho a meados de Outubro de 1584). Êle foi vê-la e consolá-la durante a doença e assistiu-lhe à morte. No Colégio celebraram-se exéquias solenes, a que presidiu o Bispo, também presente³.

Cristóvão de Gouveia trouxe cartas de El-Rei para o Capitão e Vereadores. Os Vereadores foram ao Colégio, em corpo gesto, mostrar a carta ao Visitador que os recebeu afàvelmente; e êles e o capitão «fizeram grandes oferecimentos para tudo o que o Padre ordenasse para bem da cristandade e govêrno da terra»⁴.

7. — Não raro davam os Donatários provas ostensivas do seu aprêço aos Jesuítas. Em 1596, veio da Baía até Pernambuco, por terra, o P. Pero Rodrigues, Provincial. Empreendeu esta incómoda viagem por causa dos corsários que infestavam o mar. O Donatário de Pernambuco foi recebê-lo a cinco milhas de Olinda⁵.

Era o pôrto do Recife.

O Recife não teve casa da Companhia no século XVI, mas pensou-se em fundá-la nos primeiros anos do século seguinte. A relação intitulada *Algumas Advertências para a Província do Brasil*, talvez de 1610 e, com certeza, anterior à conquista do

---

1. Borges da Fonseca, *Nobiliarchia Pernambucana*, II, 362.
2. Anch., *Cartas*, 403. Traduziram aquêles 250 escudos por 821$250 réis!
3. *Annaes*, XIX, 63; Pôrto Seguro, *HG*, I, 373, notas de Capistrano e Garcia.
4. *Annaes*, XIX, 63; Cardim, *Tratados*, 329 e nota LVIII, p. 402; nesta nota diz Rodolfo Garcia que «governou a Capitania de 1580 a 1592, como loco-tenente do Donatário, o licenciado Simão Rodrigues Cardoso»; na *Informação do Brasil para nosso Padre*, da mesma época, lê-se: «Pernambuco é Capitania de um Jorge de Albuquerque; é vila chamada Olinda; tem capitão que a governa, sujeito ao da Baía» (Anch., *Cartas*, 410).
5. *Bras.* 15, 418v, 423v.

Maranhão (1616), informa que o Recife, pôrto das naus, tinha dois fortes e um capitão de El-Rei; e que aqui se devia fundar uma Residência dos Padres, diferentes da de Olinda: «A 2.ª [Residência] é no Arrecife ou pôrto de Pernambuco, onde os Nossos poderão fazer muito com a gente de mar, que ali concorre, assim de tôda a costa, como de Angola e do Reino, donde veem muitos navios. *Accedit* que os Nossos vão ali muitas vezes prègar e dormem por casas alheias. *Similiter*, os Nossos, quando se embarcam para a Baía, acontece não poder partir o Navio e estarem nas casas dos moradores e às vezes são muitos. E, se tivermos ali casa, escusar-se-á isso, que não é tão decente. Um dos que desejavam esta residência foi o P. João Romero, quando, vindo do Paraguai a Roma, estêve no Colégio de Pernambuco; e trazia, por exemplo, a residência, que temos no Peru, em o pôrto de Calhao junto de Lima, que disse ser coisa boa» [1].

A invasão holandesa veio retardar a fundação da casa e Colégio do Recife.

8. — Que corsários eram aquêles, de que falava Pero Rodrigues e impediam as comunicações por mar, assaltando os portos do Brasil? Em 28 de Junho de 1596, escreve da Baía o P. Manuel Fernandes, que esperava o Provincial, «por terra, de Pernambuco para fugir dos ladrões do mar, que são muitos, aos quais sai agora uma boa armada. Deus lhe dê boa dita para que os afaste desta costa» [2].

Afastaram-se, mas não sem causar graves prejuízos no pôrto do Recife. James de Lancaster veio ali de comparsaria com o pirata Venner. Chegaram com sete navios e, contratando outros holandeses, que por ali acharam, saíram depois, diz Southey, com onze, carregados de despojos, recolhidos duma nau da Índia e do então pequeno povoado do Recife [3].

Contudo, não saíram tão a seu salvo, que não sofressem

---

1. Roma, Vitt.º Em., *Gess. 1355*, f. 15-15v. «Da Vila de Pernãbuquo ao longo da Costa do mar, corre hũa restinga de Arco Solto de comprimento de hũa legoa, por hũa parte cercada do mar largo, per outra de hũa bahia. No fim desta restinga está hũa pouoacão q̃ se diz o Arrecife: E aqui está o porto dos Nauios cõ dous fortes e hũ Capitão por ElRei», *ib,,* 12v.
2. *Bras. 15*, 420.
3. Southey, *H. do B.*, II, 21-30.

antes uma grande derrota, para a qual concorreram « os Índios, que os Padres criam e cultivam »[1].

Tirando esta breve referência de Fernão Guerreiro, o facto só era conhecido pelas relações inglesas, que dão a êste saque do Recife foros de grande feito. E colocam-no na data de 1595. Uma carta, porém, do P. Manuel de Oliveira, escrita de Pernambuco, a 3 de Outubro de 1596, inclue-o entre os sucessos dêste ano. Conta que os corsários chegaram em sexta-feira santa (o que indica o dia, calculando-se a data da Páscoa). Êste dia concorda efectivamente com os relatos ingleses. Mas dá ainda uma data nova: a da derrota dos atacantes anglo-franceses, que uns e outros havia na expedição. Foi no dia 25 de Abril, consagrado a S. Marcos.

Diz a Carta Ânua, referindo-se ao papel que os Jesuítas tiveram na emprêsa: « O nosso zêlo para com os soldados portugueses foi reconhecido pelos moradores. Arrastada pelo mau tempo, veio encalhar nos Recifes uma nau da Índia Oriental. Para a roubar, entrou no pôrto uma frota inglesa, sexta-feira santa, quando a gente estava a celebrar o entêrro do Senhor; e alguns dias depois, os comandantes da armada, de bandeiras despregadas, tomaram a povoação [do pôrto do Recife] e saquearam-na, queimando e destruindo tudo. Nesta calamidade, cada qual pensou em pôr a salvo o que possuía. Os Nossos, vendo o perigo, não só das coisas humanas, mas também das divinas, exortaram os soldados a que combatessem com ardor pela Fé de Cristo e defendessem o que lhe pertencia. Levantou-se tanto o ânimo de todos que, emquanto os Nossos impetravam a Deus a vitória, irromperam de súbito e puseram o inimigo em fuga, matando grande número de piratas ».

O agradecimento dos moradores aos Padres provinha, em primeiro lugar, verem-se livres daqueles piratas, que ameaçavam a Vila de Olinda e de modo algum queriam parlamentar, ameaçando Lancaster que enforcaria o primeiro que lhe trouxesse propostas. Depois, a derrota foi realmente importante. Custa a crer o que narra Southey, que fôsse uma sortida apenas de reconhecimento, na véspera da partida. O mais provável seria uma tentativa de atacar, de surprêsa, a Olinda, tomando-a

---

1. Guerreiro, *Relação Anual*, I, 377.

num supremo esfôrço. Prevenida a gente, infligiu-lhe aquela derrota, nada leve, pois nela sucumbiram, entre outros, Edmond Burke, imediato de Lancaster, os capitãis Cotton, John Baker, e Rochel, francês. Além de muitos feridos, os anglo-franceses tiveram 35 mortos. Nessa mesma noite, o pirata levantou âncoras e retirou-se [1].

9. — Era o dia de S. Marcos, a cuja intercessão e méritos se atribue a vitória. Os Portugueses, para se mostrarem agradecidos a tão grande mercê, instituíram a Confraria de S. Marcos e resolveram fazer uma procissão pública [2]. Esta Confraria de S. Marcos, que desejavam ficasse na igreja do Colégio, não se levou por diante, por ser para a gente de fora e não estar em consonância com o Instituto da Companhia. Confraria que estava em consonância com êle era a de Santa Úrsula e Companheiras virgens, que se celebrava sempre com pompa, como aliás nos outros Colégios do Brasil [3]. Pelo que se refere particularmente a Pernambuco, achamos que, em 1576, chegou uma relíquia destas santas virgens, à qual se fêz imponente recepção [4].

As festas desta Confraria eram ocasião para grandes fervores, como também as dos jubileus, que desde o começo atraíam a gente à recepção dos sacramentos, de modo que, já em 1563, mal se podia « dar vau às confissões » [5].

Na representação, que a Câmara de Olinda fêz a favor do P. Melchior Cordeiro, invoca-se o seu empenho em promover a piedade. E ia ao Colégio muita gente « a freqüentar os sacramentos da confissão e comunhão, cada oito e quinze dias e tôdas as festas do ano, estando êle e fazendo estar os Padres confessores contínuo nos cofessionários para ouvir de confissão ao grande e pequeno, tudo com muita eficácia » [6].

---

1. Cf. Hakluyt, *Principal Navigations*, XI, 43-47, citação de Rodolfo Garcia, em Pôrto Seguro, *HG*, II, 50, nota 37.
2. Carta de Manuel de Oliveira, Pernambuco, 3 de Outubro de 1596, *Bras. 15*, 423v.
3. *Bras. 15*, 431.
4. *Fund. de Pern.*, 72v-73 (45).
5. *CA*, 402.
6. Representação da Câmara de Olinda ao P. Geral Everardo Mercuriano, Olinda, 9 de Janeiro de 1577, *Bras. 15*, 299v. Cf. *Apêndice G*.

Para as confissões preferia a gente os Padres Jesuítas. Entre as senhoras havia muitas « de dom, que não faltam nesta terra », observa Cardim, acrescentando, no entanto, que « as mulheres são muito senhoras e não muito devotas, nem freqüentam as missas, prègações e confissões ». Isto devia de ser na roda do ano, porque nos jubileus e festas principais, a gente aproximava-se dos sacramentos, em especial as mulheres. Até pelo mesmo Cardim se infere que havia piedade na terra, porque êle dá a média de trinta, para as comunhões diárias na igreja dos Jesuítas, número, na verdade, elevado para o tempo [1]. No fim do século, verificamos que tinha havido progressão, ainda que irregular. Em 1597, Pero Rodrigues chama a Pernambuco «mui devoto povo» [2]. E temos, para 1603, uma boa média de 41 comunhões e 71 confissões, por dia [3].

Existia em Pernambuco, em 1573, ordem das autoridades para « que se não desse despacho a nenhum homem do mar para partir do pôrto sem estar confessado », ao que atendiam de boa vontade os Padres do Colégio [4].

Pernambuco era terra de avultado trato comercial e grande riqueza. Quando o Visitador Cristóvão de Gouveia foi lá e visitou os engenhos, recebiam-no « com grandes banquetes de extraordinárias iguarias, o agasalhavam em leitos de damasco carmesim, franjado de oiro e ricas colchas da Índia: mas o Padre usava da sua rêde, como costumava » [5].

---

1. Cardim, *Tratados*, 330, 334.
2. *Bras. 15*, 428.
3. Estatística dos ministérios em Pernambuco:
1589: Confissões, 4.000 *(Ann. Litt. 1589,* 471).
1590: Confissões, 6.330; Comunhões, 2.780; Baptismos, 50; Casamentos, 100 *(Bras. 15,* 367).
1594: Confissões, 6.716; Comunhões, 3.030; Baptismos, 110; Casamentos, 240 *(Bras. 15,* 416v).
1595: Confissões, 9.227; Comunhões, 4.300; Baptismos, 7; Casamentos, 44 *(Ann. Litt. 1594-1595,* 800). A fonte desta última informação, *Bras. 15,* 423, refere êstes ministérios a 1596.
1597: Confissões, 7.460; Comunhões, 4.220 *(Bras. 15,* 432. Aqui, por lapso evidente, 42.220 comunhões).
1603: Confissões, 28.000; Comunhões, 15.000; Baptismos, 400; Casamentos, 200 (Carta de Luiz Figueira, 31 de Janeiro de 1604, *Bras. 8,* 44).
4. *Fund. de Pern.*, 63v (23).
5. Cardim, *Tratados*, 329.

Não admira que entre tanto luxo despontasse algum onzeneiro e que às vezes se acumulassem dívidas. Em 1573, a seguir às prègações dos Padres, houve restituïções; um usurário, depois de se confessar com os Jesuítas, «enviou um escrito por tôdas as paróquias, para que o publicassem os Vigários, dizendo que todos os que dêle estivessem agravados fôssem falar com os Padres da Companhia, e que êle restituïria o que êles mandassem» [1].

Por ocasião da representação, no Colégio, da tragédia sôbre a *História do Rico Avarento e de Lázaro Pobre* (1575), um rico, para se não parecer com o avarento, prometeu dar cada ano mil cruzados de esmolas por amor de Deus [2].

Encontram-se freqüentes referências a dívidas, que se pagaram, a esmolas que se fizeram aos pobres, quer pelos moradores, quer pelo Colégio [3]. Cuidavam os Padres em particular dos Índios e dos escravos da Guiné, para quem eram «o único refrigério». Iam em missões pelo interior e não descuravam a vila. Nela exercitavam as obras de misericórdia e espertavam a juventude a sentimentos de generosidade para com os desgraçados e miseráveis. «Estavam os presos da cadeia em grande miséria. Os estudantes compravam o que lhes era necessário à vida e o levavam por si mesmos ao cárcere, não sem grande aplauso e admiração do povo»; por terem chegado tempos em que até as crianças davam exemplos aos velhos [4].

A *Informação do Brasil para Nosso Padre* dá esta síntese dos ministérios jesuíticos em Pernambuco. Os Padres «pregam em nossa igreja de ordinário, e na matriz e em outras igrejas a miúdo, confessam a maior parte de 8.000 Portugueses, que haverá naquela vila e comarca; são consultados freqüentemente em casos de importância, por a terra ter muitos mercadores e trato; andam em contínuas missões aos engenhos, que estão alguns a quatro, oito e quatorze léguas da vila; catequizam, baptizam e acodem a outras necessidades extremas, não sòmente dos Portugueses, mas principalmente dos escravos, que de Guiné serão até 10.000, e dos Índios da terra até 2.000, e como os clérigos

---

1. *Fund. de Pern.*, 63v (23); *Fund. de la Baya*, 28v (103).
2. *Fund. de Pern.*, 70v (39).
3. *Bras. 15*, 328v-329; Carta de Anchieta, *Bras. 8*, 7.
4. Ânua de 1597, *Bras. 15*, 431.

não os entendem nem sabem sua língua, os nossos os ajudam em tudo, e ensinam como se fôssem seus curas e padecem nisso grandes trabalhos de caminhos, que andam a pé, calores, chuvas, passando rios, muito perigosos, e outros muitos descómodos e perigos de cobras, porém de tudo se serve Deus Nosso Senhor e os Padres estão bem empregados e se dá remédio a tantas almas desamparadas, pelo que seja honra e glória a Sua Divina Majestade »[1].

10. — Os ministérios com os Índios de Pernambuco começaram, apenas chegaram os Padres, em 1551. Na vila e fora dela. Na vila com os escravos índios e negros. Na docilidade e devoção verificaram que «muita vantagem fazem os da terra aos da Guiné»[2]; mas uns e outros avantajavam-se aos brancos. Bastava olhar para a ordem e compostura como iam uns e outros nas duas Confrarias do Rosário que existiam separadamente para senhores e escravos[3].

Emquanto isto se passava na vila, escreve Nóbrega que «os Índios vinham de longe para me ver»[4]. Quando os Padres iam pelo interior, êles acorriam, de seis e sete léguas, à fama dos Padres e traziam mantimento e pediam que lhes deitassem a bênção. Numa Aldeia, por onde êles tinham de passar, ergueram os Índios uma cruz e junto dela amontoaram oferendas para que o Padre os abençoasse. «Haveria naquela Aldeia cem homens, dos quais a maior parte se fizeram catecúmenos»[5]. António Pires, que era o Padre catequista, bem lhes mostrou que aquêles ensinamentos não tinham paga; mas, se êles quisessem, mandaria aquilo aos pobres. Ao chegar a casa, já lá tinha grande quantidade de milho. Conclue o Padre desoladoramente: «o seu intento é que lhes dêmos muita vida e saúde e mantimentos, como seus feiticeiros lhes prometem. O que agora aqui falta, irmãos, é a contínua conversação para os tirar dêste caminho e os pôr no caminho do céu»[6]. Era preciso desbastar sen-

---

1. Anch., *Cartas*, 412.
2. *CA*, 123.
3. *CA*, 123-124.
4. Nóbr., *CB*, 115.
5. *CA*, 118; Vasc., *Crón.*, I, 108.
6. *CA*, 123.

timentos tão grosseiros e primitivos da religião, postos apenas no interêsse terreno. Por isso, indo os Padres confessar uns doentes, « à volta davam-lhes galinhas e muitos reais de prata »; os Padres recusavam; « e êles edificavam-se muito, vendo que nada queriam pelo seu trabalho »[1].

Aquela contínua conversação ou catequese com os Índios, de que falava o P. Pires, não foi possível organizar-se na Capitania de Pernambuco, senão na penúltima década do século XVI. Por isso escrevia, em 1584, o P. Anchieta que « nunca houve nela conversão de gentio », e dava como motivo a destruição dos Índios, que operou Duarte Coelho de Albuquerque, ajudado pelo clérigo nigromante[2].

No ano em que se davam estas informações, ia precisamente iniciar-se o movimento que devia terminar pelo estabelecimento de Aldeias para os Índios se catequizarem. O P. Visitador, que possuía apelido igual ao do nigromante, mas vida completamente diversa, Cristóvão de Gouveia, tratou de ganhar o tempo perdido. Ordenou pois, que se fizessem missões de 15 dias pelos engenhos e fazendas do interior. E êste era o mais importante ministério fora do Colégio. E que fôssem de dois em dois. O giro devia ser completo, pelos engenhos dos brancos e pelas Aldeias dos Índios. A-pesar-de ficarem a 8, 10 e 15 léguas, escreve o mesmo Padre Visitador que a tôdas acudiam os Padres[3].

Num ou noutro engenho existia já clérigo de missa, figura tradicional e decorativa, mais a serviço dos Brancos. A actividade com os Índios e escravos recaía sôbre os Jesuítas. Até em povoações mais importantes, como Iguaraçu e Itamaracá, que tinham vigário próprio, as visitas dos Padres repetiam-se amiùdadas, com proveito espiritual de todos, como se vê no fervor que houve no Jubileu de Iguaraçu, em 1563. Os Padres encontraram as pessoas mal dispostas e divididas entre si com ódios; e, afinal, tôdas se harmonizaram e receberam os sacramentos[4].

Só os engenhos, existentes em 1584, eram sessenta e seis. Cada qual era uma boa povoação com a gente branca, negros da Guiné e Índios da terra. Nestes engenhos há 15 a 20.000 escra-

---

1. *Fund. de Pern.*, 76 (54).
2. Anch., *Cartas*, 306.
3. *Bras. 5*, 18v; *Lus. 68*, 402v.
4. *CA*, 401-402.

vos da Guiné, sem assistencia nenhuma, escreve o Visitador[1]. Em compensação, entrara pelos engenhos a civilização europeia com todo o luxo: iguarias, porcelanas, sêdas, vinho de Portugal. Costumam os senhores de engenhos, diz Cardim, « a primeira vez que deitam a moer os engenhos, benzê-los e neste dia fazem grande festa, convidando uns aos outros. O Padre [Visitador] a sua petição, lhes benzeu alguns, coisa que muito estimaram »[2]. Os Jesuítas fizeram de cada engenho um centro de Missões, donde irradiavam pelas redondezas: prègação e doutrina, baptismos, confissões, casamentos regularizados.

Em Pernambuco, as excursões apostólicas faziam-se, em geral, passadas as grandes calmas[3].

11. — No ano de 1583, houve grande sêca no sertão de Pernambuco (coisa rara). Desceram quatro ou cinco mil Índios a pedir socorro aos Brancos. Passada a sêca, muitos voltaram; outros ficaram com os Brancos, « ou por sua ou sem sua vontade ».

Havia entre êles, um, Mitagaia, de grande nome entre os Índios do sertão, assevera Fernão Cardim. Confiou um filho ao P. Grã, Reitor do Colégio, que logo aprendeu a falar português, e ajudar à missa e a ler, escrever e contar.

Quando Cristóvão de Gouveia chegou, o chefe Mitagaia visitou-o, « vestido de damasco, com passamanes de oiro e sua espada na cinta ». Disse-lhe que se queria baptizar com os seus e que o Padre o fôsse ver à sua Aldeia. O P. Cristóvão foi, acompanhado do P. Grã e outros. Cardim, também presente, cronista desta viagem, descreve-a com os seus habituais pormenores, o que comeram, e como, por sua vez, « o Padre os convi-

---

1. Carta de Cristóvão de Gouveia, 6 de Set. de 1584, *Lus. 68*, 402v.
2. Cardim, *Tratados*, 329.
3. Anch., *Cartas*, 318, 410; *Fund. de la Baya*, 44v (120); *Fund. de Pern.*, 62 (14) 75 (52); *Ann. Litt. 1585*, 130.
   Alguns resultados destas missões volantes:
   1575: Baptismos, 648; Casamentos, 532 e alguns na lei da natureza *(Fund. de Pern.*, 72v (44).
   1583: Confissões, 5.307; Baptismos, 190; Casamentos, 166 *(Annaes*, XIX, 62).
   1589: Confissões, 2.000; Baptismos, 200; Casamentos, 80 *(Ann. Litt. 1589*, 471.

dou com coisas de Portugal». Passaram uma serra altíssima, cheia de Índios contrários. Na Aldeia de Mitagaia realizaram os Índios de noite o seu conselho e o resultado foi colocarem-se nas mãos dos Padres. O Visitador aconselhou-os a mudarem para melhor sítio, que êle mesmo indicou. Assim fizeram. Fundou-se uma Aldeia e edificou-se uma igreja. Passavam de oitocentas almas as que se queriam baptizar [1].

Cristóvão de Gouveia, para defender os Índios, dizia que era mister alcançar uma excomunhão contra quem os fôsse perturbar. De outra forma, não haveria fruto nem remédio [2]. Tinha êle a experiência noutras partes e ali mesmo em Pernambuco. Gonçalo de Oliveira, que foi quem primeiro se deu de-propósito à conversão do gentio, em 1561, e chegou a doutrinar, cada dia, 900 escravos (de manhã 500, os da vila; à noite, 400, os que passavam o dia a pescar), tentou e conseguiu juntar muitos Índios numa Aldeia, a três léguas de Olinda. Construiu uma igreja de S. Francisco [3]. Não se pôde sustentar.

¿Seria mais feliz a Aldeia de Mitagaia? Não sabemos. O catálogo de 1589 já traz, com residência fixa, uma Aldeia, a de S. Miguel, e nela viviam o Padre Francisco Pinto e o Irmão Gaspar Freire, estudante [4]. ¿Seria a do Mitagaia? Em 1592, aparecem, dependentes do Colégio de Pernambuco, quatro Aldeias: a de S. Miguel, a de Nossa Senhora da Escada ou da Apresentação, a de «Gueena» e a da Paraíba [5]. Logo se viu o proveito delas, porque na ocasião do ataque inglês a Olinda, referido a 1596, já os Índios doutrinados pelos Jesuítas prestaram os maiores serviços [6].

Eram, ao todo, oito as Aldeias de Índios visitados por êles; mas só naquelas residiam. No fim do século, existiam, dependentes de Pernambuco, a missão do Rio Grande, a Aldeia de S. Miguel e a Aldeia de Nossa Senhora da Escada; e moravam, em cada uma delas, dois Jesuítas [7].

---

1. Cardim, *Tratados*, 331-332.
2. *Lus. 68*, 403.
3. *Fund. de Pern.*, 61(13).
4. *Bras. 5*, 33.
5. *Bras. 15*, 382.
6. Guerreiro, *Relação Anual*, I, 376.
7. *Bras. 15*, 428; *Bras. 8*, 50-50v, 68-69.

A Ânua de 1594 dá à Aldeia de Nossa Senhora da Escada o título de Virgem Augustíssima [1].

Nestas Aldeias se praticavam os habituais exercícios de piedade e instrução religiosa e incitava-se a gente a sentimentos de caridade cristã. Estando a morrer o escravo dum português, os meninos da catequese não consentiram que nada lhe faltasse, visitavam-no e tratavam-no carinhosamente [2].

Às vezes, um só Padre cuidava das várias Aldeias. Em 1604, falecendo numa delas o P. Luiz Valente, grande catequista, natural de Serpa, com 68 anos de idade e 45 de Companhia, Fernão Cardim, narra a sua morte e diz que êle tinha a seu cuidado 6 Aldeias de Índios, num total de 7.000 almas [3].

Os serviços, que os Índios destas Aldeias prestavam à colonização, constam de dois documentos, feitos em 1610 pelos licenciados Diogo do Couto e Rui Teixeira: aquêle Vigário da Igreja Matriz e Provisor das Capitanias de Pernambuco Itamaracá e Paraíba; o outro, Vigário da Igreja de S. Pedro e Vigário Geral das mesmas Capitanias. Ainda que usam de palavras diferentes, o sentido de ambos é o mesmo. Diz Diogo do Couto: «Certifico que é verdade que os Índios das Aldeias, que os Padres da Companhia teem a cargo, assim Petiguares como das outras nações, em tôdas as obras públicas e do serviço de Sua Majestade, sendo chamados dos Capitãis, vieram sempre e ajudaram com muita fidelidade, como foi nos Fortes do Recife e do Rio Grande, e nas trincheiras e mais fortificações, que se fizeram para defensão das terras e dos imigos, que a ela viessem, no que, por serviço de Sua Majestade e Bem Público, não levaram estipêndio algum, mais que a sustentação ordinária. Outro-sim certi-

---

1. *Bras. 15*, 416v. Diz uma Relação na 2.ª década do século XVII: «Aqui temos Coll.º e seis Aldeias. Tres são residencias, as outras se visitão. A que mais afastada está do Coll.º p.ª a parte do Sul serão 10 ou 12 legoas pouquo mais ou menos; e desta correndo p.ª a parte do Norte se seguẽ as mais em fieira, de tres em tres legoas, tirado a de S. Miguel q̃ he a primeira q̃ se segue a N. Sr.ª da Escada e distará dela 7 legoas» *(Algumas Aduertencias p.ª a prouincia do Brasil,* Roma, Vitt.º Em., *Gess. 1255,* 13).

2. Ânua de 1597, *Bras. 15,* 432. E indica para estas Aldeias a administração dos sacramentos neste ano: Confissões, 400; Comunhões, 233; Baptismos, 42; Casamentos, 42.

3. *Bras. 8,* 50v.

fico que os Índios ajudam comumente e de ordinário os moradores em suas fazendas, assi nas plantas das roças e canaviais, como nas fábricas dos engenhos, tanques, açudes e levadas, e para tudo o mais que dêles se queiram servir, e, tôdas as vezes que vão buscar os ditos Índios às Aldeias para seu serviço e lhes pagam, os trazem, e por êste respeito estão as fazendas mais aventejadas do que nunca estiveram. E, servindo-se dos ditos Índios, é ocasião de se não levantarem e fugirem os que teem de Guiné, como costumam, porque com muita vigilância acodem a êstes alevantados. E assim também certifico que os Índios, de que os ditos Padres da Companhia teem cuidado, estão muito domésticos e doutrinados, assim na doutrina que para sua salvação é necessária, como em tudo o mais, porque cantam canto de órgão e oficiam em tôdas as Aldeias as missas e vésporas com tôda a solenidade. Tangem muito bem frautas e charamelas e são, no que lhes ensinam, mui destros e veem muitas vezes à Vila, chamados, às festas que se fazem »[1].

---

1. *Enformação e cópia de certidões*, Tôrre do Tombo, Jesuítas, maço 88. A certidão de Rui Teixeira é de 19 de Setembro de 1610. O documento de Diogo do Couto conclue assim : « E pelo sobredito passar na verdade, pelo juramento que tenho e me ser pedida esta certidão, a passei em Olinda, a seis de Agôsto de 610. O Ld.º Diogo do Couto ».

CAPÍTULO IV

Paraíba

1 — Conquista de Paraíba; 2 — Missões; 3 — Retiram-se os Jesuítas por oposição de Feliciano Coelho e dos Padres Franciscanos.

1. — « E agora seja-me permitido, por algum tempo, concentrar tôda a nossa atenção na paragem onde se vai decidir se a civilização tem de caminhar avante para o Norte ou retirar-se... », assim começa Pôrto Seguro a narração da conquista da Paraíba [1].

Nesta conquista tiveram os Jesuítas a sua quota parte. Cardim refere sumàriamente as primeiras tentativas. E, depois de dizer que os Potiguares casavam as filhas com os Franceses e com êles tratavam, acrescenta: « mas agora, na era de 1584, foi a Paraíba tomada por Diogo Flores, general de Sua Majestade, botando os Franceses fora; e deixou um forte com 100 soldados fora os Portugueses, que também teem seu capitão e governador, Frutuoso Barbosa, que com a gente principal de Pernambuco levou exército por terra, com que venceram os inimigos, porque do mar os da armada não pelejaram » [2].

Durante a expedição, refere Anchieta que se fizeram, no Colégio de Pernambuco, preces ao céu para alcançar vitória [3].

Alcançou-se, efectivamente. Desperdiçaram-na, porém, daí a pouco, desavenças entre Espanhóis e Portugueses, com quem se

---

1. Pôrto Seguro, *HG*, I, 488.
2. Cardim, *Tratados*, 195. Pero Sarmiento, na sua *Relación* de 1 de Junho de 1583, em Pastells, *El descubrimiento del Estrecho de Magallanes*, p. 604, dá conta das primeiras informações e do aviso que êle e Flores receberam de El-Rei para ir combater os corsários franceses e como Frutuoso Barbosa se preparava para os combater.
3. *Annaes*, XIX, 63; *Ann. Litt. 1585*, p. 131.

repartiu o govêrno. A conquista definitiva operou-se com Martim Leitão, em 1585.

A fonte histórica dêstes sucessos é a Relação intitulada *Sumário das Armadas que se fizeram e guerras que se deram na conquista do Rio Paraíba, escrito e feito por mandado do muito reverendo Padre em Cristo, o Padre Cristóvão de Gouveia, Visitador da Companhia de Jesus de tôda a Província do Brasil* [1].

Neste *Sumário* narram-se três expedições e sortidas de Martim Leitão. Em cada uma delas, foram sempre dois Padres da Companhia. Na primeira, os Padres Simão Travassos e Jerónimo Machado; na segunda, um dos anteriores e o P. Francisco Fernandes; e na terceira, os Padres Manuel Correia e Baltazar Lopes. O *Sumário das Armadas* não vem assinado; mas tira-se do contexto que o escreveu o mesmo Padre que acompanhou as duas primeiras expedições.

Conta êle, de si próprio, quando iam no encalço de Tejucupapo: «aqui me feriu um espanhol por desastre em um pé. Não faltou, para de-todo esta emprêsa ser trabalhosa e honrosa, o sangue da Companhia» [2].

Referindo-se à terceira sortida de Martim Leitão, escreveu que «não fui testemunha de vista como em tudo até aqui» [3].

Quem é êste Padre? Pôrto Seguro afirma que foi Jerónimo Machado. Capistrano observa que também pode ser Simão Travassos [4]. Por nossa vez, dizemos que foi Simão Travassos e que não pode ser Jerónimo Machado.

Ao tratar o autor dos costumes dos Índios, compara-os com outros povos, que são folgazões, e diz expressamente: «como o são tôdas as outras nações, fora da *nossa Europa*» [5]. Na *Europa* nasceu Simão Travassos, em Ferreiros, diocese de Braga; Jerónimo Machado é natural de S. Vicente. O ser autor do

---

1. O *Sumário das Armadas* publicou-se primeiro no *Iris*, jornal literário de José Feliciano de Castilho (Rio 1848-1849) e na *Rev. do Inst. Bras.*, 36, 1.ª P. (1873) 5-89. E cf. Rivara, *Catalogo*, p. 20; Sommervogel, III, col. 1638; Pôrto Seguro, *HG*, 488. Citamos as páginas da *Rev. do Inst. Bras.*

2 *Ib.*, 62-63.

3. *Ib.*, 68.

4. Capistrano, *Prolegómenos à Hist. do Brasil*, de Fr. Vicente. Cf. *H. do B.*, ed. de 1918, p. 137.

5. *Sumário das Armadas*, 9.

Sumário o P. Simão Travassos explica também que fale mais dos outros que de si próprio[1].

Os Padres, que acompanhavam a expedição, diziam missa diária, administravam os sacramentos, intervinham nas pazes, por saberem a língua dos Índios que animavam; e nas ocasiões de perigo iam à frente, com um crucifixo alçado, como fêz Je-

---

[1]. O P. Simão Travassos estava, em 1613, em Pernambuco. Diz o Catálogo dêste ano: P. Simão Travassos, « de Ferreiros, diocese de Braga, 70 anos de idade, boa saúde, admitido ano de 1562. Estudou a língua latina quatro anos, casos de consciência dois e meio, foi ministro no Colégio de Bragança durante dois anos; outros dois, mestre de noviços. Consultor do Colégio, confessor. Formado desde 1584» *(Bras. 5,* 102). Em 1574, ano em que se ordenou de sacerdote, estava no Colégio de Santo Antão, de Lisboa, e esperava-se que fôsse bom para ministro e tratar com o próximo *(Lus. 43,* 464, 477). Embarcou para o Brasil, em 1577. Em 1592, era Padre Espiritual do Colégio de Pernambuco. Dirigiu o jovem estudante João de Almeida, que por sua mão entrou na Companhia (Vasc., *Almeida,* 21-24). Faleceu no Colégio de Pernambuco, a 4 de Outubro de 1618. Austero consigo mesmo. Suave com os demais *(Hist. Soc. 43,* 66; *Bras. 8,* 241).

Sôbre o P. Jerónimo Machado diz o catálogo de 1574: « Entrou em Abril de 73, sendo de 18 anos; é língua; mostra habilidade; foi recebido por indiferente; anda em ofícios. Nasceu em S. Vicente de pais portugueses » *(Bras. 5,* 13v). Estudou gramática ano e meio *(Bras. 5,* 13v). Aparece na lista dos despedidos antes de 1603 *(Ib.,* 53). Tornou a entrar na Companhia em 1617. Em 1619, estava no Camamu, superior, confessor e língua *(Bras. 5,* 120v, 127v). Ainda vivia em 1631, com 74 anos de idade, diz o Catálogo respectivo, mas pelo de 1574 deveria ter em 1631, 76 anos.

O P. Francisco Fernandes era, segundo o mesmo catálogo de 1574, « estudante da primeira classe; tem pouca habilidade para o estudo; mostra-a mais em coisas de mãos; entrou, ano de 68, sendo de 21 anos. É de Vila Real de Trás-os--Montes» *(Bras. 5,* 11v). O Catálogo de 1598 acrescenta que « estudou latim quatro anos, outros tantos casos de consciência. Foi procurador do Colégio de Pernambuco alguns meses e neste Colégio [da Baía] um ano. Emprega-se em confessar. Coadjutor espiritual formado desde 1588 » *(Bras. 5,* 37). Trabalhou com os Índios e nas Aldeias. Faleceu no Colégio de Pernambuco, em 1605-1606, conforme a respectiva ânua *(Bras. 8,* 61).

Do P. Baltazar Lopes diz-se, em 1574: « Anda na cozinha, entrou em Junho de 74, sendo de 14 anos, por indiferente. Sabe bem ler e escrever. Tem habilidade, entende a língua. Nasceu na Capitania de Pôrto Seguro de pais portugueses» *(Bras. 5,* 12). Estudou gramática dois anos e meio. Grande língua, mas procedeu mal e foi despedido *(Bras. 5,* 21v, 53; *Bras. 15,* 373v).

O último que entrou nestas expedições foi o P. Manuel Correia, natural de Angra, nos Açores. Entrou na Companhia, em 1577 *(Bras. 5,* 38v). Depõe êle de si próprio, em 24 de Outubro de 1594: « cristão velho, natural da Ilha Terceira,

rónimo Machado no combate ao Piragibe, ou «Braço de Peixe», um dos mais temerosos chefes Potiguares[1].

De vez em quando, corriam graves perigos: «Até o nosso Padre Baltazar Lopes me confessou que se deu por morto [no combate de Tujucupapo] e com uma rodela da Índia cobria a si e a outros, cosidos em uma regueira de terra. Foi êste um trabalhoso passo e o mais arriscado e perigoso têrmo que estas guerras do Paraíba, nem sei se do Brasil, nunca tiveram»[2]. Os Índios aliados dos Franceses, uns trinta, foram passados pelas armas. Mas, devido à intervenção dos Padres, converteram-se e baptizaram-se antes[3].

Fernão Guerreiro tem um pormenor, que não achamos no *Sumário:* «estando os brasis fortificados numa forte cêrca, sem se quererem render, nem os nossos os poderem entrar, eis que um Padre nosso, que sabia bem a língua, e era mui animoso, confiado em Deus, salta por cima da cêrca dos inimigos, e mete-se com êles, arriscando-se a o fazerem em pedaços e ser logo comido. E, abrindo os braços, lhes começa a prègar na língua: *Paz! Paz! Sejamos amigos!* — e outras palavras brandas e amorosas, as quais tiveram tanta fôrça com êles, e êles ao padre, em o vendo, tanto respeito, que, depostos os arcos, se cruzaram diante dêle e renderam e entregaram a terra, onde logo se fêz povoação e se começaram a fazer engenhos e foi crescendo de modo que há já hoje oito ou nove».

Êste hoje é 1603. Talvez Fernão Guerreiro aformoseie um

---

filho de Mateus Lopes Cabaço e de sua mulher Caterina Limoa, gente dos principais e governança da terra, já defuntos, que lá foram moradores na Ribeira Sêca, de idade de quarenta e um anos, pouco mais ou menos, residente no Colégio da Companhia nesta vila» [de Olinda]. — *Primeira Visitação: Denunciações de Pernambuco* (S. Paulo 1929) 336. Fêz os últimos votos em 21 de Setembro de 1595 *(Lus. 19,* 71). Foi, três ou quatro anos depois, à missão dos Amoipiras com o P. Afonso Gago (Carta de Pero Rodrigues, *Bras. 15,* 474). Grande missionário. Faleceu, no Espírito Santo, a 16 de Junho de 1610 *(Hist. Soc. 43,* 65v; Ânua de 1609-1610, *Bras. 8,* 109).

1. Piragibe ou Piragiba, barbatana: «o Braço de Peixe como o traduziu Fr. Vicente do Salvador» (Teodoro Sampaio, *O Tupi na Geographia Nacional,* 3.ª ed. (Baía 1928) 290. Aquela tradução, anterior a Fr. Vicente, já se encontra neste *Sumário das Armadas.*

2. *Sumário das Armadas,* 75.

3. *Ann. Litt. 1586-1587,* p. 574.

pouco a narração e aluda ao feito, muito menos espectaculoso, em que interveio o P. Machado [1]; também cremos que carregue seu tanto as côres quando escreve o seguinte: E em paga «veio outro Capitão de novo, que sem nenhuma causa nem culpa, que nos Padres houvesse, mais que o defenderem aos Índios e o resistirem às semrazões e injustiças que lhes faziam, os lançou dali fora com muitas afrontas» [2]. Veremos como saíram os Padres. Mas antes convém saber como se estabeleceram.

2. — Feita a conquista da Paraíba, trataram os Jesuítas de organizar a catequese.

O catálogo de 1586 ainda não fala da Paraíba; contudo, três daqueles Padres expedicionários, Simão Travassos, Jerónimo Machado e Baltazar Lopes, veem com a indicação de que «andam em Missões». O catálogo de 1589 já fala expressamente da Paraíba; e nomeia os Padres Pero de Toledo e Baltazar Lopes [3].

Depois, viriam outros Religiosos. Mas aos Jesuítas pertence a primazia na catequese da Paraíba e precisamente com os Índios do famoso Piragibe.

Ao mesmo tempo que se edificava a cidade de Paraíba, escreve Jaboatão que ficaram os Índios «desta Aldeia do Braço de Peixe não só em paz com os nossos e à obediência do Rei, mas também admitidos ao grémio da Igreja, e entregues à doutrina dos Padres Jesuítas, sendo a primeira Aldeia do gentio que recebeu a fé nesta Capitania» [4].

¿Quando se fundou a cidade? Diz I. Joffily: «Esta cidade foi fundada a 5 de Agosto de 1585, dia de N. Senhora das Neves, sua padroeira, em que foi firmada a Paz entre os Portugueses e Tabajaras; representando o Capitão João Tavares os primeiros e o Chefe Piragibe os segundos» [5]. Mas, diz Ireneu Pinto que a cidade de Paraíba, só se começou a edificar no local em que se encontra, no dia 4 de Novembro de 1585 [6].

---

1. *Sumário das Armadas*, 39.
2. Guerreiro, *Relação Anual*, 376.
3. *Bras.* 5, 29, 33.
4. Jaboatão, *Orbe Serafico*, 98.
5. I. Joffily, *Notas sobre a Parahyba* (Rio 1892) 170-171.
6. Ireneu Pinto, *Datas e Notas para a Historia da Parahyba* (Paraíba do Norte 1908) 20.

Como quer que seja, os Jesuítas estavam presentes. E reportando-nos ao mesmo Ireneu Pinto, escolheram « as proximidades das Aldeias dos Tabajaras, que se achavam situadas na zona chamada hoje Passeio Geral e Riacho ». E iniciaram aí a « edificação duma pequena capela a S. Gonçalo, que Herckmann assinala como limite sul da cidade, na sua Monografia sôbre a Paraíba »[1].

Os Padres tinham intenção de fundar na Paraíba residência, como de-facto fundaram. Deram, pois, os passos indispensáveis para alcançar a dotação de El-Rei. Consultado, o Geral responde, a 5 de Setembro de 1588, ao Provincial do Brasil: « Na Paraíba podem continuar a estar alguns dos Nossos per *modum missionis*. Entretanto, escreve-se a Portugal que façam diligência para haver de Sua Majestade o sustento necessário para os que ali tiverem de estar. E assim que tiverem sustento, se porá ali residência formada »[2].

Por sua vez, o Governador da Paraíba, Frutuoso Barbosa, « vendo o fruto, que se fazia, pensou em construir colégio e em comunicá-lo a El-Rei, confiando na sua liberalidade e consentimento »[3].

A Ânua de 1591, assinada por Marçal Beliarte, Provincial, consigna já o título de *Residência da Paraíba*; e diz que, além dos Ministérios, comuns a tôdas as Residências, havia motivo para muitos sofrimentos particulares, alusão discreta ao combate que logo se começou a mover contra a Companhia.

Tinham os Padres a seu cargo uma Aldeia de 1.100 Índios, dos quais se baptizaram êste ano 150. Contam-se alguns exemplos edificantes dos novos cristãos[4]. Em 1592, moravam ali dois Padres, um dos quais era Simão Travassos. Adoecendo gravemente, retirou-se a Pernambuco, ficando a substituí-lo no superiorado o P. Jerónimo Veloso, « que faz ali muito fruto », conta o mesmo Padre Travassos, em carta de 8 de Março de 1592[5].

---

1. Id., *ib.*, 20, 26.
2. *Bras.* 2, 58.
3. *Ann. Litt.* 1589, p. 472.
4. *Bras.* 15, 377. Esta ânua corre impressa, mas não exprime com exactidão, neste ponto, o original: omite os baptismos e diz simplesmente: *Mille centum Christiani novi Paraibae versantur (Ann. Litt. 1590-1591* (p. 830).
5. *Bras.* 15, 411. O P. Jerónimo Veloso, segundo o catálogo de 1574, « entrou no ano de 64, sendo de 24 anos. É estudante, mostra pouca habilidade

Os ministérios dêste ano foram: 300 confissões, 54 baptismos e 29 casamentos[1]. São os últimos trabalhos, de que ficaram notícias, porque a actividade dos Jesuítas ia-se truncar, quando as esperanças apenas começavam a florescer.

Tem razão o Doutor João Pereira de Castro Pinto, na Conferência inaugural do Instituto Histórico da Paraíba, quando diz: « Dos três modos de colonização, o mais regular e benéfico, o dos Jesuítas, pela incorporação definitiva do elemento indígena, foi, na Paraíba, inferior ao que, no Maranhão e em S. Paulo, conseguiram êsses incomparáveis pioneiros da civilização no Brasil »[2].

Vamos ver que a culpa não foi pròpriamente dos Jesuítas.

3. — No ano de 1589, aquêle precisamente em que Frutuoso Barbosa pensava em fundar, na Paraíba, um Colégio para os Padres, chegaram à Capitania os Religiosos Franciscanos. Sendo um acontecimento em si auspicioso e bom, teve, pelos adjuntos locais, deplorável efeito.

Não se delimitaram com nitidez, os campos dos respectivos apostolados, intrometeu-se a intriga, e o Capitão-mor seguinte, Feliciano Coelho baralhou e mudou violentamente as Aldeias. No fundo era a questão da liberdade dos Índios, sôbre cuja base assentavam os Jesuítas, em tôda a parte, a catequese. Jaboatão, narrando êstes acontecimentos, não tem uma palavra para tal assunto. Conta apenas que os Índios, catequizados por uns e outros, entraram em grandes emulações. E, para atalhar aos inconvenientes que poderiam suscitar-se, baixou o Cardial Alberto, em nome de El-Rei Filipe II, a seguinte ordem: « Porquanto, por Frutuoso Barbosa, fui avisado que, entre os religiosos de S. Fran-

---

para os estudos, mostra talento para ministro e para negócios; é soto-ministro. Natural de Lisboa » *(Bras. 5, 12v)*. Estudou latim e casos de consciência durante algum tempo. Foi procurador do Colégio de Pernambuco, três anos. Coadjutor espiritual formado desde 1584. O Catálogo de 1613 dá-o com 85 anos de idade *(Bras. 5, 99)*. Faleceu na Baía a 7 de Agôsto de 1621 « di età hormai centenario », *Lettere anue d'Etiopia, Malabar, Brasil e Goa,* 1620-1624 (Roma 1627) 124; *Hist. Soc.,* 42-33. Segundo o primeiro Catálogo de 1574, teria 81 anos de idade, quando morreu. Foi homem de virtude (Gouveia, *Lus. 68,* 412v).

1. *Bras. 15,* 382.
2. *Rev. do Inst. Histórico da Paraíba,* I, 26.

cisco, enviados a essas partes por meu mandado, e os Padres da Companhia, havia diferenças, do que resultava escândalo entre os novos cristãos, vos mando que, tirada a inquirição, e achando que os Padres de S. Francisco são os culpados, os concertareis em forma que não haja matéria de escândalo; e se os Padres da Companhia, os despedireis, para não mais tornarem a morar nessa Capitania, e os ditos religiosos de S. Francisco doutrinarão todo o gentio, o que favorecereis em tudo o que vos fôr possível »[1].

A ocasião próxima para a saída dos Padres narra-a assim o cronista de S. Francisco. Ordenou o Capitão Feliciano Coelho que as Aldeias dos Índios se distribuíssem por onde melhor lhe parecesse para a defesa da terra. Chamou os principais e « os Padres da Companhia, que doutrinavam nas Aldeias do Braço, e aos nossos de S. Francisco, que doutrinavam as demais Aldeias, e propondo o Capitão a sua prática da divisão das Aldeias, os Padres refusaram e assim os seus Índios, ao que acudiu o Padre Fr. António de Campo-Maior, que, visto a necessidade, que Sua Mercê partisse as Aldeias da fronteira (que já nesse tempo estavam em uma) para onde lhe parecesse bem». Respondeu o Capitão que não se mudariam aquelas, que apenas precisava de uma aldeota para defender certa fazenda. Acabada a muda, passou-se Feliciano Coelho, em 1592, « além dos Rios da Paraíba e Iguaraguai a cercar a Aldeia do Braço, passada por sua ordem, contra a vontade dos Padres da Companhia, em cujo meio tempo o Capitão, por mandado de Sua Majestade, despediu os Padres da Companhia, entregando as Aldeias aos nossos Frades, o que êles aceitaram por mandado de Sua Majestade »[2].

Desta sucinta e pouco clara exposição se infere que, quando uns diziam uma coisa, os outros diziam outra. Naturalmente, a situação era pouco propícia a unir corações e os Jesuítas resolveram, pura e simplesmente, retirar-se.

Examinando os documentos, aparecem claramente três motivos para o desgôsto e retirada dos Jesuítas.

Primeiro e fundamental: a defesa dos Índios, contra os colo-

---

1. Jaboatão, *Orbe Serafico*, 35-36; Padre Florentino Barbosa, *Os Jesuitas na Paraíba*, na *Rev. do Inst. Hist. da Paraíba*, V, 45.
2. Jaboatão, *Orbe Serafico*, I, p. 45-46.

nos, que se queriam servir dêles a torto e a direito; a atitude negativa dos Padres Franciscanos, que davam assim fôrça àqueles e a Feliciano Coelho; e, sobretudo a má vontade manifesta dêste Capitão, preocupado apenas com emprêsas militares e económicas, sem atender às questões superiores de catequese ou liberdade dos Índios. É evidente que os Jesuítas não levariam isso a bem nem a uns nem a outros.

Encontraremos um reflexo desta indisposição, na atitude que tem o Provincial da Companhia em não querer ir acompanhado no seu navio de Pernambuco para a Paraíba, com o Superior dos Franciscanos, desatenção de que êles amargamente se queixaram ao Cardial Alberto.

Para se compreender bem a documentação seguinte, recorde-se que a casa da Paraíba era já Residência formada; para entradas e missões teem poder os Superiores e Provinciais. Para abrir ou fechar residências, só o Padre Geral.

Também onde se lê Capuchinhos são, na realidade, Capuchos ou Franciscanos.

Ora pois, dada a situação instável da Paraíba, recorreram os Jesuítas a Roma. A primeira carta é logo um pedido de encerramento, feito pelo Provincial, Marçal Beliarte:

«Os nossos estão na Paraíba com muitos trabalhos, cansados assim por parte do povo e mais república, como por parte do Capitão; e mostram pouco ou quási nenhum afecto aos Nossos, antes aversão, porque teem escrito a Sua Majestade, que os tirem da Paraíba e que bastam ali os Religiosos de S. Francisco. O mesmo significou o Capitão novo; e revestiu-se tanto dos afectos do povo que, em suas cartas, significa que lhe será grato deixarem os nossos a Paraíba. Tudo isto entendemos que se forjou e maquinou por parte de alguns afeiçoados aos Padres Capuchinhos».

«A todos nos pareceu que se devia deixar a Paraíba e, se se oferecesse alguma ocasião honesta e de crédito da Companhia, que se deviam recolher os Nossos para o Colégio, porque não faltam outras muito importantes coisas, em que se possam ocupar, com muito serviço de Deus, como são as missões pelos engenhos de açúcar, doutrinando e ministrando os sacramentos a tantos milhares de guinéus e Índios da terra. Além disto, que acima disse, acontecido de pouco tempo para cá, o P. Luiz da

Fonseca dará larga conta a Vossa Paternidade das muitas moléstias e trabalhos, que temos tido só por trabalharmos para defender aos pobres Índios, que não lhes furtem suas coisas e não os façam escravos. Muito desejaríamos que Vossa Paternidade nos desse licença para fazer o que acima aponto dos Nossos, porque não cessarão ocasiões de incómodos e calúnias contra os Nossos, assim no Brasil como no Reino, emquanto os Padres Capuchinhos tiverem Aldeias na Capitania que nós tivermos. As causas disto leva apontadas o Padre Procurador »[1].

O Padre Luiz da Fonseca tratou em Lisboa do caso, coadjuvado por Amador Rebelo, Procurador em Lisboa dos assuntos do Brasil. Ali mesmo alcançaram os dois Procuradores licença do Cardial Alberto para os Padres se retirarem da Paraíba. Amador Rebelo escreve que não consultou o P. Geral, por haver *periculum in mora*, em vista das ameaças de Feliciano Coelho[2].

No mesmo dia, em que o Padre Amador Rebelo escrevia aquela carta para Roma, enviava outra de Pernambuco o P. Beliarte, expondo a situação. Já se tinham aplanado as dificuldades com os Padres Franciscanos.

A tirantez agora era com a gente da terra: « Na Paraíba, com os Padres Capuchinhos não há senão muita concórdia e sempre a houve, logo que êles tiraram dali um Frade, que tinha um zêlo não tão *secundum ordinem* e era de natureza inquieta. Mas não nos faltam trabalhos com o Capitão, que em muitas coisas mostra desejar expelir os nossos Padres daquela Capitania».

« Por eu estar adoentado, enviei o Padre Luiz da Grã a visitar os Padres da Paraíba ; e o principal intento foi para que, tendo o Capitão respeito à autoridade e virtude, de todos conhecida, do Padre, viesse nalgum modo de paz. E assim se assentou entre ambos que os Padres se passariam para um forte, para onde pretendia mudar o Capitão uma povoação de Índios, que estava dali afastada, logo que o corpo da gente se mudasse, mas, neste *interim*, que os Padres residissem na povoação e, de quando em quando, fôssem doutrinar os do forte. Continuando os Padres isto alguns meses, a segunda oitava da Páscoa, 20 de Abril, veio

---

1. *Bras. 15*, 405.
2. Carta de Luiz da Fonseca, 22 de Janeiro de 1593, *Lus. 72*, 61 ; Carta de Amador Rebelo, 15 de Maio de 1593, *Lus. 72*, 104.

à povoação sùbitamente o Capitão com *manu armata* e, no meio dêles e de muitos principais dos Índios, começou a repreender os Padres, com muita cólera e com palavras muito ignominiosas e de grande descrédito dos Padres para com os Índios. E resolveu que logo se mudassem os Padres com os Índios para o forte, se não que despejassem da Capitania, coisa impossível pelo forte não ser capaz de tanta gente e estar muito perigoso e exposto a ser queimado dos inimigos e não se guardar nisto o assento que se tinha tomado com o Padre Luiz da Grã. Entendemos todos que buscava o capitão ocasião para que saíssemos da Paraíba, e verdadeiramente nos convinha sair com esta boa ocasião, porque tôda aquela gente portuguesa não nos é afeiçoada e dão tais informações de nós aos Capitáis, que sucede que, mostrando-se fora dali muito afeiçoados à Companhia, em chegando lá, logo se mostram adversos. Eu determinei de mandar aos Padres que não saiam, se não forem lançados por fôrça » [1].

Beliarte não esperou que se chegasse a tal extremo, porque, vindo as licenças do Cardial Alberto, mandou recolher os Padres a Pernambuco.

Chegando ao conhecimento do Geral as recriminações do comissário franciscano, preguntou êle ao sucessor de Beliarte, que fundamento tinham.

Respondeu o Padre Pero Rodrigues :

« Pedindo o Comissário dos Capuchinhos ao Provincial passado que o levasse no nosso navio, quando o Padre ia a visitar Pernambuco, o Padre, com palavras ásperas, diante de alguns Padres lhe disse : ou V. R. ou eu havemos de ir no navio ».

« O comissário se sentiu disso, e ainda que depois se lhe fêz o oferecimento, êle foi a Pernambuco por terra. Na Paraíba, tiveram os Capuchinhos, com os Nossos, encontros sôbre os Índios, que de suas Aldeias fugiam para as nossas, e os Frades escreveram ao Cardial queixas dos Nossos. O Cardial escreveu ao Bispo que se informasse do que se passava e, achando aos Nossos culpados, os lançasse da Paraíba. Vendo o P. Provincial estas agitações, largou-lhes as Aldeias, que tínhamos na Paraíba, tirando dali os Nossos, e com isto cessaram as queixas » [2].

---

1. *Lus.* 72, 94.
2. Carta de Pero Rodrigues, 29 de Setembro de 1594, *Bras.* 3, 360.

Assim terminou tão desagradável assunto. Dos documentos se deduz que houve falta de tacto da parte do Padre Beliarte e que os Jesuítas defendiam as suas posições, conquistadas com sacrifício desde a primeira hora, talvez com exagerada vivacidade. Mas não há dúvida que sucedeu aqui o que se repete invariàvelmente em tôdas as actividades humanas: a invasão de um campo já cultivado por outros não produz nunca frutos de paz. Dividem-se os espíritos. E ainda que o serem religiosos impõe exigências de caridade, mais altas, contudo nem sempre se encontram almas verdadeiramente grandes, superiores a tais lances, e que saibam cortar a tempo a obra da intriga, que se cobre às vezes com o nome de zêlo. Foi o que ali se deu. Os moradores e os capitãis, sobretudo Feliciano Coelho, declararam que lhes bastavam os Franciscanos.

Os Franciscanos sentiram nisso complacência. Não viram que êles desejavam atingir os Jesuítas, defensores dos Índios. Saindo-lhes bem a emprêsa, perderam o respeito ao carácter religioso e daí a três ou quatro anos, arranjaram novos pretextos e expulsaram, por sua vez, os Franciscanos. Jaboatão narrando êste sucesso, chama a Feliciano Coelho « capital inimigo do hábito de nosso Padre S. Francisco » [1].

Conta Pôrto Seguro que Feliciano Coelho, nas guerras contra os Índios, queimou algumas Aldeias onde prègavam e doutrinavam os Padres Jesuítas. Reclamando êstes do Governador Geral, despachou D. Francisco de Sousa: « como pedem ».

Feliciano Coelho queixou-se a El-Rei dêste despacho e acrescenta: « Se Vossa Majestade não olha por isto nem manda o que se há-de fazer neste particular [dos Índios], haverá grandes dissensões e rebeliões entre nós e, antes de muito, nos degolaremos uns aos outros » [2].

De Portugal olharam, de-facto, por isso, mas no sentido contrário, isto é, no da defesa dos Índios, para honra do mesmo Portugal e da civilização. Nem por isso se degolou ninguém. Pôrto Seguro lastima que D. Francisco de Sousa diminuísse assim a jurisdição real, acedendo àquela reclamação. Não esqueçamos a antipatia de Pôrto Seguro para com os Índios e os Jesuítas. Ao

---

1. Jaboatão, *Orbe Serafico*, 38.
2. Pôrto Seguro, *HG*, II, 58-59.

invés do que afirma, o poder só se engrandece quando manda suprimir ou indemnizar as injustiças dos seus delegados subalternos.

Os Jesuítas haviam de voltar mais tarde à Paraíba. Ainda em 1599, mostrava o P. Francisco Pinto a necessidade de se reabrir a casa da Paraíba, e até com maiores proporções que antes [1].

Mas, não se aplanando as dificuldades, e sendo o campo grande, os Jesuítas, sacudindo o pó das sandálias, saltaram por cima, deixando a Paraíba entregue a si-própria e ao seu destino, daí em diante apagado, e foram levar a luz do Evangelho e os benefícios da instrução pela costa imensa, progressivamente, até ao extremo Norte.

---

1. *Bras. 3 (1)*, 177-179.

CAPÍTULO V

Rio Grande do Norte

1 — Conquista do Rio Grande; 2 — Actividade e pazes agenciadas pelos Padres Francisco de Lemos e Gaspar de Samperes; 3 — O P. Francisco Pinto e os Índios principais « Pau-Sêco » e « Camarão Grande »; 4 — Pazes gerais com os Índios Potiguares.

1. — Tavares de Lira, ao tratar da fundação do Rio Grande do Norte, escreve que «os nossos historiadores, dando notícia da conquista, repetem-se com pequenas variantes de detalhes, inspirando-se todos nas crónicas do tempo». Reproduzem, sobretudo, a Fr. Vicente do Salvador [1].

Ora, no Arquivo da Companhia existem duas relações, anteriores àquela e contemporâneas da conquista. A primeira vem assinada por Pero Rodrigues, o futuro autor da vida de Anchieta; a segunda não vem assinada, e dá já notícias do estado da Missão do Rio Grande do Norte, em 1607. São inéditas e com valioso recheio de informações. Completam-se mùtuamente; e, com breves notas oriundas de outras fontes, encerram tôda a história dos Jesuítas no Rio Grande do Norte nesse fim e começo do século. Ministérios dos Padres, entradas a sertões, aonde não fôra antes nenhum branco; pazes realizadas; actividade dos Jesuítas Francisco de Lemos, Superior, Gaspar de Samperes, engenheiro militar, Francisco Pinto, futuro apóstolo e mártir do Ceará. Dêste último transcreve-se até uma carta em que narra as pazes do Capaoba, região unida geogràficamente à Paraíba, mas que pertence històricamente ao movimento geral da conquista do Rio Grande.

---

1. Tavares de Lira, *Historia do Rio Grande do Norte* (Rio de Janeiro 1921) 30.

A carta de Pero Rodrigues poderíamos resumi-la ou «pô-la em estilo» como diriam ou fariam os antigos. Mas, como ela não se enxerta com assuntos alheios a êste capítulo e é verdadeiramente histórica, preferimos dá-la no seu sabor original, documental e inédito. Diz assim:

«A derradeira porta da conversão do gentio, que nestes dois anos passados se tem começado de abrir, é em o Rio Grande, comarca dos Potiguares. E porque estiveram muitos anos em guerra com os Portugueses, dando entrada e tendo comércio com os Franceses, tratarei primeiro de como foram conquistados, e depois como fizeram pazes com os nossos, porque, assim em uma emprêsa como na outra, se acharam presentes os Padres, que foram do Colégio de Pernambuco».

«A Vila de Pernambuco, a mais rica terra dêste Estado, assim pelos muitos açúqueres, como pelo muito trato de pau, que chamam brasil, está em oito graus, cem léguas da Baía, e é a cabeça da Província chamada Nova Lusitânia: nestas partes tem por Capitão Manuel de Mascarenhas Homem. Daí a dezóito léguas, pera a linha, em sete graus, está a cidade de Paraíba, cujo Capitão é Feliciano Coelho de Carvalho. Daí mais avante, outras vinte e duas léguas, está o Pôrto do Rio Grande, em seis graus. Tôdas estas terras eram povoadas de Potiguares, os quais comerciavam com os Portugueses, com muita paz e proveito de ambas as partes, mas, pelo tempo adiante, avexados de alguns homens, com muitos cativeiros, se vieram a levantar e fazer cruel guerra, matando os Índios, que estavam de paz, e muitos Portugueses em diversos assaltos e fazendo despovoar muitos engenhos e fazendas. E fizeram esta guerra com mor atrevimento, depois que tiveram comércio com os Franceses, os quais, recolhendo-se no Rio Grande, deixavam aí suas mercadorias, que traziam de França. E, emquanto o gentio lhe fazia a carga de pau, êles corriam tôda a costa e faziam prêsas muitas vezes de importância. E chegava seu atrevimento a cercar as bôcas das barras e saquear as vilas dêste Estado. Deixo outra mais bárbara crueldade, a que não podiam chegar senão homens alienados da fé e nome cristão, que muitos dos que tomavam, assim Portugueses como negros guinéus, iam vender aos Potiguares a trôco de pau e farinhas. E êles os tinham a bom recado, como em currais, e, quando queriam fazer suas festas, os matavam em terreiro e assados os comiam. E assim, desta amizade dos Potiguares com os Franceses, nos nasciam a nós dois grandes males. Um era darem os Potiguares pôrto aos cossairos para destruírem a costa por mar, e outro darem os Franceses ajuda de soldados aos Potiguares pera nos darem assaltos por terra».

«Informado S. M.ᵈᵉ El-Rei Filipe II, de tantos males e perdas de seus vassalos, determinou de lhes acudir com remédio eficaz. E foi mandar ao Governador Geral do Estado, Dom Francisco de Sousa, desse ordem com que fôsse fazer esta guerra Manuel Mascarenhas Homem, Capitão-mor de Pernambuco. E ao mesmo capitão escreveu S. M. que, sendo-lhe necessária alguma ajuda de Paraíba, que está no meio, a pedisse, em seu nome, ao Capitão dela, Feliciano Coelho de Carvalho, e que, se julgasse que convinha ir o mesmo Capitão em pessoa, lhe pedisse o quisesse acompanhar, porque esta era a sua vontade. Ajuntaram-se êstes dois Capitãis, e determinaram que Manuel Mascarenhas fôsse por mar; e Feliciano Coelho fôsse por terra. Partiram, cada um por sua parte. O da terra levava trezentos homens de espingarda e cincoenta de cavalo, com novecentos frecheiros, além de muita escravaria de Guiné, que levavam as munições e petrechos de guerra. O desenho dêste Capitão era ir destruindo as Aldeias pelo sertão até chegar ao Rio Grande, no que houvera de gastar alguns quatro meses; mas, depois de quatro ou cinco jornadas, estando já no princípio das terras dos inimigos, lhe deu no Arraial o mal de bexigas, de que lhe morreu muita gente, pelo que foi necessário retirar-se à Paraíba. Vendo o gentio Potiguar que os nossos se retiravam, veio-os seguindo, porém nunca se atreveram a cometer o exército, mas contentavam-se com quebrar as cabeças aos mortos e comer daquela carne. Pelo que de tal maneira se pegou o mesmo mal a êles, que se afirma que mais morreram de doença do que houveram de morrer, indo a guerra por diante: êles mesmos confessavam que das três partes morreram as duas, e os Franceses disseram que houve Aldeia em que amanheciam cem pessoas mortas».

«O Capitão do mar se partiu com sua armada, de catorze velas muito bem negociadas, na qual iriam quatrocentos homens. E, com ela entrou, tôda, com muita prosperidade, pela barra do Rio Grande, dia de Natal do ano de 97, em que se começava o de 98. Logo ao outro dia, tomaram os Portugueses posse da terra, aonde se entrincheiraram com a mor pressa, que puderam, por causa dos contrários. E logo se começou a fortaleza que Sua Majestade mandava fazer. Daí a alguns meses, passado o mal das bexigas, tornou o Capitão da Paraíba com alguma gente, que lhe ficou, a socorrer a Manuel Mascarenhas, ao Rio Grande, para ambos juntamente, depois da fortaleza feita, virem dando guerra ao gentio, o que fizeram, destruindo muitas Aldeias, cativando e matando muita gente, até se recolherem à Paraíba».

2. — « Nesta jornada, foram dois Padres: por Superior o P.e Francisco de Lemos e por seu companheiro o P.e Gaspar de S. Peres, ao qual nomeadamente pediu o capitão pera lhe dar alguma boa traça do forte, que El-Rei lhe mandava fazer, como lha deu, porque sabia bem dessa arte e a exercitara, em Espanha e no Brasil, antes de entrar na Companhia, quando professava a milícia. Ambos os Padres ajudavam ao exército com os acostumados exercícios da Companhia, com muita edificação de todos, prègando, confessando e fazendo amizades e não se negando a nenhuns trabalhos, de dia e de noite, assim aos que o perigo da guerra traz consigo, como no acudir aos Índios nossos amigos, que nos ajudavam na guerra, por adoecerem gravemente de bexigas, e quanto era possível acudiam a os curar e consolar na morte. Um dos Padres veio de lá com grande indisposição, que por muito tempo lhe durou. E entende-se que foi de beber água de charcos, em que os imigos tinham deitado peçonha, mas todos êstes trabalhos tinham por bem empregados, assim pelo bom sucesso, que Deus Nosso Senhor deu a esta guerra, como pelo prémio, que espera de sua divina mão».

«Uma das coisas de mais importância, que os Padres nesta missão e conquista fizeram, foi que, no mesmo tempo da guerra, foram muitas vezes em batéis pelo Rio arriba, acompanhados de alguns soldados, a falar com os contrários e persuadir-lhes que se quisessem render e fazer pazes com os nossos, que deixassem seu fero costume de comer carne humana por vingança dos que tomam em guerra, que se viessem pera a Igreja, e outras coisas nesta matéria, nomeando-lhe muitos principais e ainda parentes seus, que morreram cristãos e agora estão nos céus; o mesmo lhes prègavam alguns Índios das Aldeias, que os Padres teem a cargo. Êles, ao princípio, respondiam com muita frechada, sem quererem ouvir mais razões; mas, continuando o Padre Francisco de Lemos com lhes prègar e desenganar, vieram a dar-lhe tanto crédito que, dali por diante, quando lhe ia a falar, punham as armas no chão e os principais chegavam mais perto do mar, mandando afastar os seus e pôr as armas; e foi isto tanto que se botavam a nado e metiam no batel pera tratar devagar com os Padres e, quando vinham a nado, sempre vinham bradando *Abaré! Abaré!* que quere dizer, na sua língua, Padre! Padre! Aqui lhes tornava a falar contra seus erros, que tivessem dó de suas almas, porque, não se fazendo cristãos, haviam de arder para sempre nos infernos. Com isto, pouco e pouco, se vieram a fiar dos Padres e os acompanhavam até o Arraial a falar com o Capitão-mor e tornavam aos seus, muito contentes, assim por ver que lhes cumpriam os Padres a palavra, que lhes davam, de os deixarem tornar, como pelo bom gasalhado que no Capitão achavam, de comer e beber, roupas e resgates. Quando o Capitão-mor lhes cometia pazes, sempre diziam que sim, mas como eram muitos, nunca concluíam; pelo que chegou um a dizer: se nós tivéramos uma só cabeça, como vós tendes, já estiveram feitas as pazes!»

«Em o tempo que os Padres estiveram no Rio Grande, deram os nossos Índios alguns assaltos, matavam muita gente e traziam outra, em que vinham algumas crianças, de que cativaram algumas trinta e sete, e logo morreram de bexigas, mal que então por aquelas partes andava; entre estas criaturas entravam algumas da Guiné, cujos pais os Franceses davam aos Potiguares em trôco de Pau do Brasil pera os comerem».

«Sucedeu neste tempo cair a quaresma, na qual confessaram e deram o Santíssimo Sacramento àquela gente tôda, que ali se achou, por não haver outros curas, e na Semana Santa lhe pediu muito o Capitão-mor quisesse fazer ali os ofícios da Semana Santa, com tôdas as cerimónias a êles pertencentes, porque causaria isto muita devoção a todos, pois em terra, onde actualmente se estava comendo carne humana, se celebravam os ofícios divinos. Ao que lhe responderam os Padres, que fariam tudo o que a Sua Mercê parecesse, mas que, quanto ao encerrar o Senhor parecia coisa dificultosa, porquanto estavam em terra de imigos, e que cada dia quási lhes davam assaltos. Nunca se quietou, até que se puseram a fazer um sepulcro, conforme ao tempo e lugar, mandando o capitão dar todo o necessário, que na Alfândega havia, e tôda a cera necessária e, assim, tudo se fêz com muita quietação, porque o Capitão meteu de guarda, emquanto o Santíssimo Sacramento estêve encerrado, duzentos arcabuzeiros, vindo todos os Capitãis com seus oficiais, arrastando as bandeiras pelo chão, botando-as diante do Senhor, até que se desencerrou, o que causou muita devoção. E houve pessoas, que choraram, por ver tudo isto em terra de imigos. Não faltaram, neste tempo, prègações e seu mandato e os ofícios de trévoas, procissão, e tudo o mais, e foi Nosso Senhor servido que em tôda essa semana nunca os imigos lhes deu nenhum assalto, o que todavia guardaram para dia de Páscoa, mas quis o Senhor que não lhes fizeram nenhum mal. Os Padres, todo o tempo que o Senhor estêve encerrado, sempre vigiaram, revezando-se pera que, sucedendo qualquer coisa, se achassem na igreja pera o que fôsse necessário. E o Capitão-mor contìnuamente andava em pessoa vigiando os postos por neste tempo de ninguém se fiar. Isto tudo concluído, não se fartavam, assim os Capitãis como os soldados, de dar os aguardecimentos aos Padres por uma obra tão santa como esta foi, dizendo mil bens dos da Companhia, e que, se os Padres com êles não foram, estiveram naquela semana como gentios naturais».

«Depois do Capitão-mor pôr em defensa a fortaleza, que Sua Majestade lhe mandou fazer no Rio Grande, se determinou fazer volta por terra pera a Capitania de Pernambuco, vindo dando guerra ao gentio Potiguar, o qual fêz por algumas vezes rosto, pelejando a seu modo, mui esforçadamente contra os Portugueses, mas sempre foram vencidos por causa da arcabuzaria, a que teem grande mêdo. Em todos êstes combates se acharam sempre os Padres, ajudando e confessando aos soldados, exercitando os ministérios da Companhia por todo aquêle caminho e foi Nosso Senhor servido tirá-los de muitos perigos, que em semelhantes tempos soem acontecer, livrando a um dos Padres de uma arcabuzada, que lhe tiraram e lhe passaram com o pelouro a roupeta, deixando-lha com cinco buracos de um pelouro, e o mesmo pelouro derrubou logo a um soldado. Fêz-se grande estrago neste gentio, porque mataram os nossos muita gente em que entravam muitas crianças, das quais os Padres baptizaram algumas vinte e tantas, que achavam ainda vivas, com crueis feridas, e logo acabavam, andando com a água às costas, vendo onde achavam crianças pera morrer, e assim foi Nosso Senhor servido irem estas almas gozar de seu Criador, de que alguns soldados honrados, que neste ministério ajudavam também aos Padres, se edificavam e davam graças a Deus, dizendo: salva-se um filho de um selvagem e eu não sei o que será de mim. Sempre o Capitão-mor fêz muito caso dos Nossos, pondo-os à sua mesa e tratando-os em tudo como a Religiosos».

«Coisa parece digna de consideração ver que assim como Nosso Senhor tomou por instrumento da conversão dos Amoipiras a um seu natural, de muito respeito entre êles, por nome Tipóia, como acima está dito [1], assim para trazer ao caminho da salvação aos Potiguares, tomou outro natural seu dêles, muito afamado em guerras que em muitos assaltos foi por Capitão dos seus e fêz muito dano aos moradores da Paraíba, por nome o *Mar Grande*. Êste, depois de serem os nossos chegados ao Rio Grande de dez ou doze dias, veio-lhes dar um combate com dois mil frecheiros, o que sabido pelo Capitão-mor mandou alguns Índios, que lhe fôssem por detrás cortar o fio de sua gente, o que fizeram com muita destreza; acudiram logo os soldados e mataram alguns principais, que vinham na dianteira pelo que os obrigaram, uns a fugir, outros a lançarem-se no mar, porque o combate foi na praia; os nossos se botaram empós êles a nado, e matando alguns trouxeram cativos oito, em que entrou êste Mar Grande. A todos se deu vida e dêles souberam como determinavam os Potiguares descer com vinte mil homens sôbre os nossos, em que vinham cincoenta franceses arcabuzeiros, mas foi Nosso Senhor servido que, espantados com o jogar da artilharia, não teve efeito seu desenho. Sentiram muito os contrários ser cativo êste seu principal por o terem por morto, conforme o seu costume, que não dão vida a ninguém. O Padre Francisco de Lemos lhes falou e prometeu de lho mostrar, o que fêz, levando-o a bom recado. Tanto que o viram, houve muitas lágrimas de parte a parte, dizendo mil lástimas sôbre a prisão. Mas êle, com muito ânimo, começou de prègar aos seus que dali por diante não lançassem mais mão dos arcos nem espadas contra Portugueses. E que de sua parte dissessem aos mais princi-

---

1. Dêste assunto falaremos no tômo II.

pais viessem confiadamente falar com os Padres, que êles lhes diriam o que lhes convinha, porque era gente que não sabia tratar senão verdade. Aceitaram alguns o conselho, e vieram ter com os Padres os quais lhes aconselhavam que viessem para a Igreja e aceitassem as pazes. O mesmo confirmava êste principal com palavras tão eficazes, que disseram os Capitãis que parecia querer Deus tomar aquêle índio por meio para Deus fazer muitos bens aos seus».

.3 — «Neste tempo, sucedeu haver-se de tornar pera sua casa um morador de Pernambuco e dar-lhe o Capitão-mor a êste índio por cativo. Avisaram logo alguns Capitãis ao Padre que não convinha tirar aquêle índio do Arraial, porque era de muita importância, e que, se o soubessem os seus, carregariam com maior poder de gente sôbre nós. Propôs estas razões e outras o Padre ao Capitão, ao qual pareceram bem, e mandou dar outro escravo em troca dêle. Êste índio veio mostrando os caminhos ao Capitão, quando se recolheu por terra para a vila. E foi mui fiel companheiro aos Padres e dêles aprendeu muitas coisas de Deus, que depois lhe serviram para prègar à sua gente. Concluído o negócio da guerra, intentou logo o Capitão-mor outra emprêsa pera confirmar a paz. E foi começar a tratar de pazes, e, porque, assim pera êste como pera outros negócios, lhe era necessário ver-se com o Governador Geral, veio-se a esta Baía. E concluídas suas coisas com o Governador, me pediu, mui de-propósito, lhe desse algum Padre, bem exercitado na língua e conversão do gentio, pera dar princípio à paz com os Potiguares. Eu lhe dei o Padre Francisco Pinto, dos melhores línguas desta Província, e por tal conhecido e respeitado dos Índios».

«Levou ao Padre consigo e, tomando companheiro no Colégio de Pernambuco, foram ao Rio-Grande. Mandou logo o Padre recado aos principais que se viessem com êle. Vieram; e entre êles o maior de tôda aquela comarca, por nome o *Camarão--Grande*, o qual, depois de ter seus cumprimentos com o Padre, lhe disse que vinha tratar de pazes e que, depois delas feitas, trataria do que a êle e aos seus pertencia no negócio da salvação. A tudo isto se achou presente o Capitão-mor e o Capitão da fortaleza, João Rodrigues Colaço. E por aqui se deu princípio às pazes entre nós e os Potiguares, as quais pera ficarem mais assentadas fêz o Padre Francisco Pinto, por ordem do Capitão, que mandasse êste Capitão alguns dos seus para começarem de povoar junto à vila de Pernambuco entre os Portugueses. O Camarão Grande o cumpriu assim e, tomando um irmão seu, com a gente que tinha, foi em pessoa aposentá-lo aonde o Capitão lhe assinou. E isto feito, se tornou pera sua terra, muito contente do que tinha assentado com os Portugueses. Contudo, não custou isto pouco ao Padre Gaspar de São Peres, seu companheiro, porque andou pelo sertão, ajuntando êstes principais pera o efeito das pazes. Achou em os Índios muito gasalhado e lhe faziam muita instância que levantasse igrejas em suas terras, porque queriam ser filhos de Deus, de cuja bondade esperamos lhes cumprirá os desejos, que lhes comunicou».

«Não se deram o Capitão nem os Padres por satisfeitos com trazer à nossa amizade os Potiguares do sertão do Rio Grande, mas entenderam ser necessário fazer o mesmo com os principais de outro sertão, a que chamam Capaoba, trinta léguas pela terra dentro, sôbre a Paraíba, que está entre Pernambuco e o Rio Grande, como está dito. E a causa era porque, como êstes eram fronteiros da Paraíba, estavam escandalizados dos nossos com quem traziam guerra mais picada; não convinha fazer pazes com os de mais longe, sem as fazer também com os vizinhos. E assim rogou o Capitão ao Padre quisesse, por amor de Deus, tomar êste trabalho de ir ajuntar os principais do Capaoba e trazê-los ao forte, para aí se confirmarem as pazes com maior solenidade. Tomou o Padre, com seu companheiro, esta nova emprêsa, mas primeiro mandou por duas vias seu recado a chamar os principais daquele sertão. Por uma parte, foi o Mar-Grande, e, por outra, outros mensageiros; aceitou bem o recado do Padre o maior principal daquele sertão, afamado em guerras pelo dano que tinha feito aos Portugueses, por nome o *Pau-Sêco*, o qual logo se abalou a vir falar com o Padre e o que daí por diante passou relatarei por uma carta que o Padre Francisco Pinto me escreveu, em 19 de Maio do presente ano de 99, em a qual diz desta maneira»:

«Chegado o Pau-Sêco a uma Aldeia de um parente seu, obra de meia légua do forte, não quis passar dali e mandou-me recado que o fôsse ali ver, e que pois tínhamos ido a outras Aldeias, que também era rezão que, por amor dèle, fôssemos àquela de seu irmão. E então viria êle connosco aonde quiséssemos. Pareceu-me bem sua resposta e comecei de caminhar pera a Aldeia, que estava em um alto, e disseram depois que, tanto que nos viram e conheceram de longe, folgaram muito de nos ver. Chegando à Aldeia, entrei, prègando pelo terreiro, como é costume. Estava êste principal em pé, ouvindo-me. E tanto que acabei, entrámos pera a pousada onde tinham rêdes armadas pera nos assentarmos, como fizemos. Estava êste índio a seu modo, muito grave e fantástico, empenado pelo corpo com penas vermelhas, na cabeça e braços com penas azues, uma pedra verde mui formosa no beiço, nas orelhas uns pendentes de contas brancas, com seus remates a modo de campainhas. E, como era gentil homem, tudo lhe estava bem. Estava assentado em uma rêde, e defronte de si tinham mandado armar outra pera mim, porque assim é costume falarem, de-fronte um do outro, os que hão-de praticar. Estêve assim um pedaço e deixou primeiro falar aos outros e dar-nos as boas vindas. E no cabo no-las deu com muita gravidade e eu a êle o mesmo».

«Começámos a prática, da qual ficou muito satisfeito; e, ainda que com algum receio, se determinou a ir connosco a ver-se com o Capitão, o qual lhe fêz muito gasalhado e lhe ofereceu pazes, o que êle ouviu muito bem e, acêrca dêste particular, respondeu que folgaria de as fazer. E que era bom sermos todos uns e amigos, pois todos gozamos de um sol, de uma lua e de um dia; disse mais ao Capitão que se confiasse em sua palavra, que não tinha mais que uma, sem lhe ficar outra dentro, escondida. De mim não tendes que nos recear que torne atrás, do que digo, mas eu de vós sim me posso recear que falteis; mas, quanto a mim, basta estar eu assentado diante de vós pera não haver de tornar atrás no que ficamos. Já botei de parte a minha espada irada, já abrandei meus braços, já deixei minha rodela, não quero senão amizade. Estas e outras coisas lhe disse, de que o Capitão-mor e os mais ficaram mui satisfeitos, e êle também o foi, com dádivas que o Capitão lhe deu, e em especial com uma roupeta do mesmo, com uma cruz de comenda no peito. Acrescentou mais êste índio que, pera as pazes serem mais firmes, relevava dar conta aos seus, e que pera isso me queria acompanhar pelo seu sertão de Capaoba, pera fazer capazes aos principais das pazes que pretendíamos e os trazermos à Paraíba, onde os concertos das pazes se haviam de solenizar».

«Partimos do Forte do Rio Grande, acompanhados dêste índio e do Mar Grande e de outro dêste Sertão, aos 19 de Abril dêste ano de 99. Viemos pelas Aldeias, que de caminho podíamos ver. Em tôdas fazia minhas práticas em seus terreiros, como é costume, aonde se ajuntavam não sòmente os principais, mas tôda a Aldeia, sem ficar ninguém. A ordem, que tinha em lhes falar, era esta: primeiro lhes dizia quem éramos, depois ao que íamos, que eram duas coisas: a primeira dar-lhes as pazes, e a outra dar-lhes a conhecer seu Criador, ao qual por não conhecerem, estavam cegos nem entendiam a imortalidade de sua alma, nem como na outra vida havia glória pera os bons e castigo pera os maus. Nisto me detinha até à bôca da noite, em que, depois de cansado, me recolhia; porém, depois, um dos meus companheiros, que é o Mar-Grande, pela notícia que lhe eu tinha dado destas coisas, continuava a prática com êles, quási tôda a noite, com tanto fervor como se fôra um prègador de muito zêlo e eloqüência. Aos ouvintes, no princípio, parecia um sonho estas coisas, mas ao menos ficavam dispostos, com desejos de as tornar a ouvir, e pouco e pouco vieram a fazer nêles tanta impressão, que me respondiam com estas palavras».

— «*Ó meu pai, como está isso bom! Folgo muito com isso! Estou muito contente de suas palavras, encheu-me a sua fala, fartou-me sua palavra, já uma vez a enguli e não a tornarei a deitar fora da minha alma* ».

«Com estas e semelhantes palavras declaravam, o melhor que podiam, seu contentamento e satisfação que recebiam. Desta maneira fomos correndo por êste sertão, com algum trabalho, por estarem de fome, e também com alguns sobressaltos de alguns que, por nos não conhecerem, falavam assim de nos quererem matar; porém tirou-nos Nosso Senhor dêste trabalho por meio de nosso companheiro, o Pau-Sêco, porque, como é muito afamado em guerras e temido de todos, e juntamente mui capaz e de bom juízo natural, por onde quer que íamos, todos lhe tinham respeito, e assim, ouvindo falar mal a uns, respondeu»:

— «*Ninguém tema êsses cobardes, aqui vai minha espada!* »

«E, falando êle com outro companheiro, ouvindo-o eu, disse dêste modo»:

— « Êstes Padres terão que contar, e serão afamados porque entraram neste sertão onde até agora ninguém entrou, e o meu nome será também afamado, porque debaixo de minha autoridade os trago seguros».

« Duas coisas notei neste índio, em que vi sua prudência natural, uma é que se não perturbava no beber, porque, se era de Portugal, deitava-lhe muita água; e se era do seu, em se sentindo tocado, não ia mais por diante. A outra, é a que nunca vi em índio nenhum, que não consentia que falássemos com os principais senão vestidos com roupetas pretas, dizendo que folgava de nos ver autorizados, limpos, e bem vestidos, pera que nos tivessem os ouvintes mais respeito; e uma vez, que acertei de pôr a veste sôbre a roupeta preta, se chegou a mim e mo estranhou».

« Chegámos à Aldeia e casa dêste Índio, onde fomos recebidos com todo o agasalhado possível. Ajuntaram-se os principais. Fiz-lhes algumas práticas e assentaram comigo de me virem acompanhando até à Paraíba pera cumprir as pazes. Fiz aqui resenha das Aldeias dêste sertão da Capaoba, pola relação dos Índios, e achei quási setenta; e querendo saber dêles quantos serão, por tôdas as Aldeias dos Potiguares, em tôdas as quatro ou cinco comarcas em que moram, achei serem, por tôdas, trezentas e vinte. Nesta Aldeia do nosso amigo nos fêz Nosso Senhor mercê de nos provar a meu companheiro e a mim com doença de febres: a êle terçãs e a mim contínuas. Não tínhamos remédio algum humano de físico ou mezinhas, bem nos lembrava dos regalos, quando adoecemos nos Colégios, dum pedaço de açúcar pera beber uma pouca de água, ou uma talhada de marmelada e outras coisas que a caridade da Companhia costuma. Enfim, temi morrer naquele sertão, mas foi Nosso Senhor servido dar-nos saúde sem mezinha humana. Nestes passos, se aprende a ter confiança em Deus e a experimentar a pobreza e paciência».

4. — «Partimos, dia de Ascensão, da casa do Pau-Sêco, ambos muito fracos ainda, porque a mim havia um só dia que me abandonaram as febres e o Padre meu companheiro ainda trazia suas terçãs. E assim êle, de quando em quando, vinha em rêde; mas eu sempre vim a pé, pôsto que caindo pelo caminho, por ser mui áspero e nós virmos molhados, mas acudiu Nosso Senhor, dando-nos fôrças pera chegarmos, em obra de quinze

dias, à Paraíba. E quis Nosso Senhor que no mesmo dia, em que chegámos, havia poucas horas eram chegados os Capitãis, que com êstes principais haviam de celebrar as pazes. E, assim, se ajuntaram o Capitão-mor Manuel Mascarenhas, o Capitão Alexandre de Moura e os Capitãis da Paraíba e da Ilha, o Provedor-mor Braz de Almeida e outras pessoas, a quem tocava estarem presentes. Da parte dos Índios cristãos, que também faziam pazes com os Potiguares, estavam êstes principais, um velho mui afamado por nome *Braço-de-Peixe* e seu filho *Braço-Preto*, o *Pedra-Verde* e outro de nome entre êles. Da parte dos Potiguares estavam quarenta ou cincoenta que connosco vieram, dos quais eram principais quinze ou vinte, assim do Capaoba como do Rio Grande, e entre todos o que mais montava era o *Pau-Sêco*. Celebraram-se aí as pazes e depois foram pregoadas na vila de Pernambuco, as quais quererá Nosso Senhor conservar pera bem temporal dos Portugueses e espiritual dêste gentio».

«Vou acabando esta carta com pedir a V.ª R.ª informe a N. R. P. Geral como são muitos os Potiguares e querem igrejas e receber a fé e que temos necessidade de muita gente, mas o que me parece é que fàcilmente os conservaremos, visitando muitas Aldeias e residindo em algumas partes, como será fazendo uma boa residência na nova cidade, que agora se há-de fundar, obra de meia légua do forte do Rio Grande, e noutras partes onde então parecer. Até aqui é a carta do Padre Francisco Pinto, Superior da missão, ao tempo que se fizeram as pazes».

«Darei fim a esta carta com um testemunho do Capitão-mor de Pernambuco, Manuel Mascarenhas Homem, que fêz a dita conquista, o qual testemunho hei tirado de um instrumento, que achei no Colégio de Pernambuco, de testemunhas juradas aos Santos Evangelhos, que o Padre Pedro de Toledo, Reitor daquele Colégio, fêz tirar jurìdicamente pera certo negócio que relevava. Diz êste Capitão, em seu testemunho, como os Padres, com zêlo de servir a Deus e a Sua Majestade e bem das almas daquele gentio, caminhando a pé, obra de cincoenta leguas, pelo sertão, entraram em vinte cinco Aldeias do Gentio imigo, de que algum estava ainda tão encarniçado que com muita dificuldade e risco de suas vidas o poderam atrair a nossa amizade, e, em efeito, com prègações dos Padres, ajudados de Nosso Senhor, vieram todos ao que dêles se pretendia, que era aceitarem as pazes e descerem com sua gente pera onde pudessem tratar da salvação de suas almas, e ajudar aos moradores destas Capitanias. E, em efeito, vieram já duas Aldeias dêles, que foi a maior e mais importante coisa que nunca se fêz em todo o Estado do Brasil, por quão molestado o tinha êste gentio com assaltos e mortes de brancos e Índios amigos, que cada dia faziam em diversos lugares, a que êle, Capitão-mor, muitas vezes acudia com a gente da Capitania de Pernambuco. Aos quais socorros levou por vezes consigo Religiosos da Companhia pera exercitarem seus ministérios, assim com os Portugueses como com o gentio de paz, que levavam, pera os ajudar na guerra. E vindo-se o dito Capitão pera a vila de Pernambuco, pediu aos ditos Padres quisessem ficar, como ficaram, assistindo na fortaleza do Rio Grande, continuando com as pazes começadas. E, depois de persuadido o gentio do Rio Grande aceitasse as pazes, foram ao sertão do Copaoba a fazer o mesmo ofício, em serviço de Nosso Senhor e bem das almas. Até aqui tirei do testemunho e certidão do Capitão-mor Manuel Mascarenhas, com a qual concorda o testemunho do Capitão Alexandre de Moura e de outras pessoas graves, que se acharam ao fazer das pazes » [1].

Os Índios Potiguares, de que fala aqui Pero Rodrigues, neste documento notável, tinham sido o terror dos engenhos e fazen-

---

1. Carta de Pero Rodrigues, Baía, a 19 de Dezembro de 1599, *Bras.* 15, 475-478. Notemos que o P. Pero Rodrigues não escreveu um capítulo da História do Brasil, com obrigação portanto de falar de tudo e de todos: narra a actividade dos Padres seus subordinados, como lhe competia; mas o que diz completa um capítulo da História do Brasil até agora deficiente. Em vão se buscam referências aos Jesuítas no estudo *A colonização da Capitania do Rio Grande do Norte*, na *Rev. do Inst. Hist. Bras.*, 77, 1.ª, 13. Também nesta página, em nota, se enumeram as diversas hipóteses, algumas bem fantasistas (de Pôrto Seguro, Milliet de Saint-Adolphe, Jaboatão, Aires do Casal, Agostinho de Santa Maria, Fr. Vicente do Salvador, Vicente de Lemos) para explicar o nome de *Natal*, dado à capital do Estado. Nenhum dêstes acertou. Chamou-se Natal, porque foi êsse o tempo em que a armada entrou a barra do Rio Grande do Norte. A-pesar da cidade se começar depois, perpetuou-se, no seu nome, a recordação daquele facto. Luiz Fernandes (*Rev. do Inst. do Rio Grande do N.*, II, 170-171) confunde os Padres Francisco de Lemos e Diogo Nunes. Êste último não foi na primeira expedição de Manuel Mascarenhas. Cf. Loreto Couto, *Desagravos do Brasil*, nos *Annaes*, XXIV, 26; Pôrto Seguro, *HG*, II, 53; Barão de Studart, *Documentos*, II, 154; Guerreiro, *Relação Anual*, I, 376, 383.

das de Pernambuco. Em 1576, mataram 17 homens brancos e destruíram uma fazenda perto de Itamaracá[1]. Ajudados pelos Franceses, continuaram as suas terríveis depredações, sempre que podiam. Depois destas pazes, prestaram ajuda aos Portugueses. E logo em 1603, com a intervenção do P. Diogo Nunes, desceram 800 frecheiros para socorrer a Baía contra os Aimorés. Todavia, quando chegaram, já estava assente a paz. Os Potiguares tinham descido com a promessa de voltarem a suas terras, quando quisessem. Vendo que lhes faltavam à palavra, puseram-se em som de guerra. Aquietou-os a intervenção dos Padres[2].

Entre os chefes Potiguares, que fizeram as pazes com Francisco Pinto, estava um, chamado Sorobébé. Parece que não merecia demasiada confiança aos Portugueses, e, depois da redução dos mocambos dos negros, mostrou-se turbulento e arrogante. Remeteram-no para Lisboa. Em 19 de Maio de 1610, ocupou-se dêle o Conselho de Estado. Sorobébé tomou no baptismo o nome de D. Diogo de Menezes. Foi mandado para Évora com a mulher e filhos. Todos se fizeram cristãos. Deu-se-lhe a tença (sem êle a pedir) de 400 réis por dia. Vinha nu à moda da sua terra. Aquela Consulta aconselha a El-Rei que o mande vestir, porque há informação «que falam Franceses já com êle». Sorobébé faleceu em Évora[3].

Outros serviços prestaram depois os Potiguares, dentre os quais se portou, como herói, o índio Camarão. Entretanto, feitas aquelas pazes, logo surgiu a ideia de se estabelecer ali residência formada. A Paraíba pertencia à órbita de Pernambuco. Nessa época, andava o Colégio empenhado na construção do seu edifício e da igreja. Com despesas tão avultadas, mal poderia ocorrer à sustentação da nova casa. O P. Pero de Toledo, Reitor, era de opinião que ela se não abrisse, a não ser que El-Rei a sus-

---

1. *Fund. de Pernambuco*, 76 (53).
2. Guerreiro, *Relação Anual*, I, 377-378; Carta de Luiz Figueira, *Bras. 8*, 40v-41. Rodolfo Garcia, *Glossário* (Paris 1922) 60. Os Portugueses, para os ocupar, levaram-nos a combater os negros fugidos e alçados dos mocambos. Uma certidão da Câmara de Olinda fala em mais de 1.300 frecheiros. Cf. Pôrto Seguro, *HG*, II, 70.
3. Arq. Hist. Col., maço Ia dos Requerimentos, cf. *Inventario dos Documentos do Fundo Geral de BNL*, I (Lisboa 1931) 30. Sôbre a região habitada pelos Potiguares ou Potigoares e as referências dos antigos cronistas, cf. Métraux, *La Civilisation Matérielle*, 13.

tentasse [1]. Mas o P. Francisco Pinto, atendendo à afluência de gente, às esperanças de conversão, desejava que se fundasse residência, quási colégio, para dez, nada menos, sendo quatro línguas. Teriam que vir da Europa, porque no Brasil não havia gente bastante para tamanha emprêsa [2].

Com tais esperanças começaram a ir Padres em missões periódicas ao Rio Grande. E iam pensando na casa futura, adquirindo as terras indispensáveis para quando se abrisse [3]. Estabeleceram-se efectivamente, mais tarde, várias missões no Rio Grande do Norte. Os motivos, que invocaram os Jesuítas, para urgir a fundação, eram sobretudo dois, um dos quais tem hoje aplicação flagrante com o desenvolvimento crescente da aviação marítima; o outro é estritamente catequético. Devia-se fundar casa na Capitania do Rio Grande do Norte, diziam êles, «assim por ser *chave do Brasil e a mais perto de Portugal, como pelo muito gentio que ali se pode ajuntar*» [4].

---

1. Carta de Toledo, 16 de Set. de 1599, *Bras. 8, 8*.
2. *Bras. 3 (1)*, 177-179v.
3. Aquelas terras, segundo documentos publicados pelo Barão de Studart, foram as seguintes:

I — Terras entre a Ribeira «Arapapuú» e o ribeiro que chamam «Itaorasutuba». «Poderá ser légua e meia de comprido e uma de largo». «Consta da informação que os ditos Padres tiveram já aí gado vacum e ora teem roçarias de mantimentos, nem servem pera mais, salvo um pedaço de vargem alagada em que não se pode dar cana». — Doação feita pelo Capitão-mor João Rodrigues Colaço, em 6 de Julho de 1600. Confirmada por Jerónimo de Albuquerque Maranhão, em 8 de Agôsto de 1603; o mesmo concede, em 1607, uma ampliação dêstes terrenos para o lado da lagoa do Rio «Potãobu». — (*Autos de Repartição das Terras do Rio Grande*, publicados pelo Barão de Studart em *Documentos*, II, pp. 119, 128, 138).

II — «Uns chãos, no sítio desta cidade, onde teem uma casinha de taipa e telha». Dados, em 14 de Agôsto de 1600, por João Rodrigues Colaço e confirmados, em 8 de Agôsto de 1603, por Jerónimo de Albuquerque (Id., *ib.*, 119, 120, 128).

III — «Terras do Rio Jaguaribe, defronte da cidade e monte de Ubuturapaum, ao todo umas quatorze léguas». «Muitas destas datas dos Padres é terra inútil e de nenhum proveito e muita serve para pastos e mantimentos e varge de *seara*, que cai dentro, desaguando-a, dará mui formosos canaviais; dentro da dita data ha um rio de água doce, muito formoso, que alaga a dita varge e será mui factível o desalagá-lo à varge e aproveitar-se; tem outro-sim a dita varge lenhas e madeiras ordinárias; não se há feito na terra bemfeitorias algumas, mais que dois currais de vacas, e algumas éguas e quatro escravos da Guiné». Dada por Jerónimo de Albuquerque, em 7 de Janeiro de 1607 (id., *ib.*, 137-138).

4. *Algumas aduertencias para a Prouincia do Brasil*. Roma, Vitt.º Em., *Gesui-*

Na história da conquista territorial da grande nação brasileira para a civilização cristã, pela Companhia de Jesus, chegamos ao limiar do século XVII. Façamos uma pausa. A 14 de Novembro de 1599, escrevia o Provincial Pero Rodrigues, que o campo era vasto, de Pernambuco para cima, até ao famoso Rio do Maranhão. E anunciava que na Missão do Rio Grande andavam dois Padres, e que a sua vontade seria enviar outros muitos e não só para ali, mas para mais longe, até 200 léguas [1].

¿Pressentiria êle o Ceará, o Piauí, S. Luiz, Pará, o Amazonas, e as missões gloriosas que lá iriam fundar sucessivamente os Jesuítas do Brasil?...

---

tici 1255, 15. Cf. *Relação das Cousas do Rio Grande, do sitio e disposição da terra*, em *Bras. 15*, 439, 440. Escrito anónimo. Pelas palavras castelhanas que encerra, *ingenio, rocerias, gracia*, parece obra ou cópia de algum Padre espanhol. Vem-nos à lembrança o nome do P. Gaspar de Samperes, como provável Autor. Vd. *Apêndice I*.

1. *Bras. 15*, 471.

APÊNDICES

APPENDICES

APÊNDICE A

Scriptores Provinciae Brasiliensis

1. — P. Emmanuel Nobrega, Lusitanus, obiit 18 octobris 1570. De rebus Brasiliae, de Indigenarum moribus, et de fructuosa in iis colendis nostrorum opera plures scripsit epistolas, quae Italice redditae typis Romanis evulgatae sunt.

2. — V. Pater Josephus Anchieta, Hispanus Canariensis, obiit 9 Junii 1597. Edidit gramaticam linguae Brasilicae: post eius obitum vulgatae sunt sequentia opera: 1.º Vita B. V. M. versu Elegiaco. 2.º Piae Laudes in honorem eius Immaculatae Conceptionis versu saphico. 3.º Variae epistolae Latine et Lusitane scriptae. Supersunt inedita nonnulla sacra drammata, Poema Epicum De rebus gestis Mendi Sa, Supremi Brasiliae Prefecti, et annales Provinciae Brasiliae.

3. — P. Antonius Araujo, Lusitanus, obiit anno 1632. edidit Cathechismum Brasilicum.

4. — P. Ludovicus Figueira, Lusitanus, obiit 3 Iulii 1643. Grammaticam Linguae Brasilicae a V. Anchieta primo digestam auxit, novisque praeceptorum accessionibus illustratam edidit.

5. — P. Simon Vasconcellos, Portuensis, obiit 29 Septembris 1671. Edidit 1.º Vitam V. P. Ioanis Almeida. 2.º Vitam V. Anchietae. 3.º Chronicon Provinciae Brasiliensis. 4.º Orationem Panegyricam in laudem praedicti V. Almeidae: omnia haec Lusitano sermone scripta sunt.

6. — P. Antonius Sa, Fluminensis, obiit 1ª Ianuarii 1678. Edidit Latine orationem Panegyricam in laudem memorati V. Almeidae. Post eius obitum typis vulgatum est Lusitano sermone iustum volumen contionum.

7. — Dominicus Barbosa, Bahiensis, obiit 22 Novembris 1685. Reliquit ineditum iuxtum volumen Elegiarum de Passionis Domini Mysteriis.

8. — P. Eusebius Mattos, Bahiensis, 1º Soc. IESU, postea Carmelitani Ordinis Religiosus. Obiit die et anno incerto. Edidit in Societate Poemma Epicum Latinum in Laudem V. Almeidae: post eius obitum vulgatum est iuxtum volumen Concionum, quarum plurimae in Soc. habitae sunt.

9. — P. Antonius Vieira, Ulyssiponensis, obiit 18 Iulii 1697. Edidit Lusitane conciones varii argumenti 13 tomis comprehensas. Post eius obitum vulgata sunt, sequentia opera: 1.º tom. 14 Concionum. 2.º Opusculum inscriptum *Quinque Davidis Lapides*. 3.º Problema de Lacrimis Heracliti. 4.º Dissertationem de cometa Bahiae viso die 27 Octobris 1695. 5.º Epistolam ad Regem Alfonsum 6.ᵘᵐ super missionibus Maragnoniis. 6.º Censuram ad librum cui titulus *Harmonia Scripturae Divinae*, Latine conscriptam. 7.º Censuram alteram ad tertiam partem Historiae

Dominicanae in Provincia Lusitana sermone itidem Lusitano. 8.º Opus iuxtae magnitudinis Lusitane Scriptum, cui titulus *Historia futuri*. Ineditum reliquit, necdum lucem publicam vidit, celeberrimum illud opus inscriptum *Clavis Prophetarum*.

10. — P. Petrus Dias, Lusitanus, obiit Bahiae in Brasilia 25 Ianuarii 1700. Edidit Grammaticam Linguae Angolanae ad usum nostrorum, qui in Brasilia conversioni Aethiopum ex Angola illuc asportatorum operam suam navarent.

11. — P. Bartholomeus Leo, Fluminensis in Brasilia, obiit in Collegio Fluminensi 8 Martii 1715. Cathechismum Brasilicum iam antea editum correxit et auxit et recudi curavit.

12. — P. Prudentius Amaral, Fluminensis in Brasilia, obiit in Collegio Fluminensi 27 Martii 1715. Edidit Summam actorum Praesulum Ecclesiae Bahiensis, Lusitane scriptam. Ineditum reliquit carmen epicum de Sacari opificio, et Elegiarum Librum, non dum tamen absolutum, *de arte amandi Mariam*.

13. — P. Franciscus Mattos, Ulyssiponensis, obiit Bahiae in Brasilia 19 Januarii 1720. Edidit Lusitane. 1.º Viam Peccatorum ad Salutem. 2.º Acta Comitis, et Electoris Palatini Philippi Wiglielmi. 3.º Contiones variae iuxto volumine. 4.º Discursus contionatorios sex in funeribus Mariae Sophiae Lusitaniae Reginae. 5.º Verbum Dei non alligatum, duobus tomis. 6.º Studia Iobi. 7.º Meditationes digestas per annum. 8.º Vitam S. Patris N. Ignatii. 9.º Chorum Mysticum ad cantica Scripturae. Opus post eius obitum in lucem editum.

14. — P. Alexander Gusman, Ulissiponensis, Conditor Seminarii Bethlemici in Brasilia. Obiit in eodem seminario die 15 Martii 1724. Edidit Lusitane. 1.º Scholam Bethlemicam. 2.º Praedestinatum et Praecitum. 3.º Artem bene educandi filios. 4.º Meditationes digestas per annum. 5.º Puerum Christianum. 6.º Rosam Nasarethnam in montibus Hebron. 7.º Electionem inter bonum et malum Aeternum. 8.º Preces recitandas statis temporibus ab Alumnis Seminarii Bethlemici. 9.º Corvum et Columbam emissos ex Arca Noae, opus posthumum. 10.º Lignum vitae id est IESUM crucifixum, opus etiam posthumum. Supersunt edenda tria alia opuscula eiusdem auctoris. 1.º Compendium perfectionis Religiosae Latine scriptum. 2.º Instructio Novitii Soc. IESU, Lingua lusitana. 3.º Vita Fratris Gasparis Almeida Soc. I. eiusdem Provinciae Brasiliensis, Lingua itidem Lusitana.

15. — P. Antonius Lima, Bahiensis, in Brasilia, obiit in Collegio Bahiensi die 20 Maii 1724. Latine scripsit orationes varias carminaque diversi metri complurima. Ex his unum in laudem Francisci a S. Hyeronimo Fluminensis Episcopi scriptum typis mandavit: caetera, quae iuxtum volumen efficerent, lucem expectabant.

16. — P. Dominicus Ramos, Bahiensis in Brasilia, obiit in Collegio Bahiensi 11 Iulii 1728. Plura scripsit, quae praelo parabat nempe cursum Philosophicum et Questiones Selectas Theologicas et de Opinione probabili iuxtum volumen. Haec tamen lucem adhuc expectant. Edidit contiones duas, alteram in funeribus Mariae Sophiae Lusitaniae Reginae, et alteram in funeribus Petri 2.i eiusdem Lusitaniae Regis.

17. — P. Matheus Moura, Ulissiponensis, obiit Bahiae in Brasilia, 29 Augusti 1728. Edidit Lusitane Exhortationes domesticas iuxto volumine.

18. — P. Antonius Viegas, Bahiensis in Brasilia, obiit in Pago Reretiba in Brasilia 5 Aprilis 1729: edendum reliquit iuxtum volumen carminum metro lyrico.

19. — P. Ludovicus Carvalho, Portuensis in Lusitania, obiit Bahiae in Brasilia 24 Iunii 1732. Edidit contionem unam nescio quo argumento. Reliquit vero praelo paratum Epigrammaton librum in laudem B.mae Virginis; item Quaestiones selectiores de Philosophia problemathice expositae.

20. — P. Antonius de Andrade, Fluminensis in Brasilia, obiit in pago Natuba Diecesis Bahiensis 24 Iunii 1732. Reliquit edendum cursum philosophicum.

21. — P. Josephus Bernardinus, Ulyssiponensis, obiit Bahiae in Brasilia, 2 Iulii 1738. Edidit duo opuscula valde accomodata instituendis in pietate alumnis Seminarii Bethlemici.

22. — P. Gaspar Faria, Bahiensis in Brasilia, obiit in Collegio Bahiensi 26 Maii 1739. Edidit latinam Panegerim in laudem Archiepiscopi Bahiensis Sebastiani Monteiro da Vide.

23. — P. Josephus Alvares, Lusitanus, obiit in Collegio Sp. S.cti in Brasilia 2 Februarii 1743. Edidit orationem panegyricam lingua lusitana in honorem S. Francisci Assisinatis.

24. — P. Antonius Ribeiro, Bayensis in Brasilia, obiit in collegio Bahiensi in Brasilia 24 Iulii 1744. Edidit orationem panegyricam lingua lusitana in laudem Sebastiani Monteiro da Vide Archiepiscopi Bahiensis.

25. — Laurentius Araujo, Bahiensis in Brasilia, obiit in Collegio Bahiensi die 8 Aprilis 1745. Edidit carmen epycum in honorem S. Ignatii Parentis N. item aliud in laudem memorati supra Sebastiani Monteiro da Vide.

26. — P. Emmanuel Ribeiro, Conimbricensis obiit Bahiae in Brasilia 17 Decembris 1745. Edidit 1.º. Contionem Panegyricam in honorem SS. Ursulae et Soc. eius. 2.º. In earumdem SS. Virg. honorem novendiales preces a se concinatas. Praelo parabat opus morale de servitute, quod morte abreptus non absolvit, non parvo Parochorum et Confessariorum Brasiliensium damno.

27. — P. Placidus Nunes, Ulysiponensis, obiit Bahiae in Brasilia 2 Martii 1755. Edidit contionem unam in funeribus Ioannis V Regis Fedelissimi multoque plures in lucem prodiissent, nisi Auctoris humilitas obstaret.

28. — P. Antonius Costa, natus in Civitate dicta Cabofrio in Brasilia, obiit in Collegio Bahiensi 25 Aprilis 1755. Edidit contionem unam in funeribus Ioannis V Regis Fidelissimi.

29. — P. Valentinus Mendes, Diecesis Bahiensis in Brasilia, obiit Bahiae 16 Septembris 1759. Edidit contiones aliquas in honorem S. Patris N. Ignatii, et SS. Ursulae et Sociarum. Cronicon Brasiliae diu intermissum diligenter prosequebatur, non tamen absolvit morte improvisa correptus.

30. — P. Ignatius Rodrigues, natus in Opido Sanctorum in Brasilia, in difficilimis hisce Soc. temporibus ob senium et valde molestam aegritudinem, quam patiebatur, incauto consilio Societatis habitum dimisit et ad clerum secularem transitu facto, ex dispensatione Cardinalis Saldanha non multo post obiit in Brasilia die et anno incerto. Edidit in Societate Contiones tres, nempe, binas de Passione Domini; tertiam de Sp. S.to sub alieno nomine tipis mandatam. Edendas parabat ex Superiorum praescripto plures alias contiones, et expositiones Sacrae Scripturae in Collegio Bahiensi per quadrienium habitas, quae tamen in lucem non prodiere ob notas Societatis calamitates.

31. — P. Ignatius Pestana, Bahiensis, obiit Romae 19 Februarii 1765. Lusitana lingua Sumaque diligentia et concinnitate scripsit, non tamen edidit vitam

seu elogium historicum V. Martyris P. Ignatii Azevedo eiusque Sociorum. Item vitam P. Alexandri Gusmani: quod opus non absolvit.

32. — P. Franciscus Almeida, natus in opido Belem Diecesis Bahiensis, obiit Romae 13 Novembris 1761. Edidit contiones duas, alteram in laudem S. Francisci Xaverii, alteram in aniversaria defunctorum commemoratione. Item opusculum latinum orationibus variis tum solutis, tum ligatis conflatum, cui titulus *Orphaeus Brasilicus* in honorem V. P. Iosephi Anchieta.

33. — P. Simon Marques, Conimbricensis, obiit Romae 5 Ianuarii 1767. Edidit contiones nonnullas varii argumenti et praeclarum volumen cui titulus — Brasilia Pontificia, sive speciales facultates Pontificis, quae Brasiliae Episcopis conceduntur et singulis decenis renovantur, cum notationibus evulgatae, etc.

34. — P. Ioannes Honoratus, Bahiensis, obiit Romae 8 Ianuarii 1768. Edidit contiones duas varii argumenti. Item dissertationem quandam theologicam pro valida et licita abdicatione bonorum operum in subsidium animarum in purgatorio degentium.

35. — P. Franciscus Faria, natus in opido Guayana Dioecesis Olindensis, in Brasilia, Societate Romae relicta ad Ordinem S. Ioanis a Deo transiit, et in Velitrensi eiusdem ordinis Coenobio e vivis excessit 3 Martii 1769. Edidit in Societate lingua lusitana Orationem Academicam in laudem Gomesii Freire de Andrade, Supremi Fluminensis Provinciae Praefecti, coram ipso Praefecto.

36. — P. Ioachinus Ribeiro, natus in opido Fafe Dioecesis Braccharensis obiit in castro Gandulphi 10 Aprili 1771. Edidit contiones duas de Expectatione Partus B.^{mae} Virg.

37. — P. Emmanuel Fonseca, Dioecesis Braccharensis, obiit Pisauri 20 Iunii 1772. Edidit 1.º Lingua lusitana Vitam P. Melchioris de Ponte Soc. IESU Provinciae Brasiliensis; 2.º Expositionem Bullae Benedicti XIV Sacramentum Poenitentiae et alterius eiusdem Pontificis Apostolici muneris in iis quae spectant ad absolutionem complicis in peccato turpi, cum nonnullis quaestionibus miscellaneis. Inedita reliquit opera, quae sequuntur: 1.º Opus morale latine scriptum cui titulus — Parochus servorum. 2.º Collectionem virorum sanctitate illustrium Provinciae Brasiliensis tribus voluminibus comprehensam et lusitane scriptam cui titulus *Brasilia Illustrata*. 3.º Compendium vitae B. Benedicti Aethiopis ex Italico sermone in lusitanum translatum.

38. — P. Ioannes Azevedo, Portuensis, obiit Pisauri 13 Iulii 1772. Reliquit inedita sequentia opera latine scripta: 1.º Vitam servi Dei P. Pauli Teixeira Soc. IESU Provinciae Brasiliensis; 2.º Tractatum in Rubricas Missae, et Officii Divini; 3.º Instructionem Operarii Soc. IESU pro suis numeribus rite obeundis.

39. — P. Franciscus Lima, Bahiensis, obiit in Castro Gandulphi 13 Augusti 1772. Ineditum reliquit voluminosum opus, cui titulus = Dioscorides Brasilicus, seu de Medecinalibus Brasiliae plantis. Item Descriptionem Historicam et Geographicam Brasiliae.

40. — P. Ignatius Leo, Fluminensis, vivit in convitu Pisaurensi. Edidit sub alieno nomine Opusculum grammaticale de figuris et quantitate silabarum. Inedita servat Elegiarum librum de Rosario B. M. V.; Dictionarium Lusitano-Brasilicum; et Catechismum Brasilicum in latinum idioma conversum.

41. — P. Emmanuel Xaverius Ribeiro, Pernambucensis, vivit in convitu Pisaurensi; servat nondum editas Vitam et Martirium V. P. Petri Dias, et Soc.

eius, vitam P. Antonii Paes, lusitana lingua a se scriptas; item Centuriam casuum conscientiae a se resolutorum, nondum tamen absolutam, lingua latina.

42. — P. Hieronimus Monis, Diecesis Bahiensis, vivit in convitu Pisaurensi; edidit Romae suppresso nomine anno 1778 Epithalamium in nuptiis Ioannis Ricci et Faustinae Parraciani Nobilium Romanorum. Scripsit latine: nondum tamen edidit, Vitam P. Stanislai de Campos, S. I., Compendium vitae P. Alexandri Gusmani, S. I., et *Neo Confessarium*, Opus Morale pro novi Confessarii examine. Insuper expolivit, auxit et notis illustravit Carmen Epicum de Saccari Opifficio a P. Prudentio Amaral olim compositum.

43. — P. Ignatius Dias, Diecesis Marianae in Brasilia, vivit in convitu Pisaurensi. Scripsit nondum tamen edidit Vitam Patris Emmanuelis Olyveira, Vitam P. Gasparis Faria et Vitam Emmanuelis Vieira scolastici qui omnes professi sunt Institutum Soc. IESU in Brasilia. Item Vitam Francisci Peregrini tertii Ordinis Carmelitarum. Ex italico in lusitanum sermonem vertit tria illa aurea opuscula P. Pauli Segneri, nempe — Il Confessore, il penitente, e il Paroco instruiti — Demum correxit opportunisque notis et additionibus illustravit Compendium Theologiae Moralis a P. Iosepho Augustino Soc. IESU compositum.

44. — P. Iosephus Rodrigues, Portuensis, vivit Romae in convitu Lusitanorum. Edidit ibidem anno 1778 Carmen in Nuptiis Ioannis Ricci, et Faustinae Parraciani Nobilium Romanorum. Latine scripsit, nondum tamen edidit, Vitam Patris Emmanuelis Correa Soc. IESU, et Poemata de Cura boum in Bràsilia et de Mandiocae Culturae eiusque usu.

45. — P. Fabianus Gonçalves, Dioecesis Bracharensis, vivit in Convitu Pisaurensi. Scripsit Latine metro rithmico Dolores et Gaudia B. M. Virg., quae tamen opera adhuc servat inedita.

46. — P. Emmanuel Bessa, Diecesis Portuensis, vivit in Convitu Ruffinellensi. Descripsit et summa diligentia adornavit Mappam totius Brasiliae, quam adhuc servat ineditam.

|Gesù, *Colleg. 20* (Brasile), f. 9-13|.

APÊNDICE B

Padrão de Redízima de todos os dizimos e direitos que pertencerem a El-Rei em todo o Brasil de que Sua Alteza faz esmola pera sempre pera sustentação do Collegio da Baya (1564)

Dom Sebastião, per graça de Deus, rei de Portugal e dos Algarues daquem e dalem mar em Africa, senhor da Guiné e da Conquista, Navegação e Comercio de Thiopia, Arabia, Persia e da India &. A todos os corregedores, ouuidores, juizes, justiças, officiaes e pessoas de meus reinos a que esta minha carta testemunhauel for mostrada e o conhecimento della com direito pertencer, saude.

Façouos saber que o Padre Preposito Provincial da Companhia de Jesu das partes do Brazil me enuia dizer por sua petição que eu lhe passara hum padrão escrito em pergaminho, per mim asinado e passado per minha chancelaria, e selado com selo pendente de chumbo, o qual me apresentaua; e que porquanto tinha necessidade de treslado delle em modo que em juizo fizesse fé, me pedia lho mandasse passar. E uisto per mim o dito padrão e como estaua limpo e sem cousa que duvida faça, lhe mandei passar a presente e o treslado do dito padrão *de verbo ad verbum* que he o seguinte:

Dom Sebastião per graça de Deus, rei de Portugal e dos Algarues daquem e dalem mar em Africa, senhor da Guiné e da Conquista, Navegação e Comercio de Thiopia, Arabia, Persia e da India, &, como gouernador e perpetuo administrador que são da ordem e caualaria do mestrado de Nosso Senhor Jesu Christo, faço saber a quantos esta minha carta de doação virem, que considerando eu a obrigação que a coroa de meus reinos e senhorios tẽ a conuersão da gentilidade das partes do Brazil e instrução e doutrina dos nouamente conuertidos, assi por as ditas partes serẽ da conquista destes reinos e senhorios, como por estarẽ os dizimos e fruitos ecclesiasticos dellas por bullas dos Santos Padres aplicadas a ordem e caualaria do dito mestrado de Nosso Senhor Jesu Christo, de que eu e os reis destes reinos meus subcessores somos gouernadores e perpetuos administradores; e auendo tambem respeito a elrei meu senhor e avoo, que santa gloria aja, vendo quam apropriado o Instituto dos Padres da Companhia de Jesu he pera a conuersão dos infieis e gentios daquellas partes e instrução dos nouamente conuertidos, ter mandado alguns dos ditos Padres as ditas partes do Brasil cõ intenção e determinação de nellas mandar fazer e fundar collegios a custa de sua fazenda, em que se pudessẽ sostentar e manter hum copioso numero de religiosos da dita Companhia, porque quantos elles mais fossē e milhor aparelho tiuessē pera exercitar seu Instituto tanto mor beneficio poderão receber as gentes das ditas partes, na dita conuersão e doutrina; e enquanto se lhe não faziam e dotavão os ditos collegios mandaua o dito senhor prouer de sua fazenda os ditos Padres nos ditos lugares em que estavã, de mantimentos, vestidos e todo o mais necessario a suas pessoas, igreijas, casas e abitações. E vendo eu o intento e determinação de Elrei meu senhor e avoo neste caso e o muito fruito que Nosso Senhor em a dita e doutrina faz por meio dos Padres da dita Companhia e a esperança que se tēe de com ajuda de Deus pello tempo em diante ir em maior crecimento, tendo elles nas ditas partes, fundadas casas e collegios pera seu recolhimento conforme a seu Instituto e Religião, mandei tomar ēformação do modo que se poderia ter pera se milhor poder fazer, auendo respeito ao estado em que minha fazenda ao prezente está. E despois de auida a dita emformação, assentey cõ parecer dos do meu cõselho, de mandar acabar nas ditas partes hũ collegio da dita Companhia na cidade do Saluador da capitania da Baya de todos os Santos, onde já está começado; o qual collegio fosse tal que nelle podessē residir e estar até sessenta pesoas da dita Companhia, que parece que por agora deue auer nelle pellos diuersos lugares e muitas partes em que os ditos Padres residē e a que do dito collegio são enuiados pera bem da conuersão e outras obras de seruiço de Nosso Senhor, e pera sostentação do dito collegio e religiosos delle ey por bē de lhes aplicar e dotar, e de feito por esta minha carta de doação doto e aplico hũa redizima de todos os dizimos e direitos que tenho e me pertencem e ao diante pertencerē nas ditas partes do Brasil, assi na capitania da Baya de todos os Santos, como nas outras capitanias e pouoações dellas; pera que o dito Reitor e Padres do dito collegio tenhão e ajão a dita redizima do primeiro dia do mes de janeiro do ano que uē de quinhentos sessenta e cinquo em diante pera sempre, assi e da maneira que a mỹ e a coroa destes reinos pertencē e milhor se con direito milhor o poderē auer; a qual redizima poderão arecadar em cada hũ ano liuremente per sy ou per outrem q̃ pera isso seu poder tiuer, nas proprias cousas em que os ditos dizimos e direitos se arrecadarē per meus officiaes, sē duvida, embargo contradição alguma que a ello lhe seja posta. Porque por fazer esmola ao dito Reitor e Padres o ey assi por bē. E isto por esta minha carta somente sē mais outra prouisão minha, nē de minha fazenda, a qual será registada no liuro das Alfandegas, efitorias e almoxarifados das cidades lugares e pouoações das ditas partes que necessario for por cada hũ dos escriuães das ditas casas a que pertencer e pello treslado della e conhecimentos do Reitor do dito Colegio ou de quem pera isso sua procuração, commissão ou poder tiver, e assentos dos escriuães dos cargos dos ditos officiaes do que nas ditas redizimas montar lhe será leuado em conta o que deles se receber. Notefico assy ao Capitão da dita Capitania da Baya de todos os Santos e Governador das ditas partes do Brasil, que ora he e ao diante for, e ao prouedor mor de minha fazenda da dita capitania e tizoureiro ou almoxarife dela e aos capitães das outras capitanias das ditas partes: prouedores, contadores, tesoureiros, almoxarifes, recebedores, e officiaes outros, a quem esta minha carta for mostrada e o conhecimento dela pertencer, e mando-lhes que a cumpram e guardēe faça inteiramente cumprir e guardar como nela he conteudo e declarado porque assy o ey por bē e meu seruivo. E por firmeza do que dito he lhe mandei passar por m̃im assinada e selada com meu selo de chumbo pendente. Dada em Lisboa, a sete de nouembro de mil e quinhentos e sessenta e quatro. Eu Bertolameu Frois o fiz escreuer. E os ditos reitor e Padres averão a dita redizima, pela maneira que dito he, enquanto não ualer mais que o que se estimar e arbitrar pera prouimento e mantimento do dito collegio e religiosos delle até o dito numero de sessenta pessoas, porque ualendo mais o que assi mais render, ficará em mão de meus officiaes, como em deposito até o meu Gouernador das ditas partes mo fazer a saber e eu prouer nisso como for meu seruiço. E auendo por bem de mandar fundar nas ditas partes outro collegio ou acrecentar mais numero de religiosos na dita Companhia como são informado que Elrei meu senhor e avoo que santa gloria aja tinha determinação de o fazer, mandarei prouer acerca da mantença delles como ouuer por mais meu seruiço/. — O Cardial Infante. O Barão. Carta de doação per que Vossa Alteza dota e aplica ao Colegio da Companhia de Jesu, que se ha de acabar na cidade do Saluador das partes do Brasil hũa redizima de todos os dizimos e direitos que Vossa Alteza tem e lhe pertencem e adiante pertencerẽ nas ditas partes pella maneira conteuda nesta doação, a qual carta testemunhauel mando que se dee e tenha tanta força, fee e autoridade e vigor tanto quanto com direito lhe deue ser dada, por ser tresladada da propria prouisão que fica em poder do Procurador da dita Companhia bẽ e fielmente. Dada nesta minha cidade de Lisboa, aos vinte e noue dias do mes de nouembro. El-rei o mandou pello doutor Fernão de Magalhãis do seu desembargo e corregedor dos feitos e causas ciueis de sua corte e casa de suplicação. Luiz Uaz Rezende o fez escreuer com o riscado esta minha carta de doação, dada ẽ Lxª, a qual, entrelinhada, mandei emmendada passar e a propria leuoa aparte. Pagou nada XX reis. E assinei e dassinar nada. Fernão de Magalhãis/. Cumpra-se Men de Saa/ Cumpra-se Braz Fraguoso/ Consertado per mim Luiz Uaz de Rezende/ Simão de Matos/ Simão Gonçalves/ Pagou XXX reis Luiz Carualho.

— E o qual trellado de doação eu Marcall Vaz taballião do pubriquo e do judiciall por Ellrei noso senhor nesta cidade do Salluador he seus termos consertei com o proprio que fiqua em poder dos Reuerendos Padres da Companhia desta cidade e vai na verdade sem cousa que duvida faça, o quall consertei com o Reuerendo Padre Gregorio Serrão nesta cidade do Salluador, oje vinte e tres dias do mes de março de mil e quinhentos e setenta e cinquo anos e aqui assinei do meu proprio sinall que tal he [*segue-se o sinal*]. Pagou nada. Consertado per mim tabalião Marcal Uaz/ E comigo o Padre Gregorio Sarrão.

[*Bras. 11*, 70-71v].

APÊNDICE C

Confirmação das terras que Pero Correia deu à Casa da Companhia da Ilha de S. Vicente (1542-1553)

António de Oliveira capitão e ouvidor com alçada por o Senhor Martim Afonso de Sousa, governador desta Capitania de S. Vicente em a costa do Brasil, etc., faço saber aos que esta minha carta de confirmação e de dada virem como por Pero Correia, morador em esta vila de S. Vicente, me foi feita uma petição em que diz que por Gonçalo Monteiro, que aqui foi Capitão, lhe foram dadas duas terras, convém a saber: uma aqui da outra banda desta ilha, que chamam Pôrto das Naus, terra que era dada a um Mestre Cosme, bacharel; e outra donde chamam Peroíbe, que é dez ou doze léguas desta vila, das quais terras êle Pero Correia tinha cartas e lhe caíram no mar, as quais estavam registadas em o livro do tombo, que o escrivão das dadas tem em seu poder, que me pedia que pelas ditas confrontações, que no dito livro do tombo estavam, lhe mandasse passar ora carta novamente das ditas terras; que me pedia mais uma ilha de três que estão defronte da dita terra de Peroíbe pera seu aposentamento de carga e descarga das naus, convém a saber das ditas três ilhas a maior delas. E visto seu pedir, digo que eu lhe dou a dita ilha, que me assim pede, entendendo a data delas de hoje por diante. E isto será pelas confrontações conteúdas no livro do tombo, as quais o escrivão as declara na carta assim e da maneira que no dito livro e registo é conteúdo, convém a saber: as demarcações delas ao qual eu escrivão dou fé e digo ser verdade que no dito livro do tombo são duas cartas registadas das terras que Gonçalo Monteiro sendo Capitão deu ao dito Pero Correia. E partem em esta maneira. A primeira que lhe foi dada que é defronte desta ilha e vila de S. Vicente, que era antes dada pelo Governador a um Mestre Cosmo Bacharel, que o dito Gonçalo Monteiro houve por devoluta, começa a partir do Pôrto das Naus partindo com terras de Antonio Roiz, até ir partir com terras de Fernão de Morais, defunto, ou com cujas forem daqui por diante. E pera melhor declaração assim como se achar que o dito bacharel Mestre Cosmo partia, porque pelas próprias demarcações que lhe era dada a deu ora ao dito Pero Correia *por* [palavra ilegível que intrepretamos *por*] onde ficarão. Começou a partir que é no dito pôrto das naus, ficara um recio de um tiro de arco, assim como foi mandado e ordenado pelo senhor Governador que fica e livre e desembargado pera quando as naus ali ancorassem.

A segunda terra que dizem Peroíbe foi dada ao dito Pero Correia pera êle Pero Correia e pera um seu irmão que esperava vir a esta terra e que não vindo ficasse tôda a êle dito Pero Correia e parte em esta maneira, tresladado letra por letra do dito registo as terras seguintes em Peroíbe, convém a saber, donde foi a Aldeia dos Indios desta vila de S. Vicente pera a dita Aldeia dos Índios Peroíbe, começará a partir de um regato que está aquém da dita Aldeia, que chamam em línguas dos Índios *Tapiiranema*, que é desta banda do levante. E da outra banda do poente, passando o rio grande que se chama Guaraipe e em nosso nome lhe puseram de Santa Caterina, partindo pelo mar assim como vai a costa; e pela banda da terra entrará tanto a dentro tanto quanto tem de costa, de maneira que tanto haja na bôca pelo mar e tanto haverá na entrada pela dita terra em quadra tanto em uma como em outra; assim que tanto terá de largo como de comprido.

As quais terras por me o escrivão dizer que no livro do tombo estão declaradas assim dou ao dito Pero Correia ora novamente e mais lhe dou a dita ilha que já atrás digo; o que tudo será pera êle e pera todos seus herdeiros e descendentes desde hoje pera todo sempre, com tôdas suas entradas e saídas, fôrras de todo tributo sòmente dízimo a Deus. E isto segundo as condições das sesmarias segundo em o livro das Ordenações é declarado em tal caso feitas. O que tudo dou e faço segundo por meus poderes que do senhor Governador tenho me é dado. Do que o escrivão aqui dará sua fé. Ao qual eu escrivão dou fé, o dito António de Oliveira, capitão, apresentar à Câmara e povo desta vila um estrumento público, de poder e procuração, que parece ser feito em Lisboa em os desasseis dias do mês de outubro de mil e quinhentos e trinta e oito anos, por um tabelião por nome António do Amaral, e no qual diz que dá fé em como a senhora dona Ana Pimentel, mulher do dito senhor Governador sua procuração abastante pera por êle senhor ela senhora fazer o que lhe bem parecer em administração de suas terras e fazenda com poder de substabelecer a quem ela senhora quiser, por virtude do qual substabelece ao dito António de Oliveira por procurador em nome de ambos o faz seu capitão e ouvidor com alçada em tôda a dita Capitania, com poder de dar em ela terras a quem êle quiser e lhe bem parecer e as tirar a quem as mal trouxer arrenunciando, porque é dito poder quaisquer outros que até então fôssem feitos, os quais poderes havidos por bons em a dita Câmara lhe foi dado juramento pera os servir; o que tudo em o livro dela com o treslado dêles, que eu tresladei, mais compridamente se contém. Por virtude do qual dou as ditas terras e confirmo como dito é ao dito Pero Correia, e lhe mando ser feita a dita carta, que será registada em o livro do tombo, e por ela será metido de posse em ela conteúdo. Dada em esta vila de S. Vicente em cinco dias do mês de maio, António do Vale, escrivão das dadas a fêz, de mil e quinhentos e quarenta e dois anos, António de Oliveira. Porquanto estas terras que tinha dadas a Pero Correia, que é metido na Ordem de Jesus êle as tem dadas à Confraria que ora ordena no Colégio da Vila de S. Vicente, segundo me consta por um instrumento de doação, que o dito Pero Correia fêz à dita Confraria e os mordomos da dita Confraria me pedem que lhe confirme a dita dada e os mande meter de posse: mando a qualquer escrivão que por sua parte fôr requerido que os metam de posse da dita terra assim como se nesta carta contém, que é as terras de Peroíbe, que me ora pedem e da posse que lhe assim fôr dada lhe passarão seus instrumentos, os quais com esta carta e com o estrumento da dita doação, que lhe foi feita, será tudo registado no livro do Tombo. Feito hoje a *vinte e dois de março de mil e quinhentos e cincoenta e três anos.*

[*Bras. 11*, 477-777v].

APÊNDICE D

Sesmaria de Geraibatiba (1560)

Francisco de Morais, capitão e ouvidor com alçada em esta capitania de São Vicente, pelo senhor Martim Afonso de Sousa, capitão e governador dela por El-rei nosso senhor, faço saber a quantos esta minha dada de terras de sesmaria virem, como a mim me enviaram dizer por sua petição o padre Luiz da Grã, provincial da Companhia de Jesus destas partes do Brasil faz a saber a Vossa Mercê como o senhor Martim Afonso de Sousa fêz esmola à Companhia nesta sua capitania de S. Vicente de duas léguas de terra ao longo do Rio de Piratininga, como mais largamente se contém na provisão, que é a presente; e porque tomando-se ao longo do dito rio, faz muito perjuízo à nova vila que agora ali se faz em Piratininga, pera donde se muda a vila de Santo André da Borda do Campo, pede a Vossa Mercê que havendo respeito ao bem comum dos moradores e a dizer na provisão que as ditas duas léguas sejam em parte que não façam perjuízo aos moradores do Campo e ao suplicante desistir das ditas duas léguas ali ao longo do Rio, contanto que lhas deem em outra parte, haja por bem de lhe dar e mandar demarcar as ditas duas léguas, indo pera Piratininga pera o mar pelo caminho novo que ora se abriu, passando o Campo por donde usa a ir o caminho da Borda do Campo pera Geraibatiba, as quais duas léguas começarão logo passado o Campo, entrando o mato, caminho do Rio que se chama Geraibatiba-assi, e porque há-de ser tão largo como comprido, o comprimento será polo caminho duas léguas e de largo terá uma légua pera uma parte e a outra pera a outra parte a qual terra estará de Piratininga perto de duas léguas pouco mais ou menos. E se alguma terra da que fôr já dada que ao presente o suplicante não sabe, possam tomar e demarcar outra tanta adiante até comprimento das ditas duas léguas tão largas como compridas e mande ao juiz e oficiais da vila do Campo que as demarquem e delas deem posse à Companhia conforme ao alvará do senhor Martim Afonso no que receberá muita caridade; o que visto por mim a petição do provincial da ordem de Jesu e o que nela pede ser justo hei por bem e serviço de Deus e de El-rei nosso senhor de lhe dar as ditas duas léguas de terra que pedem, como em sua petição faz menção, e com as confrontações nela declaradas e mando a qualquer juiz desta dita Capitania que com um escrivão e duas pessoas ajuramentadas vão medir e demarcar a dita terra e os metam logo de posse da dita terra; como em sua petição pedem e conforme a seus alvarás e provisões que me teem apresentadas e a demarcação das terras que ora pedem; e serão sem condição de sesmaria por o haver assim por serviço do

Senhor Deus o senhor Martim Afonso de Sousa por outra provisão que já vi. As quais terras de duas léguas lhe dou ao dito Luiz da Grã, provincial da Companhia do Colégio de Jesus pera êles e pera seus descendentes e pera quem êles quiserem como coisa sua; e lhas dou com seus logradoiros fora de todo tributo sòmente dízimo a Deus e lhas deixem lograr e aproveitar e roçar e prantar como coisa sua, que pola sobredita maneira sem lhe ser posta dúvida nem embargos alguns e por virtude desta minha carta o hei por bem passado e dado da maneira que dito é. E esta será registada em o livro do tombo que ora o dito senhor governador manda que haja, que está em poder do seu chançarel. Dada sob meu sinal e selada do sêlo das armas do dito senhor governador que em esta capitania mandei servir. Feita nesta vila do pôrto de Santos; aos vinte e seis do mês de maio. A qual carta de sesmaria digo de dada eu Antonio Roiz de Almeida, escrivão delas as escrevi por poder que pera isso tenho do senhor governador geral Mem de Sá em nome de El-rei. E eu sobredito por Martim Afonso de Sousa, capitão e governador desta capitania, por o dito senhor chançarel que o escrevi, ano do nascimento de Nosso Senhor Jesus Cristo de mil e quinhentos e sessenta anos. — Francisco de Morais. — Lançada por mim em o livro do tombo desta capitania às fôlhas 12, hoje vinte e dois dias do mês de janeiro da era de mil e quinhentos e sessenta e um anos. — Antonio Roiz de Almeida.

[Fora]:
Duas leguas de terra na capitanja de S. V.te, no cãpo, jũto de Piratinĩga — 1560.

[*Bras. 11*, 481-482v].

APÊNDICE E

Da fundação do Collegio do Rio de Janeiro (1568)

Dom Sebastião per graça de Deus Rei de Portugual e dos Algarues daquem e dalem mar em Africa Senhor de Guine e da conquista nauegação comercio de Tiopia Arabia Percia e da India. &c. A todos os Corregedores, Ouuidores, Juizes, Justiças, officiais, e pessoas de meus Reinos e senhorios a que esta minha carta testemunhavel cõ ho treslado de hũa minha prouisão for mostrada e o conhecim.to della cõ dr.º pertencer saude. façovos saber, q̃ por parte do Rector e padres do Collegio de Jesu me foi apresentada hũa minha prouisão, da qual o trelado della de uerbo ad uerbũ he o seguinte.

Eu El Rei como Gouernador e perpetuo administrador q̃ sam da ordem e cauallaria do mestrado de nosso Sñor Jesu Xº. faço saber a uos Mem de Saa do meu conselho e capitão da capitania da Baya de todos os Santos e Gouernador da dita capitania e das outras capitanias das partes do Brasil e a qualquer outro que ao diante for que cõsiderando eu a obrigação que tenho a conuersão da gentilidade das partes do Brasil e instrução e doctrina dos nouam.te conuertidos. assi por as ditas partes serẽ de minha conquista como por os dizimos e fruitos ecclesiasticos della serẽ aplicados por bula do Santo p.e a dita ordem e cauallaria de que eu e os Reis destes Reinos somos gouernadores e perpetuos administradores. Mandei q̃ na cidade do Saluador da Capitania da Baya de todos os Santos se fundase e fizese hũ collegio dos padres da companhia de Jesu, que ja esta principiado em que ouuesse numero de setenta religiosos p.a do dito Collegio poderẽ entender na conuersão dos gentios. e irẽ ẽsinar a doctrina Xrãa. nas aldeias e pouoações da dita capitania e das outras a ellas mais propinquas, como tenho sabido q̃ se faz. E por tambẽ ter sabido o muito fruito q̃ nosso Sñor. por meio dos ditos padres e de seu exemplo, ensino e doctrina tẽ feito na gente daquellas partes não somente os gentios mas tãbẽ os xpãos que nellas residẽ o q̃ cõ aiuda de nosso Sñor se espera q̃ sera ẽ muito crecim.to porquão apropiado seo instituto e religião he para a dita obra da conuersão e beneficio das almas auendo mais religiosos e tendo casas e aparelho para o dito effeito como tenho sabido q̃ era o intento del Rei meu Sñor e Auo que santa gloria aja. Ei por bẽ q̃ na capitania de S. Vicente se funde e faça outro Collegio em que possão residir e estar cinq.ta religiosos da dita cõp.a pera delle se poder ẽtender na conuersão e ẽsino da doctrina xpãa nas capitanias e pouoações mais propincas a dita capitania de S. Vicente a que os da capitania da Baya não poderẽ chegar pera assi se repartirẽ por toda a dita costa e se aiudarẽ hũs aos outros na dita obra da conuersão os quais serão prouidos a custa de minha fazenda do mātim.to e do mais necessario pera sua sostentação reduzido tudo a dro; a respeito do que por minhas prouisões se da a cada hũ dos religiosos que residē na dita capitania da Baya de que lhe pasareis uosa certidão nas costas desta pera se saber o q̃ he e o q̃ pela dita maneira nas ditas cousas montar lhe sera paguo de minha faz.ᵃ em parte e da man.ᵃ q̃ uos parecer q̃ milhor podera ser e cõ menos opreção sua. e portanto uos mãdo q̃ uos lhe ordeneis e arbitreis o q̃ cada hũ ha dauer a respeito do q̃ hão os outros religiosos do Collegio da Baya. e lhe ordoneis e assenteis o dito pagam.to onde uirdes que conuē pera poderē ser milhor pagos como dito he, e pelo treslado desta prouisão que sera registada no liuro da despeza do official ou officiais em que o ouuerē dauer e certidão do Reitor do dito Collegio que em cada hũ anno passara do numero dos religiosos q̃ nelle ouuer ate os ditos L.ᵗᵃ e seu conhecim.to lhe sera leuado ē conta a respeito do que per vos lhes for arbitrado como dito he. E se por os ditos padres não poderē ser pagos nas ditas partes de tudo o q̃ ouuerē dauer pera seu mantim.to e sostentação e se quiserē prouer destes Reinos dalgũas cousas lhe serão passadas certidões em forma da contia de que as pedirē e lhes for deuido pera por ellas requererē seu pagam.to neste Reino e quando as ditas certidões em forma se lhe passarē se porā uerbas nos L.ᵒˢ dos officiais em que ordenardes q̃ ajão o dito pagamento nos registos ou assentos desta prouisão per que o ouuerē dauer cõ declaração que não hão de ser paguos nas ditas partes da tal contia por della lhe serē passadas as tais certidõis em forma pera neste reino por ellas requererē seu pagam.to e se lhe poder fazer qdo o eu ouuer por bē o que sera no tizouro da casa da mina desta cidade como tenho ordenado, sem se auer de poer segunda uerba no assento ou assentos de que se passarē e cõ as ditas declaraçõis se passarão as ditas certidõis em forma as quais sendo passadas nesta capitania serão assinadas per vos ou pelo prouedor mor de minha faz.ᵈᵃ ho escriuão que as fizer e sendo passadas em outras capitanias por nellas ser assentado o dito ordenado serão feitas e assinadas pellos escriuãis q̃ as passarē e pellos prouedores dellas nas quais fara menção q̃ se passarão per Vtude desta minha prouisão que sera pellas uias que as requererē. Notificouolo assi e mando q̃ cumprais e guardeis e façais justiça inteiram.te comprir e guardar este como se nelle contem, porque assi o ey por bē e meu seruiço. a qual ualera tera força e uigor como se fosse carta feita ē meu nome e asellada de meu sello pendente sem ēbargo da ordenação do seg.ᵈᵒ liuro titolo uinte q̃ diz que as cousas cujo effeito ouuer de durar mais de hũ ano passem per cartas e passando por aluaras não ualhão. E assi se cõprira posto que não passe pola chancelaria sē embargo da ordenação do dito L.º em contrairo. eu Balthezar Ribr.º a fiz ē Lisboa a onze de feuerciro de mil e quinhētos sesenta e oito. E porquanto eu tenho dotado e aplicado pera sostentação e mātença dos sesenta religiosos da comp.ᵃ de Jesu q̃ hão de residir no collegio da dita capitania da Baya hũa redizima de todos os dizimos e dir.ᵗᵒˢ q̃ me pertencē nas ditas partes como mais largam.te se contē na doação que lhe disso mandei passar que foi cõ declaração que os ditos p.ᵉˢ a ouuessē emq.to não ualesse mais que o que fosse estimado e arbitrado pera prouim.º e mantença do dito collegio e religiosos delle ate o dito numero de sesenta p.ᵉˢ porque rendendo mais o que asi mais fosse ficasse ē mãos de meus officiais ate mo fazerdes a saber e eu prouer nisso como for meu seruiço. Ei por bē que auēdo pelo tempo em diante tanto crecim.to no rendim.to da dita redisima que alem do que for arbitrado pera prouim.to e sostentação dos sesenta religiosos que tenho ordenado q̃ aja no dito Collegio da Baya fique algũ rendim.to o que assi for o ajam e se entregue ao Reitor e padres do dito collegio q̃ ora mando q̃ se funde, e fação na dita Capitania de S. Vicente a conta do que per esta prouisão hão de auer pera seu prouim.to e mãtença por quanto ey por bẽ diguo o dito mais rendim.to por aplicado e anexado ao dito Collegio pera sostentação dos religiosos com esta declaração q̃ outro tanto como lhe for paguo pello crecimento da dita redizima se lhe abatera e auerão menos de minha faz.a do que lhe he ordenado pera sua prouisão a qual redizima e crecim.to della assi auerão ate a contia que som.te lhes for arbitrado pera sua sostentação. E sendo caso que pello tpo em diante crecer tanto o dito rendim.o como prazera a Deus. que sera q̃ alem do q̃ for necessario pera prouimento de ambos os ditos Collegios sobeje algum rendim.to o q̃ assi mais for ficara ẽ mão de meus officiais ate mo fazerdes a saber para eu disso dispor como ouer por meu seruiço.

Eu Bertholameu Froes a fiz escreuer Rei / sobescrição sobre o collegio dos padres da cõpanhia de Jesu q̃ se haa de fundar e fazer na capitania de S. Vicente das partes do Brasil e mantim.to que hao de auer o numero dos religiosos que no dito Collegio hao de residir pera vossa alteza a uer. Registado no liuro dos registos do Brasil. Bertholameu Froes. e treladada assi a dita minha prouisão por me ser pedida esta carta testemunhavel lha mandei passar pella quall uos mãdo q̃ tanto q̃ uos apresentada for passada pella minha chancelaria a cumprais e guardeis como se nella contẽ dandolhe ẽ juizo e fora delle tãta fee credito e autoridade quanto per se lhe pode e deue dar e se daria ao original se fosse apresentado porquanto foi concertada cõ o proprio e concorda a qual se deue outroassi cõprir e al não façais [*rubrica*]. Dada nesta minha muito nobre e sempre leal cidade de Lxa. a quinze dias do mes de março. El-Rei nosso Sñor a mandou pello doutor Ant.o Saraiva do desembarguo e corregedor de sua corte e casa da suplicação dos feitos e causas ciueis cõ alçada [*rubrica*] Xpouão Lopes a fez no officio de Luis Vaz de Rezende ano do nacim.to de nosso Sñor Jesu Xpõ. de mil e quinhentos e sesenta e oito anos. pagou desta sesenta rs̃. e não aia duuida na antrelinha q̃ diz de Jesu e estimado q̃ se fez por uerdade e dasinar pagou uinte rs̃. Luis Uaz de Rezende a fez escreuer. /Ant.o Saraiua.

Concertada per mi /Luis Uaz de Rezende /E per mi /Jeronimo de Matos /Luis Carualho /Simão Gllz̃ Preto.

Ho quall treslado de carta testemunhavell eu Marcall Vaaz taballião do pubriquo e do judiciall por El-Rei nosso Sñor nesta cidade do Saluador e seus termos concertey com ho proprio q̃ fiqua ẽ poder dos Reuerendos padres da Companhia de Jesus desta dita cidade he vai na verdade sem cousa q̃ duuida faça ha quall consertey com ho Reuerendo padre Cristouão Ferão ho quall vai habaixo assinado nesta cidade do Sallvador oje quinze dias do mes de março do ano de mill e quinhentos e setemta e cinquo anos. E aqui assinei de meu pubriquo sjnall q̃ tal he [*segue o sinal*] pagou nada.

Consertado comigo t.am Marcall Vaz & comjgo o Padre Christouão Ferrão.

[*Bras. 11*, 483-484 v].

APÉNDICE F

Enformación delas tierras del Macucu para N. P. General

[Enviada pelo Visitador Cristóvão de Gouveia — 1585]

Men de Saa fue mandado por Gouernador del Brasil y por mandado del Rey fue a conquistar el Rio de Enero y poblar aquella ciudad. En este tiempo fue nombrado por el mismo Rey Estacio de Saa por Capitan de aquella ciudad y su comarca y antes de assentar la ciudad faleció. Men de Saa queriendo poner en orden los moradores della les dio algunas tierras passandoles desto sus cartas de sesmaria por no auer otro capitan q̃ en aquel tiempo las pudiesse dar para effecto de assentar la ciudad y poblar la tierra pareciendole (aun que no lo podia hazer ni tenia en su regimēto licencia del Rey para ello) que el mismo Rey lo auria assi por bien. Entre estas datas dio una a un Baltasar Hernandez de que le passo Carta en Setiembre de 67, de seiscentas braças de tierra en ancho y ochocientas en largo de que no tomó luego posse, por causa delos contrarios y ser tiempo de guerra, imo en ella le mataron los Indios.

Dende a un mes en el mismo año passo otra carta y data de cierta tierra de tres leguas en ancho y quatro en largo a un Miguel de Mora, que dellas hizo traspassaçion, donacion y limosna al collegio de la Compª de Rio de Enº y despues El Rey la confirmo a los Padres en la qual confirmacion se contienen estas palabras en forma (Yo el Rey he por bien y me plaz de dar licencia a los Padres de la Compª de JESUS para poder tener y posser las tierras de que les hizo renũciacion y traspassacio Miguel de Mora y su muger y les supplo y he por supplido todos y qualesquiera defectos que aya en la dicha carta de sesmaria, y para mas satisfacion les hago delas dichas tierras nueuamente donacion y mercee por limosna para siempre &c.).

El collº tomo posse soleñe con authoridad de justicia delas dichas tierras de Macucu¹ en Octubre de 73 y con la misma solenidad y pregones lançados hizo en ellas demarcaçion, sin a esto acudir o reclamar persona alguna y assi quedaron los Padres en la dicha possession pacifica.

Hecha la demarcacion se hallo q̃ la data delas seiscentas braças del dicho Balthasar Hernandez (que fue primª que la de Miguel de Mora) quedaua dentro del sitio y tierras del collº. Los herderos de Balthasar Hernandez despues q̃ el

---

1. Das duas formas antigas *Macacu* e *Macucu*, prevaleceu a primeira, que adoptamos. Cf. p. 418.

collº tenia demarcado la tierra y estaua de posse della, se metieron dentro delas seiscientas braças sin contradicion de persona alguna, *imo* a oios e façe de todos y de los mismos Padres q̃ estauan en la misma prouincia mostrando primº su data al Padre Prouincial diziendole que su carta era prª. Ele Padre le respondio que labrassen las dichas seiscientas braças hasta q̃ escriuiesse a V. P. Ellos la tienen labrada y fetorizada haziendo casas rocerias y otras grangeerias sin para esto citar a juizio los Padres del collº del Rio, y desta manrª estan hasta aora en posse de las dichas 600 braças &c diziendo q̃ no hizierõ iniuria ni fuerça a nadie, mas que usan de su titulo y derecho.

Los Padres tuuieron siempre dudas y escrupulos si las dichas 600 braças por ser dadas por el Gouernador Men de Saa q̃ no las podia dar y por estar dentro de su demarcaçiõ eran suyas o no, por lo q̃ intentaron pleito con los herderos de Balthasar Hernandez. El Oidor de la ciudad del Rio iuzgo a los dichos herderos las tierras por suyas por ser su data y titulo primero que el de Miguel de Mora. Alguns letrados dizen q̃ las dichas 600 braças son del collº porque Men de Saa no las podia dar a Balthazar Hernandez e las de Miguel de Mora fueron confirmadas y nueuamente dadas por El Rey al collº.

Algunos Padres antigos q̃ fundaron aquel collº y el Padre Prouincial dizen que en consciência no las podemos posseer porque El Rey no podia darnos ni confirmarnos sino las tierras que nos tenia traspassado Miguel de Mora y que no fue mente del Rey confirmar las dichas tierras al collº *in praeiudicium tertii* q̃ las tenia *bona fide* con liçença del Gouernador general Men de Saa, de que no se auia de presumir que hazia lo que no podia.

Iten q̃ quasi todos los moradores del Rio possen las tierras q̃ les dio Men de Saa sin otra confirmacion del Rey y otros estan en esta buena fee, teniendo las dichas datas por buenas y legitimas.

Consulté la cosa con los Padres y a algunos pareçio que no teniamos justicia *saltem in foro conscienciae* ni era bien ni edificaçion echarlos fuera, porque son seis o siete herderos hombres pobres, que conquistaron aquella tierra con mucho trabajo, y no tienen otras de que puedan sustentarse, y por la justicia *saltem* en el foro interior estar por su parte dellos y por el grande escandalo que auria en les echar fuera y auer muchos años que estan de posse con sus grangeerias y principalmente por que la tierra no ualdra mas que hasta quarenta ducados y a los Padres sobran las tierras, y que allende desta data tienẽ otra cerca de la ciudad, y los hombres no tienẽ adonde labrar por el collº tener lo mas y meior delas tierras.

Proponese a V. P. que permitta largarse la dicha tierra libremente (aun que pareçe sera iuzgada al collº *in foro exteriori et iudiciali*) quando no pudiesse auer concierto sin pleito o no quisiessen acceptar otra tanta tierra adonde no nos haga periuizio y desta manera se quitaria toda la dubida e escrupulo y seria grande edificaçion para todos que *uno ore* dizen tener ellos iusticia y nos tienẽ por cobdiciosos.

V. P. iuzgara lo q̃ mas conuiene en el Señor.

Dela Baya 11 de Setiembre 85.

[*Lus.* 69, 152-152v].

APÊNDICE G

Representação da Câmara de Olinda ao P. Geral (1577)

Sñor

Os juizes e urcadores e procurador do cõçelho e homẽs do regimẽto desta uilla dOlinda da Noua Lusitãnia nas partes do Brazil, fazemos saber a Vosa Reuerẽdisima Patrinidade como nesta uilla no mosteiro de Nossa Senhora da Graça da Cõpanhia de Jezus rezidio por espaço de tres ãnos Melchior Cordeiro profeço da dita Ordem e Cõpanhia e seruio de reitor todo o dito tempo ho qual cõ suas pregaçõis e amoestaçõis e doutrina e sua boa uida e custumes e exempros fẽz nesta uilla muito fruito e se casarã muitas orfãs e outras molheres q̃ estauam mal imfamadas q̃ estão cazadas e tidas em deferẽte reputação tudo por industria do dito Padre Melchior Cordeiro q̃ para efetuar hos ditos casamẽtos pidia esmollas e ajudas dos fieis cristãos q̃ todos folgauão de lhas dar e ajudar por saberem serem para tam uirtuosas obras ajuntãdo-se cõ os prouedores e irmãos da sãta Misericordia desta uilla para tambem ajudarẽ a fazer os tais casamẽtos com ajutorios da casa e irmãos e por esta uia fẽz muitos ajuntamẽtos em grãde seruiço de Noso Senhor e por seu respeito outro sim aquiriu muitas esmollas para a Cõpanhia e fẽz muitas obras na casa de muitos recolhimentos e ouue terras e fẽz cousas de muito aumẽto e aquiriu muita gẽte para irem á dita casa a frequẽtar os sacramentos da cõfição e comunhão cada outo e quĩze dias e todas as festas do ãno estãdo elle e fazẽdo estar os padres cõfeçores cõtino nos cõfiçonairos para ouuir de cõfição ao grãde e pequeno tudo cõ muita eficasia de modo q̃ todo este pouo estaua muito cõsollado de sua doutrina e uida e custumes e pregaçõis e hora nos he dito que se uai agrauãdo apresẽtar até Vosa Reuerẽdisima Patrinidade de hũ grãde falso testemunho q̃ nos he dito q̃ lhe aleuãtaram de q̃ todo este pouo fica muito escãdalizado assim por perdermos sua boa doutrina e exempros como por tãbem presumirmos q̃ poderá presumir de nós sermos mal agardecidos do fruito q̃ nesta terra fẽz. Pello q̃ sem nos elle pidir nem outrem por elle senão pello q̃ somos obrigados a obrigação q̃ somos ao dito padre Melchior Cordeiro determinamos em camara de escreuer esta a Vosa Reuerẽdisima Patrinidade pella qual escreuemos a uida e custumes do dito Padre ser como atras dezemos e muito mais e reprouamos tudo o q̃ contra elle se disser e pidimos a Vosa Reuerẽdisima Patrinidade q̃ com muitas auantagẽs de honra cõstranja ao dito padre torne a esta uilla porq̃ com sua vĩda sẽdo tal seremos muito cõsollados e a todo este pouo fará muita merçê e lhe tirará o escãdallo em q̃ está q̃ he tãto q̃ muitos homẽs onrados ficã com preposito danado de elles nẽ suas molheres irẽ ao dito mosteiro a se cõfeçar e porq̃ V. Reuerẽdisima Patrinidade fosse setrificado da uerdade mãdamos passar a presẽte escrita na Camara desta uilla sob nosos sinais e cello della. Oje uĩte e noue dias do mes de Janeiro. Jorge Glz̃ tabaliam do pubrico e judicial e notas nesta uilla dOlinda e seus termos pollo Sõr Duarte Coelho dAlbuquerque, Capitam e Gouernador della por El-Rei Noso Sõr a fẽz, por João Tauares escriuã da Camara nã estar na terra, ano do nacimento de Noso Sõr Jhũ Xp̃õ de mil e quinhẽtos e setẽta e sete ãnos.

    Frutuoso Barbosa   Alvaro Fragoso
                        Simão Falcão
    Leonis de Figueiredo   João Dias [...]
    Salvador de Araujo   Lopo Glz̃   Jorge Camello
    Afonnso Roiz   Aº Gago   Fr.co Alvares
                                                    Manuel dazevedo

[Fora]:
Ao muito Reuerẽdo ẽ Xp̃o padre o padre Eberardo Mercuriãno e Geral da Cõpanhia de Jezus em Roma
                                1577

Da Camara da uilla dOl.da capitania de Pernãbuco [1]

                                                      [*Bras. 15*, 299-300v.]

---

1. O documento é de boa letra, mas as assinaturas são quási indecifráveis. A-pesar-de recorrermos, também, a um arquivista oficial, temos ainda dúvidas sérias sôbre a leitura dalgumas. Em todo o caso, o que nos interessa aqui, directamente, não são as assinaturas, mas o documento em si.

APÊNDICE H

Treslado do Padrão do Collegio de Pernãobuco (1576)

Dom Henrique per graça de Dẽs Rey de Portugal e dos Algraues daquem e dalem mar. Em Africa. Sñor da Guine e da conquista nauegação. E comercio de Thiopia, Arabia, Persia E da India et caet. como gouernador e perpetuo administrador q̃ sam da Ordem e caualaria do mestrado de N. S. Jesu Christo. Faço saber aos q̃ esta minha carta uirem q̃ por parte do Reytor e padres do Collegio de N. S. da Graça da Comp.ª de Jesu q̃ por mandado do sñor Rey meu sobrinho q̃ Dẽs tem se fundou na vila dOlinda capitania de Pernãobuco nas partes do Brasyl, me foi apresentada hũa certidão de Christouão de Barros prouedor mor de minha fazẽnda naquellas partes assinada por elle e pollos mais officiais nella declarados, e asselada cõ ho cello da prouedoria cõ ho traslado de hũ aluara do dito sñor Rey meu sobrinho inserto na mesma certidão dos quatro centos mil rẽs de renda de juro cada anno de que fez doação e merce por esmola ao dito Collegio p.ª sostentação dos religiosos delle pagos em asuquares pella man.ra nella declarada de q̃ o treslado he ho seguinte // Christouão de Barros fidalgo da casa del Rey nosso sñor e prouedor mor de sua fazenda em todas as partes do Brasil faço saber aos q̃ esta certidão uirem como perante mim estando presente F.rco de Caldas prouedor desta capitania de Pernambuco e Lisuarte dAndrade de Vasconcelos escriuão da fazenda do dito sñor nestas partes e Jacome do Campo feitor e Almuxerife da dita capitania com todos os mais officiais da fazenda por parte do provincial da Comp.ª de Iesus e do Reytor do Collegio de N. S. da Graça desta vila dOlinda me foi apresentada hũa prouisão de sua A. de q̃ ho treslado de uerbo ad uerbum é ho seguinte // Eu El Rey como gouernador e perpetuo administrador q̃ sou da ordem e caualaria do mestrado de N. S. Jesu Christo. Faço saber aos q̃ este aluara uirẽ q̃ eu mãdei ajuntar os deputados da mesa da consciencia e ordens e outros letrados pera tratarẽm particularmente das obrigações q̃ tenho nas terras de q̃ como gouernador do dito mestrado se arecadão e recebem os dizimos p.ª minha fazenda e hũa das cousas q̃ por elles se assentou e determinou foi q̃ tinha obrigação de prouer como ouuesse nellas Igrejas e casas de religiosos e uendo eu como esta rezão e obrigação milita ainda mais nas partes do Brasyl q̃ se pouoam nouam.te antre gentios a q̃ conuem mouer e persuadir por todas as uias ao conhecimento de nossa santa fee catholica e uendo outrosi o m.to cresim.to em q̃ vão as pouações da capitania de Pernãbuco e as rendas dellas e por me pedirẽ os moradores da dita capitania q̃ ouuesse nella na villa de Olinda hũ Collegio de padres da Comp.ª de Iesus polla experiencia q̃ auia de m.to fructo q̃ tinhão feito naquellas partes cõ sua uida e exemplo assi na conuersão do gentio de q̃ per seu instituto principalm.te tratão como na reformação de uidas e costumes de todos. E por isto ser assi e obra de tanto seruiço de N. S. e de minha obrigação ey por bem e me praz de fazer merce por esmola e doação perpetua pera sempre, e de dar em dote ao Collegio de sua Ordem q̃ na dita capitania mando q̃ se funde de quatrocentos mil rẽs de juro em cada hũ anno pera sostentação dos uinte padres q̃ nelle hão de auer q̃ he a respeito do que per meu mandado foi arbitrado q̃ ouuessem os padres dos outros dous Collegios que nas ditas partes são fundados os quais quatrocentos mil rẽs lhe serão pagos em cada hũ anno do primeiro dia deste mes de Jan.ro do presente anno de quinhentos setenta e seis em diante e se lhes pagarão e receberão em fructos dos asuquares dos dizemos q̃ a dita capitania rende e pello tempo render contado ao preço q̃ por massa dos preços q̃ teve os seis anos atras se achar q̃ saei cada arroba delle, alto e malo, a qual conta por massa mando q̃ faça o prouedor de minha fazenda e o ouuidor geral das ditas partes na dita capitania cõ ho prouedor de minha fazenda e mais officiaes della e q̃ declarem por sua certidão por todos assinada e preço que polla dita conta se achar q̃ sae e colhe a de dar cada arroba dasuquar e quantas arrobas por ella cabe auer ao dito Collegio e padres pellos ditos quatro centos mil rẽs cõ a qual mando aos Veadores de minha fazenda q̃ fação fazer padrão ao dito Collegio e padres p.a auerem as arrobas dasuquar alto e malo, q̃ lhe montarẽ polla dita conta nos ditos quatrocentos mil rẽs no rendimento dos dizemos delle da dita capitania em cada hum anno por inteiro e sem quebra posto que aja na renda delles e com todas as mais clausulas q̃ forem necessárias pera o dito prouincial e padres poderem por recebedor e serem pagos e assi pera q̃ cõm certidão do Almuxerife e escriuão de como lhe fiqua assinado no livro de sua despeza o q̃ pella dita man.ra ouver de pagar em cada hũ anno receberem e lhe serem pagos os ditos asuquares no rendeiro dos dizemos delles ou em qualquer engenho q̃ lhe os ditos officiaes declararem e o dito rendeiro sendo o tal engenho ja partido por meus officiaes e assentado em seu livro o q̃ coube a minha fazenda do dizemo delle, e porq̃ possa logo ter efeito e auer o dito Collegio pella necessidade q̃ delle a. E o dito Reytor e padres tenhão de q̃ se sostentar ey por bem q̃ seyão pagos por esta prouizão do asuquar q̃ polla dita conta montar auer neste primeiro anno e no q̃ uem de setenta e sete e dahy em diante tirarão padrão como dito he. E isto sendo contente o contratador q̃ ora he dos dizemos da dita capitania q̃ lhes seião pagos em asuquares os ditos quatrocentos mil rẽs porque não o sendo auerão pagamento em dinheiro pello rendimento da dita alfandega aos quarteis do anno te se acabar o tempo de seu contrato. E despois de ser acabado auerão os ditos quatro centos mil rẽs em asuquares na maneira asima dita, e pollo treslado deste q̃ sera registado no Livro da despeza do Almoxerife q̃ lhe pagar os ditos quatrocentos mil rẽs em dinheiro ou asuquar e certidão do dito prouedor mor, e prouedor e officiaes do q̃ polla dita conta lhe coube auer em asuquar e conhecim.to do dito Reytor lhe sera leuado em despeza o q̃ lhe pella dita maneira pagar os ditos dous annos E esta aluara quero q̃ ualha como carta posto q̃ o effeito delle aja de durar mais de hũ anno. E comprirseha posto q̃ não passe polla chancellaria sem embargo das ordenações do segundo livro em contrario Hyeronimo de Sequeira o fez em Almeirim a seis de Jan.ro de 1576. Gaspar Rebello o fez escreuer // e requerendome q̃ fizesse a diligencia e passasse certidão cõforme a dita prouisão por quanto ao tempo q̃ ella uiera o prouedor mor e ouuidor geral, Fernão da Sylua q̃ então era, era ido ao Reyno pello que o gouernador Luis de Brito dalmeida mandara q̃ o Prouedor da dita capitania de Pernãbuco cõ os officiaes da fazenda della fizessem a dita diligencia a qual me constou q̃ fizerão dando juram.to aos rendeiros e mercadores da dita capitania q̃ declarassem o preço a q̃ saya a arroba do asuquar em massa nos seis annos atras do anno de setenta te setenta e cinquo e todos afirmarão por seus juramentos valer arroba do branco e mascabado a quatrocentos e sessenta rẽs; e arroba de retame de sinos a trezentos e uinte. E contado a este preço se mõtarão nos mil cruzados que sua A. dotou de renda em cada hum anno ao dito Collegio oito centas arrobas dasuquar brãco. E sem arrobas de sinos como tudo me constou pellos autos das diligencias q̃ sobre isso se fizerão, os quais ui, e examinei com todos os officiaes da fazenda. E denouo tornei a dar juramẽto aos mesmos officiaes q̃ fizerão a dita arbitração tomãdo cõ outros de fora as informações necessarias no caso, dando de tudo uista ao procurador de sua A. E por todos foi concluído, assentado, e detreminado q̃ a arbitração sobredita no modo declarado fora feita como deuia sem duvida algũa e valera a arroba do asuquar alto e malo nos ditos seis annos ao preço asima dito de quatro centos e secenta rẽs a arroba e a arroba de retames de sinos a trezentos e uinte rẽs e montamse nos quatrocentos mil rẽs q̃ se hão de dar ao dito Collegio pella dita prouisão cada anno oito centas arrobas dasuquar branco, e cento de sinos. E sendo por todos bem examinado se achou q̃ sem duvida este foi o preço comum nos ditos seis annos, o q̃ certifico assi por esta por mim assinada cõ todos os mais officiaes da fazenda q̃ nisso forão e assellada cõ o cello q̃ serve nesta fazenda Lisuarte dAndrade de Uasconcellos escriuão da fazenda nestas partes do Brasyl a fez em Olinda capitania de Pernãobuco aos 9 de Nouembro do anno de 1578 annos. E ora me emuiarão dizer o Reytor e padres do dito Collegio q̃ pella diligencia e massa q̃ se fizera da ualia q̃ os asuquares tiuerão na capitania de Pernãobuco os seis annos conteudos no dito aluara e do q̃ a esse respeito lhes montaua aver cada anno pelos quatrocentos mil rẽs de juro de q̃ o dito snor Rey meu sobrinho lhe fizera doação e merce por esmola se achara q̃ lhes montaua, e auião de auer cada anno oitocentas arrobas dasuquar branco, e cem arrobas dasuquar de sinos como mais cõpridam.te se continha na dita certidão pedindome lhes mandasse dellas passar carta de padrão em forma pera lhe serẽ pagas assi e da man. q̃ se cõtinha no dito aluara e certidão q̃ tudo foi uisto em minha fazenda e ouuido sobre isto o meu procurador della e uendo eu os iustos respeito e causas q̃ mouerão ao Sñor Rey meu sobrinho a mandar fundar o dito Collegio e o dotar dos ditos quatrocentos mil rẽs de juro pagos em asuquar e ho m.to seruiço q̃ ho reitor e padres delle fazem a nosso Sõr naquellas partes assi na conuersão do gentio, como nos mais ministerios de seu instituto q̃ exercitão. E como he rezão q̃ seyão prouidos de renda bastante para sua cõgrua sustentação e pagos della de man.ra q̃ o cuydado e ocupação do temporal os não inquiete nẽ lhes impida o espiritual em q̃ sempre se ocupão avendo eu a tudo respeito. E por o sentir assi por m.to seruiço de N. S. e nisto comprir em parte cõ a obrigação q̃ como mestre e gouernador da dita ordem tenho ao espiritual e remedio das almas daquellas partes. Por esta minha carta hey por bem e me praz fazer como de feito faço doação e merce por esmola ao Reytor e p.es do dito **Collegio de N. S. da Graça da Comp.a de Iesu da villa dOlinda** das ditas oito centas arrobas dasuquar branco e cem arrobas dasuquar de sinos em cada hum anno de rēda de juro perpetuo pera sempre pelos quatro centos mil rēs de q̄ lhe o dito Sōr Rey meu sobrinho tinha feito doação pello dito Aluara e em lugar delles quero e me praz q̄ o reitor e padres do dito Collegio q̄ ora são e pollo tempo forem tenhão e ayão pera sua sostentação as ditas oito centas arrobas dasuquar branco e cem arrobas de sinos em cada hū anno de juro perpetuo pera sempre como dito he as quais começarão a aver do primeiro dia do mes de Jan.ro do anno passado de 1578 em diante em q̄ se acabarão os dous annos em q̄ pollo dito aluara auiam de auer pagam.to dos quatro centos mil rēs pello modo nelle conteudo, e lhe serão pagas pello rendim.to dos dizemos q̄ a mi e a ordem de N. S. Jesu Christo pertencem na dita capitania de Pernābuco, nas partes e engenhos q̄ estes escholherem, e mais quiserem e onde milhor possão auer seu pagam.to e por inteiro, e sem quebra algua posto q̄ a aya nas rendas dos ditos dizemos, e querendo elles por recebedor de sua mão nos engenhos ou casas onde os asuquares se recolherem pa. receber, e arecadar as ditas oito centas arrobas dasuquar branco, e cem arrobas de sinos o poderão fazer, e se pagarão a pessoa q̄ elles poserem por recebedor primeiro q̄ dos ditos dizemos e asuquares de meus direitos se faça outra algūa despeza, nem se tire delles cousa algūa ate de todo serem pagos e satisfeitos da dita contia em cada hū anno, ou as receberão da mão dos rendeiros dos ditos dizemos dos asuquares, ou do recebedor delles qual os padres mais quizerem o q̄ sempre fiquara em sua escolha e da maneira q̄ elles declararem q̄ querē auer o tal pagam.to assi se lhes fara, noticio o assi ao meu gouernador das partes do Brasil e ao prouedor mor de minha fazenda em ellas. e ao prouedor e Almoxerife e officiaes da capitania de Pernābuco q̄ ora são e pollo tempo forem e lhes mando q̄ pella maneira asima declarada fação em cada hū anno pagar ao Reytor e padres do dito Collegio as ditas oito centas arrobas dasuquar brāco e cem arrobas dasuquar de sinos bom e de receber e de q̄ elles seyão contentes do p.ro dia de Jan.ro do anno passado de 578 em diante e lhe fação delles fazer m.to bom pagam.to constrangendo e obrigando a isso os recebedores ou rendeiros dos ditos dizemos e officiais ou pessoas outras de cuja mão as ouuerem de receber, o qual pagam.to lhe farām por esta soo carta sem mais outra prouisão minha, nem dos ueadores de minha fazenda. E pello treslado della q̄ sera registado no Livro da despeza do Almuxerife de minhas rendas da capitania de Pernāobuco pello escriuão de seu cargo cō conhecim.to do dito Reitor e padres do dito Collegio mando q̄ lhe sejão as ditas oito centas arrobas dasuquar branco, e cem arrobas dasuquar de sinos leuadas em conta cada anno q̄ lhas assi pagar e fazendo o tal pagam.to os rendeiros, ou recebedor dos ditos dizemos dos asuquares, ou outro official ou almoxerife lhe tomara em pagam.to o dito treslado com conhecim.tos dos p.es a conta do q̄ lhe forē obrigados entregar e lhe sera a ella leuada a dita contia em conta como dito he o q̄ o dito Almoxerife, ou Recebedor e rendeiros comprirão so pena de cem cruzados a metade pera os catiuos e a outra ametade para as despezas do dito Collegio na qual pena encorrera cada hum delles cada uez q̄ o assi não comprir. E mando ao dito prouedor mor, ou ouuidor geral nas partes do Brasil e ao prouedor de minha fazenda na dita capitania e ao ouuidor e Juizes da dita Vila dOlinda ou a qualquer delles q̄ per parte dos ditos p.es pera isso forem requeridos constranjão e executem pella ditta pena ao dito Almoxerife recebedor ou rendeiros cada uez q̄ nella encorrerem e porem p.ʳᵒ q̃ esta carta aja effeito nem se faça por ella pagam.ᵗᵒ algum o dito prouedor mor, ou ho prouedor de minha fazenda na capitania de Pernãobuco fara trazer perante sy o proprio aluara do Sñor Rey meu sobrinho nesta tresladado e ho rompera e riscara todos os registos em q̃ delle ouuer. pondo neles uerbas de como mandei passar esta carta de doação ao Reytor e p.ᶜˢ do dito Collegio, p.ʳᵃ auerẽ por ella as ditas oitocentas arrobas dasuquar branco, e cem arrobas de sinos pellos quatrocentos mil rẽs nella conteudos do dito Jan.ʳᵒ do anno passado em diante pelo q̃ não hão de auuer mais cousa algũa pello dito Aluara. E de como fiqua roto e riscados os registos delle e postas as ditas uerbas passara sua certidão nas costas desta e outra tal uerva porá hũ dos escriuães de minha fazenda no registo do dito Aluara q̃ esta no Livro dos registos della de q̃ outrosy passara sua certidão nas costas desta minha carta de doação q̃ por firmeza de todo lhe mandar dar por mim assinada e asselada com ho cello pendente da dita ordem. dada na cidade de Lisboa a uinte e quatro dias do mes de abril. Nuno dAres a fez anno do nascim.ᵗᵒ de N. S. JESU Xᵒ. de mil quinhentos setenta e noue. E esta carta lhe mandei passar por duas uias aprezentandose hũa a outra se não comprira nẽ se fara por ella obra algũa, e sendo caso q̃ os ditos p.ᶜˢ tenhão auido pagam.ᵗᵒ pella prouizão nesta carta tresladada, ou por outra qualquer dos ditos quatrocentos mil rẽs em dinheiro, ou asuquar de mais tempo q̃ dos p.ʳᵒˢ dous annos de setenta e seis, setenta e sete não auerão per esta carta pagam.ᵗᵒ de mais q̃ do q̃ lhe montar auer do tempo em q̃ lhe foi feito o derradeiro pagam.ᵗᵒ em deante Eu Bertolameu Froes a fiz escreuer.

El Rey / Dõ João

[Bras. 11, 443-446v].

APÊNDICE I

Relação das cousas do Rio Grande, do sítio e disposição da terra (1607)

O Rio Grande está em cinco graus e meio de altura à parte do sul da linha equinocial. Entraram os Portugueses neste rio e terra para a conquistar o ano de 97, a 25 de Dezembro, reinando o rei Dom Felipe segundo, e sendo seu governador e capitão geral dêste estado do Brasil Dom Francisco de Sousa. Foi por capitão mor da conquista Manuel Mascarenhas Homem, o qual além da gente de guerra, não quis partir para a emprêsa sem levar consigo dous Padres da Companhia de Jesu os quais na conquista da terra passaram imensos trabalhos, administrando os sacramentos à gente por não haver outros clérigos, servindo os enfermos, que houve muitos, e dando a traça e ordem para se fazer o forte, e às vezes trabalhando com suas pessoas, para animar a gente.

A mór parte da capitania do Rio Grande, é terra plaina e sem montes, tôda campinas retalhadas de muitos rios e lagoas, tôdas elas mui a propósito para a criação de gados. Tem também algumas várzeas, capazes de ingénios, das quais a primeira, à banda do sul, quando sai da capitania da Paraíba, e entra na do Rio Grande é a que chamam de Camaratiba, na qual se está já fazendo um ingénio e tem terras para alguns outros. A 2.ª é a de Corimataí na qual se faz também outro ingénio e tem terras, águas, lenhas e tudo necessário para oito ingénios. A 3.ª se chama de Iaqui, nesta fazem os índios grandes milharadas e lavouras e tem muita cana de açucar e tem também terras para alguns ingénios. Nesta paragem caem as lagoas, tão grandes e nomeadas, por sua abundancia de peixe, entre o gentio da terra, de Guirarira de Upapeva e de Upaparí, que tem muitas léguas assím de largo como de comprido. A 4.ª várzea se chama Taraini: esta tem excelentes terras para ingénios e estão lá duas Aldeias de índios. A 5.ª se chama de Nhundiaí tem terras e águas para dous ingénios, e tudo o necessário; esta varzea e Rio é da Companhia e nela tem já situadas casas e roças e um curral de gado. A 6.ª é a Varzea do mesmo Rio Grande, do qual toma nome tôda a Capitania; esta várzea tem terras e tudo o necessário para três ou quatro ingénios, estão nela já plantadas muitas laranjeiras e outras arvores de espinho, romeiras e muita cana de açúcar. A 7.ª é a grande várzea de Siara tem de comprido cinco ou seis léguas e de largo quási uma légua; tôda ela terra para ingénios tem cana de açúcar mui formosa, e nela os Indios fazem grandes lavouras no verão. Grã parte desta várzea é da Companhia de Jesu.

Tem também esta capitania outras várzeas menores das quais agora não faço menção, mas julgam os que bem entendem disto que terá esta capitania terras para trinta ingénios, e que é capitania melhor que a da Paraíba.

Porque as várzeas tôdas servem para ingénios, os campos todos para criação de gado e neste particular por comum parecer de todos é a melhor terra do Brasil, porque não tem passo de terra que não aproveite para isso, com excelentes águas; não faltam tampouco muitos matos para fazer rocerias tem os ares muito sãos, e, com estar tão perto da linha, não é muito quente.

Tinha esta capitania, quando os da Companhia entraram nela 164 aldeias, mas como este gentio do Brasil fàcilmente se some entre os Portugueses, agora terá como seis mil almas, repartidas em diversas aldeias, as quais não visitamos mais que sete ou oito por sermos poucos, ou por melhor dizer por não sermos mais que dous companheiros que andamos sempre em roda viva cultivando estes cristãos.

Também estão longe dêste Rio Grande duas jornadas outras sete aldeias e em parte também perto estão outras duas, enfim é muito gentio, mas mui espalhado e fàcilmente se ajuntaria e poria em aldeias perto, e se cultivariam, se houvesse nesta capitania residência e obreiros.

Ha também nos limites desta capitania, e poucas jornadas de caminho duas nações de Tapuias, copiosas em número de gente, que afirmam os que vão a resgatar com êles, ser grande o número de gente, os quais todos se perdem por falta de obreiros, tendo pazes e comércio connosco, e havendo Residencia nesta capitania, mandando todos os anos a êles, por via de missão, se salvam muitos inocentes, e outros muitos adultos *in extremis*. Outras nações ha também, aqui perto, de outros gentios de menos gente, de que não fazemos caso, e para os quais criou Deus também o Céu e se perdem por falta de guias.

As cousas de edificação que têm acontecido nesta capitania, por serem muitas e das ordinárias, que acontecem aos da Companhia, que andam ocupados nesta obra de Deus, não as conto. sòmente direi que todos os anos, depois que se conquistou esta terra, foram os Religiosos da Companhia por via de missão e teem padecido muitos trabalhos na conservação dêste gentio e Portugueses, e que afirmou João Rodrigues Colaço, o primeiro capitão que foi daquela capitania, por sua certidão, que está em poder do Padre provincial, segundo as contas que êle lançou, que caminharam os religiosos da Companhia a pé, em um ano, buscando estas almas, mais de mil léguas e, duas vezes que se temeu o dito capitão que se poderiam rebelar os Índios, não teve outro refugio senão acolher-se aos Padres da Companhia para que lhe valessem e aquietassem os Índios.

Tinham êstes índios da capitania do Rio-Grande, quando começaram os da Companhia a prègar-lhe o Evangelho, muita carne humana guardada para celebrar suas festas, e tanto que lhes mostraram a ofensa que se fazia a Deus em comer carne humana, logo a alargaram; e então, escrevendo o capitão que então era do Rio Grande, ao viso-rei de Portugal, entre outras cousas que lhe disse dos religiosos da Companhia, que entendiam na conversão dos índios daquela capitania, foi esta uma que dous religiosos da Companhia tinham acabado em poucos meses, com suas exortações e palavras com os índios, mais que os capitãis de El-Rei em muitos anos com suas armas, que era a pacificação do gentio Potiguar.

Esta última vez, que fomos lá no ano de 607, connosco afogava e acalentava o capitão daquela capitania os Índios, dizendo-lhes que já tinham os Padres, que era polo que eles suspiravam, que roçassem, porque estes Índios sem os da Companhia não se têm por seguros, e assi cresciam naquele sertão, depois que os da Companhia tornaram a êle, mais de mil almas, além das que tinha, e, nêste ano de 607, bautizaram os da Companhia perto de mil almas e os mais dêles inocentes, casando outro grande número em lei da gracia, e concluiu com dizer que não têm estes pobres Índios para o corporal nem para o espiritual outro remédio senão os da Companhia, porque os seculares não procuram senão derriçar neles, não tendo capitão, nem quem os defenda, e assim diz o vigairo que sem os da Companhia impossível é governar aquilo.

Sete ou oito vezes fizeram os da Companhia naquela capitania ofício de vigairo, por não haver clérigo que se quisesse expor àqueles trabalhos. Tem o colégio de Pernambuco na Capitania do Rio Grande quinze ou dezasseis léguas de terra, as quais foram dadas a intuito dos religiosos que haviam de residir nela para os ajudarem no espiritual de suas almas. Tem também um curral de gado vacum e outras coisas miúdas, que deixo, e sítio e chãos na cidade para se fundar casa.

[*Bras. 15*, 439-440].

APÊNDICE J

Catálogo das Expedições Missionárias de Lisboa para o Brasil

De um ou outro Jesuíta daremos breve referência biográfica. Outros já a tiveram mais desenvolvida nas páginas precedentes ou ainda a terão nos tômos seguintes. Indicamos as datas de saída e chegada das expedições, quando as tivermos podido averiguar.

1.ª Expedição (1549):

Saída de Lisboa: 1 de Fevereiro de 1549.
Chegada à Baía: 29 de Março de 1549.

P. Nóbrega, Manuel da	Português
P. Pires, António	»
P. Nunes, Leonardo	»
P. Navarro, João de Azpilcueta	Navarro
Ir. Rodrigues, Vicente	Português
Ir. Jácome, Diogo	»

Vieram com o primeiro Governador do Brasil, Tomé de Sousa. Perseveraram todos [1].

2.ª Expedição (1550):

Saída de Lisboa: 7 de Janeiro de 1550 [2].

P. Braz, Afonso	Português
P. Pires, Francisco	»
P. Paiva, Manuel	»
P. Rodrigues, Salvador	»

---

1. Anch., *Cartas*, 314; Fr. Rodrigues, *História*, I, 2.º, 539; Franco: *Imagem de Coimbra*, II, cf. vidas de cada qual; *Mon. Ign.*, Cartas: III, 544; Polanco, *Chronicon*, I, 449; *Mon. Mixtae*, II, 91; Orlandini, *Hist. Soc.*, lib. 9, n. 85; Maffei: *Hist. Indicae*: «Brasiliã attigêre ineunte Aprili mense», p. 295; Bartolomeu Guerreiro, *Gloriosa Coroa*, 305, chama a Diogo Jácome, «Diogo de S. Tiago».

2. Cf. Serafim Leite, *O primeiro embarque de órfãos para o Brasil*, na *Rev. da Academia Brasileira de Letras*, vol. 45, n.º 150, p. 268; Id. *Páginas*, 78.

Levaram 7 meninos órfãos para ajudar na catequese. O navio capitânia era o famoso *Galeão Velho* [1] sob o comando de Simão da Gama [2]. Perseveraram todos.

3.ª Expedição (1553):

Saída de Lisboa: 8 de Maio.
Chegada à Baía: 13 de Julho.

P. Grã, Luiz da	Português
P. Lourenço, Braz	»
P. Pires, Ambrósio	»
Ir. Anchieta, José de	Canarino
Ir. Gonçalves, João	Português
Ir. Blasques, António	Castelhano
Ir. Serrão, Gregório	Português

Vieram na Armada do segundo Governador do Brasil, D. Duarte da Costa, que constava de quatro navios, a saber uma nau e três caravelas, com 260 pessoas. Perseveraram todos, menos Ambrósio Pires. O P. Braz Lourenço descreve esta viagem em carta da Baía, 30 de Julho de 1553 [3].

4.ª Expedição (1559):

Saída de Lisboa: 19 de Setembro [4].
Chegada à Baía: 9 de Dezembro.

P. Melo, João de	Português
P. Dício, João	Belga
Ir. José [5]	Português
Ir. Castro, Pedro de	»
Ir. Pereira, Rui	»
Ir. Mestre [ou Matos], Vicente	»
Ir. Rodrigues, Jorge	»

Expedição pouco afortunada. O Ir. José morreu pouco depois, o P. Dício voltou para a Europa; só perseveraram Melo e Rodrigues. O Ir. Jorge Rodrigues, depois Padre, natural da cidade de Évora, paciente e observante, veio a

---

1. Nome próprio, *S. João Baptista.* Cf. Accioli — Amaral, *Memórias,* 329.
2. Vasc. *Crón.* I, 80. Cf. Anch., *Cartas,* 314; António de Matos, *Prima Inst.,* 9; F. Rodrigues, *História,* I, 2.º, p. 540; Franco: *Synopsis an. 1550,* n.º 6; Teles, *Crón..* I, 490 ss.; Vasc., *Crón.,* I, 81.
3. *Bras. 3(1),* 89v-90, Nóbr., *CB,* 151 e nota 46; Anch., *Cartas,* 314 e nota 364. Anchieta omite o nome de Ambrósio Pires, de-certo por já não estar na Companhia no momento em que escrevia; Ant. de Matos, *Prima Inst.,* 9; *Fund. de la Baya,* 7v; Pero Rodrigues, em *Anchieta nos Annaes,* XXIX, 197; *Mon. Litt. Quad.,* II, 236, 221; Vasc., *Anchieta,* 7-8; Id., *Crón.* I, 134-135-136; *Mon. Mixtae,* III, 397; Polanco, *Chronicon III,* 391; Franco, *Synopsis an. 1553,* n.º 6; Orlandini, *Hist. Soc.,* p. 437; Maffei, *Hist. Ind.,* 318.
4. *Lus.* 60, 156.
5. Faleceu na Baía, no dia 15 de Agôsto de 1571. Zeloso da conversão dos Índios, aprendeu a sua língua, e sucumbiu a uma doença provinda das muitas águas que passou em socorrê-los, *Fund. de la Baya,* 17v(9).

falecer, em 1612, na Aldeia de S. Barnabé, com 74 anos de idade e 55 de Companhia [1].

Nesta armada veio também o 2.º Bispo do Brasil, D. Pedro Leitão: para lá lhes escrevi em «a caravela S. *João*, em a qual eu vim com o Bispo», diz Rui Pereira [2].

5.ª Expedição (1560):

Saída de Lisboa: 20 de Abril.
Chegada ao Brasil: ao fim de Julho [3].

Ir. Gonçalves, António [4]   Português
Ir. Rodrigues, Luiz [5]   »

Nota-se dificuldade em enviar Padres, «si de otras partes no ayudan» [6].

6.ª Expedição (1661):

Saída de Lisboa: Novembro [7].

P. Viegas, Francisco   Português
Ir. Comitoli, Scipião   Italiano

Viajaram na nau capitânia, com Lucas Giraldes, que era o capitão. Nenhum dêstes dois perseverou na Companhia [8].

---

1. *Bras.* 8, 139.
2. *CA.* 281. Fortunato de Almeida, *História da Igreja em Portugal*, III, P. 2.ª, p. 966, diz que o Bispo chegou a 4 e tomou posse a 9. Cf. *Mon. Laines*, III, 455; IV, 293; *Mon. Borgia*, III, 381; *Mon. Litter. Quad.* VI, 523; Vasc., *Crón.*, II, 64; Franco, *Synopsis an. 1559*, n.º 7, *1561*, n.º 13.
3. *CA*, 373.
4. Natural de N.ª S.ª da Serra, diocese de Lisboa. Em 1563, foi para Pôrto Seguro, já sacerdote (*CA*, 382) onde ficou muitos anos. Em 1570, residia em S. Paulo (*Mon. Borgia*, V, 441) e, em 1579, estavam-lhe confiados os Índios de Ararihóia (Anch., *Cartas*, 269). Fêz os votos de Coadjutor espiritual no dia 8 de Abril de 1577, em S. Vicente (*Lus. 1*, 157). Era superior do Espírito Santo em 1584 (*Lus.* 69, 133). Trabalhou muito com os Índios. Faleceu no Colégio do Rio em 1611. Diz a Ânua correspondente: «In Collegio Fluminis Ianuarii ante triennium obiit 80 annos natus P. Antonius Gondisallus Societatem ante annos 50 amplexus» (Ânua de 1611, escrita a 1 de Maio de 1615, *Bras.* 8, 122v).
5. Ordenou-se depois de sacerdote, trabalhou muito nas aldeias da Baía, em Itaparica e nos Ilhéus (*CA*, 269, 284, 306, 362, 372-377, 381). Voltando a Portugal, como doente, parece que na viagem cometeu alguma imprudência. O P. Leão Henriques falou em o despedir da Companhia e nesse sentido informa o P. Geral, a quem o P. Luiz Rodrigues se dirigiu directamente, indo a Roma (Carta do P. Leão Henriques ao P. Geral, de Lisboa, a 12 de Fevereiro e 13 de Setembro de 1566, *Lus.* 62, 11-11v, 107). A 30 de Janeiro de 1567, escreveu S. Francisco de Borja ao B. Inácio de Azevedo que o P. Luiz Rodrigues estava em Roma, exercitando-se em ofícios humildes com os noviços e muito consolado (*Mon. Borgia*, IV, 400). É a última notícia que dêle colhemos.
6. Cf. Carta de Miguel Tôrres a Laines, de Lisboa, 18 de Abril de 1559, *Mon. Laines*, IV, 293.
7. «No partieron mas navios despues de aquelle e q e Noviẽbre passado fuerõ el pe. frº. Viegas e el hermano cypiõ», *Lus.* 61, 97v; *Mon. Nadal*, I, 693.
8. Vasc., *Crón.* II, 109. O P. Godinho em carta a S. Francisco de Borja, de Lisboa, 31 de Maio de 1565, dá notícia de terem sido despedidos os Padres

7.ª **Expedição (1563)**:

Saída de Lisboa: 15 de Fevereiro.
Chegada à Baía: 1 de Maio.

    P. Caxa, Quirício   Espanhol
    Ir. Alvares, Baltazar   »
    Ir. Pina, Sebastião   Português
    Ir. Carvalho, Luiz   »

Sebastião Pina conta, em carta sua, o que passaram na viagem [1]. Foram na nau capitânia e sustentados à custa do Tesouro Real [2].

« Para o Brasil estão de caminho quatro da Comp.ª scilicet, um sacerdote, e um diácono e dois leigos, o sacerdote ouviu alguns anos de teologia e um dos irmãos também a estudava, já de todo estão aparelhados, esperando tempo para partir » [3].

8.ª **Expedição (1566)**:

Saída de Lisboa: antes de 6 de junho [4].
Chegada à Baía: 23 de Agôsto [5].

    P. Azevedo, Inácio de — Visitador   Português
    P. Gonçalves, Amaro   »
    P. Rocha, António da   »
    P. Fernandes, Baltazar [6]   »
    Ir. Dias, Pedro (estudante)   »
    Ir. Fernandes, Estêvão   »
    Gonçalves, Domingos   »
    Andrade, António de   »

Os dois últimos foram para ser recebidos depois na Companhia [7]. E tanto

---

Francisco Viegas e Luiz Rodrigues, recém-chegados do Brasil (*Lus. 61*, 289). Êste último recorreu a Roma, como vimos. Cf. *CA*, 355; Franco, *Synopsis an. 1551*, n.º 13.

1. *CA*, 395.
2. Francisco Soares, *De alg. coisas mais notáveis*, 378.
3. Quadrimestre da casa de S. Roque ao ult.º de Dezembro de 1562, Évora, Cartas, Tômo 2.º, cód. CVIII, 2-2, f. 146v; Cf. *Lus. 61*, 97v, carta do P. Gonçalo Vaz, Provincial de Portugal ao P. Nadal, de Lisboa, 14 de Maio de 1562, onde transparece a necessidade de enviar Padre que pudesse suceder no provincialato ao P. Grã.
4. Nesta data escreve o P. Leão Henriques, comunicando que « el P. Ignacio dazevedo ya es partido cõ sus compañeros para el Brasil », *Lus. 62*, 44v; *Lus. 61*, 289; Francisco Soares, *De algumas coisas mais notáveis*, 378.
5. *Fund. de la Baya*, 16 (90).
6. Catálogo de 1607: « P. Balthazar Fernandes ex Porto ann. 69 mediocri valetud. admissus in Societatem anno 1558, studuit grammaticae annos 4or unum casibus conscienciae. Fuit Superior in residentiis annos 5; in missionibus versatur ultra viginti annos, didicit brasilicam linguam, coadiutor formatus ab anno 1577» (*Bras. 5*, 69).
7. Vasc., *Crón.* III, 90; Franco, *Synopsis Ann. 1566*, n.º 6; Id., *Imagem de Coimbra*, II, 74.

êles como os irmãos Pedro Dias e Estevão Fernandes acham-se no Catálogo do Brasil, onde se inscreveu, posteriormente, a data de 1565, que se não compagina com a data desta expedição. Estevão Fernandes tinha sido comprador em Braga [1].

9.ª Expedição (1566):

P. Rêgo, Miguel do [2]   Português
P. Aranda, António [3]   »

São limitadíssimas e até confusas as notícias desta expedição, como das duas seguintes. Franco, referindo-se à ida de Inácio de Azevedo, diz «eodem fere tempore pervenerunt...» e cita aquêles dois [4]. Mas no catálogo do fim traz o P. Rêgo na lista do B. Azevedo e em lugar de Aranda, que não cita, traz Andrade, a quem não dá o título de Padre. Êste Andrade, porém, foi com o P. Azevedo e ainda não era da Companhia, segundo Vasconcelos [5].

10.ª Expedição (1569):

Saída de Lisboa: 9 ou 10 de Novembro [6].

P. Fonseca, Luiz da   Português
Leitão, Francisco [7]   »
Gonçalves, Francisco [8]   »

Franco, mas só no catálogo final da *Synopsis*.

11.ª Expedição (1570):

Saída de Lisboa: antes de Junho.

P. Gonçalves, Afonso   Português
Martins, João   »
1 noviço   de Valência

Foram enviados pelo P. Beato Inácio de Azevedo [9].

---

1. *Lus. 62*, 22.
2. De Figueiró dos Vinhos. Faleceu no Rio, a 2 de Março de 1602 (*Hist. Soc. 43*, 65; *Bras. 8*. 43v).
3. O P. António de Aranda, natural de Longa, Bispado de Lamego, fêz profissão solene de 3 votos, na Baía, no dia 24 de Junho de 1572 (os 5 simples teem a data de 26 de Junho). Faleceu nesta cidade, dia 26 de Agôsto de 1603: «Concionator egregius, lusitano et brasilico sermone». (*Lus. 1*. 121-121v, 123; *Lus. 43*, 242v; *Lus. 68*, 399; *Hist. Soc. 43*, 65; *Bras. 8*, 40; *Bras. 15*, 468).
4. *Synopsis an. 1566*, n.º 6.
5. Vasc., *Crón.*, III, 90.
6. «Inbio alli derechos vn Padre y dos hermanos, que estan para partir manhana ó el otro dia en un navio pequeno». Carta do B. Azevedo a S. Francisco de Borja, do Pôrto a 8 de Nov. 1569, *Mon. Borgia*, V, 237.
7. Faleceu no Rio, a 19 de Janeiro de 1600 (*Hist. Soc.*, 42, 33; *ib.*, 43, 65).
8. De Braga, exerceu o cargo de Soto-ministro muitos anos e faleceu na Baía, no biénio de 1617-1619, com 76 anos de idade e 54 de Companhia (*Bras. 8*, 227).
9. *Fund. de Pernambuco*, 61v (8).

Portanto, por ocasião ou mesmo antes de ter saído êle próprio de Lisboa (5 de Junho). Êstes três nomes estão incluídos na lista da 12.ª expedição.

12.ª Expedição (1570):

Saída de Lisboa: 5 de Junho [1].

Martirio dos primeiros 40, chefiados pelo B. Inácio de Azevedo: 15-16 de Julho de 1570.

Martirio de mais 12, chefiados pelo P. Pero Dias: 13-14 de Setembro de 1571. Foi a maior expedição que jamais se organizou para o Brasil. Dos seus componentes e fim, simultâneamente trágico e glorioso, daremos notícia circunstanciada no Tômo II.

13.ª Expedição (1572):

Saída de Lisboa: 28 de Janeiro [2].
Chegada à Baía: 23 de Abril [3].

P. Tolosa, Inácio — Provincial	Espanhol
P. Ferrão, Cristóvão	Português
P. Cordeiro, Melchior	»
P. Leite, Gonçalo	»
P. Rocha, Martim da	»
P. Ferreira, António	»
Castro, Manuel de	»
Ferreira, Domingos	»
Novais, Pedro [4]	»
Gonçalves, Sebastião	»
Cruz, António da	»
Luiz, Gonçalo	»
Matos, Agostinho de	»

Aquêles cinco Padres Portugueses fizeram profissão de três votos, antes de embarcar. Na Madeira, foram recebidos 4 estudantes que, com três que vinham de Lisboa, perfazem o número de sete [5].

Para que se não repetisse o sucedido na expedição anterior, tomaram-se precauções especiais. O capitão da Armada, Cristóvão de Barros, ia para Governador do Rio de Janeiro. Também ia o Dr. Salema, com alçada. Saíram 27

---

1. Carta de Pero Dias, da Ilha da Madeira, 17 de Agôsto de 1570, *Bras. 15*, 191; Maffei traz a versão latina desta carta com a data de XV Kal. Sept. 1570 (*Hist. Indic.* 448-450; Franco diz, por lapso, que foi a 5 de Julho, *Imagem de Coimbra*, II, 92; Franco, *Synopsis an. 1570*, n. 1, 2.

2. De Lisboa, mas de Belém, «a 29, uma segunda-feira», Carta de Martim da Rocha, Setembro de 1572, BNL, fg. 4532, 33v-34.

3. Segundo Tolosa, Carta de 17 de Maio de 1572, BNL, fg. 4532. Segundo Martim da Rocha, a 24, *ib*.

4. Faleceu em 1574, no Espírito Santo (*Fund. del Rio de Henero*, 58 (137); *Fund. de la Baya*, 32 (107-108); António de Matos, *Prima Inst.*, 25v).

5. Carta referida de Martim da Rocha, BNL, fg. 4532.

velas. Ordem expressa para irem sempre de conserva. Tendo-se o Mestre da nau, em que iam os Padres, afastado um pouco, o capitão da Armada o mandou prender na Ilha de Santiago, só o soltando a rogos dos mesmos Padres. Ainda assim, duas naus deram à costa, outra foi a pique, mas salvou-se a gente noutra 1.

Desta viagem conservam-se boas relações. Distribuíram-se a bordo os ofícios. O P. Cordeiro era ministro e dispenseiro; o P. Ferrão, soto-ministro e cozinheiro; o P. Leite, mestre de noviços; o P. Ferreira, porteiro e sacristão, que havia de tanger aos exames, à oração e ave-marias; o P. Rocha, refeitoreiro e procurador 2.

Em Lisboa, estiveram a bordo a despedir-se «o P. Miguel de Sousa, com muitos Padres e Irmãos de São Roque e o P. Maurício com quási todos os Padres e Irmãos de Santo Antão. Estando assim todos juntos em a nau, mandou o mestre disparar tôda a artilharia, com que todos os Irmãos muito se alegraram. E não nos podendo apartar de nossos Irmãos em o amor, todavia corporalmente nos apartámos com igual saüdade » 3.

14.ª Expedição (1574):

Chegada à Baía: 2 de Maio 4.

P. Mesquita, Luiz de	Português
P. Dias, Manuel 5	»
P. Saloni, João	Catalão
P. Mendes, Diogo	Português
P. Lopes, Francisco	Espanhol

Vieram em dois navios: os três primeiros num, os dois segundos noutro: êste segundo navio foi tomado dos Piratas e os dois Padres, depois de grandes trabalhos, foram deixados na praia, desprovidos de tudo, incluindo a roupa com que se vestiam. O P. Francisco Lopes tornou a embarcar na expedição seguinte.

15.ª Expedição (1575):

Saída de Lisboa: 17 ou 18 de Março
Chegada à Baía: 29 de Maio.

    P. Morinello, José — Superior 6   Italiano

---

1. Id., ib.
2. Id., ib.
3. Id., ib. Cf. Carta do P. Mirão (Visitador) ao P. Geral, Lisboa, 15 de Abril de 1572, Lus. 64, 288v; Lus. 64, 249, 252; Fr. Soares, De alg. cousas, 378; Fund. de la Baya, 19 (93). Fund. del Rio de Henero, 52v-53 (130); António de Matos, Prima Inst., 25v; Franco, Synopsis an. 1572, n.º 7.
4. Fund. de la Baya, 31v (106-107).
5. Faleceu em 5 de Maio de 1610 (Hist. Soc. 43, 65v). Dêle diz o catálogo de 1607: « P. Emmanuel Dias ex Alcoutim dioece. Sylvensis ann. 60 mediocri valetudine. Admissus Eborae anni 1561. Studuit Grammaticae annos 7 interruptim casibus conscienciae unum, fuit minister in Collegio Bahiensi ann. 3, in Flumine unum, reliquum tempus in confessionibus se exercuit, formatus ab anno 1603 » (Bras. 5, 71).
6. Voltou, mais tarde, para a Itália (Vasc., Anchieta, 289).

P. Armínio, Leonardo   Italiano
P. Baptista Giaccopuzi, João [1]   »
P. Lopes, Francisco [2]   Espanhol
Ir. Rodrigues, Jerónimo   Português
Ir. Távora, Manuel de — que acabava de chegar de Itália [3].

« Li Padri per il Brasil si partiranno alpiu tarde fra dui o tre giorne : sono sei » [os que acima disse e pela ordem que disse] escreve o P. Vale-Régio. A carta é de 15 de Março : logo a 17 ou 18 de Março. «Vão num galeão muito bem armado. E levam per sua conta tôda a popa com a varanda e câmara » [4].

16.ª Expedição (1576):

Chegada à Baía: 27 de Junho [5].
P. Castilho, Agostinho del   Espanhol
P. Toledo, Pero de   »
P. Ortega, Francisco   »
P. Garcia, Miguel   »

O Procurador em Lisboa, referindo-se aos Padres Garcia e Ortega, enviados pelo Provincial de Toledo, alude aos preparativos desta expedição, e acrescenta. « De Castela não ha notícias nem dos de Roma. O P. Geral veja se manda gente formada, que é disso que tem necessidade o Brasil. Porque agora mesmo escreve o Provincial do Brasil, que havia morrido um Padre em Pôrto Seguro

---

1. O P. Giaccopuzi, natural da diocese « Caracenense sive Lunense », (Spezzia) foi um dos homens mais instruídos que chegaram ao Brasil neste século. Além do curso de Artes e algum tempo de Filosofia, estudara dois anos Medicina *(Bras. 5,* 23). Infelizmente, tinha má saúde. Ainda assim, homem de grande virtude e zêlo, « ético como estava », nunca deixou de trabalhar na conversão dos Índios, cuja língua aprendeu, até falecer no Colégio do Rio de Janeiro, a 2 de Abril de 1590 *(Lus. 71,* 4 ; *Ann. Litt. 1590-1591,* p. 824 ; *Bras. 15,* 365v, 374v). Conservam-se duas cartas suas, uma em italiano, de Lisboa, a 20 de Outubro de 1574 *(Lus. 66,* 271), outra em latim, da Baía, Aldeia de Santiago (9 de Agôsto de 1575), onde conta a sua viagem de Lisboa à Baía e as suas primeiras impressões, — boas e edificantes. Agradece ao P. Geral o tê-lo enviado ao Brasil *(Bras. 15,* 280-283).

2. O P. Francisco Lopes, da diocese de Cuenca *(Bras. 5,* 20v), não se deu bem no Brasil, e, temendo-se perdesse ali a vocação e fôsse mais útil na Europa, voltou a ela em 1589. Cativo dos piratas, levaram-no a Rochela, donde passou a Espanha (Carta do P. João Correia ao P. Geral, de Lisboa, 2 de Dezembro de 1589, *Lus. 70,* 390v ; *Lus. 68,* 343, 411v).

3. Manuel de Távora talvez fôsse um dos que estudavam em Roma, destinados ao Brasil. Desejou passar a outra religião, e para isso recebeu patente do P. Geral. Tal facto, porém, só veio ao conhecimento do Provincial de Portugal, depois do embarque para o Brasil. Saíu da Companhia em 1577 (Carta do P. Manuel Rodrigues, Provincial, ao P. Geral, de Braga, 26 de Set.º 1575, *Lus. 67,* 197 ; *Bras. 5,* 53).

4. Carta do P. Vale-Régio ao P. Geral, de Lisboa, a 15 de Março de 1575, *Lus. 67,* 57-58 ; Franco, *Synopsis, an. 1575,* n.º 22 ; Fr. Soares, *De algumas cousas,* 378 ; Carta do P. João Baptista Giacopuzzi ao P. Geral, da Baía, 9 de Agôsto de 1575, *Bras. 15,* 283.

5. Carta do P. Luiz da Fonseca, *Bras. 15,* 288.

e não tinha por quem o substituir. E veja também sua Paternidade « como esos hermanos que vienen *ingleses* sin saber la lengua de por ca como podran aprovechar en el Brasil » 1.

17.ª Expedição (1577):

Chegada à Baía: 24 de Dezembro.

P. Serrão, Gregório — Proc. a Roma	Português
P. Travassos, Simão	»
P. Soares, Pedro	»
P. Andrade, Pedro de	»
Gonçalves, Vicente	»
Barros, Manuel de	»
Teixeira, Francisco 2	»
Gonçalves, Simão	»
Viegas, Gonçalo	»
João Baptista	Flamengo
Lôbo, Gedeão	»
Fildi, Tomás	Irlandês
Yate, João Vicente	Inglês
Ventedio, Bayardo	Italiano
João, Adrião	»
Alvares, Francisco	Português
Dias, Francisco	»

Franco 3 só nomeia o P. Ferrão, mas no catálogo do fim traz todos êstes, atribuindo-os ao ano de 1578; o mesmo tem F. Soares 4. Contudo, o mesmo Franco diz que êles chegaram na vigília do Natal, *Brasiliam tenuere pervigilio Natalis Domini*. E John Yate, especifica o ano: *arrived in Dec. 1577* 5.

18.ª Expedição (1583):

Saída de Lisboa: 5 de Março.
Chegada à Baía: 9 de Maio 5.

P. Gouveia, Cristóvão — Visitador	Português
P. Cardim, Fernão	»

---

1. Carta do P. Vale-Régio ao P. Mercuriano, de Lisboa, 11 de Julho de 1575 (*Lus. 67*, 132). Cf. cartas de 21 de Julho e 5 de Nov.º, *Lus. 67*, 108, 218; Franco, *Synopsis*, no fim.
2. Faleceu, já sacerdote, no Colégio de Pernambuco, a 17 de Janeiro de 1586 (*Bras. 5*, 29; *Hist. Soc. 42*, 32 v).
3. *Synopsis*, 1577, n.º 1.
4. *De alg. cousas mais notáveis*, 374.
5. Yate, Carta de 21 de Junho de 1593, *Papers*, p. 353.
6. Cardim, *Tratados*, 285; *Bras. 2*, 139; Franco, *Synopsis an. 1583*, n.º 15. No catálogo final vem no ano 1582; Cardim, *Tratados*, 283; Carta de Gouveia, *Lus. 68*, 337-340 v.

        P. Freitas, Rodrigo de   Português
        Ir. Telo, Barnabé   Espanhol
        Ir. Vaz, Martim, nov.   Português

19.ª Expedição (1585):

    Saída de Lisboa: 30 de Janeiro.
        P. Soares, Francisco — Superior   Português
        P. Cardim, Lourenço   »
        E outros.

O P. Sebastião de Morais dá conta desta expedição para o Brasil. Logo ao sair da Barra, foram acometidos de piratas franceses. O P. Lourenço Cardim morreu de uma arcabuzada na cabeça, « estando orãdo cõ un crucifixo en las manos». Os mais foram presos e abandonados, depois, na Galiza, voltando por terra a Portugal. Francisco Soares e provàvelmente mais alguns retomaram o caminho do Brasil na expedição seguinte. Conta Fernão Cardim que o P. Geral enviava 12 a esta província. Ao saber a notícia da morte de seu irmão, ficou naturalmente triste, mas « em extremo me consolei com saber que o Padre Lourenço Cardim com tanto ânimo acabara por obra em tão gloriosa emprêsa. Tive-lhe grande inveja, pois vai diante de mim, e em tudo sempre me levou vantagem » [1].

20.ª Expedição (1587):

    Saída de Lisboa: 18 de Março.
    Chegada a Pernambuco: 7 de Maio [2].
    Chegada à Baía: 20 de Janeiro de 1588 [3].
        P. Beliarte, Marçal — Provincial   Português
        P. Soares, Francisco   »
        P. Costa, Marcos da   »
        P. Gomes, Henriques   »
        P. Fernandes, Manuel   »
        P. Gomes, António — Procurador, que voltava   »
        Ir. Coelho, Domingos   »
        Ir. Paulo, Melchior   »
        Ir. Bonajuto, Ascânio [4]   Italiano
        Ir. Coad. Cifarelo, Agostinho [5]   Napolitano

---

    1. Cardim, *Tratados,* 360; Carta do P. Sebastião de Morais, de Lisboa, 23 de Março de 1585, ao P. Geral, *Lus. 69,* 64-65; Franco, *Synopsis an. 1585,* ns. 3-4.
    2. Cardim, *Tratados,* 365. A 16 de Maio, escreve de Pernambuco o P. António Gomes, dizendo que tinham chegado todos bem, *Lus. 70,* 229.
    3. Cardim, *Tratados,* 365.
    4. De Lauro, diocese de Nola. Alfaiate. Faleceu na Aldeia de St.º Inácio mártir (Esp.º Santo), em 1616 ou 1617 *(Bras. 8,* 222 v).
    5. Morreu em Pernambuco, a 29 de Maio de 1593 *(Hist. Soc. 42,* 33).

« Partieron a 18 de Marcio y hizoles muy buen tiempo » [1]. Vão em naus bem artilhadas e em companhia do Galeão de Malaca [2].

21.ª Expedição (1588):

P. Oliveira, Fernão de — Português
P. Abreu, Bartolomeu de [3] — »
Correia, Pedro — »
P. Álvares, Pedro — »
P. Botelho, António — »

Chegaram ao Brasil os três primeiros; a nau, em que iam os últimos dois, tendo-se demorado na Madeira, perdeu a monção e viu-se obrigada a arribar a Angra seis meses depois [4].

22.ª Expedição (1591) [5]:

P. Coelho, Pedro [6] — Português
P. Lôbo, Gaspar [7] — »
Ir. Pinheiro, Simão — »
Ir. Oliveira, Manuel de — »

23.ª Expedição (1594) [8]:

Chegada à Baía: 17 de Julho. [9]

P. Rodrigues, Pedro — Prov. — Português
P. Barreira, Pedro [10] — »
Gonçalves, António [11] — »

---

1. Carta do P. Sebastião de Morais ao P. Geral, de Lisboa, 23 de Maio de 1587, *Lus. 70*, 146.
2. *Lus. 70*, 89, 97; Franco, *Synopsis an. 1587*, n.º 3.
3. O catálogo de 1576 trá-lo como noviço em Coimbra, tendo então 19 anos e 5 meses. «Tinha o primeiro curso de Coimbra. Bom juízo e capacidade. Talento para letras e lê-las e prègar. Mostra que será para governar e tratar com o próximo e mais ministérios» (*Lus. 43*, 501 v). No Brasil, não deu de si a conta que tais apreciações faziam prever. Voltou em 1589, sendo aprisionado pelos piratas franceses, e levado a Rochela, donde passou a Espanha, com o P. Francisco Lopes seu companheiro, repatriado por iguais motivos (Carta de Beliarte, 4 de Janeiro de 1590, *Bras. 15*, 372 (12m), 369 v (12m).
4. Franco, *Synopsis an. 1588*, n.º 4.
5. Franco, *Synopsis an. 1591*, n.º 1.
6. *Bras. 5*, 34. « Pe. P.º Coelho, sup.ᵒʳ dela mission natural de Couillan. 26 anos de edad. 10 dela cõp.ª studio theologia tres años, muy indespuesto del hygado y pocas fuerças» (*Bras. 5*, 34). No dia 28 de Outubro de 1602, fêz profissão solene de 4 votos, em Olinda (*Lus. 3*, 39-40).
7. Faleceu em 1623 (*Hist. Soc. 43*, 68).
8. Franco, *Synopsis*, catálogo final. Não fala nêles no ano respectivo.
9. Carta de Pero Rodrigues, Baía, 24 de Março de 1596: « Eu cheguei de Angola à Baía, a 17 de Julho de 94 » (*Bras. 15*, 418).
10. P. Pedro Barreira: não achamos sinais de ter trabalhado no Brasil Padre com êste nome; e vemos que um P. Pedro Barreira fêz os últimos votos, no Pôrto, a 25 de Outubro de 1598 (*Lus. 19*, 116).
11. Foi de Angola para o Brasil. Faleceu no Rio de Janeiro, em 1597 (Ânua de 1597, *Bras. 15*, 431; *Annuae Litt. 1597*, p. 497).

24.ª Expedição (1595) [1]:

P. Carneiro, Rafael [2]	Português
P. Fernandes, João	»
Ir. Esc. Gomes, Manuel	»
Ir. » Tenreiro, Manuel	»
Ir. Coadj. Baptista, João	»
Ir. » Gonçalves, Francisco, que foi subministro 30 anos	Port.

25.ª Expedição (1598) [3]:

P. Matos, António de	Português
P. Álvares, Melchior [4]	»
P. Peixoto, Jerónimo	»
Ir. Gomes, João	»

26.ª Expedição (1601):

Saída de Lisboa: 24 de Setembro [5].

P. Madureira, João de — Visitador	Português
P. Cardim, Fernão — Procurador a Roma	»
P. Abreu, António de	»
P. Álvares, Gaspar	»
P. Lopes, Vicente	»
P. Figueira, Luiz	»
P. Fernandes, Manuel	»
P. Dias, António	»
P. Valada, Manuel	»
P. Mendes, Gonçalo	»
Ir. Lourenço, Bartolomeu	»
Ir. Rodrigues, Miguel	»
Ir. Pires, Belchior	»
Ir. Fernandes, Baltazar	»
Ir. Ferreira, Francisco	»
Ir. Rodrigues, Domingos	»
Ir. Leite, Francisco	»
Ir. Fernandes, Pero	»
Ir. Lopes, Bento	»

---

1. Franco, *Synopsis an. 1595,* n.º 1.
2. O P. Rafael Carneiro faleceu na Baía, a 3 de Maio de 1596 *(Hist. Soc. 42,* 33; *ib.,* 43, 65).
3. Franco, *Synopsis an. 1598,* n.º 10.
4. Melchior Álvares, natural de Santo António do Tojal, diocese de Lisboa, faleceu na Baía, a 5 de Janeiro de 1604, com 36 anos. Homem de letras e virtude (Carta de Cardim, *Bras. 8,* 49; *Hist. Soc. 43,* 65).
5. *Bras. 5,* 51.

A nau, em que iam os Padres, foi tomada pelos corsários ingleses. O P. Visitador faleceu, de morte natural, em poder dos piratas, no dia 5 de Outubro [1].

Fernão Cardim, Gaspar Álvares, Manuel Valadas, Gonçalo Mendes, Bartolomeu Lourenço, Bento Lopes, foram levados cativos a Inglaterra; os demais largados em Portugal, perto de Sines [2]. A maior parte dêstes Padres tornou a embarcar para o Brasil nas duas expedições seguintes. Pero Rodrigues, Provincial do Brasil, deu ordem que se resgatassem o P. Cardim e companheiros, ainda que fôsse preciso vender os cálices sagrados [3].

27.ª Expedição (1602) [4]:

Saída de Lisboa: em Janeiro [5].

P. Figueira, Luiz	Português
P. Abreu, António de	»
P. Lopes, Vicente	»
P. Dias, António	»
Ir. Rodrigues, Miguel	»
Ir. Pires, Melchior	»
Ir. Fernandes, Pedro	»
Ir. Fernandes, Baltazar	»
Ir. Rodrigues, Domingos	»
Ir. Leite, Francisco [6]	»
Ir. Ferreira, Francisco	»

28.ª Expedição (1604) [7]:

Chegada à Baía: 30 de Abril [8].

P. Cardim, Fernão — pela 2.ª vez	Português
P. Álvares, Gaspar	»
P. Fernandes, Manuel	»
P. Sá, Manuel de	»
P. Valada, Manuel	»
Ir. Lopes, Bento	»
Ir. Cruz, Sebastião	»

N. B. — Incluímos aqui as primeiras expedições do século XVII, para assinalar a volta ao Brasil de Fernão Cardim. O catálogo prosseguirá nos tomos consagrados aos séculos seguintes.

---

1. Livro das sepulturas do Collegio de Coimbra. Titolo dos que falecem fora. BNL, *Jesuítas*, fg, 4505, f. 72v.
2. Franco, *Synopsis an. 1601*, n.ᵒˢ 7-9 ; *Lus. 39, 47*.
3. Carta de Pero Rodrigues, *Bras. 8,* 16.
4. Franco, *Synopsis an. 1602*, e catálogo do fim.
5. *Lus. 39, 47*.
6. Em *Lus. 39,* 4, com o nome de António Leite.
7. Franco, *Synopsis*, no fim.
8. Carta de Tolosa, *Bras. 8,* 102.

APÊNDICE K

Catálogo Cronológico dos primeiros Jesuítas recebidos no Brasil (1549-1566) [1]

1549 — IR. COADJUTOR SIMÃO GONÇALVES. Em 9 de Agôsto dêste ano, estava com o P. Nóbrega « um soldado que se meteu connosco e está agora em exercícios de que estou muito contente » (Nóbr., *CB*, 83-84). « Simão Gonçalves foi o primeiro soldado que se cá tomou » (Carta de Nóbrega, *Bras. 15*, 44). Ensinou os meninos na Baía com o Irmão Vicente Rodrigues *(CB,* 104, 84). Acompanhou o P. Afonso Braz a Pôrto Seguro, donde seguiu para o Espírito Santo *(CA,* 81, 86). Em 1562, estava na Capitania de S. Vicente *(Bras. 5,* 2). Já não consta do catálogo de 1567. Tem andado confundido com o P. Simeão Gonçalves, de quem se fala mais abaixo.

— IR. C. MATEUS NOGUEIRA. Recebido pelo P. Leonardo Nunes, à passagem pelo Espírito Santo, indo para S. Vicente (Vasc., *Crón.,* I, 61).

1550 — IR. ESTUDANTE PERO CORREIA. Admitido em S. Vicente pelo P. Leonardo Nunes. Diz-se geralmente que foi o primeiro que entrou no Brasil: « Pedro Correia foi o primeiro que em esta terra entrou em a Companhia e em cinco anos que estêve nela aproveitou muito » (Anch. *Cartas,* 76, 82; *Fund. del Rio de Henero,* 48v). Ambas estas fontes se referem ao sul; no sul poderia ser o primeiro, e, neste caso, o irmão Mateus, ainda que seguisse o P. Nunes à passagem do Espírito Santo, não teria sido logo admitido.

— IR. C. DOMINGOS ANES, « PECORELA ». Antes de 6 de Janeiro dêste ano, Nóbrega tinha admitido dois em Pôrto Seguro, levando-os para a Baía (Nob., *CB,* 113). Domingos Pecorela foi um dos primeiros que recebeu o P. Nóbrega (Vasc., *Crón.,* I, 190). Era português. Muito simples, daí o nome de « Pecorela ». Faleceu na Baía, a 24 de Dezembro de 1554 *(Lus. 58* (Necrol.) 19v; Vita de Fratello Domenico Pecorella, *Lus. 58,* 42v-43; Vasc., *Crón.,* I, 191). O dia 24 del

---

1. Catálogo extremamente difícil de organizar. Já o notara Afrânio Peixoto, ao fazer um primeiro e meritório arrolamento dêste género, nas *Cartas Avulsas,* 44-47. As datas de entrada para alguns vão calculadas, retrospectivamente, sôbre idades que apresentam em catálogos posteriores. Não se tomem, portanto, com rigor absoluto. Vamos até o ano de 1566, período de maior intensidade nestas admissões. Depois restringiram-se. No Tômo II, consagraremos um capítulo especial à espinhosa questão das entradas. Mas convém, desde êste I Tômo, travar relações com as primícias das vocações religiosas no Brasil.

Dezembro de 1554 é dado pelos necrológios. Mas a sua morte é já mencionada na *Quadrimestre* de Maio a Setembro, de Anchieta *(Cartas*, 36). A carta não tem a data, em que foi redigida. Se fôssemos a tomar as coisas no seu rigor, a morte teria sido dentro daquele prazo. Anchieta, porém, dizendo que a morte sucedera « não há muito », insinua que a redacção da carta foi nos fins de 1554 ou começos de 1555, tempo aliás necessário para chegarem a Piratininga as notícias dispersas das Capitanias, de que a *Quadrimestre* é o resumo.

— IR. C. JOÃO DE SOUSA. Recebido em S. Vicente, talvez em 31 de Julho de 1550 *(Doc. Hist.,* XIV, 91-92).

— IR. MANUEL DE CHAVES (depois Padre). Em S. Vicente, com 26 anos. Da Vila de Moreira *(Bras.* 5, 14).

1551 — IR. E. ANDRÉ DO CAMPO. Recebido no Brasil e enviado a estudar a Portugal. Diogo Jácome supõe que já estava em Coimbra, em 1552 *(CA,* 102).

1552 — IR. E. CIPRIANO. Natural de S. Vicente. Mandado estudar a Coimbra, onde se achava em 1559 *(Mon. Mixtae,* I, 693n.). Falta o apelido. « Nóbrega determinava de mandar a Portugal alguns de maior índole e habilidade para que de lá viessem feitos bons obreiros, como com efeito mandou dois, que morreram na Companhia no Colégio de Coimbra » (Anch., *Cartas,* 474).

— IR. E. GONÇALO DE OLIVEIRA (depois Padre), com 17 anos, de Arrifana de Santa Maria *(Bras.* 5, 13).

1553 — IR. E. LEONARDO DO VALE (depois Padre), com 17 anos, de Bragança. Simão de Vasconcelos enumera-o entre os fundadores de S. Paulo; e o catálogo de 1574 *(Bras.* 5, 10) dá-o entrado em 1553. Mas o seu nome não vem no catálogo do P. Anchieta, de Julho de 1554, nem no do P. Grã, de Junho de 1556 *(Bras. 3(1),* 147). Portanto, em 1553, devia ser estudante, começando mais tarde a contar-se, como data de entrada na Companhia, o começo dos estudos *(Bras.* 5, 10). O catálogo de 1557-1558 chama-lhe *António* do Vale *(Bras.* 5, 1). Ou mudou de nome ou é lapso. *António* do Vale nunca mais aparece nos catálogos da Companhia. Notemos contudo que havia um António do Vale, em S. Vicente, escrivão das dadas. Cf. supra, p. 512.

— IR. E. ANTÓNIO RODRIGUES (depois Padre), admitido por Nóbrega, natural de Lisboa. Soldado do Paraguai, um dos fundadores de Buenos Aires e de Assunção e de várias povoações na Baía *(Bras. 3(1),* 93).

— IR. E. GASPAR LOURENÇO (depois Padre), com 14 anos, de Vila-Real. Criou-se em casa desde pequeno *(Bras.* 5, 7 e 10). Anchieta ainda o não inclue no catálogo de Julho de 1554.

1554 — IR. E. SIMEÃO GONÇALVES (depois Padre). Era dos meninos órfãos *(Bras.* 5, 6v).

— IR. E. FABIANO DE LUCENA (depois Padre). Já estava na Companhia neste ano (Vasc., *Crón.,* I, 174).

— IR. ANTÓNIO GONÇALVES. Em S. Vicente. Levou-o para o Norte, em 1556, o P. Nóbrega (Catálogo do P. Grã, *Bras. 3(1),* 147; Anch., *Cartas,* 38).

1555 — Ir. E. PERO DE GÓIS, na Baía. Veio, pequeno, de Portugal com o pai (Polanco, *Chronicon*, 631 ; *Bras. 3(1)*, 143, etc.). O seu nome está no catálogo do P. Grã (1556) e no de 1557-1558 *(Bras. 3(1)*, 147 ; *Bras. 5*, 1). Depois desaparece. Teria ido para Portugal ? Entre os mortos do Colégio de Coimbra, está um Pero de Góis, falecido em 2 de Dezembro de 1558, BNL, fg, 4505, 23).

1556 — Ir. E. MANUEL VIEGAS, com 17 anos. Veio com os órfãos de Lisboa *(Bras. 5*, 6v). Apóstolo dos Maromomins.

— Ir. ANTÓNIO DE ATOUGUIA. Reside no Espírito Santo *(CA*, 153). Ainda lá residia em 1557-1558 *(Bras. 5*, 1).

— P. FERNÃO LUIZ « CARAPETO ». Entrou Padre, tendo 43 anos de idade. É do têrmo de « Feria » (Feira ? Faria ?) « Há pouco saiu da 1.ª provação » (Catálogo do P. Grã, de 8 de Junho de 1556, *Bras. 3(1)*, 147).

— Ir. E. FRANCISCO DE LUCENA. Estava na Companhia neste ano (Catálogo do P. Grã, *Bras. 3(1)*, 147). Ainda estava em 1557-1558 e não torna a aparecer. É diferente de Fabiano, citado no mesmo documento *(Bras. 5*, 1).

— Ir. E. PERO DA COSTA (depois Padre), com 15 anos. De Elvas *(Bras. 5*, 10v). Em Nóbrega, *CB*, 108, chamam-lhe, por êrro do copista, *Cristóvão* da Costa. Pero da Costa é quem estava na Aldeia de S. Paulo, em 1559 (Cf. *CA*, 225).

1558 — Ir. E. JOÃO PEREIRA (depois Padre), com 15 anos. Era dos órfãos de Lisboa *(Bras. 5*, 10v).

— Ir. JOÃO RODRIGUES com 21 anos. Recebido como indiferente *(Bras. 5*, 11). Indiferente, isto é que tanto poderia seguir os estudos como os ofícios manuais, conforme as aptidões que revelasse.

1559 — Ir. GONÇALO ALVES ou ÁLVARES. Está, êste ano, na Capitania do Espírito Santo, como intérprete do P. Francisco Pires. *(CA*, 219, 220). Era eloqüente, com graça e talento para trombeta da palavra de Deus, como se exprime Nóbrega no seu « Diálogo sôbre a Conversão do Gentio », em que Gonçalo Alves é interlocutor com Mateus Nogueira (Nóbr., *CB*, 229). Nóbrega, citando a Gonçalo Alves, a prègar, « na Capitania do Espírito Santo », no momento em que escreve, data implicitamente o seu « Diálogo » : 1559. Gonçalo Alves não aparece em nenhum catálogo ou relação anterior, nem torna a aparecer depois.

— Ir. JOÃO DE S. SEBASTIÃO. Está na Aldeia de S. Paulo (Baía), com o Ir. Pero da Costa *(CA*, 221). É a única referência conhecida.

— Ir. E. LUIZ VALENTE (depois Padre), entrou com 21 anos, de Serpa *(Bras. 5*, 10v).

— Ir. E. ANTÓNIO DE SÁ (depois Padre), com 22 anos *(Bras. 5*, 6).

— Ir. E. ANTÓNIO DE PINA (depois Padre), com 18 anos. Dos órfãos de Lisboa *(Bras. 5*, 6v).

— Ir. E. JORGE VELHO, com 15 anos *(Bras. 5*, 6).

— Ir. E. DIOGO FERNANDES, com 16 anos, de Pôrto Seguro : pais portugueses *(Bras. 5*, 6v).

— Ir. E. MANUEL DE ANDRADE (depois Padre), com 18 anos *(Bras. 5*, 7).

1560 — Ir. António Leitão, com 18 anos *(CA,* 258). Única referência.

— Ir. E. Rodrigo de Freitas (depois Padre), entrou com 42 anos. Do têrmo de Melgaço *(Bras. 5,* 13v). Em Vasc., *Crón.,* aparece, por lapso de leitura ou copista, com o nome de *Diogo* de Freitas (Vasc., *Crón.* III, 122-123).

— « Da nossa nau lhe deixamos [ao P. Grã] três mancebos, já na Companhia, homens de muita maneira». Aquela nau é a célebre nau *S. Paulo,* que veio a naufragar no Oriente. Estava, êste ano, de passagem na Baía *(Bras.* 15, 155).

— Ir. Baltazar Gonçalves, noviço.

— Ir. António de Melo, noviço.

— Ir. Pero Peneda, noviço. Êstes três trouxe-os o P. Grã, vindo do Sul para a Baía *(CA,* 269). Única referência.

— Ir. Pero Rodrigues, com 11 anos, primeiro em casa, depois na Companhia *(Bras. 5,* 6v). Em 1561, anda com o Ir. António Rodrigues, em Santa Cruz de Itaparica, um Ir. Paulo Rodrigues que «serve de língua por ser de mui tenra idade criado nesta terra» *(CA,* 306; Vasc. *Crón.,* II, 99). Nunca mais aparece. Não será o Irmão Pero Rodrigues? Aliás, nenhum dos dois se encontra já no Cat. de 1574 *(Bras. 5,* 10-16).

— Ir. E. Diogo Nunes (depois Padre), de S. Vicente, com 12 anos, primeiro em casa, depois na Companhia *(Bras. 5,* 6v).

— Ir. Simão do Rêgo, falecido por êste tempo, *(Fund. de la Baya,* 13).

— Ir. E. António Dias (depois Padre), com 21 anos, de Lisboa *(Bras. 5,* 13).

— Ir. E. Adão Gonçalves (depois Padre), entrou com 39 anos. Dos arredores de Braga *(Bras. 5,* 14v).

— Ir. E. Vicente Fernandes (depois Padre). Diz missa nova, êste ano, na Aldeia de Santiago (Baía), *(CA,* 316). Portanto, devia ter entrado antes. Aparece no Catálogo de 1567 sem nenhuma indicação. Já não está no seguinte, que é de 1574.

1561 — Ir. E. Francisco da Costa, com 20 anos *(Bras. 5,* 6).

1562 — Ir. E. Gaspar da Mota, Reside em S. Vicente *(Bras. 5,* 2).

— Ir. E. António de Sousa. Reside em S. Vicente *(Bras. 5,* 2).

— Ir. Simão Jorge (Indif.). Reside em S. Vicente *(Bras. 5,* 2v).

— Ir. António do Campo. Reside em S. Vicente *(Bras. 5,* 2).

— Ir. E. Miguel de Queiroz, com 17 anos *(Bras. 5,* 6v).

— Ir. C. Duarte Fernandes, com 39 anos, português, natural do Minho *(Bras. 5,* 6). Bom obreiro. Fernão Cardim, narrando a sua morte na Baía, em 1604, e portanto na bonita idade de 97 anos, diz que êle se ferrou a si mesmo no braço com a marca usada pela Companhia para ferrar o seu gado: uma cruz dentro dum círculo. Homem de grande penitência. Carta de Cardim, de 1606 *(Bras. 8,* 49).

1563 — Ir. E. Jerónimo Veloso (depois Padre) com 23 anos *(Bras. 5,* 6).

— Ir. E. João Lobato (depois Padre), com 17 anos *(Bras. 5,* 7v).

1564 — Ir. E. Bartolomeu Gonçalves, com 14 anos, filho de Adão Gonçalves, que também entrou na Companhia *(Bras. 5,* 7; *Lus. 58,* 19; Anch., *Car-*

tas, 143-144; Vasc., *Crón.*, II, 80). Em 1567, o Ir. Bartolomeu estava a acabar o Noviciado *(Bras. 5,* 7-11). Faleceu santamente em 8 de Março de 1576.

— Ir. Cristóvão de Freitas, com 21 anos *(Bras. 5,* 6) Faleceu em 1576 *(Hist. Soc. 42,* 32).

— Ir. E. João de Sousa, com 24 anos.

— Ir. Pero Gonçalves. No Espírito Santo assiste, êste ano *(Bras. 5,* 8), a uma epidemia de bexigas, onde morre *(CA,* 459-460).

1565 — Ir. Jorge de Almeida, com 23 anos, noviço *(Bras. 5,* 7).

— Ir. Pantaleão Gonçalves, com 20 anos *(Bras. 5,* 7).

— Ir. Pero Dias, Ainda noviço. « Nascido cá » *(Bras. 5,* 4). Já não está no catálogo de 1567 *(Bras. 5,* 6).

— Ir. Ambrósio. Ainda noviço. « Nascido cá » *(Bras. 5,* 4v). Já não está no catálogo de 1567.

— Ir. Baltazar, « recebido en el Brasil, ajuda el sacristan » *(Bras. 5,* 7).

— Ir C. Domingos Borges, com 24 anos, noviço *(Bras. 5,* 7).

— Ir. E. Manuel de Couto (senior), depois Padre, com 25 anos, de Vila Nova de Alvito, noviço *(Bras. 5,* 7).

1566 — Ir. Francisco Ribeiro, noviço, na Baía, onde faleceu, em 9 de Junho de 1568 *(Fund. de la Baya,* 92).

APÊNDICE L

Catalogo dos P. P. e Irmãos da Prouincia do Brasil em Jan.ro de 600 [1]

4. P. Pero Royz Prouincial.
4. P. Anrique Gomez. seu companheiro.
f. Ir. Fran.co Dyz tem cuidado do Nauio.

COLLEGIO DA BAYA.

4. P. Vicente Glz. Reitor. Preg. confessor. consultor do P. Prouincial.
f. P. Esteuão da Graa Ministro. confess.
4. P. Ignacio Tholosa. Preg. confess. de casa e da Igreja. Prefeito do spũ. consultor do R.tor e do p.e Prouincial.
f. P. R.o de Freitas confes. dos de casa.
f. P. Ant.o Blasques Preg. conf. da Igreja.
f. P. Baltesar Frz Ling. confessor anda de ordinario em Missaõ.
f. P. Manoel do Couto senior. Ling. confess.
f. P. Francisco Frz. Confessor.
   P. Fran.co de Lemos Procurador. Preg. conf. Lingoa.
   P. Manoel de Saa. Confessor.
   P. Symaõ Pinheiro. Preg. confessor.
   P. Gpär Lobo Preg. confessor.
   P. Joseph da Costa confessor.
   P. Andre d'Almeida. confess. Lingoa.
   P. Matheus Tauares aiuda ao Procurador.

---

1. *a)* No catálogo vão indicados os Padres e Irmãos que tinham feito já os últimos votos religiosos: 4 (professo de quatro votos), 3 (professo de três votos), f. (coadjutor *formado*, espiritual, se é Padre; temporal, se Irmão).
   b) Os apelidos abreviados: *Royz* (Rodrigues), *Dyz* (Dias), *Glz* (Gonçalves), *Frz* (Fernandes), *Piz* (Pires), *Miz* (Martins) e *Aluaz* (Alvares) teem todos, no documento original, um sinal diacrítico (til ou vírgula) um pouco flutuante, mas que em geral cai em cima do z.

THEOLOGIA

P. Domingos Coelho Lente. Preg. confes. dos de casa. consultor Prefeito das escholas.
P. Joam Frz. ouue. Lingoa.
P. Domingos Montr.º ouue Lingoa.
P. Manoel Gomez ouue.
Ir. Joaõ doliva. ouue.

CASOS DE CONSCIENCIA

P. Manoel do Couto Junior. Lente. Preg. confess. consultor. Ling. prefecto da jgreja.

CURSO DE ARTES

P. Manoel Tenreiro Mestre.
Ir. Paulo da Fonseca. Ling. Estud.
Ir. Manoel Cardoso Estudante. Ling.
Ir. Matheus da Guiar estud. Ling.
Ir. Francisco Alurz. Ling. Estudãte.

1.ª CLASSE

P. Hieronymo Peixoto. Mestre.

2.ª CLASSE

Ir. Manoel Nunez. Mestre. eschola de leer e escreuer.
Ir. Fernam Lopez. Mestre. Lingoa.

COADIUTORES

f. Ir. Francisco Glz. soto Ministro.
f. Ir. Manoel Tristaõ Enfermeiro
f. Ir. Fraacisco Leitaõ cego.
f. Ir. Adriano Joam sanchristaõ
f. Ir. Pedro Afonso. dispenseiro.
f. Ir. Francisco Alurz senior Portrº do Carro
f. Ir. Francisco descalante. Carpintr.º
f. Ir. Luis Fernandes. Pedreiro
Ir. Eran.co da Costa. Alfayate. Roupeiro.
Ir. Ant.º Glz aiuda ao Procurador.
Ir. Joam Baptista. Portr.º
Ir. Francisco Glz Junior Cozinheiro.

NOUICOS

P. Fernam doliu.ra Mestre consultor e admonitor do Rector, consultor do P. Prouincial e confessor de casa.
Ir. Joam da Zeuedo estudante.
Ir. Saluador Correa estudante.
Ir. Joam Alurz estudante.
Ir. Ignacio de Seq.ra Estudante
Ir. Diogo da Breu Estudante.
Ir. Francisco Meireles Estudante.
Ir. Sebastiam Vaz Estudante.
Ir. Pero da Cunha coadiutor.
Ir. Gpar da raujo Coadiutor.

MISSAÕ A ROMA

4. P. Fernam Cardim Pregador e confessor.
Ir. Antonio da Breu. Theologo.

MISSAÕ AOS AMOYPIRAS.

P. Afonso Gago Superior. Lingoa.
P. Joam Alūrz Confessor. Lingoa.
f. P. Manoel Correa confess. Lingoa.
Ir. Antonio Dyz Coadiutor.

RESIDENCIAS ANEIXAS AO COLLEGIO DA BAYA

BOYPEBA.

f. P. Hieronymo Veloso sup.or Confessor.
P. Antonio daraujo Preg. confessor.
f. Ir. Duarte Frz muito uelho. coadiutor.
Ir. Pero Tinoco Carpinteiro.

ALDEA DO SPŨ SANTO.

P. Christouaõ Valente. superior. Lingoa.
P. Belchior Alurz aprende a lingoa.
Ir. Francisco Rebello Estud. aprende a lingoa.
Ir. Fra.co Peixoto Estud. aprende a ling.a.

ALDEA DE S. JOAM.

P. Gpär Freire sup.or Ling. confessor.
f. P. Pero da Costa confessor. Lingoa.
Ir. Amaro Lopez coadiu: tem cuidado dos Currais.
Ir. Joseph. dolive seu companheiro

ALDEA DE S. ANTONIO

4. P. Joam Pereira sup.ᵒʳ Ling. Preg. conf.
   P. Ant.º de Matos aprende a lingoa.
   Ir. Francisco da Fonseca Estud. aprẽde.
   Ir. Fr.ᶜᵒ Carn.ʳᵒ Estud. aprende a lingoa.

ALDEA DE S. SEBASTIAM.

P. Hieronymo Soares super. Ling. conf.
P. Ant.º Frz. Lingoa.
E dous Irmãos Nouiços.

CASA DOS ILHEOS

4. P. Marcos da Costa sup.ᵒʳ Preg. conf.
   P. Pero de Castilho, confes. Ling.
f. Ir. Joam Miz. coadiutor.
f. Ir. Ascanio Bonadiuto. Coadiutor.

CASA DO PORTO SEGURO

   P. Domingos Frr.ª sup.ᵒʳ Preg. Ling.ª
3. P. Antonio de Aranda Preg. conf. Ling.ª
f. Ir. Antonio da Fonseca coadiutor.
   Ir. Gpar Dyz Coadiutor.

COLLEGIO DO RIO DE JAN.ᴿᴼ

4. P. Francisco Soares. Rect. Preg. conf.
   P. Manoel Dyz. Ministro. Confessor.
f. P. Vicente Royz confessor da Jgreja e dos de casa. consultor.
f. P. Miguel do Rego. Ling. Prefeito e cõfessor da Jgreja.
f. P. Jorge Royz Confessor. Lingoa.
f. P. Gabriel Glz. Preg. e confessor.
f. P. Manoel Fagundes. Procurador confessor. Lingoa.
f. P. Bras Lourenco. Confessor.
f. P. Joam Vicente. confess. Lingoa.
   P. Francisco do Liu.ʳᵃ Preg. confessor. Lingoa, consultor.

CASOS DE CONSCIENCIA.

4. P. Lionardo Arminio. Mestre. Preg. conf. admonitor, e prefecto do spũ.

CLASSE DE LATIM.

Ir. Joaõ Gomez Mestre.
Ir. Joam de Almeida Estudante.
Ir. Ant.º Antunez, Ling. Estudante.
Ir. Antonio Pereira Estud. Nouico.
Ir. Manoel de Morim Estud. Nouico.
Ir. Luis de Lemos Estud. Nouiço.

ESCHOLA DE LEER E ESCREUER

P. Agostinho de Matos Mestre conf. Lingoa.

COADIUTORES

f. Ir. Belchior Paulo Pintor.
f. Ir. Goncalo Dyz. Porteiro.
f. Ir. Antonio Jorge Enfermeiro.
f. Ir. Jorge Esteues Carpinteiro.
   Ir. Luis Frz. Carpinteiro. Refeitoreiro.
   Ir. Joam Sanches Cozinheiro.
   Ir. Gpär Mendes Nouico. Roupeiro.

ALDEA DE S. BARNABE

f. P. Joam Lobato. sup.ᵒʳ Lingoa attende ás Roças de Macucu.
f. P. Antonio Glz Lingoa. confessor.
   Ir. P.º de Gouuea. coadiutor Lingoa dos Maromomis.
   Ir. Pantaliaõ Alurz. Estud. Lingoa.

RESIDENCIAS ANEXAS AO COLL.º DO RIO

CASA DO SPŨ SANTO.

f. P. Manoel Frz superior. Confess.
   P. Pantaliaõ dos Banhos. Preg. conf. consultor.
   P. D.ᵒˢ deseq.ʳᵃ Preg. confess. Ling.ª Mestre dos Meninos.
f. Ir. Antonio Ribeiro. Coadiutor.
   Ir. Pero Tauares. coadiutor sapatr.º Lingoa.

ALDEA DE S. IGNATIO.

   P. Domingos Gracia. sup.ᵒʳ Lingoa. confessor.
f. P. Sebastiam Gomez. Lingoa. confessor.
3. P. Antonio Ferreira doente.
   Ir. Joaõ Myz Estudante, aprende a lingoa.

ALDEA DE RERETIBA

3. P. Diogo Frz superior. Lingoa.
f. P. Antonio Diaz confessor. Lingoa.
f. P. Hieronymo Royz confessor. Lingoa.
   P. Sebastiam Pinto. confess. Lingoa.

CASA DE S.ᵗᵒˢ CAPIT.ᴬ DE S. VICĒTE.

   P. Manoel doLiueira sup.ᵒʳ de ambas as casas. Pregador. confessor.
f. P. Ant.º da Cruz. Lingoa. confessor. consultor.
   P. Custodio Piz. confess. Mestre de eschola.
f. Ir. D.º Alurz coadiutor tem cuidado das obras.
   Ir. Joaõ Marinho, coadiutor.
   Ir. Domingos Alurz coadiutor.

CASA DE S. PAULO EM PIRATININGA.

   P. Pero Soares sup.ᵒʳ Pregador e confessor.
   P. Christouaõ Ferraõ. Preg. e confessor.
3. P. Martim da Rocha. Ling. confes. consultor.
f. P. Manoel Viegas. Ling. confessor. consultor.
f. P. Afonso Bras. confessor.
f. Ir. Antonio Liam coadiutor.
f. Ir. Joam Royz coadiutor.
   Ir. Domingos Frz. coadiutor.

COLLEGIO DE PERNAMBUCO.

4. P. Pero de Tolledo. Rector. Preg. confes.
f. P. Fran.ᶜᵒ Pinto. Ministro. Ling. confes.
4. P. Luis da Graa confessor da Igreja e dos de casa.
f. P. Symaõ Trauaços cõfes. da Igreja e dos de casa. consultor e prefeito do spū.
   P. Pero Coelho. Preg. confess. consultor e admonitor. **Prefeito dos Estudos.**
   P. Baltesar de Miranda. preg. conf. Ling.ᵃ

CLASE DE LATIM.

   P. Saluador Coelho. Mestre. Preg. confess. consultor. Lingoa.
   Ir. Andre do Soural. Estudante. Lingoa.
   Ir. Manoel Royz Estud. Lingoa.
   Ir. Pero Barbosa Estudāte. Lingoa.

ESCHOLA DE LEER E ESCREUER.

Ir. Lazaro Goterres. M. Estud. Lingoa.

COADIUTORES.

f. Ir. Diogo Miz Procurador.
f. Ir. Sebastiaõ da Cruz sapatr.º Portr.º enfermeiro.
f. Ir. Pero Alurz Pedreiro.
   Ir. Francisco Miz sanchristaõ.
   Ir. Gabriel Lopes hortelaõ.
   Ir. Fran.co Glz Alfayate. Roupeiro.
   Ir. Antonio Luis Carpintr.º
   Ir. Joam Glz dispenseiro. cozinheiro sapatr.º
   Ir. Gpär de Sousa Refeitoreiro.

MISSAÕ DO RIO GRANDE.

f. P. Diogo Nunez. sup.or confes. Ling.
   P. Gpar desemperes. cõfess. Prefeito das obras.

ALDEA DE S. MIGUEL.

f. P. Luis Valente superior. confessor Lingoa.
   P. Gpär Ferreira confessor. Lingoa.
   Ir. Antonio Royz Coadiutor tem cuidado dos curraës.

ALDEA DE N. Sra DA ESCADA

f. P. Pero Leitaõ superior. Ling. confessor.
f. P. Afonso Glz confessor.
   Ir. Joam Pinto artista. Lingoa.

SUPPLEMENTO ANNUAL

Faleceraõ nesta Prouincia o anno passado de 99: dous Padres. s. o P. Joam Baptista No Mar afogado Indo pera a casa dos Ilheos onde era superior e o P. Quiricio Caxa neste collegio da Baya.

Dispidiraõ se tres: s. Jacome do Vale framẽgo Estudante no Rio de Jan.ro e Symaõ desam Payo estudante em S. Vicente. Domingos Frz coadiutor na Baya.

Foraõ admittidos na comp.a sete s. Franc.co Meireles estudante. Luis de Lemos estudante. Gpär Mendes coadiutor. Manoel de Morim estudante. Sebastiam Vaz estudante, Pero da Cunha coadiutor. Gpär da raujo. Coadiutor.

Na Baya ao 1º de Jan.ro de 600

Pero Rodrigues [assinatura autógrafa].

[Bras. 5, 47-48].

APÊNDICE M

Estampas e Mapas

Consagrando êste primeiro tômo ao *Estabelecimento* da Companhia de Jesus no Brasil, teem nêle mais cabida os documentos de carácter geográfico. Mas abrimo-lo com a figura de Nóbrega que presidiu a êsse estabelecimento, como abriremos o segundo tômo com a figura de Anchieta, Jesuíta que alcançou mais renome na *Obra* da Companhia de Jesus no Brasil, no século XVI.

Manuel da Nóbrega: — Não se conhece nenhum retrato antigo de Nóbrega. O movimento moderno, para colocar no seu devido pedestal o fundador da Província do Brasil, ainda não produziu até agora obra digna dêle. No Brasil, algumas tentativas meritórias se fizeram para o representar, isolado ou em grupo (B. Calixto, Parreiras, etc.). Em Portugal, sob indicação nossa, realizou Jorge Colaço, em 1937, um azulejo para a Beneficente Portuguesa da Baía, e Mestre Francisco Franco modelou, neste ano de 1938, a nosso pedido, a maravilhosa escultura, digna, emfim, de Nóbrega, com que honramos e abrimos a História da Companhia de Jesus no Brasil.

Plano da Igreja e Colégio da Baía: — Sôbre êle vão já suficientes esclarecimentos no texto, p. 54-55 e 28-29. No plano definitivo, a igreja ficou ao lado, como se vê da gravura seguinte.

Igreja e Colégio da Baía: — Recebemo-la obsequiosamente do Doutor Afrânio Peixoto, que a acompanhou desta nota útil:

« A gravura, de onde se tirou esta fotografia, diz que foi fotografada e depois reproduzida em litografia. O litógrafo fêz a gentileza de adornar o quadro com a máquina de daguerreótipo, de caixa e buraco, que ali se vê e serve para datar o desenho « de meado do XIX século ». O chafariz já não está ali, nesta posição: foi recuado para o fundo do Terreiro de Jesus, ao meio, onde se acha.

A « portada », entre a igreja e a rua, também desapareceu. Além da esquina do Colégio (hoje Faculdade de Medicina), é a rua das Portas do Carmo... Portanto, o Colégio estava num dos extremos da antiga Baía. A rua, na cidade baixa, correspondente, ainda se chama: « Rua do Guindaste dos Padres ». O « guindaste » de outrora é hoje um funicular para passageiros ».

Dotação Real do Colégio da Baía: — Entre os diversos documentos referentes ao estabelecimento da Companhia de Jesus no Brasil, tem suma importância o que se refere à dotação do principal Colégio do Brasil. No próprio documento se lê nìtidamente a cota do Arquivo *(Bras. 11,* 71).

Plantas e Mapas: — Os documentos cartográficos de mais valor, para o período que historiamos, são:

a) *Livro que dá rezão do Estado do Brasil, feito em 1612,* pelo cosmógrafo João Teixeira, existente no Instituto Histórico e Geográfico Brasileiro. Afonso Taunay, publicou a *Descripção da Costa que vai do Rio de Janeiro até o Porto de São Vicente, para a parte do Sul na qual a mui bons portos e surgidouros como se mostra* (Cf. *Collectanea de Mappas da Cartographia paulista antiga,* S. Paulo, 1922). Dêle reproduzimos a parte costeira.

b) *Descripção de toda a costa da Provincia de Santa Cruz a que vvlgarmẽte chamão Brasil,* por João Teixeira, cosmographo de Sua Magestade. Anno 1642 (Bibl. da Ajuda, *ms.,* 51/IX/18). Pertence a êste códice a estampa da região de *Ilhéus, Camamu* e *Boipeba.*

c) *Rezão do Estado do Brasil no Governo do Norte somẽte asi como o teve Dõ Diogo de Meneses até o anno de 1612* (Bibl. do Pôrto, ms. 126). Dêle são: a *Planta da Cidade do Salvador* e a *Costa do Espírito Santo,* onde se vê a curiosa estrutura da *Aldeia dos Reis Magos.* Na *Planta da cidade do Salvador,* a-fim-de não a reduzir demasiado, utilizamos apenas a parte onde se situava o Colégio da Companhia assinalado por *EEE.* A igreja da Ajuda, um pouco mais ao sul, não se vê na planta. Mas, como que insinuando que já então o Colégio era o coração da Baía, notemos a seguinte legenda: X = *Praça grande de IHVS no meyo da cidade.* Além da Fonte dos Padres (TT), a gravura mostra também a Fonte do Pereiro (T).

d) *Roteiro de todos os sinais, conhecim.tos, fundos baixos, alturas e derrotas que ha na costa do Brasil desde o Cabo de Sãto Agostinho até o Estreito de Fernão de Magalhães* (Bibl. da Ajuda, 51/IV/38). Dêste precioso códice quinhentista são as magníficas estampas referentes a *S. Vicente, Rio de Janeiro* e *Olinda.*

Igreja e Colégio de São Paulo: — O antigo Colégio de S. Paulo está hoje completamente modificado e a igreja foi demolida por ameaçar ruína. Em todo o caso, convinha recordar edifícios de tanta sugestão histórica. Devemos à gentileza do historiador paulista, Dr. Afonso de E. Taunay, a gravura que publicamos.

Mapa da Expansão dos Jesuítas no Brasil no século XVI: — Organizamos êste mapa, segundo dados ministrados pelos documentos. Êle por si mesmo se explica. Na impossibilidade de marcar tôdas as Aldeias onde estiveram os Padres, indicamos algumas principais. O tamanho das letras mostra geralmente a importância das localidades. Sublinham-se os Colégios que obtiveram dotação real. Entre parênteses, os anos da chegada ou passagem dos Padres pelos locais assinalados. As setas indicam as entradas ou o sentido da penetração ao interior do Brasil, efectuada pelos Jesuítas no século XVI.

ÍNDICE DE NOMES

(Com asterisco: Jesuítas)

---

*Abreu, António de: 571, 572, 580.
*Abreu, Bartolomeu de: 570.
*Abreu, Diogo de: 580.
Accioli, Inácio: XXVIII, 19, 20, 561.
Açores: 481.
*Adorno, Francisco: 368.
Adorno, José: 368, 370, 371, 420, 421.
Afonso, Braz: 153.
*Afonso, Gabriel: 135.
*Afonso, Pedro: 579.
Afrânio Peixoto, J.: VII, XXV, XXVIII, 22, 61, 201, 218, 242, 255, 363, 447, 479, 573, 585.
África: 32, 132, 169, 180, 187.
Águeda: 58.
Aguiar, Cristóvão de: 329.
Aguiar, Manuel de: 41.
*Aguiar, Mateus de: 205, 579.
*Águila, Ir.: 351.
Aïama: 466.
*Aicardo, José Maria: XXVIII, 89-90.
Aimbiré (índio): 369, 371.
Aires, Fernandes: 372, 412.
Aires, Matias: 77.
Aires do Casal: 147, 202, 214, 526.
Alagoas: 439, 450.
Alberto, Cardial: 136, 505, 507-509.
Albuquerque, D. Brites: 465, 473, 478, 485-487.
Albuquerque, Jerónimo de: 85, 485, 486.
Albuquerque Maranhão, Jerónimo de: 85, 528.
Albuquerque, Jorge de: 236, 487.
Alcácer-Quibir: 134.
Alcalá: 4.
Alcântara: 85.
Alcântara Machado: 308.
Alcântara Machado, A. de: XXV, 59, 61, 62, 64, 207, 225, 238, 255, 261, 264, 276, 277, 292, 295, 306, 440, 442.
*Alcázar, Bartolomeu de: 461.
Alcoutim: 566.
Aldeia do Espírito Santo (Abrantes): 63, 45, 175, 177, 445.
— Geribatiba: 63, 257, 273, 276, 302, 303, 420, 425, 543, 544.
— Guapiranga: 306.
— Guaparim: 230, 233, 242, 243.
— Gueena: 496.
— Ibirapuera: 275.
— Igtororém: 210.
— Itapemirim: 218.
— Japiúba: 271, 274, 302.
— Maniçoba: 63, 271, 272-274, 276, 286, 296, 302.
— Mairanhaia: 302.
— N.ª Senhora (Sergipe): 442.
— N.ª S.ª da Assunção. Vide Reritiba.
— N.ª S.ª da Conceição (Espírito Santo): 216, 229, 230, 232, 239.
— N.ª S.ª da Escada (Pern.): 496, 497.
— N.ª S.ª da Graça (Sergipe): 445.
— N.ª S.ª de Maruim (S. Paulo): 306.
— N.ª S.ª dos Pinheiros (Carapicuíba): 305, 306.
— Reis Magos: 230, 231, 243-247.
— Reritiba: 230, 233, 247-248.
— Santo André (P. Seg.º): 203, 211.
— Santo António: 154, 175, 177, 440, 446, 443.
— S. Barnabé: 432, 434-436.
— S. Cristóvão (Esp.º S.º): 229.
— S. Inácio (Sergipe): 441, 442.
— S. Inácio mártir (Esp.º S.º); 569.
— S. João (Baía): 154, 177.
— S. João (Esp.º S.º): 229, 230, 232, 233, 239-243.

— S. João de Peruíbe: 255, 316. Vide Iperuíbe.
— S. Lourenço (Rio de J.º): 424-434.
— S. Mateus (Pôrto Seguro): 210, 211.
— S. Miguel (Camamu): 240.
— S. Miguel (Pernambuco): 496.
— S. Miguel de Urarai: 305, 306.
— Santiago (Baía): 240, 445.
— S. Paulo (Baía): 45, 180, 240, 575.
— S. Paulo (Sergipe): 441, 442.
— S. Tomé (Sergipe): 440, 442, 443, 445.
— Sapiaguera: 420.
— Velha (Esp.º S.º): 231.
Alegre, Tomaz: 194.
Alemanha: 12, 285, 327.
Alencar Araripe, Tristão de: 380.
Alentejo: 175, 179, 458.
Algarve: 132.
Aljustrel: 481.
*Almeida, André de: 578.
Almeida, Braz de: 525.
Almeida, Fortunato de: 392, 562.
*Almeida, Francisco de: 536.
Almeida, Gaspar de: 440.
*Almeida, João de: 501, 582.
*Almeida, Jorge de: 577.
Almeida, Maria de: 153.
Almeirim: 33, 52.
Alvalade: 66.
Alvarenga, João de: 317.
*Álvares, Baltazar: 190, 426-428, 432, 563.
*Álvares, Diogo: 267, 583.
Álvares, Diogo (do Esp.º S.º): 225.
*Álvares, Domingos: 583.
Álvares, Fernão (índio): 432.
Álvares de Andrade, Fernão: 18.
Álvares, Francisco: 551.
*Álvares, Francisco, júnior: 579.
*Álvares, Francisco, sénior: 568, 579.
*Álvares, Gaspar: 456, 571, 572.
*Álvares, João (1.º): 12, 68.
*Álvares, João (2.º): 580.
*Álvares, José: 535.
*Álvares, Manuel (1.º): 72.
Álvares, Manuel (2.º): 320.
Álvares, Maria: 313.
*Álvares, Melchior: 571, 580.
*Álvares, Pantaleão: 582.
*Álvares, Pedro (1.º): 87, 570.
*Álvares, Pedro (2.º): 584.
Alves, André: 320.
*Alves, Gonçalo: 277, 575.
Alves, Sebastião: 41.
Amaral, Braz do: XXVIII, 19, 20, 561.
Amaral, José Álvares: 25, 205.
*Amaral, Prudêncio do: 534.

Amazonas: 335, 529.
*Ambrósio, Ir.: 577.
América: XVIII.
Amoroso Lima, Alceu: XXV.
*Anchieta, José de: XXV, 29, 66, 67, 72, 77; mestre em Piratininga, 86; 92, 93, 135, 138, 159, 170, 207, 211, 223; compõe alguns autos, 224, 242, 248; 225, 243, 247; em Reritiba, 248, 249; 260, 263; um dos fundadores de S. Paulo, 273, 276, 277, 286; 287, 292, 302-304, 310; em Itanhaém, 315-318; em Iperoig, 367--375; no Rio de Janeiro, 385, 386, 388, 389, 391, 397, 400; 402, 420, 433, 446, 585; obras que escreveu, 533; chega ao Brasil, 561; referências bibliográficas das suas cartas impressas ou inéditas, XXVIII, 18, 22, 27, 28, 42, 53, 58, 63, 64, 66, 67, 81, 83, 87, 95, 97, 131, 175, 178, 179, 191, 194, 201, 202, 207, 209, 211-214, 216, 219, 222-225, 230, 237, 238, 252-254, 261, 262, 264, 270, 272--274, 276-280, 282, 283, 287-289, 291-293, 296, 299-301, 303, 304, 306, 308, 309, 311-314, 316, 319, 338, 340, 341, 343, 364-366, 369, 374, 375, 377, 379, 380-385, 387, 391, 392, 396, 397, 399-404, 409, 410, 413, 417, 420, 433, 434, 458, 459, 465, 468, 480, 487, 493, 494--499, 560, 561, 573, 574, 576.
Anchieta, Cidade de: 249.
Andaluzia: 65.
*Andrade, António de: 77, 535, 563, 564.
Andrade, Francisco de: 336.
*Andrade, Manuel de: 575.
*Andrade, Pedro de: 568.
Angola: 12, 100, 128, 132, 470, 488, 570.
Angra (Açores): 501.
Angra dos Reis: 420.
*Angulo, Francisco: 348, 350, 354.
*Antonil, André João: 184.
António (D.), Prior do Crato: 137, 347, 396.
*Antunes, António: 582.
Aperipê (índio): 441-443.
*Aquaviva, Cláudio: 156, 160, 161, 164, 182, 350, 462.
Arabó: 446.
Aragão: 17.
*Aranda, António de: 564, 581.
*Araoz, António de: 133.
Arari, Serra de: 168, 448.
Araribóia, Martim Afonso: 239, 240,

364, 393, 423, 425, 426, 432, 433, 562.
Ararig (índio): 290, 291.
*Araújo, António de: 533, 580.
*Araújo, Gaspar de: 580.
Araújo, João de: 26.
*Araújo, Lourenço de: 535.
Araújo, Salvador de: 551.
Araújo Viana, Ernesto da Cunha: 394.
Arcos: 215.
Arco-Verde (índio): 85.
Arede, João Domingos: 129.
Arévolo, Lázaro de: 152.
Argentina: 354, 358.
Armenta, Fr. Bernardo de: 323, 324.
*Armínio, Leonardo: 77, 86, 182, 347, 349, 405, 567, 581.
Arrifana: 402.
Assis Moura, Gentil de: 257, 274, 282, 287.
Assunção: 323, 324, 334, 335, 337, 339, 341, 350-352, 355, 357, 394, 574.
Assunção, Lino de: 98.
Astorga: 432.
*Astrain, António: XII, XXVIII, 10, 345, 347, 349, 351.
Ataíde, Tristão de: XXV.
*Atouguia, António de: 223, 575.
Aveiro: 58, 402.
Avelãs: 215.
Ávila, Garcia de: 184, 440.
Azara, Felix de: 335, 351, 352.
Azeredo, Marcos de: 223.
Azeredo, Melchior de: 218, 222, 223, 232, 239.
Azeredo, Miguel de: 219, 223, 225.
Azeredo, Miguel de (índio): 244.
*Azevedo, B. Inácio de: XXII, 26, 51, 102, 144, 176; dá o plano da casa de Ilhéus, 191; visita o Espírito Santo, 216, 248; em S. Vicente, 260, 294; em Santos, 262; ordena a fundação do Colégio do Rio de Janeiro, 300; em S. Paulo, 310; 315; proíbe a ida ao Paraguai, 343; no Rio de Janeiro, 386, 392, 398, 409; 457, 460, 461; chega ao Brasil, 563; martírio, 564, 565.
Azevedo, Inácio (índio): 244, 247.
*Azevedo, João de: 196, 536, 580.
Azevedo, Manuel de: 551.
Azevedo, Pedro de: 19, 174, 337, 364, 478, 483.
Azevedo Marques, M. E. de: XXVIII, 185, 257, 262, 264, 282, 284, 294, 302, 306, 307, 313, 320, 325, 327, 331, 348.
*Azpilcueta Navarro, João de: Vide Navarro.

Baers, João: 457.
Baía: 17-69, 109, 114-116, 118-120, 124, 125, 127, 128, 141, 144, 158--162, 164, 165, 170, 175-177, 179--182, 184, 185, 189, 191, 192, 201, 207, 208, 215, 221, 223, 224, 237, 254, 258, 260, 272, 276, 303, 310, 342, 346, 353, 355, 381, 385, 402, 410, 413, 440, 449, 470, 538-540, 545, 564, 574, 585, 586.
Baía de Guanabara: 96, 232, 383.
— *de Maria Farinha:* 466.
Baker, John: 490.
*Baltazar, Ir.: 577.
*Banhos, Pantaleão dos: 203, 582.
*Baptista, João (belga): 568, 584.
*Baptista, João (português): 571, 579.
Baptista Pereira: 383.
*Barbosa, Domingos: 533.
Barbosa, Frutuoso: 499, 504, 505, 551.
Barbosa, Manuel de Miranda: 449..
*Barbosa, Pero: 583.
Barbosa, Rui: XXV.
Barcelona: 4, 18, 355.
*Barreira, Pedro: 570.
Barreiros, D. António: 56, 83, 99; institue prémios aos estudantes, 103; 118, 154, 346, 453, 458.
Barriga, Simão: 417.
Barros, António Cardoso de: 18.
Barros, António Pedroso de: 184, 331.
Barros, Cristóvão de: 346, 385, 405, 415, 418, 432, 447, 448, 552, 468, 469, 565.
Barros, João de (1.º): IX, 232.
Barros, João de (2.º): 165, 166.
*Barros, Manuel de: 101, 568.
Barros, Nuno de: 466.
Barros, Pedro Vaz de: 184, 331.
*Barzana, Alonso: 348, 350, 351, 354, 357.
*Bayle, Constantino: 57.
Beira: 179.
Bélgica: XX, 267, 356.
*Beliarte, Marçal: XXIV, 56, 67, 68, 71, 83, 98-100, 103, 137-139, 156, 168, 171, 186, 203, 233, 242, 248, 264-266, 294, 310, 349, 354, 410, 420, 471, 504, 507, 508, 510, 569.
Bellido, Afonso: 324.
Benavente: 249.
*Bernardino, José: 535.
Bertioga: 49, 292, 366, 368, 371, 373.
*Bessa, Manuel: 537.
Bezerra, Alcides: XXV, 76.
Biroaçumirim (índio): 386.
*Blasques, António: 26, 45, 63, 72, 80, 85, 198, 276, 340, 561, 447, 578.

*Bobadilla, Nicolau de: 4.
Bocanera: 22.
Boipeba: 586.
Bois-le-Comte: 385.
Boiteux, Lucas A.: 325.
Bolés, João: 290.
Bolívia: 354, 358.
*Bonajuto, Ascânio: 569, 581.
*Borges, Domingos: 577.
Borges, Pero (1.º): 19.
Borges, Pero (2.º): 479.
Borges de Barros: 180, 182, 190, 448.
Borges da Fonseca, António José: 473, 487.
*Borja, S. Francisco de: 12, 26, 61, 117, 176, 409, 562.
Borromeo, S. Carlos: 368.
*Botelho, António: 570.
*Botelho, Miguel: 18.
Braço de Peixe (índio): 525.
Braga: XXII, 75, 240, 500, 501.
Branca, D. (índia): 235.
Brasil, passim.
*Braz, Afonso: 35, 189, 197, 214, 215, 221, 223, 231, 272, 276-280, 398, 560, 573, 583.
Brito e Almeida, D. Luiz de: 52, 65, 101, 166, 405, 440, 443, 444, 554.
*Brou, Alexandre: 15.
Buenos Aires: 335, 346-348, 350, 394, 574.
Cabaço, Mateus Lopes: 502.
Cabeça de Vaca, Álvar Nuñes: 323, 324, 334.
Cabo da Boa Esperança: 364.
Cabo Frio: 366, 375, 384, 395, 425, 426.
Cabo Verde: 174.
Cabral, D. Águeda Gomes: 162, 452, 467.
*Cabral, Luíz Gonzaga: 48, 356, 447.
Cabral, Pedro Álvares: 205.
*Cabredo, Rodrigo de: 358.
Cabrera, Pablo: 346.
Caetano: 79.
Caetano de Sousa, D. Ant.º: 407.
Caiubi (índio): 270, 286.
Caiobig (índio): 325.
Caldas, José António: XXVIII, 406, 417.
Caldas, Vasco Rodrigues: 193.
Calderón, D. Mência: 323.
Calixto, B.: 256, 282, 315, 317, 318, 368, 585.
Calmon, Pedro: XXV, 24.
Calvino: 376.
Camargo, José Ortiz de: 307.
Camarão Grande (índio): 520.
Camarão (índio): 527.

Camelo, Jorge: 465, 551.
Camões, Luiz de: IX.
*Campo, André do: 574.
*Campo, António do: 576.
Campo-Maior, António de: 506.
Camamu: 154-158, 160, 161, 165, 182, 185, 301, 501, 586.
Cananeia: 256, 258, 320, 321, 326.
Cândido, Zeferino: 380.
Caneca, Fr.: 77.
Caoquira (índio): 369.
Capaoba: 513, 521, 522, 524.
Capibari (Pernambuco): 466.
Capistrano de Abreu, J.: IX, XIV, XXV, XXVI, XXXI, 19, 68, 84, 128, 192, 278, 285, 287, 337, 364, 369, 377, 382, 386, 389, 416, 431, 446, 483, 484, 487.
Caramuru, Diogo Álvares: 20, 21, 39; deixa um legado ao Colégio da Baía, 80; 151, 162.
Caravelas: 212.
*Cardim, Fernão: 56, 57; Reitor da Baía, 68, 69; Procurador a Roma, 134, 135, 138, 141, 580; 158, 175, 179, 180, 207, 211, 214, 224, 238, 267, 310, 312, 317; resolve fundar missão nos Patos, 326; 399; Reitor do Rio de Janeiro, 405; 412; em Pernambuco, 453, 455; chega ao Brasil, 568; 2.ª vez, 571-572; referências bibliográficas, XXVIII, 19, 27, 28, 54, 56, 59, 68, 78, 85, 90, 91, 93, 96, 102, 103, 133, 173--175, 178-180, 185, 191, 196, 202, 208, 211, 214, 218, 219, 222, 224, 227, 233, 239, 241, 243, 244, 261, 279, 306, 311, 314, 316, 321, 335, 373, 393, 397, 400, 404, 413, 433, 453, 456, 460, 461, 479-481, 491, 495-497, 499, 568, 569, 571.
*Cardim, Lourenço: 569.
*Cardoso, Jerónimo: 125, 136-138, 142, 156.
Cardoso, Jorge: XXVIII, 273.
*Cardoso, Manuel: 579.
Cardoso, Simão Rodrigues: 487.
Carlos V: 334.
Carmo Barata, J. do: 92, 454, 457.
*Carneiro, Francisco: 405, 581.
*Carneiro, Rafael: 571.
Carvalho, Alfredo de: 483.
Carvalho, Augusto de: 425.
Carvalho, Domingos Sérgio de: 181.
Carvalho, Feliciano Coelho de: 109, 505-508, 510, 514, 515.
*Carvalho, Luiz de: 74, 77, 536, 563.
Carvalho, Martim de: 457.

Castela: XVII, 132, 135, 331, 337, 339, 349.
Castilho, José Feliciano de : 500.
*Castilho, Pero de : 581.
*Castillo, Agostinho del : 463, 567.
Castrejón, Francisco : 457.
*Castro, Cristóvão de : 459.
Castro, Eugénio de : 251, 255.
*Castro, Manuel de : 565.
*Castro, Pedro de : 561.
Castro Pinto, João Pereira de : 505.
Catarina (D.), Rainha : 80, 284, 285.
Catucadas, António Fernandes : 192.
Cavalcante, Filipe : 485.
Cavendish : 219, 221, 261, 266, 407.
*Caxa, Quirício : XII, XXVI, XXVII, 26, 27, 62, 65, 77, 81, 85, 87, 96, 101, 109, 138, 198, 207, 209, 355, 373, 450, 455, 460, 467, 563, 584.
Ceará: 513, 529.
Celorico da Beira: 61.
Celso, Afonso : XXV.
Centenera, Barco : 221.
Ceuta: 134, 347.
Chaco: 394.
Charcas: 348.
*Charlevoix, P. Fr. X. de : 349.
Chateaubriand : 309.
Chaves, Luiz : 251.
*Chaves, Manuel de : 271, 276, 280, 293, 294, 308, 574.
China: IX, 12.
Chuquisaca: 358.
Cicero : 75.
*Cifarelo, Agostinho : 569.
*Cipriano : 81, 574.
Ciudad Real: 335, 351, 352, 357.
*Coelho, Domingos : 69, 405, 569, 579.
Coelho, Duarte : 451, 454, 473, 477, 486, 487.
Coelho de Albuquerque, Duarte : 479, 485, 486, 494.
*Coelho, Pedro : 570, 583.
*Coelho, Salvador : 583.
Coetlosquet : 358.
Coimbra: 53, 58, 60, 61, 75, 81, 100, 144, 158, 162, 215, 237, 253, 310, 368, 400, 404, 570, 575.
*Colaço, António : 143.
Colaço, João Rodrigues : 520, 528.
Colaço Vieira, Pedro : 261.
Colombo, Cristóvão : XV.
*Comitoli, Scipião : 562.
Conde da Castanheira : 256.
Contreras, D. Isabel de : 323, 341.
*Cordeiro, Melchior : 461-463, 490, 550, 565, 566.
Córdoba de Tucumã: 348, 350.

Correa Luna, Carlos : 339.
*Correia, Manuel : 500, 501, 580.
*Correia, Pero (1.º) : 91, 162-164, 175, 254, 255, 256, 259, 271-273, 276, 277, 280, 285, 286, 299, 318, 322, 324, 333, 340, 362, 541, 542, 573.
*Correia, Pero (2.º) : 570.
*Correia, Salvador : 580.
Correia de Sá, Salvador : 395, 405-407, 423, 432, 436.
Correia de Sá (índio) : 432.
Correia de Sá e Benevides, Salvador : 267.
Cortiçado, Manuel Fernandes : 482, 483.
Cosmo, Bacharel : 255, 541.
Costa, D. Álvaro da : 164, 165.
*Costa, António da : 535.
Costa, D. Beatriz da : 418.
Costa, D. Duarte da : 41, 48, 49, 55, 59, 60, 164, 340-342, 460, 561.
*Costa, Francisco da : 576, 579.
Costa, D. Gonçalo da : 165.
*Costa, José da (1.º) : 405.
*Costa, José da (2.º) : 578.
*Costa, Marcos da : 464, 569, 581.
Costa, Martinho da : 320.
*Costa, Pedro da : 237, 240, 575, 580.
Costa, Simão da : 378.
Costa Ferreira, João da : 416.
Costa Fontes, Liberato da : 318.
Cotton, Capitão : 490.
Coutinho, Francisco Pereira : 19.
Coutinho, Vasco Fernandes (1.º) : 213, 214, 224, 232, 234, 235, 240.
Coutinho, Vasco Fernandes (2.º) : 217, 232.
Couto de Cucujãis: 129.
Couto, Diogo do, L.do : 497, 498.
*Couto Júnior, Manuel : 464, 579.
*Couto Sénior, Manuel : 577, 578.
Couto de Magalhãis : XXV.
Couto Reis, Manuel Martins : 422.
Covilhã: 570.
Creah, Genet : 356.
*Cruz, António da : 565, 583.
*Cruz, Sebastião da : 572, 584.
Cubas, Braz : 163, 164, 175, 262, 263.
Cucanha: 330.
Cuenca: 65, 66, 567.
*Cunha, Pero da : 580.
Cunha Barbosa : 433.
Cunha Rivara : 78, 500.
Cunhambebe (índio de Iperoig) : 316, 369, 372-374.
Cunhambebe (índio do Rio) : 362.
Curado, Gaspar : 203.
*Damien, Jacques : 274.

Dávila: 346.
Demóstenes: 75.
Denis, Ferdinand: 175, 388.
Destêrro, Manuel do: 77.
Dias, André: 285.
*Dias, António (1.º): 168, 243, 248, 448, 571, 572, 576, 583.
*Dias, António (2.º): 580.
*Dias, António (3.º): 571, 572.
Dias, António (índio): 247.
Dias, Fernão: 306.
*Dias, Francisco: 55, 206, 264, 267, 453, 456, 568, 578.
*Dias, Gaspar: 581.
*Dias, Gonçalo: 582.
*Dias, Inácio: 537.
Dias, João: 551.
Dias, Luiz: 22, 48.
*Dias, Manuel: 243, 566, 581.
*Dias, Pero (1.º): 310, 565.
*Dias, Pero (2.º): 458, 563.
*Dias, Pero (3.º): 577.
*Dias, Pero (4.º): 534.
*Dício, João: 478, 479, 560.
Diniz, Gonçalo: 225.
Diniz, Jerónimo: 225.
Doménech, Pedro: 32, 36, 37, 297.
Douai: 356.
Dracke: 266.
Duque de Aveiro: 211, 212.
Embitiba: 327, 330.
Engenho de Aun-acema: 210.
— *de Arriaga*: 210.
— *de S. Jorge*: 267.
Erasmo: 88.
*Escalante, Francisco de: 579.
Espanha: XVII, XXIII, 5, 12, 21, 323, 344, 345, 432.
Espírito Santo: 49, 58, 64, 108, 185, 213-249, 266, 276, 278, 280, 322, 335, 362, 363, 377, 381, 395, 403, 409, 423, 565.
Estados Unidos: XXIV.
*Esteves, Jorge: 582.
Estreito de Magalhãis: 175, 407.
Etiópia: 12, 17, 132.
Évora: XXII, 75, 264, 401, 527.
Extremoz: 69.
*Fabro, B. Pedro: 4.
*Fagundes, Manuel: 581.
Falcão, Simão: 551.
Faria: 575.
Faria, Augusto Silvestre de: 185.
*Faria, Francisco de: 536.
*Faria, Gaspar de: 535.
Farnésio, Alexandre: 480.
Fátima: 207.
Feira: 575.

*Fernandes, António: 317, 581.
*Fernandes, Baltazar: 269, 386, 419, 548, 549, 563, 571, 572, 578.
Fernandes, Diogo (1.º): 225.
*Fernandes, Diogo (2.º): 248, 575, 583.
*Fernandes, Duarte: 576, 580.
*Fernandes, Estêvão: 563.
*Fernandes, Francisco: 405, 464, 500, 501, 578.
*Fernandes, João: 26, 571, 579.
*Fernandes, Luiz: 579, 582.
*Fernandes, Manuel: 69, 421, 464, 488, 569, 571, 572, 582.
*Fernandes, Pero: 571, 572.
Fernandes, Vasco (índio): 432.
*Fernandes, Vicente: 576.
Fernandes Pinheiro, J. C.: 175, 383.
*Ferrão, Cristóvão: 65, 410, 419, 545, 565, 566, 583.
Ferraz Barreto, Pedro: 420.
*Ferreira, António: 401, 565, 566, 582.
*Ferreira, Domingos: 464, 565, 581.
*Ferreira, Francisco: 464, 571, 572.
*Ferreira, Gaspar: 584.
Ferreira, Jorge: 295.
Ferreira Deusdado, M. A.: 71, 74.
Ferreiros: 501.
*Figueira, Luiz: 464, 491, 527, 533, 571, 572.
Figueira de Almeida, António: 433.
Figueiredo, Jorge de: 155.
Figueiredo, Leonis de: 551.
Figueiró dos Vinhos: 564.
Filds, Guilherme: 356.
*Filds, Tomás: 347, 349-351, 353-356, 568.
Filipe II: 135, 137, 345, 346, 348, 505, 515, 557.
Flandres: 132, 267.
Fleiuss, Max: 387, 433.
Flores Valdés, Diogo: 175, 344, 397, 499.
*Fonseca, António da: 581.
*Fonseca, Francisco da: 581.
*Fonseca, Luiz da: 64; nota biográfica, 66-68; 125, 134, 137, 203, 426, 508, 564; citações bibliográficas: XXVI, 63, 67, 97, 148, 211, 217, 260, 373, 401, 431, 443, 453, 463, 469, 508, 526, 567.
*Fonseca, Manuel da: XX, 536.
*Fonseca, Paulo da: 579.
*Fonseca, Pedro da: 12.
Fontes, Gaspar de: 441.
Fournier: 73.
Fragoso, Álvaro: 551.
Fragoso, Bartolomeu: 84.

França: XX, 3, 12, 26, 356, 370, 432, 514.
França, António de (índio) : 432.
*Franco, António : XIV, XXIX, 17, 18, 27, 58, 59, 62, 64, 134, 195, 238, 255, 356, 365, 366, 386, 560-563, 565, 567, 568, 570-572.
Franco, Francisco : 585.
Franco, Mateus Lopes : 128.
Freire, Felisbelo : XXIX, 230, 383, 439--442, 448, 449.
*Freire, Gaspar : 496, 580.
Freire, Gilberto : 92.
*Freitas, Cristóvão de : 577.
*Freitas, Rodrigo de : 43, 132, 134, 137, 460, 461, 480, 482, 569, 576, 578.
Funes, Gregório : 351.
*Furlong, Guilherme : 351, 357.
Furtado, Alcibíades : 267.
Furtado de Mendonça, Heitor : 203.
Gabriel, Juan : 336.
Gabriel, Nuno : 334, 336.
Gaffarel, Paul : 286.
*Gago, Afonso (1.º) : 502, 580.
Gago, Afonso (2.º) : 551.
*Galanti, Rafael M. : XXIX, 371.
Galiza : 67.
Gandavo, Vide Magalhães Gandavo.
*Garcia ou Gracia, Domingos : 93, 243--248, 326, 582.
*Garcia, Miguel : 98, 463, 567.
Génova : 368.
Garcia, Nuno : 48.
Garcia, Rodolfo : XXV, XXVII, XXXI, 21, 22, 84, 222, 266, 330, 373, 387, 396, 431, 433, 473, 483, 487, 490, 527.
Gama, Simão da : 35, 561.
Gardner Davenport, Francis : 376.
Gaspar da Madre de Deus, Fr. : XXIX, 77, 285, 305.
Gay, João Pedro : 348, 352.
Geribiracica : 426.
*Giaccopuzi, João Baptista : 567.
Giraldes, Francisco : 126, 155-157, 165, 194, 562.
Goa : 12, 82.
*Godinho, Manuel : 74, 562.
Góis, Cipriano de : 341.
Góis, Damião de : 181.
*Góis, Luiz de (1.º) : 180, 181, 364.
Góis, Luiz de (2.º) : 364.
Góis, Luiz de (3.º) : 482.
Góis, Pero de (1.º) : 18, 251.
*Góis, Pero de (2.º) : 81, 84, 575.
*Gomes, António : 54, 125, 126, 134, 135, 138, 156, 402, 569.
*Gomes, Henrique : 464, 569, 578.

*Gomes, João : 571, 582.
*Gomes, Manuel : 571, 579.
*Gomes, Sebastião ou Bastião : 241, 582.
Gomes Carneiro, Diogo : 76.
Gomes de Carvalho, M. E. : 376.
*Gonçalves, Adão : 310, 318, 319, 576.
*Gonçalves, Afonso : 458, 564, 584.
*Gonçalves, Amaro : 457, 460-462, 480, 481, 483, 563.
*Gonçalves, António (1.º) : 200, 206, 276, 433, 562, 582.
*Gonçalves, António (2.º) : 574.
*Gonçalves, António (3.º) : 570.
*Gonçalves, António (4.º) : 579.
*Gonçalves, Baltazar : 576.
*Gonçalves, Bartolomeu : 319, 576.
*Gonçalves, Domingos : 563.
*Gonçalves, Fabiano : 537.
*Gonçalves, Francisco (1.º) : 564, 579.
*Gonçalves, Francisco (2.º) : 579.
*Gonçalves, Francisco (3.º) : 584.
*Gonçalves, Gabriel : 310, 381.
*Gonçalves, Gaspar : 77.
*Gonçalves, João : 61, 276, 561, 584.
Gonçalves, Lopo : 551.
*Gonçalves, Pantaleão : 577.
*Gonçalves, Pero : 237, 577.
*Gonçalves, Sebastião : 132, 133, 565.
*Gonçalves, Simão : 45, 214, 568, 573.
*Gonçalves, Simeão : 45, 574.
*Gonçalves, Vicente : 68, 87, 204, 464, 568, 578.
*Gonçalves da Câmara, Luiz : 12, 41, 111, 338.
Gonçalves da Câmara, Martim : 134.
Gonçalves de Magalhães, D. J. : 129, 290.
Gonçalves Dias, A. : XXIV.
*González, Amado : 184.
*González, Diogo : 356, 357.
González, Martim : 334.
*González, B. Roque : 330.
Gouveia, António de : 461, 480-484.
*Gouveia, Cristóvão de : 19, 59, 65 ; deseja fundar um Internato, 82, 459, 460 ; 83, 96 ; propõe meios para se cobrar a dotação real, 118-125 ; 132, 133, 135, 142, 155, 171-176, 201, 202, 207, 211, 217, 232, 238, 241, 244, 263, 279, 310, 315 ; apoia a ida ao Paraguai, 344, 347 ; no Rio de Janeiro, 392, 393, 397, 399 ; 402, 432, 456, 487, 491, 495, 496, 548 ; chega ao Brasil, 568 ; ordenações da visita, 28, 55, 73, 74, 78, 87, 167, 169, 170, 177, 419, 494 ; referências bibliográficas, 27, 53, 56, 58, 64, 66, 67, 82, 83, 87, 101, 102, 116,

140, 170, 171, 195, 202, 230, 261, 264, 306, 311, 312, 403, 404, 419, 452, 456, 460, 495, 505, 568.
Gouveia, Diogo de : 4.
*Gouveia, Francisco de : 141.
*Gouveia, Pero de : 582.
*Grã, Estêvão da : 347, 421, 578.
*Grã, Luiz da : 40, 57, 59, 64, 72, 80, 85 ; mestre de casos, 86 ; 90 ; pede esmola pelas portas, 108 ; 110, 111, 143, 150, 158, 166, 169, 173, 174, 177, 179, 189, 190, 200, 216, 221, 231, 233, 234, 248 ; propõe troca de terras em Piratininga, 256, 257, 544 ; em Santos, 263 ; 276 ; em S. Paulo, 279, 298-300, 302, 303, 308, 310, 311 ; 315, 319, 322, 341, 343, 363, 385, 386, 400, 417, 423, 426 ; missão a Sergipe, 442 ; 446 ; funda a igreja de Pernambuco, 452, 457 ; Reitor e apóstolo de Pernambuco, 464 ; 478, 480, 483-485, 495 ; vai a Paraíba, 508, 509 ; chega ao Brasil, 561 ; 574, 575, 583 ; referências bibliográficas, 18, 42, 45, 49, 50, 81, 86, 91, 173, 175, 191, 201, 216, 234, 236, 253, 260, 263, 279, 299, 300, 363, 423.
Gramatão : 20.
Granada : 404.
Groussac, Paul : 336.
Gregório XIII : 159, 161.
Grinalda, D. Luiza ; 219, 225.
Guairá : 175, 185, 271, 335, 340, 348, 351, 352, 354.
Guaratiba : 258.
Guarda : 254.
Guerra, D. Alonso : 348.
*Guerreiro, Bartolomeu : XXIX, 18, 560.
*Guerreiro, Fernão : XI, XXIX, 204, 221, 247, 312, 321, 324, 325, 330, 331, 436, 489, 496, 502, 526, 527.
Guimarãis : 461.
Guiné : 34, 179, 182, 492-495.
Guise, Carlos de : 378.
*Gusmão, Alexandre de : 77, 534.
*Guterres, Lázaro : 584.
*Gwynn, Aubrey : 357.
Handelmann, Henrique : 285.
Hakluyt, Richard : 57, 396, 490.
Havre : 379.
Henrique, Infante D. : IX.
Henrique, Rei D. : 141, 237, 340, 468, 469, 481, 552.
*Henriques, Francisco : 50, 132, 142, 318.
*Henriques, Leão : 13, 61, 134, 236, 386, 563.
Henriques, Luíz (índio) : 158.
Herckmann : 504.
*Herman, J. B. : 73.
*Hernández, Pablo : 351-353.
Hernández, Pedro : 323, 334.
Herrera, António de : XXIX.
Heulhard : 369, 388.
Hoehne, F. C. : 181.
*Hogan, Edmund : 357.
Holanda, XX, XXIII.
Homem de Melo, Barão : 205, 352.
Homero, 75.
*Honorato, João : 536.
Horácio, 75.
Hülsiüm, Levinum : 243.
Iguape : 318-320.
Iguaraçu : 465, 466, 494.
Ilha de Boipeba : 240.
— Branca : 320.
— das Cobras : 413.
— Fiscal : 413.
— do Fundão : 433.
— do Governador : 384, 386.
— de Guaraqueçaba : 422.
— do Guaraú : 256.
— de Itaparica : 63.
— de Itinguçu : 421.
— da Madeira : 72, 401, 565.
— de Marambaia : 435.
— de Mocanguê : 433.
— de Paranapecu, Vide Ilha do Governador.
— de Santa Catarina : 334.
— de Santa Helena : 364.
— de St.º Amaro : 258, 373, 421.
— de St.º Antônio (Esp.º S.º) : 225, 226.
— de S. Sebastião : 368.
— de S. Tomé (Africa) : 476.
— de S. Vicente : 373.
— de Sergipe, Vide Ilha de Villegaignon.
— Terceira : 501.
— de Villegaignon : 236, 240, 364, 375, 377, 378.
Ilhéus : 62, 109, 154, 155, 158, 185, 189-197, 201, 237, 261, 479, 584, 586.
Índia : 12, 17, 27, 132-136, 139, 141, 142, 212, 355, 387.
Inglaterra : 266.
Iperoig : 288, 291, 292, 315, 368-375, 381, 385, 441.
Iperuibe : 256.
Irala, Domingos de : 335, 394.
Irlanda : 356.
Itália : XX, XXIII, 12.
Itamaracá : 116, 494.
Itanhaém : XVI, 291, 292, 315-318, 372.
Itu : 274.

Jaboatão, Fr. António de Santa Maria: XXX, 192, 222, 474, 503, 506, 510, 526.
*Jácome, Diogo: 18, 189, 190, 197, 208, 237, 238, 255, 258, 276, 560.
Jacuruticoara: 225, 226.
Jaguaraba (índio): 247.
Jan gaçu (índio): 428.
Japão: IX, 12, 134, 139.
Japuaçu (índio): 432.
*Jarric, Pierre du: XXX, 330, 395.
Jerusalém: 4.
João I, D.: IX.
João III, D.: X, 17, 23, 33, 37, 48, 49, 52, 115, 174, 364, 477.
*João, Adrião: 568, 579.
Joffily, I.: 503.
Jorge, António (1.º): 466.
*Jorge, António (2.º): 582.
*Jorge, Simão: 576.
*José, Ir.: 561.
Júlio III: 23.
Kitzinger, Alexandre Max: 407.
Knivet, António: XXX, 221, 265, 266, 397, 407.
Lafone Quevedo, A., Vide *Schmidel.*
Lagoa dos Patos: 325.
Laguna dos Patos: 255, 321, 325, 327, 329, 330.
*Laines, Diogo: 4, 176, 345.
Lamego: 330, 357, 564.
Lamego, Alberto: XXIII, 128.
Lancaster, James: 488-490.
Leal, Francisco Luiz: 77.
*Leão, António: 583.
*Leão, Bartolomeu: 534.
*Leão, Inácio: 536.
Lebrón, Alonso: 323.
*Leitão, António: 576.
*Leitão, Francisco: 564, 579.
Leitão, Jerónimo: 264, 293, 295, 305, 307, 324, 325.
Leitão, Martim: 457, 500.
Leitão, D. Pedro (1.º): 45, 74, 386, 482, 562.
*Leitão, Pedro (2.º): 442, 445, 584.
Leitão, Pedro (3.º): 474.
*Leite, Francisco: 571, 572.
*Leite, Gonçalo, 76, 85, 96, 156, 565, 566.
*Leite, Serafim: XXX, 36, 38, 59, 65, 68, 255, 269, 284, 301, 324, 336, 366, 373, 398, 403, 416, 423, 426, 467, 560.
Leiva, António de (índio): 338.
Leme, Pero: 261.
Lemos, Duarte: 18, 225, 226, 234.
*Lemos, Francisco de: 513, 516, 519, 526, 578.

*Lemos, Luiz de: 582.
Lemos, Sebastião de (índio): 234.
Lemos, Vicente de: 526.
*Leonhardt: 351, 352, 354-356.
Lérida: 355.
Lery, Jean de: 178, 362, 379, 380.
Levillier, Roberto: 346, 348.
Lezcano, Juan Sanches de: 336.
*Liétard, Nicolau: 378, 379.
*Lima, António: 534.
*Lima, Bento de: 221.
*Lima, Francisco de: 536.
Lima, Jorge de: 366, 384.
*Lima, Manuel de: 449.
Lima: 345, 349, 357, 358, 488.
Limerik: 356.
Limoa, Catarina: 502.
Linhares, Condessa de: 161.
Lino, Raúl: 29.
Lisboa: XXII, 22, 32, 35, 36, 40, 41, 48, 49, 55, 60, 65, 67, 74, 75, 133, 137, 168, 222, 249, 297, 310, 330, 342, 355, 380, 453, 463, 501, 505.
Lisboa, Baltazar da Silva: 288, 387, 388.
*Lobato, João: 171, 256, 316, 320, 326, 330, 436, 576, 582.
Lobeira, Manuel: 465.
*Lôbo, Alvaro: 239.
*Lôbo, Gaspar: 570, 578.
*Lôbo, Gedeão: 568.
Loiola (Castelo de): 3.
*Loiola, S. Inácio de: 3-16, 40, 41, 88, 94, 107, 110, 216, 298, 310, 339.
Longa: 564.
*Lopes, Amaro: 448, 580.
*Lopes, Baltazar: 500-503.
*Lopes, Bento: 571, 572.
*Lopes, Fernão: 579.
*Lopes, Francisco, 26, 566, 567, 570.
*Lopes, Gabriel: 584.
*Lopes, Vicente: 571, 572.
Loreto: 207.
Loreto Couto: 526.
Lourdes: 207.
*Lourenço, Bartolomeu: 571.
*Lourenço, Braz: 45, 59, 201, 215, 217, 218, 223, 226, 231, 234, 276, 355, 363, 398, 400, 403, 404, 424, 561, 581.
*Lourenço, Gaspar: 276, 377, 440-443, 445, 446, 450, 574.
Lourenço, Manuel: 23.
Lourenço, Silvestre: 482.
*Lorenzana, Marcial de: 349.
Lovaina: 356.
*Lozano, Pedro: XXX, 346, 347, 351--355, 357, 358.

Lubambo, Manuel: 455.
*Lucena, Fabiano de: 216, 226, 236, 276, 277, 318, 574.
*Lucena, Francisco de: 575.
Lúcio de Azevedo, J.: 92.
Luiz (órfão): 40.
Luiz, António (1.º): 372.
*Luiz, António (2.º): 584.
Luiz, Domingos: 313.
*Luiz Carapeto, Fernão: 221, 257, 292, 377, 394, 402, 421, 446.
*Luiz, Gonçalo: 426, 432, 565.
Macacu: 548, 549.
Mac-Dowel, Samuel: XXIII.
*Macedo, Fernando de: 222.
Machado, Brasilio: XXV.
*Machado, Jerónimo: 500, 501, 503.
Machado, Lourenço Dias: 313.
Machado de Oliveira: 222, 285, 306, 348.
Madeira, Bartolomeu: 84.
Madre de Deus. Vide Gaspar (Fr.).
Madrid: XXIII, 68, 136, 165, 412.
*Madureira, João: 571.
*Madureira, J. M. de: 285, 428.
*Maffei, João Pedro: XXX, 18, 286, 561, 565.
Magalhãis, Álvaro de: 161.
Magalhãis, Basílio de: 275, 287.
Magalhãis Gandavo, Pero de: XXIX, 90.
Malabar: 12.
Malaca: 232.
Malheiro Dias, Carlos: XXIX.
Mangaratiba: 421.
Manilla: 397.
Manresa: 4, 15.
Mar Grande (índio): 519.
Maracajaguaçu (índio): 218, 229, 231, 233, 235, 240, 363.
Maranhão: 12, 505.
Maranhão, S. Luiz do: 326, 529.
*Marinho, João: 583.
Mariz, António de: 308, 415, 423.
Marques, César: XXX, 223, 227, 230, 231, 242, 243, 247, 249.
Marquesa Ferreira: 420.
Marques Pereira, Nuno: 77.
*Marques, Simão: 536.
Marrocos: IX, 134.
Martinho (índio): 324.
*Martins, Diogo: 465, 466, 584.
*Martins, Francisco: 584.
*Martins, Inácio: 27.
*Martins, João: 564, 581, 582.
Martins, Jorge: 320.
Martius (von): 29.
*Mascarenhas, António de: 12.

Mascarenhas Homem, Manuel: 109, 514-516, 525, 526, 557.
Mascarenhas, Manuel (índio): 247.
Mato-Grosso: 351, 352, 357.
*Matos, Agostinho de: 203, 320, 325--327, 565, 582.
*Matos, António de: XXVII, 18, 59, 62, 215, 222, 232, 270, 308, 343, 375, 383, 384, 386, 392-394, 398, 400--403, 405, 406, 412, 414, 417, 419--421, 433, 434, 561, 565, 566, 571, 581.
*Matos, Eusébio de: 533.
*Matos, Francisco de: 534.
Matoso Maia Forte, José: 433.
*Maurício Serpe: 566.
Medina, Diogo de: 320, 321.
*Meireles, Francisco: 580, 584.
Melgaço: 461.
*Melgarejo, Rodrigo: 335.
Melgarejo, Rui Dias: 335, 337, 340, 351.
*Melo, António de: 576.
Melo, D. Catarina de: 465.
Melo, D. Cristóvão de: 465, 486.
Melo, D. Filipa de: 486.
*Melo, João de: 62, 63, 201, 209, 451, 479, 480, 485, 561.
Melo, D. Margarida de: 465.
Melo: 404.
*Mendes, Diogo: 26, 566.
*Mendes, Gaspar: 582.
*Mendes, Gonçalo: 571.
*Mendes, Valentim: XII, 535.
Mendes de Almeida, João: 291.
Mendes Júnior, José: 318.
Mendoça, Pedro de: 335.
Mendonça e Vasconcelos, Francisco de: 407, 418.
Mendoza, D. Luiz Sarmiento de: 339.
Meneses, Diogo de (índio): 527.
Merciana: 55.
*Mercuriano, Everardo: 13, 55, 133, 137, 159, 160, 207, 263, 463, 490, 551.
Mesquita, Júlio de: XXV.
*Mesquita, Luiz de: 162, 566.
*Mestre, Vicente: 561.
Métraux, A.: XXX, 231, 301, 321, 364, 527.
Minas Gerais: 197, 214, 243.
*Miranda, António de: 293.
*Miranda, Baltazar de: 194, 583.
*Miranda, Gabriel de: 205.
*Mirão, Diogo: 12, 60, 133, 566.
Mitagaia (índio): 85, 495.
Moçambique: 12.
Molucas: 337.

*Molina, Luiz de : 77.
*Moniz, Jerónimo : 537.
Monserrate : 4, 206.
Montaigne : 88.
Monteiro, António Gonçalo : 277, 541.
Monteiro, Catarina : 421.
Monteiro, Cristóvão : 420.
*Monteiro, Domingos : 196, 579.
Monteiro, João : XXV.
Monte Redondo : 62.
*Montoya, António Ruiz de : 354.
Moore, J. H. : 221.
Morais, Fernão de : 255.
*Morais, Francisco de : 306.
*Morais, Sebastião de : 569, 570.
Morais Barreto, Francisco de : 261, 319.
Morales de los Rios : 384, 388.
Moreira de Azevedo : 97, 392, 434.
*Morim, Manuel de : 582.
*Morinelo, José : 27, 566.
Mota de Primério, Fidelis : 209.
Moura, Alexandre de : 109, 525, 526.
Moura, Cristóvão de : XXVI, 136, 165.
Moura, D. Jerónimo de : 482.
*Moura, Mateus de : 534.
Moura, Miguel de : 418, 419, 548, 549.
Mourão, Duarte Martins : 425.
Múrias, Manuel : 31, 71.
Muribeca : 226.
Nabuco, Joaquim : XXV.
*Nadal, Jerónimo : 81, 90.
Nápoles : 349.
Nassau, Maurício de : 397.
Natal : 526.
Natuba : 77.
*Navarro, João de Azpilcueta : 18, 20, 197-199, 207, 560.
Navarro, Dr. Martim : 77, 79.
Nazaré : 207.
Nigra, Clemente Maria da Silva : 20.
*Nóbrega, Manuel da : IX, escolhido para a emprêsa do Brasil, 18-25 ; na Baia, 33-40, 42, 44, 47, 48, 50, 57, 60-62, 65, 77, 78, 80, 94 ; dotação dos Colégios, 111, 142 ; envia os primeiros géneros agrícolas para a Europa, 143, 144 ; 161 ; concerta-se com Braz Cubas, 163 ; 169 ; consegue o primeiro gado dos Jesuítas, 174, 175-177 ; 181 ; 183, 189, 197-199, 205, 207, 214, 223 ; em S. Vicente, 252-256, 260 ; 262 ; manda fundar S. Paulo, 269-278 ; 291, 309, 310, 315, 316, 318, 319, 322, 323 ; tenta fundar a missão do Paraguay, 333-343 ; no Rio de Janeiro, 362, 365 ; em Iperoig, 367-375; na conquista do Rio de Janeiro, 381, 385, 389, 391, 394, 395, 398, 400-402 ; 409, 410, 414, 416, 420 ; em Pernambuco, 453, 457, 473, 474, 477 ; 533, 560, 573, 574, 586 ; referências bibliográficas, das cartas publicadas ou inéditas, XXX, 19-25, 31-36, 39, 40, 44, 45, 48, 50, 58, 60-62, 80, 81, 86, 110-112, 142, 143, 145, 149-151, 164, 173-175, 178, 180-182, 189, 193, 197, 198, 208, 209, 213, 214 221, 237, 252-254, 256, 258, 260, 262, 274, 280, 282, 284, 286, 294, 299, 322, 323, 333, 341-343, 377, 378, 381, 454, 460, 476, 477, 493, 561, 573, 575.
*Nogueira, Mateus : 276, 277, 336, 573.
Nola : 569.
Noort, Oliver van : 396, 397, 436.
Norberto, Joaquim : 424.
Nova Almeida : 231, 243, 244.
*Novais, Américo de : XXV.
*Novais, Pedro : 565.
*Nunes, Diogo : 526, 527, 576, 584.
Nunes, Duarte : 391, 392.
*Nunes, Leonardo : 18, 40, 42, 63, 81, 86, 163, 184, 185, 189, 197, 199, 238, 251-255, 258, 259, 262, 272, 273, 276, 278, 280, 281, 296, 312, 315, 318, 322-324, 333-335, 338, 343, 447, 560, 573.
Nunes, Manuel (1.º) : 392.
*Nunes, Manuel (2.º) : 579.
*Nunes, Plácido : 535.
Nunes da Costa, Francisco : 185.
Olinda, Vide *Pernambuco*.
*Oliva, João de : 405, 579.
*Oliva, José de : 580.
Oliveira, António de : 174, 256, 542.
*Oliveira, Fernão de : 68, 69, 404, 570, 580.
*Oliveira, Francisco de : 267, 581.
*Oliveira, Gonçalo de : 162, 232, 277, 311, 385, 389, 391, 394, 398, 402, 403, 409, 413, 416, 418, 424, 425, 454, 478, 479, 496, 574; referências bibliográficas, XXVI, 209, 232, 238, 262, 309, 311, 317, 395, 424, 425, 435.
*Oliveira, Manuel de : 69, 267, 310, 314, 415, 489, 570, 583.
Oliveira Frade, Firmo de : 449.
Oliveira Lima : 92, 180, 478, 490.
Oliveira Rocha, A. J. : 24.
Oliveira Viana : 184.
Ontiberos : 351.
*Orlandini, Nicolau : 18, 59, 214, 476, 560, 561.
Orobó : 226.
*Ortega, Francisco : 567.

*Ortega, Manuel: 347, 349-354, 356-358.
Ovídio: 75.
Pablos, Antón de: 175.
Pacheco, Félix: XXIII, XXV.
Pacheco, Francisco: 61.
Padberg-Drenkpol, J. A.: 422.
*Paes (Visitador): 349.
*Paiva, Manuel de: 35, 48, 57, 58, 63, 224, 225, 271, 273, 276, 277, 287, 329, 365, 366, 560.
Pain de Mil: 24.
Palácios, Pedro: 222.
Palestina: 4, 5.
Palma Carrillo, Diogo de: 346.
Pamplona: 3.
Pará: 529.
Paraguai: 175, 255, 271, 275, 322, 323, 333-358, 574.
Paraíba: 109, 326, 457, 484, 499-511, 513, 516.
Paraná: 352.
Paranaguá: 315, 321, 326.
Paranaítu: 272.
Paris: XXIII, 4, 88, 356.
Parreiras (pintor): 585.
Passé: 152, 160.
*Pastells, Pablo: XXX, 175, 217, 219, 346, 348, 499, 351, 352, 354, 358.
Pastor, Ludwig: 333.
Pau Sêco (índio): 521, 523-525.
Paula Rodrigues, Francisco de: XXV.
Paulo III: 5.
*Paulo, Melchior: 569.
*Pecorela, Domingos Anes: 58, 573.
Pedra-Verde (índio): 525.
Peixoto, Domingos de Brito: 327.
Peixoto, Francisco de Brito: 327.
*Peixoto, Francisco: 580.
*Peixoto, Jerónimo: 571, 579.
Pelliza: 341.
*Peneda, Pero: 576.
*Pereira, António: 582.
Pereira, Isabel: 479.
*Pereira, João: 46, 293, 421, 442, 443, 445, 575, 581.
Pereira, Júlio: 84.
*Pereira, Rui: 80, 454, 478, 479, 561, 562.
Pereira da Costa, F. A.: 465, 471, 483, 485.
Pereira da Silva, António Gonçalves: 287, 400.
Pereira (Povoação de): 19, 21.
Pereyra, Carlos: 275, 334.
Peres, Diogo: 22.
*Peres, Fernão: 77.
Perez, Alonso: 307.
Pernambuco: 57, 63, 64, 80, 99, 102, 108, 116, 118, 124, 127, 128, 134, 162, 170, 171, 175, 179, 236, 402, 404, 449, 451 - 498, 514, 526, 550, 552, 554, 556, 568, 569.
Peru: 314, 333, 334, 336, 345, 349, 350, 353, 355, 356, 358, 394.
Peruibe: 318.
*Pestana, Inácio: 535.
*Pina, António de: 46, 575.
Pina, Mateus de: 77.
*Pina, Sebastião de: 194, 563.
Pimenta, Bernardo Sanches: 225, 234, 235.
Pimentel, D. Ana: 542.
Pindobuçu (índio): 369, 370, 374.
*Pinheiro, Simão: XXVII, 69, 464, 570, 578.
Pinheiro da Fonseca: 278.
*Pinto, Francisco: 77, 442, 496, 511, 513, 521, 525, 527, 528, 583.
Pinto Ireneu: 503, 504.
*Pinto, João: 584.
*Pinto, Sebastião: 583.
Pio V (S.): 345.
Piquerobi (índio): 290, 292.
Pirá-Obig (índio): 232.
Piragibe (índio): 502, 503.
Piraguaçu (índio): 247.
Pirajá da Silva, M. A.: 29.
Piratininga: 367, 377, 543. Vide *S. Paulo.*
*Pires, Ambrósio: 40, 60, 61, 151, 197, 198, 206, 209, 478, 561.
*Pires, António: 18, 24, 61, 63, 64, 108, 454, 473, 477, 478, 494, 560.
*Pires, Belchior: 571, 572.
*Pires, Custódio: 325, 327, 400, 583.
Pires, Domingos: 84.
*Pires, Francisco: 35, 59, 61, 62, 190, 191, 197, 205, 208, 235, 253, 273, 276, 363, 560.
Pizarro de Sousa Azevedo e Araújo, José: 413, 434.
Placência: 85.
Plante, Francisco: 466.
Plínio: 21.
*Polanco, João Afonso: XXX, 17, 18, 84, 277, 560, 561, 575.
Polónia: 12.
Portela de Tamel: 240.
Pôrto: XXII, 294, 404, 570.
Pôrto de D. Rodrigo: 219.
Pôrto Seguro: 40, 55, 59, 60, 62, 63, 81, 86, 109, 197-212, 214, 223, 237, 242, 251, 261, 276, 317, 403, 501.
Pôrto Seguro, Visconde de: XI, XXXI, XXXII, 19, 26, 112, 128, 192, 193, 235, 282, 284, 288, 315, 362, 363, 405-407, 421, 446, 499, 510, 526, 527.
Portugal: passim.

Potosi : 355.
Prado, Eduardo : XXV.
Preto, Manuel : 185.
Quadros, Diogo de : 448, 449.
*Queiroz, Miguel de : 576.
*Quintal, Manuel do : 224.
Ramalho, João : 57, 80, 255, 259, 270, 271, 274, 282, 284-286, 292, 305.
Ramalho, Manuel : 225.
Ramírez de Velasco, João : 346, 354.
*Ramos, Domingos : 534.
Ramos, Jorge de : 321.
Rangel, Cosme : 151.
Ratti, Aquiles (Pio XI) : 16.
*Ravignan, Xavier de : 148.
*Rebelo, Amador : XXXI, 137-139, 141, 142, 157, 192, 212, 242, 246, 325, 348, 353, 449, 508.
*Rebelo, Francisco : 580.
Rebelo da Silva : 137.
Recife : 460, 487-489.
*Rêgo, Miguel do : 564, 581.
*Rêgo, Simão do : 576.
Rezende de Taubaté, Modesto : 209.
Ribadaneira, João de : 219.
Ribeiro, António (1.º) : 189.
*Ribeiro, António (2.º) : 293, 535, 582.
*Ribeiro, Francisco : 577.
*Ribeiro, Francisco Xavier : 536.
*Ribeiro, Joaquim : 536.
*Ribeiro, Manuel : 77, 535.
Ribeiro, Vítor : 138.
Ribeiro da Fonseca : 397.
Ribera : 335, 394.
*Ricard, Robert : XXXI, 18.
*Rijo, Jorge : 58, 208.
Rio Branco, Barão de : 388.
Rio Anhangabaú : 270.
— Anhembi : 334 ; Vide Tietê.
— Ararungaba : 328.
— Buranhém : 205.
— de Camaçaripo : 154.
— de Cerenambitipe : 210, 211.
— Cerinhaia : 210.
— Cricaré : 230.
— das Contas : 155.
— Doce : 222, 223, 245.
— do Frade : 209.
— Graminuã : 212.
— Grande do Norte : 109, 513-529, 557- -559.
— Grande do Sul : 175, 321, 325, 326, 330.
— Guaraipe : 255.
— Guaraparim : 242.
— de Ibai : 319, 333, 352.
— de Ibirapitanga : 154.
— Iguaçu : 334.
— Ipiranga : 306.
— Jacuim-mirim : 154.
— de Jacuim-açu : 154.
— Jacuípe : 152, 154.
— de Janeiro : 49, 64, 69, 77, 80, 95, 99, 109, 116-120, 124-128, 160, 170, 171, 175, 176, 177, 179, 185, 208, 214, 215, 224, 227, 233, 236, 238, 239, 248, 260, 264, 292, 300, 305, 310, 313, 327, 345, 357, 359- -436, 461, 545-547, 567, 570.
— de Joanes : 154, 177.
— de Juaguaripe : 164.
— Macacu : 418-420, 432, 434.
— Mondai : 334.
— Mondego : 158, 399.
— Paraguai : 394.
— Paraíba : 286, 292, 372, 426, 431.
— Paraná : 271, 326, 333, 334.
— Parnaíba : 184.
— Paranapanema : 352.
— dos Patos : 318, 322-324, 344.
— Piauí : 440.
— Piquiri : 333, 334, 351, 352.
— de Piratininga : 251, 256, 257.
— da Prata : 219, 270, 275, 311, 342, 344, 346, 347, 353.
— Real : 168, 355, 440, 443-445, 448.
— de S.to António (P.º Seg.º) : 212.
— de S.to António (ao Sul) : 334.
— de S. Francisco : 184, 450.
— de S. Francisco (S.ta Cat.a) : 256, 327.
— de S. Mateus (Esp.º S.º) : 230.
— Sêco : 222.
— Tejo : 399.
— Tibagi : 333.
— Tibaíba : 334.
— Tietê : 270, 333.
— de Tramandataí : 330.
— de Vaza-Barris : 441, 448.
— Vermelho : 93, 153.
— Umbiaçaba : 305.
— Uruguai : 326.
Reritiba : 243, 330, 404, 435.
*Rivadeneira, Pedro de : 5.
*Rocha, António da : 216, 221, 232, 386, 563.
*Rocha, Martim da : 248, 310, 314, 462, 565, 566, 583.
Rocha Pombo, José Francisco da : XXXI, 207, 286, 213, 352, 358, 433, 447.
Rochel, Capitão : 490.
Rochela : 567, 570.
Rodrigues, Afonso : 551.
Rodrigues, António (1.º) : 255, 541.
*Rodrigues, António (2.º) : 93, 271, 276,

277, 301, 310, 335, 336, 386, 394, 574, 584.
*Rodrigues, Domingos : 571, 572.
*Rodrigues, Francisco (1.º) : XXXI, 5, 9, 10, 16-18, 37, 55, 60, 71, 73, 89, 90, 227, 242, 368, 560, 561.
Rodrigues, Francisco (2.º) : 441.
*Rodrigues, Inácio : 535.
*Rodrigues, Jerónimo : 248, 256, 316, 320, 326, 327, 330, 567, 583.
*Rodrigues, João : 575, 583.
*Rodrigues, Jorge : 190, 191, 313, 561, 581.
*Rodrigues, José : 537.
Rodrigues, José Vicente : 221, 397.
*Rodrigues, Luiz : 190, 237, 562, 563.
*Rodrigues, Manuel : 12, 64, 567, 583.
*Rodrigues, Miguel : 571, 572.
*Rodrigues, Pero (1.º) : XII, XXXI, 66, 135, 139, 142 ; propõe o aforamento das terras, 160, 417 ; 164, 168 ; fecha a casa de Pôrto Seguro, 204 ; 212, 244, 310, 345, 370, 418, 452, 456 ; vai da Baía a Pernambuco por terra, 487, 488 ; descreve a missão do Rio Grande do Norte, 513--526, 529 ; chega ao Brasil, 570 ; Provincial, 580 ; referências bibliográficas, 26, 59, 67-69, 75, 76, 83, 93, 100, 103, 115, 128, 135, 139, 140, 146, 161, 169, 182, 192, 203--206, 212, 215, 217, 220, 231, 242, 267, 314, 316, 317, 325, 353, 368, 372-374, 379, 384, 389, 397, 404, 407, 409, 425, 433, 452, 459, 476, 491, 502, 509, 526, 561, 570, 572.
*Rodrigues, Pero (2.º) : 576.
*Rodrigues, Salvador : 35, 58, 560.
*Rodrigues, Simão : 4, 5, 17, 18, 32, 60, 477.
*Rodrigues, Vicente : 18, 40, 58, 80, 85, 92, 180, 197, 205, 208, 221, 272, 273, 276, 289, 310, 560, 573, 581.
Roiz, Jorge : 295.
Roma : XXIII, 5, 12, 17, 32, 41, 64, 133, 135, 161, 166, 181, 203, 357, 367.
Romario Martins, Alfredo : 274, 334.
*Romero, João : 488.
Romero, Silvio : 76.
Rosa, Maria da : 473.
Rossel, Pero : 323.
Rubim, Braz da Costa : 220, 226.
*Sá, António de : 235, 451, 479, 480, 533, 575.
Sá, Duarte de : 432.
Sá, Estácio de : 177, 238, 248, 292, 305, 308, 381-387, 389, 391, 402, 404, 409, 413, 416, 419.

Sá, Gonçalo de : 407.
*Sá, Manuel de : 572, 578.
Sá, Martim de : 407, 435.
Sá, Mem de : funda a Igreja da Baía, 26, 43, 44, 80, 89 ; institue pelourinho e tronco, 89 ; secunda os Padres para a dotação dos colégios, 112, 149, 152 ; dá as terras do Camamu, 154, 155, 158 ; 164, 189, 214, 218, 240, 248, 284, 300, 342 ; toma a Ilha de Villegaignon, 375, 377, 381 ; conquista do Rio de Janeiro, 385--388 ; funda a igreja do Rio de Janeiro, 392, 407, 410 ; defende as terras dos Jesuítas, 414, 415, 418, 419 ; 446, 548.
*Saavedra, Hernandarias de : 354.
Sabino, Sebastião : 117, 118, 134, 142, 418.
Sacavém : 58.
Saint Adolphe, Milliet de : 526.
Salado : 351.
Salamanca : 4, 222.
Salazar, João de (1.º) : 323, 324, 333, 335, 339, 341.
Salazar, João de (2.º) : 341.
Salcedo, Francisco : 344-346, 348.
Saldanha da Gama, José : 420, 422.
Salema, António : 65, 102, 399, 405, 406, 416, 427, 431, 432, 458, 460, 565.
Salema, António (índio) : 432.
*Salmerón, Afonso : 4.
*Salóni ou Salónio : 310, 347, 349-351, 354-356, 440, 442, 445, 566.
Salvador (Cidade do), Vide *Baía*.
Sampaio, Teodoro : XXV, 22, 257, 270, 274, 282, 317, 318.
*Samperes, Gaspar de : 513, 516, 521, 529, 584.
San Román, António de : 174.
*Sanches, João : 582.
Sandoval Ocampo, Bartolomeu de : 354.
Sanlúcar : 323, 335.
Santa Catarina : 219, 315, 323-326, 337.
Santa Cruz, Alonso de : 262.
*Santa Cruz, Martinho de : 18.
Santa Cruz (Esp.º S.º) : 231, 243.
Santa Cruz (Fazenda) : 177, 258.
Santa Maria, Fr. Agostinho de : XXXI, 24, 28, 192, 249, 306, 451, 526.
Santarém : 97.
Santiago, Bento Dias de : 116, 124, 126.
Santiago de Jerez : 335, 351, 352, 357.
Santiago del Estero : 350, 351.
Santo André da Borda do Campo : 256--258, 273, 280-285, 298, 341, 543.

Santos: 65, 164, 169, 185, 256, 258, 261-267, 284, 292-294, 312, 313, 326, 331, 373, 407, 421.
Santos, Lúcio José : 266.
Santos, Manuel dos : 387.
S. João da Talha: 58.
S. José dos Campos: 306.
S. Paulo de Piratininga: XXIII, 45, 59, 63, 80, 92, 162, 169, 176, 177, 185, 214, 215, 223, 237, 248, 252, 253, 255-258, 262, 267, 269-314, 323, 324, 326, 333, 339, 342, 352, 355, 356, 364, 368, 370, 372, 402, 405, 423, 446, 505, 586.
*São Sebastião, João de : 575.
S. Tomé: 84.
S. Vicente: 40, 49, 57, 60, 63, 80, 81, 108, 110, 143, 162, 169, 174, 175, 178, 179, 184, 189, 218, 223, 226, 234, 237, 251-267, 269, 272, 274, 276, 277, 280, 284, 290, 291, 296, 299, 300, 315, 319, 322, 323, 331, 333, 336, 341, 342, 347, 362, 366--368, 371, 376, 377, 381, 410, 426, 431, 447, 478, 500, 501, 541, 542.
S. Vicente da Beira: 254.
Sardinha, Afonso : 312.
Sardinha, D. Pedro Fernandes : 39, 41, 57, 447.
Sarmiento, Pero : 219, 344, 499.
*Sauras, Francisco : 31.
Schmidel, Ulrich : XXXI, 243, 334--336, 341.
*Schmitt, L. : 12.
Sebastião, Rei D. : 33, 52, 113, 114, 116, 117, 139, 146, 169, 177, 399, 410, 414, 433, 456, 468, 471, 538, 545.
Schetz : 267.
Senabria, Diego de : 323, 337.
*Sequeira, Baltazar de : 69.
*Sequeira, Domingos de : 582.
*Sequeira, Inácio de : 580.
*Sequeira, Manuel de : 137.
Sergipe (de El-Rei): 154, 355, 431, 439--450.
Sergipe (do Conde): 161, 449.
Serpa: 497.
Serrano, Jónatas : 374.
Serrão, André : 234.
*Serrão, Gregório : 51, 55, 57, 63-66, 86, 87, 115, 134, 159, 162, 197, 272--274, 276, 277, 287, 313, 365, 463, 467, 540, 561, 568.
Seutterus : 352.
Sevilha: XXIII, 262, 339.
Sicília: 32.
Silva, Fernão da : 484.

Silva, Francisco da : 18.
Silva, Henrique da : 177.
Silva, Sebastião da : 441.
Simancas: XXIII.
Simões Pereira, Bartolomeu : 392, 395, 406.
Simonsen, Roberto : 184.
Sintra: 63, 222.
*Soares, Francisco (1.º) : 310, 404, 405, 407, 569, 581.
*Soares, Francisco (2.º) : XXXI, 27, 62, 68, 174, 356, 366, 381, 385, 425, 563, 566, 567.
Soares de Sousa, Gabriel : XI, XXVI, XXXI, 22, 23, 46, 99, 125, 136-138, 151, 156, 165-167, 177, 406, 411, 412, 441, 443, 469, 470.
Soares, Fernão : 225.
*Soares, Jerónimo : 581.
*Soares, Pedro : 264, 293, 310, 568, 583.
*Soeiro, João : 137, 141, 143.
*Sommervogel, Carlos : XXXII.
Sorobébé (índio) : 527.
Sorocaba: 333.
*Sousa, António de : 576.
Sousa, Fausto de : 396.
Sousa, Fernão Ribeiro de : 153.
Sousa, D. Francisco de : 137, 160, 267, 314, 418, 510, 515, 557.
*Sousa, Gaspar de : 584.
Sousa, D. Inês de : 396.
*Sousa, João de (1.º) : 276, 318, 324, 340, 574.
*Sousa, João de (2.º) : 221, 577.
Sousa, Martim Afonso de : 240, 251, 256, 257, 262, 280, 283, 298, 315, 319, 420, 541.
*Sousa, Miguel de : 462, 566.
Sousa, Pero Lopes de : 251, 264, 321.
Sousa, Tomé de : 18, 21-24, 33 ; dá aos Padres as primeiras terras, 34 ; favorece-os, 37, 39, 48, 49 ; 174, 193, 197, 221, 233, 253, 271, 281, 322 ; fecha o caminho do Paraguai, 324, 336-338, 340 ; 363, 388, 391, 560.
Sousa Fontes, José Ribeiro de : 174.
Southey, Roberto : XXXII, 292, 367, 371, 488, 489.
Staden, Hans : 361.
Studart, Barão de : XXV, XXXII, 431, 526, 528.
Sturm, J. : 73.
*Soveral, André do : 583.
Spezzia: 567.
Spix (von) : 29.
Sucre: 358.
Surubi (índio) : 441-443.
*Taño, Francisco Diaz : 307.

Taques, Pedro : 257, 282.
Tarija : 358.
Taunay, Afonso de E. : XXV, XXXII, 175, 278, 282, 287, 292, 294, 295, 307, 313, 341, 348, 586.
Tavares, João : 503.
*Tavares, Mateus : 578.
*Tavares, Pero : 582.
Tavares de Lira, Augusto : 85, 513.
*Távora, Manuel de : 567.
*Techo (Dutoit), Nicolas del : XXXII, 355-358.
Tefé, Barão de : 373.
Teixeira, António José : 97, 141.
Teixeira de Barros : 24.
Teixeira, Álvaro : 417.
Teixeira, João : 586.
Teixeira Pinto, Bento : 84, 237.
*Teixeira, Francisco : 568.
Teixeira, Rui (L.do) : 497.
*Teles, Baltazar : XXXII, 17, 20, 366, 561.
Teles, Braz : 209.
Teles Barreto, Manuel : 19, 53, 67, 82, 101, 118, 125-127, 136, 156, 261, 346, 412, 447, 460.
*Telo, Barnabé : 569.
Tempête, Pierre : 88.
*Tenreiro, Manuel : 571, 579.
*Teschauer, Carlos : 330, 352.
Thevet, André : 181, 362, 363.
Tibiriçá, Martim Afonso : 255, 270, 278, 281, 286, 289-292, 296.
Tinharé, 155.
*Tinoco, Pero : 580.
Tipitã (índio) : 441.
Tojal : 571.
Toledo, Francisco Eugénio de : 306.
*Toledo, Pero de : XXVII, 69, 404, 464, 465, 503, 525, 527, 528, 567, 583.
Toledo Piza, António de : 279, 282, 312.
*Tolosa, Inácio : 26, 51, 63, 68, 77, 78, 85, 137, 160, 161, 207, 221, 222, 265, 310, 350, 393, 400, 403, 404, 407, 426, 431, 432, 439, 444, 453, 462, 465, 486, 565, 578 ; referências bibliográficas, 29, 65, 66, 68, 76, 78, 116, 222, 265, 324, 373, 407, 440, 442, 446, 565, 572.
Tomaz (S.) : 79.
Tomé de Jesus, Fr. : 18.
Toríbio (S.) : 346.
*Tôrres, Miguel de : 60, 62, 164, 342, 380, 479, 562.
Tourinho, Pero do Campo : 206.
*Travassos, Simão : 464, 500, 503, 504, 568, 583, 591.

Trento : 161.
*Tristão, Manuel : 579.
Tubarão (índio) : 328.
Tucumã : 345-350, 353, 357.
Ubatuba : 368.
Uruguai : 358.
*Valada, Manuel : 571, 572.
Valcácere, Paulo : 465, 466.
Vale, António do : 574.
*Vale, Leonardo do : 273, 293, 305, 381, 387, 574.
Vale Cabral : XXV.
*Vale-Régio, Alexandre : 26, 52, 116, 133, 134, 137, 142, 355, 467, 567, 568.
*Valente, Cristóvão : 580.
*Valente, Luiz : 497, 575, 584.
Valladolid : 135, 136.
Varnhagen : Vide Pôrto Seguro, Visconde de.
Vasconcelos, Bartolomeu de : 377.
*Vasconcelos, Simão de : XII, XIV, XXI, XXXII, 17, 19, 20, 22, 24, 48, 58, 59, 61-65, 173, 180, 193, 206, 214, 215, 222, 224, 231, 232, 237, 238, 240, 243, 247, 252-255, 258, 267, 269, 271-274, 276-279, 282, 284-286, 288, 290-292, 296, 299, 302, 304, 313, 316, 319, 323, 325, 330, 335, 338, 341, 343, 364, 366, 368, 369, 372, 374, 377, 381, 382-387, 389, 394, 398, 402, 409, 410, 423, 425, 447, 451, 458, 476, 477, 479, 480, 485, 493, 533, 561-564, 566, 573, 574, 576.
Vascongadas : 3.
Vaz, Afonso : 225.
*Vaz, Gonçalo : 563.
Vaz, Marçal : 65, 419.
*Vaz, Martim : 569.
*Vaz, Sebastião : 580.
Velha, Francisca : 153.
*Velho, Jorge : 575.
*Veloso, Jerónimo : 504, 576, 580.
Veneza : 5, 68.
*Ventedio, Baiardo : 568.
Ventura Fuentes : 19.
Viana, António Ferreira : XXV.
Viana, Francisco Vicente : XXXII, 212.
Viana, Hélio : 85.
Viana do Castelo : 67.
Vicente da Silva, Manuel : XXV.
Vicente do Salvador, Fr. : XXXII, 22, 85, 192, 194, 206, 207, 240, 346, 396, 432, 440, 447, 450, 483, 500, 502, 513, 526.
*Viegas, António : 534.

*Viegas, Gonçalo : 568.
*Viegas, Francisco : 200, 562, 563.
*Viegas, Manuel : 45, 293, 575.
*Vieira, António : 24, 74, 76, 84, 92, 96, 406, 533.
Vieira de Almeida : 303.
Vieira Fazenda : 177, 384, 425, 433.
Vieira Ferreira : 387.
Viena de Áustria : 27.
Vila de Itaporanga : 441.
— *de Moreira :* 294, 574.
— *de Santa Cruz* (Pôrto Seguro) : 210, 211.
— *de Santa Fé :* 351.
— *de Santo Amaro :* 198, 207, 210.
— *Nova de El-Rei :* 434.

— *Real de Trás-os-Montes :* 446, 501.
— *Rica :* 335, 351, 352, 354, 357, 358.
— *Velha :* 19, 21, 63.
— *de Vitória :* 58, 215, 221, 226, 232.
Villegaignon, Nicolas Durand de : 181, 218, 362, 364, 369, 370, 375, 376, 379, 380.
Villegas, Catalina de : 336.
Virgílio : 75, 80.
*Vitelleschi, Múcio : 31.
Vitória, D. Francisco : 344-346, 348.
Withrington, Roberto : 347.
Xavier, S. Francisco : X, 4, 5, 17.
*Yate, João Vicente : XXXII, 220, 221, 266, 568, 581.
Zúniga, Juan de : 137.

Índice das Estampas

Manuel da Nóbrega . . . .
Baía de Todos os Santos . . . .
Baía — Planta da Cidade . . . .
Plano da Igreja e Colégio da Baía . . . .
Igreja e Colégio da Baía . . . .
Padrão da fundação do Colégio da Baía . . . .
S. Jorge de Ilhéus — Camamu — Boipeba . . . .
Espírito Santo e Aldeia de Reis Magos . . . .
S. Vicente — Santos . . . .
S. Paulo — o Pátio do Colégio . . . .
Costa do Rio de Janeiro a S. Vicente . . . .
Rio de Janeiro — Baía de Guanabara . . . .
Pernambuco — Vila de Olinda . . . .
Mapa da Expansão da Companhia de Jesus no Brasil . . . . .

Corrigenda

Não obstante revisão cuidadosa, alguns lapsos aparecerão, inevitàvelmente, numa obra de tamanho volume. Remetemo-los à boa inteligência do Leitor. Entretanto, notamos os seguintes:

Pág.	85,	nota 1	leia-se	Tavares de Lira
»	184,	linha 25-26	»	António Pedroso
»	222,	nota 1	mudem-se	as referências bibliográficas da linha 7 para depois da linha 12
»	230,	linha 9	leia-se	século XVII
»	324,	» 15	»	enviado de Lisboa
»	352,	» 17	»	Paranapanema
»	368,	» 3	»	região de Ubatuba
»	418,	» 36	»	Álvaro Fernandes
»	441,	» 4	»	intenções do índio
»	485,	» 6	»	irmão de sua mãi, D. Brites
»	571,	» 7	suprima-se	que foi subministro 30 anos

ÍNDICE GERAL

	PÁG.
PREFÁCIO	IX
INTRODUÇÃO BIBLIOGRÁFICA	XIX

LIVRO PRIMEIRO
A EMPRÊSA DO BRASIL

CAP. I — **Pressuposto histórico**: 1 — Santo Inácio de Loiola; 2 — Fundação da Companhia de Jesus; 3 — Fórmula do Instituto; 4 — As Constituïções; 5 — O govêrno da Companhia; 6 — Observância religiosa; 7 — Os Exercícios Espirituais 3

CAP. II — **Os Jesuítas na Baía de Todos os Santos**: 1 — Padre Mestre Simão Rodrigues; 2 — P. Manuel da Nóbrega e companheiros; 3 — Armada e viagem do Governador Geral Tomé de Sousa; 4 — Desembarque; 5 — Fundação da cidade do Salvador e da Capela da Ajuda; 6 — Fundação da Igreja do Colégio; 7 — Relíquias; 8 — Projecto de nova Igreja 17

CAP. III — **O Colégio dos Meninos de Jesus**: 1 — A instrução, meio de catequese; 2 — Dificuldades económicas; 3 — A chegada dos órfãos de Lisboa; 4 — Contradições do Bispo; 5 — Supressão do Colégio; 6 — Destino dos órfãos 31

CAP. IV — **Colégio de Jesus da Baía**: 1 — O Terreiro de Jesus; 2 — A construção do Colégio; 3 — Planos arquitectónicos; 4 — Reitores 47

CAP. V — **Educação e instrução**: 1 — O «Ratio Studiorum»; 2 — Letras Humanas; 3 — O Curso de Artes; 4 — Teologia moral; 5 — Teologia especulativa; 6 — Os Estudantes; 7 — Os Estudantes externos; 8 — Os Professores; 9 — Disciplina colegial; 10 — Férias; 11 — Graus académicos; 12 — Prémios e festas literárias 71

LIVRO SEGUNDO
MEIOS DE SUBSISTÊNCIA

CAP. I — **Dotação real**: 1 — A pobreza religiosa e a necessidade de bens; 2 — Informações para o sustento dos Colégios; 3 — O alvará de D. Sebastião, de 7 de Novembro de 1564; 4 — Escrúpulos e dificuldades; 5 — Parecer do Visitador Cristóvão de Gouveia; 6 — Pagamento em açúcar 107

Cap. II — **Procuratura em Lisboa:** 1 — Atribuïções do Procurador; 2 — Na côrte de Filipe II; 3 — Contas da Província do Brasil; 4 — Permutas, compras e vendas 131

Cap. III — **Terras e heranças:** 1 — Razão de se possuírem terras; 2 — Terras do Colégio da Baía; 3 — Camamu; 4 — Contratos e enfiteuses; 5 — Heranças; 6 — Litígios; 7 — O navio da Companhia 149

Cap. IV — **Indústria pastoril e agrícola:** 1 — Criação de gado; 2 — Indústria agrícola; 3 — Canaviais: 4 — Os bens da Companhia 173

LIVRO TERCEIRO

A CAMINHO DO SUL

Cap. I — **Capitania de S. Jorge de Ilhéus:** 1 — Chegada dos Padres e construção de edifícios; 2 — Defesa contra os Aimorés e piratas; 3 — Ministérios; 4 — Obstáculos e imprudências 189

Cap. II — **Capitania de Pôrto Seguro:** 1 — Os primeiros Padres; 2 — Condições morais e económicas da terra; incêndios; 3 — Trabalhos apostólicos; 4 — Conflito com as autoridades locais; 5 — A ermida e peregrinação de Nossa Senhora da Ajuda; 6 — Actividade nas Vilas e Aldeias da Capitania . 197

Cap. III — **Capitania do Espírito Santo:** 1 — Estado da Capitania; 2 — Ministérios; 3 — Acção contra os piratas franceses; 4 — Acção contra os piratas ingleses; 5 — A Igreja de Santiago; 6 — Situação económica. 213

Cap. IV — **Aldeias do Espírito Santo:** 1 — Características gerais; 2 — Aldeias do Maracajaguaçu ou da Conceição; 3 — Aldeia de S. João; 4 — Aldeia de Guaraparim; 5 — Aldeia dos Reis Magos; 6 — Reritiba. 229

Cap. V — **Capitania de S. Vicente:** 1 — Situação da Capitania de S. Vicente à chegada dos Jesuítas; 2 — Colégio dos Meninos de Jesus; 3 — Terras e bens; 4 — Zêlo e actividade dos Padres; 5 — Os Jesuítas no pôrto de Santos. 251

Cap. VI — **São Paulo de Piratininga:** 1 — Fundação de São Paulo; 2 — Os fundadores; 3 — Os primeiros edifícios; 4 — A mudança de Santo André da Borda do Campo; 5 — Guerras; 6 — O Colégio de Jesus; 7 — As Aldeias dos Jesuítas; 8 — Actividade apostólica 269

Cap. VII — **Ao sul de S. Vicente:** 1 — Os Jesuítas em Itanhaém; 2 — Em Iguape; 3 — Na Cananeia; 4 — Entre os Carijós; 5 — Missão dos Padres João Lobato e Jerónimo Rodrigues 315

PÁG.

Cap. VIII — **Fundação da Missão do Paraguai:** 1 — Primeiras tentativas dos Padres da Assistência de Portugal; 2 — Expedição de 1586 e entrada no Paraguai; 3 — Trabalhos e actividade dos Padres idos do Brasil 333

LIVRO QUARTO

RIO DE JANEIRO

Cap. I — **Conquista e fundação do Rio de Janeiro:** 1 — Os Jesuítas no Rio, antes de Villegaignon; 2 — Expedições contra os Índios Tamóios; 3 — O armistício de Iperoig por Nóbrega e Anchieta; 4 — A tomada do Forte Coligny; 5 — Villegaignon tenta trazer para o Brasil Jesuítas franceses; 6 — A campanha de Estácio de Sá; 7 — A parte dos Jesuítas na fundação da capital do Brasil 361

Cap. II — **O estabelecimento da Companhia no Rio de Janeiro:** 1 — A igreja de S. Sebastião; 2 — Relíquias; 3 — Os Jesuítas e a defesa da cidade; 4 — Construção do Colégio; 5 — Os primeiros estudos no Rio; 6 — Os Reitores; 7 — Os Jesuítas e as autoridades civis 391

Cap. III — **Fontes de receita:** 1 — A dotação do Colégio do Rio; 2 — Terras e prédios; 3 — Terras de Iguaçu; 4 — Terras de Macacu; 5 — Fazenda de Santa Cruz 409

Cap. IV — **Aldeias do Rio de Janeiro:** 1 — Aldeia de Geribiracica ou de Martinho; 2 — A expedição de Cabo Frio; 3 — Aldeia de S. Lourenço; 4 — Aldeia de S. Barnabé 423

LIVRO QUINTO

RUMO AO NORTE

Cap. I — **Sergipe de El-Rei:** 1 — Aldeias de Cereji; 2 — Guerra e destruição das Aldeias; 3 — Conquista de Sergipe; 4 — Sesmaria e missões dos Jesuítas; 5 — O Rio de São Francisco . 439

Cap. II — **Pernambuco: Estabelecimento:** 1 — Igreja de Nossa Senhora da Graça; 2 — Colégio de Olinda; 3 — Estudos; 4 — Reitores do Colégio; 5 — Terras do Colégio; 6 — Dotação real 451

Cap. III — **Pernambuco: Actividade apostólica:** 1 — Situação moral da Capitania; 2 — O Donatário Duarte Coelho; 3 — Abertura definitiva do Colégio de Olinda em 1568; 4 — Contradições do clérigo António de Gouveia, o «padre nigromante»; 5 — Reconciliações agenciadas pelos Jesuítas; 6 — Harmonia com os Donatários; 7 — Projecto de casa no Recife

		PÁG.

8 — Saque do Recife pelos piratas ingleses e derrota que sofreram; 9 — Ministérios na Vila de Olinda; 10 — Missões pelos Engenhos; 11 — Aldeias de Índios 473

Cap. IV — **Paraíba:** 1 — Conquista de Paraíba; 2 — Missões; 3 — Retiram-se os Jesuítas por oposição de Feliciano Coelho e dos Padres Franciscanos 499

Cap. V — **Rio Grande do Norte:** 1 — Conquista do Rio Grande; 2 — Actividade e pazes agenciadas pelos Padres Francisco de Lemos e Gaspar de Samperes; 3 — O P. Francisco Pinto e os Índios principais «Pau-Sêco» e «Camarão Grande»; 4 — Pazes gerais com os Índios Potiguares 513

APÊNDICES

Apêndice A — Scriptores Provinciae Brasiliensis 533

» B — Padrão de Redízima de todos os dízimos e direitos que pertencerem a El-Rei em todo o Brasil de que Sua Alteza faz esmola pera sempre pera sustentação do Collegio da Baya (1564) 538

» C — Confirmação das terras que Pero Correia deu à Casa da Companhia da Ilha de S. Vicente (1542-1553) 541

» D — Sesmaria de Geraïbatiba (1560) 543

» E — Da fundação do Collegio do Rio de Janeiro (1568) . . . 545

» F — Enformación delas tierras del Macucu para N. P. General [Enviada pelo Visitador Cristóvão de Gouveia — 1585] . . 548

» G — Representação da Câmara de Olinda ao P. Geral (1577) . . 550

» H — Treslado do Padrão do Collegio de Pernãobuco (1576) . . 552

» I — Relação das cousas do Rio Grande, do sítio e disposição da terra (1607) 557

» J — Catálogo das Expedições Missionárias de Lisboa para o Brasil (1549-1604) 560

» K — Catálogo cronológico dos primeiros Jesuítas recebidos no Brasil (1549-1566) 573

» L — Catálogo dos PP. e Irmãos da Prouincia do Brasil em Jan.ro de 601 578

» M — Estampas e Mapas. 585

Índice de nomes. 587
Índice de estampas 604
Corrigenda 605

Imprimi potest
Olysipone, 25 Februarii 1938.
Paulus Durão S. I.
Praep. Prov. Lusit.

Pode imprimir-se
Pôrto, 30 de Abril de 1938.
† *A. A.*, Bispo do Pôrto.

PLANO DA IGREJA E COLÉGIO DA BAÍA

Redução do 2.º e com os dizeres do 1.º e 3.º que se encontram em Roma (Gesù. *Colleg. 13*).

SERAFIM LEITE S. I.

HISTÓRIA DA COMPANHIA DE JESUS NO BRASIL

TOMO II

(Século XVI — A OBRA)

EDITORA ITATIAIA
Belo Horizonte

Itapoam
R. de Joana
R. doçe
R. Vermelho
ÇIDADE. DO SAL
VADOR
S. Ant.º
Emgenho
del Rey
dos minimos
Baixo em que tocou
a nao Jhus

HISTÓRIA
DA
COMPANHIA DE JESUS
NO
BRASIL

Tela antiga, no Gesù, Roma.

VEN. P. JOSÉ DE ANCHIETA

Apóstolo do Brasil
Taumaturgo do Novo Mundo

SERAFIM LEITE, S. I.

HISTÓRIA
DA
COMPANHIA DE JESUS
NO
BRASIL

TÔMO II

(Século XVI—A OBRA)

1938

LIVRARIA PORTUGÁLIA
Rua do Carmo, 73
LISBOA

CIVILIZAÇÃO BRASILEIRA
Rua 7 de Setembro, 162
RIO DE JANEIRO

CHRONICA DA PROVINCIA DO BRASIL

Frontispício da 1.ª edição (1663)
Magnífica alegoria com representação da fauna e flora brasileira

AO BRASIL

na véspera e ante-véspera de dois grandes centenários:

o da fundação de PORTUGAL *(1139-1939)*

o da fundação da COMPANHIA DE JESUS *(1540-1940)*

que criaram e formaram a grande nação brasileira.

É grato ao nosso coração que os três nomes de

BRASIL — PORTUGAL — COMPANHIA DE JESUS

*tão intimamente unidos nas páginas desta história
fiquem unidos aqui também numa só*

HOMENAGEM.

FORTALEZA DOS REIS MAGOS — RIO GRANDE DO NORTE (1597-1598)

Traçada pelo P. Gaspar de Samperes, que, antes de ser Jesuíta, tinha sido engenheiro militar
(Do livro «Rezão do Estado do Brasil», *ms.* da Bibl. do Pôrto)

NOTA LIMINAR

> «Primam esse historiae legem, ne quid falsi dicere audeat; deinde ne quid veri non audeat». — LEÃO XIII, *Breve* De studiis historicis, *de 18 de Agôsto de 1883*. Cf. Actes de Léon XIII *(Paris 1925) 207*.

Êste II Tômo da HISTÓRIA DA COMPANHIA DE JESUS NO BRASIL *conclue a matéria do século XVI. Não retomaremos o Prefácio que, no anterior, dá o sentido geral de ambos. No entanto, importa recordar que o Primeiro, ocupando-se do Estabelecimento da Companhia no Brasil, além de outros aspectos, tem um particular de expansão e unidade, ao passo que êste Segundo, tratando da Obra, envolve sobretudo um pensamento de formação.*

Completam-se mùtuamente.

E, de um e de outro, surge a fisionomia do Brasil, sobretudo a fisionomia espiritual, nos seus tempos heróicos.

Confeiçoam-na muitos factores. Plano colonizador de Nóbrega, trabalho e liberdade dos Índios, conquista das almas pela catequese, vida sacramental, vida da Companhia na sua actividade orgânica e nas suas relações externas, influxo directo na vida social da Colónia. Portanto, as grandes figuras do século XVI no seu ambiente civil, político e religioso. E também as primeiras manifestações artísticas, literárias e científicas, as primeiras entradas ao sertão, os primeiros choques de raças, as primeiras batalhas para moldar, em formas elevadas, a moralidade individual e pública do Brasil. Pontos essenciais, todos, da sua formação, cujo estudo requere simultâneamente circunspecção e amplo critério.

¿ Tê-lo-emos conseguido ?

Pelo menos, procurámo-lo com serenidade e lisura. Cremos que estas páginas concorrerão não só para uma compreensão mais realista da Companhia de Jesus, como instrumento eficaz de civilização cristã, mas também para o conhecimento mais perfeito de Portugal, como nação colonizadora; e, ao mesmo tempo, para uma visão mais funda das origens do Brasil, distinguindo, nos seus alicerces históricos, os elementos vitais com que a maior nação latina se foi organizando, engrandecendo e formando.

Não ignoramos o melindre de certas páginas. Para possíveis estranhezas, invocamos a liberdade que, recordando Cícero, nos concede e impõe Leão XIII:

O que é falso, ninguém ouse dizê-lo; o que é verdade, ninguém se atreva a omiti-lo...

Aliás, em história, como nos quadros, as sombras teem a sua função própria. Teem sobretudo uma vantagem: a de pôr em relêvo a luz que irradia de uma obra grande e vasta.

E tal é, a consenso de todos, a obra da Companhia de Jesus no Brasil. (Cf., no fim, o último Apêndice).

Introdução bibliográfica

A *Introdução Bibliográfica* do Tômo I abrange todo o século XVI e, portanto, também êste Tômo II. Para êle remetemos o Leitor. Convém, contudo, ter à mão, no mesmo volume, as siglas dos Arquivos e os nomes, por extenso, dos manuscritos e impressos, que, pela sua freqüente utilização, citamos abreviadamente. Mas, para não alongar, omitimos, na enunciação das espécies manuscritas, as elucidações já insertas no I Tômo; e na bibliografia impressa suprimimos alguns nomes, não utilizados agora, acrescentando outros. — *Entre cancelos, o modo de citação.*

A) FONTES MANUSCRITAS

I — Arquivos

Archivum Societatis Iesu Romanum:
    Brasilia   [*Bras.*]
    Lusitania   [*Lus.*]
    Congregationes   [*Congr.*]
    Historia Societatis Iesu   [*Hist. Soc.*]
    Epistolae Nostrorum   [*Epp. NN.*]
    Epistolae Externorum   [*Epp. Ext.*]
    Opera Nostrorum   [*Opp. NN.*]
    Vitae   [*Vitae*]

Fondo Gesuitico, Roma, Piazza del Gesù, 45   [Gesù]
Biblioteca Nazionale Vittorio Emanuele   [Bibl. Vitt. Em.]
Archivio Segreto Vaticano   [Vaticano]
Biblioteca Nacional de Lisboa, fundo geral   [BNL, fg.]
Arquivo Nacional da Tôrre do Tombo   [Tôrre do Tombo]
Arquivo Histórico Colonial   [Arq. Hist. Col.]

II — Algumas espécies

a) « *Annual do Collegio da Cidade de S. Sebastião do Rio de Jan.ro e das residencias a elle suietas do anno de 1573 do p.e Oliveira* [Gonçalo]. Deste Collegio de S. Sebastião cidade do Rio De Janeiro, de Nouēbro de 1573 ». Na BNL, fg. 4532, f. 36v-39 em *Bras. 15*, 233-238. Citamos o exemplar da Bibl. Nac. de Lisboa. [Oliveira, *Anual do Rio de Janeiro*, f. . .].

b) « *Capitolos que Gabriel Soares de Sousa deu em Madrid ao Senhor Dom Christouão de Moura contra os Padres da Companhia de Jesu que residem no Brasil com hũas breves respostas dos mesmos padres que delles forão auisados por hum seu parente a quem elle os mostrou*. — *Bras. 15*, f. 383-389. [*Capítulos* . . .].

c) « *Enformação e copia de certidões sobre o Governo das Aldeias*, Tôrre do Tombo, *Jesuítas*, maço 88, ainda não ordenado; o seu título primitivo, dentro, é: « *De quam importante seia a continuação da residencia dos Padres da Companhia de Jesu da Prouincia do Brasil das Aldeias dos Indios naturaes da terra, assi pera o bem de suas almas e serviço de Deus e de Sua Magestade como o bem temporal de o Estado e moradores delle* ». [Tôrre do Tombo, *Enformação e Certidões* . . .].

d) *Discurso das Aldeias*. Encontra-se em *Bras. 15*, 1-10v, com o título de *Informação do Brasil e do descurso das Aldeas e mao tratamento que os indios receberao sempre dos Portugueses e ordens del Rei sobre isso*. Existe outra cópia no mesmo códice, f. 340-350. Êste manuscrito foi publicado com o rótulo de *Trabalhos dos Primeiros Jesuítas*, segundo o exemplar da Biblioteca de Évora, cod. CXVI, 1-33, f. 56 e seguintes, e com o título de *Informação dos primeiros aldeamentos*, nas *Cartas* de Anchieta (pp. 212-247). Para efeitos de citação, por ser mais acessível, utilizamos a publicação feita nas *Cartas* de Anchieta, indicando a respectiva paginação. [*Discurso das Aldeias*, p . . .].

e) *Historia de la fundacion del Collegio de la Baya de todolos Sanctos, y de sus residentias*. *Bras. 12*, 1-46v. Publicada nos *Annaes da Bibliotheca Nacional*, XIX (Rio 1897) 75-121, segundo o códice da Bibl. Vit. Em., de Roma. [*Fund. de la Baya* . . . paginação do ms.; entre parênteses a dos *Annaes*].

f) *Historia de la fundacion del Collegio del Rio de Henero y sus residencias*, em *Bras. 12*, 47-59v. Publicada, como a anterior, nos *Annaes*, XIX, 47-138 [*Fund. del Rio de Henero* . . . paginação do ms.; a dos *Annaes*, entre parênteses].

g) *Historia de la fundacion del Collegio de la Capitania de Pernambuco*, *Bras. 12*, 60-76v. Publicada pela Bibl. Pública do Pôrto, 1923, conforme o manuscrito existente na mesma Biblioteca; e pela Bibl. Nacional do Rio, *Annaes*, XLIX, mediante confrontação nossa com o exemplar do Arquivo da Companhia, e com notas eruditas de Rodolfo Garcia. [*Fund. de Pernambuco* . . . paginação do ms.; entre parênteses, a da Separata dos *Annaes*].

h) António de Matos, *De Prima col/legij Flumi/nis januarij Institutione/et quib'/dein/ceps addita/mentis excreuerit/* = Reuerendo admodũ Patri nostro Mutio Vi/telleschio Praeposi/to Generali Soc/ietatis IESU. Em Roma, Fondo Gesuitico del Gesù, Collegia, n.º 201 (Rio de Janeiro). [Matos, *Prima Inst.*]

B) BIBLIOGRAFIA IMPRESSA

Indicamos aqui *ùnicamente* as obras, cuja citação mais freqüente nos levou a abreviá-la. No *Índice de nomes*, no fim, constarão também os demais autores.

ACIOLI, Inácio — Braz do AMARAL. — *Memorias historicas e politicas da Bahia.* vol. I, Baía, 1919. [Acioli — Amaral, *Memórias* ...].
AFRÂNIO PEIXOTO, J. — *Primeiras Letras*, Rio, 1923. [Afrânio, *Primeiras letras*...]
AMARAL, José Álvares do. — *Resumo Chronologico e Noticioso da Bahia, desde o seu descobrimento em 1500.* — Revisto e consideravelmente annotado por J. Teixeira Barros. Na *Revista do Instituto Histórico e Geográfico da Baia*, 47 (1922) 71-559. [Amaral, *Resumo Chronologico*...]
ANCHIETA, José de. — Vd. *Cartas Jesuiticas.*
ANDRADE E SILVA, J. J. de. — *Collecção Chronologica da legislação portuguesa.* 10 vol., Lisboa 1854-1859. [Andrade e Silva, *Collecção Chronologica*, I, ...]
Annaes do Archivo Publico e Museu do Estado da Bahia. Em curso de publicação. [*Annaes da Baia*...]
Annaes da Bibliotheca Nacional do Rio de Janeiro, 49 volumes, 1876-1927. [*Annaes*...]
Annuae Litterae Societatis Iesu anni 1581 ad Patres et Fratres eiusdem Societatis. Romae, in Collegio eiusdem Societatis, 1583, cum facultate Superiorum. As *Cartas Ânuas* seguintes durante algum tempo mantiveram o mesmo título, mudadas só as datas do ano, a que correspondem, e da impressão. Ei-las, para o século XVI: *1583*, Romae, 1585; *1584*, Romae, 1586; *1585*, Romae, 1588; *1586-1587*, Romae, 1589; *1588*, Romae, 1590; *1589*, Romae, 1591; *1590-1591*, Romae, 1594; *1594-1595*, Neapoli, 1604; *1597*, Neapoli, 1607. [*Ann. Litt. 1581*, p ...]
AZEVEDO MARQUES, Manuel Eufrásio de. — *Apontamentos Historicos, Geographicos, Biographicos, Estatisticos e Noticiosos da Provincia de S. Paulo*, 2 vol., Rio de Janeiro, 1879. [Azevedo Marques, *Apontamentos*...]
CA. — Vd. *Cartas Jesuiticas.*
CAPISTRANO DE ABREU, J. — Vd. Pôrto Seguro.
CARDIM, Fernão. — *Tratados da Terra e Gente do Brasil*, Introdução e Notas de Baptista Caetano, Capistrano de Abreu e Rodolpho Garcia, Rio, 1925. [Cardim, *Tratados*...]
CARDOSO, Jorge. — *Agiologio Lusitano dos Sanctos e Varoens illustres em virtude do Reino de Portugal, e suas conquistas*, 3 vol., Lisboa, 1652-1666. [Cardoso, *Agiológio Lusitano*...]
Cartas Jesuiticas. Publicação da Academia Brasileira, Colecção «Afrânio Peixoto»: — I. Manuel da Nóbrega, *Cartas do Brasil* (1549-1560). Notas de Vale Cabral e Rodolfo Garcia, Rio, 1931. [Nóbr., *CB*...]; — II. *Cartas Avulsas* (1550-1568). Notas de Afrânio Peixoto, Rio, 1931, [*CA*...]; — III. *Cartas, Informações, Fragmentos Historicos e Sermões do Padre Joseph de Anchieta, S. I. (1554-1549).* Notas de A. de Alcântara Machado, Rio. [Anch., *Cartas*...]

CAXA, Quirício. — *Breve Relação da Vida e Morte do P. José de Anchieta, 5.º Provincial que foi do Brasil*, Lisboa 1934. [Caxa, *Breve Relação* ; cf. Serafim Leite. *Páginas*...]

Corpo Diplomático Português — *Relações com a Cúria Romana*, etc. 14 vols., Lisboa, 1862-1910. [*Corpo Diplomático*...]

Documentos Históricos. Colecção do Arquivo Nacional, Rio, 1928 e seguintes. [*Doc. Hist*...]

Documentos Interessantes para a História e Costumes de S. Paulo. Em curso de publicação. [*Doc. interessantes*...]

FIGUEIREDO RIBEIRO, José Anastasio de — *Synopsis chronologica de subsidios, ainda os mais raros para a história e estudo critico da Legislação Portuguesa mandada publicar pela Academia R. das Sciencias*, 2 vol., Lisboa, 1790. [Figueiredo, *Synopsis chronologica*, I, ...]

FRANCO, António. — *Imagem da Virtude em o noviciado da Companhia de Jesus do Real Collegio do Espirito Santo de Evora do Reyno de Portugal*, Lisboa, 1714. [Franco, *Imagem de Évora*...]

— *Imagem da Virtude em o Noviciado da Companhia de Jesus na Corte de Lisboa*. Coimbra, 1717. [Franco, *Imagem de Lisboa*...]

— *Imagem da Virtude em o Noviciado da Companhia de Jesus no Real Collegio de Jesus de Coimbra*, I, Évora, 1719; II, Coimbra, 1719. [Franco, *Imagem de Coimbra*, I, II...]

— *Synopsis Annalium Societatis Iesu in Lusitania*, Augsburgo, 1726. [Franco, *Synopsis an*...]

— *Ano Santo da Companhia de Jesus em Portugal*, Pôrto, 1931. [Franco, *Ano Santo*...]

GALANTI Rafael M. — *História do Brasil*, 2.ª ed., S. Paulo, 1911. [Galanti, *H. do B*...]

GANDAVO, Pero de Magalhãis. — I *Tratado da Terra do Brasil;* — II *História da Província Santa Cruz*. Publicação da Academia Brasileira, Rio de Janeiro, 1924. [Gandavo, *Tratado*..., *História*...]

GASPAR DA MADRE DE DEUS, Fr. — *Memorias para a historia da Capitania de S. Vicente*, 3.ª ed. (Taunay), S. Paulo, 1920. [Fr. Gaspar, *Memórias*...]

GUERREIRO, Bartolomeu. — *Gloriosa coroa d'esforçados religiosos da Companhia de Iesu mortos polla fe catholica nas conquistas dos Reynos da Coroa de Portugal*, Lisboa, 1642. [Bartolomeu Guerreiro, *Gloriosa Coroa*...]

GUERREIRO, Fernão. — *Relação Anual das coisas que fizeram os Padres da Companhia de Jesus nas suas Missões... nos anos de 1600 a 1609*. Nova edição, dirigida e prefaciada por Artur Viegas, I, II, Coimbra, 1930-1933. [Fernão Guerreiro, *Relação Anual*...]

HERRERA, António de. — *Historia General de las Indias Occidentales o de los hechos de los Castellanos en las Indias y Tierra firme del mar Oceano*, 4 vol., Amberes, 1728. [Herrera, *Historia General*...]

História da Colonização Portuguesa do Brasil. Edição monumental comemorativa do primeiro centenário da Independência do Brasil, dirigida por Malheiro Dias. 3 vol., Rio de Janeiro, 1921-1924. [*Hist. da Col. Port. do B.*]

INOCÊNCIO Francisco da Silva. — *Diccionario Bibliographico Portuguez*. E continuação de Brito Aranha e Gomes de Brito, 22 vol., Lisboa, 1858 e seg. [Inocêncio, *Dicionário bibliografico*, I, ...]

Institutum Societatis Iesu, 3 vol., Florença, 1892-1893. [*Institutum S. I...*]
Instrumento dos serviços de Mem de Sá nos Annaes, XXVII, 129 ss. [*Instrumento, Annaes...*]
JABOATÃO, Fr. António de Santa Maria. — *Novo Orbe serafico brasilico ou Chronica dos frades menores da Província do Brasil*, 3 tomos, Rio de Janeiro, 1848-1852. [Jaboatão, *Orbe Seráfico*...]
JARRIC, Pierre du. — *Histoire des choses plvs memorables advenves tant ez Indes Orientales que autres païs de la descouverte des Portugais*, 3 vol., Bordéus, 1608-1613. [Jarric, *Histoire des choses*...]
KNIVET, António. — *Relação da Viagem que nos anos de 1591 e seguintes fez Antonio Knivet da Inglaterra ao mar do sul em companhia de Thomas Candish*, na *Rev. do Inst. Bras.*, 41 (1878). [Knivet, *Relação da Viagem*... com a pag. desta Revista]
LEITE, Serafim. — *Páginas de História do Brasil*, S. Paulo, 1937. [Leite, *Páginas*...]
LOZANO, Pedro. — *História de la Compañia de Jesús de la Província del Paraguay*, 2 tomos, Madrid, 1755. [Lozano, *Historia de la Compañia*...]
MAFFEI, João Pedro. — *Historiarum Indicarum Libri XVI*, Colónia, 1593. [Maffei, *Hist. Indic*...]
MARQUES, César. — *Diccionario Historico, Geographico e Estatistico da Província do Espirito Santo*, Rio, 1879. [Marques, *Diccionario do Espirito Santo*...]
MÉTRAUX, A. — *La civilisation matérielle des tribus Tupi-Guarani*, Paris, 1928. [Métraux, *La civilisation matérielle*...]
Monumenta Historica Societatis Iesu a Patribus eiusdem Societatis edita:
1. *Epistolae Mixtae ex variis Europae locis ab anno 1537 ad 1556 scriptae*. 5 vol. Madrid, 1898-1901, [*Mon. Mixtae*, I, II...]
2. *Sanctus Franciscus Borgia quartus Gandiae Dux et Societatis Iesu Praepositus Generalis tertius*. 5 vol., Madrid, 1894-1911, [*Mon. Borgia*, I, II...]
3. *Epistolae P. Hieronimi Nadal Societatis Iesu ab anno 1546 ad 1577*. 4 vol., Madrid, 1898-1905, [*Mon. Nadal*, I, II...]
4. *Epistolae Paschasii Broeti, Claudii Iaii, Ioannis Coduri et Simonis Roderici*. Madrid, 1903. [*Mon. Rodrigues*...]
5. *Monumenta Ignatiana ex autographis vel ex antiquioribus exemplis collecta*:
   a) *Series Prima, Epistolae et Instructiones*, 12 vol., Madrid, 1903-1911, [*Mon. Ignat.*, ser. 1.ª, I, II...]
   b) *Series Secunda, Exercitia Spiritualia et eorum Directoria*. Madrid, 1919. [*Mon. Ignat., Exercitia*...]
   c) *Series Tertia, Constitutiones Societatis Iesu*, Roma, 1938. [*Mon. Ignat., Constitutiones*...]
   d) *Series Quarta, Scripta de Sancto Ignatio de Loyola*, 2 vol., Madrid, 1904-1918. [*Mon. Ignat.*, ser. 4.ª, I, II...]
6. *Lainii Monumenta. Epistolae et Acta Patris Iacobi Lainii, secundi Praepositi Generalis Societatis Iesu*. 8 vol., Madrid, 1912-1917, [*Mon. Laines*, I, II...]
7. *Monumenta Paedagogica Societatis Iesu, quae primam Rationem Studiorum anno 1586 editam praecessere*. Madrid, 1901. [*Mon Paedagogica*...]
8. *Litterae Quadrimestres ex universis praeter Indiam et Brasiliam locis, in quibus aliqui de Societate Iesu versabantur, Romam missae*. 7 vol., Madrid-Roma, 1898-1932, [*Mon. Litterae Quadrimestres*...]

NÓBREGA, Manuel da. — Vd. *Cartas Jesuíticas.*
PAIVA MANSO, Levi Maria Jordão, Visconde de. — *Bullarium Patronatus Portugalliae in Ecclesiis Africae, Asiae atque Oceaniae,* 4 vol., Lisboa, 1868-1873. [Paiva Manso, *Bullarium Patronatus,* I, . . .].
PASTELLS, Pablo. — *Historia de la Compañia de Jesús en la Província del Paraguay (Argentina, Paraguay, Uruguay, Perú, Bolivia y Brasil) según los documentos originales del Archivo General de Indias.* 4 vol., Madrid, 1912-1923. [Pastells, *Paraguay* . . .]
— *El Descubrimiento del Estrecho de Magallanes,* Madrid, 1920. [Pastells, *El Descubrimiento* . . .]
POLANCO, João Afonso. — *Chronicon Societatis Iesu,* Madrid, 1894-198, 6 vol. Faz parte de *Mon. Hist. Soc. Iesu.* [Polanco, *Chronicon,* I, II . . .]
PÔRTO SEGURO, Visconde de (Francisco Adolfo Varnhagen). — *História Geral do Brasil.* Anotada por Capistrano de Abreu e Rodolfo Garcia, 5 vol., 3.ª edição integral (Tômo I, 4.ª ed.) S. Paulo, s/d. [Pôrto Seguro, *HG,* I, II . . .]
REBÊLO, Amador. — *Compendio de algumas cartas que este anno de 97 vierão dos Padres da Companhia de Jesus que residem na India e Corte do Grão Mogor e nos reinos da China e Japão e no Brasil em que se contam varias cousas,* Lisboa, 1598. [Amador Rebêlo, *Compendio de algumas cartas* . . .]
Regras da Companhia de Jesus, Oya, 1930. [*Regras* . . .]
Revista de História, Lisboa. [*Rev. de Hist.* . . .]
Revista do Instituto Arqueológico, Histórico e Geográfico Pernambucano. Em curso de publicação. [*Rev. do Inst. Pernambucano* . . .]
Revista do Instituto Geográfico e Histórico da Baía. Em curso de publicação. [*Rev. do Inst. da Baía* . . .]
Revista do Instituto Histórico e Geográfico Brasileiro. Em curso de publicação. Há 165 vol., Rio 1838-1933. Em 1917, deu-se nova numeração dos tomos, que se dividiram em volumes, com numeração diferente a partir do tômo 26. Seguimos a numeração por tomos até à data da mudança. Também pode originar alguma confusão a dupla data que teem muitos dos volumes: a do ano, a que corresponde, e a do ano da impressão. [*Rev. do Inst. Bras.* . . .]
Revista do Instituto Histórico e Geográfico de São Paulo. Em curso de publicação. [*Rev. do Inst. de São Paulo* . . .]
RICARD, Robert. — *Les Jésuites au Brésil pendant la seconde moitié du XVI.e siècle (1549-1597)* na *Revue d'Histoire des missions.* 14.e année, n.s 3-4 (Paris 1937) 321-366; 435-470. [Ricard, *Les Jésuites au Brésil* . . .]
ROCHA POMBO, José Francisco. — *História do Brasil,* 10 vol., Rio s/d. [Rocha Pombo, *H. do B.* . . .]
RODRIGUES, Francisco.— *A formação intellectual do Jesuita.* Pôrto, 1917. [Fr. Rodrigues, *A Formação* . . .]
— *História da Companhia de Jesus na Assistência de Portugal,* Tômo I, Pôrto, 1931. [F. Rodrigues, *História,* I, 1.º, 2.º . . .]
RODRIGUES, Pero — *Vida do Padre José de Anchieta,* publicada nos *Annaes da Bibliotheca Nacional do Rio de Janeiro,* XIX, e outro exemplar mais extenso, no vol. XXIX. [Pero Rodrigues, *Anchieta,* em *Annaes* . . .]
SANTA MARIA. Fr. Agostinho de. — *Santuário Mariano* . . . vol. IX, Lisboa, 1722--1723. [*Santuário Mariano* . . .]

SCHMIDEL, Ulrich. — *Viaje al Rio de la Plata (1534-1554)*. Edição de A. Lafone Quevedo, Buenos Aires, 1903. [Schmidel-Lafone, *Viaje al Rio de la Plata*...]

SOARES, Francisco. — *De algumas cousas mais notaveis do Brasil* na Revista do Instituto Histórico e Geográfico Brasileiro, vol. 94, 1927. [Francisco Soares, *De gumas cousas*...]

SOARES DE SOUSA, Gabriel. — *Tratado descriptivo do Brasil*, 2.ª ed., Rio de Janeiro, 1897. [Gabriel Soares, *Tratado*...]

SOMMERVOGEL, Carlos. — *Bibliothèque de la Compagnie de Jésus*, Bruxelas, 1890--1909. [Sommervogel, *Bibl.*...]

SOUTHEY, Roberto. — *Historia do Brazil*, 6 vol., Rio, 1862 [Soutey, *H. do B.*...]

STREIT, Roberto. — *Bibliotheca Missionum*, 9 vol., Münster i. W., 1916-1937. [Streit, *Bibliotheca Missionum*, I,...]

STUDART, Barão de. — *Documentos para a história do Brasil e especialmente a do Ceará*, 4 vol., Fortaleza, 1904-1921. [Studart, *Documentos*...]

Summario das Armadas que se fizeram e guerras que se deram na conquista do Rio Parahiba, na Revista do Inst. Bras., 36, 1.ª p. (1873) 5-89. [*Sumário das Armadas*...]

Synopsis Actorum Sanctae Sedis in Causa Societatis Iesu, 1540-1605, Florença, 1887. [*Synopsis Actorum*...]

TAUNAY, Afonso de E. — *Historia Geral das Bandeiras paulistas*, 6 vol., S. Paulo, 1924-1936. [Taunay, *Bandeiras Paulistas*...]

TELES, Baltasar. — *Chronica da Companhia de Jesu na Provincia de Portugal*, Lisboa, 1645-1647, 2 vol. [Teles, *Crónica*, I, II...]

VARNHAGEN. — Vd. Pôrto Seguro.

VASCONCELOS, Simão de — *Chronica da Companhia de Jesu do Estado do Brasil e do que obraram seus filhos nesta parte do Novo Mundo*, 2 vol., Lisboa, 1865, [Vasc., *Crón.*...]. Citam-se os números, não as páginas.

— *Vida do P. Joam d'Almeida da Companhia de Iesu, na provincia do Brasil*, Lisboa, 1658. [Vasc., *Almeida*...]

— *Vida do veneravel p.e Joseph de Anchieta*, Lisboa, 1632. [Vasc., *Anchieta*...]

VIANA, Francisco Vicente. — *Memoria sobre o Estado da Bahia*, Baía, 1893. [Viana, *Memoria*...]

VICENTE (Fr.) do SALVADOR. — *História do Brasil*, nova edição revista por Capistrano de Abreu. S. Paulo, 1918. [Fr. Vicente, *H. do B.*...]

YATE, John Vincent. — Duas cartas do Brasil, em inglês, de 12 e 21 de Junho de 1593. *Calendar of State Papers, Domestic series of the Reign of Eduard VI, Mary, Elizabeth and James I*. Vol. CCXLV (1591-1594), p. 353 ss. [Yate, *Calendar of State Papers*...]

LIVRO PRIMEIRO

CATEQUESE E ALDEAMENTOS

SOCIETAS AMERICANA.

Petrus Correa, et Ioannes Sosa, Lusitani Societatis IESU, sagittis confixi in Brasilia, apud Carijos; Mense Decembri. A 1554.

C. Screta del.   Melch. Küsell f.

PERO CORREIA E JOÃO DE SOUSA

« Portugueses, da Companhia de Jesus, mortos no Brasil, às frechadas, pelos Carijós: mês de Dezembro do ano de 1544 »
(Ex Mathia Tanner — 1675)

CAPÍTULO I

A Catequese dos Índios

1 — Obra da conversão; 2 — Disposição do gentio: 3 — Religião primitiva dos Índios do Brasil; 4 — A superstição da «Santidade»; 5 — Catequese dos meninos; 6 — Catequese dos adultos; 7 — Catequistas índios.

1. — Narrando Pedro Vaz de Caminha o descobrimento da Terra de Vera Cruz, as suas maravilhas, recursos e frutos possíveis, sugere, como homem representativo do nosso século de oiro: «contudo, o melhor que dela se pode tirar parece-me que será salvar essa gente. E esta deve ser a principal semente que Vossa Alteza em ela deve lançar» [1].

Quando as circunstâncias e o conhecimento progressivo da terra permitiram ou aconselharam a Portugal o tratar de-propósito da colonização do Brasil, erigindo-o em Govêrno Geral, El-rei chamou os Jesuítas e confiou-lhes a missão da conquista espiritual dêsse novo Estado. No Regimento de Tomé de Sousa, falando dos aborígenes, mostra Portugal expressamente a sua intenção: «o principal intento meu é que se convertam» [2].

A cada passo se repete esta fórmula ou outra semelhante nos regimentos dos Governadores [3].

O motivo determinante de muitos diplomas portugueses é a conversão do gentio: liberdade dos Índios, dotação dos Colégios:

---

1. *Hist. da Col. Port. do B.*, II, 99.
2. *Rev. do Inst. Bras.*, 61, I P. (1898) 48, 56; Pedro de Mariz, *Dialogos de Varia Historia* (Coimbra 1594) 214v; Anch., *Cartas*, 315; Gandavo, *História*, 145-146.
3. Cf. Regimento de Francisco Giraldes, *Rev. do Inst. Bras.*, 67 (1904) 221; Regimento de Diogo de Mendonça Furtado, *Arquivo do Municipio da Baía*, XII, 353; Regimento de Dom Fernando de Mascarenhas, conde da Tôrre, *ib.*, XVI, 511, etc.

— sôbre a conversão «estão fundadas as rendas dos Colégios e não sôbre estudos», esclarece o Provincial Pero Rodrigues [1].

Por seu lado, ordenaram sempre os Padres a sua actividade à roda desta principal obrigação; e sabiam-na invocar, quando os queriam arrastar para o campo das conivências fáceis: «Mui mal olham [os colonos] que a intenção do nosso Rei santo [D. João III], que está em glória, não foi povoar, tanto por esperar da terra oiro nem prata que não a tem [é Nóbrega quem escreve a Tomé de Sousa, em 1559], nem tanto pelo interêsse de povoar e fazer engenhos, nem por ter onde agasalhar os Portugueses que lá em Portugal sobejam e não cabem, quanto por exaltação da Fé Católica e salvação das almas» [2].

O mesmo Nóbrega, para prestigiar a doutrinação do gentio, mostra a conveniência de El-rei escrever à Câmara e a Mem de Sá, recomendando-a. As cartas da Rainha dona Catarina, então regente, não se fizeram esperar àquelas entidades [3].

D. Sebastião invoca o mesmo título nos padrões dos Colégios. E escrevendo para Roma, recomenda ao seu embaixador que diga, de viva voz, a um cardial da cúria romana a grande devoção que tem aos Jesuítas; e a principal razão, para isso, é o muito que «por meio dêles, louvado Nosso Senhor, a Cristandade se dilata em diversas províncias da conquista dêstes Reinos» [4].

Esta é a grande honra de Portugal. Nenhum outro país colonizador (excepto a Espanha) fêz da catequese a base da colonização. Quando muito, cooperadora, que é o caso da Bélgica a-respeito do Congo [5].

Dêste facto, e de ser entregue à Companhia de Jesus êsse encargo, se explica por que os Padres se ocupavam preferentemente dos Índios. Para os brancos havia o regímen metropolitano: párocos. Cultivo de vinha, transplantada, para que desse frutos e não estiolasse. Mas os Índios eram pagãos. Para se transformarem em vinha do Senhor, era preciso começar de raiz. Regímen, portanto, de protecção e defesa; defesa para lhe

---

1. *Bras. 3 (1)*, 194.
2. Nóbr., *CB*, 198-199; *Bras. 15*, 386v.
3. Pôrto Seguro, *HG*, I, 381-383.
4. Carta de D. Sebastião, de Lisboa, 17 de Fevereiro de 1560, *Lus. 60*, 183.
5. Vermeersch, *La Question Congolaise*, I, cap. 9 (Bruxelas 1906), cit. por Constantino Bayle, *España en Indias* (Vitoria 1934) 379.

assegurar os frutos; protecção, porque sempre se ajudam mais aquêles com quem se trata directa ou expressamente e se acham precisados. Dêste empenho provieram os aldeamentos e a luta pela sua liberdade. Note-se: o primeiro acto dos Jesuítas para libertar os Carijós cativos, logo à sua chegada, envolve já um pensamento superior de catequese: «alguns dêstes escravos me parece que seria bom juntá-los e torná-los à sua terra e ficar lá um dos Nossos para os ensinar, porque por aqui se ordenaria grande entrada em todo êste gentio» [1].

É a entrada da catequese. Nóbrega deixa-nos uma observação que ilumina, com um simples traço, todo o sentido dela. Logo no começo, antes de Agôsto de 1549, foi êle visitar as Aldeias dos gentios ao redor da Baía. Servia-lhe de intérprete um menino. Fazia luar. Nóbrega falou-lhes da Boa Nova, da fé em Jesus Cristo. E à volta, êle ouvia, com prazer de apóstolo, que na beira dos caminhos se repetia, quando passava, o nome suavíssimo de Jesus: — *Louvado seja Jesus Cristo!*

Ou simplesmente: — *Jesus, Irmão!* [2].

Jesus a conquistar as selvas e o coração do Brasil, — escopo e compêndio da grande emprêsa!

2. — Ora esta emprêsa do Brasil era dum carácter especial. Prós e contras. Por um lado, os Índios estavam *tamquam tabula rasa* para aprender a doutrina e tudo o que se lhes ensinasse. Escreve Magalhãis Gandavo que a língua dêles «carece de três letras, convém a saber, não se acha nela F, nem L, nem R, coisa digna de espanto, porque assim não teem fé, nem lei, nem rei, e desta maneira vivem, desordenadamente, sem terem, além disto, conta, nem pêso nem medida» [3].

Êste conceito fêz fortuna e é exacto para o F, o L, e o R forte ou dobrado, não para o R simples [4]. Basta recordar as pa-

---

1. Nóbr., *CB*, 81.
2. Nóbr., *CB*, 94; *CA*, 160, 318; *Fund. de la Baya*, 21(95); Cardim, *Tratados*, 292.
3. Gandavo, *História*, 125: cf. *Summario das Armadas*, in *Rev. do Inst. Bras.*, 36, I P. (1873) 10; *Mon. Borgia*, IV, 412-413; Robert Ricard, *Études et documents pour l'histoire missionnaire de l'Espagne et du Portugal* (Louvain 1931) 204.
4. Anchieta, *Arte de Grammatica* (Rio 1933) 1; cf. *Informação do Brasil para N. Padre*, em Anch., *Cartas*, 433 e nota 636 de A. de A. Machado; *CA*, 94-95, 149-150.

lavras de tanto relêvo histórico, Piratininga, Tibiriçá, Araribóia...

Mas se é deficiente filològicamente, é expressivo para caracterizar a situação dos Índios, à chegada dos Jesuítas. Nem tinham culto externo, nem lei positiva escrita, nem autoridade hereditária. Apenas rudimentos de religião, de direito consuetudinário, e não tinham verdadeiramente chefe, tirante as ocasiões de guerra [1]. Tais circunstâncias favoráveis, na aparência, à prègação do Evangelho, eram puramente negativas, e a falta de autoridade vinha a ser pràticamente um obstáculo. Se existisse rei, poderia ter trazido maior resistência à colonização, mas, convertido êle, pela fôrça do exemplo, converter-se-ia o povo [2].

O apostolado dos Jesuítas tinha de ser quási individual: de índio para índio. Era preciso destruir em cada um o pendor multi-secular da sua própria psicologia, afeita a antropofagias, poligamias e outros vícios carnais, e à gula, em particular bebedeiras, ajuntando-se a isto o seu nomadismo intermitente.

Verificaram os Padres que a conversão dêstes índios nada tinha que ver com as disputas doutrinais, que se feriam nesse tempo, na Índia ou no Japão. Com os aborígenes do Brasil, tudo estava em ensinar-lhes a lei moral e proteger convenientemente êste ensino. A doutrina, por si mesma, se imporia com o tempo [3].

São contestes os documentos em afirmar que, tirando a dificuldade dos costumes, não tinham os Índios repugnância em aceitar a religião e até pediam para ser doutrinados [4]. Mas nesta mesma facilidade em a aceitarem estava também o perigo, por-

---

1. *CA*, 55; Hans Staden, *Viagem ao Brasil* (Rio 1930) 144; Gabriel Soares, *Tratado*, 281-282.

2. Referindo-se o P. Joseph de Acosta à facilidade com que se converteram o México e o Peru, escreve: «De quanta ayuda haya sido para la predicación y conversión de las gentes la grandeza de estes dos Imperios, que he dicho, mirele quien quisiere en la suma dificultad que se ha experimentado en reducir à Christo los Indios que no reconocen un señor. Veanlo en la Florida, en el Brasil, en los Andes y en otras cien partes donde no se ha hecho tanto efecto, en cincuenta años como en el Peru y Nueva España en menos de cinco se hizo. Si dicen que el ser rica esa tierra fue la causa, yo no lo niego; pero esa riqueza era imposible hallarla ni conservarla si no hubiera Monarquia». — Joseph de Acosta, *Historia Natural y Moral de las Indias*, 6.ª ed., II (Madrid 1792) 222.

3. *Bras. 3 (1)*, 104v; Vasc., *Crón.*, II, 9; Anch., *Cartas*, 434.

4. *CA*, 66, 135; Nóbr., *CB*, 72, 81, 91, 94, 114; Anch., *Cartas*, 419, 435.

que com a mesma facilidade a esqueciam. Era preciso despertar nêles o sentimento da responsabilidade. Os Jesuítas estudaram a fundo o carácter dos Índios. E deixaram-nos indicações preciosas, ainda que de modo disperso e uma e outra vez com frases opostas, por serem casos particulares. No que admite generalização, há dois pontos concordes. Um é o interesse que movia geralmente o índio: «o seu intento era que lhes déssemos saúde, vida e mantimentos, sem trabalho, como os seus feiticeiros lhes prometem»[1]. Outro ponto incontestável era a inconstância e o seu carácter remisso. Os homens e, sobretudo, as mulheres de idade eram difíceis de mover; as novas, pelo contrário; e, depois de cristãs, davam, em geral, provas de piedade, em particular quando se uniam a algum homem branco. As velhas, chamadas para a catequese, diziam: «vou já, mas não acabavam de vir. Os Índios, por preguiça, deixavam de buscar o mantimento, passando mal»[2]. E se algum tempo mostravam boa vontade, entregues a si próprios, voltavam aos costumes ancestrais. Só com o tempo se robustecia nêles a firmeza de consciência. O P. Grã deixou-nos uma observação, donde ressumbra a espécie de cepticismo ou antes apatia, em que se encontravam os Índios. Quando inquiriam dêles, se acreditavam nas cerimónias dos pagés, respondiam «que não criam nem deixavam de crer»... Por outro lado, Anchieta, referindo o caso do velho de Itanhaém, que pediu certas explicações sôbre o mistério da Virgindade de Nossa Senhora, no parto, comenta com admiração: «o que é bem alheio dos outros que nem sabem duvidar, nem preguntam nada»[3].

Esta disposição de espírito redundava, afinal, numa deficiência da vontade. Sentiam as coisas com prontidão, não com profundeza. Era, diz Luiz da Grã, o grande obstáculo à catequese sólida e à verdadeira civilização. Pouco se lhes dava a êles «ter isto ou aquilo, perder isto ou aquilo». Não era mais profundo o arrependimento do mal que praticavam. Grã atribuía tal superficialidade de sentimentos à embriaguez, a que tão freqüentemente sucumbiam[4]. Não é a razão total. Existia tam-

---

1. *CA*, 123; Anch., *Cartas*, 205.
2. *CA*, 159-161.
3. Anch., *Cartas*, 190.
4. *Bras. 3 (1)*, 149; *CA*, 159-161.

bém frouxidão ou descontinuïdade de esforços. Tão frouxa disposição, útil para desarraigar maus hábitos, era um mal, que impedia lançassem raízes fundas os bons hábitos, que se iam plantando naquelas almas. Tôda a preocupação dos Padres consistia pois em guiar, amparar e fortalecer o neófito, isolando-o, se fôsse preciso, e defendendo-o, como se defendem as árvores tenras à beira dos caminhos, para que as crianças malcriadas ou os animais as não derrubem ou descasquem, emquanto não adquirem consistência para os embates de estranhos. « Se para converter os da Índia ou mouros há mister dez, esta terra há mister vinte », diz António Pires [1].

A infância da civilização, em que se encontravam os aborígenes do Brasil, requeria dos Padres suavidade e firmeza; ou na observação exacta de Pero Rodrigues: paciência e presença! [2].

O **Protectorado dos Índios**, que os Jesuítas iniciaram, e que ainda hoje se usa no Brasil com os Índios selvícolas, foi o meio único de os civilizar, suprindo, com a sua própria autoridade, a sujeição civil, que êles não tinham. Sem o amparo dos Padres, sentiam-se os Índios desorientados. E os colonos, aproveitando esta fraqueza, não tinham escrúpulos em os desviar do caminho da verdade, se nisso achavam interêsse.

As consciências débeis dos Índios em formação não resistiriam às tendências antigas, se não se sentissem enquadradas dentro de uma organização forte, — fôrça primàriamente imposta pelos Portugueses, condicionada depois e temperada pelos Jesuítas!

Quem não conhece a influência colonizadora de Nóbrega na actividade religiosa e política do Governador Mem de Sá?

Pelo que se refere à catequese, a autoridade era um postulado necessário como condição mesma da sua eficácia. Parte dos Tupis de Piratininga levantaram-se contra a vila nascente e os seus mestres. Foram vencidos. Verificou-se, então, pràticamente, que convinha unir o amor ao temor. Anchieta, que acabava de se ver livre dêsse perigo mortal, escreve como num desabafo: « para esta gente não há melhor prègação do que a espada e vara de ferro, na qual, mais que em nenhuma outra,

---

1. *CA*, 122.
2. *Bras. 3 (1)*, 170-171.

é necessário que se cumpra o *compelle intrare* »[1]. Já antes, admirando o fruto das Aldeias da Baía, comentava: e «durará emquanto houver quem os traga a viver naquela sujeição em que os temos »[2].

No trato com os Índios, o amor não podia nunca dissimular fraqueza. Diante da fraqueza, parece que se despertavam as tendências sanguinárias do selvagem e, a-pesar das pinturas, que Palafox e outros fazem dos Índios, a verdade é que, segundo observa Rómulo Carbia, «com excepções, não tão numerosas que desvirtuem a seguinte afirmação, os indígenas do Novo Mundo eram tudo, menos mansos cordeirinhos. A crueldade, o espírito sanguinário e a pouca inclinação à brandura de espírito foram as suas mais evidentes características».

Recordando os costumes do canibalismo, *scalph*, crâneos, troféus, etc., estende o escritor argentino esta disposição dos Índios ao «continente íntegro »[3].

Cremos que, de todos os Índios americanos, foram os do Brasil os menos sanguinários, talvez pelo atraso em que se achavam. Contudo, diferentes casos, como a traição de Sergipe, provam que não é destituída de verdade aquela afirmação, e justificam plenamente a conclusão severa de Anchieta. Notemos, ainda assim, que o mesmo Anchieta escreve, noutra parte, que os Índios, sendo naturalmente inclinados a matar, «não são cruéis »[4].

Outros obstáculos. Tratando dos impedimentos para a conversão dos brasis, e, depois de convertidos, para o aproveitamento da vida cristã, Anchieta assinala ainda os seguintes: o terem muitas mulheres, o darem-se a bebidas, as guerras entre tribus vizinhas, a inconstância nos propósitos, a falta de sujeição e o carácter remisso[5].

Esta última disposição de espírito é assinalada por todos os que escreveram sôbre tais assuntos. Alexandre Rodrigues Fer-

---

1. Anch., *Cartas*, 186; Nóbr., *CB*, 104, 158-159.
2. Anch., *Cartas*, 150.
3. Rómulo D. Carbia, *Los Orígenes de Chascomús, 1752-1825* (La Plata 1930) 16, nota 17.
4. A. de Alcântara Machado diz que isto não é confirmado pelos testemunhos de Blasques, Hans Staden e Gandavo.—Anch., *Cartas*, 329 e nota 447, p. 347.
5. Anch., *Cartas*, 333; cf. *ib.*, 145.

reira traça um retrato pessimista do Índio do Rio Negro: desgosta-se por nada e por tudo; desconfiado, dissimulado, fujão [1].

Desta condição do Índio tiram-se conclusões opostas.

Gabriel Soares conclue com a inutilidade da catequese: «não há nenhum que viva como cristão, tanto que se apartam da conversação dos Padres oito dias» [2]. Nos seus *Capítulos*, considera-os incapazes de crer em Deus [3]. Os Padres inferem, pelo contrário, não a inutilidade (a-pesar-de todos os pesares, os Índios eram seres racionais), mas a sua dificuldade e a necessidade de esforços continuados para assegurar o bom êxito.

Dizia Pero Correia: «há-de haver muito trabalho para os meter a caminho» [4]. Mas nem os Jesuítas fugiam ao trabalho, nem no coração de homens tenazes entra nunca o desespêro [5]. Procuraram despertar nos Índios uma consciência nìtidamente humana, com o sentimento profundo da responsabilidade, transformando aquelas crianças grandes em homens verdadeiramente civilizados, morigerados, cristãos, — que é o próprio fim da catequese, por amor de Deus. A heroicidade de tão grande emprêsa, nos seus multíplices aspectos, transparece neste grito de alma, com que um Jesuíta se expande com outro de Portugal: «oh! se V.ª R.ª soubesse quão pesada tem sido a cruz dêste Brasil» [6]! Afonso Braz, dirigindo-se aos Irmãos de Portugal, exclama: «Não vos esfrie, Caríssimos, serem os gentios, como disse, tão mudáveis e inconstantes, para que por isso hajais de perder os fervores e grandes desejos de vir cá a trabalhar por amor de Deus e salvação destas almas, porque *omnia Deo possibilia sunt, qui poterit de lapidibus istis suscitare filios Abrahae*. E espero que vossa caridade será tão grande que os mudará, e vossa constân-

---

1. Dr. Alexandre Rodrigues Ferreira, *Diario da Viagem Philosophica*, Participação IV, in *Rev. do Inst. Bras.*, 48, I P. (1885) 57.
2. Gabriel Soares, *Tratado*, p. 38.
3. *Bras. 15*, 387-387v.
4. *CA*, 91.
5. E buscavam saber a causa e o remédio: era até um dos fins da visita do P. Cristóvão de Gouveia. — *Gesù, Colleg. 20* (Brasile).
6. *CA*, 432. «Andão entre elles oito dos nossos, quatro sacerdotes, e quatro irmãos, dous em cada aldea. Alem do trabalho grãde q̃ padecẽ cõ elles de caminhos, calmas, chuiuas, perigos de rios mui boa fome e de lhe sofrer suas fraquezas os padecẽ m.to maiores por defender aqueles pobrezinhos da demasiada cubiça dos brancos: dos quaes muitas vezes são doestados, e por esta causa as murmu-

cia tão inteira, que os fará perseverar em a fé e serviço do Senhor». E acrescenta: «ruins eram os da Baía e, no entanto, muitos, que os Padres baptizaram, são mui bons cristãos e permanecem em nossa santa fé, trabalhando por viver em bons costumes»[1].

No seu «Diálogo sôbre a conversão do Gentio», Nóbrega, aludindo ao facto tradicional de que Santiago, «em tôda a Espanha», sabendo a língua e sendo apóstolo e fazendo milagres, «não converteu mais que nove discípulos», cita o exemplo de vários índios e índias cristãs, na Capitania de S. Vicente, Pero Lopes, Caiobi, Fernão Correia, que se converteram e foram fervorosos, pela graça de Deus[2]. O célebre índio principal, Vasco Fernandes Gato, do Espírito Santo, por ocasião dum conflito com os colonos, desabafou assim: «os brancos são mais para culpar do que eu, porque eu, que não sou cristão desde menino, «me apartei de muitos costumes dos meus antepassados e, depois que fui cristão, nunca mais conheci outra mulher senão a que me deram em matrimónio, e êles fazem tudo ao revés disto»; e agora já que êles falam e procedem mal contra mim, «eu tenho de

---

rações são cõtinuas, mas pera tudo se armão, e padecê pola iustiça». — Carta de Caxa, 2 de Dezembro de 1573, BNL, fg, 4532, fol. 40; cf. F. Guerreiro, *Relação Anual*, I, 375, 379.

1. *CA*, 88-89, 92. Noutros *Capítulos* bem diferentes dos de Gabriel Soares, diz o grande historiador brasileiro, Capistrano de Abreu: «Esgotaria todos os préstimos dos Brasis fornecerem matéria prima para a mestiçagem e para os trabalhos servis, meras máquinas de prazer bastardo e de labuta incomportável? Se não com palavras, isto afirmavam os colonos de modo menos ambíguo por actos repetidos em pertinácia invariável. Ora os Jesuítas representavam outra concepção da natureza humana. Racional como os outros homens, o indígena aparecia-lhes educável. Na tábua rasa das inteligências infantis podia-se imprimir todo o bem; aos adultos e velhos seria difícil acepilhar, poderiam porém aparar-se as arestas, afastando as bebedeiras, causa de tantas desordens, proïbindo-lhes comer carne humana, de significação ritual repugnante aos ocidentais, impondo quanto possível a monogenia, começo de família menos lábil. Para tanto cumpria amparar a pobre gente das violências dos colonos, acenar-lhes com compensações reais pela cerceadura de maus hábitos inveterados, fazer-se respeitar e obedecer, tratar da alimentação do vestuário, da saúde, do corpo emfim, para dar tempo a formar-se um ponto de cristalização no amorfo da alma selvagem. Tal a ideia de Nóbrega, representada essencialmente pela Companhia de Jesus nos séculos de sua fecunda e tormentosa existência no Brasil». — Capistrano de Abreu, *Capítulos de Historia Colonial* (Rio 1928) 71.

2. Nóbr., *CB*, 242-243.

ser melhor cristão do que êles e o pouco meu, em comparação do seu, há-de ser muito, porque não me é dado tanto como a êles »[1]. Assim reagiam os índios melhores, a-pesar-de tôdas as dificuldades da natureza dos mesmos índios, e também das que provinham da parte dos Portugueses: negligência nos senhores em catequizar os escravos; facilidade em oferecerem concubinas aos índios que com êles tratavam; falta de zêlo até naqueles a quem isso incumbiria *ex officio*; cativeiros injustos, etc.[2].

Entre os aludidos por Anchieta, que deviam *ex officio* ajudar a catequese e a impediam, estêve o primeiro Bispo do Brasil, D. Pedro Fernandes Sardinha, que desautorizou pùblicamente os Jesuítas, por admitirem alguns costumes da terra. Costumavam os meninos órfãos do Colégio da Baía e os índios de casa, para mais fàcilmente captar os corações dos gentios, juntar, às suas canções à moda de Portugal, cantigas indígenas, enterrar os mortos com música, e cortar o cabelo à moda da terra[3]. Neste género de adaptação, precederam os Jesuítas, de séculos, o moderníssimo Spalding. Na verdade, entre a vida americana e o cristianismo, que principiava, era mister uma ponte.

Nóbrega e os seus Padres lançaram-na destramente. Era a adaptação ao meio em que exerciam a sua actividade. Adaptação ao secundário e externo, para a conquista essencial do espírito. Mas D. Pedro Sardinha não gostou. Escreveu um libelo contra o proceder dos Padres e enviou-o a Sua Alteza.

Invocava a sua experiência da Índia, e dava aquêles usos como gentílicos. Nóbrega respondeu que a experiência da Índia não se podia aplicar ao Brasil, terra de civilização rudimentar, completamente diversa. Nem podiam ser intitulados ritos gentílicos os costumes de homens, que não possuíam ritos públicos, nem ídolos por que se deixassem matar. A questão da conversão dos Índios do Brasil não era, pois, *doutrinária*; era questão de *costumes*. Requeria a boa prudência que se permitissem os indiferentes ou secundários para atrair os Índios com mais suavidade e os levar a abandonar, com mais prontidão, costumes fundamentalmente maus, como eram, entre outros, a antropofagia e a poliga-

---

1. *CA*, 213.
2. Anch., *Cartas*, 334, cf. 169.
3. Nóbr., *CB*, 142.

mia[1]. O tempo deu razão ao P. Nóbrega. Numas «Advertências para as Aldeias», escrito dos começos do século XVII, lê-se: «como os Índios para morrerem basta tomarem melanconia, etc., parece que não é bem tirarem-lhe os Nossos seus costumes, que se não encontram com a lei de Deus, como chorar, cantar e beberem com moderação». Ao lado: «quando é por pouco tempo »[2].

Além destas dificuldades, existiam ainda, para impedir a catequese, não só certos pecados de luxúria, de que falaremos noutro lugar, mas também o hábito de darem os colonos aos Índios quanto êles queriam.

Se aos pagãos se não desse nem um anzol, favorecendo de modo particular os cristãos, aumentar-se-ia o movimento da catequese. É Pero Correia, homem experimentado no trato dos Índios, quem o sugere, e para ser comunicado a El-rei[3]. Comunicou-lhe de-facto, directamente o P. Nóbrega. Convinha, diz êle, que viessem muitos Portugueses, mas não deviam resgatar senão com os cristãos e catecúmenos, «porque gente que não tem Deus por quem morram e tem tanta necessidade de resgate, sem o qual não terão vida, ainda que muito a seu salvo nos pudessem botar da terra, não lhes convinha, e se os obrigarem a ser cristãos para poderem resgatar, fàcilmente o farão, e já agora o fariam, se lho defendessem; e porém a necessidade, que temos dêles e de seus serviços e mantimentos, o não permite. E se vierem moradores que rompam a terra, escusar-se-á trato com êles e a terra de todo se assegurará[4]».

Implicaria êste exclusivo comércio, se fôsse possível, com os índios cristãos, alguma violência de consciência? Não nos parece. Não só porque era um favor com que se distinguiam os amigos, e a entrada no Cristianismo significava, na realidade, uma aliança; mas, também, porque só há lugar para violência, quando se arranca uma religião ou culto, impondo-se-lhe outro, à fôrça. Ora isto não se dava. Nem era possível, como observa o próprio Nóbrega, porque a situação dos Índios em matéria

---

1. *Bras. 3 (1)*, 70, 104v, 106v.
2. *Algumas advertencias para a Provincia do Brasil*, Roma, Vitt.º Em., Gess. 1255, 18v.
3. *Bras. 3 (1)*, 85v, 86v, 87.
4. Nóbr., *CB*, 135-136.

religiosa era quási negativa, sem culto externo a Deus, que é onde se pode dar o caso da aceitação violenta ou do martírio.

3. — Êste assunto da religião merece que nos detenhamos um instante. Que religião tinham os Índios do Brasil à chegada dos Jesuítas? Tentou-se já responder a esta pregunta [1]. Naturalmente cada qual dá a resposta, segundo as ideias que professa do conceito religioso.

Sílvio Romero, spenceriano, coloca-os na fase da astrolatria, momento mais adiantado, explica êle, do estado fetichista [2]. Couto de Magalhãis arquitecta uma cosmogonia complicada com três deuses principais, o Sol, a Lua e o Amor. O Sol, que preside à criação dos viventes, a Lua à dos vegetais, e o Amor à reprodução dos seres [3]. Esta trilogia, assim tão sàbiamente composta, parece-nos um tanto livresca. Métraux escreveu expressamente sôbre a religião dos Tupinambás [4]. É o trabalho de conjunto mais vasto e metódico. Ressente-se, contudo, dalguma sistematização forçada. Vê intuitos religiosos em simples manifestações folclóricas ou etnológicas (manifestações afins da religião, mas que não são ainda a religião). Sobretudo, atribue sentido místico a diversos costumes dos Índios, desvirtuando o conteúdo comum da mística. E assim, a-par-de dados históricos de valor, parece-nos que se lhe pode aplicar a crítica de W. Schmidt ao totemismo e às pretendidas provas que antigamente se viam dêle em tudo [5].

O nosso intuito, ao escrever êste parágrafo, é examinar a

---

1. Machado de Oliveira, *Religião primitiva dos Indios do Brasil*, na Rev. do Inst. Bras., VI (1844) 135-155; D. J. Gonçalves de Magalhãis, *Os Indigenas do Brasil perante a historia*, na Rev. do Inst. Bras., 23 (1860) 3-66; Gonçalves Dias, *Brasil e Oceania*, ibid., 30, II P. (1867) 96 ss. Rocha Pombo, *História do Brasil*, II. § 8, *Crenças, lendas e tradições*, 182-209; Pôrto Seguro, *HG*, I, 41 ss.
2. Sílvio Romero, *Historia da Litteratura Brasileira*, 2.ª ed. (Rio 1902) 56.
3. General Couto de Magalhãis, *O Selvagem*, 3.ª ed. (S. Paulo 1935) 158.
4. A. Métraux, *La religion des Tupinamba et ses rapports avec les autres tribus tupi-guarani*, Paris, 1928.
5. Bei unserer jetzigen, freilich viel besseren Kenntnis des Totemismus können wir vielfach kaum begreifen, was man damals alles als Indizien oder gar Belege von Totemismus ansah. — Wilhelm Schmidt, *Ursprung und Werden der Religion — Theorien und Tatsachen* (Münster i. Westf. 1930) 104. Exemplo também destas pretendidas provas e exageros temo-lo em Raimundo Morais, *Amphitheatro Amazonico*, no capítulo *O Totem na planicie* (S. Paulo 1936) 124-134.

documentação jesuítica sôbre o grau em que se achava a mentalidade indígena em matéria religiosa, e concluir dela a sua facilidade ou resistência para a prègação do cristianismo.

Os cronistas jesuítas são unânimes em negar que os Índios tivessem ideia de criação do mundo por Deus [1]. Contudo, também êles se não podem escusar de inclinações apriorísticas sôbre o facto religioso brasileiro.

Era então corrente que não existia religião sem doutrina e ritos externos. Lembravam-se que os Portugueses acharam na Índia e no Japão ídolos, bonzos e pagodes. Não encontrando o mesmo, inferiram que os Índios do Brasil não possuíam religião alguma. Os ritos, que achavam, atribuíam-nos a feitiçaria e bruxedo.[2]

Felizmente, observando os factos, deixaram-nos alguns cronistas, em particular Fernão Cardim, descrição suficiente para, prescindindo das explicações de então, se enquadrarem os Índios na categoria respectiva, dentro dos estudos antropológicos actuais, sôbre a religião das civilizações primitivas. Parece que tem de ser nas da magia e animismo, onde já se reconhecem entes superiores ao homem, que é o essencial à religião. Concordamos, porém, que o facto é extremamente complexo e só poderia ser tratado, em tôdas as suas formas, em livro que estudasse *ex professo* a Religião dos Índios brasileiros e seguisse passo a passo as definições, características e pressupostos da religião, para dilucidar tudo cabalmente.

Uma pregunta, por exemplo, fundamental seria esta: que oração faziam os Índios do Brasil? Pelas descrições dos cronistas parece ser essencialmente um pedido de bens materiais.

A oração, segundo o catecismo, é a elevação da alma a Deus, para o adorar, agradecer-lhe e pedir as suas graças.

A relação dos Índios com Deus estaria no plano único da magia — o temor e o desejo de coisas materiais. Mas a observação, prejudicada então pelas ideias da época, é, com cer-

---

1. Cardim, *Tratados*, 161.
2. Gouveia, em Anch., *Cartas* 434; *Mon. Ignat.*, série 4, I, 740; Bart. Guerreiro, *Gloriosa Coroa*, 303. «Os índios e negros tinham tanta civilidade como roupa, *mais surtout les Brasiliens qui en outre étoient athées, sorciers, antropophages, et tenoient peu de l'homme*». — Jacques Damien, *Tableau Racovrci*, 107.

teza, incompleta, e existiam, de-certo, relações menos rudimentares do homem para com Deus. O P. Schmidt, descrevendo a dança dos Índios Arapaós (tribu Algonquina) da América do Norte, refere que os sacerdotes índios se colocam em quatro filas: avançam do Noroeste para o deus central, da cabana sagrada, que está a Leste. A meio caminho param, e voltam para Oeste. Voltam ainda e tornam quatro vezes, chegando-se sempre um pouco mais para o lugar santo. Da última vez, a vinte passos da cabana, param e agitam-se enèrgicamente.

«Êste avanço progressivo, diz Schmidt, significa a subida infatigável da oração para o Homem lá de Cima: representa ainda o esfôrço do homem para o bem». O homem avança, recua, torna a avançar e a recuar, e acaba, finalmente, por chegar ao têrmo [1].

Isto era entre os Arapaós. E no Brasil? Na vastidão do Brasil, há de-certo, interferência de círculos culturais etnológicos diversos e, neste momento, tratamos ùnicamente dos Índios da costa até ao Rio Grande do Norte. Os Índios da costa conheciam o uso do fogo, não conheciam o dos metais: época, portanto, da pedra pulida e família poligâmica [2].

E agora, uma pregunta: qual era, segundo os Jesuítas, a manifestação mais concreta do naturalismo indígena brasileiro, principal base religiosa dos Índios? O temor dos trovões. Temor que poderia ser simplesmente motivado pelos males, não imaginários, das tempestades e raios, que fendiam as árvores da floresta, ou poderia ser mêdo, que envolvesse já a ideia dum Ser

---

1. *Der Ursprung der Gottesidee*, II — *Die Religionen der Urvölker Amerikas*, (Münster in Westph., 1929) 745-746. Citado por Gabriel Horne, S. I., *La prière des Primitifs d'Amérique*, em *Supplément à la Vie Spirituelle*, 1.er avril 1931, p. [6]. A cenas semelhantes assistimos nós-próprios, há 30 anos, no mais recesso da floresta amazónica, nas cabeceiras do Rio Caburis, afluente esquerdo do Rio Negro, com aquêles avanços e retrocessos. Teriam, de-facto, significação tão alta como a que lhes atribue o Padre Schmidt?

2. Além dos Autores referidos, podem ver-se entre outros: H. Pinard de la Boullaye, *L'Etude comparée des religions*, I-II, Paris, 1929; A. Lemonnyer, *La révélation primitive et les données actuelles de la science*, Paris, 1914; Barão Descamps, *Le Génie des Religions*, Paris, 1923; Tristão de Ataíde, *Economia Prepolitica*, Rio, 1932; Gui de Holanda, *Novo conceito de história da civilização à luz da Etnologia e da prehistória*, Rio de Janeiro, 1934; Angione Costa, *Introdução à Arqueologia Brasileira — Etnografia e História* (S. Paulo 1934) 242 ss.

Superior ao homem, motor dêsses trovões: mêdo de «Aquêle que troveja»[1]. Para Anchieta, os Índios não adoravam criatura nenhuma, «sòmente os trovões cuidam que são Deus»[2]. Se esta identificação fôsse rigorosa, seria uma forma idolátrica. Não devia, porém, existir tal identificação, que implica já conhecimento da ideia de Deus, e os Índios, diz Cardim, não teem nome próprio com que expliquem a Deus[3]. Antes dêle, dissera-o Nóbrega, em 1549: «esta gentilidade nenhuma coisa adora, nem conhece a Deus; sòmente os trovões chamam Tupane, que é como quem diz, coisa divina. E assim nós não temos outro vocábulo mais conveniente para a trazer ao conhecimento de Deus, que chamar-lhe Paí Tupane»[4]. Isto dizem os Padres. Recordemos, porém, que a palavra *Deus* é erudita; e não esqueçamos o hábito de os Índios responderem, quási sempre, no sentido das preguntas. Quando os Padres inquiriam sôbre a existência dum Ente Supremo, êles respondiam no mesmo sentido: «Tupane é o que faz os trovões e relâmpagos e que êste é o que lhes deu as enxadas e mantimentos e, por não terem outro nome mais próprio e natural, chamam a Deus Tupã»[5].

Outro exemplo, ainda mais frisante das respostas dos Índios

---

1. Seria uma das manifestações do «culto do céu», de que fala Pettozzani, e critica Pinard de la Boullaye, chamando-lhe «uranismo» (de οὐρανός, a abóbada celeste)? Cf. H. Pinard de la Boullaye, *L'Étude comparée des Religions*, I, 3.ª ed. (Paris 1929) 397.

2. Anch., *Cartas*, 331.

3. Cardim, *Tratados*, 163.

4. Nóbr., *CB*, 90, 99, 73; Vasc., *Crón.*, XCIX; Carlos França, *Etnografia Brasílica segundo os escritores portugueses do século XVI*, na *Rev. de Historia*, XV (1926), pág. 137.

5. Nóbr., *CB*, 99; A. I. de Melo Morais, *Corographia Historica, Chronologica, Genealogica, Nobiliaria e Politica do Imperio do Brasil*, II (Rio 1859) 286; Claro Monteiro do Amaral, na *Rev. do Inst. Bras.*, 63, 1.ª P. (1900) 272, diz que verificara, entre os Índios do Rio Verde, diferença entre tupã e Tupana. O primeiro com a significação de raio; o segundo de Deus. O sufixo *a* designaria o *agente, causa*. O mesmo observara, antes dêle, no Maranhão e Pará, D. J. G. de Magalhães, *Os indígenas do Brasil perante a história*, in *Rev. do Inst. Bras.*, 23 (1860) 27. Mas não será esta formação já de procedência jesuítica? Como quer que seja, o facto de os Jesuítas Portugueses adoptarem a palavra *Tupã* para significar Deus é inegável. O vocábulo teve tal fortuna que é usado ainda hoje por todos os índios cristãos, desde a Argentina às Guianas. Cf. Métraux, *La Religion des Tupinamba* (Paris 1928) 56; Ricard, *Les Jésuites au Brésil*, 451.

no sentido das interrogações, que se lhes faziam, é o que nos deixou o P. Tolosa.

Inquiriu êle de um índio, recém-chegado do sertão, o que sabia das coisas antigas. O velho falou dos nossos primeiros pais, em confuso, do dilúvio, e nomeou Deus por um vocábulo que quere dizer «*sem princípio*» [1].

É já evidente, nesta resposta, a influência cristã, sobretudo quanto à notícia dos *primeiros pais* e de Deus «sem princípio».

Pelo que toca ao dilúvio, aparece, nas primeiras cartas, de diverso modo: umas vezes é uma mulher com o marido que se salvam no cimo de uma árvore [2]; outras, um principal, zangado numa guerra, deu com uma flecha no solo; abriram-se as fontes e inundou-se a terra: só êle (não se diz, mas, de--certo, com a sua mulher) fazendo uma casa de fôlhas bem tapada, conseguiu escapar [3]. A tradição do dilúvio tem, na Etnologia indígena brasileira, variadas formas. Há pelo menos cinco: a dos Tupis, a dos Caxinuás, a dos Padauiris, a dos Bororós e a dos Pamaris [4]. A esta tradição se deve ligar a lenda de Zumé, personagem antiga que viera de longes terras e ali prègara o bem àquelas gentes. A semelhança do nome fêz recordar São Tomé e ver as suas pègadas nalguns lugares. Nóbrega assinala essa crença, o que levou erradamente alguns a supor que foram os Padres os autores da lenda. Está provado que a tradição de Zumé é anterior à chegada dos Jesuítas [5].

Acreditariam os Índios na imortalidade da alma? Como nós hoje a entendemos, não é seguro, mas criam na sua sobrevivência. Disto há documentação abundante. Escreve Cardim: «sabem que teem alma e que esta não morre e que depois da morte vão a uns campos onde há muitas figueiras ao longo de

---

1. *Bras. 15*, 285.
2. Nóbr., *CB*, 91; 101.
3. Carta de Inácio de Tolosa, 7 de Julho de 1575, BNL, fg, 4532, f. 163; Felisbelo Freire, *História de Sergipe*, 7.
4. Gustavo Barroso, *Mythes, Contes et Légendes des Indiens — Folk-lore brésilien* (Paris 1930) 68-74; Métraux, *La Religion des Tupinamba*, 44. Para uma tríbu moderna, cf., por exemplo, Ermelino A. de Leão, *Subsídios para o Estudo dos Kaingungues*, na *Rev. do Inst. de S. Paulo*, XV, 229-232. Roquette Pinto, em *Rondonia*, 3.ª ed. (Rio 1935) 115 e seg., traz dados antropológicos, etnográficos e lingüísticos, preciosos e objectivos, sôbre os Parecis e Nambiquaras.
5. Vale Cabral, em Nóbr., *CB*, nota 25, p. 101.

um formoso rio, e tôdas juntas não fazem outra coisa senão bailar»[1]. É a *terra sem mal*. Tal felicidade é reservada aos valentes: os covardes vão sofrer com o Anhanga, mau espírito, ou transformam-se em *Anhanga* ou *Cururupeba*[2].

Êste destino diverso dos homens é, como se vê, uma forma do problema das sanções eternas, num povo onde a defesa e combates contínuos entre as tríbus obrigavam os homens a fazer da valentia o mais alto ideal. Desta mesma fonte é o culto dos antepassados, que se manifestava nos momentos de guerras: «o mais fino da retórica para persuadir esta gente» era, diz Simão de Vasconcelos, trazer-lhes «à memória os feitos valentes dos seus antepassados»[3].

O animismo indígena manifestava-se com a crença dos Índios nos espíritos que povoam os locais, onde recolhiam o sustento: mato, rio, praia. Corporizavam os ruídos da floresta e certas manifestações naturais, inexplicáveis para êles, como o fenómeno das fosforescências vegetais ou marinhas. O folclore indígena anda cheio de tais lendas.

«É coisa sabida, escreve Anchieta, e pela bôca de todos corre, que há certos demónios, a que os brasis chamam *Curupira*, que acometem aos Índios muitas vezes no mato e dão-lhes açoites, machucam-nos e matam-nos»[4].

«Há também nos rios outros fantasmas a que chamam *Igpupiara*. Nas praias, há o *baetatá*, o que é todo fogo, que corre de um lado para outro e acomete ràpidamente os Índios e mata-os como a *Curupira*. O que isto seja, ainda não se sabe com certeza. Há ainda outros espectros pavorosos que assaltam os Índios»[5].

Chamavam-se *Taguaigba, Machaquera, Anhanga*: «é tanto o mêdo que lhes teem» a êles e à *Curupira* que, «só de imaginarem nêles, morrem»[6].

---

1. Cardim, *Tratados*, 161-162.
2. Lery, cap. XVI, § 3, in *Rev. do Inst. Bras.*, 52, 2.ª P. (1889) 274; Francisco Soares, *De alg. cousas mais notáveis*, 384; Vasc., *Das cousas do Brasil*, na *Crón.*, pág. C.
3. Vasc., *Crón.*, III, 75.
4. Couto de Magalhãis faz da Curupira um «deus protector» da floresta (*O Selvagem*, 3.ª ed., 170).
5. Anch., *Cartas*, 128-129 e nota de Alcântara Machado, p. 142.
6. Cardim, *Tratados*, 162; Anch., *Cartas*, 331, Baltasar Fernandes, *CA*, 485 e nota de Afrânio; Métraux, a-propósito-de tôdas estas manifestações, cita os

4. — Os Índios da costa brasileira, na posse de Portugal, no século XVI, não possuíam ídolos pròpriamente ditos [1]. Mais tarde surgem, mas parece-nos que já por influxo europeu ou africano. Os célebres cabaços, de que se serviam os pagés para as suas cerimónias, devem-se considerar mais como objecto mágico do que ídolo fitológico a quem se adore. Mas não haveria manifestações, ao menos ténues, de culto fitológico? Parece-nos que sim. No *Auto de S. Lourenço* exorta o Anjo aos Índios a acabarem com feitiços, a desprezarem augúrios nas aves e feras da floresta e, também, a que não *adorem a palmeira* [2]. Algum fundamento haveria para se mencionar o culto a esta árvore.

Os objectos de maior veneração entre os indígenas eram os cabaços ou *maracás*, que os pagés rodeavam de mistério para mais se imporem aos Índios. «Escondiam-nos em uma casa escura, para que aí vão os Índios levar suas ofertas. Tôdas estas invenções, por um vocábulo geral, chamam *Caraíba*, que quere dizer coisa santa ou sobrenatural; e, por esta causa, puseram êste nome aos Portugueses, logo quando vieram, tendo-os por coisa grande, como do outro mundo, por virem de tão longe por cima das águas» [3].

O Padre Nóbrega deixou-nos um pormenor precioso sôbre o modo de operar dos pagés com êstes maracás. Depois de colocado na escuridão da casa, o pagé muda «a sua própria voz em a de menino junto da cabaça», prometendo aos Índios tôdas as facilidades nas suas coisas: o comer lhes virá a casa, porque as enxadas por si irão cavar, e as frechas à caça, etc. [4].

Pero Correia, como mais antigo na terra e que mais estêve em contacto com os Índios, é o que nos dá maiores minúcias: «Fazem umas cabaças à maneira de cabeças, com cabelos, olhos, narizes e bôca com muitas penas de côres, que lhes apegam com cera, compostas à maneira de lavores». E em sua honra «inven-

---

autores portugueses, mas dá maior lugar aos autores franceses, Thevet, Lery, Yves d'Evreux, Claude d'Abbeville. Notemos que êstes últimos escreviam do Norte, e podem-se notar nesses índios, próximos do Amazonas, influências culturais diferentes das do Sul.

1. Nóbr., *CB*, 73, 114 ; *Bras. 3(1)*, 104.
2. Afrânio, *Primeiras Letras*, 179.
3. Anch., *Cartas*, 331-332, 72-73 ; *CA*, 147.
4. Nóbr., *CB*, 99.

tam muitos cantares que cantam diante dêle; bebendo muito vinho de dia e de noite, fazendo harmonias diabólicas [1]. E já aconteceu que, andando nestas suas *santidades*, foram duas línguas, as melhores da terra, lá, e mandaram-nas matar. Teem para si que seus santos dão a vida e a morte a quem querem. Se lhes houvera de escrever as misérias dêstes, fôra necessário muito papel». Esta santidade vem-lhes «de ano em ano» [2].

A tudo isto chamam os Padres expressamente feitiços e feiticeiros. E, mais que nenhum, o mesmo Pero Correia que vai até a compará-los com usos, que ainda então vigoravam na Europa. Donde se segue que os consideram antes manifestações supersticiosas do que religiosas. Magia. Tudo isto, diz êle, são «abusões e ninharias que ainda hoje se acham dentro do reino de Portugal como são feiticeiros, bruxos e benzedores, e crer em sonhos e ter muitos agoiros».

Quanto aos pagés, os Índios ora lhes davam crédito ora não, «porque as mais das vezes os apanham em mentira» [3].

Os pagés teem dupla função: uma semelhante à dos arúspices antigos, outra de curandeiros.

Na guerra dos Índios de Piratininga, pouco depois da fundação de S. Paulo, na véspera do combate, «fizeram uma cabana, segundo o seu costume, onde puseram uma cabaça cheia, ao modo de rosto humano, ataviado com plumas. Aos feiticeiros, que fazem isto, chamam pagés para sacrificar-lhe e preguntar-lhe o sucesso da guerra [4]». Os pagés eram também curandeiros e o seu ofício consistia em fazer certas fumigações e chupamentos no lugar dorido. O chupar lesões patológicas: mordeduras, pisadelas, tem, de-facto, efeitos terapêuticos reconhecidos pela medi-

---

1. Parece que a ideia de «santidade» anda associada imediatamente à da música. Indo os meninos órfãos a uma Aldeia com cantos, disseram que agora lhe ia a verdadeira «santidade»; e ao lado escreveram, à guisa de definição empírica: «*Santidade chamam a seus músicos e tocadores*» *(Bras. 3(1)*, 66 v).

2. *CA*, 98-99, 122, 382; Hans Staden, *Viagem ao Brasil*, cap. XXI (Rio 1930) 68.

3. Carta de Pero Correia, 10 de Março de 1553, *Bras. 3(1)*, 86v; Anch., *Cartas*, 105.

4. Anch., *Cartas*, 72. Se fôssemos a tomar, no seu sentido rigoroso, o verbo sacrificar, teríamos uma verdadeira manifestação de adoração e culto: ídolo e religião. Mas tal interpretação opõe-se a outras notícias positivas que negam a existência de ídolos, adoração e culto.

cina; mas os pagés fingiam que tiravam do lugar doente um fio, uma palha, ou qualquer outro objecto, com o que o paciente se sugestionava. « E o doente cuida que fica são e lhes dá por esta cura quanto querem e pedem » [1].

Não se oporiam êstes pagés à prègação do Evangelho? Opuseram-se, mas foi resistência ineficaz. Tal oposição manifesta-se de muitas formas: transparece no mêdo pueril com que, ao começo, os Índios fugiam dos Padres nas Aldeias [2]; na acusação de fracos e efeminados, que os Índios dirigiam aos que se convertiam [3]; na persuasão, que lhes incutiam, de que a religião era para os escravizar [4]; no modo com que os amedrontavam, dizendo que as valas que se cavavam à roda da cidade do Salvador, e os poços que se abriam, haviam de ser para os afogar [5]; na superstição com que, para os Padres lhes não « lançarem a morte », queimavam, à roda das suas casas, sal e pimenta [6]; e na interferência, que tomavam nas ocasiões de epidemias e de fomes, atribuindo-as à religião e induzindo os Índios a fugirem para o mato [7]: tudo isto eram manifestações de resistência, mas por si se desmoronavam, como também a antropofagia fàcilmente se venceu, a poligamia se atalhou, as bebedeiras diminuíram, e o nomadismo amorteceu còm os aldeamentos. Um costume com outro costume se vence. E tomaram-se realmente os meios adequados para a vitória, sobretudo com a juventude [8].

O primeiro contacto com os pagés é narrado por Nóbrega: « Procurei encontrar-me com um feiticeiro, o maior desta terra [da Baía], ao qual chamavam todos para os curar. Dizia-se « deus ». Foi confundido: « é agora um dos catecúmenos » [9].

---

1. *CA*, 78, 307, 484. A actos dêstes assistimos nós, pessoalmente, neste século XX, entre os Índios do Amazonas.
2. *CA*, 130.
3. *Bras. 15*, 327v; *CA*, 49.
4. Nóbr., *CB*, 104; *CA*, 127; Anch., *Cartas*, 91, 98, 99.
5. *CA*, 51.
6. *Bras. 3(1)*, 64v.
7. *CA*, 129; Vasc., *Crón.*, 39.
8. Escreve Caxa, a 2 de Dezembro de 1573, BNL, fg. 4532, f. 42: « Já agora lhe aborrecem coisas de que antes faziam muito caso, porque tendo dantes muita fé em seus feiticeiros, já agora os perseguem », e que se « haviam de degradar ».
9. Nóbr., *CB*, 95.

Esta *santidade* primitiva não tardou a sofrer o influxo de fora e a transformar-se numa corrutela da própria religião cristã. Já em 1552 se fala de um feiticeiro de Pernambuco, que se proclamava parente dos Padres.

Garantia que era verdade o que êles diziam e que êle próprio tinha morrido e ressuscitado...[1].

Nesta corrução da religião intervinham às vezes os mamelucos e a ela assistiam, impassíveis ou coniventes, colonos, como Fernão Cabral de Ataíde, senhor de uma fazenda nos arredores da Baía, em Jaguaripe. Um índio chamava-se Papa, outros diziam-se bispos; e até uma índia se dava por «mãi de Deus», sem contar outros santos menores. Arvoravam cruzes. Tinham «um ídolo de pau em uma casa a modo de igreja, na qual estava uma pia de bautizar, onde os mesmos índios se bautizavam uns aos outros, e outra pia como de água benta com seu hissope, e um altar com castiçais e uns livros e fôlhas de tábuas de pau, com certas letras escritas, por que êles a seu modo liam, e com uma cadeira de um só pau inteiro em que êles como em confessionário confessavam as fêmeas», etc.

Aquela conivência de Fernão Cabral tinha muito de interesseira e supunha o prestígio da religião cristã. Não querendo o fazendeiro chamar os Padres, por possuir, escravizados, com má consciência, muitos índios livres, fomentou aquêle arremêdo para os prender a êsses e atrair outros que chegavam. Êle próprio se punha de joelhos. António Conselheiro teve precursores. O caso de Jaguaripe prometia alvoroço. O Governador Teles Barreto enviou lá o Capitão Álvaro Rodrigues e destruiu tão abusiva falsificação[2].

---

1. *CA*, 118.
2. *Primeira Visitação—Denúncias da Baía 1591-1593*, p. 291, 327-328; 474-475; 381-382. Tudo isto vem narrado circunstanciadamente em *Ann. Litt. 1585*, p. 133 ss. E cf. *Confissões da Baía, 1591-1592* (Rio 1935) 105, 122, 168-169, onde Domingos Fernandes Nobre, o *Tomacauna*, conta a parte que nisso teve, e conclue dando notícia sôbre «o ditto chamado Papa, autor e inventor da ditta erronia e abusão, o qual se chamava Antonio e era do gentio deste Brasil e se criou em casa dos Padres da Companhia de Jesu, no tempo que elles tinhão aldeias em Tinharé capitania dos Ilheos, donde elle fogio pera o sertão». Aquela *Ânua* refere-se também ao uso da herva *pitima* (tabaco), aos seus efeitos espasmódicos e à embriaguez que se seguia às *santidades*. A descrição de Southey, *Hist. do Brazil*, II,

5. — No meio dêstes trabalhos, iniciaram, pois, e prosseguiram os Padres a catequese dos Índios do Brasil. O meio mais seguro, e cronològicamente o primeiro, que usaram, foi o da instrução. Manuel da Nóbrega, a 10 de Agôsto de 1549, diz que começou a visitar as Aldeias: «convidamos os meninos a ler e escrever». E êles vinham com «grande inveja e vontade»[1].

O meio foi bem escolhido. Através dos filhos atingiam-se os pais, arredios, supersticiosos, e, em geral, difíceis de mover, como tôda a gente já feita. Inteligentes, os meninos de-pressa se transformavam em mestres e apóstolos[2].

Chegando em 1550, os órfãos de Lisboa juntaram-se com os meninos índios da Baía. Alguns já sabiam as coisas da religião: com o convívio dos recém-chegados, aperfeiçoaram os seus conhecimentos; e todos juntos entraram pelas povoações pagãs, prègando, ensinando, atraíndo aquelas almas a Deus. Descrevem os próprios meninos a romaria ou peregrinação que fizeram nos arredores da Baía. Armaram-se com a cruz de Cristo e com a eficácia das suas palavras, dizem êles. «A cruz ia adiante sempre levantada, e os meninos a seguir, de dois em dois ou de três em três». Iam prègando a Cristo, que era «o verdadeiro Deus, que fêz os céus e a terra e tôdas as coisas para nós, para que o conhecêssemos e servíssemos. E nós, para quem êle fêz a terra e nos deu tudo, não o queremos conhecer, nem crer, obedecendo aos feiticeiros e maus costumes. Dali em diante, [os Índios] não teriam desculpa, pois Deus lhes enviava

---

p. 4-7, tirada de Jarric, *Histoire des choses*, II, 319-322, é tradução quási literal, um pouco enfática daquela Ânua. O cónego J. C. Fernandes Pinheiro, anotador de Southey, põe-lhe esta nota: «Cremos que tôda esta teogonia, a que se refere o autor, não passa de uma invenção dos Jesuítas». Em primeiro lugar, Fernandes Pinheiro não forma conceito exacto do que seja teogonia, intitulando assim aquela simples contrafacção de jerarquia e ritos católicos; em segundo lugar, as *Denúncias da Baía*, em tão boa hora publicadas, demonstram a leviandade com que êle acoima de invenção factos verdadeiros. Exemplos daqueles efeitos espasmódicos, em que as mulheres tremiam, deitando-se por terra, escumando, etc., encontram-se já em Nóbrega e noutros cronistas. — Nóbr., *CB*, 99; *CA*, 382 e nota 200 de Afrânio Peixoto; Alcântara Machado, *Vida e morte do Bandeirante* (S. Paulo 1929) 212. Diversas manifestações de santidade, corrutelas de cristianismo, surgiram noutros lugares, *Fund. de la Baya*, 32v-33v (108); Nóbr., *CB*, 180.

1. Nóbr., *CB*, 91.
2. *Fund. de la Baya*, 3v(79); Vasc., *Crón.*, I, 91, 161.

agora a verdadeira santidade, que é a Cruz, e aquelas palavras e cantares. E que Deus tinha vida, lá onde êle está, mostrando-lhes a formosura dos Céus, nomeando-lhes os elementos com os seus frutos, e como de lá vinha o sol, a chuva, o dia, e a noite e outras muitas coisas. E daqui corrigíamos as suas faltas e superstições, mostrando-lhes os seus enganos muito claros. E ficavam espantados de os meninos saberem tanto» [1].

Na maior parte das Aldeias da costa, estabeleceram-se pequenos seminários, ou mais pròpriamente, escolas elementares, onde se ministrava aos filhos dos Índios o duplo ensino da doutrina e do abecedário. Isto, desde o começo, na Baía e S. Vicente. E até de Pôrto Seguro escreve, em 1551, o P. Navarro: «começam-nos já a dar seus filhos, e ao presente estão três ou quatro aprendendo em uma casa que para isso ordenámos» [2].

No período intensivo das Aldeias da Baía, depois da chegada de Mem de Sá, o movimento escolar e catequético foi grande. Em 1559, escrevia o Governador a El-rei D. Sebastião que «há escolas de trezentos e sessenta moços, que já sabem ler e escrever» [3]. Nóbrega refere que, na Aldeia do Espírito Santo, eram 150 [4]. O P. Melo diz que, na mesma Aldeia, um ano depois, a freqüência era de trezentos [5]. Por sua vez António Rodrigues refere que, na do Bom Jesus de Tatuapara, «haverá na nossa escola 400 meninos» [6].

São unânimes os testemunhos em notar o extraordinário influxo e atractivo que os Padres exerciam sôbre a adolescência e a juventude.

Conta Anchieta que, em oito dias de convivência com os meninos de Iperoig, os acharia aptos para o baptismo, se estivesse em terra de cristãos, que assegurasse a perseverança [7].

João Gonçalves foi visitar as Aldeias, em 1556. Duma trouxe dois meninos, a que pôs os nomes dos príncipes dos apóstolos, Pedro e Paulo. Depois, trouxe três e deu-lhes os nomes dos

---

1. *Bras.* 3 (1), 64-64v.
2. *CA*, 69; Vasc., *Crón.*, II, 6.
3. Carta de Mem de Sá, 31 de Março de 1560, em *Annaes*, XXVI, 227 e 195.
4. Nóbr., *CB*, 185-186.
5. *CA*, 250, 264-265, 237-238.
6. *CA*, 296-297; Vasc., *Crón.*, II, 99.
7. Anch., *Cartas*, 201.

Reis Magos, Gaspar, Melchior e Baltasar, primícias da gentilidade. Depois, outros: « ora trazia quatro, ora cinco, ora seis, de modo que lhe cobraram tanta afeição que, fugindo de suas mãis, o vinham aguardar no caminho para que os trouxesse consigo » [1].

António Rodrigues, o maior apóstolo destas Aldeias, no período de formação, conduzia para a de Santiago, em 1559, vinte meninos, filhos de Parajuba. « A mim me pareciam, diz êle, êstes meninos, estudantes pobres que iam estudar a Salamanca, mas diferentes e desiguais na intenção, porque lá vão aprender letras e ciências, e êstes caminham para a escola onde não há-de soar senão Cristo *in cordibus eorum* » [2].

Os Jesuítas ensinavam « os filhos dos Índios a ler e escrever, cantar e ler português, que tomam bem e o falam com graça, e a ajudar às missas; desta maneira os fazem políticos e homens » [3].

O Visitador Cristóvão de Gouveia determinou, em 1586, que estas aulas, de manhã e de tarde, durassem cada uma hora e meia. E que os mestres não castigassem os meninos por sua mão [4].

A distribuïção de tempo não podia, contudo, ser rigorosa e uniforme. Nalgumas partes eram, duas horas de manhã, outras duas de tarde [2]; e ainda noutras só de tarde, e então duravam mais. Assim sucedia, em 1559, na Aldeia de S. Paulo, da Baía, como escreve Nóbrega. E dava a razão: « porque teem o mar longe e vão pelas manhãs pescar para si e para seus pais que não se manteem doutra coisa: e de tarde teem escola três horas ou quatro » [3].

Nas Aldeias, organizadas de modo estável, a distribuïção quotidiana fazia-se assim, com ligeiras variantes:

Ao romper da manhã, tocava-se a campainha (substituindo-a mais tarde o sino) a chamar à missa. Juntavam-se os meninos à porta da Igreja ou dentro no altar-mor. Ajoelhavam-se, repartidos em dois coros iguais, geralmente os meninos a um lado, as

---

1. CA, 169.
2. Ib., 234, 156-157; 295-297; Bras. 15, 64v.
3. *Enformacion*, Bibl. de Évora, Cod. CXVI/I-33, f. 39; cf. Anch., *Cartas*, 416, 436.
4. *Ordinationes*, em Bras. 2, 146.
5. Vasc., *Anchieta*, 163.
6. Nóbr., CB, 179; 159-161.

meninas a outro. Feito o sinal da cruz e recitado o hino *Veni Creator Spiritus*, entoava-se o Rosário do nome de Jesus [1].

Começava um côro em voz alta:

— *Bemdito e louvado seja o Santíssimo Nome de Jesus.*

Respondia o outro côro:

E da Bem-aventurada Virgem, mãi sua, para sempre, amen.

E assim dez vezes. Depois, todos juntos:

— *Gloria Patri et Filio et Spiritui Sancto, amen.*

Estas saüdações, ou Rosário, prolongavam-se até começar a missa. Assistíam a ela em silêncio, «com modéstia e devoção, ora de joelhos, ora de pé e de mãos postas».

Finda a missa, a que também assistiam os adultos que queriam, retiravam-se êstes para as suas fainas. Ficavam os meninos; e começava então a catequese pròpriamente dita.

Um Padre ou Irmão ensinava-lhes as orações mais comuns, *Padre-Nosso*, *Avè-Maria*, *Salvè-Raínha*, *Credo* e as fórmulas da doutrina cristã; depois, catecismo dialogado, a princípio na língua portuguesa e, mais tarde, também na tupi-guarani. Tomavam-se, para isso, as disposições necessárias. Em 1574, o Provincial, Padre Tolosa mandou que se traduzisse ou adaptasse para a língua brasílica o catecismo português do P. Marcos Jorge [2]. Já em 1564, pedia o P. Luiz da Grã, de Portugal, «a doutrina que lá agora se ensina por preguntas e respostas» [3]. Também, já em 1566, se falava dum catecismo em forma de *Diálogo*, do P. Braz Lourenço, usado por êle com êxito em Pôrto Seguro e que já tinha sido enviado a Portugal [4], no qual se ensinavam àquelas almas rudes os principais mistérios da religião: *Santíssima Trindade, Criação do Mundo, Primeiros Pais, Incarnação e Redenção, Paixão, Morte e Ressurreição do Filho de Deus, os Novíssimos do Homem, a Igreja Católica, os Sacramentos*, etc.

Acabada a doutrina, repetiam-se as invocações do princípio. Depois dum ligeiro almôço, começava a escola: ler, escrever, cantar e tocar instrumentos, conforme o jeito de cada um.

Nalgumas Aldeias, a escola terminava de manhã com a La-

---

1. *Bras. 15*, 185.
2. *Bras. 15*, 257.
3. *CA*, 415.
4. *CA*, 472.

dainha dos Santos, de tarde com a Salvè-Rainha. E os meninos iam para suas casas.

Ao cerrante da noite, tangia-se a Avè-Marias. Numa suave alegria, juntavam-se outra vez os meninos à porta da Igreja. Formava-se procissão. À frente, a cruz alçada. E todos em ordem e cantando, em voz alta, cantigas santas na própria língua, encaminhavam-se para uma cruz erguida no terreiro. Ajoelhando-se todos, encomendavam as almas do purgatório. Dizia um:

— «*Fiéis cristãos amigos de Jesus Cristo, lembrai-vos das almas que estão penando no fogo do Purgatório. Ajudai-as com um Padre-Nosso e Avè-Maria, para que Deus as tire das penas que padecem*».

Respondiam todos: — Amen.

Concluídas as orações, voltavam da mesma forma até à portaria dos Padres. E, entoando mais uma vez as singelas saudações com que começaram o dia, *Bemdito e louvado seja o Santíssimo Nome de Jesus*, etc., o Padre os abençoava.

E, suprema oblação do dia, retirando-se para suas casas, algumas vezes os meninos, antes de dormir, ainda ensinavam, ao pé do fogo e da rêde, a doutrina a seus pais...[1].

6. — A doutrinação directa dêstes pais, ou índios adultos, iniciou-se por missões volantes. Os Padres viviam nas cidades ou vilas e saíam pelas Aldeias vizinhas, prègando a princípio com intérpretes e depois, aprendida a língua, por si mesmos. Logo em Agôsto de 1549, anuncia o P. Nóbrega:

«Começamos a visitar as suas Aldeias, quatro companheiros que somos, a conversar familiarmente, a anunciar-lhes o reino do céu, se fizerem aquilo que lhes ensinarmos»[2]. Assinalaram-se, em cada Capitania, os respectivos iniciadores da catequese indígena. Na Baía, deu-se mais de-propósito a esta emprêsa o P. João de Azpilcueta Navarro que, em 1550, evangelizava 6 ou 7 Aldeias[3]. Conta Vicente Rodrigues como se faziam estas mis-

---

1. Pero Rodrigues, *Anchieta*, em *Annaes*, XXIX, 243-244: Vasc., *Crón.*, II, 6-7; I, 161; Id., *Almeida*, 50; Id., *Anchieta*, 163; Carta de Caxa, de 2 de Dezembro de 1573, BNL, fg. 4532, f. 43v; Carta do P. Tolosa, 7 de Setembro de 1575, ib., f. 166; cf. Carta do mesmo, 3 de Fevereiro de 1574, *Bras. 8*, 1-2v; Anch., *Cartas*, 73, 436; *Discurso das Aldeias*, 381; CA, 197, 491, 496.

2. Nóbr., *CB*, 91.

3. *CA*, 50.

sões em 1552: «Ensinamos-lhes a doutrina cristã na própria língua dêles, eu e alguns Irmãos da terra que trouxe comigo, e costumamos chamá-los à doutrina por um dêstes moços, que vai apregoando pelos caminhos com muita devoção e fervor, dizendo-lhes, entre outras coisas, que está terminado o tempo de dormir, que se levantem para ouvir a palavra de Deus, e assim despertados se ajuntam em casa do Principal, e aí lhes ensinamos a doutrina cristã, explicando alguns passos da vida de Cristo, e algumas vezes tanto se interessam pelas coisas do Senhor, que nem eu nem os outros Irmãos lhes somos bastantes para satisfazer os seus desejos; findo o que, voltam para casa, e rezam a doutrina cristã e benzem-se, fazendo o sinal da cruz» [1].

A Cruz levavam-na sempre alçada os Padres, quando entravam nas Aldeias. Entravam cantando, e os Índios, maravilhados, recebiam-nos bem [2].

O problema da catequese dos Índios resolveu-se em função das circunstâncias económicas da sua vida. A experiência mostrou que os Índios durante o dia andavam ou a mariscar ou a caçar ou a cultivar mandioca, e, mais tarde, canaviais. Só de manhãzinha ou ao cair da noite se poderiam achar. Dividiu-se, portanto, a catequese em duas secções perfeitamente distintas, a dos meninos e a dos adultos. Tanto mais que a dos adultos não foi nunca demasiado frutuosa, como se depreende do que escrevemos sôbre as suas disposições de carácter. Em 1556, tocava-se, contudo, a campainha uma hora antes do sol-pôsto, para virem todos, e também «as velhas e velhos que em extremo são preguiçosos» [3].

Não descuravam os Padres todos os meios de os mover, despertando nêles o sentimento da emulação. Logo ao comêço, acharam na Baía um índio já cristão, mas que desconhecia o que isso significava. Ensinaram-no e, para o autorizar, convidaram-no, logo nos primeiros dias da chegada, a comer à sua mesa. Os outros «espantavam-se do favor que lhe dávamos» [4]. Os índios

---

1. *CA*, 134-135.
2. Nóbr., 137; *CA*, 94, 499.
3. *CA*, 159-161.
4. Nóbr., *CB*, 74, 77.

antigos, quando bem dirigidos, transformavam-se em elemento precioso da catequese, espertando os demais a assistir a ela [1].

Mem de Sá dava-lhes igual favor. Ao índio Capim, trazido do sertão pelo P. Luiz da Grã, deu o Governador de vestir, vinho de Portugal, ferramentas e a nomeação de capitão dos seus, à moda portuguesa. O que causou inveja aos outros índios e fêz dêle amigo da religião [2]. Alguns dêstes índios de boa vontade transformavam-se em catequistas. Eram hábeis no seu ofício. É sabido que os Índios estimavam a valentia: mas admiravam ainda mais a eloqüência. Gouveia compara-os, neste ponto, aos romanos. Os «senhores da fala» acabavam quanto queriam com os Índios; as suas decisões traziam a paz ou levavam à guerra [3]. Os Jesuítas, como não podiam fazer tudo por si, lançaram mão dos elementos que encontraram, os moradores mais antigos da terra, como o Caramuru, na Baía, e também os próprios Índios [4].

Eram os intérpretes. Mas às vezes iam êles próprios, «prègando a Fé e desenganando os seus maus costumes em que vivem» [5]. Na Capitania de S. Vicente, contam-se, entre os catequistas, os moradores Pero Correia e Manuel de Chaves, que entraram depois na Companhia [6]; na Baía, os índios Garcia de Sá e Sebastião da Ponte, que eram os principais das suas Aldeias; [7] e também o índio Baltazar, um dos três baptizados em 1556 pelo P. João Gonçalves com os nomes dos Reis Magos [8].

As mulheres ajudavam. Mas, em geral, os catequistas eram homens. Por tôda a parte se recrutavam, ensinando a doutrina sob a direcção dos Padres; «e fazem-no com tanta destreza e desembaraço como qualquer de nós» [9]. Não raro os Índios tomavam espontâneamente a iniciativa da catequese e ensinavam os

---

1. *CA*, 170; Cardim, *Tratados*, 292-293; *Bras.* 3 *(1)*, 65 (1552), onde se fala do « Grilo », amigo dos cristãos.
2. Vasc., *Crón.*, II, 109.
3. Anch., *Cartas*, 433.
4. Nóbr., *CB*, 143; *Bras.* 3 *(1)*, 70; *CA*, 131.
5. *CA*, 77.
6. Anch., *Cartas*, 315.
7. *CA*, 234-235.
8. *CA*, 162, 169.
9. *CA*, 225, 77; Vasc., *Crón.*, I, 111.

meninos, como sucedeu em Sergipe, durante a ausência do P. Gaspar Lourenço [1].

O primeiro contacto catequístico dos Jesuítas com os Índios, na fundação dalguma Aldeia tem o seu quê de original. Veja-se por exemplo, a fundação da Aldeia de S. João, em 1561, pelo Padre Gaspar Lourenço e Ir. Simão Gonçalves. Partindo da Aldeia de Santiago, chegaram ao sítio da nova Aldeia. Nesse mesmo dia, às Avè-Marias, juntou-se tôda a gente. O Padre Lourenço entrou no terreiro, prègando e explicando ao que vinha, e se queriam receber a fé de Jesus Cristo. Cada índio começou a responder que sim, que eram contentes com isso. E diziam: «agora estaremos seguros, e nossos filhos serão outros. Começaremos a aprender, e viveremos melhor do que até agora vivíamos», — fórmula singela, que é a síntese mesma da civilização: melhorar!

Edificou-se igreja. Os Índios, ocupados com o trabalho das roças, «fizeram uma de palmas, até que, como êles diziam, fizessem a verdadeira», de taipa ou pedra e cal. Deu-se princípio à doutrina. Acudia a gente a ela com tanta vontade, como se fôsse já costume antigo. Era o atractivo da novidade e a eloqüência do P. Lourenço, que os atraía. Neste lance as mulheres mostraram-se tão bem dispostas como os homens. Era costume tocar-se, ainda com dia, para a doutrina comum. Uma vez, tocando-se um pouco tarde e acorrendo homens e mulheres, não pareceu honesto aos Padres que elas ficassem, significando que desta vez era só para os moços. «Como? reclamaram elas, — não queres tu que aprendamos? Só os homens queres que saibam?» [2].

As índias, se exceptuarmos as velhas mais renitentes, convertiam-se fàcilmente e transformavam-se em apóstolas. Em Iperoig, recebiam melhor a doutrina do que os homens [3]. E podiam, em S. Vicente, servir de exemplo a «muitas senhoras de Portugal que estão aqui» [4]. Ficou célebre Catarina Paraguaçu, benemérita do Colégio da Baía. Deu igualmente boas provas D. Branca, mulher de Maracajaguaçu; também há exemplo de mulheres, que,

---

1. *CA*, 496; cf. supra, Tômo I, 440.
2. *CA*, 299-301.
3. Anch., *Cartas*, 201.
4. *CA*, 95.

a-pesar-de velhas, se converteram, como a do principal *Jaguaraba*, no Espírito Santo, e a que, numa Aldeia da Baía, faltando o Padre na primeira quarta-feira da quaresma, convocou o povo para a igreja e deu-lhe as cinzas... [1].

Depreende-se, pelo que se praticava em Ilhéus, no ano de 1566, que, «antes do sol-pôsto», fazia-se a doutrina às índias; e, depois das Avè-Marias, aos índios, porque «não podem estar à primeira doutrina, por irem a pescar e vir tarde» [2].

Nos primeiros tempos das Aldeias, a catequese fazia-se duas vezes em comum, de manhã e à tarde antes da noite, isto é, antes e depois do trabalho. Ensinavam-se-lhes as orações e a doutrina por preguntas e respostas. Mais tarde «tocava-se às almas» e fazia-se uma procissão com os meninos, como vimos. Nos começos, não havia tal procissão. Mas sempre, depois das Avè-Marias, se tocava a campainha, e todos em suas casas, em oração comum, louvavam ao Senhor: «Como ouvem o sinal, começam todos a dizer as orações como lhes está ordenado, e por certo ouvi-lo e vê-lo é matéria de grande consolação, ouvindo o Senhor, em tantas partes e de tantos, ser louvado» [3].

O sistema da catequese modificou-se no andar dos tempos. Em 1583, a doutrina da tarde era reservada aos que já tinham sido admitidos ou se preparavam para a comunhão sacramental [4]. Por êste tempo, em tôdas as Aldeias, escreve Cardim «grandes e pequenos ouvem missa muito cedo cada dia antes de irem a seus serviços, e, antes e depois da missa, lhes ensinam as orações em português e na língua, e, à tarde, são instruídos no diálogo da fé, confissão e comunhão». Além da catequese em comum, havia a instrução individual ou *in extremis*; dá uma ideia de como se fazia a conversão, a do velho de 130 anos, contada por Anchieta [5].

Quando o núcleo das Aldeias era constituído principalmente por índios, criados já com os Padres (em 1558, os índios e índias

---

1. Cardim, *Tratados*, 317.
2. *CA*, 467. Voltavam, esclarece Rui Pereira, dos seus trabalhos uma ou duas horas depois do meio dia. — *CA*, 261.
3. *CA*, 300-301; 196-197.
4. *Discurso das Aldeias*, 381.
5. Anch., *Cartas*, 190.

com menos de 14 anos, na Aldeia de S. Paulo da Baía, estavam todos baptizados) [1], a catequese dos adultos era feita pelos próprios filhos dos índios, que recordavam aos pais o que tinham aprendido. Compreende-se, contudo, sem esfôrço, que esta catequese não fôsse rigorosa. Mais eficaz era a doutrina com práticas, que os Padres faziam expressamente para êles, todos os domingos e dias santos [2].

A catequese dominical vem desde os tempos de Nóbrega. Na Aldeia de S. Paulo da Baía, os Índios tinham, aos domingos e dias santos de guarda, missa e prègação na sua língua; «e de contínuo há tanta gente, que não cabe na igreja, pôsto-que é grande; ali se toma conta dos que faltam ou dos que se ausentam, e lhes fazem uma estação » [3].

Quando por acaso não havia missa na Aldeia, iam longe, às vezes «quatro léguas», para a ouvir [4]. Na igreja do Colégio da Baía também havia missa para os que trabalhavam na cidade, e, em 1572, começaram a ter doutrina particular, além da que diàriamente havia, quando se reüniam para comer » [5].

Dentro da igreja, os Índios, mesmo em quantidade, estavam «tão calados, como se não houvesse senão uma só pessoa» [6].

Quando tinham que pedir alguma coisa, iam primeiro à igreja fazer oração, para que o Padre não lhes negasse o que queriam, alegando que «já falaram com Deus» [7]. E assim como os primeiros cristãos chamavam à prègação do Evangelho a *Boa-Nova*, os Índios do Brasil, trasladando o mesmo pensamento para o seu pragmatismo ingénito, diziam, ao ouvir a prègação cristã, que ouviam a *Vida Boa* [8].

Nas Aldeias dos Índios, os Padres da Companhia desempenhavam o múnus de pároco com tôdas as suas atribuïções, mesmo quanto a casamentos e enterros [9]; tanto mais que, já para o fim

---

1. *CA*, 204.
2. Vasc., *Anchieta*, 162.
3. Nóbr., *CB*, 179; Franco, *Imagem de Coimbra*, II, 167.
4. Carta de Caxa, 2 de Dezembro de 1573, BNL, fg, 4532, f. 42.
5. *Fund. de la Baya*, 20 (94).
6. *Bras. 15*, 284; *CB*, 78.
7. Carta de Martim da Rocha, Setembro de 1572, BNL, fg, 4532, f. 35.
8. Pero Rodrigues, *Anchieta*, em *Annaes*, XXIX, 239.
9. *Bras.* 2, 23v, 24; *Fund. de la Baya*, 9v, 11 (84), 26-28 (101-103).

do século, em 1593, quási não havia trabalho de conversão nas Aldeias, por falta de gentio; e, a não ser com os que iam buscar ao sertão, era com os índios convertidos, que êles se ocupavam [1]. Para estímulo, distribuíam-se prémios aos mais aproveitados, objectos que fomentassem a piedade, bentinhos, relicários, *Agnus Dei*, etc., e também utensílios para a vida material. Beliarte, prestando certas contas ao acabar o Provincialato, tem esta verba: « Resgate de facas, anzóis, contas, espelhos e outras coisas desta sorte, que levei por duas vezes e distribuí pelas Aldeias das Capitanias do Sul, dando prémios aos índios e índias, que sabiam melhor a doutrina cristã, que montaram mais doze mil réis » [2].

A catequese dos Índios do Brasil ganhou renome. Conta Vasconcelos, que o Bispo de Cabo Verde pediu ao B. Inácio de Azevedo, lhe desse por escrito o método, que se usava no Brasil, para fazer o mesmo com os negros de sua vasta diocese africana [3].

Com êste sistema, cujas aplicações concretas se distribuem por diversos capítulos, os frutos foram, na verdade, grandes. Quirício Caxa, apontando-os a Roma, comparava-os com os do Japão, onde então os missionários de Portugal operavam maravilhas, chamando a atenção do mundo; e comentava que no Japão podia haver mais fausto e pompa; no Brasil havia mais conhecimento de Deus, mais pureza de alma e fervor no cumprimento de sua Divina Vontade [4].

---

1. O Padre Yate, residente na Aldeia de Santo António, deixou apontado o que fêz no espaço de 12 anos (1581-1592): Baptismos, 700; Confissões, 27.400; Comunhões, 16.700; Casamentos, 580; Enterros, 1.560; Extremaunções, 520. Diz que não há mais baptismos, porque falta gentio para converter (Yate, *Calendar of State Papers*, 354).

2. *Bras. 3 (2)*, 358.

3. Vasc., *Crón.*, III, 89. Guilherme Moreau, analisando as razões do pouco fruto nas missões da Guiana Francesa, indica o não se ter feito como nas missões do Brasil, colocando os Índios num « état qu'ils puissent aimer, qui leur paraisse meilleur, et plus raisonnable que celui qu'ils ont quitté; dans lequel ils puissent subsister plus commodément, plus tranquillement, plus chrétiennement sans en être détournés ou par les reproches et railleries des autres Indiens obstinés ou par l'exemple de leur indolence et de leur libertinage ». — Guillaume Moreau, *Mission de Cayenne et de la Guyane Française* (Paris 1857) 526.

4. Carta de Caxa, 16 de Dezembro de 1574, *Bras. 15*, 256.

CAPÍTULO II

Luta contra a antropofagia

1 — A antropofagia dos Índios ; 2 — Combate e vitória.

1. — Os Índios do Brasil comiam carne humana, à chegada dos Jesuítas. Ora, chegarem e iniciarem o combate à antropofagia foi tudo um, pelo obstáculo que era à conversão e pela desordem natural que tal uso significava. O homem é o fim sensível das coisas: comê-lo era fazer dêle um meio. Esta inversão de fins e de meios é a condenação da antropofagia. Pouco importa o móbil com que se faz. De-certo não era como regime alimentar: tinha carácter diferente, quer guerreiro quer religioso. Alguns autores modernos, que escrevem sôbre as religiões primitivas, inclinados a ver manifestações religiosas nos usos mais comuns e salientes, parecem dar, à antropofagia dos indígenas brasileiros, sentido exclusivamente religioso. De-facto, a cerimónia da matança, em público terreiro, era pretexto para grandes ajuntamentos e festas com costumes, sempre idênticos, no espaço e no tempo. Daqui a denominação, que alguns lhe dão, de antropofagia ritual [1].

Mas não terá, anterior a isso, e primitivamente, orígem económica? Vivendo os Índios politicamente desagregados, o vínculo nacional reduzia-se a algumas léguas de superfície: «A cada 20 ou 30 léguas» os Índios «comem-se uns a outros», diz Pero Correia [2]. A necessidade de defender a caça, a pesca e os pequenos cultivos, nas reduzidas fronteiras, não seria a causa preponderante da caça ao homem, o concorrente incómodo?

---

1. Métraux, *La Religion des Tupinamba*, 124-169.
2. *CA*, 98.

Cremos que sim. Depois, acesa a inimizade, com lutas e mortes mútuas, o sentimento de vingança era natural. E é esta, efectivamente, a ideia acessível, que prepondera nas observações do tempo. «Êles não se comem senão por vingança», diz Navarro [1]. A morte cruel e afrontosa em terreiro é «como um auto público e judicial», diz Pero Rodrigues [2]. A êste duplo sentimento de defesa e revindita andava também unida uma terceira ideia de superioridade e honra, que revertia primàriamente para quem captivasse o inimigo e secundàriamente para todos os que participassem do banquete humano [3].

Se dermos crédito à anedota, narrada por Vasconcelos, da velha índia que, depois de catequizada, respondeu ao Padre, solícito em lhe dar o que mais gostasse, que a tudo preferia a mãozinha tenra dalgum menino tapuia [4], temos que unir, ao canibalismo indígena americano, a persuasão de que o princípio, transmitido pela ingestão de carne humana, tinha efeitos vitais, superiores aos que subministram naturalmente os outros alimentos.

Admitindo esta ideia, entramos, não há dúvida, no campo da superstição. Mas daqui à religião a distância é grande. Nisto, como noutras manifestações colectivas, tudo vai, como dissemos, dos conceitos que delas se formam. Uma coisa é incontestável: que a morte ritual dos Índios do Brasil nada tem que ver com os sacrifícios a ídolos, usados por outros povos. Neste último caso, a antropofagia é evidentemente religiosa. Negando, pois, sentido pròpriamente religioso à antropofagia dos Índios brasileiros, concordamos em que estas cerimónias, de matar e comer o inimigo entre as tribus antropófagas do Brasil, tinham o seu quê de ritual, talvez posterior à primitiva concepção económica e constituíam as suas verdadeiras festas nacionais. «De tôdas as honras e gostos da vida nenhum é tamanho para êste gentio como matar e tomar nomes nas cabeças de seus contrários, e nisso «põem sua felicidade e glória», diz Fernão Cardim [5]. Não nos

---

1. *CA*, 71 ; Pero Rodrigues, *Anchieta*, em *Annaes*, XXIX, 200.
2. Pero Rodrigues, *Anchieta*, em *Annaes*, XXIX, 264.
3. Cardim, *Tratados*, 181-194.
4. Vasc., *Crón.*, I, 49.
5. Cardim, *Tratados*, 181, 194. Nem tôdas as tribus do Brasil eram antropófagas, como expressamente se diz dos Miramomins. Cf. Pero Rodrigues, *Anchieta*,

poderemos deter na discussão mais demorada da ideia que lançamos do seu primitivismo económico. Levar-nos-ia para fora do nosso assunto. Retenhamos apenas a sua existência, com todo o horror da sua prática, e vejamos como se atacou e venceu. Observemos, entretanto, que de tôdas as cenas da vida indígena brasileira, esta tem sido a mais explorada e descrita por viajantes, historiadores e romancistas [1].

2. — A luta contra a antropofagia iniciou-se verdadeiramente em 1549. Antes de virem os Jesuítas, os colonos contemporizavam. Português e Francês houve que se tornou cúmplice dela, entregando aos chefes índios outros contrários, quer a trôco de vantagens comerciais ou políticas, quer para dividir mais os Índios entre si [2]. Procederam de modo absolutamente oposto Nóbrega e Anchieta, quando estiveram, como reféns, em Iperoig. Tratando-se, como preliminar das pazes, que se entregassem aos tamóios alguns índios tupis, os Jesuítas escreveram aos regedores das Vilas que se não desse nenhum índio para ser comido, mesmo que fôsse culpado, « ainda que a nós outros nos custasse a vida [3].

Tal proposta fazia-se num momento em que tinham real-

---

em *Annaes*, XXIX, 200; Anch., *Cartas*, 329; « Censura do P. Crist. de Gouveia à Vida de S. Inácio do P. Ribadeneira », em *Mon. Ignat.*, série 4, I, 740.

1. Entre as inúmeras descrições, feitas pelos Jesuítas, apraz-nos assinalar a de Fernão Cardim: *Do modo que êste gentio tem acerca de matar e comer carne humana*, cf. *Tratados*, 181-194. Anchieta assistiu, em Iperoig, a um dêstes espectáculos em que a vítima foi o escravo do seu companheiro. «Os Índios, como lôbos, puxavam por êle com grande fúria, finalmente o levaram fora e lhe quebraram a cabeça, e junto com êle mataram outro seu contrário, os quais logo despedaçaram com grandíssimo regozijo, maxime das mulheres, as quais andavam cantando e bailando, umas lhe espetavam com paus agudos os membros cortados, outras untavam as mãos com a gordura dêles e andavam untando as caras e bôcas às outras, e tal havia que colhia o sangue com as mãos e o lambia, espectáculo abominável, de maneira que tiveram uma boa carniçaria com que se fartar».— Anch., *Cartas*, 216; *Bras. 3(1)*, 140v; Nóbr., *CB*, 100; *CA*, 51-52, 98-99, 173-175.

2. Cf. Nóbr., *CB*, 146, 196; Francisco Soares, *De alg. cousas mais notáveis*, 379-380; M. E. Gomes de Carvalho, *D. João III e os franceses* (Lisboa 1909) 168. Cf. supra, Tômo I, p. 514-515, onde se vê como Pero Rodrigues dá testemunho do que nisto praticavam os Franceses, vendendo brancos e negros aos Potiguares para serem devorados.

3. Anch., *Cartas*, 209.

mente a vida em perigo, à mercê dos Tamóios. Mas a sua decidida recusa em ser coniventes com tais concessões, vantajosas talvez, mas imorais, foi salutar e terminou por se impor a todos.

Tão firme atitude manifestou-se desde a primeira hora. Logo prègaram contra o bárbaro costume; e induziram os Índios a prometer que não tornariam a comer carne humana. No princípio, chegaram a arrebatar-lha das mãos. Junto à cidade da Baía, no Monte Calvário, no próprio ano da chegada, erigiram os Padres uma Igreja. Os Índios trouxeram de certa guerra um contrário já morto. Dispunham-se a comê-lo, diante da Igreja e da Cruz, ali erguida. Não o consentiram os Padres, sepultando o cadáver. Descoberto pelos índios, foi preciso levar o cadáver para dentro da cidade. Alvoroçou-se a Aldeia, e na cidade houve rebate, murmurando os colonos do zêlo dos Padres. A intervenção de Tomé de Sousa pôs têrmo ao conflito [1].

Da cidade passou-se às Aldeias dos arredores. Nas excursões pelas Aldeias, os Padres increpavam os índios antropófagos, tôda a vez que os achavam em flagrante, e procuravam que se desse sepultura aos restos humanos, moqueados e guardados para comer [2]. Colaboravam nesta obra de civilização os alunos do Colégio. Quando saíam a catequizar, inspeccionavam as casas dos índios, e o modo como cumpriam a promessa de não comerem a carne dos seus semelhantes [3].

A influência dos Jesuítas não podia, contudo, ir muito além dos seus Colégios e residências, amparados pela autoridade colonial; quando se aventuravam mais pelo interior, não era fácil destruir logo o odioso costume. A sua intervenção limitava-se a repreender o vício e, quando podiam, a baptizar o cativo prestes a ser imolado, usando quási sempre de simulação (um lenço empapado em água), para que não fôssem pressentidos [4].

---

1. *Fund. de la Baya*, 6 (81); Fray Antonio de San Román, *Historia General*, (Valladolid 1603) 695; Vasc., *Crón.*, I, 53. O Padre Vicente Rodrigues conta êste, ou outro caso igual, na sua Carta de 17 de Março de 1552 (*CA*, 110-111) sendo êle e o P. Paiva os que arrancaram o cadáver das mãos dos índios que já o tinham chamuscado.
2. *CA*, 51-52, 73; Nóbr., *CB*, 90, 92.
3. Vasc., *Crón.*, I, 117.
4. *Bras. 3(1)*, 89v, 112v; Nóbr., *CB*, 109; *CA*, 173-175, 485.

O prestígio dos Padres crescia, quando alcançavam que os Índios enterrassem à moda cristã os cativos, mortos em terreiro. E alcançavam-no às vezes [1]. Mas, não contentes com isso, empregavam também os maiores esforços para impedir as mesmas mortes, tratando de resgatar os que assim estavam já em ceva, na fatal «muçurana», isto é, na corda que os prendia para a cerimónia final, antes de serem mortos e devorados.

Desta forma, resgataram na Baía, em 1551, uma criança, que recebeu, no baptismo, o nome de António Criminale [2]; e outro menino de 7 a 8 anos, já em cordas, que foi levado para o Colégio da Baía e «mostra ter grande habilidade». O índio, que devia matar esta pequenina vítima, estava renitente, mas emfim vendeu-o [3].

Há ainda outros casos de resgate; mas também se achavam índios que não vendiam os seus cativos de maneira nenhuma. Falando dos Carijós do sul e da extrema facilidade com que se vendiam entre si, Jerónimo Rodrigues explica: «Já, se venderam êstes *quantos tapuias* tomam e comem, ainda que não são escravos, pelos livrarem da morte, tiveram alguma desculpa... mas é esta tão má gente, que *pelos comer*, antes vendem seus parentes; e assim, no comer carne humana, são piores que cãis» [4].

Uma das prudentes preocupações dos Padres era a pouca firmeza dos índios recém-baptizados. Entregues a si próprios, voltavam fàcilmente aos antigos hábitos antropófagos. Afonso Braz, em 1551, diferia o baptismo aos Índios, pela experiência que tinha de voltarem a comer carne humana; e até «o mesmo fazem alguns que já estiveram em Portugal» [5].

Em Piratininga, os Índios também tergiversaram a princípio, incluindo o próprio Tibiriçá; ainda uma vez chegaram a matar e comer um índio em Geribatiba; querendo repetir a proeza em 1555, saíu-lhes Nóbrega ao encontro, cortando os próprios Padres a corda ao Goianás cativo, que assim esca-

---

1. Anch., *Cartas*, 153-176; Vasc., *Crón.*, I, 166; II, 87-88.
2. *CA*, 73. Em homenagem ao P. António Criminale, primeiro mártir da Companhia de Jesus, na Índia (7 de Fevereiro de 1549). — L. Schmitt, *Synopsis Hist. Soc.*, (Ratisbona 1914) 25.
3. *Fund. de la Baya*, 30-30v (105); cf. Nóbr., *CB*, 109; *CA*, 288, 342.
4. Relação de Jerónimo Rodrigues, *Bras. 15*, 94v; cf. Nóbr., *CB*, 109.
5. *CA*, 88; Nóbr., *CB*, 106, 115, 119.

pou [1]. Parece que depois, mesmo quando fugiam para o sertão, embora fizessem as festas e dessem ou permitissem comer carne humana aos outros, êles próprios não a comiam [2].

Nesta altura, já se tinham passado alguns anos de luta. Durante êles, houve mais conquistas individuais ou locais do que generalização do triunfo pela repugnância do mau costume. Muitas vezes, os Índios deixavam a antropofagia, por simples respeito ou reverência para com os Padres, sem convicção profunda [3]. Se os gentios vizinhos os importunavam, recaíam [4]. Para ser verdadeiramente eficaz e ampla, a actividade dos Padres tinha que ser apoiada pela autoridade pública. E, neste ponto, não houve sempre igual energia. Tomé de Sousa deu alguma ajuda aos Padres; D. Duarte da Costa, pouca. Os Jesuítas ainda recorreram a êle, ao menos para os arredores da Baia. O Governador proïbiu que comessem carne humana, «sob pena de morte» [5]; mas deu a ordem «de tal maneira, diz Nóbrega, que ainda que a comessem, não se fazia por isso nada, e assim a comiam a furto de nós e pelas outras Aldeias ao de-redor, mui livremente» [6].

Tal era a situação, quando chegou Mem de Sá. Com êle entrou-se na fase decisiva. Uma das suas primeiras medidas de govêrno foi a proïbição absoluta da antropofagia entre os Índios em contacto com os Portugueses. Quem desobedecesse seria castigado «mui àsperamente» [7].

Ora o novo Governador não dava leis em vão. Um índio principal, Cururupeba, cuidou que poderia continuar como antes, e prevaricou: «estêve preso perto de um ano, e agora é o melhor e o mais sujeito que há na terra» [8]. Também a guerra do Paraguaçu teve, na sua fase final, como pretexto imediato, um caso de antropofagia. Não querendo os Índios dar a satisfação

---

1. Vasc., *Crón.*, I, 197; Id., *Anchieta*, 32-33.
2. Anch., *Cartas*, 166, (12 de Junho 1561); cf. *Ib.*, 73; contudo Vasc., *Crón.*, II, 115, diz que, ainda neste ano, os Índios de Piratininga mataram e comeram um contrário.
3. *CA*, 80; Nóbr., *CB*, 114.
4. Nóbr., *CB*, 160.
5. Nóbr., *CB*, 157.
6. Nóbr., *CB*, 202-203.
7. Nóbr., *CB*, 203, 205; *CA*, 188; Vasc., *Crón.*, II, 50.
8. Nóbr., *CB*, 182-183, 208; cf. *CA*, 199-200.

devida, foi lá o próprio Mem de Sá, e o castigo foi forte, e a satisfação completa. Emquanto Mem de Sá impunha assim o respeito da autoridade, os Jesuítas tomavam precauções nas suas Aldeias, para impedir que os Índios fôssem às povoações dos gentios, onde ainda poderiam ser aliciados [1]. E tanto na Capitania de S. Vicente, como na de Pernambuco, faziam-se diligências para que os Capitãis ou Governadores locais impusessem a mesma lei [2].

Com tão unânime decisão, a antropofagia jugulou-se. Recuou para o interior, à proporção que avançavam os Padres e os Portugueses. Êste movimento civilizador foi possível e operou-se pela conjugação dos esforços do Governador e dos Jesuítas. Descreve-se assim esta fase decisiva da luta anti-antropofágica, em 1558: «Todos os Índios da Baía vão perdendo o comer carne humana, e se sabemos que alguns a teem para comer e lha mandamos pedir, a mandam, como fizeram os dias passados, e no-la trazem de mui longe para que a enterremos ou queimemos, de maneira que todos tremem de mêdo do Governador [Mem de Sá], o qual [mêdo], ainda que não basta para a vida eterna, bastará para podermos com êle edificar, e serve-nos de andaimos, até que se forme bem nêles Cristo, e a caridade, que Nosso Senhor dará, lhe fará botar fora o temor humano, para que fique edifício firme e fixo. Êste temor os faz hábeis para poderem ouvir a palavra de Deus; ensinam-se seus filhos; os inocentes que morrem são baptizados; seus costumes se vão esquecendo e mudando-se em outros bons, e, procedendo desta maneira, ao menos, a gente mais nova, que agora há, e dêles proceder, ficará uma boa cristandade» [3].

Afrânio Peixoto comenta: «É o grande sinal da vitória da Missão Jesuítica: nasce o sol» [4]!

---

1. Nóbr., *CB*, 160, 179.
2. *CA*, 288, 391.
3. *CA*, 204; Nóbr., *CB*, 182-183.
4. *CA*, nota 122, p. 206.

CAPÍTULO III

Fundação das Aldeias

1 — Porque se fundaram Aldeias de Índios; 2 — Primeiro ensaio; 3 — Aldeias da Baía.

1. — O aldeamento dos Índios obedeceu a um pensamento de catequese: facilitar e garantir o bom êxito dela, «tudo bem estudado para fixar caçadores e pescadores andarilhos»[1].

Se os Padres se contentassem com percorrer as aldeias indígenas, além dos possíveis riscos, tirariam precário fruto. O que ensinavam um mês, por falta de exercício e de exemplo, estiolaria no outro. Quantas vezes, com o nomadismo intermitente dos Índios, ao voltarem os Padres a uma povoação, que deixaram animada pouco antes, em lugar dela achavam cinzas!

Por «nonadas» levantam-se dum sítio para outro, diz Nóbrega; e nestas andanças, quando menos se precatavam, os Padres iam achar os Índios como dantes ou pior[2]. Era urgente não só fixá-los ao solo, mas subtrair os já baptizados à influência dos que continuavam pagãos obstinados, polígamos e antropófagos. De outra maneira, mal se cortaria o vôo a indecisões, nem se impossibilitaria o retrocesso a costumes antigos. O caso era urgente. Porque, até no modo como êles, ao princípio, recebiam os Padres, se pressentia, não raro, o jeito de quem recebe a um pagé, correcto e aumentado[3]. A catequese seria uma quimera, emquanto se não organizassem Aldeias, com regime próprio de defesa e autoridade. Dispersos pelo sertão, os Índios nem se

---

1. Jorge de Lima, *Anchieta* (Rio 1934) 87.
2. *Bras.* 3(1), 142, 148v; *Bras.* 15, 116-117; Anch., *Cartas*, 92-93, 116; *Mon. Laines*, VIII, 407; CA, 50-51.
3. CA, 117-118.

purificariam de superstições, nem deixariam de se guerrear e comer uns aos outros. Era preciso modificar o seu sistema social e económico [1].

Os aldeamentos, que os Jesuítas tanto propugnavam, tinham já sido ordenados por D João III no Regimento a Tomé de Sousa: «Porque parece será grande inconveniente os gentios, que se tornarem cristãos, morarem na povoação dos outros e andarem misturados com êles, e que será muito serviço de Deus e meu, apartarem-nos da sua conversação, vos encomendo e mando que trabalheis muito por dar ordem como os que forem cristãos morem juntos, perto das povoações das ditas Capitanias, para que conversem com os cristãos e não com os gentios» [2]. A política de segregação dos Índios, uns a respeito dos outros, não se manteve muito tempo, por inútil, à proporção que se dilatava o âmbito da catequese; mas transformou-se na dos Índios a-respeito dos brancos. Aquela conversação, recomendada de longe por El-Rei, redundava em prejuízo, na prática, para os Índios, tanto sob o aspecto da liberdade como da religião. Daqui, novo motivo para que os aldeamentos se operassem com as devidas precauções. Os Índios cristãos tinham que se defender dos gentios, mas era mister defendê-los também dos maus colonos. O contacto íntimo de uns com outros trazia consigo esta antinomia inevitável: inculcarem os Padres a religião dos brancos como única verdadeira, e procederem os brancos, que a tinham recebido de Deus, em contradição com ela. O efeito desmoralizador dêste contraste era evidente.

Sentiu-se logo. Nota-o Anchieta, declarando que os Índios piores são os que teem mais trato com os brancos, — «e isto se lhes pega da sua conversação e exemplo» [3].

As primeiras tentativas de aldeamentos jesuíticos datam de 1550.

No começo dêste ano, escreve Nóbrega: «desejamos congregar todos os que se baptizam, apartados dos mais». Contava com a cooperação do *Caramuru*.

«Para isso ordenamos que Diogo Álvares fique entre êles

---

1. Pierre Charles, *Dossiers de l'Action Missionnaire* (Louvain 1928) n.º 69, p. 2.
2. *Hist. da Col. Port. do B.*, III, 350; *Rev. do Inst. Bras.* 61, 1.ª P. (1878) 56.
3. Anch., *Cartas*, 324.

como pai e governador, estando em bons créditos e muita graça de todos »[1].

Em 1552, referia o mesmo Padre a D. João III, que os Índios se iam juntando « em uma Aldeia onde estão os cristãos, e teem uma igreja e casa nossa, onde os ensinam »[2].

Estas primeiras esperanças de aldeamento murcharam em flor, com a oposição do Prelado à catequese dos Padres da Companhia[3]. Nóbrega retirou-se para o Sul, e seguiu-se, na Baía, um período de dissenções e esterilidade[4]. Com a volta de Nóbrega, em 1556, renovou-se a emprêsa. E entre os Irmãos, que Nóbrega trouxe de S. Vicente, encontrava-se António Rodrigues, o maior Apóstolo dos aldeamentos dos Índios.

O momento parecia favorável, observa o Provincial. Os Índios andavam submissos, depois que D. Álvaro da Costa os derrotou, e porque, tendo-se retirado D. Pedro Sardinha, podiam os Jesuítas dar-se em cheio à catequese, sem contradições dolorosas[5].

Manuel da Nóbrega pediu ao Governador o indispensável auxílio. D. Duarte da Costa tinha boa vontade e mandou fazer duas igrejas de palha[6]; mas, a-pesar da sua boa vontade, faltava-lhe resolução. Rogando-lhe os Padres que marcasse sítio e terras para o mantimento dos Índios que se aldeassem, escusou-se com dizer que isso era da alçada de El-Rei, e o que êle determinasse faria[7].

O Governador cedia às pressões dos colonos[8].

Além daquelas, edificaram-se mais duas igrejas, em tempo de D. Duarte da Costa, mas não se passou daqui. Na realidade, só com o novo Governador, Mem de Sá, iriam as Aldeias tomar verdadeiro surto.

O grande Governador assenhoreou-se da terra e impôs-se

---

1. Nóbr., *CB*, 104, 110. Cf. Jónatas Serrano, art. *Brésil* no *Dictionnaire d'Histoire et de Géographie Ecclésiastiques*, LVII-LVIII (Paris 1938) 566.
2. Nóbr., *CB*, 135.
3. Carta de D. Pedro Sardinha, *Bras. 3 (1)*, 102-103v.
4. Nóbr., *CB*, 192-194.
5. Nóbr., *CB*, 148-149, 202 ; *CA*, 152.
6. Nóbr., *CB*, 202-203 ; Vasc., *Crón.*, II, 4.
7. *CA*, 168.
8. *CA*, 180, 181.

por tal forma a Índios e colonos, que todos se decidiram a respeitar os Padres, e desde então «nenhum índio tinha coração para tocar em homem branco»¹.

Soara a hora dos aldeamentos, a modalidade mais eficaz e original da colonização cristã do Brasil, primeira semente das célebres reduções².

Mem de Sá deu o mais decisivo apoio material e moral a Nóbrega e a todos os Jesuítas³. E, com boa e mútua compreensão, pediu expressamente a El-Rei faculdade para perdoar certos crimes, comutando-os em penas pecuniárias, coisa conveniente para fixar os moradores na terra, e essas multas aplicar-se-iam na construção de igrejas e Aldeias⁴.

Bem quiseram estorvá-lo os colonos por tôdas as vias, diz Nóbrega, «mas, neste caso, parece-me bem o que faz Mem de Sá, e eu e D. Duarte assim lho aconselhamos, porque doutra maneira não se podem doutrinar nem sujeitar nem meter em ordem, e os Índios estão metendo-se no jugo, de boa vontade. *Sed turba quae nescit legem*, e não tem nem misericórdia nem piedade, e tem para si que êstes Índios não teem alma, nem atentam o que custaram, não teem o sentido senão em qualquer seu interêsse»⁵.

D. Duarte da Costa, que não teve fôrça para sustentar as Aldeias, teve o bom senso de apoiar Nóbrega junto de Mem de Sá. Êste último mostrou-se verdadeiramente enérgico. Surgindo contradições e friezas, durante a sua ausência no Rio, interveio para recomendar aos Padres «que fizessem o que fazíamos, sem ter conta com ninguém»⁶.

«O Governador dá-nos quanta autoridade queremos com os Índios, não querendo neste negócio senão o que os Padres querem; de nossa parte não há mais do que apontar e tocar o que desejamos, porque logo se efectua. Bemdito seja o Senhor que, depois de tantos anos de esterilidade, nos visitou com tanta abundância»⁷.

---

1. *Fund. de la Baya*, 9 (83).
2. Pastor, Geschichte der Päpste, VI, 217.
3. Nóbr., *CB*, 204; *CA*, 198; Anch., *Cartas*, 150; Vasc., *Crón.*, II, 49-54.
4. Carta de Mem de Sá, 31 de Março de 1560, em *Annaes*, XXVII, 228.
5. Apontamento de Nóbrega, 3 (Arq. Prov. Lus.); Nóbr., *CB*, 208-209.
6. *CA*, 269-270; Vasc., *Crón.*, II, 51-52.
7. *CA*, 314.

Com êste apoio moral, e efectivo, inçaram os Jesuítas, com o seu zêlo apostólico, os arredores da Baía, de Aldeias apropriadas para a catequese e rodearam-nas de tais requisitos de ordem, defesa e vantagens materiais e espirituais, que os Índios sentiram palpàvelmente que a nova vida do Evangelho, que adoptavam, a «Vida Boa», como diziam, era superior à que deixavam.

Mais tarde, quando surgiram as lutas dos colonos contra as Aldeias dos Padres, recordaram-se tôdas estas razões, e apontaram-se outras novas, fruto aliás visível delas mesmas.

Os aldeamentos deram lugar a uma legislação especial, que regularizava os bens próprios dos Índios, a separação dêles dos Portugueses e mamelucos, o comércio entre uns e outros, o regime de trabalho, a hierarquia administrativa, baseada na estrutura jurídica das instituições municipais portuguesas, unitárias e centralizadoras, notando-se, contudo, já alguma diferença, proveniente das novas exigências, da realidade e condições territoriais, económicas e sociais da terra.

2. — O primeiro ensaio de aldeamentos foi na Baía, e assinalaram-se, na fase inicial — simples forma de catequese à roda da cidade — o Padre João Navarro e Irmão Vicente Rodrigues, auxiliados por intérpretes. Transpostos os âmbitos da Vila Velha e do estreito limite da cidade primitiva do Salvador, os Padres fizeram a primeira tentativa para se fixarem entre os Índios, numa ligeira elevação topográfica que intitularam *Monte Calvário*. Edificaram casa e ermida, e ali permaneceram, exercitando os seus ministérios até o grave embate dos Índios antropófagos [1]. Em 1551, havia umas seis ou sete Aldeias, que evangelizavam ao redor da Baía e, em duas delas, casa e igreja de palha. Durante a semana percorriam-nas os Padres, prègando e ensinando a ler e as orações; às vezes, ficavam por lá tôda a semana. Alguns Índios pediam o baptismo e corrigiam-se os costumes selvagens [2]. Quando um menino aprendia a benzer-se, tinha os lábios furados e uma pedrinha nêles. Disse o Padre que isso estorvava o sinal da cruz. A mãi pegou na pedrinha

---

1. Nóbr., *CB*, 93; *Fund. de la Baya*, 5v-7v (81-82); Vasc., *Crón.*, I, 52.
2. Nóbr., *CB*, 84, 86, 93, 103, 115; *CA*, 50, 69, 70.

(tembetá) e atirou-a fora ao telhado. Outras mãis fizeram o mesmo [1].

O círculo das Aldeias, iniciado à roda da cidade, alargava-se pouco a pouco. Teodoro Sampaio distribue-as assim: «Aqui perto no Monte Calvário, que hoje chamamos o *Carmo*, havia uma Aldeia de selvagens; é a primeira na doutrina, às portas da cidade, à parte do norte. Em seguida, à parte do sul, vem a aldeia de S. Sebastião do cacique Ipiru, no sítio em que está hoje *São Bento;* mais adiante a de Santiago, onde é hoje a *Piedade*, e a seguir pelo dorso do monte, em direcção à antiga povoação do Donatário, a aldeia do Simão, chefe indígena, que ocupava o sítio das imediações do actual *Forte de S. Pedro* e do *Passeio Público*, sôbre a Gamboa» [2]. Além destas, e anteriores a algumas delas (às de S. Sebastião e Santiago, por exemplo, só achámos referência mais tarde), já existia, em 1552, outra, de que fala o P. Vicente Rodrigues, em 17 de Setembro dêste ano: «na terra onde ao presente estou, junto às pègadas de Santo Tomé, fizeram-me casa e ermida e já lavraram muitas árvores, as suficientes para as casas, e muitas pedras, e tudo isto junto ao mar, muito abundante de peixes, de muita comodidade para sustentar os meninos e instruí-los» [3]. O P. Francisco Píres diz que o P. Vicente Rodrigues andava «pela Baía a dentro», quere dizer no Recôncavo [4]. De-facto, as pègadas de São Tomé ficavam junto de Paripe [5].

Neste primeiro ensaio de aldeamentos, o trabalho dos Padres consistia em missões mais ou menos demoradas pelas aldeias pagãs, sem a estabilidade que requere já uma população cristã, que se ia formando, sim, mas lentamente. Mergulhados na massa dos gentios, os Jesuítas procuravam captar a simpatia dos Índios influentes, emquanto os meninos órfãos e do Colégio atraíam as crianças. Combinavam com os principais o modo que se havia de ter nestas visitas e o que pretendiam os

---

1. Nóbr., *CB*, 92, 105-106; *CA*, 71.
2. Teodoro Sampaio, *A colonização a serviço da catechese indigena e seus resultados practicos, tendo como ponto de partida as selvas da Bahia*, na Rev. Ecclesiastica da Archidiocese da Bahia, ano XV, n.ᵒˢ 6-12, p. 50.
3. *CA*, 135-136; cf. *ib.*, 77, 131-134.
4. *CA*, 131.
5. Gabriel Soares, *Tratado*, II, 124; Rocha Pombo, *H. do B.*, III, 3:8n.

Padres, que era prègar-lhes a lei de Deus: «explico-lhes, diz Vicente Rodrigues, a criação do mundo, a Incarnação do Filho de Deus, e o dilúvio, do qual teem êles notícia pela tradição de seus ascendentes, e ainda falo do dia de juízo, de que muito se admiram por ser coisa em que nunca ouviram falar. Ensinamos-lhes a doutrina cristã na própria língua dêles, eu e alguns Irmãos da terra que trouxe comigo, e costumamos chamá-los à doutrina por um dêstes moços, que vai apregoando pelos caminhos com muita devoção e fervor, dizendo-lhes, entre outras cousas, que está terminado o tempo de dormir, que se levantem para ouvir a palavra de Deus, e assim despertados se ajuntam em a casa do Principal, e aí lhes ensinamos a doutrina cristã, explicando alguns passos da vida de Cristo; e algumas vezes tanto se interessam pelas coisas do Senhor, que nem eu nem os outros Irmãos lhes somos bastantes para satisfazer os seus desejos; findo o que, voltam para casa, e rezam a doutrina cristã e benzem-se, fazendo o sinal da cruz. Fizemos ainda uma cruz e a levámos em procissão até às pègadas de S. Tomé, que estão perto daqui»[1].

Depois da estabilização das Aldeias e da residência fixa de Padres nelas, surgiu o problema do número dêles e das atribuïções respectivas. Em 30 de Julho de 1598, como produto da experiência, determinou-se que residissem quatro Jesuítas em cada Aldeia, de tal modo que, se não pudesse ser, suprimia-se a residência. O superior de cada Aldeia não trataria ex professo com os Índios; e no Colégio haveria, independente do Reitor, um Padre que era o superior imediato de todos os superiores das Aldeias. Tinha poder para mudar os Padres delas, excepto o superior, salvo urgência. Era o cargo de «Superintendente»[2].

---

1. *CA*, 134-135 e nota 73 de Afrânio Peixoto. Esta lenda ou tradição de São Tomé é anterior à chegada dos Jesuítas (cf. Nóbr., *CB*, 78, 91, 101; e nota 25 de Vale Cabral; Monsenhor Camilo Passalacqua *O Apóstolo Tomé na América*, na *Rev. do Inst. de S. Paulo*, VIII, 139-149; Anch., *Cartas*, 332 e nota 454 de A. de A. Machado). Em 1552 os órfãos fizeram uma excursão às pègadas, facto que êles próprios descrevem em carta de 5 de Agôsto daquele ano, *Bras. 3(1)*, 64, 66.

2. *Bras. 2*, 131-131v.

3. — Pôsto isto, vejamos a fundação das Aldeias da Baía. Das outras regiões do Brasil já ficou notícia no primeiro tômo desta História.

Deixámos estas para agora, tanto por ser o grupo mais numeroso, como por tratarmos aqui delas mais de-propósito e ser a Baía o campo experimental dos aldeamentos indígenas.

ALDEIA DO RIO VERMELHO. — Da invocação de Nossa Senhora. Fundou-a, em 1556, António Rodrigues, a meia légua da Baía. «Fêz uma ermida junto da sua aldeia, situada em um outeiro, um tiro do mar, ao pé da qual está um rio que os Índios chamam Camaragipe, que em nossa língua chamamos Rio Vermelho». Inaugurou-a Manuel da Nóbrega, que nela celebrou solenemente a primeira missa, vindo para isso expressamente da Baía, e trazendo consigo o mestre-capela da sé. O Ir. António Blasques trouxe os estudantes do Colégio. Antes da bênção da ermida, organizou-se uma procissão a dois coros, por haver vozes suficientes. Um dos coros era acompanhado a flautas, industriado pelo Ir. António Rodrigues, que foi o prègador na língua brasílica [1].

O principal de Rio Vermelho tinha seis ou sete mulheres e não estava disposto a deixá-las. Daí não aceitar bem a prègação [2].

Contudo, a-pesar-de fugirem muitos Índios, os Padres não abandonaram o Rio Vermelho por «estar em sítio muí aprazível, e serve-nos de oratório apartado e mais quieto para a oração» [3]. Por aqui passaram quási todos os Padres da Baía. E aqui passaram as primeiras férias os estudantes do Colégio [4]. Depois da vinda de Mem de Sá, mudou-se esta Aldeia para a de S. Paulo [5].

ALDEIA DE S. LOURENÇO. — Junto ao Rio Vermelho, e chamava-se antes Tamandaré. Daquela Aldeia vinham aqui fazer a catequese. «O Ir. António Rodrigues e o P. Ambrósio Pires vão pela manhã a uma Aldeia, a que nós pusemos por nome S. Lou-

---

1. Nóbr., *CB*, 158-159; *CA*, 158-159.
2. *CA*, 159, 163.
3. *CA*, 186.
4. Nóbr., *CB*, 170-171; *CA*, 161.
5. *Fund. de la Baya*, 5 (80); Vasc., *Crón.*, II, 5.

renço» [1]. Seguiu o destino do Rio Vermelho, a cuja órbita pertencia.

ALDEIA DE S. SEBASTIÃO. — Conhecida também com o nome de Aldeia do Tubarão ou do Ipiru, sinónimo tupi de Tubarão. Fundou-se em 1556, a meia légua da cidade. Residiam nela o P. João Navarro e o Ir. João Gonçalves. Inaugurou-a também o P. Nóbrega com cerimonial idêntico ao do Rio Vermelho [2]. O Tubarão era índio zeloso que espertava os seus para a doutrina.

Mas não teve autoridade para fazer que os seus índios cultivassem a terra.

Em 1557, fugiram todos. «Ficaram só dois ou três por cumprimento, diz Blasques, e dispostos a fazer o mesmo à primeira» [3].

A Aldeia do Tubarão mudou-se, em 1558, para o Recôncavo, formando a Aldeia de S. Tiago, acima de Pirajá [4]. No fim do século, ressuscitou o nome desta Aldeia de S. Sebastião. Pois vemo-la citada, em 1600, entre as Aldeias da Baía, onde os Padres tinham residência fixa. Nela possuía o Colégio, em 1607, um engenho de açúcar [5].

ALDEIA DO SIMÃO. — Junto à Aldeia de S. Sebastião, às portas da Cidade ficava outro Índio, cristão fervoroso, a quem os Padres rodeavam de prestígio: chamava-se Simão e atraía muitos à sua Aldeia, que ocupava o sítio das imediações do actual forte de S. Pedro e do Passeio Público, sôbre a Gamboa. Ordenava aos grandes que à noite, na rêde, ensinassem os meninos, e diz o P. João Gonçalves que êle os ouvia desde a casa em que morava [6].

Êstes índios fugiram, em 1557, menos alguns que ficaram com o Principal Simão que se tinha convertido, «tanto que a esta terra chegaram os Padres» [7]. Primícias da catequese dos Jesuítas no Brasil.

---

1. *CA*, 159, 170; Nóbr., *CB*, 158.
2. *CA*, 162.
3. *CA*, 185.
4. *Discurso das Aldeias*, 350; Vasc., *Crón.*, II, 5. Teodoro Sampaio distingue entre *Ipiru* (que coloca, na cidade, por alturas de S. Bento) e *Tubarão*, que situa no Pirajá; mas é a mesma, antes e depois da mudança.
5. *Bras. 5*, 74v, 65v. Cf. supra, Tômo I, 581.
6. *CA*, 162, 170.
7. *CA*, 170.

ALDEIA DE S. PAULO. — Foi a primeira que se fundou em tempo de Mem de Sá. Para evitar a dispersão dos Padres e poderem atender melhor e a mais gente, reüniram-se quatro Aldeias numa só ; e, como o núcleo principal foi o que veio de Nossa Senhora do Rio Vermelho, a nova Aldeia que, por ser no sítio de S. Paulo, recebeu êste nome, continuou também a ter, simultâneamente, a invocação de Nossa Senhora [1].

A Aldeia de S. Paulo edificou-se com grande entusiasmo. A 29 de Junho de 1558, celebrou-se nela a primeira missa. Assistiu o Governador que deu de comer a todos os presentes. Houve baptismo solene; o Governador nomeou um índio para o cargo de meirinho da nova povoação, ofereceu-lhe um fato, e entregou-lhe pessoalmente a vara do ofício. Nesta Aldeia, todos os moradores, até a idade de 14 anos, eram já cristãos. Em Setembro dêsse ano, estava a cargo imediato de Nóbrega e, escreve o P. Francisco Pires, que «quási se quer igualar com o Colégio da Baía » [2].

Em 1561, tinha 2.000 almas [3]. Com ficar só uma légua da cidade (hoje é *Brotas*), realizavam-se nela grandes solenidades, ao sabor das romarias portuguesas, a que concorriam as pessoas mais gradas da terra, incluindo o Governador e o Prelado: baptismos solenes, missas novas, grandes jubileus [4]. Sobrevindo, em 1563, a grande epidemia da varíola, determinou Mem de Sá que a gente, que ficou desta Aldeia, se repartisse pelas outras já existentes dos Jesuítas, mais afastadas da cidade [5]. A mudança contudo não se operou antes de 1564, pois, ainda a 29 de Junho dêste ano, se celebraram na Aldeia de S. Paulo as suas grandes festas jubilares [6].

ALDEIA DE S. JOÃO. — Depois de S. Paulo, formou-se a Aldeia de S. João, no interior da ribeira de Pirajá. O P. António Pires ia daqui algumas vezes à Aldeia do Espírito Santo, dizer missa aos domingos [7].

---

1. *CA*, 200, 258-259 ; Nóbr., *CB*, 178-179. Vasc., *Crón.*, II, 5.
2. *CA*, 201-204.
3. *Discurso das Aldeias*, 353.
4. *CA*, 227, 380, 409, 418.
5. *Discurso das Aldeias*, 359.
6. *CA*, 418.
7. *CA*, 203, 225 ; Nóbr., *CB*, 187-188. Cita-se, na doação de terras feitas ao Colégio da Baía, no Rio de Joanes, *Bras. 11*, 47-48. Cf. supra, tômo I, 154.

Esta primeira Aldeia de S. João despovoou-se em 1560. No domingo de Ramos, 8 de Abril, o P. Leonardo do Vale, que nela assistia, fêz uma procissão solene. Depois dela, de-repente pôs-se em fuga tôda a povoação. Alguns da escola voltaram, assim como outros Índios com suas mulheres e filhos. Mas não voltou o chefe Mirangoaba, promotor da fuga. Não obstante ser meirinho, êle «não ajudava, mas estorvava, e desobedecia muitas vezes ao Governador e aos Padres». Temia-se que andasse a gizar alguma traição. Por tudo isto, mandou-o prender Mem de Sá. Depois levou-o à guerra dos Ilhéus, onde o chefe índio se portou com valentia. E voltou com honra à sua Aldeia. Não se desvanecendo completamente as suspeitas, Mem de Sá mandou avisá-lo da guerra aos Tamóios e Franceses, e que se aprontasse com a sua gente para o acompanhar. Mirangoaba só chegou à Ribeira de Pirajá no dia seguinte ao da partida. Temendo o castigo, quando o Governador voltasse à Baía, retirou-se, com a gente que lhe restava, para o Rio de S. Francisco. A Aldeia de S. João, assim abandonada, ficou a chamar-se «Tapera de Mirangoaba»[1].

No ano seguinte de 1561, a 15 de Março, puseram-se a caminho, para restaurar esta Aldeia, os Padres Gaspar Lourenço e Simeão Gonçalves. Estabeleceram-se, desta vez, a 6 léguas da Baía, e uma acima da de Santiago que, entretanto, se fundara. Quando chegaram os Padres, os Índios ergueram igreja de palmas, construindo outra, depois, mais sólida. Rodeavam esta Aldeia umas 13 ou 14, que tôdas se haviam de juntar, e ficariam sob a sua dependência catequética[2]. O orago desta Aldeia era *S. João ante portam latinam*, que se celebra a 6 de Maio, e neste dia se ganhava o jubileu, como se vê no ano de 1567[3]. Esta Aldeia prosperou. Na Páscoa de 1564, tinha mais de mil almas[4]. Teodoro Sampaio diz que é a actual *Plataforma*[5].

---

1. *Discurso das Aldeias*, 350-352; CA, 266; Vasc., *Crón.*, II, 5. A êste índio chama o *Discurso* « Morrangao », e Vasconcelos « Boirangaoba ».

2. CA, 299-300: Padre Simeão Gonçalves e não Simão Gonçalves, como aqui se lê. Simão Gonçalves era coadjutor.

3. *Bras. 15*, 284v.

4. CA, 406-407.

5. Ficava na margem direita do Rio Pirajá, como se vê na *Planta Hidrographica da Bahia*, inserta nas *Noticias Soteropolitanas e Brasilicas* de Luiz dos Santos

Aldeia do Espírito Santo. — Fundada no segundo semestre de 1558 pelo Padre João Gonçalves e Ir. António Rodrigues. Êste, «por ser língua e mui fervente obreiro, diz Nóbrega, vai sempre diante a esmoitar a terra; aqui se juntou mais gente que em nenhuma» outra Aldeia [1]. O próprio António Rodrigues dirigia a construção da igreja [2]. A Aldeia do Espírito Santo ficava nas margens do Rio de Joanes. Edificou-se primeiro num sítio cuja salubridade se discutia. Alguns ali recuperaram a saúde e convalesceram de graves enfermidades. Mas também ali caiu ou recaiu doente o P. João Gonçalves, vindo a falecer pouco depois. Por ordem de Grã, transferiu-se o assento da Aldeia para lugar que se reputou mais sadio [3].

Desta Aldeia se escrevia, em 1560, que era «a maior e a mais principal que nestas partes do Brasil doutrinamos», e era numerosa a assistência à escola [4]. Nesse mesmo ano, fêz o P. Grã aceitar e jurar aos chefes Índios da Aldeia êstes compromissos civilizadores e cristãos: não ter senão uma mulher; não se embebedar; não dar ouvidos aos pagés; não matar nem comer carne humana [5]. Em 1561, a sua população indígena era de 4.000 almas [6].

Pela invocação, que tinha, do Espírito Santo ou Sancti Spiritus, eram soleníssimas as suas festas. Escreve Blasques das do ano de 1564: «juntámo-nos nesse dia, tanto da cidade como das Aldeias, alguns dezasseis Padres e um grande número de Irmãos,

---

Vilhena. (Cf. edição de Braz do Amaral, vol. I (Baía 1926) 30-31. Mas em 1587 ou existia noutro sítio, perto do Rio de Joanes, ou havia outra Aldeia com o mesmo nome de S. João: «Nesta comarca [de Tatuapara ao Rio de Joane] três léguas do mar teem os Padres da Companhia duas aldeias de índios forros Tupinambás e de outras nações em as quais terão setecentos homens de peleja, pelo menos; os quais os Padres doutrinam, como ficou dito da Aldeia de Santo António. Estoutras se dizem uma de Santo Espírito e a outra de S. João», onde teem grandes igrejas da mesma advocação e recolhimento para os Padres, que nelas residem, e para outros que muitas vezes se lá vão recrear».—Gabriel Soares, *Tratado*, 39. Nestas paragens se encontra hoje a vila da Mata de S. João.

1. Nóbr., *CB*, 185; Vasc., *Crón.*, II, 5.
2. *CA*, 227.
3. *CA*, 313; *CB*, 187.
4. *CA*, 250; 264-265.
5. *CA*, 278.
6. *Discurso das Aldeias*, 353.

que também isso, por si, foi jubileu»[1]. A Aldeia teve futuro e foi sempre residência dos Padres, efectiva e ininterrupta, até à perseguição pombalina. Antes de terminar o século XVI, tentando desembarcar perto desta Aldeia do Espírito Santo os Franceses de Pain-de-Mil, foram aprisionados pelos Índios os que vinham num patacho, e remetidos ao Governador[2]. Hoje chama-se *Abrantes*[3].

ALDEIA DE SANTIAGO.—Foi a última das quatro grandes Aldeias fundadas depois da vinda de Mem de Sá, «pouco antes» da sua partida para o Sul. Saindo o Governador da Baía, a 16 de Janeiro de 1560[4], pode colocar-se a sua erecção nos fins de 1559. Constituíra-se com a Aldeia de S. Sebastião, acima referida, e com outras pequenas, que «foram formar uma povoação numerosa, junto de Pirajá, três léguas da cidade». As terras, em que se estabeleceu a princípio, eram poucas para alimentar a gente. Por isso a Aldeia de Santiago «passou além um pedaço, junto de S. João»[5].

---

1. *CA*, 410.
2. Carta do P. Manuel Gomes, de 27 de Setembro de 1597, em Amador Rebelo, *Compendio de alg. Cartas*, 237-240.
3. Viana, *Memoria*, 475. O P. João Gonçalves, seu fundador, veio de Portugal na terceira expedição com os Irmãos Anchieta e Gregório Serrão e, como êles, por ser doente. Tinha sido abandonado pelos «físicos» de Coimbra, onde residia em 1552, recebido havia três anos: «agora está muito doente; não faz nada» (*Lus. 43*, 229v). Nunca saíu da Baía, onde desenvolveu uma actividade semelhante à de Anchieta no Sul (Carta de B. Lourenço, *Bras. 3(1)*, 108; Carta de Grã, *Bras. 3(1)*, 140; *CA*, 143, 145, 162, 205). Humilde e devoto, a-pesar-de adoentado, ordenou-se de sacerdote em 1556 e disse a primeira missa no dia 15 de Agôsto dêsse ano com a assistência do Governador e com grandes solenidades. Durante três anos, foi cozinheiro e dispenseiro; agora, depois de ordenado, nomeou-o Nóbrega, que o tinha como «sua alegria e consolação», Padre-Mestre dos Noviços (*Bras. 15*, 44; *CA*, 157-158, 203). O P. João Gonçalves era de grande caridade e zêlo pela salvação das almas, em particular dos gentios. Fêz algumas curas e remédios com emplastros, o que lhe granjeou suma reputação (*CA*, 162). Percorreu e catequizou quási tôdas as Aldeias da Baía. (Nóbr., *CB*, 158-159; *CA*, 162). Disse a sua última missa a 8 de Dezembro de 1558, na Aldeia do Espírito Santo, dia de Nossa Senhora da Conceição. Caindo doente foi levado para o Colégio da Baía, onde faleceu, dia de São Tomé, 21 de Dezembro de 1558. Era amado de todos. Ao seu funeral concorreu a cidade em pêso. Narrando a sua morte, Nóbrega faz dêle um afectuoso e sentido elogio (*CB*, 186).
4. Nóbr., *CB*, 223, nota 98.
5. *CA*, 266, 278-279; Vasc., *Crón.*, II, 65.

Santiago era uma grande Aldeia: 4.000 almas em 1561[1]. O P. Leonardo do Vale, que residia nela em 1562, ia também visitar a povoação próxima de *António Tôrres* [2].

Existem referências à actividade apostólica dos Padres nesta Aldeia até 1564, que é o ano da grande fome e da fuga dos Índios [3]. Provàvelmente, por ficar próxima de S. João, e escassear o gentio, não se tornou a reconstituir.

ALDEIA DE SANTO ANTÓNIO. — Em Agôsto de 1560, voltou o Governador Mem de Sá à Baía. Com êle veio o P. Grã, que pouco depois iniciou uma época de trabalhos, caracterizada pela intensidade de ministérios e multiplicação das Aldeias. A primeira que fundou, logo em Outubro, foi a de Santo António. O lugar, em que a instituíu, chamava-se Rembé, ou Erembé, a nove léguas ao norte da cidade do Salvador. No ano seguinte, contava 2.000 almas [4].

As terras da sua área estavam então devolutas ou pertenciam ao Conde da Castanheira [5]. Falando das terras de Garcia de Ávila, situa mais tarde Gabriel Soares no seu distrito a Aldeia de Santo António, constituída por índios forros Tupinambás, com formosa igreja e casa [6]; todavia, parece-nos que o local da Aldeia estaria fora da sua alçada, «através pelo sertão», como se exprime Anchieta [7]. Nesta Aldeia se encontrava o P. Gaspar Lourenço, e dela partiu para a missão de Sergipe, em 1575. Também desta Aldeia de Santo António, a 40 milhas da Baía de Todos os Santos, no dia 21 de Junho de 1593, escreveu o P. João Vicente Yate uma carta ao P. Ricardo Gibbon, residente no Colégio de Madrid [8]. Êste Padre Yate é aquêle «Padre de nação ingrez», de quem fala Vasconcelos sem o nomear, e que a pedido de Anchieta deu uma ajuda de índios a Miguel Aires, roubado pelos Franceses, com a qual pôde êle chegar, são e salvo, a Pernambuco,

---

1. *Discurso das Aldeias*, 353.
2. *CA*, 362.
3. *CA*, 279, 311, 421-426; Vasc., *Crón.*, III, 40.
4. *Discurso das Aldeias*, 352-353; *CA*, 311-312, 407; Vasc., *Crón.*, II, 90.
5. Cf. Capistrano, nota a Pôrto Seguro, *HG*, I, 339.
6. Gabriel Soares, *Tratado*, 37; Alcântara Machado, nota 409, em Anch., *Cartas*, 342.
7. Anch., *Cartas*, 318.
8. Yate, *Calendar of State Papers*, 353.

aonde se dirigia[1]. A Aldeia de Santo António foi a principal entre as suas vizinhas, Bom Jesus, S. Pedro, e Santo André. Por estas redondezas existiu ainda outra Aldeia por nome *Capanema*, pois o visitador, P. Manuel de Lima, para poupar a dispersão dos Padres, determinou, em 1610, que se fundisse com a de Santo António[2].

ALDEIA DO BOM JESUS DE TATUAPARA. — Fundaram-na, em Agôsto de 1561, os Padres Luiz da Grã e António Rodrigues, «ao longo de um rio, em sítio mui gracioso e agradável, por ser à vista do mar». Aqui ficou António Rodrigues por então só, a-pesar-de doente, «para dar princípio a esta casa, por ter êle especial talento e graça para isso». Grã, escolhido o sítio, voltou para a cidade[3].

Diz Simão de Vasconcelos que os Índios, que constituíram a Aldeia, eram do Paraguaçu[4]. Escreve também o P. António Rodrigues que «os Índios principais de trinta léguas em redondo desta nossa povoação do Bom Jesus se ajuntaram aqui», gente honrada e fidalga». Estão juntas quinze povoações em uma a que pusemos o nome de Bom Jesus[5]. Os Índios viviam em perpétuo temor dos brancos, nem tardou que se alvoroçassem e fugissem. Com o mêdo não tinham cultivado a terra, e «de fracos e magros morriam por êsses matos à míngua». Mandou o Governador Mem de Sá dar-lhes de comer «da sua fazenda», emquanto plantavam mantimentos. Com êste socorro, ainda se reüniram alguns, mas foi coisa de pouca dura[6].

ALDEIA DE S. PEDRO DE SABOIG. — Fundada, em Novembro de 1561, pelos Padres Grã, António Rodrigues e Gaspar Lourenço, a 22 léguas da Baía e a 10 da Aldeia do Bom Jesus. Não durou mais que um ano[7]. Depois da fome, e do socorro, que também lhes enviou Mem de Sá, voltaram alguns Índios, marcando-se-lhes novo sítio. Lá ficaram, em 1562, quietos, à espera de Padres, que então não havia, por se terem provido outras Capitanias[8].

---

1. Vasc., *Anchieta*, 269.
2. Roma, Vitt. Em., *Gesuitici*, 1255, n.º 14, f. 10v.
3. *CA*, 313, 315-316, 347.
4. Vasc., *Crón.*, II, 99.
5. *CA*, 296-297.
6. *CA*, 379.
7. *CA*, 347-348; Vasc., *Crón.*, II, 99.
8. *CA*, 379.

Santo André do Anhembi. — Da Aldeia anterior partiu o P. Grã, ainda o mês de Novembro, «para outro lugar, que, também com as mesmas esperanças, se ajuntava, oito léguas além daquela, onde assentou que se fizesse outra igreja de Santo André». A importunação dos Índios foi tal, que «mereceu conceder-lhe o Padre esta casa de Santo André, estando tão falto de gente, que escassamente bastava a que havia para as que estavam feitas». Nesta excursão apostólica chegou Luiz da Grã à Aldeia de Araçaém, nas margens do Itapicuru, de Índios contrários aos de Anhembi. Fizeram-se as pazes [1]. Saindo, pouco depois, a lei contra os Caetés, os Índios fugiram todos. Procurou António Rodrigues reconduzir o gentio, e ainda duma vez trouxe 3.000 [2]. Mas, depois de imenso trabalho, dos 12.000 que eram ao todo os Índios das Aldeias desta região, Santo António, Bom Jesus, S. Pedro e Santo André, «ficariam mil pouco mais ou menos» [3]. Com êles se repovoou a Aldeia de Santo António, que conseguiu sobreviver.

Santa Cruz de Itaparica. — Os Índios da Ilha de Itaparica andavam dispersos. Trataram os Padres de os reünir em uma povoação grande. Encarregaram-se dessa tarefa, durante a quaresma de 1561, os Padres António Pires e Luiz Rodrigues e os Irmãos Paulo Rodrigues e Manuel de Andrade. Houve dificuldades, emfim vencidas. Vasconcelos diz que concorreu também para ela o gentio do Paraguaçu. No dia de Santa Cruz, 3 de Maio, realizou ali o P. Grã um baptismo numeroso e solene [4]. A povoação não foi sempre no mesmo sítio. Véspera da Exaltação da Santa Cruz, a 13 de Setembro do referido ano de 1561, voltou a Itaparica o P. Luiz da Grã, então Provincial. E fêz-se «uma procissão mui solene, levando os Índios às costas uma cruz mui formosa e grande, para arvorá-la em um monte, para onde agora *se mudou* a igreja. Iam tangendo e cantando uma folia a seu modo, e de vez em quando vinham fazer reverência à cruz, que um irmão levava». No dia da Exaltação, nova e solene administração de sacramentos [5].

---

1. *CA*, 348-350 ; Vasc., *Crón.*, II, 99 ; *Discurso das Aldeias*, 354.
2. *CA*, 354-355.
3. *Discurso das Aldeias*, 356.
4. *CA;* 306-308, 330-331, 373 ; Vasc., *Crón.*, II, 99, 103.
5. *CA*, 312, 330.

A situação desta Aldeia vem expressa em Leonardo do Vale. Fica na Ilha de Itaparica, «indo pela mesma barra fora, quatro, cinco léguas da cidade; e indo ao redor da Ilha, por dentro da baía, oito léguas»[1].

Em 1562, incendiou-se a casa e igreja, fogo pôsto, ao que parece, vendo-se em perígo o P. António Pires[2]. A Aldeia de Santa Cruz, que estêve algum tempo em Santa Cruz de Jaguaripe, despovoou-se, devido à peste e fome de 1563-1564[3].

S. MIGUEL DE TAPERAGUÁ. — Fundou-a Luiz da Grã, no mês de Novembro de 1561, «junto a Tinharém». Nela se congregaram todos os gentios dos arredores, umas duas mil almas[4]. Baptismo solene e ministérios do costume[5]. Fugiram os Índios na mesma ocasião e pelo mesmo motivo que os de Itaparica[6].

NOSSA SENHORA DA ASSUNÇÃO DE TAPEPIGTANGA. — Fundada pelo mesmo P. Grã, também em 1561. Chegaram a reünir-se nela 4.000 almas. Fêz-se aqui um grande baptismo solene: 1.088, «por todos», mais 176 «in extremis»; e 137 casamentos cristãos. A Aldeia teve a sorte das duas anteriores: os Índios fugiram como os de Taperaguá e Itaparica[7].

Nossa Senhora da Assunção e S. Miguel ficavam para as bandas do Camamu. Sucedeu que, no ano em que se dispersavam estas Aldeias, doava Mem de Sá aquelas terras ao Colégio da Baía. Por êste motivo, fundou-se depois nelas a residência de *Boipeba* e mais tarde a de *Camamu*, que havia de ter importância com o tempo[8]. Outras Aldeias foram nascendo na comarca da Baía durante os séculos seguintes. Mas, ainda no primeiro século, há indícios de se tentarem outras, como aquela *Aldeia de Reis*, de que fala Rui Pereira em 1560[9] e não vingou; e *Uru-*

---

1. *CA*, 328.
2. *CA*, 366-367.
3. *CA*, 383; Vasc., *Crón.*, III, 38-39. O *Discurso das Aldeias* dá o ano de 1562, Anch., *Cartas*, 356.
4. *Discurso das Aldeias*, 354; Vasc., *Crón.*, II, 100.
5. *CA*, 367-368.
6. *Discurso das Aldeias*, 356.
7. *Discurso das Aldeias*, 354; *CA*, 367-368; Vasc., *Crón.*, III, 39.
8. *Bras. 8*, 30; *Bras. 3 (1)*, 188; Viana, *Memoria*, 434. Cf. supra tômo I, p. 154-155.
9. *CA*, 268.

pemaíba e *Itapoã*, chegando a primeira a ter promessa de meirinho, e vivendo, na segunda, alguns meninos [1].

Diversas circunstâncias condicionaram o movimento das Aldeias da Baía e, em proporção, o das outras Capitanias, ampliando-o ou diminuindo-o. Da parte dos Índios: temores, epidemias, fugas; da parte dos Padres: escassez de missionários para tão grande multiplicidade de obras como eram as suas, e para o alargamento contínuo do Brasil [2]. E, também, dificuldades intrínsecas à própria vida religiosa, quanto à sustentação e à castidade, extremamente exposta no isolamento das Aldeias e que exigia nos Padres, que ali habitavam, virtudes heróicas, e êsses também faziam falta nos Colégios. Daqui a necessidade de evitar a dispersão, reduzindo-se o número delas, procurando-se, ao mesmo tempo, maior eficácia para a sua actividade. O momento culminante das Aldeias da Baía, foi 1561, em que chegaram a ser onze [3]. Em tôdas, menos Santo André, residia um Padre e um Irmão; depois da reorganização, ficaram cinco Aldeias [4]. No ano de 1568, pedia a Congregação Provincial que se reduzissem a três [5]. E, de-facto, é êste o número que achamos em 1583: *Espírito Santo, S. João e Santo António* [6]; depois refez-se a de *S. Sebastião*, e quási no fim do século veio juntar-se-lhes a residência da Ilha de *Boipeba* [7].

Examinando-se a curva evolutiva destas Aldeias, encontram-se quatro fases: a de 1556, mais a título de ensaio; a de 1558-1559, sólida e prometedora; a de 1560-1561, intensiva, mas sem condições estáveis; e a reconstituïção definitiva, depois da epidemia e fome de 1563-1564.

Nem tôdas as Aldeias se reconstituíram ou sobreviveram à reconstituïção. Mas, duma forma ou doutra, nelas se originou o movimento catequético mais considerável do Brasil.

Pero Rodrigues, feita a experiência de meio século, sintetiza

---

1. CA, 237-238.
2. Bras. 5, 7.
3. *Fund. de la Baya*, 9-9v(84).
4. CA, 492-494.
5. *Congr.*, 41, 299.
6. Anch., *Cartas*, 416; Bras. 15, 415v.
7. Ânua de 1597, Bras. 15, 430v; Bras. 5, 35.

o fruto das Aldeias, nestas quatro vantagens: proveito para os Índios, que se civilizam e salvam; proveito temporal dos Portugueses, nas guerras contra os estranjeiros que mais temem as frechas dos Índios que os arcabuzes dos brancos; proveito contra os negros, de cuja multidão é para temer não ponham alguma hora em apêrto algumas Capitanias; proveito dos moradores, a quem servem por soldada conforme o regulamento de El-Rei [1].

---

1. Pero Rodrigues, *Anchieta*, em *Annaes*, XXIX, 245. Não nos deteremos a refutar a opinião dos que afirmam que estas Aldeias produziriam a *paraguaïzação* do Brasil. Admite-se que o dissesse um Oliveira Martins (*O Brasil e as Colónias Portuguezas* (Lisboa 1888) 29, e outros do seu tempo, imbuídos de preconceitos contra a Companhia de Jesus, à qual reconhecem, contudo, papel primacial na formação do Brasil, semelhante à do Papado na formação medieval das nações modernas. Hoje, com os conhecimentos da ântropo-geografia, um homem de mediana cultura reconhece logo que o Brasil, país marítimo, acessível e povoado por três raças (brancos, negros e índios) tinha que ficar fatalmente diferenciado do Paraguai, isolado, dobrado e fechado sôbre si mesmo, no centro do continente. Aliás, o sentido depreciativo, que se insinua com a palavra *paraguaïzação* é uma de tantas malfeitorias históricas, de gente que escreve com pouco conhecimento do assunto. Leia-se, por exemplo, O. Quelle, *Das Problem des Jesuitenstaates Paraguay* (Ibero-Amerikanisches Archiv, VIII/3-1934) e ver-se-á que o Estado Jesuítico do Paraguay, como outros (o de Mainas, no Equador, os de Mojos e Chiquitos, na Bolívia e o do Baixo Orenoco) foram criados à sombra da legislação espanhola, portanto, perfeitamente legais; e, adaptando-se às suas circunstâncias mediterrânicas, tendiam, teórica e pràticamente, ao levantamento progressivo do nível de civilização e à valorização económica da terra.

CAPÍTULO IV

O Govêrno das Aldeias

1 — Origem e necessidade do govêrno das Aldeias; 2 — Os Capitãis; 3 — Os seus inconvenientes; 4 — Fuga dos Índios; 5 — O Direito penal das Aldeias; 6 — «Menoridade» dos Índios.

1. — É sabido que os Jesuítas exerceram, nas Aldeias que fundaram, directa ou indirectamente, o govêrno temporal. O problema é complexo. Coordenemos os seus diversos elementos, partindo da verificação dum facto geral e comum a toda a América. Os Índios da América Espanhola consideravam-se em Direito «miseráveis», quer dizer civilmente diminuídos na sua personalidade jurídica: «a seis índios não se dá mais fé que a uma testemunha idónea», lê-se numa lei antiga, citada por Solórzano[1].

Verificou o P. Manuel da Nóbrega que os da América Portuguesa viviam em estado idêntico, porque «acharam que infiéis não podem testemunhar nada contra cristãos». O colono, diz êle, só evita ser visto por outro colono. Matando-se uns sete ou oito índios, não se viu castigo[2].

---

1. Juan Solórzano Pereira, *Política Indiana*, I (Madrid — Buenos Aires, s. d.) 417, 425. Desejaríamos ver feito para o Brasil o trabalho que representam para a América Espanhola os dois recentes livros de Emílio A. Zavala, publicados pelo Centro de Estudios Históricos de Sevilha: *Las instituciones jurídicas en la Conquista de América* (Madrid 1935) e *La Encomienda Indiana* (Madrid 1935). Existem contudo obras notáveis como as de Clovis Bevilacqua, João Mendes Júnior, Oliveira Sobrinho, Martins Júnior e outros, citados pelo Ministro Rodrigo Octávio, em *Les sauvages américains devant le droit* (Paris 1931) 15. Rodrigo Octávio refere-se separadamente aos Índios da América inglesa, espanhola e portuguesa, com elementos de valor para a história geral do Direito no Brasil.

2. Nóbr., *CB*, 173.

Nóbrega escrevia em 1557. Dois anos mais tarde, diz: «sem provas de dois ou três brancos não se castiga nada», opinião prejudicial, comenta êle, porque assim podiam os colonos tirar ou fazer mal aos Índios, quando lhes aprouvesse» [1].

Tão deplorável estado fêz que o grande Jesuíta, à chegada do Governador Mem de Sá, sugerindo-lhe o aldeamento efectivo dos Índios, buscasse também modo de os colocar ao abrigo de injustiças. Instituíu-se um regime de defesa, onde os aborígenes começaram a sua aprendizagem civil, e onde, sob a égide da autoridade tutelar, se robusteceu pouco a pouco o nervo da vida social e cristã.

Levado pela influência de Nóbrega, Mem de Sá deu a estas Aldeias regalias quási municipais. Di-lo o próprio Governador. Pelo modo de falar parece que se refere a vilas portuguesas, mas o Governador trata evidentemente de Aldeias, contrapondo índios a cristãos: «também mandei fazer tronco em cada vila e pelourinho, por lhes mostrar que teem tudo o que os cristãos teem, e para o meirinho meter os moços no tronco, quando fogem da escola, e para outros casos leves, com a autoridade de quem os ensina e reside na vila. São muito contentes e recebem melhor o castigo que nós» [2].

Com a autoridade de quem os ensina... O meirinho, isto é, o funcionário civil, ficava nestas Aldeias subordinado aos Padres, seus mestres.

Tal foi a origem do governo temporal dos Jesuítas, que tantos debates e tantas lutas havia de suscitar no decorrer dos tempos.

A alguns dêstes meirinhos deu a investidura o próprio Governador Geral. E os Índios respeitavam-nos muito, por verem detrás dêles a autoridade dos Padres [3].

Os cargos de meirinhos e aguazis eram grandemente estimados pelos Índios, que tomavam a sério as suas funções, exorbitando às vezes. O meirinho, preconizado para a Aldeia de Urupemaíba, ainda antes de receber o ofício, quis evitar que os Índios se embriagassem com os seus vinhos, feitos de raiz de

---

1. Nóbr., *CB*, 206.
2. *Instrumento dos serviços de Mem de Sá*, em *Annaes*, XXVII, 228; cfr. *CA*, 278.
3. *CA*, 307.

mandioca. Tomou um martelo e quebrou à meia-noite tôdas as talhas [1]. A inclinação à bebida foi parte principal na implantação do regime penal das Aldeias. No estado de embriaguez, os Índios eram capazes dos piores excessos. Quando podiam, as mulheres tiravam-lhes do alcance da mão « as flechas e outras armas e até os tições de fogo » : porque êles não hesitavam em lançar fogo às casas; e, antes de se fundarem os aldeamentos, atacavam aos próprios Jesuítas, vendo-se uma vez em perigo Vicente Rodrigues e João de Aspilcueta Navarro. Valeu-lhes um homem língua, e « porque Deus ainda não era servido » [2].

Beber muito era uma glória! Conta Leonardo do Vale, que o principal *Capim*, da Aldeia de Santo André, indo à Baía, bebeu tanto, que ficou perdido de bêbado, « coisa que polo muito que entre êles se tem, há-de deixar para ser contado *in mille generationes* » [3]. Os colonos exploraram em proveito seu esta inclinação. Segundo Cardim, até « os brancos, prudentes, que sabem a arte e a maneira dos Índios », « lhes mandam fazer vinho e os chamam ás suas roças e canaviais, e com isso lhes pagam » [4]. Por mais que os Padres lhes proïbissem, ou antes regulamentassem, o uso da bebida, não havia meio, nas proximidades dos engenhos. « Os escravos [entenda-se tanto Índios como negros, e entre aquêles também os livres] andam tudo de noite, e vão comprar vinhos de mel do engenho, com que se embriagam e fazem brigas » [5].

¿Que fazer? Aplicar meios suasivos e, em casos extremos, sanções adequadas. A impunidade de tais desordens dissiparia o vínculo social em via de organização, e daria origem a novos delitos.

Mas antes de examinar o Direito penal das Aldeias, pròpriamente dito, vejamos a questão prévia da jurisdição, ou seja o chamado govêrno temporal das Aldeias, confiado aos Jesuítas

---

1. *CA*, 237-238.
2. *Ib.*, 51, 69, 74, nota 20 de Afrânio Peixoto, 366-367 ; Anch., *Cartas*, 110, 229, 330.
3. *CA*, 351.
4. Cardim, *Tratados*, 173. Ainda hoje é utilizado êste expediente económico no Amazonas. É a instituição do *trago de cauim*, bem conhecida e aproveitada pelos proprietários de seringais, para aliciarem os Índios.
5. *Bras. 8*, 10-11.

por Mem de Sá. Tal govêrno, a-pesar-de ser desempenhado directamente pelos meirinhos, produziu longos debates e, para logo, uma dupla reacção; por parte da Companhia, examinando até que ponto êsse regime se coadunava com as suas Constituïções; por parte dos colónos, porque tal regime subtraía os Índios à sua influência, ou pelo menos regulava, em bases jurídicas, as suas relações com êles.

O P. Geral estranhou primeiramente o facto. Depois, dadas as devidas explicações, consentiu aquêle govêrno temporal, até que, por diversas queixas dos de casa e dos de fora, resolveu o novo Geral, S. Francisco de Borja, suprimir a jurisdição temporal e, se fôsse preciso, até a própria residência dos Padres nas Aldeias.

Embarcando em Lisboa para o Brasil, em 1572, o P. Inácio Tolosa levava incumbência, como Provincial, para uma e outra coisa. Mas, ao ver as dificuldades práticas na supressão da residência, tirou apenas a jurisdição temporal. As razões, que o moveram para manter a residência, foram estas: porque, sem a presença dos Padres, os Índios voltavam atrás; e porque, retirando-se para os matos, faziam causa comum com o gentio, inimigo dos Portugueses. Jorge Serrão, Provincial de Portugal, apoiou em Roma a atitude de Tolosa, invocando sobretudo o motivo religioso, isto é, o perigo, em que se colocavam êstes novos cristãos, de tornarem aos antigos costumes [1].

2. — A reacção dos colonos fêz que os Jesuítas pedissem a Mem de Sá nomeasse para as Aldeias capitãis portugueses, incumbidos de resolver as diferenças emergentes. A ocasião foi a peste e fome de 1563-1564.

Os Índios, uns fugiram para os matos, outros das Aldeias dos Portugueses para as dos Padres. Naturalmente, surgiram reclamações e atritos, alargando os colonos as suas reclamações a outros Índios, sôbre que não tinham direitos. Os capitãis deviam decidir a questão, e seriam, cada qual em sua Aldeia, como que os fiscais e protectores dos Índios contra os agravos dos colonos: «Em S. Paulo, Sebastião Luíz; no Espírito Santo, Francisco de

---

1. Carta de Jorge Serrão a S. Francisco de Borja, Lisboa, 10 de Outubro de 1572, *Lus. 65*, 41; *Fund. de la Baya*, 10v(84-85).

Morais e Francisco Barbudo; em S. António, Gomes Martins; em Bom Jesus, Braz Afonso; em S. Pedro, Pedro de Seabra; em Santa Cruz, António Ribeiro; em Santiago, Gaspar Folgado; em S. João, João de Araújo; cujo regimento era, que êles, capitãis, os defendessem dos Portugueses e lhes tirassem todos aquêles que se metessem com êles, para que as igrejas se não despovoassem; mas tal foi o tempo, que nada teve efeito. Os capitãis lá residiram nas povoações certos anos, dêles mais, dêles menos, e em seu tempo se acabaram de despovoar Bom Jesus, S. Pedro, Santa Cruz, pelas causas acima ditas e pela experiência que se viu, que nem os capitãis tinham proveito, nem os Índios o favor e ajuda que se esperava, e assim, com consentimento do Governador, deixaram os ditos cargos, e os Padres da Companhia ficaram residindo sempre nas ditas igrejas como dantes » [1].

A primeira actuação dêstes capitãis mereceu elogios gerais; mas, a breve trecho, com a convivência, intrigas dos colonos e tergiversações dos Índios, que ora se apoiavam nos Padres ora nos capitãis, e, sobretudo, pelo modo represensível dos mesmos capitãis, a situação tornou-se intolerável para todos, até para êles mesmos.

Escrevem os Jesuítas, em 1592: « Por se os Padres livrarem das moléstias dos moradores, que continuamente pediam Índios, requereram ao Governador Mem de Sá, que pusesse homens nestas Aldeias, para defenderem os Índios dos agravos, que lhes faziam, e pera os ajudar no temporal. Procederam de maneira que os Índios se escandalizaram, pelos ocuparem muito em seu serviço e de seus amigos, e lhes tocarem nas filhas e mulheres; e os outros moradores se queixavam, por lhos não darem, até que êles, com ver juntamenle o pouco proveito que tiravam, se enfadaram e largaram êste cargo. E querendo o Governador Manuel Teles torná-los a meter, não lhe consentiram o Bispo nem o govêrno da cidade, pela experiência que já tinham de quão pouco proveito eram » [2].

A intenção do Governador Manuel Teles Barreto manifes-

---

1. *Discurso das Aldeias*, 357-358. Dá-se aqui o ano de 1562 para a nomeação dos capitãis, mas carta contemporânea, de 1564, dá esta segunda data (*CA*, 413); cf. Capistrano, in Pôrto Seguro, *HG*, I, 425.

2. Capítulos, *Bras. 15*, 388, n.os 36-37.

tou-se numa Junta, que êle teve em sua casa, nos começos de Dezembro de 1583. Além do Governador, estavam presentes o Bispo D. António Barreiros, o Provedor-mor Cristóvão de Barros, o Visitador P. Cristóvão de Gouveia, o Provincial P. José de Anchieta e o P. Reitor do Colégio, Luiz da Fonseca. Examinaram um capítulo da Provisão do Governador sôbre as Aldeias dos Padres, se seria melhor pôr-lhes capitãis. Discutidas as razões, assentou-se que se não innovasse nada, e que as Aldeias ficassem, como antes, à conta dos Padres. Determinou-se também que se lançasse pregão, que nas Aldeias se não recebessem índios fugidos das fazendas, nem nas fazendas se recebessem índios das Aldeias dos Padres. Passou-se certidão destas resoluções, a pedido dos índios, no dia 20 de Fevereiro de 1584 [1].

Esta resolução foi um acôrdo. A concessão dos Padres estêve em não receberem índios das fazendas em suas Aldeias, porque delas fugiam poucos. Ora, desde que os Padres não recebiam os índios fugidos, os colonos foram mitigando a má vontade que nutriam contra a Companhia, como observa Gouveia [2].

Assim ficaram as Aldeias, pràticamente, sob a jurisdição temporal e espiritual dos Padres. Com que fundamento? Com aquêle, inicial, de Mem de Sá, segundo o qual os meirinhos viviam nas Aldeias, sob a direcção de quem os ensinava, que eram os Jesuítas. Quando as autoridades supremas do Brasil eram favoráveis aos Padres, não se requeriam maiores demonstrações jurídicas; quando interêsses ou tendências de espírito afastavam os Governadores dos Jesuítas, convinha que houvesse instrumento legal, para os Padres não serem inquietados. De outra maneira, o facto prestava-se a interpretações diversas. Tanto, que o Visitador Cristóvão de Gouveia, em 1584, no período precário de Manuel Teles Barreto, resolveu intervir com energia: ou El-Rei, dizia êle, dá ordem expressa para se conservar a jurisdição, ou a Companhia larga as Aldeias, porque não se podem manter « sem particular favor do Governador e justiça » [3]. Requeria-se uma *áspera* provisão. Sem a vontade assim expressa de El-Rei, o govêrno e administração dos

---

1. Tôrre do Tombo, *Enformação e certidões*, maço 88.
2. *Lus. 68*, 343 ; *Bras. 15*, 388-388v(ao 40.º).
3. *Lus. 68*, 414.

índios forros causa escândalo e impede o fruto espiritual com os colonos[1].

O apoio real tardou algum tempo, mas veio. E deu até ocasião, no Sul, a alguma efervescência.

Durante o govêrno de Jerónimo Leitão, não foi precisa a posse ostensiva do govêrno das Aldeias, porque existia na realidade, sem essas exterioridades. Tratando-se de uniformizar para todo o Brasil êsse govêrno, passou o novo Capitão da Capitania de S. Vicente, Jorge Correia, uma provisão para ser dada a posse temporal das Aldeias aos Padres. Tal medida dificultava, legalmente, o uso e abuso que os colonos faziam dos índios, e decretou-se precisamente para cortar com êles. Movidos por alguns moradores irrequietos, em particular pelo procurador do concelho Alonso Peres, levantaram-se embargos a essa posse. É curioso notar que, entre os embargantes, já se encontra o vigário, recém-chegado a Piratininga, Lourenço Dias[2].

Marçal Beliarte, que era o Provincial, pensou ao comêço em levar o caso adiante e chegou a impetrar e a alcançar do Governador Geral quatro ou cinco provisões, para isentar as Aldeias do Sul da jurisdição dos próprios capitãis-mores. Todavia nem o Governador nem o Provincial tinham empenho algum em melindrar aquêles capitãis. Movia-os apenas o zêlo da salvação das almas e buscavam o meio mais apto para isso. O Governador passou as provisões em têrmos cautelosos, e o Provincial, por sua vez, desistiu de as executar, para não envenenar as boas relações existentes entre os capitãis-mores e os Padres[3].

Se esta questão do govêrno temporal era mal vista pelos colonos, não o era menos pelo Superior Geral da Ordem. Em 1597, o P. Cláudio Aquaviva, como já tinha feito S. Francisco de Borja, urgiu de-novo a separação dos poderes. Que os Padres tratassem da salvação dos Índios, e deixassem aos funcionários de El-Rei a administração temporal. Esta doutrina, em princípio verdadeira, parecia fácil determinar-se em Roma, isto é, longe. No Brasil era difícil praticar-se, e precisamente porque obstaria

---

1. *Lus.* 68, 416(7.º).
2. *Actas da Câmara de S. Paulo*, I, 446-448; Afonso Taunay, *S. Paulo no século XVI* (Tours 1921) 174-175.
3. Carta de Pero Rodrigues, 29 de Setembro de 1594, *Bras.* 3(2), 360v.

ao fim espiritual da salvação das almas. Recorda o Provincial Pero Rodrigues que os naturais do Brasil não são como os da Índia ou Angola, com reis, que os governem. E os Índios das Aldeias não reconhecem outros chefes, tanto no espiritual como no temporal, senão aos Padres. Se vão lá outros, fogem e abandonam tudo. De maneira que, se os Padres os não protegem (e para isso devem ter autoridade), êles são vítimas dos colonos ou fogem para o sertão [1].

Reünindo-se a Congregação Provincial, em 1604, expõe-se a impossibilidade prática de haver, nas Aldeias, capitãis privativos que as governem. Consente o P. Geral que haja um índio para êsse fim, mas que a sua jurisdição lhe venha directamente de quem oficialmente lha possa dar; e que o Governador e o Bispo organizem um estatuto que regule a aplicação das penas, ponto que maiores escrúpulos dava aos Superiores.

Notemos que o meirinho ou administrador era distinto do Procurador dos Índios ou do juiz particular, de quem falaremos abaixo [2].

Coincidíam estas determinações do Padre Geral, aliás sempre insinuadas e recomendadas desde o tempo de Mem de Sá, com a atitude do Governador Diogo Botelho, pouco favorável aos aldeamentos. Preferia, diz Varnhagen, aprovando a sua maneira de ver, que os Índios se distribuíssem pelos colonos «embora com alguma quebra da sua liberdade» [3].

Mas a quebra não seria «alguma», seria total, como a experiência o mostrava. Pôrto Seguro nunca se entusiasmou muito pela liberdade dos Índios brasileiros!

Diogo Botelho possuía espírito regalista que originou conflitos. Queria, para si, na igreja, o primeiro lugar, acima dos Bispos; e queria que se tirassem as Aldeias aos Padres. A 30 de Abril, decide El-rei que, na igreja, o primeiro lugar pertencia de direito ao Prelado. Quanto aos Índios, o Governador queria que se instituísse, na América Portuguesa, o que se usava na Espanhola. El-rei examinou o assunto; e dêste exame saíu a provisão de 5 de Junho de 1605, completamente favorável aos Jesuítas,

---

1. *Bras. 15*, 467 (7.º).
2. *Congr. 51*, 310-310v, 317-317v.
3. Pôrto Seguro, *HG*, II, 62.

no que êles tinham mais a peito, pois se proïbia formalmente o cativeiro dos aborígenes [1].

3.—Sôbre a questão dos Capitãis das Aldeias, existe, na Tôrre do Tombo, uma informação da segunda década do século XVII (o documento mais novo é de 1611), onde se lança um olhar retrospectivo sôbre êstes debates. Depõem nêle pessoas categorizadas. E teem significação objectiva os seus argumentos.

Escreve D. Constantino Barradas a El-Rei: «Visitei as Aldeias dos Índios que estão debaixo da administração dos Padres da Companhia, de todo o têrmo desta Baía; e achei que na doutrina e bons costumes fazem muita vantagem a todos os outros, que estão em poder de senhores particulares. Porque os Padres, movidos de caridade, o que pretendem principalmente é o bem comum e salvação das almas; e os senhores particulares, movidos da cobiça, serviço e interêsse seu, esquecem-se da obrigagação que teem de os ensinar e ajudar para o céu. E porque tenho notícia informaram a Vossa Majestade ser bem reduzir as Aldeias dos Índios a Capitãis, que as rejam, e clérigos, que ensinem e administrem os sacramentos, com que se puderam acomodar alguns, por obrigação que tenho, como pastor, de tratar do bem destas ovelhas resgatadas com o sangue de Cristo Senhor Nosso, lembro a Vossa Majestade que os Padres cumprem com a obrigação que teem de os ensinar e defender, não sòmente dos imigos da alma, mas do corpo e sua liberdade, e os capitãis tratam do seu interêsse. E clérigos, além de haver poucos, que saibam a língua, para os poder doutrinar, há muitos menos, que tenham a perfeição que se requer para os tirar dos seus erros e trazer à observância dos Mandamentos, por as muitas ocasiões de ofender a Nosso Senhor, que nas ditas Aldeias costumam haver. Deus guarde a católica pessoa de Vossa Majestade. Da cidade do Salvador, em onze de Maio de 605. — O Bispo do Brasil» [2].

Com têrmos idênticos se exprime o Licenciado Rui Pereira, vigário geral das Capitanias de Pernambuco, Itamaracá e Paraíba.

---

1. Andrade e Silva, *Collecção Chronologica da Legislação Portuguesa* (1603-
-1612) 129; *Correspondencia de Diogo Botelho*, Carta Regia de 19 de Março de 1605, in *Rev. do Inst. Bras.*, 73, I.ª P. (1910) 5.
2. Tôrre do Tombo, *Enformação e certidões*, maço 88.

O relatório dos Padres, que acompanha êstes documentos, metódico e bem redigido, começa por notar o desaparecimento sempre crescente dos Índios, motivado por epidemias gerais, gravíssimas, pelos cativeiros e maus tratos, e pela tristeza de se verem separados uns dos outros, de suas mulheres e filhos. A êstes títulos deve-se acrescentar ainda o da fuga. Para obstar quanto possível a esta destruïção, existe o recurso das Aldeias nalguma das três modalidades seguintes: Aldeias de colonos particulares, Aldeias regidas por capitãis, Aldeias de Padres. As Aldeias dos particulares fracassaram; as regidas pelos capitãis também. Porque «assim procederam em São Vicente, em Itanhaém, em Pôrto Seguro, nos Ilhéus e, por algum tempo, na Baía. Os Índios o não sofriam: os capitãis os destruíam, e destas Aldeias, governadas assim por capitãis, já não há coisa que monte. E antigamente, quando êstes capitãis iam às Aldeias, os Índios os saíam a receber com festas e danças e frautas. Hoje, em sabendo que o capitão vai à Aldeia, fogem e se escondem polos matos, para que lhes não levem os filhos e filhas, e poderem escapar de muitos agravos e sem-razões. Ajunta-se que êstes capitãis os não podem doutrinar, nem conservar em nossa santa fé, e assim ficam vivendo como gentios».

Quanto a viverem os Capitãis nas Aldeias dos Padres, os inconvenientes, gravíssimos, são êstes:

I. — *Estôrvo notável da conversão do gentio.* — Os Padres, quando foram buscar os Índios ao sertão, garantiram-lhes que ficariam em Aldeias separadas e com êles morariam os Padres, para impedirem vexames. Entregando-se as Aldeias a Capitãis, os Índios publicarão que os Padres os enganaram. E quando voltarem ao sertão a buscar mais Índios para as igrejas, êstes não se fiarão dêles. Os Jesuítas passarão «por mentirosos e enganadores como os outros brancos, e assim se fechará de todo a porta da conversão, de que os Reis passados fizeram sempre tanto caso, e com razão, pois, com esta pensão da conversão da gentilidade, lhe deu o Papa Alexandre VI a conquista dos reinos e províncias ultramarinas» [1].

---

1. O P. Pero Rodrigues nota, em carta de 1 de Maio de 1597, as duas grandes facilidades para a conversão, achadas no Brasil: uma a uniformidade da língua indígena em tôda a costa; «a segunda, que tôda a costa, e muitas léguas

II. — «*Total destruïção das mesmas Aldeias.* — Bem se entende que êstes Capitãis seculares não aceitarão êstes cargos puramente por amor de Deus e serviço de sua Majestade e bem dos Índios, senão com o ôlho no proveito e interêsse próprio. Assim, por tôdas as vias que puderem, tirarão os Índios destas Aldeias e os porão em suas fazendas próprias e de seus parentes e de amigos; e que, depois que se encherem à custa do sangue e liberdade dos Índios, virão seus sucessores e farão o mesmo, pelo que estas Aldeias, que há tantos anos duram nas mãos dos Padres da Companhia, com tão notável proveito de todo êste Estado, se acabarão em breve tempo nas mãos dos Capitãis seculares; como de-facto se acabaram tôdas, ou quási tôdas as governadas por capitãis ou senhores seculares».

A seguir, enumeram-se as Aldeias, que assim acabaram. Acabou, «em S. Vicente, a inúmera escravaria de Jerónimo Leitão, Bautista Málio, Joseph Adôrno; no Rio de Janeiro, as de Aires Fernandes, Manuel de Brito, Salvador Correia de Sá, Tomé de Alvarenga; na Capitania do Espírito Santo, as de Vasco Fernandes Coutinho, Belchior de Azeredo, dos seus dois sobrinhos, Miguel de Azeredo e Marcos de Azeredo; na Baía, as de Sebastião da Ponte, Diogo Correia de Sande, Gabriel Soares, Fernão Cabral, António Ferraz, João Bautista, Cristóvão de Barros. E o mesmo aconteceu em Pernambuco; de modo que só se conservam as que os Padres da Companhia teem a seu cargo»[1].

---

pelo sertão dentro corre fama entre o gentio que os Padres da Companhia os ensinam fielmente, que lhes tratam verdade, que é grande meio e parte do caminho andado para ouvirem com mais gôsto e respeito as coisas da nossa fé e doutrina cristã. — Amador Rebelo, *Comp. de alg. Cartas*, 237.

1. Todos os cronistas do tempo reconhecem a necessidade dos Índios, para a conservação do Estado do Brasil; mas verificaram também que se consumiam fàcilmente «com guerras, doenças gerais, maus tratamentos em serviços pesados; porém ainda se conservam nas Aldeias que os Padres teem a cargo». Pero Rodrigues, *Anchieta*, em *Annaes*, XXIX, 192. As 40.000 almas, que houve nas Aldeias da Baía, estavam reduzidas, em 1592, a 400. Juntamente com outros recentemente descidos, viviam então, nas quatro Aldeias dos Padres, 2.500 índios (*Bras. 15*, 387v). Rosemblat dá, para o Brasil, a seguinte população em 1570: fogos, 2.340; brancos, 20.000; negros e mamelucos, 30.000; população indígena, (800.000; população total, 850.000; América do Sul, 6.009.500; tôda a América — norte, centro, sul), 11.229.650. — A. Rosemblat, *Población Indígena de América*, na revista *Tierra Firme*, n.º 2 (Madrid 1935) 129. Nestes dados não há, nem pode haver, rigor científico.

III. — «*Notável detrimento do bem espiritual dos Índios.* — Os Padres, que ao presente com êles residem, não poderão ver com os seus olhos aos Índios, que com tanto trabalho desceram do sertão, maltratados dos capitãis; e muito menos sofrerão vê-los repartir por fazendas particulares, onde vivam como escravos, contra a palavra que em suas terras lhes deram».

«Por outra parte, os mesmos capitãis devem de gostar pouco que os Padres residam em suas Aldeias, parecendo-lhes que sem êles ficarão mais senhores e poderão, mais a seu salvo, fazer seu proveito, sem haver quem lhes vá à mão e possa avisar aos Governadores; pelo que, de parte a parte, haverá contínuos queixumes. E após êstes, se alevantarão muitos inconvenientes em detrimento da boa doutrina e boa criação dos Índios, e tanto podem crescer que, pelos evitar, sejam forçados os Padres a largar de todo as Aldeias e recolher-se para os Colégios, ficando os Índios sem doutrina e sem missas, nem quem lhes administre os sacramentos, como estão os da Aldeia da Cachoeira, sita no contôrno da Baía, em que não há Padres da Companhia, e em que os gentios, por falta de catecismo e instrução, gentios ficam, e os cristãos vivem como se o não foram. E, com a ausência dos Padres, se abrirá também porta a muitas ofensas de Deus, por causa de muitos mamelucos vadios que livremente continuarão [a ir] às Aldeias, os quais, com sua presença, se reprimem e impedem».

«Êstes são os principais inconvenientes que, de se entregarem as Aldeias dos Padres a capitãis seculares, se podem seguir, os quais não são fantásticos e imaginários, senão mui sólidos e verdadeiros, como já algum tempo se começou a mostrar, por experiência, porque, entendendo alguns Governadores passados a pôr êstes capitãis nas Aldeias da Baía, em breve tempo experimentaram alguns dos sobreditos inconvenientes, ou para melhor dizer, todos, em parte, e de todo se seguiram, se com presteza não atalharam, tornando-lhe a tirar os capitãis seculares, e tornando a entregar as Aldeias aos Padres da Companhia, que dantes as tinham». Nem tinha outra coisa em vista, conclue o Relatório, o alvará de 26 de Julho de 1596, «em que manda só os Padres da Companhia vão ao sertão buscar os gentios, e que só êles os administrem, assi no espiritual como no temporal»[1].

---

1. Tôrre do Tombo, *Enformação e certidões*, maço 88.

4. — O motivo imediato para a nomeação de capitãis das Aldeias foi, como dissemos, a fuga dos Índios em 1563-1564. A propensão dos Índios para a fuga e ligeireza de movimentos era tão grande, que nas próprias Aldeias dos Padres havia extrema dificuldade em os conservar, observa o B. Inácio de Azevedo, preferindo muitas vezes os Índios ir cativos, sem ter consciência aliás do que isso era [1]. Fugiam com os mais fúteis pretextos: bastava que se lhes falasse mais alto, ou se lhes castigasse um menino [2]. Mas isto deu-se sobretudo ao princípio, antes da organização perfeita das Aldeias, e com os temores e ameaças ambientes [3]. Influíam também os colonos, em casa de quem trabalhavam, oferecendo-lhes ou facilitando-lhes a convivência dalguma índia escrava, por onde os escravizavam também a êles. Trataremos dêste assunto no seu lugar próprio.

A fuga significava, às vezes, uma simples defesa.

Nóbrega refere, em 1557, que a maior parte dos Índios das primeiras Aldeias fugiu. A causa foi tomarem-lhes os colonos as terras, e dizerem-lhes que « os hão-de matar a todos, como vier esta gente que se espera » [Mem de Sá]. E até lhes disseram que os Padres os teem juntos nas Aldeias, para os Portugueses depois os matarem melhor [4].

Estabelecidas as Aldeias em bases de prestígio e autoridade, nem por isso cessaram as fugas recíprocas; todavia, o movimento dava-se mais das fazendas particulares para as Aldeias dos Padres, pelo regime suave que nelas vigorava.

A inclinação para a fuga estava-lhes na massa do sangue, e fugiam não só por motivo de maus tratos, mas também por motivo de fomes, epidemias e aliciamentos: deviam ser restos do seu nomadismo antigo. Fugiam às vezes imprevistamente, à menor suspeita, mesmo durante as cerimónias religiosas [5].

Mem de Sá, vendo que os Índios fugiam assim, e desapareciam da costa e convívio dos Portugueses, fêz uma lei que nenhum Índio, que fugisse para as Aldeias dos Padres, pudesse ser entre-

---

1. *Mon. Borgia*, IV, 343.
2. *Bras. 3 (1)*, 142v.
3. *CA*, 406 ; Fernão Guerreiro, *Relação Anual*, I, 374.
4. Nóbr., *CB*, 172.
5. *CA*, 347 ; Vasc., *Crón.*, II, 107 ; III, 40.

gue a quem o reclamasse, sem sua licença. Era o meio de averiguar se era verdadeiramente escravo.

Tal medida tornou-se sobretudo necessária, pelos abusos cometidos por ocasião da sentença contra os Caetés [1].

Mas, se foi útil para os Índios, tornou-se também ocasião permanente de inquietação social.

Tôda a vez que fugia algum Índio para as Aldeias dos Padres, não podendo ser entregue sem a intervenção da justiça, multiplicavam-se os debates, e recaía sôbre os Jesuítas a odiosidade. É o que lastima o P. Gregório Serrão, em 1570 [2].

¿Seria infundado tal receio? Não, de-certo; e provou-se logo no ano seguinte. Fugindo uma Índia para a Aldeia de Santo António, reclamou-a o fazendeiro Fernão Cabral, como escrava sua. O ouvidor intimou-o, conforme a lei, a mostrar o título legal. Entretanto, depositou a Índia na cadeia. Fernão Cabral não compareceu à intimação. Como não havia quem pagasse o sustento da mulher, o Procurador dos Índios, Diogo Zorrilha, mandou-a voltar para a Aldeia de Santo António. Fernão Cabral jurou que se havia de vingar. No dia 8 de Setembro de 1571, tomou, à fôrça, seis índios de ambos os sexos da Aldeia de S. João, « dizendo que não tinha que ver com Padres, nem com Governador e que maior era o seu poder que tôdas as justiças juntas ».

Tendo conhecimento do assalto, dirigiu-se o Vice-Provincial, P. António Pires, ao Governador Geral, a quem significou que ou se respeitava a lei, ou a Companhia deixava de residir nas Aldeias e as encampava ao Governador. Se ficasse impune o atentado, os Índios não se sentiriam daí em diante em segurança nas Aldeias, e fugiriam todos com grave dano para a república, pela falta que fariam nas guerras, e porque de amigos se converteriam em inimigos. Mem de Sá, firme como sempre, não aceitou a encampação das Aldeias, proposta pelo Padre Pires, e mandou se fizesse justiça. Efectivamente, por justiça, foram tomados a Fernão Cabral os índios salteados, e restituídos à Aldeia donde os tirara [3].

---

1. *Discurso das Aldeias*, 357-358.
2. *Bras. 15*, 198.
3. *Discurso das Aldeias*, 365. Vê-se aqui o auto lavrado pelo tabelião Diogo Ribeiro e assinado por Mem de Sá, António Pires e Gregório Serrão.

Semelhante episódio mostra as moléstias, que sofriam os Padres na defesa dos Índios, e a energia de que deviam dar provas para manter a integridade da justiça. Todavia, a luta, violenta e diüturna, não poderia durar indefinidamente. Tanto mais que os Índios, vendo nos Padres os seus defensores acérrimos, utilizavam o recurso da fuga com demasiada facilidade, acumulando conflitos sôbre conflitos [1]. Fechou-se a porta a estas fugas, pelo acôrdo de 1583, com o referido compromisso de ninguém receber índios alheios, fugitivos [2]. Depois, em 1586, para desfazer mal-entendidos e suprimir todos os possíveis agravos dos colonos, o P. Cristóvão de Gouveia deixa consignado na sua visita, para valer como lei, que «não se recebam nas Aldeias os que não forem delas, e fugirem da casa dos Portugueses, antes os mandem logo tornar para donde fugiram, salvo se, por alguma causa particular, parecesse aos Superiores da casa ou Colégio, dever-se reter algum; mas não se faça com escândalo dos Portugueses, em prejuizo das pessoas que pretendam ter direito a êles» [3].

5.—Vê-se, por tudo isto, que os Índios requeriam um regime particular nas suas relações com Padres e colonos, tendo de intervir muitas vezes a justiça. Ora a justiça, no Brasil colonial, tinha que ser temperada até para os próprios colonos, sob pena de não haver gente no Brasil, diz Mem de Sá. Com êste espírito de temperança, procurou êle, pois, transformar os Índios em entes de Direito, incluindo-os no regime comum dos Portugueses. Foi uma primeira tentativa, que se deve recordar, pelo que tem de honroso para o ilustre Governador.

Escreve Manuel da Nóbrega, em 1559: «A obediência que [os Índios] teem, é muito para louvar a Nosso Senhor, porque não vão fora [da Aldeia] sem pedir licença, porque lho temos assim mandado, por sabermos onde vão, para que não vão comunicar ou comer carne humana ou embebedar-se a alguma Aldeia longe. E se algum se desmanda, é preso e castigado pelo seu meiri-

---

1. *Lus. 68*, 338v, 343.
2. Tôrre do Tombo, *Enformação e certidões*, maço 88.
3. Ordinationes, *Bras. 2*, 141. Esta prática, de não se admitir nas Aldeias nenhum índio fugido, guardava-se inviolàvelmente em 1592, *Bras. 15*, 388-388v, ao n.º 40.

nho; e o Governador faz dêles justiça como de qualquer outro cristão »¹.

Esta igualdade na justiça era a encorporação jurídica dos Índios ao sistema legal dos colonizadores. A experiência, porém, demonstrou que êles, devido a seu atraso mental, não estavam ainda preparados para tal encorporação. Estabeleceu-se, portanto, um regime particular, diferenciado da justiça colonial pròpriamente dita. Consistia numa forma de tutela, em que os Índios se equiparavam, na prática, a filhos-famílias, e em que o exercício da autoridade se desenvolvia, recìprocamente, de modo paternal, com as manifestações concomitantes de correcção, protecção, assistência e defesa. Não ultrapassaram, na realidade, estas intenções as penas infligidas aos delinqüentes. As maiores, que se aplicavam nas Aldeias dos Padres, eram prisão (tronco) e açoites. No princípio, simularam-se também alguns castigos espectaculosos, ao gôsto da época, com o fim de atemorizar o criminoso e impressionar os circunstantes, sem intenção alguma de se aplicar a pena. Mencionemos êstes dois: enterrar vivo o criminoso ou queimá-lo.

O primeiro caso deu-se com um mancebo que prevaricara em matéria de castidade. Não se diz a espécie de delito. Pelos adjuntos devia ser o vício nefando. Condenaram-no a ser enterrado vivo. Aberta a cova, procedia-se já aos preparativos imediatos, quando o Ir. Pero Correia, que estava no segrêdo da simulação do castigo, intercedeu junto de Nóbrega, alcançando, naturalmente, o perdão. O delinqüente apanhou apenas o susto, forte sem dúvida, mas ficou com a vida e a liberdade. O caso sucedeu na Capitania de S. Vicente, e não exactamente numa Aldeia, nem o delinqüente era índio puro, senão mestiço ².

O segundo caso foi numa Aldeia da Baía. Era um pagé ou feiticeiro índio, que combatia ostensivamente o baptismo e a religião cristã. Ameaçaram queimá-lo vivo: afinal, doutrinaram-no, sem mais procedimentos, deixando-o em paz ³.

A outro pagé, em caso parecido, fizeram igual ameaça; contudo, os meirinhos só o obrigaram a pedir perdão de joelhos

---

1. Nóbr., *CB*, 179.
2. Vasc., *Crón.*, I, 128-129; *Fund. del Rio de Henero*, 47 (123).
3. Nóbr., *CB*, 189-190.

a Deus, «e mandaram-lhe que limpasse o adro da igreja»[1]. Pedir perdão parece-nos a nós coisa leve; na verdade, era difícil; porque o pedir perdão das faltas cometidas era o que mais se admirava em tal gente, nota Blasques[2].

Em geral, os delitos praticados pelos Índios resolviam-se com alguns açoites, ou com sete ou oito dias de prisão.[3] «Não teem correntes nem outros ferros da justiça»[4].

A pena mais grave, relacionada com as Aldeias, e de que ficou memória, foi a que se deu ao irmão do meirinho de uma delas. Açoitaram-no e «cortaram-lhe certos dedos das mãos, de maneira que pudesse ainda trabalhar». A mutilação penal estava sancionada então em todos os códigos europeus. O crime fôra matar uma mulher, por motivos supersticiosos. Nesta condenação, interveio de-certo o direito comum. E observemos que, na Europa, um assassinato, classificado como êste, teria pena maior. Contudo, mesmo mitigado, foi exemplar. Dêle «ganharam tanto mêdo, diz Nóbrega, que nenhum fêz mais delito que merecesse mais que estar alguns dias de cadeia»[5].

A aplicação das penas aos Índios, quer livres quer escravos, foi o que provocou, para o exercício da jurisdição temporal dos Jesuítas, os maiores reparos dos próprios Superiores. As ordenações, que dêles emanaram, caracterizam-se pela tendência constante a restringir ou mesmo suprimir totalmente a jurisdição, colocando a aplicação das penas fora da sua alçada. Só os interêsses mais altos da catequese e da civilização requeriam a permanência de semelhante regime. Para atenuar os efeitos dêle, incompatíveis com as Constituições da Companhia de Jesus, procuraram os Padres que a autoridade dos meirinhos baixasse directamente das entidades oficiais, e interviesse a competente transmissão de poderes. A cerimónia, em si legal, constituía, porém, uma quási ficção jurídica. Na verdade, os meirinhos procediam conforme as ordens ou a mente dos Jesuítas, aliás com inegável vantagem para a suavização das penas.

---

1. *Fund. de la Baya*, 41v (117).
2. *CA*, 308; Anch., *Cartas*, 41.
3. Nóbr., *CB*, 158-159.
4. *Discurso das Aldeias*, 382.
5. Nóbr., *CB*, 180.

¿E quando não havia funcionário oficial? Que o nomeasse o povo! Faltando pessoas seculares com jurisdição para castigar os delitos, o Padre Geral preconiza o sufrágio popular: «Aconselhassem os Padres aos Índios, que a dessem a algum Português ou a algum dos mesmos Índios, a quem poderiam os nossos Padres instruir como se devem haver no seu ofício, para bem dessa gente»[1].

¿Não é digna de particular relêvo, no ano de 1579, esta determinação do Superior Geral dos Jesuítas?

Para facilitar a tarefa do julgamento e evitar quanto possível a intervenção dos Padres, organizou-se uma escala de penas. Não entram na lista, evidentemente, as causas cíveis e criminais, entre Índios e colonos. Destas causas tratavam o Procurador dos Índios e o ouvidor ou Juiz das vilas e cidades.

Compreende-se que os implicados na justiça, recorressem, então como em todos os tempos, sobretudo nas demandas, a quem lhes pudesse valer. A influência dos Jesuítas podia às vezes pesar, deixando mal satisfeita, evidentemente, a parte vencida. O Visitador Gouveia deixou recomendado, em 1589, que nenhum se intrometesse em negócios que estivessem já em justiça, inclinando-se a uma das partes, a não ser para fazer as pazes[2]. Não obstante estas recomendações, não faltou nunca aos delinqüentes índios o amparo, pelo menos indirecto, dos Jesuítas, para que a punição não excedesse o grau de imputabilidade indígena.

A lei de 26 de Julho de 1596 estabelece as condições do Procurador dos Índios e do juiz particular. O Governador, com os Padres, elegerá um Procurador do Gentio, de cada Aldeia, que servirá três anos e poderá ser reeleito. O Governador despachará o que êle requerer e fôr justiça.

Haverá também um juiz particular, português. Ora êste *Juiz dos Índios* não quadrava muito aos moradores. E em S. Paulo, vemos a Câmara representar ao Governador que só houvesse *Juiz dos Índios* para os que os Jesuítas descessem «novamente», e não para os antigos. Êstes últimos ficariam sob a

---

1. Copia de una de N. P. General Everardo para el P. Provincial Joseph de Anchieta, a 15 de Enero de 79, *Bras.* 2, 46v.
2. *Bras.* 2, 148v.

autoridade do Capitão da terra e dos juízes ordinários [1]. Ao Juiz dos Índios competia-lhe decidir das questões entre moradores e Índios. Limite da sua alçada: no cível, até 10 cruzados; no crime, açoite e até 30 dias de prisão. As Aldeias da Capitania do Espírito Santo organizou-as o Padre Braz Lourenço. Eis o que determinou para a Aldeia da Conceição: «O seu Principal, a quem os Padres ordenaram que fôsse ouvidor, é temido e estimado dêles; teem alcaide e porteiro: quando algum deve, é trazido diante dêle, e, não tendo com que pague, lhe limita tempo para isso, segundo o devedor aponta. Teem um tronco em que mandam meter os quebrantadores de suas leis, e os castigam, conforme os seus delitos. As leis ordenaram êles, presente o Padre Braz Lourenço e um língua, desta maneira: o Principal preguntava o castigo que davam por cada um dos delitos, dizendo-lhe a língua: êles o aceitavam. Sòmente os casos, em que incorriam em morte, lhe moderou o Padre. E assim, vivendo em sua lei nova, acertou uma índia cristã casada de fazer adultério; foi acusado o adúltero e condenado que perdesse todos seus vestidos pera o marido da adúltera, e foi metido no tronco, de modo que ficaram tão atemorizados os outros, que não se achou dali por diante fazerem outro adultério» [2].

Os delitos mais comuns nas Aldeias foram, durante algum tempo, a antropofagia, e sempre, as bebedeiras, brigas, adultérios, roubos, faltas não justificadas ao trabalho, à escola, aos actos do culto [3]. Estas derradeiras faltas, parece-nos hoje exorbitante que fôssem passíveis de pena; mas era então necessário, para desenvolver, no carácter remisso do índio, o hábito da disciplina [4]. Cometido e provado o delito, o meirinho aplicava auto-

---

1. *Actas da Camara de S. Paulo*, II, 70.
2. *CA*, 341.
3. Ordinationes, *Bras. 2*, 146; *Lus. 73*, 153; *Congr. 51*, 310-310v, 317-317v.
4. Jaboatão traz a lista dos castigos usados nas Aldeias da Paraíba, algum tempo a cargo dos Religiosos Franciscanos. Castigavam-se as índias, inquietadas pelos mamelucos, emquanto durava a cólera dos maridos. E às vezes os maridos enganados não se contentavam com que elas estivessem no tronco: ainda em cima lhes davam alguns açoites; castigavam-se os catecúmenos, que se entregavam a superstições, doutrinando-os a seguir; os cristãos que não iam à missa, quando era de obrigação, ficavam no tronco um dia. — Jaboatão, *Orbe Serafico*, 38-42. Fernão Ribeiro, índio do Brasil, residente na Aldeia de S. João, depôs a 12 de Agôsto de 1591, perante o Licenciado Heitor Furtado de Mendonça, e

màticamente a pena correspondente. Aos Jesuítas restava o recurso, e o papel, compatível já com a sua qualidade de religiosos, que era o da misericórdia.

Não teriam os Padres abusado alguma vez da sua autoridade? Abusaram. O contrário seria estranho, porque eram homens. Logo porém, se operava, enérgica, a indispensável reacção, e vinha dos mesmos Padres. A queixa mais grave, que se nos deparou em todo o século XVI, foi esta, em 1592, contra Pedro Leitão, superior de uma Aldeia. Acusavam-no de bater nos Índios, e sobretudo disto, que, sendo açoitado um delinquente, êste morreu emquanto recebia a pena [1]. Entre tanta variedade de Padres e Irmãos do Brasil não vimos outro caso desta natureza; e teria constado, se sucedesse, porque são os acontecimentos extraordinários que se advertem e contam: a vida comum não tem história [2].

---

conta umas heresias que dissera contra a Eucaristía, e o castigo que o superior da Aldeia lhe deu. O caso passou-se em 1589 e era superior o P. João Álvares, o qual sabendo-o, «o prendeo e penitenciou, e o mandou estar em público na igreja, pedindo perdão a todos e tomando disciplina, ao que êle satisfez». — *Primeira Visitação — Confissões da Bahia — 1591-1592* (Rio 1935) 37.

1. *Lus. 72*, 54; *Bras. 3(1)*, 188.

2. Além desta, achamos contra o P. Pero Leitão as mais graves acusações enviadas do Brasil para Roma. Naturalmente mordaz, provocou diversas reacções, nem tôdas justas. Da correspondência existente aparecem com nitidez dois partidos, afectos e desafectos. Êle sofreu-lhe as consequências, porque, entrando na Companhia em 1573, só em 28 de Janeiro de 1596 fêz os últimos votos em Pernambuco *(Lus. 19*, 74, 76). Em 1598, escreve Tolosa, Reitor da Baía, ao P. Geral, que lhe consta que os Irs. António de Araújo e Manuel Freitas escreveram ao P. Geral muitas coisas contra o P. Leitão, de quem êles não gostam. Tolosa diz que examinou os casos e não achou matéria para penitência pública. Repreendeu-o, sobretudo, no modo de castigar os Índios, e das indústrias que usa, para o seu sustento. O P. Tolosa defende-o. Diz que êle deu outrora trabalho aos Superiores, mas que também foi castigado, e sofreu mais do que ninguém na Província. E mantém-se firme na vocação, e é seguro em matéria de castidade. O P. Provincial (Rodrigues), acrescenta, gosta pouco dêle, e o P. Leitão anda desgostoso por isso. (Carta do P. Tolosa ao P. Geral, Baía, 17 de Agôsto 1598, *Bras. 15*, 469v). Ainda depois, se repetiram as acusações, prometendo indagar o P. Cardim em 1604 (*Bras. 5*, 55). Pero Leitão foi Procurador e Superior das Aldeias, diversas vezes. Tinha particular jeito para negócios temporais. Faleceu na Baía, talvez em 1623, no mês de Março (*Hist. Soc. 42*, 33v). Diz-se o mês de Março, mas não o ano. Em todo o caso, a anotação imediatamente anterior é de Fevereiro de 1623 e êste ano parece abranger a seguinte referência. Pero Leitão era de

Como evitar semelhantes actos? Dificilmente, nas coisas humanas. Recomendaram instantemente os Superiores que assistisse à aplicação da pena algum Irmão ou Padre. Averiguou-se que, deixando aos meirinhos o cuidado exclusivo da sua aplicação, reacendiam-se no fundo do seu ser, ainda não de todo purificado pela civilização cristã, as taras ancestrais de matar o cativo em terreiro: e os Índios excediam-se lamentàvelmente [1].

A presença dos Padres tinha o inconveniente moral de os associar à revindicação da justiça; trazia a vantagem de a conter dentro de justos limites.

Tal era o modo como se praticava a justiça nas Aldeias dos Padres da Companhia, no Brasil. Se havia excesso ou descuido, corrigia-se com a intervenção dos mesmos Padres. Não se fazia esperar a censura devida; e era acatada, porque, além do espírito religioso, existia o vínculo da obediência, virtude rara nos funcionários exclusivamente civis.

As penas e açoites, aplicados a homens e mulheres, estranhavam-se na Europa, não se estranhavam na América. É o que responde o Visitador Cristóvão de Gouveia, depois de concluir a visita do Brasil, morador já no Colégio de Évora [2].

Caso de estranheza era também o castigarem os senhores a seus escravos, quando o mereciam, ou não mereciam, deitando-lhes ferros. Ao começo, proïbiu-se tal uso na Companhia. Depois de reiteradas instâncias, levantou-se a proïbição, atendendo a que seria prejudicial, económica e moralmente, essa excepção com os escravos dos Colégios: multiplicavam-se as bebedeiras e

---

família nobre. Tendo entrado como indiferente na Companhia, em Outubro de 1573, viveu nela meio século. Numa denúncia de 13 de Setembro de 1595, êle próprio diz ser «cristão velho, natural de Lisboa, filho de Miguel Antunes, moço da Câmara do Infante Dom Luiz e de sua mulher Caterina de Faria, defuntos, de idade de quarenta anos pouco mais, sacerdote religioso da Companhia de Jesus, residente ora no Colégio desta vila» [de Olinda]. — *Primeira Visitação — Denunciações de Pernambuco* (S. Paulo 1929) 479.

1. Tendo um Padre informado para Roma que António Dias, célebre sertanista, deixava castigar diante de si os índios e índias, todos nus, o P. Geral pediu ao antigo Visitador Cristóvão de Gouveia que lhe dissesse o que haveria sôbre o caso. Respondeu, que o serem diante do Padre, era para não matarem os índios; e aquela nudez no Brasil não se devia estranhar: pior é o castigo, nas aulas, aos estudantes, na Europa, e não se estranha... (*Lus. 72*, 121).

2. *Lus. 72*, 121.

desordens sem meio coercitivo eficaz. Deixava-se, porém, aquela pena à prudencia e caridade dos Superiores [1].

6. — A quota-parte da caridade no direito penal das Aldeias ressalta de tôdas as cartas e documentos da época. Teem-se caluniado os Jesuítas com os mais verosímeis e inverosímeis pretextos. Ninguém os acoimou de crueldade. O sistema jurídico, que implantaram nas suas Aldeias, princípio das célebres reduções, foi o mais humano e o que mais se coadunava com as realidades indígenas.

Os Índios, na infância da civilização, colocados num regime de tutela, semelhante à de filhos-famílias, se por um lado sentiam restringida a sua personalidade, beneficiavam por outro de certa imputabilidade na delinqüência; e, portanto, diminuída a responsabilidade, abrandava-se o tratamento penal. Não se tinham inventado ainda as diversas escolas de antropologia criminal, que regem agora a propedêutica judiciária. Mas a história veio confirmar a hábil adaptação dos Jesuítas, a sua clarividência e superioridade de métodos.

Quando o Marquês de Pombal, com a perseguição que lhes moveu no século XVIII, se viu, excluídos os Padres, a braços com o problema do indígena brasileiro, julgou resolvê-lo, decretando a sua emancipação legal.

Generosidade? Medida política acertada? As conseqüências desastradas, que teve, demonstram que foi antes desconhecimento das realidades e, portanto, simpleza. Os Índios, entregues a si-próprios, numa liberdade e igualdade legal, mas fictícia, ficaram, de-facto, à mercê dos colonos. E em breve os que escaparam da escravatura, efectiva ou disfarçada, fugiram para o sertão.

Com o fim de os atrair novamente ao convívio civilizador, foi necessário voltar ao método jesuítico. O Govêrno Português, com o intuito de assegurar e proteger essa volta, declarou-os, em 12 de Maio de 1798, em estado de *menoridade*. E, ainda depois da independência do Brasil, e até mesmo neste século XX, a-pesar-de todos os progressos actuais, não se procede de outra

---

1. A proïbição ordenara-a S. Francisco de Borja; o pedido para se retirar, apresentou-o a Consulta Provincial, reünida na Baía, em 1579, presidida por Anchieta (*Bras. 2*, 29-29v).

forma com os Índios encontrados hoje nas selvas do Amazonas e Mato Grosso, em condições idênticas às que acharam os Portugueses no século XVI. Sem falar das admiráveis missões católicas entre os selvícolas, indiquemos apenas o que fêz modernamente a Expedição Rondon, por ser de carácter laico e dispor de ajudas oficiais extraordinárias. Estabeleceu vários núcleos de população (equivalência das Aldeias antigas) e nêles se congregam os Índios. Os delitos, que praticam, são punidos em oficinas de trabalho e colónias correccionais, por um período que pode chegar a 5 anos. A lei equipara-os expressamente ao estado de menores [1]. Como se vê, é ainda um regime de restrição da personalidade e de tutoria legal.

O postulado jurídico do sistema contemporâneo é, pois, na sua essência, o mesmo que os Jesuítas souberam utilizar, como elemento positivo de civilização, vai para quatro séculos.

---

[1]. Rodrigo Octávio, *Les sauvages américains devant le droit* (Paris 1931) 65, 104.

CAPÍTULO V

A vida nas Aldeias

1 — Habitação dos Índios; 2 — Terra para cultivos; 3 — Vestuário; 4 — Isenção de dízimos; 5 — Sustento dos Padres; 6 — Regime de trabalho; 7 — Recepções solenes e folguedos; 8 — Cantos, músicas e danças.

1.— «Moravam os Índios, antes da sua conversão, em Aldeias, em umas *ocas* ou casas mui compridas, de duzentos, trezentos, ou quatrocentos palmos, e cincoenta em largo, pouco mais ou menos, fundadas sôbre grandes esteios de madeiras com as janelas de palha ou de taipa de mão, cobertas de *pindoba*, que é certo género de palma que veda bem a água e dura três ou quatro anos. Cada casa destas tem dois ou três buracos sem portas nem fecho. Dentro nelas vivem logo cento ou duzentas pessoas, cada casal em seu rancho, sem repartimento nenhum, e moram duma parte e outra, ficando grande largura pelo meio, e todos ficam como em comunidade, e entrando na casa se vê quanto nela está, porque estão todos à vista uns dos outros, sem repartimento nem divisão. E como a gente é muita, costumam ter fogo de dia e noite, verão e inverno, porque o fogo é a sua roupa e êles são mui coitados sem fogo. Parece a casa um inferno ou labirinto, uns cantam outros choram, outros comem, outros fazem farinhas e vinhos, etc. e tôda a casa arde em fogos; porém, é tanta a conformidade, entre êles, que em todo o ano não há uma peleja, e, com não terem nada fechado, não há furtos; se fôra outra qualquer nação, não poderiam viver da maneira que vivem, sem muitos queixumes, desgostos, e ainda mortes, o que se não acha entre êles. Êste costume das casas guardam também agora depois de cristãos». [1].

---

1. Cardim, *Tratados*, 306-307, 169; Anch., *Cartas*, 434-435; Gandavo, *História*, 126.

Fernão Cardim é optimista; não assim Blasques. «As suas casas, diz êle, são escuras, fedorentas e afumadas». As «suas camas são umas rêdes podres com a urina, porque são tão preguiçosos, que ao que demanda a natureza se não querem levantar»[1].

Cardim escrevia trinta anos mais tarde do que Blasques. É possível que, na limpeza das casas, se tivesse feito já sentir a influência cristã.

Pelo modo de falar de Cardim, ainda se usavam, em 1585, casas grandes e comuns.

Contudo o P. Blasques, refere que, em 1557, os Índios, que tinham antes o costume de mudar de sítio de dois em dois ou de três em três anos, renovando as casas, já agora depois de cristãos começam a «fazer casas separadas e de taipa, para sempre viverem nelas»[2]; e em 1574, repete o P. Quirício Caxa, que os Índios queriam viver em casas próprias e não em malocas, todos juntos[3].

Estabilidade e diferenciação familiar!

Fruto também da catequese, assinala-se, em 1574, entre outros, o de os Índios já «comerem à maneira dos brancos, em suas mesas»[4].

2. — Depois da casa, as terras. O aldeamento dos Índios exigia terras de lavoira, donde auferissem o sustento quotidiano de modo mais estável do que o aleatório da caça e pesca.

As primeiras Aldeias da Baía erigiram-se umas vezes nos próprios locais, onde residiam os Índios, que tinham portanto sôbre elas o direito natural da ocupação. Outras mudavam de sítio, repartindo-se-lhes novas terras. Em qualquer dos casos, era de esperar que os colonos, aumentando em número, lhas fôssem invadindo, como sucedeu, em 1558, na Aldeia de S. Paulo, às portas da Baía. Felizmente, neste caso, os Índios estavam estabelecidos em terras, cuja maior parte pertencia aos Jesuítas desde o

---

1. CA, 173-175 e nota 108 de Afrânio Peixoto, 178.
2. CA, 228.
3. Carta de Caxa, 16 de Dezembro de 1574, Bras. 15, 256v.
4. Fund. de la Baya, 36v. Esta frase acha-se incorrectamente grafada nos Annaes, XIX, 112.

tempo de Tomé de Sousa; não prevaleceram, portanto, as pretensões dos colonos[1]. Para cortar cerce por tais veleidades e assaltos, era mister que os Índios possuíssem títulos legais das terras em que trabalhavam. Nóbrega escreveu para Roma se haveria nisso alguma desvantagem ou incompatibilidade com as Constituições da Companhia, e insinuava que, para evitar que os Índios continuássem dispersos pela floresta, não havia outro remédio senão dar-lhes terras junto às Aldeias. O P. Geral, Diogo Lainez, então no Concílio de Trento, responde a 25 de Março de 1563, insistindo na ideia de Nóbrega, exposta em carta de 30 de Julho de 1561[2]. Precisamente, no intervalo destas duas datas, concede Mem de Sá aos Índios as primeiras sesmarias. No *Discurso das Aldeias*, referente ao ano de 1562, lê-se que o Governador, por ordem da rainha D. Catarina, «vendo quão proveitosos e necessários êles eram a esta Baía, e que se não podiam sustentar sem terem terras em que pudessem lavrar, lhas deu perto do mar, assim da costa como do mar da Baía [Recôncavo] para seu sustentamento de que teem suas cartas »[3].

A-pesar dêstes títulos jurídicos, a afluência cada vez maior dos colonos provocava conflitos. O Procurador dos Índios, Diogo Zorrilha, requereu a intervenção de Mem de Sá, que deu o seguinte despacho: «Lance-se pregão que nenhuma pessoa de qualquer qualidade que seja, lavre nem faça bemfeitorias nas terras que foram dadas aos Índios, nas igrejas e povoações do Espírito Santo, S. João, S. Tiago, S. António e nas mais povoações, pôsto-que tenham delas título, dado por mim sob pena de perderem as bemfeitorias, e todo direito que nelas pretenderem ter, e pagarem 50 cruzados, a metade para quem os acusar, e metade para as obras da fortaleza desta cidade, Capitania do Salvador. Hoje dois dias do mês de Maio de 1571 anos. Mem de Sá »[4].

Esta política proteccionista teve seqüência. Os Reis

---

1. Nóbr., *CB*, 205-206.
2. *Epp. NN. 36*, 256v.
3. *Discurso das Aldeias*, 358-359. A sesmaria, dada aos Índios do Espírito Santo (Abrantes), tem a data de 7 de Setembro de 1562, segundo Oliveira Viana, *Memória*, 475.
4. *Discurso das Aldeias*, 362; *Fund. de la Baya*, 14v (89).

iam dando novas terras, conforme as necessidades dos Índios. E dando umas, pelo alvará de 21 de Agôsto de 1587, recomenda, além disso, à autoridade competente que se algum tirar as terras que os Índios cristãos já possuem, «lhas faça logo restituir»[1].

E a lei de 26 de Julho de 1596 ordena aos Governadores que, nas Aldeias dos Jesuítas, já erectas ou a erigir, se deem terras aos Índios para êles cultivarem e lavrarem. Os capitãis-mores, se acharem terras já doadas, mas cujos proprietários não tenham cumprido as condições da doação, deixando-as devolutas, estas serão dadas aos Índios. E o Governador procederá às demarcações e fará os respectivos autos[2].

3. — Quanto a vestuário, o clima por um lado, costumes antigos por outro, dispensavam os Índios de andarem vestidos: certos adornos de pintura, plumagem ou pedrinhas e nada mais. Os Índios desconheciam o sentimento do pudor, pelo que toca ao vestido, não pelo que toca às suas relações íntimas. Já o observara Pero Vaz de Caminha. O facto de andarem nus era grave embaraço para os Padres, e trataram de operar um duplo resultado: desterrar adornos deformadores e levar os Índios a usarem ao menos o vestido essencial. A segunda parte foi mais difícil do que a primeira.

Pouco depois da chegada dos Jesuítas, começaram os Índios a abandonar o hábito de trazerem pedrinhas no lábio inferior e nas faces. Conseguiu-o o P. Aspilcueta Navarro, em 1551[3].

Blasques conta que os Índios de uma Aldeia venderam tôda a plumagem, o seu orgulho, para se revestirem à portuguesa[4]. Iam-se-lhes dando camisas às mulheres, calções aos homens. Em 1564, os Índios principais iam já vestidos nas suas procissões, e assim «vão já perdendo os seus costumes e afeiçoando-se aos nossos»[5].

Ainda assim, o novo costume entrava de-vagar.

Primeiro, porque não tinham que vestir. E os Padres toleravam o andarem nus, para não recair sôbre êles o encargo de os

---

1. Arq. Hist. Col., *Registos*, I, 47v-48.
2. *Lus.* 73, 153-153v. Cf. Apêndice C.
3. *CA*, 71.
4. *CA*, 228.
5. *CA*, 424; *Fund. de la Baya*, 36v (112).

vestir, numa terra em que os próprios Padres tinham dificuldades. Fomentavam a indústria rudimentar de tecelagem, mas não bastava. Depois, era mister criar o hábito do equilíbrio no vestuário, que só se adquire com o tempo. Fora das procissões e, quando os Índios procediam individualmente, usavam o vestuário de forma imprevista: «um dia saem com um gorro, carapuça ou chapéu na cabeça, e tudo o mais nu; outro dia com sapatos ou botas, e o mais nu; outras vezes trazem uma roupa curta até à cintura sem mais outra coisa. Quando casam, vão às bodas vestidos, e à tarde vão passear sòmente com a gorra na cabeça». Nas lavoiras andam quási sempre nus, tanto homens como mulheres [1].

O meio mais eficaz para impor aos Índios o vestuário, foi o de exigirem os Padres que estivessem vestidos na Igreja, e que as mulheres não fôssem falar com êles sem irem vestidas. Nas suas casas e trabalhos, andariam como quisessem; mas tinham de reservar dos seus ganhos o indispensável para a roupa «de ir ver a Deus», sob pena de não serem admitidos.

Foi pela assistência aos actos do culto que êste uso entrou pouco e pouco nos costumes gerais. «As mulheres, quando hão-de ir à Igreja, ou hão-de aparecer diante de gente, vestem-se muito decente, convém a saber, com uma camisa ou hábito, muito bem feito, cerrado, largo e comprido até o chão; os cabelos, que são compridos, ennastrados com suas fitas [às vezes de sêda, diz Cardim], e nas mãos suas contas de rezar. Os homens andam com o vestido que podem; mas na igreja e pelas festas, muitos dêles se tratam à portuguesa, como soldados bem pagos, seus chapéus forrados de sêda, sapatos, meias e mangas de côres, e vestidos de pano do reino, que ganham por sua soldada » [2].

4. — O amor dos Índios à Igreja e ao esplendor do culto criava um problema. Para sustento do culto tem a Igreja os dízimos. Mas, por ser lei eclesiástica, atinge ùnicamente os fiéis. Assim, à proporção que os Índios se convertiam, iam ficando sujeitos à lei geral. ¿Poderia ou deveria urgir-se com êles o cumprimento dessa lei? Luiz da Grã, em 1561, pede instruções

---

1. Anch., *Cartas*, 426.
2. Pero Rodrigues, *Anchieta*, em *Annaes*, XXIX, 245.

concretas. Até então, os Padres não falaram aos Índios em semelhante obrigação. Contudo o funcionário, que arrematava as rendas de El-rei, começou a exigi-los [1]. Grã era de parecer que El-rei devia isentar os Índios dessa obrigação. ¿ Motivo ? Porque não os considerava ainda suficientemente instruídos para se lhes impor em consciência tal pagamento [2].

Para os habituar ao sentimento da responsabilidade colectiva, resolveu-se, emfim, que os Índios novamente convertidos, ou que se convertessem, pagariam, de-facto, os dízimos, mas não para a fazenda real. Os dízimos não saïriam do Brasil. Ficariam para «as suas igrejas, confrarias e espritais». Assim o determinou, por espaço de 6 anos, El-Rei D. Sebastião, no alvará de 4 de Janeiro de 1576. Para suprimir especulações, a arrecadação dêstes dízimos correria por conta de pessoa de confiança, que os Padres nomeassem [3].

Ao terminar o prazo, alcançou o Visitador P. Gouveia novo alvará para 15 anos [4].

Houve demora em vir a lei. Tal facto deu origem a uma questão interna, que prova ao mesmo tempo o espírito de isenção e justiça dos Superiores da Companhia e a generosidade dos Índios. Emquanto não chegou a lei dos dízimos, exigiu o rendeiro de El-rei que os Índios os pagassem. O Colégio da Baía, para não alvoroçar as Aldeias, achou mais razoável adiantar o dinheiro, cobrando-o depois paulatinamente. Os dízimos importavam em 320 cruzados. Chegando a lei e sentença para que fôssem restituídos, o rendeiro assim fêz. ¿ Que destino se havia de dar ao dinheiro já pago pelos Índios ? O Colégio dava os Padres aos Índios e fazia gastos extraordinários com a sua descida do sertão. ¿ Não poderia ficar com êle ? O Visitador entendeu que sim. Ao Padre Beliarte não pareceu bem tal aplicação, e receava que a gente se escandalizasse. Em vista da sua informação, respondeu o Padre Geral que se restituísse às Aldeias [5]. Dava-se

---

1. *CA*, 292.
2. Carta de Luiz da Grã, 30 de Julho de 1569, *Bras. 3(1)*, 164v.
3. Arq. H. Col., *Registos*, I, 132v-133.
4. Lei de 21 de Agôsto de 1587, Arq. H. Col., *Registos*, I, 47v-48 ; Franco, *Imagem de Evora*, 178.
5. *Bras. 15*, 368 (9.º) ; *Bras. 2*, 83v.

esta ordem em 1591, confirmada em 1594, quando as obras do Colégio o tinham crivado de dívidas (7.000 cruzados).

A-pesar da dificuldade, foram-se restituindo às Aldeias pouco e pouco; os Índios, porém, sabendo do caso, foram os primeiros a perdoar o resto. Para maior tranqüilidade, o P. Tolosa pediu em 1597, que o P. Geral ratificasse esta solução [1].

5. — O sustento dos Padres nas Aldeias também tinha os seus obstáculos. Havia sobretudo dois escolhos: ser insuficiente, ou desandar em negócio. Para um ou dois Padres não havia dificuldade. O Índio quási que só tinha a posse individual dos instrumentos de caça (flechas, sarabatanas), do vestuário rudimentar (penas, rêdes) e talvez dos meios de transporte (canoas). Para êles, a terra era comum, o lugar da caça, comum, o rio para a pesca, igualmente comum. Só as guerras entre tríbus vizinhas atribuíam uma limitação e defesa desta propriedade comum. Do que se pescava ou caçava todos os presentes participavam [2]. «Êstes Índios guardam bem aquilo do tempo dos Apóstolos, diz o P. Martim da Rocha, porque nenhuma coisa teem como própria, antes tudo lhes é comum. Se um matar um porco dos que teem de criação, todos lho ajudam a comer no mesmo dia. Se um pescou muito peixe, todos lho ajudam a comer. Se um está comendo coisa que não baste para um e se chegarem seis a êle, a nenhum há-de dizer que não, antes todos hão-de comer aquilo irmãmente. E isto da comunidade é muito comum antre êles » [3].

Chegando os Jesuítas, não fizeram mais que alargar esta comunidade a mais um ou dois. Depois de mansos, os Índios, diz Anchieta, mostravam muito amor aos Padres e faziam-lhes esmola dos seus frutos [4]. Eram esmolas de carácter alimentar. Pensou-se um momento em introduzir outras, ao começo, quando se tratava da organização da vida das casas, de acôrdo com o voto de pobreza. Mas logo se verificou que o regime de esmolas, como na Europa, não era possível, por não haver

---

1. *Bras. 15*, 433v.
2. Nóbr., *CB*, 100.
3. Carta de Martim da Rocha, Setembro 1572, BNL, fg, 4532, f. 35v.
4. Anch., *Cartas*, 98.

indústria, nem comércio, nem fontes de receita estáveis, nem muito menos o princípio de economia doméstica, que leva a ter sempre o seu pé de meia para as necessidades imprevistas ou urgentes. Esmolas entre esta gente não as pode haver, diz Grã em 1556, porque «é muito pobre e pouco industriosa»[1].

Esta deficiência dos Índios levava os Padres a intervirem na produção e arrecadação dos géneros alimentícios, numa espécie de economia dirigida e incipiente. Mas a sua intervenção prestava-se a comentários desfavoráveis dos colonos e a faltas verdadeiras contra a pobreza, pela imprudência ou zêlo mal entendido dalgum Padre. Os Superiores faziam, de-vez-em-quando, as suas advertências, chamavam a atenção dos Padres, e até se chegou, em 1591, à proïbição absoluta de se receberem esmolas dos «Índios naturais»[2].

Medida assim radical era ir ao excesso oposto. A Congregação Provincial de 1598 pede, pois, que se levante a proïbição, e se não urja a residência fixa de 3 ou 4 Padres nas Aldeias, invocando precisamente a dificuldade em se sustentarem. O P. Geral ordena que haja pelo menos dois. Quanto ao sustento dêles, o P. Provincial que proveja; e levanta a proïbição para as coisas de consumo imediato: peixe, legumes, caça. Recomendava, ao mesmo tempo, moderação na criação de animais domésticos, e ser-lhe-ia grato, *si columbaria tollantur*[3]. Por esta última cláusula vê-se que iam queixas até Roma, sôbre o regime económico das Aldeias. Nestas cartas, como em geral em tôdas as que se escrevem em momentos de exaltação, havia exagêro. Entre as informações, estava que os Padres tinham «paços como senhores», e eram negociantes. O Provincial, Pero Rodrigues, responde sem ambages. ¿Negociantes? Não há tal; e se alguma hora há alguma sombra disso, logo se corta. Quanto aos palácios dos Padres das Aldeias responde textualmente, visando o informador: «As paredes são de barro, que não defendem bem do vento; o telhado, de palha; o pavimento, de pulgas e bichos bem providos. Melhor dissera palheiros, que não paços»[4].

---

1. Carta de Luiz da Grã, 8 de Junho de 1556, *Bras. 3(1)*, 148.
2. Carta do P. Geral, 10 de Agôsto de 1591, *Bras. 2*, 61, 64.
3. *Congr. 49*, 455-456.
4. Carta de Pero Rodrigues, Baía, 10 de Outubro de 98, *Bras. 15*, 467v.

6. — Na vida das Aldeias, é ponto de importância o trabalho. Ora a exploração do trabalho indígena foi o motivo determinante das lutas entre os Jesuítas e os colonos, e é o *leit-motiv* de inúmeros documentos: queixas dos Padres contra os colonos; queixas dos colonos contra os Padres.

A luta tinha repercussão inevitável nos Índios livres, que viviam nas Aldeias dos Jesuítas. Uma das queixas mais comuns era a de que defendiam a sua liberdade, mas para utilidade própria. Não é exacto. A razão fundamental da liberdade dos Índios era, além duma questão de justiça, a necessidade de assegurar a eficácia da catequese.

Sem esta liberdade, a catequese era um mito. Mas é evidente que uma coisa é a liberdade, outra a ociosidade e a indisciplina e desorganização do trabalho. Convém ouvir a Gabriel Soares: « Estão os Reis informados que se não pode sustentar êste Estado do Brasil sem haver nêle muitos escravos do gentio da terra, para se granjearem os engenhos e fazendas dela; porque, sem êste favor, despovoar-se-ia, ao que os Padres não querem ter respeito, porque êles são os que tiram os proveitos dêste gentio, porque os trazem a pescar ordinàriamente e por marinheiros nos seus barcos e a caçar, e, nos seus currais, lhes guardam e cercam as vacas, éguas e porcos; trabalham-lhes nas suas obras em todos os ofícios; trabalham-lhes nas suas olarias, onde lhes fazem a telha, ladrilho e loiça necessária; trabalham-lhes com os carros e nas roças ».

Os Padres responderam: « O único remédio dêste Estado é haver muito gentio de paz, pôsto em Aldeias, ao redor dos engenhos e fazendas, porque com isso haverá gente que sirva, e quem resista aos inimigos, assim Franceses e Ingreses, como Aimorés, que tanto mal teem feito e vão fazendo, e quem ponha freio aos negros da Guiné, que são muitos e de só os Índios se temem. O modo para o haver, é ordenar como Sua Majestade tem ordenado, pôsto-que se não cumpre, que não haja nenhum escravo como não há no Peru. Porque, emquanto houver poderem-nos meter nas bôlsas e vestir-se de suas peles, não há-de haver gentio que abaste, e se não consuma como a experiência tem mostrado, e o informante pode ser boa testemunha, que alguma parte lhe cabe disto e boa. Os mais dêstes, de que diz nos servimos, são nossos escravos, e pela maior parte, da Guiné, como êle confessa acima [número 23 dos *Capítulos*]. A alguns forros de que nos ajudamos, pagamos seus serviços. E todos êles não chegam a uma barcada que êle tem mandado vender a Pernambuco e mais Capitanias, comquanto zela a necessidade que a terra tem de gente que sirva »[1].

A explicação de tôda aquela actividade construtiva dos Índios, onde, diga-se de passagem, se vê a notável iniciação dêles na indústria, ressalta do carácter quási público, que tinha a construção dos grandes edifícios que a terra pedia e reclamava. ¿Como se havia de construir sem trabalhadores? A questão está no regime em que êles haviam de viver. O remédio, preconizado por Gabriel Soares, era a liberdade no uso dos Índios, isto é, a escravização prática dêles. O que os Padres propunham era a regulamentação do trabalho num duplo regime interno e externo. Os Índios aldeados não podiam ficar entregues à sua sorte, isto é, à mercê dos colonos, mais fortes e astutos; dentro das Aldeias, tinham que seguir um regime humano de trabalho, para não caírem na preguiça anti-civilizadora, e para proverem à própria sustentação.

Portanto, os Índios poderiam trabalhar para quem quer que fôsse, Jesuítas ou colonos, mas a prazos fixos, e com a respectiva soldada. Nada menos que contratos elementares de trabalho: — a questão social da época.

Assim se praticou, depois da visita de Cristóvão de Gouveia, que foi o grande legislador da Companhia de Jesus do Brasil, neste século.

São muitos os documentos em que o trabalho dos Índios, tanto para os Padres como para os colonos, aparece remunerado [2].

Quanto ao regime interno das Aldeias, os Índios andavam ocupados nas suas lavranças. E foi uma conquista da civilização a regularidade no trabalho. Antes, só espicaçados pela fome, sem previsão alguma económica do futuro. A conquista foi rápida. Escreve o P. Navarro, logo em 1550, que os que se convertiam trabalhavam *tôda* a semana, descansando ao *domingo*[3]. Para o

---

1. *Bras. 15*, 389, n.º 44.
2. Anch., *Cartas*, 413; *Discurso das Aldeias*, 381; *Lus. 68*, 3, 4; *Bras. 15*, 327; Pero Rodrigues, *Anchieta*, em *Annaes*, XXIX, 245.
3. *CA*, 50.

trabalho de casa havia, sem dúvida os indispensáveis. Mas, para não sofrer prejuízos a economia comum e até a disciplina, resolve-se que, « sem licença do P. Provincial, não se tenham em casa de ordinário senão dois ou três moços para o serviço, os quais tragam pelo menos calção; e [os Padres] tenham cuidado em não enviar os Índios ao Colégio ou outras partes, sem muita causa, principalmente, com carregos; e as esmolas, que se derem à casa, serão para uso e vestido dos moços que servem »[1].

A determinação dos prazos de trabalho teve as suas dificuldades. Cristóvão de Gouveia ordenou o seguinte: «Não se deem Índios das Aldeias, que estão a nosso cargo, a nenhuma pessoa de fora por mais de três meses contínuos, quando muito, nem se lhes deixem comumente levar as mulheres »[2].

Por ser extremamente custoso contentar os colonos e obstar aos abusos repetidos, que nesta matéria se davam, pensou o Visitador, segundo o P. Beliarte, em transformar as Aldeias, a *cargo* dos Padres, em Aldeias, *propriedade* dos Padres, à maneira dos que estavam em terras dos senhores de engenho ou proximidades dêles. Os Índios dos engenhos não trabalhavam senão para os seus senhores. ¿Porque é que os Padres não fariam o mesmo com os Índios das suas Aldeias, descidos quási todos à custa dos mesmos Padres?

¿Porque é que só êles haviam de deixar abertas as suas Aldeias para irem a elas os colonos, subrepticiamente, tentando e aliciando os Índios? Diz o P. Beliarte, que não costumava aprovar as decisões do Visitador, que êste ainda arranjou uma provisão no sentido de fechar as Aldeias, assim radicalmente, às cobiças dos colonos[3]. Mas, se a obteve, foi medida transitória, sem conseqüências positivas.

Para a defesa dos Índios, chegou o P. Gouveia a lembrar ao Geral que obtivesse do Papa uma excomunhão contra os que fôssem às Aldeias perturbar os Índios e os retivessem depois como escravos. Verificou-se, porém, que não era exeqüível[4].

Era pelo menos odioso para os brancos. Em tudo isto, o fim

---

1. *Bras. 2*, 145v.
2. *Bras. 2*, 141.
3. *Bras. 15*, 368v, 371v, 10.º
4. Carta do P. Gouveia, 6 de Setembro de 1584, *Lus. 68*, 403.

dos Padres era duplo: assegurar a catequese dos seus Índios, a quem exigiam trabalho em coisas de utilidade comum; e evitar a exploração do Índio aldeado, feita pelo colono, para os seus interêsses particulares. Cediam os Índios, mas tomavam as suas precauções: «Quando os Portugueses vão às Aldeias buscar gente para seu serviço, os Padres, que nelas estão, os ajudam no que podem, mandando chamar algum principal, que vá com os Portugueses polas casas, e lhes mostre o resgate que leva a gente, pera que vão os que quiserem sem nisso haver nenhum impedimento; e se os Padres algumas vezes põem algum, é porque às vezes os Índios não teem sua roça acabada, e é necessário que a acabem, pera remédio de sua mulher e filhos; outros há também que são mal casados, e êstes nunca saem de casa dos Portugueses, e a êstes impede o Padre, pera que façam vida com suas mulheres, e êstes tais dizem os Portugueses que os Padres não querem que os Índios os vão ajudar, sendo estas as causas do tal impedimento, e não outras, como êles dizem»[1].

7. — Uma das características dos Índios do Brasil era o dever da hospitalidade, que nêles era vivo e forte, para com os amigos, é claro. É notória a amizade que guardavam entre si os da mesma tríbu[2]. Dêste sentimento, dourado depois pela caridade cristã, brotavam, nas Aldeias dos Jesuítas, festas onde se reüniam ao folclore indígena costumes portugueses, numa síntese que não deixava de ter poesia e graciosidade.

Convém reter o espírito destas manifestações primitivas.

Indo o P. Nóbrega visitar uma Aldeia, em 1559, os Índios vieram esperá-lo ao caminho, uns a uma légua, outros a meia, e os mais ao pôrto. Todos lhe queriam beijar a mão. Os meninos levavam nas suas mãozinhas cruzes pequeninas de madeira e entoavam o têrço: «pareciam uns anjos que rezavam matinas»[3].

Nas visitas de pessoas de categoria, Superiores, Provinciais, Prelados, Governadores, as Aldeias andavam à compita. Avisados os Índios da Aldeia de S. Pedro, de que ia lá o P. Grã (1562), «alegraram-se muito, e os Principais lhe mandaram fazer os cami-

---

1. *Discurso das Aldeias*, 381-382.
2. Nóbr., *CB*, 91.
3. *CA*, 242-243.

nhos, que é a maior honra e recebimento que antre êles se faz, e lhe mandaram 15 ou 20 mancebos ao caminho para o levarem em uma rêde, os quais o foram tomar algumas três léguas antes da Aldeia; e êles, com a mais gente, o foram receber uma légua dela». E iam por esta ordem: «Os meninos, primeiro, com suas capelas de flores nas cabeças, e, indo mais por diante, estavam os homens e depois as mulheres, e todos cheios de contas e suas galantarias de penas de diversas côres e lavores, e, com muitos tangeres e atabales, se foram pera o lugar, antes do qual, obra de um tiro de pedra, estava no campo, feito um terreiro limpo e consertado, pera o Padre repousar e praticar um pedaço antes de entrar, como êles usam com os grandes principais e de muita autoridade; e, acabada esta cerimónia, se foi pera a Aldeia, onde todos os honrados tiveram grandes porfias antre si sôbre a pousada que lhe deviam de dar, porque cada um queria que fôsse a sua casa. O Padre se deteve ali alguns dias por tomar conhecimento da terra e sítios e, a contentamento seu e de todos, escolheu um, mui aprazível, pera se fazer a igreja, que havia de ser da vocação do apóstolo S. Pedro» [1]. Às vezes, a poesia indígena toucava-se com imagens bíblicas. No Espírito Santo, o principal, ao receber o Padre Grã, fá-lo desta maneira, como hino ou salmo: «Vinde! Muito folgo com a vossa vinda, alegro-me muito com isto. Os caminhos folgam, as ervas, os ramos, os pássaros, as mulheres, as moças, os meninos, as águas, tudo se alegra, tudo ama a Deus!» [2]. Na Aldeia de S. João, receberam-no cantando na língua tupi: «Vamos receber o Padre Luiz da Grã, que por nossa causa (era então tempo de inverno) não receia chuvas, nem charcos, nem maus caminhos. Folgai todos com a sua vinda, pois nos traz a vida boa». A *Vida Boa* era o Cristianismo.

O Padre retirava-se, e os Índios iam à residência e diziam: «Já foi? Já agora tudo está calado. Quando estava aqui, tudo estava alegre»! «Louvores a Cristo, comenta Blasques, pois em Brasis se acha tanta ternura de coração e tanto sentimento por seus pais espirituais!» [3]. Nestes recebimentos também tomavam

---

1. *CA*, 348.
2. *CA*, 277.
3. *CA*, 305.

parte os catecúmenos. E vinham com a cruz alçada, músicas e coroas na cabeça, como símbolo da esperança do baptismo [1].

Quando a pessoa era de respeito e amizade, a recepção não ficava só em festas. Vinham também os presentes. Visitando Cristóvão de Gouveia as Aldeias, numa do Espírito Santo, depois da festa das laranjadas ou doutros frutos semelhantes, «logo começaram com suas dádivas; e são tão liberais, diz Cardim, que lhes parece que não fazem nada, se não dão logo quanto teem; e é grande injúria para êles não lhes aceitar; e quando o dão, não dizem nada, mas pondo perus, galinhas, leitões, papagaios, tuins reais, etc., aos pés do Padre, se tornavam logo» [2]. É de saber que a generosidade era recíproca, quer dizer, o que êles davam, para êles tornava. Uma vez, «acabada a festa espiritual, lhes mandou o Padre Visitador fazer outra corporal, dando-lhes um jantar a todos os da Aldeia, debaixo de uma grande ramada. Os homens comiam a uma parte, as mulheres a outra; no jantar se gastou uma vaca, alguns porcos mansos e do mato, com outras caças, muitos legumes, frutas e vinhos, feitos de várias frutas, a seu modo. Emquanto comiam, lhes tangiam tambores e gaitas» [3].

Por influência dos Portugueses das vilas, e com a aquiescência e intervenção dos Padres, que ensaiavam os Índios e ensinavam às crianças modos de folgar à portuguesa, foram-se introduzindo os usos da mãi-pátria [4]. As manifestações perdiam da sua singeleza primitiva, e adquiriam o aspecto de regozijo popular, que havia de ficar depois para sempre no Brasil e que estava também na massa do sangue indígena. Os Padres procuraram que a vida das Aldeias se repartisse, equitativamente, por estas três manifestações: piedade, trabalho, folguedo. Êste último, doseado, para não provocar dissipações extemporâneas. E assim vamos encontrar nas Aldeias não só danças indígenas e portuguesas, mas teatro, o jôgo da laranjada, simulações de guerras, romarias, que no Brasil tinham o nome de jubileus: jubileu de S. João, de S. Pedro, de Corpus-Christi, da Senhora, etc.

O mencionado Cristóvão de Gouveia foi recebido na Aldeia

---

1. Vasc., *Crón.*, 102.
2. Cardim, *Tratados*, 341; cf. 293.
3. Cardim, *ib.*, 305.
4. *CA*, 263.

do Espírito Santo com extraordinárias mostras de alegria, onde se casavam harmònicamente as duas influências portuguesa e brasileira: «Chegando o Padre à terra, começaram os frautistas a tocar suas frautas com muita festa, o que também fizeram, emquanto jantámos debaixo de um arvoredo de aroeiras mui altas. Os meninos índios, escondidos em um fresco bosque, cantavam várias cantigas devotas, emquanto comemos, que causavam devoção, no meio daqueles matos, principalmente uma *pastoril*, feita de novo, para o recebimento do Padre Visitador, seu novo pastor. Chegámos à Aldeia, à tarde; antes dela um bom quarto de légua, começaram as festas que os Índios tinham aparelhadas, as quais fizeram em uma rua de altíssimos e frescos arvoredos, dos quais saíam uns cantando e tangendo a seu modo, outros em ciladas saíam com grande grita e urros, que nos atroavam e faziam estremecer. Os *curumis*, scilicet meninos, com muitos molhos de frechas levantadas para cima, faziam seu motim de guerra e davam sua grita, e pintados de várias côres, nuzinhos, vinham com as mãos levantadas receber a bênção do Padre, dizendo em português: *louvado seja Jesus Cristo*. Outros saíram com uma dança de escudos, à portuguesa, fazendo muitos trocados e dançando ao som da viola, pandeiro e tamboril e frauta e, juntamente, representavam um breve *Diálogo*, cantando algumas cantigas pastorís. Tudo causava devoção debaixo de tais bosques, em terras estranhas, e muito mais por não se esperarem tais festas de gente tão bárbara. Nem faltou um *Anhangá*, sc. diabo, que saíu do mato; êste era o índio Ambrósio Pires, que a Lisboa foi com o Padre Rodrigo de Freitas. A esta figura fazem os Índios muita festa por causa da sua formosura, gatimanhos e trejeitos que faz; em tôdas as suas festas metem algum diabo, para ser dêles bem celebrada. Estas festas acabadas, os índios *Murubixaba*, scilicet, principais, deram o *Ereiupe*, ao Padre, que quer dizer: *Vieste?* e beijando-lhe a mão, recebiam a bênção. As mulheres nuas (coisa para nós mui nova), com as mãos levantadas ao Céu, também davam seu *Ereiupe*, dizendo em português: *louvado seja Jesus Cristo!* Assim, de tôda a Aldeia fomos levados em procissão à Igreja, com danças e boa música de frauta, com *Te Deum laudamus*» [1].

---

1. Cardim, *Tratados*, 291-292.

Outras vezes vinham recebê-lo, como na Aldeia da Conceição, no Espírito Santo, com esquadrilhas de «vinte canoas, mui bem esquipadas, e algumas pintadas, enramadas e embandeiradas, com seus tambores, pífaros e frautas», fingindo cilada guerreira ou batalha naval[1]. O casamento de Araribóia, no Rio de Janeiro, foi celebrado com tiros de artilharia.

Nos baptismos solenes de adultos saíam depois os recém-baptizados a fazer evoluções. E «era para ver os novos cristãos e cristãs, saindo das suas ocas, como *curumins*, acompanhados de seus parentes e amigos, com sua bandeira diante e tamboril, e, depois do baptismo e casamentos, tornarem assim acompanhados para suas casas; e as índias, quando se vestem, vão tão modestas, serenas, direitas e pasmadas, que parecem estátuas encostadas a seus pagens e a cada passo lhes caíam os pantufos, porque não teem de costume»[2].

As Confrarias também tinham os seus primores. No Espírito Santo, a Confraria dos Reis, constituída pelos Índios, quis apresentar cumprimentos, indo com o seu rei e rainha e com seus alardes, á portuguesa; e «fizeram no terreiro da nossa igreja seus caracóis, abrindo e fechando com graça por serem mui ligeiros e os vestidos não carregarem muito a alguns, porque os não tinham»[3]. Vinte anos antes, em 1564, no jubileu do Espírito Santo, na Baía, já «alguns senhores, para regozijarem mais a festa, depois de comer, correram a argolinha na Aldeia»[4].

Nas romarias portuguesas, é da praxe véspera e arraial. Pois também na Aldeia de S. Paulo, da Baía, no Jubileu daquele ano, tôda a noite houve bailes e danças dos Índios, e tambor e folia dos brancos[5]. No ano seguinte, em Pôrto Seguro, assinalam-se os nacionalíssimos «foguetes e rodas de fogo». Nem faltaram «touros, folia e outros jogos»[6]. Aparecem assim as touradas, e repetiam-se com certa freqüência. No dia da festa de Jesus, em 1566, entre as manifestações populares estava também a tourada. Uma delas houve em 1583 que deu que falar, e os

---

1. Cardim, *Tratados*, 339.
2. Cardim, *Tratados*, 340.
3. Id., *ib.*, 342-343.
4. *CA*, 411.
5. *CA*, 420, 422, 423.
6. *CA*, 477, 478 e nota 230 de Afrânio Peixoto.

seus ecos chegaram a Roma. Promoveu-a, na Baía, o Ouvidor Geral. Tomaram também alguma parte nela os Jesuítas, pelo menos consentindo, e talvez até assistindo, porque Miguel Garcia escreve muito escandalizado: «Aos touros nem cornos cortaram, nem bolas lhes puseram. A escusa, que ouvi dar, era que eram mansos. Alguns desastres aconteceram, ainda que não muito grandes, por não chegar a morte»[1].

Rematemos êste assunto com um saboroso episódio a que anda ligado o nome de Anchieta[2].

Era na Aldeia de S. João, Capitania do Espírito Santo. «Entre aplausos festivos corriam os cavaleiros um pato, segundo o costume, à competência de quem mais destro o levava». Surgiu questão entre os concorrentes. Anchieta estava presente e apelaram para êle, como árbitro. O taumaturgo apresentou um menino de quatro anos de nome Estêvão. E o menino disse:
— *O pato é meu, a mim se há-de dar, para levar a minha mãi.*

A resposta foi na verdade inesperada e de sábio; o mais interessante, dizem os cronistas, é que o menino até ali nunca tinha falado: era mudo.

8. — Os cantos, músicas e danças foram um dos meios de maior valor psicológico, utilizados pelos Jesuítas, para a infiltração do Cristianismo entre os Índios e para a elevação do povo. Quando, em 1583, Fernão Cardim visita as Aldeias, acha que «em uma delas lhes ensinam a cantar e teem seu côro de canto e flautas para suas festas, e fazem suas danças à portuguesa, com tamboris e violas, com muita graça, como se fôssem meninos portugueses; e, quando fazem estas danças, põem uns diademas na cabeça, de penas de pássaros de várias côres, e desta sorte fazem também os arcos, empenam e pintam o corpo e, assim pintados e mui galantes a seu modo, fazem suas festas muito aprazíveis, que dão contento e causam devoção por serem feitas por gente tão indómita e bárbara, mas, por bondade divina e diligência dos Nossos, feitos já homens políticos e cristãos...»[3]

---

1. Carta do P. Miguel Garcia, da Baía, 26 de Janeiro de 1583, *Lus. 68*, 335.
2. Pero Rodrigues, *Anchieta*, em *Annaes*, XXIX, 272-273; Vasc., *Anchieta*, 334.
3. Anch., *Cartas*, 416; Bibl. de Évora, *Cod.* CXVI/1-33, f. 39; Cardim, *Tratados*, 315.

Êstes cantos, músicas e danças, hoje complemento obrigatório de tôdas as grandes solenidades brasileiras, encontraram-nos já os Portugueses de tal maneira arraigados entre os Índios, que os meninos órfãos de Lisboa não acharam melhor expressão para definir a cerimónia da «santidade» indígena, senão pela forma externa da música: «santidade chamam a seus músicos e tocadores»[1]. Os Índios repetiam, em canto, as façanhas das suas tribus, «tudo trovado por comparações, para se incitarem a pelejar: estas trovas fazem de-repente, e as mulheres são insignes trovadoras»[2].

Destros psicólogos, aproveitaram, pois, os Padres esta predisposição innata dos Índios, aceitando dêles, a principio, o ritmo e os instrumentos, mas trocando a letra e levando-os, pouco a pouco, à prática da religião e aos costumes portugueses, que se introduziriam assim sem violências escusadas. Para mais os captar, e para insinuar suavemente a civilização cristã, imitaram os próprios Padres, no comêço, os cantares e até as danças dos Índios. Na verdade, impor *ex abrupto* os usos europeus seria afugentá-los ou protrair a conversão. Mais hábil foi, realmente, começar pelo som dos maracás e taquaras, para acabar, como de-facto se acabou, por «música de canto de órgão e frautas, como se lá [em Coimbra] pudera fazer»[3].

A intenção desta substituïção gradual aparece explícita na carta dos meninos órfãos de Lisboa. Faziam êles excursões catequéticas às Aldeias ao redor da Baía. «Em uma delas, escrevem, houve muitas festas, onde os meninos cantaram e brincaram muito, e de noite se levantaram ao modo dêles e cantaram e tocaram com *taquaras*, que são umas canas grossas, com que dão no chão, e, com o som que fazem, cantam; e com *maracás*, que são de umas frutas, umas cascas como cocos, e furados com uns paus, por onde deitam pedrinhas dentro, os quais tocam. E os meninos, cantando de noite (como é costume dos Índios), se levantavam de suas rêdes, que são camas em que dormem, e andavam espantados atrás de nós. Parece-me, segundo êles são amigos da música, que a gente, tocando e dançando entre êles,

---

1. Carta de 5 de Agôsto de 1552, *Bras,* 3*(1),* 66v.
2. Cardim, *Tratados,* 306.
3. *CA.,* 106, 493; Nóbr., *CB,* 182; Polanco, *Chronicon,* III, 466.

os ganharíamos. Pouca diferença há do que êles e nós faríamos, se V.ª R.ª nos mandasse prover de alguns instrumentos para nós cá tocarmos (e envíe algum menino que saiba tocar): frautas, gaitas e nésperas e uns ferrinhos com umas argolinhas dentro e um par de pandeiros com soalhas¹. E se vierem cá alguns tamborileiros e gaiteiros, parece-nos que não ficaria principal nenhum que nos não 'desse os seus filhos para os ensinar. E como o P. Nóbrega determina de ir pela terra dentro, com isso iria seguro»².

No fim destas excursões pelos arredores da cidade, não só os meninos, mas também os adultos respondiam às invocações religiosas, que lhes sugeriam, começando pelas mais simples da liturgia cristã, que são as ladainhas: «os pais vão com as mãos postas, atrás dos seus filhos, cantando *Santa-Maria* e êles respondendo *ora pro nobis*³.

Nos primeiros tempos, os Padres, como S. Paulo, faziam-se tudo a todos para ganhar todos a Cristo. Reproduziam os gestos e músicas dos Índios; e, para industriar e animar os meninos, tocavam e, até alguma vez, dançavam com êles.

Tais danças tinham carácter semi-profano, semi-hierático. Na bagagem literária de Anchieta, ficaram-nos algumas letras para danças, incluídas em autos sacros ou destinadas a procissões ou festas familiares: *Dança de dez meninos na recepção do Provincial P. Beliarte; Dança que se fêz na procissão de S. Lourenço de 12 meninos, etc.*⁴. Também chegaram até nossos dias muitas cantigas, em tupi e português, que a gente cantava nas igrejas e pelas ruas e praças⁵. Exibições coreográficas dêste género tornaram-se número obrigatório de tôdas as procissões. Acentuada, porém, a infiltração cristã, começaram a fazer-se «a seu modo e

---

1. Instrumentos conhecidos. Das *nésperas* dá Morais a seguinte descrição: campainhas sem badalos que os bufarinheiros tangiam, tocando umas nas outras.
2. Carta dos Meninos Orfãos, da Baía, 5 de Agôsto de 1552, *Bras. 3 (1)*, 65v; cf. Serafim Leite, *As Primeiras Escolas do Brasil*, 14, separata da *Revista da Academia Brasileira*, Rio, 1934, em *Páginas*, 43; Nóbr., *CB*, 129.
3. P. S. à referida carta de 5 de Agôsto de 1552, *Bras. 3 (1)*, 67.
4. *Opp. NN.* 24, 24v, 92; Afrânio, *Primeiras letras*, 105; Rob. Streit, *Bibliotheca Missionum*, II *(Amerikanische Missionsliteratur 1493-1699)*, (Aachen 1924) 340-341.
5. Cf. Pero Rodrigues, *Anchieta*, em *Annaes*, XXIX, 209.

à portuguesa», ou só à portuguesa, como se diz expressamente, em 1574, de um menino de 8 anos, que, imitando o rei David, a todos encantava [1]. Na festa das Onze-Mil-Virgens, na Baía, em 1578, prègando o Bispo D. Pedro Leitão, houve, igualmente, danças e cantos [2].

Não se pode negar a utilidade destas práticas para suavizar os costumes, atrair os Índios e solenizar as festas; mas tiveram também singular utilidade, em mais de uma ocasião trágica. Em 1554, foi Leonardo Nunes de S. Vicente à Baía para conduzir ao Sul os Padres e Irmãos recém-chegados de Portugal. Saíram da Baía uns 14 ou 15, entre Jesuítas e meninos. De Pôrto Seguro para baixo, o P. Nunes foi no navio de El-Rei; e embarcaram noutro navio Braz Lourenço, Vicente Rodrigues, José de Anchieta e Gregório Serrão, outro Irmão e quatro meninos. Êste segundo navio padeceu terríveis tormentas. Foi dar a Caravelas, onde Leonardo Nunes o esperava, já desconfiado de que se tivesse perdido. Anchieta descreve a tempestade [3]. Mas existem pormenores inéditos sôbre a verdadeira fome que ali sofreram por serem muitos, e os Índios pobres, felizmente em paz.

«Vieram êles, diz Braz Lourenço, com almadias de casca de pau e levaram-nos para a sua Aldeia e fizeram fogo para nós, porque íamos muito molhados; e ali estivemos alguns 8 ou 9 dias, passando muita fome, que não havia que comer, porque êstes Índios [na versão castelhana diz-se *negros*] não fazem nenhum bem senão a quem lho paga. Então, pedimos à gente do navio algum resgate, de esmola, e comprávamos de comer. Quando não tínhamos de comer, que era o mais do tempo, comíamos das cabaças dos Índios, cozidas, sem sal e sem azeite, com farinha podre; e as cozíamos e comíamos nos alguidares e panelas em que êles cozem e comem carne humana. Às vezes nos vinha nojo, mas a fome o tirava. De dia, nós íamos por êsses matos a comer frutas silvestres, que chamam mangabas, que são como sorvas de Portugal, outras que chamam *iba putangat* [sic], que são como amoras das silvas, teem o mesmo sabor, e com isto

---

1. Carta de Quirício Caxa, 16 de Dezembro de 1574, *Bras. 15*, 258; Cardim, *Tratados*, 340.
2. *Bras. 15*, 302v-303.
3. Anch., *Cartas*, 108-110.

nos mantínhamos. E também se puseram os meninos a cantar algumas cantigas, que cá fizeram na língua dos Índios, e outras de Nossa Senhora. Juntavam-se os Índios todos da Aldeia a ver e a admirar. Quando os vi juntos, disse a um língua, que ali vinha, que lhes dissesse alguma coisa de Deus, e êles todos escutavam, mas logo que veio a falar da morte, não quiseram ouvir, e diziam à língua que não falasse mais, que já sabiam, *que cantasse;* e uns vinham com uma coisa, outros com outra, scilicet, farinha e inhames para comermos, e punham-nas diante de nós, e diziam *Iaxe maranime,* que quere dizer *não me venha mal,* porque pensam que lhes podíamos dar saúde. E desta maneira vivíamos» [1].

Tão decisiva influência do canto sôbre o ânimo dos Índios manifesta-se a cada passo. E, naturalmente, era maior, quando ao canto se unia a música. Ora a música não faltou.

Aquêles instrumentos, pedidos de Portugal pelos órfãos, vieram; e na terra alcançaram-se outros. Vasconcelos, anotando estas predisposições dos Índios, descreve os instrumentos usados: «São afeiçoadíssimos a músicas; e os que são escolhidos para cantores da igreja, prezam-se muito do ofício, e gastam os dias e as noites em aprender e ensinar outros. São destros em todos os instrumentos músicos, charamelas, frautas, trombetas, baixões, cornetas e fagotes, com êles beneficiam, em canto de órgão, vésperas, completas, missas, procissões, tão solenes como entre os Portugueses» [2]. A esta lista temos que acrescentar o humilde e célebre berimbau de Barnabé Telo, que tantas referências mereceu de Fernão Cardim: «Neste Colégio [do Rio de Janeiro] tivemos o Natal [de 1584] com um presépio muito devoto, que fazia esquecer os de Portugal; e também cá N. Senhor dá as mesmas consolações, e avantajadas. O Irmão Barnabé Telo fêz a lapa, e às noites nos alegrava com seu berimbau» [3].

Também, como para se contrapor violentamente a estas singelas melodias, entrava com freqüência em jôgo a artilharia das

---

1. Carta de Braz Lourenço, Espírito Santo, 26 de Março de 1554, *Bras. 3 (1),* 109.

2. Vasc., *Crón.,* II, 9; cf. id., *Anchieta,* 164.

3. Cardim, *Tratados,* 315; cf. *ib.,* 301.

naus ou das fortalezas, como nas festas da Ressurreição, em 1561 [1].

Mas, nisto de regozijo público e de músicas, o que evidentemente predominava era a música de câmara e de igreja. E alguma vez se atirava a barra bem alto com manifestações polifónicas de incontestável envergadura. Assim, por exemplo, na festa titular do Colégio da Baía, em 1565 (festa do Nome de Jesus), organizaram-se três coros diversos, de órgão, de cravo e de frauta, êste último constituído pelos meninos flautistas do P. António Rodrigues, grande cantor e músico: segrêdo talvez, por que êle tanto agradava aos Índios, e os atraía à catequese e à escola [2].

Com isto, pois, se iam educando os Índios e o povo. Cumpre dizer que nem sempre se conservou a justa medida em certas festas e romarias, que uma vez ou outra tinham aspecto externo de feira; mas, observa Blasques, «como as mercancias e tratos dêste comércio não eram para adquirir ouro ou fazenda, senão para alcançar a graça de Deus e comprar o reino dos Céus», êstes alvoroços, tambores e folias, daqueles primeiros tempos, operavam a necessária transformação dos costumes, eram chamariz para a catequese, e realizavam um fim necessário de adaptação e formação [3].

No capítulo dos Sacramentos, foi onde se recolheram, de-facto, os frutos espirituais e copiosos, a que deram origem tais músicas, danças e cantos, contrariados, aliás, pelo Bispo D. Pedro Fernandes Sardinha. Êste Prelado tinha dado provas de zêlo na Índia Oriental. Iludiu-se, porém, no Brasil, considerando-o terra semelhante àquela, com ídolos e culto gentílico organizado. Em tudo via manifestações dêsse espírito. Logo que chegou, sem ter ainda apalpado bem a terra, suas necessidades e psicologia, colocou-se abertamente contra os Padres.

Repreendeu em público a Nóbrega; e levou as suas queixas até Portugal, não só às entidades oficiais, como ao Superior hierárquico dos Jesuítas do Brasil, que êle julgava ainda ser então o P. Simão Rodrigues. Diz assim:

---

1. *CA*, 437-438; António de Matos, *Prima Inst.*, 22v-23; *Fund. del Rio de Henero*, 51v (128).
2. *CA*, 289.
3. *CA*, 423.

« O lugar da Escritura em que Deus declara para que fêz pastores no mundo, é aquêle do profeta Jeremias: *ecce constitui te ut evellas, erradices et aedifices et plantes*, no qual mandou que de raiz deixem os vícios e maus costumes e plantem virtudes e boa doutrina. Eu, querendo nêle, de alguma maneira, procurar fazer o ofício de bom pastor, admoestei, no primeiro sermão que fiz, logo que cheguei a esta costa, que nenhum homem branco usasse dos costumes gentílicos, porque, além de serem provocadores do mal, são tão dissonantes da razão, que não sei quais são as orelhas que podem ouvir tais sons e rústico tocar. Os meninos órfãos, antes que eu viesse, tinham costume de cantar, todos os domingos e festas, cantares de Nossa Senhora, ao tom gentílico, e tocarem certos instrumentos, que êstes bárbaros tocam e cantam, quando querem beber seus vinhos e matar seus inimigos. Falei sôbre isto com o P. Nóbrega e com algumas pessoas que sabem a condição e maneira dêstes gentios, em especial com o que leva esta, que se chama Paulo Dias; e achei que êstes gentios se louvam de seram bons, pois os Padres tocavam seus instrumentos e cantavam a seu modo. Digo que os Padres tocavam, porque na companhia dos meninos vinha um padre sacerdote, Salvador Rodrigues, que tocava, dançava e saltava com êles » [1].

« E tanto por isso ser em favor da gentilidade e com pouco fruto da fé e conversão e com menos reputação da Compa-

---

1. Salvador Rodrigues já não existia nesta data, pois faleceu a 15 de Agôsto de 1553, dia da Assunção de Nossa Senhora. Fôra êle que recebera, ao chegarem à Baía, o P. Grã, Anchieta e mais companheiros, morrendo « daí a um mês ». *(Fund. de la Baya*, 7v (82); Franco, *Imagem de Coimbra*, II, 215; Vita del P. Salvatore Rodrigues, *Lus. 58*, Necrol. I, 30-31; Vasc., *Crón.*, I, 138-139). Entrara na Companhia a 4 de Janeiro de 1549 (*Lus. 43*, cat. I, 3v). Foi o primeiro Jesuíta falecido no Brasil. Contava 37 anos de idade (Franco, *loc. cit.; Ano Santo*, 457). Tinha ido na 2.ª expedição em 1550 e diz dêle Nóbrega, um ano antes de morrer: « Tem cuidado dos meninos e fá-lo muito bem » *(CB*, 131; cf. *CA*, 112; Vasc., *Crón.*, I, 118). Luis da Grã, em carta de 27 de Dezembro de 1555, tem: « Dia de Nuestra Señora de la Asumpción que passó hizo um año que murió el Padre Salvador Rodrigues» (Grã, *Bras. 3 (1)*, 144v). Segundo isto, teria falecido em 15 de Agôsto de 1554. Mas deve ser equívoco de cômputo, porque o seu nome já não aparece no catálogo organizado por Anchieta, na Quadrimestre de Maio a Setembro de 1554 (Anch., *Cartas*, 38). Se o P. Salvador Rodrigues tivesse morrido nesse intervalo, Anchieta mencioná-lo-ia como fêz com Domingos Anes Pecorela *(ib.*, 36).

nhia, como também do inventor disto ser um Gaspar Barbosa, o qual na cidade de Lisboa fugiu da cadeia e se acolheu à Sé e dali, em pleno dia, desceu por uma corda e veio depois degradado cá para sempre[1]. E, por não deixar de usar, mesmo cá, dos seus costumes maus, o mandou o Governador vir a esta cidade preso, e saíu a sentença que não saísse mais desta cidade. Depois de andar aqui se meteu *velut lupus in vestimentis ovium* com os vossos Padres, mais zelosos da virtude que experimentados na malícia, para lhe haverem licença do Governador, como realmente houveram, para se tornar ».

«Êste é quem inventou esta coisa e supersticiosa gentilidade, e êle mesmo cantava e tocava pelas ruas com os meninos e Padres, a qual coisa eu defendi para tirar gentilidade que tão mal parecia a todos »[2].

Tinha razão o bom Prelado em dizer todo o mal do passado de Gaspar Barbosa. Também o P. Quadros diz que êle era «conhecido em meio Portugal por terrível e diabólico». Mas Gaspar Barbosa, escreve o mesmo P. Quadros, a 17 de Março de 1554, depois de fazer penitência, perseverou e foi admitido a servir os meninos; e êle próprio buscava para êles o necessário num burrinho que os Padres possuíam; e acrescenta: o Governador Tomé de Sousa, já em Lisboa, quando queria encarecer a virtude dos Jesuítas e o muito que faziam, o melhor argumento era dizer «que converteram aquêle homem »![3]

---

1. Baltazar Teles conta esta cena com a sua costumada exuberância. Gaspar Barbosa, segundo êle, defendeu-se na Sé com espingardas, pistolas e espada. Vendo-se cercado « saltou d'aquella alta torre de tal maneira veyo rodando pelas muralhas abaixo que ficou sem lesam alguma de consideraçam ». Depois foi preso, metido no Limoeiro, a ferros, e degredado para o Brasil.—Teles, *Chronica*, II, 472.

2. Carta do Bispo ao P. Mestre Simão, do Salvador, a 6 de Outubro de 1553, *Bras, 3 (1)*, 102.

3. Carta de António de Quadros a Polanco, Lisboa, 17 de Março de 1554, (*Mon. Mixtae*, IV. 104; *CA*, 19; Vasc., *Crón.*, I, 86-88]. Em 1567, era capitão de Pôrto Seguro um homem com o mesmo nome de Gaspar Barbosa, amicíssimo da Companhia, o qual foi com Mem de Sá à conquista do Rio de Janeiro. ¿Será o mesmo? Êste Gaspar Barbosa era homem que não voltava o rosto ao inimigo. Preparado com a sagrada Comunhão, morreu heròicamente na tomada do forte de Uruçumirim. António de Matos diz que era « *christianis virtutibus insignis, amicitiaeque ac devotionis vinculo Societati Nostrae coniunctissimus* » (*Prima Instit.*, 20; cf. Vasc., *Crón.*, III, 102; Pôrto Seguro, *HG*, I, 415].

O testemunho formal de Tomé de Sousa, em Lisboa, contraria pois a opinião do Prelado. Laborava êste, como dissemos, no equívoco de que os Índios do Brasil andavam mergulhados, como os da Índia Oriental, em ritos e idolatrias. Havia, porém, uma razão mais profunda, de má vontade, que examinaremos ao tratar das suas relações com os Jesuítas. Escrevendo sôbre êle um Padre secular da Baía, a 1 de Junho de 1553, diz que, «em quanto pode, lhes é contrário e, se pudera, lhes dera já com tudo em terra...»[1].

Felizmente, prevaleceu o bom senso! E os Padres, tendo ganho pouco a pouco o coração dos Índios, não destruindo violentamente o seu gôsto pela música e canto, antes utilizando-o e purificando-o gradualmente, chegaram, dentro dalguns anos, à mudança radical e essencial dos costumes.

Diz Blasques, em 1564, a um Padre de Portugal, depois de ter descrito os tambores e folias dos brancos, os bailes e danças dos Índios: «Se V.ª R.ª visse a boa ordem e decôro desta procissão, a alegria e festa dos Índios, a devoção e contentamento dos Brancos, a multidão de Índios cristãos, as bênçãos e louvores que davam ao Senhor, creio que *in Domino* teria muito que alegrar-se, se trouxesse à memória que à máxima parte daqueles Índios, que moravam na sombra e na região da morte, se tinha já dado a luz da Fé, na qual, doutrinados e ensinados, tudo aquilo que antes era instrumento de Satanaz convertiam em honra de seu Deus e Criador; porque, se V.ª R.ª visse (como eu com os meus próprios olhos) a maneira que, não há muito, tinham, na matança dos seus contrários, quando tinham de comer algum, pasmara, vendo-os tão mudados. Então, os seus bailes e beberes era para honrar a festa daquele contrário, cuja carne tinham de comer; agora tudo se muda em glória e louvor do Senhor»[2].

O gôsto pelo canto e música, necessidade ingénita da alma humana, apurada naquele ambiente tropical, harmonizava-se perfeitamente com as tradições do culto divino. Não admira que os Jesuítas o cultivassem, reduzindo-o pouco a pouco a uma apren-

---

1. *Bras. 3 (1)*, 103; cf. Polanco, *Chronicon*, III, 466.
2. *CA*, 421: cf. 409-412, 418, 426. Entre os hinos e salmos que se cantavam, era preferido o *Laudate Dominum omnes gentes*, *CA*, 420-421; cantavam-se também a *Salvè*, as *Ladainhas*, etc., *ib.*, 410.

dizagem metódica. Entre as determinações de Cristóvão de Gouveia, em 1586, lê-se que, depois da escola dos meninos índios, se ensine «a cantar aos que parece teem habilidade para isso, havendo quem o saiba fazer»[1]. Ficaram com fama, nesta matéria, de professores exímios, António Rodrigues e António Dias[2].

Êstes primitivos «conservatórios» admitiram, com o andar do tempo, os negros à mesma aprendizagem. Assim se explica o facto de D. João VI, ao chegar ao Brasil, se admirar tanto da perfeição com que os negros executavam a música vocal e instrumental[3].

As cartas e informações do século XVI relatam festas e cantos na Baía, Pernambuco, Rio, Piratininga, etc., em mil circunstâncias diversas. Cardim, na sua *Narrativa Epistolar*, conta, a cada passo, variedade de músicas, «frautas, cravo e descante» : nas Aldeias dos Índios, nos engenhos, nas viagens. Durante a morosa arribada ao morro de S. Paulo, quando iam o Visitador Gouveia e mais Padres a Pernambuco, no que levaram 11 dias, escreve: «passávamos êstes dias com boa música que alguns irmãos de boas falas faziam freqüentemente ao som de uma suave frauta, que de noite consolavam e de madrugada nos espertavam com devotos e saüdosos salmos e cantos»[4]. Na *frota do Martírio*, entre Lisboa e Madeira, iam as naus juntas, e na Santiago «mandava o P. Inácio cantar alguns músicos que levava, os Irmãos Magalhãis, Alvaro Mendes e Francisco Peres Godoi, ao som de uma harpa, prosas devotas; e era música tão sentida e saüdosa de noite, sôbre o mar, que fazia levantar os espíritos, e atraía a si os navios, que para ouvi-la se chegavam mais perto»[5].

---

1. *Bras.* 2, 146. Gouveia promoveu muito esta arte, e defendeu-a contra as acusações de alguns que achavam nisso excesso e assim o comunicaram a Roma. Houve exagêro, mas foi na informação, diz êle; e o virem os Índios das Aldeias, quatro ou cinco vezes por ano, cantar missa à Baía, é para os confirmar na fé e devoção. — Carta de 25 de Julho de 1583, *Lus.* 68, 340; cf. Franco, *Imagem de Évora*, 176.

2. *Lus.* 72, 121; *CA*, 437-438; *Fund. del Rio de Henero*, 51v(128).

3. «Os Jesuítas criaram em um arrabalde do Rio de Janeiro, Santa Cruz, uma espécie de conservatório de música destinado a preparar os negros». —António da Cunha Barbosa, *Aspecto da Arte Brasileira Colonial*, na *Rev. do Inst. Bras.*, 61, 1.ª P. (1898) 144.

4. Cardim, *Tratados*, 326, 303, 305, 315, etc.

5. Vasc., *Crón.*, IV, 21.

Despedindo-se Luíz da Grã do Visitador, em Pernambuco, foi com êle até o Recife, e à volta, pela praia, ia cantando «salmos e outras cantigas»[1]. Em Piratininga, os cantos foram levados a grande perfeição[2]. No Rio de Janeiro, introduziram-se logo com António Rodrigues, na ocasião da fundação da cidade, fazendo-se depois semanalmente, em dias certos, promovidos pela Confraria dos Reis Magos[3].

Para os desenvolver, concediam-se licenças especiais, como em 1587, em que se permitiu que «no Natal, se tenha missa cantada e matinas, em canto de órgão, como na Semana Santa, *pelos índios*, para ajuda da devoção em tão santo tempo»[4]. Pouco depois, ampliou-se o costume às demais festas da «Circuncisão, Santa Cruz de Maio, Onze-Mil-Virgens e S. Cristóvão»[5]. Também pelo Natal, nas casas dos Padres, se armavam presépios ou lapinhas, e diante delas diziam ingènuamente os Irmãos e meninos as suas composições escolares e cantos singelos, — mil indústrias como se vê, sàbiamente arquitectadas pelos Jesuítas, para tornarem mais levadeira a «cruz sêca» do Brasil, como se exprime Blasques.

Assim, pois, se elevavam os costumes, se cultivava o gôsto literário e artístico da terra, se organizavam grupos corais, se cristianizavam hábitos antigos e se promovia o esplendor do culto, com cerimónias magníficas, em que as missas pontificais e a recepção dos sacramentos alternavam com o regozijo do povo, — que é, ainda, uma forma de prestar homenagem, externa e social, a Deus Nosso Senhor!

---

1. Cardim, *Tratados*, 336.
2. Vasc., *Crón.*, I, 161.
3. Ant. de Matos, *Prima Inst.*, 32.
4. *Bras. 2*, 57.
5. Visita do P. Gouveia, 1 de Janeiro de 1589, Gesù, *Colleg. 13* (Baya).

LIVRO SEGUNDO

COLONIZAÇÃO

Duo Fratres Coadjutores Societatis IESU à Barbaris, odio Fidei, interfecti in Brasilia. A 1555.

C. Screta del. Melch. Küsell f.

DOIS IRMÃOS COADJUTORES

« Da Companhia de Jesus, mortos em ódio da fé pelos bárbaros, no Brasil. Ano de 1555 »
(Ex Mathia Tanner)
São os mesmos Irmãos Correia e Sousa. Reproduz-se a gravura
como documento iconográfico.

CAPÍTULO I

Fôrça e Autoridade

1 — O plano colonizador de Nóbrega; 2 — Guerra do Paraguaçu; 3 — Guerra dos Aimorés; 4 — Assistência aos Índios de guerra; 5 — Piratas franceses na Baía; 6 — Piratas ingleses; 7 — Piratas holandeses.

1. — A obra da catequese e civilização do Brasil dependia da paz em que vivesse a terra. Mas a paz seria impossível, emquanto Portugueses e Índios não estivessem em harmonia estável, produto da persuasão ou da fôrça. O primeiro sistema, seguido pelos Jesuítas, foi o da persuasão; verificaram, porém, que não era suficiente, e que a divisão dos Índios em tríbus, guerreiras, inimigas entre si, era pouco própria a favorecer a paz em grandes extensões de território. Os Portugueses, recém-chegados, contemporizavam com o sistema social dos Índios e promoviam a sua divisão, para que, enfraquecendo-se e digladiando-se mùtuamente, ficassem, entretanto, seguros e livres das suas investidas. «Nisto estava a segurança da terra», diziam [1]. Nóbrega, vendo estas guerras dos gentios e como se batiam quási casa com casa e se comiam uns aos outros, diante da passividade dos colonos, reage: os Índios «folgariam de aceitar qualquer sujeição moderada, antes que viverem nos trabalhos que vivem». Deixarem-nos livremente «é opróbrio de Cristo e deshonra da nobreza portuguesa» [2]. Não olhavam, concluía êle, a «que ainda *para o bem da terra* é melhor serem êles cristãos e estarem sujeitos» [3]! «E isto aprovam capitãis e prelados, eclesiásticos e seculares» [4]!

---

1. Nóbr., *CB*, 207, 196-198; Cf. Vasc., *Crón.*, II, 3.
2. Nóbr., *CB*, 146.
3. Nóbr., *CB*, 207.
4. Nóbr., *CB*, 196.

Para acabar com tão lastimosa situação, propôs Nóbrega várias medidas. A primeira foi a vinda de trabalhadores portugueses: «Se vier mais gente e estiver segura a terra, far-se-á fruto»[1]; e «o gentio se senhoreará fàcilmente e serão todos cristãos»[2]. O Jesuíta o que achava era funcionários a mais e moradores a menos[3]...

Em 1557, escreve Luiz Gonçalves da Câmara, de Lisboa para Roma, reproduzindo os desejos de Nóbrega, e diz que «os pontos essenciais, que toca o Provincial do Brasil, se reduzem a um só: e é que se mandem lá tantos Portugueses que possam fazer guardar as leis da natureza àqueles gentios, porque sem isto se trabalha em vão»[4].

Os mais Padres secundavam o Provincial. Não havia meio de sujeitar os Índios senão com tanta gente, que por si só se impusesse[5]; ou na frase de Navarro: «o fruto sólido desta terra parece que será quando se fôr povoando de cristãos»[6]. Não era fácil. A colonização pelo povoamento só poderia realizar-se gradualmente e pela fixação, na costa, de núcleos mais fortes. A população de Portugal, dado que fôsse possível transportá-la ao Brasil, seria nada, tôda ela, diante da vastidão imensa, ainda hoje ponto de atracção para corrente emigratória. Notemos, contudo, que a estas sugestões obedece a ida de órfãos e órfãs, famílias e até degredados. Fazia-se o que era possível.

Outro meio, proposto pelos Padres, foi o dos aldeamentos, separando as tribus inimigas e fixando-as ao solo: com isso se inculcava aos Índios aquela sujeição moderada, de que falava Nóbrega[7]. Fizessem-se leis justas e equitativas. E os Índios, que as não quisessem aceitar, fôssem sujeitos à fôrça, como se estilava no Peru e outras terras novas[8].

---

1. Nóbr., *CB*, 112.
2. Nóbr., *CB*, 135, 140v.
3. Nóbr., *CB*, 134.
4. *Mon. Laines*, VIII, 407.
5. Carta de Luiz da Grã, 27 de Dezembro de 1555, *Bras. 3(1)*, 140v, 142.
6. *CA*, 150, e nota 97 de Afrânio Peixoto, vincando o enderêço colonial, nacional do Brasil, — pelo povoamento e pela imigração, traçado há quatro séculos.
7. Nóbr., *CB*, 145-146, 174; *Bras. 15*, 42v; *Bras. 3(1)*, 136; Cf. Anch., *Cartas*, 166.
8. Nóbr., *CB* 156-157; 173-174.

Tal era a situação do Brasil, quando chegou Mem de Sá. O novo Governador colocou-se decididamente ao lado dos Jesuítas. As depredações anteriores, os temores presentes e o bem da terra levaram Nóbrega a elaborar um plano de colonização, partindo de factos concretos para as possibilidades futuras da terra e da gente. Constitue uma página de verdadeiro interêsse histórico:

«Primeiramente, o gentio se deve sujeitar e fazê-lo viver como criaturas que são racionais, fazendo-lhes guardar a lei natural como mais largamente já apontei a Dom Leão, o ano passado» [1].

«Depois que o Brasil é descoberto e povoado, teem os gentios mortos e comidos grande número de cristãos e tomadas muitas naus e navios e muita fazenda. E trabalhando os cristãos por dissimular estas coisas, tratando com êles e dando-lhes os resgates, com que êles folgam, e teem necessidade, nem por isso puderam fazer dêles bons amigos, não deixando de matar e comer, como e quando puderam. E se disserem que os cristãos os salteavam e tratavam mal, alguns o fizeram assim, e outros pagariam o dano que êstes fizeram; porém a outros, a quem os cristãos nunca fizeram mal, os gentios os tomaram e comeram e fizeram despovoar muitos lugares e fazendas grossas; e são tão cruéis e bestiais, que assim matam aos que nunca lhes fizeram mal, clérigos, frades, mulheres de tal parecer, que os brutos animais se contentariam delas e lhes não fariam mal. Mas são êstes tão carniceiros de corpos humanos que, sem excepção de pessoas, a todos matam e comem e nenhum benefício os inclina nem abstém de seus maus costumes, antes parece, e se vê por experiência, que se ensoberbecem e fazem piores com afagos e bom tratamento. A prova disto é que êstes da Baía, sendo bem tratados e doutrinados, com isso se fizeram piores, vendo que se não castigavam os maus e culpados nas mortes passadas; e com a severidade e castigo se humilham e sujeitam».

«Depois que Sua Alteza mandou Governadores e justiça a esta terra, não houve saltearem os gentios nem tomarem-lhes o

---

1. Dom Leão era o P. Leão Henriques, então reitor de Évora. Cf. F. Rodrigues, *História*, I, 2.º, p. 334. No princípio da Companhia, ainda se conservaram êstes títulos honoríficos, pessoais (dom), que depois se suprimiram.

seu, como antes, e nem por isso deixaram êles de tomar muitos navios e matarem e comerem muitos cristãos, de maneira que lhes convém viver em povoações fortes e com muito resguardo e armas, e não ousam de se estender e espalhar pola terra, para fazerem fazendas, mas vivem nas fortalezas, como fronteiros de mouros ou turcos, e não ousam de povoar e aproveitar senão as praias, e não ousam fazer suas fazendas, criações e viver pola terra dentro, que é larga e boa, em que poderiam viver abastadamente, se o gentio fôsse senhoreado ou despejado, como poderia ser com pouco trabalho e gasto, e teriam vida espiritual, conhecendo a seu Criador, e vassalagem a S. A., e obediência aos cristãos, e todos viveram melhor e abastados e S. A. teria grossas rendas nestas terras».

«Êste gentio é de qualidade que não se quere por bem se não por temor e sujeição, como se tem experimentado, e por isso, se S. A. os quere ver todos convertidos, mande-os sujeitar e deve fazer estender os cristãos pola terra adentro e repartir-lhes os serviços dos Índios àqueles que os ajudarem a conquistar e senhorear como se faz em outras partes de terras novas, e não sei como se sofre a geração portuguesa, que antre tôdas as nações é a mais temida e obedecida, estar por tôda esta costa sofrendo e quási sujeitando-se ao mais vil e triste gentio do mundo»[1].

«Os que mataram a gente da nau do bispo se podem logo castigar e sujeitar, e todos os que estão apregoados por inimigos dos cristãos e os que quebrantam as pazes e os que teem os escravos dos cristãos e não os querem dar e todos os mais que não quiserem sofrer o jugo justo que lhes derem e por isso se alevantarem contra os cristãos».

«Sujeitando-se o gentio, cessarão muitas maneiras de haver escravos mal havidos e muitos escrúpulos, porque terão os homens escravos legítimos, tomados em guerra justa, e terão serviço e vassalagem dos Índios e a terra se povoará e Nosso

---

1. Na carta a Tomé de Sousa, de 5 de Julho de 1559, dirá Nóbrega, a-propósito do caso de Ilhéus em que os colonos, só porque os Índios queimaram uma casa, largaram engenhos, casas e tudo : « nem parecem da casta dos Portugueses que lemos nas crónicas e sabemos que sempre tiveram o primado ». O seu conselho é que a terra ou se largue de-todo ou se senhoreie de-todo. Nisto só haveria utilidade para os Índios, para a terra, para o Reino e para Deus. Que Tomé de Sousa « faça socorrer a êste pobre Brasil ». — Nóbr., *CB*, 216-218.

Senhor ganhará muitas almas e S. A. terá muita renda nesta terra, porque haverá muitas criações e muitos engenhos, já que não haja muito oiro e prata».

«Depois desta Baía senhoreada, será fácil coisa sujeitar as outras Capitanias, porque sòmente os estrondos, que lá fêz a guerra passada, os fêz muito medrosos, e aos cristãos deu grande ânimo tendo-o antes mui caído e fraco, sofrendo coisas ao gentio que é vergonha dizê-lo. Desta maneira cessará a bôca infernal de comer a tantos cristãos, quantos se perdem em barcos e navios por tôda a costa; os quais todos são comidos dos Índios e são mais os que morrem que os que veem cada ano; e haveria estalagens de cristãos por tôda a costa, assi para os caminhantes da terra como para os do mar».

«Êste parece também o melhor meio para se a terra povoar de cristãos, e seria melhor que mandar povoadores pobres, como vieram alguns, e por não trazerem com que mercassem um escravo, com que começassem sua vida, não se puderam manter, e assi foram forçados a se tornar ou morrerem de bichos; e parece melhor mandar gente que senhoreie a terra e folgue de aceitar nela qualquer boa maneira de vida, como fizeram alguns dos que vieram com Tomé de Sousa, tendo mui pouca razão de se contentarem dela, naquele princípio, quando não havia senão trabalhos, fomes e perigos de Índios, que andavam mui soberbos, e os cristãos mui medrosos; e por isso muito mais, se virem os Índios sujeitos, folgarão de assentar na terra. Nem parece que para tanto gentio haverá mister muita gente, porquanto, segundo se já tem experiência dêle, por outras partes, poucos cristãos bastarão e pouco custo; e, porventura, que com pouco mais do que S. A. gasta em os trazer à fé, por paz e amor e outros gastos desnecessários, bastaria para sujeitar tôda a costa, com ajuda dos moradores e de seus escravos e Índios amigos, como se usa em tôdas as partes desta qualidade. Devia de haver um Protector dos Índios para os fazer castigar, quando o houvesem mister, e defender dos agravos que lhe fizessem. Êste devia ser bem salariado, escolhido pelos Padres, e aprovado pelo Governador. Se o Governador fôsse zeloso bastaria ao presente».

«A lei, que lhes hão-de dar, é defender-lhes comer carne humana e guerrear sem licença do Governador; fazer-lhes ter uma só mulher, vestirem-se, pois teem muito algodão, ao menos depois de cristãos, tirar-lhes os feiticeiros, mantê-los em justiça entre si e para com os cristãos; fazê-los viver quietos sem se mudarem para outra parte, se não fôr para antre cristãos; tendo terras repartidas que lhes bastem e com êstes Padres da Companhia para os doutrinar. Isto começou a executar Dom Duarte e agora Mem de Sá o faz com maior liberdade polo Regimento que trouxe del-Rei, que está em Glória, mui copioso e abundante, mas todavia será mui conveniente ser nisso alembrado de lá, e fazer que lhe escrevam agradecimentos do que faz » [1].

Tal é o plano civilizador de Nóbrega. O braço civil, para o impor, foi Mem de Sá. O grande Governador esposou as ideias de Nóbrega e pode-se dizer que ambos fizeram o Brasil. Antes da vinda dos Portugueses, existiam, espalhadas pela costa, tríbus dispersas, autarquias, em guerra umas com as outras. O sistema das Capitanias manteve ainda a separação do território, feudalismo colonial, sem nexo entre si, tendo o ponto da união em Lisboa.

Com a instituïção do Govêrno Geral em 1549, iniciou-se finalmente o trabalho da unificação. Mas Tomé de Sousa não teve tempo de a consolidar [2]; e D. Duarte da Costa, se procurou vencer os Índios, e o seu filho D. Alvaro da Costa mostrou valentia

---

1. Apontamento de Nóbrega (Arq. Prov. Port.); Cf. Nóbr., *CB*, 156-157, 173-174. No mesmo sentido de Nóbrega fala a Câmara da Baía, dirigindo-se a El-Rei:

« Se V. A. quiser tomar informações por pessoas que bem conheçam a qualidade do gentio desta terra, achará que por mal e não por bem se hão-de sujeitar e trazer à fé; porque tudo o que por amor lhe fazem atribuem a mêdo e se danam com isso ». (Cf. Pôrto Seguro, *HG*, I, 379). É certo que o gentio, ainda com a tara ancestral de guerras entre tríbus, fàcilmente se alvoroçava e movia; e chegava-se para os que via mais fortes, sem reparar sempre que a fôrça era momentânea. Tira-se da narração de Knivet que os Índios se chegavam aos piratas de Cavendish, pedindo-lhes ajuda contra os colonos. Teodoro Sampaio, comentando a relação de Knivet e referindo-se à disposição da cidade do Rio de Janeiro, diz que se sacrificava o plano melhor de arruamentos à necessidade essencial de defesa contra os assaltos dos corsários e os « ataques traiçoeiros do gentio rebelde ou inconstante ». — Teodoro Sampaio, *Peregrinações de António Knivet*, na *Rev. do Inst. Bras.*, Tômo Especial (1914) 2.ª P., p. 360.

2. Mostrou ainda assim energia. E quando uns Índios, contrários dos que tinham pazes com os Portugueses, cativaram e comeram, em 1551, uns brancos, êle soube reagir, enviando lá uma expedição comandada por Pero de Góis. Nóbrega tomou parte nessa expedição militar, « junto da Baía 6 ou 7 léguas ». Nóbrega ia « com uma cruz na mão ». Os Índios fugiram, sendo apenas apanhados

na guerra de Itapoã, saindo vitorioso (1555-1556)[1], contudo o seu esfôrço esterilizou-se em parte com dissensões das autoridades entre si. Coube a Mem de Sá a glória de realizar a magna tarefa, submetendo os Índios à sua autoridade, expulsando os Franceses, centralizando os poderes. O Brasil perdeu o aspecto de feitoria, começou a tomar feição de Estado. A perfeita compreensão e unidade de vistas entre Nóbrega e Mem de Sá foi o factor mais decisivo para a formação e consolidação do Brasil actual. Diante das murmurações dos colonos, dizia o Governador aos Padres que não cedessem[2]; diante da hesitação dos comandantes da Armada na conquista de Villegaignon, dizia Nóbrega a Mem de Sá e a Estácio de Sá, que não cedessem. O triunfo coroou o mútuo apoio. Um pouco de enérgica decisão, — e acabaram-se morticínios e antropofagias; estabilizaram-se as Aldeias, facilitou-se a penetração nos sertões: triunfou a civilização cristã!

Por tôda a parte se impôs a disciplina e a ordem. Seja de exemplos o que se fêz na Aldeia de S. João. Perto dela, observaram-se vários núcleos de população hostil. Mem de Sá ordencu que se passassem para dentro da Aldeia. Com o fim de evitar resistência, enviou um homem de confiança e resolução. Se não quisessem obedecer, que se lhes queimassem as barracas.

Vieram todos[3].

Ai do índio que se atrevesse, na sua própria terra, a passar por entre tríbus contrárias! Seria cativo e devorado. Pois, em 1560, já um «índio daqui, indo por dentro dos contrários, se tornou. E êle diz que diziam: êste é amigo dos brancos, se lhe fizermos mal, matar-nos-ão. Ajudou grandemente a esta conversão cair o Senhor Governador na conta de assentar que sem temor não se podia fazer fruto »[4]. Afrânio Peixoto comenta:

« Entre a maneira romântica de civilização do gentio à José

---

dois, que foram justiçados, e aos quais assistiu e animou o mesmo Nóbrega, e uma mulher que ficou condenada a trabalhar para o hospital. — *CA*, 79-80. Cf. Carta de Tomé de Sousa a El-Rei, de 18 de Julho de 1551, na *Hist. da Col. Port. do Bras.*, III, 362.

1. Cf. Carta de Ambrósio Pires, *Bras.* 3(1), 139v; *CA*, 168; Vasc., *Crón.*, II, 3; *Hist. da Col. Port. do Brasil*, III, 377-379.

2. *CA*, 270.

3. *CA*, 229.

4. *CA*, 260.

Bonifácio e à Rondon, ou o extermínio dêle, à germânica, como era a inclinação de Varnhagen e de von Ihering, está o método pragmático de Mem de Sá, método romano e britânico, a fôrça e depois a brandura, aprovado pelos Jesuítas e até por Anchieta, que parece o justo. Aliás, a maneira forte foi sempre sugestiva aos povos inferiores » [1].

Deu-se então um facto mil vezes verificado em tôdas as civilizações. Êstes povos inferiores, uma vez disciplinados e enquadrados no grupo mais forte, prestavam relevantes serviços. Na Guerra do Paraguaçu, já combatiam nas fileiras cristãs os Índios das Aldeias dos Padres (S. Paulo, S. João, Espírito Santo). Batalhavam com fidelidade e diligência. « Vão armados com o nome de Jesus e, quando partem, se encomendam a Deus e pedem-nos que roguemos a Deus por êles, e Nosso Senhor ouve-os a êles e a nós, porque sempre até agora lhes tem dado vencimentos grandes » [2].

Das guerras com Índios na comarca da Baía, merecem menção, pela interferência que nelas tiveram os Jesuítas, a do Paraguaçu, e, para o fim do século, a dos Aimorés.

2. — As ribeiras do Paraguaçu, que desagua no Recôncavo, estavam muito povoadas de Índios. Havia dificuldade em reduzi-los. Pela distância, julgavam-se a coberto de represálias pelas tropelias que cometessem. Mas foram reduzidos, em 1559, em duas campanhas, comandada a primeira por Vasco Rodrigues Caldas, a segunda pelo próprio Mem de Sá.

Narra o P. Nóbrega a ocasião e sucessos de ambas, nas suas cartas a Tomé de Sousa e ao Cardial Infante. A ocasião da primeira foi os Índios do Paraguaçu terem tomado os escravos e uma barca dos Portugueses e não os quererem restituir. Mem de Sá enviou lá Vasco Rodrigues Caldas. Até então os colonos viviam em constante receio daqueles Índios. Vasco Rodrigues foi em três expedições sucessivas sempre vitoriosas. Quebrou-se o encanto. Os Índios restituíram tudo, fizeram-se tributários de El-Rei [3].

---

1. *CA*, nota 149, p. 272.
2. Nóbr., *CB*, 183-184.
3. O tributo consistia em dar certa quantidade de galinhas e farinha. Outra

do Camamu, pertencentes aos Padres. Foi-lhes emprêsa fácil, porque as terras não tinham então moradores nem engenhos[1].

A guerra com os Aimorés vinha-se protelando, durante 50 anos, não só por terem língua diferente, como por evitarem sempre a luta aberta, atacarem defendidos pelas árvores e fugirem com incrível rapidez. Julgavam também que os brancos, quando tomavam algum dêles, o comiam, como êles próprios faziam aos que tomavam. Os autores coevos descrevem os Aimorés como extremamente cruéis[2].

Não obstante serem tais, êstes Índios não fizeram excepção aos demais Índios do Brasil e respeitaram os Padres. Em 1592, na região de Pôrto Seguro, caíu um grupo de Índios cristãos, em que ia um Padre e um Irmão, numa cilada de Aimorés, que ainda feriram alguns dos da comitiva. Mas, vendo o chefe Aimoré que ia ali um Padre, chegou-se a êle, apanhou-o pelo meio do corpo, ergueu-o ao alto e trocando a ferocidade do rosto em modos galantes, voltou para trás, chamando os seus e retirando-se sem fazer outro mal[3]. O respeito dos Índios para com os Padres foi utilizado por êles para os civilizar. E assim, depois de meio século de lutas, vieram os Aimorés a ser reduzidos pela intervenção conjugada da autoridade civil e dos Jesuítas, nos primeiros anos do século XVII. Cardim, referindo-se a 1604, diz que os Aimorés tinham feito as pazes no ano anterior, portanto, em 1603[4].

Na Baía, foi seu principal protagonista Álvaro Rodrigues, abastado fazendeiro, da Cachoeira. Serviu-se duma cativa aimoré, aprisionada e convertida, a quem ofereceu a liberdade, que ela recusou, de voltar para os seus[5]. Mas, indo até à fronteira dos Aimorés, deixou-lhes, junto ao mato, mantimentos e outros obje-

---

1. Carta de Pero Rodrigues, de 16 de Setembro de 1600, *Bras. 3(1)*, 193.

2. « Quando tomam alguns contrários, cortam-lhes a carne com uma cana de que fazem as frechas e os esfolam que lhes não deixam mais que os ossos e trípas; se tomam alguma criança e os perseguem, para que lha não tomem viva, lhe dão com a cabeça em um pau; desentranham as mulheres prenhes para lhes comerem os filhos assados ». — Cardim, *Tratados*, 199; Pero Rodrigues, *Anchieta*, em *Annaes*, XXIX, 194; Idem, Carta de 1 de Maio de 97 em Amador Rebelo, *Compendio de alg. Cartas*, 215; Anch., *Cartas*, 302; Gandavo, *História*, 146.

3. Ânua de 1592, *Bras. 15*, 380.

4. *Bras. 8*, 49v.

5. No baptismo recebeu o nome de *Margarida*, informa Frei Vicente do Salvador, *H. do B.*, 378-379.

ctos conseguindo, emfim, atrair alguns, que foram bem acolhidos, na Cachoeira e na Baía, pelo Capitão-mor Álvaro de Carvalho. (O Governador D. Francisco de Sousa andava nas Capitanias do Sul). Com isto, voltando ao mato, chamaram outros e quebrou-se o gêlo. Vieram tantos, que foi necessário estabelecê-los na Ilha de Itaparica com três Padres. Graves epidemias obrigaram-nos a voltar ao sertão; mas, daí em diante, os Aimorés ficaram amigos dos Portugueses [1].

Nos Ilhéus, a aproximação operou-se por intermédio directo dos Padres, em particular do Irmão Domingos Rodrigues. Southey conta o facto com grandes pormenores, tradução quási literal de Fernão Guerreiro.

O Irmão estudante Domingos Rodrigues, recém-chegado de Portugal, deu-se a aprender a língua [2]. Enviado para os Ilhéus convenceu o Superior a que o deixasse falar com os Aimorés. Vencidas as dificuldades e temores e sabendo que os Aimorés estavam mais perto, iniciou-se a emprêsa. Meteram-se numa canoa o Superior da Residência de Ilhéus, o Irmão e o Capitão da vila, com mais dois homens: «seguiam-nos outras canoas, ainda que de longe pelo mêdo dos inimigos e, chegando ao lugar onde estavam, começou o Irmão de os chamar por sua língua, dizendo-lhes que iam de paz e que nem houvessem mêdo, nem fizessem mal; o que todos êles ouviam, mas não se queriam descobrir, continuando com o mesmo modo de falar, emfim se descobriram

---

1. Cf. Fernão Guerreiro, *Relação Anual*, I, 389-392; Southey, *H. do B.*, II, 53; Pôrto-Seguro, *HG*, II, 69-70.

2. Domingos Rodrigues, natural de Penedono, Beira-Alta, veio em 1602. Capistrano de Abreu dá-o mais tarde como egresso da Companhia *(Capítulos de História Colonial* (Rio 1928) 78). Na nossa documentação não vimos até agora elementos para desmentir ou confirmar aquela asserção. Domingos Rodrigues ordenou-se de sacerdote. Já não consta do Catálogo de 1621, mas ainda está no de 1619. Em 1607 era Padre e residia no Camamu: *P. Dominicus Rodrigues ex Penedono dioec. Lamecensis ann. 33 firma valetudine admissus Eborae ann. 1599. Studuit ante ingressum litteris humanioribus et praelibavit Logicam, domi casibus conscientiae quantum satis fuit ad sacros ordines, didicit linguam brasilicam et aimureticam* (*Bras.* 5, 69). Em 1610, era Visitador da Missão de Pôrto-Seguro (*Bras.* 5, 81v). Depois, ainda estudou Teologia e Filosofia. Em 1619, residia no Colégio do Rio de Janeiro como prègador, confessor e língua. Tinha particular talento para tratar com os Índios. Além de pacificar os Aimorés, contribuíu também para a pacificação dos Goitacases, no tempo de Constantino Menelau (Capistrano, *loc. cit.*).

e mostraram todos seus arcos, e disseram que fôssem sòmente os Padres, que falavam, ter com êles, apontando com o dedo o lugar onde podiam chegar os barcos. Neste passo, todos temeram, dizendo que já por vezes lhes tinham feito semelhantes traições em semelhantes passos: porém, o Irmão confiado em Deus, com licença do superior e tomando-lhe primeiro sua bênção, se meteu só na canoa para ir a êles. Os brancos todos começaram a dizer ao Padre que lhe requeriam da parte de Deus o não deixasse ir, porque corria muito perigo. Foi, contudo, e vendo que os gaimures todos largavam os arcos, chegou a terra onde estavam, não se saindo porém da canoa; chegaram-se logo todos junto dêle, o qual lhes declarou o a que vinham, que era a fazerem pazes com êles e como lhes traziam farinha, o que todos êles ouviram com bom rosto e receberam a farinha; pediu-lhes mais que, para confirmação da amizade, fôssem alguns dêles à vila em sua companhia e que êles lhes prometiam que ao outro dia os trariam com muita farinha para os que ficavam e os poriam no mesmo lugar; aceitaram o partido e a promessa, e porque todos se ofereceram para ir, dêles escolheu o Irmão sòmente três, porque só êstes cabiam na canoa, e com êles se tornaram mui contentes, dando todos graças a Deus por tão grande mercê. Um dos Gaimures, que ficavam em terra, mostrou tanto sentimento por não ir com os outros que os nossos levavam, que o Padre, querendo-o consolar, lhe acenou que viesse, e, mandando-lhe para isso uma canoa, êle sem esperar por ela se lançou ao rio e a nado se veio meter com os nossos; foi logo à vila recado do que passava, antes dos nossos chegarem, e assim todos os da terra os esperavam no pôrto, tendo aquilo por grande milagre do Senhor, e com grandes gasalhados, receberam os Gaimures, os quais ainda medrosos de gente, a quem tanto tinham ofendido, se ferravam com o Padre e com o Irmão, sem nunca os largarem senão dentro em casa. Ao outro dia, tornaram ao mesmo lugar, como lhes prometeram, levando-lhes a farinha. Estava tôda a borda do rio cheia dêles, que por todos seriam duzentas almas, afora os pequenos, e como quer que estavam esperando pelos Padres, os vieram logo receber, pegando dêles, de modo que das canoas os levaram nos braços para terra onde todos estavam; outros ficaram com o Padre, sem o quererem largar, dando grandes mostras de amizade. Um, dos que foram à vila, começou a quebrar as pontas das frechas a todos os outros em sinal de paz; saíu logo outro, dos que estavam em terra, prègando, e o que dizia era, em sua língua, que o Irmão lhe entendeu, que já a guerra era acabada, que os Padres eram bons, que não tinham arcos nem frechas, nem faziam mal a alguém, e que pois êles eram os que os vinham buscar, nenhum se lhes negasse».

«As índias Gaimures lhes mostravam suas famílias dizendo cada uma: Êstes são meus; conhecei-os. Uma velha lhes trouxe dois filhos que tinha ainda meninos, pedindo-lhes que os levassem e lhes dessem alguma ferramenta, mas que não os apartassem de si; levaram-nos os Padres com outros dos muitos que queriam ir, que por todos seriam trinta, e não levaram mais por não caberem mais na embarcação; e, chegando com êstes à vila, era tal o alvorôço e alegria da gente, que não esperaram que os Padres desembarcassem, mas das embarcações os levaram nos braços, e como no ar, até nossa casa. Espantavam-se todos, de gente tão agreste e selvática mostrar tantos sinais de amor e firmeza de pazes. Continuaram os Padres em ir e vir a êles, quatro dias contínuos, levando-lhes farinha e o mais necessário para sua sustentação. Levaram-nos às fazendas dos brancos, dizendo-lhes que tudo estava de paz e que a tôdas podiam ir seguramente, o que êles agora fazem, mas logo preguntam pelos Padres e não se quietam se os não vêem, aos quais se mostram tão sujeitos, que é coisa de espanto ver a muita alegria e diligência com que fazem tudo o que êles lhes encomendam ou mandam; as mulheres, tanto que os filhos adoecem, os trazem logo aos Padres, a quem elas chamam filhos de Deus, dizendo-lhes que lhos sarem. Estando êles nos matos, adoeceu um principal, de pontadas; e, vindo-se logo ter com os brancos, lhes pediu o levassem aos Padres, porque estava muito mal, o que êles fizeram; e, tanto que chegou, lhe aplicou o Padre uma medicina com que logo sarou, de que ficou mui consolado e contente. É mui grande o trabalho que os Padres teem com êles, mas com as esperanças que teem de os trazerem ao rebanho de Cristo, se lhes torna todo em gôsto. Tratam de os ajuntar todos em uma Aldeia e acomodar-lhes terras em que façam suas roças e lavoiras e de os domesticar e acompadrar com os outros Índios mansos e antigos».

«Para isto, a primeira coisa que fizeram foi levantar-lhes uma Cruz mui formosa, de cincoenta palmos de alto, de que êles mostraram sumo gôsto e os Pádres sentiram muita consolação, quando viram que ao levantar da Cruz acudiram a ajudar todos, homens e mulheres, com grande prazer e alegria, declarando-lhes o Padre, pelo melhor modo que pôde, a santidade e virtude divina daquele sacratíssimo lenho e pedindo a Nosso Senhor que, daquele dia em diante, tomasse aquela gente o suave jugo de sua Cruz, pois de tão boa vontade (sem saberem ainda o que faziam) se submetiam debaixo dela, levantando-a em seus ombros».

«Feitas as pazes com êste garfo de Gaimures, com tanto gôsto dos seus e dos nossos, escolheram os Padres a dois dêles, e os mandaram que fôssem pelo mato e sertão adentro buscar outros e dar-lhes novas das pazes e do que achavam cá nos brancos e nos Padres. Fizeram-no êles assim, e depois de andarem lá uns poucos de dias, eis que num, aparecem junto de uma Aldeia de nossos Índios mansos, dos Petiguares, uma cabilda dêles de duzentos e cincoenta, frecheiros todos, e gente mui bem disposta e agigantada nas proporções e feições, diferentes dos primeiros, porque eram alguns dêles, assim homens como mulheres, tão alvos que pareciam alemãis. Os nossos Índios Petiguares, que andavam roçando, tanto que os viram de longe, foi tamanho o seu mêdo que desampararam tudo e se acolheram; porém, tanto que os dois, que os Padres tinham mandado, se saíram dos outros e vieram ter com êles, quebrando suas frechas e apregoando pazes, tomaram alento e tornaram mais sôbre si, e logo em canoas fizeram embarcar os dois, com mais dez dos que vinham de-novo, e entre êles um Principal, homem mui bizarro e grande falador, e vieram à vila buscar os Padres, trazendo muita soma de arcos tão grandes que punham espanto, os quais todos entregaram em sinal de amizade e paz. Acudiram logo os Padres com farinha e mantimentos, facas, machados e outra ferramenta, que repartiram entre êles, e quando chegaram onde os outros estavam, era muito para ver o grande prazer que lhes mostravam e com que os abraçavam por debaixo dos braços, e o mesmo faziam ao capitão e mais brancos que com êles iam, como se houvera muito tempo que os conheciam e tratavam»[1].

Antes, porém, de se chegar a estas pazes finais, foi necessário suster o ímpeto dos Aimorés. Nisso prestaram relevantes

---

1. Guerreiro, *Relação Anual*, I, 392-395.

serviços os Índios das Aldeias dos Padres. Lê-se na *Enformação e Cópia de Certidões:* « Não foi menos o serviço que a Sua Majestade fizeram em tempo da guerra dos Guaimorés, porque vindo êstes bárbaros assolando parte desta costa, depois de fazerem despovoar quási de-todo Pôrto Seguro e os Ilhéus, entrando no distrito desta Baía, em que já por sua causa estavam despovoados alguns engenhos e fazendas, para se atalhar tão grande mal, das quatro Aldeias sujeitas aos Padres da Companhia, pôs o Governador, D. Francisco de Sousa, uma, e depois o Capitão Álvaro de Carvalho outra, nas fronteiras, que os Índios defenderam animosamente com muito sangue e mortes próprias e dos contrários, até que Deus Nosso Senhor foi servido que os Guaimorés fizeram pazes com os Portugueses » [1].

Daqui em diante não deixaram os Jesuítas de trabalhar com os Aimorés em tôda a costa, desde a Baía ao Espírito Santo. Nesta última Capitania apareceram êles em 1619, e da extraordinária surprêsa causada ali e da missão que com êles teve, deixou o P. Domingos Monteiro narração circunstanciada, em português, datada dos Reis Magos, a 26 de Julho de 1619 [2].

4. — Ora, como os Índios das Aldeias dos Padres eram elemento preponderante nas guerras, que os Capitãis e Governadores faziam, surgiu o problema da assistência dos Padres aos seus Índios. Nas primeiras guerras, sempre os Governadores requeriam a presença dos Jesuítas: António Rodrigues na de Paraguaçu, Gonçalo de Oliveira e Anchieta na do Rio de Janeiro, Gregório Serrão e Paiva nas de São Paulo, etc.

Podia dar-se também a circunstância de os Padres terem as suas casas expostas aos ataques dos Índios; neste caso poderiam organizar a sua própria defesa, com armas na mão? A primeira dúvida foi objecto de várias consultas. A segunda ficou resolvida por uma resposta do P. Everardo Mercuriano, permitindo o uso de armas, onde não houvesse fortaleza de Portugueses, e delas poderiam usar os criados e escravos comandados pelo homem secular que dêles tivesse cuidado [3].

---

1. Tôrre do Tombo, *Jesuítas*, maço 88.
2. *Bras. 8*, 268-269v.
3. « In locis qui hostium pagis oppositi sunt, nec ullum habent lusitano rum

Mais tarde, com as piratarias francesas, inglesas e holandesas, mesmo onde havia fortalezas de Portugueses, convinha que o Colégio colaborasse na defesa comum. Nos começos do século XVII, existia, na plataforma do Colégio da Baía, «uma columbrina de alcance e dois sagres de bronze»[1]; e os Padres estavam atentos à aproximação do inimigo, dando rebate nos sinos da igreja, chamando a gente às armas[2].

O caso de irem os Padres à guerra foi objecto duma primeira aclaração do B. Inácio de Azevedo, em 1568: «não vão os Nossos às guerras, sem ordem do Provincial; poderiam contudo ir, quando o Governador se achasse presente e fôsse êle mesmo e pedisse que fôssem com êle para confessar os feridos e ajudá-los»[3]. O Padre Gouveia confirma esta ordem em 1586, sem falar do Governador: «não vão os Nossos ao sertão a buscar gente, nem darão o seu parecer para lhes ir fazer guerra, sem especial licença do Provincial, o qual não a dará senão em algum caso raro e de muito serviço de N. Senhor»[4].

Dificultava-se a anuência dos Nossos a cooperar, nem mesmo com a autoridade da sua opinião, nas guerras aos Índios. Outro caso seria nas guerras legais. ¿Que fazer, sobretudo, se o Governador pedia o concurso dos Índios? Dada a autoridade dos Padres sôbre êles, a sua intervenção seria decisiva e mais de uma vez se sentiu. Para evitar conflitos com a autoridade civil, determinou o Padre Manuel de Lima na sua visita: «os Padres podem persuadir aos Índios que vão à guerra, quando o pedirem os Governadores, porque é para bem da República e os Índios serem difíceis no obedecer, sem ordem dos Padres»[5].

Gabriel Soares opinava que o Brasil não se podia sustentar sem muitos escravos índios. Era opinião formulada, quando já os negros africanos inundavam o Brasil. Os Jesuítas respondem

---

praesidium si periculum sit obsidionis aut impugnationis, poterunt nostri habere arma in loco aliquo tuto, ut apud eum qui famulis aut servis praeest aut ubi commodum videbitur, ut illorum opera a gentilium iniuria defendantur». — Facultates Provinciali Brasiliae a N. P. Everardo concessae, *Bras. 2*, 22v.

1. *Relação das Capitanias do Brasil*, na *Rev. do Inst. Bras. 62*, 1.ª P., 13.
2. Pero Rodrigues, *Anchieta*, em *Annaes*, XXIX, 260.
3. *Bras. 2*, 138v.
4. *Bras. 2*, 140v.
5. Visita do P. Lima, Roma, Vitt.º Em., *Gesuitici, 1255*, 14, f. 9.

(1592) que a salvação não está nisso, mas em haver muitos gentios *de paz*, à roda dos engenhos e fazendas, que ajudem a resistir aos Franceses, Ingleses, Aimorés e negros da Guiné, levantados [1]. A ajuda dos Índios, nestes casos, foi realmente grande. Testemunha o Governador do Brasil, D. Francisco de Sousa, da Baía, a 10 de Maio de 1605: «É verdade que, em onze anos que governei êste Estado do Brasil, tôdas as vezes que me foram necessários Índios das Aldeias, que os Padres da Companhia teem a seu cargo, assim para fortalecer a cidade com fortes, trincheiras, etc. como para os rebates de imigos franceses e para vigiarem a costa para que os imigos não desembarcassem e fizessem aguada; e também para darem assaltos aos negros de Guiné, que faziam muito dano aos moradores desta cidade, como também para defenderem as fazendas e engenhos do gentio aimoré, os ditos Padres da Companhia de JESU, a meu recado, acudiam com muita diligência com os ditos Índios, indo em pessoa, quando era necessário buscá-los às Aldeias » [2].

Foi notável o concurso prestado pelos Índios das Aldeias na construção das Fortalezas, «sem estipêndio», só com a sustentação. Nomeiam-se alguns: «o forte de Tapagipe, que é o principal da Baía e o de Santo António, que está na barra, feitos em tempo do Governador Dom Francisco de Sousa, o do Arrecife de Pernambuco, o do Rio Grande, feitos em tempo de Manuel de Mascarenhas». Nêles tiveram «muito grande parte os Índios da protecção dos Padres » [3], que assistiam pessoalmente a êstes trabalhos, porque, se os não levassem, «ninguém os pudera trazer» [4]. Nas fortalezas do Rio de Janeiro, houve igual concurso. E em muitas páginas desta história aparece a sua cooperação, quer na paz, quer na guerra contra Índios contrários, contra piratas franceses e ingleses, contra negros revoltos, « que cada dia se alevantam, matam e roubam», ameaçando subverter a obra da civilização [5].

---

1. *Bras. 15*, 388, 389.
2. Tôrre do Tombo, *Enformação e certidões*, maço 88.
3. Tôrre do Tombo, *ib*.
4. Fernão Guerreiro, *Relação Anual*, I, 376.
5. Quando os negros atacaram a casa de Cristóvão de Aguiar e lhe mataram dois homens e roubaram a fazenda, os Índios ajudaram a reduzi-los. E os

¿Que conclusão se tira? Pelo que toca aos Padres, na defesa de território contra os corsários e invasores, os Jesuítas do Brasil, como bons cidadãos, ontem como hoje, faziam todo o possível para assegurar o triunfo da sua pátria. Quanto aos Índios, uma vez imposta a autoridade dos Portugueses, êles encorporaram-se gradualmente à sua esfera de acção.

O *Discurso das Aldeias* resume concisamente, até 1583, os serviços dos Índios: « Quanto seja necessário a esta cidade ter estas Aldeias, onde os Padres residem, e conservá-las que se não acabem, mas buscar ainda maneira para que haja outras, claro está, pois além das guerras que acima disse, em que êles ajudaram tanto, como se sabe, êles ajudaram a vencer tôdas as mais que se depois fizeram, como foi o da Bôca Torta [1]. Duas vezes que se levantou o gentio de Paraguaçu, foram a êle, e o destruíram; a segunda vez, com o Governador, ao Rio de Janeiro; depois disso, com António Ribeiro, aos Índios do Campo Grande, onde morreram com o dito António Ribeiro muitos Índios da Baía; com Vasco Rodrigues de Caldas, ao oiro; com António Dias Adorno, ao oiro; com Luiz de Brito, governador, à guerra do Aperipê; com António Ferraz, outra vez ao Paranaoba; com Luiz de Brito, à Paraíba, que não teve efeito por se tornarem de Pernambuco; e agora, com a nau inglesa, êles foram os primeiros que socorreram nesta cidade, e em tôdas estas guerras foram sempre à sua custa, com seus mantimentos e armas, onde morreram muitos, porque não tão sòmente pelejavam contra seus contrários, mas serviam os Portugueses e

---

negros « dizem que se não foram Índios das Aldeias, que já êles foram forros e a terra fôra sua, mas que os Índios se desbaratam ». — *Discurso das Aldeias*, 379; cf. *Bras.* 15, 389, ao 44.º. Cf. Pero Rodrigues, *Anchieta*, em *Annaes*, XXIX, 245, onde se manifesta o temor, que factos conhecidos depois confirmaram, de que os negros viessem a pôr em apêrto algumas Capitanias.

1. « Fuj em pesoa sobre outro primçipall que se chamaua a boqua torta por estar de guerra e não querer deixar de comer carne humana que estaua dezoito leguas da cidade / parti da cidade amanheçendo e naquelle dia e noite cheguei a alldeia antes que amanheçesse e entrei a alldeia se queimou e matarão muitos do gentio hos mais fogirão o que foi causa depois de Deus ho gentio cometer pazes e Eu lha dei com se fazerem cristãos e os ajuntei em grandes alldeias e mandei fazer ygrejiaas onde os padres da companhia dizem misaa e os majs hoficios deuinos e lhes emsynão a doutrina e a ller e a escrepuer e outros boons costumes ». — *Instrumento dos serviços de Mem de Sá*, em *Annaes*, XXVII, 131-132.

lhes buscavam de comer, sem por nenhuma coisa destas terem nenhum prémio»[1].

5. — Durante o século XVI, os estranjeiros, que mais apoquentaram o Brasil e mais renitentemente se apegaram a algum recanto da costa, foram os Franceses. O seu movimento no espaço descreve uma parábola de sul a norte, repelidos numa parte e aparecendo noutra, sucessivamente, desde Guanabara a Cabo Frio, da Paraíba ao Maranhão e ao Pará, até se fixarem emfim no extremo norte, para lá do Brasil, na Guiana. Dêstes factos tratámos já nos lugares respectivos e trataremos ainda nos volumes seguintes. Pelo que toca à esfera da Baía, a sua influência e actividade é mais indirecta, porque, sendo a Baía a Capital da Colónia e o centro da Companhia de Jesus no Brasil, ali se repercutiam as vicissitudes provocadas pelas suas piratarias. Ataque à cidade nunca o intentaram. Nesta matéria, uma das queixas freqüentes dos Jesuítas, e para nós, historiadores, de graves conseqüências, era que os corsários franceses, interceptavam muitas vezes a correspondência com a Europa[2]. Para salvar a que levavam em 1589, sofreram tormentos o Padre Visitador Cristóvão de Gouveia, o P. Francisco Soares e o Irmão Barnabé Telo, cativos de Franceses[3].

O principal dano que causaram não foi, contudo, na correspondência, mas nas próprias pessoas dos missionários, que cativavam e muitas vezes matavam. Os piratas franceses assaltavam-nos, quando de Portugal se dirigiam para o Brasil ou quando no Brasil tinham que deslocar-se dum lado para o outro. A tradição e os factos demonstram que eram cruéis.

Em 1560, os Padres Rui Pereira, Gonçalo de Oliveira e Dício escaparam das suas mãos; e Rui Pereira comenta: «se nos tomaram, parece que está claro haverem-nos de matar ou dar aos

---

1. *Discurso das Aldeias*, 379; cf. *Documentos relativos a Mem de Sá*, em *Annaes*, XXVII, p. 127 ss., 166, etc. Pode-se avaliar dos serviços dos Jesuítas, diz João Ribeiro, «quando se sabe que os Padres estavam sempre ao lado dos Governadores nas rebeliões selvagens e dêsses os que já haviam ouvido a voz dos Jesuítas podiam *chegar a cem mil*, diz Anchieta» (João Ribeiro, *História do Brasil*, Curso Superior, 4.ª ed. (Rio 1912) 121).

2. Carta de João de Aspilcueta Navarro, *Bras. 3 (1)*, 100.

3. Cardim, *Tratados*, 368.

negros em resgate do Brasil, porque, além de se dizer que dão êles os homens a comer aos Índios para lhes darem carga, pouco havia que alguns Portugueses lhes haviam prêso em terra, aonde saíram o mestre do navio e mais o língua e creio que foi o mestre tão maltratado que morreu» [1]. Isto era em 1560, ano em que Mem de Sá tomou a Ilha de Villegaignon, no Rio de Janeiro.

O que então se não realizou, veio a dar-se um decénio depois, com o martírio de Beato Inácio de Azevedo e seus companheiros, à mão de Franceses, a 15 de Julho de 1570. Mataram-nos «luteranos cossairos dizendo que iam semear doutrina falsa ao Brasil». Leão Henriques, contando êste facto a S. Francisco de Borja, se por um lado se consola, visto morrerem pela sua fé, por outro entristece-se, pela falta que vão fazer [2].

Com a nova mortandade, efectuada pelos mesmos Franceses (desta vez com a ajuda de alguns Ingleses) a 13 e 14 de Setembro de 1571, acabaram a vida 52 Jesuítas, de 69 ou 70, que tinham saído de Lisboa. Considerado de telhas abaixo, foi o maior desastre que jamais aconteceu à Província do Brasil, exceptuada a perseguição pombalina [3].

Depois da união das duas coroas de Portugal e Espanha, os Franceses, por um lado, e os Portugueses e Espanhóis, por outro, faziam-se mùtuamente o maior mal possível [4].

---

1. CA, 285-286.
2. Carta de Leão Henriques, 17 de Setembro de 1570, Lus. 64, 96v.
3. Os Jesuítas não consideravam tais perdas, como desastres. «Lord Bolingbroke raconte dans une de ses lettres, qu'un jour, à Rome, il disait au Général des Jésuites, en lui parlant des missions: C'est très bien, mais vous n'aurez plus de martyrs; et que le général lui répondit, sans s'émouvoir, comme un homme sûr de son fait: Abbiamo anche martiri per il martirio, si bisogna». — Crétineau Joly, *Histoire de la Compagnie de Jésus*, II (Paris 1845) 112. Sôbre o ataque dos piratas franceses, entabolou-se correspondência entre as côrtes de Lisboa e Paris. Na BNL, cod. 887, fol. 142 a 149, há a correspondência oficial das embaixadas de João Gomes da Silva a França (1571-2):

Carta de El-rei D. Sebastião, datada de Almeirim, 30 de Outubro de 1571 (Edg. Prestage: mas o cod. atribue-lhe data de 4 de Nov.), sôbre a tomada das naus pelos calvinistas — manda pedir justiça.

Carta de 3 de Abril de 1572: volta a insistir e a recear a construção de novos navios franceses. Cf. *Rev. de História*, n.º 24 (1917) 353-356.

4. Na nau, em que embarcaram os Padres Tolosa e companheiros, em 1572, ia também um mercador que havia sido tomado e roubado pelos Franceses noutra viagem para o Brasil. Disse-lhe que «auia na nao dos herejes dous cleri-

Mas nestas depredações, os Franceses nem sempre levavam a melhor. Feitas bem as contas, receberam até maior dano do que fizeram. Só no biénio de 1582-1583, se lhes queimaram, na Costa do Brasil, duas frotas, uma no ano de 1582, composta de 18 navios, e outra no ano seguinte, de 7 navios. Quanto « às perdas particulares, são em tal número que seria difícil formar catálogo delas » [1].

Guerra aberta, sem tréguas! Quem podia tomar um navio contrário, tomava-o. Já se não tratava, agora, pròpriamente de inimizades de comércio ou de religião, como até 1581. Era guerra nacional entre Franceses e Espanhóis e portanto também com os Portugueses, polìticamente unidos aos Espanhóis. O campo de ataque deslocou-se para a barra do Tejo ou melhor repartiu-se, porque não se deixou de combater nas cercanias da Paraíba.

A 30 de Janeiro de 1585, foi acometida na própria foz do Tejo, pelos piratas franceses, uma expedição de missionários. O P. Lourenço Cardim, irmão de Fernão Cardim, sucumbiu de uma arcabuzada na cabeça [2]. Os mais foram lançados em terra nas costas da Galiza.

Semelhantes ataques, tão repetidos, alarmaram os Jesuítas. Se o martírio era apetecível e os indivíduos não o recusavam, contudo quem tinha responsabilidades na organização das viagens não podia deixar de ser cauteloso para não expor imprudentemente os que iam arrotear os campos do Brasil, aos « ladrões do mar », cuja presença se assinalava de contínuo a cruzar o Atlântico [3]. Mas sucedia, nestes avisos, o que mil vezes se repete nas coisas humanas. Depois dum ataque, tomavam-se precauções. Com o tempo, ia-se obliterando a memória dos homens e os Su-

---

gos franceses aos quais se elle aqueixou de o auerem roubado dizendo que como absoluião elles os da sua nao pois roubauão os portugueses que estauão em paz com França ; os quais clerigos lhe iurarão que se os seus não fizessem boa pilhagem que os não auiam de absolver E q̃ se fizessem boa pilhagem que então os auiam de absolver de boa uontade ». — Carta de Martim da Rocha, Setembro de 1572, BNL, fg, 4532, f. 33v.

1. Breard, Charles et Paul, *Documents relatifs à la marine normande*. Traduzido por Tristão de Alencar Araripe, na parte referente ao Brasil, na *Rev. do Inst. Bras.*, 53, 1.ª P. (1890) 325.

2. Cardim, *Tratados*, 360.

3. Notícia de 27 de Outubro 1585, *Lus.* 69, 167v.

periores ou os que lhes sucediam, afrouxavam a previdência, e o desastre repetia-se.

A expedição de 1587 teve ocasião de partir para o Brasil em navios menos seguros. O P. Geral ordenou que não fôssem senão com o devido resguardo [1]. E foram em naus bem artilhadas e em companhia do galeão de Malaca [2]. O resultado não se fêz esperar. De atacados converteram-se em atacantes. À saída da barra, acharam logo uma vela francesa, carregada de figos, vinho e passas. Tomaram-na. André Nunes, capitão da nau em que ia o P. Beliarte, meteu-lhe dez homens dentro, tomou outros dez dos que levava e largou-a, um dia depois, por lhe parecer que já não faria mal [3].

Reparemos: os Portugueses não mataram ninguém. Humanizava-se o corso. O P. Henrique Gomes, que nos conta esta proeza, foi, alguns anos depois, objecto de sorte semelhante. Por sua vez, tomaram-no os Franceses na costa do Brasil, indo de Pernambuco para a Baía, e deixaram-no em terra [4]. Nesta época agitada, fizeram os piratas franceses outros cativeiros. A 15 de Maio de 1593, escreve de Pernambuco o P. Beliarte, Provincial, dizendo que irá para a Baía, nesse mês, «ainda que seja com algum perigo» [5]. O perigo não era imaginário. Efectivamente, foi cativo com mais alguns companheiros e alguns religiosos carmelitas. Tratou-se do seu resgate. O próprio Beliarte aplicou para êsse fim o pau brasil que pôde arranjar no ano de 1594: o «que veio no navio, o que de Pernambuco mandou ao Reino, e o que do Rio de Janeiro mandou a Flandres, aplicou o Padre para o seu resgate e o de seus companheiros», escreve o seu sucessor no Provincialato, Pero Rodrigues, dando conta dos dinheiros e haveres do tempo do P. Beliarte [6]. Foram resgatados juntamente

---

1. Carta de Sebastião de Morais, de Lisboa, 4 de Janeiro de 1587, *Lus. 70*, 15.
2. Carta do mesmo Padre, de 7 de Março de 1587, *Lus. 70*, 89.
3. Carta de Henrique Gomes, 23 de Março de 1587, *Lus. 70*, 97.
4. Carta de Pero Rodrigues, de 9 de Dezembro de 1594, *Bras. 3*, 354v.
5. *Lus. 72*, 94.
6. Pero Rodrigues, Carta de 29 de Setembro de 1594, *Bras. 3*, 360; cf. Carta do P. Manuel de Sequeira ao P. Geral, Lisboa, 21 de Janeiro de 1594, *Lus. 72*, 148v. A venda do pau brasil e outras achegas perfez a quantia de 2.500 cruzados, preço do resgate: «Por outra tengo escrito, como auendo ido a la Rochela, cierto hombre conocido, q̃ tomaron los franceses veniendo del Bra-

os Padres Carmelitas. Não sabemos exactamente em que condições. Parece, contudo, que êstes, depois, se recusaram a restituir a quota-parte que lhes tocava, pelo que lhes moveu processo o P. Beliarte. Sabemos isto, por não ter sido aprovada em Roma esta atitude, pelo facto em si ou pelo modo como se fêz [1].

A ânua de 1594-1595 refere que os mesmos Franceses atacaram uma nau que levava alguns Padres da Companhia, não longe de Pôrto Seguro. Nela ia um relicário com relíquias. A-pesar do fogo, um Irmão destemido e forçudo conseguiu salvá-lo, desembarcando em terra. (Forçudo, porque a arca era de tal modo pesada, que três homens mal podiam com ela, diz a relação, que nos conservou a notícia) [2].

Por êste tempo, dos Franceses, que tomaram Arguim em África, vieram duas velas à Baía: uma nau e um patacho; os do patacho saíram a aguar na Aldeia do Espírito Santo. E ainda que se defenderam com os seus mosquetes, foram presos e levados ao Governador. Alguns, que ficaram no patacho, passaram-se para a nau, botando o patacho ao fundo. O capitão da nau (Pain de Mil) foi prêso no Rio Real e levado também ao Governador. Deu o escorbuto aos demais da nau que, por fim, se entregaram. Ora esta nau era a mesma que trouxe a estátua de Santo António de Arguim e contra quem blasfemavam:

— « S. António, peleja, porta la nave a la Baía, Português » !

O Santo fêz-lhes a vontade...

Os Franceses, vendo-se perdidos, deitaram a estátua ao mar, oito ou nove léguas da cidade. Veio ter às mãos dos Jesuítas. Avisados os PP. Franciscanos, levaram-na com solenidade para a sua igreja e houve prègação [3].

---

sil, encontrara en la misma Rochela, con el capitán q̃ auia tomado al P.e Marçal Beliarte prou.al del Brasil y a sus compañeros, el qual le dixo que era el mismo q̃ tomara los pes. y los hechara en la Baya por le aueren dado dos mil y quinientos cruzados de rescate. Este hombre Uenia de la misma Baya y es amigo allá de los nuestros y tiene deudos en esta ciudad adonde agora reside y me ha contado loq̃ tengo dicho. Despues de auer escrito hasta aquí, supe por cartas, de los nuestros del Brasil, ser verdad lo acima dicho ». — Carta de Amador Rebelo ao P. Geral Aquaviva, de Lisboa, 15 de Abril 1594, *Lus. 72*, 162.

1. Carta de 28 de Agôsto de 1594, *Bras. 2*, 89.
2. *Ann. Litt. 1594-1595*, p. 791; *Bras. 15*, 422v.
3. Carta de Manuel Gomes, da Baía, 27 de Setembro de 97, em Amador Rebelo, *Compêndio*, pág. 237-240; *Ann. Litt. 1594-1595*, p. 791, 792; *Bras. 15*, 422v.

Na defesa contra os Franceses piratas, tinham boa parte os Índios aldeados. Foram os da Aldeia do Espírito Santo (Abrantes) que capturaram os Franceses do patacho que fizera aguada no Rio de Joanes e os entregaram a D. Francisco de Sousa, facto invocado, como serviço público, pelo próprio Governador, em certidão sua de 10 de Maio de 1605 [1].

6. — Depois dos piratas Franceses, os Ingleses. No dia 21 de Abril de 1587, Roberto Withrington, de volta do Estreito de Magalhãis, em cuja viagem aprisionara e largara no mar os primeiros missionários do Paraguai, idos do Brasil, aproou à Baía, com o fito de a atacar. Eram então Governadores o Bispo D. António Barreiros, e o Provedor-mor, Cristóvão de Barros, e achava-se na cidade o Visitador, Cristóvão de Gouveia. Segundo John Yate, o corsário «fêz todo o mal que pôde à Baía, sem sair do seu navio, mas depois foi forçado, passados dois meses, com perda de muitos soldados, a buscar melhor sorte» [2].

Amador Rebelo, procurador do Brasil em Lisboa, depois de se referir à ida dos Ingleses ao Sul, conta assim o ataque: «Entraram neste pôrto da Baía a 21 de Abril e tomaram seis naus, que estavam no pôrto, e uma urca de flamengos se foi para êles. Não entraram a cidade, que logo se esvaziou das fazendas e gente; nesta conjunção, lhes deu um tempo rijo do sul, com que perderam uma nau, das que haviam tomado, e outras três queimaram. Depois de 42 dias, partiram para o Morro, 12 léguas da cidade. Deram não pouca perda nas naus que tomaram, e os engenhos não fizeram açúcar, e diziam que haviam de queimar a Sé desta cidade e o nosso Colégio, e que nós lhe fazíamos a guerra na Inglaterra, mas Deus livrou-nos de suas mãos. Os de nossa parte lhes mataram, uns dizem 30, outros 40 pessoas. Levaram quatro portugueses e ficaram outros quatro dos seus, que lhes tinham tomado. Ficou esta cidade tão deserta, que bastavam poucos homens para a tomarem, se tivessem saído em terra.

---

1. Tôrre do Tombo, *Enformação e certidões*, maço 88. O caso da imagem de Santo António é narrado também por Jaboatão, *Novo Orbe Serafico*, II, 80-87. Fr. Agostinho de Santa Maria, *Santuario Mariano*, IX, 191-194. Rodolfo Garcia traz uma erudita nota bibliográfica sôbre a expedição de Pain de Mil, em Pôrto Seguro *HG*, II, 99-100.

2. Yate, *Calendar of State Papers*, 356.

Anda o mar muito cheio de corsários e tomam muitos navios especialmente do Brasil. Nosso Senhor o remedeie, como pode »[1].

O perigo foi grande nos primeiros momentos em que a gente desamparou a cidade. Depois, organizou-se a defesa, em que tomaram parte preponderante os dois Governadores e o Visitador, de tal maneira que se Withrington não vinha a terra, onde quer que a sua gente desembarcasse, logo era repelida. Os Índios colaboraram como sempre. Já o tinha dito Fernão Guerreiro e lê-se expressamente na *Enformação e Cópia de Certidões*, guardada na Tôrre do Tombo: os Índios das Aldeias acodem sempre ao primeiro rebate, « como se experimentou bem na Baía, em Abril de 87, em que vieram sôbre ela algumas naus ingresas, a que acudiram logo os Índios das Aldeias da doutrina da Companhia, com os Padres, que dêles teem cuidado, e lhes resistiram valorosamente em companhia dos Portugueses, matando muitos que em várias partes pretenderam saltar em terra »[2].

As relíquias, ornamentos e móveis principais esconderam-se em casas particulares; e para guardar as relíquias e ornamentos, em rebates semelhantes do inimigo, no futuro, determinou o Visitador, em 1589, que se construíssem pelo menos « seis arcas de cedro »[3]. O poço de água do Colégio, aberto pelo mesmo Visitador, poucos anos antes, prestou então relevantes serviços, porque ninguém se atrevia a baixar às fontes públicas[4].

Acção importante contra a Baía, por parte dos Ingleses, não se regista outra neste século; mas os rebates eram freqüentes, e contra êles andavam vigilantes os Índios[5].

7. — Os Holandeses só para o fim do século apareceram nas costas do Brasil. No dia 23 de Dezembro de 1599, entrou na Baía uma armada de sete navios comandada pelos capitãis Hartman e Broer. Os corsários assolaram o Recôncavo durante

---

1. Carta de Amador Rebelo ao P. Geral, de Lisboa, a 7 de Novembro de 1587, *Lus.* 70, 275.
2. Tôrre do Tombo, *Enformação e certidões*, maço 88.
3. Gesù, *Coleg. 13* (Baya).
4. Guerreiro, *Relação Anual*, I, 376; Franco, *Imagem de Évora*, 177; Frei Vicente do Salvador, *H. do B.*, 331-333; Pôrto Seguro, *HG*, II, 29 e nota de Rodolfo Garcia, p. 79; Accioli-Amaral, *Memórias*, I, 252.
5. *Bras. 15*, 383v.

55 dias. Opôs-lhes resistência o Governador interino, Álvaro de Carvalho, ajudado por soldados e gente da terra.

Os Holandeses ainda assim retiraram-se com boa prêsa. Achava-se então na cidade Pero Rodrigues, Provincial, a fazer a visita. No dia 1.º de Janeiro de 1600, escreve: «Depois que cheguei a êste Colégio da Baía, comecei logo a entender na ida para as Capitanias de baixo e tendo já tudo embarcado, senão quando, a 23 de Dezembro passado, entra por esta Baía, cuja bôca é de 3 léguas, uma armada de hereges holandeses, de 7 velas. E no mesmo dia se fazem senhores do mar, destruindo um galeão, que no pôrto estava, e levando 2 urcas e 2 navios. Não deitaram gente em terra por acharem resistência, mas puseram-se no meio da baía, de-fronte da cidade. E daí, com lanchas e patachos, começaram de saltear os engenhos. Em alguns acharam soldados e gentio da terra, que lhes fizeram rosto, matando a alguns e ferindo a muitos » [1].

Rodrigues, que já tinha o navio pronto para sair, pôs em consulta se devia arriscar-se ou não: a consulta foi favorável à ida, — e de-facto achamo-lo, pouco depois, nas Capitanias do sul.

Parte daquele gentio, que fêz rosto aos invasores, era das Aldeias, pois dêles se diz que defenderam valorosamente a cidade « os anos de 600 a 604, em que duas esquadras de naus holandesas cometeram a Baía » [2].

Êste segundo ataque de 1604 (Julho-Agôsto) foi dirigido por Van Caarden. «Quarenta dias, diz o P. Tolosa, estivemos cercados de 7 naus holandesas, mas defenderam-se bem os nossos e mataram alguns flamengos e dos nossos nenhum morreu » [3].

A acção dos Índios cristãos mantinha-se firme e vigilante contra todos os inimigos externos do Brasil.

---

1. Carta de Pero Rodrigues, de 1 de Janeiro de 1600, *Bras. 3(1)*, 169.
2. Cf. Tôrre do Tombo, *Enformação e Certidões*, maço 88.
3. Carta do Padre Tolosa, da Baía, a 29 de Setembro de 1604, *Bras. 8*, 102. Rodolfo Garcia dá mais pormenores sôbre estas armadas holandesas e a sua actividade na Baía, em Pôrto Seguro, *HG*, II, p. 57, 107, 112-118.

CAPÍTULO II

Relações com os Governadores Gerais

1 — O Govêrno Geral do Brasil e o Regimento do 1.º Governador; 2 — Tomé de Sousa; 3 — D. Duarte da Costa; 4 — Mem de Sá; 5 — D. Luiz de Brito e Almeida; 6 — Diogo Lourenço da Veiga; 7 — Manuel Teles Barreto; 8 — D. Francisco de Sousa.

1. — Depois do regime feudal das Donatarias, difícil e de comando dispersivo, mas necessário e ante-preparatório da posse da terra, erigia-se o Brasil, em 1549, precisamente com a chegada dos Jesuítas, em Govêrno Geral.

O poder civil, militar, administrativo e judicial, distribuíu-se pelos órgãos seguintes: um Governador Geral, que era simultâneamente chefe civil e militar, a que se juntava um capitão-mor da costa, superintendente da armada; um provedor-mor, ministro ou funcionário da fazenda pública; um ouvidor geral, juiz supremo na repartição da justiça.

Não se criaram formas novas, nem por então eram necessárias: transplantaram-se simplesmente para o Brasil as normas administrativas e jurídicas de Portugal.

A sede dêste govêrno foi naturalmente a cidade da Baía.

Tanto o Governador, como o Ouvidor e Provedor-mor visitavam, de vez em quando, as demais Capitanias (com Pernambuco houve dificuldades) e tomavam conhecimento directo dos negócios e causas respectivas. Na sua ausência, regiam-se as Capitanias por Capitãis e oficiais privativos de cada uma, despachando os negócios públicos dentro da sua área, com subordinação ou recurso à sede do govêrno.

As directrizes principais do Govêrno Geral, consignam-se no *Regimento*, que levou Tomé de Sousa. É um documento básico, verdadeira carta magna do Brasil e sua primeira Constituïção, tendente à unificação territorial e jurisdicional, já com os elementos aptos para uma colonização progressiva. A sua data é de 17 de Dezembro de 1548, e divide-se em 48 parágrafos com as normas e instruções de govêrno[1].

Abre êle com um admirável preâmbulo, que delimita, perfeitamente hierarquizado, o intuito civilizador de Portugal:

Primeiro, «o serviço de Deus e exalçamento de nossa santa fé»;

Segundo, «o serviço meu e proveito dos meus reinos e senhorios»;

Terceiro, «o ennobrecimento das capitanias e povoações das terras do Brasil e proveito dos naturais delas».

É a «fé e o império» dos cantos de Camões, acrescido, porém, com o proveito da própria terra que se colonizava!

[Por êsse tempo, aliava-se a França aos protestantes da Alemanha, que romperam a unidade religiosa da Europa, e aos turcos, desejosos de diminuir a preponderância do Ocidente. A Inglaterra, essa, ainda andava a aprender o caminho do mar...]

Assente o fim principal da colonização portuguesa, veem os fins particulares, que revestem a condição de meios com relação àquele. Convém conhecer alguns — os pontos nevrálgicos interpostos entre Jesuítas e os Governadores a condicionar as naturais relações. São êstes: a catequese, a liberdade e o aldeamento dos naturais da terra.

Catequese: Parágrafo 24: «Porque a principal causa que me moveu a mandar às ditas terras do Brasil, foi pera que a gente delas se convertesse à nossa santa fé católica, vos encomendo muito que pratiqueis com os ditos capitãis e oficiais [das Capitanias] a melhor maneira que pera isso se pode ter; e de minha parte lhes direis que lhes agradecerei muito terem especial cuidado de os provocar a serem cristãos; e, pera êles mais folgarem de o ser, tratem bem todos os que forem de paz, e os favoreçam sempre, e não consintam que lhes seja feita opressão nem agravo algum; e, fazendo-se-lhes, lho façam corrigir e emendar, de maneira que fiquem satisfeitos, e as pessoas, que lhos fizerem, sejam castigadas como fôr justiça».

---

1. Arq. Hist. Col., *Registos*, I, f. 1, publicado na *Hist. da Col. Port. do B.*, III, 345-350 e na *Rev. do Inst. Bras.* 61, P. I (1 898) 39-57 (paragrafado).

Com estas determinações esteia o soberano português o serviço da conversão com a indispensável colaboração humana: os que se converterem serão favorecidos; serão castigados os que os perseguirem.

Perscrutando-se bem, é uma regalia civil. Pelo baptismo, o Índio não só entra na religião verdadeira, mas conquista uma situação que os equipara, na mente do legislador, aos próprios Portugueses. É a igualdade política. Ela permitirá, daí a pouco, ao índio Araribóia, envergar o hábito de Cristo.

Esta igualdade cristã seria contudo um mito, se não houvesse *liberdade*. Portugal defende essa liberdade, mesmo antecedentemente à própria conversão. É o parágrafo 28. Diz El-Rei:

« Eu sou informado que nas ditas terras e povoações do Brasil há algumas pessoas que teem navios e caravelões, e andam nêles dumas capitanias para outras e que, por todalas vias e maneiras que podem, salteiam e roubam os gentios, que estão de paz, e enganosamente os metem nos ditos navios e os levam a vender a seus inimigos e a outras partes, e que, por isso, os ditos gentios se alevantam e fazem guerra aos cristãos, e que esta foi a principal causa dos danos que até agora são feitos; e porque cumpre muito, a serviço de Deus e meu, prover nisto de maneira que se evite, hei por bem que, daqui em diante, pessoa alguma, de qualquer qualidade e condição que seja, não vá saltear nem fazer guerra aos gentios, por terra nem por mar, em seus navios nem em outros alguns, sem vossa licença ou do capitão da capitania de cuja jurisdição fôr, pôsto-que os tais gentios estejam alevantados e de guerra; o qual capitão não dará a dita licença senão nos tempos que lhe parecerão convenientes, e a pessoas que confie que farão o que devem e o que lhes êle ordenar e mandar. E, indo algumas das ditas pessoas sem a dita licença, ou excedendo o modo que o dito capitão ordenar, quando lhe der a dita licença, incorrerão em pena de morte natural e perdimento de tôda a sua fazenda, a metade para redenção dos cativos e a outra metade pera quem o acusar ».

Assegurada desta forma a catequese e a liberdade dos Índios, faltava o meio de facilitar o bom êxito de ambas. Vem também consignado no primeiro estatuto fundamental do Brasil o *aldeamento dos Índios*, prova ainda da notável clarividência com que foi redigido.

Diz o penúltimo parágrafo: «Porque parece que será grande inconveniente, os gentios, que se tornarem cristãos, morarem na povoação dos outros e andarem misturados com êles, e que será muito serviço de Deus e meu apartarem-nos da sua conversação, vos encomendo e mando que trabalheis muito por dar ordem como os que forem cristãos, morem juntos, perto das povoações das ditas capitanias, para que conversem com os cristãos e não com os gentios, e possam ser doutrinados e ensinados nas coisas de nossa fé. E os meninos, porque nêles se imprimirá melhor e doutrina, trabalhareis como se façam cristãos e que sejam ensinados e tirados da conversação dos gentios; e aos capitãis das outras capitanias direis da minha parte, que lhes agradecerei ter cada um cuidado de assim o fazer em sua capitania; e os meninos estarão na povoação dos Portugueses e em seu ensino folgarei de se ter a maneira que vos disse».

Nestes três capítulos, tocam-se os principais problemas da colonização cristã portuguesa: catequese dos adultos, instrução das crianças, liberdade e aldeamento dos Índios.

É um código sábio de normas e sugestões: o contacto com as realidades ensinara o modo de as aperfeiçoar ou definir melhor. São, contudo, na sua primitiva redacção, cheias de sentido. Daqui iria depender, no decorrer do tempo, a harmonia entre os Jesuítas e os Governadores. E por estas mútuas relações — boas, indiferentes ou hostis — incidindo quási sempre sôbre alguns dos mencionados pontos, se teem de aferir muitos factos da história religiosa e política do Brasil.

2. — Tomé de Sousa (1549-1553): As relações do primeiro Governador Geral do Brasil com os Jesuítas foram íntimas e a sua colaboração nada teve de platónica ou protocolar.

No tratado *De algumas cousas mais notáveis do Brasil*, escrito da última década do século XVI, diz-se que Tomé de Sousa trouxe recomendação de El-Rei, de se «aconselhar com êles nas coisas de importância, e o mesmo mandavam os reis passados aos Governadores que foram no Brasil até agora»[1].

Só num assunto discrepou dos Jesuítas: a fixação dos Padres no interior e a ida ao Paraguai. Proïbiu-o por motivos de

---

1. Francisco Soares, *De algumas cousas*, 377.

ordem internacional e de segurança pessoal dos Padres. E, ainda assim, lastimando a divergência.

Fora disso, Tomé de Sousa cooperou, em tudo o que estêve ao seu alcance, na grande obra da catequese e civilização, confiada aos Jesuítas. Socorreu a nóvel missão da Baía, fundada com a própria cidade, deu-lhes o sítio do Terreiro de Jesus, prestigiou-os perante os Índios, no ataque ao Monte Calvário; recebeu «com amor» o índio principal, que o P. Nóbrega lhe apresentou[1]; protegeu ostensivamente os Índios neo-convertidos e o estabelecimento das primeiras Aldeias[2]; restituiu a suas terras, a pedido de Nóbrega, os Carijós, injustamente cativos[3]; concedeu, para sustentar os meninos do Colégio de Jesus, a sesmaria, que ficou conhecida por *Água de Meninos*, e deu-lhes outras ajudas de casas e dinheiro, quando o Colégio, ainda não recebia subsídio algum de El-Rei, e «sòmente as esmolas do Governador e de outros homens virtuosos»[4]. Não esqueceu na sua generosidade, as outras residências da costa, em especial S. Vicente, Espírito Santo e Pôrto Seguro[5].

Às suas eminentes qualidades de administração e desprendimento, unia uma virtude sólida. Além do cumprimento ordinário dos seus deveres religiosos, assistia na igreja do Colégio, acompanhado da gente principal, às práticas que ali se faziam às sextas-feiras[6].

Como correspondiam os Jesuítas a esta atitude do Governador? Fale por todos o P. Manuel da Nóbrega: «Temos por nova, diz êle a El-Rei D. João III, em 1552, que manda Vossa Alteza ir para o ano a Tomé de Sousa; obriga-me Nosso Senhor a dizer o muito que temo vir outro, que destrua isso pouco que está feito, e favoreça mais os pecados e vícios que êste, e que queira ir aproveitado à custa da terra; sei que folgara de viver muito nesta terra se cá tivesse sua mulher, ainda que não fôsse Governador, se uma filha, que tem, a tivesse casada. Isto tudo não sei como possa ser; os meus desejos em Nosso Senhor são que ou

---

1. Nóbr., *CB*, 77.
2. Nóbr., *CB*, 771, 35.
3. Nóbr., *CB*, 81-82.
4. *Bras. 11*, 21-22; Nóbr., *CB*, 116.
5. *Bras. 3(1)*, 90v; *Documentos Históricos*, XIV, 301-302.
6. *CA*, 112.

êle se não vá, ou façam lá outro por êle: porque o maior mal que lhe achamos, é ser um pouco mais amigo da fazenda de Vossa Alteza do que deve; ao menos, lembro a Vossa Alteza que não mande a esta terra Governador solteiro nem mancebo, se a não quere ver destruída e grande bem seria se fôsse casado e viesse com sua mulher, para darmos princípio e fundamento a estas casas das Capitanias, que começamos a fundar»[1].

Para que El-Rei se não esquecesse, Nóbrega quis ter advogado em Lisboa na pessoa do próprio Provincial, Simão Rodrigues: «O Governador Tomé de Sousa eu o tenho por tão virtuoso, e entende tão bem o espírito da Companhia, que lhe falta pouco para ser dela; não creio que esta terra fôra avante com tantos contrastes como teve, se houvera outro Governador; dizem que se vai êste ano que vem, que tememos muito vír outro, que destrua tudo; de quantos de lá vieram, nenhum tem amor a esta terra: só êle, porque todos querem fazer o seu proveito, ainda que seja à custa da terra, porque esperam de se ir; parece-me que se El-Rei lhe der lá o que tem à sua filha, e a casar, e lhe mandar sua mulher, que folgara muito de viver cá, não por Governador, senão por morador, com o que cá tem; digo de sua criação e seus escravos; porque é muito contente desta terra, e acha-se muito bem nela, e muitas vezes conheci isto dêle, nem quererá ordenado de El-Rei, mais que qualquer favor de honra em sua vida; e se êste homem cá assentar, será grande favor da terra, e com êle se ganharão muitos moradores; dê Vossa Reverendíssima disso conta a El-Rei, e veja-se o espírito de suas cartas; Vossa Reverendíssima lhe escreva os agradecimentos a muitos favores que nos cá faz, porque certo nos ama muito em o Senhor»[2].

O Governador passou o cargo a seu sucessor, D. Duarte da Costa, no dia 13 de Julho de 1553[3]. Tinha governado mais de quatro anos (a nomeação fôra só por três). De Portugal manteve correspondência epistolar com Nóbrega[4], e continuou a fazer aos Jesuítas as melhores ausências. Transmite o P. Quadros, de Lis-

---

1. Nóbr., *CB*, 134.
2. Nóbr., *CB*, 131-132, 87. Cf. *Fund. de la Baya*, 2 (77); *CA*, 81.
3. Pôrto Seguro, *HG*, I, 330.
4. Nóbr., *CB*, 191, 194-195.

boa para Roma: «O Governador Tomé de Sousa vinha sumamente edificado do Padre Nóbrega, da maneira que tinha com os próximos [...]. Disse-nos, e penso que o diria a El-Rei, que o Brasil não era senão os Nossos Padres; que se lá estivessem, seria a melhor coisa que El-Rei tinha; e se não, que não tinha nada no Brasil »[1].

Tomé de Sousa mostrou-se digno da posição que assumiu na história de primeiro Governador Geral da América Portuguesa. Exemplo de isenção e laboriosidade, não tomou terras para si, emquanto estêve à frente do govêrno. De bom conselho, firme e afável com os Índios, procurou unificar, solidificar e alargar a soberania lusitana sem pressas comprometedoras. Como os seus amigos Jesuítas, afeiçoou-se à terra brasileira, a quem prestou os mais altos serviços, e fêz por ela « o mais que se poderia esperar dos próprios filhos do país »[2]. Falando de Nóbrega e Tomé de Sousa, Pandiá Calógeras resume a sua ideia com esta frase que se poderia gravar no plinto dum monumento: Tomé de Sousa e Manuel da Nóbrega, foram uma bênção para o Brasil, homens de excepcional relêvo em qualquer país e em qualquer tempo: foram, na verdade, « *os Fundadores do Brasil* »[3].

2. — D. DUARTE DA COSTA (1553-1557): O P. Manuel da Nóbrega aconselhara a D. João III, que o sucessor de Tomé de Sousa não fôsse solteiro nem moço[4]. El-Rei assim o fêz. Escolheu D. Duarte da Costa, duma ilustre família, casado e já com filhos grandes. Ora um dêstes, o mais velho, que fôra soldado de

---

1. *Mon. Mixtae*, IV, 103-104, 111; Polanco, *Chronicon*, IV, 548.
2. Rocha Pombo, *H. do B.*, III, 343.
3. Pandiá Calógeras, *Formação Histórica do Brasil* (Rio 1935) 13. Tomé de Sousa faleceu em Portugal, a 28 de Janeiro de 1579. Era filho do Prior de Rates, e primo do Conde da Castanheira, ministro de D. João III. Tinha combatido na África e na Ásia, antes de ir para o Brasil. A filha, a que se refere Nóbrega, D. Helena de Sousa, casou-se pouco depois com Diogo Lopes de Lima, que veio a morrer em Alcácer Quibir. Pedro de Azevedo reüniu a maior parte dos documentos relativos ao primeiro Governador do Brasil na *Revista de História* n.os 9 (1914) 1.ª série; 10 (1914) 2.ª série; 13 (1915) 3.ª série; 16 (1916) 4.ª série; 34 (1920) conclusão. E utilizou-os na *Hist. da Col. Port. do B.*, III, p. 325 ss. Cf. também Pôrto Seguro, *HG*, I, 292 e 313 (nota de R. Garcia) e 339 (nota de Capistrano de Abreu).
4. Nóbr., *CB*, 135.

África, e valente, levou-o consigo o pai. Gozando de ascendente sôbre o Governador, substituíu-se ao próprio Governador, e sucedeu o que temia Nóbrega. Não tardou a haver perturbação na terra. Por causa dêle abriram hostilidades o Governador e o primeiro Bispo do Brasil, D. Pedro Fernandes Sardinha. D. Álvaro da Costa, filho de D. Duarte, levava uma vida fácil e, no dizer dos contrários, dissoluta. O Bispo, um dia, visou-o directamente do púlpito. Como sempre, cada uma das partes da contenda fazia culpado de tudo o bando oposto. Examinando friamente os documentos existentes, representativos de cada um, parece que a culpa tem que se repartir por todos, em particular pelo filho do Governador e por D. Pedro Sardinha. Um pela idade, outro pelo carácter arrevezado, que liberava excomunhões com multas pecuniárias, e não possuía a indispensável continência da língua numa terra ainda em formação, onde a cizânia da intriga faria o resto. Lutas de campanário e competição, repetidas mil vezes entre as pessoas mais em vista das pequenas cidades!

Não nos interessam estas disputas senão pelo reflexo que tiveram sôbre a actividade da Companhia. Das cartas do Governador, do Bispo e da Câmara, enviadas a El-Rei, tira-se a lista dos sequazes de uma e outra parte. Em nenhuma se nomeiam Jesuítas. O Governador aponta a El-Rei, como pessoa capaz de o informar, com a isenção devida, Luíz da Grã. Por outro lado, era partidário do Bispo, António Cardoso de Barros, em cujo navio tinha embarcado em Lisboa o P. Nóbrega, e de quem escrevera «que é nosso pai»[1]. A situação era pois delicada. ¿Que fazer? Di-lo Capistrano: «Os Jesuítas, superiores e alheios a êste debate, concentraram suas fôrças na Capitania de S. Vicente»[2]. Na Baía, o P. António Pires, que tão fàcilmente carpinteirava como servia de Reitor e Vice-Provincial, ainda tentou apaziguar os contendores, para o que tinha maravilhoso jeito. E pôsto-que o Bispo, o Governador e seu filho «estavam muito diferentes, e eram cabeças de partido e ocasião de muitos ódios e tumultos», o P. António Pires «conseguiu que se visitassem e que o filho do Governador fôsse pedir perdão ao Bispo, o

---

1. Nóbr., *CB*, 87.
2. Capistrano de Abreu, *Capítulos de História Colonial* (Rio 1928) 66.

que não foi pequena coisa, pois o jovem fazia disso questão de honra »[1].

A desavença terminou realmente só quando D. Pedro Fernandes Sardinha e seus partidários embarcaram para Portugal, a-fim-de se justificar. Infelizmente naufragaram na costa de Alagoas, sendo atacados traiçoeiramente e devorados pelo gentio Caeté[2].

Durante êste govêrno de *guerras civis,* como lhe chama Nóbrega, mal pôde tratar D. Duarte da Costa de assuntos mais altos. Depois delas e da guerra de Itapoã, em que o filho provou — e bem — o seu valor militar, é que os ares se desanuviaram. Manuel da Nóbrega resolveu então voltar à Baía, onde chegou no dia 30 de Julho de 1556 : «Estando eu em S. Vicente e sabendo a vitória dos Cristãos e sujeição dos gentios, e que ao Bispo mandavam ir, parecendo-me que já se poderia trabalhar com o Gentio e tirar algum fruto, me tornei a esta cidade, trazendo comigo alguns Irmãos que soubessem a língua da terra, e entre outras coisas, que pedi a D. Duarte, Governador, para bem da conversão, foram duas, *scilicet :* que ajuntasse algumas Aldeias em uma povoação, para que menos de nós bastassem a ensinar a muitos, e tirasse o comer carne humana, ao menos àqueles, que estavam sujeitos e ao derredor da cidade, tanto quanto seu poder se estendesse. Não lhe pareceu a êle bem, nem a seu conselho, porque Sua Alteza lhe tinha mandado que desse paz aos Índios e não os escandalizasse : mas, todavia, nos favoreceu em duas igrejas, que fizemos de palha, das quais se visitavam quatro Aldeias, aqui perto da cidade, e lhes mandou que não comessem carne humana, de tal maneira que, ainda que a comessem, não se fazia por isso nada, e assim a comiam, a furto de nós e pelas outras Aldeias ao derredor, mui livremente »[3].

No tempo de D. Duarte da Costa, estabeleceram-se os Franceses de Villegaignon na baía de Guanabara e alastrou o costume de os Índios se venderem uns aos outros, à moda da África. O que mais original se costuma citar do seu govêrno,

---

1. *CA,* 142-143 ; *Bras. 3(1),* 139.
2. Pôrto Seguro, *HG,* I, 346 e 366 com notas de Capistrano ; Rocha Pombo, *H. do B.,* III, 454-466.
3. Nóbr., *CB,* 202-203 ; *CA,* 171-172.

é a criação rudimentar de milícias, sugerida pela guerra de Itapoã.

D. Duarte era homem bom e, pelo que diz Fr. Vicente do Salvador, « sofria com paciência as murmurações que de si ouvia, tratando mais de emendar-se que de vingar-se dos murmuradores »[1]. Vemos, contudo, pelos sucessos do seu govêrno, que não soube temperar esta suavidade de carácter com a firmeza e prudência indispensáveis para atalhar conflitos. Com os Jesuítas manteve boas relações; mas o desassossêgo da terra e efervescência dos Índios não permitiram que delas resultassem para a catequese e civilização efeitos apreciáveis, pelo menos na Baía. No Sul, puderam os Jesuítas fixar-se no interior, fundando S. Paulo.

D. Duarte da Costa mostrou, já depois de estar em Portugal, que mantinha a sua amizade para com a Companhia, dispondo-se a dar-lhe até um filho. Pedia êle que se recebesse « um filho seu, de treze anos pouco mais ou menos, no Colégio de Évora, com os Nossos, e lhe dará tudo o que fôr mister para o seu gasto, e se Nosso Senhor lhe der a vontade de ser da Companhia, folgará muito com isso e o terá como mercê de Deus ». O P. Miguel de Tôrres, ao transmitir o pedido para Roma, insinua, contudo, que é melhor recusar. Não se tratava de entrar para aluno externo do Colégio de Évora, mas de viver internamente com os próprios Irmãos. Seria abrir precedentes para outros muitos fidalgos que pretendiam o mesmo. Miguel de Tôrres expunha o facto e pedia conselho, por se tratar de « Dom Duarte da Costa, que estêve por Governador do Brasil e é benemérito da Companhia daquelas partes e até destas; além disto, é irmão de um que é o principal ou dos principais do Conselho de El-Rei »[2].

Que filho era êste, que êle queria vivesse com os Irmãos da Companhia? Segundo o *Nobiliário* de Rangel de Macedo, D. Duarte da Costa teve sete filhos, sendo quatro homens: D. Álvaro, D. Francisco, D. João e D. Lourenço da Costa, « que foi clérigo, e dizem que teve espírito profético ». Tratar-se-ia dêste D. Lourenço? O que interessa directamente à história do

---

1. Fr. Vicente, *H. do B.*, 163.
2. Carta do Dr. Miguel de Tôrres, a Laines, de Lisboa, 10 de Janeiro de 1560, *Lus. 60*, 172.

Brasil é D. Álvaro da Costa. Êsse morreu em Alcácer-Quibir, como armeiro-mor de D. Sebastião [1].

3. — MEM DE SÁ (1557-1572): No dia 27 de Dezembro de 1557, aportou à Baía o terceiro Governador Geral, Mem de Sá [2]. Fôra provido no ofício, a 23 de Julho de 1556 [3]. Homem ilustrado e culto, unia, à valentia natural, a ponderação, a justiça, a clemência e a clarividente firmeza dos homens superiores. O seu nome glorioso aparece mil vezes repetido nas páginas da história da Companhia e do Brasil. Venceu os Índios revoltos do Paraguaçu, derrotou os Aimorés, que atacavam Ilhéus [4]. Expulsou os Franceses do Rio de Janeiro, estabilizou S. Paulo. Nestas lutas, perdeu um filho, Fernão de Sá [5].

A sua política civilizadora foi de constante união com os Jesuítas, e Nóbrega foi o seu grande conselheiro [6].

A Rainha D. Catarina escreveu-lhe a recomendar os Padres, mas nem era preciso [7]. O seu apoio foi perpétuo, e os Jesuítas pagavam-lhe com reciprocidade e faziam-lhe justiça. Depois de Deus, escreve Francisco Pires, tudo se deve a seu ministro que tanto exalta a fé e tão grande zêlo tem da salvação das almas, e pouco se preocupa com os contrastes e língua dos maldizentes: «Êste verdadeiro soldado é o Governador» [8].

Os maldizentes não faltaram a Mem de Sá; mas êle, sobranceiro a tudo, subjugou os seus inimigos com a integridade das suas acções. Comunicando êstes descontentamentos ao Cardial Infante, observa Nóbrega, em 1560: «Certifico a Vossa Alteza

---

1. Cf. Pedro de Azevedo, na *Hist. da Col. Port. do Brasil*, III, 339-340. D. Álvaro da Costa deixou um filho de igual nome, « o qual se meteu religioso na Companhia de Jesus, estêve no Colégio de Santo Antão desta cidade e nêle faleceu ». — *Pleito sobre sesmarias do Brasil*, BNL, Col. Pombalina, 475, p. 396. Cf. *Doação de Peruaçu a Dom Alvaro da Costa*, Accioli-Amaral, *Memorias*, I, 356.

2. *CA*, 188; *Instrumento*, em *Annaes*, XXVII, 131 e 145; Vasc., *Anchieta*, 60-62.

3. Vasc., *Crón.*, II, 47.

4. Nóbr., *CB*, 212-216 e nota 95; *CA*, 189 e nota 117, p. 193; Vasc., *Crón.*, II, 95-97.

5. Vasc., *Crón.*, II, 144.

6. Vasc., *Crón.*, II, 49.

7. Vd. Carta em Pôrto Seguro, *HG*, I, 381.

8. *CA*, 249.

que nestá terra, mais que em nenhuma outra, não poderão um Governador e um Bispo e outras pessoas públicas contentar a Deus Nosso Senhor e aos homens e o mais certo sinal de não contentar a Nosso Senhor é contentar a todos » [1].

Mem de Sá procurava contentar a Deus, cumprindo a sua missão de chefe, mas de chefe verdadeiramente cristão.

A grande mudança nas coisas do Brasil, diz Rui Pereira, deve-se, depois de Deus, « ao Senhor Governador e à sua prudência e zêlo, porque ainda que êle professara a vida da Companhia, não sei que mais pudera fazer na conversão». Tudo o que tocava à conversão dos Índios, dizia que era com os Padres, e o que êles determinassem, cumpria [2].

Dotado de nobres qualidades de guerreiro e estadista, juntava-lhes a preocupação civilizadora e cristã. Segundo Vasconcelos, teria até feito os Exercícios de Santo Inácio, no Colégio, com Nóbrega, logo ao desembarcar na Baía. Dêste primeiro contacto com Nóbrega, saíram as seguintes medidas de carácter eminentemente moral e colonizador: que nenhum Índio, confederado dos Portugueses, comesse carne humana; que nenhum dêstes Índios declarasse guerra aos outros, sem prévia aprovação do Governador; que os Índios se juntassem em Aldeias grandes em forma de república com a sua igreja; e decretou outras medidas para sanear o meio colonial, contra demandas, jogos e inimizades [3].

Mem de Sá unia aos dotes de guerra uma grande piedade. Rezava o ofício divino de joelhos, diàriamente, e diàriamente ouvia missa na igreja do Colégio, à qual vinha « duas horas ante-manhã, ainda que fizesse tormenta». Comungava todos

---

1. Nóbr., *CB*, 221.
2. *CA*, 259, 359. Mem de Sá era tão íntimo dos Padres, que êstes lhe mostravam as cartas recebidas da Europa e das Missões do Oriente (*CA*, 429).
3. *CA*, 188-189; Nóbr., *CB*, 203-205; Vasc., *Crón.*, 49-50. « Southey (*Historia do Brazil*, I, 375), diz Capistrano, acompanha esta notícia de Simão de Vasconcelos com o habitual sarcasmo de sectário intolerante » (Capistrano de Abreu, in Pôrto Seguro, *HG*, 378, nota 2). Por sua vez, Pôrto Seguro insinua, com tanto fundamento como Southey, que foram os Jesuítas que o retiveram no govêrno (*HG*, I, 439). Não o prova. Em todo o caso, o facto, visto por um brasileiro, só seria para agradecer, dados os imensos serviços que, dum mesmo plano, seguido e executado, resultaram para a colonização e para o Brasil, durante os 14 anos de seu fecundo govêrno. Cf. Vasc., *Crón.*, II, 48.

os sábados, coisa verdadeiramente extraordinária para aquêle tempo [1].

Era esmoler e bemfeitor. Deixou a têrça dos seus bens do Brasil à Misericórdia da Baía e a têrça dos bens de Portugal à Misericórdia de Lisboa. À Companhia também prestou grande auxílio material. Além de várias ajudas doou-lhe terras: o Camamu e o Iapacé. Informou favoràvelmente para os despachos reais das dotações dos Colégios da Baía e do Rio de Janeiro. Defendeu e confirmou as terras pertencentes aos Jesuítas. Fundou a Igreja do Colégio da Baía. E, no seu testamento, dispôs que fôsse enterrado nela. Faleceu a 2 de Março de 1572 [2].

---

1. Francisco Soares, *De algumas cousas*, 376; Vasc., *Crón.*, II, 49; Anch., *Cartas*, 303; *Fund. de la Baya*, 20(94).

2. O testamento de Mem de Sá, feito a 6 de Setembro de 1569, publicou-o Rodolfo Garcia em Pôrto Seguro, *HG*, I, 440, 446. Cf. *Annaes*, XXVII, 221. O seu epitáfio ainda se conserva na actual igreja da Baía e reza assim:

S. DO GOVER
NADOR MEN
DE SAA QVE
FALLECEO
AOS DOVS D'
MARÇO DE
1572
INSIGNE
BEMFEITOR
DESTE COLLEGIO

Vimo-lo, e está quási ilegível, menos as três últimas linhas. Vem fotografado por Teixeira de Barros em *Epigrafia do Salvador*, na *Rev. do Inst. da Baía*, n.º 51, p. 61; cf. *Annaes*, XXVII, 281. Mem de Sá é filho de Gonçalo Mendes de Sá, natural da freguesia de S. Salvador do Campo, Barcelos. Gonçalo Mendes foi cónego de Coimbra. Teve treze filhos. O mais velho é o célebre poeta Francisco de Sá de Miranda. O Governador do Brasil casou com D. Guiomar de Faria, de quem teve seis filhos: o mais velho, Fernão de Sá, morreu em combate, no Espírito Santo; a filha mais nova, D. Filipa de Sá, casou com D. Fernando de Noronha, 3.º Conde de Linhares, e com Ambrósio de Sá Pessoa.

D. Filipa, não deixando herdeiros, falecidos todos em tenra idade, fundou e dotou o Colégio de Santo Antão, em Lisboa, e parte da sua fortuna reverteu para o Colégio da Baía, originando uma complicada questão. Mem de Sá foi licenciado em direito, Desembargador da Suplicação (12 de Maio de 1532), Corregedor dos feitos civis da Côrte (1536), Desembargador dos Agravos da Casa da Suplicação (7 de Novembro de 1556), conselheiro e cavaleiro da Ordem de Cristo.

Mem de Sá, diz a *História da Fundação do Colégio da Baía*, « em tôdas as coisas, em que se metia, tinha próspero sucesso »[1].

E alguns dos seus empreendimentos foram, na verdade, de grande envergadura e difíceis. Ao acabar o govêrno de D. Duarte da Costa, reinava o desalento no Brasil. Reflectem-no as cartas do tempo, em particular as de Nóbrega. Por felicidade, o novo Governador Mem de Sá só fazia o que via « ser serviço de Deus »[2]. Aliando-se aos Jesuítas desde o primeiro momento, e sustentado por êles eficazmente em tôdas as suas emprêsas, pôs em execução os capítulos civilizadores do *Regimento*, usou de igual justiça para todos, Índios e Brancos[3]. Promoveu a catequese e o ensino, defendeu a liberdade dos Índios, estabilizou as Aldeias, proïbiu a antropofagia, autorizou os Padres.

Polìticamente, restaurou a confiança, impôs-se aos Índios irrequietos, no Paraguaçu, nos Ilhéus, no Espírito Santo[4]. Mandou fundar a cidade do Rio de Janeiro; e, arrancando, de Guanabara, o escalracho calvinista e exótico, unificou o Brasil. É o maior Governador Geral da América Portuguesa no século XVI e, talvez, pelas conseqüências salutares do seu govêrno, o maior de todo o período colonial — o « Afonso de Albuquerque do Ocidente », define Malheiro Dias[5].

A sua patente de Governador Geral do Brasil tem a data de 23 de Julho de 1556. Cf. José de Sousa Machado, *O Poeta do Neiva* (Braga 1929) 315-318. Nos Arquivos da Companhia, conserva-se o seu elogio entre os de El-rei D. Sebastião e Francisco Gil de Araújo, grandes bemfeitores do Brasil : *Elogia Regis Sebastiani, Mendi de Sá et Francisci Gilii d'Araujo insignium benefactorum Pr. Brasiliae, elegante sermone conscripta circa finem saeculi 17ⁱ certe post 1673.* — Lus. 46, 228-237.

1. *Fund. de la Baya*, 9 (83).
2. *CA*, 293.
3. Vasc., *Crón.*, II, 54-55.
4. *CA*, 230, 239. As condições de paz, que geralmente impunha, eram estas : sujeição ao Rei de Portugal, não comerem carne humana, serem cristãos, quando houver quem os doutrine.
5. *Hist. da Col. Port. do B.*, III, p. LVII. Sôbre a personalidade de Mem de Sá, existe unanimidade de pareceres entre os historiadores : Frei Vicente do Salvador, *H. do B.*, 164 : « espelho de Governadores do Brasil »; Rocha Pita, *Hist. da América Portuguesa*, 2.ª ed. (Lisboa 1880) 76 : « em cujo talento estavam em equilíbrio os exercícios da milícia e do espírito ; e, sendo em ambos admirável, não parecia mais capitão que religioso »; Rocha Pombo, *H. do B.*, III, 516 : « verdadeiro modêlo de administrador colonial »; Pôrto Seguro, *HG*, I, 377 : « governador activo, entendido e sobretudo honesto »; Capistrano, *Capítulos de História*

4. — D. Luiz de Brito e Almeida (1573-1578): Chegou à Baía em Maio de 1573. Indo a bordo cumprimentá-lo um Padre do Colégio, declarou que, tratando-se em Lisboa de quem havia de ir como Governador do Brasil, El-Rei o preferiu a outros, por ser amigo da Companhia [1]. Desta amizade deu, de-facto, algumas provas, mandando logo um barco em socorro do P. Tolosa, que tinha naufragado [2], e ajudando, por ordem de El-Rei, em 1575, a construção do Colégio [3]. Assim viveu algum tempo em boa concórdia com os Jesuítas e com êles se confessava. Mas a concórdia turvou-se, depois que mandou abrir o sertão, e, fazendo engenho, começou a lançar mão dos Índios [4]. A guerra, que moveu, aos do Rio Real não se teve como extremamente justa e prejudicou e atrasou a catequese de Sergipe, destruindo três Aldeias dos Padres e destroçando trinta, já pacificadas [5].

Semelhante modo de proceder esfriou a amizade inicial. Não admira, portanto, que se desenhassem aqui e além atritos, valha a verdade não muito graves, mas, emfim, pouco amistosos. O maior foi o que sucedeu com Sebastião da Ponte, cunhado de Simão da Gama. Sebastião da Ponte, era homem importante e serviu várias vezes de padrinho em baptismos solenes, como o de 549 Índios, em 1562 [6]. Cometeu êle um delito qualquer, acolhendo-se, depois, na igreja de Nossa Senhora da Escada, que pertencia aos Padres da Companhia [7]. A vítima, maltratada, queixou-se em Lisboa, e veio ordem de o conduzir prêso a Portugal. Luiz de Brito e Almeida, por sua conta e risco, sem os requisitos legais, tirou Sebastião da Ponte da igreja, onde se acolhera. Apelaram os Padres para a isenção canónica do local, e o Bispo D. António Barreiros defendeu esta atitude, alvoroçando-se a cidade, uns a favor, outros contra. O caso terminou com Sebas-

---

Colonial (Rio 1928) 70: « entre todos os seus serviços sobreleva o auxílio prestado a Nóbrega para realizar a obra das Missões ».

1. *Fund. de la Baya*, 23v (98).
2. *Fund. de la Baya*, 24v (99).
3. *Bras. 11*, 9-12.
4. *Bras. 15*, 384v (13.º).
5. *Bras. 15*, 388v (40.º).
6. *CA*, 353.
7. Segundo Jaboatão, Sebastião da Ponte deu-se como « Rei ou Régulo do

tião da Ponte ser restituído à igreja, donde tinha sido arrebatado. Dali, então, mas precedendo já requisição jurídica, foi entregue ao Governador e embarcado para Lisboa, onde faleceu no Limoeiro[1]. Como se vê, pura questão de imunidade eclesiástica, sôbre a qual Luiz de Brito saltara! O caso de Sebastião da Ponte deve ter sido em 1576; e em 1578, Luiz de Brito concluíu o seu govêrno[2]. O Governador, exceptuando aquela guerra de Sergipe, não consentiu que se fizessem vexações *notáveis* aos Índios das Aldeias dos Padres[3].

5. — DIOGO LOURENÇO DA VEIGA (1578-1581): Diogo Lourenço da Veiga, antigo soldado de África e capitão-mor de duas armadas, foi nomeado Governador do Brasil em 12 de Abril de 1577[4]. Chegou à Baía no ano seguinte. Foi um govêrno apagado, porque a sua chegada ao Brasil coincidiu com o desastre de Alcácer-Quibir, e a metrópole mal podia acudir a si mesma. O Regimento, que levava, era no sentido de compressão de despesas[5].

Lourenço da Veiga, por causa de queixas dalguns contra o regime das Aldeias, foi visitá-las com o Ouvidor; não achou nada que mudar[6]. Faleceu em 1581, assistido dos Padres da Companhia; com êles fêz o seu testamento e, com um, confissão geral[7]: «favoreceu a cristandade no que pôde»—diz Anchieta[8].

6. — MANUEL TELES BARRETO (1583-1587): No dia 9 de Maio de 1583, chegou à Baía Manuel Teles Barreto[9]. Foi o primeiro Governador nomeado durante a dinastia Filipina. Em 1584, observa-se que falta o favor do Govêrno e do Conselho de Portugal; e, portanto, urgia, para os Padres do Brasil, a necessidade de

---

1. *Bras. 15*, 385-385v (16-19); Galanti, *Historia do Brasil*, I, 315-316. Sebastião da Ponte fundou um engenho, nas margens do Rio Una, que é hoje a cidade de Valença. — Viana, *Memória*, 469.
2. Cf. Capistrano, em Pôrto Seguro, *HG*, I, 456, nota.
3. Anch., *Cartas*, 303; *Lus. 68*, 416v (6.º).
4. Cf. Capistrano, in Pôrto Seguro, *HG*, I, 464, nota 15.
5. Publicado na *Rev. do Inst. Bras.*, 67, 1.ª P., (204-206).
6. *Bras. 15*, 388 (37.º).
7. *Bras. 15*, 369 (10.º).
8. Anch., *Cartas*, 305.
9. Cardim, *Tratados*, 285.

cultivarem as boas graças do Governador e do Bispo, e contarem mais com êles para as obras da catequese, do que com Lisboa[1]. Infelizmente, o novo Governador reflectia aquela má vontade, e exagerou-a. Já em Lisboa, sendo Vereador da Câmara, contrariava, no que podia, os requerimentos do Colégio de Santo Antão. Nomeado Governador do Brasil, procurou guardar, a princípio, as aparências. Na viagem, em que vieram também o Visitador Cristóvão de Gouveia e seus companheiros, convidou algumas vezes a jantar o Visitador. Na Baía, foi recebido festivamente no Colégio[2]; e dois meses depois, o Visitador escrevia: « O Sr. Governador Manuel Teles Barreto, ainda que se não ajuda dos Nossos tanto como os Governadores [passados], não se mostra adverso, e procura a nossa amizade, ao menos *in facie exteriori*»[3].

Ao menos nas aparências... Não se chegou ao fim do ano, sem que a máscara caísse! E, não contente com hostilizar os Padres, procurou alienar-lhes as simpatias de todos, a começar pelo Bispo, D. António Barreiros, não conseguindo, neste ponto, o que desejava.

A primeira manifestação da má vontade do Governador foi no pagamento das rendas do Colégio. O Governador tinha levado, no seu Regimento, ordem expressa para favorecer e ajudar os Padres e pagar-lhes o que era devido, « sem moléstia nem dilação »[4]. Pois, a-pesar disto, tudo foram dilações e vexames! Nas conversas particulares e públicas, em tôda a sua atitude,

---

1. *Lus. 68*, 416v (6.º); *Bras. 2*, 54v.
2. Cardim, *Tratados*, 285, 287; Anch., *Bras. 8*, 4v.
3. Carta de Gouveia, 25 de Julho de 1583, *Lus. 68*, 339.
4. « Cap.lo do regim.to q̃ leuou o g.dor q̃ he agora do Brasil anno de 83. — Sendo tão notorio como he, o m.to seruiço q̃ os p.es da Comp.a de IESVS q̃ residem nas partes do Brasil nelas fazẽ a Nosso S.or na cõmunicação do gentio e ensino e doutrina aos nouam.te conuertidos e portuguezes q̃ naqlas partes ha: He bem e iusto q̃ seiaõ de nos aiudados e fauorecidos pera com mayor feruor e animo se empregarem e ocuparem em tais obras de q̃ se seguẽ m.tos bens e euitaõ mujtos males, peloq̃ muito vos ẽcomendo seiaõ os ditos padres e suas cousas de uos fauorecidas e aiudados como pelos ditos respeitos e por suas uirtudes he bem q̃ seia. E ordeneis q̃ seiaõ bem pagos do q̃ tem por minhas prouisões para sua sostentação sem molestia nem dilação porq̃ desocupados dos ditos requerim.tos se possam melhor empregar nas obras de seruiço de Deus e bem das almas, auendo por certo que de o assi fazerdes como de uos espero e he bem que seia, receberei especial contentam.to e sempre me auisareis de como

buscava pretextos, com côr de verdade ou sem ela, para desprestigiar os Jesuítas.

Três ocasiões principais teve para isso: um crime nos Ilhéus, em que procurou envolver o P. Diogo Nunes, uma desinteligência com o Reitor da Baía, e a conhecida e desastrada expedição aos Índios de Sergipe.

Nas terras do Camamu e Boipeba, pertencentes ao Colégio da Baía, trabalhava, tomando conta de Índios seus e do Colégio, um Pero Simões, procurador ali do mesmo Colégio. Com o pretexto, suponhamos que verdadeiro, de ter Pero Simões alguns Índios alheios a trabalhar consigo, foi lá a justiça da terra tomá-los. Foi a deshoras (meia-noite); os Índios do próprio Pero Simões alvoroçaram-se, e um dêles frechou um dos homens, que acompanhavam a diligência. A justiça levou prêso a Pero Simões. Estavam na casa, que a Companhia possuía na ilha de Boipeba, o P. Diogo Nunes e um Irmão. Dormiam sem saber do sucedido. Mas logo mandaram chamar o Padre à pressa, o qual, numa canoa, seguiu atrás dos que levavam Pero Simões, até virem à fala. Verificando que era, de-facto, a justiça que o levava, tornou, não certamente sem ter mostrado o seu desgôsto e lavrado o seu protesto. Em circunstâncias normais, êste caso lamentável teria sido resolvido com calma; e, dadas as devidas explicações, arrumar-se-ia definitivamente. Pois não foi assim. Teles Barreto quis fazer o P. Diogo Nunes responsável imediato da agressão, exigindo do Superior a sua expulsão da Companhia. E, entretanto, remeteu sôbre o caso para Lisboa papéis sôbre papéis, assoprados, entre outros, por Gabriel Soares de Sousa. Dada a categoria oficial de Manuel Teles Barreto, as suas informações criavam aos Padres do Brasil uma atmosfera hostil em Portugal, que se repercutia em todos os assuntos relacionados com êles. Viram-se, portanto, obrigados a organizar também a sua defesa jurídica.

Luiz da Fonseca, Reitor do Colégio, escreve da Baía, a 18 de Agôsto de 1584: «Falando do Governador em particular, como já em Portugal nos era averso, cá o mostrou muito mais, depois que teve a faca e o queijo. E muito mais, depois que de

---

os padres procedem na obra da christandade e o fruito q̃ nisso fazem em que seraõ de uos aiudados como he rezaõ e taes obras merecem, porq̃ folgarei de o saber » (*Bras. 15*, 331 ; cf. *Lus. 68*, 343v).

cá partiu o P. António Gomes[1]. E, deixando à parte que não há prática em que não diga mal de nós, nem come nem ceia que não haja, diante de seus familiares e criados, de dizer de nós quanto mal pode, interpretando-nos até as intenções, quando das obras o não pode dizer, com o que andamos em provérbio, os dias passados, depois do Padre Visitador se partir daqui, aconteceu uma coisa, na qual acabou de todo de se nos pôr por proa. E a coisa foi desta maneira. Em uma Ilha dêste Colégio, que está daqui dezasseis ou dezassete léguas, e cai na repartição da Capitania dos Ilhéus, foi a justiça, por mandado do Capitão da mesma Capitania, prender um homem, nosso procurador naquelas partes; e como a coisa era à meia-noite, os escravos índios da terra do mesmo homem, com outros, travaram briga com a justiça, na qual feriram um homem dos da companhia da justiça, ainda que não era oficial nenhum, com uma frechada pelo rosto. Puseram tôda a justiça, e da sua companhia como nos querem mal, em pé de verdade, que um Padre nosso, por nome Diogo Nunes, que a êste tempo naquelas partes estava, não longe donde o caso aconteceu, viera com os ditos de assuada pera tirar o prêso das mãos à Justiça, exortando e animando os Índios que frechassem e matassem os da justiça, e que êle mesmo se achara na briga, e mandara dar a frechada ao dito homem, e outras muitas coisas dêste teor. E disto fizeram auto do Padre, tirando testemunhas juradas e, pronunciando o Capitão da dita Capitania sentença nêle, o mandaram a esta cidade ao Governador; o qual me mandou logo chamar, e afeando-me o caso muito, me pediu que castigasse mui bem, com o despedir etc., de modo que tôda a cidade soubesse que fôra, polo caso, castigado. Eu me despedi dêle, prometendo-lhe que faria a coisa de maneira que S. S. ficasse satisfeito ».

« O Governador começou a publicar logo a quantos iam a sua casa o que o Padre fízera, acrescentando o que a paixão e pouca afeição lhe ditava, de maneira que logo por tôda a cidade se soube do negócio, ainda que uns criam, outros não. Não se tardaram muitos dias, quando recebi cartas de homens de bem que, no tempo da briga, estava o Padre em outra parte afastada do lugar aonde ela foi, sem o Padre saber

---

1. António Gomes, procurador a Roma, que já em Lisboa teria dado notícias da tirantez de relações.

do que passava. Com isto me tive por obrigado a tirar a honra da Companhia a limpo e, por uma petição, pedi ao Provisor e Vigário Geral (porque o Bispo está agora em Pernambuco) que mandasse um clérigo por inquiridor com um escrivão a inquirir de novo do caso, porque sabia ser tudo falso. O Vigairo o fêz assi; e antes que o Governador soubesse que eram idos a isso, por os não impedir, tornaram com autos feitos de muitas testemunhas em como tudo era falso; e tal vinha a coisa, que não havia que negar. Com isto, tanto que se divulgou, se aquietou a terra outra vez, e todos entenderam que aquilo fôra falso testemunho, que se alevantara à Companhia. Mas o Governador sentiu tanto fazer eu esta diligência, que se quisera comer, e por se vingar de nós, já que doutra maneira não podia, suspendeu o escrivão, que o Vigairo lá com grandes penas mandara, do ofício, que tinha, que era escrivão dos órfãos; e diz ainda, que o há-de degredar; e ao clérigo dizem que mandou pôr verba em seu pagamento, porque é êle cura de uma freguesia; e querendo o Vigairo Geral *ex mero officio* proceder no caso e declarar por excomungado da Bulla da Ceia o Capitão dos Ilhéus, por ser inquiridor e pronunciar sentença em causa crime contra pessoa eclesiástica e ao escrivão, lho estorvou e estorva com grandes protestos, etc.».

«Por aqui verá V. P. como connosco estará que nos não pode ver. Os autos, que da verdade a meu requerimento se fizeram, mando ao Reino aos Procuradores, para que, se o Governador mandar os seus, possam com êles satisfazer a quem fôr necessário. Também lhes escrevo largamente sôbre o pagamento da renda, que El-Rei dá a êstes Colégios da Baía e Rio de Janeiro, encarecendo-lhes quanto importa buscarem todos os meios pera que isto se nos não pague por mão dos oficiais del Rei, porque, emquanto assim fôr, os Colégios nunca serão pagos (como ha já tanto tempo que se não paga nada) e andarão sempre endividados, e desacreditar-se-ão nossos ministérios, andando requerendo sempre, nos auditórios dos oficiais, nossa renda, os quais por derradeiro, como estão longe de Sua Majestade, fazem o que querem e zombam de nós»[1].

---

1. *Lus. 68*, 398v-399; cf. Carta de Cristóvão de Gouveia, de 1 de Novembro de 1584, *Lus. 68*, 407.

Dos documentos enviados a Lisboa, fizeram os Padres portugueses uma representação ao Cardial Arquiduque, à qual anexaram um certificado do Vigário Geral da Baía, que governava a diocese na ausência do Prelado [1].

Jerónimo Cardoso, procurador em Lisboa dos negócios do Brasil, impressionou-se com o caso, ficando indeciso diante das acusações dos contrários, acreditando nalguma negligência do Padre. Deu contudo os passos indispensáveis; e, em 14 de Agôsto de 1584, comunica que os instrumentos de defesa, com as testemunhas e provas, já tinham chegado a Saragoça [2]. A 7 de Fevereiro de 1585, escreve D. Maria, imperatriz viúva, ao P. Geral. Entre outras coisas diz que se dirigiu a seu filho, o Cardial Alberto, «sôbre o assunto do Brasil, por ser serviço de Deus e ter vontade de servir a Companhia». A carta da Imperatriz não adianta mais; todavia, não é inverosímil admitir alguma conexão entre ela e a perseguição de Manuel Teles Barreto [3].

Emquanto assim se moviam os Padres de Lisboa, enviou o Reitor do Colégio da Baía, Luiz da Fonseca, uma informação a El-Rei sôbre a situação e desmandos do Governador [4]. Era uma resposta vivaz aos agravos que o mesmo Governador mandara fazer à côrte, por intermédio de Gabriel Soares de Sousa.

O caso de Ilhéus, complicado e apaixonado, deu-se emfim por concluso, declarando-se improcedentes as acusações contra o P. Diogo Nunes [5].

---

1. *Lus. 68*, 396-397.
2. *Lus. 68*, 398v, 399, e nota do P. Jerónimo Cardoso, *Lus. 68*, 400a.
3. *Epp. Ext. 28*, 292.
4. *Lus. 69*, 13-13v, 116; cf. *Apêndices A, B, C*.
5. *Bras. 15*, 384 (ao 8.º). Diogo Nunes nasceu em S. Vicente, de pais portugueses. Entrou na Companhia, em 1563, com 14 anos de idade (*Bras. 5*, 11v). Sabia admiràvelmente a língua tupi, e tinha talento para tratar com os Índios, sendo grande sertanista. Em 1581, foi em missão à serra de Arari (*Ann. Litt. 1581*, 106-107; *Discurso das Aldeias*, 377). Por ocasião da perseguição de Ilhéus, de-certo para evitar algum desacato, retirou-se para a sua Capitania natal e aparece, em 1586, «confessor e língua» na Aldeia de S. Miguel, junto a S. Paulo de Piratininga (*Bras. 5*, 73). Foi a outra missão, em 1612 (*Bras. 8*, 137v). Já antes tinha entrado com o capitão-mor de Pernambuco, Manuel Mascarenhas, aos Potiguares, para lhes pedir ajuda contra os Aimorés, assaltantes da Baía. Conseguiu trazer 800 frecheiros (Guerreiro, *Relação Anual*, I, 377). Proferiu os últimos votos em Olinda, no dia 21 de Setembro de 1595 (*Lus. 19*, 73). Acompanhou Alexandre de Moura à expedição do Maranhão, de cuja missão é fundador, com o P. Manuel Gomes. Faleceu

Esta tormenta contra os Padres do Brasil não havia meio de se apaziguar, emquanto lá estivesse Manuel Teles Barreto. O Visitador Gouveia, homem ponderado, comunicava, a 19 de Agôsto de 1585, que êle era inimicíssimo dos Padres, que movia processos sôbre processos contra êles; e os moradores não ousavam visitar os Jesuítas, para lhe dar gôsto. Não se via remédio, diz o Visitador. ¿Que fazer? Servirem-no a êle e aos mais, *intra imites religionis christianae*. Mas os Padres de Portugal que estivessem prevenidos sôbre o que êle lá intentasse contra os do Brasil [1]. Porque êle intentava o que podia, sem olhar a meios. Entre outras coisas, procurou também difamar o Reitor do Colégio, com uma mulher, casada com Bartolomeu Pires. Foi o caso que o Governador tinha prendido êste homem, por questões que se não especificam. Mas Bartolomeu Pires, a-pesar-de casado, pertencia ao fôro eclesiástico, talvez por algum ofício eclesiástico que exercesse, incorrendo, portanto, o Governador na pena em que caem as autoridades civis, prendendo, por sua conta e risco, pessoas daquela categoria [2].

Entretanto, indo Manuel Teles ao Colégio ouvir missa, o Reitor mandou-o notificar de que não a poderia começar, emquanto estivesse presente. «O Governador, para se vingar, mandou tirar aquela devassa, de que já terá dado contas a Deus da falsidade que cometeu» [3].

Para completar a série de ataques do Governador aos Padres, há ainda outra ocasião — esta última de carácter histórico, já conhecida, mas com verdade incompleta ou mesmo desvirtuada.

Mandaram os Índios de Sergipe recado aos Padres, que queriam vir para as suas Aldeias, a-fim-de serem doutrinados. Regozijaram-se os Padres com o bem que isso seria para a catequese e colonização. Deram, por isso, os passos indispensáveis. Os colonos, quando o caso se divulgou, pensaram logo em tor-

---

em 1619, na Ilha de S. Domingos, Antilhas, aonde arribou com aquêle mesmo Padre. Tinha 73 anos de idade e 60 de Companhia. A Ânua de 1620 contém o seu elogio: «zelozíssimo e dedicadíssimo» *Bras. 8*, 279; Luiz Fernandes, *Rev. do Inst. do Rio Grande do Norte*, II, 170-171; *Hist. Soc. 42*, 33; *ib. 43*, 66.

1. Gouveia, *Lus. 69*, 131.
2. Cf. *Cod. Iuris Can.*, c. 2341.
3. *Bras. 15*, 385v (20, 22.º).

pedear a emprêsa, de modo que os Índios, em vez de irem para as Aldeias dos Padres, fôssem repartidos entre êles. Os Padres, conhecendo o que se tramava, clamaram contra a injustiça projectada. Não obstante o clamor dos Jesuítas, 150 Portugueses e mamelucos e 300 Índios, dirigiram-se para Sergipe. Mas os Índios, que tinham prometido descer para as Aldeias dos Padres, vendo que o destino, que lhes queriam dar, era outro, usaram de dissimulação e, ajudados de Franceses duma nau que viera ali carregar pau Brasil, mataram-nos a todos ou quási todos. Frei Vicente do Salvador, faz disto um romance inverosímil, em que os Índios, para melhor iludir os Portugueses, deram-lhe as suas próprias mulheres e elas mesmas, depois, entupiram os arcabuzes e substituíram por pó de carvão a pólvora dos frascos. E assim foram «todos mortos como ovelhas ou cordeiros sem ficarem vivos mais que alguns Índios dos Padres que trouxeram a nova» [1]. O Governador aproveitou a ocasião para malsinar os Jesuítas, atribuindo-lhes a premeditação de semelhante mortandade. Cristóvão de Gouveia, dá conta dêsse estado de espírito, e expõe os factos como se passaram».

«Bemdito seja Deus Nosso Senhor, diz êle, que tão copiosamente reparte connosco as mercês de sua misericórdia. Inda uma tormenta não é passada, quando sobrevém outra. Não sofre o demónio ver-nos em paz nem por um pequeno de tempo; e sempre se desvela para que haja quebra entre nós e êste povo e cabeça dêle, porque por aí se impede muito serviço do Senhor e fruito nas almas, que é o que êle pretende».

«Depois dos trabalhos passados, de que V.ª R.ª creio será sabedor, e dissabores que o Senhor Governador de nós a cada passo toma, sucedeu agora um caso, pelo qual estamos em caminho (se mais não fôr) de nos parecer com os nossos Caríssimos Padres de *Ilhaterra*. O caso foi a morte desastrada de cento e cincoenta homens brancos ou mais, e mais de trezentos Índios, da qual nos fazem autores, em que nos pese; fazem papeladas e dizem-nos que não hão-de faltar testemunhas que jurem a gôsto e vontade de quem as faz. Temos por opositores ao Senhor Governador, aos Padres religiosos de S. Bento e a um Gracia de Ávila, com quem tivemos a contenda sôbre a terra de Tapa-

---

[1]. Frei Vicente, *H. do B.*, 326-328.

gipe, e outro muito povo que, com vontade ou sem vontade, se vai com êles, com alguns dos nossos amigos. Determinados estamos de não acudir a nada, satisfeitos com o testemunho da nossa consciência, e na exorbitância da coisa que parece ser tanta, que nenhum, evidentemente livre da culpa que se lhe pode pôr neste negócio, a crera. Mas, porque lá estão longe, e o nosso silêncio, junto com seus papéis, nos pode prejudicar, e diminuir o bom odor da nossa Companhia, que em tôdas as partes é tão necessário para bem das almas, pareceu conveniente avisar a V.ª R.ª, não para culpar a ninguém, senão para que V.ª R.ª esteja advertido do que passa, quando lá se falar nisso».

«No meio quási da costa que há daqui a Pernambuco, está um rio por nome Cirigi, assaz nomeado e conhecido por estar na enseada, que chamam Vazabarris, tão temida dos mareantes desta costa, e onde mataram o primeiro Bispo desta cidade, com os mais que iam na mesma nau. Está êste rio muito povoado de gentio de que os Portugueses, assim desta Baía como de Pernambuco, teem recebido muito prejuízo, e que teem impedido o caminho por terra daqui para lá. E juntamente é acolheita de Franceses que veem buscar pau do Brasil. Muitas vezes se intentou acudir a êstes inconvenientes, por paz ou por guerra, e nunca se efeituou. Uma vez, um Padre nosso, grande língua, com muito risco de sua pessoa e vida chegou a pacificar umas trinta povoações dêste gentio e pô-los em têrmos de receber a doutrina do Salvador; mas, por ardis do demónio, que sempre em estorvar êste bem se mostrou vigilantíssimo, não chegámos a ver o fruito de tanto perigo e trabalho. Agora, haverá seis ou sete meses, nos quis o Senhor mostrar algumas esperanças de poder-se concluir o que tanto se desejava, assim para bem daquelas almas como para proveito e remédio daquela terra; mas também se estorvou com muito maior dano que nunca, como logo direi, e de modo que ficam as portas fechadas para por muitos anos se não poder bulir na conversão daquela gente, se a mão poderosa de Deus não abrir caminho, por meio de tantos estorvos».

«Há neste rio um Índio, grande principal e como senhor de todos os mais, por nome Baepeba, o qual por dois Índios mandou recado às Aldeias em que nós residimos, que fôssem por êles, porque desejavam de se vir para nós e fazerem-se amigos. Não se teve isto por muito certo, e para saber se era assim, por ordem dos nossos, foram alguns Índios escoteiros a saber o que passava. E porque isto se não podia fazer sem licença do Senhor Governador, que lhes havia de prometer a paz e segurança, deu-se-lhe conta, e por lhe parecer bem (que à verdade resultava em grandíssimo proveito da terra e moradores dela) a concedeu liberalmente. Deu Deus tão bom sucesso a sua jornada, que logo tornaram e deram por novas que se queria vir grande cópia dêles para as nossas Igrejas. Soube-se logo isto pola terra. E como a raiz de todos os males cresce nela como nas [palavra ilegível: terras?] e com mais viço, logo desejaram de os apanhar para os repartir entre si, e pô-los em suas fazendas, como até agora costumaram. E porque, chegando às Aldeias em que nós residimos, para onde queriam vir, perdiam de-todo as esperanças do que pretendiam, determinaram de os apanhar no caminho. E assim se começou a fazer muita gente prestes para esta jornada, com licença do Senhor Governador. Nesta emprêsa entrava êle, dando a licença, a soldadesca, que foram cento e cincoenta homens ou mais, e mais de trezentos Índios, escravos e fôrros, entre os qûais se havia de repartir a metade da prêsa. Entravam os Padres Religiosos de S. Bento, a quem o Governador queria dar uma Aldeia dêles para terem numa sua fazenda e servirem-se dêles, porque a licença foi a êles concedida. Entrava também um Gracia de Ávila que fornecia de mantimentos, a quem um principal havia mandado recado, que mandasse por êle, que se queria vir com sua gente, para uma Aldeia, estar à sua sombra, numa sua fazenda, que está perto duma Aldeia das que nós temos cuidado ».

« Andando-se juntando a gente, vendo os Padres quanto impedimento seguiria à conversão e quanta injustica se cometia contra os que estavam para vir para as igrejas, começaram *publice*, nos púlpitos, a mostrar com quanto perigo de suas almas, e certa perdição delas, iam a tomar por fôrça os que vinham a buscar os remédios da sua salvação, e *privatim*, com o Senhor Governador, lembrando-lhe a licença que dera aos Índios nossos que os foram chamar, e quanto mal daí se podia seguir. Com êstes avisos e da Câmara, que também lho requereu, revogou as provisões que tinha passado. E porque a gente era já partida, mandou lançar pregões que se tornassem. A gente não deu por êles — o porquê Deus o sabe — sòmente digo que o Abade de S. Bento, cuja a licença era, lhes mandou dizer, estando êles daqui perto de vinte léguas, que fôssem por diante e não temessem, que como tornassem, êle lhes faria tudo chão com o Governador, cujo confessor êle é; e, quando se soube da morte, êle mesmo lhes fêz umas exéquias em seu mosteiro, com eça alevantada, missa e prègação».

«Indo esta gente seu caminho, chegou às nossas Aldeias um filho do Baepeba com dez ou doze mancebos, o qual seu pai mandava para assentar cá o como haviam de vir e para ver as terras em que haviam de pôr suas Aldeias. Desencontraram-se, no caminho, dos Portugueses que para lá iam; e, por isso, chegaram seguros. Disse que houveram de vir dois de cada casa, que fariam bem número de seiscentos, donde se pode ver, quantos eram os que estavam unidos e concertados para vir; mas que chegara àquele rio uma nau de França por pau do Brasil e que ficavam fazendo-lhe a carga; que, ida ela, viria seu pai com os mais. Foi ver o Senhor Governador e dar-lhe conta de si e do a que vinha; mas nenhum favor lhe fêz, nem honra em sua casa. A gente foi continuando suas jornadas. E, chegando perto, lhes saíram alguns Índios, e lhe começaram a prègar ao seu modo, dizendo que aquêles caminhos eram dos Padres e que para êles os fizeram, que os haviam de ir buscar, emquanto com êles não haviam de ir, porque bem sabiam que os queriam para os fazerem seus escravos, e metê-los em seus engenhos. Vinte começaram de os servir de frechadas, e êles, emparando-se o melhor que puderam, se foram recolhendo para a Aldeia do principal [...¹] que havia mandado recado a Gracia de Ávila, como acima toquei. Sabiam já da nau francesa. E não se tendo ali por seguros, quiseram tornar atrás, arrependidos de sua viagem tão mal encaminhada. Mas foi tarde, porque os Índios os começaram a picar e derribar; quiseram-se fazer fortes, num morrozinho, mas apareceu-lhes logo uma soma de Franceses com grande multidão de gentio. E, por concêrto, lhes fizeram entregassem os trezentos e mais Índios que levavam, para que, cevado nêles o gentio, pudessem escapar; aceitaram-no, que foi grandíssima cegueira, além de cruel maldade. Ao sair os Portugueses do forte, lhes iam os Franceses tomando as armas. Entrou o gentio, e, mortos

---

1. Palavra ilegível.

os Índios, saindo com furiosa vitória, deram nos Portugueses e não deixaram quási nenhum. Êste foi o fim desta infelice jornada. Vendo agora que a coisa lhes aconteceu como nós quási lhes tínhamos adivinhado, e quão sãos eram os nossos conselhos e quão justos nossos requerimentos, buscam todos os modos, que podem, para nos culpar, e em especial, os que nisto temem ser culpados, dizendo e procurando fazer certo que nós lhes mandámos recado que se defendessem e os matassem. Mas para Deus pouco valem estas diligências; a verdade é que da nossa parte não foi para lá nem Índio nem recado, tirando aquêle primeiro que arriba contei, que foi muito antes que se sonhasse fazer-se contra os Índios, que queriam vir para nossas Igrejas, a entrada que depois se fêz».

«Muitas coisas e muito graves tinham êles a quem poder lançar esta morte, mas nenhuma de essas lhes arma, não digo que iam com tenção danadíssima, de furtar, roubar e matar quem lho não devia e, com isso, impedir a conversão daqueles e bem comum da terra, nem irem no meio da quaresma, nem que iam comendo carne nesse tempo, indo ao longo do mar, com muita abundância de peixe, nem irem contra a vontade e mandado do Senhor Governador, quanto polo exterior se pode julgar, nem acompanhados de muita sensualidade, como gente que era a mais estragada da terra, nem irem-se meter na mão dos Franceses, dos quais tiveram notícia antes de lá chegar, nem saberem que de três anos a esta parte sòmente nesta Capitania são mortos, em semelhantes entradas pelos Índios, perto de 500 homens brancos, e que com êstes são agora alguns seiscentos; deixo tudo isto, com muitas particularidades, que aqui vão. Por bastantíssimas causas se deviam ter, entregarem à morte mais de trezentos Índios inocentes, que em sua companhia levavam, para seu remédio, emparo e fortaleza, darem as armas no meio de seus imigos e fiarem-se de Franceses, de que tinham razão de se não fiarem. Mas, não fazendo caso nenhum o Senhor Governador de tudo isto, sòmente o fêz de uma carta de um Mamaluco que fugiu, e nela diz algumas palavras que lá parece ouviu a algum Índio, ou êle as sonhou. E sôbre ela, que logo mandou autoar, dizem que funda papelada. O que nisto nos dá pena não é a carta, porque, ainda que fôra digna de fé e bastante por sua autoridade para nos condenar, não contém coisa de que se possa lançar mão, mas crer o Senhor Governador uma coisa tão exorbitante, e que parece não cabe, nem pode caber em cabeça em que haja entendimento e rezão, donde se pode coligir o baixíssimo conceito que tem de nós! Mas não é muito, pois nunca o teve maior da nossa Companhia, em Portugal. Por derradeiro, fàcilmente cremos o que muito desejamos: e uma mesma virtude, no amigo, é tida por tal e, no inimigo, por vício. Não se espante V.ª R.ª, se cada dia vir lá papeladas contra nós, porque assim correm cá os tempos. E, se não vir papéis públicos nossos, tampouco se não maravilhe, porque também êste pôrto nos está tomado. E já não há oficial que nos queira fazer uma diligência, porque quem a passar, logo é suspenso [1]. E agora, por sua indústria, a Câmara anda para nos tirar o comer da bôca, que é um curralzinho de gado, que temos aqui perto da cidade, há perto de trinta anos, para nossa mantença, pobre, que anda e pasta nas nossas próprias terras. Bento seja Deus para todo sempre! Bem é que esta Província faça vantagem e exceda a tôdas as mais em trabalhos e persecuções, pois as excede a tôdas em número e glória de mártires! [2] ».

Manuel Teles Barreto veio para o Brasil já velho. Ao chegar, encontrou a cidade meio dividida em partidários e contrários de Cosmo Rangel. O novo Governador, para acalmar os ânimos, propôs que se queimassem os autos contra êstes contrários, medida de meritória clemência; não tardou porém em perseguir e autoar os partidários de Cosmo Rangel. O estado de coisas permaneceu, portanto, objectivamente semelhante ao anterior, apenas invertidos os campos. Talvez não seja alheio a essa

---

1. Êste facto, sôbre a administração da justiça e direito de defesa, é sintomático. Aludindo a esta precária situação, Amador Rebelo, em carta de 11 de Setembro, quando já estava nomeado Francisco Giraldes para sucessor de Teles Barreto, escreve uma frase que vale a pena reter. Mantinha êle litígio com os Padres sôbre as terras do Camamu. Amador Rebelo temia que, em chegando ao Brasil, *ainda que não tivesse razão, como tem lá tanto poder, poderia ser que lhe achassem justiça!* — Carta de Amador Rebelo, *Lus.* 70, 250. Cristóvão de Gouveia dizia: Os governadores e justiças são aqui «como reis»! — *Lus.* 68, 417 (12.º).

2. A carta é dirigida a um Padre de Portugal e guarda-se cópia dela em *Lus.* 69, 231-232; cf. *Lus.* 70, 46-46v. Não traz assinatura, mas no começo tem com outra letra do mesmo tempo: 19 Maii 1586, Brasil, *P. Visitator.* Publica-se aqui na íntegra.

perseguição o facto de Rangel não se opor à catequese jesuítica e de se entender bem com os Padres ¹.

Obra de envergadura, no tempo de Manuel Teles Barreto, foi a conquista de Paraíba. Mas êle, pela idade, era incapaz de se mover, ao contrário do que fêz Mem de Sá, e fará D. Francisco de Sousa. Uma circunstância favorável permitiu que se efectuasse aquela conquista. Tendo voltado a armada espanhola de Flores Valdés, do Estreito de Magalhãis, e não querendo tornar a êle, e desejando ao mesmo tempo apresentar em Madrid alguma fôlha de serviços para esbater os protestos de Sarmiento, seu rival, propôs e ajudou com capitãis e soldadesca essa emprêsa. Frutuoso Barbosa e o Ouvidor Martim Leitão foram, da parte dos Portugueses, as figuras mais representativas da conquista da Paraíba, cujo centro irradiante era Pernambuco.

Entretanto, Manuel Teles ocupava-se, na Baía, com as suas intrigas e diversas medidas fiscais, úteis de certo, mas em geral à custa daqueles com quem antipatizava. Ainda em 13 de Fevereiro de 1587, dizia o Procurador, P. António Gomes, que em Lisboa tudo eram dificuldades, provenientes das más informações idas do Brasil.² Manuel Teles Barreto faleceu em 1587, tendo governado 4 anos. A sua paixão contra a Companhia de Jesus, se amargurou os Padres, retardou, mas não impediu o prosseguimento da catequese, que logo retomou o seu rumo no govêrno seguinte; e teve o condão de provocar certo número de relatos e informações, que pertencem a esta época, provenientes de Gouveia, Cardim, Anchieta e outros, verdadeiras e preciosas fontes para a História do Brasil. Tem carácter expresso de defesa o *Discurso das Aldeias*, destinado a contrabalançar as tentativas que Barreto empregava para tirar as Aldeias aos Jesuítas. Como a paixão costuma provocar paixão, o *Discurso das Aldeiàs* é um escrito veemente contra os exploradores dos Índios. Como peça dum processo, é instrumento de defesa. Mas, lido com critério, e com a ideia, certa, de que os Portugueses não fizeram só aquilo, dêle se tiram ensinamentos históricos e sociais de primeira ordem ³.

---

1. Cf. *Bras. 15*, 385v.
2. *Lus. 70*, 60.
3. Pode ler-se em Anch., *Cartas*, 349-382.

O govêrno de Teles Barreto, período mais difícil da Companhia de Jesus no Brasil no século XVI, apanhou em cheio o provincialato de Anchieta e a visita de Cristóvão de Gouveia.

Questões de liberdade dos Índios, emulações dos Padres de S. Bento, queixumes de diversa índole, mil contrariedades acalentadas pelo bafo inimigo do Governador [1]. Felizmente, a violência não durou. Quando Cristóvão de Gouveia se retirou para Portugal, em 1589, já as coisas tinham mudado de feição. Longe de nós supor que tôdas as culpas daquelas dissidências hão-de recair sôbre Teles Barreto e os seus. Havia, de-certo, algum Padre ou Padres demasiado zelosos e talvez sem a maleabilidade devida para cultivar a amizade das pessoas, que pela sua posição poderiam ajudar ou contrariar o bem das almas. A necessidade de cultivar esta amizade recomenda-a expressamente Gouveia, em 1586 [2]. Nem sempre se fêz. Haja em vista, por exemplo, aquêle modo de proceder do Reitor da Baía, mandando retirar da igreja o Governador, por ter incorrido em excomunhão. Vendo agora as coisas, de longe e a frio, melhor seria fechar os olhos e contemporizar. Mas é inegável que as disposições de Manuel Barreto, agressivas, renitentes e, até desleais e abusivas do poder, contra as indicações claras do seu Regimento, não eram de molde a apaziguar os ânimos, nem a unir as vontades [3].

7. — D. Francisco de Sousa (1591-1602): No dia 9 de Junho de 1591, chegou à Baía D. Francisco de Sousa [4]. Foi recebido com incrível alegria na cidade. Alguns dias depois, adoeceu. Não podendo curar-se em casa, rogou que o levassem para o Colégio. Os Padres em nada se pouparam. Mas a doença, que era de si grave, recresceu em breve a tal ponto, que os médicos deram o caso por desesperado. O Governador procurou então os auxilios da religião, «no qual deu tão claros exemplos de piedade, como se se tratasse dum religioso (e isto em todo o tempo da doença); e assim como foi grande a tristeza pela dolorosís-

---

1. *Lus. 68*, 417.
2. *Bras. 2*, 141.
3. Por morte de Manuel Teles Barreto, ficou a governar o Brasil uma *Junta Governativa*, até à vinda do seu sucessor. Estêve primeiro nomeado Francisco Giraldes, mas não chegou a tomar posse do govêrno.
4. Capistrano, *Estudos e Ensaios* (Rio 1932) 375.

sima doença de tão importante personagem, assim foi depois a alegria, quando recuperou a saúde, não por obra dos homens, mas de Deus». O Governador prometeu que jamais se esqueceria de tão grande benefício recebido no Colégio [1].

D. Francisco de Sousa cumpriu a promessa e foi na realidade, tôda a sua vida, amigo dedicado e leal. Mas esta amizade tinha às vezes inconvenientes e exigia sacrifícios. Os Padres, em vista de insistência de Roma para conservarem a amizade com os Governadores [2], preferiram mantê-la, mesmo quando algum acto a contrariava. D. Francisco de Sousa permitiu que fôssem ao sertão descer Índios e uma ou outra vez exorbitava, requisitando-os directamente das Aldeias dos Padres, passando por cima da sua autoridade. Uma vez, que mandou vir assim os Índios das Aldeias, como se fôssem vassalos seus, avisaram-no amigàvelmente os Jesuítas. O Governador compreendeu a desorganização que daí resultava, e sobresteve nas suas ordens. O Reitor do Colégio da Baía, durante a doença do Governador, era Fernão Cardim. Com êle se confessou então. Para se conhecerem as boas relações, que em 1592 mantinham os Padres com D. Francisco de Sousa, e a diversidade de serviços que prestavam, e como a gente recorria aos Padres, basta ler a carta de Anchieta ao capitão Miguel de Azeredo. Tal carta mostra, por si só, a influência que tinham os Jesuítas e como a utilizavam para bem da colonização [3]. O Governador confessava-se e consultava com os Padres os assuntos de consciência, e êstes, por sua vez, consultavam-no a êle nas decisões graves em que intervinham interêsses económicos.

Na história do Brasil, o nome de D. Francisco de Sousa está vinculado à expansão territorial ao norte, e à pesquisa de minas no interior, em particular pelo sul. O Governador Geral promoveu a catequese e os aldeamentos dos Índios; e defendeu-os fidalga e generosamente, contra as arremetidas de autoridades subalternas, tanto no sul como no norte. É conhecida a aversão que Feliciano Coelho votava aos Franciscanos. A defesa dos Índios explica as suas acusações contra o Governador. Segundo

---

1. *Bras. 15*, 375.
2. *Bras. 2*, 45v, 48v, 54v, 57v, 88v, 89, 140v ; *Lus. 68*, 416v.
3. Anch., *Cartas*, 280-284.

Capistrano, semelhantes acusações eram infundadas, puro produto do despeito de Feliciano Coelho, pela decisão dada por D. Francisco de Sousa a favor daqueles religiosos. Varnhagen também tomou partido contra o Governador. As «insinuações malévolas» que lhe assaca, não teem, porém, diz o mesmo Capistrano, mais fundamento que a «prevenção manifesta» do historiador contra D. Francisco [1].

Os modernos historiadores elogiam incondicionalmente o seu govêrno.

D. Francisco de Sousa deixou-o, em 1602, e permaneceu em Piratininga até 1605. Voltando a Portugal, alcançou o cargo de Governador e administrador geral das três Capitanias do Sul: S. Vicente, Rio e Espírito Santo. Faleceu em S. Paulo, em 1611, «em estado de absoluta pobreza» [2].

Tais são as relações existentes entre os Jesuítas e os Governadores Gerais do Brasil, no século XVI. O eixo, sôbre o qual girava o acôrdo ou desacôrdo, era sobretudo a questão da liberdade dos Índios. Examinando-se bem aquelas relações, nota-se harmonia com todos, menos com Manuel Teles Barreto, e uma tal ou qual indiferença com Luiz de Brito e Almeida. E conclue-se, em face dos documentos e das obras, que os maiores amigos dos Jesuítas foram também os maiores governadores do Brasil: Tomé de Sousa, Mem de Sá e D. Francisco de Sousa. Esta colaboração e êstes resultados mostram que seguiram o rumo inicial traçado pelo *Regimento* de D. João III: fora dêle, a esterilidade e debates; dentro dêle, o bom êxito!

O *Regimento* do Grande Rei e os Governadores da têmpera de Mem de Sá representam o genuíno espírito colonizador de Portugal, esclarecido, humano e cristão.

---

1. Capistrano, in Pôrto Seguro, *HG*, II, 60.
2. Taunay, *Bandeiras Paulistas*, I, 115-116; Capistrano, em Pôrto Seguro, *HG*, II, 60; Francisco de Assis Carvalho Franco, *Os companheiros de D. Francisco de Sousa*, na *Rev. do Inst. Bras.*, 159 (1929) 97; Baptista Pereira, *Vultos e Episódios do Brasil* (S. Paulo 1932) 177-178.

CAPÍTULO III

Entradas e Minas

1 — Expedições mineiras; 2 — Entradas ao sertão a buscar Índios; 3 — Perigos e naufrágios.

1. — As minas de oiro, prata e pedras preciosas, em particular esmeraldas e ametistas, foram uma obsessão dos Colonizadores do Brasil, e tomou vulto depois da elevação dêle a Govêrno Geral. Obsessão fecunda pelas expedições que promoveu, recortando o interior do Brasil, devassando-o e ampliando-o para além da linha de Tordesilhas.

Como meio de enriquecimento rápido, esta ideia sorria a colonos e ao govêrno metropolitano. Aos Jesuítas também, sobretudo, pela certeza de que a vinda de muita gente branca produziria a assimilação necessária ou a penetração interior, e conteria os Índios em respeito, facilitando, pelo convívio e abastança de meios económicos, a própria catequese. Tinham também a esperança, levados pelo que sabiam do Peru e do México, de encontrar Índios com civilização superior aos da costa.

Diga-se desde já que, no século XVI, não fizeram os Jesuítas entrada alguma com o fito exclusivo de minas, ou por sua própria conta, ainda que, para o fim do século, talvez fôssem tentados ou convidados a isso. Acompanharam contudo bandeiras exploradoras, em 1554 e 1574. Delas nos compete falar. E em primeiro lugar: ¿Com que espírito acompanharam êles êste movimento?

Em 1550, escreve Nóbrega: «Dizem que aqui [em Pôrto Seguro] se encontrará grande quantidade de oiro, que pelas poucas fôrças dos cristãos não está descoberto, e igualmente pedras preciosas».

E acrescenta: «Deus queira que o verdadeiro tesoiro e jóias sejam as almas»[1].

No ano seguinte anuncia que o Governador Geral, Tomé de Sousa, lhe pedia um Padre para ir descobrir oiro. O próprio Nóbrega o comunica a D. João III, manifestando a falta que o Padre fará e que El-Rei lhe mande outros[2]. Escolhido para esta expedição foi João de Aspilcueta Navarro. Em 19 de Setembro de 1553, declara o P. Navarro que recebeu cartas do Governador e dos Padres para «ir com uns homens, que, por El-Rei, vão a descobrir terra pelo sertão». Irá «só, entre leigos»[3].

A 6 de Junho de 1555, já tinham voltado os homens da expedição: «não trazem oiro nem prata nem novas dêle; não ousaram de passar a outro gentio, em que diziam está o que buscavam»[4].

Nestas sêcas efemérides de resultados negativos se poderia cifrar o fruto da expedição; mas nunca são inúteis semelhantes emprêsas: fica sempre o conhecimento de terras, costumes, fauna e flora — dados positivos a serem utilizados por novas expedições. O que se passou nesta viagem, consta apenas duma carta do Padre Navarro, cronista dela, onde passou imensos trabalhos[5]. Faz a ela breve referência a *História da Fundação do Colégio da Baía*, onde se dão os dois motivos fundamentais da sua ida: ser capelão dos expedicionários e investigar se entre a gente do sertão haveria outra «mais capaz»[6].

Além do Padre Navarro iam doze brancos, comandados por

---

1. Nóbr., *CB*, 112.
2. Nóbr., *CB*, 126.
3. A carta é para os Irmãos de Coimbra. A êles pede orações e missas ao Espírito Santo e a N.ª S.ª, sob cujo patrocínio colocava essa viagem (Carta de Navarro, 19 de Setembro de 1553, *Bras. 3(1)*, 100v). Anchieta diz que entrará no mês de Março de 1554 (Anch., *Cartas*, 69). Mas Navarro escreve, a 24 de Junho de 1555, que «passa de ano e meio» que andava em companhia de 12 homens o que faz recuar a entrada para Outubro ou Novembro de 1553, mais compatível com a referida carta de Setembro, em que já estava para partir (*CA.*, 146). Certo é que, no dia 5 de Maio, já se tinha recebido carta sua, em Pôrto Seguro, narrando a viagem até então sem grandes perigos, e estava a 60 léguas do mar (Carta de Ambrósio Pires, 5 de Maio de 1554, *Bras. 3(1)*, 111).
4. Carta de Ambrósio Pires, 6 de Junho de 1555, *Bras. 3(1)*, 139.
5. *CA*, 146-150.
6. *Fund. de la Baya*, 7v-8 (82).

Francisco de Espinhosa e muitos Índios, expedição preparada de longa data, diz Nóbrega[1]. A entrada penetrou o actual Estado de Minas Gerais e chegou «até um rio mui caudal, por nome Pará, que, segundo os Índios nos informaram, é o Rio S. Francisco e é mui largo». Tentaram descer o rio; e, para isso, assentaram uma Aldeia junto ao rio Monagil ou Monaíl. «Fizemos logo uma cruz grande e fizemos uma ermida onde fazia práticas de Nossa Senhora aos companheiros, e, com licença de todos, comecei de ir pelas Aldeias».

Assim se ergueu, pela primeira vez, em terras de Minas Gerais, o sinal da Redenção, e se deu a primeira manifestação de culto mariano!

Pela estimativa de Navarro, o périplo desta viagem abrangeu 350 léguas ou então «duzentas e tantas», como se lê numa provisão de Mem de Sá, onde se trata de Espinhosa, como «homem de bem e de verdade»[2]. Por ser a primeira expedição a Minas Gerais, compreende-se o interêsse que tem despertado. Navarro reproduz os nomes topográficos de então, muitos dêles hoje perdidos. Daqui a dificuldade de sua identificação, que originou disputas sem se chegar a acôrdo[3].

João de Aspilcueta, natural de Navarra (daqui o seu apelido mais comum), era sobrinho do célebre Dr. Martim de Aspil-

---

1. No dia 8 de Março de 1553, passou ordem o Governador para se dar «ao Espinoza e Megero Castelhano todo o resgate que houver mister para ir pelo sertão a descobrir ». — *Documentos Hist.*, XIV, 305-306.

2. *Revista do Arquivo Publico Mineiro*, VI, p. 1163, cit. por Capistrano in Pôrto Seguro, *HG*, I, 338.

3. Intervieram, sobretudo, Derby, *Os Primeiros descobrimentos do ouro em Minas Gerais*, na *Rev. do Inst. de S. Paulo*, V, 240-279; *O Itinerário da Expedição de Espinhosa em 1553*, na *Rev. do Inst. Bras.*, 72, 2.ª P. p. 21-36, com um mapa; Francisco Lobo Leite Pereira, *O Itinerário da Expedição de Espinhosa em 1554*. — Contestação ao Dr. Orville Derby, Rio 1911; Calógeras, *As minas do Brasil*, I, 371; Capistrano, *Caminhos antigos e povoamento do Brasil* (Rio 1930) 151-155; José Luiz Baptista, *História das Entradas*, na *Rev. do Inst. Bras.* Tômo especial, 1914, 2.ª P. p. 184; Urbino Viana, *Bandeiras e sertanistas bahianos* (S. Paulo 1935) 16; Taunay, *Bandeiras Paulistas*, V, p. 226-237; Borges de Barros, *Bandeiras Bahianas*, em *Annaes do Archivo Publico da Bahia*, vol. IV-V, p. 25; Lúcio José dos Santos, *História de Minas Gerais* (Resumo didáctico) p. 22-23, onde insere um mapa das expedições a Minas, com o traçado do caminho que êle supõe ter sido o de Espinhosa-Navarro.

cueta Navarro, professor da Universidade de Coimbra. Era parente de Santo Inácio; e segundo as *Efemérides da Companhia de Jesus*, também «parente de S. Francisco Xavier e verdadeiro imitador das suas virtudes»[1]. A seguir a esta expedição, Navarro trabalhou algum tempo em Pôrto Seguro, passando depois às Aldeias da Baía, falecendo no dia 30 de Abril de 1557[2].

Aos ofícios fúnebres na Baía assistiu o Governador e tôda a mais gente, «assim nobres como plebeus»[3]. Enterrou-se na igreja velha do Colégio[4]. O P. Navarro entrou na Companhia em Coimbra, no dia 22 de Dezembro de 1545[5]. Grande missionário, nas Aldeias e em Pôrto Seguro, imitou os pagés no modo de prègar; lutou contra a antropofagia e pela conversão dos pecadores, dando sempre edificação e exemplo[6].

Dois factos principais ficaram unidos ao seu nome: esta expedição a Minas Gerais, cabendo-lhe a dita de ser o primeiro a arvorar naquele Estado a Cruz de Cristo; e o conhecimento da língua tupi, sendo também o primeiro que confessou sem intérprete[7].

Em 1574, organizou-se outra expedição às minas, ordenada por Luiz de Brito e Almeida. O Governador pediu que a acompanhassem um Padre e um Irmão «tendo por certo que sem Padres da Companhia não poderia isto vir a efeito». Foram o P. João Pereira e o Ir. Jorge Velho[8]. Capitaneou a bandeira António Dias Adôrno, neto de Diogo Álvares *Caramuru*. Compu-

---

1. BNL, *Colecção Pombalina*, 514, f. 9; Vasc., *Crón.*, I, 195.
2. O Apêndice à quadrimestre de Janeiro até Abril de 1557 ocupa-se exclusivamente dêle, *CA*, 164-167. Cf. *Livro 1.º de Provimentos seculares e eclesiasticos*, em *Doc. Hist.* XXXV, 96. Antes, dava-se a data de 17 de Janeiro de 1555, *Menologio, Bras. 13*, 9v; Franco, *Imagem de Coimbra*, II, 199-203.
3. *CA*, 167.
4. Vasc., *Crón.*, I, 195.
5. *Lus. 43*, 2v.
6. *Fund. de la Baya*, 4v (80); Vasc., *Crón.*, I, 92; *CA*, 127; Nóbr., *CB*, 111.
7. Nóbr., *CB*, 131; *CA, Introdução*, p. 19-20, 54, onde Afrânio Peixoto tem um excelente resumo de sua vida, 69, 71, 75-77, 116, 126, 146, 157, 161-162, 171, 175; Orlandini, *Hist. Soc.*, 264; Nieremberg, *Varones Ilustres*, III (2.ª ed. 1889) 530-531.
8. Ânua de 1574, Baía, 16 de Dezembro de 1574, *Bras. 15*, 252-253v, 260v; *Fund. de la Baya*, 32 (108).

nha-se de 150 Portugueses e «obra de 400 soldados»[1]. Iam descobrir minas de oiro. O fim dos Padres também era o oiro, mas êste «oiro, que a Companhia busca nestas partes, que é gente, a quem manifestar a palavra de Deus, dar-lhe novas do Evangelho». Conserva-nos estas notícias o próprio Provincial, que concedeu a licença[2]. Segundo êle, a bandeira atingiu a grande artéria fluvial de Minas Gerais, o Rio de S. Francisco, que atravessou. Houve perigo e escaramuças com os Índios locais, sendo feridos os próprios Jesuítas, «que estavam esforçando e animando aos soldados na peleja. Livraram-se todos quási milagrosamente». Ali quiseram os soldados deixar a gente fraca que levavam, «mulheres e crianças», cuidando que não faziam pouco em salvar-se a si-mesmos. Não o consentiram os Jesuítas.

A certa altura, forjou-se uma conspiração dos Índios para matar os chefes da expedição, incluindo os Padres. Soube-se a tempo, e os traidores foram mortos ou cativos. Dêstes chegaram à Baía «obra de quatrocentos, repartidos pelo capitão e soldados»[3].

A expedição partira pelo Rio das Caravelas, no mês de Fevereiro de 1574, e chegou à Baía, «com boa disposição», no mês de Abril de 1575. Durara 14 meses. Não acharam o que queriam, diz Tolosa, mas, «fora o proveito, que se fêz com os brancos que foi muito grande (porque todos afirmaram que se não fôra por meio dos Padres, que se perdera tôda aquela gente), baptizaram obra de 500 almas quási tôdas inocentes».

Os ministérios da Companhia a saber: «prègar, ensinar a doutrina, celebrar missas, ouvir confissões, socorrer os doentes, exercitaram-nos os Jesuítas, sobretudo numa aldeia chamada

---

1. Era um dêles Domingos Fernandes, o *Tomacaúna*, mameluco, o qual confessa de si-mesmo que, emquanto andou pelo sertão, tomou os «usos e costumes dos gentios», pintando o corpo com urucu e genipapo, empenando-se, etc. — *Primeira Visitação* — *Confissões da Bahia, 1591-1592*, p. 168.

2. Carta de Inácio Tolosa, da Baía, 7 de Setembro de 1575, BNL, fg. 4532, f. 161-162.

3. Frei Vicente do Salvador diz que trouxe «sete mil almas dos gentios topiguaens», *H. do B.*, 216. Mas Quirício Caxa, que assistiu à chegada e escreveu, nesse mesmo ano, os factos sucedidos durante êle, confirma o número dado por Tolosa: e determina-o bem: «*400 duntaxat ducti et militibus distributi.* — Carta de Caxa, Baía, 22 de Dezembro de 1575, *Bras. 15*, 278.

Mar Verde (Mare viride), onde moraram três meses e onde construíram uma igreja». Aqui havia muita gente, mas aquela conspiração fêz «que se destruísse, restando apenas os referidos 400»[1].

À Cruz, que Navarro erigiu com uma humilde capelinha, sucede, nesta ida de João Pereira a Minas Gerais, uma Aldeia, com a sua igreja e vida espiritual, organizada e própria.

O fruto material também foi maior. Não descobriram oiro, pelo menos de forma a poder ser conduzido, mas acharam cristal e pedras preciosas de várias côres, verdes, roxas, azuis, negras, segundo a respectiva posição ao sol, explica Tolosa[2].

Trata-se, ao que parece, de turmalinas verdes e topázios azuis, achados à superfície da terra. No seio dela esperavam que existissem oiro e pedras finas. E, realmente, atingiram a *Chapada Diamantina*, onde se dizia ficar a afamada e fabulosa «Serra das Esmeraldas», descoberta por Sebastião Fernandes Tourinho, e onde a bandeira de António Dias, segundo Gabriel Soares, achou, da «banda do norte, as esmeraldas, e da de leste, as safiras»[3]. Frei Vicente diz que algumas destas pedras se enviaram a Portugal e os lapidários «as acharam muito boas»[4].

Nesta, como noutras bandeiras de então, acham-se misturadas verdades com ficções, no que respeita a minerais e pedras preciosas. Os dados concretos destas expedições deviam de ser aproveitados depois maravilhosamente, mas via S. Paulo.

Tentaram alguns determinar o Roteiro desta expedição, procurando identificar a toponímia perdida dos locais antigos com os modernos. Taunay transcreve e discute a principal destas tentativas, reconstituïção feita por Calógeras[5].

---

1. *Bras. 15*, 277v.
2. Carta citada de 7 de Setembro 1575, BNL, fg, 4532, f. 162.
3. Gabriel Soares, *Tratado*, 60.
4. Frei Vicente, *H. do B.*, 216.
5. Calógeras, *As Minas do Brasil e sua legislação* (Rio 1904-1905); Taunay, *Bandeiras Paulistas*, I, 54; V, 243-245; cf. Dr. Francisco Lobo Leite Pereira, *Algumas palavras sôbre os itinerários de Sebastião Fernandes Tourinho e de António Dias Adôrno*, in *Rev. do Inst. Bras.*, tômo especial, 2.ª P. (1914) p. 391-407.

O Irmão Jorge Velho saíu da Companhia, pouco depois de chegar a bandeira. Ainda em tempo do Governador Luiz de Brito, cujo mandato acabou em 1578, foi ao sertão Sebastião Alvares, o qual enviou recado a um índio principal, por um « grande língua », que havia sido da Companhia chamado Jorge Velho » (Fr. Vicente, *H. do B.*, 216). Sebastião Álvares « trabalhou por desco-

João Pereira morreu na Companhia em idade avançada, com grande fôlha de serviços. «Foi dos meninos órfãos que foram ao Brasil»¹. Aprendeu a língua com perfeição, ordenou-se novo, antes de concluir os estudos. Já era Padre em 1561 e supomos que seria o «órfão, muito boa coisa», que celebrou missa nova em 1560, na Aldeia do Espírito Santo (Baía)². Completando os seus estudos, veio a ser professo de quatro votos. No momento da expedição às minas, a-pesar-de ser Padre, era ainda estudante de Filosofia³.

Trabalhou imenso nas Aldeias da Baía, nalgumas das quais residiu⁴. Acompanhou o P. Grã na visita das Aldeias em 1564, salvando-o de morrer afogado⁵, e, depois da volta da expedição, substituíu o mesmo P. Grã no Rio Real⁶. Foi superior em Pôrto Seguro e na Capitania de S. Vicente (Santos), onde estava em 1590, por ocasião do ataque dos Tupinanquins a S. Paulo, indo com os Portugueses em defesa desta vila⁷.

João Pereira, natural da cidade de Elvas, tinha talento para prègar, e foi zeloso da conversão dos Índios. Faleceu com 74 anos de idade no Colégio da Baía, em Janeiro de 1616⁸.

---

brir quanto poude no que gastou quatro anos e grande pedaço de fazenda de El-Rei, sem poder chegar ao sumidouro, e por derradeiro veio acabar com quinze ou vinte homens, entre o gentio Tupinambá» (Gabriel Soares, *Tratado*, 31). Se Jorge Velho ainda se encontrava na expedição de Sebastião Álvares, aí teria acabado. O catálogo de 1574 tem: « Jorge Velho es grande lengua. Sabe mediocrem.ᵗᵉ latín, entró en la Compª. año de 60. siendo de 16 años. nació em S. V.ᶜ de padres portugueses. es mui activo y engenioso en obras de manos. fue con el padre João Perera en comp.ª de los que fuerõ al descubrimiento del oro » (*Bras. 5*, 11v). Num índice de coisas da Cúria Generalícia conservado na Bibl. Vittº. Em. de Roma, *Mss. Gess. 3714*, 17, lê-se: « Georgius Vellius qui cum Patre Pereira missus ad Brasiliae interiora [...] a Societate defecit »; cf. *Bras. 5*, 53; A. de Alcântara Machado, em Anch., *Cartas*, nota 323, p. 285.

1. *Bras. 5*, 7.
2. *CA*, 279.
3. *Fund. de la Baya*, 32-33v (108).
4. *CA*, 421, 428.
5. *CA*, 315, 319, 406 ss.; Vasc., *Crón.*, III, 40.
6. *Bras. 15*, 284; *Bras. 15*, 291v-292.
7. A. de Alcântara Machado, em Anch., *Cartas*, nota 323, p. 285; cf. supra, Tomo I, 293; Carta de Beliarte, *Bras. 15*, 409.
8. *Bras. 5*, 118. Diz o Catálogo de 1613: *Ioannes Pereira ex Elvas civitate annorum 71 mediocri valetudine. Admissus Bayae anno 1557. Studuit grammaticae annos 2, totidem artibus liberalibus, unum Theologiae. Tenet optime linguam Brasili-*

A companhia dos Padres era sumamente desejada pelos chefes das bandeiras e nas esferas oficiais, tanto pela assistência espiritual aos Brancos, como pelo prestígio com os Índios, cuja fidelidade garantiam, e pelo seu autorizado conselho nas ocorrências graves da expedição. Para isso, dirigiam-se os interessados particulares ao Governador ou ao próprio Rei. Disto, além dos factos referidos, achamos dois ecos ainda no século XVI, um com Gabriel Soares e outro com o Governador D. Francisco de Sousa.

Em 1592, escreve ao Geral o P. Amador Rebelo, de Lisboa, que, se El-Rei lhe pedir Padres para irem com o capitão Gabriel Soares, a descobrir minas de oiro, que lhos não dê. Porque, diz o Provincial do Brasil, «os práticos afirmam que não há minas, e que aquilo não é senão pretexto para tomar e saltear Índios». E que a isto não podem ir os nossos Padres, sob pena de nunca lá tornarem, para os fazer cristãos. Por outro lado, «êste quere mal aos Nossos, manifestamente, como mostram os Capítulos e falsos testemunhos que neste Reino deixou».

E acrescenta que nenhum Superior de outras Ordens quis dar Padres para ir com Gabriel Soares [1].

O Governador D. Francisco de Sousa também pediu Jesuítas para as suas expedições às minas. O P. Geral, talvez por excesso de zêlo de quem o informou, ou ambigüidade na informação,

---

cam, quam in conversione Indorum multis annis exercuit. Confessor et concionator. Fuit Superior in Residentia Sancti Vincentii annos 5 cum dimidio, 3 vero in Residentia Portus Securi. Professus 4 votorum ab anno 1593 ».

1. Carta de Amador Rebelo, a 18 de Abril 1592, Lus. 71, 123. Gabriel Soares obteve de Filipe II o título de Capitão-mor Governador da Conquista e descobrimento do Rio de S. Francisco. A expedição foi infeliz, perecendo êle e a maior parte da sua gente. Barbosa Leal, em carta, publicada integralmente por Capistrano de Abreu na Revista da Secção da Sociedade de Geographia de Lisboa no Brasil, 2.ª série, n.os 1-2, p. 12-22 e 66, depois de narrar o itinerário, conta assim a sua morte, sucedida presumivelmente no sertão, entre Jacobina e o Paramirim, do Rio das Contas. « A notícia que há é que, tendo assentado a oficina que levava, se levantou uma noite entre o seu gentio manso e o gentio do sertão, que êle tinha agregado, uma grande pendência, e que êle saíra da sua barraca naquele conflito com uma catana nas mãos para os apartar, maltratou alguns de uma e outra parte, os quais, todos escandalizados, fugiram e o desampararam, deixando-o naquele deserto aonde com certeza morreu e os mais que o acompanharam». Cf. nota II de Rodolfo Garcia em Pôrto Seguro, HG, II, 81.

cuidou que os Padres iriam, por conta própria, « a buscar salitre e oiro ». Escreve, portanto, que os Padres não foram ao Brasil para isso. E que, além de graves inconvenientes, era contra o cânon 12 da V Congregação (1593-1594) [1].

Já em carta anterior tinha tocado o P. Aquaviva neste assunto, porque, a 10 de Outubro de 1598, escreve Pero Rodrigues:

« Aponta V.ª P.ᵉ que dei palavra ao Governador que mandaria buscar pelos Nossos salitre e oiro, o que êle poderá escrever a El-Rei, etc. A isto respondo, que não tome V.ª R.ª pena, porque tal palava não dei ao Governador nem há tal imaginação. Nem nunca tal se fêz nem fará nesta Província. O oiro que mandei descobrir, foram as almas dos Índios, o que mandei por duas vias; em uma missão, dois Padres; em outra, dois Padres e dois Irmãos. Da primeira já tenho boas novas; da segunda, boas esperanças. Como vierem, escreverei a V.ª P.ᵉ, a quem peço os encomende a Deus Nosso Senhor, pois as missões são de tanta glória sua e tão próprias de nosso Instituto » [2].

2. — Estas entradas e missões vinham já de longa data. Quando o P. Leonardo Nunes com Pero Correia foram aos Campos de Piratininga, depois da prègação, pediram-lhe os Índios que ficassem lá. E escandalizaram-se por não ficarem logo... [3]. Esta entrada a Piratininga, que foi a primeira duma série de tentativas para a fixação dos Padres no interior do Brasil, deu como resultado definitivo a fundação de S. Paulo, e muitos anos mais tarde, não por via interna, senão marítima, a fundação da Missão de Paraguai.

Tal movimento para o interior justifica-se, em parte, pela contraposição geográfica da costa do sul, em geral areenta, com a fecundidade do planalto. Em 1553, existia a preocupação geral, que assinalámos, de ir ao interior a descobrir gentio melhor que o da costa [4]. As notícias, que vinham do Peru, eram grande parte para essas tentativas. Em todo o caso, como as condições

---

1. Carta do Geral ao Provincial, 4 de Outubro de 1598, *Bras. 2*, 132.
2. Carta de Pero Rodrigues, Baía, 10 de Outubro de 1598, *Bras. 15*, 467.
3. *CA*, 91.
4. *Bras. 3 (1)*, 86v, 100v.

da costa marítima, ao norte do Rio, ofereciam condições favoráveis de vida, é natural, que nem os colonizadores nem os Padres se quisessem abalançar à vida no interior, emquanto houvesse recursos na costa. S. Inácio recomenda expressamente que primeiro se evangelizem as povoações marítimas, de cujo progresso haveria de depender o sertão, tanto mais que a experiência tinha mostrado que não havia tranqüilidade nem paz, nem catequese, onde os Índios se não sentissem enquadrados fortemente por vilas ou povoações de Portugueses [1].

Precisamente para garantir a sua estabilidade e renovar os quadros da população indígena Tupinambá da Baía, que se ia dizimando, renovação necessária não só sob o ponto de vista económico e colonial mas até catequético, iniciou-se um sistema de incursões, que serviriam de canal para a gente do interior se escoar para o mar, a abeberar-se da civilização e doutrina cristã. Além do motivo fundamental da conversão, era um meio de evidente utilidade pública; com êle se proviam as Aldeias da costa, «sem as quais o Brasil se não pode sustentar» [2].

A êste movimento chamou-se *entradas*, e não era exclusivo dos Padres. Na divisão geral das bandeiras, incluem alguns as entradas dos Jesuítas, chamando-lhes *bandeiras religiosas*, para a catequese dos Índios [3]. Preferimos conservar o nome simples de *entrada*, que lhe davam os Padres do século XVI, tanto mais que à palavra *bandeira* anda anexo um não sei quê de militar e violento contra os Índios, que nunca tiveram as entradas Jesuíticas. Pelo contrário, algumas tinham um escopo nitidamente apaziguador. É o caso dos Índios do Rio Paraíba, sertão do Rio de Janeiro, no ano de 1578. Temendo os Portugueses que estivesse levantado o sertão, intervieram os Padres, pacificaram-no e desceram algumas 600 almas [4].

Repetiu-se facto semelhante num grave conflito entre os

---

1. *Ann. Litt. 1590-1591*, p. 823.
2. *Algumas Advertencias*, Roma, Vitt. Em., *Gesuitici, 1255*, 18v; cf. Guerreiro, *Relação Anual*, I, 374.
3. Assis Moura, *As Bandeiras Paulistas*, in *Rev. do Inst. Bras.* Tômo especial, (1914) 227.
4. *Registrum Parvum*, Roma, Vitt. Em., *Gesuitici, 3714*, 17; cf. Anch., *Cartas*, 324.

Índios e os Portugueses, em 1585. Pediram os Vereadores do Rio de Janeiro que fôsse um Padre com o legado português para fazer as pazes, como efectivamente fizeram [1].

São freqüentes os casos, em que se diz que tais e tais Índios, que antes eram inimigos dos Portugueses, agora, depois da intervenção dos Padres, teem igrejas e são amigos [2].

Veremos outro tanto, não só dos Tupinambás, mas dos Potiguares, Aimorés, Amoipiras, Tapuias — movimento geral de atracção, de modo a poder dizer-se no *Discurso das Aldeias*, que só do sertão do Arabó ou Orobó desceram para as Aldeias dos Portugueses, num biénio (1575-1576), 20.000 almas, conta redonda, de que, em 1583, apenas restavam algumas, tendo morrido as outras, « castigo de Deus, por tantos insultos como são feitos e se fazem a êstes Índios » [3].

É informação esta, de segunda mão. Em todo o caso, Pero Rodrigues, em carta de 1 de maio de 1597, escreve:

« O escudo, muros e baluartes contra todos êstes inimigos [negros revoltados, Aimorés e Franceses] são os Índios de paz que estão junto de nossas povoações, os quais antigamente eram infinitos, mas com as doenças que nêles deram e principalmente com os contínuos agravos e muitas sem-razões e mau tratamento que recebem dos Portugueses, são já poucos, e êsses não param daqui a duzentas ou trezentas léguas pelo sertão dentro. Os que se conservam e ficam entre nós são os que os Padres da Companhia foram buscar ao sertão e teem dêles cuidado em tôdas as Capitanias, ensinando-lhes a doutrina cristã e conservando-os em sua liberdade. Os mais, como tenho dito, andam pelos matos escondidos, fugindo dos Portugueses, que de contínuo os andam buscando e trazem com enganos, prometendo-lhes que os porão em Aldeias e conservarão em liberdade, e como os teem em parte seguros, repartem-nos entre si como carneiros, afastando os pais dos filhos, e irmãos dos irmãos, vendendo-os e tratando-os como escravos, e fazendo-lhes tantos

---

1. *Ann. Litt. 1585*, 140. Parece tratar-se da expedição comandada pelo irmão do Governador Correia de Sá, a que se refere Pero Sarmiento e de que falaremos brevemente.

2. Guerreiro, *Relação Anual*, I, 384.

3. *Discurso das Aldeias*, 377-378.

agravos, que de pura paixão e desgôsto morrem ou vivem pouco » [1].

Os métodos e bom tratamento dos Padres faziam que resistissem mais e, portanto, que nas calamidades e guerras se pudesse contar com êles.

A questão da descida dos Índios era assunto de vida ou de morte para o progresso do Brasil. Bem cedo pois se iniciou o movimento, verificando-se que a fundação das Aldeias e a fixação nela dos Índios do sertão obedecia ao mesmo pensamento civilizador. É com alvorôço que se conta a vinda dos Índios ou até a simples esperança de baixarem, como faz Baltazar Fernandes, ao escrever, em 1568, que alguns do sertão prometiam vir viver na costa de S. Vicente [2] ...

Em 1571, desceram para as Aldeias da Baía «quinhentos ou seiscentos gentios», que ficaram a viver em sua liberdade » [3].

Temos que atribuir às missões volantes dos Padres uma intenção ante-preparatória destas vindas do gentio.

Em 1574, vieram pedi-las à Baía os Tapuias, os Índios do Rio de S. Francisco, os Índios do Rio Real [4]. Feito o pedido, requeria-se licença do Provincial, para que tudo se fizesse com segurança e eficácia [5].

¿Como iam os Padres nestas entradas? Di-lo Vasconcelos: Os Padres «caminham a pé, com seus bordões nas mãos; levam seu breviário, ornamentos sagrados, agulhas pera rumos e alguma companhia de Índios mansos já bautizados, em cuja experiência levam os caminhos, e em cujo arco a provisão do sustento da vida. Suas frechas são as que caçam e juntamente pescam algumas vezes. As fruitas das árvores, as ervas dos campos, a água dos rios, o mel silvestre e sobretudo a Providência do Criador não falta. Desta maneira, vão cortando as matas, abrindo muitas vezes caminho humano, à foice, não sem perigo de feras, serpentes peçonhentas, selvagens atreiçoados [...]. Levam bandeira de paz, entram, levando diante a cruz, fazendo prática e

---

1. Carta do P. Pero Rodrigues, 1 de Maio de 1597, em Amador Rebelo, *Compendio de algumas cartas*, 215-216.
2. *CA*, 502.
3. Carta de Martim da Rocha, Setembro de 1572, BNL, fg. 4532, f. 35.
4. *Fund. de la Baya*, 42-43 (118).
5. *Bras. 2*, 140v.

demonstrações de quem são. Chegam os que hão-de hospedar, comumente os mais anciãos olham as cabeças, reconhecem as coroas, sinal sabido entre tôdas aquelas gentes, por onde conhecem os Abarés, que quer dizer Padres, e logo satisfeitos de não poder haver engano onde tal gente vai, põem-se em planto, que é o modo de receber com bom ânimo os amigos mais finos» [1].

Foram grandes sertanistas, no Espírito Santo, os Padres Domingos Garcia e Diogo Fernandes, que duma vez entrou 180 léguas, e, só à sua conta, trouxe mais de 10.000 almas [2].

Sumariemos aqui as entradas aos Tapuias, Amoipiras e aos Montes Arari que tinham a Baía como ponto de partida.

Tapuias era nome genérico, com que se designavam os Índios do sertão, no sentido com que os gregos chamavam *bárbaros* aos estrangeiros: «como quem diz selvagens» [3]. Os Tapuias desdobraram-se depois, à proporção que se iam individuando as tríbus com os próprios nomes [4].

Em 1583, foram aos seus sertões, a 60 léguas da Baía, um Padre e um Irmão para os trazerem consigo, e fazerem as pazes com os Aimorés [5]. Fernão Cardim, dando notícia dos Tapuias, diz, algum tempo depois, que «dêstes há muitos cristãos, que foram trazidos pelos Padres, do sertão, e aprendendo a língua dos do mar, que os Padres sabem, os baptizam e vivem muitos dêles casados nas Aldeias dos Padres, e lhes servem de intérpretes» para novas entradas [6].

Mais para o interior, na margem esquerda do Rio de S. Francisco, habitavam os Amoipiras. «Daqui [da Baía] a mais de cento e cincoenta léguas para o sertão da banda do sul, está o famoso Rio chamado Pará e por outro nome S. Francisco, além do qual

---

1. Vasc., *Anchieta*, 165.
2. Vasc., *Almeida*, 33-36.
3. Pero Rodrigues, *Anchieta* in *Annaes*, XXIX, 200.
4. Cf. Bernardino José de Sousa, *Onomastica Geral da Geographia Brasileira*, na *Rev. do Inst. da Baia*, 53, p. 274.
5. *Bras. 8*, 3v.
6. Fernão Cardim, *Tratados*, 206, e nota de Rodolfo Garcia, p. 267; Anch., *Cartas*, 30. Na direcção oeste da Baía, no sertão, fica Orobó. Daqui trouxe o P. Gaspar Lourenço, por volta de 1576, um «golpe de gente», *Discurso das Aldeias*, 377.

está grandíssima quantidade de Aldeias [...] cujos moradores se chamam Amoipiras»[1].

O primeiro contacto com êstes Índios foi em 1598. Fêz-se, diz expressamente o P. Pero Rodrigues, «para se remediarem os males temporais desta Baía». Em Janeiro dêste ano, enviou êle os Padres João Álvares e Pero de Castilho e dois Irmãos, com obra de duzentos Índios. Os Brancos, ao verem irem os Padres e Índios, diziam que «iam todos a morrer», às mãos daqueles Índios, que tinham fama de grande ferocidade e usavam setas ervadas. «Só o nome de Amoipira mete até agora mêdo». Ao fim de seis meses, de grandes fomes e sêdes, através da floresta virgem e cerrada, chegaram ao rio de S. Francisco. Estiveram para morrer, de-facto, às mãos dos Amoipiras, uns Índios que se adiantaram. Mas dando razão de si, e dissipadas as primeiras desconfianças, desceram com os Padres sete Índios, entre os quais um grande principal que falava «belamente», e foi causa, mais tarde, de descerem outros. Permaneceram êstes Índios nas Aldeias da Baía durante oito meses.

Disse-lhes o P. Pero Rodrigues, Provincial:

— *Vêdes aqui êstes meus filhos que, antes de vos verem, arreceavam de vos ir buscar, mas, agora que vos vêem, todos me pedem que querem ir buscar vossos parentes.*

Respondeu o Principal:

— *Também nós, antes que vos víssemos e viéssemos ver o como nos tratais, arreceávamos de vir, mas agora, que vemos isto, começará a fieira e não se acabará.*

Tornando êstes Índios a suas terras, foram com êles os Padres Afonso Gago, João Álvares, Manoel Correia e um Irmão[2]. Guiados por tão bons batedores de mato, encurtaram a viagem dois meses, chegando em quatro. Saindo da Baía no dia 13 de Maio de 1559, estavam lá a 16 de Setembro. «Desceram muitos para as Aldeias. Outros não quiseram por então vir».

Alguns anos depois, propunha-se nova missão e, mais tarde,

---

1. Carta de Pero Rodrigues, 1 de Agôsto de 1599 (Arq. Prov. Port.).

2. O P. João Álvares era natural de Olinda. Grande língua. Faleceu na Baía, no dia 3 de Maio de 1605 (*Bras. 5*, 55v-61; *Hist. Soc. 43*, 65v; Carta de Fernão Cardim de 1607, *Bras. 8*, 59; *Primeira Visitação — Denunciações da Bahia, 1591-1593*, p. 328).

o P. António de Araújo lembrou o caminho por terra, via S. Paulo — Rio de S. Francisco, para se evitarem os perigos e fomes daquela travessia perigosa, tão intoleráveis, que os Padres tiveram que salvar quatro ou cinco Índios, dos cem que os acompanhavam à ida, os quais «à fome e cansaço se deixavam ficar atrás, sem poderem caminhar». Os Jesuítas resolveram ir mais de-vagar, esperando por êles; e assim, alentando-os e amparando-os, escaparam [1]. Numa carta dos Padres João Álvares e Manuel Correia, datada do Rio de S. Francisco, relatam-se os trabalhos, dificuldades e disposição favorável dos Índios: «tudo é a conta de nossa ferramenta» [2]. As despesas, à custa dos Padres, eram extraordinárias, não só para sustentar a comitiva, ainda que pelo caminho se ia fazendo farinha, quando era possível, como para os resgates. «Não se pode falar com gentios sem anzóis e facas», dizia Nóbrega [3].

A Ânua de 1581 narra a ida, aos Montes Rari ou Arari, do P. Diogo Nunes com um Irmão. Ficava a 500.000 passos da Baía, no sertão, perto de Orobó, diz Capistrano [4]. Os Padres, a quem os mamelucos pretenderam impedir, foram a pedido dos próprios Índios. Depois de inúmeros trabalhos, desceram 200 pessoas, que chegaram às Aldeias da Baía no mês de Julho [5]. Aos Montes Arari fizeram-se muitas entradas, e nêles andavam,

---

1. *Algumas Advertencias*, Roma, Vitt. Em., *Gesuitici, 1255*, 17v; Carta de Tolosa, 17 de Agôsto de 1598, *Bras. 15*, 469v; *Annuae Litt. 1597*, p. 496; Carta de Pero Rodrigues, 1 de Agôsto de 1599 (Arq. Prov. Port.); Carta de Pero Rodrigues, 19 de Dezembro de 1599, *Bras. 15*, 474.

2. Carta incluída noutra de Pero Rodrigues de 19 de Dezembro de 1599, *Bras. 15*, 474.

3. Carta de 15 de Junho de 1553, *Bras. 3(1)*, 98; cf. *Certidão porque o Bp.º do Brasil certifica o que os p.es da Comp.ª fasem na conversão dos Indios e em outras cousas do serviço de Deus e de El-Rei*, de 26 de Março de 1582, Tôrre do Tombo, Jesuítas, 88. Cf. Apêndice F. Para ajudar a esta entrada aos Amoipiras, aplicou o Provincial o dinheiro que El-Rei lhe dava para a visita das casas (*Congr. 49*, 466). Sôbre os Amoipiras, cf. Gabriel Soares, *Tratado*, 305-308; Métraux, *Migrations Historiques des Tupi-Guarani* (Paris 1927) 5.

4. «Araripe, cuja forma antiga é *Rari*», Capistrano, *Caminhos antigos e povoamento do Brasil*, p. 163 e Prefácio à *Primeira Visitação* (Rio 1935) XXII.

5. *Ann. Litt. 1581*, p. 106-107; *Discurso das Aldeias*, 377. *Bras. 15*, 325-326. O P. John Yate, que só se ordenou em 1581, diz que fêz uma missão, sem explicar lugar nem tempo. «Had a mission up to the woods and mountains 500 miles off; returned thence after 10 months with 200 infidels, and would have

em 1598, os Padres Afonso Gago e Manuel Correia, grandes sertanistas, o primeiro natural de Pernambuco, o segundo dos Açores[1].

Sucedeu, na entrada de 1594, um caso que vale a pena referir. Muitas vezes andavam pelo sertão Índios, fugidos antigamente aos brancos. Misturados uns com os outros, ou com família constituída, não havia meio de descerem uns sem outros: ou todos ou nenhuns. Para evitar a inutilidade da viagem, os Jesuítas davam-lhes palavra de que todos viveriam livremente. Naquela entrada de 1594, foram quatro da Companhia com o P. António Dias por superior. Os Índios, à sua aproximação, cuidando que eram soldados, queimaram as casas e fugiram. Vendo que eram Jesuítas, chegaram-se. Garantindo-lhes os Padres que ficariam todos em liberdade, desceram muitos. Mas, assim que os viram ao seu alcance, os antigos senhores exigiram-nos para si. Defenderam-nos os Padres, que tinham ido ao sertão a pedido do Governador. A demanda judicial, que tal questão originou, subiu até Lisboa, onde se deu sentença favorável à liberdade dos Índios[2].

O movimento de entradas, para a descida de Índios, repetiu-se em todos os lugares da costa onde houvesse casas de Portugueses: aos Índios no Espírito Santo, aos Carijós no sul, aos Potiguares em Pernambuco, aos Aimorés nos Ilhéus. Não fica-

---

brought 1.000 if the Portuguese there had not hindered him with their lies thirsting more fore the bondage of de people than their salvation ; such in there unsatiable covetousness. — *Calendar of State Papers*, p. 354. A Ânua de 1594-1595 diz que ficava a 300 milhas.

1. Cf. *Bras. 15*, 365, 420v, 469v ; *Ann. Litt. 1590-1591*, p. 823-824 ; *Bras. 5*, 38v.

2. Carta de Pero Rodrigues, BNL, fg, Cx. 30, 82, 7.º ; *Bras. 15*, 415v, 473v-474 ; *Bras. 3 (1)*, 194. *Ann. Litt. 1594-1595*, p. 794. Cf. supra, Tômo I, p. 168--169. O P. António Dias, chefe desta entrada, depondo em 16 de Agôsto de 1591, « dise ser cristão velho, natural da cidade de Lisboa, filho de Gonçalo Dias Brandão e de sua molher Melchiora Fernandes, defuntos, de idade de cincoenta e tres anos, residente nas aldeas dos Padres da Companhia » (*Primeira Visitação: Denunciações da Bahia — 1591-1593*, p. 377). Fêz os votos de Coadjutor espiritual, no dia 30 de Novembro de 1583 (*Lus. 19*, 8). Era aceito dos Portugueses, bom cantor e regente. Áspero de condição para com os Índios (*Lus. 72*, 121). Em todo o caso impôs-se-lhes, e era tido por êles como « Pai e Mestre ». Faleceu em Reritiba em 1623, diz Simão de Vasconcelos, com 63 anos de Companhia e 84 de idade. —Vasc., *Almeida*, 39.

ram notícias concretas de tôdas as entradas dos Jesuítas para descer gente, no século XVI. Algumas vezes, chegavam a 200 léguas da Baía pelo sertão dentro[1]. Outras, partiam de lugares diferentes para se juntar no interior, como em 1600, em que foram do Rio de Janeiro o P. João Lobato, e, da Capitania do Espírito Santo, dois Padres, com o encargo de se reünirem todos três no sertão[2].

Além dos naturais perigos e despesas, estas entradas não estavam isentas de contradição por parte dos que espreitavam a oportunidade de açambarcarem para si as vantagens materiais que poderiam resultar da descida dos Índios.

Vantagens de outra ordem se seguiam também, para o devassamento das selvas, aproximando-as da civilização. Não raro, aos Jesuítas cabia a prioridade, como ao Padre Pedro de Pedrosa coube a glória, no século XVII, de ser o primeiro português que penetrou o sertão dos Tacauapes, sendo o primeiro que abriu, por terra, caminho para a comunicação do Estado do Maranhão com o Ceará[3].

3. — Bem se deixam ver os trabalhos sofridos em semelhantes entradas. O Brasil é província «mui trabalhosa e de cruz mui sêca», escreve Fernão Guerreiro[4].

Todavia, as entradas, para minas ou em busca dos Índios do sertão, eram muito mais raras que as comunicações constantes, por mar, entre as diversas casas da Província. Tais comunicações por terra, no começo, eram impossíveis. Isto deu ocasião a inúmeros naufrágios. Quási não há Padre, que não conte na sua vida algum caso ou risco. Nóbrega, quando ia da Baía para S. Vicente, em 1553, naufragou, já perto do pôrto. Não sabia nadar, mas lá se foi mantendo até que uns Índios se lançaram à água e o levaram em braços para um ilhote que ali havia, donde

---

1. *Bras. 15*, 387v.
2. *Bras. 3(1)*, 170v.
3. Barão de Studart, *Os Jesuítas e seus crimes*, no «Almanack do Ceará», 1922, p. 415. Contou-nos pessoalmente o venerando escritor que o título irónico dêste seu trabalho produziu o efeito desejado: ser lido por desafectos à Companhia, que tiveram assim ocasião de conhecer, sem o esperar, algumas verdades históricas.
4. Fernão Guerreiro, *Relação Anual*, I, 373-375.

passou para S. Vicente[1]. Padres houve que naufragaram uma, duas e mais vezes, como Luiz da Grã que, por não saber nadar, estêve sempre próximo da morte[2].

Um dos naufrágios do Padre Grã, de que escapou milagrosamente, foi em companhia de muitos outros: Padres Tolosa, António Rocha, Vicente Rodrigues, Fernão Luiz, Irmãos João de Sousa e Bento de Lima. Deu-se na foz do Rio Doce, no dia 28 de Abril de 1573, padecendo nímios trabalhos, perdendo o barco, quanto levavam, e caindo depois doentes com febres[3].

São freqüentes os casos como o seguinte, do mesmo Padre Tolosa, participante do naufrágio anterior. O P. Tolosa, «que havia um ano que andava visitando as Capitanias que estão pola costa da banda do sul», chegou à Baía antes de 2 de Dezembro. No caminho estiveram em perigo de naufragar duas vezes no «dia de Sam Miguel»; o dia seguinte, que foi de São Jerónimo, «estiveram outras duas vezes perdidos, e se, na derradeira, Nosso Senhor não acudira com um barco mais pequeno que em terra estava tomando água, o qual mandara o Governador Luiz de Brito, logo como chegou do Reino, para trazer os Padres, por saber a necessidade que dêle tinham, tiveram por averiguado haverem-se de perder»[4].

Quando o P. Leonardo Nunes veio à Baia buscar os Padres recém-chegados da Europa, naufragou em 1554, por altura de Caravelas. Aqui disseram os Padres missa sêca, por falta de pão e vinho, e aqui passaram miséria como conta Lourenço Braz, um dos náufragos[5].

Anchieta, que tambem era dêstes náufragos, estêve outra vez em perigo, afundando-se, e escapando como por milagre.

Nas viagens por mar, aos perigos inerentes ao próprio naufrágio, às piratarias com os correspondentes martírios ou cativeiros, acrescia o da terra: «quem escapa do mar, diz Martim da

---

1. Cf. Vasc., *Crón.*, I, 125; cf. *Bras.* 3(1), 91.
2. *CA*, 315; Franco, *Imagem de Coimbra*, II, 224-226; Vasc., *Crón.*, I, 120-122.
3. Oliveira, *Anual do Rio de Janeiro*, 37v-38; Ant. de Matos, *Prima Inst.*, 27-28v.
4. Carta de Caxa, 2 de Dezembro de 1573, BNL, fg, 4532, 39; *Fund. de la Baya*, 24v-25 (99).
5. *Bras.* 3(1), 108-109; Vasc., *Crón.*, I, 144.

Rocha, não escapa das frechas dos brasis que por esta costa são contrários aos brancos » [1]. Tal foi a sorte do primeiro bispo do Brasil e o que havia de suceder no século seguinte ao P. Luiz Figueira e seus companheiros. Jesuítas mortos em naufrágio no século XVI, contam-se o P. Leonardo Nunes, quando ia como procurador a Roma, e o P. João Baptista, afogado indo para a casa de Ilhéus, onde era Superior [2].

Os que escapavam dos naufrágios passavam, às vezes, transes heróicos; e equivaliam a naufrágios as calmarias ou ventos contrários que atrasavam desmarcadamente as viagens [3].

Tais demoras produziam, não raro, efeitos imprevistos e catastróficos.

Conservam-se notícias do que sofreram os Irmãos Manuel de Castro e Pantaleão Gonçalves, indo da Baía para Pernambuco, em 1573: « chegaram a fazer de comer com água salgada e a não beber cada dia mais água do que podia caber em uma casca de ovo, e isto por espaço de oito dias, e essa de tão mau cheiro que sòmente a falta que dela havia a fazia gostosa. Saíram em terra, por não poderem ir avante por mar, com perigo de serem comidos, êles e outras perto de trinta pessoas, de contrários, porque foi no lugar onde os gentios mataram o primeiro Bispo desta terra. Padeceram grandíssimos trabalhos não de água,

---

1. Carta de Martim da Rocha, Baía, 10 de Outubro de 1572, BNL, fg, 4532, f. 36v.

2. O P. João Baptista, « framengo de nação, natural de Olanda, de idade de quarenta e dous anos, sacerdote e pregador e confessor da Companhia de Jesus, ministro ora no Collegio da dita Companhia deste Pernambuco » (*Primeira Visitação: Denunciações de Pernambuco* (S. Paulo 1929) 468). Êste depoïmento refere-se ao ano de 1595. No seguinte, a 28 de Janeiro, fêz os votos de Coadjutor espiritual (*Lus. 19*, 75). Faleceu, em 1599, « no mar, afogado, indo para a casa dos Ilhéus, onde era Superior » (*Bras. 5*, 48; *Hist. Soc. 42*, 33; *ib. 43*, 65). Catálogo de 1598. « P. Ioannes Baptista Belga Superior ex dioecesi Clondensi (sic) annorum 45 firma valetudine admissus in Societatem anno 1575. Studuit Grammaticae annos 4or. Artibus liberalibus 3, conscienciae casibus duos. Fuit minister in Collegio Pernambucensi annos 6. Superior in hac Residentia [dos Ilhéus] unum cum dimidio. Concionator. Coadiutor Spiritualis formatus ab anno 1556 » (*Bras. 5*, 38v).

3. *Bras. 3(1)*, 169; cf. Carta do B. Inácio de Azevedo a S. Francisco de Borja, da Baía, a 19 de Novembro de 1566, onde diz que lhe parece mais fácil « ir a Portugal y boluer que uisitar la prouincia toda, porque a Portugal uan a todo tiempo, y por aqua no, sino por motiones, y a las uezes faltan embarquationes » — *Mon. Borgia*, IV, 345.

que lhe sobejava, senão de comida que a não tinham, estando despovoado quarenta léguas; chegaram a não ter que comer mais que farinha desta terra, que é pouco mais que terra, e dessa tão pouca, que lhes não vinha a cada um, por regra, mais que quanta podia encher uma casca de ovo, a qual com esta provisão lhes durou até catorze léguas de Pernambuco, e aí se acabou de-todo. Forçava-os isto a comer tudo o que achavam; e uma vez comeram umas frutinhas com que todos houveram de morrer, se a natureza se não aproveitara do vómito. Passaram muitos rios que nos escrevem seriam sessenta, muitos dêles mui grandes e furiosos que às vezes gastavam um dia em buscar remédio para os passar. Passavam-nos muitas vezes a nado, vendo, com seus olhos, os tubarões e lagartos mui temerosos. Passando um dos nossos um rio, e indo no meio com seu fatinho na cabeça, lhe deu um vágado de muita fraqueza, que houvera ali de acabar. Largou o que levava, e esforçou-se contra a corrente que era grande. E livrou-o Nosso Senhor. Foram bravamente acometidos de onças, tigres, etc. Viram ossos e cabeças de homens comidos, que eram certíssimos sinais de não estarem longe os imigos. Levavam os pés feitos uma chaga por baixo e por cima. E da cinta para riba iam esfolados do grande sol; mas, com tudo isso, os consolava tanto Nosso Senhor que não só tinham fôrças para passar com alegria aquêles trabalhos, mas também para esforçar aos outros, e, segundo dizem, muitos ficaram por êsses matos, se êles não foram»[1].

É instrutivo confrontar esta viagem, em tão trágicas condições, com a que fêz, em 1596, o Provincial Pero Rodrigues com mais dois Padres e os Índios necessários para a travessia da Baía a Pernambuco. Foram por terra, para evitar os corsários, que rondavam nas costas. Os Padres iam a cavalo. A-pesar disso, foram tantos os trabalhos, na passagem dos atoleiros e rios, que êle diz: «nunca cuidei serem tão agros os trabalhos que os Padres padecem nestas missões»[2]!

---

1. Carta de Caxa, a 2 de Dezembro de 1573, BNL, fg. 4532, f. 42v-43. Cf. *Fund. de la Baya*, 25-25v (100); *Fund. de Pernambuco*, 64-64v (24-25).

2. Carta de Pero Rodrigues, 19 de Dezembro de 1599, *Bras. 15*, 474; cf. id., *Bras. 3(1)*, 170v-171; Carta de Tolosa, 17 de Maio de 1572, BNL, fg. 4532, f. 33.

«Cá não há os caminhos de Portugal, escrevia Navarro logo nos primeiros anos, e há nêles muitas onças e outras feras» [1]. Quando algum Padre se aventurava só, mesmo nos arredores das Povoações, arriscava-se a perder-se como sucedeu a um, em Piratininga [2]. Se tinham de atender a doentes de noite, iam «com fachos acesos pelo meio de matas cerradas, tropeçando e caindo a cada passo, com assaz de perigo» [3]. A-pesar do prestígio dos Padres, quando os Índios estavam sob o influxo das suas bebidas fermentadas, mal podiam ser reconhecidos. Vicente Rodrigues e Navarro passaram sério risco, numa ocasião destas, sendo atacados por Índios embriagados [4].

Pero Rodrigues, comentando os seus próprios sofrimentos, naquela ida da Baía a Pernambuco, tem: «isto é sombra, em comparação dos que vão caminhando a pé, rompendo brenhas e fazendo caminhos novos, não por um mês, mas por muitos, comendo de raízes de árvores e de umas palmeiras bravas, que, pisadas com paus, se desfazem em uma farinha grossa, muito áspera e má de lavar. Desta maneira se fazem tôdas as missões, e, por ser coisa ordinária, os que lá nunca foram não o sabem para o escrever, e os que foram, encobrem seus trabalhos, oferecendo tudo à glória daquele por cujo amor o padecem» [5].

Diversidade de línguas, distâncias incalculáveis, meses e, às vezes, mais de um ano pelas selvas, perigos de cobras peçonhentas como aquela cascavel que mordeu ao P. Luiz Rodrigues em 1561 e de que por milagre escapou [6]. Onças e tigres que assaltam as «picadas» da floresta; Índios contrários; areais que escaldam os pés; frios no sul, calores no norte, chuvas ou geadas; passagem de atoleiros ou rios com água pelo peito; roupa a enxugar de noite ao calor do fogo, sem outra para mudar. Im-

---

1. *CA*, 69.
2. Anch., *Cartas*, 167.
3. Vasc., *Crón.*, II, 11.
4. *CA*, 69-70.
5. Carta de Pero Rodrigues, *Bras*. 15, 474.
6. O próprio P. Luiz Rodrigues, conta como foi mordido e se tratou (*CA*, 374). Vasconcelos desconhecia êste facto, porque escreve ser «tradição constante, que jamais se viu ou ouviu que Religioso algum da Companhia de Jesus fôsse mordido de bicho peçonhento, sendo êstes missionários de todo o Brasil e trilhando continuamente as matas e campos». — Vasc., *Anchieta*, 384.

paludismo, febres. E, contudo, «nada disto se estima, e muitas vezes por acudir a baptizar um escravo dum português, se andam seis e sete léguas a pé, e às vezes sem comer: fomes, sêdes *et alia huiusmodi*; e, finalmente, a nada disto se negam os Nossos, mas sem diferença de tempos, noites nem dias, lhes acodem, e muitas vezes sem ser chamados, os andam a buscar pelas fazendas dos seus senhores, onde estão desamparados» [1].

Uma das frases repetidas com freqüência pelos Jesuítas é que o Brasil é cruz trabalhosa, «cruz mui sêca», cruz pesada [2]. Cruz é sacrifício; e o sacrifício é sempre fecundo. Por isso, também ao ver que, a-pesar-de todos os obstáculos, a semente ia germinando em frutos de bênçãos e de civilização, vagarosos, mas certos, um dêles repetia já, com a inabalável confiança dos apóstolos, heróis e santos: «isto faz que a cruz dêste Brasil seja menos áspera» [3]...

---

1. Anch., *Cartas*, 323, 174; cf. *CA*, 500-501.
2. *CA*, 432, 192.
3. *CA*, 435; Guerreiro, *Relação Anual*, I, 373-375. Os trabalhos dos Jesuítas impressionaram os homens cultos do Brasil e inspiraram os seus maiores poetas. Tinha-os de-certo no pensamento Castro Alves, quando escreveu, na sua poesia *Jesuítas*. Cf. Manuel Bandeira, *Antologia dos poetas brasileiros da fase romântica* (Rio 1937) 272:

> O martírio, o deserto, o cardo, o espinho,
> A pedra, a serpe do sertão maninho,
>   A fome, o frio, a dor,
> Os insectos, os rios, as lianas,
> Chuvas, miasmas, setas e savanas,
>   Horror e mais horror...
>
> Nada turbava aquelas frontes calmas,
> Nada curvava aquelas grandes almas
>   Voltadas para a amplidão...
> No entanto êles só tinham, na jornada,
> Por couraça — a sotaina esfarrapada...
>   E uma cruz por bordão.

CAPÍTULO IV

A liberdade dos Índios

1 — Legislação portuguesa sôbre a liberdade dos Índios; 2 — A Mesa da Consciência e o P. Nóbrega; 3 — A lei de 20 de Março de 1570; 4 — A lei de 26 de Julho de 1596; 5 — Processos dos colonos para a escravização dos Índios; 6 — As escravas; 7 — Escrúpulos e reacções; 8 — Conclusão.

1. — A escravidão dos Índios do Brasil meteu-se pouco a pouco. Escravidão no sentido de tráfico, isto é, de compra e venda, porque escravidão pròpriamente dita já existia antes da chegada dos Portugueses; e escravidão da pior espécie, que terminava, ao fim dalgum tempo, depois da *engorda* do escravo, cativo de guerra, pela morte aparatosa em público terreiro.

A estas guerras entre tribus, que assim concluíam na antropofagia, sucederam as guerras sem antropofagia. Dizia um chefe índio, em 1549, que queria ser cristão e não comer carne humana; mas que havia de ir a guerras e «os que cativar, vendê-los e servir-se dêles, porque êstes desta terra sempre teem guerra uns com os outros»[1].

Mas estas guerras de Índios entre si não foram grande ocasião de escravatura, porque os Índios cristãos logo deixaram de os fazer, e os não-cristãos só dificilmente se desfaziam dos escravos, preferindo devorá-los a vendê-los. Fonte de escravatura foram as guerras movidas pelos brancos, sobretudo mamelucos. Tais guerras, quando não eram legais, chamavam-se assaltos ou simplesmente «saltos». «De maravilha se acha cá escravo que não fôsse tomado de salto», verificou Nóbrega[2].

---

1. Nóbr., *CB*, 72.
2. Id., *ib.*, 81-83.

Os ecos dêstes «saltos» tinham chegado a Lisboa e já no Regimento de Tomé de Sousa se consigna que quem ousar saltear Índios «morra de morte natural»[1].

Mas, de que valia? Em tôda esta matéria, no Brasil como aliás em tôda a América, as leis cominatórias tinham pouca eficácia. Os colonos abstinham-se um instante de praticar o que se proïbia; passado tempo, recomeçavam, e às vezes com mais intensidade. Divórcio em geral entre o direito e o facto. «Os Reis dão leis, mas não as cumprem os Vice-Reis» — dirá mais tarde gràficamente um Jesuíta do Ceará[2].

Os Padres, defensores acérrimos da liberdade dos Índios, urgiam, é certo, o cumprimento dessas disposições legais. Mas contra êles prevalecia umas vezes a resistência, não raro violenta, dos colonos; outras, simplesmente, a inevitável fôrça da inércia, que tudo desgasta com o tempo. Neste capítulo, veremos a atitude constante dos Jesuítas. Admitindo, como tôda a gente, a escravatura, e mesmo a necessidade dela no Brasil, os seus esforços concentraram-se em suavizá-la, suprimindo-lhe os abusos. Algumas vezes, porém, foram tão longe na defesa da liberdade dos Índios, que, lògicamente, teriam suprimido a própria escravatura, se as ideias correntes naquela época lhes não opusessem intransponível barreira.

O primeiro abastecimento de escravos índios, no Brasil, localizou-se na região do sul, costa e interior. Entre as acusações que faz Martim González contra o Governador do Paraguai, Domingos de Irala, estava esta: que «dava licença aos moradores de S. Vicente para que pudessem tirar Índios desta terra, e assim levaram muitos»[3]. Filipe II de Espanha, então príncipe, ainda

---

1. Cf. *Rev. do Inst. Bras. 61*, I P. 58, § 28. É conhecida a Letra Apostólica do Papa Paulo III, *Veritas ipsa*, do dia quarto Kal. Iunii (29 de Maio) de 1537, declarando que os Índios são seres racionais, como todos os homens; que não são inháveis para a fé católica; e que se tem dito o contrário para mais fàcilmente os escravizarem; mas que êles não estão nem devem ser privados de liberdade. — Vasc., *Crón.*, XCV-XCVI, texto latino e tradução, dando-lhe a data de 9 de Junho. Cf. também Lewis Hanke. *Pope Paul III and the American Indians*, em *The Harvard Theological Review*, XXX (1937) 65-102.

2. Carta do P. Jac. Coclaeus ao P. Oliva, do Ceará, 21 de Setembro 1669, *Bras. 3 (2)*, 95-95v.

3. Carta de Martim González a Carlos V, de Assunção, 25 de Junho de 1556, cf. Ulrich Schmidel, *Viaje al Rio de la Plata*, edição Lafone, (B. A. 1903) 484.

escreveu a D. João III, de Portugal, rogando-lhe que mandasse pôr em liberdade alguns escravos dêsses, que se achavam nas terras de S. Vicente [1].

Mais eficaz foi o pedido do P. Nóbrega ao Governador Tomé de Sousa, logo que chegou ao Brasil, para que libertasse uma partida de Carijós, alguns já cristãos, injustamente cativos. O Governador acedeu; e encarregou-se de os ir restituir a suas terras o P. Leonardo Nunes, destinado a S. Vicente. A maior parte não voltou. Os Índios preferiram ficar no Espírito Santo, em plena liberdade, casados, e com terras para granjear mantimentos.

Entretanto, impetrava Nóbrega de Lisboa que El-Rei passasse provisões ao Governador com faculdade para retomar todos os Índios injustamente cativos e os restituir a suas terras, e chegou a pedir que El-Rei mandasse comissários para os libertar [2]. Restituïções à liberdade, por intermédio dos Padres, davam-se com freqüência, como em Pernambuco, em 1589: «dois Índios, escravizados injustamente, gozam já de liberdade, por meio dos Padres» [3].

Foi incalculável o prestígio, que a atitude dos Jesuítas lhes granjeou logo, entre todos os Índios do Brasil. Percorreu as selvas dum lado a outro a notícia de que entre os Portugueses havia também quem os defendesse. Iniciou-se desta forma o movimento libertador, cujo primeiro efeito foi restabelecer o equilíbrio na colonização portuguesa, entre os aborígenes e os conquistadores, equilíbrio perdido com freqüentes atropelos. Nesta nobre tarefa, secundou os Padres, além do poder executivo, o poder judicial. Comunica o Ouvidor Pero Borges: «agora, que a requerimento dêstes Padres Apóstolos [4] que cá andam, homens a quem não falece nenhuma virtude, eu mando poer em sua liberdade os gentios, que foram salteados, e não tomados em guerra:

---

1. De Valladolid, 26 de Fevereiro de 1557, Sevilla, Arquivo de Indias, *Buenos-Aires — 1*, livro 2.º, f. 30.

2. Nóbr., *CB*, 82, 109-110, 139; *CA*, 52, 57, 68; Vasc., *Crón.*, I, 54, 61, 73-75.

3. *Bras. 15*, 366v.

4. Nome com que foram conhecidos em Lisboa os primeiros Jesuítas que ali chegaram (P. Mestre Simão Rodrigues e S. Francisco Xavier), costume que se estendeu aos demais.

estão os gentios contentes e parece que lhes vai a coisa de verdade, e mais porque vêem que se lhes faz justiça, e a fazem a êles, quando alguns cristãos os agravam; e parece-me que será causa para não haver aí guerra »[1].

Notemos, de passagem, a distinção jurídica entre Índios salteados e Índios tomados em guerra. A guerra justificada legalizava então a escravatura.

As restituïções nem sempre se faziam de boa-mente. Um colono recusou-se uma vez a entregar alguns Índios injustamente cativos. Mem de Sá era firme. Ordenou, nada menos, que lhe arrasassem a casa, se persistisse na recusa. O colono cedeu[2].

Tal episódio é indício da reacção que necessàriamente se havia de operar numa terra onde era extrema a escassez de braços para a lavoira. Semelhantes reacções revestiram formas diversas, segundo os motivos que as determinavam.

O primeiro acto legal de escravatura no Brasil foi a respeito dos *Caetés*, em 1562. Êstes Índios, fingindo receber, como amigos, aos náufragos duma nau dada à costa, em que ia o Bispo, D. Pedro Sardinha, e outras personalidades de importância, atacaram-nos traiçoeiramente, à passagem dum rio, quebraram-lhes as cabeças e devoraram-nos. Deu-se o assassinato no tempo do Governador D. Duarte da Costa, que não pôde vingar a felonia. Dispunha-se a ir vingá-la o seu sucessor, Mem de Sá, quando foi solicitada a sua atenção para a conquista do Rio de Janeiro, invadido pelos Franceses. Depois, em vez de guerra, fêz uma lei, pela qual tôda a geração dos Caetés se condenava à escravidão, em castigo daquelas mortes. Esta lei vindicativa teve a aprovação geral, mesmo dos Jesuítas. Fêz-se, porém, em têrmos demasiado amplos, o que deu lugar a atropelos. Onde o colono achasse um Caeté, logo o podia tomar e ferrar. Ora muitos Caetés estavam já arrependidos e convertidos, e viviam pacìficamente misturados com os Índios da Baía e nas Aldeias dos Padres. Interveio então o Provincial Luiz da Grã. Prevendo que o povo fôsse desinquietar os Índios cristãos, pediu a ajuda do Governador. Todavia, não já a tempo de se evitar o abandôno

---

1. Carta de Pero Borges a El-Rei, de Pôrto Seguro, 7 de Fevereiro de 1550, publicada por Pedro de Azevedo na *Rev. de História*, XIII (Lisboa 1915) 73.
2. Vasc., *Crón.*, II, 54.

de quatro Aldeias, as de Santo António, Bom Jesus, S. Pedro e Santo André. Os moradores espreitavam a ocasião de os Índios saírem à pesca ou à caça, e onde quer que os topavam, logo se apoderavam dêles, ferrando-os. Luiz da Grã achou que era uma exorbitância, nem podia ser êsse o espírito da lei. Interveio, portanto, e com êle Mem de Sá, *cum manu valida*, voltando a paz às Aldeias. Colono houve que restituíu 30 ou 40 peças, feliz de o fazer a salvo de castigo. Os Índios, sabendo que os Padres os defendiam, acorreram de tôda a parte, em bandos, ao Colégio da Baía. Era coisa piedosa, diz Leonardo Nunes, ver tanta gente «uns pedirem filhos, e outros mulheres e parentes e outros maridos», reconstituindo-se as famílias, que aquela caçada humana desorganizara. Luiz da Grã não teve mãos a medir. Braz Fragoso, Ouvidor Geral, cooperou também com Mem de Sá nesta reconstituição. E os próprios moradores vieram a reconhecer que, se tivessem levado avante o seu desígnio de cativar a todos, indistintamente, teriam provocado a fuga, alevantamento e reünião dêles em lugar, donde não fôsse fácil depois desalojá-los e reduzi-los [1].

Parte dos Caetés vivia nas Aldeias dos Padres, dissemos. Aldeamentos e liberdade dos Índios são questões conexas. Vivendo nelas num regime de defesa, e sendo tratados com mais humanidade, muitos Índios acolhiam-se às Aldeias, uns vindos do sertão, outros fugidos a seus senhores. Mil ocasiões de atritos, que exigiam regulamentos minuciosos para dirimir as diferenças emergentes entre colonos e Padres. Uma carta de Leão Henriques, Provincial de Portugal, ao Padre Geral, de 18 de Março de 1566, diz que o P. António Pires pede remédio urgente para certos negócios graves do Brasil, e que tratara disso com o Cardial Infante e outras pessoas da côrte [2]. Não se declara o objecto do negócio. Mas El-rei escreveu então duas cartas idênticas, uma dirigida a Mem de Sá e outra ao Prelado do Brasil. Na primeira diz: «Mem de Sá, amigo. Eu El-rei vos envio muito saüdar. Porque o principal e primeiro intento, que tenho em tôdas as partes da minha conquista, é o aumento e conservação de nossa santa fé católica, e conversão dos

---

1. *CA*, 357-358; *Discurso das Aldeias*, 355; Vasc., *Crón.*, III, 43.
2. *Lus.* 62, 22.

gentios delas, vos encomendo muito, que dêste negócio tenhais, nessas partes, mui grande e especial cuidado, como de coisa a vós principalmente encomendada, porque, com assim ser e em tais obras se ter êste intento, se justifica o temporal que Nosso Senhor muitas vezes nega, quando há descuido no espiritual ».

« Eu sou informado que, geralmente, nessas partes, se fazem cativeiros injustos, e correm os resgates com título de extrema necessidade, fazendo-se os vendedores pais dos que vendem, que são as coisas com que as tais vendas podiam ser lícitas, conforme ao assento que se tomou ».

« Não havendo as mais das vezes as ditas causas, antes pelo contrário intercedendo fôrça, manhas, enganos, com que os induzem fàcilmente a se venderem, por ser gente bárbara e ignorante, e por êste negócio dos resgates e cativeiros injustos ser de tanta importância, e ao que convém prover com brevidade, vos encomendo que com o Bispo e o Padre Provincial da Companhia, e o Padre Inácio de Azevedo e Manuel da Nóbrega e o Ouvidor Geral, que lá está, e o que ora vai, consulteis e pratiqueis, neste caso, e o modo que se pode e deve ter para atalhar aos tais resgates e cativeiros, e me escrevais miùdamente como correm, e as desordens que nêles há, e o remédio que pode haver para os tais injustos cativeiros se evitarem, de maneira que haja gente com que se granjeem as fazendas, e se cultive a terra, para com a dita informação se tomar determinação no dito caso, e ordenar o modo que nisso se deve ter, que será como parecer mais serviço de Nosso Senhor e meu, e, emquanto não fôr recado meu, que será com ajuda de Nosso Senhor brevemente, se fará acêrca disso o que por todos fôr assentado ».

« Muito vos encomendo, que aos novamente convertidos favoreçais, e conserveis em seus bons propósitos, e não consintais serem-lhes feitas avexações, nem desaguisados alguns, nem lançados das terras que possuírem, pera que com isso se animem a receber o sacramento do baptismo, e se veja que se pretende mais sua salvação que sua fazenda, antes aos que as não tiverem provejais, e ordeneis com que se lhes dê de que cómodamente possam viver, e, sendo possível, dareis ordens como alguns Portugueses de boa vida e exemplo vivam nas Aldeias entre os que se convertem, ainda que seja com lhes fazerdes algumas avantagens, pera com a sua conversação e exemplo irem adiante em seus bons propósitos »[1].

O Visitador, Inácio de Azevedo, só chegou a 24 de Agôsto. Não se esperou por êle nem pelo Ouvidor novo, Fernão da Silva. Alguns dias antes, *em 30 de Julho de 1566*, fêz-se a Junta, ordenada por El-Rei, e nela tomaram parte o Governador, o Bispo, o Ouvidor, e alguns Padres da Companhia, entre os quais Luiz da Grã. Nóbrega estava então no Sul. A súmula das importantes resoluções que tomaram, segundo os diversos motivos ou fontes de discórdia, é como segue:

I — Quanto aos Índios que fogem para as Aldeias dos Padres: a primeira vez, não se entreguem aos que dizem pertencer-lhes, sem prévia ordem escrita do Governador ou Ouvidor; a segunda vez, e quando já são reconhecidos como escravos, poderão então os Padres entregá-los, sem mais formalidades. É a confirmação duma ordem dada anteriormente por Meni de Sá, neste sentido.

II — O Ouvidor que vá, de quatro em quatro meses, visitar as Aldeias, administrar justiça e devassar das possíveis queixas.

III — Nomeie-se um Procurador dos Índios com o competente salário.

IV — Os moradores muitas vezes casam os Índios, que os servem, com as suas índias escravas. Sucede que alguns daqueles Índios já são casados nas Aldeias. O Bispo tomará isso a seu cargo para repreender os curas que celebram o casamento e castigar os senhores que o promovem.

V — Ainda que o foral permite aos moradores a compra de Índios, que se apresentem à porta de sua casa para serem vendidos, contudo, como se teem dado muitos casos ilícitos, não se façam tais compras, sem primeiro se examinar se são justas.

VI — Os Padres poderão entregar directamente aos seus donos, sem escrito do Governador ou Ouvidor, os Índios fugidos que livremente confessem que são escravos, e sôbre os quais não haja a menor dúvida; como também lhes poderão ceder os Índios forros, que não pertençam às Aldeias, e queiram, livre-

---

1. Anch., *Cartas*, 359-360.

mente, ir trabalhar nas casas particulares; se não quiserem ir, ninguém os poderá levar à fôrça[1].

VII — Quem, por sua própria autoridade, tomar qualquer Índio litigioso, que se acolher às Aldeias dos Padres, perderá todo o direito que sôbre êles porventura tenha.

Assinam o documento: Mem de Sá, o Bispo do Salvador, Braz Fragoso[2].

Com tais cláusulas, dá-se verdadeira protecção ao Índio e fortalece-se a autoridade dos Padres nas Aldeias. Também se procurou empecer, com peias burocráticas, a demasiada desenvoltura dos colonos na aquisição e utilização dos Índios.

2. — Em 1564, tinham-se examinado as determinações da Mesa da Consciência, tribunal régio, instituído em Lisboa em 1532, e a cujas atribuïções pertencia o decidir da questão índia no Brasil[3].

Uma Junta feita na Baía, com a assistência do Governador, Prelado, Provedor e Provincial dos Jesuítas, reduziu aquelas determinações a duas: a escravatura dos Índios do Brasil só se podia dar, fora do caso de guerra justa, quando o pai vendesse o filho em caso de grande necessidade, ou o próprio filho, maior de vinte anos, se vendesse a si mesmo para participar do preço. Foram, portanto, declarados livres todos os Índios vendidos por tios, irmãos e parentes[4].

A Mesa da Consciência, como tribunal, não era inacessível a influências. Já em fins de 1559, se tinha ela pronunciado a favor dos Índios. Mem de Sá escreve, a 31 de Março de 1560, a El-rei, dizendo que fêz registar as suas determinações no livro da Câmara. Os oficiais «receberam isto muito mal, porque não teem outros proveitos na terra. Sôbre isto escrevem a Vossa Alteza. Bem me parece a mim que, se os da Consciência

---

1. Também, entre as provisões que os Padres alcançaram a favor dos Índios, foi uma de D. Sebastião a 20 de Novembro de 1575, « que não fôssem obrigados a servir os Portugueses em suas casas mais que um mês contínuo », atalhando a que, insensivelmente, ficassem sempre, como escravos, *de-facto*, e se amancebassem (*Bras. 15*, 383v, ao 5.º). Publicada no *Discurso das Aldeias*, 370-371.

2. *Discurso das Aldeias*, 360-362; Pôrto Seguro, *HG*, I, 425.

3. Fortunato de Almeida, *História de Portugal*, III, 55.

4. Vasc., *Crón.*, III, 41-42.

foram melhor informados, que em algumas coisas foram mais largos»[1]. Estas informações preparavam a lei contra os Caetés, que pouco depois se fêz.

As duas proposições da Junta da Baía foram entregues ao P. Quirício Caxa, que as examinou e aprovou: «digo que o pai pode vender o filho, estando em extrema necessidade»; digo «que um se pode vender a si mesmo, porque cada um é senhor da sua liberdade, e ela é estimável, e não lhe está vedado por nenhum direito: logo pode-a alienar e vender». Quirício Caxa procurou justificar jurìdicamente estas proposições.

Não era da mesma opinião Manuel da Nóbrega; e, assumindo as provas do P. Caxa, estudou-as com profundeza. O seu estudo pode-se considerar o primeiro trabalho jurídico-moral escrito no Brasil, a favor da liberdade humana, em geral, e dos Índios em particular[2].

Destrinçando as questões, na primeira, se um pai pode vender o seu filho, trata a matéria quanto ao *quid iuris*, enumera e tira os seus corolários:

«O 4.º corolário, diz êle, é que a determinação do Sr. Bispo e do Senhor Governador e Provedor-mor e do Padre Luiz da Grã, Provincial, que neste caso tomaram, a qual, segundo pelas palavras da monitória, que se passou, se vê, são as seguintes: O pai pode vender seu filho com grande necessidade, etc., se hão-de entender de *extrema* e outra nenhuma não, conforme ao que está dito, porque a entender-se de outra grande necessidade, que não chegue a extrema, seria mui perigosa e contra o que a mesma monitória acima diz, que todos os letrados, que Sua Alteza manda ajuntar sôbre êstes casos e sôbre as informações, que os moradores da Baía e tôda a costa lá mandaram, responderam que nas coisas, que eram de direito natural, divino e canónico, não podia haver alteração alguma, da qual determinação do Sr. Bispo com os mais, mal entendida com os confesso-

---

1. Carta de Mem de Sá a El-Rei, do Rio de Janeiro, 31 de Março de 1560, *Annaes*, XXVII, 229.

2. Já antes, logo que chegou o Bispo, D. Pedro Sardinha, favorável às guerras contra os Índios, enviou o P. Nóbrega para Portugal, com o fim de se defender e autorizar, uma lista de preguntas; e entre elas esta: «se é lícito fazer guerra a êste gentio e captivá-lo, *hoc nomine et titulo*, que não guarda a lei natural por tôdas as vias» (Nobr., *CB*, 142). Sente-se, em Nóbrega, a raça dos Mayr e Vitória!

res e gente do Brasil, se abriu a porta a muitas desordens que nisto são feitas».

«E porque minha intenção neste negócio não é tratar mais que o que pertence aos casos, que pela costa se praticam, para manifestação da verdade e segurança das consciências dos penitentes, virei agora a tratar da questão *quid facti*»:

«O 5.º corolário, que tiro, é que os escravos que eu vi trazer dos Potiguares o ano de 50, que eu fui à Capitania de Pernambuco, segundo minha lembrança, os quais com pura fome, sem intervir outra causa alguma, os pais vendiam os filhos, e da mesma maneira me dizem ser êste ano passado nos mesmos Potiguares, os tais podem ser legítimos escravos. E da mesma maneira, se em alguma parte, por esta extrema necessidade, se venderem».

«O 6.º, que todos os que nesta Baía e por tôda a costa dizem vender os pais (se pai algum vendeu filho verdadeiro), desde o ano de sessenta, em que esta desaventura mais reinou, até êste de 67, mui poucos podem ser escravos, porque é notório a todos, poucas vezes terem fomes, nem necessidade extrema, para venderem seus filhos; em todo êste tempo nem me satisfaz dizer que a necessidade do resgate, com que fazem seus mantimentos, é grande, pois êsse podem êles haver sem venderem os filhos, como sempre houveram, com servir certo tempo, ou suas criações ou seus mantimentos, e por grande necessidade que tenham, raramente chega em extrema, como seria necessário para a venda valer».

«Disse: se pai algum vendeu filho; porque, como bem se sabe, com nome de pai chamam êles a todos seus parentes, assim ascendentes como colaterais, e até agora não tenho visto pai verdadeiro vender filho seu nem filha, por sua livre vontade; e se alguns na Baía se vendem, creio é forçadamente com mêdo ou engano, ou outros injustos modos, que costumam de praticar as línguas e gente desta costa».

«Dêste corolário se segue que seria necessário aos oficiais de Sua Alteza, quando trazem os tais escravos ao registo, examinarem bem, quando disser um que seu pai o vendeu, se era pai verdadeiro, e se foi a necessidade, com que o vendeu, extrema, porque doutra maneira não vejo como a salve na consciência; e muito melhor seria ordenar-se, e mais conforme à lei natural, divina e humana, tirar-se totalmente tal resgate, do pai vender o filho, ou ao menos declarar-se bem, assim por evitar-se muitos males e pecados, que os línguas, com êste pretexto, fazem, porque, como é notório, quando veem a registo, fazem dizer a um índio com mêdo, tudo o que querem e faz a seu propósito. E assim também porque todos confessam que na política cristã não está em uso pai vender filho, ainda que seja com extrema necessidade. E, pois Sua Alteza pretende converter o Brasil de seus errores e fazê-lo político nos costumes, não vejo razão para se dever introduzir, entre êles, costume que nunca êles, sendo tão bárbaros como são, a lei natural do amor que teem aos filhos, lhes permitiu praticar, senão depois que a perversa cobiça entrou na terra».

Quanto à segunda proposição: *se um se pode vender a si mesmo, sendo maior de vinte anos*, responde o P. Nóbrega, depois de enumerar as razões jurídicas e morais: «Destruído pois todo o fundamento de V.ª R.ª, e resolvendo a matéria, digo que, como a liberdade seja de lei natural, não se pode perder senão quando a razão, fundada em lei natural, o permitir; mas quando se presume não haver liberdade de vontade, ou outro modo de tirania, ou não há causa justa para se vender, não pode ser escravo, e peca pecado de injustiça, e é obrigado a restituir; e todos aquêles, a cujas mãos vem, teem a mesma obrigação, porque, como coisa furtada, sempre passa com seu encargo»[1].

«Desta conclusão tiro os seguintes corolários *in contingentia facti*»:

«O primeiro, que todos os que se venderam na Baía e na Capitania do Espírito Santo, desde o ano de 60 por diante,

---

1. Adverte Nóbrega que, no tempo de Tomé de Sousa, os Índios não se vendiam uns aos outros: isto «se introduziu nesta Baía em tempo de D. Duarte». — Nóbr., *CB*, 198. «Nesta Baía», diz Nóbrega, porque no Sul já se usava antes, como se tira duma carta de Pero Correia, de 10 de Março de 1553. Andavam agora os Índios fartos e arrogantes, diz êle, porque os brancos lhes facilitam tudo; mas não era assim, alguns anos antes, «porque eu via, nestas partes do Brasil, em tempos que os Índios não tinham com que fazer roças, ser a fome tanta entre êles, que morriam de fome, e vendiam um escravo por uma cunha, que poderia ter uma libra de ferro, e também vendiam os filhos e filhas, e êles mesmos se entregavam por escravos» (*Bras. 3(1)*, 86).

ou se consentiu vender por seus parentes, não podem ser escravos »[1].

«Êste corolário me convém provar, e não irei preguntar às línguas do Brasil, a quem V.ª R.ª me remete, porque essas são as que teem feito todo o mal, mas preguntá-lo-hei a V.ª R.ª e aos mais Padres e Irmãos, que também são línguas, e viram e vêem pelos olhos tudo o que se faz, se as chagas que esta dor causa em seus peitos e se as lágrimas que por seus olhos saíram, puderam falar, abastaram para prova suficientíssima; mas já que para com os homens não há coisa que abaste, veja Deus, do alto, e ponha remédio a tantas desordens. Bem deve V.ª R.ª saber, pois o sabe tôda a terra, que desque o Governador Mem de Sá sujeitou o gentio da Comarca da Baía, e o fêz meter em ordem de vida, dando-lhe com tôda a moderação o jugo de Cristo, e desque abaixou a soberba do gentio do Paraguaçu, começou logo a tirania dos injustos cristãos; e, como o gentio estava medroso e sujeito, tiveram entrada para roubarem e assolarem tôda a terra, depois de lhe haverem primeiro tomado as terras e os haverem lançado dela: e começaram, depois de dada sentença contra os Caetés, a qual, pôsto-que durou pouco tempo, êles a executaram tão bravamente, que destruíram a maior parte da comarca da Baía, fazendo escravos aos Caetés, ainda aos que o não eram, os quais êles nem sua geração tinham culpa na morte do Bispo, em cuja vingança se deu a tal sentença, e Nosso Senhor permitiu tão bravo castigo. Depois de acabados os Caetés, começaram a roubar e a saltear; e, para escaparem à justiça, tiveram boa escápula em saber que se permitia poderem-se vender como passassem de vinte anos por participar do preço; e com lhes fazerem dizer por mêdo uma de duas: ou que seus pais os venderam ou êles se venderam por sua vontade, escapavam do registo. Dos quais castigos ficaram todos tão desassosse-

---

[1]. Quando foi da peste grande de bexigas em 1563 e 1564, faltaram os mantimentos. Os Índios buscavam-nos de tôdas as formas e, vendo que nem sempre lhos davam, « consentem que os comprem e se fazem escravos, e tal houve que nem por escravo o queriam e se fêz ferrar, para que, vendo-o o que o enjeitava já ferrado, o tomasse ». — CA, 383; *Fund. de la Baya*, 15 (89). Nestas misérrimas condições, o que êstes pobres Índios queriam, era comer, sem atentar, com pleno conhecimento de causa, que poderia ser acto válido venderem a liberdade « por um prato de farinha » (Vasc., *Crón.*, III, 39; *Discursos das Aldeias*, 356).

gados, que uns fugiram para seus inimigos, e foram muitos mortos, outros pelos matos, outros deixaram-se perecer à fome, não tendo mãos para fazerem seus mantimentos, donde por esta causa, com os que ficaram em fome, tinham os maus liberdade para usarem com êles de todos os seus enganos, à sua vontade; porque dantes dêste tempo, nunca se viu em tôda a costa um vender-se a si mesmo, nem suas necessidades a isso o obrigavam. E depois que isto se praticou na Baía, se aceitou também na Capitania do Espírito Santo, principalmente com a geração que chamam do Gato, por estarem mais sujeitos, em os quais se fizeram muitas deshumanidades, e fazem neste dia, e o mesmo se pratica onde o gentio tem qualquer sujeição ou obediência aos cristãos».

Nóbrega, depois de alegar o Doutor Navarro para provar que todos os resgatados neste tempo se presumem mal resgatados, continua num grito de alma:

«Quem não vê haver neste nosso caso mil evidências para se tal presumir, scilicet, considerando a perseguição passada, o mêdo e o temor do gentio, a qualidade da gente tão bárbara, e ver que em nenhuma outra parte, onde cessam estas causas, se não vende nenhum a si mesmo, e ver quantos enganos e modos ensinou a cobiça aos homens do Brasil! E se isto não abasta, digam os nossos Padres línguas com quantos toparam em confissões, ou fora dela, que livremente, sem temor, nem outro injusto respeito, se hajam vendido; e pois sòmente em terra, onde o gentio está sujeito, se vendem a si mesmos, razão é de presumir ser a tal venda injusta, e por tal condenada, maiormente quando não houvesse fome extrema, a que a tirania não haja dado causa»[1].

3. — Êste veemente brado do P. Nóbrega ouviu-se em Lisboa. *A 20 de Março de 1570*, promulgou D. Sebastião uma lei em que, por motivos de consciência, restringia a prática da escravatura no Brasil a alguns casos concretos: «Defendo e mando que daqui em diante se não use nas ditas partes do Brasil do modo que se até ora usou em fazer cativos os ditos gentios, nem se

---

1. «*Se o pai pode uender a seu fº e se hᵐ se pode uender a simesmo*», escrito do P. Nóbrega (1567), ms. da Bibl. de Évora, cód. CXVI/1-35, f. 145-152v. Ficou tradicional a frase com que Nóbrega caracterizou estas vendas dos Índios a si mesmos, como na Idade Média. Para êle, vender-se a gente a si, equivalia a *furtar-se a si mesma* (Nóbr., *CB*, 197-198).

possam cativar per modo nem maneira alguma, salvo aquêles que foram tomados em guerra justa, que os Portugueses fizeram aos ditos gentios com autoridade ou licença minha ou do meu Governador das ditas partes, ou aquêles que costumam saltear os Portugueses, ou a outros gentios pera os comerem: assim como são os Aimorés e outros semelhantes». Os que não estivessem nestas condições seriam declarados livres [1].

Foi a primeira grande lei a favor da liberdade dos Índios. Infelizmente, pouco durou esta lei humanitária. Reclamações e pressões de vária espécie obrigaram a côrte a ceder. Pedia-se para o Brasil o que «sempre se usou nas partes da Guiné»: Regime de escravatura, pura e simples. D. Sebastião não chegou a tanto; mas cedeu e o retrocesso foi grande, ainda que, diga-se em honra sua, a culpa recai sôbre os que no Brasil tinham a responsabilidade do mando. Ordenou El-Rei aos dois Governadores do Brasil, Luiz de Brito e Almeida (Baía) e António Salema (Rio de Janeiro) que se reünissem com o Ouvidor Geral e os Padres da Companhia e o informassem do resultado. Nóbrega já tinha falecido. Era Provincial Inácio Tolosa. As resoluções, que tomaram, teem a data de *6 de Janeiro de 1574*. Resumimo-las, e advertimos que a palavra *resgatar*, significa, pràticamente, comprar [2].

I — Com os Índios vizinhos dos Portugueses não haja resgate de pessoas; mas apenas comércio, «como se fôsse entre Portugueses».

---

1. *Boletim do Conselho Ultramarino, Legislação Antiga,* vol. I (Lisboa 1867) 127; Pôrto Seguro, *HG,* I, 438-439; Anastácio de Figueiredo, *Synopsis Chronologica,* II, 152.

2. A palavra teve origem no costume dos Portugueses comprarem aos Índios os cativos que reservavam para comer; a esta operação chamou-se com verdade, *resgatar*; depois, o têrmo *resgate* passou a significar os próprios objectos (ferramentas, ornatos) que se davam em troca (Anch., *Cartas,* 228), e, por fim, *resgatar* veio a ser o mesmo que *comerciar, comprar* fôsse o que fôsse (cera, rêdes, etc.). O Sr. Marquês de Lavradio confunde o sentido da palavra *resgatar*, dando--lhe o sentido exclusivo de remir, atribuindo a prioridade dos resgates aos Jesuítas. Digamos, de-passagem, que o Sr. Marquês de Lavradio, para tratar dos Jesuítas, não achou outras fontes senão a *Relação Abreviada* e Rebelo da Silva, a quem cita. Com tais fontes, imagine-se o valor histórico do que afirma, gratuitamente, a respeito da Companhia de Jesus, no seu opúsculo *A abolição da escravatura e a ocupação de Ambriz,* Lisboa, 1934.

II — O índio que, nas Aldeias dos Portugueses, fugir para entre os contrários mais de um ano, poderá depois ser resgatado como qualquer outro índio do sertão.

III — Poderão ser escravos:

a) os que forem tomados em guerra justa feita com a solenidade devida;

b) os que forem tomados pelos Índios em guerra com seus contrários;

c) os que se venderem a si mesmos, passando de 21 anos.

IV — Para resgatar Índios, tanto por mar como por terra, requere-se licença do Governador, que só a dará em determinadas condições; contra quem as não cumprir, se procederá judicialmente.

V — Os Índios resgatados só serão tidos como escravos, depois de passar pela Alfândega.

VI — Os escravos que fugirem para entre os contrários, sendo resgatados de novo, pertencerão ao primeiro senhor, pagando êste mil réis, por cada um.

VII — Os moradores poderão resgatar nas próprias casas os escravos contrários que lhes tragam a vender, mas tal venda não terá efeito emquanto não fôr registada pelo Provedor Geral.

VIII — Considerem-se guerras justas as que os Governadores resolverem por tais, conforme o seu regimento. Convocará os Capitãis, os oficiais da Câmara, o Provedor da fazenda, algumas pessoas de experiência e os Padres da Companhia. «Praticarão a causa da tal guerra e, parecendo razão fazer-se, se fará». Se algum Capitão fizer guerra contra êste capítulo, os Índios, que trouxer, serão forros e se procederá contra êle judicialmente[1].

Os capítulos estão assinados por Luiz de Brito e Almeida e por António Salema.

Magalhães Gandavo, que viu a lei sem lhe ver os efeitos (a sua *História da Província Santa Cruz* foi aprovada em Lisboa, em 10 de Novembro de 1575), depositava nela grandes esperanças: «Já agora não há esta desordem [dos saltos] nem resgates como soía. Porque, depois que os Padres viram a sem-razão, que com êles se usava, e o pouco serviço de Deus que daqui se seguiu, proveram neste negócio e vedaram, como digo, muitos saltos que

---

1. *Discurso das Aldeias,* 366-370.

faziam os mesmos Portugueses por esta costa»[1]. Ainda que se coïbiram alguns saltos individuais, não se seguiu porém o fruto esperado. Porque, na realidade, tais resoluções equivaleram à abertura do sertão às investidas por meio de guerras.

Achamos, numa breve nota, que havia nisso cálculo da parte do Governador. Fêz um engenho. Precisava de braços. É natural que os pretextos para as guerras *justas* aparecessem logo. Aproveitaram-se também os amigos do Governador, entre os quais, se contava Gabriel Soares de Sousa, que fêz outro engenho, e mandou vender muitas barcadas de Índios pelas Capitanias[2].

Esta abertura do sertão, se por um lado subministrou braços a alguns moradores mais influentes, estancou por outro o remédio dos mais pequenos. Porque os Índios, vendo-se perseguidos, fugiram para longe, e verificou-se, a breve trecho, que «o Brasil não se pode sustentar nem haver nêle comércio sem o gentio da terra». Reüniram-se, portanto, para examinar a situação, o Prelado, o Ouvidor Geral e o Reitor do Colégio da Baía. Entre outras coisas, dizem: «Um dos títulos justos [para a escravidão dos Índios] é os tomados em guerra justa, dada ou mandada dar pelo Governador Geral e Capitãis das Capitanias desta Costa, com parecer dos Padres da Companhia; mas tem a experiência mostrado, que se deram muitas guerras, nas quais não houve nenhuma justiça, senão só pretender trazer escravos, como foram as que se deram no Rio Real, Mar Verde e no Rio de São Francisco e em outras partes. A-fim-de os trazer por escravos tomam qualquer ocasião para lhes dar guerra, sem jamais concorrer a solenidade devida, que se deve guardar para que a guerra seja justa; e se não se tirar êste título, sempre dirão que há justa causa de lhes dar guerra»[3].

Examinaram, todos três, os capítulos aprovados na Junta

---

1. Gandavo, *Tratados*, 55; Id., *História*, 146.

2. *Bras. 15*, 383, 384. « Muitas vezes os que hão-de executar os mandatos de El-Rei são interessados no mesmo negócio » (Fernão Guerreiro, *Relação*, I, 374).

3. Ainda que os colonos levavam geralmente a melhor nestas guerras, é certo que também tinham graves perdas: em 1581, tinham sido já trucidados cento e tantos Portugueses, além de quinhentos escravos seus, sobretudo no Rio de S. Francisco: « centum et plures Lusitani, ultra quingentos servos ab Indis, diversis in locis, sunt occisi, praesertimque in Fluvio S. Francisci huius iniustissimi commercii celeberrimo emptorio », *Bras. 15*, 326.

anterior, admítem a probabilidade dalguns em matéria de justiça mas logo recordam os enganos a que teem dado ocasião, encarecendo as sem-razões e crueldades; e, depois de tudo bem examinado, a conclusão, que tiram, é esta verdadeiramente extraordinária: «O que se deve propor a Sua Majestade acêrca dos Índios é o seguinte: *que se faça lei que daqui em diante nenhum Índio do Brasil possa ser escravo*» [1].

Tal resolução implicava conseqüências demasiado opostas aos interêsses dos moradores, para ser bem recebida por êles. Tanto mais que se repercutia na atitude de alguns Padres que

---

1. «Resolução que o bispo e ouvidor geral do Brasil tomaram sôbre os injustos cativeiros dos Índios do Brasil, e do remédio para aumento da conversão e da conservação daquele Estado», ms. da Bibl. de Évora, cód. CXVI/1-33, f. 69v-71, publicado na *Rev. do Inst. Bras.* 57, 1.ª P., 92-97. Assinam: o Bispo (D. António Barreiros), Cosmo Rangel (Ouvidor Geral), Gregório Serrão (Reitor do Colégio da Baía). Não tem data; como não assina nenhum Governador, deve situar-se no tempo da Junta, entre a morte de Lourenço da Veiga (1581) e a chegada de Manuel Teles Barreto (1583).

De-facto, no dia 26 de Março de 1582, passou o Bispo D. António Barreiros uma certidão, em que declara os serviços dos Padres. Sem êles, não haveria cristandade nem liberdade dos Índios, naturais da terra, nem êle «se atrevera a levar o pêso e cárrega do cuidado pastoral» (*Bras. 15*, 330, cf. *Apêndice F.*). E no dia seguinte (27 de Março de 1582), passou idêntica certidão Cosmo Rangel, Ouvidor Geral. Enumera aquêles serviços e conclue: «Os moradores da terra, porque não pretendem senão servir-se dêstes Índios e tê-los, por qualquer modo que seja, murmuram dos Padres». «Mas êles só zelam a salvação das almas e o bem comum, e entendo por experiência que sem os Padres não haveria cristandade, nem liberdade dos Índios e êles seriam menos do que são». Ora «é notório que no Brasil não haveria fazendas nem comércio, faltando os Índios». Cf. *Enformação e cópia de certidões sôbre o Govêrno das Aldeias*, Tôrre do Tombo, Jesuítas, maço 88. Notem-se êstes documentos. E confrontem-se com as afirmações de António Henriques Leal (*Apontamentos para a História dos Jesuítas no Brasil*, na *Rev. do Inst. Bras.* 34, 2.ª P. (1871) 68), dizendo que a defesa, que os Jesuítas faziam dos Índios do Brasil, não era «por amor e dó dêsses infelizes», senão como meio de oposição às outras Ordens religiosas, aos colonos, bispos e governadores e a «todos quantos não eram da Companhia».

Se era ou não por amor e dó dos Índios responde, por todos, a «consulta» de Nóbrega, acima publicada. O resto padece da mesma inobjetividade histórica. Na verdade, entre os Governadores, só Teles Barreto foi realmente oposto; com Bispos não houve nenhuma questão séria, sôbre a liberdade dos Índios; e as outras Ordens religiosas só se estabeleceram no Brasil em 1581, isto é, 32 anos depois que os Jesuítas tinham iniciado a sua campanha a favor da liberdade dos naturais do Brasil...

não queriam absolver os possuïdores de escravos. Ajuntava-se ainda a dificuldade de restituir a seus donos os Índios que fugiam para as Aldeias dos Jesuítas, e de lhes ceder todos os Índios que requeríam para a cultura das fazendas. O P. Cristóvão de Gouveia reconhece que os colonos teem alguma razão nas suas queixas, e diz que removerá os obstáculos [1]. Mas o próprio Visitador acha também que o melhor seria acabar-se definitivamente com o regime de escravatura índia no Brasil. Não haverá remédio, diz a *Informação*, «se não vier a lei, que pedimos a Sua Majestade, que não sejam cativos, nem os possa ninguém ferrar nem vender» [2]. E o Procurador da Companhia de Jesus, que veio a Lisboa e a Roma, tinha ordens expressas para não voltar ao Brasil sem o despacho da liberdade dos Índios [3].

A lei veio, realmente, em 1587. Ainda não era o que os Jesuítas pediam; mas era já um grande passo.

El-Rei de Portugal, Filipe I, cita e transcreve a lei de 1570 e, fundado nela, ordena que ninguém vá com armações ao gentio, sem licença do Governador e sem pessoas de confiança. E com êles «irão dois ou três Padres da Companhia de Jesus, que pelo bom crédito, que teem entre os gentios, os persuadirão mais fàcilmente a virem servir aos ditos seus vassalos em seus engenhos e fazendas, sem fôrça nem engano, declarando-lhes que lhes pagarão seus serviços, conforme ao meu regimento, e que, quando se quiserem tirar dos engenhos ou fazendas onde estiverem, o poderão fazer, sem lhes ser feita fôrça alguma; e, depois de vindos os ditos Índios do sertão, hei por bem que se não repartam entre os ditos moradores, sem serem presentes a isso o dito meu Governador, Ouvidor Geral e os Padres que foram nas tais armações, ou outros da mesma Companhia, os quais procurarão que a dita repartição se faça mais a gôsto e proveito dos Índios que das pessoas por quem se repartirem, não os constrangendo a servir em contra suas vontades» [4].

---

1. *Lus. 68*, 338v.
2. Anch., *Cartas*, 435.
3. *Lus. 68*, 414.
4. Arq. Hist. Col., *Registos*, I, 45-47v. Pôrto Seguro atribue esta lei à influência do Governador Manuel Teles Barreto (*HG.*, I, 496). É o contrário: os documentos, que o Governador enviava para Lisboa, eram contra os Padres.

O P. Amador Rebelo faz-se eco, em Lisboa, das esperanças que havia para a liberdade dos Índios, na ida do novo Governador Francisco Giraldes, ainda que por outro lado se temia, por causa das terras do Camamu, em que êle e os Padres do Brasil tinham interêsse; maiores esperanças se fundavam no novo Tribunal da Justiça que se ia estabelecer no Brasil [1].

Mas nem o Governador chegou ao Brasil nem o Tribunal se instituíu então.

4. — Assim se passaram alguns anos até que, em 11 de Novembro de 1595, se deu um passo mais a favor dos Índios. Passou El-Rei uma provisão, em que revoga tôdas as leis anteriores e determina que só possam ser cativos os Índios tomados em guerra justa. Até aqui, nada de novo; a diferença está em que o critério de justiça se coloca em Lisboa, pois não se poderiam empreender sem provisão do próprio monarca. Êste simples facto atrasava e dificultava as guerras: era uma vantagem [2].

No entanto, os abusos continuaram. E os Jesuítas não descansaram emquanto não obtiveram maiores garantias. A 31 de Agôsto de 1596, comunicava o P. Soeiro, procurador em Lisboa, a notícia duma nova lei, mostrada confidencialmente por um Governador do Reino ao célebre filósofo Padre Pero da Fonseca. É a lei de *26 de Julho de 1596*. A razão por que a dá El-Rei, foi para salvar o bem temporal do Brasil. Na verdade, os Índios não queriam baixar de outra maneira e faltavam braços para a lavoira [3].

Com os excessos causados pelos colonos contra a sua liberdade, os Índios fugiam. O porta-voz mais categorizado dos colonos, neste período, foi Gabriel Soares de Sousa, atacando os Padres. E atacava-os precisamente por defenderem aquela

---

1. *Lus.* 70, 250-250v.
2. Anastásio de Figueiredo, *Synopsis Chronologica*, II, 271 ; Vasc., *Crón.*, III, 44 ; Pôrto Seguro, *HG*, II, 58 ; Pizarro, *Memorias Historicas do Rio de Janeiro*, III, 210. Esta lei encontra-se na Tôrre do Tombo, *Leis*, livro 2.º, f. 26v-27 ; registou-se a 9 de Dezembro de 1595, o que fêz supor a Felner, que era a própria data da lei, afirmando erròneamente que ainda não estava publicada, *Angola*, p. 274.
3. *Lus.* 73, 164.

liberdade, quando diz: El-Rei «permite que sejam escravos, por estar certificado de sua vida e costumes, que não são capazes para serem forros, e merecem que os façam escravos pelos grandes delitos que teem cometido contra os Portugueses, matando e comendo muitos centos e milhares dêles, em que entrou um bispo e muitos sacerdotes». A lei de 26 de Julho foi a resposta: mas já tinham respondido antes, e directamente, os Jesuítas: «É grande verdade que os Padres sempre buscaram modos lícitos para os moradores terem remédio de vida, mas não poderão satisfazer a todos, porque procuram que tenham *almas* antes que *escravos* mal havidos. No que diz que êstes Índios não são capazes para serem forros, e que merecem ser escravos, não mostra muita teologia; testemunho é que alevanta a El-Rei dizer que permite que êstes Índios sejam escravos, se entende de todos e a granel»[1].

A essência e valor da lei de 1596 está em dar mais fôrça aos Padres e encarregá-los a êles, exclusivamente, da descida dos Índios. Os Índios, assim como eram livres nos seus sertões, deveriam conservar a liberdade no trato com os Portugueses. E regulava-se o trabalho dêles na costa com tais precauções, que, se se cumprissem, ficaria assegurada, emfim, a liberdade dos Índios, como vimos ao tratar dos Aldeamentos[2].

No dia 20 de Maio de 1597, chegou à Baía um galeão do Pôrto. Trazia a lei memorável, e com ela uma grande esperança. Porque com tôdas as leis anteriores, diz Pero Rodrigues, não tinham cessado «as iníquas e injustas entradas, sem título algum de guerra justa, e esta era a causa por que os Padres da Companhia não queriam confessar aos que andavam neste trato, nem se atreviam os Superiores a enviar Padres ao sertão em busca do gentio, sem muito arreceio e temor de alguma diferença com os que lá andavam ao salto, como algumas vezes aconteceu». Era grande mágoa e lástima estarem os Índios à espera de Padres, e não se lhes dar remédio; e «agora, sem impedimento, descerá a gente a tratar e comerciar connosco confiadamente, sabendo que não há-de correr perigo sua liberdade, e

---

1. *Bras. 15*, 389, capítulo 43.
2. *Lus. 73*, 153-153-v. Cf. *Apêndice D*. Esta lei foi registada em S. Paulo, em 7 de Maio de 1599, diz Taunay, *Bandeiras Paulistas*, I (S. Paulo 1924) 77.

que lhe não hão-de fazer agravos e maus tratamentos: e já de presente há disto grande esperança por tôda a costa» [1].

Escrevendo o mesmo Padre Provincial a Roma, solta êste desabafo, quási canto de alegria, pela perspectiva que se apresenta de apostolado e salvação das almas: «Resta satisfazer à pregunta das esperanças da conversão dêste gentio do Brasil. *Uno verbo dicam:* é hoje a maior porta aberta para a conversão, que a Companhia nunca teve neste Estado. Não temos cá essas Polónias e Valáquias, êsse David perseguindo a Filisteus, mas temos a porta aberta para a conversão de obra de quinhentas léguas, se mais não forem. O mor impedimento, que tinha pôsto o Demónio a êste serviço de Deus, era uma cobiça insaciável de irem de contínuo os Portugueses ao sertão a descer gentio com falsas promessas de liberdade, que lhes não cumpriam, ou com guerra injusta contra quem nunca os agravara. Não consentiam irmos nós a trazer gentio para estar livre em nossas Aldeias. Até que agora Sua Majestade, por uma lei e regimento, *manda que todos os naturais sejam livres* e ninguém os vá descer do sertão, senão os Padres da Companhia. Grande e gloriosa emprêsa, trabalhosa, e cheia de mil perigos » [2]!

5. — Aquelas «falsas promessas de liberdade», de que fala Pero Rodrigues, merecem uma referência, porque também, nesse terreno, para as inutilizar, se exercitou a actividade dos Jesuítas. Foram muitos, e de diversa índole, os estratagemas usados pelos colonos para adquirirem escravos.

Um, anotado já pelo Padre Nóbrega, logo em 1549, foi o da surprêsa. Os Índios vinham aos navios que resgatavam pela costa. Vendiam os seus objectos, e andavam dentro dêles, desprevenidos. De-repente, os navios levantavam âncoras e faziam-se ao largo...

Explicavam, depois, os colonos que procediam assim, por se tratar de Índios que já tinham feito guerra. Responde Nóbrega: talvez; mas faziam-na, depois de terem recebido de nós muitos escândalos [3].

---

1. Amador Rebelo, *Compendio de alg. cartas*, 213-214, 216, 218.
2. Carta do P. Pero Rodrigues ao P. João Álvares, 5 de Abril de 1597, *Bras. 15*, 429.
3. Nóbr., *CB*, 81, 110.

Contra êstes saltos abriram, pois, luta os Jesuítas e com êxito, ao começo: «quanto aos saltos, que os cristãos faziam com os gentios da terra, já cessaram, louvores a Nosso Senhor, de todo», escreve Leonardo Nunes, em 1551 [1]. Infelizmente, recomeçaram. Uma das dificuldades, a vencer pelos Jesuítas, foi até a conivência dalguns clérigos.

Cita-se o caso de um, com culpas nesta matéria, um tal Padre Bezerra, de fama nada lisonjeira. Em Pernambuco, o clero anterior à vinda dos Jesuítas, favorecia abertamente o cativeiro dos Índios [2]. Depositava Nóbrega grandes esperanças na vinda do Bispo, cuidando que poria côbro nestes abusos. Verificou, porém, logo, à sua custa, que D. Pedro Sardinha não se preocupou com os Índios, complicando mais a questão [3]. Em 1561, o Bispo seguinte resgatava todo o género de escravos, e aprovava os resgates [4]. Mais tarde, emendou a mão, ao que parece. Do clérigo António de Gouveia, o nigromante, e das suas façanhas escravagistas dá-nos assim conta Fr. Vicente do Salvador: «Em chegando a qualquer Aldeia do gentio, por grande que fôsse, forte e bem povoada, depenava um frângão, ou desfolhava um ramo, e quantas penas ou fôlhas lançava pera o ar, tantos demónios negros vinham do inferno, lançando labaredas pela bôca, com cuja vista sòmente ficavam os pobres gentios, machos e fêmeas, tremendo de pés e mãos e se acolhiam aos brancos, que o Padre levava consigo, os quais não faziam mais que amarrá-los e levá-los aos barcos, e aquêles idos, outros vindos, sem Duarte de Albuquerque, por mais repreendido que foi de seu tio e de seu irmão, Jorge de Albuquerque, do Reino, querer nunca atalhar tão grande tirania, não sei se pelo que interessava nas peças que se vendiam, se porque o Padre mágico o tinha enfeitiçado» [5]. Um dos trabalhos dos Jesuítas foi, pois, restabelecer a confiança na classe sacerdotal. E levou tempo. Em 1556, ao reorganizarem o Colégio da Baía, reüniram os meninos índios; cuidaram os pais «que nós tínhamos seus

---

1. *CA*, 66.
2. Nóbr., *CB*, 81-83; *CA*, 76; Vasc., *Crón.*, I, 107, 109-110.
3. *Bras.* 3(1), 70.
4. *Epp. NN.* 36, 256.
5. Frei Vicente, *H. do B.*, 202.

filhos como escravos e que, havendo embarcações para alguma Capitania, onde estivessem nossos Padres, os haveríamos de mandar, para que lá os vendessem». Urgia tirar-lhes êste falso receio. Com o fim de lhes mostrar que, para os Jesuítas, tudo eram almas cristãs, fizeram uma procissão e nela encorporaram os filhos dos brancos, os mamelucos, e os filhos dos gentios, todos vestidos *igualmente* de branco «que parecia mui bem». A procissão foi da Baía até uma Aldeia próxima. Nesta i g u a l - d a d e, se iam dissipando os temores e afeiçoando os Índios [1].

Quando Nóbrega e Anchieta foram a Iperoig, recolheu-os um chefe que tinha sido cativo dos Portugueses e fugira; o mesmo acontecera a certa mulher, «a qual tinha dado grandes notícias de nós, que não queríamos consentir que os que eram salteados fôssem cativos, e não queríamos confessar a seu senhor dela, até que a pusesse em liberdade» [2].

Não tardou a ser venerada a sotaina e coroa sacerdotal em todo o sertão brasileiro. Mas que sucedeu? Uma vez, foi ao sertão a descer gente o P. Gaspar Lourenço. No caminho, deparou-se-lhe um grupo de Índios que, ao vê-lo, preguntaram espantados:

— *Como é isto? Quem é o Padre? Êste agora ou o que nos leva?* ...

Tinha ido lá um colono, que se vestira como os Jesuítas, fazendo coroa e tudo. O falso clérigo escondeu-se, para que o Padre o não visse [3].

No Tratado *Do Principio e Origem do Brasil*, escreve Fernão Cardim: «Tôdas estas nações acima ditas, ainda que diferentes e muitas delas contrárias umas das outras, teem a mesma língua, e nestes se faz a conversão, e teem grande respeito aos Padres da Companhia e no sertão suspiram por êles, e lhes chamam *Abaré e Pai*, desejando [que vão] a suas terras convertê-los, e é tanto êste crédito, que alguns Portugueses, de ruím consciência, se fingem Padres, vestindo-se em roupetas, abrindo coroas na cabeça, e dizendo que são Abarés e que os vão buscar para as igrejas dos seus pais, que são os nossos, os trazem enganados e, em

---

1. CA, 172-173.
2. Anch., *Cartas*, 200-201.
3. *Discurso das Aldeias*, 378.

chegando ao mar, os repartem entre si, vendem e ferram, fazendo primeiro nêles lá no sertão grande mortandade, roubos e saltos, tomando-lhes as filhas e mulheres, etc., e, se não foram êstes e semelhantes estorvos, já todos os desta língua foram convertidos à nossa santa fé » [1].

Os fingidos ritos e jerarquia católica, na fazenda de Fernão Cabral de Ataíde, servindo de porta-voz um mameluco, não tinham outro fim mais que atrair e ludibriar os Índios.

Às vezes, não bastava a presença dos Padres. No Rio Real, em 1575, à vista dêles, prendiam e amarravam os Índios, assinalando-se na deshumana tarefa os mamelucos [2].

Não raro se desrespeitava a própria autoridade. Um irmão do Governador do Rio de Janeiro, Salvador Correia de Sá, foi castigar uns Índios numa entrada ao sertão. Andou por lá quinze meses e « veio por êste Setembro, diz o navegador Pedro Sarmiento, em 1585, e trouxe 900 Índios, que vieram de boa-mente, sob promessa de ficarem livres. Mas os soldados, antes de chegar, descomediram-se contra o Capitão, apoderaram-se dos Índios, repartiram-nos entre si, sem atender a mulher, marido e filhos » [3].

O engano revestia às vezes outra feição. Constou aos escravagistas, que iam descer 10 Aldeias de Índios para as Aldeias dos Padres; foram lá os colonos e persuadiam aos Índios que, *sub religionis imagine ad servitutem ducerentur:* a religião era um pre-

---

1. Cardim, *Tratados*, 198; cf. F. Guerreiro, *Relação*, I, 374; Francisco Soares, *De alg. cousas mais notáveis*, in *Rev. do Inst. Bras. 94*, 379.

2. *Discurso das Aldeias*, 372; *Bras. 15*, 284. Êstes documentos, e muitos outros da mesma época, são um requisitório tremendo contra os mamelucos, isto é, contra os filhos dos portugueses e das índias, portanto já nascidos na terra. Encostando-se à raça europeia, são englobados nas crónicas geralmente com a denominação de Portugueses. O facto, de serem mamelucos os maiores inimigos dos naturais da mesma terra, é fenómeno comum a tôda a América: « Los índios prófugos del trabajo, incapaces para suportar privaciones y castigos, eran buscados en la época colonial por los cazadores llamados *guatacos*, que queria decir el que amarra, elegidos entre los mulatos y mestizos mas desalmados ». — Enrique Ruiz Guiñazú, *La magistratura indiana* (B. A., 1916), 267. Em S. Vicente, dizem Pero Correia e Leonardo Nunes que, além de saltearem os Índios « com manhas e enganos », os mamelucos chegavam a tirá-los à fôrça da casa dos Jesuítas (*Bras. 3(1)*, 85; *CA*, 63).

3. Carta de Pedro Sarmiento, 5 de Outubro de 1585, do Rio de Janeiro, a Sua Majestade, publicada por Pastells, *El descubrimiento*, 744-745.

texto e que seriam feitos escravos. E surtiu efeito o estratagema neste caso das 10 Aldeias, sucedido em 1587 [1]. Passado algum tempo, subiram então os escravagistas e, com os seus aliciamentos, conseguiram trazê-los. Então, sim, os Índios ficaram, irrevogàvelmente, escravos.

Êste meio, porém, nem sempre dava resultado, à proporção que os Índios iam tomando experiência. E, às vezes, a expedição acabava tràgicamente, como em 1596, numa bandeira baïana de 300 Portugueses e 600 escravos: «Haverá mais de um ano que partiram para o sertão trezentos homens portugueses com seiscentos escravos seus. E não basta para estorvar esta ida avisar, em particular e em público, nos sermões a grande ofensa, que se fazia a Deus Nosso Senhor, em ir enganar e cativar os Índios forros, e que esperassem por algum grande castigo de Deus. O castigo veio, porque dos Portugueses os mais morreram à pura fome e, os que escaparam, vieram nus e não trouxeram mais que figura de homens. Os escravos, que levaram, quási todos lhes morreram, e não trouxeram nenhum dos Índios que iam buscar, porque se esconderam pelos matos, e disseram que não haviam de vir senão quando os Padres os fôssem buscar» [2].

Nestas entradas a buscar Índios, eram, às vezes, cúmplices os próprios Capitãis. Tal situação começou a manifestar-se na última década do século XVI, nas Capitanias do Sul (Rio e S. Vicente). Receando os Jesuítas as suas funestas conseqüências para a cristianização pacífica dos aborígenes, Marçal Beliarte, Provincial, ainda chegou a impetrar de D. Francisco de Sousa quatro ou cinco provisões contra os respectivos Capitãis. Por sua vez, êstes queixavam-se da intervenção do Padre. A-pesar disto, o Governador passou-as, mas com tantas cautelas e miúdas cláusulas, que o Provincial desistiu de as usar, *pro bono pacis* [3]. Neste assunto de Índios, catequese e autoridades civis, dá-se êste facto, quási invariável: quando os Governadores apoiavam os Padres,

---

1. *Ann. Litt. 1586-1587,* p. 573.
2. Carta de Tolosa, Baía, 19 de Agôsto de 1597, *Bras. 15,* 433. Os historiadores falam duma bandeira infeliz nesta data, comandada por Diogo Martins Cam. — Taunay, *Bandeiras Paulistas,* V, 245-246, citando a Calógeras e a Francisco Lôbo Leite Pereira.
3. Carta de Pero Rodrigues, da Baía, 29 de Setembro de 1594, *Bras. 3,* 360 v.

a catequese progredia, nem se atentava impunemente contra a liberdade dos Índios; quando eram coniventes ou fechavam os olhos, os atentados podiam chegar à violência.

Em 1607, traziam os Padres muitos Carijós para doutrinar nas Aldeias do Rio, tinham-lhes garantido que seriam livres. Pois, ao passarem em Santos, foram tomados os Índios à fôrça, intervindo na façanha o Capitão; e distribuíram-se pelos moradores, como escravos[1]. Na Capitania do Espírito Santo, em 1559, teve o P. Braz Lourenço que tomar represálias contra os Índios, por venderem os filhos e parentes. Conta que um vendeu uma filha, por não querer trabalhar para êle; e outro vendeu uma sobrinha. O Padre impôs-lhes, como castigo, que se disciplinassem pùblicamente pelas ruas da vila[2]. Mais tarde, no mesmo Espírito Santo, não era já contra os Índios, era contra os colonos, que o P. Sebastião Gomes dirigia estas duríssimas palavras: os brancos vão ao sertão a descer gentio; mas, «dizendo-lhes que os vão buscar para a igreja, depois os repartem entre si e fazem injustamente escravos; fugindo, os mais dextros e valentes vão dar novas, aos outros, dos enganos e mentiras dos Portugueses, e com isto se escandalizam muito, esquivam e endurecem, e não querem vir para junto dos brancos, e teem mortos Portugueses, que iam depois lá com semelhantes enganos; isto é, as contínuas guerras dos brancos, e desejos de a todos os gentios fazerem escravos, teem consumido e gastado todo o gentio que havia ao longo destas trezentas e tantas léguas de costa do Brasil, e, sendo tantos como formigas, agora não há nenhum, senão junto das fortalezas e povoações dos Portugueses, algumas Aldeias de Índios cristãos; e se os nossos religiosos não tiveram cuidado dêles e de os amparar e defender das unhas e dentes dos brancos, já não houvera nenhum; e, porque lhes imos às mãos e estorvamos não cativem êstes pobres Índios, somos malquistos da maior parte dos Portugueses, e fazem contra nós mil capítulos. Nosso Senhor lhes dê graça, com que sigam a justiça e conheçam a verdade»[3].

---

1. *Bras. 8*, 66; Guerreiro, *Relação Anual*, II, 424.
2. *CA*, 215-218.
3. Carta de Sebastião Gomes, 6 de Outubro de 1596, em *Annaes*, XX, 263--264; cf. Anch., *Cartas*, 334, 435; *CA*, 404, 501.

Alegava o povo da Capitania de S. Vicente, em 1585, que tinha pouca escravatura; portanto, ou Jerónimo Leitão fazia guerra ao gentio de Paranaguá, ou iriam procurar modo de vida noutra parte [1]. Tal ameaça surtia geralmente efeito.

Algumas guerras do Brasil, para alcançar escravos, podem-se esquematizar em três tempos. Primeiro tempo: perturbam-se os Índios, ou maltratam-se; segundo tempo: os Índios, maltratados, sublevam-se e matam algum colono; terceiro tempo: declara-se a guerra para os castigar da morte do colono. Não foi sempre assim. Mas algumas das guerras, chamadas *justas*, não tiveram outra génese. E quando os Padres defendiam o direito dos oprimidos, respondiam-lhes com represálias ou ameaças, como aquêle António Gonçalves Manaia, que disse, agastado contra os Padres da Companhia de Jesus, «que mereciam que lhes quebrassem as cabeças, pois os queriam obrigar a êle, António Gonçalves, e a outros, que largassem por fôrras as peças que êles trouxeram do sertão» [2].

Vendo Nóbrega, em 1553, como se salteavam e guerreavam os Índios, escreve que tal sistema parece *prima facie* mais útil para El-Rei. Puro engano! Se se restabelecesse o regime cristão de *dar a cada um o que é seu*, em verdadeira justiça, haveria a bênção de Deus, os Índios chegar-se-iam confiados, e até se produziria mais açúcar para Sua Alteza [3]. Contudo, como não era pròpriamente ao bem público que os colonos atendiam, senão ao seu próprio, individual, criavam-se não raro situações como esta. Foram os Padres João Rodrigues e João Lobato à missão dos Carijós ou Patos (1605-1607); uma mulher grave, que os viu ir, declarou que daí em diante não favoreceria em nada os Padres, já que êles iam catequizar os Índios com que ela contava para escravos seus [4]. Nesta região, ao sul de Santa Catarina e norte do Rio Grande do Sul, os agentes principais da escravatura indígena eram naturais da terra, os irmãos *Tubarões*.

Os *Tubarões* fazem lembrar os régulos africanos. Nem sabemos, nesta página negra, sôbre quem recaia maior desdoiro, se

---

1. *Rev. do Inst. de S. Paulo*, XX (1918) 605, 708, 715-717, 719-720.
2. *Primeira Visitação: Denunciações de Pernambuco* (S. Paulo 1929) 198.
3. *Bras.* 3 *(1)*, 105.
4. *Bras.* 15, 75.

sôbre os preadores de Índios, Portugueses e mamelucos, se sôbre os mesmos Índios. Conta o Padre Jerónimo, testemunha de vista: «Tanto que chegam os correios ao sertão, de haver navio na barra, logo mandam recado polas Aldeias para virem ao resgate. E pera isso trazem a mais desobrigada gente que podem, *scilicet*, moços e môças órfãs, algumas sobrinhas e parentes, que não querem estar com êles; ou que os não querem servir, não lhe tendo essa obrigação; a outros trazem enganados, dizendo-lhes que lhes farão e acontecerão, e que levarão muitas coisas; e outros muitos veem por sua própria vontade, com suas peles, rêdes e tipóias, pera resgatarem com seus parentes o que teem necessidade. E a êstes tais, em paga de lhes trazerem de tão longe (que muitas vezes com a fome e cansaço morrem), o fio, rêdes, tipóias e pelejos, vendem os *Tubarões* aos brancos. E os que veem apelidados pelos outros, tanto que chegam ao navio, qual de baixo, qual de cima, o que menos pode, dão com êle no navio. E assim vendem aos pobres, com tão grandíssima crueldade, sem lhe terem obrigação alguma. E podendo vender os Tapuias que tomam, antes os querem comer, e vender seus parentes. Depois que nós aqui chegámos, houve algumas vendas lastimosas, *scilicet*: um mocinho estava pescando pera sua mãi, que vai agora connosco: veio por detrás um dêstes *Tubarões* e tomou-o e foi vendê-lo; outro pediu um moço emprestado pera lhe trazer um carrêgo ao navio; e em paga disso, vendeu-o; outro vendeu dois filhos de sua mulher, que o mantinham e serviam. E a pobre da mãi, quando isto viu, foi-se meter também no navio. Outro contentou-se de uma índia casada e, pera a tomar por sua mulher, vendeu-lhe o marido. E dêstes, a cada passo. Outro moço, vindo aqui, aonde nós estávamos, vestido em uma camisa, perguntando-lhe quem lha dera, respondeu que, vindo polo navio, dera, por ela e por alguma ferramenta, um seu irmão. Outros venderam as próprias madrastas que os criaram, e mais estando os pais vivos. E aqui nos contou um homem branco uma coisa lastimosa, que passou diante dêle. E foi que, trazendo um índio, honrado, senhor de uma casa e muitos bois, uma peça a vender, estando-a vendendo, veio outro e ferra dêle e vende-o aos brancos; e o pobre diz que estava chorando e dizendo mil lástimas, com se ver amarrado e vendido, sendo êle senhor de uma casa e estimado, e os brancos que tal consentiam. Por isso eu digo que os Patos, que agora parecem gordos e que dizem poderem-se comer, virá tempo em que serão bem magros e bem amargosos. Êste índio, permitiu Deus que no caminho quebrasse as cordas, com que vinha amarrado, e se acolhesse » [1].

« Êste é o modo que se cá tem no comprar e vender almas, que custaram o sangue de Cristo. E estas são as consciências dos brancos que cá veem. Mas de que nos espantamos ? Pois os religiosos e vigairos e Administrador e Governador do Rio, etc., mandam cá; e com esta capa se defendem os que cá veem, dizendo que teem mulher e filhos, e que, se os sobreditos cá mandam, quanto mais êles » ! [2]

Como se explica êste fenómeno de consciência, que emmaranha extremamente o problema da liberdade dos Índios, complexo e grave ? Mas temos que ser justos. E se repugnam à nossa mentalidade moderna os processos usados outrora pelos colonos para cativar os Índios; e se, de-facto, os Jesuítas souberam sobrepor-se a essa mentalidade, convém recordar que, por um paradoxo colectivo e humano, era compossível, naqueles tempos, reünirem-se, na unidade da consciência, êstes dois factores : ser-se escravagista, mesmo com métodos violentos, e sê-lo por motivos superiores de civilização. Basta-nos êste testemunho de Anchieta a-respeito de Pero Correia : « o Irmão Pero Correia era um homem dos princípais Portugueses, que havia no Brasil, e andava em navio salteando êstes Índios, pensando que nisto fazia grande serviço a Deus, porque os tirava de suas terras e os trazia à lei dos cristãos e, por ser nobre e mui prudente, era mui temeroso de Deus » [3].

Consciência mal formada, como a de todos os mais. A glória dos Jesuítas estêve, precisamente, em reagirem contra isso, naquele tempo !

---

1. Que davam os brancos por êstes escravos ? Pouca coisa, umas ferramentas, algumas roupas. Os compradores conheciam bem a psicologia infantil dos Índios, em extremo cúpidos, desta cupidez dos olhos, que dura apenas um instante. Bastavam, às vezes, umas contas brancas, que se fazem de búzios : « a trôco dalguns ramais, dão até as mulheres », escreve o P. Fernão Cardim (*Tratados*, 173).

2. Relação de Jerónimo Rodrigues, *Missão aos Carijós*, em Bras. 15, 99-100. Cf. supra, Tômo I, 330.

3. Anch., *Cartas*, 76.

6. — Mas ainda não concluímos. Um dos meios mais usados pelos colonos para aumentar o seu fundo de escravos, era o de casar índios livres com escravas suas. Como Índios livres nem sempre se encontravam à mão, os colonos induziam os Índios das Aldeias dos Padres, quando trabalhavam em suas casas, a que se casassem com elas. Como a escrava tinha que seguir a vontade do seu amo, o marido índio seguia-a também. Quando menos se precatava, era escravo como ela, senão *de iure*, ao menos *de facto*[1]. Contra semelhante abuso, pedia o Visitador, Cristóvão de Gouveia, nada menos que uma excomunhão, que atingiria, sobretudo, os sacerdotes, que consentissem ou cooperassem nesses matrimónios. Na Companhia, depois de se verificar que, uma ou outra vez, também isso se tinha facilitado, deu-se proïbição formal. De três casos nos ficou notícia. Dois índios que casou o próprio P. Gouveia; mas explica o Provincial, que êle o consentira por escrúpulo, pois lhe parecia que o colono, dono das escravas, tinha também direito aos índios, que se casaram, por os ter descido êle mesmo do sertão[2]. Entre índios e escravas do Colégio também houve casamentos, não tanto buscados pelos Padres, mas originados da natural convivência, geradora de afectos, que costumam terminar em uniões lícitas ou ilícitas. Estranha o facto o Padre Provincial: «não sei se é razão que os índios livres, que tem o Colégio [da Baía], sejam casados com escravas suas. Parece fazê-los cativos nos filhos»[3]. Impôs então a proïbição absoluta de tais uniões. Atrevendo-se um Padre do Rio de Janeiro a contrariá-la, Pero Rodrigues escreveu a Roma, pedindo a confirmação do seu modo de ver. O caso sucedeu assim. Veio para o Colégio do Rio um índio Carijó. Quem superintendia com os Índios casou-o com uma escrava do mesmo Colégio. A resposta do Geral foi que o Padre recebesse uma boa penitência e à escrava se desse a liberdade, para que ela e os seus filhos seguissem livremente o índio livre para onde quer que fôsse. «E que ficasse de escarmento»[4]!

---

1. Anch., *Cartas*, 334.
2. *Bras. 15*, 369 (10.º).
3. Carta de Pero Rodrigues, 20 de Dezembro de 1593, *Bras. 15*, 408.
4. Carta do P. Cláudio Aquaviva ao P. Pero Rodrigues, de 20 de Setembro de 1603, *Bras. 2*, 95v.

Êste modo de proceder foi transformado em lei provincial, na visita da P. Manuel de Lima (1610). Reagia-se contra a velha concepção do direito, segundo a qual os nascidos seguiam a condição da mãi: «não se induzam a casar cativos com fôrras, e muito menos forros com cativas; e se os casarem, fiquem os filhos forros»[1]. Também com as escravas, no período da maternidade e aleitação, recomendavam cuidados especiais, conformes à humanidade e caridade cristã. Em geral, a gente pouco se importava com elas, sem as socorrer nem lhes evitar trabalhos, ao sol, à chuva e ao vento. Além de crueldade, prejuízo! Aumentava desmesuradamente a mortalidade infantil. Cristóvão de Gouveia deixou determinado que, às escravas dos Colégios, que criassem filhos, se não dessem grandes ocupações, e que bastavam «quatro ou cinco horas cada dia»; e que as não deixassem andar àquelas inclemências do tempo, nem aos filhos; e «se desse boa ajuda para os sustentar»[2].

7. — O tempo, em que estêve no Brasil o P. Cristóvão de Gouveia, foi de grande actividade construtiva e, portanto, de emprêgo para muita gente, facto que põe em evidência outro aspecto do problema: Já desde 1575 se assinalava o emprêgo de trabalhadores escravos, por conta dos Padres, por não bastarem os livres para o amanho das terras e edificação do Colégio[3].

Um dos argumentos, que se davam até para os Superiores ficarem no cargo mais tempo do que o triénio canónico, era o modo de govêrno, diferente do da Europa, e das condições especiais do trabalho no Brasil. «Porque como nada se acha de compra, tudo os Reitores teem de granjear de própria indústria; e assim é necessário que tenham grande fábrica de escravos e escravas, quintas próprias, onde se faça tudo, currais de gado, que distam do Colégio oito, doze e quinze léguas, com escravos próprios. É necessário também, em certas partes, ter ordem com que pesquem o pescado ordinário; até a madeira, pedra e cal

---

1. Roma, Vitt.º Em., *Gesuitici 1255*, 14, f. 4v.
2. *Bras. 2*, 142-142v.
3. *Congr. 42*, 322.

para o edifício se há-de fazer por própria indústria e outras infinitas coisas» [1].

Nestas construções, «os oficiais eram os Irmãos com os escravos, diz António Franco; os trabalhadores, os Índios das nossas Aldeias, a quem se satisfazia o seu trabalho: mandioca, que é o seu pão; e os legumes, davam os devotos dos Padres, senhores de engenhos de açúcar; o peixe, pescavam os Índios» [2].

Tais construções, à primeira vista particulares, poderiam na verdade considerar-se de utilidade pública. Concorria o Estado com o subsídio real, os moradores com a sua ajuda, os Índios com o seu trabalho, e trabalhavam os próprios Irmãos e Padres. Ainda assim, o facto de se utilizarem aqueles Índios, provocou reparos na Baía e em Lisboa, tanto entre a gente de fora, como entre os de casa. Em Lisboa, o P. Cardoso reclamava que se lhes não pagasse menos do que aos brancos [3]. O P. António Gomes, ido a Roma como procurador da Província, levava no seu *Memorial* um apontamento, para que o Padre Geral proïbisse ao Colégio da Baía que se servisse dos Índios das Aldeias. E dava a razão: porque os seculares escandalizam-se, e «os chamam nossos escravos, e dizem que, por êste interêsse, os defendemos e conservamos». Queria também o Procurador se dissesse aos Padres do Brasil que, quando um Índio das Aldeias prejudicasse algum morador, logo o indemnizassem, sem mais delongas [4]. É a eterna queixa. Ouviram-na os Padres no século XVI; invocou-se no século XVIII; repete-se hoje. António Vieira, que também a ouviu no século XVII, responde-lhe. É uma página célebre, que convém reter:

«Dizem que o chamado zêlo, com que defendemos os Índios, é interesseiro e injusto: interesseiro, porque os defendemos para que nos sirvam a nós: e injusto, porque defendemos que sirvam ao povo. Provam o primeiro, e cuidam que com evidência, porque vêem que, nas Aldeias, edificamos as igrejas com os Índios: vêem que pelos rios navegamos em canoas equipadas de Índios:

---

1. Documento castelhano, sem assinatura, mas com letra do P. Luiz da Fonseca, então em Roma, Março de 1594. — *Hist. Soc. 86*, 39v.
2. Franco, *Imagem de Evora*, 178.
3. *Lus. 69*, 270.
4. *Lus. 68*, 416 (3.º, 4.º).

vêem que nas missões por água e por terra nos acompanham e conduzem os Índios: logo defendemos e queremos os Índios para que nos sirvam a nós! Esta é a sua primeira conseqüência muito como sua, da qual, porém, nos defende muito fàcilmente o Evangelho. Os Magos, que também eram Índios, de tal maneira seguiam e acompanhavam a estrêla, que ela não se movia, nem dava passo sem êles. Mas em todos êstes passos, e em todos êstes caminhos, quem servia e a quem? Servia a estrêla aos Magos, ou os Magos à estrêla? Claro está que a estrêla os servia a êles, e não êles a ela. Ela os foi buscar tão longe, ela os trouxe ao Presépio, ela os alumiava, ela os guiava; mas não para que êles a servissem a ela, senão para que servissem a Cristo, por quem ela os servia. Êste é o modo com que nós servimos aos Índios, e com que dizem que êles nos servem».

«Se edificamos com êles as suas igrejas, cujas paredes são de barro, as colunas de pau tôsco, e as abóbadas de fôlhas de palma, sendo nós os mestres e os obreiros daquela arquitectura, com o cordel, com o prumo, com a enxada, e com a serra, e os outros instrumentos (que também nós lhes damos) na mão, êles servem a Deus e a si, nós servimos a Deus e a êles, mas não êles a nós. Se nos veem buscar em uma canoa, como teem por ordem, nos lugares onde não residimos, sendo isso, como é, para os ir doutrinar por seu turno, ou para ir sacramentar os enfermos a qualquer hora do dia ou da noite, em distância de trinta, de quarenta, e de sessenta léguas, não nos veem êles servir a nós, nós somos os que os imos servir a êles. Se imos em missões mais largas a reduzir e descer os gentios, ou a pé e muitas vezes descalços ou embarcados, em grandes tropas à ida, e muito maiores à vinda, êles e nós imos em serviço da Fé e da República, para que tenha mais súbditos a Igreja, e mais vassalos a Coroa: e nem os que levamos, nem os que trazemos, nos servem a nós, senão nós a uns e a outros, e ao rei e a Cristo. E porque dêste modo, ou nas Aldeias, ou fora delas nos vêem sempre com os Índios, e os Índios connosco, interpretam esta mesma assistência tanto às avessas, que em vez de dizerem que nós os servimos, dizem que êles nos servem »[1].

Vieira respondeu certo, nem há outra resposta. Acrescente-

---

1. Vieira, *Sermões*, II (Pôrto 1907) 38-39.

mos apenas que, em 1592, os Índios das Aldeias dos Padres trabalhavam por estipêndio; e distinguiam-se, nisto, dos Índios que os colonos possuíam e que utilizavam em seu exclusivo serviço, ao passo que os Índios das Aldeias dos Jesuítas trabalhavam para si próprios, para os Padres e, também, para os colonos, conforme queriam e se combinava, sem contar que eram os primeiros nas guerras e nos rebates contra os corsários estrangeiros [1].

A abundância de trabalhadores e escravos provocou, no entanto, dentro da comunidade, alguma reacção, que importa assinalar. Foi uma crise de escrúpulos nos confessores ou moralistas, entre os quais se distinguiram dois, Miguel Garcia e Gonçalo Leite. A desaprovação ostensiva de ambos fêz ou concorreu para que voltassem à Europa, cada qual para a sua Província. Foi primeiro o P. Miguel Garcia. Sustentava êle a opinião, esclarece o P. Cristóvão de Gouveia, de que nenhum escravo da África ou do Brasil era justamente cativo. «Nesta terra todos, ou *a maior parte*, teem a consciência pesada por causa dos escravos», escrevia Nóbrega, em 1550 [2]. O P. Garcia generalizou: *ninguém!* Recusou-se, portanto, a confessar a quem quer que fôsse, incluindo os Padres de casa. O Visitador consultou a Mesa da Consciência, os principais juristas e moralistas da Europa, entre os quais a Luiz de Molina. Foram todos de parecer que poderia haver cativeiros justos. A opinião de Miguel Garcia tinha contra si o consenso geral. Vistas as coisas, agora, à distância, não há dúvida que essa oposição é motivo de glória para o Jesuíta. Mas em tal tempo, e no Brasil, diz o Visitador, causava perturbação, entre os moradores da terra, e no próprio Colégio. Em tais condições, resolveu reenviá-lo para a Europa [3]. Reflecte-se o descontentamento do P. Garcia nesta sua carta: «A multidão de escravos, que tem a Companhia nesta Província, particularmente neste Colégio [da Baía], é coisa que de maneira nenhuma posso tragar, *maxime*, por não poder entrar no meu entendimento serem licitamente havidos». Nesta data, 1583, tinha o Colégio, diz êle, 70 pessoas da Guiné. «E dos da

---

1. *Bras. 15*, 383v (ao 5.º).
2. Nóbr., *CB*, 109-110.
3. Carta de Gouveia, 25 de Julho de 1583, *Lus. 68*, 337v-338.

terra, entre certos e duvidosos, é tão grande o número», «que a mim me enfada; e com estas coisas e com ver os perigos da consciência *in multis*, nesta terra, alguma vez me passou por pensamento que mais seguramente serviria a Deus e me salvaria *in saeculo* que em Província, onde vejo as coisas que vejo»[1].

Do desabafo do P. Garcia temos que tirar esta ilação: que a vida dos Padres do Brasil, além dos trabalhos comuns a todos, tinha mais êste: lutar contra as circunstâncias económicas da terra, ou aceitá-las, pura e simplesmente, com tôdas as desvantagens concomitantes, sem poderem libertar-se totalmente do meio, em que tinham de exercitar a sua actividade apostólica. A dificuldade principal, dado o vaivém de opiniões e interêsses opostos, consistia em conciliar a sua consciência com as realidades económicas, que condicionavam a existência dos colonizadores do Brasil: «Tem êste Colégio [da Baía] tanta gente, diz a *Informação do Brasil*, por ser seminário; e nêle se criam os noviços escolares, línguas, e estão os velhos, que há muitos anos que trabalham; e quanto aos escravos, são tantos, porque muitos não fazem por um; e também são oficiais de vários ofícios, como pedreiros, carpinteiros, ferreiros, carreiros, boieiros e alfaiates; e é necessário comprar-lhes mulheres, por não viverem em mau estado, e para êste efeito na roça teem a dita povoação, com suas mulheres e filhos, as quais também servem para plantar e fazer os mantimentos, lavar a roupa, anilar e serem costureiras, etc.»[2].

O P. Gonçalo Leite, primeiro Professor de Artes no Brasil, teve de voltar à Europa por inadaptação semelhante à do Padre Garcia. Já, de-volta, em Portugal, escreve: «Todos os Padres do Brasil andam perturbados e inquietos na consciência com muitos casos acêrca-de cativeiros, homicídios e muitos agravos, que os brancos fazem aos Índios da terra. A determinação dêstes casos não é tão dificultosa quanto é a execução dêles. Alguns Padres lhes teem respondido; mas as respostas mandadas ao Brasil pouco aproveitam, se não forem confirmadas pela Mesa da Consciência; e, com favor de Sua Majestade, os Governadores as

---

[1]. Carta do P. Miguel Garcia ao P. Aquaviva, da Baía, 26 de Janeiro de 1583, *Lus. 68*, 255.

[2]. Anch., *Cartas*, 414-415.

mandarem pôr em execução, porque os nossos Padres não teem fôrça para isso. De outra maneira, bem se podem persuadir os que vão ao Brasil, que não vão a salvar almas, mas a condenar as suas. Sabe Deus com quanta dor de coração isto escrevo, porque vejo os nossos Padres confessar homicidas e roubadores da liberdade, fazenda e suor alheio, sem restituïção do passado, nem remédio dos males futuros, que da mesma sorte cada dia se cometem » [1].

Gonçalo Leite comunica, a seguir, que o Visitador determinou que certos Padres confessassem na igreja, e todos os mais só na portaria com proïbição absoluta de confessarem na igreja. Seria por terem opiniões idênticas às do P. Gonçalo Leite? [2].

O caso era de-veras grave; e a solução, difícil. Procurou dá-la, antes de se ausentar, o mesmo Visitador Gouveia. Já então se tinha obtido a lei de 1587, na qual se organizava, de modo mais equitativo, a entrada ao sertão, e com Padres da Companhia, para com a sua presença se evitarem os atropelos. O Visitador deixou determinado o seguinte:

---

1. Carta de Gonçalo Leite ao P. Geral, Lisboa, 20 de Junho de 1586, *Lus. 69*, 243.

2. O P. Gonçalo Leite, natural de Bragança, entrou na Companhia a 26 de Dezembro de 1565. Tinha estudado latim na sua terra natal, no Colégio da Companhia (*Lus. 43*, 259). Escolhido para a missão do Brasil, fêz profissão solene de 3 votos em S. Roque, Lisboa, no dia 18 de Janeiro de 1572 (*Lus. 1*, 115), embarcando pouco depois. Na viagem, fêz o ofício de mestre de noviços (Carta de Martim da Rocha, de Setembro de 1572, BNL, fg. 4532, 33v). Foi o primeiro Professor do Curso de Artes, no Colégio da Baía, *Fund. de la Baya*, 19 (93). Superior de Pôrto Seguro e Ilhéus. A sua autoridade de Professor e suas opiniões contrárias às do Visitador tornaram-no indesejável; e as informações enviadas a Roma são desfavoráveis para êle, dando-o como « inquieto » etc. (*Lus. 68*, 341, 398, 412v; *Lus. 69*, 133). Tornando-se insustentável a sua permanência no Brasil, voltou para Portugal em 1586. Em Lisboa, na casa de S. Roque, exercitou os seus ministérios, acudindo a tôda a gente, sem distinção (*Lus. 44*, 109). Numa peste, que houve em Lisboa, buscava os mais desamparados. E nos bairros em que entrava, sabia levar a gente à prática dos sacramentos. « Na missão última que fêz, diz António Franco, se teve por certo que homens inimigos da virtude lhe deram veneno, do qual morreu dentro de pouco tempo; e seu companheiro, o P. Gaspar Ferraz, viveu depois algum tempo, mas sempre com muitas queixas, que o veneno lhe deixou » (Franco, *Ano Santo*, 210). Foi sua morte a 19 de Abril de 1603 (Livro das sepulturas do Colégio de Coimbra, Titolo dos que faleceram fora, BNL, Jesuítas, fg. 4505, 72v; *Synopsis Hist. Soc. Iesu*, col. 655). Em *Hist. Soc.* 43, 45v, vem que foi a 13 de Abril.

« Nenhum Padre confesse a pessoa alguma, que fôr, mandar ou queira ir ou mandar ao sertão, resgatar, ou descer gentio da maneira que se costuma, ou para isso der ajuda, conselho ou favor, porque êste caso não poderão absolver, senão com especial licença dos Superiores, a qual não darão senão depois de realmente desistirem de tal determinação e tiverem restituído o que de direito devem aos Índios ». Ao lado, esta glosa : « Não se entende isto, fazendo-se as entradas ao sertão conforme as provisões dos Governadores e Regimentos dos Reis passados, o que até agora se não fêz. E já havia um aviso do N. P. Everardo, de boa memória, em que ordenava se desse remédio a isto, pelo grande escândalo que havia, assim nos de casa, como nos de fora. Porque os nossos confessavam a muitos que assim traziam Índios, servindo-se dêles como de escravos perpétuos. E até agora não se guardou, não sem grande prejuízo das consciências, tanto dos confessores como dos penitentes » [1].

Não estava na mão dos Padres suprimir a escravatura negra ou aborígene. E a situação subseqüente, irremediável, criava um desequilíbrio moral, de que se ressentiam os ministérios sacerdotais dos Jesuítas, em particular êste da confissão. O povo descontentava-se, por os Padres o não absolverem.

Na Capitania do Espírito Santo, diz ainda o P. Gouveia, faz-se grande fruto com os Portugueses. Em tudo, menos nas confissões, porque êles, por causa do trato que teem com os Índios, não buscam os Jesuítas, que lhes recusariam a absolvição. Ainda assim, à hora da morte, muitos dêles procuravam colocar a sua consciência de bem com a justiça. Incapazes, por si mesmos, de reparar a injustiça, atiravam um encargo difícil sôbre os seus herdeiros, não se lembrando que, com o tempo, mais e mais se encadeiam as consciências. É o que fêz Jerónimo de Albuquerque, sôbre vários escravos de gentio desta terra, que duvidava se foram mal resgatados nem houvera nisso a devida diligência. Portanto « que o pratiquem com os Padres, para se saber a ordem que nisto se há-de ter » [2].

---

1. « O que pareceu ao P.e Visitador Christóvão de Gouvea ordenar na visita deste Coll.º da Baya, 1 de Janeiro de 89 » (1.ª via) ; *ms. do Gesù, Coleg. 13* (Baya) ; *Bras. 2*, 147-148, sem a glosa.

2. Testamento de Jerónimo de Albuquerque, em Borges da Fonseca, *Nobiliarchia Pernambucana*, II (Rio 1935) 363 ; *Lus. 68*, 341.

Entre os Padres, havia-os inclinados à benevolência, outros à rigidez, prevalecendo ora uma tendência ora outra, buscando cada qual motivos adequados para a própria justificação.

O Provincial, Marçal Beliarte, viu perfeitamente o ponto crítico, quando comunica para Roma, em 1592, os escrúpulos de consciência que sente, por os Padres confessarem a D. Francisco de Sousa, Governador, êle que permitia aos colonos fôssem ao sertão descer Índios. O facto estava em desacôrdo com as ordens dadas pelo Visitador. ¿Que fazer? Se não confessam, é a guerra aberta; se confessam, escrúpulos! «Êste é o grande trabalho da terra»! — conclue o Provincial [1].

Era um verdadeiro tormento, porque a fôrça dos Padres não era tanta, como observa Gonçalo Leite, nem podiam ir avante, numa guerra contínua e violenta, contra tudo e contra todos. E, ainda assim, com a sua atitude em geral hostil ou difícil, Deus sabe os ódios que foram amontoando sôbre as suas cabeças e estalaram, de-vez-em-quando, em tempestade desfeita!

Outra modalidade dêste molesto trabalho sucedia nas entradas aos engenhos e fazendas. Viam-se os Padres obrigados a preguntar aos Índios se eram livres ou escravos, costume mal visto pelos senhores do engenho: eram levados a isso por dois motivos ou ocasiões: para que se não matrimoniasse Índio livre com escrava ou vice-versa e não ficasse nulo o casamento; e também, porque se lhes deparavam inúmeros Índios livres, que os senhores queriam ter, e retinham, efectivamente, como escravos [2].

8. — E, com isto, recapitulemos. O problema jurídico da conquista do Brasil pelos Portugueses não preocupou os Jesuítas. O Brasil fazia parte dum todo geográfico, a América, e o problema da sua conquista estava já resolvido, anteriormente à fundação da Ordem, em 1540, e da instituïção do Govêrno Geral em 1549, quando êles chegaram ao Brasil.

Também a questão do cativeiro dos Índios tinha agitado já as cátedras espanholas. É sabido que, além do cativeiro legal em grandes proporções (por meio de guerras justas e resgates),

---

1. Carta de Beliarte, 20 de Setembro de 1592, *Bras. 15*, 397v.
2. *Bras. 15*, 388v (43.º, 44.º).

tinham os Espanhóis as célebres *encomiendas*, espécie de regime de trabalho forçado, sem contrato de salário, a favor individual do conquistador, e as *mitas*, trabalho temporário, igualmente forçado, mas de carácter social [1].

A questão do cativeiro dos Índios encontraram-na em cheio os Jesuítas no Brasil, quando chegaram; se não existia o problema da sua legalidade, surgia o do *modus faciendi*. Os Padres intervieram nêle com denôdo, serenidade e constância. O primeiro, e também o maior representante dos Jesuítas nesta questão, foi Nóbrega; e, tratando o assunto da escravatura de forma jurídica e científica, deu alguns argumentos que atingiam a raiz mesma da instituïção. Mas achava-se ela então demasiado arraigada no direito das gentes, para se suplantar de-vez. Tanto mais que, no Brasil do século XVI, sem oiro nem prata, os Portugueses ou se adaptavam às condições indígenas, bem miseráveis, reduzindo a agricultura a quatro palmos de terra, à roda da cabana agreste (e isto seria indianizarem-se, quer dizer, atraiçoar a civilização), ou desenvolveriam a agricultura, tornando-a rendosa e fonte de riqueza, criando latifúndios. Esta segunda alternativa foi a natural e a que, de-facto, se impôs. ¿Donde viriam, porém, os braços necessários? ¿Da Europa? Impossível. Portugal, para sustentar o seu vasto império, desde o Brasil ao Extremo Oriente, não podia dar, tendo uma população metropolitana reduzida, senão chefes, que o fôssem já, ou o viessem a ser. A parte gregária do trabalho tinha que ser recrutada nos próprios campos da actividade colonizadora. De-mais-a-mais, existia ali na mata, perto, e depois em frente, na África, uma infinidade de operários disponíveis; o seu trabalho criaria a riqueza indispensável para o desenvolvimento económico do Brasil. Resgates e guerras, dentro das realidades da época, permitiriam a sua exploração. Tal era o estado do Brasil, quando chegaram os Jesuítas. Êles adoptaram também o sistema de propriedade latifundiária (sesmarias), única fonte possível de receita, para suprir as insuficiências da dotação dos Colégios.

Na luta colonial entre o que hoje chamaríamos capital e

---

1. Silvio A. Zabala, *La encomienda Indiana* (Madrid 1935) 2; *id., Instituciones jurídicas en la conquista de América* (Madrid 1935) 237-248; Constantino Bayle, *España en Indias* (Vitoria 1934) 210.

trabalho, serviram não pròpriamente de árbitros, porque se inclinaram à parte dos humildes, mas de elemento moderador da cobiça do mais forte. Não podendo suprimir a escravatura, que as condições económicas do tempo e da região pareciam ainda postular, combateram os abusos dos colonos contra os Índios ou negros daquele triste regime. Poderiam admitir, uma ou outra vez, alguma falta de tacto, algum excesso de zêlo, ou até alguma culpa positiva, individual. Com tudo isso, tomando-se em conjunto, como se deve tomar, a atitude da Companhia de Jesus na defesa daqueles trabalhadores, foi um enérgico freio à ganância geral dos homens, a pender para a demasia, e um alto exemplo de humanidade. Defesa não só directa, protegendo imediatamente os Índios, como também indirecta, negociando leis protectoras. Portugal, diga-se para sua honra, apoiou em geral os Padres. E êles, por sua vez, com a sua disciplina proverbial, evitaram desacatos à autoridade, mesmo se as leis os contrariavam; mas, quando influências exploradoras do trabalho se faziam sentir acremente na Côrte, êles, vigilantes, redobravam de esforços, para que outras disposições legais atenuassem ou corrigissem os maus efeitos das primeiras.

Um sentimento de humanidade os movia; movia-os outro ainda. Os Jesuítas não vieram ao Brasil como párocos dos civilizados, a-pesar-de exercitarem, com êles, os seus ministérios em grande escala: vieram para catequizar e civilizar cristãmente os «naturais da terra». O cativeiro dos Índios, afugentando-os para o recesso das florestas ou então desagregando as famílias, arrebatando e dispersando os indivíduos pelas casas, fazendas e engenhos dos colonos, inutilizava a catequese. Daí, a defesa e a luta. Em muitas páginas da história colonial brasileira se repercutem os ecos de semelhante contraposição. Ao lado do regime económico, duro e brutal, em mira ao interêsse imediato, sem olhar a meios, nem tendo contemplações pelo mais fraco, fruta do tempo, e no Brasil bem mais suave que noutras partes, coexistia um regime moral superior, representado pela Igreja, mas cuja máxima expressão, por diversas circunstâncias históricas, eram então os Jesuítas, limando as arestas pungentes do regime económico. O choque nem sempre foi amistoso. Vê-lo-emos nos séculos XVII e XVIII. Não queiramos, porém, antecipar os acontecimentos. Digamos, contudo, desde já, que, sob o aspecto puramente científico, estão longe da verdade os que estudam os Jesuítas do Brasil à luz de panfletos, como a *Dedução Cronológica*, mandada fazer, e feita em parte, pelo Marquês de Pombal, como arma política de combate. A verdade tem que se procurar com agudeza de vistas e com o espírito suficientemente preparado para penetrar a objectividade histórica. Homens até da envergadura de Pôrto Seguro não conseguiram altear-se bastante, para não serem injustos, — êle e alguns que o seguem sem mais exame. Aliás, Pôrto Seguro era partidário da escravidão dos Índios brasileiros. Esta luta, já o dizia Anchieta, no seu tempo, que era guerra antiga e que só acabaria com os mesmos Índios. Palavras proféticas, porque na realidade, ao saírem os Jesuítas do Brasil, no século XVIII, não obstante leis, na aparência favoráveis e libertadoras, que ficavam no papel, os Índios quási findaram na costa, retraindo-se no mato para nova «rebarbarização» [1].

Na colonização do Brasil, cremos que a questão da escravatura levou o rumo inelutável que as diversas circunstâncias mesológicas, económicas, sociais e até providenciais consentiram ou permitiram. *Distingue tempora et concordabis iura.* Examinando a curva da legislação portuguesa sôbre Índios, mais protectora que nenhuma outra, sente-se a presença visível ou invisível do Jesuíta, igualmente português (se havia algum estrangeiro, estava ao serviço de Portugal e, como tal, recebia a sua quota parte da dotação do Estado). Àquela intervenção jesuítica se deve, que, sem se deter o curso normal da Colonização, não se tenham de lamentar, na história de Portugal e do Brasil, as horríveis mortandades que registam outras colonizações; a êles se deve, e à sua tenacidade e inteligência, que no Brasil se realizasse o mila-

---

1. F. Contreiras Rodrigues, *Traços da economia social e política do Brasil colonial* (Rio 1935) 53. Afrânio Peixoto, no seu admirável livro *Minha terra e minha gente*: « A luta foi tenaz, por dois séculos, vencendo ora a razão e a justiça, ora a cobiça e a maldade. Os colonos não procuravam justificar a escravidão dos Índios, senão dizendo que a Companhia a ela se opunha, para melhor desfrutar o trabalho dêles. Os Padres, que os empregavam em fazer roças para a própria abastança e de suas famílias, consequentemente da Colónia, para a educação dos filhos e manutenção do culto, respondiam que a escravidão afugentava da civilização o gentio, e portanto, impedia e traía a propagação da fé. As relações tornaram-se tão tensas, que vieram as represálias, perseguições, até à expulsão dos Jesuítas [... pelo Marquês de Pombal] com o que, grande mal fêz ao Brasil ». — Afrânio Peixoto, *Minha Terra e Minha Gente*, 3.ª ed. (Rio 1929) 92-94.

gre da civilização, sem a destruïção em massa dos aborígenes; e que os factos, inegàvelmente repreensíveis dela, tenham de considerar-se mais episódicos do que inerentes e consubstanciais à mesma colonização, tomada em conjunto, gloriosa. A parte de abnegada glória, que nesta emprêsa toca aos Jesuítas, reconhece-a von Pastor assim, sintèticamente: «Teem direito à admiração os missionários que, entre tão escabrosas dificuldades, não perdem a coragem. Vivendo em extrema pobreza, odiados dos ricos, por lhes prègarem contra os saltos dos Índios, desprotegidos por um dos Governadores que lhes não pagava o sustento, assinado por El-rei, angustiados por diferença de pareceres com o Bispo, oprimidos pela consciência de que o êxito não correspondia aos seus esforços; — e, a-pesar-de tudo, não deixam de defender os direitos da humanidade e de erguer as suas queixas até ao trono de Portugal, e de aliviar, entretanto, com todos os confortos e auxílios, quanto lhes era possível, os males dos infelizes»[1].

---

1. Ludwig Freiherrn von Pastor, *Geschichte der Päpste*, VI (Freiburg im Breisgau 1923) 217.

CAPÍTULO V

O testemunho do sangue

1 — Os Protomártires da Companhia de Jesus no Brasil, Irmãos Pero Correia e João de Sousa; 2 — P. Inácio de Azevedo, Visitador do Brasil; 3 — Sua actividade na Europa; 4 — Martírio do B. Inácio de Azevedo e 39 companheiros; 5 — Martírio do P. Pedro Dias e companheiros; 6 — Lista geral dos componentes da expedição martirizada; 7 — Processo canónico.

1. — Os primeiros Jesuítas, que derramaram o seu sangue em terras brasileiras, foram os Irmãos Pero Correia e João de Sousa. Sob o aspecto cristão, protomártires; sob o aspecto colonial, foram as primeiras e mais ilustres vítimas da expansão territorial da América Portuguesa, ao sul. Iam em missão pacificadora entre tríbus adversas, Carijós e Tupis, quando a felonia dum espanhol, a quem os Jesuítas tinham salvado a vida, lhes deu a palma do martírio.

Pero Correia deve ter chegado ao Brasil em 1534[1]. Êste colono, antes de entrar na Companhia, levou vida aventurosa, como todos aquêles primeiros povoadores, audaciosos e enérgicos. Já conhecemos a sua estada no Rio de Janeiro, antes de Villegaignon[2]. Ouçamos o que fêz mais ao norte, contado por êle próprio.

---

1. « A diez y nueve años que estoi en el Brasil » — diz êle, a 10 de Março de 1553 (*Bras. 3(1)*, 84). No fim desta carta, para Coimbra, o Ir. Correia recomenda-se ao P. Correia (simpatia pela identidade de nome ? ¿Parentesco?) e ao « meu Caríssimo Dom Gonçalo ». Pede missas : uma a pedir a perseverança, e outras, outras virtudes, « que êles mais desejarem ». Aquêle Padre Correia (António) era então mestre de noviços em Coimbra e « o caríssimo Dom Gonçalo », que era Dom Gonçalo da Silveira, havia de ser também, como Pero Correia na América, o glorioso protomártir da África do Sul, no Monomotapa.

2. Cf. supra, Tômo I, 362.

Quando, em 1553, se proíbiu a Nóbrega a ida pela terra dentro, escreve Pero Correia, já então na Companhia: «Agora que o Governador nos impediu que fôssemos entre os Índios da Capitania de S. Vicente, estamos para ir à Baía, a ver se por ali podemos fazer algum fruto, do qual estamos muito confiados, porque *eu fiz a paz com aquela gentilidade, com muito gasto da minha fazenda e perigo da minha pessoa; e quando assentei as pazes com êles*, logo lhes disse que havia de ser para que fôssemos todos uns e a lei tôda uma, e que havíamos todos de ser sujeitos a um senhor. Êles me faziam sinal da sua terra, que ma davam e me obedeceriam. Agora não sei, nestes outros hábitos, como se haverão comigo. Eu tenho para mim que bem»[1].

Pero Correia, na sua vida de sertanista e povoador, teve lutas com os Índios, donde resultaram mortes. Foi esta a razão por que não chegou a ordenar-se de presbítero. Pouco depois de escrever aquela carta, enviou-o Nóbrega à Baía com o P. Leonardo Nunes, não só para visitarem a costa e trazerem os novos companheiros esperados de Portugal, mas também «para o Irmão Correia se *ordenar de Sacerdote*, se o Bispo já tiver faculdades para dispensar sôbre homicídios voluntários que tinha dalguns Índios»[2]. Nóbrega justifica assim esta resolução:

«O Irmão Pero Correia é cá grande instrumento para por êle Nosso Senhor obrar muito, porque é virtuoso e sábio e o melhor língua do Brasil. Tem partes para se haver de ordenar de missa, mas tem impedimento, que não pode ser sem dispensa, e os nossos poderes não se estendem a seus casos, que são mortes voluntárias de alguns Índios gentios desta terra. Se o Bispo não os tem, como se dizia que esperava por êles, faça V. R. havê-los, porque sendo de missa, fará muito mais fruto nas confissões»[3]. O Irmão Pero Correia seria ordenado, se vivesse mais tempo. Obter-se-ia a dispensa desejada, porque tal impedimento era sanável e as dispensas foram efectivamente pedidas a Roma[4].

---

1. Carta de Pero Correia, de 10 de Março de 1553, *Bras. 3(1)*, 85v. Nesta mesma carta indica, a seguir, os meios que se deviam usar, no seu entender, para sujeitar os Índios a El-Rei.

2. Carta de Nóbrega, de 15 de Junho de 1553, *Bras. 3(1)*, 96v.

3. *Bras. 3(1)*, 106v.

4. Carta do P. Mirão ao P. Polanco, de Lisboa, 17 de Setembro de 1554,

Pero Correia era Português. Ignora-se tudo o mais dêle: terra da naturalidade, parentesco. Era nobre pelo sangue, diz Anchieta[1]. Vasconcelos acrescenta que era da nobre família dos Correias[2]. Que era homem importante na Capitania de S. Vicente, é indiscutível. Os testemunhos são unânimes[3]. Possuía grandes terras em Peruíbe e Guaraípe (Iguape), que doou ao Colégio dos Meninos de Jesus de S. Vicente[4]. Por causa dêstes bens, teve demanda com Braz Cubas, resolvida, à boa paz, por Manuel da Nóbrega, transformando-se então Braz Cubas, de opositor em amigo[5]. Diz-se geralmente que Pero Correia foi o primeiro que entrou na Companhia, no Brasil: «Logo que a trombeta de Cristo começou a soar pelos da Companhia, foi êle o primeiro que dobrou o colo ao jugo dêle»[6].

Como antigo morador, sabia a língua da terra; e era o único prègador em S. Vicente, escreve Nóbrega, em 1553[7].

Mon. Mixtae, IV, 347; cf. *ib.*, 112. A 6 de Agôsto de 1551, passou El-Rei uma provisão, em Almeirim, dando amnistia geral dos crimes anteriores à vinda de Tomé de Sousa; nela não se incluem cinco crimes, entre os quais « morte de homem *cristão* » (Capistrano in Pôrto Seguro, *HG*, I, 317). Notemos que as mortes, feitas pelo colono Pero Correia, eram de Índios *gentios*, nas guerras « com justiça, e sem ela, ao costume daqueles tempos » (Vasc., *Almeida*, 63; Anch., *Cartas*, 82).

1. Anch., *Cartas*, 82.
2. Vasc., *Crón.*, I, 180; id., *Almeida*, 63. Elevaram alguns tanto esta nobreza, que o deram como « issu de la famille royale de Portugal » (Cretineau Joly, *Histoire de la Compagnie de Jésus*, I (Paris 1845) 369; Juan B. Weiss, *Historia Universal*, vol. IX (Barcelona 1929) 718.
3. « Es una persona que auiendo estado muchos años en el Brasil y siendo en aquellas tierras mui principal, sirve a ñro sñor en la Companhia cõ mui grande hervor ». (*Bras. 3(1)*, 24v. Nota inédita posta na cópia da carta que se publicou em *Avulsas*, 94). Cf. Anch., *Cartas*, 82.
4. *Bras. 11*, 477-477v; *Bras. 3(1)*, 147v; Nóbr., *CB*, 156; cf. supra, Tômo I, 255-256, 541-542; Azevedo Marques, *Apontamentos*, II, 99; cf. Teodoro Sampaio, *Peregrinações de António Knivet*, na *Rev. do Inst. Bras.* Tômo especial (1914) 382-383 e nota 37.
5. Carta de Nóbrega, de 15 de Junho de 1553, *Bras. 3(1)*, 97v.
6. Anch., *Cartas*, 82. Bib. de Évora, *Catálogo de alguns Padres*, cód. CVI/1-16, f. 41. É certo que estiveram, antes, em casas da Companhia, os Irmãos Simão Gonçalves e Mateus Nogueira: podia bem ser que não fôssem logo admitidos, ou, ao falar-se de Pero Correia, apenas se tivesse em vista a sua qualidade de escolástico: neste caso foi o primeiro, em tôdas as hipóteses.
7. *Bras. 3(1)*, 97.

« Há três anos que neste Colégio lhes falo sempre de Deus » [aos Índios], diz êle próprio [1]. Para ser mais útil, logo foi pondo em estilo da língua natural da terra a *Suma da doutrina cristã*, « pela qual ensinavam com fruto das almas » [2]. Por êste facto, deve ser considerado, pelo menos cronològicamente, o primeiro tupinólogo do Brasil. Leonardo Nunes e depois Nóbrega, nas suas entradas ao sertão, utilizavam os serviços de Pero Correia e mandavam-no adiante, como porta-voz evangélico, para predispor os ânimos, como no caso da fundação de Maniçoba. O próprio Irmão conta as entradas que fêz. Fala em terceira pessoa; todavia consta, pela carta de Nóbrega sôbre João Ramalho, que é dêle que se trata: casos de antropofagia, perigo de morte, em que se viu pela queda duma árvore, entradas de 60 e mais léguas... [3]. Grande missionário, percorreu e evangelizou terras de Tamóios, Tupis, Tupinaquins e Carijós [4]. A todos êstes dotes juntava mais um, o do conselho: quando Nóbrega pensava na emprêsa do Paraguai, um dos que levaria consigo, era Pero Correia. ¿Porquê? Di-lo êle: porque « nesta terra faz mais do que nenhum de nós, por causa da língua, e do seu tino e virtude » [5].

O seu companheiro no martírio, João de Sousa, era também Português. Seguia a carreira das armas, quando entrou na Companhia, em 1550. Di-lo uma ordem de pagamento a favor do P. Paiva, Superior interino da Companhia de Jesus, na Baía, passada a 15 de Setembro de 1551. Tratava-se de 4$500 réis « devidos a João de Sousa, homem de armas, que em S. Vicente se meteu na dita Companhia, de nove meses de seu sôldo, que começaram ao primeiro de Novembro de mil quinhentos e quarenta e nove, até o derradeiro de Julho de 1550, em que foi riscado » [6]. João de Sousa, antes de entrar, fazia serviço em casa do Governador Tomé de Sousa [7].

---

1. *Bras. 3(1),* 84v.
2. Vasc., *Crón.,* I, 70; cf. *Bras. 3(1),* 91.
3. Carta de Correia, 18 de Julho de 1554, *Bras. 3(1),* 112-114; Vasc., *Crón.,* I, 132.
4. Vasc., *Crón.,* I, 180.
5. *Bras. 3(1),* 105v.
6. *Doc. Hist.,* XIV, 91-92; Vasc., *Crón.,* I, 170.
7. Escrevem alguns que era aparentado com o Governador. Parece-nos

Era homem bom e virtuoso, antes mesmo de se fazer Jesuíta; jejuava três vezes por semana. Na Companhia, tinha o grau de Irmão coadjutor e o ofício de cozinheiro, dando exemplo de penitência, humildade, simplicidade e caridade [1].

Assim pois, êstes dois Irmãos, Pero Correia e João de Sousa, partiram para as regiões do sul do Brasil, a 24 de Agôsto de 1554. Levavam consigo um terceiro Irmão, chamado Fabiano, escolástico. Iam enviados pelo Padre Manuel da Nóbrega com o tríplice fim de comunicar com os Índios Ibirajaras, a que Simão de Vasconcelos chama Bilreiros, dispor os Tupis de Cananeia a deixarem seguir para o território dos Patos os Castelhanos, que Leonardo Nunes tinha recolhido dum naufrágio, e para fazerem pazes entre Carijós e Tupis, com o fim de facilitar o trânsito e a catequese. Foram a pé, sendo bem recebidos, até à Cananeia. Os Tupis chegaram a entregar-lhes alguns cativos, um dos quais estava ferido, e com êsse ficou na Cananeia, para o tratar, o Irmão Fabiano. A 6 de Outubro, Pedro Correia e João de Sousa seguiram viagem, partindo «para essas terras dos Carijós, e internaram-se muitos dias pelas terras mencionadas, prègando o Evangelho de Jesus Cristo, Nosso Senhor, passando muitos trabalhos, as mais das vezes fome, não tendo que comer, e estando enfêrmo João de Sousa».

¿Em que tempo já estamos? «Talvez em Novembro», diz Anchieta. Nisto apareceram-lhes dois intérpretes, um castelhano, outro português, personagens importantes nesta tragédia, porque o primeiro havia de ser o instigador dela, e o segundo a sua testemunha ocular. Pero Correia no desempenho da missão, que ali o levava, prègava aos Índios as coisas de Deus e que os Carijós fizessem pazes com os Tupis. O espanhol contrariava-as. «Dizia aos Carijós, que o nosso Irmão Pero Correia abria a estrada pela qual haviam de vir os inimigos para matá-los». Com estas e outras coisas, os incitava contra os dois Irmãos,

---

que Vasconcelos não deixaria de indicar essa sua *nobre* geração: diz apenas que era de *honesta* geração. Vasc., *Crón.*, I, 183; Id., *Almeida*, 64, onde lhe chama «*criado*» do Governador Tomé de Sousa. Criado não tem o sentido serventuário de hoje, contudo não implica, necessàriamente, parentesco.

1. Anch., *Cartas*, 83.

aquêle intérprete, que tinha grande ódio aos Padres, diz Anchieta, por não lhe darmos uma sua concubina índia »[1].

Os dois Irmãos deviam voltar *pelo Natal*, como lhes fôra ordenado pelos Superiores. Puseram-se a caminho, de volta, satisfeitos com o fruto e a boa disposição dos Índios Carijós, 10 ou 12 dos quais os acompanharam até às fronteiras dos Tupis. Mas, de-repente, quando menos o cuidavam, surge pelo rio abaixo uma canoa dos mesmíssimos Carijós, que mataram logo dois Índios da comitiva dos Irmãos. Investiram a seguir contra João de Sousa, que vinha adoentado, o qual, invocando a Deus, foi morto às flechadas. Pero Correia começou a arrazoar com os Índios; vendo, porém, a inutilidade das suas palavras e que a resposta eram setas, largou o bordão que trazia, ajoelhou-se, e assim morreu também. Tudo isto o testemunhou o intérprete português ao próprio Anchieta, num momento solene, quando, gravemente doente, se tinha já confessado e comungado. Por onde é de crer dissesse a verdade, comenta êle. Escreveu igualmente Anchieta que o tal intérprete castelhano, « que tudo moveu, foi o mesmo que, estando prêso entre os Índios, foi libertado pelos da Companhia, sem o que, seria morto e comido por aquêles, de modo que pagou com o mal o bem que se lhe fizera »[2].

Os Irmãos Pero Correia e João de Sousa, que assim sucumbiram pela Fé e pela Pátria, poderão considerar-se mártires? Cristóvão de Gouveia, na censura que fêz à Vida de Santo Inácio, do P. Ribadeneira, onde se. diz « foram martirizados por X.º en el Brasil », rectifica: « El Pedro Correa era hermano y no Padre; ni acá se piensa que fuessem mártires; porque yendo predicar a los Carijós, um hespañhol los hizo matar por los proprios Índios, mas no *in odium fidei* »[3].

Contudo, o martírio não recebe só a sua especificação pela fé; também a recebe pelo cumprimento da lei divina em matéria grave. Pero Correia e João de Sousa morreram prègando o

---

1. Aventam alguns que êste intérprete traiçoeiro fôsse o próprio Rui Mosquera. É mais provável que fôsse algum dos do seu bando. Cf. Benedito Calixto, *Villa de Iguape*, na *Rev. do Inst. de S. Paulo*, XX, 599-600.

2. Anch., *Cartas*, 80-81.

3. *Mon. Ignat.*, série 4, I; o mesmo diz Pero Rodrigues na sua carta da Baía, de 19 de Dezembro de 1599, BNL. fg, cx. 30; cf. *Bras. 15*, 473.

Evangelho, defendendo a moral cristã numa obra de paz. Sob êste último aspecto, o seu sacrifício deve considerar-se até como feito em prol do engrandecimento do Brasil, a caminho do sul, engrandecimento que a sua morte atrasou talvez três quartos de século. Quanto ao martírio pròpriamente dito, aquela opinião de Gouveia que vigorava no Brasil, no último quartel do século XVI, não seria conseqüência da união de Portugal com a Espanha? Com efeito, não seria anti-político e difícil levar adiante uma causa em que fôra culpado um espanhol? A opinião primitiva parece-nos mais justa. E exprime-a perfeitamente Anchieta na síntese dos motivos do martírio.

Referindo-se à felonia do castelhano ingrato e do mal que praticou, acrescenta: «ainda que tenhamos de encomendá-lo a Deus pelo bem que a nossos Irmãos fêz, qual o de lhes deparar a morte, pela obediência e pela prègação do Evangelho de Jesus Cristo, e pela paz e amor ao próximo. E, para que lhes não faltasse, em sua coroa, esta pedra preciosa, morreram pela Verdade e pela Justiça e, finalmente, pela exaltação da nossa Fé que andavam a prègar»[1].

2. — Pela exaltação da mesma Fé, sucumbiu, alguns anos depois, um grupo mais numeroso de soldados, cujo chefe ilustre

---

1. Anch., *Cartas*, 82. O *Necrológio* de Portugal tem a sua morte a 16 de Novembro de 1554 (*Lus. 58*, 18). O *Menológio*, a 3 de Novembro (*Bras. 14*, 62). Mas, pelo modo de falar de Anchieta, deve ter sido mais tarde, em Dezembro, mesmo no caso de a palavra Natal não significar o tempo da saída dos Carijós, mas o têrmo da chegada a S. Vicente. Benedito Calixto fêz um quadro «Martírio de Pedro Correia», existente na Igreja de Santa Cecília, em S. Paulo (*Rev. do Inst. de S. Paulo*, XX, 599). Cf. Anch., *Cartas*, 48, 75-77; António de Matos, *Prima Inst.*, 6v-7v; *Vita dei Fratelli Pietro Correia e Giovanni di Sousa primieri Martiri del Brasile*, Lus. 58, 37-42; Vasc., *Crón.*, I, 170-177; Id., *Anchieta*, 34-40; Id., *Almeida*, 61; Maffei, *Hist. Indic.*, 319-320; Andrade, *Varones Ilustres*, III, 2.ª ed. (1889) 531-537; Bartolomeu Guerreiro, *Gloriosa Coroa*, 306-307; Jacques Damien, *Tableau Raccourci*, 113.

— Naquele primeiro Necrológio, fala-se, em 1555, *incerto die*, de mais dois Irmãos coadjutores, anónimos, mortos no Brasil. É êrro e confusão com os primeiros. Esta confusão fêz que se divulgassem erròneamente dois binários de mártires, como se vê pelas gravuras diferentes, que publicamos: uma com Pedro Correia e João de Sousa, outra com *Dois Irmãos coadjutores*, mártires que nunca existiram. (Matias Tanner, *Societas Iesu usque ad sanguinis et vitae profusionen militans in Europa, Africa, Asia et America* (Praga 1675) 438, 441).

foi o primeiro Visitador do Brasil. É uma das páginas mais célebres do martirológio da Companhia. A essa página anda associada a vida do P. Inácio de Azevedo, desde a sua Visitação ao Brasil. Unamo-la também numa só notícia.

A 15 de Julho de 1553, pedia Nóbrega que viessem de Portugal Padres, e entre êles um para Provincial ou ao menos para Visitador, porque havia coisas que se não podiam dizer por escrito[1]. O P. Grã fêz mais tarde idêntico pedido e por idêntica razão, acrescentando outra, a de unificar o modo de proceder em certas coisas[2]. Com efeito, havia interpretações diferentes entre Nóbrega e Luiz da Grã no que se referia, sobretudo, a bens dos Colégios. As condições locais exigiam certas acomodações e modos de ver, que só quem viesse com a autoridade do Geral poderia impor ou sancionar.

Pensou-se em quem iria. Entre os Padres, capazes em Portugal dessa emprêsa, achava-se Dom Inácio de Azevedo, homem de virtude, que já fôra Vice-Provincial[3] e tinha pedido as missões da Índia, Angola ou Brasil[4]. Ora, dando-se o caso de o Brasil necessitar dum Visitador e de, em Portugal, pedir o P. Inácio de Azevedo para sair dêle, por motivos de carácter íntimo e familiar como veremos, o seu nome impunha-se naturalmente. Sucedeu, além disto, que, indo êle a Roma, com o cargo de Procurador da Índia e do Brasil, à 2.ª Congregação Geral, que, por morte de Laines, elegeu S. Francisco de Borja[5], atraíu aos

---

1. Carta de Nóbrega, de Junho de 1553, *Bras. 3(1)*, 97v.
2. Carta de Laines a Nóbrega, 16 de Dezembro de 1562, *Mon. Laines*, VI, 577; cf. *Lus. 60*, 97v; Carta de Luiz da Grã, de 12 de Junho de 1564, *Bras. 15*, 116.
3. *Mon. Borgia*, III, 398.
4. *Mon. Laines*, III, 577-578; IV, 288-290. Sôbre a sua ida para Angola escreve o P. Torres, em 1559: « El p.e dõ Ignacio nos parece que hiziera muy bien este negocio, mas acá es muy necessario y aunq otros no se satishazen de su modo, para mi descansame mucho porq siente bien las cosas dela compañia, y es cuidadoso dellas y diligente en executar lo q̃ le ordenan y debaxo de obediencia tiene mas expediente q̃ quando el es superior » (*Lus. 60*, 146). Sôbre Angola notemos que, sendo Azevedo Vice-Provincial, em 1558, recebeu o pedido de missões em « hũ reino q̃ se quer fazer cristão q̃ chamão Angola terra de pretos » — e era favorável à emprêsa (Bibl. de Évora, *Cartas da Europa*, Cód. CVIII/2-1, f. 346v.
5. *Congr. 1*, 29v.

seus desejos de missões o novo Geral, que resolveu enviá-lo não por simples missionário, como Azevedo pretendia, mas como Visitador. Cometeu S. Francisco de Borja o encargo de examinar, em Portugal, êste assunto aos Padres Leão Henriques, Luiz Gonçalves da Câmara e Miguel de Tôrres. A princípio, opuseram-se êstes Padres à ida de Inácio de Azevedo, por necessitarem dêle, « e também porque nas coisas do govêrno não mostra tanto talento como em ser puro súbdito e instrumento para com o próximo, e parecia-nos que, sendo Provincial do Brasil o P. Manuel da Nóbrega, poderiam passar as coisas daquela Província, ajudando-lhes com alguns bons sujeitos de cá ».

Mas, depois, com novas informações, voltaram a tratar do mesmo assunto; e, vendo que no Brasil precisavam de socorro breve, decidiram mandá-lo a êle, com alguns mais. Leão Henriques, a 12 de Fevereiro de 1566, volta a escrever ao Geral sôbre a ida de Azevedo, mas que se assentem dois pontos: que é para voltar, podendo lá ficar até dois anos, e possa nomear Provincial, pois pede-o Luiz da Grã. Provincial poderia ser o mesmo Grã, ou Nóbrega, ou ainda António Pires, que para êsse efeito se faria professo de quatro votos. Não sendo douto, o P. Pires era homem de virtude e prudência. Leão Henriques terminava, pedindo ao Geral enviasse as patentes quanto antes, pois a armada deveria partir por Março [1].

A patente do Visitador tem a data de 24 de Fevereiro de 1566 e, antes de 6 de Junho de 1566, Inácio de Azevedo saíu de Lisboa, para o Brasil [2].

Azevedo nasceu em 1527, de família ilustre, nos arredores do Pôrto, como êle próprio diz, sem indicar o local preciso. Notemos, porém, sem com isto querer sugerir que tivesse nascido ali, que perto do Pôrto ficava a Quinta de Barbosa, solar da família Azevedo e Malafaia, que era a sua, por parte do pai, D. Manuel de Azevedo, beneficiado e clérigo de missa, filho de D. João de Azevedo, Bispo do Pôrto. Sua mãi, D. Violante Pereira, da nobre família dos Senhores de Fermedo, era freira num convento da mesma cidade, e filha de outra freira. Tal origem

---

1. Cartas do P. Leão Henriques, Provincial, ao P. Geral, de Lisboa, a 12 de Dezembro de 1565 (*Lus. 61*, 361v), a 26 de Janeiro de 1566 (*Lus. 62*, 9) e a 12 de Fevereiro de 1566 (*Lus. 62*, 11v, 13, 13v).

2. Cf. supra, Tômo I, 563; *Bras.* 2, 136v.

impressionou-o, quando disso teve consciência plena, e fêz que êle, depois de estar na Companhia, além da sua inclinação pelas missões, as pedisse com mais insistência, como se vê em carta sua, de Braga, a 26 de Agôsto de 1564 [1].

A infância e juventude de Inácio de Azevedo foi descurada. Mas, um dia, movido pela prègação dos Jesuítas no Pôrto, retirou-se à Quinta de Barbosa, e aí entrou em pensamentos de ser da Companhia, animando-o Henrique de Gouveia, pai do que havia de ser segundo Visitador do Brasil, Cristóvão de Gouveia. Aos 28 de Dezembro de 1548, entrou na Companhia, com 22 anos de idade [2]. Modificou-se radicalmente, e logo deu provas de dedicação e santidade. O documento fundamental sôbre a sua vida é uma *Nota Autobiográfica*, escrita em 1561 ou 1562 [3].

---

1. *Epp. NN. 103*, 71.
2. *Lus. 43*, 3, 7.
3. Diz assim, traduzida literalmente do castelhano: «Dom Inácio, de idade de trinta e cinco para trinta e seis anos. Da Província de Portugal, da diocese do Pôrto, de fora da cidade. Tem vivos os pais. O pai tem benefícios eclesiásticos e suficiência de bens. A mãi é freira em um mosteiro do Pôrto [...]. Tem irmãos. Um vai para eclesiástico com um benefício. Outros pequenos; e um vai para leigo com os bens patrimoniais do seu pai. As irmãs são freiras [...]. Antes de entrar na Companhia, era de 22 anos, o qual tempo gastou parte em estudos de humanidades, parte em casa do pai, parte em casa de El-Rei, como leigo secular [...]. Haverá 14 anos que entrou na Companhia. Fêz, logo de entrada, os exercícios por quarenta dias e nunca mais os fêz [...]. Estêve em Coimbra os primeiros meses de sua entrada, servindo em ofícios, e ouviu um pouco de humanidades. Depois, estêve em Sanfins, ouvindo o curso de Artes por dois anos e meio ou três. Depois, outra vez em Coimbra ano e meio, ouvindo Teologia. Depois, estêve em Santo Antão de Lisboa, confessando gente de fora, alguns quatro ou cinco meses. Depois, foi ali Reitor alguns dois anos. Depois, foi a Castela para pedir ao Padre Francisco alguns mºs. [maestros?] para o Colégio de Coimbra que se tomava. Depois, ajudou ao Padre Doutor Tôrres, escrevendo-lhe e dando-lhe algumas informações e lembranças. Quando, depois, veio por Provincial, enviou-o a Coimbra para trazer informações das coisas e dali foi chamado com intuito de o enviar às Índias, e emfim foi Dom Gonçalo. Foi, depois, ministro em S. Roque. Depois, foi Reitor em Coimbra um tempo. Dali foi chamado para ir a Roma à Congregação, e indo com o Provincial e os demais, chegaram a Alcalá e dali voltaram, por ter-se diferido a Congregação. Voltou, depois, a ser Reitor em Coimbra outro tempo. Depois, indo o Provincial à Congregação, o deixou por Vice-Provincial. Estêve em Lisboa um tempo e em Coimbra e em Évora. Vindo o Provincial de Roma, estêve em Lisboa com êle, servindo de consultor, e um tempo a dar-lhe lembranças e outras coisas de memórias e execução do seu ofício. Depois, foi ministro em S. Roque. Depois, foi enviado a Sanfins a estar com

Azevedo manteve constante o desejo de ir para as missões [1]. Fêz votos simples, no dia 3 de Outubro de 1553, no Colégio de Santo Antão [2], e a profissão solene, a 9 de Abril de 1564» [3]. Tal era o Padre escolhido para Visitador do Brasil. Chegou à Baía na armada de Cristóvão Cardoso de Barros, a 23 de Agôsto de 1566, e iniciou a visita [4].

Azevedo houve-se com acêrto. Escreve o P. António Rocha, em 1569: «O P. Inácio de Azevedo fêz aqui a sua visita com muita prudência e edificação, assim para com os externos como da casa» [5]. E por sua vez testemunha S. Francisco de Borja, «que êle o faz muito bem, e tôda aquela conversão vai muito adiante, fundam-se Colégios da Companhia ali com muito bom assento» [6]. Era o Colégio do Rio de Janeiro, cuja fundação foi homologada por êle, como Superior maior.

---

o Padre Francisco uns poucos de dias, e dali o enviou o Padre ao Arcebispo de Braga. E andou com êle na visita do seu Arcebispado dois meses. Depois, veio com êle a Braga para se assentar as coisas do Colégio dali, que se queria fundar, e aqui em Braga resido, que haverá 8 ou 9 meses. Não tem nenhuns bens. Dos que tinha e esperava, fêz doação à Companhia, ao Colégio de Santo Antão em Lisboa [600$000 réis, *Lus. 64*, 117. Cf. *Lus. 60*, 209v]. A inclinação, suposta a indiferença, é primeiramente às Índias, *scilicet*, Guiné, Etiópia, ou às que pròpriamente chamam Índias, e secundàriamente à Alemanha; 3.º loco a estas partes de Portugal, e aonde chamam Trás-os-Montes, que é gente mais idiota e rude que noutras partes da Província. Dom Inácio», *Epp. NN. 103*, 2-2v. Dos seus irmãos — os tais irmãos pequenos, de que fala nesta sua *Nota autobiográfica* — um, D. João de Azevedo, foi Governador de Moçambique, e outro, D. Jerónimo de Azevedo, foi Vice-Rei da Índia e Conquistador de Ceilão (Franco, *Ano Santo*, 376; F. Rodrigues, *Hist.* I, 1.º, p. 476-477).

1. *Lus. 43*, 372.
2. Fórmula latina, autógrafa, como a actual. Mas a seguir está uma promessa, em português, de guardar as Constituições e aceitar qualquer grau na Companhia, etc. (*Epp. NN. 103*, 3-4).
3. *Mon. Nadal*, I, 592.
4. *Fund. de la Baya*, 16 (90). Diz-se aqui que chegou «Vispera de S. Bartolomeo». O assento da patente, no Livro do Colégio (*Bras. 2*, 136v.), tem que chegara no dia seguinte, 24 de Agôsto. Se não houver engano, compaginam-se as duas datas, entendendo a primeira como a chegada ao pôrto e a segunda como a do desembarque e entrada no Colégio. Cf. Vasc., *Crón.*, III, 90-91; Id. *Anchieta*, 112.
5. Acham-se em *Bras. 2*, 136v-138v. Cf. *Bras. 2*, 24.
6. Carta de António Rocha, ao P. Geral, do Espírito Santo, 26 de Junho de 1569, *Bras. 3(1)*, 161; *CA*, 482.

O Visitador expôs as Constituições da Companhia e percorreu tôdas as Capitanias, menos Pernambuco, regulando e ordenando o que lhe pareceu necessário. Entre as medidas que tomou, referentes aos Índios, foi dificultar os seus baptismos até darem garantia de perseverança, e fazer que as Aldeias ao redor da cidade se visitassem desde o Colégio, onde residiriam os Padres. As ordenações da Visita de Inácio de Azevedo ficaram sendo lei da Companhia no Brasil, até se codificarem depois pelos Visitadores seguintes, em particular, Cristóvão de Gouveia [1].

Uma das condições do Provincial de Portugal, para a ida do P. Azevedo, era que êle só se demoraria no Brasil dois anos. Com efeito, pouco depois de chegar, o próprio Visitador viu a necessidade de desenvolver mais a catequese, propondo, a 19 de Novembro de 1566, que lhe parecia vantajoso ir a Portugal com o fim de trazer gente, oficiais mecânicos e despachar, com El-Rei, o que fôsse necessário para bem do Brasil [2].

Reünindo-se a Congregação Provincial na Baía, em Junho de 1568, Azevedo foi eleito Procurador a Roma, e, embarcando a 14 de Agôsto, chegou a Lisboa a 21 de Outubro de 1568 [3].

Notemos que S. Francisco de Borja, em carta de 22 de Setembro de 1567, tinha dado licença a Inácio de Azevedo para voltar à Europa, se assim o entendesse, acrescentando todavia: «mas não se há-de despedir do seu Brasil» [4].

Viria... para voltar! [5]

---

1. Carta de S. Francisco de Borja a Nadal, de Roma, 9 de Outubro de 1567, *Mon. Nadal*, III, 530.
2. *Mon. Borgia*, IV, 345.
3. Franco, *Synopsis, anno 1568*, n.º 2; Ant. de Matos, *Prima Inst.*, 24v.
4. *Mon. Borgia*, IV, 525.
5. *Cronologia da estada do P. Azevedo no Brasil:* — 23 de Agôsto de 1566: chega à Baía (*Fund. de la Baya*, 16 (90): «vispera de S. Bartolomeo»); — Agôsto-Novembro: reside na Baía e visita as Aldeias (*Fund. del Rio de Henero*, 51-51v); — Novembro: segue para o Sul com Mem de Sá, depois do dia 19 de Novembro, em que data, ainda da Baía, uma carta a S. Francisco de Borja (*Mon. Borgia*, IV, 341-345); — 18 de Janeiro de 1567: chega ao Rio de Janeiro, a cuja conquista final assiste; — Quaresma de 1567-Julho: está na Capitania de S. Vicente e visita Piratininga; — 24 de Julho de 1567: chega ao Rio, de volta de S. Vicente (*CA*, 482); — Julho-Dezembro: no Rio de Janeiro (*CA*, 482; 490-491); — 15 de Março de 1568: está em Pôrto Seguro; cf. Carta sua, desta data e local, a S. Francisco de Borja (*Mon. Borgia*, IV, 591-592); — Março de

3. — Apenas chegou a Lisboa, tratou Inácio de Azevedo de informar o Geral, e organizar a expedição que projectava. S. Francisco de Borja pensou em evitar-lhe a viagem a Roma, lembrando que talvez tudo se pudesse conseguir por intermédio do Embaixador de Portugal em Roma, João Telo de Menezes [1].

Mas Inácio de Azevedo, emquanto ia estudando a melhor maneira de socorrer as missões do Brasil, as dificuldades e pareceres dos Padres, sentiu a necessidade de ir tratar directamente disso em Roma [2]. Além das cartas do Provincial português, P. Leão Henriques, e de Luiz Gonçalves da Câmara ao Geral [3], levou duas de recomendação para o Papa, S. Pio v, uma do Arcebispo de Braga, D. Fr. Bartolomeu dos Mártires, outra de El-Rei D. Sebastião. A primeira já foi publicada por Simão de Vasconcelos, e, nela, o Arcebispo chama-lhe homem de «grande virtude», e que, «desprezando a nobreza do mundo, se quis fazer verdadeiro imitador [de Cristo] assim na pobreza, abnegação e desprêzo de si-mesmo, como também no zêlo e aproveitamento das almas e no aumento da religião cristã, de que tem dado boas mostras, assim nesta diocese de Braga, onde, por alguns anos, me ajudou muito, como nas partes do Brasil, donde pouco há veio» [4].

A carta de El-Rei pedia ao Papa as ajudas necessárias para a conversão e que favorecesse os Padres [5]. Além desta carta,

---

1568: chega à Baía (Franco, *Imagem de Coimbra*, II, 75); — 14 de Agôsto de 1568: sai da Baía para Portugal (Franco, *Imagem de Coimbra*, II, 76); — 31 de Outubro de 1568: chega a Lisboa (Franco, *Synopsis, anno 1568*, n.º 2).

1. Carta de S. Francisco de Borja a Inácio de Azevedo, de Roma, 23 de Fevereiro de 1569 (*Mon. Borgia*, V, 23).

2. *Mon. Borgia*, V, 27-30, 62.

3. *Lus.* 63, 41, 45.

4. Carta de D. Fr. Bartolomeu dos Mártires, ao Papa, de Braga, 4 de Março de 1569, Vasc., *Crón.*, IV, 3.

5. «Muyto Sancto in Christo padre e muyto bem Aventurado Sñnor. O vosso deuoto e obediente filho Dom Sebastiam per graça de Deus Rey de Portugal et dos Algarves daquem et dalem mar em Affriqua Sñnor de guinné et da Conquista nauegação Commercio de Ethiopia Arabia Persia et da India etc. com toda humildade envio beijar seus sanctos pees Muyto sancto in xpo padre e muyto bem auenturado Sñnor o Padre Inacio dazeuedo da Companhia de Jhũ foy visitar os Padres da ditta Companhia que andam no Brasil entendendo em conuersãm dos Infieis por mandado do seu geral e agora lhe vay dar conta de sua visitaçãm. Peço muito por merçe a Vossa S.de fauoreça aos dictos padres no que

como que de apresentação, escreveu El-Rei outra, dois dias depois, confidencial, do que trataria o P. Inácio de Azevedo, por onde se vê a confiança, que lhe merecia o Visitador do Brasil. Consta de três pontos: o primeiro é sôbre dificuldades domésticas; o segundo sôbre o seu casamento «gia trattato», que êle quere levar adiante com *madama* Margarida, irmã do Rei de França; o terceiro sôbre uma comenda. Ao mesmo tempo, comunica El-Rei ao Santo Padre que Inácio de Azevedo lhe daria conta do estado da religião nas conquistas de Portugal[1]. Em Maio de 1569, partiu para Roma[2]. Recebido pelo Papa, com benevolência, e pelo Padre Geral, com amor, alcançou dum e doutro o que pretendia para bem da catequese no Brasil. Dando conta da visita, o P. Geral nomeou-o Provincial do Brasil, para onde voltaria em breve com uma grande expedição missionária. Para isso, a 4 de Julho do mesmo ano, escreveu S. Francisco de Borja aos Provinciais de Espanha que lhe concedesse cada um, para o Brasil, até cinco noviços ou pretendentes à Companhia. Devia concorrer, em cada caso, esta tríplice vontade: a do pretendente, a do Superior e a do P. Azevedo[3]. A 28 de Agôsto, já o Beato Inácio estava em Valência, donde escreveu ao secretário do P. Geral, dando-lhe conta da viagem de regresso desde Roma, Florença e Génova: «Vim a Barcelona por mar. Ali dei ao P. Joseph a sua imagem [...]. Não achei nenhum sujeito ali que pudesse levar. Vim a Valência, onde achei muitos, muito bons que, com muito desejo, pediram o Brasil. Deu-me o Padre Reitor Sanctander três, por tôda a Província»[4].

Azevedo chegou a Coimbra, a 26 de Setembro, com 9 Irmãos de Castela e Valência e, a 3 de Outubro, já escreveu de Almeirim, referindo que grassava a peste em Lisboa e já se

---

lhes comprir para Bem da conversam E proueito das almas. Porque com muyto trabalho seu e Periguos do mar e da terra vam aquelas partes e a outras muytas de ynfieis do meu senhorio só por o Respecto acima dicto e augmente da fee catolica / Muito sancto in xp̄opadre e muito Bemaventurado sñnor / nosso snoor por muitos tempos conserue V. St. A seu sancto ser.ꝯ / Dalmeirim a XXIIII de março de 1569. (a) El-Rey. (Vaticano, *Lett. dei Principi, 31,* 296).

1. Vaticano, *Lettere dei Principi, 31,* 299.
2. Vasc., *Crón.,* IV, 5.
3. *Mon. Borgia,* V, 115-116; Vasc., em vez de 5, diz 3, *Crón.,* IV, 5.
4. *Mon. Borgia,* V, 155-156.

contavam 12 mil mortos, entre os quais 20 da Companhia. Azevedo procurou falar com El-Rei e alude a dificuldades, feitas por Filipe II, ao casamento de D. Sebastião [1]. Perto de Almeirim andava D. Sebastião, e com êle falou o P. Azevedo, antes de 7 de Outubro. Entregou-lhe, e ao Cardial D. Henrique, as cartas do Papa e uma medalha, enviada pelo filho do embaixador, para o P. Câmara, mas de que El-Rei se prendou [2].

Feito isto, tratou da viagem. Preferiu o Pôrto, para arranjar embarcação. Lisboa, com a peste, estava lastimada, e era impossível tratar ali de tais assuntos. Até o Governador do Brasil teve que adiar a partida [3]. Começou então para êle um período de grande actividade. A 8 de Outubro, comunica, já de Coimbra, que tratará da embarcação com a brevidade possível. Mas, não era tão de-pressa como desejava. Os portos estavam impedidos, as comunicações difíceis, para evitar o contágio. Por outro lado, El-Rei não parava em parte nenhuma, não se podia combinar nada [4]. A 18 de Dezembro, Azevedo já estava em Évora. El-Rei dera, emfim, embarcação e mantimentos para êle e mais 20; êle porém esperava levar mais gente, para ajudar o Brasil no que pudesse, «ainda que de Roma trouxe tão pouco auxílio como V. R. viu» [5].

Em Lisboa, a acomodação era difícil, não só por motivo da peste, como pelo número elevado dos que haviam de ir. Foram-se, pois, reünindo em Val de Rosal, Costa da Caparica. Aqui se formou uma espécie de noviciado e recolhimento, onde todos passaram êsse tempo de espera, entre exercícios de piedade e formação religiosa, e também com as recreações honestas, compatíveis com a sua vocação. António Franco conta pormenorizadamente os exercícios de humildade e penitência, em que se ocupavam.

---

1. *Ib.*, 187-189, 191.
2. *Ib.*, 191-192.
3. *Mon. Borgia*, V, 192.
4. Carta ao P. Polanco, de Coimbra, 8 de Outubro de 1569, *Epp. NN. 103*, 95v; cf. Polanco, *Complementa*, II, 66.
5. Carta de Inácio de Azevedo a Diogo Mirão, em Roma, de Évora, 18 de Dezembro de 1569, *Epp. NN. 103*, 100-100v; Carta de João de Lucena, de Évora, a 25 de Janeiro e 5 de Fevereiro de 1570, Bibl. de Évora, *Cartas*, tômo II, CVIII/2-2, f. 265v, 267-268v; *Lus. 64*, 13v.

Cheia de côr local é esta página de José Leite, referindo-se ao P. Inácio de Azevedo: « Uma das maiores recreações, com que ali os divertia, era ir com todos ao mar, que fica em distância de meia légua das nossas casas; neste exercício levava consigo os músicos, cantando salmos e hinos, com que fazia o caminho mais suave e deleitoso. O Padre ordinàriamente os mandava baixar à praia e pelas barrocas, que intitulavam algum tempo os mestres de Santo Antão *Quebrada de Dom Tomaz*, e não sei se ainda agora lhe dão êste distintivo; e êle se ficava no alto do monte ou rocha, com dois ou três, suspirando pelas ondas e contemplando na terra as palmas vitoriosas, que àquelas tenras plantas, que então pisavam a areia, estavam esperando e crescendo em os mares. Dos que desciam, uns se juntavam ao redor de uma fonte, que havia naquela praia, divertindo-se com o cristal e doce de suas águas; outros passeavam pela areia; e os mais novos e de pueril idade se alegravam com o fluxo e refluxo das ondas, chegando-se umas vezes a elas, e retirando-se outras, pôsto-que não com tal velocidade, que não saissem orvalhados: o sítio, por ser retiro mui solitário, dava lugar a todos êstes honestos divertimentos. Por fim, lhe mandava à praia o Padre Inácio de Azevedo sua merenda com frutas, pão e alguns mimos, e se voltavam a casa com religioso alívio e espiritual consolação » [1].

Em Março de 1570, comunicava o Beato Inácio ao P. Geral que os reünidos em Val de Rosal « passam de oitenta, ou são noventa ». A nau, feita no Pôrto, viria ter a Belém para se agregar à frota do Governador; e de Portugal viriam 27 Jesuítas, uns movidos de fervor, outros por causa da peste. De Aragão, Toledo e Castela iam 13. Pedia que lhe concedesse também o P. Pedro Dias; e dizia que tanto El-Rei como o Infante se mostravam muito amigos da Companhia e do Brasil [2].

A última carta do Beato Inácio a S. Francisco de Borja foi escrita já da nau Santiago, três dias antes da saída. Sem êle o

---

[1]. *Cronica dos PP. Jesuitas de Portugal*, pelo P. José Leite, *ms.* 162 da Bib. do Pôrto, s/pag., Cap. XIV, do Livro 2.º da 2.ª década. Sôbre José Leite cf. Rodrigues, *Hist.* I, 1.º, p. XXIII.

[2]. Carta de Inácio de Azevedo a S. Francisco de Borja, Évora, 16 de Março de 1570, *Mon. Borgia*, V, 319-322.

imaginar, seria o seu testamento: «Muito Reverendo em Cristo. A suave graça de Deus N. S. acompanhe sempre a alma de V. P. Amen. Por diversas vezes escrevi a V. P. de como estava esperando se aparelhassem as embarcações para ir ao Brasil, as quais se demoram por causa da peste, que havia em Lisboa, e porque El-Rei enviava êste ano Governador ao Brasil, o qual, para aperceber-se, teve necessidade de tempo. Agora estamos a dois de Junho com tôdas as coisas a ponto e embarcados para sair ao mar, já da Tôrre, que dizem, de Belém, para baixo. Eu estou numa nau com 46 irmãos; noutra nau estão 23 e noutra um Padre e dois Irmãos, por causa de acompanhar muita gente, homens e mulheres e órfãos, que El-Rei envia para povoar a terra [1]. Ainda que os meus pecados me ameaçam para o mar e alegam que seria conveniente que não vá eu com tão boa companhia, nem com tanta comodidade das coisas temporais como levamos, por outra parte confio na bondade de N. S. que não costuma afligir aos justos com o ímpio, que será servido levar-nos a todos àquela Província, aonde vamos por obediência, a servir a Sua Divina Majestade. A lista, dos que vamos, se envia a V. P. com esta. Peço, por amor do Senhor, humildemente, a V. P. que quanto mais faltas há em mim para esta missão, e para tôdas as demais coisas da obediência e serviço divino, mais instantemente rogue V. P. por mim e me conceda a sua santa bênção para mim e para todos êstes Irmãos, que agora vamos, e aos que lá estão, para que todos fielmente cumpramos com nossa profissão à maior glória divina. Desta nau, onde estamos, no Pôrto de Belém, a 2 de Junho de 1570 » [2].

Saíram, portanto, de Lisboa, 73 Jesuitas (47 + 23 + 3).

---

1. Esta nau, diz Pedro Dias, era a de João Fernandes. Nela ia, de Lisboa, o P. Francisco de Castro. Na Madeira, talvez houvesse mudança. Franco dá, como enviados ao Brasil, um Padre, um irmão e um noviço. Cremos que fôssem levados naquela ou noutra nau. De-facto, a *Fund. de Pernambuco* dá como chegados a Pernambuco, e logo começam a trabalhar, o P. Afonso Gonçalves e o Ir. João Martins, *Fund. de Pernambuco*, 61v-62 (14). O terceiro, que assinala Franco, deve ser o Irmão noviço de Valência, António Lopes, que saíu da Companhia (*Mon. Borgia*, V, 155n). Ainda que Franco a dá como distinta da expedição de Inácio de Azevedo, tem que se identificar com ela, porque êstes nomes estão todos incluídos, como veremos, na mesma lista.

2. *Mon. Borgia*, V, 409-410.

4. — Chegou a armada à Madeira, no dia 12 de Junho. E, tendo o Governador de ficar algum tempo ali, e a nau Santiago de ir carregar e descarregar mercadorias nas Canárias, para aproveitar o tempo foi adiante, a-pesar da relutância do Governador. Emquanto se demorou na Madeira, é tradição que o P. Azevedo e os mais estiveram na Quinta do Pico do Cardo, onde deixaram uma cruz. Mais tarde, o P. José Lopes, escrevendo do Funchal, a 20 de Março de 1752, ao cronista P. José Leite, refere-se a uma inscrição, que ali se gravou, numa lâmina de mármore, em 1743, e que reproduzimos[1]. A nau Santiago saíu da Madeira no dia 30 de Junho, diz Pedro Dias. Iam o P. Inácio com 39 da Companhia e alguns 14 ou 15 homens dos que levava para o Brasil. Chegou às Canárias, mas a calmaria a detinha, afastada duas ou três léguas da terra, entre Têrça-Côrte e Las Palmas, quando surgiu uma frota de piratas franceses. Jacques Sória, comandante dos corsários, pretendeu tomar a nau Santiago, sendo mortos os primeiros que abordaram. A luta, porém, era desigual, nem tardou que os franceses entrassem a nau, com ordem de: «mata, mata, porque vão semear doutrina falsa ao. Brasil». «O primeiro, que mataram, foi o P. Inácio de Azevedo, que saíu a êles com a imagem [de Nossa Senhora] nas mãos, dizendo que êles eram católicos e êles eram luteranos e hereges e outras palavras. Deram-lhe com uma lança pola cabeça com que o cobriram de sangue, e a

---

1. Bib. do Pôrto, *ms.* 534. Esta lâmina informa o «Jornal», diário do Funchal, de 19 de Julho de 1932, passou para a capela de Nossa Senhora do Pópulo, e dali foi levada para Lisboa, não se sabendo onde pára. O mesmo periódico transcreve-a :

EM. MEMORIA. DOS. GLORIOSOS. MARTIR-
ES, DA. COMP.A DE. JESU. O. P. IGNACIO. DE A-
ZEVEDO. E SEUS. 39 COMPANHEIROS. QUE.
NAVEGANDO. P.A O BRAZIL NO. ANNO. DE 1570. A-
OS. 15. DE. JULHO. A. VISTA. DA. ILHA. DA. PALMA.
MERECERÃO. A. DO. MARTIRIO. PELLA. FÉ. DE.
CHRISTO. LANÇADOS AO. MAR. PELLOS. HE-
REJES. E. TENDO. ESTADO. NESTA. QUINTA. DE.
PICO. DE CARDO. VINHÃO. A. ESTE. LUGAR.
COM. A. SUA. CRUS. E NELLE. FAZIÃO. AS. SUAS
DEVOÇÕES. SE. ERIGIO. ESTA. P.A MAIOR GLO-
RIA. DE DEOS. AN. DE. 1745.

imagem, que trazia nas mãos, que era um retrato da imagem de Nossa Senhora, que está em Santa Maria Maior, que fêz São Lucas, que trazia de Roma em uma lâmina de cobre, de que era muito devoto; depois lhe deram duas lançadas e, querendo-lhe tirar a imagem das mãos, nunca puderam. O Padre Diogo de Andrade se abraçou então com êle e mataram-nos ambos e deitaram-nos ao mar com a imagem nas mãos» [1]. A seguir, mataram todos os outros Jesuítas, excepto um, logo substituído pelo sobrinho do capitão da nau, de nome João, que desejava ser da Companhia e que, por vir assim como a *completar* a conta dos quarenta, se chamou João Adauto.

5. — Quando se soube, na Madeira, do martírio do P. Azevedo e seus companheiros, constituíram-se os restantes Jesuítas sob a obediência do P. Pedro Dias, e prepararam-se para seguir viagem. Chegaram a avistar as costas do Brasil, mas, não podendo vencer o Cabo de Santo Agostinho, foram arrastados por ventos contrários até às Antilhas. Dali fizeram-se na volta dos Açores. Já acharam nos Açores o P. Francisco de Castro e três Irmãos, que vieram noutro navio [2]. Juntando-se todos, largaram emfim para o Brasil, em número de 14 (havia mais um que ficou doente, António Leão). Tiveram igual sorte que os primeiros, sendo também atacados e tomados dos corsários franceses e ingleses, comandados por Capdeville. E, coincidência de mau preságio! A nau capitânia era o mesmo galeão, com que, o ano anterior, Jacques Sória tomara a nau Santiago. Na peleja, que logo se travou, sucumbiu como herói o próprio Governador, D. Luiz de Vasconcelos. Os Jesuítas eram 15. Morreram cinco, no dia 13 de Setembro de 1571; no dia 14, sete. Escaparam dois; e um, que, com mêdo se vestiu de grumete, foi levado pelos Franceses com outros; vendo êles que não sabia marear, os lançaram a todos às ondas, mas êste não se considera mártir [3].

---

1. Carta de Pedro Dias, da Ilha da Madeira, 17 de Agôsto de 1570, *Bras. 15*, 192-192v.
2. Carta do P. Luiz de Vasconcelos, ao P. Geral, de Angra, 24 de Julho de 1571, *Lus. 64*, 321.
3. *Bras. 15*, 213-219.

6. — Tal foi a sorte desta grande expedição. Ao sair de Lisboa, compunha-se ela, segundo uma lista, conservada no Arquivo Geral da Companhia, de 86 pessoas, sendo 70 Jesuítas e 16 assalariados para diversos ofícios necessários no Brasil. E mais alguns ainda, segundo Pero Dias. Diz êste: «Vínhamos **sessenta e nove** da Companhia e algumas trinta ou quarenta pessoas de diversos ofícios, que uns iam para entrar lá na Companhia, e outros para servirem em seus ofícios»[1]. Realmente são 69 os Jesuítas daquela mencionada lista, mas nela não se inclue o P. Azevedo; e o número de candidatos à Companhia era maior, facto que explica o aparecimento, entre os Beatos Mártires, de alguns nomes, que não se acham na lista. Vários Irmãos, dos que se indicam apenas pelo grau ou ofício (coadjutor, alfaiate), foram, de-certo, individualizados a seguir ao martírio; bem como poderiam ter sido admitidos, durante a viagem, alguns dos «servidores seculares», assinalados no fim da lista, ou na carta do Padre Dias. A êstes mártires, que assim faltam na lista, incluímo-los entre cancelos.

Por outro lado, deparam-se-nos Padres e Irmãos, que saíram de Lisboa para o Brasil, cujo rasto se perde. Não admira. O Padre Pero Dias, reenviou alguns para Portugal e despediu outros, por não os achar capazes de tamanha emprêsa.

Damos, a seguir, a lista completa.

Os 40 Mártires do Brasil, já glorificados pela Igreja com a honra de Beatos, vão precedidos duma cruz e enumeram-se na ordem da referida lista; os restantes, que foram mortos no ano seguinte, em ódio da fé, mas ainda não elevados às honras dos altares, vão simplesmente *grifados*. Os demais vão em redondo.

Os Beatos foram martirizados todos no dia *15 de Julho de 1570*, a não ser o B. Simão Costa, que foi no seguinte. Dos outros indicaremos o dia.

Notemos que na lista ou catálogo veem os nomes sòmente. Nós acrescentamos-lhes aqui o género de morte e alguma nota individuante, tirada em geral de António Franco.

---

1. *Bras. 15*, 191.

«Catálogo dos que êste ano foram para o Brasil — Ano 1570:

1 † [P. *Inácio de Azevedo*].

2 † P. *Diogo de Andrade*, professo de 3 votos, de Pedrógão-Grande. Entrou em Coimbra, aos 7 de Julho de 1558. Cozido a punhaladas e lançado vivo ao mar [1].

P. *Pedro Dias*, Coadjutor Espiritual, da vila de Arruda, Arcebispado de Lisboa. Entrou em Coimbra, aos 28 de Março de 1548. Procurador do Colégio de Coimbra, lente de casos, consultor e confessor. Homem de grande oração, edificação e mortificação. Inteligente. O B. Inácio de Azevedo, pedindo a S. Francisco de Borja que o deixasse ir consigo, alegava que para procurador quem quer serviria, e no Brasil, para casos de consciência e outros ofícios, seria mais útil [2]. Morto às estocadas e lançado ao mar (dia 13 de Set.º) [3]. O *Exame* do P. *Nadal* diz que tem «35 anos, de Lisboa, recebido pelo P. Simão, em Coimbra, em Março de 1548. É Padre. Estêve em Roma passante de ano e meio [com o P. Ambrósio Pires], como procurador dêste Colégio» [4].

— P. *Francisco de Castro*, teólogo. De Montemolim, Priorado de S. Marcos, comarca de Chari. Entrou em Coimbra, aos 29 de Agôsto de 1560, tendo 26 anos de idade. Morto às estocadas e lançado ao mar (13 de Set.º) [5].

— P. *Afonso Gonçalves*, confessor, chegou ao Brasil e iniciou a sua carreira missionária, com o cargo de Mestre de meninos, em Pernambuco [6].

— Ir. *Gaspar de Góis*, teólogo, de Portel. Morto à espada [7] e lançado ao mar (13 de Set.º) [8].

---

1. Franco, *Imagem de Coimbra*, II, 117.
2. *Mon. Borgia*, V, 321-322.
3. Cf. Elogio em Franco, *Imagem de Coimbra*, II, 126-128, 139; Id., *Ano Santo*, 515. Bartolomeu Guerreiro, *Gloriosa Coroa*, 379-387.
4. Polanco, II, 194; Rodrigues, *Hist.*, I, 2.º, p. 64. «Estêve em Sanfins e Lisboa. Há 3 anos que é procurador neste Colégio» (*Mon. Nadal*, II, 576).
5. Franco, *Imagem de Coimbra*, II, 138.
6. *Fund. de Pernambuco*, 62 (14).
7. *Bras. 15*, 219.
8. Franco, *Imagem de Coimbra*, II, 138.

— *Afonso Fernandes*, teólogo, de Viana do Alentejo. Vivo ao mar (14 de Set.º)[1].

3 † *Bento de Castro*, estudante, da Vila de Chacim, Trás-os-Montes. Entrou em S. Roque, a 2 de Agôsto de 1561. Mestre de noviços na nau. Foi o primeiro a ser ferido, com pelouros e punhaladas. Lançado, ainda vivo, ao mar[2].

— *Pero Dias*, estudante, de Souto, Viseu. Foi ao mar vivo, com o Ir. Diogo de Carvalho, aos 14 de Setembro[3].

— *João Álvares*, estudante, do Estreito, têrmo de Oleiros, Priorado do Crato. Entrou em Coimbra, a 1 de Novembro de 1564, com 19 anos de idade. De grande virtude. Foi vivo ao mar[4].

— Belchior Cordeiro. Chegou ao Brasil, na 13.ª expedição[5].

— *André Pais*, estudante, do Pôrto. Recebido em Braga pelo B. Inácio de Azevedo, com 20 anos incompletos. «Era bem apessoado, mui vivo e gracioso». Vivo ao mar (14 de Set.º)[6].

— Baltasar de Almeida.

— Bastião Afonso.

4 † *António Soares*, coadjutor, de Trancoso. Atravessado e, vivo, ao mar[7].

Coadjutores:

5 † *Manuel Álvares*, de Estremoz, irmão do Ir. Francisco Álvares, cozinheiro do Colégio da Baía. Vivo ao mar[8]. O Beato Manuel Álvares era roupeiro e comprador do Colégio de Évora. Dava conta por sinais e pinturas do dinheiro que recebia. O P. Geral mandou que aprendesse a ler e escrever, o que agora já faz, ainda que imperfeitamente, como diz êle-próprio ao P. Geral, em carta de Évora, 21 de Abril de 1566, em que pedia a missão do Brasil[9].

— Bastião Álvares.

---

1. Franco, *Imagem de Coimbra*, II, 137.
2. *Ib.*, II, 106, 117.
3. *Ib.*, II, 138.
4. *Ib.*, II, 138.
5. Cf. supra, Tômo I, 565.
6. *Ib.*, II, 137.
7. *Ib.*, II, 117; *Imagem de Évora*, 235.
8. *Imagem de Coimbra*, II, 119; *Imagem de Évora*, 236.
9. *Lus.* 62, 32.

— António Leão, de Pombeiro, Braga. Tinha ficado na Madeira para seguir com o P. Francisco de Castro e o Governador. Depois de ter arribado às Antilhas e voltado aos Açores, caíu ali doente. Com isso, escapou ao martírio dos dias 13 e 14 de Setembro. Depois, achando embarcação, continuou a viagem, chegando ao Brasil [1]. Em 1573, foi para a Baía com o P. Tolosa. Trabalhou no Rio e em S. Paulo. No Rio, fêz os últimos votos de coadjutor temporal, a 8 de Dez.º de 1586 [2], e faleceu em S. Paulo, a 21 de Junho de 1605, com 60 anos de idade e 39 de Companhia [3].

6 † *Francisco Álvares*, tecelão e cardador, da Covilhã. Entrou em Évora, aos 21 de Dezembro de 1564. Foi às ondas, vivo [4].

7 † *Domingos Fernandes*, de Borba. Entrou em Évora. Atravessado às punhaladas, foi vivo ao mar [5].

— [*Fernando*] *Álvares* [6], de Viseu. Entrou em Coimbra, aos 28 de maio de 1560, com 26 anos de idade. Lançado vivo ao mar (14 de Set.º). Notemos abaixo, entre os servidores seculares, um com o mesmo nome de Fernão Dálvares.

Noviços:

— João de Oliveira.

8 † *João Fernandes*, estudante, de Braga. Entrou em Coimbra, aos 5 de Junho de 1569. Foi vivo ao mar [7].

9 † [*João Fernandes*], estud., de Lisboa. Entrou em Coimbra, aos 5 de Abril de 1568. Foi vivo ao mar [8].

10 † *António Correia*, estudante, do Pôrto. Entrara em Coimbra, em 1 de Junho de 1569, com 16 anos de idade. Maltratado e lançado vivo às ondas [9].

---

1. *Fund. de la Baya*, 17 (91).
2. *Lus.* 25, 39.
3. Ânua de 1605 e 1606, *Bras.* 8, 64; *Lus.* 25, 39; *Hist. Soc.* 43, 65v.
4. *Imagem de Coimbra*, II, 118; *Imagem de Évora*, 235.
5. *Imagem de Coimbra*, II, 117.
6. *Bras.* 15, 219; Franco, *Imagem de Coimbra*, II, 138.
7. *Ib.*, II, 119.
8. *Ib.*, II, 119.
9. *Ib.*, II, 116.

11 † *Francisco de Magalhãis*, estudante, de Alcácer do Sal. Entrou em Évora, em 27 de Dezembro de 1568, tendo 19 anos de idade. Foi lançado vivo ao mar [1].

— Diogo Pinto.

12 † *Marcos Caldeira*, indiferente, da vila da Feira. Entrou em Évora, a 2 de Outubro de 1569, com 22 anos de idade. Vivo ao mar [2].

13 † *Amaro Vaz*, coadj., do Pôrto. Entrou nesta cidade, a 1 de Novembro de 1569, com 16 anos. Apunhalado e atirado, ainda vivo, ao mar [3].

De Roma:

— João Martins. Chegou ao Brasil, Pernambuco [4].

De Valência:

— António Lopes. Saíu da Companhia [5].

— *Miguel Aragonez*, estudante, de Guisona, Urgel, Catalunha [6]. Estudante em Barcelona, freqüentava os sacramentos no nosso Colégio. Entrou em Valência, em Outubro de 1567, com 24 anos de idade. Tinha-se baptizado a 18 de Junho de 1543. Passado com estocadas foi ao mar, vivo, no dia 13 de Set.º [7]. Miguel Aragonez escreveu da Ilha da Madeira, onde ficara doente, uma carta datada de 19 de Agôsto, ano de 1570, onde relata o martírio do Beato Inácio de Azevedo e Companheiros mártires [8].

---

1. Franco, *Imagem de Coimbra*, II, 118; Id., *Imagem de Évora*, 233.
2. *Imagem de Coimbra*, II, 120; *Imagem de Évora*, 233.
3. *Imagem de Coimbra*, II, 117.
4. *Fund. de Pernambuco*, 62 (14).
5. *Mon. Borgia*, V, 155n.
6. *Mon. Borgia*, IV. 155 n.
7. *Imagem de Coimbra*, II, 139; Juan Sederra, *Memorias históricas del siervo de Dios, H. Miguel Aragonés S. J.* (Barcelona 1915) 3.
8. Publicada, e em parte resumida, por Bartolomeu Alcázar, *Chrono-Historia... en la Provincia de Toledo* (Madrid 1710) 310-311. A seguir, uma carta de Filipe V de Espanha ao Papa, em 1703, para alcançar o culto dos Mártires, com uma breve notícia do que se tinha feito até então para isso; e várias poesias latinas de Bêncio em honra dos mártires de nacionalidade espanhola.

14 † *João de Maiorga*, pintor, do Reino de Aragão. Tinha 35 anos de idade e 3 de Companhia. Foi ao mar, vivo [1].

DA PROVÍNCIA DE TOLEDO:

15 † *Afonso Baena*, coadj., ourives. Ferido e lançado ao mar, vivo [2].

16 † *Estêvão de Zurara*, coadj., borlador, biscainho. Foi roupeiro no Colégio de Placência [3].

17 † *João de San Martín*, estud., de Yuncos, Toledo. Entrou em Évora, aos 18 de Fevereiro de 1570, com 21 anos de idade. Estudava na Universidade de Alcalá, quando foi aceito para a Missão do Brasil. Vivo ao mar [4].

— Afonso de Valderas.

18 † *João de Zafra*, coadj., de Jerez de Badajoz. Aceito na Companhia em Cuenca, de lá veio entrar no Noviciado de Évora, aos 8 de Fevereiro de 1570. Lançado vivo ao mar [5].

PROVÍNCIA DE CASTELA:

19 † *Francisco [Peres] de Godoi*, estud., de Torrijos, parente de Santa Teresa de Jesus. Estudava cânones, quando entrou na Companhia em Medina del Campo. Ferido a punhaladas e vivo ao mar [6].

20 † *Gregório Escribano*, coadj., de Logroño. Foi vivo ao mar [7].

21 † *Fernão Sanches*, estud., de Castela-a-Velha. Mal ferido e ao mar, vivo [8].

RECEBIDOS EM PORTUGAL:

— P. Jerónimo Serra.

22 † *Gonçalo Henriques*, subdiácono, do Pôrto. Ferido a punhaladas e vivo ao mar [9].

---

1. Franco, *Imagem de Coimbra*, II, 119.
2. *Ib.*, II, 116.
3. *Ib.*, II, 118.
4. *Ib.*, II, 119; *Imagem de Évora*, 234.
5. *Imagem de Coimbra*, II, 119; *Imagem de Évora*, 234.
6. *Imagem de Coimbra*, II, 118-119.
7. *Ib.*, II, 119.
8. *Ib.*, II, 118.
9. *Ib.*, II, 119.

23 † *Álvaro Borralho* [*Mendes*], estud., da cidade de Elvas. Com o nome de Borralho não aparece nenhum entre os mártires; mas há um Álvaro Mendes, e a identidade do nome de baptismo, o único, tanto nesta lista como na dos Mártires, supõe a identidade da pessoa, com apelidos ou alcunhas diferentes. Álvaro Mendes foi lançado ao mar, vivo [1].

24 † *Pedro Nunes*, estud., de Fronteira. Vivo ao mar [2].

— Bastião Lopes, lançado ao mar, vivo. Conseguiu salvar-se no batel de uma nau. Franco não sabe se perseverou na Companhia [3].

— *Francisco Paulo*, noviço. Português. Franco ignora de que terra. Foi vivo ao mar, no dia 13 de Set.º [4].

25 † *Manuel Rodrigues*, estud., de Alcochete. Vivo ao mar [5].

26 † *Nicolau* [*Diniz*], estud., de Bragança. De côr baça. Tinha muita graça em representar. Foi lançado, vivo, ao mar [6].

27 † *Luiz Correia*, estud., de Évora. Vivo, ao mar [7].

28 † *Diogo* [*Pires*] *Mimoso*, estud., de Niza, Portalegre. Morto à lançada. E depois o deitaram à água [8].

— Miguel Rodrigues.

29 † *Aleixo Delgado*, estud. de Elvas. Filho dum cego, veio para Évora, onde foi admitido no Colégio dos Convictores, e dali entrou na Companhia, tendo 14 anos de idade. Lançado ao mar, vivo [9].

— João Sanches, coadj. Estêve com os 40 mártires. Depois de ser confessor da fé e relator dêstes sucessos, veio a ser despedido da Companhia [10].

---

1. Franco, *Imagem de Coimbra*, II, 116.
2. *Ib.*, II, 120.
3. *Ib.*, II, 137.
4. *Ib.*, II, 138.
5. *Ib.*, II, 120.
6. *Ib.*, II, 120.
7. *Ib.*, II, 119.
8. *Ib.*, II, 117.
9. *Ib.*, II, 115.
10. *Lus. 43*, 522.

30 † *Braz Ribeiro*, coadj., de Braga. Morto com uma cutilada na cabeça. Tinha 24 anos de idade e 7 meses de Companhia [1].

31 † *Luiz Rodrigues*, estud., de Évora. Lançado, vivo, ao mar [2].

32 † *André Gonçalves*, estud., de Viana do Alentejo. Foi estudante da Universidade de Évora. Lançado ao mar, cheio de punhaladas [3].

— Pero Gomes.

33 † *Gaspar [Álvares]*, coadj., do Pôrto. Apunhalado e lançado ao mar, vivo [4].

34 † *Manuel Fernandes*, estud., de Celorico. Vivo ao mar [5].

— António Pires.

35 † *[Manuel] Pacheco*, estud., de Ceuta, então colónia de Portugal em África. Ao mar, vivo [6].

— Braz Francisco.

36 † *Pero Fontoura*, coadj., de Braga. Os hereges feriram-no gravemente, cortando-lhe a língua e lançando-o ao mar [7].

— Diogo Fernandes, lançado ao mar, vivo, no dia 14 de Setembro de 1571. Conseguiu subir a uma nau e salvar-se. Veio a sair da Companhia [8].

— Francisco.

— Baltazar.

37 † *António Fernandes*, carpinteiro, de Montemor-o-Novo. Teem alguns que era de Lisboa, mas Franco justifica aquela naturalidade [9].

— Um coadjutor.

— Dois alfaiates.

---

1. Franco, *Imagem de Coimbra*, II, 119.
2. *Ib.*, II, 119.
3. *Ib.*, II, 116.
4. *Ib.*, II, 119.
5. *Ib.*, II, 120.
6. *Ib.*, II, 120.
7. *Ib.*, II, 120.
8. *Ib.*, II, 135, 136.
9. *Ib.*, II, 117 ; *Imagem de Évora*, 234.

38 † [*Simão da Costa*], coadj., do Pôrto. Mandado degolar por Jacques Sória e lançado às ondas, em 16 de Julho [1].

39 † [*Simão Lopes*], estud., de Ourém. Ao mar, vivo [2].

40 † [*João Adauto*], de Entre-Douro-e-Minho, sobrinho do capitão da nau, quis morrer com os da Companhia [3].

— [*Diogo de Carvalho*]; coadj., de Tondela. Ao mar, vivo, dia 14 de Set.º [4].

— [*Pedro Fernandes*], « coadj., e de ofício de carpinteiro. Não sabemos senão que era Português; da Pátria não consta. Foi vivo ao mar no dia 14 » [5].

— [Gaspar Gonçalves], lançado vivo ao mar. Como tinha mostrado fraqueza, tirando antes a roupeta, não se considera mártir [6].

SERVIDORES SECULARES:

Pastores: [7].
Pero Vaz
António Pires
Paulo
João Rodrigues

Tecelões:
António Fernandes
Fernão Dálvares
António Rodrigues

António Pires, Carpinteiro
Outro carpinteiro
Braz Moreira, sapateiro.

Trabalhadores:
Pedro
Joane
Pedro
Gonçalo
Um telheiro, pelheiro.
Outro telheiro » [8].

---

1. Franco, *Imagem de Coimbra*, II, 120.
2. *Ib.*, II, 120.
3. *Ib.*, II, 120.
4. *Ib.*, II, 137-138.
5. *Ib.*, II, 139.
6. *Ib.*, II, 132.
7. João de Lucena, em « carta do Colégio de Évora para os mais da Província, a 5 de Fevereiro de 1570 », conta os preparativos da viagem e, com grande relêvo literário, a história de um pastor que também quis ir. — Bibl. de Évora, *Cartas*, tômo II, XCIII/2-2, f. 267-268v.
8. *Bras.* 5, 12. A seguir veem dois grupos, cada um de 12 Padres e Irmãos, enviados da « Província de Portugal », um a fundar o Colégio da Madeira, outro « para fundar o Colégio da Ilha 3.ª, aliás Angra ». Entre êstes conta-se o P. Baltazar Barreira, que tanto se havia de ilustrar depois em Angola. Publicamos a similigravura dêste Catálogo.

7. — O P. Inácio de Azevedo, com todos êstes companheiros e mais comitiva, era ansiosamente esperado no Brasil [1], quando de-repente se espalhou a notícia da sua morte: «Esperávamos o P. Inácio, e quis D. N. S. dar-lhe vida por modo do martírio, dando morte a tôda a província», escreve António Rocha [2]. A ideia do martírio ficou assente, desde o primeiro instante, e logo começaram a recorrer à sua intercessão. O fervor extraordinário, que se notou nas Aldeias do Brasil, atribuíu-se logo à fecundidade do sangue daqueles mártires [3]. E no dia 15 de Julho de 1574, celebrou-se na Baía a primeira solenidade em honra dos mártires, com epigramas e sermão, dando-se-lhes, pela primeira vez, o nome de *Padroeiros do Brasil* [4]. A festa manteve-se através dos séculos. Uma consulta, feita a Roma sôbre esta celebração doméstica do martírio, vem aprovada [5]. Em Roma, segundo diz o Breviário, começou o culto público [6].

A persuasão de que foi verdadeiro martírio, pela fé, brotou, pois, logo e deram-se oportunamente os passos indispensáveis para a introdução canónica da causa. Sebastião de Morais conta, em carta sua de 1631, que tinham chegado nesse ano a Madrid as remissórias para o processo de Inácio de Azevedo e seus companheiros [7]. O processo seguiu os seus trâmites [8], interrompendo-o a perseguição pombalina. Retomando-se depois da restauração da Companhia, ao B. Inácio de Azevedo e aos seus

---

1. *Bras. 15*, 198v ; *Mon. Borgia*, V, 440.
2. Carta de António Rocha, *Bras. 15*, 232.
3. *Fund. de la Baya*, 25v ; Carta de Caxa, de 2 de Dezembro de 1573, BNL, fg, 4532, 40 ; Oliveira, *Anual do Rio de Janeiro*, 39.
4. Carta de Caxa, 16 de Dezembro de 1574. *Bras. 15*, 251v ; *Fund. de la Baya*, 31 ; cf. *Bras. 15*, 273, 288.
5. *Bras. 2*, 24 ; *Congr. 51*, 320.
6. «Hinc statim ab eorum obitu pluribus in locis de episcoporum facultate et etiam Romae ex Indulto Sedis Apostolicae Martyrum honoribus publice coli coepti sunt». Com efeito, S. Francisco de Borja escreveu a 19 de Janeiro de 1571: «Li suffragii per li 40 martiri non paion necessarii». *Mon. Borgia*, V, 551.
7. Carta do P. Sebastião de Morais, procurador da Província de Portugal em Madrid, de Madrid, 3 de Setembro de 1631. — Bib. de la Academia de la Historia, *Jesuítas*, ms. 143, f. 34.
8. Cf. Diversos documentos, *Bras. 3 (2)*, 70-70v, 81-81v, 121-122v ; Gesù, *Colleg*. 20.

39 companheiros foi-lhes finalmente renovado e confirmado o culto, a 11 de Maio de 1854, por Sua Santidade o Papa Pio IX[1].

¿E a causa do Padre Pedro Dias e mais companheiros? Ao passar na Madeira, em 1572, Inácio Tolosa, Provincial do Brasil, de caminho para a sua Província, com muitos Jesuítas, foram recebidos tão bem de tôda a gente da Madeira, «que todos nos metiam em suas almas, tanto foi o odor da virtude que o P. Inácio de Azevedo e o Padre Pero Dias e sua santa companhia deixaram por aquela terra, que, por nós seguirmos as suas pisadas, nos tinham tanta reverência»[2].

Logo que chegou a Portugal a notícia do segundo martírio, escreveu o P. Jorge Serrão, de Évora: «O P. Pero Dias e seus companheiros, que iam ao Brasil, foi N. S. servido levá-los pelo caminho do P. Inácio de Azevedo e seus companheiros, que caíram em mãos de corsários hereges, e os mataram a todos, excepto dois irmãos noviços: *et in odium fidei et Ecclesiae Romanae*»[3]. Num documento, que fala dêstes mártires, englobam-se todos com o título glorioso de *Padroeiros do Brasil:* «Assim como outras províncias, que tiveram antigua cristandade, teem antigos santos por seus avogados e padroeiros no céu: da mesma maneira a Província do Brasil já daqui por diante tem seus próprios padroeiros e avogados, diante de Deus; e, assim como o Brasil é mundo novo, província nova, cristandade nova: assim também Deus Nosso Senhor quis nêle fundar sua Igreja com lhe dar novos santos, e novos padroeiros nos céus. Polo qual, com muita razão podemos esperar que a Igreja de Deus naquelas partes virá a ser mui florente e mui acrescentada e dará fruitos de bênção, pois vemos que está prantada com sangue de tantos e tão grandes servos de Deus[4]».

As causas de Inácio de Azevedo e Pedro Dias, assim como se juntaram na virtude e no sangue, assim deveriam também ficar unidas no processo canónico. O culto imediato, prestado

---

1. «Cultum [...] Pius nonus Pontifex Maximus e sententia sacrae Rituum Congregationis redintegrandum confirmandumque decrevit». — VI Lectio B. Ignatii, die 15 Iulii. Cf. Sommervogel, *Bibl.*, I, 735.

2. Carta de Martim da Rocha, Setembro de 1572, BNL, fg. 4532, f. 33v.

3. *Lus. 43*, 423v.

4. Cópia da carta do Colégio de Santo Antão para Nosso Padre, da morte do P. Pero Dias e de seus companheiros, *Bras. 15*, 213-214.

aos 40 Mártires, e uma visão de Santa Teresa de Jesus, a-respeito dêstes, deram, porém, outro aspecto à sua causa, fazendo-a seguir rumo próprio [1].

---

1. Ter-se-ia também prestado culto ao Ven. P. Pedro Dias? Existe, no Estado de Sergipe, na margem direita do Rio de S. Francisco, uma povoação chamada *Ilha de S. Pedro Dias*. O nome já, por si, é sugestivo. E há pouco tempo, escreveu o seu Vigário ao Colégio da Baía, dizendo que a estátua do patrono da igreja, S. Pedro Dias, estava danificada e que a queria substituir por outra nova. Preguntava onde é que a poderia encontrar, esclarecendo ao mesmo tempo que S. Pedro Dias, pelo modo de trajar, parecia da Companhia de Jesus. Julga-se ver nesta invocação uma relação com o nosso mártir (Informação prestada ao Autor pelo P. Cândido Mendes, Vice-Provincial do Brasil-Norte).

Sôbre os Mártires do Brasil, cf. *Documents imprimés dans le procès de la béatification, canonisation et déclaration de martyr d'Ignace d'Azevedo et de 39 de ses compagnons*, publiés par la « Sacra Rituum Congregatio », à Rome, 1670, 1671 et 1742 », 5 volumes. A bibliografia sôbre o B. Inácio de Azevedo é quási tôda antiga, nas Crónicas de António Franco, Baltasar Teles, Simão de Vasconcelos, Bartolomeu Guerreiro. Cf., também, Carlo Succhesini, *Narrazione della Via del Venerabile P. Ignazio d'Azevedo*, Roma, 1772; Pedro Possino, *De vita et moribus P. Ignatii Azevedii et Sociorum eius e societate Iesu*, libri quattuor, Romae, 1679; Beauvais, *Les quarante Martyres* ou *Vie du Bienheureux Ignace d'Azevedo, prêtre de la Compagnie de Jésus* (Bruxelas, 1854); Paul Féval, *Jésuites!* (Paris 1887) 121; Cf. Notas de Capistrano e Garcia, em Pôrto Seguro, *HG*, I, 443-444. Southey, *História do Brasil*, I, 430-435, conta, como protestante, o facto, de forma indigna. Marshall, *Les Missions Chrétiennes*, p. 206, faz-lhe êste comentário: «Si les démons composaient un martyrologe, ce serait sans doute ainsi qu'ils l'écriraient». As fontes principais dêstes martírios são duas cartas, uma autógrafa de Pedro Dias, da Madeira, narrando o martírio dos 40 primeiros (*Bras. 15*, 191-193); outra, de Francisco Henriques, de Lisboa, a contar o martírio do P. Pedro Dias e seus companheiros. Divulgou-a em latim o P. Maffei, *Hist. Indic.*, 448-453; *Lus. 43*, 394-395; *Bras. 14, Menol.*, 8v-9, 34v. Em diversas bibliotecas encontram-se, manuscritas, relações iguais ou semelhantes dêste martírio: BNL, fg, códice 4532, f. 1-19; 20-23; 24-31; Bibl. da Ajuda, *Jesuítas da Ásia*, 49-VI-9, 130-152; Bibl. do Pôrto, códice 554, f. 82-120; Bibl. de Évora, cód. CVI/1-16 f. 1-40 e cód. CVIII/2-9, f. 69-72 (ms. de António Leite); Bibl. de la Acad. de la Hist., de Madrid, *Jesuítas*, leg. 22/11-10-3; Roma, Bibl. Vitt. Em., *Mss. Gess.*, n.º 1459(3588) etc.

Nas Canárias, no Arquivo da Catedral de Las Palmas e no Arquivo do Sr. Marquês de Acialcázar, legajo 8, *Suspensos*, 1570, n.º 5, encontram-se outros documentos que interessam mais ao *processo* de beatificação do que à *história*. Consta-nos que os anda a estudar o P. Murilo Moutinho S. I., que trata de-propósito as *vidas* dos Mártires do Brasil, e a cuja obsequiosidade devemos as cópias de dois votos, aprovados por unanimidade, na Semana Missionária do Rio de Janeiro, 1926, para que êles se declarassem *Protectores do Brasil*, em particular das *Vocações Sacerdotais e Religiosas*.

LIVRO TERCEIRO

Ministérios

CATÁLOGO DOS QUE FORAM ÉSTE ANO PARA O BRASIL — ANO 1570

Autógrafo provável do B. Inácio de Azevedo — segundo confrontação feita com a sua Autobiografia
(*Bras.* 5, 9)

CAPÍTULO I

Administração de Sacramentos

1 — Primeiros ministérios dos Jesuítas no Brasil; 2 — Baptismo; 3 — Confissão; 4 — Confissão por intérprete; 5 — Comunhão; 6 — Casamentos indígenas.

1. — Os ministérios dos Jesuítas começaram com a própria chegada. Conta-os Nóbrega na sua primeira carta: «confessa-se tôda a gente da armada, digo, a que vinha nos outros navios, porque os nossos determinámos de os confessar na nau. O primeiro domingo, que dissemos missa, foi a quarta dominga da quadragésima. Disse eu missa cedo e todos os Padres e Irmãos confirmámos os votos que tínhamos feito e outros de-novo, com muita devoção e conhecimento de Nosso Senhor, segundo pelo exterior é lícito conhecer. Eu prego ao Governador e à sua gente, na nova cidade que se começa, e o Padre Navarro à gente da terra. Espero em Nosso Senhor fazer-se fruto, pôsto-que a gente da terra vive em pecado mortal, e não há nenhum que deixe de ter muitas negras, das quais estão cheios de filhos, e é grande mal. Nenhum dêles se vem confessar; ainda queira Nosso Senhor que o façam depois. O Irmão Vicente Rijo ensina a doutrina aos meninos, cada dia, e também tem escola de ler e escrever; parece-me bom modo êste para trazer os Índios desta terra, os quais teem grande desejo de aprender»[1]. Os Jesuítas foram os primeiros párocos da cidade da Baía. Na sua Igreja da Ajuda, exercitaram com os Portugueses os ministérios do seu múnus, até à chegada do respectivo pároco, que só veio algum tempo depois[2].

---

1. Nóbr., *CB*, 71-72.
2. *CB*, 86; Fr. Agostinho de Santa Maria, *Santuário Mariano*, IX, 20-21; Jaboatão, *Novo Orbe Seráfico*, I, 125; Vasc., *Crón.*, I, 44.

Aos ministérios da cidade, juntaram-se logo os de Vila-Velha, onde ia um Padre para os Índios, outro para os brancos, e os das Aldeias [1].

O fruto entre os próprios Portugueses fêz-se sentir. Vicente Rodrigues, escrevendo em 1552, diz que os «brancos ganham o jubileu com muita devoção». Havia práticas à sexta-feira, «onde vem muita gente e o Governador com tôda a gente principal, nos quais há muita emenda na vida e exemplo: não juram, e se escapa alguma, olham para trás, para ver se ouvem» [2].

Aquêle exemplo de Tomé de Sousa foi seguido por outros Governadores, em particular Mem de Sá.

Fundado o Colégio, a sua igreja foi sempre o ponto mais concorrido da devoção citadina, e as suas festas, aparatosas e solenes. O facto mesmo de ser Colégio, o exemplo e freqüência dos sacramentos dos alunos internos e externos [3], a defesa dos Índios, as relíquias que possuía, para cujo relicário deram as senhoras os seus melhores espelhos, o ensino da doutrina aos Índios, em tupi, e aos Portugueses, pela cartilha do Padre Marcos Jorge [4], fêz do Colégio o grande centro cultural e religioso, donde irradiavam para Aldeias, entradas e Missões, os obreiros de Deus. E dentro da cidade, catequese, sacramentos, confrarias e congregações, obras de misericórdia, visitas aos presos e doentes, luta contra a blasfêmia e contra o jôgo; e tôda a actividade não só de ensino, mas de cura de almas [5]. Todavia, como o ofício de Pároco não é próprio da Companhia, foi mister circunscrever os ministérios dos Jesuítas ao que ordenavam as Constituïções. S. Francisco de Borja recomenda ao Beato Inácio de Azevedo que «descargue a Companhia de tudo o que é cargo de almas, em igrejas, hospitais, confrarias, instituïção de meninos ou escravos, etc., e claramente se diga aos Bispos e Ordinários, que por aí residem, que tenham entendido que o cargo de tôdas aquelas almas não é nosso, mas seu» [6]. Não

---

1. *CA*, 52, 412.
2. *CA*, 112-113.
3. *CA*, 361 ; *Bras. 15*, 326v.
4. *Bras. 2*, 140.
5. *Bras. 5*, 18 ; *Bras. 15*, 183v, 273-276, 364, 415, 422, 430v ; Guerreiro, *Relação Anual*, I, 375, 379.
6. *Mon. Borgia*, IV, 400.

obstante tais recomendações, muitos dêstes ministérios com brancos, Índios e negros continuaram, ou se estabeleceram de-novo pelos Padres da Companhia, não com o carácter de Párocos, mas por motivo de zêlo, postulado, aliás, pelas necessidades da terra, falha de sacerdotes, esplendor do culto divino e glória de Deus. Também tiveram algum trabalho com hereges, como observa Nóbrega: «porque não há pecado que nesta terra não haja, também topei com opiniões luteranas e com quem as defendesse, porque já que não tínhamos que fazer com o gentio em lhe tirar suas errôneas, por argumentos, tivéssemos hereges com quem disputar e defender a fé católica» [1]. De-vez-em-quando dá-se rebate, como em 1598, quando certo capitão, que tinha estado em França e Geneva *(sic)*, cujo nome se cala, começou a semear heresias no Rio de Janeiro [2]; e toca-se na catequese dalgum francês imbuído de ideias luteranas, como aquêle Simão Luiz, fugido em criança, entre o gentio do Brasil, de maneira que, até ser de idade de doze anos, não conheceu a lei cristã [3].

Dada a diversidade dêstes ministérios, daremos notícia dos principais. Poderia, uma ou outra vez, surgir alguma deficiência. Em geral, cabe-lhes aquela apreciação que o célebre bispo de Coimbra, D. João Soares, escrevendo a Santo Inácio, dêles fazia: os Padres da Companhia de Jesus, «no Brasil e em tôda a parte que vão, são como fogo de Espírito Santo que tudo abrasam. Nosso Senhor os conserve sempre. Amen» [4].

2. — Na conquista das almas pagãs para Cristo, o último passo da catequese pròpriamente dita, e o primeiro da vida cristã, é o baptismo. Com quinze dias de Brasil, apresentava Nóbrega ao Governador Tomé de Sousa, para se baptizar, um chefe índio, depois de doutrinado.

---

1. Nóbr., *CB*, 198. Entre as conversões operadas na Baía, em 1592, contam-se até as de dois ingleses hereges (*Bras. 15*, 379v).
2. *Bras. 15*, 467.
3. *Primeira Visitação — Confissões da Baía, 1591-1592*, p. 146-147.
4. *Mon. Ign.*, 1.ª s., XII, 420. Vão distribuídos pelas diversas localidades os números relativos aos sacramentos. Para se apreciar o volume dêles, eis aqui os que se referem a 1590-1591: confissões, 100.890; comunhões, 40.000; baptismos, 8.426; casamentos, 1.000 só em 1590; de 1591 não consta. — *Ann. Litterae, 1590-1591*, p. 830.

O Governador recebeu-o com amor, estimulando assim o acesso dos demais. Era dia de Ramos, triunfo solene de Cristo [1]. Aquêle índio, que de contrário se transformou em amigo, constitue as primícias do apostolado jesuítico na América.

Depois, começaram as visitas das Aldeias, e organizou-se a catequese. Passados quatro meses, escreveu o mesmo Nóbrega: «dos que vemos mais seguros, temos baptizado umas cem pessoas pouco mais ou menos. Começou isto pelas Festas do Espírito Santo, que é o tempo ordenado pela Igreja; e devem haver uns 600 ou 700 catecúmenos prontos para o baptismo, os quais estão bem preparados em tudo. E alguns vão pelos caminhos a nosso encontro, preguntando-nos quando os havemos de baptizar, mostrando grande desejo e prometendo viverem conforme o que lhes aconselhamos. Costumamos baptizar marido e mulher de uma só vez, logo depois casando-os com as admoestações daquilo que o verdadeiro matrimónio reclama, com o que se mostram êles mui contentes» [2].

Os Padres, naturalmente, tratavam de honrar os que se baptizavam; e o baptismo era, não só elemento de vida espiritual, mas também civil.

Os Índios buscavam apresentar-se vestidos, com roupa suà ou emprestada [3]; e as crianças vinham, às vezes, como em 1556, com as suas roupetinhas brancas e capelas de flores na cabeça. O problema da roupa era grave. Se por um lado convinha que se vestissem, ¿como se havia de arranjar vestido para tanta gente, senão pouco a pouco [4]? A tais crianças, assim vestidinhas de branco, abraçavam os Padres «não como a servos estranhos, senão como a filhos de Deus» [5].

Não era pequena a inveja que isso provocava. Nem admira, com êste sistema, que os meninos e meninas adolescentes, até

---

1. Nóbr., *CB*, 77. ¿Quem era êle? Entre os primeiros convertidos acham-se Amaro, o velho pagé, baptizado na Festa do Anjo Custódio (*CA*, 71), e os dois irmãos João e Simão, Índios principais. Com este último, dizia António Pires, «metemos cá em vergonha os mais cristãos». — *CA*, 77-78.
2. Nóbr., *CB*, 92.
3. *CA*, 319.
4. Nóbr., *CB*, 142.
5. *CA*, 157-158.

14 anos, da Aldeia de S. Paulo, às portas da Baía, fôssem já todos cristãos em 1558 [1].

Não bastava porém baptizar. A perseverança na vida cristã, iniciada pelo baptismo, foi problema fundamental, com diversos aspectos. No século XVI, podem-se distinguir três períodos de actividade, relacionados com o baptismo: o primeiro vai de 1549 aos grandes aldeamentos do tempo do P. Grã; o segundo, breve, a coincidir com êles; o terceiro, estável, já regularizado e firme. O primeiro período resume-se nesta frase de Nóbrega: «Não nos parece bem baptizar muitos em multidão, porque a experiência ensina que poucos veem a lume, e é maior condenação sua e pouca reverência do Sacramento do Baptismo» [2]. Em conseqüência, deu ordem, que se não baptizasse nenhum Índio, fora o perigo de morte, sem saber a doutrina e estar emendado. Mas em perigo de morte, atendia-se não tanto a que soubesse fórmulas de cor, mas a que soubesse o essencial para a salvação [3].

Também se não baptizavam as crianças antes de serem instruídas, mas tomavam-se medidas severas para que nenhuma falecesse sem baptismo [4]. Entre os baptismos em perigo de morte contam-se alguns casos de cativos já em terreiro para serem mortos e comidos. Assim fêz Nóbrega, logo no comêço de 1550, em Pôrto Seguro, com uns meninos cativos dos Tupinaquins [5]. São casos extraordinários.

Nestes baptismos *in extremis* havia dois escolhos a evitar com gente tão inculta. E davam-se com doentes de enfermidades naturais [6]. Ao baptismo dos moribundos, sobretudo nas grandes epidemias, seguia-se naturalmente a morte. Os Índios associaram as duas ideias e transformaram uma simples seqüência numa

---

1. *CA*, 204.
2. Nóbr., *CB*, 135, 160, 104; *CA*, 73, 76-77; cf. *Mon. Laines*, VIII, 407. «Se para converter os da Índia ou Mouros, há mister dez, esta terra há mister 20», diz António Pires, em 1552, *CA*, 122. A dificuldade não consistia pròpriamente na relutância dos Índios, mas em criar condições eficazes de perseverança.
3. Anch., *Cartas*, 93-94.
4. *CA*, 73, 76; 188, 189.
5. Nóbr., *CB*, 109-110. Outros casos: cf. *Bras. 3(1)*, 112v; Vasc., *Crón.*, I, 54, e duas crianças recém-nascidas e abandonadas (Rodrigues, *Anchieta*, em *Annaes*, XXIX, 263).
6. *CA*, 194-195; 359-361; Anch., *Cartas*, 189-192; Carta de Martim da Rocha, Setembro 1572, fg, 4532, BNL, f. 35-35v.

conseqüência: quem se baptizasse morria, como se o baptismo fôsse causa da morte [1].

Às vezes, era o contrário. Os Índios gravemente doentes procuravam o baptismo, não como Sacramento, mas como remédio corporal: superstição e interêsse, que misturam religião e medicina. « Não é só dos bárbaros »! — comenta Afrânio Peixoto [2]. Os Padres reagiram contra as duas tendências opostas, mas só o tempo foi metendo na cabeça dêstes homens selváticos a noção clara do Sacramento do baptismo. Assim pois, tudo a princípio eram dificuldades; uma das quais, também, e das mais graves, consistia em fugirem os Índios cristãos para o mato, vivendo alguns como antes, sem excluir a antropofagia [3]. Observa contudo Afonso Braz que, a-pesar do mau conceito em que estavam os Índios da Baía, alguns dos baptizados são bons, e tratam « de viver em bons costumes » [4].

Os baptismos solenes, em grupo, iniciaram-se com os aldeamentos estáveis. Mem de Sá conta a El-Rei que se realizou na Aldeia do Espírito Santo um baptismo solene de « quatrocentas e trinta e sete pessoas; êstes são os que sabem a doutrina, melhor que muitos cristãos; em outras igrejas se bautizaram e bautizam outros muitos » [5]. O grande impulso data de 1561, em que o P. Grã mandou reservar para a sua visita todos os baptizados, excepto os de urgência. Os baptismos solenes realizavam-se com esplendor próprio de jubileu, com o qual muitas vezes, de-propósito coincidiam. O baptismo que fêz o P. Grã, na Aldeia do Bom Jesus, no dia 12 de Outubro de 1561, meteu-se pela noite dentro e acabou « quando cantavam os galos ». Baptizaram-se « novecentos, menos oito », celebrando-se também 70 casamentos. Aquêles 892 baptizados, escreve Leonardo do Vale,

---

1. *CA*, 208-209; *Bras. 15*, 286 (fim); Carta do P. Tolosa, 7 de Setembro de 1575, BNL, fg. 4532, f. 165v. Contudo, conta Nóbrega que alguns dos baptizados em artigo de morte arribaram; isto dissipava algum tanto os temores, Nóbr., *CB*, 174.

2. *CA*, 251-252 e nota 142.

3. *CA*, 88, 479; Carta de Luiz da Grã, 27 de Dezembro de 1555, *Bras. 3 (I)*, 145v.

4. *CA*, 89.

5. Carta de Mem de Sá a El-Rei D. Sebastião, do Rio de Janeiro, a 31 de Março de 1560, em *Annaes*, XXVII, 227; cf. *CA*, 227.

«os mais dêles são inocentes e mocinhos de escola e meninas; e assim comumente todolos baptismos de muita gente, que adiante verão, afora êsses poucos que se casam»[1].

A 14 de Setembro do mesmo ano (Exaltação da Santa Cruz), realizou-se outro grande baptismo na Ilha de Itaparica. Assistiu a gente grada da Baía; entre outros, o Prelado D. Pedro Leitão e o Ouvidor Geral Braz Fragoso. Foi trabalhosa jornada cristã, essa, não só para o P. Grã, então Provincial, como para os demais. «Ao domingo, que foi dia da Exaltação da Cruz, se levantou o P. Provincial e o Padre António Pires, que aí residia, duas ou três horas ante-manhã, e mandando logo chamar a gente, se começou a ocupar nos róis e em concertar os casamentos que haviam de ser, e nós, os línguas, a confessar, como o dia dantes. E vindo o dia e horas para dizer missa, se começou, de canto de órgão, com diácono e subdiácono; mas era tanto o número da gente, grande parte da qual eram lactantes e outros inocentes, que fazendo o possível por que o baptismo se fizesse depois do ofertório e depois se acabasse a missa, por mais que esperámos, não pôde ser, e por não botar os pagãos que estavam na igreja, uns com os filhos, que se haviam de bautizar, outros olhando o que nunca viram, o fomos acabar debaixo duma ramada, que estava feita em um lugar, por amor dos muitos Padres que havia para dizer missa, por na igreja não poderem, ficando o P. Provincial na igreja com o P. António Pires e um Irmão língua. Era aqui muito de notar o esfôrço que o Senhor lhe dava para sofrer o grande trabalho que passava, porque verdadeiramente em todo o dia me não lembra vê-lo assentar mais de uma vez, a rôgo do Bispo». Mas não estaria sentado mais de três credos, levantando-se logo e correndo a igreja com o rol na mão, falando, e dirigindo tudo. Ora «como êle andava tão ocupado e sem comer, por não haver para isso tempo, parece que cuidaram o Bispo e Ouvidor que seria crueldade

---

1. *CA*, 346-347. Tôdas as cartas dêste período (1561-1565) falam de baptismos solenes. Dos realizados em 1561 nas Aldeias, fêz um resumo Simão de Vasconcelos, *Crón.*, II, 101, 104-109. Mais discriminadamente nas *Avulsas*: S. Paulo (*CA*, 319), S. João (*CA*, 305), Santiago (*CA*, 317), São Miguel e Camamu, (*CA*, 367-368), Espírito Santo (*CA*, 380), *CA*, 390; cf. *CA*, 318, 353, 380, 409, 435, 461, 496.

tomarem descanso e jantar, sofrendo o Padre Provincial tantos trabalhos sem comer outra coisa que o sustentasse, senão o que a devoção e santo zêlo de tão heróica obra (como era a salvação daquelas almas) lhe ministrava, e assim, ainda que o Padre quisera que êles jantaram, o não fizeram e passaram com algum bocado como por almôço. E porém o Padre, continuando o seu jejum, acabou de pôr a gente em têrmos de se poder começar o ofício, e sendo já 4 ou 5 horas depois do meio-dia, se pôs o Sr. Bispo por sua mão a fazer os catecismos com a maior diligência que ser pôde, e gastando quási todo o tempo que restava dali até à noite nêles, assentou-se junto da pia, em uma cadeira, e os começou a bautizar, porque com esta determinação fôra logo. Em todo êste dia já poderão ver o que as crianças fariam, de fome e sêde, que para os contentar era necessário andar alguém com água entre êles, e outros darmos-lhe que comer, se de sua casa não havia quem lho levasse à igreja».

«Finalmente se acabaram os bautismos às dez horas da noite, pouco mais ou menos, e, quando veio por derradeiro, tinha já o Bispo as mãos abertas da água, e foi necessário que, emquanto êle tomava fôlego pera lhe pôr a estola e candeia, lhe bautizasse um Padre uns 15 ou 20 que ficavam. A todo êste ofício se achou também presente o Ouvidor Geral, que de todos foi padrinho. Acabado tudo isto e despedidos os novos cristãos com a bênção que o Bispo lhes lançou solenemente, a estas horas de noite que digo, se foi êle com os Padres e mais gente branca a cear o jantar que houvera de ser, assaz de cansados todos corporalmente, mas mui alegres e contentes com o Senhor, por verem a soma dos que se haviam regenerado, que foram passante de 530»[1].

Semelhantes baptismos solenes continuaram ainda por alguns anos. Em 1562, diz Vasconcelos que o P. Grã baptizara 1.150 catecúmenos Índios, que tinham fugido, e que António Rodrigues reconduzira do mato[2].

Os Índios tinham também, como honra insigne, receberem dos Padres, além do nome do baptismo, um apelido ou sobrenome. Este hábito de tomarem nomes europeus é uma sobrevivência dos seus antigos costumes. Numa Aldeia da Baía, veio um

---

1. *CA*, 330-331.
2. Vasc., *Crón.*, II, 125.

Índio pedir ao Padre Inácio Tolosa, Provincial, «que lhe desse sobrenome a êle e a sua mulher. E ficou tão alegre com êle, como se lhe dessem uma comenda»[1]. Achamos Índios com o nome de António Criminal, Inácio de Azevedo, Grã, nomes de Padres; mas também outros, dos Padrinhos: Ponte, Sousa, Lemos, Dias, Fernandes, Lopes, Correia, Mascarenhas, etc.[2]. Os baptismos realizados nesta época, desde o comêço das Aldeias até à vinda do Visitador Inácio de Azevedo (1558-1566), foram de «doze para quinze mil almas»[3]. Tais solenidades iam entrando nos usos comuns, «porque os Índios o tomam em caso de honra», — diz Blasques, em 1565[4].

Não padeceria esta extraordinária actividade dalguma precipitação? Os baptismos colectivos não estavam isentos de perigo. Chegaram a Roma alguns temores, porque S. Francisco de Borja, em carta ao Visitador Beato Inácio de Azevedo, recomenda que os Índios estejam bem catequizados, para não voltarem atrás; e que se consolidem primeiro os ganhos, antes de se buscarem novos gentios para baptizar[5]. O Visitador dá, portanto, ordens de prudência e cautela[6]; e, escreve Baltazar Fernandes em 1568: «aos gentios não bautizamos, ainda que no-lo peçam, como pedem, senão aparelhamo-los para quando fôr tempo para isso»[7].

Assim se inicia a terceira fase que, depois de madura ponderação, ia ser a definitiva. A experiência, grande mestra, a disciplina da catequese organizada impunham modo de proceder, diferenciado do espontâneo e um pouco anárquico da segunda fase, contra-prova afinal do que observou Nóbrega ao comêço, de que não parecia bem baptizar muitos em multidão. Pôs-se o assunto em consulta. Superiores, catequistas e moralistas deram o seu parecer. A iniciativa partiu do Visitador Cristóvão de Gouveia. As dúvidas não eram tanto *de iure* quanto *de facto*[8].

---

1. Carta de Tolosa, de 7 de Setembro de 1575, BNL, fg. 4532, f. 116.
2. Nóbr., *CB*, 243.
3. *Fund. de la Baya*, 9v (84).
4. *CA*, 435; cf. 390, 409, 461, 496; Carta de Martim da Rocha, 10 de Outubro de 1572, BNL, f. 4532, fg. 36v; *Fund. de la Baya*, 21-21v (95).
5. *Mon. Borgia*, IV, 399.
6. Vasc., *Crón.*, III, 118.
7. *CA*, 502.
8. *Lus*. 68, 341. O Visitador, já antes de embarcar, as tratara em Portugal; e no Brasil, nos fins de 1583, com os Padres Inácio Tolosa, Quirício Caxa e Luiz

Alguns documentos conservam-se ainda hoje na Biblioteca de Évora: «Pareceres sôbre o baptismo dos Índios do Brasil e outras dúvidas que se oferecem nas missões»[1]. Um dêles é do P. Tolosa e diz em resumo: os que estão nas Aldeias, fixos, podem-se baptizar, assim adultos como inocentes. Os que moram no sertão, não devem ser baptizados fora de extrema necessidade; e é preciso que prometam residir em parte, se escaparem da morte, onde possam ser catequizados. Isto, como norma futura. Para o passado, também se levantava dúvida quanto à instrução e disposição requeridas nos que receberam o baptismo, tanto Índios como negros da Guiné. Dão-se, portanto, instruções para serem interrogados hàbilmente, e, se de tal exame resultasse que êles desconhecessem o que era baptismo, nem tivessem tido intenção alguma, então se baptizassem de-novo *sub condicione*.

Vê-se, por estas dúvidas e medidas, que aquêles baptismos em massa, no período intensivo das Aldeias, não deram o resultado que se queria.

O Visitador Cristóvão de Gouveia, verificando que os Prelados e Sínodos da América proïbiam estritamente que se baptizasse algum índio ou negro sem preceder a devida instrução, e que do contrário se seguiam inconvenientes, ficando muitos com os seus costumes antigos, e apenas com o nome de cristão, deixou, em 1589, esta ordem que regularizou definitivamente a administração do sacramento do baptismo pelos Padres da Companhia: «nenhum Padre terá licença para baptizar índio ou preto da Guiné, adulto, fora de extrema necessidade, se não souber, ao menos rudemente, as orações, e tiver feito bom entendimento do que é obrigado a crer e obrar, e para efeito de o casarem logo. O qual também guardarão comumente os Padres que andam nas missões»[2]. Nas entradas, para a descida da gente, guardava-se a mesma ordem: só se baptizavam *in extremis*. E isso

---

da Fonseca e outros Padres, Superiores e Teólogos. Ocupou-se sobretudo das questões relativas ao «casamento e baptismo dos Índios e escravos de Guiné, de que se seguiu grande fruto, e os Padres ficaram com maior luz para se poderem haver em semelhantes casos» (Cardim, *Tratados*, 282, 300).

1. Évora, cód. CXVI/1-33, f. 159-182.
2. Visita do P. Gouveia, *Bras. 2*, 147; cf. Gesù, *Coleg. 13* (Baya). O mesmo observaram depois e praticaram os Padres Capuchinhos no Maranhão, ainda que

fêz o P. Gaspar Lourenço, no Rio Real. Assim se foi elaborando a doutrina e a prática do baptismo dos Índios.

Faltava ainda ordenar e uniformizar o essencial da instrução religiosa prè-baptismal. Ordenou-se. « As coisas que se devem ensinar à gente que tem capacidade, antes de ser baptizados, são as seguintes: *Deus criador, o mistério da Redenção, o mistério da Santíssima Trindade, o mistério da Incarnação; o mistério de Deus Remunerador; a explicação do baptismo* e outras mezinhas para salvar nossas almas». Estas mezinhas espirituais são os sacramentos[1].

3. — E, em primeiro lugar, o da confissão. Eram grandes os privilégios de que dispunham os Jesuítas em ordem ao bem das almas, como concessão de indulgências, dispensas e absolvição de casos reservados[2]. Em 1583, o P. Gouveia mandou compilar os privilégios da Companhia, «declarando os que estavam mal entendidos, e fêz que os confessores tivessem a parte distinta dos que lhes pertencem, para que entendessem os poderes que teem »[3]. Os Padres confessavam todo o género de pessoas. Mas de modo particular os humildes, índios e negros. Não descuravam contudo os brancos, quando o pediam. Nos Colégios, havia dois lugares para a confissão, igreja e portaria. Na igreja, geralmente mulheres; na portaria, homens. Os confessores da igreja deveriam ser antigos, de virtude e prudência, e só teriam êsse cargo os que fôssem estritamente necessários. Não se exigia tanto dos confessores da portaria. Em compensação, entre êstes havia sempre um ou dois « bem práticos e resolutos nos casos »[4]. Era ali que se resolviam os graves casos de consciência dos tempos coloniais, « por ter a terra muitos tratos e mercadores »[5].

---

não com tanto rigor. Cf. Claude d'Abbeville, *Histoire de la mission des Pères Capucins de l'Isle de Maragnan et terres circonvoisines*, fol. 114. Reprodução fac-símile de Paulo Prado, Paris, 1922.

1. Évora, cód. CXVI/1-33, f. 177v-179v; cf. Cunha Rivara, *Catalogo dos manuscriptos da Bibliotheca Publica Eborense*, I (Lisboa 1850) 15-16.

2. Cédula de Pio V ao Provincial da Índia para que tanto os Jesuítas como os Padres de outras Ordens lá e no Brasil possam absolver de casos reservados, BNL, *Colecção Pombalina*, 642, f. 1-2, com a assinatura de Dom João Telo e a data de 14 de Janeiro de 1570.

3. Cardim, *Tratados*, 300.

4. *Bras. 2*, 141v-142.

5. *Informação para N. Padre*, em Anch., *Cartas*, 415.

Como é natural, as confissões de mulheres realizavam-se sempre na igreja e com precauções de publicidade e resguardo, de modo a evitar perigos, tanto para uns como para outros. De-vez-em-quando, examinava-se a prática nesta matéria, para que, se houvesse algum descuido, logo se atalhasse. Achamos as seguintes recomendações. O confessionário seja de tal modo, que confessor e penitente possam ser vistos de todos [1]. Em 1575, parece que as mulheres freqüentavam o confessionário com uma assiduïdade que não pareceu bem ao Superior. Determinou que se aconselhassem essas mulheres a confessar-se apenas uma vez por semana e a comungar; e que os Padres falassem com elas pouco tempo [2], e não fora da grade [3]. Para se evitar o trato familiar com mulheres, tendência que se nota aqui e além, recomenda o P. Geral que «disto quanto menos houver, mais seguro é o caminho» [4].

Dois obstáculos maiores impediam a confissão dos brancos: mancebias e cativeiros injustos. Ao tratarmos dos casamentos, diremos o estado da terra neste ponto. Em 1559, escrevia Nóbrega: na Baía «todos ou os mais estão amancebados das portas adentro com suas negras [índias], casados e solteiros e seus escravos, todos amancebados sem em um caso nem no outro quererem fazer consciência; e acham lá outros Padres, liberais da absolvição, que vivem da mesma maneira» [5]. Nisto de negarem a absolvição aos que viviam amancebados, os Jesuítas foram invariàvelmente firmes. No caso dos cativeiros dos Índios, a-pesar da sua habitual decisão, notamos uma vez ou outra alguma flexibilidade, devido ou a pressões externas demasiado violentas, ou sobretudo a opiniões internas, inclinadas à abstenção dos Padres neste assunto. Mas só depois da morte de Nóbrega. Emquanto viveu, a sua linha de conduta expressou-a êle próprio, em 1557: «com os cristãos fazemos cá pouco, porque aos mais temos cerradas as portas das confissões, e de milagre achamos um que seja capaz de absolvição, como por vezes lá é escrito» [6].

---

1. *Bras. 2*, 28v.
2. *Ib.*, f. cit.
3. *Ib.*, 59v, 131v-132.
4. *Ib.*, 59v.
5. Nóbr., *CB*, 190; *CA*, 185.
6. Nóbr., *CB*, 172.

¿E porquê? Porque, além das mancebias, «teem escravos que o não podem ser». Infelizmente, os senhores «acham outros Padres que teem maiores bulas que nós: para êles se vai tôda a gente». ¿Que restava aos Jesuítas? À «nossa parte não cabem senão alguns pobrezinhos e algumas mulheres que dêste mal estão livres»[1]. Pouco antes de morrer, escrevia ainda o mesmo Nóbrega, referindo-se ao cativeiro dos Índios: «e porque isto é geral trato de todos, me conveio cerrar as confissões, porque ninguém quer nisto fazer o que é obrigado, e tem tôda a outra cleresia que os absolve e os aprova»[2].

Bem se deixa ver a atmosfera de aversão contra a Companhia, que esta atitude produziria, acumulando-se, com o tempo, a má vontade. E o facto, de o demais clero apoiar e absolver os possuïdores de escravos, não era de molde a solucionar tal conflito de jurisdição e justiça. O Visitador P. Gouveia, ao chegar ao Brasil, logo notou esta «geral aversão», proveniente das questões de Índios e, também, de terras. E foi de opinião que se quebrasse um pouco a rigidez antiga. A primeira raiz é «por algumas opiniões que há entre os Nossos, que parecem demasiadamente escrupulosas contra o comum govêrno desta terra, como são acêrca dos cativeiros e escravos, e do modo que se usa de reter, por fôrça, os Índios livres, em perpétuo serviço, sem pagar-lhes nada ou muito pouco».

Estamos no tempo do Governador Teles Barreto, nada favorável. O Visitador, conciliador por natural condição, inclinava-se a achar demasiado escrupulosa a atitude dos Padres. Não deu solução concreta, mas pediu das Academias da Europa lhe dessem instruções sôbre esta matéria, para regularizar o assunto[3]. Perante a atitude do Visitador, seguiu-se alguma frouxidão na absolvição dos escravagistas. E houve um recrudescimento de ministérios com os Padres da Companhia, sucedendo à aversão antiga uma atracção geral: em tôdas as Capitanias, «quási não há prègação senão da Companhia, e quási tôda a gente se confessa com ela». Em Pernambuco e na Baía, «a maior parte das confissões e prègações é dos Padres» — escre-

---

1. *CA*, 185, 205.
2. Nóbr., *CB*, 198.
3. *Lus. 68*, 338v.

via Anchieta pouco depois[1]. Não contra a generalização dos ministérios, mas contra o abandôno da posição irredutível de antes, ergueram-se algumas vozes, entre as quais as dos Padres Miguel Garcia e Gonçalo Leite. Insurgia-se êste contra a facilidade em «confessar homicidas e roubadores da liberdade, fazendas e suor alheio»[2].

Tais opiniões contrariavam o empenho conciliatório do Visitador que, por não viver na terra, não chegou talvez a apreender bem a necessidade de a Companhia se manter firme nesta questão. Voltando êle a Portugal, a tradição reatou-se. O P. Pero Rodrigues tomou a resolução de não absolver os que já poderíamos chamar primeiros bandeirantes do ciclo da caça ao Índio. Comunicando a Roma a sua atitude, respondeu o P. Geral, a 30 de Junho de 1598: «A resolução que V.ª R.ª lá tomou com os Padres doutos dessa Província, para ordenar que os nossos confessores não absolvam aquêles que vão ao sertão e injustamente cativam e fazem escravos aos Índios, parece-nos mui justamente ordenada»[3].

4. — Para facilitar as confissões, trataram os Padres de aprender a língua; mas não era tão fácil, nem as ocupações o permitiam a todos, igualmente. Deu-se a isso mais de-propósito o P. João Navarro, que, no entanto, só pela quaresma de 1551, pôde confessar directamente os Índios[4]. Entretanto ¿quem não sabia a língua tupi, que havia de fazer com os cristãos e cristãs índias que não sabiam a portuguesa? Recorreram ao expediente legítimo das confissões por intérprete. Para isso, utilizavam as pessoas que as condições do tempo ou lugar indicassem: algum menino discreto, já conhecedor das duas línguas, ou algum Irmão de idade e de experiência, destinado em geral ao sacerdócio[5].

---

1. Anch., *Cartas*, 321.
2. Carta de Gonçalo Leite ao P. Geral, de Lisboa, 20 de Junho de 1586, *Lus.* 69, 243.
3. *Bras.* 2, 131.
4. *CA*, 76.
5. Ir. António Rodrigues, Ir. Lucena, etc. ou até alguma senhora prudente, como em Pernambuco: «o intérprete é uma mulher casada, das mais honradas da terra e das mais ricas [...] e creio que é melhor confessor que eu», escreve António Pires, em 1552, *CA*, 124, 153.

O recurso de confessar por intérprete era, porém, exposto ao perigo dalguma inconfidência ou até escândalo, como o de se verem mulheres a falar com algum Irmão, que ainda não fôsse sacerdote [1].

Eram perigos externos, que se removiam com as devidas cautelas, não sendo motivo suficiente para se deixarem ao abandôno tantas almas.

Durante vários anos, só o P. Navarro confessou sem intérprete [2]. Nóbrega, ainda em 1556, o utilizava [3] e por intérprete confessavam Luiz de Grã e o Visitador Cristóvão de Gouveia [4].

Tomavam os Padres as medidas necessárias para se guardar a reverência devida ao Sacramento; nem se fiava de todos o papel de intérprete. Em 1558, o único Irmão que servia para tão melindroso cargo era António Rodrigues, porque dêle se podia fiar de modo absoluto o sigilo da confissão [5]. Assim pois, os Padres tomavam as precauções indispensáveis para, ao mesmo tempo que utilizavam êste meio de progresso espiritual, removerem os possíveis obstáculos.

Quis ser mais radical o Bispo D. Pedro Sardinha, suprimindo, pura e simplesmente, tais confissões. Não se pode duvidar do zêlo do Prelado; mas consta que lhe não pareciam bem as iniciativas do Superior dos Jesuítas, P. Manuel da Nóbrega, sobretudo as que eram a favor dos indígenas. Escreve êle com o seu habitual pendor casuístico: «Também achei que o P. Nóbrega confessava certas mulheres místicas por intérprete, o que a mim me foi muito estranho, e deu que falar e que murmurar por ser coisa tão nova e nunca usada na Igreja. Êle logo falou disto comigo. Eu lhe disse que não o devia fazer mais, ainda que trezentos Navarros e seiscentos Caetanos digam que se pode fazer: *De consilio quidem multa mihi licent sed non omnia expediunt*. Nem por dizerem os doutores que o pode fazer, se há-de logo pôr em obra, *sed occurrendum est periculo et standum consuetudini ecclesiae*».

«E quando a tal confissão por alguma via se houvesse de fazer, seguindo-se dela algum grandíssimo proveito, havia de ser

---

1. Cf. Franco, *Imagem de Coimbra*, II, 189-190.
2. Nóbr., *CB*, 160-161; *CA*, 76, 157.
3. Nóbr., *CB*, 153.
4. *Annaes*, XIX, 61.
5. *CA*, 190.

por intérprete prudente *et per virum honestum et probatum* e não por um menino dos da terra, mamaluco de dez anos, *qui non sentit nec adhuc perfecte credit, nec valet lingua nec frasin verborum*. E o intérprete, havia de o escolher o penitente e não o confessor. O meu parecer é *quod nil* [uma palavra roída] *nec transgrediamur terminos fratrum nostrorum*. O Padre, como virtuoso que é, e mais teórico do que prático, como vê qualquer coisa no seu mestre Navarro, logo o quer pôr em prática [...]. Eu se tivesse mais vagar, do que ao presente tenho, provaria ser mui perigoso, pernicioso e prejudicial à majestade dêste santo sacramento, introduzir o tal costume. Eu tenho provido que se não faça mais e dado ordens com que todos se confessem, com mandar e pôr penas. E os mais dos Portugueses que ensinem as místicas, suas mulheres, a falar português, porque, emquanto o não falarem, não deixam de ser gentias nos costumes » [1].

Se o zeloso Prelado conhecesse melhor o meio em que tinha que exercitar o seu múnus pastoral, veria que era mais fácil os Portugueses aprenderem a língua da terra, do que generalizar-se assim ràpidamente o português, sendo êles tão poucos e os Índios tantos! Nóbrega, nisto, ultrapassou o seu tempo. É sabido como se recomenda hoje o uso constante das línguas indígenas. A religião não está dependente de línguas. Nóbrega não desistiu do seu intento, porque, ao contrário do que escreve D. Pedro Sardinha, era prático e firme nas suas resoluções.

Deve ter havido, entre ambos, algumas disputas jurídico-morais, porque Nóbrega alude também aos tratadistas, em cujas opiniões se fundou, para recorrer e confessar por intérprete. Eis como expõe o caso:

« Nesta casa estão meninos da terra feitos à nossa mão, com os quais confessamos alguma gente da terra, que não sabem a nossa língua nem nós a sua, uns escravos dos brancos e os novamente convertidos e mulher e filhas de Diogo Álvares Caramelo (sic) que não sabem a nossa fala, no qual a experiência nos ensina haver-se feito muito fruto, e nenhum prejuízo ao sigilo da confissão. Nem meti o costume senão por o achar escrito, e ser mui comum opinião, como relatou Navarro *in C. Fratres de*

---

1. Carta de Petrus, episcopus Salvatoris, 6 de Out.º de 1553, *Bras. 3(1)*, 102v. Deteriorada.

penitentia dist. 5.ª n.º 85, alegando Caetano e outros, *verbo confess. casu 11.º* [1]. Contrariou-nos isto muito o Bispo, dizendo que era coisa nova que na Igreja de Deus se não costumava. Acabei com êle que o escrevesse lá e que pela determinação de lá estivéssemos».

«Isto é coisa muito proveitosa e de muita importância nesta terra, emquanto não há muitos Padres que saibam bem a língua, e parece grande meio para socorrer as almas que por ventura não teem contrição perfeita para serem perdoadas, e teem atrição, a qual, com a virtude do Sacramento, vale por contrição. E privá-los desta graça dos Sacramentos, por não saberem a língua, e da glória, por não terem contrição bastante e outros respeitos, que lá bem saberão, devia-se bem olhar, nem parece novo o que por tantos doutores está escrito, que não se usa por ventura, por pouco considerar as coisas. Mande-nos a determinação por letras, porque não ousaremos senão obedecer ao Bispo» [2].

A resposta foi de-certo favorável, porque os Padres continuaram, com as devidas reservas, para se precaverem inconvenientes e abusos, a utilizar êste meio de santificação das almas, de que os fiéis poderiam lançar mão, se quisessem. «Tive grande consolação, diz Cardim, em confessar muitos índios e índias por intérprete: são candidíssimos e vivem com muito menos pecados que os Portugueses. Dava-lhes uma penitência leve, porque não são capazes de mais, e depois da absolvição lhes dizia, na língua, *xe rair tupã toçõ de hirumano,* scilicet: filho, Deus vá contigo» [3].

O P. Visitador Cristóvão de Gouveia, que também pessoalmente confessou por intréprete [4], deixou estabelecido, em 1586, a prática dêste uso na seguinte ordenação, preferindo que os intérpretes fôssem pessoas de fora: «Procure-se que os nossos [...] não sejam intérpretes, senão com necessidade; e quando a houver, sejam pessoas de confiança, dos quais não se afastem os confessores, quando ouvem semelhantes confissões, mas estejam presentes; e o' intérprete refira as palavras como o penitente as

---

1. Cf. Nóbr., *CB*, 141.
2. Carta de Nóbrega, *Bras. 3 (1)*, 70; Polanco, *Chronicon*, III, 465.
3. Cardim, *Tratados*, 305 e nota de Rodolfo Garcia, 395.
4. Cf. *Annaes*, XIX, 61.

fôr dizendo, para ajudá-lo melhor e preguntar-lhe o que fôr mister, nem se confessem homens nem mulheres totalmente nus, podendo haver algum modo para virem decentemente vestidos»[1].

A doutrina e prática dos Jesuítas sôbre *confissões por intérprete* foi sancionada pela Igreja, e é hoje o Cânon 903 do Código de Direito Canónico. Para as facilitar na língua tupi, incluíu o P. António de Araújo, no seu Catecismo, um «copioso confessionário».

Nesta matéria de confissões, verificou-se logo o fervor dos Índios. Envergonhava os Senhores[2]. Sobretudo a disposição das crianças para a confissão era maravilhosa[3]. Com elas, o maior trabalho era conseguir a perseverança, ao vir da puberdade. E ainda que havia terríveis defecções, algum bem se alcançava; e, passada a crise, voltavam à prática dos Sacramentos. De-vez-em-quando, diz-se que fazem isto ou aquilo — coisa honrosa e digna — «os nossos antigos discípulos».

Em 1565, era grande a actividade dos Padres na confissão dos Índios, e «pôsto-que não sejam príncipes e grandes senhores os confessados, todavia não sei que consolação trazem estas confissões consigo mais que as outras: será por ventura, porque nelas se faz esta obra sem o menor interêsse próprio, e porque terão êles mais necessidade, portanto, mais merecimento»[4]. Os Índios eram afeiçoados à confissão; e não só pela quaresma, e «assim em sãos como em doentes, e são tão escrupulosos, que se acusam de coisas muito pequenas»[5]. Os Portugueses edificam-se, diz Caxa em 1573, vendo «quão pronto e sem dilação acudimos a seus escravos assim da terra como da Guiné».

Quanto aos próprios brancos, a recusa dos Jesuítas em os absolver das suas mancebias ou injustiças era estímulo e, às vezes, até motivo para saírem delas: «dá-se por seguro o que passa, ainda que seja desta vida, por mão de algum da Companhia, e sem isso não se atreve a passar»[6].

A assistência dos Padres na hora extrema da vida é um dos

---

1. *Bras. 2*, 141v.
2. *CA*, 128.
3. Anch., *Cartas*, 89.
4. *CA*, 440.
5. Carta de Caxa, 2 de Dezembro de 1573, BNL, fg. 4532, f. 41v.
6. *Ib.*, f. 39, 41v.

ministérios mais repetidos nas cartas dos Jesuítas e na história dos Colégios. Além do tempo quaresmal, eram ocasião de confissões gerais as festas dos Jubileus e as representações do teatro sacro. Depois da descrição da festa, conclue-se geralmente com a notícia de que foram muitas ou inúmeras as confissões[1]. Não perdiam os Padres oportunidade para exercitar êste utilíssimo ministério quer nas cidades, quer nas Aldeias, quer nas entradas ou onde quer que fôsse. Em 1574, indo um Padre às Aldeias dos arredores da Baía, por madeira para o Colégio que se construía, de dia trabalhava no corte e preparo dela, e de noite confessava e ensinava os Índios e os escravos[2].

Junto com os humildes, os grandes. Durante o século XVI, confessaram-se com os Jesuítas quási todos os Governadores Gerais do Brasil[3].

5. — Pelo que se refere à Sagrada Eucaristia, é sabido que S. Inácio foi apóstolo da Comunhão freqüente. Os Jesuítas do Brasil honraram a tradição. Promoveram-na primeiro com os brancos e seus descendentes. Com os Índios e negros foi preciso ir de-vagar, preparando a sua elevação, e cedendo talvez demasiado ao ambiente que os relegava para plano inferior. Mas, como a aprendizagem da doutrina devia preceder a primeira comunhão, isto dificultava o acesso. Com os brancos também havia obstáculos. Diz Blasques, em 1559: «há pessoas de nota

---

1. Cf. *Ann. Litt. 1584*, 143.
2. *Fund. de la Baya*, 35 (111).
3. Alguns dados estatísticos que indiquem o movimento das confissões e demais sacramentos:

Em *1584*, freqüentaram os sacramentos, na igreja do colégio da Baía, 5.742 pessoas; e ao mesmo tempo dois Padres, que percorreram o interior, fizeram 1.360 baptismos e mais de 5.500 confissões (*Annuae Litt. 1584*, p. 140-141; Anch. in *Annaes*, XIX, 59).

Em *1588*, no Colégio: confissões 11.000; comunhões 5.000; pelas Aldeias: baptismos, 200; casamentos, 120; confissões, 5.000; comunhões 3.000 (*Annuae Litt. 1588*, p. 310). No mesmo ano, no Rio de Janeiro: confissões 6.000; comunhões, 3.000 (*ib.* 321).

Em *1589*, no Colégio e Aldeias anexas: confissões 12.000, das quais 100 gerais; comunhões 9.800; baptismos 144; casamentos 50 (*Annuae Litt. 1589*, p. 464).

Em *1590, em tôda a província:* confissões 60.890; comunhões 20.250; baptismos 2.200; casamentos, 1.000 (*Bras. 15*, 367).

que seguem as confissões e tomam o Santíssimo Sacramento todos os Domingos, no que hão sido mui contrariados», mas estão dispostas a ir por diante [1]. A comunhão hebdomadária, naquele tempo, era coisa inaudita. Até os Irmãos só a tinham nos dias próprios, chamados *de comunhão* [2].

Para comungar noutros dias requeria-se licença particular, como a que concedeu o P. Geral ao Ir. João Martins. Para o consolar, permitiram-lhe que, além dos dias determinados, comungasse mais um dia entre semana [3]. Os Índios das Aldeias foram admitidos à comunhão anual, em 1573. Só se admitiam os melhores. Logo no ano seguinte, principiaram a comungar por ocasião dos jubileus e mais duas ou três vezes por ano, « por reverência » do Sacramento. Condição: deixar os seus « vinhos e bailhos ». Era o maior sacrifício que podiam fazer! « Teem até agora comungado dêles duzentos e nove » [4].

O exame prévio era a valer. Uma vez, em 1574, numa Aldeia apresentaram-se para comungar 200 Índios. O Provincial P. Tolosa, grande apóstolo do Santíssimo Sacramento, admitiu só 40 dos mais escolhidos.

Entre êles havia um índio dos primeiros baptizados, já velho na Aldeia. Com o chapéu na mão, no meio da igreja, disse tôda a doutrina e respondeu tão bem às perguntas que causou admiração. Por isso, e pela pureza da sua vida, permitiu-lhe o Provincial que comungasse todos os meses. O bom índio pôs-se de joelhos e soltou lágrimas de alegria [5].

A comunhão dava-se também como prémio e consagração duma vida irrepreensível. E assim sucedeu, na Capitania de

---

1. *CA*, 224. Na festa de Jesus de 1568 (1.º de Janeiro), houve, na Baía, 200 comunhões (*CA*, 492); em 1584, foram já 5.742 (Anch. em *Annaes*, XIX, 59).

2. « Os dias santos em que os Irmãos se confessam e comungam são todos os domingos e festas principais de Cristo N. S. e de Nossa Senhora, que forem de guarda, dos Apóstolos e S. João Baptista, e de S. Lourenço e de Todos os Santos e os dias em que se faça festa solene em casa por motivo dalgumas relíquias » (Visita de 1586, *Bras. 2*, 140).

3. Carta de Gouveia, 25 de Julho de 1583, *Lus. 68*, 340.

4. Carta de Caxa, 2 de Dezembro de 1573, BNL, fg, 4532, f, 41; *Fund. de la Baya*, 26 (101), 36v-40 (113-116).

5. *Fund. de la Baya*, 40 (115); cf. Carta de Tolosa, 7 de Setembro de 1575, BNL, f. g. 4532, f. 166.

S. Vicente, com a viúva do índio Pero Lopes, índia honestíssima que, pela sua «virtude tão viva», pareceu a todos digna de lhe darem o Santíssimo Sacramento, diz Nóbrega[1]. A comunhão teve alguns efeitos salutares além dos pròpriamente sacramentais: quanto à instrução religiosa, porque exigindo a doutrina, só para poderem comungar, a aprendiam com diligência[2]; quanto à virtude em geral, porque os que se admitiam «eram os primeiros em todo o género de virtude»[3]; e até quanto à civilização material, porque, vivendo os Índios em malocas promìscuamente, «os que comungam, para ter mais recolhimento e não ver os excessos que se fazem, pediam ao Provincial lhes desse licença para ter casas para si, e a alguns se concedeu»[4]; e, sobretudo, porque com o receio de lhes ser proïbida a comunhão, mantinham-se, em geral, parcos na bebida, coisa talvez a mais importante para se robustecer nêles a vontade, emancipando-se de tão arraigados hábitos. Via-se também esta maravilha: velhos Índios, que na sua juventude se tinham banqueteado de carne humana, regalarem-se agora, entre lágrimas de alegria, com o banquete incruento do Corpo Santíssimo de Cristo Senhor Nosso[5]. Depois que os Índios eram admitidos à comunhão, quando por qualquer motivo lha dilatavam ou diferiam, tudo eram rogos; abandonavam as suas vinganças, a que eram tão atreitos, usavam de extremada caridade para com os doentes, estranhando alguma falta que cometesse nesta matéria quem tivesse comungado[6]. Aos doentes levava-se a casa o Santíssimo; se a doença permitia que fôssem à igreja, iam; e procuravam os Padres que se aproximassem com decência, pelo menos cobertos[7]. Nas procissões do dia da comunhão, pegavam às varas do pálio os Índios principais, «muito bem vestidos»[8]. A comunhão era, em

---

1. *CB*, 243.
2. *Fund. de la Baya*, 40(115).
3. *Ib.*, 37-37v(113).
4. *Ib.*, 38v-39(115).
5. Cf. Carta de Tolosa, 7 de Set. de 1575, BNL, fg, 4532, f. 166.
6. *Ib.*, 166v-167; Vasc., *Crón.*, II, 10.
7. Entre os objectos mencionados numa lista de gastos do P. Beliarte, está «uma colcha grande que dei ao P. João Lobato pera se cobrirem os Índios enfermos que levarem a comungar à igreja: valor 8.000 réis», *Bras. 3(2)*, 358v.
8. Carta de Caxa, 2 de Dezembro de 1573, BNL, fg, 4532, f. 41v.

geral, ao domingo. Os comungantes jejuavam na sexta-feira anterior e na véspera tomavam disciplina. E nas vésperas da comunhão geral, a Aldeia estava muito quieta [1].

Nos dias de primeira comunhão, a festa era maior: «Fazia-se procissão solene com o Santíssimo Sacramento com música de flautas e canto de órgão, que tangem os próprios Índios; e, acabada a procissão, dizia-se outra missa, e todos se achavam presentes com tanta devoção, como se aquela hora entraram na igreja, passando já do meio-dia, e depois os despedíamos com uma prática espiritual, dizendo-lhes que se fôssem a dar mantimento a seu corpo, pois o haviam já dado a sua alma». Quando tantos, pela sua soberba, diz o P. Tolosa, esqueceram êste sacramento, reserva-o Deus N. S. para esta «gente simples e rude», e até os brancos, que andam nesta parte, não se chegam a persuadir que êles são capazes de comungar, e «muitos murmuram desta verdade até que, quando o vêem com os olhos, como foi na Aldeia de Santiago, onde se juntaram muitos brancos no dia de sua festa, ficam convencidos, e acham-se muito outros, como êles dizem» [2]. Havia Índios que, no dia da primeira comunhão, enramavam a casa e convidavam os brancos a comer. Na comunhão geral de 6 de Janeiro de 1584, numa Aldeia da Baía, que descreve Cardim, comungaram 180 pessoas. Entre elas, 24 Índios faziam a primeira comunhão, e levavam capelas de flores na cabeça e com elas andavam todo o dia [3].

Fomentavam a devoção à Eucaristia as Confrarias do Santíssimo Sacramento que, introduzidas nas Aldeias em 1574, floresceram muito. Ainda hoje se acham vestígios desta devoção fundamental [4].

---

1. Pero Rodrigues, *Anchieta*, em *Annaes*, XXIX, 244; Carta de Tolosa, 7 de Setembro de 1575, BNL, fg, 4532, f. 166.
2. *Ib.*, f. 166v-167.
3. Cardim, *Tratados*, 303.
4. Em carta, dirigida ao Autor dêste livro, da Baía, a 27 de Fevereiro de 1935, escreve o P. Cândido Mendes, Vice-Provincial do Brasil Setentrional: «Ainda há pouco, um Padre do Coração de Maria, português, que andou com o Sr. Arcebispo na visita pastoral, me contou uma coisa interessante. Em três freguesias do interior desta Arquidiocese, cujas igrejas matrizes foram edificadas pelos nossos antigos Padres, era notável a devoção dos fiéis à S. Eucaristia. Distinguiam-se de tôdas as demais freguesias vizinhas. E aquela devoção diz-se herdada do tempo dos nossos Padres» (Arq. da Prov. Portug.).

6. — A actividade dos Padres, na administração dos Sacramentos, encontrou dificuldades em reduzir a família à perfeição cristã e monogâmica. Parte delas vinham de alguns brancos que, neste particular, recuando no campo da civilização, se *indianizavam*, aceitando o ambiente local e dando mau exemplo. O maior escolho, ao começo, provinha porém dos costumes indígenas, poligâmicos. Couto de Magalhãis, trabalhando sôbre elementos experimentais dos selvagens modernos, pôde reduzir a duas categorias a constituïção da família entre os Índios do Brasil: um *comunismo familiar* (não prostituïção) entre os Caiapós, no planalto central do Brasil; um *exclusivismo familiar* entre os Guatós e Chambioas nas regiões de Mato Grosso [1].

Em ambos os casos: poligamia.

Entre os Índios antigos da costa, os que acharam os Portugueses no tempo do Descobrimento, e com os quais estiveram em contacto os primeiros Jesuítas, não existia comunismo. Nega-o expressamente Cristóvão de Gouveia, na censura à *Vida de Santo Inácio* do P. Rivadeneira. Afirmava êste que os Índios do Brasil « teem muitas mulheres e como brutos animais as teem comuns ». Gouveia refuta: « Os brasis não teem todos muitas mulheres, a não ser alguns grandes principais e os mais dêles não teem mais que uma, nem nunca se viu que sejam as mulheres entre êles comuns, antes sentem tanto qualquer adultério, que se matam uns a outros e às próprias mulheres, pela mesma causa » [2].

Sôbre a noção indígena de adultério, há discussão. Parece inferir-se dalguns autores que os Índios não se importavam com as faltas das suas mulheres. Anchieta, por exemplo, narrando o caso de Ambiré, tamóio do Rio, que, por uma das suas vinte mulheres lhe fazer adultério, a mandou atar a um pau e abrir com um manchil pela barriga, acrescenta: « mas isto parece bem que foi lição dos Franceses, os quais costumam dar semelhantes mortes, porque nunca Índio do Brasil tal fêz nem tal morte

---

1. Couto de Magalhãis, *O Selvagem* (Rio 1876) 110, 112.
2. « Censura de Cristóvão de Gouveia à Vida de Santo Inácio pelo P. Rivadeneira », in *Mon. Ignat.*, ser. 4.ª, I, 740; cf. Pedro de Rivadenera, *Vida del Bienaventurado Padre Ignacio de Loyola* (Madrid 1900) 257: aquela frase transformou-se nesta: « antes pervertian la ley natural con tomar muchas mujeres ».

deu »[1]. Esta estranheza de Anchieta tem que tomar-se quanto ao *género* de morte, e também que dessa morte se não pode inferir que a intenção do castigo fôsse por o Índio a considerar legítima mulher, no sentido de matrimónio natural. O motivo determinante daquele castigo seria o ciúme, mesmo porque Anchieta conta a seguir vários casos de Índios que mataram as mulheres com quem viviam, « ou por elas andarem com outros ou ao menos pelo suporem »[2]. Castigos, por suspeitas, são comuns. Uma vez, um Índio ia de sua Aldeia para a vila « com sua mulher ». Mas teve que ir adiante. Voltando o Índio em busca da mulher, viu que « vinha com ela um homem branco ». O marido suspeitou mal da mulher, e a-pesar-de estar grávida, deu-lhe uma frechada que a matou[3].

A questão de adultério e ciúmes não pode ter solução única que abranja tôdas as tríbus do Brasil[4].

Por seu turno, a poligamia entre os Índios tinha dois aspectos, unidos quási sempre na prática: o da simultaneidade e o da sucessão. Os Índios principais tinham muitas mulheres ao mesmo tempo; mas nem sempre eram as mesmas. Daqui o problema escabroso de discriminar a verdadeira, segundo a lei da natureza; problema preliminar no caso de conversão; pois se existisse uma legítima espôsa, convertendo-se ambos, êle e ela, êsses mesmos teriam que ficar unidos no sacramento do matrimónio.

---

1. Cf. Angione Costa, *Introdução à Arqueologia Brasileira, Etnografia e História* (Rio 1934) 269.

2. Anch., *Cartas*, 449; Cardim, *Tratados*, 175.

3. *CA*, 209. É conhecida a liberdade sexual de que gozavam os escravos de guerra, que deviam ser depois mortos e devorados em público terreiro. Mas a liberdade era só com mulheres solteiras. Se tinha relações com alguma casada, era logo morto e, às vezes, ela tinha a mesma sorte. « Si un esclave devenait l'amant d'une femme mariée, il était immédiatement mis à mort et la femme adultère soit battue, soit répudiée, soit tuée ». — Métraux, *La Religion des Tupinamba*, 133.

4. Gabriel Soares ora afirma os ciúmes (*Tratado*, 282-283), ora os nega (*ib.*, 287). A. de Alcântara Machado, comentando Anchieta e citando vários testemunhos, conclue: « Na verdade, a atitude do Índio diante da infidelidade das mulheres, varia de nação a nação, conforme se pode ver mais fàcilmente em D'Orbigny *(Voyage dans les deux Amériques* (Paris 1836) 148, 170, 172, 189, etc.), que resume as observações de Spix e Martius, Neuwied, Saint-Hilaire e outros». Cf. Anch., *Cartas*, notas 642, 645, p. 454-455.

O problema era êste: das diversas mulheres do Índio, qual havia êle de receber à face da igreja? A primeira mulher, que os Índios tomavam, seria com intenção de a conservar sempre? Aceitariam êles uma, como principal, entre tôdas? Se assim fôsse, estava resolvida a questão. Mas, segundo Anchieta e Blasques, os Índios não tomavam as mulheres « com o intento de as manter sempre »[1]: nem consideram, a nenhuma, principal, diz Grã[2]. A razão, que dão, é a facilidade com que deixam as suas mulheres, indiscriminadamente, « por qualquer arrufo ou outra desgraça que entre êles acontece »[3]. Os Índios tomavam e deixavam as mulheres com a mesma sem-cerimónia com que no mundo civilizado se toma ou deixa uma criada. Parece deduzir-se, pois, dos documentos, que os Índios não ligavam ideias morais à constituïção da família, e que admitiam as mulheres de acôrdo com as suas possibilidades. O facto é que, habitualmente, cada mulher tinha o seu *fogo* à-parte e o seu pequeno cultivo de raízes. O motivo determinante, último, da poligamia, devia ser económico: poder sustentá-las.

Por isso, era apanágio quási exclusivo dos chefes. Anchieta resume suficientemente tudo nesta frase: « casamento de ordinário não celebram entre si, e assim um tem três e quatro mulheres, pôsto-que muitos não teem mais que uma só e, se é grande principal e valente, tem dez, doze, vinte »[4]. *De ordinário*, não celebram casamento entre si. Francisco Pinto parece indicar um ou outro caso em que haveria casamento, mas, dada a versatilidade dos Índios, e recusando êles ficar com a mesma, no momento da conversão, torna-se extremamente difícil « desfazer esta meada sem grande escândalo »[5].

Naturalmente, para desfazer a meada, de modo prático, e ficar com a consciência tranqüila, recorreram os Padres a Roma. O recurso vinha já dos primeiros tempos, como veremos. Mas o assunto foi-se protelando.

Gouveia alude, em 1583, as dúvidas sôbre casamentos, que

---

1. Anch., *Cartas*, 452-453; *CA*, 184.
2. Carta de Grã, 8 de Junho de 1556, *Bras. 3(1)*, 148-148v.
3. Cardim, *Tratados*, 163.
4. Anch., *Cartas*, 329.
5. *Informação dos casamentos dos Índios* pelo P.e Francisco Pinto (Évora, cód. CXVI/1-33, f. 133-134). Vide *Apêndice E*.

se mandam preguntar¹. E no seu *Memorial* volta a insistir. A resposta do P. Geral é que já foi respondido «pelos doutores, e se procurará uma dispensa de Sua Santidade, na qual se fêz sempre dificuldade, mas não estamos sem esperança de havê-la»². A dispensa impetrada alcançou-se, efectivamente, a 25 de Janeiro de 1585. Gregório XIII concede a faculdade de dispensar com os convertidos à fé, ainda-que tenham sido casados na gentilidade, mesmo sem avisar o primeiro cônjuge, se *summarie constiterit illum vix posse praemoneri*³.

Resolvido assim pràticamente o caso do casamento anterior, vejamos o que se praticou a-respeito doutras circunstâncias ou impedimentos canónicos, para os quais se fazia, prèviamente, «grande exame»⁴.

Os impedimentos de consangüinidade entre os Índios não tinham a mesma amplidão que entre os brancos, pelo conceito que os Índios tinham da geração. Segundo êles, tudo dependia do pai; a mãi não passava dum simples saco ou recipiente onde o germe paterno se desenvolvia. Daqui, uma conseqüência para os casamentos indígenas: um homem não se casava com a sobrinha, nascida de um irmão e tinha-a quási como filha; casava-se porém com a sobrinha nascida da irmã, e tinha-a como estranha. Tal casamento era até o comum e preferido. Também depois de ter cohabitado com a mãi, o Índio fàcilmente cohabitava

---

1. *Lus. 68*, 341; cf. *ib.*, 418.
2. *Congr. 95*, 160 (Nov.º de 1584). Na Bibl. de Évora conservam-se várias respostas *circa Indorum matrimonia aliquorum Patrum sententiae*. São aquelas respostas dos doutores com outras informações, CXVI/1-33, f. 100-167:

— Bula de Pio V, de 2 de Agôsto de 1571; e pareceres latinos de Fernão Peres, Gaspar Gonçalves e Luiz de Molina (f. 100-108v); — Parecer dos casamentos dos Índios do Brasil, do P. Anchieta (130v-133), já publicado na *Rev. do Inst. Bras.*, VIII, 254 e em Anch., *Cartas*, p. 448-454; — Informação dos casamentos dos Índios do P.ᵉ Franc.º Pinto (133-134); cf. *Apêndice E;* — Circa eadem matrimonia, do P. Armínio (133-136); — Que coisa seia necessaria ou não necessaria pera que os matrimonios dos gentios seião valiosos (136-136v); — Pera que valha o matrimónio dos gentios (136v-137); — Que coisa seia necessaria (137--138); — Dubium utrum dentur vera matrimonia in lege naturae inter Indos Brasilienses [a P. Tolosa] (138v-139); — U[trum] dentur vera matrimonia in lege naturae inter Indos Brasilienses (163-167). Sem nome do autor.

3. *Synopsis Actorum*, 139; cf. *Lus. 69*, 131.
4. *Bras.* 2, 147.

com alguma filha que ela porventura já tivesse doutro pai [1]. E o mesmo faziam com duas irmãs entre si. Perante uso tão inveterado, sentiram os Padres a necessidade de se afrouxar o direito positivo, permanecendo só os impedimentos de direito natural e divino: linha recta, entre pais e filhos; linha lateral, ùnicamente entre irmão e irmã [2].

As relações sexuais simultâneas ou sucessivas dos Índios e até dos brancos com mulheres, parentas entre si, criava o impedimento de pública honestidade. Recorreu-se, pois, a Roma, implorando as necessárias dispensas para estas diferentes circunstâncias. E por várias vezes. Logo na carta de Nóbrega a favor de João Ramalho, Agôsto de 1553; e, depois, a 25 de Março de 1555, se pedia ao Geral alcançasse do Papa dispensa de *todo o direito positivo:* sobretudo para os Índios que se convertem e para os mestiços, filhos de cristãos. Sem isto, os Padres pouco podiam fazer [3]. Em 1556, escreveu êle de-novo a Santo Inácio, e insiste para alcançar do Papa as dispensas do direito positivo, relativas à consangüinidade, afinidade e pública honestidade, para regularizar situações já criadas e poderem-se casar religiosamente gentios mestiços e até brancos, porque « muitos não podem ter recurso a Roma, e apartarem-se seria escândalo » [4]. Os Papas Pio IV e S. Pio V concederam-nas. Entre elas, avultam as que se referiam ao impedimento entre sobrinhas e tios [5].

---

1. Isto ainda se observa actualmente entre os Bororós: « O casamento simultâneo de uma mulher e sua filha, de leito precedente, com um novo marido constitue o caso típico da bigamia dos Bororós ». — Claude Levi-Strauss, *Contribuição para o estudo da organização social dos Indios Bororo,* in *Revista do Arquivo Municipal,* XXVII (S. Paulo 1936) 25. Cf. Marquis de Wavrin, *Moeurs et coutumes des Indiens Sauvages de l'Amérique du Sud* (Paris 1937), cujo capítulo V é todo consagrado a êstes assuntos (p. 166-205).

2. Anch., *Cartas,* 46.
3. *Bras. 3 (1),* 136.
4. Nóbr., *CB,* 148; *Bras. 3 (1),* 118.
5. Cf. Anch., *Cartas,* 452. Constam dos documentos seguintes:

Breve *Insuper eminenti* de Pio IV, de 28 de Janeiro de 1561, concede aos Ordinários do Brasil e da Índia várias prerogativas sôbre a absolvição de censuras canónicas e dispensa de graus de parentesco (Tôrre do Tombo, maço 28, *Bulas,* n.º 50); cf. *Indice chronologico das Bullas ... existentes no Real Archivo da Torre do Tombo, que interessam ao Governo do Brasil,* in *Rev. do Inst. Bras.,* 62, 2.ª P., (1899) 168; cf. *Mon. Laines,* VI, 579.

Êstes privilégios eram comunicados aos Padres da Companhia. Mais directa-

Outras graças menores pediam os Padres, como para se fazerem os pregões ou banhos num só domingo ou dia santificado [1]; e depois, em 1585, requeria-se a supressão dos pregões nos casamentos dos Índios, porque às vezes nem igreja havia para se lerem; e também porque, ainda que se lessem, os Índios não entendiam o que significavam, ou eram de outras nações e ignoravam se havia ou não impedimento. Pràticamente, «pura cerimónia» [2]! Dificuldade, grave nesta matéria, era o interêsse dos colonos em multiplicar os seus escravos, sem olhar a meios. Umas vezes, amancebavam êles próprios os seus Índios cristãos; outras, deixavam correr. Os Padres procuravam remediar o mal como podiam. Uma das dúvidas propostas aos doutores e moralistas era: «¿que estão obrigados a fazer os senhores com os escravos que teem amancebados?» A resposta foi: «a pôr-lhe remédio sob pena de pecado mortal» [3].

Alguns autores insistem na inocência dos Índios, *fora os chefes que teem muitos filhos e mulheres* [4]. Mas Fernão Cardim, referindo que os Índios andam nus, e não teem vergonha, e parece «que representam o estado de inocência», tem o cuidado de acrescentar: «nesta parte», isto é, na desnudez [5]. Tal inocência de costumes nada tinha de geral. Além da poligamia, existiam outras práticas imorais: Anchieta nota a facilidade com que as índias provocavam em si próprias o aborto [6]. O mesmo Cardim

---

mente: Breve de 25 de Dezembro de 1567, de S. Pio V, *Cum gratiarum animum*. É o célebre Breve, dirigido ao P. Geral, Prepósitos e Presbíteros da C.ª nas partes de Etiópia, Índia, Japão, [...] Brasil, e outras Ilhas do Oceano, em que lhes dá, por cinco anos, onde não houver Bispo, ou diste 200 milhas, faculdade de dispensar em todos os graus de consangüinidade e afinidade, excepto os de direito divino. — Vaticano, Armário 45, *Ad Principes*, 13, f. 292 (fol. 108); cf. *Synopsis Actorum*, p. 49.

S. Pio V concede, durante um decénio, por intermédio do P. Geral, o poder de *comutar e dispensar* nos preceitos que são de *direito positivo* da Igreja. Comunicado de viva voz ao Cardial Caraffa, 1 Iulii 1569. Cf. *Synopsis Actorum*, p. 53, n.º 37.

Estas graças renovaram-se periòdicamente. Cf. Gouveia, *Lus. 69*, 131.

1. *Bras. 3(1)*, 164.
2. *Lus. 69*, 131v.
3. Évora, cód. CXVI/1-33, f. 176.
4. *CA*, 484-485; *Informação para Nosso Padre*, in Anch., *Cartas*, 434.
5. Cardim, *Tratados*, 167; cf. *CA*, 484.
6. Anch., *Cartas*, 149.

observa que os Índios, com a bebida, «tomavam as mulheres alheias»[1]. Pero Correia e outros contam que havia entre êles o vício nefando, pecados contra a natureza, e até, o que se julgaria fôsse privativo de civilizações refinadas e decadentes, «mulheres que, assim nas armas como no mais, fazem o ofício de homens, até terem mulheres. A estas tais chamarem-lhes *mulheres* é a maior injúria»[2].

Neste meio, pois, tinham os Padres que exercer o seu apostolado para a cristianização da família, estabelecendo-a em bases monogâmicas. ¿Encontrariam resistência? De-certo. O principal do Rio Vermelho, em 1557, pôs-se contra os Padres: E porquê? Porque receava «lhe façam tirar seis ou sete mulheres que tem consigo»[3]. A poligamia era também obstáculo ao baptismo[4]. Mas, a-pesar-de tôdas as dificuldades, a resistência não foi invencível. E sucedem-se, uns aos outros, casos como êste, em 1561, na Aldeia de Santo António: entre os casados, a seguir ao baptismo, conta-se o «meirinho desta povoação, que tivera oito mulheres, e tôdas afastou de si, ficando casado com uma em lei de graça»[5]. Logo de começo, se adoptaram medidas para estabelecer a família assim, em lares cristãos. Os que eram ainda pagãos, e a quem, por motivos justos (falta de doutrina ou de perseverança), se diferia o baptismo, casavam-se *in lege naturae;* os que se baptizavam, *in lege ecclesiae.* Tal era a ordem comum. Organizavam-se livros de assentos, para que constasse. Em 1560, na Aldeia de S. Paulo, Baía, nenhum gentio podia ter mais de uma mulher; e depois, quando recebiam o baptismo, ficavam *ipso facto* matrimoniados cristãmente[6]. Eram freqüentes os baptismos e casamentos solenes. No fim de Agôsto de 1559, realizou-se um. «Oficiaram à missa cantada os mesmos indiozinhos, filhos dos baptizados, acabada a qual, o Padre [Nóbrega] casou a 15 índios com suas mulheres». Os Padrinhos acompanharam os casados a suas casas. E houve um banquete «no meio do

---

1. Cardim, *Tratados*, 166.
2. *CA*, 97, e notas 47 e 48 de Afrânio Peixoto, que cita outros testemunhos; cf. *Primeira Visitação: Denunciações da Bahia, 1591-1593*, p. 406-408.
3. *CA*, 162.
4. Nóbr., *CB*, 93.
5. *CA*, 315.
6. *CA*, 261-262; cf. *Bras.* 2, 147.

campo em uma ramada», confraternizando Portugueses e Índios »[1]. O P. Grã reservava para as suas visitas às Aldeias os casamentos solenes. Num só dia, uniram-se, em 1561, na Ilha de Itaparica, 80 casais, e, na Aldeia do Espírito Santo, 70[2]. Em 1573, houve 164 casamentos dos Índios novamente convertidos[3].

Assim se ia impondo a família monogâmica. E, a-par dos Índios antigos, alinhava-se a juventude renovadora. Nos casamentos « à porta da igreja », « bom quinhão » era constituído por « moços da escola e moças da doutrina, dos quais temos mais esperanças »[4]. O costume, de se casarem os Índios religiosamente, meteu-se logo na primeira hora. António Pires, escrevendo de Pernambuco, em 1551, diz: « Trabalhamos por pôr um costume nesta terra, de casar os escravos com as escravas à porta da igreja. Casaram-se muitos, e casar-se-iam muitos mais, se acabassem de crer seus senhores que não ficam fôrros »[5]. A maldita questão da liberdade dos Índios a intrometer-se em tudo! Verificou-se, que êstes Índios, assim casados, em geral viviam bem; e quadra-lhes aquela observação de Nóbrega, logo ao chegar: « São castas as mulheres a seus maridos »[6].

---

1. *CA*, 227-228.
2. Vasc., *Crón.*, II, 105-106; *CA*, 347.
3. Carta de Caxa, 2 de Dezembro de 1573, BNL, fg, 4532, f. 40v-41.
4. *CA*, 258; cf. *CA*, 81, 85, 228; Vasc., *Crón.*, II, 90.
5. *CA*, 81; Nóbr., *CB*, 125.
6. Nóbr., *CB*, 100; cf. *CA*, 318. Não tratamos em particular do sacramento da confirmação, reservado geralmente aos Prelados. Também nesse ajudaram os Padres, preparando a gente para a cerimónia litúrgica. Entre as composições de Anchieta conservam-se duas, feitas por ocasiões de crismas solenes. No que fêz o Licenciado Bartolomeu Simões Pereira, Administrador eclesiástico do Rio de Janeiro, Anchieta descreve a matéria e fim dêste sacramento:

> Um óleo sagrado e bento
> Que se chama sacramento
> Com que nos há-de crismar,
> Pra podermos pelejar
> Contra Satanás traidor
> Com ajuda do Pastor.
>
> (Afrânio, *Primeiras letras*, 70).

CAPÍTULO II

Culto divino

1 — O ministério da prègação; 2 — Missões no Recôncavo da Baía, engenhos e fazendas; 3 — As festas dos jubileus; 4 — Procissões solenes; 5 — Ornamentos e objectos sagrados; 6 — Confrarias; 7 — Devoção à santa cruz; 8 — Devoções da semana santa; 9 — Disciplinas particulares e públicas; 10 — Devoção a Nossa Senhora e congregações marianas.

1. — Prègar é o meio próprio da propagação da fé: *Fides ex auditu*; êste era o primeiro acto que praticavam os Padres, ao chegar de-novo a uma povoação [1]. Mas, nas Aldeias dos Índios, a prègação não podia ser como numa Aldeia da Europa. Ou captavam logo o ânimo dos Índios, prègando-lhes à sua moda, ou adiavam a conversão. A primeira alternativa pareceu a resposta de bom senso. Como os Índios, durante o dia, andavam pelo mato na roça ou à caça, os Jesuítas iam esperá-los à tardinha; depois de os saùdar e falar com êles, viam o que lhes fazia mais impressão. O P. Navarro, por exemplo, « começava a despejar a torrente da sua eloqüência, levantando a voz, e prègando-lhes os mistérios da fé, andando em roda dêles, batendo o pé, espalmando as mãos, fazendo as mesmas pausas, quebras e espantos costumados entre seus prègadores, pera mais os agradar e persuadir »[2]. Alguns escandalizavam-se, com o sistema; todavia, o êxito foi retumbante. À-proporção, porém, que os Índios foram tomando os hábitos europeus, também se substituíu o modo de prègação, que, depois, se não distinguia do da Europa, a não ser talvez na exuberância de gestos, ao gôsto tropical, que

---

1. *CA*, 60.
2. Vasc., *Crón.*, I, 90.

nunca chegou a cortar-se de todo. Foi por volta de 1574 que se introduziu, nas Aldeias dos Índios, « a maneira de prègar que se usa entre os brancos, para que, em tudo, vão já perdendo os costumes dos seus antepassados e afeiçoando-se aos nossos » [1].

As prègações, como em todo o mundo católico, tinham épocas mais próprias: festas e quaresma. Na de 1560, houve « prègações que, para a terra, diziam os de fora, com isso iriam perdendo a saüdade de Portugal » [2].

Também se prègava, quási todos os domingos e dias santos, no Colégio; e nas Aldeias, com freqüência, diz a Ânua de 1568 [3].

A prègação era grátis. No entanto, os fiéis davam esmolas, o que gerou escrúpulos da parte dos Padres. Prestavam êles grandes serviços ao Prelado D. Pedro Leitão e lhe prègavam na Sé. Êle era generoso e ajudava os Padres. Com isto entrou o temor de que as suas esmolas fôssem como paga dêsses ministérios. Levou-se o caso a Roma. Não constando, ao certo, que fôsse por isso, respondeu-se que não havia motivo para escrúpulos [4].

Na Companhia de Jesus, a preparação dos prègadores começa no próprio noviciado com o chamado exercício dos *tons*. Consta de três fases. Na primeira, o estudante aprende de cor e declama uma fórmula apropriada, onde se reüniu a diversidade de recursos oratórios mais usuais; na segunda, dá-se ao estudante um versículo da Sagrada Escritura, que êle, num quarto de hora de preparação, tem que desenvolver oratòriamente [5]; na terceira, dão-se já dois ou três dias, e o estudante prega o sermão ou dominical, no refeitório, para tôda a comunidade. Antes, era só diante dos seus companheiros de curso. Nos três casos, nomeia-se um ou mais Irmãos que digam depois o seu parecer sôbre os possíveis defeitos e qualidades. Exercício prático e geral em tôdas as casas da Companhia, cuja utilidade é evidente.

Para o Brasil, achamos de particular que o Vistador Gouveia deixou determinado, em 1586, que os estudantes de latim deviam

---

1. *Fund. de la Baya*, 36v(112).
2. *CA*, 257, 309-311, 428, 438.
3. *Bras. 15*, 183v.
4. *Bras. 2*, 25, 26v.
5. *Institutum S. I.*, III, p. 112, Reg. 56 Rect.

fazer as suas dominicais, na língua tupí[1]. Vê-se a vontade de dar a êste acto escolar um duplo carácter, oratório e lingüístico, preparação imediata para a catequese dos Índios. Também já se tinha determinado que os Irmãos, ainda não sacerdotes, poderiam prègar, mesmo diante da gente de fora, e de sobrepeliz, se a houvesse à mão. Haviam, porém, de dar prova de idoneidade. E se algum mostrasse maior inclinação ou talento para o púlpito, não só não devia ser desviado, antes favorecido, para se preparar convenientemente e progredir[2].

Alguns prègadores esqueciam-se do tempo. Em 1561, Francisco Pires, Reitor do Colégio da Baía, prègou a Paixão. A gente desmaiava, outros davam gritos, «não havia quem se ouvisse». O Provincial, que estava presente, fêz-lhe sinal que acabasse. «Acabou quando o Senhor levava a cruz às costas, havendo-se êle conservado até àquele passo quási três horas»...[3]. Determinou-se depois que os sermões não passassem de 3/4 de hora e, se fôsse preciso, se levasse para o púlpito a ampulheta de areia[4].

Naqueles tempos coloniais, prègar era emprêsa árdua; mas era também uma tribuna onde se verberavam os vícios públicos, e muitas vezes o púlpito era o único lugar onde se podia dizer impunemente a verdade tôda. Gabriel Soares faz disso um crime aos Padres, dizendo que êles talhavam carapuças aos Governadores, Bispos, Câmara, etc. Respondem os Jesuítas: «Quem tem ferida num dedo julga que lhe toca o que dá em tôda a mão»... Algum fundamento, contudo, devia ter êste capítulo, porque nós temos, e felizmente, os sermões de Vieira, que mostram o desassombro e isenção com que até aos Reis dizia a verdade, nem sempre lisonjeira. Outra acusação do mesmo Gabriel Soares era que os prègadores Jesuítas eram idiotas. A resposta dos mesmos Padres foi esta, pura e simples: Os prègadores «são

---

1. *Bras.* 2, 143v.
2. *Bras.* 2, 23v, 26. Mais tarde, determinou o P. António Vieira que os candidatos à Companhia, destinados aos estudos, fizessem, antes de entrar, alguma oração ou declamação particular, para provarem o seu talento. *Antes*, e não *depois* quando já não havia remédio... (Gesù, *Colleg. 20,* 6).
3. *CA,* 310.
4. *Bras.* 2, 140; Franco, *Imagem de Évora,* 176-177; *Bras.* 2, 23v.

todos idóneos; e nem sempre hão-de prègar os melhores »[1]. Reconhece-se, na resposta, que nem todos os Padres tinham qualidades brilhantes de orador; o que não admira; mas o que todos tinham era a idoneidade requerida, isto é, a doutrina e a preparação necessária. No tempo de Gabriel Soares, ainda viviam Anchieta e Grã, verdadeiros apóstolos do Brasil. E no seu mesmo tempo, em 1584, prègaram, no Colégio da Baía, durante a quaresma o P. Quirício Caxa, e o P. Manuel de Castro, o primeiro de manhã e o segundo de tarde. « Êstes dois Padres e o P. Manuel de Barros são os melhores prègadores que há nesta Província ». É Cardim quem o diz, e podia-se também meter na conta, porque êle-próprio prègava na Sé[2]. De-vez-em-quando, acham-se referências a oradores sagrados, como esta sôbre Gregório Serrão, que prègou a Paixão no Colégio da Baía em 1565: « particular graça tem de Deus, e por isso são mui aceitos e agradáveis os sermões que faz »[3]. O fruto era grande para a emenda da vida; e também, às vezes, de carácter social e caridoso. O Bispo D. Pedro Leitão recusou, durante 12 anos, ser Provedor da Misericórdia. Movido pelo sermão, que um Padre da Companhia prègou na igreja da Misericórdia, no dia 2 de Fevereiro de 1572, aceitou êsse cargo, donde se seguiu notável proveito para os pobres[4].

---

1. *Bras. 15*, 387.

2. Cardim, *Tratados*, 321-322. Daqueles dois Padres prègadores, Manuel de Castro e Manuel de Barros, fazia pouca conta o P. Visitador, pois propunha que ambos voltassem para Portugal, por serem de pouco espirito e leigos para estas terras; e no Reino fariam muito e seriam bons (*Lus. 68*, 391, 394). Enganou-se. Ambos faleceram no Brasil, muito novos, e com merecimentos, como veio a reconhecer depois o mesmo Visitador. O P. Castro, falecido a 11 de Maio de 1585, era « o melhor prègador que tínhamos ». Contava 33 anos de idade e 13 de Companhia. Morreu de febres: « Muito aceito de todos e fazia muito fruto » (Carta do P. Gouveia ao P. Geral, da Baía, 19 de Agôsto de 1585, *Lus. 69*, 143; *Hist. Soc. 42*, 32v; *Bras. 5*, 29). O P. Manuel de Castro entrou na Companhia em 1573, passando grandes padecimentos na viagem de Pernambuco em 1573. Tinha o curso de Artes. Do Funchal *Bras. 5*, 21; Ant.º de Matos, *Prima Inst.*, 255.

Manuel de Barros, natural de Espozende, era Mestre em Artes de que foi professor. Faleceu no Colégio da Baía em 1587 (*Hist. Soc. 42*, 32v): « In Baiensi [Collegio] Patrem Emmanuelem Barrium virum navum et industrium amisimus. Novem annos in hac Provincia collocarat » (*Ann. Litt. 1586-1587*, p. 572).

3. *CA*, 441.

4. *Fund. de la Baya*, 19v (93).

Os Jesuítas prègavam na sua igreja, na Sé e nos demais templos; e o P. Gouveia deixou recomendado que se aceitassem essas prègações, quando pedidas, sobretudo se nas igrejas de fora faltasse outro prègador. Pelo menos, que se prègasse nelas alternadamente; e assim se fêz[1]. Vemos, depois, que, até dentro dos conventos de outras Ordens religiosas, prègavam os Padres Jesuítas, e que estavam a seu cargo tôdas as prègações do Recôncavo[2]. Mas era já em 1614, ano em que aportava à Baía, ido de Lisboa, um menino que se chamava António Vieira...

2. — Forma prática de prègação eram as missões. Começaram-se logo. A visita dos Padres e órfãos aos arredores da Baía eram, na realidade, missões em germe. Depois, alargou-se o quadro: fundaram-se as Aldeias, irradiaram os Padres pelas fazendas e engenhos num movimento envolvente de conquista para Cristo.

— *Chamam-nos de tôda a parte: somos poucos!* — exclama Nóbrega, logo em Agôsto de 1549[3].

A Baía era a capital. Centro de missões, dali partiram os Padres para S. Vicente, Pernambuco, Espírito Santo, Pôrto Seguro, Ilhéus, S. Paulo, Rio de Janeiro, Rio Grande do Norte, etc., fazendo-se cada uma destas cidades ou vilas, por sua vez, centro de irradiação missionária, ou para simples catequese ou para apaziguamento dos Índios ou para acompanhar expedições militares, ou ainda para a descida dos Índios — outras tantas modalidades diferentes das suas excursões apostólicas. Quási todos os Padres dos primeiros anos foram missionários discurrentes pelas Aldeias dos Índios, antes e depois de se fundarem nos moldes da Companhia. Também se visitavam, às vezes, as fazendas dos Portugueses; mas as missões pròpriamente ditas pelas fazendas e engenhos organizaram-se de modo regular, depois que a conquista de Rio de Janeiro e a estabilidade dos Colégios da Baía, Rio e Pernambuco, permitiu não só a vida desafogada, mas também a conveniente ligação e reabastecimento de missionários. Já em 1573, escreve Quirício Caxa: «Fizeram-se algumas saídas polas fazendas desta costa e sem-

---

1. *Bras.* 2, 140; Anch., *Cartas*, 415.
2. *Bras.* 8, 169v.
3. Nóbr., *CB*, 93.

pre com notável fruto »[1]. Os Jesuítas iam a estas missões, sobretudo para os índios e negros; mas também atendiam aos brancos. Reprimiam os abusos e remediavam-nos, quando estava nas suas mãos, ainda que tivessem que pedir faculdades especiais e de recorrer a Roma. E faziam-no com freqüência, para regularizar uniões ilegítimas de parentes ou outros impedimentos graves, para a defesa dos oprimidos (escravatura ilegal) e para assegurar a igualdade cristã. Nalguns engenhos, havia capelão. Os senhores, porém, não consentiam que os escravos, índios ou da Guiné, estivessem com êles na Igreja. Como a missa era uma só, ficavam os serviçais sem cumprir o preceito de ouvir missa aos domingos e festas de guarda. Alcançaram os Padres que os senhores consentissem que estivessem todos juntos e entretanto pediam a Roma que os Padres e o próprio capelão pudessem binar nesses dias, para se atender a todos[2]. Nas missões, além da administração dos sacramentos, promovia-se a catequese de modo estável e erigiam-se Confrarias que a assegurassem e mantivessem a piedade. Declara Gouveia, em 1584, que êste é o mais importante ministério que os Padres tinham em Pernambuco, onde existiam então de 15 a 20 por cento dos escravos da Guiné sem assistência alguma[3].

As missões no Recôncavo da Baía ficaram memoráveis. Em 1583, os engenhos e fazendas só tinham capelão, por excepção. Porque, nesse ano ainda, escreve o Visitador: « Na Comarca desta cidade, há muitas fazendas de Portugueses, que teem duzentas, trezentas e mais pessoas, que vivem com farta necessidade, sem Padres, nem ministros da sua salvação »[4]. Mesmo quando havia capelão, raro era o que sabia a língua tupi ou africana[5]. Acontece « estarem um e dois anos, sem confissão nem missa, até os Padres lá irem »[6]. Percorreu estas fazendas e engenhos o mesmo Visitador, em Janeiro e Fevereiro de 1584. Uns a pedido de seus senhores, outros em visita de especial cortesia, para conciliar alguns mal afectos. Fernão Cardim acompanha-

1. Carta de Caxa, BNL, fg. 4532, f. 39v; *Fund. de la Baya*, 23v (98).
2. *Lus.* 68, 402-403, 418v; Anch., *Cartas*, 322; *Fund. de la Baya*, 36v(112).
3. Carta de Gouveia, 6 de Setembro de 1584, *Lus.* 68, 402v.
4. Carta de Gouveia, 25 de Julho de 1583, *Lus.* 68, 338.
5. *Bras.* 5, 18.
6. Anch., *Cartas*, 415, 416.

va-o. «Folgara de saber descrever, diz êle, a formosura de tôda esta Baía e Recôncavo, as enseadas e esteiros, que o mar bota, três, quatro léguas pela terra dentro, os muito frescos e grandes rios caudais que a terra deita ao mar, todos cheios de muita fartura de pesca dos lagostins, polvos, ostras de muitas castas, caranguejos e outros mariscos. Sempre fizemos caminho por mar em um barco da casa, bem equipado, e quási não ficou rio nem esteiro que não víssemos, com as mais e maiores fazendas, e engenhos, que são muito para ver».

Depois de pormenorizar o funcionamento dos engenhos, em número de 36, a riqueza e o luxo por uma parte, e, por outra, os trabalhos insuportáveis dos Índios e negros, a preparação e preço do açúcar, conclue: «Os encargos de consciência são muitos, os pecados, que se cometem nêles, não teem conta; quási todos andam amancebados, por causa das muitas ocasiões; bem cheio de pecados vai êsse doce, por que tanto fazem: grande é a paciência de Deus, que tanto sofre»[1]!

Nem tôdas as missões tinham o aparato e as comodidades desta para obsequiar a personagem que vinha de Portugal, revestida de tanta autoridade. Mas sempre foi generosa a hospitalidade no Brasil. Os Padres são recebidos «com grande amor e carinho». Gouveia deu vigoroso impulso a estas missões, tanto na Baía como em Pernambuco; nas que se realizaram no biénio de 1584-1585, baptizaram-se «passante de três mil almas», e casaram-se muitos em lei da graça, tirando-se de amancebamentos, e ensinando-se-lhes a doutrina e pondo os discordes em paz, e fizeram-se muitos outros serviços a Nosso Senhor»[2].

As missões pelos engenhos da Baía, em particular no Recôncavo, mantiveram-se com regularidade, ainda que parece se interromperam alguns anos, antes de 1598, porque, nesta data, comunica Inácio Tolosa, ao P. Geral, que os Padres Baltazar Fernandes e Pero Soares andavam em missão pelas fazendas e

---

1. Cardim, *Tratados*, 317-321.
2. Cardim, *Tratados*, 322. Os sacramentos administrados nestas missões foram, em 1588: baptismos 400, casamentos 377, confissões «quamplurimae» (*Annuae Litt. 1588*, p. 319). Em 1589: confissões 8.000 (20 de tôda a vida), comunhões, 1.200; casamentos, 120 (*Ann. Litt. 1589*, p. 464). Em 1590: confissões 7.650, comunhões 577, baptismos 386, casamentos, 190 (*Ânua de 1590, Bras. 15*, 365).

engenhos, missões que agora se *recomeçaram*, diz êle, por serem de muito proveito para as almas[1]. O facto é que Fernão Cardim, ao iniciar o seu Provincialato, mandou alguns professos de 4 votos a estas missões, « e agora êles as pedem com instância, do que se segue muito fruto e edificação »[2].

Tão útil ministério foi regulado, em 1586, pelo Visitador. O regulamento contém não só normas concretas, para o proceder dos Padres, mas dá ideia geral do modo como se efectuava e da sua importância e transcendência para a cristianização, elevação e amparo dos humildes obreiros da riqueza colonial do Brasil, que foram os índios e negros:

I — « Por serem as missões muito necessárias nesta terra e principal fim das fundações dos Colégios, haverá sempre, em cada Colégio, pelo menos um Padre de muita confiança, deputado pelo Padre Provincial, ao qual se dará um bom companheiro, para que visite os engenhos e mais fazendas, ao menos uma vez no ano, ainda que não sejam chamados; e será bom que ambos, quanto fôr possível, sejam Padres línguas, e um dêles prègador. E entendam que principalmente são enviados para ajuda das necessidades dos índios e negros de Guiné ».

II — « Em chegando a alguma fazenda, fará um catálogo de todos os índios e escravos dela, pondo distintos sinais aos que não são baptizados ou casados, e i-los-ão preparando e confessando por ordem, procurando não passar a outra parte sem ficarem todos com o remédio possível e conveniente a suas almas, persuadindo-se que Deus as pôs em suas mãos para dar-lhe conta delas. Dirá logo missa em amanhecendo, ou quando melhor parecer, nos dias de festa para os escravos e índios; a qual acabada, lhes ensinarão a doutrina, antes que se derramem pelas roças. E onde puder ser, se procure que tenham a confraria do Rosário, com obrigação de rezá-lo todos os dias santos e aprender nêles a doutrina, juntando-se para isso nalguma parte conveniente. E o mais que parecer para bem de suas almas e do que seus senhores forem contentes ».

III — « A doutrina aos Índios e negros de Guiné faça-se todos os dias à noite ou ao comer, quando melhor parecer, e

---

1. Carta de Tolosa, 17 de Agôsto de 1598, *Bras. 15*, 469v.
2. Carta de Fernão Cardim, 1 de Setembro de 1604, *Bras. 5*, 56.

não se use de outro catecismo senão do que últimamente fica aprovado».

IV — «Haja muita concórdia entre os companheiros, nem se aparte fàcilmente um do outro por muito espaço de tempo».

V — «Preguntem pelos doentes em perigo, e deem-lhes logo o remédio conveniente a suas almas; e procurem que, os que não são baptizados, tenham bastante notícia para baptizar-se, ao menos quando estiverem em perigo de morte. E deixem muito recomendado, aos senhores, que não os deixem morrer sem baptismo. Os adultos não se devem comumente baptizar senão depois de estarem bem seguros de que não fugirão para o sertão; e casem-se logo, salvo se alguma grave necessidade outra coisa pedisse».

VI — «Não casem Portugueses senão com especial licença dos seus curas e do Superior, nem negros, senão com grande exame se teem alguns impedimentos, e dando-lhe primeiro boa notícia do Sacramento. E não casarão Índios das Aldeias, em casa de Portugueses, nem Índios com outros de diversos senhores e raramente fôrros com escravos. Escrevam os nomes dos baptizados e casados, *com ano, mês e dia*, e trasladem-se num livro, que para isso haverá nos Colégios, postos em tal ordem que fàcilmente se achem, quando fôr necessário».

VII — «Os que andam em missões poderão ser absolvidos dos casos reservados com obrigação que se apresentem ao Superior do Colégio, donde são enviados, ou ao Provincial, se aí estiver».

VIII — «Levem consigo êstes avisos e as resoluções dos casos, que por lá ocorrem comumente, acêrca dos baptismos, casamentos e doutrina dos escravos, e procurem conformar-se com elas, quando algum dêles ocorrer. E notem o número das confissões que fizerem, e as mais coisas de edificação para a *Ânua* desta Província»[1].

Aquêle parágrafo VI, em que o Visitador impunha aos Padres a obrigação de terem um livro com as indicações dos casamentos, fazendo inquirições prévias sôbre os nubentes, escravos ou fôrros, foi objecto duma interpretação malévola de Gabriel Soares. Semelhantes inquirições exigiam-nas os cânones eclesiás-

---

1. Visita do P. Gouveia, 1586, *Bras. 2*, 146v-147.

ticos para evitar a nulidade do matrimónio, pois é nulo, de-facto, quando uma pessoa livre se casa com uma escrava, julgando que também é livre *(error personae)*. Gabriel Soares interpretou-o como meio de os Padres arranjarem índios para as suas Aldeias. Em todo o caso, a mesma acusação é um testemunho de actividade missionária dos Jesuítas. Ei-la: «costumam os Padres irem polas fazendas da Baía a confessar a gente que por ela está espalhada nos engenhos e fazendas, onde são muito servidos e agasalhados. Os quais confessam os negros de Guiné e índios da terra, e casam os que estam em ruim estado, que podem ser casados, e fazem cristãos os que o não são, emfim trabalham polos pôr em bom estado. E, à volta destas boas obras, preguntam-lhes na confissão, como foram resgatados e donde são naturais; e se acham que não foi o resgate feito em forma, dizem aos Índios que são fôrros e que não podem ser escravos, e que, se quiserem [ir] pera suas Aldeias, que lá os defenderão e farão pôr em sua liberdade; com o que, fizeram e fazem fugir muitos escravos dêstes e os recolhem nas suas Aldeias, donde os seus senhores os não podem mais tirar. Do que nasceram grandes desmanchos e ódios e há muitos homens que não querem consentir que os Padres vão a suas fazendas, e outros que defendem a seus escravos que se não confessem com os Padres nem falem com êles, quando vão a suas fazendas, onde se não fazem as outras obras tão santas, para atalharem a êstes danos que à volta delas lhes nascem, sôbre o que havia também muito que dizer».

Tira-se dêste Capítulo que as Missões tinham também repercussão sôbre a liberdade dos Índios. Mas seria verdade que êles induzissem os Índios mal havidos a recolherem-se a suas Aldeias?

Respondem os Padres: «Não faltava mais ao informante que meter-se no sagrado e secreto fôro da confissão. Não passa assim o que êle diz, nem mostrará Índio que, por essa causa, fugisse a seu senhor para as Aldeias. Põem os Padres, que vão às fazendas, em rol a gente que baptizam, que casam e que confessam, pera que a todo o tempo conste disso, como fazem os curas. E a êste tempo de os casarem, porque muitas vezes casam fôrros com escravos, examinam, o melhor que podem, se são escravos ou fôrros, por que não deixe de ser valioso o matrimónio, por êrro da pessoa. Daqui nasce ao informante a imaginação que diz, porque, por essa via, podiam aparecer fôrros, muitos que êle tinha em conta de escravos. E êle foi o que não consentiu em sua fazenda aos Padres. Os mais folgam muito e veem chamar Padres, porque por experiência acham que com êste benefício espiritual, que seus escravos e mais gente recebem, que os teem mais quietos e seguros, e melhores serviços. O qual também experimentou a fazenda do informante, onde os Padres foram muitas vezes, estando o informante no Reino » [1].

Tais são as missões discorrentes pelos engenhos e fazendas. Além do fruto espiritual das almas, que tanta influência tinha para a vida cristã do sertão, seguiram-se dela profundas conseqüências de carácter social. Por um lado, cortavam-se alvorotos e desinquietações dos índios e negros; por outro zelava-se, a sua liberdade, mantendo os senhores no temor de se desvendarem as irregularidades na aquisição dos escravos, como no caso de Gabriel Soares. Estas missões cristãs e civilizadoras, ampliando-se com o tempo, passaram a fazer-se também nas povoações do litoral, onde não existisse casa ou Colégio da Companhia; e, com freqüência, eram as próprias Câmaras Municipais que as pediam com requerimentos e abaixo-assinados, que subiam às vezes bem alto, até Roma...

3. — Para ajudar a conversão das almas recorreram os Padres ao tesoiro da Igreja, solicitando indulgências, graças e favores espirituais para os seus ministérios. Santo Inácio recomendou instantemente o respeito pelas indulgências e os seus filhos seguiram-lhe o exemplo [2]. Logo depois de chegar ao Brasil, pede Nóbrega ao Padre Simão Rodrigues obtivesse do Papa « ao menos os poderes que temos do núncio e outros maiores », o de altar portátil e o de comutar restituições para quietar consciências a-respeito dos assaltos aos Índios, e também para dispensar durante algum tempo o gentio, que se converta, das leis positivas, como jejuar, confessar-se cada ano e outras coisas semelhantes, graças, indulgências, a bula do Santíssimo Sacramento,

---

1. *Bras. 15*, 388v (42.º).
2. *Cartas de Santo Inácio*, I (Madrid 1874) 92.

etc.¹. Estas graças foram-se alcançando pouco a pouco. Em 1550, já encontramos mencionado o Brasil no jubileu concedido aos da Companhia fora da Europa².

É o primeiro privilégio espiritual de uma longa lista de muitos outros: indulgência plenária aos Padres da Companhia que converterem algum infiel; indulgência plenária a quem visitar alguma capela da Companhia, nas conquistas de Portugal; indulgência plenária pelas festas principais do ano e nos patronos das igrejas e Aldeias³. A maior parte destas festas levam o nome de jubileus. E eram-no, por serem indulgências plenárias, e também por incluírem poderes mais extensos aos confessores, para absolver pecados reservados, etc.⁴.

Festas solenes e concorridas: «No dia do orago de sua igreja, em que se ganha jubileu, vão sempre alguns dêste Colégio [da Baía], e das outras Aldeias acodem muitos brancos, e faz-se aquilo com muita solenidade e festa, e vão levando para isso os brancos seus cavalos e outras coisas de alegria; há muitas confissões duns e doutros, e teem suas prègações cada um em sua língua. Teem sua missa cantada em canto de órgão com suas frautas que os próprios Índios tangem, muito destros. Fazem suas procissões mui solenes, convidando para os tais dias uns aos outros; e tudo lhes serve para com mais suavidade levar êste suave jugo do Senhor. Êle seja louvado para sempre, que teve por bem derramar sôbre êstes campos estéreis os tesoiros da

---

1. Nóbr., *CB*, 83.
2. *Mon. Ign.*, séries 1.ª, III, 99, 115, 118 e 104. Aqui vem o documento em latim dirigido ao P. Simão Rodrigues, Prepósito no Reino de Portugal e suas conquistas, excepto a Índia, a saber, « In regno Congi, ac in India Brasilia nuncupata et in Aphrica ». — Carta de Santo Inácio, Roma, 7 de Julho de 1550; outras comunicações de graças, *ib.*, 144; VI, 199, 371.
3. Litterae Apost. *Unigeniti Aeterni Patris*, de Pio IV, 2 febr. 1563; cf. *Synopsis Actorum*, 30, 49; Fortunato de Almeida, *Hist. da Igreja em Portugal*, III, Parte Primeira, p. 649-655 (Coimbra 1915), onde enumera as *Faculdades Apostólicas concedidas aos prelados do ultramar e aos missionários*. Desde 1577 que se publicaram vários compêndios de privilégios e faculdades concedidas pela Santa Sé à Companhia. Tem interêsse especial para o Brasil o *Compendium Indicum, in quo continentur facultates et aliae gratiae a Sede Apostolica Societati Iesu in partibus Indiarum concessae, earumque usus praescribitur*, Romae 1580. Cf. Augusto Coemans S. I., *Breves notitiae de Instituto, Historia, Bibliographia Societatis* (Roma 1930) 21-22.
4. Cf. Fr. Beringer, *Les Indulgences*, I (Paris s/d) 29, 570.

sua graça fazendo-nos a nós, sendo indigníssimos, ministros do seu sangue »[1].

Como o nome de Jesus é o titular da Companhia, e também o era do Colégio, no século XVI, as festas, com que se celebrava, eram extraordinárias. Tanto que, em 1565, diz Blasques: « Não sei se em muitas partes da Companhia » se celebraria assim: presença do Bispo, Padres e Irmãos das Aldeias, Índios, música, procissão, cantos[2].

No ano de 1573, ganharam-se seis ou sete jubileus. Além dos oragos foram concedidos ao Brasil quatro grandes jubileus por S. Pio V, a 16 de Outubro de 1567, a pedido de S. Francisco de Borja. Eram, em cada casa, pelo Natal, Páscoa, Espírito Santo e Nossa Senhora da Assunção[3]. Esta faculdade foi depois renovada e, com o tempo, ampliada com muitas outras graças[4].

No dia 23 de Maio de 1572, festa do Espírito Santo, dia da inauguração do sacrário da nova igreja da Baía, ganhou-se ali pela primeira vez um daqueles quatro grandes jubileus[5]. Também a festa de S. Braz, na Baía, era, em 1590, festa solene, com jubileu, por haver, no Colégio, « uma notável relíquia do dito que aqui há, botando os ofícios divinos a perto do meio dia »[6]. As cerimónias litúrgicas e o folguedo, que acompanhavam estas festas, ficaram célebres e tinham verdadeiro alcance apologético[7].

Depois que, organizados os quadros hierárquicos, as matri-

---

1. Carta de Caxa, 2 de Dezembro de 1573, BNL, fg, 4532, f. 42v, 39v; *Bras. 15*, 257v-258; *Fund. de la Baya*, 19v (93), 21v (96), 23v (98), 36v (112).
2. *CA*, 435-438.
3. Cf. Atestado do P. Polanco e outro de Pedro da Fonseca, Assistente em Roma, de como Gregório XIII estendeu ao Brasil por dez anos aqueles quatro jubileus, *Bras. 2*, 121v-122; 25v; *Lus. 68*, 402-402v.
4. *Synopsis Actorum*, 96, 222; *Bras. 8*, 3-3v; *Lus. 68*, 415v.
5. *Fund. de la Baya*, 19 (93).
6. Carta de Beliarte, 4 de Janeiro de 1590, *Bras. 15*, 369v (14).
7. « Peu enclins au purisme liturgique, les Jésuites ont toujours eu, en revanche, la réputation d'aimer et de pratiquer les Offices brillants et pompeux, les longues cérémonies somptueuses, abondantes en lumières, entourées de chants et de musique, lourdement parfumées d'encens. Ce goût, auprès des Indiens du Brésil, avait une portée apologétique. Et il parait avoir été promu, très légitimement, au rang de méthode ». — Ricard, *Les Jésuites au Brésil*, 347.

zes faziam os seus jubileus, houve necessidade de se regularizarem os respectivos serviços. Achamos uma recomendação expressa do P. Geral, que nas procissões à roda das igrejas, se atenda ao pensamento do Prelado e tudo se faça de acôrdo com êle, para não se prejudicarem mùtuamente as festas.

A aplicação dêste aviso era evidente nas procissões dos grandes jubileus, quando coincidiam nas igrejas dos Colégios e nas matrizes urbanas[1]. Para conseguir graças semelhantes, recorriam os seculares muitas vezes aos Padres. Em 1584, estando em Roma o P. António Gomes, Procurador do Brasil, interessou-se em levar um jubileu para a capela de Nossa Senhora da Graça (festa a 18 de Dezembro), fundada por Catarina Paraguaçu. Pediu-lho ela própria e a sua família[2].

A primeira festa solene, realizada na Baía, foi logo em Julho de 1549, no dia do Anjo. «Eu, escreve Nóbrega, disse missa, e o Padre Navarro a epístola, outro o evangelho. Leonardo Nunes e outro clérigo, com leigos de boas vozes, regiam o côro; fizemos procissão com grande música, a que respondiam as trombetas. Ficaram os Índios espantados de tal maneira, que depois pediam ao P. Navarro que lhes cantasse como na procissão fazia. Outra procissão se fêz dia de *Corpus Christi*, mui solene, em que jogou tôda a artilharia que es-

---

1. Carta do P. Aquaviva, 10 de Agôsto de 1585, *Bras.* 2, 55v-56.
2. « Hũa india das do Brasil, que, antes que lá fossem portugueses, foi casada com hum *francês* e agora é mãi de hũa grande familia, e assi ela como filhos e genros são continuos e antigos benemeritos do col.º da Baia. Esta fez hũa ermida de Nossa Senhora da Graça junto a barra que he farol e guia aos mareantes. Já quando cá veio o P.e Gregorio Sarrão, pediu muito lhe ouvesse hũa indulgencia plenaria para o dia de sua festa que he Nossa Senhora do O, 8 dias *ante* Natal. E o P.e lhe disse que a pedira e se ficava fazendo a bulla. E agora assi o P.e como eles me rogaram muito que podendo ser a levasse. Para este dia não ha naquela cidade outra indulgencia ». Do P. Antonio Gomes, Procurador a Roma, *Lus.* 68, 418v (2).

Esta índia do Brasil é Catarina Paraguaçu, mulher de Diogo Álvares, o *Caramuru*. Além da notícia do jubileu, da sua piedade e benemerência, contém a carta aquela palavra *francês*, susceptível de trazer de-novo à balha a sua ida a França. Francês, ou significa nacionalidade, e então ela teria sido casada com um francês, antes de ser mulher do *Caramuru*, ou é uma alcunha que só se justifica, se Diogo Álvares *Caramuru* tivesse ido, de-facto, a França, como é tradição.

tava na cêrca, as ruas muito enramadas, houve danças e invenções, à maneira de Portugal »[1].

Tais festas desenvolveram-se extraordinàriamente, entremeando-se o pitoresco com a exterioridade e devoção sincera. Pelo jubileu, que se ganhou na Aldeia do Espírito Santo (Abrantes), no dia 21 de Maio de 1564 (Pentecostes), compreenderemos estas manifestações populares do culto. « Sabido na cidade que se tinha de ganhar êste jubileu, muitos, tanto homens como mulheres, posposta tôda a dificuldade que se oferecia por causa do caminho ser mui dificultoso e o tempo então ser aqui muito chuvoso, se dispuseram a querer ganhá-lo e de-certo, ao parecer, com mostras de devoção e fervor de espírito, o que fàcilmente entenderão os que souberem a dificuldade e estôrvo que para o ganhar havia: primeiramente são seis grandes léguas daqui desta cidade; o caminho é parte por areais, parte por lamaçais e charcos, o qual não se pode de nem uma maneira andar senão descalços, o que para gente pouco devota não é pequeno impedimento, para deixar de o fazer; além disso, nas povoações dos Índios não há vendas, nem tão pouco que comprar nem vender, de modo que para todos êstes dias haviam de levar a provisão e o viático de sua casa. Com isso tudo, saiba V. Rv.^{ma} que foi lá muita gente, uns a cavalo, outros em rêde e outros de carro, e os que menos podiam iam a pé, e creio que todos, quantos lá foram, se confessaram e tomaram o Santo Sacramento, e como testemunha de vista, com muitas lágrimas e contrição dos seus pecados, segundo eu vi e experimentei nos que comigo se confessaram. A nossa igreja se armou e enfeitou com os ornamentos, que vieram da cidade, o mais luzida e polidamente que os nossos Irmãos puderam e souberam, porque nestas coisas, assim para a glória do Senhor, como para edificação dos próximos, soem êles pôr tôda a diligência. Cantaram-se as vésperas mui solenemente, e tanto que se maravilhavam os que nos conheciam, parecendo-lhes que entre nós não haveria quem fôsse para isso. Acabadas as vésperas, que foram de canto de órgão, o Padre Provincial mandou que só os meninos das Aldeias dissessem a *Salvè* cantada, a qual disseram com tanto aire e graça, que não

---

1. Nóbr., *CB*, 86; cf. *CA*, 71-72. O terceiro domingo de Julho, em que se celebrava a Festa do Anjo Custódio de Portugal, caíu, em 1549, no dia 21.

foi pequeno motivo de louvor ao Senhor a gente que ali se achou, vendo rapazes tão bem doutrinados nas coisas do Senhor. Pouco depois de dita a *Salvè*, já quási noite, estando os Padres confessando na igreja, chegou o Padre Baltazar Álvares com uma grande multidão de meninos que trazia da sua Aldeia de S. João, que estará algumas cinco léguas desta, os quais vinham em procissão, cantando a ladainha, espectáculo na verdade com que todos nos alegrámos e consolámos; *maxime* a gente de fora toma daí matéria para deitar-lhe mil bênçãos. Esta noite gastaram os Padres em confessar a gente que ao outro dia havia de tomar o Santíssimo Sacramento. Juntámo-nos nesse dia, tanto da cidade como das Aldeias, alguns dezasseis Padres e um grande número de Irmãos, que também isso, por si, foi jubileu, porque muito poucas vezes acontece, não digo cada ano mas em anos, porque o zêlo e caridade, que devemos aos novamente convertidos, causa que nos privemos da vista e conversação dos Irmãos, salvo quando alguma doença corporal ou outro respeito e causa importante faz com que nos recolhamos à cidade; e por aqui verá quanto seria a alegria e gôzo espiritual, que os Padres e Irmãos uns e outros em si teriam. Consolou-nos também o Espírito Santo em sua casa e em sua mesma véspera, com as cartas que recebemos aquela noite de Portugal; porque, segundo minha estimativa, seriam duas horas depois da meia noite, quando por casa entrou o que as trazia; não cabiam os Irmãos de contentamento e de prazer, vendo o muito que o Senhor se dignava de obrar em suas criaturas, por intermédio dos da Companhia, em tantas e tão diversas partes do mundo. Daí até de manhã não havia quem pudesse dormir, porque logo o Padre Provincial começou a ler as cartas, e o que restou, depois de ler-se algumas, gastou-se e empregou-se todo em ouvir confissões de gente de fora, para que pudesse melhor ganhar-se o jubileu. Algumas índias e brasílicas, imitando aos Cristãos, também se confessavam; recordo-me que na minha missa dei o Santo Sacramento a algumas delas. Louvores ao Senhor que a gente, de seu natural boçal e de baixos entendimentos, faz, por sua divina piedade e clemência, capaz de tão grandes mistérios. Antes de dizer a missa, se fêz uma procissão mui grande por esta Aldeia, e creio que, se V. Rv.ma a vira, se alegrara muito em seu espírito, porque veria precederem-na grande número de meninos todos cristãos, com suas palmas nas mãos e suas grinaldas cheias de cruzes na cabeça; após êles, se seguia um grande esquadrão de gente anciã e de dias, e no meio dêles muitos dançarinos e bailadores, que, à sua guisa e moda, faziam a coisa mais solene. Junto a êstes ia o côro dos Irmãos, cantando *Te Deum laudamus* e *Laudate Dominum omnes gentes*, e logo vinham o diácono e subdiácono, revestidos com dalmáticas de brocado, que Sua Senhoria nos emprestou. Com esta ordem se andou pela Aldeia, louvando ao Senhor; iam quatro cruzes, uma de Santo António, outra de S. João, outra de Santiago, e a última do Espírito Santo, precedendo os rapazes, por sua ordem, seguindo a sua cruz e freguesia. Acabada a procissão, se começou a missa cantada, e nela prègou o Padre Reitor, e depois dêle o Padre Gaspar Lourenço, aos brasis, com tanto aplauso e gôsto dos ouvintes, que, ainda os que não entendiam a língua, folgavam muito de se achar presentes, vendo sua acção e graça que Deus, nesta parte, lhe tem comunicado mui particular. Acabada a missa, não se acabou aos circunstantes a devoção e gôsto que sentiram neste jubileu, porque diziam que por nem um haver, quereriam ter perdido coisa tão boa, indo por uma parte quietos na consciência e consolados, e por outra com o que viram mui edificados e dando ao Senhor muitas graças. Alguns senhores, para regozijarem mais a festa, depois de comer, correram a argolinha na Aldeia, e os Índios também fizeram seus bailados e danças, todos e cada um à sua maneira, alegrando-se no Senhor. A Êle seja por tudo glória e louvor sempiterno!»[1].

4. — As procissões tinham, como se vê, muito de espectaculoso, como nas romarias portuguesas. Mas, no seu aparato externo, eram aptíssimas a conciliar a simpatia e o prestígio entre os Índios. As procissões tiveram papel preponderante na catequese. Podem-se dividir em quatro categorias: festivas ou jubilares, rogativas, de desagravo e gratulatórias.

I — FESTIVAS OU JUBILARES. Eram as que se celebravam por ocasião dos Padroeiros, e as que se faziam às Aldeias vizinhas ou a lugares de devoção como as chamadas pègadas de Santo Tomé, e os santuários célebres que atraíam romarias e peregri-

---

1. *CA*, 409-412.

nações, como Nossa Senhora da Ajuda, em Pôrto Seguro, Nossa Senhora da Pena, no Espírito Santo, Nossa Senhora da Conceição, em Itanhaém, e outras [1]. Tomavam parte, nestas manifestações públicas de fé, colonizadores e colonizados.

Em 1556, na Baía, momento em que os Índios andavam com receios dos próprios Padres, temendo que os tomassem e vendessem, como faziam os outros brancos, os Padres, para lhes quebrar os temores, organizaram uma procissão, em que tomavam parte indiscriminadamente os meninos brancos, mamelucos e Índios [2].

A festa era grande: havia músicas, salmos ou canções devotas [3]; faziam-se galantarias, divisas; levavam-se grinaldas na cabeça, diademas de penas; havia foguetes, «tiros de espingarda e de câmara» [4].

Os principais pegavam às varas do pálio, vestidos à portuguesa, ou regiam a procissão [5]. Juntavam-se na Aldeia, onde se realizava a procissão, os cristãos das Aldeias vizinhas, com a sua correspondente cruz alçada. Na procissão, que houve no dia 29 de julho, em S. Paulo da Baía, as cruzes eram seis [6]. Não raro, assistiam o Prelado e o Governador [7]. No dia consagrado aos patronos das Aldeias, na fundação das Confrarias ou festa dos seus patronos, à chegada de relíquias ou inauguração de relicários [8], em baptismos ou comunhões solenes, nas missas novas, erecção ou visitas de Aldeias, havia sempre procissão festiva, que precedia ou acompanhava comemorações ou celebração dos sagrados mistérios. Repique dos sinos, fogo de artifício, cavalhadas, teatros, actos públicos dos estudantes, frondagens e flores,

---

1. Anch., *Cartas*, 332; *Bras*. 3(1), 64-65v; *CA*, 52, 71-72, 76, 161; Vasc., *Crón.*, I, 118; II, 101, 103, 105-106. Esta «política das peregrinações» parece ter sido pressentida pelos Jesuítas do Brasil, observa Ricard, *Les Jésuites au Brésil*, 357.
2. *CA*, 172-173, 177, 252.
3. *CA*, 410, 419-421, 424; Carta de Caxa, *Bras*. 15, 254v, 258.
4. *CA*, 317. Para evitar excessos, os estudantes não podiam deitar foguetes nas procissões, sem licença do Provincial (Visita de 1586, *Bras*. 2, 144).
5. *CA*, 424; Carta de Caxa, 2 de Dezembro 1573, BNL, 4532, f. 41v.
6. *CA*, 419; cf. 409, 418, 420, 435, 476-478; *Bras*. 3(1), 100v; Carta de Caxa, *Bras*. 15, 254v, 258.
7. *CA*, 317-318.
8. *Annaes*. XIX, 58-59; *Bras*. 15, 273

sermão, confissões, missa cantada, — todo o espectáculo grandioso e aliciante do culto católico, tão apto a encher as almas de entusiasmo, com a sua majestosa animação e grandiosidade, atraindo-as com o prazer lícito dos sentidos para as realidades mais altas da vida sobrenatural.

II — ROGATIVAS. Data de 1549 a primeira procissão rogativa, por ocasião duma grave doença epidémica. Foi a mesma em que, também pela primeira vez, se aplicaram as sangrias[1], começo de uma série de muitas outras pelas necessidades ocorrentes. Uma das devoções particulares dos Jesuítas, e que êles inculcavam aos demais, era a dos Santos Anjos. Numa epidemia de priorizes, em Piratininga, fizeram-se nove procissões, aos nove coros dos Anjos, com a «mor solenidade possível». Ia nelas tôda a gente não atingida pela peste, homens e mulheres, com luzes de cera na mão, os meninos da escola, com cruzes às costas, e disciplinando-se até ao sangue. Entretanto, faziam os Padres penitência em casa[2]. Realizavam-se também, para obter bom tempo ou terminar a sêca, como a de 1559, em que se estiolavam os mantimentos[3]. A que se realizou na Baía, em 1614, com êste mesmo fim, teve a sua clausura na igreja do Colégio, a pedido da Câmara[4]. Outras rogativas se faziam por diversas intenções: em 1556, pela saúde de D. João III[5]; em 1560, com disciplinas, pelo bom êxito da expedição de Mem de Sá contra os Franceses e Tamóios do Rio de Janeiro[6]; em 1592, com ladainhas, pelas coisas e sossêgo da França, conforme carta de P. Ximenes, Secretário Geral da Companhia, de 24 de Dezembro de 1591[7].

O P. Henrique Gomes descreve assim as rogativas de 1614:

« Viu-se particularmente esta freqüência [de prègações] êste ano, tempo em que o Senhor nos visitou com um castigo, ou

---

1. Vasc., *Crón.*, I, 57; Nóbr., *CB*, 182.
2. Vasc., *Crón.*, I, 162; II, 116; Id., *Anchieta*, 30-31.
3. Nóbr., *CB*, 182.
4. Carta de Henrique Gomes, *Bras.* 8, 170. Por causa duma grande tempestade se originou, no século XVII, a procissão tradicional a S. Francisco Xavier (Amaral, *Resumo Chronológico*, 209-210).
5. *CA*, 172-173. D. João III faleceu a 11 de Junho de 1557, cf. Francisco de Andrada, *Chronica de D. João o III* (Coimbra 1796) 540.
6. *CA*, 262.
7. Beliarte, *Bras. 15*, 409v.

castigos que deu a esta terra: primeiro com uma sêca mui extraordinária, por cujo respeito, além dos gados que nela morreram, e outras perdas de momento, houve uma maior que tôdas, e é não se lograrem as novidades, cuja falta, hoje, a vai pondo em fome e carência da abundância, que pudera haver de açúcares; pera se atalhar êste mal, e se desviar o golpe da Divina Justiça, se aplicaram muitos meios de orações, missas, comunhões e outras pias obras e, entre as mais, muitas procissões de notável concurso de gente e grande número de penitentes, que certo é pera ver a facilidade com que nesta terra os homens se disciplinam, não só por tôda a quaresma com disciplinas de sangue, mas ainda sêcas, em a nossa igreja, em os dois dias da semana que pera isso se lhes abre, passando, de ordinário, o número de cento e cincoenta, cento e sessenta pessoas, e destas a maior parte toma duas disciplinas, a primeira comua, e a segunda com os cantores que à 1.ª cantaram o *Miserere*, e todos assistem às práticas que se lhes fazem às sextas-feiras. Mas, tornando às nossas procissões, foi, entre as mais, muito pera ver, assim em concurso de gente com suas tochas e velas nas mãos, como em bom número de penitentes que passariam de 60, a que fizeram os estudantes confrades da Confraria de Nossa Senhora, ou como lá lhe chamam, das Onze-Mil-Virgens, padroeiras desta cidade. Coube aos nossos grande parte de tudo quanto se fêz, não menos em penitências, e outras devoções, que em as prègações, e particularmente outras amoestações, com que a todos excitavam e principalmente a que tirassem a causa do mal, que eram pecados, de que se não colheu pouco fruito. E, ùltimamente, querendo a cidade, à imitação do cabido, que sua procissão se terminasse com o Santíssimo Sacramento desencerrado, escolheram pera isso a nossa igreja, havendo (como alguns disseram) que quando o Senhor os não ouvisse por seus pecados, os ouviria pelo lugar em que o buscavam e merecimentos dos que ali o tinham e guardavam; vieram, para êsse efeito, os da Câmara propor sua pretensão a êste Colégio. Fêz-se, como pediram. Mas diferiu-se, contudo, o despacho da nossa e sua petição, ou porque assim o mereciam nossas culpas, ou por querer o Senhor mostrar-nos quanto devíamos estimar a protecção e amparo que tem esta cidade em suas padroeiras, as Onze-Mil-Virgens, em a véspera de cujo dia, e festa que a Confraria lhes faz, foi servido começar a levantar o castigo com boa cópia de água, e ainda que esta não durou mais que dois ou três dias, foi mui grande alívio pera tôda a terra. Aqui era pera ver a santa competência de a quem se devia atribuir a mercê, porém, os mais dos votos tiveram por si os meninos de nossa escola, que, levados de uma santa inveja, não contentes de se acharem em tôdas as mais, quiseram também por si fazer sua procissão. Pera isto se prepararam uns com suas velas metidas em lanternas de papel, postas em paus, a modo de tochas, outros com cruzes e outras insígnias de penitentes, e todos descalços, juntos mais de 150 nesta forma começaram a entoar dois as ladainhas à porta da nossa igreja da banda de fora, e respondendo os mais se foram polas ruas principais da cidade com edificação mui notável de quantos os viam, não sabendo se se espantassem mais da ordem e concêrto, com que iam, se da devoção que mostravam, e em especial um que no couce da procissão levava um crucifixo em as mãos, coberto com um véu e acompanhado de duas tochas representava a mais devota e bem composta figura, que com muitos ensaios se pudera pintar: começou o acto com meninos, mas como se continuou, e voltaram per onde saíram, podia-se ver o acompanhamento de gente que traziam após si, trocada já a música de canto-chão em a de órgão, que alguns músicos bons cantavam, movidos da devoção que a todos fêz aquela vista, como lhe chamavam, de anjos. Nesta forma, continuando por muitos dias, indo umas vezes a uma igreja, outras a outra, e nas dos conventos, ainda que de noite, os receberam com as portas das igrejas abertas e mostras do muito que estimavam tanta piedade em tão tenras idades, e de uma das vezes se lhes fêz no mosteiro dos Padres Bentos uma breve exortação, e por ser fora da cidade, e se terem já acabado as velas, a alguns os mesmos Padres os proveram »[1].

III — DE DESAGRAVO. Pelo Carnaval, organizavam-se procissões de desagravo. A de Pernambuco, em 1576, foi « mui solene em canto de órgão, onde foram muitos disciplinando-se, e causou na terra muita devoção e acudiu a ela muita gente »[2]. A primeira

---

1. Carta de Henrique Gomes, da Baía, 16 de Junho de 1614, *Bras. 8*, 169v-170v.
2. *Fund. de Pernambuco*, 74v (62).

procissão de desagravo no Brasil, de que temos notícia, foi em Pôrto Seguro, no ano de 1553. Chegou ali a notícia do desacato com que um luterano profanara o Santíssimo Sacramento, « nas festas e palácios de El-Rei D. João ». Tôda a gente ficou espantada. Um « homem honrado desta Capitania », saindo sùbitamente de uma casa, como fora de si, e dirigindo exclamações a Deus, foi até à igreja dos Jesuítas, « que é um bom pedaço da vila ». Nela achou o P. Navarro e disse tais coisas, « que incendiou a minha tibieza, escreve o mesmo Padre, e fizemos uma procissão geral », com disciplinas e outros actos piedosos para glória do Senhor »[1].

IV — GRATULATÓRIAS. « Nesta vila de S. João me achei dia de Santo António [13 de Junho de 1559], diz Nóbrega, onde me deram novas das vitórias que o Governador houve nos Ilhéus, e fizemos, com os Índios, procissão solene, dando graças a Deus Nosso Senhor, onde se achavam alguns cristãos e suas mulheres presentes »[2]. Na tomada do Rio, alcançaram os Portugueses uma vitória contra os Tamóios que os atacaram com 180 canoas. Mal desembarcaram, os Portugueses foram à Igreja de S. Sebastião agradecer aquela vitória. Fizeram procissão, e daqui se originou a célebre *Festa das Canoas*[3]. A êste género de procissões se ligam as das relíquias e as da chegada às povoações de pessoas principais. Assim, por exemplo, quando Nóbrega e Tomé de Sousa aportaram a São Vicente, em 1553, receberam-nos processionalmente com « círios acesos »[4].

5. — Para tôdas estas festas de igreja e de rua requeriam-se ornamentos e utensílios sagrados. Ainda no ano da chegada, pediu Nóbrega baptistérios romanos e bracarenses. Tinham vindo alguns, mas venezianos, que não se podiam utilizar; pedia também capas e ornamentos, imagens, crucifixos. Abria-se então a perspectiva de « muitos altares » em muitas casas. E que venha « o mais que puder »[5]. Passado tempo, acrescenta, à lista, livros,

---

1. *Bras. 3(1)*, 100v.
2. Nóbr., *CB*, 184.
3. Vasc., *Crón.*, III, 98.
4. *Bras. 3(1)*, 91v.
5. Nóbr., *CB*, 86.

campaínhas pequenas e grandes, cálices, «ainda que sejam de metal», vinho e farinha para hóstias [1]. Nas Capitanias, abriam-se Residências; nas Aldeias dos Índios, erguiam-se capelas; a seguir a 1556, com o movimento dos aldeamentos, substituíram-se estas capelas provisórias por igrejas fixas, e os ornamentos faltaram [2]. Nóbrega, em 1558, tornava a pedir ornamentos, um relógio e um sino. Em 1559, Blasques pedia ao P. Geral «contas bentas» [3]. Emquanto não chegaram os ornamentos, a Sé emprestou um ou outro, mas também ela os não teria em abundância [4]. Em 1561, o P. Grã urge: «Está esta casa [da Baía] tão falta de coisas para fundar igrejas, que nem cálices, nem pedra de ara, nem retábulos, nem missais, nem vestimenta, frontal, toalhas, etc., temos» [5]. Êste grito de extrema penúria foi ouvido em Lisboa. E, em 1563, levam os Missionários do Brasil, por ordem de El-Rei, «quinze vestimentas, 13 frontais, 9 panos de púlpito de diversas côres, de seda, de tafetá, setim e damasco, com barras de terciopelo e suas albas, manípulos e estolas para as igrejas que edificaram os Padres da Companhia, e 18 cálices de prata e 11 vestimentas comuns, para entre semana, de um certo pano que vem das Índias, com 11 frontais do mesmo; e para as igrejas mandou se dessem campaínhas e ferros de hóstias, e cruzes douradas, e deu muitos corporais, guardas e outras coisas necessárias. Além dêstes ornamentos, que Sua Alteza deu, levam êstes Irmãos 7 vestimentas e 3 frontais e um pano de púlpito, de sêda, que os Padres das Índias enviaram para os do Brasil» [6].

A-pesar da magnificência do dom, repartindo-se pelas casas principais, ainda ficaram algumas a lutar com a pobreza, como Pôrto Seguro, onde, no jubileu de S. Pedro, 29 de Junho de 1565, «com frontais de papel nos servimos, e isto ainda por festa». O que não impedia de haver «foguetes e rodas de fogo» [7].

---

1. Nóbr., *CB*, 111.
2. Vasc., *Crón.*, II, 4.
3. *Bras. 15*, 61.
4. *CA*, 314.
5. *CA*, 292.
6. Quadrimestre da Casa de S. Roque, ao último de Dezembro de 1562, Liv. 2.º das Cartas, Évora, cód. CVIII/2-2, f. 146v; *Lus. 51*, 259v-260; Franco, *Synopsis*, anni 1563, n.º 2.
7. *CA*, 477.

Deve ter sido esta a última manifestação de pobreza no que respeita ao culto. Uma côngrua real asseguraria, em breve, a compra e renovação de ornamentos que tanto se deterioravam numa terra, onde aos elementos destruídores, comuns a tôdas as regiões, se vinha juntar o do cupim. A dificuldade de comunicações fazia que faltasse, às vezes, para a missa o essencial, como, por exemplo, o vinho [1]. Em 1575, manda El-Rei que se remetam anualmente, aos Padres do Brasil, 3 pipas de vinho da Madeira ou outro semelhante, para missa, e seis arrôbas de cera, para uso de tôdas as casas do Brasil, desde Pernambuco a S. Vicente. Seriam pagos pela Casa da Mina [2]. Faltando azeite de oliveira para a lâmpada do Santíssimo, determinou o P. Azevedo, em 1568, que pudesse arder o de baleia, «porque não é tão mal-cheiroso como se diz; pode-se sofrer nas candeias, e em Castela usa-se» [3]. O Alvará de D. Sebastião, para a côngrua sustentação do culto divino, tem a data de 4 de Janeiro de 1576. Manda dar 500 cruzados, anualmente, durante um decénio [4].

Daqui em diante houve verdadeiro desafôgo, se exceptuarmos o inevitável descómodo das missões volantes. Além da generosidade da metrópole, também nas igrejas estáveis se fazia sentir a generosidade da terra, tanto nas cidades como nas Capitanias. Em Ilhéus, deram, em 1581, uma boa esmola para ornamentos [5]. Algumas vezes, davam os próprios ornamentos, como lâmpadas, relicários. Martim Leitão ofereceu ao P. Beliarte uma alcatifa grande, no valor de 8.000 réis, que êle aplicou à capela dos Irmãos [6]. Na Igreja da Baía, havia, em 1583, cruz e turíbulo de prata; e as três relíquias das Santas Virgens estavam encastoadas igualmente naquele metal.

Os próprios Índios buscavam âmbar pela praia, de-propó-

---

1. Anch., *Cartas*, 144.
2. Alvará de 21 de Fevereiro, *Bras. 11*, 11v.
3. *Bras. 2*, 139.
4. Arq. Hist. Col., *Registos*, I, f. 132. Existe um alvará, datado alguns dias antes (28 de Dezembro de 1575), com a mesma côngrua referente às igrejas dos Padres (*ib.*, f. 131v; cf. *Registos do Conselho Ultramarino*, na *Rev. do Inst. Bras.* 67, 1.ª P., p. 64 (onde traz a data de 23 de Dezembro); a confirmação, de 28 de set. de 1579, cita o alvará de 4 de Janeiro para a fábrica das igrejas (*Ib.*, f. 223v-224v).
5. *Bras. 15*, 327.
6. *Bras. 3*, 358v.

sito, para as suas confrarias e igrejas[1]. O gôsto pelo esplendor do culto é uma característica dos aborígenes brasileiros. Prezam-se êles muito de que as suas igrejas andem bem adornadas, com « ornamentos, cruzes, alâmpadas, castiçais, turíbulos, confrarias e tudo o mais que pertence ao culto divino das mesmas cidades; e folgam de ser os primeiros que contribuem para estas peças, empenhando para isso seu suor e trabalho. E é, entre êles, falta notada possuir coisas de preço, sem que repartam com a igreja. No dia da festa, ornam suas igrejas com enramadas apraziveis de ervas e flores que talvez excedem as sêdas e não há algum, por mais respeitado que seja, que, em semelhantes ocasiões, não canse e sue »[2].

6. — Nas igrejas da Companhia floresciam diversas corporações religiosas. Além das Congregações Marianas e da Confraria de Santa Úrsula e Companheiras, nos Colégios, havia em cada Aldeia uma de Nossa Senhora, do Santíssimo Sacramento e das almas do Purgatório. « Os mordomos são os principais e mais virtuosos; teem sua mesa na igreja com seu pano, e êles trazem suas opas de baeta ou outro pano vermelho, branco e azul; servem de visitar os enfermos, ajudar a enterrar os mortos, e às missas, levando a seu tempo os círios acesos, o que fazem com modesta devoção e muito a ponto; dão esmolas para as confrarias, as quais teem bem providas de cera, e os altares ornados com frontais de várias sêdas; em suas festas, enramam as igrejas com muita diligência e fervor, e certo que consola ver esta cristandade »[3]. Nas procissões, ia cada confraria de per si, com as suas cruzes próprias, o que lhes dava esplendor, movimento e grandeza[4]. Em 4 de Janeiro de 1576, passou El-Rei um alvará, determinando que os dízimos do gentio novamente convertido, ou que se converta, não serão para a fazenda real mas para as « suas igrejas, confrarias e espritais ». Isto por espaço de seis anos[5].

---

1. *Bras. 15*, 389, 44; Vasc., *Crón.*, II, 10.
2. Vasc., *Anchieta*, 164.
3. Cardim, *Tratados*, 315.
4. Carta de Caxa, 16 de Dez.º de 1574, *Bras. 15*, 258v.
5. Arq. Hist. Col., *Registos*, I, f. 132v-133.

As confrarias e irmandades, com o seu fim específico de estimular a devoção, tinham outro particular, que justificava a sua erecção nas igrejas dos Jesuítas, e era «pera os que de-novo se convertem serem com estas congregações doutrinados em coisas de nossa santa fé e bons costumes». Tal é a interpretação do P. Geral, de 4 de Dezembro de 1597, às doze confrarias que o Papa Gregório XIII permitira se erigissem em 1579.[1]. Destinavam-se não pròpriamente aos brancos, mas aos Índios e mais tarde a índios e negros.

Em Pernambuco, para que os negros de África se formassem melhor nos costumes cristãos, dois Padres, que sempre andavam em missões de engenho, instituíram nêles, em 1589, algumas confrarias. Com a honra que se lhes fazia, entrava a utilidade espiritual, porque só nesse ano as confissões nos engenhos passaram de 8.000[2].

Em face dos documentos, vamos organizar uma lista destas confrarias existentes nas casas e Aldeias dos Jesuítas até aos começos do século XVII[3].

CONFRARIA DOS MENINOS DE JESUS. — É a primeira de que se faz menção (1551). Desta, e do seu carácter especial, falámos a-propósito da fundação do Colégio da Baía[4]. A de S. Vicente inaugurou-se a 2 de Fevereiro de 1553[5]. O P. Grã chama-lhe Congregação de Meninos[6].

CONFRARIA DA CARIDADE. — Fundada no Espírito Santo, em 1554, pelo P. Braz Lourenço, com obrigação de comungar nas principais festas do ano, e combater as juras e murmurações.

---

1. *Bras. 2*, 130.
2. *Annuae Litt. 1589*, p. 464.
3. Outras existiriam nas vilas onde êles residiam, erectas nas suas igrejas ou mesmo nas matrizes, como N.ª S.ª da Conceição, em Itanhaém. Na vila de S. Vicente, havia quatro, em 1590: Nossa Senhora da Assunção, Nossa Senhora do Rosário, Santo António e Santíssimo Sacramento. Pela devoção dos Padres a N.ª S.ª da Assunção, parece-nos que a confraria dêste título em S. Vicente pertencia à Igreja dos Jesuítas. Tanto mais que uma senhora D. Gracia Rodrigues, mulher de Pero Lima, tendo sido sepultada nesta igreja, em 1590, existe um recibo do mordomo da Confraria de Nossa Senhora da Assunção a cobrar 500 réis pela sua *covagem*. — *Inventários e Testamentos*, I (S. Paulo 1920) 12-13.
4. Cf. supra, Tômo I, 37-38.
5. Cf. *Bras. 3 (1)*, 91v.
6. Carta de Grã, 8 de Junho de 1556, *Bras. 3 (1)*, 147v.

Se era o próprio a acusar-se, pagava 5 réis; se era outrem, 10 réis. Morigeraram-se logo os desmandos de linguagem. A multa revertia a favor do casamento de órfãs[1].

Confraria da Piedade. — Fundada também pelo P. Braz Lourenço, em Pôrto Seguro, a exemplo da que instituíra no Espírito-Santo. Existia, em 1556, contra a blasfêmia.

E «a menor jura que juravam, era pela Trindade, nem lhe ficando tripas nem bofes de Deus por que não jurassem; e isto como quem dizia o *Pater Noster*, não tendo mais conta com Deus que nada; e era isto tão comum, que meninos, que quási não sabiam falar, juravam pela Hóstia Consagrada, aprendendo-o de seus pais». A confraria contra estas juras era assim: quem jurasse por Deus ou pelos Evangelhos, se a si mesmo se acusava, pagava dois réis; se jurasse e fôsse outrem a acusá-lo pagava dobrado. As outras juras pelos Santos ou criaturas de Deus tinham a multa de um real.

Queria o Vigário da Vara, pôsto pelo Bispo, que se lançasse a excomunhão contra os blasfemos. Com a habilidade do P. Braz Lourenço evitou-se pena tão grave. A confraria teve realmente êxito: ou por causa da multa em gente tão pobre ou por caírem em si e se emendarem: ouvindo um jurar a outro dizia-lhe logo: vai-te acusar e paga[2]!

Talvez fôssem estas confrarias que extirpassem o uso de blasfêmias dêste género, que ainda se ouvem em países estranjeiros, não, porém, felizmente, em Portugal nem no Brasil.

Confraria das almas. — A devoção às almas do Purgatório, tão característica do povo português, trasladou-se com êle para o Brasil. Apenas chegado a S. Vicente, conta o P. Leonardo Nunes que entre outras práticas de devoção, «às segundas-feiras, quartas e sextas, à noite, tangia a campaínha pelos finados»[3]. Em 1567, o Padre Caxa pedia graças especiais, a favor das almas, em cada missa que dissesse. Concedeu-as o P. Geral, por intermédio do B. Inácio de Azevedo, a quem ao mesmo

---

1. Carta de Braz Lourenço, *Bras. 3 (1)*, 109v; Anch., *Cartas*, 37; Vasc., *Crón.*, I, 185, Cf. supra, Tômo I, 217.

2. Carta de António Gonçalves, desta casa de S. Pedro do Pôrto Seguro, hoje 15 de Fevereiro de 1566 anos, *CA*, 574.

3. *CA*, 60-61.

tempo transmite a faculdade de as comunicar a mais três ou quatro Padres[1]. Além daquele tanger da campaínha, o conhecido toque das almas à noite, criaram-se confrarias ou lutuosas a favor dos que morriam, para ocorrer às despesas do entêrro e aos sufrágios por sua alma. Tais usos significam uma poderosa reacção contra o horror dos Índios aos mortos, pois êles não tornavam a entrar nos lugares, onde os enterravam. As confrarias das almas estabeleceram-se nas Aldeias da Baía, em 1573. E com circunstâncias dignas de menção. Escreve Quirício Caxa: Introduziu-se «uma confraria de defuntos, em cada Aldeia, à qual pertence ter dêles cuidado assi pera os enterrar como pera fazer bem por suas almas. E pera isso teem tôdas as coisas que são necessárias. Os principais dêles são os mordomos. Teem sua mesa e escrivão dêles mesmos. Teem cuidado de acudir com suas tochas, quando alevantam o Senhor na missa. Obriga-os isto a ser o que devem. E assi, um principal, que foi trabalhoso no seu tempo, já é outro, como êle mesmo diz, alegando pera isso que tem a candeia de Deus na mão. Ao introduzir destas duas coisas se achou presente o Padre reitor, por o Padre provincial não ser tornado da sua visitação; e aconteceu que, o dia em que isto se havia de introduzir numa Aldeia, chegou lá a nova do feliz trânsito de nosso Padre Francisco [de Borja]. Com esta ocasião, pera mais solenidade da coisa, determinaram fazer pelo Padre um ofício de nove lições, por estar aí os Padres das outras Aldeias, como se fêz. E para o ofício ser consumado, aconteceu morrer um cristão essa noite. Foram por êle em uma tumba que já tinham preparada. E trazendo-a dois principais de uma banda e dois dos nossos da outra, o enterraram com muita edificação. Sustenta-se esta confraria com esmolas que êles dão, como farinha, cera da terra, dinheiro e outras coisas, no que êles são devotos e liberais; se as ofertas se podem vender, vendem-se para a confraria, e de uma só Aldeia se fizeram agora, de farinha, vinte e tantos mil réis com que compram muita cera de Portugal e o mais de que teem necessidade; senão são pera se vender, repartem-se pelos pobres que há entre êles. Espera-se na divina misericórdia, que com êstes meios e com outros, que cada

---

1. *Mon. Borgia*, IV, 525.

dia sua Divina Majestade descobrirá, se reduzirão êstes pobres Índios a melhor polícia e entendimento das coisas divinas »[1]. Francisco Pires também descreve, com minuciosidade, a morte e entêrro do índio Sebastião de Lemos, no Espírito Santo, filho do Maracajaguaçu[2]. Procuravam os Padres assistir aos moribundos. E se o faziam de modo particular com os Índios a seu cargo, também eram continuamente chamados pelos brancos da cidade e arredores[3]. Escreveram fórmulas « para aparelhar a bem morrer », uma das quais se conserva na Biblioteca de Évora[4]. Não se descuidavam também de « sepultar em suas igrejas os que morrem, com a solenidade de enterros dos Portugueses mais pontuais, com tumba, procissão, cruzes, velas acesas, confrarias »[5].

O privilégio de se enterrarem os Índios nas igrejas das Aldeias, procuravam muitos brancos tê-lo nas dos Colégios. Mas, como nas vilas e cidades havia párocos próprios, nasciam inconvenientes. Recomendava-se expressamente que os Superiores se mostrassem difíceis em conceder sepulturas nas nossas igrejas aos externos[6]. Parece que os Superiores se mostraram fáceis. E alguns dos contemplados julgavam que, pelo facto de se enterrarem nas igrejas dos Padres, adquiriam o *ius sepulturae*, com o que ficavam senhores do coval para si e seus descendentes. Em 1595, o P. Geral entendeu apertar as licenças. Escreve ao Provincial do Brasil, para que signifique « a um Julião Rangel, do Rio de Janeiro, que a licença que lhe deu o P. Beliarte para se sepultar na nossa igreja e a sua mulher, filhos e filhas, que morressem em seu poder, não a entenda de maneira que haja de adquirir *ius sepulturae*. E V.ª R.ª não se mostre tão liberal como o Padre foi »[7]. Dêsse privilégio gozavam os fundadores, como Mem de Sá, e os bemfeitores maiores, como Tibiriçá e outros.

---

1. Carta de Caxa, 2 de Dezembro 1573, BNL, fg. 4532, f. 42 ; cf. *Fund. de la Baya*, 25v-26 (101).
2. *CA*, 194-195.
3. *Bras.* 5, 18.
4. Bibl. de Évora, Cód. CXVI/1-33, f. 179v.
5. Vasc., *Anchieta*, 163 ; *Crón.*, II, 8 ; Rodrigues, *Anchieta*, in *Annaes*, XXIX, 244.
6. *Bras.* 2, 79v, 87 ; Roma, Vitt.º Em., *Gesuitici* 1255, f. 4.
7. *Bras.* 2, 87v.

O caso de Tibiriçá, aliás, está equiparado ao das Aldeias, porque, então, em S. Paulo, os únicos párocos eram os Jesuítas. O B. Inácio de Azevedo, na sua visita à Capitania do Espírito Santo, tirou o costume geral de se enterrarem na nossa igreja de Santiago, dando por escrito licença a 8 dos principais e beneméritos, não sem pena da outra gente [1]. Ao serviço de funerais nas Aldeias, com repique de sinos e sinal aos defuntos [2], acrescentou-se depois o uso do responsório, tôdas as segundas-feiras, encomendando os Índios, juntamente com o sacerdote no fim da missa, as almas dos seus entes amados, já falecidos [3].

Em 1583, também existia a confraria das almas, na Aldeia de S. Lourenço, do Rio, bem como a do S.mo Sacramento [4].

CONFRARIA DO SANTÍSSIMO SACRAMENTO. — Introduziu-se, em 1574, nas Aldeias da Baía, donde irradiou para as outras. Cada Irmandade tem a sua cruz, e os seus mordomos. Os Índios procuravam que houvesse esplendor; e recolhiam âmbar para as alfaias sagradas, como cálices de prata, custódias douradas, ornamentos [5].

Levava-se o Santíssimo aos doentes, com solenidade [6]. Gregório XIII, em 11 de Janeiro de 1576, concedeu faculdades especiais para a erecção destas confrarias nas Índias e no Brasil [7]. O culto e a devoção à Sagrada Eucaristia entrou logo com a chegada dos Jesuítas, promovendo-se a comunhão freqüente. Nas Aldeias introduziu-se, em 1595, o costume de se descerrar o Santíssimo [8]. Pouco depois, indo a Roma o P. Cardim, pediu (em 1598) para se instituir no Brasil a *Devoção das 40 horas* [9]. Introduziu-se de-facto, mas só 20 anos depois, em 1618, nos três Colé-

---

1. *Bras. 15*, 232v.
2. *Bras. 2*, 24.
3. Vasc., *Anchieta*, 163-164; *Crón.*, II, 10.
4. Cf. Ant. de Matos, *Prima Inst.*, 30-31v.
5. A carta de 16 de Dezembro de 1574, contando as festas da Semana Santa na Aldeia de Santo António, da Baía, conta: « reconditum esse Corpus Domini in custodia argentea quam ipsimet indi emerant », *Bras. 15*, 257v.
6. *Fund. de la Baya*, 37-37v (113); carta de Caxa, *Bras. 15*, 260.
7. *Synopsis Actorum*, 78.
8. Vasc., *Almeida*, 51.
9. « Oratio quadraginta horarum proximis tribus diebus ante quadragessimam ». Resposta do P. Geral: « Pergratum nobis est ut fiat si Provinciali visum fuerit ». — *Congr. 49*, 461.

gios da Companhia, Baía, Rio de Janeiro e Pernambuco. Não sabemos o motivo de tanta demora, alheia de-certo à vontade dos Jesuítas. Porque, nota o P. António de Matos, ainda então se fêz contra o parecer de estranhos. Como quer que seja, nesta data principiou tão célebre prática de reparação eucarística, no Brasil, com grande edificação e fruto espiritual do povo [1].

CONFRARIA DE SANTA ÚRSULA E COMPANHEIRAS MÁRTIRES. — Em 1584, existiam seis cabeças atribuídas a essas Santas, em diversas casas do Brasil. Estas relíquias, de cuja autenticidade se não duvidava então, deram origem a várias confrarias, a partir de 15 de Janeiro de 1579, data em que o P. Geral concede que se erijam e fiquem a cargo dos estudantes. Celebrava-se a sua festa com extraordinário brilhantismo; cerimónias religiosas e profanas: teatro, danças, fogo de artifício, cavalhadas, sermões, missa solene, procissão, a recepção dos sacramentos — a clássica e provinciana romaria portuguesa, aumentada, uma vez ou outra, com a participação de actos públicos escolares.

Para conservar as relíquias, fêz-se, em Pernambuco, uma tôrre de prata e ofereceram-se para elas objectos preciosos, lampadários do mesmo metal, etc., De tôdas as confrarias brasileiras do século XVI, foram estas as de maior retumbância, explicando-se por terem a sua sede principal nos Colégios da Companhia, de Pernambuco, Baía e Rio de Janeiro, e estarem a cargo dos estudantes [2].

CONFRARIA DOS REIS MAGOS. — Instituída no Colégio do Rio de Janeiro, em 1586, só para os escravos índios.

Os estatutos consagravam ao culto particular desta Confraria todos os terceiros domingos de cada mês, com missa cantada, sermão e freqüência de sacramentos. A festa dos Reis Magos assumia, no Rio de Janeiro, extraordinárias proporções [3].

CONFRARIA DE S. MAURÍCIO. — Já existia na vila de Vitória, Capitania do Espírito Santo, em 1586. A igreja dos Padres

---

1. *Bras.* 8, 228v; António de Matos, *Prima Inst.*, 32v.
2. Cf. «Copia de una de N. P. Everardo para el P.e Provincial Joseph de Anchieta a 15 de Enero de 79», *Bras.* 2, 46; Cardim, *Tratados*, 330, 336 e nota X de Rodolfo Garcia, p. 380; *Annuae Litt. 1586-1587*, p. 574; *Id. 1589*, p. 462; *Id. 1597*, p. 498; *Bras.* 8, 42; António de Matos, *Prima Inst.*, 33v.
3. Ant.º de Matos, *Prima Inst.* 31v-32; carta de Beliarte, *Bras.* 15, 365v--366; *Annuae Litt. 1586-1587*, p. 574; *Id. 1590-1591*, p. 824.

possuía uma relíquia insigne dêste santo, muito venerada, e que fazia muitas graças [1].

Confraria de São Marcos. — Instituíu-se uma no Colégio de Olinda, que durou pouco, mas cuja existência convém assinalar, não só pelo seu significado, mas também porque ela estabelece a doutrina das confrarias nas casas dos Jesuítas.

Tendo os Ingleses atacado o Recife em 1596, foram derrotados estrondosamente no dia de S. Marcos (25 de Abril). Para comemorar o feito, fundaram os moradores uma confraria, dedicada a êste Santo Evangelista. Ora, devido à actividade e interferência dos Padres em repelir os ingleses, quiseram os moradores que a confraria se instituísse na igreja do Colégio. Os Padres, ali residentes, sem atenderem suficientemente a que as Constituições da Companhia não permitem, nas nossas igrejas, a erecção de confrarias autónomas, seculares, aceitaram e comunicaram o caso, entretanto, para Roma. O P. Geral respondeu que a « confraria de S. Marcos, de homens seculares, admitida na nossa igreja de Pernambuco, totalmente se largue e por nenhum caso se consinta, por ser claramente contra as nossas Constituições, e não se compadecer com o nosso Instituto » [2]. Pero Rodrigues tratou de pôr em execução a ordem de Roma; esperou, contudo, que se fizesse primeiro a festa do Santo, em 1598, pois já tinha sido prevista e tudo estava preparado com solenidade e entusiasmo do povo, por ser aniversário ainda recente da derrota inglesa [3].

As confrarias das igrejas dos Jesuítas deveriam fundar-se só para « os que de-novo se convertem serem com estas Congregações doutrinados em coisas de nossa santa fé e costumes » [4]. A confraria de S. Marcos para Portugueses e colonos não estava, pois, abrangida.

Confraria dos oficiais mecânicos. — Erigida, em 1614, na Baía e em Pernambuco. O P. Henrique Gomes conta como: « Começando pela nova confraria dos oficiais mecânicos, que

---

1. *Annuae Litt. 1589*, p. 470.
2. Carta do P. Geral ao P. Provincial Pero Rodrigues, de 4 de Dezembro de 1597, *Bras. 2*, 130.
3. *Bras. 15*, 467-468.
4. *Bras. 3*, 30.

há pouco se instituíu em êste Colégio e no de Pernambuco, em ambos se vê bons princípios e vai com igual aumento, ainda que o Diabo parece começou logo a prever ou sentir já o bem de tal obra. E por meio de gente pouco considerada a quis encontrar, desautorizando-a com título de confraria de vilãos ruíns, porém saíu-lhe ao revés sua pretenção, que isto mesmo excitou a muitos a aceitarem, e virem pedir com instância; antes não faltaram dos mais honrados alguns, que fizessem muita para ser admitidos. E, vendo se lhes fechavam as portas com dizer era confraria sòmente de oficiais, replicavam que também o eram, alegando por si serem senhores de engenhos, título que em outras ocasiões alegam para se ennobrecerem, como em efeito os tais são pela maior parte os grandes do Brasil. A de Pernambuco me escreveram agora ir mui florente e passarem os confrades já de cento; aqui são mais de 80. Logo fizeram suas mesas, opas e pretendem fazer as cruzes, mandar vir imagens de N.ª S.ª e o mais necessário para uma lustrosa confraria. E da primeira vez que aqui tiraram esmolas entre si pera êsse efeito, ajuntaram 50$000 réis. E emfim, em estas mostras teem já mais necessidade de freio que de esporas, mas, como não está de todo assentada, imos de vagar, e sòmente tiram seus Santos, confessam-se e comungam todos juntos, cada mês, a uma missa que lhes diz o P. Jerónimo Peixoto, mestre seu, e com quem correm as suas coisas» [1].

7. — Nota-se que as devoções religiosas dos primeiros tempos do Brasil seguiam as devoções mais tradicionais portuguesas. Sobressaem, naturalmente, as que se referem a Jesus (Nome de Jesus, titular da Companhia), à Cruz do Redentor, a Nossa Senhora, aos patronos das igrejas, às santas relíquias, à água benta, à Eucaristia, etc.

Entre tôdas, pelo menos na sua manifestação externa, pode-se dar a prioridade ao Sinal da Redenção. No momento do desembarque saíu um Padre com a Cruz às costas, e à sua sombra se disse a primeira missa dos Jesuítas no Brasil, como aliás se tinha dito, de igual maneira, a primeira, celebrada em 1500. Esta *Devoção à Cruz* manifestou-se em tôda a parte, e restam-nos

---

[1]. Carta de Henrique Gomes, Baía, 16 de Julho de 1614, *Bras. 8*, 169-169v.

inúmeros testemunhos. Quando os órfãos de Lisboa percorriam as Aldeias dos arredores da Baía, levavam sempre uma Cruz. Os Índios viam-nos e faziam outras. Para as honrar, abriam caminhos e faziam terreiros e nelas as erguiam. Em 1551, foram os mesmos a uma Aldeia, sendo recebidos pelo principal. Para levar a Cruz, organizaram uma procissão «com grinaldas na cabeça, com os Índios, dizendo *ora pro nobis*. E levavam a Cruz um Padre e um homem, que também foi, descalços; e a cruz dos meninos adiante. Chegados, e cravada no chão, levantada, aproximou-se um menino e prègou por sua língua os opróbrios de Cristo, dando-lhe Nosso Senhor lágrimas, e chorou o principal. Acabado isto, afastando-nos um pouco da Cruz, nos pusemos de joelhos e fomos adorá-la. E o mesmo fêz aquêle principal, assim ajoelhado», coisa para êles inaudita e custosa [1].

Sucedeu, numa destas entradas, uma forma concreta da adaptação dos Jesuítas. Para mais fàcilmente atrair os corações, concediam aos usos da terra um pouco da rigidez litúrgica. É conhecido o costume antigo de se pintarem, entre os braços da Cruz, imagens não só de Jesus Cristo crucificado, mas também grupos, com Nossa Senhora, o Menino Jesus, etc.[2]. No dia do Anjo Custódio, saíram para as Aldeias o P. Nóbrega, outro Padre e os meninos[3]. Os Padres tinham a peito mostrar a soberania de Cristo. Aproveitando as circunstâncias de ser dia do Anjo, e de ser o Colégio dos Meninos de Jesus, reüniram as três ideias numa só: no alto da Cruz, pintou-se a Jesus Menino, em forma de Anjo, tendo na mão uma espada pequena, como a significar o seu poder. (No ceptro, o simbolizaríamos hoje). A Cruz ia «tôda pintada de pluma da terra, mui formosa». Com ela foram cantando e tocando à maneira dos Índios, com os seus mesmos sons e cantares, mudadas as pala-

---

1. Carta de 5 de Agôsto de 1552, *Bras. 3(1)*, 65.
2. O Cruzeiro do Paço Velho tem «a imagem da Virgem, de vestido inteiriço e manto, sôbre uma cabeça de Anjo que emerge de um colar em pregas». O da Quinta das Laranjeiras, em Lisboa, tem Nossa Senhora com o Menino Jesus ao colo. Cf. (Sousa Viterbo, *Cruzeiros de Portugal*, p. 12, 28. Separata do *Boletim da Real Associação dos Arquitectos civis e Archeologos Portugueses*, Lisboa, s/d.
3. A festa do Anjo Custódio de Portugal, instituída por D. Manuel I, era no terceiro domingo de Julho. Cf. *Martyrologio dos Santos de Portugal*, p. 17, no fim do *Martyrologio Romano*, Coimbra, 1591.

vras, em louvor de Deus». E os moços pagãos das Aldeias, erguiam-se da rêde e seguiam-nos...[1]. A Cruz de Cristo triunfava, sem violência, na selva do Brasil!

Nestas excursões apostólicas ia sempre a Cruz. Umas vezes eram os Padres que a levavam, outras os Índios, como em Itaparica[2]. No Rio Real, à chegada do P. Gaspar Lourenço, os Índios levantaram uma Cruz de alguns 80 palmos»[3]. Na Baía, a festa da Invenção da Santa Cruz, a 3 de Maio, era das mais solenes, sobretudo, porque no Colégio se guardava uma preciosa relíquia do Santo Lenho, trazida da Alemanha[4].

A devoção à Cruz manteve-se, no Brasil, inalterável. Na Semana Santa «até os filhos de pequena idade levavam nas procissões suas Cruzes às costas»[5]. E a prova de que não ficava só em exterioridades festivas, mas supunha fé viva, é o caso do índio cristão, narrado por Beliarte, em 1591. Numa guerra foi gravemente ferido pelos contrários, e abandonado pelos seus próprios companheiros. Vendo-se perdido, fêz o Sinal da Cruz, e invocando a S. Barnabé, patrono da sua Aldeia, atirou-se ao rio, nadou e salvou-se[6]. Era já na última década do século XVI. Mas muitos anos antes, nos alvores de Piratininga, numa guerra perigosa com Índios contrários, a mulher do chefe piratiningano, para esforçar à vitória os combatentes de seu marido, não achou recurso mais eficaz do que incitá-los a fazer o Sinal da Cruz. E venceram[7].

8. — Associada à Cruz de Cristo anda a sua Paixão. Notou-se sempre extraordinário amor pelas cerimónias da *Semana Santa*. As cartas fazem repetidas menções delas. Sublinhemos uma, a de António Blasques, narrando a de 1561: «Chegado o tempo de Semana Santa, determinou-se que se fizesse o monumento mais concertado e devoto que ser pudesse, e dêle tomou o encargo um devoto ourives, que viera aquêle ano de Lisboa, mui

---

1. Carta dos Meninos, 5 de Agôsto de 1552, *Bras. 3 (1)*, 65-66; *CA*, 119.
2. Vasc., *Crón.*, II, 103.
3. Tolosa, Carta de 7 de Setembro de 1575, BNL, fg, 4532, f. 163v.
4. Cardim, *Tratados*, 324.
5. Vasc., *Crón.*, II, 10.
6. *Bras. 15*, 376.
7. Vasc., *Crón.*, I, 164-165.

afeiçoado à Companhia. Estava o corpo da igreja coberto de guadamacins, e por cima dêles alguns retábulos, frescos e devotos, que faziam a igreja luzida e graciosa. Nas grades da capela estava um frontispício, que o Padre Manuel Álvares, indo para a Índia, fêz, para êste efeito [1]. Tudo o mais, assim de ambos os lados, como de cima até baixo, que era uma grande altura, cobria uma cantaria, feita de aguadas, com maravilhoso primor, não como o que se costuma, senão tiradas do natural, muitas pinturas de diversas coisas, obra lustrosa e digna do louvor que lhe davam. Em cima desta cantaria, no mais alto de tudo, aparecia uma imagem de quando o Senhor orou no Horto, a quem o Anjo oferecia o cálix da Paixão, e assim uma imagem como a outra estavam honesta e devotamente debuxadas. Isto era o que estava por fora. Dentro da capela, estavam uns arcos de tufos mui lindos e bem concertados; daí por diante se seguia um tabernáculo, no qual estava um monte Calvário, e nêle, feitos ao natural, uns como montes de côr de terra, inseridas nêles goteiras de sangue. Corriam pelo meio dêste tabernáculo umas figuras de quando o Senhor levou a Cruz às costas, passo que movia a gente à devoção e lágrimas; mais ao interior, subiam umas escadas, nas quais, de uma parte e outra, em cada degrau, estavam uns anjos que sustinham, cada um, os passos da Paixão; em cima de tudo isto, estava o Santíssimo Sacramento, coberto por um docel rico, em uma custódia, coberta de jóias e cadeias de oiro, que os devotos quiseram oferecer para isso. Assim que, concertado o nosso monumento, que a todos desa-

---

1. O P. Manuel Álvares, pintor, arribara à Baía, no dia 17 de Agôsto de 1560, na nau S. Paulo, muito doente, e ali se demorou até 2 de Outubro (*CA*, 269, 275). A nau S. Paulo naufragou em Samatra. Salvou-se o Padre; e, em 5 de Janeiro de 1562, escreveu de Cochim uma carta aos Irmãos de Coimbra em que narra a sua odisseia (*Bras. 15*, 155-164v). Como bom pintor que era, ilustrou a narrativa com três desenhos à pena. Sôbre esta narração inédita fizemos uma comunicação ao *Instituto Português de Arqueologia, História e Etnografia*, do dia 4 de Março de 1934, publicando então, pela primeira vez, um dêsses desenhos — o da nau S. Paulo, ao dar à costa. Pode ver-se no *Arquivo Histórico da Marinha*, vol. I, n.º 3 (Lisboa 1934), onde a reproduziu Frazão de Vasconcelos; e nos *Elementos de História de Portugal*, de Alfredo Pimenta, 2.ª ed. (Lisboa 1935) 269. O P. Manuel Álvares deixou vários quadros nos Colégios de Coimbra e Goa (Franco, *Imagem de Coimbra*, II, 359-373). A Coimbra e Goa deve acrescentar-se, como se vê, a Baía.

fiava a devoção, se fizeram os ofícios daqueles três dias com o melhor concêrto e ordem que soubemos, acomodando-se ao modo que se sói guardar em Portugal, quanto cá se podia compadecer »[1].

Em 1564, diz-se que o monumento era, « ao parecer, melhor que em alguns dos mosteiros de Lisboa »[2].

E em Pôrto Seguro, em 1565, a charola do Santíssimo foi ornada « com todo o oiro que na terra se pôde achar ». E duas estátuas de Nicodemos e José de Arimatéia que pareciam homens vivos. « No Reino se poderia fazer tão bem; melhor, não! » — comenta, visìvelmente satisfeito, António Gonçalves[3].

Inventavam-se primores. Em 1565, fêz-se uma « obra muito prima e não vista nesta terra até agora » : parede feita de « diamantes tirados muito ao natural e que davam muito donaire e graça ao sepulcro »[4]. Para os três últimos dias desta Semana Santa, o P. Grã alcançou um jubileu; e êle próprio fazia a humilde cerimónia do lava-pés[5]. Além do luxo escultórico ou arquitectónico, figuras de movimento e pinturas: na Baía, em 1584, na « sexta-teira Santa (30 de Março), ao descerrar do Senhor, certos mancebos vieram à nossa igreja, e traziam uma verónica de Cristo mui devota, em pano de linho pintado ».

Isto, na cidade. Nas Aldeias dos Índios, não era menor o entusiasmo. Já em 1559, passou as Endoenças, o P. Nóbrega, na Aldeia de S. Paulo, com a assistência de muita gente da cidade, em particular Simão da Gama e Sebastião da Ponte. « Fizemos procissão de Ramos mui solene e todos os mais ofícios das Trevas, e encerrámos o Senhor, porque Simão da Gama tomou, por sua devoção, cuidado de armar [a igreja] muito bem e de acompanhar o Senhor com tôda a sua casa e criados ». Sábado de Aleluia, « fizemos o ofício das fontes, mui solene, e baptizámos naquele dia a muitos ». A procissão foi animada e festiva. Aquêles Portugueses trouxeram « folia da cidade », e os meninos iam cantando, em tupi e em português, cantigas a seu modo. Os Irmãos foram na Procissão. Limparam-se e ornamentaram-se as ruas.

1. CA, 309-311.
2. CA, 414.
3. CA, 477-478.
4. CA, 441.
5. CA, 309-310 ; Vasc., Crón., III, 66.

E «muito se alegrou o meu espírito em o Senhor!»— conclue Nóbrega[1].

Também o P. Gouveia passou uma Semana Santa na Aldeia do Espírito Santo. Nela fizeram os Índios, diz Cardim, «um formoso e bem acabado sepulcro, de tôdas as colunas, cornijas, frontispícios de obra de papel, assentada sôbre madeira, tão delicada e tão maravilhosa feitura, que não havia mais que pedir, por haver ali um Irmão insigne em cortar, e, para sepulcros, tem grande mão e graça particular. Tiveram Mandato em português, por haver muitos brancos que ali se acharam, e Paixão na língua, que causou muita devoção e lágrimas nos Índios. A procissão foi devotíssima com muitos fachos e fogos, disciplinando-se a maior parte dos Índios, que dão em si cruelmente, e teem isto não sòmente por virtude, mas também por valentia, tirarem sangue de si, e serem *abaetê, scilicet* valentes. Levaram na procissão muitas bandeiras, que um Irmão, bom pintor, lhes fêz para aquêle dia, em pano, de boas tintas, e devotas. Um principal velho levava um devoto crucifixo debaixo do pálio. O Padre Visitador lhes fêz todos os ofícios que se oficiaram a vozes com seus bradados. Ao dia da Ressurreição (1 de Abril), se fêz uma procissão, por ruas de arvoredos muito frescos, com muitos fogos, danças e outras festas. Comungaram quási todos os de Comunhão, que são perto de duzentas pessoas»[2].

9. — Aquêle hábito de se disciplinarem, data do primeiro ano da chegada. «Vivemos de maneira que temos *disciplinas* às sextas-feiras, e alguns nos ajudam a disciplinar; é pelos que estão em pecado mortal e conversão dêste gentio e por as almas do Purgatório; e o mesmo se diz pelas ruas, com uma campaínha, segundas e quartas, assim como nos Ilhéus»[3]. Estas disciplinas tinham carácter reservado, e os Padres e Irmãos faziam-nas em particular. Mas um acto público veio chamar a atenção geral sôbre elas. O Padre João Navarro, confessor de Tomé de Sousa, com a obediência ou consentimento do seu Superior, foi-se disciplinando até à praça, onde morava o Governador,

---

1. Nóbr., *CB*, 181-182.
2. Cardim, *Tratados*, 322-323; *Annaes*, XIX, 61; Vasc., *Anchieta*, p. 164.
3. Nóbr., *CB*, 87.

que muito se edificou[1]. Foi acto isolado. Mas, com êle e com o exemplo das sextas-feiras, se lançou a semente desta prática ascética, tão usada e recomendada pelos mestres da vida espiritual. Padres, Índios e brancos exercitaram-na no Brasil em diversas ocasiões, oferecendo a Deus essa penitência voluntária, nas igrejas, pùblicamente, pela conversão dos pecadores e do gentio e pelas almas do Purgatório, pelo bom êxito de emprêsas guerreiras, em desagravo das faltas cometidas, e como reparação e união com Cristo padecente nas cerimónias da Semana Santa. Antes de se generalizar, surgiu, porém, uma grande contradição. Ouçamos a Nóbrega em 1552: «Nesta casa dos Meninos de Jesus, há disciplina muitas sextas-feiras do ano, *scilicet*, quaresma, advento e, depois do Córpus Christi, até a Assunção de Nossa Senhora. Faz muita devoção ao povo. Disciplinam-se muitos homens e tôda esta casa, com Padres e Irmãos e Meninos. Não veem a ela senão homens, que ninguém conhece quando se disciplinam. Não pareceu bem ao Bispo; e o seu prègador, nas primeiras prédicas reprovou muito penitências públicas, por onde tôda a cidade entendeu dizê-lo pela disciplina, não olhando a que pessoas públicas, como somos os da Companhia, as suas obras hão-de ser públicas. Quanto mais que não é pelas praças. *Facta est divisio* no povo. Uns dizem é bem, outros não»[2].

O uso, contudo, prevaleceu, nem podia deixar de ser, sob pena de se negar o valor da mortificação cristã. As disciplinas eram comumente usadas naquele tempo. Se havia lugar para reparos, não poderiam ser sôbre a prática, em si mesma, mas sôbre a discreta moderação dela. Havia disciplinas «sêcas» e «de sangue»[3]. Nas de sangue, uma vez ou outra houve, de-facto, exageros, mas em geral, conteve-se dentro dos limites do bom senso, sem excluir o fervor.

Nóbrega indica os tempos em que se praticava tão piedoso exercício. Mais tarde, depois que os Índios foram admitidos à comunhão sacramental, usavam-no também como preparação para ela[4]. O tempo da Quaresma foi o preferido e, certo, o

---

1. *Fund. de la Baya*, 4v (80); Vasc., *Crón.*, I, 83.
2. Carta de Nóbrega, Julho de 1552, *Bras.* 3(1), 70.
3. Carta de Henrique Gomes, *Bras.* 8, 169v-170.
4. *Fund. de la Baya*, 39-39v (115).

mais apropriado também. Fazia-se às sextas na Igreja e a portas fechadas; e também se corriam os passos da Paixão com « disciplinas de sangue »[1].

Às vezes, davam bofetadas a si mesmos mui àsperamente[2]. Era excepção. O mais usual era servirem-se de disciplinas de cordas. Havia-as também, diz Martim da Rocha, de «rosetas e anzolos, e bicos de caranguejo». E disciplinam-se tão rijo, «que é necessário muitas vezes ir-lhes o Padre à mão»[3].

As disciplinas da Quaresma terminavam com uma prática sôbre a Paixão de Nosso Senhor, o « que muito os ajuda »[4]. Refere o P. João de Melo como se procedia na Aldeia do Espírito Santo. Era na Quaresma. Fazia-se a procissão à Cruz da Aldeia; « quando volvíamos para a igreja, era em se querendo cerrar a noite, e, depois de dito o *Senhor Deus, Misericórdia*, deitadas as mulheres fora e cerradas as portas, havia uma disciplina, por espaço de *Miserere mei Deus* com um *Réspice*, na qual sempre havia muitos disciplinantes de catecúmenos e cristãos. Tôdas estas coisas, antes de se fazerem, mandava ao Irmão língua que lhes declarasse o porque se faziam, e o modo e atenção que haviam de ter nelas »[5]. Conscientemente se associavam, pois, os neo-cristãos à Paixão de Cristo. Em 1574, o zêlo dos Padres introduziu o costume de se oferecer a disciplina das primeiras sextas-feiras do mês pela conversão dos gentios. Acudia tôda a Aldeia[6].

Tais eram as disciplinas mais ou menos periódicas. Além delas, havia outras de desagravo ou reparação. Uns Índios foram uma vez a uma Aldeia pagã, e beberam e se embriagaram à moda antiga. Não foram admitidos outra vez, sem tomarem uma

---

1. *CA*, 76, 310; Vasc., *Crón.*, II, 10; Pero Rodrigues, *Anchieta*, em *Annaes*, XXIX, 244.

2. Nóbr., *CB*, 181-182.

3. Carta de Martim da Rocha, Setembro de 1572, BNL, fg. 4532, f. 35v; *Fund. de la Baya*, 21 (95). « Os lavatórios e pós de murtinhos, com que se curam êstes Índios, quando se disciplinam, são irem-se meter e lavar no mar ou rios, e com isto saram » (Cardim, *Tratados*, 323).

4. Carta de Caxa, 2 de Dezembro de 1573, BNL, fg. 4532, f. 41v; id. Carta de 16 de Dezembro de 1574, *Bras. 15*, 257; Ant.º de Matos, *Prima Inst.*, 31.

5. *CA*, 252, 262.

6. *Fund. de la Baya*, 41 (116).

disciplina [1]. Outros principais tinham vendido, um uma filha, outro uma sobrinha. Soube-o o Padre. Mostrando-se descontente, êles disciplinaram-se pùblicamente, como reparação da grave falta cometida [2]. Conta Vasconcelos que os Portugueses consentiram aos Índios que matassem e comessem um índio principal contrário. Desta vez foram os Padres de Piratininga, que tomaram, a convite de Nóbrega, uma disciplina pública [3]. Ainda em Piratininga, e como rogativa, implorando a clemência de Deus, usaram-se disciplinas públicas. Emquanto os Portugueses e Índios tinham ido à guerra, em 1561, faziam-se em casa para alcançar o triunfo [4]; e, no grande assalto dos Índios a Piratininga, em 1562, as únicas pessoas que não combatiam, as mulheres mestiças, recolhidas na igreja, « estavam tôda a noite em oração, com velas acesas ante o altar, e deixavam as paredes e bancos da igreja bem tintos de sangue, que se tiravam com as disciplinas ». E assim, emquanto os seus maridos e pais defendiam a vila, « não duvido, comenta Anchieta, que [êste sangue] pelejava mais rijamente contra os inimigos do que as flechas e arcabuzes » [5].

10. — De tôdas as devoções do século XVI no Brasil entre os Índios e nos Colégios, a mais apta para fomentar a piedade foi, sem dúvida, a de Nossa Senhora. A primeira igreja, construída pelos Jesuítas, teve a invocação de N.ª Senhora da Ajuda, na Baía, e pouco depois outra recebeu o mesmo nome, em Pôrto Seguro. Nossa Senhora da Assunção, Nossa Senhora da Conceição, Nossa Senhora da Graça, Nossa Senhora da Esperança, Nossa Senhora da Escada, Nossa Senhora da Paz, Nossa Senhora do Rosário... rosário de nomes ou títulos de igrejas da Companhia, com que aparece Nossa Senhora, até ao momento em que se fundaram as Congregações Marianas, que, a exemplo da de Roma, se chamaram a princípio da Anunciada. Também é digno de menção que o primeiro grande poema, escrito no Bra-

1. Anch., *Cartas*, 79.
2. *CA*, 215, 217-218.
3. Vasc., *Crón.*, II, 115.
4. Anch., *Cartas*, 172.
5. Anch., *Cartas*, 184.

sil, tem por objecto Nossa Senhora: *De Beata Virgine Dei Matre Maria*[1]; e, tanto nos Colégios como nas Aldeias, introduziu-se o costume de se recitar o Rosário e cantar aos sábados a Salvè--Rainha, a canto de órgão, acudindo a gente com círios nas mãos[2].

O movimento das Congregações Marianas, fundadas no Colégio Romano pelo Ir. Leunis, em 1564, com o fim de cultivar a piedade e as letras, começou a esboçar-se no Brasil 20 anos mais tarde. Mas dez anos antes, achamos esta referência do P. Pedro da Fonseca, assistente em Roma:

«Já está em Lisboa a imagem de Nossa Senhora, para a qual Sua Santidade me concedeu duas vezes no ano Indulgência Plenária, *scilicet*, no dia da Anunciação e da Conceição de Nossa Senhora, a qual ganharão os que se confessarem e comungarem e depois rezarem, onde ela estiver, três Padre-Nossos e três Avè-Marias pelo aumento da Santa Fé Católica»[3].

Na carta fala-se apenas de jubileu. Mas, em 1581, fizeram-se e aprovaram-se os estatutos da Confraria ou Congregação de N.ª S.ª do Rosário na Baía[4] e, em 1583, fundou-se em S. Paulo a mesma Confraria ou Congregação, com a singela e formosíssima cerimónia da bênção das rosas[5].

Em 1584, o Visitador, por intermédio do Procurador em Roma, P. António Gomes, pede os estatutos da Confraria de Nossa Senhora do Rosário para os estudantes[6]. Neste mesmo ano, já se assinalam Confrarias de Nossa Senhora nas Aldeias da Baía[7]. E ordenou o P. Visitador, em 1586, que nos engenhos e fazendas, em todo o Brasil, se instituísse para os índios e

---

1. Publicado por Vasc., no fim da *Crón.*, p. 139-278; cf. A. Drive, *Marie et la Compagnie de Jésus* (Tournai 1913) 61, 452.
2. *CA*, 262-263; Cardim, *Tratados*, 316; Vasc., *Crón.*, II, 10; Id., *Anchieta*, 164.
3. «Cópia de una del P.e P.o da Fonsequa que escrivió siendo Asistente para el P. Ignatio Tholosa de 12 de deziembre de 74», *Bras.* 2, 44. Aquela imagem era destinada ao Brasil. Que imagem seria? Fernão Cardim conta que na igreja de Nossa Senhora da Ajuda de Pôrto Seguro, existia, em 1584, «um retábulo da Anunciação de maravilhosa pintura e devotíssima». — Cardim, *Tratados*, 297.
4. Carta de Anchieta, da Baía, Kal. Ian. 1582, *Bras.* 15, 326v.
5. *Bras.* 8, 5v; cf. supra, Tômo I, 309.
6. *Lus.* 68, 418, 3.º
7. Cardim, *Tratados*, 315.

negros a Confraria do Rosário, com o fim de promover a piedade e a instrução religiosa: piedade, — obrigação de rezar o Rosário todos os dias santificados; instrução, — porque comprometiam-se, os que entrassem na Confraria, a reünir-se naqueles mesmos dias para aprender a doutrina [1].

Parece que não havia ainda no Brasil ideia nítida do que era a Congregação Mariana, do Colégio Romano. E assim, em Roma, ao transcrever-se o pedido, omite-se a palavra Rosário, ficando só Congregação de *Nossa Senhora*. A resposta foi: «Esta faculdade, de agregar Congregações à do Colégio Romano e comunicar-lhes as suas indulgências, se despacha agora [com o Santo Padre] para que o Geral as possa comunicar; e assim o fará, acabando-se de despachar o Breve. Os Estatutos e ordens que teem, levará o Procurador» [2].

A primeira Congregação, canònicamente erecta no Brasil foi a da Baía. A sua patente de agregação tem a data de 8 de Agôsto de 1586 [3]. No dia da Anunciação de Nossa Senhora, 25 de Março de 1588, inaugurou-se solenemente a Congregação Mariana do Colégio da Baía, com a aprovação e ajuda de D. António Barreiros [4].

A Congregação do Colégio Romano estava sob a invocação da Virgem da Anunciada. Com esta mesma invocação vemos designarem-se, em 1590, as duas Congregações Marianas, da Baía e Rio de Janeiro, cuja agregação se teria dado neste intermédio [5].

---

1. *Bras. 2*, 147.
2. *Congr. 95*, 160. O breve *Omnipotentis Dei*, de Gregório XIII, 5 de Dezembro de 1584, erige a Congregação Primária na igreja da Anunciada do Colégio Romano e concede, de-facto, aquêles poderes, *Institutum*, I, 103.
3. *Hist. Soc. 61*, 100v: «In Coll.º Baieñ. erecta sodalitas sub eadem forma, mutata clausula sub infrascriptis verbis: Quamobrem cum dilectus nobis in Chº fr. Antonius Gomes Procurator Brasiliae Provinciae nomine Sodalium Congregationis B. Mariae quae in Collegio Societatis nr.ae in Civitate Baiensi est, a nobis, per litteras petierit, nec non per syncere item dilectos DD. praedictae Congreg.nis Romanae Praefectum et Assistentes rogatum fuerit: ut iuxta hanc facultatem nostram. Et datae patentes die 8. Augusti. 86. (*Hist. Soc. 61*, 100v).
4. *Litt. Annuae 1588*, p. 318: «tamque praeclari operis Episcopum probatorem et promotorem habet». Cf. Serafim Leite, *As primeiras Congregações Marianas em Portugal e no Brasil* (1586-1587) no *Mensageiro de Maria*, Ano XI, n.º 3, Março de 1934, p. 850. Sôbre a história e privilégios das Congregações Marianas, cf. Beringer, *Les Indulgences*, II, 200-209.
5. *Bras. 15*, 364v, 365v, 379.

No Rio, antes já da agregação oficial, existia a Congregação dos alunos. A Ânua de 1588 refere-se a êstes congregados para dizer que eram mestres aos velhos, no que tocava à doutrina [1].

Da Congregação Mariana de Pernambuco não falam documentos do século XVI. Referem-se apenas à Confraria das Onze-Mil-Virgens. Da Congregação Mariana veremos, no século seguinte, provas de extraordinário fervor [2].

Em 1617, a Congregação Mariana da Baía tinha a invocação de N.ª S.ª da Paz, à qual nesse ano se ofereceu uma lâmpada, suspensa, de prata, «para estar acesa em certos tempos, no altar da Mãi de Deus» [3].

Foi incalculável a influência das Congregações na vida da juventude brasileira, como meio de purificação e elevação de costumes [4].

---

1. *Ann. Litt. 1588*, p. 321.

2. Cf. Petição feita de Pernambuco, a 20 de Agôsto de 1684, pelos Irs. de N.ª S.ª da Conceição (37 assinaturas) para que o «P. António Maria Bonucci seja nosso perpétuo Padre», *Bras. 3(2)*, 184-185v.

3. *Bras. 8*, 228v.

4. A cada passo se nos deparam casos como êste: «Foemina sanguine pariter ac vitiis nobilis adolescentem e sodalibus ad flagitium minis et promissis trahere conabatur, sed frustra: pallium invito eripuit, non castitatem». — *Litterae Provinciae Brasiliae duorum annorum 1602-1603*, por Luiz Figueira, *Bras. 8*, 42.

CAPÍTULO III

Assistência religiosa aos escravos negros

1 — O tráfico da escravatura; 2 — Como a Companhia a aceitou; 3 — Ministérios com os negros.

1. — Atribue-se, às vezes, aos Dominicanos, nas Antilhas, e aos Jesuítas, no Brasil, a causa determinante da escravatura negra na América. «Com intuito de colonizar e defender o indígena, deram lugar a que durante pelo menos três séculos, primeiro nós e, depois, a Europa inteira [...] vivêssemos da escravatura do negro da África Ocidental desde o Cabo Branco até ao Cabo Negro». São palavras de Felner [1].

Não estudamos de-propósito a questão referente às Antilhas. Pelo que toca ao Brasil, é sem fundamento tal atribuïção. Em primeiro lugar, porque, antes de chegarem os Jesuítas, já no Brasil havia escravos africanos. E, com escravatura indígena ou sem ela, tôda a gente preferia o trabalhador negro, pela simples razão de que «era mais útil o trabalho dum negro que de quatro Índios» [2]. Os Índios do Brasil, habituados a pensar apenas no pão quotidiano e acostumados à liberdade do mato, não resistiam à vida em recinto fechado, nas casas dos brancos, nem suportavam as fadigas dum trabalho regular, nas culturas e engenhos, sucumbindo a breve trecho [3]. Um exame aprofundado

---

1. Alfredo de Albuquerque Felner, *Angola* (Coimbra 1933) 277-278. Cf. Pôrto Seguro, *HG*, I, 433; Gonzalo de Reparaz, *Historia de la Colonización*, I (Barcelona 1933) 293.
2. A. de Herrera, *Historia General*, Década I, libro IX, cap. 5.
3. Pandiá Calógeras, *Formação Histórica do Brasil*, 2.ª ed. (S. Paulo 1935) 26-27; Afrânio Peixoto, em *CA*, 125; Afonso Taunay, *Bandeiras Paulistas*, I, 99--105; Nina Rodrigues, *Os Africanos no Brasil* (S. Paulo 1933) 26; Fernandes

dos textos, o conhecimento directo da vida americana e do carácter dos seus indígenas, conjugando-se tudo com as condições mesológicas, explica suficientemente como Portugal, senhor de ambos os lados do Atlântico sul, utilizou, para desbravar uma parte mais fértil ou de mais fácil colonização, os habitantes da outra, menos favorecida geogràficamente.

Quanto à data da introdução do escravo africano na América, é sabido que, na de Espanha, entraram êles muito antes do que na de Portugal. O primeiro escravo, que chegou à América, foi logo na segunda viagem de Cristóvão Colombo. Antes de 1505, tinham ido outros; em 1510, foram 250. O movimento, a-pesar de uma ou outra lei proïbitiva, não parou mais. O flamengo Lourenço de Gorrevod alcança o privilégio de levar 4.000. Levam outros os alemãis Cygues e Sayler. Tudo isto, antes de 1528. Depois, ao lado dos Portugueses, encontram-se Holandeses, Ingleses, Italianos, todos os países dalguma importância marítima da Europa[1]. Vistos os resultados económicos obtidos na América Espanhola, era natural que se tentasse, na parte portuguesa, o mesmo sistema. ¿Teriam responsabilidade nisto os Jesuítas? Discute-se sôbre a data certa da entrada dos escravos africanos no Brasil. O período duvidoso vai de 1531 a 1538. Nesta última data já os havia lá, com certeza. Ora a fundação ou aprovação oficial da Companhia de Jesus foi em 1540, e a sua chegada ao Brasil data de 1549[2].

Escreveu-se também (o que se não tem escrito!...) que os Jesuítas eram amos dos sobas de Angola; e que, portanto, pro-

---

Pinheiro, *O que se deve pensar do systema de colonização seguido pelos Portugueses no Brasil*, in Rev. Inst. Bras., 34, 2.ª ed. (1871) 113-122; Roberto C. Simonsen, *História Económica do Brasil*, I (S. Paulo 1937) 200. Couto de Magalhãis, reconhecendo que o Índio se presta para a indústria pastoril, acrescenta que «a experiência, tanto aqui no Brasil, como nas repúblicas sul-americanas, demonstra que o nosso Índio não se presta a género nenhum de trabalho sedentário», *O Selvagem* (Rio 1876) 83.

1. Constantino Bayle, *España en Indias* (Vitória 1934) 331.
2. Pedro Calmon, *Espírito da Sociedade Colonial* (S. Paulo 1935) 166, tratando da entrada dos negros no Brasil, escreve, citando a Paiva Manso, que já em 1516 «partira um navio da costa congolesa com 400 peças». O facto consta de uma carta de D. Afonso, Rei do Congo, mas por ela mesma se vê que êsses negros não se destinavam ao Brasil. — Paiva Manso, *História do Congo* (Lisboa 1877) 36-37.

pugnavam a liberdade dos Índios na América, com intuitos comerciais, encaminhando os colonos a comprar escravos. Sendo os Padres os donos dos sobas, dizem, só êles poderiam vender escravos, « tendo nessas vendas incalculáveis lucros »[1].

Não sabemos com que consciência histórica se coloca na base dos decretos portugueses sôbre a liberdade dos Índios, já desde o tempo de D. Sebastião, um tráfico que teria sido feito pela Companhia de Jesus, mas do qual se não aduz uma única prova documental, e do qual não ficaram vestígios, nem sequer verosimilhanças ou possibilidades. É sabido que todos os grandes negócios missionários coloniais tinham a sua repercussão em Lisboa. ¿Que dizem os documentos? Durante todo o século XVI, sôbre esta matéria aconteceu isto, que passamos a expor com absoluta lisura. Em 1574, comunica para Roma o P. Vale-Régio, procurador, em Lisboa, das missões Jesuíticas portuguesas: «Do Brasil escreve o P. Provincial [Inácio Tolosa], que daqui se lhe mandem 12 escravos negros e 12 escravas para guardar no Brasil os seus currais. Adverte o P. Provincial desta Província [de Portugal] que o P. Geral passado ordenou que não houvesse escravos na Companhia. Eu creio que a intenção do P. Geral fôsse de escravos para os Colégios [da Europa]. Mas na Índia e no Brasil, *onde não há outro serviço senão de escravos*, não há outro remédio senão servir-se dêles »[2]. Não vimos a resposta a esta consulta; mas acreditamos que fôsse afirmativa, porque, de-facto, os Padres tiveram no Brasil escravos, índios e negros, antes dessa data, e continuaram a tê-los depois.

Outro caso. Em 1586 era procurador em Lisboa o P. Jerónimo Cardoso. De Angola enviaram-lhe os Padres, que lá residiam, alguns escravos para serem entregues aos seus respectivos donos seculares. Os escravos eram de Portugueses de Angola, amigos dos Padres, a quem êles, portanto, não poderiam recusar fàcilmente êsse favor. O P. Jerónimo Cardoso negou-se simplesmente a servir de intermediário em tal entrega. Também de Cochim lhe enviaram os Padres um escravo (que veio na viagem a acompanhar um doente); e do Brasil lhe remeteram outro.

---

1. Felner, *Angola*, 273-274.
2. Carta do P. Vale-Régio ao P. Mercuriano, de Lisboa, 17 de Setembro de 1574, *Lus. 66*, 259.

O procurador jesuíta em Lisboa insurge-se contra semelhante incoerência, de que se queixa acremente ao P. Geral, e com razão [1]. Notemos que êste escravo remetido a Lisboa não era negro, mas de raça oriental, da Índia ou Molucas. Incluímo-lo aqui, à falta de tráfico africano. Foi caso único, assim como também foi único o facto seguinte, referente agora a escravos africanos. A coisa passou-se desta maneira: remeteram do Brasil um escravo para Lisboa. Informado, o P. Geral estranhou-o. Feito um inquérito, responde o Provincial do Brasil, em 1594: «O P. Baltazar Barreira mandou ao P. Marçal Beliarte um negro de Angola, que valeria passante de 20 mil réis: êle o mandou ao Reino, e não se pôde saber a quem; presume-se que a uma sua irmã, casada» [2].

Êste negro, ido de Angola para o Brasil, ¿seria caso esporádico? ¿Aludiria a êle o P. Geral numa advertência, que faz ao mesmo Padre Beliarte, em Outubro de 1591? Pela maneira de se exprimir o P. Geral, parece tratar-se de mais escravos. Falando do modo de viver dos Padres nas Aldeias e como tinha permitido que êles aceitassem esmolas, mas que tivessem conta com a moderação e edificação, continua: «agora escrevem-nos que êles usam mal desta licença, e para seu sustento teem uma como espécie de tratos e mercancias de carnes e farinhas, que a diversas partes enviam, e principalmente a Angola, donde, desta conta, lhes veem escravos. V.ª R.ª veja bem quanto isto possa prejudicar ao bom nome e olor da Companhia, e dar ocasião aos que não olham as nossas coisas com bons olhos, para, com fundamento, repreendê-las, pois noutras, de menos momento, o fazem. Pelo que, o encarregamos de procurar a isto conveniente remédio» [3].

No século XVI, decretaram-se já alguns dos grandes diplomas sôbre a liberdade dos Índios, e o tráfico de escravos foi já intenso. Recordemos que os colonos eram entidades individuais e os Jesuítas, com os seus Colégios, entidades colectivas e de utilidade pública. Pois, emquanto os colonos tinham grande número de escravos, os Jesuítas, em todo aquêle tempo, em maté-

---

1. *Lus. 69*, 270.
2. *Bras. 3 (2)*, 360.
3. Carta de Cláudio Aquaviva, Outubro de 91, *Bras. 2*, 64.

ria de tráfico, adquiriram apenas os que precisavam para os seus pastoreios e roças, e enviaram dois a Lisboa, um dos quais a pessoa amiga ou de família, não sem estranheza dos mesmos Jesuítas e intervenção dos Superiores, cortando o abuso. Nada mais!

Portanto, atribuir àquelas leis humanitárias (1570, 1587, 1596) a favor dos indígenas do Brasil um móbil oculto de tráfico africano, e de «lucros incalculáveis», sem aduzir uma única prova documental, só se pode explicar como efeito de certa mentalidade deformada por caluniosa literatura, mas da qual o homem verdadeiramente culto se deve desquitar, antes de se meter pelos caminhos sérios da história.

2. — Historiemos nós como é que a Companhia aceitou a escravatura no Brasil. Apenas chegou à terra e viu as condições dela, sob o ponto de vista agrícola e económico, Manuel da Nóbrega não hesitou um instante em tomar ao serviço da Companhia os únicos trabalhadores que encontrou na terra. Tirando os homens, que se ocupavam nas artes liberais, chegados da metrópole, não havia na terra homens livres, que se assoldadassem para trabalhar por conta alheia. Os Padres ou tinham de renunciar à sua missão ou aceitar as condições económicas que a terra lhes oferecia. E a terra, como trabalhadores seguros, só lhe oferecia escravos. Trataram, pois, de os angariar, tanto da Guiné como da terra. Ao começo, muito poucos. Só três ou quatro, até 1557. Neste ano, expondo o estado da terra e os possíveis recursos para a fundação do Colégio da Baía, escrevia Nóbrega, advertindo que tomara antes o parecer dos Padres: « digo que, se Sua Alteza nos quisesse mandar dar uma boa dada de terras onde ainda não fôr dada, com alguns escravos de Guiné, que façam mantimentos para esta casa e criem criações, e assim para andarem em um barco, pescando e buscando o necessário, seria muito acertado. E seria a mais certa maneira de mantimento desta casa. Escravos da terra não nos parece bem tê-los, por alguns inconvenientes. Dêstes escravos da Guiné manda êle trazer muitos à terra. Podia-se haver provisão para que dos primeiros que vierem, nos desse os que Sua Alteza quisesse. Porque uns três ou quatro, que nos mandou dar há certos anos, todos são mortos, salvo uma negra, que serve a esta casa de

lavar roupa, que, ainda que o não faz muito bem, escusa-nos muitos trabalhos [1]. A mantença desta casa foi até agora muito trabalhosa, e quási miraculosamente se mantém nela tanta gente, sem ter escravo que pesque, nem quem traga água e lenha e coisas semelhantes; e foram muito mais, se não nos repartíramos polas Aldeias dos Índios, que nos mantinham, e daí muitas vezes se proviam os desta casa» [2].

Em 1558, volta o P. Nóbrega a insistir na necessidade de escravos da Guiné. A melhor dádiva, que El-rei podia fazer ao Colégio, era duas dúzias dêles tanto homens como mulheres [3]. Era o período ante-preparatório da fundação do Colégio, optando-se depois pela dotação real. Mas então propunham-se os alvitres úteis, condicionados pelas circunstâncias locais. Cada qual apresentava o que lhe parecia mais realizável. Dois Padres tinham então voto na matéria. Nóbrega, por ser Provincial, e Luiz da Grã, que lhe iria suceder em breve. Ambos viam a necessidade de escravos, mas o P. Grã duvidava que a Companhia os pudesse possuir [4]. Adoptou a opinião que se assoldadassem. Ouvidos em Roma os pareceres de um e outro, encarregou-se o Provincial de Portugal de comunicar para o Brasil o que «lhe parece sôbre ter escravos próprios ou assalariados, pois sentem de diversa maneira o P. Grã e o P. Nóbrega» [5].

---

1. Em 1555, morreram dois escravos cativos, que trabalhavam em casa. Mas nota o P. Grã, que Nóbrega os considerava operários e não escravos, por não se contentar do título com que se cativaram. Êste é, dizia, o grande embaraço de consciência que aqui há (Carta de Grã, 27 de Dezembro de 1555, *Bras. 3(1)*, 145).

2. Carta de Nóbrega, 2 de Setembro de 1557, *Bras. 15*, 42v; Nóbr., *CB*, 129, 130, 138, 139; *Mon. Laines*, V, 398-399; Arq. Hist. Col., *Registos*, I, 234v, onde se consigna a esmola de três escravos, feita em 25 de Setembro de 1552. Na *Hist. da Col. Port. do B.*, vol. III, p. XX, escreve Malheiro Dias que Manuel da Nóbrega fizera marcar alguns Índios. O que Nóbrega escreveu foi *mercar*: «desta vestiaria fiz *mercar* outros escravos da terra (Nóbr., *CB*, 138, 139). Aquela palavra tem sido muito explorada. Mas, como se vê, por um êrro de leitura. Em tôda a vasta documentação que possuímos, só uma vez achamos que se marcasse um escravo: comunica-o o P. António de Sá, confidencialmente ao P. Geral contra o P. Pero Leitão. E acrescenta que êle o praticara «não com pequeno escândalo de todo o Colégio» (*Lus.* 72, 54). Êste escândalo ou reprovação geral ressalva, por si só, aquêle facto lastimável e isolado.

3. Apontamento de Nóbrega (Arq. da Prov. Port.)

4. *Bras. 3(1)*, 148.

5. *Epp. NN. 36*, 256v; *Bras. 15*, 117v.

Escreve Nóbrega: «Também me deixou mandado agora [o P. Grã], partindo-se para a Baía, que eu não mercasse escravos nem sequer para trabalhar nas obras do Colégio, que êle deixava mandado que se fizesse, mas que se alugassem, que é coisa muito custosa, e requer muita renda e não há coisa dessa maneira que baste. Tem também o Padre por grande inconveniente ter muitos escravos; os quais, ainda que sejam todos casados, multiplicaram tanto, que será coisa vergonhosa para religiosos, multiplicando muito a sua geração, além da pouca edificação dos cristãos. Esta razão não me conclue muito, pois que, como um homem leigo os tem a cargo, sem nós entendermos com êles, por mais inconveniente tenho ter dois ou três necessários para o serviço da casa, de que a casa tenha cuidado, que ter muitos mais, sem nós entendermos com êles. Porque todos confessamos não se poder viver sem alguns, que busquem a lenha e água, e façam cada dia o pão que se come, e outros serviços que não é possível poderem-se fazer pelos Irmãos, *maxime* sendo tão poucos, que seria necessário deixar as confissões e tudo o mais. Esta opinião do Padre me fêz muito tempo não firmar bem o pé nestas coisas, até que me resolví e sou de opinião (salvo sempre a determinação da santa obediência) de tudo o contrário, e me parece que a Companhia deve ter e adquirir, justamente, por meios que as Constituíções permitem, quanto puder para nossos Colégios e casas de meninos e, por muito que tenhamos, farta pobreza ficará aos que discorrerem por diversas partes; e não devemos crer que sempre El-rei nos proveja, que não sabemos quanto isto durará, mas por tôdas vias se perpetue a Companhia nestas partes, de tal maneira que os operários cresçam e não mingúem » [1].

Neste debate preponderou a opinião realista de Nóbrega. Era, na verdade, demasiado aleatório o assalariamento de escravos numa terra em que tanto escasseava a mão de obra. A vida dos Colégios, com serviços regulares, estáveis, não podia ficar à mercê da boa ou má vontade dos colonos, senhores de escravos, que os cederiam ou não, conforme girassem os ventos. De mais a mais, tal dependência dos Padres lhes ataria a língua para não repreender os abusos públicos. E temos que a Congregação Pro-

---

1. Carta de Nóbrega, 12 de Junho de 1561, *Bras. 15*, 117v.

vincial de 1568 (postulado 10) diz que se podiam e deviam adquirir os escravos necessários, se não houver outro meio de sustentação [1]. Ora, diz expressamente o P. Gregório Serrão, em 1570, que não se encontra gente de trabalho para se contratar: o único remédio é ter escravos [2]. Foi ponto assente.

Quanto aos escravos índios, por diversos inconvenientes, proïbira S. Francisco de Borja que no Brasil se tivessem. Tendo desaparecido tais inconvenientes, formula, em 1576, a Congregação Provincial outro postulado para que se levante a proïbição. Levantou-se [3]. E, ao mesmo tempo, recomendava-se que os escravos não fôssem administrados imediatamente por ninguém da Companhia [4]. Daqui em diante os Jesuítas possuíram escravos, tanto africanos como índios, mais ou menos em tôdas as suas casas. Dizemos mais ou menos, porque no sul, por exemplo, em 1701, por circunstâncias especiais, que a seu tempo se verão, o serviço era quási todo feito por índios livres, a quem se dava o respectivo salário [5]. Do Rio de Janeiro para cima, não foi possível o mesmo sistema. Tomava conta dêles um capataz, de fora; mas havia sempre algum Padre ou Irmão que atendia superiormente a tudo, para evitar maus tratos [6].

Em suma: nesta matéria de escravatura, viram-se os primeiros Padres do Brasil em face de três questões: a da sua legalidade jurídica, a da capacidade da Companhia para possuir escravos, e a do título justo ou injusto dos escravos adquiridos.

A questão da legalidade não chegou sequer a levantar-se para os escravos africanos. Sendo legal essa escravatura, a oposição dos Jesuítas equivaleria a uma revolta, e nunca os Jesuítas se colocariam contra as leis. Se se pusessem em oposição ao Govêrno que a legalizou, logo no princípio da sua catequese,

1. *Congr. 41*, 299v; *Epp. NN.* 103, 100.
2. *Bras. 15*, 198v.
3. *Cum in Brasiliae regione non inveniantur servitia libera, conceditur nostris facultas, ut possint emere aliquos seruos Brasilienses, qui iudicio Provincialis, adhibito concilio suorum consultorum iusto bello capti sint, et simul eos distrahere si nullum fuerit scandalum. Optandum autem est ut haec rarissime fiant.* — «Responsa ad proposita a Congr. Brasiliae an. 1576». — *Bras. 2*, 22v-23; *Congr. 93*, 205; *Mon. Laines*, VI, 578.
4. *Bras. 2*, 22v-23, 24v; *Congr. 93*, 205.
5. *Gesù, Colleg. 20*, 2v.
6. *Bras. 15*, 64; *Bras. 2*, 24v.

inutilizá-la-iam, antes mesmo de a iniciar. O exame jurídico da escravatura ninguém pensou em instituí-lo nesse momento. Seria facto estranho. Ela, que nos causa hoje tanto horror, era, naquele tempo, uma instituição universalmente admitida, em cujas aras sacrificavam tôdas as nações civilizadas. Aos Jesuítas nada mais restava que aceitá-la e... suavizá-la [1].

A escravatura dos Índios do Brasil, também os Padres se viram obrigados a aceitá-la; mas tendo ali debaixo dos olhos o processo como se faziam êsses escravos, não tardaram a surgir, aqui e além, dificuldades quanto ao título da sua aquisição.

É tôda a questão da liberdade dos Índios. Ela deu origem a algum desassossêgo de consciência e alvorôço dos Padres, pela facilidade com que se admitiam escravos ou se fechavam os olhos a que os colonos os aceitassem sem suficiente exame dos seus títulos. Outra dificuldade provinha do voto de pobreza

---

[1]. « Nos séculos XVII e XVIII, nos séculos de Luiz XIV e de Voltaire, nas vésperas da Revolução Francesa, e mesmo depois dela, tôda a Europa se entrega ao tráfico dos negros ». — Augustin Cochin, *L'abolition de l'esclavage* (Paris 1851) 281, cit. por Evaristo de Morais, *A escravidão africana no Brasil* (S. Paulo 1933) 11.

A escravatura não se justifica hoje; mas Evaristo de Morais, segundo a junta de Burgos (1511), consigna o falso suposto de então, pelo qual « todos os africanos traficados *já eram escravos* em seus países de origem, e, pois, vindo para a América, apenas mudavam de nome ». Id., *ib.*, p. 17; e ficavam em condições mais favoráveis para tudo, incluindo o receberem a civilização cristã. Dieudonné Rinchon reúne os argumentos, que colocam o comércio do ébano humano em face do direito público e da consciência dos colonos, cuja boa fé se ajustava fàcilmente com o próprio interêsse. Dieudonné Rinchon, *La Traite et l'esclavage des Congolais par les Européens* (Paris 1929) 135-165. Manuel Heleno, *Os escravos em Portugal* (Lisboa 1933) 181, refuta algumas afirmações de Rinchon e outros e tira esta conclusão histórica que se deve reter: « Os Portugueses nem criaram a escravidão moderna, nem a introduziram em África ».

Contra a concepção nefasta da escravatura dos séculos passados ergueram vigorosos brados, no Brasil, os Padres António Vieira e Ribeiro da Rocha. Tem-se escrito que êste último condenou jurìdicamente a escravatura, e cita-se a sua obra, mas com o título incompleto: Ei-lo, como o traz Inocêncio *(Dic. Bibl.*, VI, 91): *Ethiope resgatado, empenhado, sustentado, corrigido, instruido e libertado. Discurso theologico-juridico, em que se propõe o modo de commerciar, haver e possuir validamente, quanto a um e outro foro, os pretos captivos africanos e as principais obrigações que correm a quem delles se servir*, Lisboa, 1758, 4.º. ¡O título dá a entender que o autor não condenava *in limine* a escravatura, mas procurava corrigir os abusos dela. Com efeito, nem o direito, nem as condições da sociedade tinham ainda evolucionado então suficientemente para que surgisse a condenação jurídica da escravatura como axioma comum.

e da obrigação, em que os Padres se viam, de não malbaratarem os bens comuns. Diversos documentos apresentam os escravos como uma das causas de se endividarem os Colégios, ordenando-se, por vezes, que os Colégios se desfizessem dos escravos das roças, que parecessem supérfluos [1]. Não se cumpriam as ordens e as despesas aumentavam.

É proverbial a benignidade, doçura e largueza, com que os Jesuítas tratavam geralmente os seus escravos. Não se esqueciam de que eram homens. Toleravam-lhes faltas e concediam-lhes regalias, que mais ninguém lhes dava. Não os tendo como meio ganancioso de enriquecimento individual, senão por necessidade de assegurar a vida dos Colégios e da catequese, sucedia às vezes que, com os gastos dêsses trabalhadores, era mais a perda que o proveito.

Em 1610, o P. Jácome Monteiro escreve expressamente que, se os Colégios tinham dívidas, em parte era por haver demasiados escravos, alguns dos quais indesejáveis. Refere que, numas terras de Pernambuco, chamadas S. Pedro, gastaram aos Padres 300$000 réis, e não tiraram farinha que valesse 200$000 réis. Melhor e mais barata ficaria a do reino: «os negros, além de roubar, gastam infinito. O mesmo que digo de Pernambuco, digo da Baía e do Rio de Janeiro; mas isto não terá nunca remédio, salvo haver proïbição *sub poena peccati*, por tão dificultoso o tenho: e por isso o encareço. Que na verdade é vergonha ver a a escravidão dêstes Colégios e como se tratam de vestidos, consertados com passamanes e sêdas, o que tudo sai das contas do Colégio. O Padre Manuel de Lima, Visitador, mostrou, neste particular, querer executar a ordem do R. P. Geral, mas não pôde, porque todos reclamaram, e com mais zêlo do que convinha, de modo que nem os fugitivos e malfeitores, que êle mandou vender, se vendiam » [2].

Na atitude dos Padres do Brasil em se não desfazerem dêstes escravos, em maior abundância do que era mister, ou indesejáveis, parece-nos vislumbrar talvez um pouco de incúria, e, certo, muito de comiseração e caridade.

---

1. *Lus.* 68, 416.
2. Carta de Jácome Monteiro, 8 de Junho de 1610, *Bras. 8*, 100v; Bibl. Vitt. Em., *Gesuitici, 1255*, 14, f. 7.

3. — A catequese dos negros fazia-se, a princípio, com os Índios. Verificara o P. Grã que os primeiros eram mais estáveis e aproveitavam melhor do que os segundos. Dos Índios, que se baptizaram ao comêço, escrevia êle, nenhum dava mostras de cristão, como os de Guiné[1]. Aumentando os escravos africanos, começaram a ter-se com êles atenções particulares, a partir de 1574, data em que, na Baía, além da lição de doutrina para os Índios na nossa Igreja, se iniciou outra, ao mesmo tempo, para os escravos da Guiné, na Igreja da Misericórdia. Faziam-se procissões, urgia-se com os senhores que os mandassem à catequese; e nota-se que as negras se apresentavam vestidas, e todos concorriam aos prémios com que ficavam contentes[2]. Iam já arranhando o português. Mas de-vagar. Uma das dificuldades com os negros era precisamente esta: entenderem-se. Convinha, observa o Visitador Cristóvão de Gouveia, em 31 de Dezembro de 1583, que os negros estivessem primeiro alguns anos na terra, antes de começar a catequese. Para se obviar a um inconveniente, que tanto atrasava a conversão, pensou em mandar a Angola dois Irmãos, aptos para aprenderem a língua[3]. Tanto mais que os negros não contavam com outro auxílio espiritual: «os curas não sabem a língua, nem se matam muito por acudir aos da Guiné»[4]. Os Jesuítas trataram, pois, de a aprender. Na Missão, que deu o mesmo Visitador, no Recôncavo da Baía, em Janeiro de 1584, iam com êle vários Padres e um «língua de escravos de Guiné»[5]. Em Pernambuco, no dia 15 de Julho do mesmo ano, havia um Irmão muito inteligente, de 14 anos, que sabia um idioma africano. Naquele dia, para comemorar o martírio dos 40 Mártires do Brasil, fêz uma oração na língua de Angola, «com tanta graça que a todos nos alegrou, escreve Cardim, tornando-a em português, com tanta devoção, que não havia quem se não tivesse com lágrimas»[6].

---

1. *Bras. 3(1)*, 145v.

2. *Unusquisque pro viribus propositum praemium obtinere contendit, quod praestant non solum rudes sed etiam vernaculi et aethiopissae idiomatis lusitani peritae, clamidibus coopertae doctrinam sicut et alia dicentes.* — Carta de Caxa, 16 de Dez.º de 1574, *Bras. 15*, 254v-255; *Fund. de la Baya*, 34v (110). Em Pernambuco, fêz-se o mesmo a partir de 1576, *Fund. de Pern.*, 74v (51).

3. *Lus. 68*, 343v.

4. Anch., *Cartas*, 318.

5. Cardim, *Tratados*, 319.

6. Cardim, *Tratados*, 327; Anch., em *Annaes*, XIX, 62. Os escravos africa-

Em 21 de Março de 1588, escrevendo o P. Geral ao Provincial do Brasil, depois de recomendar o estudo da língua tupi, acrescenta: « Assim mesmo é muito importante haver no Brasil alguns dos Nossos que saibam a língua de Angola. V.ª R.ª verá os meios que para isto se podem tomar; e nos avisará do que lhe parecer, se fôr preciso dar-se de cá remédio a isso »[1]. Chegou-se a propor que se fizesse de Angola missão dependente do Brasil. A ocasião foi um pedido que o Provincial de Portugal fêz, em 1604, ao P. Cardim, que enviasse directamente um Visitador àquela colónia africana. Fernão Cardim acedeu ao pedido, para conservar « boa correspondência com a Província de Portugal e fazermos êste serviço, pois de lá nos veem os sujeitos; e assim mandarei um Padre, de espírito e saber, quando se oferecer oportunidade de embarcação »[2]. Além desta boa correspondência com Portugal, havia outra razão e indica-a o P. Tolosa: era necessário que Angola ficasse missão do Brasil, para virem de lá Padres línguas, aptos a tratarem com os negros. Contudo, não possuindo o Brasil gente bastante para si, e tendo de ir para Angola Padres de Portugal, naturalmente Angola devia ficar unida à Província, donde lhe iam os missionários. Tal proposta é, porém, indício da preocupação de todos em atender aos negros. Os Padres, enviados então a Angola, foram António de Matos e Mateus Tavares, aquêle como Visitador, o segundo como companheiro[3]. Feita a visita, voltaram para o Brasil. Mas, se não se realizou a união alvitrada, nem por isso se pôs de lado a preocupação da língua, até que o P. Pedro Dias compôs finalmente a *Arte da língua de Angola*, para uso expresso dos Padres do Brasil[4].

---

nos eram denominados geralmente escravos da Guiné ou Angola. Mas a Costa dos escravos de África abrangia tôda a região que vai desde a Guiné a Moçambique. Cf. Réclus, *Nouvelle Géographie Universelle, L'Afrique Occidentale* (Paris 1887) 470; Nina Rodrigues, *Os Africanos no Brasil* (S. Paulo 1933) 32; Artur Ramos, *O negro brasileiro* (Rio 1934) 16-18.

1. *Bras.* 2, 57v.
2. Cardim a Aquaviva, da Baía, 1 de Set.º 1604, *Bras.* 5, 56.
3. *Bras.* 8, 102v.
4. Cf. supra, Tômo I, 534. Sôbre esta gramática da língua de Angola escreve Pedro Dias ao P. Tirso González, a 3 de Agôsto de 1694 (*Bras. 3 (2)*, 337-337v). O livro foi aprovado e impresso em 1697. « Arte da lingva de Angola. Oeferecida *(sic)* a Virgem Senhora N. do Rosario Mãy, y Senhora dos mesmos Pretos,

Fora a questão da língua, havia outra dificuldade. Era a dispersão, em que se achavam os escravos pelas fazendas e engenhos do interior. Não podendo vir às cidades e vilas, iam ter com êles os Padres, « confessando-os, casando-os, ensinando-lhes a doutrina e administrando-lhes os mais sacramentos, assim a êles como a seus senhores; e para isto se deteem, em cada fazenda, alguns dias, de que se não pode encarecer o fruto, que se colhe, porque se os Padres desta maneira o não fizeram, muito poucas daquelas almas se salvaram »[1].

Em geral, os senhores permitiam que os escravos assistissem à catequese, quando os Padres faziam o giro dos engenhos; apenas um ou outro, para não perder um dia de trabalho, o não consentia[2]. Os Jesuítas reagiram contra semelhante ganância, e também contra outro abuso, o de não deixarem os senhores de engenho que os escravos assistissem, juntamente com êles, à missa. Como não havia senão uma, tinham os escravos de ficar sem ela[3]. Emquanto estavam presentes os Padres, conseguia-se a reünião de uns e outros à mesma missa, como filhos todos do mesmo Deus. Em se ausentando os Padres, tudo voltava à antiga. Já tinham os Jesuítas faculdade de binar, para lugares diversos. Esta binação devia amplificar-se no sentido de poderem ser duas missas no mesmo lugar, a horas diferentes. Além disto, atendendo a que os Jesuítas não poderiam permanecer de modo fixo em cada engenho, esta faculdade devia conceder-se também ao clero secular. É o que expõe o Visitador, Cristóvão de Gouveia, ao Geral, em 1584: « Nas fazendas e engenhos há grande cópia de escravos, os quais nunca ouvem missa, ainda que tenham nelas sacerdotes que as digam, por serem as igrejas pequenas, e os escravos andam nus; e, pelo mau cheiro, não os deixam os seus senhores e Portugueses estar nem dentro nem fora das igrejas. Além disso, logo em amanhecendo, nos dias santos, vão buscar de comer pelos matos, por seus senhores não lho dar. Pelo que nos parece que seria de muito serviço

---

pelo P. Pedro Dias da Companhia de Jesu. Lisboa, Na Officina de Miguel Deslandes, Impressor de Sua Magestade. Com todas as licenças necessarias. Anno 1697, pet. 8.º, sll, pp. 48 ». — Sommervogel, *Bibl.*, III, 41.

1. Guerreiro, *Relação Anual*, I, 379.
2. *Fund. de la Baya*, 34v-35.
3. *Ib.*, 36.

de Nosso Senhor, alcançar do Papa que estendesse o privilégio que temos, de dizer duas missas ao dia em diversos lugares, a dizerem-se no mesmo lugar, em diversos tempos. Uma, logo pela manhã, aos escravos; e outra aos Portugueses, como se costuma. E se êste privilégio se estendesse aos clérigos seculares, para o mesmo efeito, seria grande bem, porque tôdas estas 15 ou 20 mil almas parece que não teem mais que o nome de cristãos e tudo o mais de gentio, nem assim se poderão salvar, se não forem melhor cultivadas e ensinadas nas coisas da fé. E êste meio, de um poder dizer duas missas, no mesmo lugar, em diversos tempos, e na missa dos escravos ensinar-lhes a doutrina, nos parece coisa necessária e importante para a salvação destas almas, se V.ª Paternidade o alcançar de Sua Santidade» [1].

O Padre António Gomes, procurador a Roma, levava também apontado, no seu *Memorial*, o seguinte: «Os escravos de todo o Brasil, que devem passar de 40 mil, comumente em todo o ano não ouvem missa senão os que teem as nossas igrejas, ou quando algum Padre dos Nossos se acha em suas freguesias. A causa é porque, além da sua pouca doutrina em comum, são as igrejas pequenas e os brancos os deitam fora, chamando-lhes de cãis, perros. Além disso, como a missa se diz tarde, os escravos, oprimidos de fome e trabalho de tôda a somana, se vão a pescar, mariscar e caçar, e outros a prantar ou colhêr alguns legumes e fruta. Apontava o Padre Luiz da Grã se seria algum remédio haver-se licença pera os curas, nos domingos e santos, dizerem

---

1. *Lus. 68*, 418v. Para se autorizarem e urgirem com os Senhores cristãos esta obrigação moral, propuseram-se algumas dúvidas: « *Dubium 2. Que obrigação teem os Senhores em mandar a sua gente à missa? — Rp. que todos os Senhores estão obrigados sob pena de pecado mortal a mandar seus escravos, criados, filhos e tôda a mais gente que está a seu cargo, à missa. Prova-se*», etc. Isto, quanto à missa. E depois, « *dubium 3ᵐ.: Que doutrina são obrigados os Senhores a dar a seus escravos? Rp. que, se alguns Senhores teem escravos gentios assi da terra como da Guiné, estão obrigados, sob pena de pecado mortal, a ensinar-lhes a doutrina necessária pera sua salvação* ». Évora, Códice CXVI/1-33, f. 175v-176v. *Ann. Litt. 1589*, p. 464, se não foram os Jesuítas, os escravos « *croupiroient tousjours en leur infidélité et ignorance* ». — Pierre du Jarric, *L'Histoire des choses plus mémorables*, p. 437. Nas missões, que deram nos engenhos, tanto da Baía como de Pernambuco, houve, em 1584, mais de 800 baptismos e foi grande o número de confissões. *Lus. 68*, 408v; *Ann. Litt. 1584*, 145. Em 1589, fundaram os Padres, nos engenhos de Pernambuco, confrarias especiais para os negros.

duas missas, obrigando-os que ensinem as orações e mandamentos aos escravos de seus fregueses, a esta missa de pola manhã » [1].

É evidente que os escravos dos Padres se achavam, em relação aos outros, numa situação privilegiada. Os Superiores recomendavam constantemente que se tivesse com êles acurada assistência moral e religiosa, com vantagens até sob o aspecto material: « aos moços e escravos de casa ensine-se a doutrina todos os dias, e confessem-se ao menos pelo Natal e pela Páscoa, tanto os da roça como os de casa. Evite-se que estejam em mau estado e deem escândalo aos de fora. E os que, neste ponto, forem incorrigíveis, não se tenham em casa » [2].

A doutrina e bom exemplo, que os Padres exigiam do seu pessoal, procuravam dá-lo também aos outros. A Ânua de 1589 resume os esforços dos Jesuítas a favor dos escravos, nos casos de *abandôno*, *doença e morte* dos escravos nesta frase tripartida em que os Padres eram, para êles, *tudo*: «sive in egestate, necessaria; sive in aegritudine, remedia; sive in morte, solatia » [3].

O exemplo de Anchieta, indo com o Ir. Pero Leitão, da Baía a Itapagipe, uma légua, só para consolar e confessar um Angola, doente, é caso típico, aplicável a todos. O mesmo Anchieta dá a razão profunda dêste zêlo dos Jesuítas. « A coisa por que Nosso Senhor deixou de ir curar o filho do régulo, e se ofereceu tão liberalmente para ir sarar o escravo, foi para condenar a negligência de tantos que no Brasil tão pouco caso fazem dos seus escravos, que os deixam viver mal e morrer às vezes sem baptismo e sem confissão; e para que saibamos estimar as coisas segundo seu valor, não olhando no mesmo escravo o que tem de boçal ou o ter-me custado o meu dinheiro, senão vendo nêle representada a imagem de Cristo Nosso Senhor, que se fêz escravo para salvar êste escravo, e me serviu como escravo trinta e três anos, por me salvar a mim » [4].

---

1. *Lus. 68*, 402v-403.
2. Visita do P. Cristóvão de Gouveia, 1586, *Bras. 2*, 143; novas recomendações em 1589, Gesù, *Colleg. 13* (Baya).
3. *Ann. Litt. 1589*, 464.
4. Anch., *Cartas*, 507; Luiz Gonzaga Cabral, *Jesuítas no Brasil* (S. Paulo s/d) 252; Vasc., *Anchieta*, 216.

Para o fim do século XVI, começaram os escravos a revoltar-se contra os colonos e a fugir para o interior. Escreve, em 1597, o P. Pero Rodrigues, reflectindo as preocupações gerais: «Os primeiros inimigos [dos colonos] são os negros da Guiné alevantados, que estão em algumas serras, donde veem a fazer saltos, e dão muito trabalho, e pode vir tempo em que se atrevam a cometer e destruir fazendas como fazem seus parentes na Ilha de São Tomé»[1]. É já a ante-visão dos mucambos, Palmares e revoltas de Itapicuru e Pernambuco.

Observa, com verdade, uma Relação jesuítica de 1617, que a assistência dos Padres aos negros tinha, sob o aspecto de pacificação, importância capital: tornava-se útil para os negros, porque os instruía, ajudava e consolava; útil aos moradores, porque, andando os negros tranqüilos, a vida do Brasil seguia em paz; útil para o Estado (ou como então se dizia, para a fazenda real), porque na paz prosperava a agricultura e a indústria açucareira, criavam-se fontes de riqueza e, com elas, fontes de rendimentos públicos. Não menor era o aspecto moral. Tem a mesma Relação, que os escravos, em contacto com os Jesuítas, não fugiam para os mucambos, não furtavam, não se amancebavam, não se embriagavam, e diziam que, se procediam assim, é porque se confessavam com os Jesuítas, «em quem nada destas coisas se achava»[2].

A vantagem, que os Padres mais apreciavam, era sem dúvida a salvação daquelas almas. Por isso tomavam as medidas oportunas para os atrair, proporcionando-lhes distracções e chamarizes, de efeito seguro em tôdas as latitudes e com tôdas as raças. Escreve Henrique Gomes, falando da Baía: «Não é menos o fervor que se enxerga em as doutrinas, as quais se fazem todos os domingos à tarde na nossa igreja, depois de o Padre, que os tem a cargo, ir polas ruas com os mestres e estudantes, ajuntando quantos podem. E, assim com isso, como com boas músicas, que sempre há, descantes, órgãos e às vezes frautas e charamelas, há, de-ordinário, concurso e se enche a igreja, como para qualquer prègação. Na mesma forma correm em Pernam-

---

[1]. Carta de Pero Rodrigues, da Baía, 1 de Maio de 97, cf. Amador Rebelo, *Comp. de alg. cartas*, 214; *Annaes*, XX, 255.
[2]. *Bras. 8*, 250-251.

buco, salvo o variar-se por diversas igrejas, por estar a povoação da vila mais espalhada que a desta cidade. Aos pretos escravos se ensina em os mesmos dias, primeiro em a nossa igreja, acabada a primeira missa, a que concorrem tantos, que não há caberem. À tarde, vão dois Irmãos pelas ruas da cidade, e em tôdas as partes que os acham, os ajuntam, e aí mesmo os ensinam, e faz-se assim com mais fruito, porque nestes lugares são certos; e levá-los à igreja, como por vezes se tem intentado, é dificultoso a êste tempo, que é o em que aliviam o trabalho da somana »[1].

Se os Jesuítas, vivendo em terra em que ùnicamente existia como base da vida económica a escravatura, a aceitaram sob pena de não poderem manter-se na terra, contudo, procuraram, como puderam, colocar-se acima do ambiente e, promovendo a salvação de todos, olharam para os seus escravos com humanidade, considerando-os não simples coisas *(res)*, mas seres racionais, criados à imagem de Deus. Nem recusavam, a homens de côr, graças que dificilmente concedem, e em geral, só a bemfeitores insignes [2]. Um dos modos práticos de elevarem os escravos, foi reconhecer nêles personalidade jurídica e capacidade para possuírem bens. Davam-lhes prémios, a êles e aos filhos; e, aos que se portavam com maior fidelidade, consentiam que criassem 10 cabeças de gado nas suas fazendas [3].

Concluamos com o que diz Melo Morais Filho, referindo-se à Fazenda de Santa Cruz: «aquela meia dúzia de Padres valia por gerações de nossos retrógrados fazendeiros, que nunca utili-

---

1. Carta de Henrique Gomes, Baía, 16 de Junho de 1614, *Bras. 8*, 169v.
2. « Do Memorial do P. Provincial Pero de Toledo, do que o P. Procurador Anrique Gomes há de tratar em Roma com o N. P. Geral, Agosto de 1617 » (*Congr. 55*, 261) : « 11 — João Francisco, homem mulato, serve no navio de casa ha trinta e tantos annos, por amor de Deus, sempre com edificação e boa satisfação, confessa-se e comunga cada oito dias e faz vida exemplar ; não tem raça de mouro nem judeu ; pede ser *admitido na Companhia* na hora da morte ; é dino e merece esta consolação. E assim peço a V. P. o console ».

O P. Geral respondeu afirmativamente : « Ad 11^m damus ut in articulo mortis illi concedatur » (*Congr. 55*, 260). A outros davam, pura e singelamente, a alforria, como ao escravo Pedro Seabra, para quem se pede encarecidamente, a Roma, a devida licença.

3. Couto Reis, *Memorias de Santa Cruz*, na *Rev. do Inst. Bras.*, V (1843) 148.

zaram os negros senão brutalmente, na plantação exclusiva da cana e do café, sacrificando-os nos serões, nas surras e no eito. Êste costume, geralmente seguido, não partiu dos Jesuítas, que cultivavam as vocações dos seus escravos, consultavam-lhes as disposições pessoais, aplicando-os não sòmente à agricultura, mas às artes e ofícios. Assim, na lista que temos presente, diz êle, inventariam-se ferramentas de canteiro, pedreiro, cavouqueiro, torneiro, etc., que representavam outras tantas oficinas regulares e convenientemente montadas».

«Que diferença da administração dos Padres da Companhia para o que se dava em nossas fazendas até antes da lei de 13 de Maio!» [1].

---

1. Melo Morais Filho, *A fazenda de Santa Cruz*, in *Archivo do Districto Federal*, III, 48 e 49.

CAPÍTULO IV

Assistência moral

1 — Os Jesuítas pacificadores de inimigos; 2 — Esmolas; 3 — Moralidade pública e amparo a mulheres e órfãs; 4 — Mancebias de brancos e mamelucos; 5 — O caso de João Ramalho; 6 — Assistência a presos e condenados civis ou da Inquisição.

1. — Os Jesuítas foram o elemento mais preponderante do progresso moral do Brasil — é frase corrente.

¿Corresponderá à verdade?

Em primeiro lugar, os Padres, pela sua posição, cultura e influência, e como homens de Deus, tinham que servir muitas vezes de árbitros entre desavindos. A paz das famílias, a paz dos colonos entre si, fomentaram-na êles, consoante o permitiam os meios ao seu alcance e a bisbilhotice de terras em formação e de classes sociais demasiado distantes. Nas cartas e relatórios, existe ordinàriamente uma secção destinada a estas pazes, feitas entre inimigos. Pela discrição, que tais assuntos requeriam, calavam-se geralmente os nomes, tanto mais que muitas pazes se operavam no sigilo do confessionário. Todavia, de-vez-em-quando eram casos públicos e então reconstituem-se fàcilmente personagens ou cenas. Do que se refere a outras regiões já falámos. Limitemo-nos agora à capital.

No dia 14 de Agôsto de 1557, aportou à Cidade do Salvador uma nau da Índia. Por qualquer motivo, armou-se desordem entre os da nau e a gente da cidade, e era tal « o ruído das cutiladas, que tôda a terra estava em armas ». «Temêmos poder morrer tantos, de uma parte e de outra, que fôsse depois fácil coisa à gentilidade poder acabar os que ficassem ». O P. Ambrósio Pires meteu-se no meio das lanças, espadas e pedradas, e apaziguou a briga[1]. Casos individuais de pazes, feitas pelos Padres, multiplicar-se-iam indefinidamente, se os quiséssemos enumerar: uma vez é um cónego que espanca certa mulher de posição[2]; outras, um homem que há dez anos não falava com a cunhada[3]; dois grandes colonos mortalmente desavindos entre si[4]; outros gravemente inimizados, por causa de uma questão de terras confinantes[5]; um colono, que premeditava matar a sua mulher, e um homem de quem suspeitava infundadamente tivesse relações com ela[6]. A Ânua de 1585 dá conta de 20 matrimónios refeitos, entre cônjuges separados[7]. Êstes e outros casos graves sanaram-se, dando-se as satisfações devidas ou suprimindo o crime premeditado.

Dissídios, talvez mais difíceis de resolver, eram os que surgiam entre homens da governança. A primeira grande questão foi logo entre o Bispo do Brasil e o Governador Geral, prejudicial em extremo, por se tratar das duas autoridades supremas, a civil e a eclesiástica. A pessoa atingida era D. Álvaro da Costa, filho do Governador Geral. Pois, a-pesar-de D. Pedro Sardinha não ter carácter conciliador, o P. António Pires conseguiu que D. Álvaro da Costa pedisse perdão ao Prelado, remitindo assim muito do bravo ardor da luta[8]. Diferenças desta natureza repetem-se aqui e além. Henrique Gomes refere certas rivalidades entre as autoridades eclesiásticas e civis. Era uma questão de jurisdição. A intervenção dos Jesuítas pacificou os ânimos[9]. Entre Luiz de Brito e Almeida, Governador, e Fernão da Silva, Ouvidor, também se suscitaram desinteligências graves. Os Padres procuraram acalmá-las. Mais decisiva foi a sua interferência, em 1590, na querela de jurisdição, que se levantou entre os dois Governadores da Junta, que sucedeu a Manuel Teles Barreto. As disputas azedaram-se. A cidade dividiu-se. Com a inter-

---

1. *CA*, 186-188.
2. *CA*, 430-431.
3. *CA*, 439-440.
4. *CA*, 494.
5. *Bras. 15*, 364.
6. Ânua de 1574, *Bras. 15*, 253v.
7. *Ann. Litt. 1585*, p. 132.
8. *CA*, 143.
9. Carta de Henrique Gomes, 16 de Junho de 1614, *Bras. 8*, 169v.

venção dos Jesuítas terminou a contenda[1]. A carta trienal de 1617-1619 refere também grave dissenção entre dois Capitãis (*praesidiorum duces*). Cada qual tinha o seu bando de apaniguados, e temiam-se desagradáveis sucessos. Os Padres compuseram-nos[2].

Trataram também os Jesuítas de manter sempre boas relações de cortezia e de cooperação com as autoridades, para o fim comum da civilização cristã. Com alguns Governadores a cooperação foi perfeita. Com outros não se conseguiu totalmente. Das primeiras autoridades escrevia Nóbrega, em 1549: «a todos êstes senhores [da Baía] devemos muito pelo muito amor que nos teem, pôsto-que o dalguns seja servil. O Governador [Tomé de Sousa] nos mostra muita vontade. Pero de Góis nos faz muitas caridades. O Ouvidor Geral [Pero Borges] é muito virtuoso e ajuda-nos muito. Não falo em António Cardoso [de Barros], que é nosso pai. A todos mande V.ª R.ª os agradecimentos»[3].

A atitude da gente de fora para com a Companhia pode-se dizer que era mais de amizade do que de hostilidade. O pomo de discórdia, quando o havia, era a liberdade dos Índios. No século XVII, haverá manifestações ostensivas contra a Companhia, por êsse motivo. No século XVI, houve uma outra manifestação. Em geral, davam-se provas de deferência. Quando o P. Cristóvão de Gouveia visitou, em 1584, as fazendas e engenhos dos Portugueses, se foi a pedido de muitos, fizera-o, também, para conciliar a simpatia de alguns que não estavam «muito benévolos». E uns e outros o receberam com grandes demonstrações de amizade. «Os que menos faziam, e se tinham por não muito devotos da Companhia, faziam mais gasalhados do que costumam fazer em Portugal os muito nossos amigos e intrínsecos; coisa que não sòmente nos edificava, mas também espantava ver o muito crédito, que por cá se tem à Companhia»[4].

Com Manuel Teles Barreto foi tudo ao contrário, como vimos. As relações esfriaram-se, chegando a ser tensas e dolorosas. A defesa, que os Padres faziam dos Índios, embaraçava os

---

1. *Bras. 15*, 364; *Ann. Litt. 1590-1591*, 819-820.
2. *Bras. 8*, 228.
3. Nóbr., *CB*, 87.
4. Cardim, *Tratados*, 317-318.

colonos nas suas esperanças e arbitrariedades. Houve graves desgostos. Mas verificou-se que, mesmo os que durante a vida malsinavam ou desdenhavam da Companhia, à hora da morte, geralmente os chamavam. E não raro se rendiam, já em vida, como certo homem importante, inimigo dos Jesuítas, que, sendo assistido por um dêles, numa grande enfermidade, entendendo como a Companhia abraça todo o género de gente, dizia, depois, recuperada a saúde, que ao Padre devia não só a saúde da alma mas também a do corpo: «porque, depois de Deus, um conselho, que o Padre lhe deu, o tem vivo» [1].

2. — Outra forma de assistência dos Jesuítas era a esmola. «Parece-nos que não podemos deixar de dar a roupa, que trouxemos, a êstes que querem ser cristãos, repartindo-lha, até ficarmos todos iguais com êles», escreve Nóbrega, pouco depois de chegar [2]. Não foram êstes, simples e ineficazes desejos de bem-fazer: «Dia de São Lourenço deram-se algumas roupas a alguns dêles [Índios], do pano que El-Rei nos dá de esmola» [3]. As esmolas tinham naturalmente maior envergadura, por ocasião das epidemias, em que se fazia comida para grupos numerosos, «60 e 70 pessoas» que sem isso sucumbiriam [4].

Os Jesuítas não só davam da própria pobreza, mas moviam os outros a que se apiedassem também dos famintos; e, com isso, faziam esmolas aos indigentes e à Misericórdia [5]. Pero Rodrigues dá conta dos importantes donativos de Cristóvão Pais Daltro, em «panos e drogas», que Anchieta repartia depois pelos pobres do Espírito Santo [6]. Êste espírito de caridade reflectiu-se nos próprios Índios: êles «levam as suas esmolas à igreja para que se repartam a pobres, e os que mais não podem, levam lenha e fazem fogo aos doentes» [7]. Os fiéis costumavam dar aos

---

1. Carta de Caxa, de 2 de Dezembro de 1573, BNL, fg. 4532, f. 39v; *Fund. de la Baya*, 23v (98).
2. Nóbr., *CB*, 74.
3. Anch., *Cartas*, 85-86.
4. *Discurso das Aldeias*, 380; *CA*, 260-261.
5. *Fund. de Pernambuco*, 63 (19); *Crón.*, III, 39; Nóbr., *CB*, 161.
6. Pero Rodrigues, *Anchieta*, em Annaes, XXIX, 234; Vasc., *Anchieta*, 139, 341.
7. *Fund. de la Baya*, 36v (112).

Padres, *pro suis defunctis*, algumas esmolas. Os Padres redistribuíam-nas pelos pobres, por intermédio de um homem pio e de confiança. Assim era em 1592[1]. Indigentes, às vezes em maiores apuros, eram os que hoje chamaríamos pobres envergonhados. Também não se esqueciam. Especifica Beliarte: «quatro mil réis, que mandei comprar de farinha, que se deram de esmola a pessoas honradas nesta Baía, no tempo que houve fome»[2]. Entre os géneros alimentícios entrava a carne[3]. E dinheiro? Também. Mas recomendava-se que a esmola fôsse antes em géneros necessários à vida. À hora de comer, não tinham conta os pobres que o Colégio alimentava. Davam-se, também peças de vestuário. Fixo, fora da comida, não havia nada. Pondo-se o caso em consulta, mantém-se esta indeterminação, acrescentando-se, porém, que a caridade bem ordenada devia começar pelos de casa e constava que os Nossos da Capitania do Espírito Santo passavam necessidade, em 1579[4]. Acudiu-se, portanto, também a êsses Padres e Irmãos[5].

Os Jesuítas não esqueciam os seus parentes pobres. Nóbrega escrevia, no ano de 1553, ao P. Mestre Simão: «Está lá [em Portugal] uma mulher pobre que tem cá um seu filho, que se chama Sousa, nosso Irmão, e é uma alma bemdita: dê V.ª R.ª cuidado a

---

1. *Bras.* 2, 79v.
2. Beliarte escrevia em 1594, *Bras.* 3, 359. Notemos que 4$000, de então, equivalem a 1.200 escudos, de hoje. Cf. J. Lúcio de Azevedo, *Novas Epanáforas* (Lisboa 1932) 84, onde, a-propósito da tença de Camões, mostra que o poder de compra do dinheiro, daquela época para hoje, deve ser tricentuplicado.
3. Gesù, *Colleg. 13* (Baya).
4. *Bras.* 2, 45-45v.
5. Mantemo-nos no século XVI; com o tempo aumentaram os bens dos Jesuítas e, em conformidade com êles, as suas caridades: A «Fazenda Santa Cruz dava ao Colégio do Rio de Janeiro 53 rezes por mês: os Jesuítas, tirando das 53 rezes quanto bastava para provimento do Colégio, repartiam os restos em *esmolas* por muitas partes, aos presos, aos Franciscanos, a casas particulares, tôdas as semanas». — *Memórias de Santa Cruz*, pelo coronel Manuel Martins do Couto Reys, in *Rev. do Inst. Bras.*, V (1843) 150n. «Varões verdadeiramente apostólicos, dignos das muitas possessões, que teem nesta região, cujas rendas dispendem religiosa e piamente no culto das suas Igrejas, na sustentação dos seus religiosos e de infinitos pobres a quem socorrem com o quotidiano alimento e outras tão precisas como liberais esmolas». — Sebastião da Rocha Pita: *Historia da America Portuguesa*, 2.ª (Lisboa 1880) 74.

Mestre João de a consolar algumas vezes e ajudá-la com alguma esmola»[1]. Estas esmolas eram freqüentes. A uma parenta necessitada do P. Henrique Gomes, enviou Beliarte, pouco antes de 1594, só duma vez, 10$000 réis[2]; e também se socorria uma irmã do P. Tolosa, residente em Portugal[3]. Tais generosidades eram aprovadas pelos Superiores maiores e até pelo Geral; recomendava-se, apenas, que os donativos fôssem remetidos por intermédio doutro Padre diferente do interessado[4].

Forma prática da caridade era a que se manifestava por ocasião de naufrágios ou arribada forçada de naus da Índia, como a nau «S. Paulo» em 1560[5], e a nau «S. Francisco» em 1596[6]. Quirício Caxa, conta a intervenção dos Padres num caso, sucedido em 1573: «êste Julho passado, com grande tormenta, deu à costa, doze léguas desta cidade, uma nau da Índia, junto de uma povoação de nossos Índios». Era a Aldeia de Santo António, em que residia o P. Gaspar Lourenço. Estava êle, nesse momento, com o P. Reitor e outros Padres na Aldeia de S. João, num baptismo e casamento solene. Na nau iam «ao pé de 400 pessoas, e levavam muita riqueza; escaparam até cento e vinte, os demais morreram». Logo que o P. Gaspar Lourenço soube o triste sucesso, a-pesar-de estar distante, «dez léguas», pôs-se logo a caminho com outro companheiro. Era noite escura, o caminho cheio dos costumados obstáculos, chegaram «uma hora ante-manhã». Enterraram os mortos. «E os vivos levou para sua Aldeia, e os feridos em ombros de Índios». Os Índios deram-lhes galinhas, porcos, etc., e «lavavam-lhes os pés com outros gasalhados, de que êles estranhamente se edificavam. Os doentes foram levados para o hospital da Baía e socorridos dos nossos». Na Baía, «chegados êles, se mostrou também a caridade de nossos colegiais, acudindo ao hospital, pera os que vinham feridos, buscando-lhes todos os remédios possíveis de consolação e emparo de que não tinham menos necessidade, tiraram-lhes algu-

---

1. *Bras.* 3(1), 107. Aquêle Irmão Sousa é o companheiro de martírio do Ir. Pero Correia, de que falamos acima.
2. *Bras.* 3(2), 359, 360.
3. *Congr.* 49, 466.
4. *Bras.* 2, 64v.
5. *Bras.* 15, 155.
6. *Bras.* 15, 420. Cf. *Annuae Litt. 1583*, p. 202; *Bras.* 8, 4.

mas boas esmolas polos da cidade. Um dia, nossos Irmãos (que foi o em que êles chegaram) deixaram quási de comer pera o dar pera êles; foi tão boa sua esmola, que bastou pera com ela ajudar algumas 70 pessoas. Foram dois Padres e três Irmãos a repartir por onde êles estavam espalhados pola cidade; foi coisa que a êles consolou e a todos edificou, e obrigou aos demais a os favorecer. Também se deu remédio às suas almas, que não estavam menos necessitadas, porque muitos dêles fizeram grossas restituïções de coisas do naufrágio, que haviam tomado» [1].

3. — Outra forma de assistência, e mais alta, é a assistência moral. A questão de moralidade pública preocupou extremamente os Padres.

Os primeiros povoadores do Brasil, ao deixarem a Pátria à ventura, iam geralmente sós, solteiros; e, se casados, poucos levavam as mulheres. Chegados ao Brasil, casados e solteiros, não perdiam a memória da Pátria na esperança legítima de voltarem a ela. Daí, enlaces ocultos ou públicos, situações familiares provisórias. A facilidade em obter mulheres índias fazia o resto. O amancebamento era quási geral.

Bem se deixa ver, dêste estado de coisas, a funesta conseqüência a que se expunham os filhos. Nóbrega, escrevendo de Pernambuco, em 1551, diz: «Andam muitos filhos dos cristãos pelo sertão, perdidos entre os gentios, e, sendo cristãos, vivem em seus bestiais costumes. Espero em Nosso Senhor de os tornar a todos à vida cristã, e tirá-los da vida e costumes gentílicos; e o primeiro que tenho tirado, é êsse que lá mando [a Portugal] para que, se acharem seu pai, lho deem» [2].

A grande queixa dos solteiros era a falta de mulheres brancas, com que se casassem. Com os solteiros, a intervenção dos Jesuítas tinha apenas ponto de apoio na moral; com os casados também o tinha jurídico: «há cá muita soma

---

1. Carta de Caxa, de 2 de Dezembro de 1573, BNL, fg. 4532, 39v, 40. Cf. *Fund. de la Baya*, 24 (99), onde, além do P. Gaspar Lourenço e do P. Reitor, Gregório Serrão, se nomeia, como tendo prestado relevantes serviços, o Ir. Estêvão Fernandes.

2. Nóbr., *CB*, 115.

de casados de Portugal, que vivem cá em graves pecados: a uns fazemos ir para Portugal, outros mandam buscar suas mulheres» [1].

A solução de irem para Portugal ou virem de lá as mulheres, atingia, porém, número limitadíssimo de pessoas. A dificuldade subsistia, emperrando o curso da vida cristã. «Muitos cristãos, por serem pobres, se teem casado com as negras [indias] da terra, mas bastantes outros *tencionam voltar ao Reino* e não queremos absolvê-los (ainda que tenham filhos), por se terem casado em Portugal, antes, muito os repreendemos nas prédicas. Se El-Rei determina aumentar o povo nestas regiões, é necessário que venham, para se casar aqui, *muitas órfãs, e quaisquer mulheres, ainda que sejam erradas*, pois também aqui há várias sortes de homens, porque os bons e ricos darão o dote às órfãs. E desta arte assaz se previne a ocasião de pecado, e a multidão se aumentará em serviço de Deus» [2].

As órfãs pedidas com tanta instância a El-Rei, por serem «cá tão desejadas as mulheres brancas», e para deixar de haver pecados, começaram a afluir [3]. A armada de 1551 levou muitas meninas órfãs [4]. A chegada delas favorecia o povoamento; mas, como eram pobres, exigiam amparo para que o povoamento se fizesse com proveito da terra e honra própria. O Estado Português não as abandonava ao desembarcarem. A 20 de Abril de 1553, passou-se um mandado para se acudir com o que fôsse necessário a 8 órfãs que iam ao Brasil para se casarem, emquanto se não casassem [5]. O seu casamento, a princípio, foi

---

1. Nóbr. *CB.* 120, 125. Nóbrega tinha todo o apoio do Ouvidor Geral, Pero Borges, que escrevendo a El-Rei, a 7 de Fevereiro de 1550, ao comunicar-lhe que homens casados em Portugal vivem no Brasil «amancebados com um par ao menos, cada um, de gentias», propõe que, ou voltem a Portugal ou venham de lá as mulheres. Cf. *Revista de História*, n.º 13 (1915) 73.

2. Nóbr., *CB*, 109, cf. 53, 80; 111, 126, 134; *Bras. 3 (1)*, 106. Referindo-se àquelas *mulheres erradas*, que achariam fácil casamento, adverte noutra carta o P. Nóbrega: «com tanto que não sejam tais que de todo não tenham perdido a vergonha a Deus e ao mundo», *CB.* 80.

3. Nóbr., *CB*, 134.

4. Vasc., *Crón.*, I, 94.

5. Registos do Conselho Ultramarino, na *Rev. do Inst. Bras.* 67, 1.ª P. (1894) 57. Aquí transcreve-se por engano *orfãos*. Fêz-se como se ordenou. A trinta de Julho de 1553, mandou o Provedor-mor do Brasil que de 13 dêste mês em diante

relativamente fácil. Depois, já os pretendentes especulavam com o facto da sua protecção oficial, exigindo para si cargos públicos [1].

Aos Padres recaía um pouco da tarefa de velar por elas, buscando-lhes os respectivos dotes [2]. Em todo o caso, como estas tinham o amparo oficial, aos Padres recaiu mais em cheio o cuidado das filhas dos Índios cristãos, pelo perigo mais certo, em que se viam, de serem aliciadas para o mal, e também para que perseverassem. Desde 1551 nasceu a ideia de recolhimentos próprios para meninas e môças [3].

Um dos fins dêstes recolhimentos era assegurar aos Índios casadoiros, que saíam da doutrina dos Padres, mulheres cristãs, igualmente doutrinadas. Havia, além das razões morais, esta, puramente indígena: é sabido o poder que no Brasil tinham os Índios gentios sôbre os genros e cunhados. Se os alunos dos Jesuítas tivessem que sujeitar-se a isso, escreve Grã, em 1556, êles recuariam para os costumes selvagens [4]. Na Baía, a ideia dos recolhimentos revestia ainda outro aspecto. Os Índios, vendo como os Jesuítas lhes educavam os filhos, desejavam igual vantagem para as filhas. Instaram com o Padre [Nóbrega] que queriam escrever à Rainha [D. Catarina], pedindo lhes enviasse mulheres virtuosas para doutrinarem suas filhas, pois os Padres lhes ensinavam os filhos; e assim o escrevem, e pareceu isto tão bem a todos, tanto ao Governador como à mais gente da

---

« se desse às nove [e não 8] Orfãs, que Sua Alteza aqui mandou, mil e oitocentos réis em dinheiro, duzentos para cada uma, para peixe e miüdezas, o qual entregasse a Maria Dias, criada delas ». — *Documentos Históricos*, XIV, 361. Cf. *Instrumento*, em *Annaes*, XXVII, 127. Em 1557, no dia 20 de Abril, El-Rei encomendava a Mem de Sá, que ia como Governador do Brasil, 6 órfãs, que para lá mandava, e lhes desse o necessário emquanto não casassem. Dão-se os nomes destas órfãs, uma das quais tinha o sugestivo de Damiana de Góis, *Docum. Hist.*, XXXV, 437.

1. Nota de Capistrano a Pôrto Seguro, *HG*, I, 309; cf. também a carta de D. Duarte a El-Rei, de 3 de Abril de 1555, por onde se vê que um degredado pôs, como condição para casar com uma órfã, o prévio indulto, que lhe foi concedido (*Hist. da Col. Port. do B.*, III, 371).

2. *Fund. de Pernambuco*, 65v (28), 68 (37), 74 (48).

3. Nóbr., *CB*, 119-120, 125.

4. Carta de Grã, 8 de Julho de 1556, *Bras. 3(1)*, 149v.

cidade e aos nossos Padres, que todos, uns e outros, escrevem sôbre isto».

Ecos dêstes desejos encontram-se numa resposta do P. Geral. Aprova a fundação de casas, governadas por matronas, de tôda a honestidade e conhecida virtude, para a educação de meninas [1].

As condições do meio e do tempo não permitiram então a realização de tal obra. Era assunto delicado, atreito a perigos e dissabores. Na verdade, agenciar casamentos não era próprio dos Padres, e o Visitador Inácio de Azevedo restringe a sua intervenção ùnicamente a casos de gente desamparada e mediante particulares precauções [2]. Se o recolhimento para meninas se não pôde então efectuar, em todo o caso, aquela tentativa de se buscarem para as filhas dos Índios as vantagens de que gozavam os meninos, é um facto digno de registo: «esta intuïção do gentio é quási milagrosa, diz Afrânio Peixoto, tanto a educação das mulheres, por tanto tempo, quási até hoje, se afastou do ideal pedagógico de lhes dar educação comum com os homens, ideia que só vingaria no fim do século XIX» [3].

Agora, a distância, se examinarmos bem o conteúdo desta aspiração dos Índios, em confronto com os Padres, isto é, com Religiosos, temos que concluir que êle inclue já, em pleno século XVI, o postulado da educação feminina por meio de mulheres religiosas de Congregações ensinantes. Como a Companhia de Jesus não as tem, e o caso das matronas professoras era por então inexeqüível, o alvitre não teve andamento prático. Para compensar a sua falta, os Padres lançaram mão dos meios que era possível achar na terra, confiando as órfãs ou môças pobres, em perigo de se perderem, a famílias honestas e seguras, que as amparassem. Foi o que se praticou não só na Baía e Pernambuco, mas, depois, noutras povoações, como em Santos, no ano de 1589 [4].

---

1. *Mon. Laines*, VI, 578; cf. *ib.*, VIII, 407. A carta de Nóbrega tem a data de 12 de Junho de 1561, *Bras. 15*, 117v.
2. *Bras. 2*, 138v.
3. *CA*, 231.
4. Puellae aliquot, quarum pudicitiae obstabat inopia, in loco tuto atque honesto locatae, *Ann. Litt. 1589*, p. 463, 470.

Paralelamente a êste ministério de assistência preservativa, social e cristã, existia o da regeneração das amancebadas, ou caídas, abundantes numa terra, onde, como vimos, a mancebia era corrente e onde se dava o caso de andarem até «môças, filhas de cristãos, dadas à soldada a solteiros»[1]. Os Padres combatiam também a prostituïção com resultados, se não sempre definitivos e gerais, ao menos parciais, convertendo, aqui e além, algumas destas desventuradas mulheres[2].

4. — Contra a mancebia clamaram também os Padres desde a primeira hora. Escrevendo, pouco depois de chegar, Nóbrega refere-se já ao «grande pecado» da terra: os brancos teem as indias por mancebas, quer escravas, quer livres, «segundo o costume da terra, que é terem muitas mulheres. E estas deixam-nas quando lhes apraz, o que é grande escândalo para a nova Igreja que o Senhor quer fundar. Todos se me escusam que não teem mulheres com quem casar, e conheço eu que se casariam, se achassem com quem »[3].

Neste primeiro exame do estado moral da terra, feito por Nóbrega, há uma contradição aparente: os homens viverem com muitas mulheres e desculparem-se que não teem mulheres com quem casem. Requere-se uma distinção: mulheres, para casar, eram as brancas, — e não as havia, de-facto; das outras havia muitas, mas não eram para casamento. Sob o ponto de vista moral, era evidente o escândalo: «estamos fartos, diz Nóbrega, de ouvir ao gentio contar coisas vergonhosas dos cristãos». E se lhes estranhamos os seus pecados, «certo que nos envergonham e tapam a bôca, aduzindo o exemplo dos colonos»[4].

¿Atitude exclusiva dos Portugueses? Puro engano! São conhecidas as lutas inúteis, sustentadas por Villegaignon para evitar que os colonos franceses se amancebassem no Rio; na Paraíba faziam-no abertamente; e, segundo Vincent Leblanc,

---

1. Nóbr., *CB*, 119.
2. *Ann. Litt. 1589*, p. 463.
3. Nóbr., *CB*, 79, 80 ; *CA*, 49.
4. Nóbr., *CB*, 172-173 ; *CA*, 180-181, 401.

houve Franceses que se asselvajaram, a ponto de esposar as superstições dos Índios[1].

A reacção contra o abuso não se fêz esperar. Os Padres propuseram três medidas práticas: a vinda de homens honrados, já casados, com as suas mulheres[2]; a vinda de mulheres brancas, — mas dêste ponto falaremos adiante; e o terceiro, mais difícil, porém mais cristão e civilizador: o casamento das índias com os brancos. Não obstante a ideia de que as índias não eram para casamento, também muitos Portugueses as receberam como espôsas, e logo, desde 1550, se diz expressamente que as índias convertidas começavam a casar-se com os cristãos *antigos*, isto é, com os brancos[3]. Na Capitania de S. Vicente, também se casaram logo, por interferência de Leonardo Nunes, quinze ou dezasseis brancos, e estavam sete ou oito para o fazerem, em 1551; «e outros, que eram casados lá no Reino, se apartavam cá das mancebas, e outros solteiros deixaram as índias escravas e se casaram com filhas de homens brancos»[4].

No Espírito Santo, regularizaram-se igualmente muitas situações equívocas, casando-se os senhores com «escravas»[5]. As escravas, no começo, eram índias; mais tarde, aparecem também casamentos de brancos com negras, mancebas suas, de quem tinham filhos[6]. Uma solução como esta, de tão alto significado moral e social, proposta pelos Jesuítas e que, afinal, constitue a substrutura étnica do povo brasileiro, não teve, contudo, senão efeitos parciais, atingindo apenas os caracteres mais nobres. Só êles conseguiram sobrepor-se não a preconceitos de raça, pecha que felizmente nunca tiveram os Portugueses, mas ao desregramento ambiente que nos parece provir de várias causas, étnicas e sociais.

---

1. Cf. *Les Voyages fameux du Sieur Vincent Leblanc* (Paris 1680). Tradução do que se refere ao Brasil pelo Dr. Luiz Gastão d'Escragnolle Dória, in *Rev. do Inst. de São Paulo*, XVI, 351.

2. *CA*, 53.

3. *CA*, 50; cf. Pedro Calmon, *História da Civilização Brasileira*, 2.ª ed., (S. Paulo 1935) 33.

4. *CA*, 65-66; cf. 61.

5. Carta de Braz Lourenço, 26 de Março de 1554, *Bras. 3(1)*, 109v; cf. *CA*, 50, 52.

6. *Bras. 8*, 136v-137.

Em primeiro lugar, os Índios dalguma categoria tinham muitas mulheres. Era o costume da terra. Os Portugueses, ao chegarem, apresentavam-se logo como principais e de categoria; e, aproveitando êste prestígio, em lugar de impor a sua civilização, recuaram — num recuo aliás saboroso à sensualidade — aceitando o costume indígena.

Por outro lado, a categoria de muitos dos primeiros colonos: gente pouco escolhida, soldados, degredados, fàcilmente cederia às inclinações da natureza e ao interêsse de terem prêsas ao seu serviço, por um laço carnal, as mulheres da terra. Muito se tem falado de *degredados*, uns para exagerar, outros para diminuir a sua importância, como factor colonial. Em todo o caso, a-pesar-de tôda a boa vontade, não se podem suprimir os textos: « deve-se Vossa Alteza lembrar que povoa esta terra de degredados, malfeitores, que os mais dêles mereciam a morte, e que não teem outro ofício senão urdir males ». É testemunho de Mem de Sá [1].

Os Índios andam indómitos, diz Nóbrega, « por culpa também dos desterrados » [2]. « É mal empregada esta terra em degredados » — lamenta êle [3].

Não é, pois, lenda, como alguns modernamente insinuam. Outra questão é justificar o motivo do destêrro. Desterrados foram Camões e Bocage. Para o Brasil também iriam muitos por crimes leves, e, nesse caso, estaria o mancebo gramático de Coimbra, que os Padres admitiram como professor do Colégio de S. Vicente, e outros oficiais, pedreiros, carpinteiros, etc. Note-se que a vinda de degredados não foi só ao começo. Em 1584, Gouveia escreveu que os Portugueses, que vinham para o Brasil, ou eram « degredados » ou « mercadores » [4]. Aliás, a prática de enviar degredados para as colónias, aproveitando braços, que se inutilizariam numa prisão, foi e é usado por tôdas as nações colonizadoras. O facto só tem importância, realmente, pelas dificuldades que tal gente provocava no momento mesmo em que vivia. Em suma: admitimos que os degredados não fôs-

---

1. Carta de Mem de Sá a El-Rei, do Rio de Janeiro, 31 de Março de 1560, *Annaes*, XXVII, 229. Cf. H. Boehmer, *Les Jésuites* (Paris 1910) 179.
2. Carta de Nóbrega, 25 de Março de 1555, *Bras. 3(1)*, 136.
3. Nóbr., *CB*, 85.
4. *Lus. 68*, 411.

sem todos grandes criminosos. O que seria para estranhar, é que fôssem, todos, modelos de moralidade...

Acrescente-se a isto que as próprias índias eram as primeiras a provocar os homens, importunando-os, buscando-os em suas casas, e «deitando-se com êles nas rêdes, porque teem por honra dormirem com os cristãos »[1].

Também sentiam que, mesmo como escravas, trabalhavam menos em casa dos brancos e viviam melhor do que nas tabas indias.

Não se esqueça, igualmente, que os Índios «teem por grande honra, quando vão cristãos a suas casas, dar-lhes suas filhas e irmãs, para que fiquem por seus genros e cunhados »[2], costume que facilitou sobremaneira o concubinato poligâmico dos colonos.

¿O clima? Não influïria também? Responda um brasileiro. Sim, «um pouco talvez do clima, do ar mole, grosso, oleoso que cedo nos parece predispor aos chamegos do amor e ao mesmo tempo nos afastar de todo o esfôrço persistente »[3].

Tôdas estas causas juntas, e talvez outras ainda, produziram um forte pendor para a desmoralização dos costumes, consignada em muitos documentos da época. Dispense-nos numerosas citações esta, na verdade realista e pitoresca, do Irmão Pero Correia, homem velho na terra, e bom conhecedor dela e dos seus segredos: «Agora, diz êle, estando o P. Nóbrega neste Colégio, veio uma índia fôrra, fugindo e socorrendo-se dêle, dizendo que havia uns dezassete ou dezóito anos que estava em pecado com um homem, o qual é casado, e que isto era em tempo que não entendia nem sabia que coisa era pecado, e que

---

1. *Annaes*, XIX, 53; cf. Anch., *Cartas*, 68; *CA*, 473.
2. Anch., *Cartas*, 202.
3. Gilberto Freire, *Casa Grande & Senzala* (Rio 1934) 357; cf. Keyserling, *Méditations Sud Américaines*, traduites de l'allemand par Albert Béguin (Paris 1932) 30. Outros aduzem o carácter apaixonado dos Portuguêses: « La violence de leurs passions les prédisposaient à contracter des unions avec des femmes d'une autre race que la leur », Charles de Lannoy et Herman Vander Linden, *Histoire de l'Expansion Coloniale des Peuples Européens — Portugal et Espagne* (Bruxelas 1907) 173. Paulo Prado, no seu notável *Retrato do Brasil*, Ensaio sôbre a tristeza brasileira, 3.ª ed. (S. Paulo 1929), consagra o primeiro capítulo à *Luxúria*. Mas a congérie de documentos históricos, reünidos neste sentido único, é susceptível de deixar impressão demasiado sombria, por se apresentar sem o contrapêso da virtude, que, também, simultâneamente, existia no Brasil de antanho.

algumas vezes dizia ao homem, que a tinha, que tivesse temor de Deus, que olhasse que era casado, que não tivesse mais nada com ela. Dizia que respondia que, depois da nossa morte, as almas não sentem nada. Era costume antigo nesta terra os homens casados, que tinham 20 e mais escravas índias, tê-las tôdas por mulheres, e eram e são casados com mamalucas, que são as filhas dos cristãos e índias; tinham êles pôsto tal costume em suas casas, que as próprias mulheres, com que são recebidos à porta da igreja, lhes levavam as concubinas à cama, aquelas de que êles tinham mais vontade. E se as mulheres o recusavam, as moíam com pancadas e falta de comer. Há muito pouco tempo recordo-me que se preguntou a uma mamaluca: ¿que índias e escravas são estas que entendem convosco? Respondeu ela, dizendo que eram mulheres de seu marido, as quais elas traziam sempre consigo e olhavam por elas assim como abadessa com suas freiras. Agora tudo isto está muito emendado, porque há 3 anos que lhes falo sempre de Deus e lhes tenho estranhado muito êste pecado e os mais; e não há já nenhuma que queira consentir o que de antes consentia, e muitas vezes se me veem muitas queixar que os maridos as tratam mal, por não lhes consentir seus maus costumes. Eu as animo sempre, dizendo-lhes que mais vale que seus maridos lhes quebrem os ossos, que tal consintam, e sofram tudo o que lhes fizerem por amor de Deus, diante do qual terão muito merecimento. E houve tais, às quais seus maridos lhes deram de punhaladas [sic, mas talvez seja punhadas] e lhes fizeram outros muitos males, e diziam claramente que bem as podiam matar, mas que já não haviam de consentir naquele pecado»[1].

Contam-se casos verdadeiramente heróicos de índias, assim catequizadas, para defender a sua castidade. Mulher houve de Português, que ao ser tomada pelos Tamóios preferiu morrer a deixar-se violar. Não foi caso único: foram muitas[2].

A resistência das escravas a seus senhores também impor-

---

1. Carta de Pero Correia, de S. Vicente, 10 de Março de 1553, *Bras. 3(1)*, 84v; Nóbr., *CB*, 161.

2. Anch., *Cartas*, 182, 192-193; Nóbr., *CB*, 161; Vasc., *Crón.*, II, 112-113; *Bras. 3(1)*, 109v; Cardoso, *Agiologio Lusitano*, I, 180-181.

tava fortaleza de ânimo e espírito de fé, que não deixa de ter sua grandeza.

Uma delas recusou-se um dia a seu senhor.

— « *De quem és escrava?* » — lhe preguntou êle.

E ela respondeu:

— « *De Deus sou, Deus o meu Senhor, a quem te convém falar, se queres alguma coisa de mim* » [1].

A uma ou outra índia nasciam já desejos de perfeição evangélica. Na Aldeia de S. Paulo, da Baia, ouvindo uma índia o exemplo das santas virgens, determinou de o ser. E fê-lo [2]. Blasques conta o caso admirável de outra índia escrava, a quem os amos sucessivas vezes acometeram, e a quem ela sempre resistiu. Duma vez, vendo-se no mato, sós a sós, com um dêstes, achando-se sem remédio humano, tirou um crucifixo, que trazia no pescoço, pôs-se de joelhos e disse ao amo:

— « *Senhor, em reverência a êste teu Deus, que adoro, te rogo que não toques em mim, porque não te aconteça algum mal, se o fizeres* ».

O amo desistiu, e vendeu-a a outro, que tentou igual proeza.

Para escapar ao novo perigo, fugiu a môça índia para casa de famílias honradas. Os Padres, tendo conhecimento disso, obtiveram, na Páscoa de 1558, o dinheiro indispensável para lhe dar a alforria, resolvendo colocá-la em casa de família honesta, « para que dali servisse aos pobres do hospital e da cidade, trazendo-lhes água e o mais necessário para o seu serviço » [3].

Um dos argumentos, mais usados pelos colonos para autorizar as suas mancebias, antes da vinda do primeiro Prelado, quando o Brasil dependia hieràrquicamente do Funchal, era dizerem « que não pecavam, porque o Arcebispo do Funchal lhes dava licença » [4]. A chegada do primeiro Bispo não trouxe remédio. E quando os Padres recusavam a absolvição, os amancebados desfiavam grandes razões e lástimas. Ora, « em tôdas as prègações do prègador do Bispo, que eu ouvi, diz Nóbrega, não achou outros pecados que estranhar na terra, nem outra coisa

---

1. Anch., *Cartas*, 151-152.
2. *CA*, 202-205.
3. *CA*, 192.
4. Nóbr., *CB*, 126.

que dizer, senão as mesmas razões e palavras que os amancebados nos pregam». Nóbrega representou o inconveniente disto ao Prelado; e êle, em vez de lhe dar remédio, «mostrou-se muito agastado, de que eu fiquei muito triste»[1]. Em 1559, ainda Nóbrega escrevia que, na Baía, geralmente todos os mais estão amancebados das portas adentro com suas negras [índias], casados e solteiros, e seus escravos todos amancebados»[2].

Obstáculo para a solução destas questões era andarem os senhores com as escravas, mas com tal dissimulação, que *em público não se lhes podia provar*, como observa António de Sá[3]. O caso tinha que ser resolvido no fôro da consciência, isto é, no confessionário; obstava a isso a conivência dalgum clero que não soube manter-se à altura da sua missão exemplar e moralizadora. Bem negavam os Padres da Companhia a absolvição aos amancebados, que recusavam afastar de si a ocasião próxima de pecado: de que valia, se êles «acham lá outros Padres liberais de absolvição»?

Escreve Nóbrega a Tomé de Sousa: «o Bispo [Sardinha], pôsto-que era muito zelador da salvação dos Cristãos, fêz pouco, porque era só, e trouxe consigo uns clérigos por companheiros, que acabaram, com o seu mau exemplo, e mal usarem e dispensarem os sacramentos da Igreja, de dar com tudo em perdição. Bem alembrará a Vossa Mercê que, antes que esta gente viesse, me dizia: está esta terra uma religião, porque pecado público não se sabia, que logo, por o zêlo de Vossa Mercê e diligência de meus Irmãos, não fôsse tirado, e dos secretos retínhamos a absolvição a alguns, até tirarem tôda ocasião e perigo de tornar a pecar. Mas, como êles vieram, introduziram na terra estarem clérigos e dignidades amancebados com suas escravas, que para êsse efeito escolhiam as melhores e de mais preço» [etc. — tôda uma página por êste teor]. «Melhor nos fôra que não vieram cá». Começaram também a abusar dos sacramentos, dando absolvições, quando não podiam, ou, como se exprime Nóbrega, «a dar jubileus de condenação e perdição às almas». Assim está agora a terra: «adultérios, fornicações, incestos e abominações em

---

1. *Bras. 3(1)*, 70.
2. Nóbr., *CB*, 190, 119-121, 125 ; *CA*, 52 ; Anch., *Cartas*, 334.
3. *CA*, 401.

tanto, que me deito a cuidar se tem Cristo algum limpo nesta terra, e escassamente se oferece um ou dois que guardam bem seu estado, ao menos sem pecado público » [1].

5. — O facto da mancebia revestia-se, às vezes, dum aspecto pior. Homens, casados num lugar, contraíam novo matrimónio noutro e estando viva a primeira mulher, apresentavam-se pùblicamente com outra. Isto é repetido à saciedade em todos os documentos da época. De alguns fêz-se devassa, como de Belchior Pires, que, sendo casado em Viana, e tendo a mulher viva, tornou a casar-se no Rio de Janeiro, e vivia pùblicamente com uma mulata, sua segunda mulher; António Rodrigues, algarvio, casou-se três vezes, tendo vivas tôdas as três mulheres, etc. [2].

O modo de proceder dos Jesuítas com êstes cristãos amancebados pode ilustrar-se com o nome de João Ramalho, nome célebre e ocasião de tantas disputas e interpretações contraditórias.

João Ramalho, natural de Vouzela, era casado em Portugal, quando chegou ao Brasil, em época incerta, entre 1508 e 1511. Juntou-se ali com várias mulheres, sobretudo com uma filha do chefe indígena, Tibiriçá, a quem êle no seu testamento chama Isabel. A influência de João Ramalho na Capitania de S. Vicente, sobretudo no planalto, era incontestada. Mas a sua situação familiar, irregular, fêz que estivesse « excomungado pelo vigário da terra » [3]. Além disto, êle e os seus filhos tinham muita escravaria.

Assim se encontrava João Ramalho, quando chegaram os Jesuítas, propugnando pela liberdade dos Índios e procurando o saneamento e cristianização dos costumes. Dada a situação familiar e social de João Ramalho, a oposição de fins era inevitável. Indo o P. Leonardo Nunes ao sítio em que morava João Ramalho, por alturas de Santo André da Borda do Campo, no mo-

---

1. Nóbr., *CB*, 190, 193-194; *CA*, 185. Tal estado de coisas desfechava, não raro, em tragédia; os Padres tiveram que compor muitas inimizades resultantes de adultério ou suspeitas dêle; outras vezes era tarde, como no caso do marido, que, achando outro homem com a mulher, os matou a ambos, e sôbre o qual fêz Anchieta uma cantiga (Pero Rodrigues, *Anchieta*, em *Annaes*, XXIX, 235).

2. *Primeira Visitação — Denunciações da Baía*, 403, 428.

3. *CA*, 104.

mento em que se preparava para dizer missa, entra o velho português na capelinha de palma. Estando pùblicamente excomungado, não se podia celebrar missa na sua presença. Leonardo Nunes, com uma coragem, de que hoje nos admiramos sinceramente, convidou-o a sair. João Ramalho saíu com dois dos seus filhos. Acabada a missa, foi tirar satisfações a Leonardo Nunes, ameaçando-o com um pau. Tiveram mão nêle. Vieram, porém, « os filhos com suas armas, que são como selvagens, contra o nosso mesmo Padre, e êle, assentado de joelhos, aparelhado a receber o que viesse » [1].

Não o mataram. ¿Porquê? Cremos que o salvou a própria filha de Tibiriçá, unida a João Ramalho. Pero Correia, contando êste facto, e louvando a conversão e energia de certas índias cristãs, acrescenta que « a índia ali prègou muito rijo e com grande fé, oferecendo-se a padecer de companhia com o Padre, se cumprisse » [2]. Mulher com tal autoridade para se impor a João Ramalho e aos filhos, só a própria filha ou então a mulher de Tibiriçá.

O amancebamento de João Ramalho deu ocasião a vários episódios, uma tentativa de descrédito para com os Jesuítas, de que falaremos noutro lugar; uma exploração do aguazil dos clérigos, e emfim a intervenção directa de Nóbrega. A questão do aguazil conta-a Pero Correia, escandalizado: « Nesta Capitania há um homem que, segundo dizem e a idade dos filhos e filhas, que tem, o mostra, que haverá 40 anos pouco mais ou menos que vive em pecado mortal com uma índia da terra, à qual tomou o

---

1. *CA*, 104 ; Orlandini, *Hist. Soc.*, 264 ; Vasc., *Crón.*, 77.
2. *CA*, 92. A atitude piedosa das mulheres índias, amancebadas com os brancos, é assinalada também por António Pires, em Pernambuco : os colonos traziam-nas do sertão « para as ter por mancebas ». Êles as faziam logo cristãs, porque o pecado não fôsse tão grande. « Não sabemos dar a isto talho, diz êle, porque, se lhas tiramos, hão se de tornar às Aldeias e assim faz-se injúria ao sacramento do baptismo ; e, se lhas não tiramos, estarão uns e outros em pecado mortal. Tenho esperança que, por meio de vossas orações, nos há Nosso Senhor de ensinar o que havemos de fazer. Elas andam tão devotas, principalmente as fôrras, que quanto ao que mostram, se lhes pudéssemos ordenar alguma maneira de vida, fàcilmente as apartaríamos do pecado » (*CA* (1551) 83). Contra aquêle êrro de baptizarem as concubinas, cuidando que seria menor pecado, se insurgia Nóbrega em 1550 (*CB*, 109).

aguazil dos clérigos um escravo, pela pena de assim estar tanto tempo naquele e noutros pecados; e a índia dêste homem, quando lhe tomaram o escravo, sentiu muito, porque lhe queria bem, dizendo que lhe ajudara a criar alguns dos seus filhos, e foi-se queixar ao Governador Tomé de Sousa. E andando a índia nisto, não faltou quem lhe dissesse que se calasse, que não falasse mais no escravo, que o deixasse levar ao aguazil, porque, deixando-lho levar, poderia ficar segura de nunca se apartar de seu marido, porque assim chamam elas a seus amigos. Levou o aguazil o escravo e calou-se a índia, ficando como dantes estava »[1].

Com casos como êste, o desprestígio do clero era inevitável.

Interveio então o P. Nóbrega. Desfez a campanha de descrédito; estudou a situação irredutível de João Ramalho e dos seus filhos, e promoveu ou aceitou uma aproximação, a que não seriam alheios Tibiriçá e a mulher de João Ramalho. A maneira de falar de Pero Correia e de Nóbrega é indício bastante de que a índia desabafava com os Jesuítas, e desejaria ardentemente colocar-se em regra com o pai dos seus filhos.

Um dêles prestou-se até a ser o guia de Nóbrega na sua excursão pelo interior da Capitania de S. Vicente. Nóbrega considerava a regularização dêste caso, de capital importância para a civilização cristã e pacífica. O próprio João Ramalho ofereceu açúcar para as eventuais despesas.

« Neste campo, escreve Nóbrega ao P. Luiz Gonçalves da Câmara, está um João Ramalho, o mais antigo homem que está nesta terra. Tem muitos filhos e mui aparentados em todo êste sertão. E o mais velho dêles levo agora comigo ao sertão por mais autorizar o nosso ministério. João Ramalho é muito conhecido e venerado entre os gentios, e tem filhas casadas com os principais homens desta Capitania, e todos êstes filhos e filhas são de uma índia, filha dos maiores e mais principais desta terra. De maneira que nêle e nela e em seus filhos esperamos ter grande meio para a conversão dêstes gentios. Êste homem, para mais ajuda, é parente do Padre Paiva e cá se conheceram. Quando veio da terra, que haverá 40 anos e mais, deixou a sua

---

1. Carta de Pero Correia, 10 de Março de 1553, *Bras. 3(1)*, 84.

mulher lá, viva, e nunca mais soube dela, mas que lhe parece que deve ser morta, pois já vão tantos anos. Deseja casar-se com a mãi dêstes seus filhos. Já para lá se escreveu e nunca veio resposta dêste seu negócio. Portanto, é necessário que V.ª R.ª envie logo a Vouzela, terra do P. Mestre Simão, e da parte de Nosso Senhor lho requeiro: porque, se êste homem estiver em estado de graça, fará Nosso Senhor por êle muito nesta terra. Pois, estando êle em pecado mortal, por sua causa a sustentou até agora. E pois isto é coisa de tanta importância, mande V.ª R.ª logo saber a certa informação de tudo o que tenho dito. Nesta terra há muitos homens, que estão amancebados, e desejam casar-se com elas e será grande serviço de Nosso Senhor. Já tenho escrito que nos alcancem do Papa faculdade para nós dispensarmos em todos êstes casos, com os homens que andam nestas partes de infiéis. Porque uns dormem com duas irmãs, e desejam, depois que teem filhos de uma, casar-se com ela e não podem. Outros teem impedimentos de afinidade e consangüinidade, e, para tudo e para remédio de muitos, se deveria isto logo impetrar para sossêgo e quietação de muitas consciências. E o que temos para os gentios, se deveria também ter e haver para os cristãos destas partes, ao menos até que do Papa se alcance geral indulto. Se o núncio tiver poder, hajam dêle dispensa particular para êste mesmo João Ramalho poder casar com esta índia, não obstante que houvesse conhecido outra sua irmã e quaisquer outras parentes dela. E assim para outros dois ou três mestiços, que querem casar com índias, de quem teem filhos, não obstante qualquer afinidade que entre êles haja. Nisto se fará grande serviço a Nosso Senhor. E se isto custar alguma coisa, êle o enviará de cá em açúcar. Haja lá algum virtuoso que lho empreste, porquanto me achei nestas necessidades e com grande desejo de ver tantas almas remediadas »[1].

---

1. Carta de Nóbrega, S. Vicente, a 31 de Agôsto de 1553, *Bras. 3 (1)*, 99-99v. Demos a conhecer esta carta pela primeira vez, no Instituto Histórico de São Paulo, na conferência que ali realizámos, dia 5 de Junho de 1934. A conferência, *Revelações sôbre a Fundação de São Paulo*, foi publicada na *Rev. do Arq. Municipal*, II, p. 39-47, com o fac-símile da carta, p. 99-101; e na *Revista da Academia Brasileira de Letras*, n.º 160, p. 452-463. Cf. Serafim Leite, *Páginas*, 92; César Salgado, *De João Ramalho a 9 de Julho* (S. Paulo 1934) 129; J. F. de Almeida Prado, *Primeiros Povoadores do Brasil, 1500-1530* (S. Paulo 1935) 98.

As investigações efectuadas em Vouzela deram, de-certo, resultados positivos, a saber, a existência, ainda ali, da legítima espôsa de João Ramalho. E viram-se todos, Tibiriçá, Isabel, Ramalho, e os Jesuítas, diante de uma dificuldade quási insolúvel. Teria tido solução antes de êle morrer? Os documentos existentes parece sugerirem que sim.

Em primeiro lugar, a oposição ostensiva dos Ramalhos aos Padres desapareceu, como se depreende de uma carta de Nóbrega de 1555, onde diz que, pôsto o remédio, « gozam já de paz e tranqüilidade » [1].

Aquela excomunhão, em que João Ramalho estava incurso, antes e independentemente da chegada dos Jesuítas, também foi levantada. Eleito, em 1562, para capitão-mor de Piratininga, com o assentimento dos Padres, êle, no dia 24 de Junho, jurou o seu cargo aos « santos Evangelhos » [2]. Não seria possível tal cerimónia, se persistisse a excomunhão. Mas, a-pesar disto, a situação familiar de João Ramalho permanecia equívoca. E êle a custo se daria com a disciplina moral e social necessária para fixar a vida de Piratininga nos moldes da civilização cristã.

Acostumado à liberdade agreste e autoritária do campo, vivia retirado da vila e não queria nada com brancos nem com Padres. Tais eram as suas disposições em 1568, quando grave doença o prostrou. Avisados, por um filho seu, acorreram lá dois Padres. Foi uma providência. Estando em pecado, « acudiu-lhe Deus com a confissão que êle fêz boa, pondo-se em bom estado, e comungando ». E assim ficou, « pôsto na verdade », esperando a sua hora. João Ramalho não foi dessa doença. Viveu ainda vários anos, e, em 1580, fêz testamento. Confrontando-se o facto e os têrmos da confissão, com as expressões do testamento, pode-se inferir que desde aquela confissão ficou regularizada definitivamente a vida de João Ramalho. Com efeito, Isabel aparece no testamento, não como « espôsa », mas como « criada » [3].

Lembremo-nos que João Ramalho, em 1553, já tinha netos. Aquela confissão, quinze anos depois, que êle fêz bem, « pon-

---

1. *Bras.* 3(1), 136v.
2. *Actas da Câmara da Vila de São Paulo*, I, 14.
3. Cf. Washington Luiz, *O Testamento de João Ramalho*, in *Rev. do Inst. de S. Paulo*, IX, 568.

do-se em bom estado», supõe necessàriamente ou a separação efectiva de Isabel ou a promessa formal de que guardariam continência. Não sendo possível a realização do matrimónio, por causa da existência certa ou presumível da mulher legítima de João Ramalho, nem sendo praticável a separação de Isabel, por causa de tantos filhos, e, sobretudo, dada a avançada idade de ambos, cremos que a solução teria sido êste compromisso de consciência, aprovado pelo Padre na confissão de 1568, abandonando Isabel o título de espôsa, que legìtimamente não podia ter, passando a denominar-se apenas «criada» ou governanta. Tal nos parece a nós a solução dêste grave problema familiar.

João Ramalho pertence aos primeiros povoadores do Brasil, é chefe de algumas das principais famílias paulistas e teve, naqueles princípios, tanta importância, que existe sôbre êle vasta literatura. Pela sua própria vastidão, dispensamo-nos de a enunciar aqui, tanto mais que parte dela fica prejudicada com os documentos que desvendamos.

Tudo isto justifica o relativo desenvolvimento que demos a êste exemplo sugestivo do intrincado das situações, que, naqueles primeiros tempos criavam os colonos, e dos solícitos e animados esforços dos Jesuítas para as sanar, na medida do possível. Resta-nos apenas aludir ainda a duas hipóteses ou fantasias, que fizeram correr muita tinta a eruditos e investigadores. Uma delas é que João Ramalho seria judeu. A carta de Nóbrega, o seu juramento cristão sôbre os Evangelhos, e a sua confissão e comunhão provam que não era. Também, para explicar a sua união com Isabel (cujo nome indígena, dizem alguns ser Bartira), aventou-se a possibilidade dum casamento clandestino. É desconhecimento da legislação canónica. Essa forma de celebração do matrimónio existiu até ao Concílio de Trento, mas não poderia ser *válida*, senão entre pessoas livres. João Ramalho era casado. O que êle fêz, chegando à terra, na fôrça da idade, foi aceitar uma situação, imoral sem dúvida, mas quási inevitável, nas circunstâncias concretas em que se viu, no meio daquela natureza selvagem, ardente e poligâmica.

A intervenção dos Jesuítas não foi isenta de perigos. Mas também não foi estéril. João Ramalho, confessando-se, comungando, e «pondo-se na verdade», foi afinal, como todos os bons Portugueses de antanho.

Não obstante prevaricações ou fraquezas, ao tratar-se a sério de dar contas a Deus, queriam-nas bem certas e reguladas[1].

6. — Concluamos esta matéria da assistência, com uma das obras de misericórdia, mais estimadas de Deus, que é visitar e socorrer os presos e encarcerados. Está muito nas tradições dos Jesuítas. E também no Brasil apareceram cedo as manifestações desta sua caridade. O Governador D. Duarte da Costa refere a El-Rei, em 1555, a intervenção dêles a favor dalguns desgraçados, apoiando o seu pedido de clemência[2].

A visita aos presos praticou-se sempre com maior ou menor assiduidade, segundo o número de Padres e Irmãos. Naquele tempo, corria por conta dos presos o «lavar os vasos e carregar a água». Sendo a terra de poucas esmolas, os Jesuítas faziam-lhes aquêles serviços em 1558, poupando assim o que tinham de gastar nisso[3]. A estas visitas e trabalhos pessoais, seguiu-se a comida. Em 1562, o Colégio da Baía dava de comer aos presos, um dia por semana. Iam êles mesmos, incluindo o Provincial, de roupeta parda, levar-lho. ¿Humildade e caridade? Estímulo também para que outros fizessem o mesmo[4].

Em Pernambuco, dá-se atitude semelhante: comida, prática, pedido de indulto para alguns presos, seguido de bom êxito[5].

No Rio de Janeiro, em 1588, todos os domingos, os Padres visitavam os presos, recreando-lhes a «alma e o corpo»[6].

---

1. João Ramalho deve ter falecido pouco depois de 1580, data do seu testamento. É notável ver como os primeiros povoadores do Brasil, mesmo vivendo mal, durante a vida, à hora da morte, se tinham tempo para isso, a regularizavam: declaram os filhos ilegítimos, que teem, perfilham-nos, herdam-nos e deixam sempre algum legado para confrarias, etc. Misto de sensualismo e de fé, tão característico daquela época! Veja-se, por exemplo, o testamento de Francisco de Proença, *Inventários e Testamentos*, XI, 419.

2. Eram Sebastião de Elvas, que furtara um resgate a um dispenseiro de Tomé de Sousa; Jácome Pinheiro, que matara a mulher por desastre; e Nuno Garcia, pedreiro, que matara um homem mulato. Carta de D. Duarte da Costa a El-Rei, de 3 de Abril de 1555, *Hist. da Col. Port. do B.*, III, 371-372.

3. *CA*, 187.

4. *Fund. de la Baya*, 19v (93); *Bras. 15*, 253v; em 1595, o dia da comida aos presos era o domingo, *Ann. Litt. 1594-1595*, p. 970.

5. *Fund. de Pernambuco*, 63-69v (36).

6. *Ann. Litt. 1588*, p. 319, 321; *CA*, 492-493.

Tal assistência poderia ter um inconveniente extrínseco à sua intenção — faz o bem, não olhes a quem — e era, que, conhecendo-se a importância e valia dos Jesuítas, os importunassem com pedidos, emquanto a sentença estava pendente dos Tribunais. O inconveniente consistia em que, se os Padres se inclinassem para uma parte, a contrária mostrar-se-ia descontente; e poderia suceder que algum interessado, mais hábil, prevenisse os Padres a seu favor e não fôsse êste lado o de maior justiça. O caso é que se deitava a culpa aos Padres, algumas vezes, de a sentença ter sido num sentido e não noutro. Na verdade, o entusiasmo da defesa podia ultrapassar os justos limites. O Visitador Gouveia, tendo recebido queixas desta ordem, decidiu terminantemente: «nenhum superior nem outro algum se intrometa em negócios que andam já em mãos da justiça, senão fôr pera concertar ambas as partes, sem detrimento do bem público. E quando de maneira nenhuma puderem escusar falar aos julgadores por alguma delas, sòmente lhes peçam que façam o que virem que é justiça e rezão, e com brevidade, sem os mover nem instar mais por uma parte do que por outra»[1]. Comprimiam-se assim entusiasmos perigosos para a caridade e a justiça. Outra coisa seria, quando não houvesse risco de lesar ninguém, como acontecia com os presos já condenados. Então os Jesuítas moviam-se eficazmente, não se contentando apenas com boas palavras: «estando um prêso na cadeia para morrer, conta Francisco Gonçalves, um Padre, que o foi confessar, fê-lo tirar da prisão e o pôs em casa duma pessoa nobre e devota, onde, sendo curado, em breve recuperou a saúde»[2].

Além de presos comuns, havia de-vez-em-quando cativos dos Índios e prisioneiros de guerra. O P. Manuel de Paiva, juntou, em 1564, na Capitania do Espírito Santo, «uma grande esmola, em comparação da pobreza da terra, para tirar uns homens, de um navio que se perdeu na costa, que os contrários tinham cativos»[3].

Também os Jesuítas auxiliaram os prisioneiros de guerra na medida das suas possibilidades. Assim o fizeram com um inglês

---

1. Gesù, *Colleg. 13* (Baya).
2. *CA*, 493.
3. *CA*, 457-458.

prêso por Diogo Flores Valdés, no Rio[1], e por ocasião do ataque de Cavendish ao Espírito Santo, onde os Padres «alcançaram a liberdade dos prisioneiros»[2]. A Knivet, outro prisioneiro inglês, salvaram nada menos que a vida. Condenado à fôrca por luterano e por trânsfuga, ia já para o suplício, quando, ao passar diante do Colégio do Rio de Janeiro, «saíram os Padres com um grande crucifixo, e ajoelhando-se aos pés do Governador, suplicaram-lhe que me perdoasse. Fui perdoado, conta êle próprio, e reconduzido à prisão»[3].

Quando não podiam salvar as vidas, assistiam aos últimos momentos dos condenados, num extremo e penosíssimo ministério, com os auxílios da religião. Assim o praticaram com sete negros, salteadores, condenados à morte em Pernambuco, no ano de 1573[4]; com um francês herege, relapso, justiçado na Baía no mesmo ano[5]; com um condenado à fôrca, igualmente francês, prisioneiro de guerra e herege. Êste último caso sucedeu no Rio de Janeiro em 1567, e convém dar-lhe um minuto de atenção, porque a êle anda ligado, contraditòriamente, o nome de Anchieta. O Venerável Padre assistiu-lhe e converteu-o. Parece que disse ao carrasco, fôsse o menos cruel possível, recomendação, onde a malícia humana, por mais vil que seja, nada tem que censurar. Mas os biógrafos de Anchieta, à fôrça de buscar para o seu biografado actos extraordinários, aguçaram tanto a fineza, que o comprometeram. Pero Rodrigues, contando o facto, diz que Anchieta, ao ver o algoz embaraçar-se no ofício, o repreendeu, e «deu-lhe ordem como o *fizesse bem*»[6]; Beretário traduz para latim: «castigatum carnificem *monet* qua ratione expedite illo munere defungeretur»[7]; Paternina e Frei Vicente do Salvador converteram o «moneo» em *industriou* e Vasconcelos em *ins-*

---

1. Pero Rodrigues, *Anchieta*, em *Annaes*, XXIX, 242; cf. *Bras.* 8, 5-5v.
2. *Bras.* 15, 380.
3. Knivet, *Narração da Viagem*, na *Rev. do Inst. Bras.*, 41, 1.ª P. (1878) 216. O governador era Salvador Correia de Sá, que embarcou para Portugal em 1601, levando consigo a Knivet, que dali seguiu para a Inglaterra, sua pátria.
4. *Fund. de Pernambuco*, 63v (23).
5. *Fund. de la Baya*, 23v-24 (98); Anch., *Cartas*, 310.
6. Pero Rodrigues, *Anchieta*, em *Annaes*, XXIX, 237.
7. Beretário, *Vita Iosephi Anchietae Societatis Iesu* (Lugduni 1617) 96.

truíu: «instruíu-o de como havia de fazer seu ofício, com a brevidade desejada» [1].

Uma simples recomendação, caridosa e legítima, transformou-se numa industriação, num acto repreensível de quási colaboração [2].

Êste episódio tem feito correr muita tinta, pois, além dêste êrro de carácter moral, há outro histórico. Beretário identifica aquêle condenado no Rio de Janeiro com João Bolés, antigo companheiro de Villegaignon, francês, que, fugindo dos seus, se acolheu entre os Portugueses a quem prestou informações preciosas [3]. Tal serviço, de-certo, salvou-lhe a vida, a-pesar-de suas tergiversações mais ou menos heréticas. Enviado a Portugal, dali partiu para a Índia [4]. Como a afirmação da execução de Bolés, no Rio, era de Beretário, negada a sua veracidade, procuram os escritores negar também o facto mesmo da execução. A nós não nos parece que se possa assim terminantemente negar, perante o testemunho de Pero Rodrigues. Cremos que houve, realmente, execução na pessoa dalgum herege, tomado entre os soldados franceses na conquista do Rio [5]. Tal execução tem muito de

---

1. Vasc., *Anchieta*, 125-128; Id., *Crón.*, III, 116; Franco tem as mesmas expressões de Vasconcelos, *Imagem de Coimbra*, II, 252.

2. O P. Pero Rodrigues ainda alcançou ver as vidas de Anchieta escritas por Beretário e Paternina. A 5 de Novembro de 1619, escreve sôbre elas e, notando alguns erros, diz: «Das quaes cousas e de outras q̃ no Original Portuguez estauão nhũm caso fez o p. Sebastião Beretario, autor da impressão Latina, e fez mt.º ẽ inuẽtar e escreuer cousas que nunca no Brasil se virão» (*Bras.* 8, 257--258). A história crítica das histórias de Anchieta daria um capítulo interessante!

3. *Instrumento*, em *Annaes*, XXVII, 134.

4. Anch., *Cartas*, 312 e nota 39, p. 340; *CA*, 364 e nota 192, p. 371; António de Matos, *Prima Inst.*, 8-8v; *Processo de João Bolés*, justificação requerida pelo mesmo, em *Annaes*, XXV, 216-308; *Denunciações da Baía*, 331; notas de Capistrano e Garcia, em Pôrto Seguro, *HG*, I, 394, 455.

5. Eduardo Moreira, *Os Ugonotes no Brasil*, in *Revista de Historia*, n.º 13, p. 80-82, afirma que foi Jacques Le Balleur, prisioneiro de guerra, um francês herege, a quem já o próprio Villegaignon tinha castigado. Advirtamos, porém, que o estudo de Eduardo Moreira não tem carácter científico. Por exemplo, diz que o forte de Coligny, na Ilha de Villegaignon, fôra fundado pelo almirante de França, Gaspar de Coligny... que nunca estêve no Rio.

Na hipótese de o justiçado ser Jean Jacques *Le Balleur*, a tal qual semelhança do nome com Jean *Bollés* poderia explicar aquela confusão de Beretário, repetida por outros.

A pseudo-execução de João Bolés, no Rio, é assunto arrumado. A biblio-

represália guerreira, visto que assim se procedeu com todos, ou quási todos os franceses inimigos encontrados nas trincheiras tamóias. Efectivamente, a-pesar-de se tratar dum herege, não interveio a Inquisição. Esta só mais tarde se fêz sentir. E ainda que os processos se tinham de julgar em última instância em Lisboa, não impedia que ao Brasil chegassem os seus efeitos, embora atenuados [1]. Caso único de condenação capital, que nos conste, no século XVI, foi a daquele francês anónimo da Baía, em 1573, condenado «por relapso» [2]. É tragédia que permanece obscura. Outras condenações se deram de penas menores, sobretudo durante a Visitação do Licenciado Heitor Furtado de Mendonça; e algum auto público se realizou no Brasil. Num dêles prègou um Padre da Companhia, em 1591 [3]. Anchieta refere, em 1592, o atentado contra o Visitador Furtado de Mendonça por um tal Rocha. Atirou-lhe duas noites com um arcabuz à sua janela; foi prêso e condenado a grilhão e baraço, seguido de dois anos de galés: mas «se os Padres, que são adjuntos do Inquisidor, não trabalharam muito nisso, êle não escapava da morte de fogo, conforme a bula do Papa» [4].

Aqui, pois, mais uma vez intervieram caridosamente os Jesuítas.

Inquisição e Jesuítas nunca tiveram ligações demasiado amistosas. Contudo, de Lisboa iam recomendações expressas, do Cardial Infante D. Henrique, e, depois, do Cardial Arquiduque Alberto de Áustria, para que alguns deputados ou assessores do Santo Ofício, no Brasil, fôssem Padres da Companhia. Foram-no Luiz da Grã [5] e, mais tarde, por ocasião da Visita do Licenciado Furtado de Mendonça, os Padres Reitores dos Colégios,

---

grafia, que ocasionou, pode ver-se em Madureira, *A Liberdade dos Índios — A Companhia de Jesus — sua pedagogia e seus resultados*, I (Rio 1927) 25; cf. também Américo de Novais, *O Ven. padre Anchieta e João Bolés*, em o *III Centenário do Ven. P. Joseph de Anchieta*, pp. 189-203; e Celso Vieira, *Anchieta*, 2.ª ed., (Rio 1930) 329-337.

1. Anch., *Cartas*, 310; António Baião, *Tentativa de estabelecimento duma Inquisição privativa*, in *Brotéria*, vol. XXII (1936) 477-482.

2. Anch., *Cartas*, 310.

3. «Publico in theatro, publica de more poena, nonnulli sunt mulctati, quo die e nostris unus concionatus est», *Bras. 15*, 375v.

4. Anch., *Cartas*, 282.

5. Anch., *Cartas*, 310.

onde em geral o Visitador dava audiência. Em Pernambuco, foram nomeados assessores Henrique Gomes, reitor, e Vicente Gonçalves, prefeito dos estudos, com mais dois religiosos doutras Ordens [1].

Na Baía, Marçal Beliarte e Luiz da Fonseca chegaram também a ser nomeados. Constando isto em Roma, reprovou o P. Geral que da Companhia de Jesus se elegessem deputados do Santo Ofício. O Provincial explica que foi ordem que o Inquisidor trouxe do Cardial Alberto, Governador do Reino. E acrescenta que, retirando-se o P. Fonseca e tendo êle, Beliarte, de ir para o sul, nomeou outros dois, cujos nomes omite [2]. Fernão Cardim fazia parte do tribunal onde compareceu aquêle tal Rocha, do atentado contra o Visitador Furtado de Mendonça; e, também, entre os inúmeros informadores do Visitador, apareceram alguns Padres [3].

A actividade dos Jesuítas na questão da Inquisição foi diminuta. Só entraram directamente nos casos de João Bolés e do Padre nigromante, António de Gouveia, em Pernambuco. A Inquisição tinha o seu espírito próprio, mais dominicano que jesuítico, e procedimentos peculiares, alçada independente e supra-judicial, de que os próprios Jesuítas se tiveram de defender às vezes com energia, como António Vieira.

Também nos seus dissentimentos contra a Companhia, logo nos começos, D. Pedro Fernandes Sardinha assacava à Compa-

---

1. António Baião, *A Inquisição no Brasil*, in *Rev. de História*, n.º 3, p. 196; F. A. Pereira da Costa, *A Inquisição, sua influência em Pernambuco*, na *Rev. do Inst. Pernambucano*, n.º 46 (1894) 146.
2. Carta de Beliarte, 15 de Maio de 1593, *Lus.* 72, 94. O acto da publicação dos éditos da Fé realizou-se na sé da Baía, no dia 28 de Julho de 1591. « E acabada a missa prègou o Reverendo Padre Marçal Beliarte, Provincial da Companhia de Jesus, a prègação da fé, com muita satisfação, tomando por tema, « tu es Petrus et super hanc petram aedificabo ecclesiam meam », — *Primeira Visitação — Confissões da Baía, 1591-1592* (Rio 1935) 10.
3. Cf. J. Lúcio de Azevedo, *Historia dos Christãos Novos Portugueses* (Lisboa 1921) 225-227; *Primeira Visitação do Santo Ofício: Denunciações da Baía*, II (S. Paulo 1925) 327, 329, etc.; *Denunciações de Pernambuco* (S. Paulo 1929) 336, 468, 479, etc. Heitor Furtado de Mendonça chegou à Baía, no dia 9 de Junho de 1591 (Capistrano, *Estudos e Ensaios* (Rio 1932) 310). Caindo gravemente doente, ainda que muitas casas principais lhe abriam as suas portas, a tôdas preferiu o Colégio, onde foi tratado e curado e onde em breve convalesceu, *Bras.* 15, 375.

nhia que tinha cristãos novos em casa. Escreve Vicente Rodrigues em 1553: o Bispo « vitupera muito cristãos novos em casa; e isto diz pelo P. Leonardo Nunes » [1].

Não dá mais explicações. Portanto, o vitupério a Leonardo Nunes deve-se entender ou que êle seria cristão novo ou recolhia cristãos novos, na sua casa de S. Vicente, de que era fundador.

Aliás, no Brasil, os ministérios dos Padres eram mais com os Índios: e o Jesuíta, como observa Jorge de Lima, via no Índio uma criança grande, « retirando-o da jurisdição da Inquisição, que não tinha alçada para agir senão sôbre cristãos conscientes » [2].

---

1. Carta de Vicente Rodrigues, *Bras. 3(1)*, 103.
2. Jorge de Lima, *Anchieta* (Rio 1934) 85.

LIVRO QUARTO

REGIME INTERNO DA COMPANHIA

B. INÁCIO DE AZEVEDO

« Oriundo duma ilustríssima família portuguesa, que, pela Religião Católica, os Calvinistas lançaram ao mar, a caminho do Brasil. Ano de 1570, 15 de Julho ».
(Ex Mathia Tanner — 1675)

CAPITULO I

A formação dos Jesuítas

1 — O noviciado e como se constituiu no Brasil; 2 — Votos e 3.ª Provação; 3 — Observância religiosa; 4 — Obstáculos à perfeição da castidade; 5 — Prática dos Exercícios Espirituais; 6 — Promulgação das Constituições da Companhia; 7 — O «Costumeiro» do Brasil.

1. — A formação dos Padres da Companhia de Jesus é longa: noviciado, estudos, terceira provação. Uma innovação de Santo Inácio foi elevar o tempo de noviciado, que era de um ano a dois. Findos êles, os Irmãos, tanto escolásticos como coadjutores temporais, emitem os seus três votos de religião, *simples*, mas *perpétuos*. São os chamados *primeiros votos*. Esta prática de votos simples foi outra innovação de Santo Inácio. Até então, depois do noviciado, os membros das Ordens religiosas eram admitidos à profissão solene. Na Companhia, concluído o noviciado, o religioso faz os três votos de pobreza, castidade e obediência, e, juntamente, o de aceitar o grau em que ela o quiser encorporar. Com êstes votos fica o religioso ligado perpètuamente à Companhia, ainda que esta não se obrigue a encorporá-lo senão no caso de o candidato satisfazer plenamente. Depois do noviciado, os Irmãos, destinados ao sacerdócio, dão-se aos estudos, e, antes de se lançarem à vida apostólica, ocupam-se num terceiro ano de provação. Durante o noviciado fazem os Exercícios Espirituais de Santo Inácio, por espaço de um mês; na terceira provação voltam a fazê-los igualmente durante um mês, e aplicam-se de modo particular ao estudo das Constituições. A seguir, segundo as provas dadas de virtude e aproveitamento nos estudos, fazem-se então os *últimos votos*, que são ou solenes ou de Coadjutor espiritual. Os últimos votos dos Padres

Coadjutores espirituais, assim como o dos Irmãos coadjutores temporais, não destinados ao sacerdócio, mas aos serviços domésticos, emitem-se, em geral, dez anos depois da sua admissão na Companhia. Quem leva o curso normal dos estudos, e é chamado à Profissão solene de quatro votos, gasta 17 anos, antes de a proferir. Durante êste tempo, entremeiam-se e concatenam-se, até se solidificarem, no candidato jesuíta, a vida de espírito, oração, mortificação, obediência, pobreza, ofícios humildes, renúncia às honrarias da terra, preparação para os combates da glória divina, numa tarefa valorosa, activa, porfiada.

No Brasil, a formação, assim ràpidamente esboçada, ressentiu-se, por muito tempo, das circunstâncias precárias em que se operava. Na Europa, para começar a vida religiosa, encontravam os Padres casas feitas, emquanto não erguiam as suas próprias. Na América, ao desembarcar, acharam a floresta virgem. E, em vez de colégios já construídos e de tradição católica e de gente apta para logo se encorporar na Companhia, acharam tudo para se fazer de raiz. Não era possível noviciado em regra, nem estudos, nem provação com o devido rigor e eficácia. Os primeiros noviços, admitidos no Brasil, foram: um soldado na Baía (Simão Gonçalves), um ferreiro no Espírito Santo (Mateus Nogueira), um colonizador em S. Vicente (Pero Correia). Outros foram entrando, poucos. Nestas condições, o noviciado tinha, por fôrça, de ser deficiente. Ao instituírem-se os Colégios dos Meninos de Jesus, na Baía e em S. Vicente, havia também um pensamento de futura formação religiosa. Neste sentido devem-se equiparar tais Colégios aos Seminários Apostólicos modernos.

O primeiro noviciado da Companhia de Jesus no Brasil, mais aproximado ao costume da Companhia, foi a casa de S. Paulo de Piratininga, onde os Irmãos se separaram quási totalmente da convivência da gente de fora, mas onde persistia ainda uma fusão de estudos, entre os que eram já da Companhia e os que ainda o não eram. Só durante os Exercícios Espirituais se podiam recolher um pouco mais, em cubículos isolados [1]. Na Baía, sucedia facto semelhante [2]. Com a volta de Nóbrega à capi-

---

1. Anch., *Cartas*, 175.
2. *CA*, 143.

tal da Colónia, trazendo alguns Irmãos do sul, procurou dar-se regularidade ao noviciado; mas as exigências da catequese e aprendizagem da língua dispersavam constantemente os Irmãos. Todavia, não se descurou, dentro das possibilidades, a preparação conveniente dos futuros apóstolos. Eis como se procedia na Baía, em Setembro de 1564: «Com os noviços de casa, escreve António Blasques, se tem particular conta e cuidado, para que, com o fervor e aproveitamento espiritual, prossigam no caminho do Senhor, ajudados pela bondade e exemplo de seu mestre, o Padre António Pires, que, como Padre antigo e velho e experimentado em qualquer ministério da Companhia, lhes é de grande auxílio para não serem preguiçosos no serviço do Senhor, porque, quanto ao que respeita à observância das regras, faz que se guardem como convém, e não o fazendo, conforme ao descuido e falta, dá a penitência saüdável; para outros exercícios espirituais, tem especial talento para os ensinar e adestrar nêles, com o que se conhece nos noviços particular aproveitamento espiritual. Seja tudo em honra e glória do Senhor»[1].

Também nas diversas casas se recebiam pretendentes à Companhia e provavam-se como as circunstâncias permitissem. Assim, na Capitania do Espírito Santo, em 1565, havia «um noviço que se recebeu o ano passado, o qual até agora há dado boas mostras», diz Pedro da Costa[2].

O Visitador, Inácio de Azevedo, ao ver no Brasil a falta de firmeza nas vocações e as deficiências na formação do seu espírito, comunicou a Roma que não havia casa única para tôda a Província, andando os noviços dispersos; e que êle procurou, conforme pôde, organizar o noviciado da Baía, com mestre, ordem e regras, enviadas de Roma[3]. Em vista das recomendações de S. Francisco de Borja, que insistisse na separação total dos noviços, e que fôssem verdadeiramente idóneos[4], o B. Azevedo, concebeu a ideia de fundar um grande noviciado, enquadrado por numeroso corpo de estudantes, idos da Europa[5]. Já vimos que não conseguiu o fim desejado. Mas o sangue dos

1. CA, 430.
2. CA, 461; Mon. Borgia, IV, 341.
3. Mon. Borgia, IV, 341.
4. Ib., 400.
5. L'un des principaux dessins que le Père Ignace d'Azebedo auoit, menant tant

mártires é semente de cristãos, e o B. Inácio de Azevedo e os seus companheiros tornaram-se Padroeiros celestes das vocações brasileiras. Logo, durante o govêrno do seu sucessor, em 1572, se estabeleceu mais sòlidamente o noviciado da Baía, ficando mestre de noviços o P. Melchior Cordeiro. Passado um ano, os noviços eram 12; no ano seguinte entraram mais sete, ficando ao todo 14. Davam mostras de fervor, diligência e mortificação [1]. Ao mesmo tempo, havia casa de provação no Rio de Janeiro com alguns noviços, de que era mestre o P. António Ferreira, em 1574. O noviciado tinha começado no ano anterior, e adquiriu, três anos mais tarde, forma perfeita, conforme as normas do Instituto [2].

Havia, pois, noviciado na Baía e no Rio. Em Pernambuco, entraram 6 noviços, em 1579. Sabendo o P. Geral que faziam ali o noviciado, ordenou a Anchieta que os trouxesse para a Baía, porque era melhor para o espírito que se criassem juntos. Só alguma razão particular, de fôrça maior, poderia fazer que os deixasse lá [3]. A dispersão prejudicava a unidade de formação espiritual. Por isso, a 13 de Fevereiro de 1596, o P. Aquaviva determinou que o noviciado de tôda a Província fôsse na capital da colónia. Era necessário para que se fundassem em virtude e espírito [4]. O noviciado da Baía funcionou sempre durante

---

de gens au Brasil, estoit de donner commencement au Nouitiat & au Seminaire des estudiants. Eram precisos e não podiam vir tantos de Portugal, por causa das missões das Índias. — Pierre du Jarric, *L'histoire des choses*, 418.

1. *Fund. de la Baya*, 18 (93), 23v (98), 31 (106).
2. António de Matos, *Prima Inst.*, 25v, 26, 29, 29v ; *Fund. del Rio de Henero*, 58 (137) ; *Fund. de la Baya*, 25 (99).
3. *Bras. 2*, 47.
4. *Bras. 2*, 91. O P. Andreoni, que viveu um século mais tarde e foi mestre de noviços, fêz a lista dos que lhe precederam no cargo. Ei-la :

« Mestres dos Noviços desde o principio até o presente anno 1688 :

1. O P.e Rodrigo de Freitas   Portuguez
2. O P.e Amaro Gonzalves   »
3. O P.e Simão Gonzalves   »
4. O P.e Antonio Pires   »
5. O P.e Jorge Rodriguez   »
6. O P.e Belchior Cordeiro   »
7. O P.e Luis de Mesquita   »
8. O P.e Simeão Travaços   »

o século XVI, no próprio edifício do Colégio, mas, de 1575 em diante, com aposentos separados, como tanto recomendara

9. O P.ᵉ Ignacio de Tolosa   Castelhano
10. O P.ᵉ Luis da Fonseca   Portuguez
11. O P.ᵉ Vicente Gonzalves »
12. O P.ᵉ Marcos da Costa   »
13. O P.ᵉ Fernão de Oliveyra »
14. O P.ᵉ Antonio de Mattos »
15. O P.ᵉ Domingos Ferreira »
16. O P.ᵉ Manoel Fernandes   »
17. O P.ᵉ João de Oliva   »
18. O P.ᵉ João Pinheiro   »
19. O P.ᵉ Francis (sic) Carneiro »
20. O P.ᵉ Francisco Ferreira »
21. O P.ᵉ Leonardo Mercurio   Italiano
22. O P.ᵉ Simão de Vasconcellos
23. O P.ᵉ Francisco Gonzalves, das Ilhas
24. O P.ᵉ Manoel da Costa, das Ilhas
25. O P.ᵉ Francisco Madeira
26. O P.ᵉ Manoel Pedroso
27. O P.ᵉ Paulo da Costa, do Brasil
28. O P.ᵉ Domingos Barbosa, do Brasil
29. O P.ᵉ Antonio Forte, Italiano
30. O P.ᵉ João de Paiva, Portuguez
31. O P.ᵉ Alexandre de Gusmão, Portuguez
32. O P.ᵉ João Antonio Andreoni, Italiano.

Huns destes forão Mestres por vezes. Seis foram Provinciais, e huns em opinião de muita virtude ». — *Notícias e reparos sobre a Provincia do Brasil*, pelo Padre João António Andreoni, *Bras. 3(1)*, 248-249v. Não está incluído aqui o P. António Ferreira, talvez por não ter sido Mestre no noviciado central da Baía. O Padre, indicado em 3.º lugar, é mais conhecido por *Simeão* Gonçalves, e, inversamente o 8.º por *Simão* Travassos. O último do século XVI foi o 13.º, Fernão de Oliveira. De todos os dêste século ficam algumas breves notícias individuais nas páginas desta *História*, excepto de Marcos da Costa, que se dão aqui. Marcos da Costa era mestre de noviços em 1592, ano em que recebeu na Companhia o célebre missionário P. João de Almeida (Vasc., *Almeida*, 26). Diz o Catálogo de 1613, e vê-se que teve uma vida cheia: « P. Marcos da Costa, de Barbeita, diocese de Braga, 54 anos, boa saúde. Entrou em Coimbra, em 1576. Antes de entrar, estudou Letras Humanas durante quatro anos; e, depois de entrar, outros tantos o Curso de Artes e 4 Teologia. Ensinou Gramática outros quatro. Foi mestre de noviços, 3; Superior da casa do Espírito Santo, 2; na Vila de Ilhéus, 4; sócio do Provincial, 4; ensinou casos de consciência, 4. Mestre em Artes Liberais, Reitor do Colégio do Rio de Janeiro durante um triénio. Professo de 4 votos desde o ano de 1595 » (*Bras. 5*, 102v). Depois destas notícias, ainda viveu 13 anos de bons serviços, falecendo na Baía, em 1626 (*Hist. Soc. 43*, 68).

S. Francisco de Borja. Os noviços, existentes noutras casas, deviam recolher-se à Baía, ainda que nisso houve alguma demora[1]. Para a separação ser mais perfeita, determina o Visitador, em 1589, que «não se permita pessoa alguma de fora ouvir missa ou prègação da tribuna dos noviços», onde parece se admitiam algumas[2].

Entretanto, afluíram vocações, talvez mais numerosas do que sólidas. Em 1584, resolveu o Visitador sobre-estar na admissão de noviços. O Catálogo dêsse ano dá, na Companhia, no Brasil, 140 religiosos. As rendas eram só para 130. A ordem do Visitador tinha por fim que se atendesse não à quantidade mas à qualidade[3]; permitia, porém, que entrassem coadjutores além daquele número de 130, se tivessem as condições requeridas[4]. Por êste tempo, começaram a vir ordens apertadas de Roma para se não receberem naturais da terra, pela inconstância de que davam mostras; e sucedeu que, chegando, em 1592, à Baía, 7 noviços do Rio de Janeiro e do Espírito Santo, só acharam dois no noviciado[5]. O caso era grave para o futuro da Província. Felizmente, neste mesmo ano, chegou de Roma à Baía «confirmação das nossas faculdades e de admitir noviços como antes»[6]. E logo em 1593, os noviços da Baía já eram 15[7].

Entre as experiências do noviciado, está a de os Irmãos servirem nos hospitais, e fazerem uma peregrinação, pedindo esmola. Tais práticas de zêlo e humildade supõem vida urbana e rural organizada. No Brasil, tentou-se fazer o mesmo. Em 1568, um noviço muito conhecido e aparentado na Baía, pediu esmola pela cidade[8]. Quanto à peregrinação, determinou o P. Inácio de Azevedo que o Provincial podia mandar os Irmãos, durante o segundo ano do noviciado, a alguma Aldeia, assistido de algum Padre: «os noviços vão ali também *ad tempus* para fazer as expe-

---

1. *Congr. 42*, 322.
2. Gesù, *Colleg. 13* (Baya).
3. Carta de Gouveia, 1 de Novembro de 1584. *Lus. 68*, 408; cf. *ib.*, 398.
4. *Bras. 2*, 142v.
5. Carta de Tolosa, 11 de Maio de 1592, *Bras. 15*, 412.
6. *Bras. 15*, 409.
7. Carta de Tolosa, 26 de Maio de 1593, *Lus. 72*. 107.
8. *CA*, 491.

riências e aprender a língua»¹. A permanência nas Aldeias não deu, porém, resultados úteis. Tentou-se então enviar os noviços com os Padres Procuradores pelas fazendas, quando iam tratar de assuntos temporais necessários para a subsistência dos Colégios. Recebiam-os com mimo e agasalho. Portanto, mais uma prática contraproducente. A 16 de Julho de 1594, escreve o P. Geral proïbindo-a. Se houver meio, diz êle, de se fazer a peregrinação, como deve ser, isto é, para a abnegação e desprendimento das coisas da terra, faça-se; daquela maneira, não². Em 1598, dispensou definitivamente os noviços de visitarem os hospitais e de peregrinar *propter difficultates et incommoda*, próprias da região³. Outra das provas é não estudarem, durante o primeiro ano, os Irmãos noviços. Faz-se isto para que fiquem mais livres para os exercícios espirituais e para que o possível entusiasmo com os estudos não retenha absorventemente e desvie uma atenção que só deve fixar-se no estudo da própria perfeição. Por circunstâncias especiais podiam-se permitir. A 15 de Fevereiro de 1584, recomenda-se de Roma ao Provincial que não estudem durante êsse tempo⁴. Gouveia replica que não o fazem antes de terminado o biénio do Noviciado, e, se alguma coisa estudam, é como prova⁵. Em todo o caso, o mesmo Visitador deixou ordenado, que o Reitor da Baía podia admitir ou despedir os noviços ou admiti-los a estudos, depois de ano e meio de provação, na ausência do Provincial, supondo que não deixasse ordem contrária⁶. Entre os estudos, feitos em casa, incluía-se, em 1610, pelo inconveniente de ir às Aldeias, o da língua tupi, e começavam-se ao fim do primeiro ano do noviciado⁷.

Quando se desse o caso de acabarem poucos o noviciado e não haver número suficiente para formar classe numerosa de

---

1. *Bras.* 5, 7 ; Gesù, *Colleg. 20*, 1v.
2. *Bras.* 2, 88.
3. *Cong.* 49, 461 ; Carta de Pero Rodrigues, 20 de Setembro de 1600, *Bras. 3(1)*, 194. Ainda em 1701 se consultou para Roma sôbre a ordem deixada pelo Beato Inácio de Azevedo. A resposta foi *non mittantur*, pelo perigo de perderem o espírito. E já se não praticava (Gesù, *Colleg. 20*, 1v).
4. *Bras.* 2, 54.
5. *Lus.* 68, 410v.
6. *Bras.* 2, 147v ; Gesù, *Colleg. 13* (Baya).
7. Visita do P. Manuel de Lima, Roma, Vitt.º Em., *Gesuitici 1255*, 14, f. 6v.

estudantes, os que terminavam o biénio, tanto Irmãos escolásticos como coadjutores, deveriam ir durante algum tempo fazer a meditação e ter o recreio com os noviços, para poderem ser ainda espiritualmente ajudados [1]. Para obstar à dissipação, recomendou-se, em 1584, que se não tirassem os Irmãos do noviciado para os ofícios do Colégio [2]. Os Irmãos noviços, em 1569, viviam mais pobremente que os de Portugal: não tomavam vinho e dormiam, diz o B. Inácio de Azevedo, em leitos onde não havia lençóis, por falta de pano [3].

2. — Feitos os votos simples, ao fim do noviciado, renovam os Irmãos êstes votos duas vezes por ano até à Profissão ou últimos votos. O dia mais comum para a *renovação* era, no Brasil, o do nome de Jesus, a 1 de Janeiro. Os renovantes tomavam disciplina por essa ocasião [4]. Em 1568, na Baía, juntaram-se todos os da cidade e das Aldeias [5]. Também se renovavam noutros dias, como por exemplo no dia 12 de Abril de 1562, em que o P. Nóbrega partiu com Anchieta para Iperoig [6]. «Renovaram-se os votos nos tempos costumados», diz-se, em 1575, do Colégio de Pernambuco, e era êste um dos sinais de regularidade e observância registados nas cartas e informações [7].

O *terceiro ano de provação* (os outros dois são os do noviciado) só foi introduzido no Brasil pelo Provincial Pero Rodrigues, para o fim do século XVI. A 1 de Novembro de 1584, acusa o P. Gouveia a recepção da fórmula da terceira provação [8]; e ainda não estava introduzida em 1592, por falta de gente [9]. A Congregação Provincial dêste ano preguntava para Roma o que se havia de fazer, dadas as circunstâncias especiais da terra,

---

1. Visita do P. Lima, Roma, Vitt.º Em., *Gesuitici, 1255*, 14, f. 3.
2. *Bras. 2*, 54.
3. Tais leitos deviam ser as rêdes indígenas: «Duermen en unos lechos de cinchas con una fraçada sin sauanas, por la penuria que ay allá de lienço y de lana para sauanas», *Mon. Borgia*, V, 29.
4. *CA*, 437; Cardim, *Tratados*, 301.
5. *CA*, 490-491.
6. Anch., *Cartas*, 197.
7. *Fund. de Pernambuco*, 69v (37).
8. *Lus. 68*, 411.
9. Carta de Beliarte, Baía, 20 de Setembro de 1592, *Bras. 15*, 397.

a morosidade dos estudos e a necessidade de aplicar os Padres aos trabalhos das Aldeias por Capitanias dispersas, tornando-se portanto difícil reünir os neo-sacerdotes para o terceiro ano. O P. Geral responde que na Índia Oriental e até no Japão, onde a falta de gente é igualmente grande, já se pratica o terceiro ano. O Provincial do Brasil que trate de vencer as dificuldades e se introduza coisa de tanta importância para o proveito espiritual dos Nossos [1]. Ao lado da resposta anterior, alguém escreveu, em latim: *assim se fêz.* Quem? O Provincial Pero Rodrigues, de-certo, em 1597, porque, a 10 de Outubro dêsse ano, diz-lhe Cláudio Aquaviva: «muito folgamos que V. R. haja introduzido o 3.º ano de provação, porque esperamos que, com tão boa ajuda, cresçam em espírito e se formem nas sólidas virtudes para serem tais operários como convém. Mas advertimos a V. R. o que já a outras partes temos avisado, que não é nossa intenção que, com os Padres de virtude, que foram operários alguns anos e estão cansados, se observe o 3.º ano em seu rigor, como o hão-de cumprir aquêles que nela entram ao fim de seus estudos ou pouco depois. Mas bastará dar, aos tais, dois ou três meses, para fazerem os Exercícios Espirituais e alguns ofícios de humildade para seu maior proveito e edificação»[2].

Ao 3.º ano de provação segue-se, normalmente, a profissão solene ou os últimos votos. Os primeiros Padres, que no Brasil fizeram profissão solene de quatro votos, foram Luiz da Grã e Manuel da Nóbrega, no dia 26 de Abril de 1556. Chegara ordem de Roma para a fazer primeiro Nóbrega, nas mãos do Prelado e Grã nas do P. Nóbrega. Não estando presente nenhum professo nem Prelado, resolveu-se que o P. Grã a faria primeiro nas mãos do seu Superior; e Nóbrega fê-la, a seguir, nas mãos do P. Grã, capaz já de a receber, como professo [3]. Na profissão solene pro-

---

1. «Responsa ad ea quae proposita sunt R. P. N. Generali a Congregatione Brasiliensi anno 1592», *Bras. 2*, 78.

2. *Bras. 2*, 129v-130; *Bras. 15*, 467.

3. Carta de Grã, *Bras. 3(1)*, 149v; Nóbr., *CB*, 147; Carta de Nóbrega, de 25 de Março de 1555, *Bras. 3(1)*, 135. Êstes primeiros votos solenes, realizados no Brasil, não foram acompanhados logo dos 5 votos simples, que fazem os Professos. Aquêles dois Padres só os emitiram por ocasião da Visita do P. Inácio de Azevedo: o P. Grã, na Baía, no dia 18 de Outubro de 1566 (*Lus. 1*, 24), o P. Nóbrega, em S. Vicente, no dia 6 de Abril de 1567 (*Lus. 1*, 5-5v).

cedia-se com aparato. Na que fêz o P. Quirício Caxa, na Baía, ao primeiro de Janeiro de 1574, estavam presentes os dois Governadores do Brasil, Luiz de Brito e António Salema [1].

Uma das obrigações dos Professos é fazerem 40 dias de doutrina aos meninos e rudes. Comunica-se, em 1584, que assim se fazia, pelo menos na igreja ou, dentro de casa, aos escravos [2].

Além da profissão solene de quatro votos (um dêles é de obediência especial ao Papa para as missões), dava-se, como dissemos, a profissão solene de três votos. Em geral, significava prémio ou estímulo. O B. Inácio de Azevedo alcançou faculdade do P. Geral, de admitir à profissão de 3 votos os que êle julgasse mais aptos. Tinha admitido um, antes do martírio. E Tolosa, o seu sucessor no provincialato, admitiu, em Lisboa, 5, que levava consigo. Comunicou-lhe então o P. Mirão, Visitador de Portugal, que só lhe restava faculdade para a admissão de três. Ao P. Tolosa não quadrou a lembrança, por só lha comunicar depois de a terem recebido aquêles cinco. Não lhe parecia conveniente, diz êle, «por consolar aos que agora vão, sem ter dêles experiência como vão nos trabalhos, desconsolar aos que muitos anos com edificação levam a cruz do Brasil» [3]. A profissão de 3 votos tornou-se rara. A de quatro votos, e sobretudo os últimos votos de Coadjutores espirituais (Padres) ou Coadjutores temporais (Irmãos para os ofícios) faziam-se com mais freqüência. Para a profissão, influía, às vezes, além dos dotes habitualmente requeridos, o conhecimento da língua brasílica.

3. — A prática dos votos religiosos e das regras teve dificuldades no Brasil, provenientes das condições especiais da terra. Em diferentes capítulos ver-se-ão miùdamente os meios usados para os vencer. Indiquemos aqui a linha geral desta observância, que pode resumir-se em duas frases. Uma de Rui Pereira, em 1560: «quanto ao espiritual procede-se conforme às regras, não faltam as ajudas dos capelos e outras penitências, quando convém» [4]; e outra de Baltasar Fernandes, em 1568: até os que andam por fora de casa «teem suas meditações, exames e

---

1. *Fund. de la Baya*, 30 (106).
2. *Lus.* 68, 410v.
3. Carta de Tolosa, Lisboa, 22 de Janeiro de 1572, *Lus.* 64, 249.
4. *CA*, 257.

orações, no qual cada um trabalha de se aperfeiçoar, no Senhor, como pode »[1]. Entre as instruções, que levava o P. Gouveia, uma era: « o desejo e diligência na oração tenha por muito encomendado que se imprima nos ânimos dos Nossos e procure que o ócio se evite em tôda a maneira »[2]. A magnitude dos ministérios e a falta de gente não consentia que entrasse o ócio. Do espírito de mortificação ficaram-nos exemplos magníficos, que são os desta história. ¿Casos particulares? Na transmissão de poderes do Provincial, Marçal Beliarte, ao seu sucessor, P. Pero Rodrigues, ambos foram lavar a loiça na cozinha, servir à mesa e dizer as ladainhas; e o mesmo Padre Rodrígues diz que foi necessário em parte moderar o desejo e o uso da penitência[3]. No princípio das férias, punha-se em público a lista dos ofícios humildes comuns e das mortificações — e o Superior foi o primeiro que foi à cozinha, diz o cronista da *Fundação do Colégio de Pernambuco*[4]. Meteu-se um pouco o uso de se darem, como penitência ou correcção, castigos corporais. Mas logo se reagiu, em 1570, no sentido de transformar as penitências e ofícios humildes em oração e coisas espirituais[5]; até que, em 1594, se desaprovaram totalmente quaisquer castigos contra os Nossos. Quando muito, em caso extremo, reclusão ou jejum[6]. Nisto de jejum, havia boa vontade. Padres velhos, alguns de 80 anos, todos animados, jejuam a quaresma, pregam e confessam, diz, em 1597, o P. Pero Rodrigues[7].

« Guarda-se o substancial », « nada de grave », « as faltas comuns curam-se com os remédios do costume » — expressões concisas com que se exprimia a observância regular[8]. Ao mesmo tempo, o trato com os de fora era modesto e edificante[9]; e cultivava-se geralmente a união e caridade fraterna, e o amor

---

1. CA, 498.
2. *Instrucción particular para el Padre Cristoual de Gouea*, Gesù, Colleg. 20 (Brasile).
3. *Bras. 3(2)*, 354.
4. *Fund. de Pernambuco*, 63v (24); cf. *Bras. 2*, 143.
5. *Bras. 2*, 125v.
6. *Bras. 2*, 85.
7. *Bras. 15*, 428.
8. *Lus. 68*, 402; *Lus. 69*, 133v; *Lus. 72*, 107.
9. Pero Rodrigues, *Anchieta*, em *Annaes*, XIX, 60.

aos hóspedes. Em 1560, o P. Luiz da Grã recebeu com muito amor os Padres da célebre nau « S. Paulo », que, a caminho do Oriente, arribou à Baía. Depois, quando a nau saíu, foi-a seguindo, numa barca à vela, até que não pôde aturar a nau. « E deitando-nos a sua bênção, se tornou êle e o Padre Pereira [João], que também com a sua caridade veio com êle » [1]. Dizer que em matéria de caridade nunca houve faltas, seria iludir a realidade e desconhecer a natureza humana. Houve faltas, como em tôdas as famílias religiosas (e não religiosas). Gouveia achou-as, ao visitar o Rio de Janeiro em 1585. Lá, e noutras terras da província, diz êle, achou « esta má semente de pouca união e caridade, que parece é fruta da terra, comum e ordinária nestas partes, não estarem os Nossos muito unidos » [2]. Esta desunião, contudo, era mais aparente do que real, mais de palavras do que de factos, obra de um ou outro imperfeito. O espírito geral exprime-o Cardim, por ocasião da mesma visita ao mesmo Colégio: parece-se o Colégio do Rio, « na observância, bom concêrto e ordem, a qualquer outro dos bem ordenados de Portugal: e êstes Padres velhos são a mesma edificação e desprêzo do mundo, e esta fruta colheram cá por êstes matos, sem práticas nem conferências, e são o espelho de tôda a virtude e muito temos, os que de lá viemos, para andar, se houvermos de chegar a tanta perfeição da sólida e verdadeira virtude da Companhia » [3].

4. — Para se chegar a esta solidez de virtude, foi preciso passar muitas vezes por lutas terríveis. Lutas sobretudo para manter a perfeição da castidade, uma das obrigações substanciais da vida religiosa e matéria de voto. As Constituïções da Companhia expõem-nas nestas breves palavras: « o que toca ao voto da castidade não tem necessidade de declaração, pois é claro quão perfeitamente se deve guardar, procurando imitar a pureza dos anjos com a limpeza do corpo e alma » [4].

---

1. Carta do P. Manuel Álvares, Cochim, 5 de Janeiro de 1562, *Bras. 15*, 155.
2. *Lus. 69*, 133v. Cf. Pero Rodrigues, *Bras. 8*, 30.
3. Cardim, *Tratados*, 350.
4. *Constitutiones*, P. VI, C. 1, n.º 1; reg. 28.ª *Summarii Constitutionum*: « Quae ad votum castitatis pertinent, interpretatione non indigent, cum constet, quam sit perfecte observanda, nempe enitendo angelicam puritatem imitari et corporis et mentis nostrae munditia ».

Pureza angélica! Para a conservar, um certo número de regras, além do espírito interior: regras da modéstia, regra de não tocar a outro, regras de levar companheiro nas visitas, etc. A tática de Santo Inácio foi esta: conservar o inimigo longe, nem sequer o nomeando muito; e se por ventura, e a-pesar-de tudo, êle se infiltra, irradiá-lo com prontidão e energia. Não sabemos, entre as diversas Províncias da Companhia no passado, doutra que exigisse tantas preocupações e, pelas circunstâncias do ambiente, requeresse nos Padres virtude em grau tão heróico. Só a esta luz se podem interpretar com justeza as dificuldades encontradas, e os desfalecimentos de alguns, que não sentiram em si a fôrça ou o espírito sobrenatural suficiente para viver no perpétuo estado de heroicidade, que exigiam as condições do Brasil. Nesta matéria são para considerar três passos: as dificuldades reais, os meios para as vencer e a derrota ou o triunfo até final. As dificuldades provinham sobretudo do ambiente geral e do género particular da catequese nas Aldeias. O ambiente, expõe-no numa quási confidência um santo e virtuoso jesuíta. Diz êle:

«Pôsto-que pareça ousadia querer eu escrever a V. P., faço-o por assim mo mandar o P. Inácio de Azevedo, Visitador por Vossa Paternidade nesta Província. E se não der conta tão fiel e inteiramente como sou obrigado, atribuo-o à minha limitada capacidade e experiência da terra, que sou um pobre e idiota sacerdote, que vim com o P. Inácio, mais por vergonha que por vontade, porque assim o declarei ao P. Domingos Cardoso, reitor que era em Braga, quando desde aí me mandou, e ao Padre Provincial, Leão Henriques, em Coimbra, e ao mesmo P. Inácio de Azevedo, em Lisboa. A qual repugnância sentia, à uma, por nem ainda ter ouvido casos de consciência, à outra, e principal, por ter ouvido que a gente desta terra andava nua, por minha má inclinação contra a castidade, por nela ser fraco, em terra onde o vício da carne anda embuçado, quanto mais onde anda desavergonhado como nesta terra. Ó Padre de minha alma! Que combates lhe parece sentirá um seu filho, que por fugir a êste vício entrou na Companhia, que muitas vezes de dia e de noite se acha em público e em secreto, assim na vila como entre matos e lugares muito longe do povoado e às vezes com encontros na portaria (não o queria dizer, mas por ser Pai que deseja a salvação dos seus filhos, digo) se acha com mulheres de muito bom parecer e nuas e limpas, para serem desejadas, e se prezam de os homens lhes falarem; *imo*, elas comumente os buscam sem nenhuma vergonha e disto se gabam sem ter nenhum segrêdo! Eu tenho por grande mercê de Deus Nosso Senhor ter até agora sustentado em castidade os da Companhia nesta terra, pelo qual, ainda que seja tentação, por isso o digo (que para mim pode ser tentação e para outros bom espírito), e é que, ainda que os antigos na terra podem mais ajudar ao gentio, é com tanto perigo dos súbditos da Companhia que, se *in Domino* parecesse mudarem-se os Irmãos do Brasil para o Reino de Portugal *et vice-versa*, ajudaria muito ao espiritual dos Irmãos. Porque mais fàcilmente sofre um uma repreensão que duas ou muitas e uma tentação que mil, porque se todos temos nesta parte um sentir, mil sente um ao dia nesta terra, e a experiência do que eu tenho coligido, é que alguns cumpriram sua tentação, uma vez, por sempre não viverem tentados, ainda que buscaram mau remédio. A terra é quente e a língua dela não tem palavra que provoque a virtude, senão todos os vícios. *Ego fateor me continuo cruciari in hac flamma*, e vemos que alguns fizeram mal de si, pensando que tôda a sua vida hão-de viver no Brasil, onde a cruz de Jesus Cristo, conforme aos olhos carnais é muito sêca, porque dos Índios nenhuma consolação se recebe, a não ser baptizar algum *in extremis* que logo se vá ao céu; a mais certa moeda, que há no Brasil, é dêles se receber mil desgostos. Estas são as minhas queixas das quais pelas chagas de Cristo peço perdão. E Deus sabe quanto calo com os Irmãos» [1].

O P. António da Rocha escrevia duma vila de Portugueses; mas o Espírito Santo não se diferenciava muito das Aldeias; a não ser que os perigos nestas tinham ainda maior acuïdade. Iná-

---

1. Carta de António da Rocha, do Espírito Santo, 26 de Junho de 1569, (*Bras. 3(1)*, 161-161v. No dia 18 de Junho, outra carta em que tocava as mesmas dificuldades (*Bras. 15*, 231-232v). O P. António da Rocha tinha feito os votos de Coadjutor espiritual, naquela vila, a 20 de Janeiro de 1568 (*Lus. 1*, 147; cf. *Fund. de la Baya*, 16v (90); Vasc., *Crón.*, III, 118). Estêve na armada com Mem de Sá, no Rio, por ocasião do último assalto (Vasc., *Crón.*, III, 93). Foi superior do Espírito Santo e dos Ilhéus (Ant.º de Matos, *Prima Inst.*, 28; Gouveia, *Lus.* 68, 341). Depondo, em 18 de Agôsto de 1591, « disse ser cristão velho e ser natural do têrmo do Pôrto, filho de Pero Gonçalves e de sua mulher Maria Gonçalves, de idade de cincoenta e cinco anos, morador no Colégio da Companhia

cio de Azevedo deixou determinado, em 1567, pelo que se refere às Aldeias, que os Padres nelas residentes deviam «de ser o *mais provados em virtude*, porque lá é mais necessária do que as letras», ainda que também elas se deviam cultivar [1]. As Aldeias foram, não há dúvida, o grande escolho, que tiveram de defrontar os Padres do Brasil. Para morar nelas, requeria-se o conhecimento da língua; por isso eram preferidos os filhos da terra, mamelucos, que a princípio tiveram formação insuficiente; mas o isolamento em que se viam todos, mesmo os europeus, era um perigo constante. O P. Fernão Cardim, dando ordem para os Padres das Aldeias saírem periòdicamente em missões pelo interior, é trágico no seu laconismo: «Porque estando sempre na Aldeia se malinconizavam e desgastavam, que vinham a cair em desgraças» [2]. Durante algum tempo, os Irmãos novos iam para as Aldeias, a-fim-de aprender a língua. Era uma vantagem para a aprendizagem [3]. Mas logo se deu pelo perigo: aquêles Irmãos, na flor da idade, sem a virtude ainda robustecida por uma formação demorada, enredavam-se nas torturas do isolamento e da dispersão, sem clausura suficiente e com contactos quási inevitáveis e constantes com pessoas de fora.

Para evitar os perigos, a que se expunham os Padres e Irmãos, nas Aldeias, multiplicavam-se os meios de defesa. Regra do companheiro, quando era preciso falar com mulheres, parcimónia em falar com elas, clausura nos Colégios e casas, escolha dos que haviam de morar nas Aldeias, gente segura e de confiança, e se visitassem e revezassem a miúdo. Luta constante entre a falta de gente e a necessidade de conservar em cada Aldeia um núcleo regular de Jesuítas, que assegurassem os ministérios da Companhia e, ao mesmo tempo, quando um saísse, pudesse ir acompanhado por outro, sem deixar a casa ao aban-

---

desta cidade» (*Primeira Visitação — Denunciações da Bahia, 1591-1593*, p. 360; cf. António Baião, *A Inquisição no Brasil* in *Revista de História*, n.º 3, p. 189). Faleceu em Pôrto Seguro, por ocasião duma grave epidemia, em Agôsto de 1593 (*Hist. Soc.* 42, 33). A notícia de sua morte acha-se em *Ann. Litt. 1594-1595*, p. 796: «*Verus pietatis et religiosae cultor paupertatis*».

1. *Mon. Borgia*, IV, 523-524; cf. *ib.*, 343.
2. Carta de Cardim, 1 de Setembro de 1604, *Bras.* 5, 56; cf. *Lus.* 68, 338, 408; Carta do P. Tolosa ao P. Geral, da Baía, 17 de Agôsto de 1598, *Bras. 15*, 469.
3. Carta de Gouveia, 25 de Julho de 1583, *Lus. 68*, 338.

dôno. Portanto, nunca só dois, ao menos três, o ideal quatro. A falta imperiosa de gente nem sempre o permitia [1].

Com o conhecimento progressivo da terra e da atracção das mulheres índias para com os brancos e mamelucos, foi medida de necessidade e prudência suprimir tudo o que pudesse sugerir facilidades, oferecer esconderijos ou dar ocasião a reparos. Determinou, portanto, o P. Gouveia, em 1586: « Quando fôr de noite, fechem-se as portas da casa que dão para fora, e o Superior logo recolha as chaves e não se sirvam de índias para trazer água, nem consintam que venham de noite com esmolas à portaria, e, se vierem, não vá um só recebê-las » [2]. Na visita do P. Manuel de Lima, igual advertência; e quando os Índios forem pescar com suas famílias não vá com êles nenhum da Companhia; o mesmo nas entradas. E houvesse mais clausura e as janelas tivessem grades. Os altares das Aldeias deviam também ser fechados pelas ilhargas; e desde o cubículo do Superior haveria uma janela por onde se pudesse ver tudo o que se passava na igreja. As visitas a mulheres reduziam-se ao mínimo e só em casos absolutamente necessários [3]. E os Superiores atendessem aos que falavam a sós com índias, a ver se eram realmente de provada confiança para êstes ministérios [4].

À primeira vista, tais precauções parecem significar desconfiança perene. Era antes a experiência a postular a supressão total dos próprios fundamentos a falsos testemunhos, uma das maiores calamidades com que tiveram de lutar os Padres, desde o comêço. A primeira calúnia é histórica e conta-a, de S. Vicente, Manuel da Nóbrega. « Quando cheguei a esta Capitania, achei umas índias, parte fôrras e livres, parte escravas, solteiras e algumas casadas. As quais serviam a casa e traziam lenha e água e faziam mantimentos para os meninos, e ainda que esta-

---

1. *Bras. 3*, 354v; Visita do P. Gouveia, Gesù, *Colleg. 20* (Brasile); *Congr. 49*, 455v-456; *Bras. 8*, 99-100, 128; *Ann. Litt. 1590-1591*, p. 821. A regra do companheiro era difícil de cumprir, pela mesma falta de gente, Carta de Grã de 30 de Julho de 1569, *Bras. 3(1)*, 164. Mas insiste-se constantemente: «Os nossos não andem sós», *Bras. 2*, 42v, 88v, 140v; Carta de Grã, a 8 de Junho de 1556, *Bras. 3(1)*, 149.

2. Visita do P. Gouveia, *Bras. 2*, 146; Cf. *Bras. 2*, 46.

3. *Bras. 2*, 138.

4. Roma, Vitt.º Em., *Gesuitici, 1255*, 14, p. 9-11.

vam bem separadas da conversação dos Irmãos, todavia, por estarem na mesma rua, davam escândalo aos leigos em lhes parecer que estavam muito familiares; mas os da vizinhança, que sabiam e viam a verdade, não se escandalizavam. Eu, todavia, desde que cheguei, ordenei a Confraria do Menino Jesus e lhe entreguei todo o temporal para a sustentação e serviço desta casa. Há dois mordomos e um provedor. Ela tem tôda a gente que serve a esta casa, para que fiquemos livres de inconvenientes e sòmente nos ocupemos no espiritual, ensinando e doutrinando aos meninos, assim dos de casa, como quantos queriam aprender[1]. Porque esta terra está tão estragada, que é necessário levar alicerces de novo. Nesta terra está um João Ramalho, o mais antigo dela, e tôda a sua vida e dos filhos é conforme à dos Índios e uma *petra escandali* para nós, porque a sua vida é principal estôrvo, para com a gentilidade, que temos, por êle ser muito conhecido e muito aparentado com os Índios».

«Tem muitas mulheres. Êle e seus filhos andam com irmãs e teem filhos delas, tanto o pai como os filhos. Os seus filhos vão à guerra com os Índios e suas festas são de Índios e assim vivem, andando nus, como os mesmos Índios. Por tôdas as maneiras o temos provado, nada aproveita, até que já o deixamos de-todo. Êste, estando excomungado por não se confessar, e não querendo os Nossos Padres celebrar com êle, disse que também os Padres e Irmãos pecavam com as negras, o que fêz presumir ser alguma coisa, ajuntando-se com isto estarem as negras na mesma rua. Pelo qual, assim que cheguei, por me N. Senhor assim ensinar, e com eu já conhecer o que tinha nos Irmãos, e saber a verdade do que podia haver, por cumprir com o mundo e tirar alguma presunção, despedi-os a todos quantos aqui achei, dêsses que andavam por fora; e tirei, com o vigário[2], quási

---

1. A primeira visita do P. Inácio de Azevedo confirmou esta determinação de Nóbrega e estabeleceu, como doutrina, daí para o futuro, que as mulheres, que tivessem de ocupar-se nos trabalhos caseiros próprios delas, escravas, casadas ou solteiras, fôssem governadas por alguém de fora da Companhia e não morassem em casa perto da dos Padres, *Bras. 2*, 137v.

2. *Vigário*: secular ou eclesiástico? Vasconcelos interpreta *Vigário Geral* (Vasc., *Crón.*, I, 127), mas vigário se intitulava também o *loco-tenente* do Donatário. Os Jesuítas mandados residir fora de casa, até se averiguar da verdade, diz o mesmo Vasconcelos, que eram Manuel de Paiva, Francisco Pires, Manuel de

quantas pessoas há nesta Capitania, por testemunhas do que sabiam, sem achar coisa nenhuma; e fiz a verdade pública a todos, e ganhou-se tirar-se dos corações alguma presunção, à custa de muitos me julgarem por mal atentado; e os Irmãos ganharam coroa de paciência e deram muito bom exemplo de si, até que os tornei a receber» [1].

As acusações caluniosas contra os Jesuítas acompanharam sempre mais ou menos os Padres naqueles primeiros tempos coloniais, cheios de mexericos e más interpretações. Gabriel Soares, na sua campanha de descrédito junto de D. Cristóvão de Moura, em Madrid, não podia deixar de recorrer também a ela. Verificava-se muitas vezes, nos despedidos, que viviam mal depois *(corruptio optimi, pessima)*. Inferia daí Gabriel Soares, que também antes viveriam mal. Respondem os Padres, em 1592, mostrando as precauções que tomavam para conservar a pureza da Companhia, como se procedia com rigor à depuração, expulsando logo os que atentavam contra ela: tal calúnia «não é digna de peito cristão» [2]. Anda na vida de Anchieta um caso elucidativo. Confessou, numa Aldeia, um Padre a uma índia e ela acusou-se de ter pecado carnalmente com outro Padre, residente na mesma Aldeia. O confessor conhecia bem o tal Padre, e ficou espantado e aflito. Rezando o breviário com êle, o P. Anchieta, vendo-o triste, disse que se não afligisse, que já em Piratininga confessara uma índia, que se acusara de fazer o mesmo com um Padre. E, que êle Anchieta, examinando bem o caso, «achou que fôra entre sonhos... tão rude é esta casta de gente, que não distingue o sonhado do verdadeiro e tão arriscados estão os que vivem com êles a levantar-lhes, como verdadeiro, o que nem por sonhos cometeram»... O P. Vasconcelos confessa, por sua vez, que tendo-se incumbido «por ofício examiná-los [os Índios], rara vez achei no segundo exame o que disseram no primeiro, sem que variassem ou na substância ou nas circunstâncias» [3]. Êstes casos de imaginações, se eram possíveis, não deveriam

---

Chaves e alguns Irmãos. Notemos, contudo, que o P. Francisco Pires acabava de chegar da Baía com o mesmo Nóbrega.

1. Carta de Nóbrega, de S. Vicente, 15 de Junho de 1553, *Bras. 3 (1)*, 97; cf. *ib.*, 3 (1), 135v; Anch., *Cartas*, 46.

2. *Bras. 15*, 387v (35).

3. Vasc., *Anchieta*, 312.

ser comuns; comuns seriam pequeninas vinganças, bisbilhotices de mulherio, e informações de moços. Diz expressamente o Provincial P. Pero Rodrigues: « os moços que servem a casa, quando dizem certas coisas, são *dubia seu potius nullius fidei* » (devem-se pôr em dúvida ou não se lhes dar nenhum crédito). E conta o caso da informação dum dêsses contra um Irmão de Piratininga. O Padre tirou informações severas e verificou ser tudo falso[1]. A 12 de Maio de 1559, escreve o P. Tôrres, de Lisboa, a Nóbrega: « consolamo-nos por ver quão bem sucedida foi a diligência que se fêz sôbre a infâmia que se levantou àquele Irmão que V. R. escreve. Entre gente tão fácil para levantar tais coisas, conviria viver com muita cautela, tirando tôda a ocasião de que se possa presumir mal. E onde as ocasiões de pecado estão tanto à mão, e a boa fama é tão necessária para o serviço de Deus, seria mister muita cautela, além da virtude que se requere, e não ir nunca algum dos Nossos só às Aldeias dos Índios e pelos caminhos, e ainda se devia procurar que, quando fôssem dois ou mais, os acompanhasse algum leigo, pessoa virtuosa, se fôsse possível »[2].

Em 1597, o P. Aquaviva dava instruções para o caso de se levantar alguma infâmia contra os da Companhia, e como se deveria salvaguardar a reputação do incriminado e a do Instituto e o perigo que havia em dar ouvidos a qualquer insinuação, começando logo as inquirições; porque o simples facto de levantar a lebre já era perigoso; e sendo falso, já para muitos ficaria alguma suspeita indelével. E tanto maior cuidado se requeria nisto, quanto « os Índios são fáceis em infamar, principalmente se o Padre da Aldeia lhe deu algum desgôsto... »[3]. Aquelas ocasiões de pecar, « tanto à mão », eram um facto. Não só as índias, mas as outras mulheres tentavam os Padres. E algumas vezes pretextavam doenças, chamando-os para a confissão. Dum caso dêstes se livrou, « com um bom ardil », um Padre, chamado Pedro[4].

---

1. Pero Rodrigues, *Bras. 3(1)*, 170; cf. carta de Jácome Monteiro, *Bras. 8*, 99-99v; Carta de António de Araújo, *Bras. 3(1)*, 187-188.
2. *Lus. 60*, 127.
3. *Bras. 2*, 132v.
4. Serafim Leite, *Páginas*, 178. Padre, chamado Pedro, com residência no Espírito Santo, onde o facto sucedeu, era o P. Pedro da Costa (*Bras. 5*, 7v). Mas podia ter sido outro que estivesse ali de passagem.

Mas tôdas as precauções externas dos Jesuítas seriam ineficazes, se os não animasse o espírito mais alto da oração, da mortificação e da renúncia, aquela preocupação de manter intacta a pureza que exige o estado que abraçaram e o renome do seu Instituto. Fuga das ocasiões, guarda dos sentidos, recato externo, antisépsia espiritual interna, amor a Nossa Senhora, sustentavam os Padres na luta, com espanto de todos. Entre as vitórias, que os Padres Nóbrega e Anchieta alcançaram no seu exílio de Iperoig, uma foi a da castidade. Os Índios ouviam e aceitavam as suas doutrinas; «só na matéria de pureza, escreve Pero Rodrigues, não podiam tomar pé seus brutos entendimentos, nem cuidar que havia pessoas que guardassem a castidade. Ofereciam suas parentas conforme o seu costume, como em confirmação das pazes; mas, vendo a diferença da vida dos Padres, mostravam grande espanto e cobravam muito crédito de sua virtude. E, ainda neste particular incrédulos, chegaram uma vez a lhes preguntar pelos pensamentos e desejos, dizendo assim: *nem quando as vêdes, as desejais?* Ao que respondeu o P. Manuel da Nóbrega, mostrando umas disciplinas, *quando nos salteiam tais pensamentos, acudimos com esta mezinha*, de que ficaram muito espantados, cobrando mais respeito aos Padres»[1].

Tudo no Brasil, naquela primeira fermentação de raças, predispunha para a dissolução dos costumes. Pois, a-pesar da luta pessoal que tinham de sustentar, os Jesuítas impuseram-se como elemento activo de resistência, elevando e purificando, em bases de energia, o ambiente moral do Brasil. Houve alguns que sucumbiram na luta? Tanto maior glória para os que, a pé firme, sustentaram o combate até à vitória final.

5. — As armas, com que se alcança esta vitória, são bem conhecidas na ascética: modéstia, vida interior, renúncia. Na Companhia, existe além disso um auxílio poderosíssimo nos Exercícios Espirituais, de Santo Inácio, seu fundador. Auxílio para isso e para tudo o mais, em particular para a vida apostólica. Recomenda o Santo expressamente, nas Constituições, que os da Companhia façam os Exercícios Espirituais, para santificação pró-

---

1. Pero Rodrigues, *Anchieta*, em *Annaes*, XXIX, 205; cf. Anch., *Cartas*, 202; Vasc., *Crón.*, III, 19, 21; Ricard, *Les Jésuites au Brésil*, 330.

pria e alheia[1]. Nas *Ordenações* do Brasil, transcreve-se, como norma directiva, a carta que Santo Inácio dirigiu a Manuel Miona, português, seu antigo confessor em Alcalá e Paris. Diz o Fundador da Companhia de Jesus: «E porque é razão responder a tanto amor e vontade, como sempre me tivestes, e, como eu hoje nesta vida não saiba em que alguma centelha vos possa satisfazer, senão que pôr-vos por um mês em Exercícios Espirituais, com a pessoa que vos nomearem: duas e três e outras quantas vezes possa, vos peço, por serviço de Deus Nosso Senhor, o que até aqui vos tenho dito, porque ao depois não nos diga Sua Divina Majestade, por que não vos peço com tôdas as minhas fôrças, sendo tudo o melhor que eu nesta vida posso pensar, sentir e entender, assim para o homem poder-se aproveitar a si mesmo como para poder frutificar, ajudar e aproveitar a outros muitos»[2].

Os Exercícios dividem-se em quatro partes desiguais, que se chamam *semanas*. Fazendo-se todos, segundo as indicações do Santo, gasta-se um mês. Assim se fazem no começo da formação religiosa (noviciado) e no fim dela (3.º ano de provação). Fora disto, fazem-se mais resumidamente, cada ano, durante oito dias. No Brasil, houve dificuldades nestes prazos. Quando o noviciado e a terceira provação se estabeleceram com o rigor devido, foi preciso atender às circunstâncias do ambiente. O P. Tolosa comunica, em 1598, que se guardava com os noviços o que estava ordenado; mas não faziam o mês de Exercícios duma vez só[3]. Durante o século XVI, os Exercícios Espirituais não se realizavam em grupo, como geralmente se pratica hoje, nas comunidades numerosas, mas cada qual por si os fazia, ou com um Padre destinado a êsse ofício, ou sòzinho, como hoje faz a maior parte dos Padres graves. Para o isolamento conveniente dos Exercitan-

---

1. *Constitutiones*, P. IV, C. VIII, n.º 5; P. III, C. I, n.º 20; cf. *Constitutiones Societatis Iesu latinae et hispanicae* (Roma 1937) 139*, 140, 95*, 96; *Mon. Ignat.*, series 3.ª, *Constitutiones Societatis Iesu* (Roma 1938) 133, 87.

2. *Lo que Nuestro p.ᵉ Ignacio estimaua el hazer los exercicios para el proprio aprovechamiento e ageno se vee por el capitulo seguiente que escriuio de Venecia al primero de Noviembre de 1536 al P. Miona que estaua en Paris y auia sido su confessor en Alcala, exhortandole a hazerlos* (Bras. 2, 122v). Cf. a carta completa em *Mon. Ignat.*, series 1.ª, I, p. 111-113.

3. Carta de Tolosa ao P. Geral, da Baía, 17 de Agôsto de 1598, *Bras. 15*, 469.

tes, havia cubículos nos Colégios ou casas apropriadas. Nóbrega «fêz uma casita em Piratininga mui a propósito, onde se recolhem os Irmãos, por sua ordem, e cada um tem ali seus dias de recolhimento, em que se renova de-novo o fervor» [1].

No Colégio da Baía, em 1574, «sempre estiveram dois ou três cubículos ocupados com alguns Padres e Irmãos, que se recolhiam a fazer os Exercícios Espirituais; acabando uns, entravam outros a cobrar novas fôrças espirituais com muito aproveitamento e consolação de todos» [2].

Iam-se, portanto, revezando no decorrer do ano. Em geral, dava o exemplo, começando por si, o P. Reitor [3]. Ao acto de fazer os Exercícios dava-se então o nome de Recolhimento.

Gouveia sugeria que alguns, pelo menos, fizessem os Exercícios durante as férias grandes [4]. Com efeito em 1593, começou a ter-se o Recolhimento com certo rigor, durante as férias [5]. E gastavam-se «oito dias» [6].

O clima molestava um pouco os Exercitantes. Em 1598, o mês de Exercícios, no noviciado, não se fazia «todo junto» [7]. O Visitador Manuel de Lima, em 1610, propunha ao Padre Geral que, no Brasil, por causa do calor, em vez de oito ou dez dias, tivessem os Padres «4 ou até 5, que é o que parece factível». A proposta aparece riscada, sinal de não ser aceita [8]. Os Exercícios Espirituais tinham um fim exclusivo de perfeição ou renovação espiritual. Deviam, por isso, tomar-se com gôsto. Ora não se alcançaria êsse efeito, se se impusessem como castigo de faltas. E parece que uma vez ou outra se impuseram. Chegando o facto ao conhecimento do P. Geral, escreve: «Não se deem os Exercícios Espirituais da Companhia aos Nossos, em penitência das suas faltas, porque será desacreditá-los e fazerem-se com pouco fruto dos que os recebem e contra o intento

---

1. Anch., *Cartas*, 175.
2. *Fund. de la Baya*, 30 (108), 19 (93).
3. *Fund. del Rio de Henero*, 53 (130); *Fund. de Pernambuco*, 63 (19); *Fund. de la Baya*, 22 (96).
4. *Bras.* 2, 143.
5. *Lus.* 72, 94; *Bras.* 2, 90v, 143.
6. *Fund. de la Baya*, 22v (98).
7. *Bras. 15*, 469.
8. Roma, Vitt.º Em., *Gesuitici, 1255*, 14, f. 2v, ad 5.

dos mesmos Exercícios, que querem que se recebam com pura vontade de ajudar-se, com êles, em espírito e devoção e desejos de perfeição espiritual, que, segundo o nosso Instituto, devem todos desejar. V.ª R.ª procure que, se nesta parte havia algum abuso, se tire e de maneira que não se esfriem os Nossos no uso de tão importante meio para a vida espiritual » [1].

Entre as informações para Roma, uma das mais freqüentes era o modo que se tinha nesta matéria: « em casa, diz-se em 1572, havia muita diligência na guarda das regras e todos, assim o Superior como os demais, se recolheram a Exercícios » [2].

Tôdas as casas teem cuidado em manifestar o fruto que se tirou [3].

A primeira pessoa, que no Brasil fêz Exercícios Espirituais, parece ter sido um soldado. Di-lo Nóbrega, a 9 de Agôsto de 1549. Distribuindo a sua gente, ficariam na Baía, diz êle, « Vicente Rodrigues, eu e um soldado, que se meteu connosco para nos servir, e está agora em Exercícios, de que eu estou muito contente » [4]. Êste soldado era Simão Gonçalves, que entrou na Companhia [5].

Os Exercícios Espirituais para todo o género de pessoas, em grupos ou por profissões, só mais tarde se usaram. A princípio, como dissemos, usavam-se individualmente com pessoas piedosas e de categoria que o desejassem. Ficou célebre, no Brasil, o exemplo de Mem de Sá, narrado por Simão de Vasconcelos: « a primeira coisa que fêz êste bom capitão, saltando em terra, foi recolher-se em um cubículo dos Religiosos da Companhia de Jesus, e tomar aí, por oito dias, os exercícios espirituais, de nosso Santo Patriarca Inácio, à instrução do Padre Manuel da Nóbrega; consultando com Deus, e com seu instrutor (que conhecia por zeloso e santo) os meios mais suaves, com que poderia conseguir o intento de El-Rei seu senhor e o seu, que era o mor bem do Estado e conversão dos Índios: e para tôdas

---

1. *De una de Nuestro Padre Euerardo para el P.e Joseph de Anchieta, Prouincial*, de 19 de Agôsto de 1579, *Bras. 2*, 46v; cf. *ib.*, 45v-46.
2. *Fund. de la Baya*, 22 (96).
3. *Fund. de la Baya*, 45 (120); *Fund. de Pernambuco*, 73v (47); *Bras. 15*, 263; *CA*, 491.
4. Nóbr., *CB*, 84.
5. *Bras. 15*, 44.

as acções que depois obrou, ficou daqui animadíssimo, começando em primeiro lugar por sua pessoa, com vida exemplar, que uniformemente continuou até expirar » [1].

6. — Quando os Jesuítas começaram a trabalhar no Brasil, ainda não estavam definitivamente redigidas e promulgadas as Constituïções da Companhia de Jesus. O fim principal da viagem do P. Leornardo Nunes à Europa, em 1554, era até para trazer as Constituïções «bem declaradas» [2]. Malograda a viagem, só em 1556 elas chegaram. Até então regiam-se pelas instruções emanadas de Roma, segundo o espírito, fórmula e primeiras ordenações de Santo Inácio, praticadas nos Colégios portugueses: «Saberá Vossa Paternidade, escreve Nóbrega, como a estas partes me mandaram os Padres e Irmãos, que viemos, e até agora vivemos sem lei nem regra, mais que trabalharmos de nos conformar com o que havíamos visto no Colégio, e, como nêle havíamos estado pouco, sabíamos pouco » [3].

Em Maio de 1556, já as Constituïções tinham chegado ao Brasil, enviadas de Portugal pelo Dr. Tôrres [4]. Foram ter a S. Vicente, no momento em que Nóbrega se dispunha a voltar à Baía. Chegou a esta cidade, a 30 de Julho de 1556. E pouco depois começou a declará-las, adaptando a elas os ofícios, conforme as respectivas regras [5]. Ao passar no Espírito Santo, o P. Nóbrega fizera o mesmo: «Em casa, êsses 15 dias que aí estive, tomava cada noite hora e meia para declarar as Constituïções, e os dois Irmãos que com êle vieram, *ultra* da ocupação de ouvir as confissões dos Índios e fazer a prática mui quotidiana, também se ocuparam em trasladar as Constituïções para que, já que não podiam gozar da vista do Padre, que lhas declarasse por extenso, depois de sua ida, com elas soubessem como se haviam de haver » [6].

Na Capitania de S. Vicente, teve êsse encargo o P. Luiz da

---

1. Vasc., *Crón.*, II, 49.
2. *Bras. 3(1)*, 113v.
3. *CB*, 150.
4. Carta de Grã, de 8 de Junho de 1556, *Bras. 3(1)*, 147v ; cf. *Mon. Mixtae*, V, 503.
5. *CA*, 152, 156 ; Nóbr., *CB*, 153.
6. *CA*, 154.

Grã[1]. Os Padres do Brasil trataram de se conformar com as Constituïções, mas, dispersos e ocupados em mil actividades absorventes, sentiam a necessidade de que viesse alguém da Europa, para os esclarecer. Convinha que viesse um Padre que, conhecendo as leis, teórica e pràticamente, lhes desse execução. Fê-lo o B. Inácio de Azevedo: na sua carta de 19 de Novembro de 1566, anuncia da Baía, a S. Francisco de Borja, que já se começaram a pôr em execução as Constituïções, regras, decretos da 1.ª Congregação Geral e o mais que se mandou sôbre a oração, casa de provação, regra do companheiro, modo do escrever, etc.[2].

A falta de terceira provação reflectia-se neste deficiente conhecimento do Instituto; e é um dos motivos invocados para a ida do segundo Visitador. Di-lo o Padre Vale-Régio: «é muito necessário no Brasil que vá lá um Visitador, pessoa de importância». Parecia-lhe que «lá os Padres não são muito informados das Constituïções»[3]. O Visitador, P. Cristóvão de Gouveia, foi, na verdade, competente, e o maior legislador da Companhia de Jesus no Brasil, no século XVI, adaptando as Constituïções às condições locais e completando-as com ordenações admiráveis. Conhecimento semelhante das regras tinha-o Cardim, que pode ajudar o Provincial Padre Anchieta «menos prático nelas», escreve o Visitador[4]. A pouco e pouco, foi-se, pois, promulgando e conhecendo, no Brasil, o Instituto da Companhia e foram chegando as diversas partes, de que se compõe. No dia 20 de Junho de 1575, entregou-se em Roma ao Procurador do Brasil, P. Gregório Serrão, o livro das Constituïções e outro de Decretos e Bulas[5].

Na Companhia, cada ofício, desde o Provincial ao mais humilde porteiro, tem as suas regras próprias. Em 1584, o Visitador escrevia que ainda não tinham chegado as dos sacerdotes e prègadores, mas que já as pedira de Portugal, assim como as

---

1. Anch., *Cartas*, 95.
2. *Mon. Borgia*, IV, 341, 412; *CA*, 481, 483.
3. Carta de Vale-Régio ao P. Geral, de Lisboa, 12 de Dezembro de 1574, *Lus.* 66, 349.
4. *Lus.* 68, 343-343v.
5. *Hist. Soc.* 42, 161v.

do procurador da Província¹. Em 1592, assinala Beliarte a chegada da confirmação do Instituto². Deve ser a Bula *Ecclesiae Catholicae*, de 28 de Junho de 1591, de Gregório XIV³.

7. — Além das Constituïções, que determinam concretamente a natureza dos votos, segundo o espírito de cada Instituto Religioso, existe, em cada Província, certo número de práticas e usos condicionados pelas circunstâncias do lugar e do meio. O código dêstes usos, legitimamente introduzidos e superiormente aprovados, é o *Costumeiro*. O Instituto da Companhia, que contém o direito comum a tôdas as Províncias, anda impresso e ao alcance de quem quer. Os documentos existentes permitem-nos reconstituir, em parte, o direito consuetudinário da Província do Brasil, no século XVI.

O Costumeiro do Brasil foi-se estabelecendo insensìvelmente. A primeira catalogação das suas ordenações pertence ao B. Inácio de Azevedo, cuja autoridade, como Visitador, as podia impor. Acrescentou-se depois, modificando-se ou corrigindo-se em diversos memoriais até à visita de Cristóvão de Gouveia. As ordenações de suas visitas (1586-1589) constituem, na realidade, e por si só, um verdadeiro Costumeiro, com fôrça de lei; e são a base autêntica e legal do Costumeiro do Brasil⁴. Grande parte das suas determinações, referentes a Colégios, Residências, Aldeamentos e Missões, etc., vão esparsas nesta obra nos respectivos capítulos. Completemo-las aqui:

A — Horário quotidiano:

DO 1.º DIA DA QUARESMA A 30 DE ABRIL		DO 1.º DE MAIO A 31 DE AGÔSTO		DO 1.º DE SETEMBRO AO 1.º DIA DA QUARESMA	
Levantar	4 $1/2$ h.	5	h.	4	h.
Jantar	11 »	11	»	10	»
Cear	7 »	7	»	6	»
Deitar	9 $1/4$ »	9 $3/4$	»	8 $3/4$	»

---

1. Carta de Gouveia, 7 de Setembro de 1584, *Lus. 68*, 400v, 418 (6.º).
2. *Bras. 15*, 409.
3. *Institutum*, I, 118-125.
4. Estas ordenações de-vez-em-quando reviam-se. Assim se fêz no comêço do século XVIII, por mandado do Provincial Francisco de Matos. São coisas ordenadas já desde o tempo do B. Inácio de Azevedo e sôbre que havia dúvi-

No inverno, a colação era às 7 ½ da noite e a abstinência às 7. Nos dias de colação havia meia hora de repouso, *ad libitum*[1]. A Congregação Provincial de 1592 pediu e alcançou que houvesse alguma diversidade, segundo o clima. Nos Colégios de Pernambuco e Baía e nas suas residências, levantavam-se às 4, todo o ano, excepto na Quaresma, na qual se levantariam meia hora mais tarde; no Colégio do Rio de Janeiro e residências dependentes, o levantar era às 4, de Setembro à Quaresma; da Quaresma a Setembro, às 5[2].

B — PRÁTICAS RELIGIOSAS: O exame, oração e ladaínhas faziam-se segundo os usos da Companhia, mas não se introduziram duma só vez. Em 1549, havia exame à noite; e, antemanhã, uma hora de oração, diz Nóbrega[3]. Assim procedia êle e os seus companheiros, mesmo antes de se estabelecer como regra. No dia 1 de Janeiro de 1591, escreve Beliarte que chegaram as instruções do P. Aquaviva sôbre a *hora* de meditação, leitura espiritual, etc.[4]. Tomava-se disciplina às sextas-feiras. A comunhão dos Irmãos era aos domingos e dias santos; concedia-se mais alguma aos que a pedissem. A recitação diária das ladaínhas dos Santos começou a usar-se no Brasil, em 1584[5]. Nos feriados e casas de campo, os Irmãos estudantes ficavam dispensados de ½ hora de oração[6].

C — MESA. Em 1586, determinou o P. Gouveia: «ao princípio da mesa leia-se sempre um capítulo de Gerson [Imitação

---

das: «Ordens para o Governo da Provincia do Brasil reformadas e coordenadas», Baía, 22 de Agôsto de 1701. A Relação foi escrita pelo P. Andreoni e vem assinada pelo P. Francisco de Matos. — Gesù, *Colleg. 20* (Brasile).

1. «Ordinationes», *Bras. 2*, 139-140. Êste manuscrito das *Ordinationes* é o correspondente ao que na Europa se conhecia pelo nome de *Livro das Obediências*, onde se encontravam as ordens emanadas dos Padres Gerais ou Visitadores. São um *Costumeiro* mais lato e um tanto inorgânico. As Visitas, sobretudo a de Cristóvão de Gouveia, são já um todo ordenado e metódico. Acham-se também, neste códice, as do século XVI, tirando umas breves anotações existentes no Arquivo do Gesù. Cf. *Informação para Nosso Padre*, Anch., *Cartas*, 425.

2. «Responsa ad ea quae proposita sunt R. P. N. Generali a Congregatione Brasiliensi anno 1592», Ordinationes, *Bras. 2*, 79-79v.

3. Nóbr., *CB*, 87.

4. Carta de Beliarte, 1 de Janeiro de 1591, *Bras. 15*, 374v.

5. *Lus. 68*, 414.

6. *Bras. 2*, 47.

de Cristo] ou livro pio, e à noite, acabada a ceia, o Martirológio, em vulgar »[1]. Mais tarde, o P. António Vieira introduziu o uso da leitura latina, a seguir à Sagrada Escritura. O P. Andreoni representou para Roma que não era costume: « in Brasilia nunquam adhibita est lectio latina ». Respondeu o P. Geral, em 1701, mantendo-a, onde houvesse estudantes: « Servetur omnino ubi sunt Scholastici nostri »[2].

A sustentação era naturalmente a que a terra proporcionava. Usava-se então um antepasto de frutas, indígenas ou aclimatadas[3]. A farinha da terra ou mandioca servia de pão[4]; alimento ordinário: carne de vaca, que é tenra e fina, ainda que não gorda[5]; « não falta pescado, fresco e sêco, ainda que o sêco não seja tão bom nem de tanta sustância como o sêco de Portugal; mas o fresco é muito mais leve e são, e se dá aos doentes de febre; porém tudo vale caro por falta de rêdes e pescadores »[6]. Para os mesmos doentes havia « galinhas e carne de porco, que nesta terra todo o ano é melhor, mais sadia e gostosa do que a galinha. Mas os sãos, mais fracos e velhos, padecem alguma coisa, porque galinha e porco não há para tantos e a vaca faz-lhes mal »[7]. O vinho e azeite vinham de Portugal, e nem sempre havia[8]. O uso do vinho estêve sujeito a debates. Quando era preciso encurtar os gastos, o primeiro corte era no vinho. O Padre Gouveia observa, em 1589, que se gastava nêle quási 1500 cruzados, a metade da renda; manda, portanto, que não se « compre pipa de vinho que passe de 50 cruzados ». Faz-se excepção para as missas e doentes, que comem fora do refeitório. « E no refeitório não passe da medida ordenada »[9]. A medida, que era de três dedos, foi depois suprimida. Todavia, a 20 de Dezembro de 1592, o novo Provincial, Pero Rodrigues,

---

1. *Bras. 2*, 145v.
2. *Ordens para o Governo da Provincia do Brasil*, Roma, Gesù, *Colleg. 20*, 5v (Brasile).
3. *Informação para Nosso Padre*, em Anch., *Cartas*, 430.
4. *Ib.*, 427.
5. *Ib.*, 428.
6. *Ib.*, 429.
7. *Ib.*, 428.
8. *Ib.*, 428.
9. *Bras. 2*, 148v; *Visita*, Gesù, *Colleg. 13* (Baya).

verificando que a alimentação do Brasil era fraca, por não haver trigo, diz que faz falta um pouco de vinho. Por isso, restabeleceu-se no refeitório, no ano seguinte, para necessitados, velhos e cansados [1].

Quanto ao uso do tabaco e do chocolate, achamos umas instruções curiosas. O P. Francisco de Matos, Provincial de 1697 a 1702, «sôbre o uso da bebida do chocolate, já proïbida, acrescentou que de nenhum modo se consentisse haver dos médicos aprovação com pretexto de necessidade para remédio habitual continuado; bastando que êste só se aplique a algum achaque contingente e transitório. E deu por ilícita a retenção dos ingredientes para esta bebida, que, quando fôsse necessário, bastaria que estivessem na enfermaria». Levado o caso a Roma, responderam: «proíba-se sobretudo com os novos, mas não se pode negar a licença aos outros que necessitem dessa bebida, mesmo habitualmente, sobretudo a juízo do médico; nem a proïbição dos ingredientes se entenda, senão segundo o voto de pobreza». Parece que se lhe dava uma intenção moral, que de Roma se rejeita.

Pelo que se refere ao tabaco, o mesmo Provincial «proïbiu e ordenou que se zelasse muito esta proïbição do uso do tabaco de fumo, nem ainda por medicina habitual e continuada; e muito mais que para isso se não pedisse aos médicos a sua aprovação, bastando a aplicação dêste remédio a algum caso singular e urgente. E deu também por ilícita a retenção dos ingredientes para o tabaco». Respondeu-se: «entenda-se esta proïbição como a resposta dada para a bebida do chocolate» [2].

Na mesa, em circunstâncias normais, havia abundância. Talvez, por ocasião das visitas dos Provinciais houvesse mais cuidado e esmêro. Cardim conta o que se fazia no Colégio do Rio de Janeiro, quando o Visitador Gouveia lá passou, em 1584: «A cêrca é coisa formosa; tem muito mais laranjeiras que as duas cêrcas de Évora, com um tanque e fonte; mas não se bebe dela por a água ser salobra; muitos marmeleiros, romeiras, limeiras, limoeiros e outras frutas da terra. Também tem uma vinha que dá boas uvas, os melões se dão no refeitório quási meio

---

1. *Bras. 15,* 408; *Bras. 2,* 64v.
2. *Ordens para o Governo da Provincia,* Gesù, *Colleg. 20* (Brasile), 7.

ano, e são finos, nem faltam couves mercianas bem duras, alfaces, rábãos, e outros géneros de hortaliça de Portugal, em abundância: o refeitório é bem provido do necessário; a vaca, na bondade e gordura, se parece com a de Entre-Douro e Minho; o pescado é vário e muito; são para ver as pescarias da sexta--feira, e quando se compra, vale o arrátel a quatro réis; e se é peixe sem escama, a real e meio, e com um tostão se farta tôda a casa, e residem nela de ordinário 28 Padres e Irmãos, afora a gente, que é muita, e para todos há. Duvidava eu qual era melhor provido, se o refeitório de Coimbra, se êste, e não me sei determinar » [1].

D — VESTIDO. Os Padres e Irmãos « vestem e calçam pròpriamente como em Portugal, dos mesmos panos». Mas, talvez por ser a terra quente, introduziu-se outro. Em 1592, estranha um pouco isso o P. Pero Rodrigues, acrescentando contudo que talvez houvesse razão particular e a terra o pedisse: « em Portugal, não se usa de vestir de pano vintedozeno, nem de outro mais fino, nem também cadeiras, que chamamos, de estado, com assento e espaldar de coiro » [2]. Com facilidade andavam descalços, coisa que se não estranhava, porque o faziam « também os mais ricos e honrados da terra » [3]. Em todo o caso, o Visitador recomenda que não andem sem sapatos, « porque faz mal à saúde ». Alguns andavam de polainas de coiro. Em 1594, restringiu-se o seu uso aos que delas necessitavam em razão de ofício: pedreiros, carpinteiros, encarregados dos campos e do gado [4]. Pela mesma razão de saúde, se mandava que todos trouxessem em casa o gibão. Havia camas de colchões, mas os Padres prefeririam as rêdes [5]. Quando mudavam de residência, além da roupeta e roupa interior, deviam de levar um roupão ou roupeta para a viagem do mar, chapéu, lenço e escófia, livros de horas e rosário. Os Padres levariam também os seus mantéus, independentemente o mais que os Superiores permitissem, segundo as necessidades circunstanciais do tempo ou do lugar [6]. Às vezes,

---

1. Cardim, *Tratados*, 350.
2. Carta de Pero Rodrigues, 20 de Dezembro de 1592, *Bras. 15*, 408.
3. *Informação para N. P.*, em Anch., *Cartas*, 426-427.
4. *Bras. 2*, 85v.
5. *CA*, 264.
6. *Bras. 2*, 141v.

metiam-se usos na terra, não muito próprios da gravidade religiosa. Em 1589, determinou-se: «não se consintam entre os nossos jaquetas ou coletes vermelhos, se não fôsse com ordem do médico, por rezão dalguma grave enfermidade, contanto-que não apareçam por fora»[1]. Os Irmãos coadjutores andavam de batina ou de roupeta e capa negra como a dos Irmãos escolásticos e Padres; mas a dos coadjutores era meio palmo mais curta. Também podiam ter algumas roupetas pardas para o trabalho[2].

E — SUFRÁGIOS E OFÍCIOS FÚNEBRES. O Visitador Cristóvão de Gouveia determinou, em 1586, que «quando algum dos Nossos morrer, terão um quarto de oração por sua alma. E se morrer, indo a caminho, lhe dirão as três missas no Colégio ou casa para onde ia, como se nela morresse. O mesmo se fará nos Colégios, pelos que morrerem nas suas Residências, e nas Residências pelos que morrerem nos Colégios a que estiverem subordinados»[3]. Além dos sufrágios, havia os ofícios fúnebres. Êstes a princípio faziam-se ordinàriamente só nos Colégios, para os que nêles terminassem os dias. Ficando menos favorecidos os que falecessem nas Aldeias, propôs-se, em 1604, que também êles tivessem ofício no Colégio a que pertencessem: «Tivemos dúvida se se faria ofício de defuntos ao Ir. António da Fonseca, coadjutor temporal formado, que faleceu a 18 de Agôsto, em uma Aldeia anexa a êste Colégio, e a todos pareceu que era bem fazer-se-lhe o ofício, como se fêz por ser do Colégio, ainda que morreu fora dêle, e muito justo, para consolação dos outros que morrem nas Aldeias entre os Índios; e se edificaram disto os de casa e de fora: desejamos que V. P. o aprove para o diante »[4].

---

1. Gesù, *Colleg. 13* (Baya).
2. Do Memorial do P. Gregório Serrão, 1576, *Bras. 2*, 23v ; cf. *Bras. 2*, 43v.
3. *Bras. 2*, 140v-141.
4. Carta de Fernão Cardim a Aquaviva, Baía, 1 de Setembro de 1604, *Bras. 5*, 55v.

CAPÍTULO II

Recrutamento

1 — Fontes de recrutamento para a Companhia: Portugal; 2 — Nascidos no Brasil; 3 — Estrangeiros e cristãos-novos; 4 — Irmãos coadjutores; 5 — Tentações e saídas.

1. — A condição do êxito de tôdas as instituïções é *durar*. Para os agrupamentos humanos, duração é sinónimo de recrutamento. Mas se essa instituïção humana tem, além disso, um fim religioso e sobrenatural, como é a Companhia, o recrutamento recebe outro nome: chama-se *vocação*. A obra das vocações é problema grave; e, no Brasil, ainda hoje não está cabalmente resolvido. Muito mais grave seria, pois, no começo. As confrarias, seminários do Menino Jesus e os Colégios, tinham o fim de educar: não excluíam o de despertar, nas almas generosas da mocidade, um ideal mais alto. O apêgo dos meninos aos Padres, quer fôssem meninos índios, quer mamelucos ou filhos de Portugueses, sugeriu a ideia de que essas crianças se transformariam em apóstolos de Cristo, sòlidamente formados. Foram esperanças que murcharam quási tôdas em flor. A falta de resguardo, a ausência de tradição e ambiente católico, como substrato e sustentáculo dessas vocações; por outro lado, os alicientes imorais, que surgiam por tôda a parte, fizeram gorar muitos casos, que se apresentavam prometedores. Daqui, uma série de precauções que garantissem a maior eficiência na escolha.

No Brasil, os Colégios foram o ambiente próprio das vocações; e, fora do Brasil, a grande reserva de missionários, Portugal. O Brasil lutou, por muito tempo, com falta de trabalhadores da vinha do Senhor. É o grito de alma que se evola, mais repetido, da bôca e da pena daqueles primeiros Padres. Nóbrega, logo em 1549, ao P. Simão Rodrigues: «Vossa Reverência não seja avarento dêsses Irmãos e mande muitos. Lá, bem bastam tantos religiosos e prègadores, muitos Moisés e Profetas há lá! Esta terra é nossa emprêsa e o mais gentio do mundo!»[1]. Repete e torna a repetir a El-Rei instantemente o mesmo pedido[2]. Para as necessidades desta terra, diz Pero Correia, em 1551, «não bastaria o Colégio de Coimbra com outros três ou quatro tantos mais Irmãos do que agora são»[3].

Multiplicam-se os pedidos e as imagens. «A messe é muita: faltam segadores»[4]; a vinha é imensa e nova: «faltam cavadores»[5], que venham «muitos Irmãos para a plantarem»[6]; o singelo Diogo Jácome: sabem porque não há uvas nesta vinha? É porque lhe cresce o mato ao redor e não há «podadores, os quais sois vós os que muita míngua cá fazeis»[7]. Êste gentio anda faminto de pão espiritual, diz por sua vez Luiz da Grã, ¿porque não veem Padres «remediar tão santa fome»?[8]. «Êstes gentios esperam que seja o vosso sangue o fundamento desta nova igreja; e por isso vinde, trazei-o!», exclama Vicente Rodrigues[9]. — Ritornelo constante êste, que se irá prolongando até ao fim do século. Não há Padre ou Irmão que escrevesse carta, sobretudo ao começo, que não vibre com o mesmo anseio. Até os órfãos de Lisboa, recém-chegados, pedem, em 1552, missionários de Portugal[10].

São precisos em S. Vicente[11], nos Ilhéus, em Pôrto Seguro, em Pernambuco[12]. Invocam-se motivos e comparações: «grande

1. Nóbr., *CB*, 82-83.
2. Nóbr., *CB*, 124, 125, 135.
3. *CA*, 98.
4. *CA*, 77, 80, 81, 82.
5. *CA*, 92.
6. Nóbr., *CB*, 111.
7. *CA*, 103.
8. *CA*, 291-292, 275.
9. *CA*, 136.
10. *Bras. 3(1)*, 66; cf. *Mon. Laines*, III, 139, 281; *ib.*, IV, 59; *Mon. Borgia*, IV, 342; Nóbr., *CB*, 75, 124-125, 222; *Bras. 15*, 65, 117v; *CA*, 68, 90, 91, 103, 113--114, 131, 154, 223-225, 278, 291-292, 334, 381, 463; Carta de Blasques, *Bras. 15*, 61; Carta de Luiz da Grã, *Bras. 15*, 200v; *Congr. 49*, 455-464v; *Bras. 8*, 28-29v.
11. *Bras. 3(1)*, 97.
12. *CA*, 271.

coisa é a Índia e o fruto dela, e eu em muito tenho também o que se cá fará, se vós vierdes, caríssimos», insiste Nóbrega, em 1551 [1]. Para atrair missionários, Rui Pereira faz uma comparação entre as coisas do Brasil e as de Portugal: as do Brasil não lhe ficam abaixo [2].

Que venham sãos e doentes! Nóbrega viu o exemplo de Anchieta que, chegando enfêrmo, trabalhava imenso, e exclamava: o Brasil é terra boa para doentes e poderá ser a enfermaria de tôdas as casas da Companhia [3]. Corroborava Anchieta com a sua própria experiência: viessem os doentes «que cá sarariam» [4]. A ansiedade com que esperavam os novos Padres e Irmãos anunciados da Europa, exprime-a assim Francisco Pires: «cada dia parece eterno e o mês ano» [5]. Nesta instância geral de missionários, encontra-se aqui e além uma preocupação: é a de que fôssem idóneos, na virtude e na capacidade. Pernambuco, já em 1552, queria um Padre letrado e prègador [6].

Com efeito, requeria-se gente que servisse para prègadores e superiores, expõe Nóbrega em 1555 [7]; e a Congregação Provincial de 1568 voltava a insistir nesta ideia, que o P. Geral enviasse Padres, de provada virtude e idade para serem Superiores das Capitanias e também Provinciais, ao menos por algum tempo, que instruíssem, com exactidão, os Padres e Irmãos nas coisas da Companhia [8]. Da necessidade de letrados, para as dúvidas de consciência, dá António da Rocha, como razão, ser o Brasil povoado de gente desterrada e apresentarem-se casos graves [9]. Tais instâncias tornaram-se periódicas. O primeiro postulado da Congregação Provincial de 1584 pedia gente para superiores das Capitanias, para professores, para provinciais e reitores, e alegava, neste último caso, a decrepitude e doença

---

1. Nóbr., *CB*, 122; *CA*, 361.
2. *CA*, 263-264 e nota 151.
3. *Bras. 3(1)*, 135v-136.
4. *Annaes*, XIX, 53; cf. Anch., *Cartas*, 49.
5. *CA*, 248 e nota 140.
6. *CA*, 121.
7. *Bras. 3(1)*, 135.
8. *Congr. 41*, 298v, 300.
9. Carta de António da Rocha, de 18 de Junho de 1571, *Bras. 15*, 232v; cf. *ib.*, 162; *CA*, 121.

dos Padres Luiz da Grã e Gregório Serrão¹. Pediam-se Padres, mas sugeria-se simultâneamente que tivessem os requisitos indispensáveis para o grande e dificultoso trabalho da evangelização, num terreno tão cheio de perigos. Já em 1553, requeria Nóbrega gente de valor: que cessasse o costume de vir para o Brasil « o rebotalho como eu ». Em cada Capitania queria que houvesse pelo menos um Padre seguro ². No ano seguinte, Anchieta, escrevendo aos Irmãos enfermos de Coimbra, e notando as virtudes exigidas para ser missionário no Brasil, resume tudo nisto: « donde convém ser santo para ser Irmão da Companhia » ³. Castidade, caridade, fôrças corporais, tais são para Navarro as qualidades principais do missionário ⁴. Martim da Rocha, em 1572, reage a favor da selecção espiritual: « os que estão em Portugal podem cuidar que para o Brasil qualquer gente abasta, e muito trabalho tem dado não se remediar isto ao princípio. Se alguma parte do mundo há, onde se requeiram *vere filii Societatis Iesu*, é esta uma delas ». E faz uma exortação no sentido do *homines mundo crucifixos*. « Os Irmãos, que houverem de vir ao Brasil, haviam de ser como homens degredados, os quais já deixou o mundo e os apartou de si, nem fazem já caso da valia, nem de estima nem descanso, nem boa vida, nesta miserável vida » ⁵.

Pôsto isto, ¿quais foram as fontes que alimentaram as fileiras da Companhia no Brasil, no século XVI?

Portugueses, filhos da terra, estranjeiros.

Portugal foi naturalmente a principal fonte de abastecimento, desde a primeira expedição. Verificando-se, depois, que « nem os índios nem os mestiços eram para a Companhia »; nem

---

1. *Congr. 95*, 157-157v; *Lus. 68*, 341v, 415; cf. *Lus. 64*, 249; Carta de Tolosa, 7 de Setembro de 1575, BNL, fg, 4532, f. 167; *Congr. 42*, 320; *Congr. 93*, 213; *Epp. NN.* 36, 138; *Mon. Mixtae*, V, 81, 82. Carta do Dr. Tôrres a Santo Inácio, Lisboa, 4 de Novembro de 1555, mostrando a dificuldade em enviar gente ao Brasil, porque no Real Colégio de Coimbra, que se acabou de fundar, « es menester un exercito ».

2. *Bras. 3(1)*, 97, 135v-136; cf. Carta de António da Rocha, *ib.*, 162.

3. Anch., *Cartas*, 64.

4. *CA*, 53.

5. Carta de Martim da Rocha, Baía, 10 de Outubro de 1572, BNL, fg, 4532, 36; cf. *Mon. Borgia*, IV, 363, 524; *ib.*, V, 28, 319-321.

os Portugueses do Brasil punham os filhos nos estudos, por os trazerem ocupados nas fazendas, não havia remédio senão virem do Reino, ou em crianças (idade em que não poderiam ser recebidos em Portugal) ou os que lá não pudessem ser recebidos, por não terem sustento, ou por não serem letrados. As despesas do transporte deviam ficar por conta de El-Rei. E viessem também Irmãos coadjutores. Tal foi o plano do primeiro Visitador do Brasil, B. Inácio de Azevedo, proposto ao P. Geral, em carta de 19 de Novembro de 1566 [1]. Tais alvitres foram atendidos na medida do possível. Ao mesmo pensamento tinha obedecido, antes, a ida dos órfãos desde 1550; e na expedição de 1572 vieram 7 jovens, três dos quais da Ilha da Madeira, para serem admitidos no Brasil, como foram [2]. Nas passagens ou arribadas das naus da Índia também, às vezes, ficaram no Brasil alguns na Companhia. Da célebre e trágica nau «S. Paulo» ficaram «três mancebos já na Companhia, homens de muita maneira» [3].

Pelas expedições missionárias, se vê o movimento geral da vinda de Portugueses. Com o alargamento das missões portuguesas na África, e sobretudo no Oriente, Índia, Ceilão, Molucas, Japão, sentiu Portugal a necessidade de defender-se, para assegurar os próprios trabalhos, repartir equitativamente os seus missionários sem se dessangrar, nem desfalecer a metrópole, quer com a falta dêsses obreiros quer com as despesas que a sua preparação exigia. Indo de Portugal a Roma alguns Padres, aplicados já às Províncias da Índia e do Brasil, o Visitador de Portugal, em 1579, Miguel de Sousa, propôs que as despesas corressem por conta dessas Províncias. E acrescenta: «porque nenhum

---

1. *Mon. Borgia*, IV, 342; *ib.*, V, 27-30. Interpretava esta ideia o 1.º postulado da Congregação Provincial de 1568: «Non videntur admittendi in nostram societatem nati in hac provincia a quibusdam parentibus, nisi aliquibus optimis partibus fuerint praediti; donec melior sit puerorum educatio: cum experientia sit compertum eos a prima vocatione resilire. Curandum tamen est, ut iuvenes veniant a Lusitania probae spectationis, qui approbati a Nostris illic degentibus, hic recipiantur; et ad transnavigandum iuventur expensis huius collegii, si opus sit», *Congr. 41*, 298; cf. *CA*, 292.

2. António de Matos, *Prima Inst.*, 25v; Carta de Martim da Rocha, Setembro de 1572, BNL, fg, 4532, f. 34.

3. Carta do P. Manuel Álvares, de Cochim, a 5 de Janeiro de 1562, *Bras. 15*, 155-164v.

Colégio de Portugal tem obrigação de lhes dar missionários, excepto o de Coimbra, e mesmo êste talvez não tenha agora essa obrigação, depois que El-Rei começara a dotar e fundar os Colégios da Índia e do Brasil com rendas particulares». E que, se acaso ainda persevera a obrigação de enviar missionários àquelas partes, era como os pudesse formar e enviar — e não com a *obrigação de os mandar primeiro a Roma*. O P. Geral fará como lhe parecer, mas Portugal não pode com tão pesado encargo, nem de-certo era essa a intenção dos fundadores dos Colégios em Portugal [1].

A-pesar desta defesa, o Brasil não cessava de pedir Padres, mais Padres. Em 1583, a Congregação Provincial pede superiores, prègadores, casuístas, professores e alguns irmãos oficiais. E recomenda: «podendo ser, sejam todos Portugueses» [2]. Durante o século XVI, foi sempre assim. No século seguinte, surge a ideia de o Brasil se ir bastando a si-mesmo, não tanto na matéria prima das vocações, como nos cargos dos Padres, que já viviam no Brasil. O P. Jácome Monteiro, sócio do Visitador Manuel de Lima, escrevendo em 8 de Janeiro de 1610, nota o desgôsto que ali reinava, por irem de Portugal, sem terem antes conhecido a terra, os Visitadores e sobretudo os Provinciais. E, na verdade, concorda êle, o Brasil tem gente capaz [3].

2. — Que gente era esta? Indios? Não, de-certo. De Índios extremes, que entrassem na Companhia e perseverassem nela,

---

1. Carta do P. Miguel de Sousa ao P. Geral, de Lisboa, 24 de Fevereiro de 1579, *Lus.* 68, 98-98v. A obrigação persistiu, porque passado mais dum século, a 21 de Fevereiro de 1695, ainda o Reitor do Colégio de Coimbra, P. Francisco Coelho, procura provar que o Colégio já não está obrigado a formar missionários para a Índia e o Brasil, *Lus.* 75, 260-260v.

2. *Lus.* 68, 415. O P. Geral tomou êste postulado em consideração e pediu para Portugal nomes dos que pudessem ser Provinciais. Sebastião de Morais aponta os seguintes: Pero Martins, Pero Rodrigues, Martim de Melo, Marçal Beliarte e o Reitor de Coimbra (Carta do P. Sebastião de Morais ao P. Geral, Lisboa, 5 de Janeiro de 1585, *Lus.* 69, 3). Foi escolhido Marçal Beliarte; e entre aquêles nomes há outro que veio também depois a ser Provincial do Brasil, Pero Rodrigues.

3. *Bras.* 8, 101. Já em 1600, o P. Pero Rodrigues, ao mudar o Superior de Santos, antigo e velho, dizia: «é bem irem-se fazendo outros, que pola bondade de Deus não faltam, se lhes dermos a mão» (*Bras.* 3 (1), 170).

não há dados positivos. No começo, em 1550, uniram-se os meninos índios aos órfãos de Lisboa. Foi passo maravilhoso para a infiltração da catequese. Quando, porém, se pensou em os confeiçoar e erguer às alturas da vocação, verificou-se que na puberdade davam má conta de si [1]. Faltava-lhes o prestígio e a fôrça imponderável duma tradição religiosa. Nem mesmo a duma cultura, como em certos países orientais, no Japão, por exemplo, cujos indígenas deram logo bons exemplares de sacerdotes e mártires. A tradição não se improvisa. Os Índios poder-se-iam fazer cristãos; era cedo para se fazerem condutores de cristãos.

Assim, pois, pondo de lado os Índios, mais duas classes de homens, nascidos na terra, se apresentavam aos Padres como passíveis de vocação, no século XVI: os filhos de branco e índia, mestiços ou mamelucos; e os filhos de pai e mãi portuguesa. Equiparam-se com êstes últimos os nascidos em Portugal, idos para o Brasil em tenra idade. O pensamento dos Jesuitas está expresso numa carta de Nóbrega, de 12 de Junho de 1561: é absolutamente necessário cultivar as vocações do Brasil, porque, se se esperam só da Europa, muito de-vagar irá a conversão [2]. Mas os homens não eram, por então, a melhor matéria prima para tão altos destinos. Dos mamelucos fala o P. Grã, em 8 de Julho de 1556, declarando que em geral não teem talento para a Companhia. Fizera-se a experiência com os mais aptos, tratados em casa como Irmãos; não corresponderam à expectativa, sendo necessário expulsá-los, para não desacreditarem os outros [3].

Antes de o P. Nóbrega chegar a S. Vicente, havia nesta Capitania um grupo relativamente grande de Irmãos da terra, 14, diz Pero Correia, «os mais dêles bons línguas» [4]. Mas a atmosfera moral não era propícia a defender a pureza requerida na vocação religiosa. O ambiente sensual pesava como permanente ameaça; e Nóbrega viu-se obrigado a tomar duas resoluções enérgicas e até espectaculosas, conforme ao gôsto da época.

---

1. *Fund. de la Baya*, 7 (82).
2. *Bras. 15*, 117v.
3. *Bras. 3(1)*, 147; cf. Anch., *Cartas*, 67.
4. *CA*, 98. No ano de 1550, dá a notícia de estarem alguns admitidos na Companhia (*CA*, 52). Em S. Vicente, em 1551, havia já «oito Irmãos» (*CA*, 62). E na Baía, um ano depois, já havia também «alguns Irmãos da terra» (*CA*, 134).

Uma, em S. Vicente, despedindo de casa a todos os Padres e Irmãos, por causa duma falsa insinuação da gente de João Ramalho, emquanto se não esclarecia a verdade; a outra, em Piratininga, onde encontrou realmente culpado a um dêstes mamelucos. Como o mameluco tinha escandalizado uns Índios, para lhes dar satisfação, simulou o castigo de o mandar enterrar vivo. Chegou a iniciar-se a lúgubre cerimónia. Produzido o efeito desejado, «o Padre, como neste caso não pretendia mais que espantar e mostrar quanto na Companhia *se estranham pecados, usou com êle misericórdia. Mas, porque estava já recebido na Companhia*, despediu-o e ficou-lhe por sobrenome «Fulano da cova»[1].

Além dêstes mestiços, foram despedidos outros, logo, ou pelo tempo adiante. As dificuldades de perseverança eram enormes. A carta de Anchieta, escrita de Piratininga em Julho de 1554, versa êste assunto. Diz, em substância, que os mestiços devem ser tratados como índios. Não são para a vida religiosa, pela dificuldade em guardar continência, numa terra em que as mulheres são as primeiras a provocá-los. O melhor, a admiti-rem-se, seria irem os mestiços para o Colégio de Coimbra, e de lá mandarem, em troca, outros tantos Irmãos, ainda que fôssem doentes[2]. Nóbrega, mais persistente, era favorável a alguns mestiços, que se receberam na Companhia, e esperava resposta para os mandar estudar em Évora[3].

Esta luta, entre as condições precárias do meio e a tenacidade dos Padres, revestiu diferentes feições e sujeitou-se a sucessivas experiências, logo que se verificava a ineficácia duma.

Julgaram os Padres que, admitindo os meninos em casa e colocando-os nas Aldeias para aprender a língua, os manteriam imunes até serem admitidos. Deu resultado para a aprendizagem da língua, não para a formação religiosa. A Congregação Provincial de 1568 achou melhor que se não praticasse. Os meni-

---

1. *Fund. del Rio de Henero*, em *Bras. 12*, 48. As palavras aqui grifadas estão no original, mas faltam nos *Annaes*, XIX, p. 124; cf. António de Matos, *Prima Inst.*, 6-6v; Vasc., *Crón.*, I, 128-129.
2. Anch., *Cartas*, 67-68; cf. *Bras. 15*, 64v-65; *Mon. Laines*, VI, 577-579; *Bras. 3(1)*, 161-162.
3. Carta de Nóbrega, de 14 de Abril de 1561, *Bras. 15*, 114v. Nóbrega ainda chegou a enviar dois que, de-facto, perseveraram, mas faleceram novos, em Coimbra (Anch., *Cartas*, 474).

nos, em contacto com os Índios, tomavam o geito dêles, e mal se acomodavam depois à vida austera da Companhia¹.

Os Colégios começaram então a ser a fonte preferida de vocações. Havia lufadas de entusiasmo, e, actuados por elas, muitos queriam entrar na Companhia, como em Pernambuco em 1575. Uns queriam ser recebidos pelo Padre Gregório Serrão, quando ali passou de caminho para Portugal; outros queriam seguir com êle; outros fugiram para a Baía, entrando um na Companhia². No ano seguinte, o P. Tolosa levou igualmente de Pernambuco alguns alunos que, havia muito, pediam para ser Jesuítas³. Eram efervescências, que tinham pouco de sólido. Com o mesmo ímpeto, com que queriam entrar, assim se inquietavam para sair⁴. Em 1579, o P. Geral Everardo Mercuriano proïbiu terminantemente que se recebessem na Companhia os nascidos na terra, proïbição que provocou, aqui e além, reacções diversas.

Cristóvão de Gouveia, a 1 de Novembro de 1584, escreve ao P. Geral: « os sujeitos nascidos no Brasil, que agora há, os mais se receberam antes do ano de 79, em que o P. Everardo, de boa memória, ordenou que não se recebessem, e, pelo que tenho cá visto, posso afirmar a V. P. que êles são os que levam a maior parte do pêso e trabalho da conversão, doutrina e aumento da nova cristandade, que, se não fôssem êles, mal se poderia conseguir o fim que cá se pretende; porque, como a língua brasílica lhes é a êles quási natural, teem muita

---

1. Non videntur recipiendi pueri ubivis nati ante quatuordecimum aetatis annum, ut in locis, quibus nostri degunt inter indos, linguam brasilicam addiscant. Et post legitimam aetatem ingrediantur probationem: cum experientia etiam monstraverit eos parum aptos nostro instituto, ob morum inaequalitatem quos illa tenera aetate inter indos imbiberunt », *Congr. 41*, 298 (2.º postulado).

O P. Azevedo, que presidiu a esta Congregação, tinha dito já, a 19 de Novembro de 1556 que « los naturales índios por aueriguado se tiene aca que non son para ser admitidos a la Compañia, ni los mistizos », *Mon. Borgia*, IV, 342; cf. *Bras. 2*, 30, 43-43v, 90. E em 1569, escreve de Coimbra a S. Francisco de Borja, que recebe más notícias do Brasil « porque há tão fraca gente lá recebida que alguns três ou quatro saíram desde que eu de lá vim e, antes que lá chegue, talvez sejam mais », *Mon. Borgia*, V, 193, 237.

2. *Fund. de Pernambuco*, 70v (38).
3. *Ib.*, 73v (47).
4. Cf. *Mon. Borgia*, V, 237.

graça e eficácia e autoridade com os Índios para fazer-lhes práticas das coisas da fé e lhes persuadem tudo o que é mister para tê-los quietos e contentes. E, como são nascidos cá, sofrem mais fàcilmente os trabalhos contínuos e poucas comodidades que cá há, para viver; e os que veem de Portugal, ainda que aprendam a língua, nunca chegam a mais que a entendê-la e poder falar alguma coisa, pouca, para ouvir confissões, nem acabam tanto com os Índios como os outros, que sabem seus modos e maneiras de falar; e, embora êstes Portugueses, naturais de cá, não sejam tanto para reger Colégios, especialmente em cargos de reitores e provinciais, não tenho por coisa de menos pêso e importância isto de atender à conversão e doutrina dos Índios, como êles fazem de contínuo e com muita edificação. E ainda que alguns dêstes caíram, também noutros se viram grandes faltas e com menos ocasiões. Pôsto-que tenho já escrito a V. P. que parecia cá não se dever apertar tanto a mão nisto, que se impedisse maior bem e fruito das almas, com cerrar-se a êstes a porta de-todo; e assim mo pediram todos os Padres de mais inteligência e experiência desta Província, que o representasse a V. P.»[1].

Mostra o Visitador, mais uma vez, o empenho sempre renovado de lançar mão da gente da terra para a vida apostólica[2]. Dissemos, noutro lugar, como pensou em fundar Colégios internos para os filhos dos fazendeiros do interior. Com o bom senso, de que era dotado, Cristóvão de Gouveia indica os prós e os contras desta medida, e encarece a superioridade dos nascidos na terra para a catequese dos Índios. O Provincial Pero Rodrigues

---

1. Carta de Cristóvão de Gouveia, da Baía, 1 de Novembro de 1584, *Lus.* 68, 411-411v.

2. Alguns dêstes filhos da terra foram realmente operários exímios. No número dêles está o P. Diogo Fernandes, célebre pelas suas entradas ao sertão. Citamos êste em particular, porque êle é também exemplo da cautela que deve ter o historiador, ao assinalar a naturalidade dos primeiros Padres, recebidos no Brasil. No Catálogo de 1562, entre os recebidos para escolares, está «Diogo Fernandes, português» (*Bras.* 5, 2); o de 1574 já diz: «nasceu em Pôrto Seguro, de pais portugueses» (*Bras.* 5, 14); o de 1598 dá-o como natural de Espírito Santo. Nesta mesma data era Superior de Reritiba e o *Catálogo* indica ràpidamente o seu *curriculum vitae*: «P. Diogo Fernandes, do Espírito Santo, diocese do Rio de Janeiro, 55 anos, saúde débil, entrou na Companhia, em 1560. Estudou latim 4 anos, casos de consciência quanto bastou para as ordens sacras. Sabe a língua brasílica, e, depois que entrou na Companhia, quási sempre se ocupou na con-

confirma os sentimentos de Gouveia e faz ressaltar que os Portugueses, se são já da Companhia, como não sabem a língua, em geral enveredam pelo govêrno; e, se entram no Brasil, torna-se difícil averiguar a sua qualidade, sendo talvez de nação hebreia ou degredados, com o conseqüente descrédito da Companhia [1].

Alguns dêstes degredados pretenderam entrar na Companhia. Já vimos o caso de Gaspar Barbosa. Em 1592, Marçal Beliarte admitiu um Filipe Correia, desterrado por ter furtado um cális de uma ermida. Como não tinha sentença, nem carta de guia, nem se sabia na terra, o Padre, levado pelas promessas ou boas palavras do degredado, admitiu-o ao noviciado [2]. Não deve ter perseverado, porque o seu nome não consta dos catálogos. A 13 de Fevereiro de 1596, o P. Geral Cláudio Aquaviva reforça a proïbição anterior do P. Mercuriano. Ninguém nascido no Brasil, nem os Portugueses, com muitos anos no Brasil, poderiam ser admitidos.

O Provincial não se conforma, e pede para admitir algum natural, se fôr clérigo virtuoso, e de muitos anos [3]. Com uma proïbição absoluta, como aquela, fechava-se a porta às vocações tardias, que, no começo, deram alguns dos melhores obreiros, como Pero Correia, Mateus Nogueira, António Rodrigues, etc. Deviam ter influído, naquela resolução, as primeiras palavras do Provincial sôbre a qualidade dos candidatos e também o facto de algumas vocações tardias terem gorado, como a de José Adôrno, para o qual se chegou a impetrar a devida dispensa, por ter mais de 50 anos de idade [4]. Esboçaram-se outras

---

versão dos Índios, e por essa causa foi ao sertão três ou quatro vezes, com grandes perigos e trabalhos. Superior. Professo de 3 votos desde 1572» (*Bras. 5*, 40v). A profissão, fê-la no dia 24 de Junho (*Lus. 1*, 120-120v), não sendo ainda sacerdote, cujas ordens recebeu pouco depois, *Fund. de la Baya*, 19v (94). Faleceu em Reritiba, em cuja igreja se sepultou, no dia 28 de Abril de 1607 (Carta de Gaspar Álvares, *Bras. 8*, 67-67v). Tinha realizado, diz Vasconcelos, sete ou oito entradas aos sertões, « desencovando grande cópia de gentilidade ». E juntou, nas Aldeias do Espírito Santo, mais de 10.000 almas. No seu entêrro, houve grandes prantos dos Índios (*Bras. 8*, 67-67v).

1. Carta de Pero Rodrigues, 9 de Dezembro de 1594, *Bras. 3(2)*, 354-356.
2. *Bras. 15*, 398.
3. Carta de Pero Rodrigues, 5 de Abril de 1597, *Bras. 15*, 428v.
4. « En la Cap.ª de S. Vicente ay um hõbre por nõbre Joseph Adorno bien nacido de los Adornos de Genoua. Uino muchos años ha al Brasil con gruesso

vocações tardias, sem conseqüência. Em 1553, um homem nobre, casado, de S. Vicente, queria ser da Companhia, fazendo-se a mulher religiosa; senão, dedicar-se-iam aos hospitais[1]. Em 1561, Simão Jorge pede dispensas de «bigamia», para ser religioso. É uma situação complicadíssima. Primeiro, tinha feito voto de castidade. Depois, casou-se, enviüvou, e tornou a casar-se. Não consumou o matrimónio, por a mulher ser demasiado nova. Surgiram dificuldades com a família dela. Querendo êle ser religioso, o P. Nóbrega pede dispensa para quietação de todos. E, com o fim de a mulher ficar definitivamente livre e se poder casar, sem escrúpulo, pede para êle a profissão de três votos. Tudo isto ficou em nada[2].

É natural que, com tais precedentes, o P. Geral se mostrasse rigoroso. Mas, em 1598, a Congregação Provincial tornou a insistir sôbre a admissão, no Brasil, de Portugueses, filhos de Portugueses, e mamelucos, que só atingissem os Índios no 4.º grau. O P. Geral mostrou-se desta vez menos inflexível, permitindo a entrada de Portugueses e filhos de Portugueses com as disposições devidas. Mas acentua: é preciso que tenham realmente dotes e sejam longamente provados. Mantém, contudo, a proïbição a-respeito dos mamelucos, seja qual fôr o grau de parentesco,

---

trato aonde se caso, y despues segun la uicissitud de las mas cosas humanas, uino a tener menos, aunque siempre sufficientemente para su estado. Es hombre de notable uida, y virtud ». Queria entrar na Companhia, se a mulher morresse antes. Morrendo ela, o P. Beliarte pede licença ao P. Geral, « porque já tem mais de cincoenta anos, mas com tão boas fôrças como muitos de quarenta »: « Sabe bien latin, tiene mucho y claro juizio, es buen platico *in agibilibus*, y muy buen Arithmetico, y sobretudo hôbre de rara virtud con que parece podrá dar um buen Procurador y Superior en una Capt^a. Tambien pido a V. P. licēcia para entrando en la Comp.^{a} y mereciendole no aguardar los cinco años para le ordenar, y hazer sacerdote » (Carta do P. Beliarte ao P. Geral, Pernambuco, 1 de Janeiro de 1591, *Lus. 71*, 3; cf. *Bras. 15*, 374). A licença veio nos têrmos em que foi pedida, *Bras. 2*, 61, mas não restam indícios de ter sido utilizada.

1. Carta de Leonardo Nunes, 29 de Junho de 1553, *Bras. 3 (1)*, 89.
2. Carta de Nóbrega, 14 de Abril de 1561, *Bras. 15*, 114v; *Mon. Laines*, VI, 579. Simão Jorge, português, aparece no catálogo de 1562, como « indiferente » (*Bras. 5*, 2). Depois, em mais nenhum. Cf. também o caso de Belchior Gomes, viúvo, que quis entrar na Companhia entre 1577 e 1585, mas, faltando à sua promessa e internando-se no sertão de Cabo Frio, perdeu-se no mato, onde o seu corpo foi achado, um ano depois (Pero Rodrigues, *Anchieta*, em *Annaes*, XXIX, 259).

em que atinjam os Índios. Uma «longa experiência», diz êle, tem mostrado que os tais, em «ambas as Índias, não são de forma alguma idóneos para a Companhia»[1]. Confirma esta doutrina o P. Jácome Monteiro. E recorre a estatísticas. «A gente nascida no Brasil não serve para a Companhia, pela natureza e inclinação [...]. No livro em que estavam assentados todos os que naquela Província foram admitidos à Companhia, os despedidos não teem número, nestes 60 anos, e só morreram, na Companhia, 6 ou 7. Os Frades Bentos teem especial excomunhão *ipso facto* de não receberem nenhum nascido naquelas partes. Deixo os mamelucos, ao que Nosso Reverendo Padre Geral tem atalhado; contudo, há dispensações, as quais, por nenhum caso da vida, se deviam admitir, porque, em seu género e suas inclinações, são piores que *biscainhos*»[2].

Cremos que há exagêro, e dos Jesuítas recebidos no Brasil, durante o século XVI, perseveraram mais de 7 até à morte; mas é inegável que só a fôrça imponderável do tempo, criando a tradição, iria dando, pouco e pouco, estabilidade às vocações do Brasil. Não foi êste um dos menores obstáculos e fonte de desgostos para os primeiros Padres. Ficou-lhes, com as esperanças frustradas, o merecimento de terem amanhado terreno tão adverso, lançando nêle os primeiros germes duma vida espiritual mais elevada. Se não conseguiram, por então, a doação total dos que respondiam ao chamamento divino, alcançaram, ao menos, que dos próprios filhos da terra, durante um período, mais ou menos largo, se exercitassem alguns na perfeição, — com os competentes actos de zêlo e apostolado.

Com a continuïdade dos Colégios, sobretudo depois que começaram a dar graus académicos e formação, portanto, mais demorada, as vocações solidificaram-se sensivelmente em frutos sobrenaturais, generosos e estáveis. O tempo foi o grande colaborador dos Jesuítas, nesta obra de Deus[3].

---

1. *Congr. 49*, 452v-453.
2. Carta de Jácome Monteiro, 8 de Junho de 1610, *Bras. 8*, 100. — *Biscainhos*, nome convencional, para designar os cristãos novos ou de raça hebreia.
3. O P. João António Andreoni, que teve presente o livro das entradas no Noviciado, organizou, em 1688, a estatística das entradas e saídas. É evidentemente incompleta e êle próprio o insinua, acrescentando uns 26, « que por esquecimento não os puseram nos assentos ». Entenda-se também que os recebidos de

3. — Quanto a estranjeiros, logo na primeira Congregação Geral, realizada em Roma no ano de 1558, os Padres Portugueses, considerando «como Portugal, sendo tão pequeno, dava tantos missionários para a Índia e para o Brasil, pediram fôssem ajudados doutras Províncias». A Congregação respondeu «que se ajudasse quanto fôsse possível»[1].

O socorro demorou, pelo que toca ao Brasil. Em 1561, por instâncias do P. Gonçalves da Câmara, o P. Nadal, então Comissário, escreveu a Laines, pedindo de-novo gente para o Brasil. «E se por tôdas essas Províncias achasse gente de medíocre talento, mas bons e fortes, êstes, que não serviriam para a Alemanha, seriam utilíssimos na conversão do gentio». E, com isso, se «daria grande gôsto aos Reis e Reino». E «se viessem antes do inverno, tanto melhor[2]. Para dar andamento a êste pedido, comunicou Salmerón a Laines as ordens que se deram aos Provinciais de Itália para avisarem das possíveis disponibilidades de gente e da respectiva inclinação[3]. Entretanto, instava Nóbrega, do Brasil, donde tudo era movido. O P. Laines, de Trento,

---

Portugal no Brasil não são os que foram para lá, já da Companhia; e notemos que a distinção entre Portugal e Ilhas é inadequada, porque tudo é Portugal, e que se não mencionam os primeiros 17 anos da Companhia no Brasil, o período de ensaio mais interessante e difícil. «Começarão a receber nesta Província de o anno de 1566, e até o anno 1608, que são 42 annos, se receberão 248, a saber: de Portugal 131, do Brasil 63, de varias Ilhas 42, de outros Reynos 11. Destes 248 se despedirão 61, a saber: do Brasil, 19, de Portugal 28, das Ilhas 9, de varios reynos 5. Desde o anno 1608 até o anno 1675 que são 67 annos se receberão 475 a saber: de Portugal 226, do Brasil 170, das Ilhas 34, de diversos Reynos 12, de Angola 7, de outras partes que por esquecimento não as puserão nos assentos, 26. Destes 475 até o prezente mez de Abril de 1688 forão despedidos 167, a saber: do Brasil 65, e, destes, 37 são da Bahya; de Portugal 79, e destes, 31 são de Lisboa; das Ilhas 10. Os demais são de outras partes. Desde o anno 1676 até o mez de Abril de 1688, que são 12 para 13 annos, se receberão 173, a saber, além dos 7 Padres que vierão de Italia: de Portugal 76, do Brasil 77, das Ilhas 9, de Angola 4, de varios Reynos 7. Destes até agora forão despedidos 29, a saber: do Brasil 13, de Portugal 9, das Ilhas 4, de outras partes, 3. Em tudo, os recebidos forão 909 desde o anno 1566 até o anno 1688 e os despedidos forão 255». — João António Andreoni, *Noticias e reparos sobre a Província do Brasil* (Bras. 3 (2), 248-248v).

1. *Congr. 1*, 24v.
2. *Mon. Nadal*, I, 492-493.
3. *Mon. Laines*, VI, Carta de 29 de Setembro de 1561; cf. *Mon. Nadal*, I, 528.

responde, urgindo e lembrando a conveniência de ir também um mestre para substituir o Irmão Anchieta, que poderia assim, ficando livre dêsse encargo, ocupar-se mais directamente na conversão do gentio [1]. Dêstes pedidos resultou a ida, para o Brasil, dum belga, João Dício, dum italiano, Scipião Comitoli, e de dois espanhóis, Quirício Caxa e Baltasar Álvares. O Irmão Dício, doentíssimo, voltou para a Europa em 1561; Scipião Comitoli foi despedido pouco depois. Quirício Caxa, mestre, enviado talvez com aquela intenção de substituir Anchieta, veio a ser o seu primeiro biógrafo. Baltasar Álvares tomou depois parte decisiva na expedição do Dr. Salema, a Cabo Frio. Tais foram os primeiros estrangeiros enviados ao Brasil, de Províncias diferentes da Portuguesa [2]. Depois dêstes, o primeiro estrangeiro, que chegou, foi o P. Inácio Tolosa, em 1572. Na companhia de Inácio de Azevedo, em 1570, seguiam muitos. Mas não chegaram ao seu destino, selando os desejos de missionar o Brasil com o seu generoso sangue [3].

A seguir ao P. Tolosa, chegaram ao Brasil quatro estrangeiros: um catalão (João Salóni), três italianos (Morinelli, Armini e Giaccopuzi) e quatro espanhóis, Agostinho del Castilho, Pedro de Toledo, Francisco Ortega e Miguel Garcia). Foram os últimos espanhóis idos para o Brasil, no século XVI. A razão deve ter sido a que expõe, a 22 de Julho de 1575, ao P. Geral, o

---

1. « A grande necessidade de gente que diz [o P. Nóbrega] há no Brasil se crê. E, assim dos que se enviarem de Itália, como dos de lá, verá V. R. a parte que lhes podem fazer e entre êles será bem vá algum mestre, pois o Irmão José parece ser só em S. Vicente e que em outras coisas da conversão se poderia empregar mais ùtilmente ». — *Resposta a várias cartas de Nóbrega*, de Trento, 25 de Março de 1561 (*Epp. NN.*, 36, 256v).

2. Antes dêle, tinham chegado Anchieta e Blasques, em 1553. Mas tanto um como outro não vieram de Províncias estranhas; ambos tinham entrado na Companhia de Jesus, em Coimbra; Blasques, no dia 19 de Setembro de 1548 (*Lus. 43*, 3v); Anchieta, no dia 1.º de Maio de 1551 (*ib.*, 4v); um e outro foram enviados ao Brasil pela Província de Portugal, a que pertenciam, assim como Navarro.

3. Cf. Carta de S. Francisco de Borja aos Provinciais de Espanha, comunicando que o P. Azevedo poderia levar de cada Província até cinco noviços ou pretendentes. Com estas três condições: o que fôr, vá de boa vontade; o superior espanhol seja consultado ou ouvido; e seja também ao agrado do P. Azevedo, « la qual [gente] deseo que sea buena y al proposito de tan importante mission ». De Roma, 4 de Julho de 1569, *Mon. Borgia*, V, 115-116.

Procurador em Lisboa das Províncias da Índia e do Brasil. Conta êle que chegou a Lisboa um capitão do Oriente e deu aviso a El-Rei, ao Cardial e a Martim Gonçalves, de como os Padres espanhóis, que lá andavam, davam aviso ao rei de Espanha, de como poderia conquistar a China. O próprio capitão tinha visto uma instrução nesse sentido. Imagine-se a impressão que tal notícia causou em Lisboa e a pouca honra que daí adveio para a glória de Deus e da Companhia. O P. Vale-Régio, de quem é êste comentário, comunica o facto ao P. Geral e como em Lisboa entende a côrte que é prejudicial irem os espanhóis para a Índia, China e Molucas. E o mesmo perigo, acrescenta êle, estende-se ao Brasil. De forma que *só devem ir para o Oriente: italianos, portugueses, alemãis;* para o Brasil: nem *espanhóis, nem franceses, nem ingleses.* É o reflexo, no Brasil, da *Questão das Molucas,* entre Portugal e Espanha [1].

A conveniência de serem de Portugal os Padres, que fôssem para as suas possessões ou zonas de influência, revestiu no Brasil um aspecto de nacionalismo, que também se repercutiu na Companhia. Efectivamente, indo mais alguns estrangeiros para o Brasil, até o fim do século, não há entre êles nenhum espanhol: são dois flamengos, um irlandês, um inglês e quatro italianos [2].

A passagem dêstes missionários por Lisboa, a sua pousada e matalotagem ocasionava despesas, cobertas pelo tesoiro português [3]. Às vezes, anunciavam-se mais do que na realidade

---

1. Carta do P. Vale-Régio ao P. Geral, de Lisboa, 28 de Julho de 1575, *Lus. 67,* 136-138v. Estas imprudências agravaram-se com o tempo, sobretudo no que se refere ao Oriente. E a 28 de Janeiro de 1629, Filipe III, de Portugal escreveu para Roma: « Padre Geral da Companhia de Jesus, Eu El Rey uos enuio mt.º saudar: Por algũas justas considerações que me mouem, me pareceo encomendaruos (como por esta carta faço) que não façais Superiores na India aos Padres que não forem naturaes dos Reynos de Portugal, nem enuieis nenhum religioso da companhia por terra aquellas partes da India: Escrita em Madrid 28 de Janeiro de 1629 Rey. Para o Padre Geral da Companhia de Jesus ». Esta comunicação ou Nota vem com os selos reais sôbre lacre. Está o lacre ou cera um pouco gasto, mas ainda se leem os dizeres seguintes que são, com o escudo, de uma nitidez extraordinária: Philippus. III, D. G. Portugal. et. Algarbiorum. Rex. *No centro, ùnicamente o escudo de Portugal,* como uma moeda de D. Luiz ou D. Carlos (*Epp. Ext., 32,* 92).
2. Cf. supra, *Expedições missionárias,* Tômo I, 568-572.
3. A ajuda de custas para o embarque de cada missionário para o Brasil, quer estrangeiro quer português, era de 50 escudos em 1581. Cf. Carta do P. Cris-

vinham. Em 1575, escreve o Procurador do Brasil em Lisboa, que, tendo feito despesas para a provisão de 12, e, tendo-se endividado em muitos escudos, até agora só vieram dois de Génova: o P. Leonardo Armínio e o P. José Morinello. E mais ninguém. O Provincial de Castela escreveu-lhe uma carta em que mostrava «pouca vontade de mandá-los»[1]. Combinou-se, porém, que iriam de Portugal os que fôssem necessários para completar aquêle número de 12[2]. Foram, repartidos em várias expedições.

A estada dos Padres estranjeiros no Brasil produziu algumas reacções que convém anotar. A principal ocasião foi a união das duas coroas de Portugal e Castela. Os Portugueses do Brasil e os naturais dêle deram sinais dum lealismo para com Portugal, raras vezes desmentido. E alguns atritos houve. Nas *Confissões da Baía* lê-se que, falando um colono português com um espanhol, lhe disse: «antes mouro que castelhano», ao que o castelhano retorquiu: «antes mouro que português»[3].

Se bem que temperada pela caridade, sentiu-se na Companhia certa manifestação dêste espírito.

Um dos Padres, que se não aclimataram no Brasil, foi Miguel Garcia. Entre os seus motivos de desgôsto, era um, o de os Portugueses não tragarem a Castelhanos; e sentia-se simpatia pelo Prior do Crato, diz êle[4]. Miguel Garcia voltou à Espanha; os que ficaram no Brasil alguma coisa sofreram e fizeram também sofrer, pela situação especial em que se achava então a terra. Pero Toledo, vice-reitor de Pernambuco, mostrava-se, em 1590, desconfiado dos súbditos, fugindo da convivência dos da casa. Só se dava bem com dois ou três Castelhanos, diz o seu Provincial. Por isso, e por outros motivos, pensou em o remover do cargo[5]. Por seu lado, o sucessor do P. Beliarte comunicava, a 7 de Agôsto de 1592, que «os Padres Castelhanos no ofício de

---

tóvão de Gouveia, reitor do Colégio de St.º Antão, ao P. Geral, Lisboa, 31 de Abril de 1581, *Lus. 68*, 296v.

1. Carta de Vale-Régio, 12 de Fevereiro de 1575, *Lus. 67*, 38.
2. *Lus. 67*, 2.
3. *Primeira Visitação — Confissões da Baía, 1591-1592* (Rio 1935) 90.
4. Cf. Carta do P. Miguel Garcia, a Aquaviva, da Baía, 26 de Janeiro de 1583, *Lus. 68*, 335-336v.
5. Carta do P. Beliarte ao P. Geral, de Pernambuco, 1 de Janeiro de 1591, *Lus. 71*, 4v; cf. *Bras. 15*, 374v (9.º).

superiores não são tão aceitos às pessoas de fora, nem aos de casa, como os Portugueses »[1].

Êstes Padres ocupavam ofícios importantes. Em breve chegaram a Roma as suas observações e queixas. Cláudio Aquaviva repreendeu ao Provincial, Pero Rodrigues, que se justifica desta maneira: « Agora responderei a uma de 5 de Julho de 93. Nela me avisa V. P., que foi informado que, quando por aqui passei, ficou opinião de mim que mostrava pouca inclinação a favorecer os Nossos que não fôssem Portugueses. Direi a V. P. a verdade. Quando aqui estive, havia queixas neste Colégio, porque o Reitor, Inácio Tolosa, era espanhol, o P. Quirício Caxa, consultor, e tinha outros dois ou três ofícios, o P. Armínio, italiano, admonitor, prefeito do espírito, com outros três ou quatro ofícios. Emfim, êles tinham ocupados os principais ofícios da casa; e dos Portugueses não se fazia tanta conta. Eu falei nisto e o escrevi a V. P., pelos inconvenientes de momento, que há nisto, que aqui apontarei sinceramente a V. P.: 1.º — que de 25 anos a esta parte, os que não são Portugueses teem o govêrno, e estão tão senhores e tão empossados dêle, que não deixam fazer homens, como V. P. deseja; 2.º — mostram desgostar-se dos Superiores, que V. P. nomeia, como mostraram na minha eleição e nas de outros, porque os querem cá fażer de sua mão; 3.º — fazem-se remissos e também pesados aos súbditos com o demasiado serviço das suas pessoas usando de particularidades *circa victum et vestitum* e habitação, e alguns dêles teem vinho nos seus aposentos[2]; 4.º — os Superiores, como são da mesma nação, dispensam com êles em comer carne, por leves causas, nos dias proïbidos, e com os Portugueses mostram-se rigorosos; 5.º — como são já velhos e cansados, governam de cabeça e por seu ímpeto e não se conformam tanto com as regras, nem as praticam como se deseja, por não serem criados nelas. O que V. P. verá pelo que me escreve o P. Francisco Soares, que é Vice-Reitor no Colégio do Rio de Janeiro, e diz assim, num capítulo de sua carta, de 12 de

---

1. *Bras. 15*, 393v.
2. Um dos queixosos era o P. Armínio; e, referindo-se ao P. Blasques, diz que êle foi ao seu quarto, chorando, porque o obrigavam a comer o que se punha à mesa, e que já era velho e precisava de comidas especiais (Carta de Armínio, 24 de Agôsto de 1593, *Lus. 72*, 424v). O Reitor foi repreendido; responde, em todo o caso, que o tratamento era o melhor que se podia dar (*Bras. 15*, 468).

Agôsto de 94: quanto ao P. Joseph, estêve perto de dois anos neste Colégio para fazer a visita formada, sem falar, digo, chamar Padres nem Irmãos por modo de visita, antes disse, quando a primeira vez leu sua patente de Visitador, que êle não havia de chamar a ninguém, que quem quisesse falar com êle, que ali estava. E assim o cumpriu, salvo algumas vezes, que por todos êstes dois anos chamou alguns».

« Não visitou o Santíssimo Sacramento, nem a Igreja, nem mandou tomar conta dos mais ofícios. Não se leram regras, nem comuas nem de sacerdotes e prègadores, consultores, admonitor, etc. Nem a *Visita* do P. Cristóvão de Gouveia se leu êstes dois anos, lembrando-lho o P. Fernão de Oliveira o ano de 93 e eu o ano de 94. Pois quem, ou por velhice ou por qualquer outra causa, se aplica tão mal à observância e exacção do seu ofício, escusado parece ocupá-lo mais em semelhantes coisas e cuido que bem se pode governar já esta Província sem o P. Joseph. Até aqui é do P. Soares; e assim parece a outros Padres antigos, que já é bom deixá-lo descansar, por passar 25 anos que sempre governou, e o Padre Tolosa 22, e, pois trabalharam, tempo parece de desocupá-los »[1].

Persistindo em ir reclamações para Roma, de-novo fala no assunto o Padre Assistente João Álvares, em carta ao Provincial. E toca ao mesmo tempo na questão dos cristãos novos, que então se tinha acendido, depois que se realizou a primeira Visitação pelo Licenciado Furtado de Mendonça. Uma das coisas, diz êle, « que na Índia teem danado muito, e à Companhia dado muito trabalho, é dar de mão aos *biscainhos*[2], de modo que êles o entendam por que, *ultra* de seu desgôsto, dá-se-lhes ocasião a contraminar, e pôsto-que é bem não nos encadeirar geralmente, todavia *cum dexteritate et charitate tractandi*, *maxime*, hoje que está feito o decreto que V. P. sabe, que lhes chegou à alma[3]. E Nosso Padre quere que, com os que temos, nos hajamos muito bem, pois aliás não desmerecem. O que digo desta gente, digo com mais

---

1. Carta de Pero Rodrigues, da Baía, 29 de Setembro de 94, *Bras. 3(2)*, 361.
2. *Biscainhos*, cf. supra, p. 436, nota 2.
3. É o decreto 52 da 5.ª Congregação Geral (1593-1594), onde rigorosamente se fechava a entrada na Companhia aos descendentes de mouros e judeus (cf. *Institutum*, II (Florença 1893) 278). A Congregação Geral seguinte, 1608, decreto 28, atenuou muito esta proíbição absoluta (*ib.*, 302).

razão dos estranjeiros, que a Companhia manda a essas Províncias, porque, ainda que o govêrno geral é bem seja natural, doutros particulares revezado, é conveniente que todos participem, porque assim como essas Províncias *coalescunt* de tôdas as nações, assim não se devem de excluir do govêrno, principalmente que êles muitas vezes teem melhores partes para êle. Donde V. R. verá o que convém; porque os sentimentos chegam cá de todo o mundo; e certo que, se com o sangue os pudesse Nosso Padre remediar, o faria; e eu desejo que os estranjeiros, lá *maxime*, sintam em nós muito amor » [1].

Responde o Provincial que, quanto a estranjeiros, os que montavam eram cinco: Tolosa, reitor da Baía, Toledo, superior dos Ilhéus, Armínio, lente de casos, Caxa, lente de teologia, Anchieta: êste « é doente e cansado, tirei-o de Superior, por mo pedir e já não ser para isso ».

Quanto a cristãos novos: se há cá algum, « a quem não admita o Inquisidor e mesa do Santo Ofício ¿que culpa lhe tem o seu Superior?» [2].

As queixas não cessaram. E de Roma, naturalmente, faziam-se recriminações. É notável a constância das respostas, sempre iguais: « Aquêles que, polos pecados de seus pais [os cristãos novos] ou por não serem Portugueses, podiam falar, não cuido que teem que se queixar de mim. São superiores, lentes, consultores, estimados, sem prejuízo dos outros » [3]: e tanto, diz no ano seguinte o Provincial, que os de casa murmuram [4].

---

1. Carta do P. João Álvares, Assistente, ao P. Pero Rodrigues, de 11 de Fevereiro de 1595, *Bras. 2*, 89-89v.

2. Resposta do P. Rodrigues ao Assistente, de Pernambuco, 24 de Março de 96, *Bras. 15*, 418v. Alude ao P. Tolosa, que era « de nação hebreia » (*Bras. 15*, 407). Já antes escrevera: « Os nossos *qui originem ducunt ex hebreis* são muito conhecidos por tais, fora do Reino, maiormente onde há tribunal do Santo Ofício, como agora aqui há na Baía » (Carta de Pero Rodrigues, 7 de Agôsto de 1592, *Bras. 15*, 393v). A 13 de Julho de 1577, tinha já escrito o P. Geral Mercuriano ao P. Anchieta: « entende-se cá que se desedifica a gente de que recebamos cristãos novos na Companhia; por isso não deverão admitir tal sorte de pessoas, nem ainda outras que possam escandalizar ». Confirma-se a ordem, a 15 de Janeiro de 1579 (*Bras. 2*, 44v, 45). No índice estava: « Não se admitam cristãos novos », que depois se riscou.

3. Carta de Pero Rodrigues, de 5 de Abril de 1597, *Bras. 15*, 428v.

4. Carta de Pero Rodrigues, 10 de Outubro de 1598, *Bras. 15*, 467

No século XVII, diversas manifestações se produziriam dêste espírito, transformado de anti-espanhol em anti-europeu. A reacção operava-se, porém, não pròpriamente contra os estranjeiros, como tais, mas contra os estranjeiros, que ocupavam cargos do govêrno.

Entretanto, Portugal continuava a ser a grande reserva de operários. Ainda em Agôsto de 1617, levava o Procurador a Roma a incumbência de agenciar com o Padre Geral o envio duma expedição. « Pedimos a V. P. quinze sujeitos da Província de Portugal, seis sacerdotes fervorosos e de muita virtude, apostados a aprender a língua, e seis Irmãos estudantes, de muita virtude, que tenham acabado o curso, e três Irmãos coadjutores, mancebos de fôrças e virtude, e, não podendo ser todos Portugueses, podem os seis Padres ou parte dêles ser italianos, desejosos da conversão e que tenham suficiência para confessar e de muita edificação e virtude » [1].

4. — A necessidade de Irmãos coadjutores, lembrados nesta petição, fêz-se sentir. No princípio, Leonardo Nunes, urgindo a vinda de missionários de Portugal, escreve em 1551 que se escusavam coadjutores, porque para um Padre havia dois Irmãos, « mas se vierem, acrescenta êle, terão bem em que trabalhar » [2]. Com o rápido desenvolvimento, que tomou a Companhia no Brasil, construções de edifícios e cuidado das coisas externas da agricultura, a sua necessidade tornou-se patente, e começaram a rarear os Irmãos. Constando, em 1570, ao P. Geral, que por falta dêles se ocupavam muito os noviços nos trabalhos caseiros, « recomenda que se recebam mais, para que os noviços possam atender ao noviciado, como convém » [3].

Na terra, porém, não era fácil obter Irmãos coadjutores. Os Portugueses que vinham para o Brasil ou eram degredados ou comerciantes, como disse o Visitador, em 1584. Por outro lado, os Portugueses, naturais do Brasil, acrescenta êle-mesmo, são

---

1. *Memorial do P. Provincial Pero de Toledo do que o P. Procurador Anrique Gomes ha de tratar em Roma com N. P. Geral*, Agôsto de 1617, *Congr. 55*, 261v. Resposta: *Ad 12. Curabimus ut satisfiat voto Congregationis*.
2. *CA*, 65.
3. *Bras. 2*, 125v.

pouco constantes nesse estado [1]. E os naturais do Brasil, que não fôssem de origem portuguesa, ainda menos. É problema que ainda hoje em dia preocupa os Superiores regulares [2]. Alguns dos primeiros Irmãos, que chegaram ao Brasil, Vicente Rodrigues e Diogo Jácome, pela extrema necessidade de Padres naqueles começos, foram elevados ao sacerdócio. Depois, procurou-se obstar a isso. Invocava-se, sobretudo, para se concederem ordens sacras a alguns Irmãos, o saberem a língua brasílica. Mas o Geral, respondendo à Congregação de 1576, recorda que êles se deviam contentar com a sorte de Marta, própria da sua vocação, e só nalgum caso, de talento fora do vulgar, se poderia ver se sim ou não convinha ordená-los, avocando o P. Geral a si-próprio a última decisão [3]. Tal decisão foi negativa, quando lhe pediram dispensa, em 1596, para um Irmão coadjutor que sabia a língua dos Maromomins. Negou-o, «pela experiência que se tem de quão pouco servem os que se mudam de coadjutores a sacerdotes e hão-de ser contínua tentação aos outros do seu estado» [4].

---

1. *Lus*. 68, 411.
2. Eram sobremodo estimados os Irmãos, que soubessem algum oficio como sucedeu com Francisco de Escalante, natural de Escalante, diocese de Burgos, carpinteiro da armada de Flores Valdés, que ia para o Estreito de Magalhãis e que entrou na Companhia, no Rio de Janeiro, em 1582, tendo 23 anos de idade. A sua entrada dá-a Pero Rodrigues, como objecto duma profecia de Anchieta, que era então o Provincial (Pero Rodrigues, *Anchieta*, em *Annaes*, XXIX, 255, 263). Pero Sarmiento, outro comandante da armada, inimigo de Flores Valdés, na sua *Relação* acusa o Governador do Rio de Janeiro Salvador Correia de Sá e os Jesuítas (a quem trata de teatinos) de terem escondido alguns espanhóis, fugidos da armada, especialmente a dois oficiais e três carpinteiros e ferreiros; e que êle, Pero Sarmiento, sabendo que os Padres tinham um, em sua casa, que lhe fazia falta, pediu ao P. Anchieta, que respondeu só lho daria por fôrça; e que disto dissera em presença de Flores Valdés e outros, e depois veio a saber que o próprio General Flores Valdés «o tinha dado aos Jesuítas». Êste, que se não nomeia, deve ser o Irmão Escalante. Donde se conclue, por esta mesma acusação de Pero Sarmiento, que êle entrou na Companhia com o consentimento do Chefe General da armada (Sarmiento, Relacion, de 1 de 6 de 1583, publicada por Pastells, *El Descubrimiento*, p. 605; Cf. *Bras*. 5, 98).
3. *Bras*. 2, 23.
4. *Bras*. 2, 92. Igual negativa recebeu o Irmão António da Fonseca, de Armamar, a-pesar-de ser recebido no Brasil para indiferente (*Bras*. 15, 374; *Lus*. 71, 3). O Irmão Fonseca veio a falecer no grau de Irmão coadjutor numa Aldeia da Baía, a 18 de Agôsto de 1604. Era bom religioso e muito prático no ensino dos Índios (*Bras*. 8, 49v).

Bem diversa significação tinha o estudarem alguma coisa. Pode-se dispensar, diz o P. Geral em 1594, com algum mais virtuoso, que já saiba ler, a que aprenda também *contas*, para bem e utilidade da Província [1]. A Consulta (pro Congregatione) Provincial de 1607 pedia que os Irmãos coadjutores analfabetos pudessem aprender a ler e a escrever, a juízo do Provincial. Concede-se a licença, contanto-que fôssem Irmãos de confiança, sem detrimento do espírito [2].

Na vida de Anchieta, lê-se um depoímento a favor do mesmo Anchieta. Fala um « António Borges, que, sendo moço, serviu de porteiro da casa do Espírito Santo, por falta de Irmãos religiosos » [3].

A deficiência de Irmãos originou, no Brasil, o problema dos trabalhadores de casa, chamados *irmãos de fora*.

Consta duma resposta dada, em 1594, ao *Memorial* do P. Beliarte. Êstes « irmãos de fora » eram homens que se dedicavam a servír a Companhia, de graça e por amor de Deus, e alguns lhe entregaram a pobreza que tinham. A Consulta preguntava como se deviam de haver por ocasião da sua morte, a-respeito de sufrágios. Respondeu-se que no dia da morte os encomendassem a Deus e lhes dissesse missa um Padre. Isto quanto aos que estavam. De futuro, porém, escusar-se-iam êstes « irmãos de fora » [4].

---

1. *Bras. 2*, 138.
2. *Congr. 53*, 263.
3. Vasc., *Anchieta*, 334.
4. *Bras. 2*, 84. Conserva-se o nome de um dêles. Num depoímento do Santo Ofício, de 19 de Agôsto de 1591, fala-se dum Ir. João Braz: « Disse ser natural de Villa Cham entre Chaves e Villa Real, filho de Braz Dias e de sua mulher Catarina Anes, defuncta, viuvo, casado que foi com Inez Ribas, defunta, irmão leigo, *dos de fora*, da dicta Companhia e ora residente no Collegio desta cidade, de sessenta e tres anos » (*Primeira Visitação — Denunciações da Bahia*, II, p. 370; cf. *ib.*, 441). O seu nome não consta do catálogo imediatamente anterior (1589) nem do seguinte (1598). Tem analogía com esta matéria o costume, que se introduziu de se intitularem « irmãos da Companhia », os bemfeitores que gozavam do privilégio e patente de participação de bens espirituais e sufrágios. O P. Cláudio Aquaviva, a 4 de Outubro de 1587, escrevendo ao Provincial, Pero Rodrigues, estranha o facto: « Muito nos maravilhamos ter-se introduzido contra o universal costume da nossa religião, que nunca deu tais apelidos [de irmão da Companhia] a pessoas de fora », *Bras. 2*, 131.

5. — Num plano paralelo a êste, da entrada dos Padres e Irmãos, está o da sua saída ou exclusão dos quadros da Companhia. Como se sabe, tôdas as instituïções, para manterem o equilíbrio e a vida, exigem a purificação do seu organismo, expelindo de si os membros que a experiência mostra serem inúteis, inadaptados ou malsãos. É uma operação extrema. Precede-a geralmente, um período de doença moral. Na vida religiosa, o paciente ou se cura ou, com o tempo, sucumbe. Costumam as tentações contra a vocação ser objecto de tratamento condigno, prescrito e conhecido por todos os mestres da vida espiritual. No Brasil, semelhante enfermidade revestiu aspectos peculiares. Nota o P. Everardo Mercuriano, em 1571, que os remédios, usados habitualmente com os tentados, não tinham no Brasil tanta eficácia, « por a terra ser frouxa ». A prudência dos Padres tinha, portanto, de duplicar-se para prover e suprir tais deficiências, conforme as circunstâncias[1]. Começava-se, como em tôda a parte, por não expor nos lugares perigosos os que fôssem mais fracos ou menos perfeitos[2].

Algumas inquietações do Colégio da Baía acalmaram-se, com irem para Portugal, com destino à Cartuxa, dois que o pediam, António de Sá e António de Pina, em Fevereiro de 1569, com licença do Provincial, P. Luiz da Grã[3]. Esta ida para a Cartuxa repetiu-se no Brasil algumas vezes. Saíu, mais tarde, o P. Pero Dias, que parece ter passado também à Cartuxa[4]; e, em 1594, dá-se igualmente, como ido para ela, o P. Melchior da Costa. Notemos que Melchior da Costa vem na lista dos *despedidos*, sem mais explicações[5]. Mas Anchieta, em carta ao P. Geral, diz que foi para a Cartuxa, com licença[6]. Com outros, dados simplesmente por *despedidos*, deverá ter sucedido outro tanto[7]. Para evitar passos em falso, por indisposições ou humo-

---

1. *Bras. 2*, 42v.
2. *Bras. 2*, 57, 63v.
3. *Bras. 5*, 53; cf. *Bras. 15*, 198.
4. Roma, Gesù, Colleg., 20; Carta de Gouveia, 6 de Set. de 1584, *Lus. 68*, 403.
5. *Bras. 5*, 53.
6. Anch., *Cartas*, 290.
7. Com o P. Ventidio Bayardo, por exemplo. Informava o Visitador Gouveia, em 1583, que era preferível enviá-lo à Europa, onde poderia ser útil, ao passo que no Brasil corria risco a sua vocação (Carta do P. Gouveia, de 31 de

res momentâneos, a Companhia cortou o ádito a tais leviandades, alcançando o privilégio, consignado já nas Letras Apostólicas, da sua instituição, pelo qual os seus religiosos não podiam transitar para outra Ordem religiosa, excepto a Cartuxa [1]. Como não havia Cartuxa no Brasil, era preciso embarcar para Lisboa. Poderia suceder que o pedido de mudança fôsse consciente ou inconscientemente um pretexto subtil para voltar à Europa [2]. Na verdade, era uma tentação freqüente. E houve quem tomasse a resolução de voltar sem consultar o Superior, como o P. Lucena, que, sofrendo as conseqüências da sua insubordinação, ao chegar a Portugal não foi recebido em casa. Mais algum caso sucederia, porque o Padre Geral, entendendo que Pernambuco tinha muitos navios para o Reino, e que seria fácil aos tentados tomá-los sem se obstar a isso, por ser o pôrto longe, mandou que « por esta razão se colocasse ali gente de confiança » [3].

Contra a volta dos tentados para a Europa, se opunham ordinàriamente os Padres do Brasil, entre outras razões também por esta: porque depois os que assim voltavam, com as suas queixas ou pequeninos desgostos, mais desacreditavam do que honravam a Província do Brasil. Facilitada a volta, à menor

---

Dezembro de 1583, *Lus. 68*, 343). Êle próprio, escrevendo ao P. Geral, diz que sempre, desde pequeno, tivera inclinação para a vida contemplativa. Entrou na Companhia e veio para o Brasil, cuidando que a poderia exercitar na solidão dos bosques. Não sabia a língua do Brasil e não faria falta. Pedia para passar para os Cartuxos ou Capuchinhos ou outra religião contemplativa (Carta de Ventidio Bajardi (sic), da Baía, 24 de Agôsto de 1593, *Bras. 15*, 413. Cf. Carta de Armínio, da mesma data, *Lus. 72*, 424v). O nome do P. Ventidio Bayardo, italiano, já não aparece no catálogo seguinte de 1598.

1. Litt. Apost. *Licet debitum*, de Paulo III, de 18 de Out.º de 1549, *Institutum*, I, 15.

2. Foi o que aconteceu com o P. António de Pina, um dos órfãos recebidos na Companhia. No dia 1 de Março de 1569, concedeu-lhe o P. Grã licença para passar à Cartuxa. Devia entrar nela no prazo de 3 meses, conforme estipulava o breve pontifício que regula êstes casos, ou, senão, voltar à sua religião (*Hist. Soc.* 69, 84, autógrafo de Luiz da Grã). O P. Leão Henriques, escreve ao P. Geral, comunicando que o P. Pina não queria voltar para o Brasil, dando, como razão, « desgustos y achaques ». E êle, não o achando com os dotes requeridos para ficar em Portugal, determinou, fundado em ordens do mesmo Padre Geral, não o receber em casa (Carta do P. Leão Henriques, ao P. Geral, S. Francisco de Borja, Lisboa, 30 de Julho de 1570, *Lus. 64*, 80v).

3. *Bras. 2*, 46.

contrariedade inevitável da vida, os imperfeitos logo queriam embarcar-se de torna-viagem. Estabilizando-se as coisas, só algum motivo realmente plausível, e portanto raro, foi aceito para justificar tal retôrno [1]. Durante certo tempo, foi costume enviar a Portugal os incorrigíveis, para serem despedidos. Mas ¿como se haveriam em Portugal com êles? Entre os avisos que o P. Leão Henriques trouxe de Roma para Portugal, em 1573, da parte do P. Everardo Mercuriano, acabado de ser eleito Geral, havia êste: «com os saídos ou despedidos do Brasil ou Índia se hajam em Portugal como com os de outras Províncias saídos ou despedidos, *scilicet*, que os remetam ao Padre Geral, porque não são seus superiores» [2]; e, em 18 de Agôsto de 1577, escrevia o mesmo Padre Geral a Anchieta: «quando de lá se houverem de enviar alguns por incorrigíveis, não é mister enviá-los a Roma, mas sòmente a Portugal para que ali sejam despedidos» [3]. Algumas vezes, não se esperava que chegassem a Portugal: despediam-se no mar alto.

Foi o que se deu com um Gaspar Luiz, que fugira duas vezes da Companhia. E, da primeira vez, em circunstâncias graves, pois levou consigo uma canoa com servos e escravos. Intercedendo por êle o Auditor, foi readmitido, restituindo tudo o que levara. Um dos motivos da sua readmissão foi com certeza, o ter um irmão na Companhia, roupeiro e alfaiate, homem de edificação. Depois, tornou a fugir. O Provincial não o expulsou logo, tomou-o até para seu sócio, a ver se o salvava. Manifestando-se, afinal, incorrigível, o Padre remeteu-o para Portugal, dando uma carta a um homem fiel, para que lha entregasse no alto mar, quando já não houvesse perigo de arribar ao Brasil. E, ao mesmo tempo, escreveu ao P. Amador Rebêlo, em Lisboa, lhe arranjasse um fato secular, quando lhe aparecesse. Êste modo de despedir, quando havia inconveniente em fazê-lo no Brasil, tinha sido aprovado pelo Padre Mercuriano [4].

Uma das características da gente nova é a inconstância. Efervescências súbitas para a entrada, iguais efervescências para

---

1. *Bras. 15*, 409v-410.
2. *Lus. 65*, 325-325v; cf. *Bras. 2*, 47v.
3. *Bras. 2*, 48v.
4. Carta de Beliarte, 1592, *Bras. 15*, 409.

a saída, à primeira contradição. Não era pequeno o trabalho dos Superiores e Padres antigos para acalmar semelhantes flutuações. Mas só o tempo serena as tempestades. Emquanto duram, mal se recebe conselho. Houve Irmão, que se colocou de-propósito em perigo ou ocasiões de escândalo, para ser despedido. Tais disposições obrigavam os Padres, encarregados de conduzir a bom têrmo estas vocações incipientes e inquietas, a passar tormentos, coroados de êxito ou não, conforme as circunstâncias[1]. Em caso raro, quando algum cometesse algum delito público, não se reteria em casa; e exigia-se que desse satisfação pública[2].

Em 1568 pedia-se ao Geral que permitisse ser prêso o prevaricador, se fôsse preciso até na cadeia pública, emquanto o Provincial não dispunha dêle e o não despedia[3]. Não achamos indícios de ter sido necessário aplicar tal medida de rigor. Mas houve, em caso grave, alguma reclusão dentro de casa, até vir resposta de Roma. A Congregação de 1617 nota os inconvenientes de tal demora, e deseja que o Provincial tenha poder de despedir logo os tentados, se assim o achar bem. O P. Geral, insistindo na reparação a dar no caso de escândalo, concede a licença pedida, para os que ainda não tivessem os últimos votos nem muito tempo de Companhia[4].

Procurava-se geralmente que saíssem bem dispostos; e se algum se quisesse depois ordenar e pedisse testemunhais, lhas dessem, mas com patente de que já não pertencia à Companhia, nem estava obrigado aos votos dela[5]. Se, por qualquer motivo não convinha que se ordenasse, representar-se-ia o assunto ao Prelado, com as devidas atenções[6].

Para as saídas do Brasil deve buscar-se a razão principal nas condições mesmas da terra e na deficiência de formação, assinalada pelo B. Inácio de Azevedo. Instando pela necessidade de socorrer os Padres do Brasil, explica-a êle pela dispersão

---

1. *Bras. 2*, 80v.
2. *Bras. 2*, 128v.
3. *Congr. 41*, 299. Esta faculdade vem aliás consignada na Letra Apostólica de Paulo III, de 18 de Outubro de 1549, *Institutum*, I, 15.
4. *Congr. 55*, 255v-257.
5. *Bras. 2*, 124v.
6. *Bras. 2*, 48 v.

das casas e por serem poucos, « e dêles muitos não perseveram, pelas ocasiões que a solidão e outras causas trazem, além de não serem bem fundados, muitos, cá recebidos »[1].

Examinados os documentos, achamos dois motivos próximos, preponderantes, para a saída: indisciplina e fraqueza na guarda da castidade. O P. Visitador despediu, em 1584, seis Irmãos: quatro escolásticos e dois coadjutores, e dá os motivos da saída: repartem-se ao meio: 3 por indisciplina, três por questões de sexto mandamento; dêstes últimos, um era mameluco, outro flamengo, do terceiro não se diz a nacionalidade. Os Irmãos coadjutores saíram ambos por desobediência ou indisciplina[2].

A grande ocasião foi o trato com os Índios. Numa lista, dos que tinham saído antes de 1603, a maioria tem a designação de *línguas*, isto é, os que tratavam imediatamente com os Índios. São quási todos Irmãos, e grande parte da terra. Padres 16. Dêstes Padres saídos, só de dois há suspeitas fundadas de terem prevaricado ou sido imprudentes em matéria de castidade, em todo o século XVI, e em tão grande número de Padres[3].

---

1. *Mon. Borgia*, V, 591-592.
2. *Bras. 5*, 26-27.
3. Melchior Cordeiro e John Vincent Yate. Êste Padre « anglo », antes de sair, tinha confessado o seu delito, cuja natureza se não diz: « e fará penitência por 10 anos » (*Hist. Soc. 20*, 19v). Dos mais Padres saídos, uns três ou quatro foram para a Cartuxa; dois tornaram a entrar na Companhia (Gonçalo de Oliveira e Jerónimo Machado): um foi para o Paraguai, sua pátria (Melgarejo) e alguns voltaram a Portugal. Entre êstes mandados para Portugal, está o P. Manuel Couto (senior). Nas consultas do P. Geral, em 18 de Junho de 1598, aprova-se o que sôbre êle determinar o Provincial: se se achar culpado o P. Couto, seja castigado; se se achar falsa a acusação, seja « honorandus » (*Hist. Soc. 20*, 19v). Pouco depois, foi mandado para Portugal (*Bras. 5*, 50). Dêle conta Vasconcelos, que partira do Espírito Santo para Lisboa. Depois da Ilha de S. Miguel, teve o navio uma grande tempestade. Acalmou-se, lançando o P. Couto ao mar uma relíquia de Anchieta, prêsa por uma linha. Jura isto o mesmo religioso (Vasc., *Anchieta.*, p. 357). Cf. « Despedidos na Província do Brasil do ano de 78 até o de 603 », *Bras. 5*, 52v-54. São 83 nomes. É lista incompleta. Cf. também a estatística de Andreoni.

Aquêle Rodrigo Melgarejo, acima referido, natural do Paraguai, fugiu da casa paterna para entrar na Companhia, quando seu pai, o capitão espanhol Rui Dias Melgarejo, se achava homisiado em S. Vicente, em 1573. Ordenado de sacerdote, disse missa nova, no Espírito Santo, em 25 de Outubro de 1584. Pouco depois, veio-lhe a nostalgia da pátria, e pensou em voltar para ela de qualquer modo. Em 1589, fugiu do Colégio de Pernambuco para o Río da Prata. Arribando

As tentações e saídas no Brasil podiam ser o reflexo duma ternura de coração, muito comum na América. Legítima em si, é incompatível não raro com a vida religiosa, abnegada, que se põe totalmente à disposição de Deus.

Em 20 de Setembro de 1592, escreve Beliarte sôbre o P. Calixto da Mota, residente há 5 anos no Colégio do Rio de Janeiro. Tinha a mãi, viúva, na Baía, e, por fôrça queria voltar para esta cidade. Temia o Provincial que, se viesse, saíria. Nem havia razão suficiente para a volta. A mãi tornara-se a casar: não precisava do filho[1]. Alguns anos depois, achamos o P. Calixto da Mota em Lisboa, para onde foi, ou a mandado dos Superiores, ou a pedido seu. Aquela ternura de coração, que poderia ter sido funesta para a sua vida religiosa, achou o campo próprio para se exercitar. E fê-lo de forma tão alta que deu a vida em holocausto da caridade, servindo aos feridos na peste grande, que foi de Outubro de 1598 a Maio de 1599. O P. Calixto da Mota chegou a Lisboa, pouco antes de se atear o flagelo. Dizia missa de manhã, cedinho, e ia logo tratar dos doentes mais desamparados. Angariava donativos de pessoas ricas e do govêrno, a favor dos empestados. Convidando-o a ir tomar ar ao campo, respondeu que não deixaria a demanda até cessar o castigo ou deixar nela a vida. Sendo atingido, morreu, «com grande fama de santidade», no Colégio de Santo Antão, dia 11 de Fevereiro de 1599[2].

---

ao Espírito Santo, e levantando-se contra êle má fama, o Vigário Eclesiástico prendeu-o, entregando-o a Anchieta, que o remeteu para o Colégio da Baía, recomendando que o não despedissem. Ali ficou prêso, mais de 10 meses. Melgarejo continuava a rogar que o mandassem embora, fundado naquela má fama, e, como não lho concedessem, fugiu da Baía, com a ajuda duns castelhanos do Rio da Prata, indo para a sua terra. «Teem todos, diz o P. Marçal Beliarte, que aquela má fama êle mesmo a levantou para poder sair da Companhia. O mesmo Provincial, feitas as consultas, deu ordem que no Rio da Prata lhe publicassem a excomunhão, em que incorreu, sem mais procedimento judicial. — Carta de Marçal Beliarte ao P. Geral, de Pernambuco, 1 de Janeiro de 1591, *Bras. 15*, 373, 374. Não sabemos mais nada dêste Padre. Digamos, contudo, que, em 1610, a Missão de Guairá reabriu-se com três Padres, 2 da Companhia e um que a pretendia. Os Padres da Companhia eram Cataldini e Maseti. O que a pretendia, Melgarejo (Pastells, *Paraguai*, I, p. 157n). Seria Rodrigo? Em 1610, Rodrigo Melgarejo teria 52 anos de idade.

1. Beliarte, *Bras. 15*, 397.
2. «Ephemerides da Companhia de Jesus», BNL, *Col. Pombalina*, 514, p. 21. O P. António Franco (*Ano Santo*, 71-72) tem que era natural da vila de S. Vi-

De tudo isto se infere que as vocações, se chegavam ao sacerdócio, não obstante as ingentes dificuldades, iam adiante. Os desfalecimentos graves eram no período de formação. Ora os que se formavam no Brasil, tirando os órfãos do começo, muitos eram nascidos nêle. Tais defecções provocaram certas medidas defensivas. Na verdade, bem justificadas, num ambiente em que a vida moral só a pouco e pouco se ia saneando e fortalecendo [1].

Os saídos da Companhia tornavam-se, algumas vezes, molestos, pesados, ou eram mesmo ocasião de desgôsto pelo seu proceder leviano. Não admira, porque êles saíam precisamente, por terem revelado tendências opostas à seriedade requerida na vida religiosa. Diogo Leitão, por exemplo, foi despedido, na Baía, em 1592, por inconstante [2]. Mandaram-no, antes, repetir a provação e castigaram-no, a pedido da mãi, que morava perto do Colégio. Afinal fugiu. E punha-se à porta da sua mãi a tocar viola, ainda com a batina. Tão inconstante rapaz morreu pouco depois, e, felizmente, diz o Padre Pero Rodrigues, confessado e arrependido [3]. Talvez os Padres se tivessem deixado levar, neste caso particular, por compaixão dêle ou da mãi, porque, prevendo semelhantes desmoralizações, tinham obtido, já desde 1563 (24 de Fevereiro), um alvará de El-Rei D. Sebastião, dirigido aos Governadores, Ouvidores, Capitãis e Oficiais, em que ordenava não

---

cente. Preferimos a versão das *Ephemerides*, que o dá nascido na Baía, não só porque nesta cidade morava a sua mãi, como porque o Catálogo de 1586 diz que era da diocese da Baía e já existia a Administração Eclesiástica do Rio de Janeiro, a que pertencia S. Vicente. Neste ano de 1586, Calixto da Mota tinha 21 anos e freqüentava o Curso de Artes. Entrara na Companhia em 1579 (*Bras. 5*, 21v): tinha portanto, 20 anos de Companhia e 34 de idade, quando morreu.

1. Como prova das precauções a tomar, seja o seguinte facto. Entre as *Confissões da Bahia* acha-se uma de Bastião de Aguiar, de 16 ou 17 anos, natural da mesma cidade. Conta várias cenas de «ajuntamento nefando». Ao lado, pôs-se esta nota: «Bastião de Aguiar está metido na Religião dos Padres da Companhia» (*Primeira Visitação do Santo Oficio — Confissões da Bahia, 1591-1592* (Rio 1935) 68, 154). Aquelas cenas são anteriores à sua entrada na Companhia. Se de-facto entrou, iludindo a boa fé dos Padres, teria sido logo despedido ou aconselhado a sair, apenas manifestasse tão más inclinações. O seu nome não aparece em nenhum catálogo nem sequer no Rol dos despedidos (*Bras. 5*, 54).

2. *Bras. 15*, 409.
3. *Bras. 3 (2)*, 360.

permitissem ficar nas terras, onde houvesse Colégios ou casas da Companhia, os despedidos dela, « porque dão muita inquietação e trabalhos aos Padres ». Deviam, portanto assinar-lhes residência em Capitania e lugar determinado [1].

Antes de concluir esta matéria de saídas da Companhia, deslindemos um facto, que tem sido muito explorado literàriamente. Em 1566, estava na Baía «o Ir. Pero Dias, ainda noviço, nascido cá na terra» [2]. O seu nome já se não acha no catálogo de 1567 [3]. Saíu da Companhia nesse meio tempo. Dêle se escreveu a seguinte notícia, aliás romance: «Pero Dias foi leigo da Companhia de Jesus, e não podia casar, mas foi tal a simpatia, que o gentio lhe votava, e tal a insistência de Tibiriçá de tê-lo por genro, que êle, obtida a precisa licença de voto, casou-se com a princeza Teberebé, que foi baptizada Maria, e tomou o apelido de Grã, pelo respeito que votava ao Padre da Companhia, Luiz da Grã » [4]. O romance pôs-se a correr mundo e ganhou amplidão e côr: Pedro Dias seria português, recém-chegado de Portugal, e ainda não teria um mês de Brasil, quando entrou na Companhia. Indo para Piratininga, conheceu a filha de Tibiriçá. Verem-se e amarem-se foi obra de um momento! E aqui temos o Padre Nóbrega e o chefe Piratiningano a ajustar o casamento, *pro bono pacis*, mesmo emquanto Pero Dias era noviço!... [5].

A lenda é maviosa! Mas os documentos são inexoráveis. Pedro Dias era «nascido cá na terra». Mameluco, provàvelmente. E o noviciado não o fêz em Piratininga, mas na Baía. A história daqueles amores deve ter, portanto, o mesmo fundamento que a do nascimento na Europa.

---

1. Tôrre do Tombo, *Jesuítas*, maço 80; cf. *Bras. 11*, 14v, outro alvará de igual dia e mês, de 1575.
2. *Bras. 5*, 4. A êste Catálogo inscreveram o ano de 1565; mas nêle constam já Irmãos, vindos com o P. Visitador Inácio Azevedo, em 1566.
3. *Bras. 5*, 6v.
4. Ricardo Gunbleton Daunt, *Genealogia Paulista*, em *Rev. do Inst. Bras.*, 51, P. 2.ª (1888) 92. Cf. J. F. de Almeida Prado, *Primeiros Povoadores do Brasil, 1500--1530* (S. Paulo 1935) 112.
5. Cf. Amando Caiuby, *Rincão de Heroes* (S. Paulo 1935) 220 ss.

CAPÍTULO III

O govêrno

1 — Criação da Província do Brasil; 2 — Padres Provinciais: Manuel da Nóbrega (1549; 1553-1559); 3 — Luiz da Grã (1559-1570); 4 — António Pires (1570--1572); 5 — Inácio Tolosa (1572-1577); 6 — José de Anchieta (1577-1587); 7 — Cristóvão de Gouveia, Visitador (1583-1589); 8 — Marçal Beliarte (1587--1594); 9 — Pero Rodrigues (1594-1603); 10 — Congregações Gerais; 11 — Congregações Provinciais do Brasil.

1. — Os primeiros Jesuítas foram para o Brasil, como missão da Província de Portugal. Missão significa subordinação imediata. Nóbrega era Superior dos Jesuítas do Brasil, mas êle e os seus ficavam incluídos na Província de Portugal. O Provincial de Portugal era também Provincial do Brasil. Diz Simão de Vasconcelos que, em 1550, o Brasil passou a Vice-Província, dependente de Portugal[1]. Não encontramos vestígios desta determinação. Sabemos apenas que, em 1553, o Provincial de Portugal transmitiu os seus poderes ao Superior do Brasil e que, em 1555, se leu a patente de Provincial. Neste ano de 1555, a 25 de Março, pedindo Nóbrega ao Geral, que o dispensasse daquele cargo, diz que já o pedira ao Provincial de Portugal, «a quem até agora tive obediência»[2].

Para a transmissão de poderes, haveria duas razões: a das distâncias e a situação interna do Brasil. Muito a custo poderia o Provincial de Portugal governar a Província do Brasil, de tão longe. Por outro lado, as dificuldades opostas pelo Bispo D. Pedro Fernandes Sardinha, ao exercício da catequese, exigia que

---

1. Vasc., *Crón.*, I, 81.
2. Carta do P. Nóbrega ao P. Geral, de S. Vicente, 25 de Março de 1555, *Bras.* 3(1), 136.

o Superior da Companhia de Jesus tivesse a categoria de Prelado regular, para gozar dos privilégios canónicos que lhe competiam como tal. Foi esta a razão imediata da elevação do Brasil a Província da Companhia. Não se conserva a carta em que o P. Mirão comunica a Santo Inácio que delegara os seus poderes em Nóbrega. Conserva-se, porém, a resposta aprovativa do Santo, a 12 de Junho de 1553 : « O que V.ª R.ª ordenou no Brasil, dando os seus poderes ao P. Nóbrega [...], tudo está bem » [1].

A patente de Provincial, passou-a Santo Inácio, a 9 de Junho de 1553, em têrmos amplíssimos, como exigiam as distâncias e necessidades do tempo, e enviou-a a Nóbrega, acompanhada duma carta com as instruções convenientes, indicando que ficasse seu colateral o Padre Grã e escolhesse consultores idóneos [2].

---

1. *Mon. Ignat.*, serie 1.ª, V, 123.
2. Patente do primeiro Provincial do Brasil:
Ignatius de Loyola, Societatis Iesu praepositus generalis.
Dilecto in Christo fratri P. Emanueli de Nobrega, praesbytero eiusdem Societatis, salutem in Domino sempiternam.

Cum, crescente in dies diuersis in regionibus numero eorum, qui nostrum Institutum sequuntur, per D. N. Jesu Christi gratiam, crescat etiam rebus multis prouidendi, et consequenter hoc onus cum aliis partiendi necessitas, uisum est in Domino expedire ut, aliquem ex fratribus nostris nobis substituendo, et praepositum omnium illorum, qui in India Brasilia, serenissimo regi Portugalliae subdita, et aliis ulterioribus regionibus, sub obedientia Societatis nostrae uiuunt, constituendo, eidem caetera omnia, quae nostri officii essent, committeremus.

Nos ergo, cum de tua pietate et prudentia, quae est in Christo Iesu, plurimum in eodem confidimus, te in praepositum prouincialem omnium nostrorum, qui in predictis regionibus uersantur, cum omni ea authoritate, quam sedes apostolica nobis concessit, et constitutiones nostrae Societatis nobis tribuunt, creamus et instituimus, ac in uirtute sanctae obedientiae, ut hanc curae nostrae partem et authoritatis suscipiendo, eadem ad inquirendum, ordinandum, reformandum, inhibendum, prohibendum, admittendum in Societatem ad probationem, et ab eadem repellendum, quos uidebitur, constituendum etiam in quouis officio, et deponendum, et in summa ad disponendum de omnibus, quae nos, si praesentes essemus, circa loca, res et personas, quae ad Societatem pertinent, possemus disponere, et ad Dei gloriam facere iudicabis plenissime utaris. Hoc enim, gratiam Dei consyderantes, ad ipsius honorem, et ad eorum spiritualem profectum, qui a nostrae curae sunt commissi, et ad communem animarum salutem fore in Domino speramus.

Datum Romae 7º idus Iulii 1553 (*Mon. Ignat.*, série 1.ª, V, 180-181). Cf. Polanco, *Chronicon*, III, 5; Nicolau Orlandini, *Historia Societatis Iesu* (Colonia 1615) 438; Jesus Maria Granero, *La acción misionera y los métodos misionales de San Ignacio de Loyola*, vol. VI de la « Bibliotheca Missionum » (Burgos 1931) 38; Rodolfo Garcia, em Pôrto Seguro, *HG*, I, 364-365.

O dia 9 de Julho de 1553 é, pois, o da criação da Província do Brasil. Foi a 6.ª Província erigida na Companhia.

Na patente, determina-se o seu âmbito da seguinte forma: «Na Índia do Brasil, sujeita ao Sereníssimo Rei de Portugal e *noutras regiões mais além*». Estas outras regiões, mais além do Brasil, sob pena de ficar frase sem sentido, eram territórios ainda em poder dos Índios ou a América Espanhola. Só muitos anos depois, é que os Jesuítas, enviados de Espanha, chegaram às regiões americanas, que estavam sob o domínio desta nação.

Criando a Província do Brasil, ordenou Santo Inácio que o P. Nóbrega fizesse a profissão solene, circunstância requerida para assumir o ofício de Provincial. Ora só em 25 de Março de 1555 é que Nóbrega se refere à carta do P. Geral, que acabava de receber, com a ordem de fazer a profissão. Fê-la a 27 de Abril de 1556[1].

Quanto às casas, que constituíam a Província do Brasil, elas dividiam-se, segundo a respectiva categoria, de baixo para cima, em casas das Aldeias, casas das Capitanias, e Colégios das vilas e cidades. Nas Aldeias, havia um Superior, subordinado ao Reitor ou Padre «Superintendente», que vivia habitualmente no Colégio. Mas nisto houve alguma flutuação, durante o século XVI. Nas residências das Capitanias, o Superior era, como o Reitor dos Colégios, subordinado ao Provincial. Cada Colégio tinha o seu âmbito de actividade bem determinado, formando cada qual uma zona geográfica, económica e missionária. A Capitania do Espírito Santo e as demais, ao sul, pertenciam à órbita do Rio de Janeiro; as Capitanias do centro, à Baía; a Pernambuco, as Capitanias do norte. Isto, no século XVI. A fundação de novos Colégios modificaria depois esta estrutura. A primeira ideia daquela repartição primitiva partiu da Congregação Provincial de 1575, e foi aprovada em Roma[2].

---

1. Carta de Nóbrega, S. Vicente, 25 de Março de 1555, *Bras. 3(1)*, 5; Polanco, *Chronicon*, VI, 40 n. Os 5 votos simples, só os fêz 11 anos depois, por ocasião da visita do B. Inácio de Azevedo, a 6 de Abril de 1567, e acham-se na mesma fôlha da profissão (*Lus. 1*, 5v). A 22 de Março de 1569, o Visitador remete-a, já desde Almeirim, para Roma, e, ao mesmo tempo, a de Luiz da Grã; cf. *Mon. Borgia*, V, 62.

2. Placet subordinatio et distributio quae proponitur, s. ut qui in Ilheos et Portuseculo comorantur Rectori Collegii urbis Salvatoris subiaceant, qui vero in

No Brasil, o Provincial devia ter maiores faculdades do que as estritamente jurídicas. As distâncias das casas entre si e a impossibilidade do recurso, em tempo útil, a Roma, fêz que a Congregação Provincial de 1568 pedisse para o Provincial maiores poderes do que os habituais [1].

O próprio Santo Inácio, em carta sua de 29 de Maio de 1555, referindo-se aos Superiores de terras remotas, em particular do Brasil, concedia que êles se ajudassem, no que pudessem, do que êle ordenava; mas «remete-se à discrição dos que governam, que, olhando a condição da terra e outras circunstâncias, procedam como lhes parecer convir para maior glória divina e maior proveito espiritual das almas» [2].

Uma das obrigações dos Provinciais é visitar anualmente as casas da Província. Tinha o P. Geral ordenado que, visto não se poder fazer a visita todos os anos, se fizesse de 2 em 2 anos e, no ano em que não fôsse, mandasse outro Padre em seu lugar com os poderes, que lhe parecesse. O P. Gouveia determinou que, quando o Provincial não visitasse as Capitanias do sul, o fizesse o Reitor do Rio de Janeiro, e o mesmo se praticasse na Baía, a-respeito-de Ilhéus e Pôrto Seguro. Como se não cumpria tal determinação, pensou-se em pedir dispensa ao P. Geral. Tolosa escreve-lhe que não dispense, pela grande vantagem que há nestas visitas. Melhor é que seja o Provincial; não podendo ser, vá o substituto. É um respiradoiro para os súbditos. E mesmo para os de fora, porque havendo diferenças com os Capitãis e os Superiores, o Visitador pode pôr paz e quietação em todos, como mais alheio aos debates [3].

Criava dúvidas a questão do tempo que deveria durar o govêrno. Em 1592, o Visitador Pero Rodrigues, de passo pela Baía, a caminho de Angola, pedia ao Geral que o Provincial

---

oppidis S. Vicentii et Spiritus S[ti] et Pirateningae degunt Rectori Collegii Urbis S. Sebastiani sint Curae, et tum quibus in rebus debeat esse talis subordinatio determinet Provincialis atque eius uice tamen praedicti Rectores dictas residentias gubernabunt. —«Responsa ad proposita a Congregatione Brasiliae anno 1576». *Bras. 2*, 23. Não se fala de Pernambuco, porque data precisamente dêste ano a fundação do seu Colégio.

1. *Congr. 41*, 300v.
2. *Mon. Ignat.*, série 1.ª, IX, 92.
3. Carta do P. Tolosa ao P. Geral, Baía, 17 de Agôsto de 1597. *Bras. 15*, 469.

não governasse mais de 6 anos e fôsse dotado de qualidades especiais, que parece não tinha o que então era, Beliarte[1]. Por seu lado, o Papa urgia o cumprimento do triénio, isto é, que os Provinciais e Reitores, mudassem cada 3 anos. Parecia lei difícil de cumprir-se no Brasil.

O Procurador, Luiz da Fonseca, então em Roma, apresentou uma demonstração dessa dificuldade. Não assina, mas a letra é sua. A principal razão, são as distâncias. Um Provincial não poderá visitar todo o Brasil em menos de 2 anos ou, quando tudo suceda « a pedir por bôca », ano e meio. É impossível governar bem, porque metade do triénio se lhe vai só em conhecer a Província. Tendo que escrever para Roma, poderia suceder que as respostas lhe chegassem, depois de ter acabado o triénio. São óbvios os inconvenientes para o govêrno acertado da Província no espiritual e no temporal. Dos Reitores, acrescenta, podem-se dizer inconvenientes semelhantes, ainda que o mais grave é a administração temporal[2]. O facto é que o P. Geral, em 1596, recomenda a Pero Rodrigues, promova a mudança de Reitores, e se deem, portanto, as informações convenientes, a tempo e horas; nota, porém, que a lei do triénio não abrangia pròpriamente as Províncias ultramarinas. Não obstante, em 1602, Pero Rodrigues, que ia no oitavo ano do seu Provincialato, insiste em afirmar que é coisa dura sujeitar os súbditos com o mesmo Provincial durante oito ou mais anos, que era o seu próprio caso[3]. Algum resultado tirou desta insistência o P. Pero Rodrigues, porque largou o cargo no ano seguinte de 1603, depois de governar 9 anos, aliás bem. Daí em diante, nenhum outro Provincial havia de estar tanto tempo.

Da actividade dêstes diversos Provinciais são testemunho as páginas precedentes. Acrescentaremos agora, a cada qual, algumas notas pessoais, dando, em duas rápidas linhas, a sua respectiva orientação e modo de governar.

2. — MANUEL DA NÓBREGA (1549; 1553-1559). Os primeiros anos da vida do primeiro Provincial do Brasil andam envoltos

---

1. *Bras. 15*, 393-393v.
2. *Hist. Soc. 86*, 39-41v. A seguir vem a minuta duma representação (em italiano) ao Papa, reproduzindo os argumentos antecedentes.
3. *Bras. 8*, 14.

em indecifrável obscuridade. Simão de Vasconcelos diz que nasceu de pais «nobres e virtuosos», e que o pai era desembargador e um tio seu, chanceler-mor do Reino, um e outro «cabidos com a pessoa Real, que dêles fazia grande estimação»[1]. O Autor da *Chronica* omite nomes. António Franco mantém as mesmas indicações, e, fundado no Livro das matrículas da Universidade de Coimbra, identifica o pai, Baltasar de Nóbrega. Tudo o mais se ignora da origem do fundador da Província do Brasil, senão que era Português e estudou em Coimbra e Salamanca, voltando a Coimbra, onde recebeu o grau de Bacharel em Cânones, em 1541, das mãos de Martim de Aspilcueta Navarro[2]. Entre os muitos passos, que demos, para desvendar o mistério das origens de Nóbrega, está a consulta do Arquivo da Universidade de Coimbra. Achámos algumas referências que nos elucidam sôbre os estudos, nada sôbre o lugar da sua naturalidade[3]. Desconhecendo-se o nome da mãi de Nóbrega e da terra em que nasceu, comparámos os assentos da matrícula da Universidade uns com outros e verificámos que todos teem o lugar da naturalidade do candidato, e no de Nóbrega não aparece vez nenhuma, o que nos parece inexplicável; o nome da mãi, êsse não consta de nenhum assento das matrículas, nem de Nóbrega nem dos outros. Mas encontrámos, referente ao ano de 1541, a matrícula de «P.º Aluiz de nobregua f.º do doctor balthazar da Nóbrega»[4], facto importante, porque dêste

---

1. Vasc., *Crón.*, I, 8.
2. Franco, *Imagem de Coimbra*, II, 157; Barbosa Machado, *Bibliotheca Lusitana*, III (Lisboa 1933) 318, chama Belchior da Nóbrega ao pai do P. Nóbrega.
3. Na Matrícula de Canonistas, em 1538:

«Manoel da Nobregua em canones f.º do doctor balthazar da Nobregua et iuravit aos VII (?) de Novembro» (f. 172v);

Uma declaração, datada de 24 de Setembro de 1539, onde se prova que Manuel da Nóbrega cursou Cânones em Salamanca durante quatro anos e mais um, o último na Universidade de Coimbra. Fazem esta declaração o estudante Manuel da Fonseca, o Bacharel Lopo Gentil, lente da Universidade e o Dr. Nicolau Lopes, bedel (f. 97-97v);

Emfim, entre os graus de canonistas, em 1541: «Manoel da nobregua f.º do doctor balthazar da nobregua que Deus tem e jurou». Êste assento, sem data, intercala-se entre um de 5 e outro de 6 de Outubro do ano de 1541. Arquivo da Universidade de Coimbra, *Livro I, Avt. et provas de cvrsos de 1537 até 1550*.

4. *Ib.*, 166v.

P.º Álvares da Nóbrega, filho do mesmo Doutor Baltasar da Nóbrega, faz o linhajista Ataíde a cabeça da família Nóbrega, a qual «tem por armas, em campo de ouro, quatro palas de vermelho; timbre, um meio leão com uma pala das armas: 1.º — P.º Álvares da Nóbrega. Teve Gaspar da Nóbrega, desembargador, que teve vários filhos entre os quais Manuel da Fonseca da Nóbrega, que foi corregedor da Côrte e o mataram no tempo das alterações nas portas de Santa Catarina»[1].

Por outro lado, entre a lista dos chanceleres-mores de D. João III, existente na Biblioteca Nacional de Lisboa, não vimos nenhum com o nome de Nóbrega, o que nos leva a crer que o chanceler-mor, a que se refere Vasconcelos, fôsse tio materno[2].

Os «Nóbregas tomaram o apelido da terra da Nóbrega que, vulgarmente, na Província de Entre-Douro e Minho, se diz Nóbregas»[3]. Quanto à localidade portuguesa, em que nasceu, ignora-se, dissemos. Ludwig Koch, afirma, não sabemos com que fundamento, que foi no sul de Portugal[4].

---

1. Ataíde, *Famílias*, BNL, Col. Pombalina, 354, f. 10.867; cf. BNL. Col. Pombalina, 390, p. 76-77; Francisco Rodrigues, *História*, I. 1.º, 474, diz que era filho de Baltasar Afonso. Fundado nisto, antes de têrmos feito as investigações no Arquivo da Universidade, escrevemos o mesmo, no artigo *Nóbrega em Portugal (Brotéria*, vol. XXI (1935) p. 185), ao publicarmos uma carta inédita de Nóbrega, existente na Biblioteca de Évora (Cód. CVIII, 1/33, f. 147-148). A fôlha onde está copiada esta carta vem encimada com o ano de 1549. Como a carta é de 31 de Julho, e nesta data já Nóbrega se achava no Brasil, demos-lhe o ano de 1548. Ao estudar agora, de-propósito, a vida de Nóbrega, concluímos que a carta é de data anterior, talvez 31 de Julho de 1547. A expressão geográfica «Santo Antão», que se lê nessa carta, e onde êle foi passar alguns dez ou doze dias, deve entender-se, não do Colégio dêsse nome, em Lisboa, mas duma povoação da Beira.

2. BNL, fg. 411, f. 13. Sôbre a família Nóbrega, achamos ainda estas notícias: «Manoel de Nobrega, cavaleyro da ordem de Xº proprietário de Paal (?) de Trava (?) e lizirias das Barrocas, mosso da Camara de El-Rei D. Sebastiam, captivo na [batalha] de Alc. Teve descendencia: Manoel de Nobrega, desembargador dos Agravos: Este teve F.co da Nobrega, juiz; este teve a F.co da Nobrega, natural da Azinhaga, termo de Or.em; este teve a F.co M.el de Nobrega, Governador de Cabo Verde, natural de Lisboa; e este teve a F.co Manoel de Nobrega». *Nobrega da Extremadura*, na *Prognologia* de José Freire de Monterroio Mascarenhas, Anno de 1730, BNL, Col. Pombalina, 96, f. 90 (Nóbregas).

3. Cf. BNL, Col. Pombalina, 284, f. 189.

4. «Nóbrega nasceu em 18-10-1519 *in Südportugal*», Ludwig Koch, *Jesuiten--Lexikon* (Paderborn 1934) 1299.

Nóbrega fêz os estudos com brilho. Estudou em Coimbra e em Salamanca. O seu mestre, Doutor Martim de Aspilcueta Navarro, considerava-o o aluno mais classificado e a quem êle próprio na sua *Relectio*, chama « doutíssimo Padre Manuel da Nóbrega, a quem não há muito conferimos os graus universitários, ilustre por sua ciência, virtude e linhagem »[1]. Ordenado de Sacerdote, fêz oposições a uma colegiatura do Mosteiro de Santa Cruz, em Coimbra. Preterido, ao que parece injustamente, entrou na Companhia, a 21 de Novembro de 1544[2].

Na Companhia, assinalou-se logo por um grande zêlo apostólico. Escolheram-no os Superiores para «pai e protector do próximo, pobres, viúvas e órfãos, presos, enfermos, desamparados, ofício dos de mais importância e confiança que tem a Companhia »[3]. Apesar-de ser um tanto gago, ensaiou os ministérios do púlpito, fêz uma peregrinação a Santiago e várias excursões apostólicas com grande fruto, narradas pormenorizadamente, algumas delas, por êle próprio, e pelos seus biógrafos[4].

Escolhido para a emprêsa do Brasil, a sua actividade enche grande parte dêstes dois primeiros tomos. Ao Brasil dedicou 20 anos da sua vida. E o primeiro sacrifício de Nóbrega pelo Brasil foi o da sua saúde. Arruïnou-a com a vida dura e cheia de privações, que foram aquêles tempos heróicos da formação do Brasil. Para que os brasileiros achassem o seu país saneado, foi mister haver vítimas. Nóbrega foi uma das mais ilustres.

Ao passar para São Vicente, em 1553, por alturas de Angra dos Reis, adoeceu gravemente, sendo sangrado duas vezes; para cúmulo, naufragou à entrada de São Vicente, salvando-se a custo, por não saber nadar. Além dêste, viu-se outras vezes em perigo de vida, desejando aliás ardentemente o martírio, como êle próprio confessa, a-propósito da morte de D. Pedro Sardinha[5]. Nó-

---

1. Prólogo da *Relectio cap. Ita quorundam . . . per Martinum de Azpilcueta iure consultum Navarrum*, Conimbricae, MDL; cf. Francisco Rodrigues, *História*, I, 2.º, 616-617.
2. *Lus.* 43, 2; Franco, *Imagem de Coimbra*, II, 158.
3. Vasc., *Crón.*, I, 10.
4. Cf. Serafim Leite, *Nóbrega em Portugal*, na «Brotéria», vol. XXI (1935) 185; Vasc., *Crón.*, I, 11-23; Franco, *Imagem de Coimbra*, II, 158-164; Teles, *Crón.*, I, 456-460.
5. Nóbr., *CB*, 193; *Bras. 3(1)*, 91; Francisco Soares, *De algumas cousas*, 377.

brega descreve a sua própria doença nas diversas vezes, que a invoca, para ser relevado do cargo. Ao voltar de São Vicente para Baía, em Maio de 1556, anuncia a Santo Inácio que ia «muito chegado à morte, de uma enfermidade de que nesta terra não tenho visto escapar nenhum, que é inchação do estômago, vou muito confiado de achar, na Baía, Provincial, assim por se me acabar os três anos, como por ser já razão que me deixe refrigerar algum pouco, como por vezes já tenho escrito a V. P. e creio que já deve ter ouvido a petição dêste seu pobre filho»[1]. Insistindo pela vinda do Provincial e outros Padres, que ajudem, acrescenta: «A mim devem-me ter já dado por morto, porque ao presente fico deitando muito sangue pela bôca. O médico de cá, ora diz que é veia quebrada, ora que é do peito, ora que pode ser da cabeça. Seja donde fôr, eu o que mais sinto é ver a febre ir-me gastando pouco a pouco»[2]. Além de sangue pela bôca, as caminhadas, que fazia, através de charcos e pântanos naquelas terras, que só a custo se iam arroteando, produziam feridas, de que sofria não só êle, mas quási todos os Padres[3]. Destas graves doenças conseguiu arribar, mas ficou sempre a sofrer mais ou menos. E Gonçalo de Oliveira, alguns meses antes de êle falecer, atesta que, se está são um mês, logo o paga no seguinte[4].

Como o período agudo das suas doenças precedeu um pouco a vinda de Mem de Sá, estas doenças, junto a queixas, que contra o P. Nóbrega apresentaram em Lisboa, fizeram que fôsse aliviado do cargo, passando-o ao P. Luiz da Grã. Mem de Sá, ao

---

1. Nóbr., *CB*, 148-149.
2. *Bras. 15*, 43; Nóbr., *CB*, 176. «Del Brasil a pedido el P. Nobregua, Provincial, le manden algunos de la Compañia, y uno que tengua su carguo, porque el se alla al cabo por hechar sangre, y Luis da Grãa es ido al Paraguai». — Carta do P. Inácio de Azevedo a Laines, Lisboa, 19 de Agôsto de 1558, *Mon. Laines*, III, 455.
3. Carta de António Blasques, de 10 de Setembro de 1559, *Bras. 15*, 61; Anch., *Cartas*, 165, 174, 178; *CA*, 189, 224; Vasc., *Crón.*, II, 25, 64; III, 124.
4. *Bras. 15*, 202; cf. Serafim Leite, *Páginas*, 142. «Com o Governador veio o P. Manuel da Nóbrega (31 de Março) mui doente, magro, com os pés e cara inchada, pernas cheias de postemas e com outras enfermidades das quais como aqui chegou começou a se achar melhor e esperamos na bondade do Senhor que pouco e pouco lhe irá dando saúde» (Anch., *Cartas*, 160 e nota 186). De-facto, melhorou, *ib.*, 188. Melhoria precária, com recaídas periódicas, até à morte.

chegar, decretou várias medidas, que provocaram descontentamentos e reacções contrárias, um pouco à maneira do govêrno anterior. A 16 de Maio de 1559, escreve o P. Tôrres ao Geral, explicando porque ordenou a Nóbrega que passasse o cargo de Provincial a Luiz da Grã. Invoca a falta de saúde, que era verdadeira; mas, em carta de 12 do mesmo mês, a Nóbrega, repreende-o de certas coisas, levado por informações diversas[1].

---

1. *Lus. 60*, 127; Cf. Vasc., *Crón.*, II, 49; III, 53, 129; Carta do P. Tôrres ao P. Laines, 16 de Maio de 1559, *Lus. 60*, 133; Carta do P. Tôrres ao P. Nóbrega, 12 de Maio de 1559, *Lus. 60*, 127-128; Cf. Carta do P. Tôrres a Laines, de Lisboa, 10 de Janeiro de 1560, *Lus. 60*, 171v; Carta de Nóbrega, 1560, *Bras. 15*, 116v.

As acusações contra Nóbrega expressa-as assim o P. Tôrres, em carta ao mesmo Nóbrega: «O Bispo D. Pero Leitão, outrora filho espiritual de V.ª R.ª, está já consagrado; partirá, prazendo a Nosso Senhor, para Setembro. Mostra muita vontade de unir-se muito com a Companhia e ajudar-se, em conselho e no mais que toca a seu ministério, das pessoas dela. Eu desejaria que nos esforçássemos mais a servi-lo nas coisas de nosso Instituto que de conselheiros, ao menos tão formalmente que possa afirmar-se que por nosso conselho faz as suas coisas, que isto tem muitos inconvenientes, como agora se vê, que se diz cá que o Governador fêz por conselho de V.ª R.ª algumas coisas de que se queixam dêle. Nestes casos basta propor o que um sente, sendo interrogado, remetendo-se *ad meliore* (sic) *iudicium* e a quem mais directamente pertencem. O principal que parece ser mister é ganhar-lhe a vontade e afeiçoá-lo a nosso modo de proceder no que toca ao bem das almas e não contender com êle que parece de sua opinião. E com os tais a submissão costuma ganhar o que a contenção poderia perder».

«Quanto mais necessário é que V.ª R.ª nos declare os avisos e informe como faz das coisas universais e particulares dessas partes, tanto mais importa nisso o segrêdo, porque se viesse a descobrir-se não se poderia tam bem e seguir-se-iam muitos inconvenientes e êste meio para o serviço de Deus que se pretende poderia perder sua eficácia; pelo qual advirta V.ª R.ª de escrever sempre pelas pessoas de mais confiança que achar. Acêrca do modo, nos parecia que devia narrar o facto e as ponderações moderadas com palavras escolhidas, escusando quanto seja possível a intenção alheia ou dizer que alguns suspeitam ou podem presumir que se faz por tal e tal respeito. E quando êste meio não bastasse para declarar o necessário e importante da coisa, seria bom escrever em latim ou em cifra o que poderia ofender, se se visse de algum».

«Aqui veio a S. Roque um frade, o qual disse que V.ª R.ª fêz um libelo contra êle; não deixaria de haver alguns bons respeitos que o movessem a isso, mas ainda que os houvesse, é muito contra o modo de proceder da Companhia e causa de algum escândalo. Tenha V.ª R.ª conta, por amor de Deus, que não use de suas letras senão no fôro interior, que o exterior não é nosso. Além dêste aviso, me pareceu declarar-lhe em particular por esta, que será só para V.ª R.ª, algumas coisas do que em geral digo na outra que poderia comunicar-se com alguns. E são que dizer a um «tendes espírito do demónio» ou «o diabo entrou

As queixas contra Nóbrega provinham do seu temperamento e carácter, aberto, enérgico, desprezador de cálculos humanos. Quando via que uma coisa era do serviço de Deus, e a contrariava quem não tinha, pelo seu teor de vida, autoridade para isso, usava a mesma linguagem de Jesus Cristo contra os fariseus e ia direito ao fim, ainda que outros desejassem maiores rodeios e contemplações. Prudências que, às vezes, são a maior imprudência, perdendo-se a oportunidade de agir e ficando-se à margem dos acontecimentos. Com receio de alguma queda ou topada nas pedras do caminho, não se sai de casa. Esta prudência negativa não a possuía Nóbrega. Pelas *Cartas do Brasil*, impressas, já se conhecia o modo como apreciava, com isenção e liberdade, as atitudes menos correctas de certas pessoas. Os documentos de agora completam o quadro quanto ao seu modo de proceder. ¿Não iria Nóbrega, alguma vez, mais longe do que conviria? Foi de-certo. São os defeitos das suas qualidades A reacção contra oposições exagera fàcilmente a defesa. Cremos, porém, que o segrêdo das queixas contra o primeiro Provincial do Brasil está sobretudo na eficácia da sua acção e no crédito, que tinha, na côrte de Lisboa e no Brasil. Entre as argüições do P. Tôrres a Nóbrega, está dizer-se em Lisboa que o «Governador fêz por conselho de V.ª R.ᵐᵃ [Nóbrega] algumas coisas de que se queixam

---

em vós» não convém. Trabalhar que um haja o ofício que pretende ter outro, também é para temer tratar disso, repreender alguém àsperamente quer o vejam quer não, o mesmo. Algumas coisas destas nos disseram cá pessoas que de lá veem. E muito mais parece que disseram, se não ordenara Nosso Senhor que estivesse aqui Ambrósio Pires, que, estando presente, parece lhe teem respeito e se refreiam. E isto ainda que nós sabemos e conhecemos o que Deus deu a V.ª R.ª e por isso o sabemos entender, a outra gente e êstes Príncipes não queríamos que se ofendessem, pois êles são tanta parte para o serviço de Deus. Também o negócio do legado [o legado deixado pelo *Caramuru* ao Colégio da Baía], já que se houvesse de fazer, deveria ser com mais cautela, não pondo por testemunhas aos nossos em coisa própria. Queira Nosso Senhor tirar daqui em diante estas e tôdas as mais ocasiões que possa haver para impedir o serviço que desejamos fazer nessas partes e V.ª R.ª assim o procure por caridade. Em suas orações muito me encomendo. De Lisboa, a 12 de Maio de 1559. — É bom, Padre Caríssimo, conhecer cada um sua compleição colérica ou fleumática e procurar inclinar-se mais à parte contrária para ficar no meio; e isto exercitou tanto Nosso Padre Mestre Inácio, de boa memória, que, sendo muito colérico de sua natureza, parecia no tratar muito fleumático». — Copia de lo que se escriue al Brasil dela Prouincia de Portugal en Mayo de 1559, *Lus. 60*, 127-127v.

dêle» [Governador]. Seria, portanto, melhor que o não tivesse aconselhado ou que isso se não soubesse. Está bem. Mas, em concreto, temos o seguinte: Mem de Sá foi o maior e mais acertado Governador do Brasil, no século XVI. As queixas contra o facto de Nóbrega ser seu conselheiro ¿não serão o maior elogio de Nóbrega?

Nem por isso deixaram tais queixas de influir em Lisboa, porque se tomaram medidas conducentes a afastar Nóbrega de Mem de Sá. Escreve o Provincial do Brasil ao P. Diogo Laines, novo Geral, eleito a 2 de Julho de 1558, que, não obstante êle, Geral, lhe indicar que continuasse no cargo, Nóbrega, para obedecer ao P. Tôrres, que lhe mandava o passasse, abriu as vias de sucessão e achou ser Luiz da Grã, «verdadeiro Padre», que logo tomou posse. Ao mesmo tempo, ordenara-lhe Tôrres que se retirasse a S. Vicente. Nóbrega achava mais útil permanecer na Baía, residência do Governador de El-Rei. Aliás, já tinha melhorado das graves doenças anteriores [1].

Assim pensava e escrevia Nóbrega. No entanto, profundamente humilde e obediente, não obstante a vantagem de estar com o Governador, retirou-se para onde o mandavam, logo que se lhe ofereceu oportunidade [2]. Em Nóbrega, porém, até os contrastes eram providenciais. Em S. Vicente, necessitava-se de um homem de pulso. Nóbrega ia ser êsse homem. Conta-nos Anchieta que em S. Vicente o tinham «pedido a Deus com missas, orações, jejuns e penitências» [3]. Com efeito, foi extraordinária e preponderante a sua actividade nas Capitanias do Sul para a paz com os Tamóios, conquista e fundação do Rio de Janeiro, de cujo Colégio foi o primeiro Reitor, e, ao mesmo tempo, depois da Visita do P. Inácio de Azevedo, Superior geral das casas de S. Vicente, S. Paulo e Espírito Santo [4].

Nóbrega não dispendia a sua vida só com os cuidados do govêrno. No Rio de Janeiro, em 1569, além de prègar, «com os seus conselhos e consultas de casos de consciência, tinha aquela

---

1. Carta de Nóbrega ao P. Laines, Baía, 30 de Julho de 1559, *Bras. 15*, 64.
2. Nóbr., *CB*, 223-228.
3. Anch., *Cartas*, 170.
4. Vasc., *Crón.*, II, 89 ; Id., *Anchieta*, 124, onde se diz que o foi também de Santos. Esta casa fundou-se depois da morte de Nóbrega, mas os Padres já iam ali a Ministérios.

gente em regular resguardo da sua salvação »[1]. Na Baía, no período da formação das Aldeias, « corria e discorria » por tôdas, « visitando-as, animando-as, consolando-as e sempre a pé, com o seu bordão na mão, fazendo pasmar até os Índios a eficácia do seu espírito incansável »[2]. Não fugia aos ofícios humildes ou caridosos, como o de sangrador, em Piratininga[3]. Prègando aos brancos, compondo litígios, remediando males, mereceu o título de « Pai dos necessitados », não esquecendo a catequese directa, convertendo e procedendo ao primeiro baptismo solene de Índios do Brasil[4].

« Homem Santo » lhe chamavam[5]; e Pero Correia insinua que até fêz milagres[6]. Decidido nas suas resoluções, sofreu muito, mas nem por isso recuava; sobretudo em questões de zêlo e justiça, como a liberdade dos Índios, porque « não descansava, até pô-los em liberdade; e tôdas as coisas de serviço de Deus levava adiante, ainda que tivesse todo o Brasil contrário »[7]. Tendo a firmeza do aço, era homem de coração. Basta ver como procurou regular a vida de João Ramalho, a carta ao seu amigo, antigo Governador Tomé de Sousa, e as expressões, com que se expande na morte do P. João Gonçalves. Vendo como êle era chorado dos outros, olha para si mesmo e diz: « mas eu a mim chorava e não deixo de chorar, quando me acho sem êle, porque de tôdas as partes fiquei órfão; êle era meu exemplo, minha coluna, a que me arrimava e consolava, seus conselhos sempre me foram saüdáveis, tão fiel companheiro nunca ninguém perdeu como eu; êle me descansava e me fazia

---

1. *Bras.* 3 (1), 163v.
2. Vasc., *Crón.*, II, 60 ; *CA*, 449.
3. Vasc., *Crón.*, I, 162.
4. Vasc., *Crón.*, I, 55-56 ; 82-83.
5. Vasc., *Crón.*, I, 131 ; Nóbr., *CB*, 247-248.
6. « De las cosas grandes y buenas y de mucha gloria de Dios que son hechas en esta tierra y las tenemos escriptas y aun nuestro Señor obra cada dia y aun el Padre Nobrega hizo algunas despues que vino a esta tierra de mucho aumento, las quales no scrivo por menudo, porque me parece que ja no se devian de escrever de nuestros Padres cosas sanctas y virtuosas sino milagres muy evidentisimos los quales Dios por ellos obra y ellos los quieren encubrir para mas merito con Dios ». — Carta de Pero Correia, 10 de Março de 1553, *Bras.* 3 (1), 87 ; Polanco, *Chronicon*, III, 463.
7. *Fund. de la Baya*, 4 (79), 52 (128).

dormir meu sono quieto, porque tomava todos meus trabalhos sôbre si, por êle e pela graça que Nosso Senhor lhe deu. Vivia eu, assim no espírito como no corpo *qui amplius de fratre nostro*: nos trabalhos o primeiro, no descanso o derradeiro, na conversão dos Gentios servente e zelozo, com os Cristãos muita caridade e humildade, no serviço de seus irmãos e dos pobres mui diligente, na obediência mui pronto, nos conselhos mui maduro, na governança da casa que teve mui vigilante, na observância das regras mui cuidadoso. *O frater, quis mihi daret ut pro te morerer!* Porque assim acabara um mau de escandalizar e ficara uma candeia de luz e bom exemplo nesta casa e nesta terra »[1].

Nóbrega foi nomeado de-novo Provincial em 1570, facto de que não chegou a ter conhecimento, por falecer, entretanto, com 53 anos de idade justos, a 17 de Outubro dêsse ano, no Colégio do Rio de Janeiro[2].

Realizando obra tão vasta, Manuel da Nóbrega a si próprio se tinha em pouca estimação. Considerava-se para o cargo de Provincial « *ex omni parte* insuficiente »[3]. Aludindo à tempestade que passou em Portugal, no tempo do P. Simão Rodrigues, quando muitos saíram da Companhia, chama-se a si mesmo o « rebotalho » dela[4]. Zelando, como ninguém, os interêsses materiais dos Colégios, assegurando-lhes os bens indispensáveis para a sua missão, contudo, chega a passar, pessoalmente, pobreza real[5]; e de tal maneira edificava a gente com a sua humildade e modo de tratar, a-pesar do que os seus êmulos diziam, que o Governador Tomé de Sousa, ao chegar a Lisboa, em 1554, « vinha sumamente edificado do P. Nóbrega ». « Disse-nos, e penso que o dissera a El-Rei, que o Brasil não era senão os nossos Padres. Que se lá estivessem, seria a melhor coisa que El-Rei tinha, e senão, que não tinha nada no Brasil »[6]. El-Rei

---
1. Nóbr., *CB*, 186.
2. *Hist. Soc.* 42, 32; *Lus.* 58, 18v; *Menológio em Bras.* 14, 52-53; *Fund. de la Baya*, 174 (92); Vasc., *Crón.*, IV, 116; Fr. Soares, *De alg. coisas mais notáveis*, 377; António de Matos, *Prima Inst.*, 23-23v, diz que, no dia em que morreu, completava 53 anos de idade. Nasceu, portanto, a 17 de Outubro de 1517.
3. *Bras.* 3(1), 136v.
4. Carta de Nóbrega, de 15 de Junho de 1553, *Bras. 3(1)*, 96.
5. *Bras. 3(1)*, 97v.
6. Carta do Padre António de Quadros ao Padre Polanco, de Lisboa, 17 de Março de 1554, *Mon. Mixtae*, IV, 103-104; cf. *CA*, 19-20.

D. João III escrevia-lhe familiarmente. E êle e sua mulher, a Rainha D. Catarina, ouviam o seu parecer e «mais faziam, diz Anchieta, por uma carta do Padre Nóbrega que por tantas outras informações e instrumentos»[1]. Nóbrega, de pequenos princípios, deixou uma grande e santa Província, dizem as *Ephemérides*; e acrescentam também, com verdade, que «foi o primeiro apóstolo daquele Novo-Mundo». Dois dias antes de morrer, saíu pela cidade a despedir-se dos amigos. E preguntando-lhe êles para onde ia: — «Para a nossa Pátria, para a nossa Pátria»[2]!

Nóbrega, pelo jôgo das circunstâncias, teve influência decisiva, até sob o aspecto puramente colonial, chamando-lhe o historiador inglês Southey, o maior político do Brasil. Possuía o sentimento profundo da lealdade pátria e da unidade da Colónia, ora aconselhando a El-Rei que assumisse para si alguma Capitania menos maleável, ora lançando os olhos para os confins do Paraguai, ora expulsando de Guanabara os intrusos Franceses. Caracterizou-o o bom êxito das emprêsas em que se metia. Examinando a curva da sua vida, verificamos que a forte personalidade de Nóbrega era o eixo da actividade religiosa, política e até militar da Colónia. Os acontecimentos do seu tempo seguiram o ritmo dos seus passos. Vive na Baía: e a cidade é o centro da actividade colonial brasileira. Ordenam-lhe que se retire

---

1. Anch., *Cartas*, 473.
2. *Ephemerides*, BNL, *Col. Pombalina*, 514, p. 146. Eugénio Vilhena de Morais, na sessão de 26 de Maio de 1926, do *Instituto Histórico e Geográfico Brasileiro*, propôs que se erguesse um monumento e se desse o nome do P. Manuel da Nóbrega a uma das ruas da esplanada do Morro do Castelo, Rio de Janeiro, então em demolição. Assinava a proposta o Presidente do Instituto, Conde de Afonso Celso, todos os consócios presentes, e foi aprovada por unanimidade (*Rev. do Inst. Bras.*, 104 (1929) 840-842). A estátua, porém, ainda espera pelo dia da justiça. Na Baía fêz-se uma *maquette* para uma humilde herma, não se passou, porém, da *maquette*, que se vê, hoje, no vestíbulo do Arquivo do Estado da Baía. Num vitral, que Benedito Calixto lhe dedicou na Igreja de Itanhaém, Nóbrega aparece de meia idade, barba preta, aparada, com uma cruz na mão direita, erguida, segurando com a esquerda, de encontro ao coração, o têrço e o breviário. A escultura de Francisco Franco, pode ser vista no I tômo desta obra. Nas ordens de pagamento do almoxarifado da Baía dos « quatrocentos réis em ferro », que El-Rei assinava aos Jesuítas do Brasil, vem que o pagamento se fizesse ao Padre Manuel da Nóbrega, « Maioral dos Padres de Jesus ». (*Documentos históricos*, 14 (1929) 12).

Maioral dos Padres de Jesus! Que bela inscrição para o seu monumento!

a S. Vicente: obedece e funda S. Paulo. Passada a tormenta do Bispo, volta à Baía: e inaugura-se o Colégio. Chega Mem de Sá: e, por interferência de Nóbrega, impõe-se a autoridade portuguesa aos Índios revoltos do Paraguaçu e instituem-se Aldeias estáveis. Para o afastarem do Governador, intrigam-no e provocam a ordem para deixar o cargo de Provincial e voltar para S. Vicente. As ordens de seus Superiores são como ordens de Deus. Nóbrega obedece. Retira-se. Mas segue-o Mem de Sá e destrói-se o forte de Villegaignon. E emquanto o Governador torna à Baía, Nóbrega fica no sul, negoceia a paz de Iperoig, prepara e ajuda, como ninguém, a conquista e fundação do Rio de Janeiro. À previsão e iniciativa do grande Jesuíta andam unidos os factos mais gloriosos da história do Brasil do século XVI. *Veluti Parens Provinciae Brasiliae*, como Pai da Província do Brasil», diz o seu Necrológio latino[1]. Quando se conhecerem bem aquêles primeiros tempos, ver-se-á que o sentido profundo desta palavra se aplica perfeitamente a Manuel da Nóbrega, não só a-respeito da Companhia de Jesus, mas do próprio Brasil. E não há maior elogio, nem mais alta função do que a da paternidade, para a existência dos indivíduos e das nações[2].

---

1. *Lus. 58*, 18v.

2. Anchieta foi o primeiro biógrafo de Nóbrega: « de cujas virtudes faz larga narração o Veneravel P. José d'Anchieta em hum livro que deixou escripto de sua propria letra » — diz Simão de Vasconcelos, na *Vida do P. Joam d'Almeida*, ao princípio, num *Breve Catalogo dos Varoens insignes* da Companhia de Jesus. Aproveitou-a António Franco, *Imagem de Coimbra*, II, 157-193. A *Chronica da Companhia de Jesus do Estado do Brasil*, de Simão de Vasconcelos, é, na realidade, a Vida de Manuel da Nóbrega: começa com a sua chegada e termina com a sua morte; Andrade, *Varones Ilustres de la Compañia*, III, 2.ª ed. (Bilbao 1889) 509--530; Valle Cabral, *Prefácio* às *Cartas do Brasil*, p. 16; Baptista Pereira, *Pelo Brasil Maior* (S. Paulo) 391, etc.

Não há escritor brasileiro, que se ocupe dêstes primeiros tempos, que não fale de Nóbrega com gratidão, considerando-o um dos fundadores da sua nacionalidade. Devem-se ter perdido os despojos do grande Jesuíta. Sendo sepultado na Igreja do Rio de Janeiro, algumas relíquias suas se teriam distribuído pelas casas e Colégios. A Igreja do Rio está hoje demolida. Quanto a relíquias, fala-se de uma cadeira que êle teria usado em S. Vicente (Cunha Barbosa, *Noticia historica e artistica da Cidade de S. Vicente no Estado de São Paulo*, in *Rev. do Inst. Bras.* 64, 2.ª P. (1901) 137); e consta que em 1876 ainda se conservava na sacristia da Igreja dos Jesuítas, na capital do Espírito Santo, « uma caixa de prata com uma canela de Nóbrega e outra, também de prata, com uma pequena parte, tam-

3. — LUIZ DA GRÃ (1559-1570). O segundo Provincial do Brasil, «natural de Lisboa, filho de António Taveira, morador que foi na Bitesga», nasceu por volta de 1523, pois em 1591 declarava êle-próprio que tinha 68 anos de idade [1]. O apelido de Grã vir-lhe-ia do lado da sua mãi, ou mesmo de seu pai, porque na sua ascendência há uma Inez Roiz da Grã [2].

Luiz da Grã estudou, em Coimbra, Direito Civil e o Curso de Artes, entrando na Companhia a 20 de Junho de 1543 [3]. Foi reitor do Colégio de Coimbra, desde o Natal de 1547 até o outono de 1550 [4]. Como amigo do P. Mestre Simão Rodrigues de Azevedo, pôs-se ao lado dêle, na espinhosa questão que agitou a recém-nascida Província de Portugal. A sua atitude consta de uma resposta ao P. João de São Miguel. Escreveu-lhe êste em Outubro, rogando-lhe que lançasse de si as suspeitas de favorecer ao P. Mestre Simão e não desse aso em Lisboa a que invocassem o seu nome e autoridade, pois tinha sido reitor [5]. Confessa o P. Grã que sentiu profundamente o apartamento de Simão Rodrigues e que o mostrou. Mas não discrepou, no essencial, da obediência e está disposto a obedecer no que lhe mandarem. E conclue: «nunca estranhei estrangeiros, que assaz parte tem de terra, quem, entre nós, olhar de que terra são uns e

---

bém, da canela de Anchieta» (J. A. Teixeira de Melo, *Joseph d'Anchieta*, em *Annaes*, II (1876-1877) 126). Em 1934, visitámos a Igreja do Espírito Santo, transformada em tipografia. Ninguém nos soube dar informação dêsses assuntos, a que anda ligada uma das maiores recordações históricas do Brasil.

1. *Primeira Visitação do Santo Ofício — Denunciações da Baía, 1591-1593*, depoïmento de 14 de Agôsto de 1591, p. 329.

2. Diz o *Nobiliário*, de Rangel de Macedo, falando de Rui Taveira, avô de António Taveira: Rui Taveira «foy dez.or e ouvidor da casa do civil, teue hũ morg.do qu.e parece q̃ elle mesmo instituhio, e consta da escriptura que casou com Ignes Rois da Grãa q̃ D. Antonio de Lima diz ser f.a de Ruy Gomes da Grãa, e por esta conta irmã de sua Avo M.a da Grãa o q̃ parece impossivel, mas bem podia elle casar m.to mosso e ella ser já de idade e aver nascido m.tos anos depois de sua irmãa» (Cf. *Nobiliário* de Rangel de Macedo, Título *Taveira* na BNL, Colecção Pombalina, 402). Luiz da Grã era ilegítimo. Entre os bastardos do Colégio de Coimbra, que Simão Rodrigues propõe para lhes ser sanado, em Roma, tal impedimento, está Luiz da Grã, que acabava de ser nomeado reitor daquele Colégio *(Mon. Rodrigues, 586)*.

3. *Lus. 43*, 1v.

4. Fr. Rodrigues, *História*, I, 1.º, 535.

5. *Mon. Mixtae*, V, 768-771; cf. Polanco, *Chronicon.*, II, 716, n.º 645.

outros »[1]. Esta frase do futuro Provincial do Brasil é chave, que pode explicar o sentido íntimo da questão do P. Simão Rodrigues. Aliás, para a concórdia, uma das condições, que o P. Mestre Simão Rodrigues punha, era: «*item* que o Padre faça vir Ambrósio Pires e Luiz da Grã, do Brasil a Portugal, por serem bons para aquêle Reino »[2].

A sua ida para o Brasil foi proposta pelo P. Miguel de Tôrres, Visitador de Portugal, por ser considerado dos mais idóneos e precisamente para desfazer a opinião de que os doutos se deixavam em Portugal[3]. Na Baía, onde chegou a 13 de Julho de 1553[4], assistiu à lastimosa querela entre o Governador D. Duarte da Costa e o Bispo D. Pedro Fernandes Sardinha; e, assim como o P. António Pires, também êle procurava servir de árbitro entre os contendores. O Governador, em carta a El-Rei, apela para o testemunho de Grã, «letrado, teólogo e virtuoso »[5].

Dadas as enormes distâncias entre as casas do Brasil, o P. Grã ficou como colateral de Nóbrega, na Baía, uma espécie de Vice-Provincial, emquanto Nóbrega residia no sul[6]. Colateral de Nóbrega, reitor da Baía e de Pernambuco, teve notabilíssima acção catequística nas Aldeias da Baía. O cargo de colateral pareceu então necessário para dar expediente aos negócios correntes, num país tão vasto. Quando o Provincial estivesse no sul, o outro estava no norte e vice-versa; e, quando estivessem jun-

---

1. Declaração do P. Luiz da Grã, ao 1.º do Advento de 1552. Carta e assinatura autógrafa, BNL, *Colecção Pombalina*, 490, f. 101. No *Inventário* impresso desta secção (Lisboa 1889), n.º referido, vem Luiz da *Graça* em vez de Luiz da *Grã*.
2. *Mon. Ignat.*, 4.ª série, I, 696.
3. Cf. Carta do P. Tôrres, Visitador de Portugal, a S.to Inácio, de Lisboa, 6 de Janeiro de 1553. Alude à perturbação havida na Província e à necessidade de enviar Padres de importância às terras de infiéis, Índia e Brasil: « Y asi pienso, de quatro personas que me parecen para este efecto mas ydoneas que son Luis da Grã y Luis Gonçalves [da Câmara], [Melchior] Carnero y Urbano [Fernandes] », *Mon. Mixtae*, III, p. 28-29.
4. Carta de Grã, *Bras. 3(1)*, 140.
5. *Rev. do Inst. Bras.*, 49, 1.ª P. (1886) 565-572.
6. Vasc., *Crón.*, I, 147. O cargo de *colateral*, que teve o P. Grã, não é equivalente ao actual de *sócio* do Provincial. O sócio é secretário, consultor e admonitor, mas ao mesmo tempo é súbdito. O colateral, sem ter jurisdição pròpriamente dita, era dado ao Provincial não como súbdito, mas como companheiro e auxiliar (*Constitutiones*, P. VIII, C. I, n.º 3 D).

tos, o Provincial teria precedência não só de honra, mas de jurisdição. Êste cargo suprimiu-se depois. Verificou-se, de-facto, que cerceava a liberdade do Provincial Manuel da Nóbrega: «um vinagre, outro azeite», dizia-se em Lisboa. Na verdade, Grã, colateral, divergiu de Nóbrega, ao começo, quanto à aptidão da Companhia a possuir bens, que prejudicou com os seus escrúpulos. Quando, porém, se capacitou de que eram infundados e que sem bens não era possível garantir a formação missionária, nem exercer eficazmente o apostolado, procurou também zelá-los, pedindo uma sesmaria em Piratininga e angariando, em Pernambuco, donativos para a construção do Colégio e da igreja, que concluíu, tendo-a principiado com dois tostões[1].

Nomeado Provincial, em 1559, como sucessor de Nóbrega[2], Grã não possuía o arranque e a iniciativa do primeiro. Mas era igualmente zelozo. Prègador incansável, Luiz da Grã promoveu a catequese, quer nos Campos de Piratininga, quer nas Aldeias da Baía, e interveio pessoalmente nos trabalhos do apostolado, no período de 1561 a 1564, reservando geralmente para as suas visitas os baptismos solenes[3]. Na nau, que trouxe o Governador Mem de Sá, de S. Vicente à Baía, em 1560, e na qual vinha, êle-próprio fazia a doutrina aos Portugueses, à qual assistia, de cabeça descoberta, o Governador[4]. E quando, em 1575, se ergueram queixas no Rio Real, enviou-o lá o P. Tolosa, «por ter muita experiência na conversão dos Índios e ser de todos muito conhecido e amado». Com ter mais de 50 anos, foi a pé, que «parecia mancebo de vinte anos». Dizia que ia de peregrinação a Santo Inácio, nome da Aldeia do Rio Real, aonde se dirigia[5]. Em 1593, voltou, em caso semelhante e difícil, a fazer a visita da Paraíba, em vez do P. Beliarte[6]. Luiz da Grã promoveu o conhecimento das Constituïções, o da língua tupi e a pureza da fé,

---

1. Carta de Pero Rodrigues, *Bras. 15*, 428.
2. Carta de Nóbrega, de 30 de Julho de 1559, *Bras. 15*, 64; *Fund. de la Baya*, 8 (83); Anch., *Cartas*, 160 e notas 187, 188; Vasc., *Crón.*, II, 64.
3. *CA*, 270, 275, 278, 306, 307, 311, 316, 353, 366-368, 380, 406-415, 435, 475; Vasc., *Crón.*, II, 99-100, 104-109, 125, 127.
4. Pero Rodrigues, *Anchieta*, em *Annaes*, XXIX, 212.
5. Carta de Tolosa, da Baía, 7 de Setembro de 1575, BNL, fg, 4532, f. 165v-166.
6. *Lus.* 72, 94.

defendendo-a nas suas disputas e intervenção com João Bolés e António de Gouveia; e consentiu em ser nomeado acessor do Santo Ofício. Fêz um diálogo da doutrina cristã para uso das escolas[1]. Exemplo de silêncio, e penitência, chegou a pedir esmola de porta em porta[2].

Padeceu grandes trabalhos e naufrágios, sobretudo o de 28 de Abril de 1573, onde estêve em perigo de morte[3]. Durante a sua prodigiosa actividade nas Aldeias da Baía, pagou o seu tributo ao impaludismo, apanhando febres quartãs de que a custo se livrou[4]. Em 1566, dava-se já com boa saúde e fôrças corporais[5]. Dez anos antes, tinha também adoecido na Capitania de S. Vicente com «umas apostemas nos peitos com perigo de vida»[6]. Antes de ter assim apalpado a terra, tinha êle escrito os seus louvores em 1555, numa carta, que é o elogio do Brasil. Falando do Irmão Gonçalves que viera do reino, «sem remédio humano», diz que o melhoraram os bons ares da terra, «muito a-propósito para a saúde corporal»[7].

Luiz da Grã era homem culto, formado em Direito Civil, Artes e Teologia. Não possuía, porém, a envergadura de Nóbrega, nem o brilho de Anchieta: homem do meio-têrmo, equilibrado e prudente. O seu retrato, traçou-o o Visitador Gouveia, quando, em 1584, visitou o Colégio de Pernambuco, de que Luiz da Grã

---

1. *CA*, 301.
2. António de Matos, *Prima Instit.*, 26.
3. « O P. Luiz da Grãa foi o que mais perigo passou. E a quem Deos liurou quasi milagrosamente, porque esteue dentro do barco sem se poder sair, E as arcas, Epedaços de tauoas Eopao do brazil de que o barco hia carregado tudo com as grandes ondas descarregavã sobre elle Edurou isto por espaço de meja hora de maneira q̃ estaua o brazil fora, eas arcas desfeitas cõ as cubertas do nauio q̃ não ficava mais que o casco, e o p.e dentro encomendandosse a Deos e á Virgem Nossa Sra, e nós outros estavamos na praia ia quasi desconfiados da sua vida, hũ de nos uendo q̃ ia não avia remedio humano se pos de giolhos pedindo a Deos q̃ lho conceuesse; e foi nosso Sõr seruido q̃ se abrisse ho casco em duas partes, e então sentio o p.e que tocaua cõ os pes em terra, e disse Virgem Maria deparaime huma taboa pois me puseste em terra, e ueo logo hũa taboa do nauio cõ hua onda, donde saio em terra ». — Narração do P. Tolosa, incluida na *Anual* do Rio de Janeiro·do P. Oliveira, 38. Cf. *Fund. del Rio de Henero*, 54v-56 (133).
4. *CA*, 299, 308, 423, 432.
5. *Mon. Borgia*, IV, 343.
6. *Anch., Cartas*, 95
7. *Bras. 3 (1)*, 140-140v.

era reitor: «o Padre reitor, ainda que está bem velho, tem grande espírito, com que atura muito o trabalho. Nunca bebeu vinho, que nestas partes é coisa rara. Dorme pouco de noite, vestido sôbre a cama, prega freqüentemente e bem. Tôda a gente lhe tem muito respeito e amor e recorrem a êle de ordinário em todos os seus negócios espirituais e temporais, e para tudo o acham pronto, dando remédio a tôdas as suas necessidades. Com os de casa se há muito bem. É homem lhano, afável, prudente, inteiro e exemplar. Nalgumas minudências das regras e Constituïções, não anda tão versado e corrente, por sua velhice, contudo, o principal e substancial delas faz guardar inteiramente, e com a sua autoridade os contém quietos e contentes». Mas, indigitado para ser de-novo Provincial, o mesmo Visitador é de opinião contrária, pela idade e por ser atreito já a certa sonolência, que o levaria a não atender com tanta vigilância aos deveres do seu cargo [1]. Ainda prestou bons serviços como Padre Espiritual, Admonitor e Visitador de parte do Brasil, até que, numa velhice veneranda e estimada, veio a falecer no Colégio de Pernambuco, onde residiu os últimos anos da sua vida, a 16 de Novembro de 1609. Tinha 86 anos de idade, 66 de Companhia e 56 de fecundo e nobre apostolado no Brasil [2].

4. — ANTÓNIO PIRES (1570-1572). Entre o P. Grã e o P. Tolosa governou a Província, como Vice-Provincial, o P. Pires. A 19 de Novembro de 1566, escrevia o Visitador Inácio de Azevedo a S. Francisco de Borja, referindo-se a António Pires: «Êste Padre é coadjutor espiritual formado. Há 19 anos que está na Companhia. É de bom juízo e virtuoso. Não tem letras,

---

1. Carta de Cristóvão de Gouveia, Pernambuco, 6 de Setembro de 1584, *Lus.* 68, 402, 403v.
2. *Hist. Soc.* 43, 65v. Catálogo de 1607, último que dêle fala: «P. Ludouicus a Gram ex Olyssipp. ann. 84. senio confectus, admissus Conimb. anno 1543. Ante ingressū studuit Latinitati et iuri civili ann. 6., post ingressum 4.or philosophiae, totidem Theologiae. Fuit rector Conimbricae ann. 5., Paranābuci 13, Residentiae D. Vicentii 4.or, Prouincialis in hac provincia undecim. Professus 4.or votorum ab anno 1556. Olim concionator», *Bras.* 5, 71v. Dão alguns o ano da sua morte em 1613; mas faleceu em 1609. Além do testemunho positivo da *Hist. Soc.*, há o negativo, do seu nome não constar já no catálogo de 1610. Cf. *Vida*, em Franco, *Imagem de Coimbra*, II, 220-230; Rodolfo Garcia, nota a Cardim, *Tratados*, 400; Fernando de Macedo, *O Brasil Religioso* (Baía 1920) 418.

senão latim e alguns casos. Não sabe a língua dos Índios. Contudo, se de presente faltassem os dois professos [Nóbrega e Grã], dos que aqui há a êle me parece que se poderia encomendar a Província» [1]. Mal imaginava então o P. Azevedo que era precisamente a êle que iria suceder. Voltando ao Brasil, em 1570, não já como Visitador, senão como Provincial, foi surpreendido pelo martírio em 15 de Julho. O P. Grã já tinha sido avisado para deixar o cargo. Nóbrega, nomeado, logo que constou o martírio, faleceu no Rio de Janeiro, nesse mesmo ano. Assumiu, portanto, o cargo de Vice-Provincial o P. António Pires, conforme as referidas indicações. Durante o seu govêrno, o P. Pires quis encampar ao Governador Mem de Sá as Aldeias da Baía, por causa dos agravos de Fernão Cabral, que ficaram impunes. Mem de Sá, porém, não quis receber a encampação. Dadas as devidas satisfações, o Vice-Provincial desistiu [2].

António Pires era o homem escolhido para ficar por Vice-Provincial na Baía, tôda a vez que dali estivesse ausente Nóbrega ou Luiz da Grã. Assim sucedeu em 1560, quando Nóbrega foi com Mem de Sá para o sul [3], e, em 1566, quando o B. Azevedo levou igualmente para o sul o Provincial Luiz da Grã [4]. Êste ofício de Vice-Provincial diferia, porém, daquele de 1570, em que a sua jurisdição era sôbre todo o Brasil. Em 1560, e no período de 1565-1567, era antes Superior regional, abrangendo sob a sua jurisdição, na ausência do Provincial, apenas o Colégio da Baía e as casas a êle subordinadas. Por isso se intitulava, com mais propriedade, «superintendente» [5]. António Pires foi mestre de noviços, em 1564 [6]. Homem de habilidade e de fôrças, fazia o ofício de carpinteiro [7]; ajudou a construir, na Baía, a igreja da Ajuda com as suas próprias mãos, e, em 1555, o Colégio [8]. Fêz o mesmo em Pernambuco, em 1551,

---

1. *Mon. Borgia,* IV, 344.
2. *Discurso das Aldeias,* 363-365.
3. *CA,* 256.
4. Vasc., *Crón.,* III, 93.
5. *CA,* 440. Em 1598, o «Superintendente» era um Padre do Colégio, independente do reitor, no que tocava ao govêrno das Aldeias, que ficavam tôdas sob a sua imediata jurisdição *(Bras. 2,* 131-131v).
6. *CA,* 430.
7. Nóbr., *CB,* 87.
8. *CA,* 53, 142-143.

com a casa de N.ª S.ª da Graça¹. Diz êle-próprio que, com êstes ofícios, que aprendeu, «já poderia viver»². Em Pernambuco, exercitou, com aceitação, o cargo de Visitador Apostólico, em nome do Bispo D. Pedro Fernandes Sardinha³. Na Baía, foi também reitor do Colégio, e visitou e trabalhou nas Aldeias. Aqui, e em Pernambuco, empregou a sua vida, não indo nunca às Capitanias do sul. Teve algumas doenças, maleitas, logo em 1549⁴; e, dez anos depois, «foi tão grande e perigosa a sua enfermidade que eu o tive por morto» — diz Nóbrega⁵. António Pires, natural de Castelo Branco, foi discípulo de D. Gonçalo da Silveira, mártir do Monomotapa. Entrou em Coimbra, a 6 de Março de 1548, durante o reitorado de Luiz da Grã, a quem, confessa, deveu a perseverança na Companhia⁶. Em 1567, tinha 48 anos de idade⁷. O P. António Pires faleceu, com o cargo de Vice-Provincial, na Baía, a 27 de Março de 1572: *Fidelis servus et prudens*⁸.

5. — INÁCIO TOLOSA (1572-1577). Entretanto, tendo vindo a Portugal S. Francisco de Borja, em 1571, e sabendo ali da morte de Nóbrega, indigitado sucessor do P. Grã, nomeou Provincial do Brasil a Inácio Tolosa⁹. O P. Tolosa pedira, em carta datada de Braga a 24 de Março de 1569, as missões portuguesas, em particular a do Japão¹⁰. O pedido foi aceito, mas o seu Japão ia ser o Brasil. Tolosa era espanhol, de Medina-Celi, diocese de Siguenza. Entrou na Companhia, a 25 de Março de 1560 e, já depois de entrar, tomou o grau de doutor em teologia na Universidade

---

1. *Fund. de Pernambuco*, 60-61(10).
2. *CA*, 84.
3. Nóbr., *CB*, 129; Vasc., *Crón.* I, 114.
4. Nóbr., *CB*, 86.
5. Nóbr., *CB*, 187-188.
6. «Ao P. Luiz da Grã devo tanto que, se êle não fôra, não estivera na Companhia. Porque, sendo eu porteiro [em Coimbra] e querendo-me um dia ir, êle, por sua muita virtude me teve», *CA*, 124.
7. *Bras.* 5, 6; *CA*, 124; Anch., *Cartas*, nota de A. de Alcântara Machado, p. 52.
8. Carta de Ambrósio Pires, 6 de Junho de 1555, *Bras.* 3 *(1)*, 139; cf. Franco, *Imagem de Coimbra*, II, 209-212; Id., *Ano Santo*, 699-700; *Fund. de la Baya*, 18-18v (92); Carta do P. Tolosa, da Baía, 17 de Maio de 1572, na BNL, fg, 4532, f. 32v.
9. *Fund. de la Baya*, 18v (93).
10. *Lus.* 63, 47.

de Évora, sendo o primeiro da Companhia, que nela tomou tal grau. Fêz também o curso de Artes¹. Tinha família em Lisboa, mãi e duas irmãs, pobres, para as quais alcançou e obteve a assistência caridosa da Companhia². Ensinou teologia em Coimbra e, antes de embarcar, fêz profissão solene de 4 votos, em S. Roque, dia 13 de Janeiro de 1572³.

Ao chegar à Baía, no dia 23 de Abril, como êle-próprio escreve⁴, entregou-lhe o govêrno da Província o P. Gregório Serrão, que tinha ficado alguns meses Vice-Provincial, a seguir à morte de António Pires. A actividade de Tolosa no Brasil decorreu em grande parte nas funções de Superior, pois, além de Provincial, foi Reitor do Rio de Janeiro e da Baía, governando «com a sua costumada prudência e santidade»⁵. Também ensinou teologia, algum tempo, no Colégio da Baía⁶. Foi bom Superior. «Costumava sempre dar um ouvido aos Padres», isto é escutá-los primeiro, quando os acusavam, antes de tomar alguma resolução⁷. Foi consultor da Província mais de 20 anos, diz, em 1604, o P. Cardim, que todavia acrescenta: «está já muito cansado, e todos desejam que descanse dêste ofício»⁸. De 1603 a 1604, estêve segunda vez à frente da Província, como Vice-Provincial, sucedendo-lhe, no dia 20 de Abril do mesmo ano, de 1604, o novo Provincial P. Fernão Cardim⁹. Durante o seu reitorado na Baía, deu-se a primeira Visitação do Santo Ofício. Alguma coisa sofreu com isso Inácio Tolosa. Era de nação hebreia. E notavam alguns de casa, e muitos de fora, que êle fôsse reitor¹⁰.

A-pesar dos seus dotes de govêrno, o P. Tolosa parece ter sido um tanto remisso em destruir a tempo certos movimentos de opinião que se formam às vezes nas mudanças de Superior.

---

1. *Lus. 43*, 241v.
2. *Lus. 64*, 249v; *Lus. 68*, 229, 418v; *Congr. 93*, 211v.
3. *Lus. 1*, 45-45v, 112.
4. Carta de Tolosa, de 17 de Maio de 1572, BNL, fg. 4532, f. 32v.
5. Carta de Beliarte, de 9 de Agôsto de 1592, *Bras. 15*, 410.
6. *Fund. de la Baya*, 19 (93).
7. Carta de Tolosa, Baía, 7 de Setembro de 1575, BNL, fg. 4532, f. 164v.
8. Carta de Cardim a Aquaviva, 1 de Setembro de 1604, *Bras. 5*, 55v.
9. Carta de Tolosa, de 25 de Setembro de 1604, *Bras. 8*, 102.
10. Carta de Pero Rodrigues, de 20 de Dezembro de 1592, *Bras. 15*, 407.

Aponta Gouveia que Tolosa, em 1583, quando era mestre de noviços, carregava as côres, a-respeito dos Superiores actuais e havia quem o seguisse. O Visitador procurou deitar água na fervura e restabelecer o equilíbrio, espírito de caridade e união mútua [1]. Por êste tempo, começaram-se a desenhar duas tendências na Província, definindo-se mais no provincialado de Pero Rodrigues. Como dum lado vemos preponderar os Padres Espanhóis, e de outro os Portugueses, entre os quais Pero Rodrigues, Vicente Gonçalves, Fernão Cardim, concluímos que se tratava dêstes movimentos psicológicos, sem quebra da caridade essencial, inevitáveis em todos os agrupamentos de então, onde Portugueses e Espanhóis tivessem actividade comum.

O P. Tolosa sofreu doenças e trabalhos, entre os quais avulta o célebre naufrágio de 28 de Abril de 1573, na foz do Rio Doce, caindo ao mar, «vestido e com sapatos», escapando a custo [2]. Ainda no mesmo ano estêve em perigo várias vezes, no fim de Setembro [3]; e ainda em 1585, navegando do Rio à Baía, na comitiva do Visitador, viu-se em perigo de naufragar [4].

Inácio Tolosa promoveu os estudos da língua tupi e cabe--lhe a honra de dar grande incremento ao culto da Sagrada Eucaristia, no Brasil, ordenando que o Santíssimo Sacramento ficasse de modo estável nas Aldeias, e se facilitasse a comunhão mais freqüente dos adultos. A Ânua, que narra a sua morte, tece-lhe formoso elogio, como homem sobrenatural, de oração e comunicação com Deus. Faleceu na Baía, a 22 de Setembro de 1611 [5].

---

1. Carta de Gouveia, de 25 de Julho de 1583, *Lus. 68*, 337.
2. Oliveira, *Anual*, 37v-38.
3. Carta de Caxa, 2 de Dezembro de 1573, BNL, fg. 4532, f. 39.
4. Cardim, *Tratados*, 360; cf. Pero Rodrigues, *Anchieta*, em *Annaes*, XXIX, 257.
5. *Hist. Soc. 43*, 65v; Ânua de 1611, *Bras. 8*, 116, 120-121v; Necrologia, *Lus. 58*, 20; Franco, *Ano Santo*, 270, dá o dia da sua morte a 24 de Maio do referido ano; Id., *Synopsis Ann. 1572*, n.º 7; A. de Alcântara Machado, nota em Anchieta, *Cartas*, 345. Catálogo de 1610: « P. Ignatius Tolosa ex Medina Coeli, diocesis Saguntinae, an. 77, infirma valetudine, admissus in societ.em anno 1560. Studuit philosophiae et Teologiae annos 10, in Societate docuit Philosophiam annos 4.or, 9 vero partim Theologiam speculativam, partim moralem. Magister in artibus liberalibus, doctor in Theologia, magister novitiorum in hoc collegio [da Baía] 4.or annos. Rector collegii Ianuariensis 8, sex vero Collegii Bahiensis. Provincialis huius. Provinciae annos 6, Concionator, Praefectus spiritualis; Rectoris admonitor, Professus 4.or votorum ab anno 1572 », *Bras. 5*, 79.

6. — JOSÉ DE ANCHIETA (1577-1587). Num breve índice dos factos da Cúria Generalícia está que Anchieta foi nomeado Provincial em 1576 e «caepit exercere munus provincialis anno 1577»[1].

Anchieta fêz a Profissão solene em S. Vicente, no dia 8 de Abril dêsse mesmo ano de 1577, nas mãos do P. Inácio Tolosa, com quem seguiu para a Baía com o fim, ao que parece, de ser reitor do Colégio[2]. O ser nomeado Provincial não permitiu que assumisse tal ofício, facto que se tinha dado no Colégio do Rio de Janeiro, para o qual estêve igualmente destinado, como sucessor de Nóbrega, ofício de que também não chegou a tomar posse, por ficar Superior de S. Vicente e S. Paulo. Anchieta entrou na Companhia de Jesus, em Coimbra, onde era estudante, no dia 1 de Maio de 1551[3]. Tinha 17 anos de idade, pois nascera a 19 de Março de 1534[4]. Depois de aprender algum latim na sua terra, «foi enviado a Coimbra, onde com grande habilidade que tinha, cedo se mostrou dos melhores da primeira classe. E juntamente aprendeu a falar português tam pròpriamente como se mamara essa língua no leite, coisa que raramente se acha nos que teem a língua castelhana por natural»[5]. Quando entrou, tinha ouvido a Lógica. Por sua doença não ouve Filosofia — diz o Catálogo de 1552[6]. Esta doença, a que se alude aqui, e lhe impediu maiores estudos, acompanhou

---

1. *Registrum Parvum*, Roma, Bibl. Vitt.º Eman., *Gesuitici*, 3714, f. 17; cf. Anchieta, *Cartas*, 327; Ant. de Matos, *Prima Instit.*, 29v. A *Breve Relação*, de Caxa, diz que foi em 1578 e repetem-no Pero Rodrigues, *Anchieta* em *Annaes*, XXIX, 222, e outros antigos e modernos, entre os quais Ubaldo Osório, *A Ilha de Itaparica* (Baía 1928) 12. Simão de Vasconcelos, *Anchieta*, 213-220, narra o facto com alguma deficiência histórica, fazendo-o sair de S. Vicente no *fim de* 1578, e, não obstante reclamações a Roma e uma apostólica missão de Itaparica, entrar no cargo ainda no ano de 1578. Aliás o mesmo Vasconcelos diz mais adiante (p. 246), que no dia da batalha de Alcácer-Quibir (4 de Agôsto de 1578) Anchieta já se encontrava em S. Vicente, como Provincial, fazendo a visita, e já tinha feito a de Pernambuco. Donde se infere que aquêle *fim de* 1578 deve ser lapso, por 1577.
2. Fórmula autógrafa da Profissão, *Lus. 1*, 57.
3. *Lus. 43*, 4v.
4. Cf. Serafim Leite, *Quando nasceu José de Anchieta?* — *Certidão de baptismo* em *Brotéria*, XVI (1933) 43-44; Id., *Páginas*, 185-187. Vide *Apêndice F*.
5. Caxa, *Breve Relação*, p. 11. Cf. *Páginas*, 152.
6. *Lus. 43*, 228v.

Anchieta tôda a vida. ¿Que doença era? Objectivamente, um mal de costelas, que estavam fora do seu lugar: « desencadernamento das costas », como o descreve Quirício Caxa. A origem desta doença dá-a o mesmo biógrafo como sendo proveniente do mau jeito, com que Anchieta estava de joelhos, quando ajudava às missas. Pero Rodrigues fala genèricamente duma grande enfermidade e Vasconcelos repete a opinião de Caxa e acrescenta outra, que alguns diziam, a saber, que caíra em cima dêle uma escada produzindo aquela fractura ou deslocamento da espinha dorsal[1]. Sem desconhecer que más posições do corpo podem produzir lesões graves daquele género, apraz-nos mais a explicação natural do traumatismo externo. Certo é que a doença foi grave e de conseqüências funestas e renitentes; em 1585, o Visitador significava que Anchieta não podia « atender às coisas do seu ofício », « pelas suas, muitas e antigas enfermidades »[2].

Esta doença teve para o Brasil suma importância. Foi a causa determinante da sua vinda, na esperança de cura; e se não se curou totalmente, melhorou imenso e realizou um apostolado profícuo e glorioso[3]. Anchieta estudou e entrou na Companhia de Jesus, em Coimbra, mas era natural de S. Cristóvão de La Laguna na Ilha de Tenerife. É notável, porém, que êle, escrevendo a série dos provinciais do Brasil, ao apor a cada qual a sua nacionalidade, depois de enumerar os Portugueses, chega a Tolosa e dizendo que é *espanhol*, intitula-se a si próprio *biscainho*[4]. A razão é que nasceu nas Canárias, mas de pai oriundo da Biscaia, João de Anchieta, casado com D. Mencia Dias de Clavíko Llerena, da nobreza canarina[5]. A família Anchieta era aparentada com a de Loiola. No processo de S. Inácio para

---

1. Vasc., *Anchieta*, 5.
2. Carta de Cristóvão de Gouveia, *Lus.* 69, 134. Sôbre a doença de Anchieta escreveu Tristão de Alencar Araripe Junior um artigo, *Anchieta — A doença eucaristica do Noviço José* na *Rev. do Inst. Bras.* 75, 2.ª P. (1912) 51-57, onde, entre palavras sonoras e pseudo-científicas, transparece o desconhecimento real da ascese cristã. Não teria mais alcance o estudo que êle planeava sôbre Anchieta e se pode ver em Artur Mota, *História da Literatura Brasileira* (São Paulo 1930) 326-327.
3. *Mon. Borgia*, IV, 344.
4. Anch., *Cartas*, 326: Maffei também lhe chama *cantaber* (*Hist. Indic.*, 318).
5. Cf. Afrânio Peixoto, em Anch., *Cartas*, 20.

a sua beatificação, aparecem duas mulheres com o nome de Anchieta: uma Ana de Anchieta, ainda parente de S. Inácio; e Catarina Lopes de Anchieta, prima-irmã do mesmo santo, por serem êle e ela filhos de duas irmãs [1].

Depois de chegar à Baía, Anchieta foi destinado a S. Vicente e dali a S. Paulo, exercendo o ofício de mestre de gramática e estudando ao mesmo tempo a língua tupí. O seu nome ficou vinculado a todos os sucessos de importância na Capitania de S. Vicente, indo com Nóbrega a Iperoig, estando a princípio no acampamento de Estácio de Sá, no Rio de Janeiro; e, depois que foi à Baía, em 1565, para se ordenar, voltou ao Rio, onde se encontrava no momento da conquista. Iniciou os seus cargos de govêrno, em 1567, com o da Capitania de S. Vicente, nas duas casas de S. Vicente e S. Paulo [2], que ocupou até pouco antes de ser Provincial. Em 1586, ainda está neste ofício e, como tal, assina o Catálogo dêsse ano [3]. Mas já, desde 1585, se lhe buscava sucessor, por causa das suas enfermidades. Como o sucessor não chegasse antes de 1587, Anchieta deve ter conservado o exercício do cargo até à sua vinda, ajudado ou suprido pelo Visitador Gouveia, que tinha aliás a suprema autoridade na Província do Brasil, desde 1583.

Anchieta acompanhou Cristóvão de Gouveia em quási tôdas as visitas às diversas casas da Província, só o não fazendo quando a doença o impedia [4]. Os dois últimos catálogos, que, falam do P. Anchieta, 1589, 1591, teem-no como Superior do Espírito Santo, a cuja Capitania havia de dar o resto dos seus dias, excepto algumas interrupções em que foi à Baía, à Congregação

---

1. *Mon. Ignat.*, série 4.ª, II, 203-206, 238. Cf. Adolphe Coster, *Juan de Anchieta et la famille de Loyola* (Paris 1930), por onde se vê também que « Don Juan de Anchieta, abade de Nuestra Señora de Arbas, capellan y cantor de sus Magestades vezino de la villa de Azpeitia » teve um filho Juan de Anchieta que parece ter sido o pai de José de Anchieta. Aquêle primeiro Juan de Anchieta era primo-irmão de Beltrán de Oñás y Loyola, pai de Santo Inácio (p. 287, 290). Sôbre êste assunto, cf. A. de Alcântara Machado, *Vida do Padre Joseph de Anchieta*, em Anch., *Cartas*, 541-544.

2. *Bras. 5*, 7v; *CA*, 483.

3. *Bras. 5*, 28, 29.

4. Vasconcelos diz que deixou o cargo em 1585, indo em 1586 para o Rio, e dali, em 1587, para o Espírito Santo, *Anchieta*, 292, 296; cita-o Lozano, *Historia del Paraguay*, I, 22.

Provincial de 1592, ou ao Rio de Janeiro, como Visitador, em 1593 e 1594. Estando em Vitória e sentindo-se mais doente do que o costume, pediu o levassem à Aldeia de Reritiba, onde faleceu santamente no dia 9 de Junho de 1597 [1]. Assistiram-lhe alguns Padres que logo trataram da sua condução para a capital do Espírito Santo, onde o recebeu tôda a terra, com as autoridades civis e eclesiásticas à frente. Aos ofícios solenes prègou Bartolomeu Simões Pereira, Administrador do Rio de Janeiro, que chamou a Anchieta *Apóstolo do Brasil* [2].

O epíteto ficou e é justo. Professor, poeta, dramaturgo, epistológrafo, enfermeiro, o seu nome enche muitas páginas desta obra. A sua fama difundiu-se depois da sua morte, dourou-se

---

1. Caxa, *Breve Relação*, 21; cf. Serafim Leite, *Páginas*, 170-171; *Hist. Soc.* 42, 33; *Hist. Soc.* 43, 65; Menologia, *Bras. 13*, 79; Pero Rodrigues, *Anchieta*, em *Annaes*, XXIX, 223-224; Vasc., *Anchieta*, 348; *Ephemerides*, BNL, Col. Pombalina, 514, p. 82; Jacques Damien, *Tableau racourci*, 368-371.

2. Caxa, *Breve Relação*, 22; cf. Serafim Leite, *Páginas*, 172. Anchieta sepultou-se na Igreja de Santiago. Depois, em Julho de 1609, os seus restos mortais, foram levados, em parte, para a Baía, onde ficaram algum tempo no altar-mor, ao lado, até ao breve de Urbano VIII *de non cultu* e retiraram-se de lá, sendo dispersas as suas relíquias por várias casas e Colégios, uma das quais foi para Roma (Vasc., *Anchieta*, 352, 359). Mais tarde, colocou-se a seguinte inscrição tumular na igreja dos Jesuítas, ao lado do palácio do govêrno, sito no antigo Colégio:

HIC IACVIT VENE/RAB. P. IOSEPHVS/DE ANCHIETA SOC./I. BRASILIAE APOST./ ET NOVI ORB. NO/VVS THAVMATVRG./OBIIT RERITIBAE/DIE IX IVN. ANN./ MDXCVII.

Ignora-se o paradeiro das relíquias de Anchieta. A 12 de Abril de 1760, enumera o chanceler da Relação da Baía, a El-Rei D. José I, as várias coisas dos Jesuítas, que se remetem para Lisboa : « e acompanha a dita remessa num cofre de jacarandá com sua ferragem de prata, em que vão as estimáveis relíquias do Venerável Padre Anchieta e constam de 4 ossos das canelas e 2 túnicas : o que tudo entregará o capitão de Mar e Guerra, António de Brito Freire, a quem V. M. determinar ». — Eduardo de Castro e Almeida, *Inventário dos Documentos relativos ao Brasil*, Bahia, I (1613-1762), em *Annaes*, XXXI, 389; cf. J. A. Teixeira de Melo, *José de Anchieta*, em *Annaes*, II, 126; Xavier Marques, *As Relíquias do Padre Anchieta*, na *Rev. do Inst. da Baía*, n.os 37, 38, 39 (vol. 18), p. 101-110; n.º 40, p. 3-8; *Le Missioni della Compagnia di Gesù*, I, n.º 20, 15 ottobre 1915, 37; Celso Vieira, *Anchieta*, 2:ª ed., (Rio 1930) 341-342. António de Brito Freire, que trouxe as relíquias de Anchieta era capitão de uma das naus em que vieram deportados para Lisboa os Jesuítas da Baía. Brito Freire portou-se com a máxima correcção (José Caeiro, *Os Jesuítas do Brasil e da Índia na perseguição do Marquês de Pombal* (Baía 1936) 126.

até com a consagração da lenda. Mas há fundamento objectivo e pode-se verificar, através da correspondência dos Jesuítas, que ela data de muito cedo, em vida do próprio Padre. Já em 1557, ao encarecerem-se os bons serviços do P. João Gonçalves, na Baía, o têrmo de comparação é êste: «serve tão bem o Padre João Gonçalves, como o irmão José, em S. Vicente»[1]. Em 1563, entre os actos de caridade heróica que praticou em Iperoig, desejou ardentemente o martírio[2]. Dez anos mais tarde, o P. Gonçalo de Oliveira escreve, a-propósito de S. Vicente: ajuda muito à observância, além do mais, o terem «por superior ao Padre José de Anchieta, que é tido por grande servo de Deus e em todos, pela graça divina, obra muito seu crédito, assim nos de casa como nos de fora»[3]. E ainda outros dez anos mais tarde, Fernão Cardim, conta esta cena, passada em Pôrto Seguro: «Vindo encalmados por uma praia, eis que desce de um alto monte uma índia, vestida como elas costumam, com uma porcelana da Índia, cheia de queijadinhas de açúcar, com um grande púcaro de água fria, dizendo que aquilo mandava seu senhor ao Padre Provincial Joseph. Tomámos o Padre Visitador e eu a salva, e o mais dissemos desse ao Padre Joseph, que vinha detrás com as abas na cinta, descalço, bem cansado. É êste Padre um santo de grande exemplo e oração, cheio de tôda a perfeição, desprezador de si e do mundo: uma coluna grande desta Província e tem feito grande cristandade e conservado grande exemplo: de ordinário anda a pé, nem há tirá-lo de andar, sendo muito enfêrmo. Emfim: sua vida é *vere apostolica*»[4].

Nenhum dos hiperbólicos elogios, que dêle escreveram depois os seus hagiógrafos, chega ao testemunho, escrito, em vida de Anchieta, por êste seu companheiro de apostolado e de canseiras!

Como homem doente, que sempre foi, Anchieta tinha para com os doentes atenções, que nem todos compreendiam. É dêste número o P. António Ferreira, que temia, seguindo as coisas assim, sobreviesse aos doentes, além da doença do corpo, a do

---

1. *CA*, 162.
2. Anch., *Cartas*, 217, 220, 221, 229.
3. Oliveira, *Anual do Rio de Janeiro*, 36v-37.
4. Cardim, *Tratados*, 297-298.

espírito. Escrevendo ao Geral, queixa-se dalgum relaxamento na Província e diz que estêve para escrever antes, mas que lhe ocorriam « muitas dificuldades em contrário por parte do P. Provincial Joseph de Anchieta, que sabia muito bem estas necessidades, e não provia com o remédio ».

Diz que o clima do Brasil exigia reacção mais enérgica. Se-não, adoecia-se espiritualmente. E isto viu-se mais, « por experiência, em obra de cêrca de 11 a 12 anos que residi nestas casas de S. Vicente e de S. Paulo de Piratininga, nos sujeitos que o P. José de Anchieta tinha criado havia muitos anos, sendo Superior. E depois, tornado com o cargo de Provincial, mui claramente quanto os favorecia, defendia, etc. Três coisas me parecem dignas de advertência, para que V. P.de carregue a mão e encomende mui particularmente aos Provinciais destas partes do Brasil, *scilicet*, a observância das Regras e disciplina religiosa: não afloxar no exercício da oração; e não proceder com os enfermos por via de tanta condescendência, de que o P. José de Anchieta tem muito. Não me pareceram bem umas palavras que, poucos tempos há, me disse o mesmo Padre. Indo-se desta Capitania, e, deixando-me encomendada a casa de S. Vicente, se despediu de mim, com dizer que, com os que nela ficavam, não usasse de repreensão, nem lhes desse penitências, mas que bastava que dissessem missa e acudissem ao refeitório »[1]. Também, por ocasião de ser Visitador do Colégio do Rio, nos anos de 1593 e 1594, expõe o Reitor ao Provincial que o fizera com descuido, « por velhice ou por outra coisa ». O Provincial, Pero Rodrigues, que havia de ser depois o seu biógrafo, transmite para Roma esta opinião, entendendo que seria bom, na verdade, deixá-lo já descansar, que há 25 anos, que sempre governava[2].

O P. Gouveia que, como Cardim, reconheceu a virtude de Anchieta, e que qualquer Provincial que viesse não faria a metade dêle[3], declara contudo, a-propósito do P. Luiz da Fonseca, que os « que se criam ao sabor do P. Anchieta teem certa frouxidão »[4]. Como veio tão novo, antes da promulgação das Cons-

---

1. Carta de António Ferreira, de S. Vicente, 15 de Março de 1585, *Lus. 69*, 53-54.
2. *Bras. 3*, 361.
3. Carta de Gouveia, 1583, *Lus. 68*, 343-343v.
4. Carta de Gouveia, *Lus. 68*, 412v.

tituïções, também se mostrou menos conhecedor delas. Os seus dotes pessoais anulavam e supriam, porém, estas deficiências. Inteligente, activo, dotado de qualidades literárias, dominando a língua tupi, quer conversando, quer escrevendo, quer prègando — e fazia-o com proveito e aplauso popular [1] — a todos encantava, unindo os discordes e atraindo os corações do povo. A sua caridade não era só de palavras. Basta ler os seus escritos. Em Iperoig, por exemplo, curava as enfermidades dos Índios, a uns levantava a espinhela, a outros sangrava e a outros ocorria em outros tratamentos, conforme as doenças, lancetava e cortava carne corruta e salvou a muitos a vida [2]. Partidário da mão forte, contra as investidas dos Índios revoltos, contudo, « como bom filho e bom discípulo do P. Nóbrega, por todos os meios defendia a sua liberdade » [3]. Expôs-se muitas vezes a perigos, sofreu naufrágios, e as suas repetidas doenças levaram-no freqüentemente às portas da morte : duas vezes, só num ano, o de 1582 [4]. Por êste motivo, dizia o Visitador, em 1 de Novembro de 1584, que depois de deixar o cargo de Provincial devia ficar sem nenhum, pois « já fará muito em viver » [5]. Na doença, como na saúde, dava o santo Jesuíta igual exemplo de paciência. O seu primeiro biógrafo enumera as seguintes virtudes de que era ornado : oração, devoção, caridade, mansidão, confiança em Deus, obediência, humildade, pobreza, aspereza, castidade, mortificação e paciência [6]. Tal era a sua fisionomia moral. Da física traça Simão de Vasconcelos o seguinte perfil : « Foi o Padre Joseph de Anchieta de estatura medíocre, deminuto em carnes, em vigor de espírito robusto e actuoso, em côr trigueiro, os olhos parte azulados, testa larga, nariz comprido, barba rasa, mas no semblante, inteiro, alegre e amável » [7].

---

1. Caxa, *Breve Relação*, 21 ; cf. Serafim Leite, *Páginas*, 170 ; Vasc., *Anchieta*, 137.
2. Anch., *Cartas*, 227-228 ; *ib.*, 219.
3. Caxa, *Breve Relação*, 18 ; cf. Serafim Leite, *Páginas*, 164.
4. *Bras. 15*, 324.
5. Carta de Gouveia, *Lus. 68*, 410 ; cf. Carta de Luiz da Fonseca, de 18 de Agôsto de 1584, *Lus. 68*, 398.
6. Caxa, *Breve Relação*, 22-25 ; cf. Serafim Leite, *Páginas*, 172-176. Os autores subseqüentes retomam-nas e encarecem-nas.
7. Vasc., *Anchieta*, 348.

Tinha 63 anos de idade e 46 de Companhia, quando faleceu. Os 44 que consagrou ao Brasil, a sua austeridade pessoal, a sua inteligência, as suas manifestações científicas e literárias e os prodígios, que lhe atribuíram, rodearam-no logo de tal fama, que êle tornou-se, entre todos os Jesuítas do Brasil do século XVI, o mais popular e venerado. No dia 3 de Abril de 1932, foi lançada na capital do Brasil, a primeira pedra do monumento de gratidão nacional à Companhia de Jesus, simbolizada em Anchieta [1]. O povo apoderou-se da sua figura, e associou à sua memória mil coisas, lugares ou acidentes geográficos: o «poço de Anchieta», a «cama de Anchieta», a «cadeira de Anchieta», «a biquinha de Anchieta». No Espírito Santo, conta César Marques, há uns terrenos na margem do Rio Doce e Lagoa do Simão. Algumas tentativas para o seu aproveitamento falharam. Afirma o povo que Anchieta dissera dêle: «será muito cobiçado, mas nunca possuído» [2]. Ao seu nome se ligaram insensìvelmente factos históricos, que uma crítica justa tem que retomar, crivar e redistribuir pelos respectivos autores.

A veneração popular, que acompanha a memória de Anchieta, transcendeu os âmbitos nacionais do Brasil, tratando-se de o elevar às honras dos altares. A sua causa foi introduzida em Roma e declaradas as suas virtudes heróicas, a 10 de Agôsto de 1736, pelo Papa Clemente XII [3]. Muitos teem chamado a esta declaração, da *heroicidade* das virtudes do Ven. P. Anchieta, decreto de *Beatificação*. A Beatificação seria já a consagração dos altares. Esta ainda a não alcançou o Apóstolo do Brasil. Cremos que êle é digno disso. Mas cremos também, sinceramente, que mais o prejudicou do que favoreceu o modo demasiado simplista como foi conduzido o seu processo canónico, com a série de extraordinários e intermináveis milagres e profecias, com que lhe esmaltaram a vida. Longe de nós a ideia de os rejeitar sem excepção nem exame. Seria, como diz o Dr. Keller, temerário e ofensivo tanto da verdadeira ciência como da verdadeira fé; mas, «dado o meio popular donde nos veio a maior parte das relações destas maravilhas, é difícil deslindar hoje a parte exacta

---

1. Cf. *Actas e Discursos*, em «O Jornal do Comercio», Rio, 4 e 5 de Abril de 1932.
2. César Marques, *Dicionário Histórico do Espírito Santo*, 176.
3. Cf. reprodução facsimilar dêste decreto em Anch., *Cartas*, 559.

da verdade histórica nos factos que se dizem» [1]. Não nos é possível, num trabalho como êste, deter-nos no exame objectivo de cada uma das profecias e milagres atribuídos a Anchieta, desde as curas e ressurreições até à familiaridade com pássaros e animais ferozes. O estudo comparado das primeiras narrativas com as posteriores (por exemplo o caso de quando estêve para morrer afogado, contado em Caxa e em Vasconcelos) reduz as últimas a justas proporções.

A mão de Deus não está abreviada, é certo; mas o hagiógrafo que tiver de escrever a vida de Anchieta, de maneira científica, se quiser conter-se dentro dos limites da verdade, terá que proceder à revisão geral das fontes, ser exigente na apresentação das provas documentais e ter em vista êste critério seguro, traçado por Poulain: «Les révélations sont comme les miracles: elles n'ont pas lieu sans un motif très grave. Elles sont l'oeuvre non seulement de la puissance de Dieu, mais de sa sagesse» [2].

---

1. Wetzer-Welte, *Kirchenlexikon* em Fernand Mourret, *Histoire Générale de l'Église*, VI (Paris 1920) 205.

2. Aug. Poulain, *Des grâces d'oraison*, 9.ª ed. (Paris 1914) 381.

Sôbre a causa da beatificação e canonização do P. José de Anchieta anotemos estas efemérides históricas:

Junho de 1617: Reúne-se a Congregação Provincial na Baía e pede no seu 13.º postulado que o Papa Paulo V declare Beato o P. Anchieta. O P. Geral aprova e recomenda que se faça o processo canónico pelo Ordinário, segundo as instruções por êle dadas (*Congr. 55*, 256, 257v).

1620: «Começa-se a fazer, desde o anno de 1620 por deante, em todo o Estado do Brasil, geral, juridica & exacta diligencia sobre as virtudes heroicas deste veneravel P. & se formarão dellas processos authenticos» (Vasc., *Anchieta*, no *Prólogo*, s/p.).

22 de Março de 1621: Iosephi Anchieta Prodigia. Graças atribuídas a Anchieta, na Carta Trienal de 1617-1619 (*Bras. 8*, 243-248v).

28 de Setembro de 1668: Carta do P. João Pimenta, narrando o estado da causa em Roma (*Bras. 3 (2)*, 70-70v).

27 de Setembro de 1730: Declara o P. Martinho Borges que existe, nesta data, na Procuratura do Brasil, em Lisboa, o dinheiro angariado para as despesas da beatificação de Anchieta. São 1.050$938 réis, à razão de juros de 3 % ao ano. (*Bras. 11*, 403).

31 de Julho de 1736: Reünião canónica para examinar se consta das virtudes heróicas de Anchieta.

30 de Agosto de 1736: Decreto respondendo *affirmative* à pregunta anterior (Em Anch., *Cartas*, 559).

1900-1901: O processo, parado com a perseguição pombalina, retomou-se

A. de Alcântara Machado, na biografia de Anchieta, que publica no fim das *Cartas*, focou o aspecto cronológico da sua vida, utilizando os documentos conhecidos. No dia em que se publicarem tôdas as cartas jesuíticas do século XVI, essas datas serão completadas: uma ou outra fica já rectificada agora. É vasta a bibliografia sôbre Anchieta. Simão de Vasconcelos diz que escreveram sôbre êle, « em primeiro lugar » o P. Pero Rodrigues; « depois », Sebastião Beretário, Estevão Paternina, Baltasar Teles, Eusébio Nieremberg, João Burgésio, Jacobo Biederamano, Jacobo Damiam [1]. Ignorava a primeira biografia, a *Breve Relação*, de Quirício Caxa, que publicámos em 1934, significativa e valiosa, porque, escrita apenas um ano depois da morte do biografado, está isenta de idealizações subseqüentes. Franco, e outros autores modernos, vão citados nas páginas desta obra. Não escrevendo *ex professo* uma *Vida* de Anchieta, não nos pareceu necessário publicar aqui os 58 verbetes, que possuímos da Bibliografia sôbre êle, escrita em 8 línguas diversas: português, latim, espanhol, francês, inglês, alemão, flamengo e italiano. Aliás, não há escritor que, tendo algumas páginas sôbre os primórdios do Brasil, não fale com encómio do glorioso Jesuíta. A sua figura tentou também os poetas: Fagundes Varela, Castro Alves, Gonçalves de Magalhãis, Durval de Morais, A. J. Pereira da Silva, D. Aquino Correia, Jorge de Lima, etc. É uma justa homenagem dos poetas brasileiros ao primeiro cultor da poesia na América Portuguesa.

7. — CRISTÓVÃO DE GOUVEIA (1583-1589). Durante o Provincialato de Anchieta, realizou-se a 2.ª Visitação do Brasil. Desde 1574 que se pedia novo Visitador para o Brasil, e que fôsse pessoa de importância. O P. Cristóvão de Gouveia nasceu no Pôrto, a 3 de Janeiro de 1537 e era filho de Henrique Nunes e

---

no começo dêste século: « Processo apostolico na causa da Beatificação e Canonização do Veneravel P. José de Anchieta » (*Ms.* avulso, da Cúria Arquiepiscopal de S. Paulo).

1938: A causa canónica do V. P. Anchieta está no Brasil a cargo da «Vice-Postulação do V. P. Anchieta», sita no Colégio Anchieta, Nova Friburgo, Estado do Rio. (Cf. José da Frota Gentil, *Vida Illustrada do V. P. José de Anchieta* (Nova Friburgo 1933) 3, 114.

1. Vasc., *Anchieta*, 352.

Beatriz Madureira, bemfeitores da Companhia[1]. Um irmão seu, P. João Madureira, deveria também ser depois o terceiro Visitador do Brasil, se o não cativassem os piratas, quando ia já tomar posse do cargo. Cristóvão de Gouveia entrou na Companhia, no dia 10 de Janeiro de 1556[2]. De família ilustre, ajudou à missa, na infância, a S. Francisco de Borja, hóspede de seu pai. Estudou em Coimbra e Évora e ocupou os cargos de mestre dos noviços e reitor de vários Colégios, lançando, em 1579, a primeira pedra do novo edifício para o de Santo Antão de Lisboa.[3]

Antes de embarcar para a sua visita do Brasil, deu-lhe o P. Geral Cláudio Aquaviva uma *Instrução particular*, onde se declara o duplo fim dela.

Fim principal: Para «consolação dos nossos que trabalham naquela vinha tão estéril, laboriosa e perigosa».

Fim particular: Para «ver como se guarda a disciplina religiosa, segundo o Instituto; e o que toca a Constituïções, regras e obediências de Roma faça se executem, e meta tudo em ordem, quanto as circunstâncias das pessoas e lugares o sofrerem». «Diz-se, continua o P. Geral, que os Padres Provincial [Anchieta], Gregório Serrão e Luiz da Grã são pouco regulares e pouco dados às Constituïções, e que, em geral, os súbditos procedem da mesma forma, frouxa e pouco regularmente. Veja bem isto, em que tanto vai, e trabalhe por entender a raiz e o remédio que se pode ter».

A *Instrução* versava diversos pontos: Colégios, observância, ministérios, construções, Aldeias, catequeses, missões, etc., e tudo, com meticulosidade e empenho de que fôsse verdadeiramente útil a visita[4].

Cristóvão de Gouveia saíu de Lisboa a 5 de Março e chegou a Baía a 9 de Maio de 1583. O Visitador estêve à altura da sua

---

1. *Mon. Nadal*, II, 73.
2. *Lus. 43*, 16v.
3. Franco, *Imagem de Évora*, 170-176. No dia 3 de Fevereiro de 1572, fêz profissão solene em Coimbra (*Lus. 1*, 46v).
4. *Instruccion particular para el P. Cristoval de Gouvea Visitador del Brasil*, dada em Julho [21] de 1582, Roma, Gesù, *Colleg. 20* (Brasil). É a própria minuta original. A sua patente de Visitador datou-se dois dias depois, a 23 de Julho de 1582 (*Hist. Soc. 61*, 114v).

delicada missão[1]. Em muitas páginas desta história, se anotam as suas determinações, que são a base principal do Costumeiro do Brasil e ficaram a reger a Província daí em diante, como lei, cuja dispensa só era permitida em casos excepcionais, e *auditis consultoribus*. Gouveia foi o grande codificador e legislador da Companhia de Jesus no Brasil, no século XVI[2]. Da sua actuação e movimentos deixou Fernão Cardim a célebre *Informação da Missão do P. Cristóvão de Gouveia às Partes do Brasil, ano de 83*, mais conhecida por *Narrativa Epistolar*[3].

Gouveia prestou relevantes serviços ao Brasil. Foi um como «segundo fundador daquela Província»[4]. Desenvolveu a instrução, a arte dramática e uma activa correspondência, sua e de outros, com a Europa, em cartas, relatórios e sumários, fontes preciosas de informação histórica. Procurou harmonizar e resolver as dificuldades opostas pelo Governador Teles Barreto. Promoveu o esplendor do culto divino, a defesa contra os piratas e a liberdade dos Índios. A Congregação Provincial de 1583 pediu ao Geral que o Visitador, acabada a visita, ficasse no Brasil

---

1. *Bras.* 2, 139.
2. *Bras.* 2, 144. Cf. 2.ª Visita do Padre Cristóvão de Gouveia: *Confirmação que de Roma se enviou à Província do Brasil de algumas coisas que o P. Cristóvão de Gouveia Visitador ordenou nela o ano de 1586*, com os seguintes capítulos: Para o geral da Província; Para os Colégios; Para as Capitanias; Para as Aldeias; Para as Missões (*Bras.* 2, 139-149v). Fêz depois, outra visita, só ao Colégio da Baía: *O que parece ao P.e Visitador Cristovão de Gouveia ordenar na visita deste Coll.o da Baya, 1.o de Janeiro de 89*. É a 1.ª via enviada a Roma. Bem conservada. Em português. E ao lado, para o P. Geral, em castelhano, o motivo de cada uma das ordenações, Roma, Gesù, *Colleg. 13* (Baya); cf. *Bras.* 2, 147v-149v. Já antes, pelo P. António Gomes, procurador a Roma, o Visitador enviara o *Memorial* da sua visita (*Lus.* 68, 414-418v).
3. Cardim, *Tratados*, 279-372. O Visitador em carta de 1585 traz as datas da sua visita ao sul: — saída da Baía: 14 de Novembro de 1584; — chegada ao Esp.º Santo: 20 do mesmo mês; — saída do Esp.º Santo: 14 de Dezembro; — chegada ao Rio Jan.º: nove dias depois (a 23); — saíu do Rio para S. Vicente, a seguir às festas do Natal, votos e renovações. Visita as casas da Capitania de S. Vicente e volta ao Rio de Janeiro a 7 de Abril de 1585. Fica no Rio de Janeiro, «três meses». O P. Gouveia não diz quando saíu do Rio para a Baía, mas chegou lá a 7 de Julho (Cartas de 19 de Agôsto de 1585, *Lus.* 69, 133-134; cf. *Lus.* 69, 139). Capistrano faz um breve resumo da actividade do Visitador (*Ensaios e estudos*, 2.ª série (Rio 1832) 327-330).
4. Franco, *Imagem de Évora*, 177-178.

como Provincial[1]. Gouveia não ficou Provincial, mas, sendo Visitador durante 5 anos, foi como se o fôsse, tendo nas suas mãos todo o poder, tanto mais que o Provincial, que então era Anchieta, atravessava um período de grandes e repetidas doenças. Depois de dar as últimas resoluções da visita e de ter feito no Colégio da Baía várias bemfeitorias — poço, eirado, quinta, etc. — e de ter recebido o sucessor de Anchieta no Provincialato, P. Beliarte, chegado à Baía a 28 de Janeiro de 1588, Gouveia preparou-se para voltar ao Reino. Tinha pedido para ficar no Brasil sem cargo nenhum[2]. Um grande temporal impediu-lhe uma primeira tentativa de volta, até que finalmente embarcou em Pernambuco, a 28 de Junho de 1589. Estavam já na altura de Portugal, quando «foram tomados, numa manhã, de um brulote francês, sem haver resistência, por a nau ser desarmada sem nenhuma defesa, a 6 de Setembro». Iam com o Visitador o P. Francisco Soares e o Ir. Barnabé Telo, seu companheiro em tôda esta sua estada no Brasil[3].

Passaram todos três muitos trabalhos e maus tratos, sobretudo quando deitaram ao mar uns papéis «de segrêdo». Por alturas da Rochela, foram abandonados no mar, a 70 ou 80 léguas da costa, e chegaram a Santo André (Biscaia) a 15 de Setembro. Dali passaram a Burgos, Valhadolid, e Bragança[4]. Cristóvão de Gouveia com Barnabé Telo chegaram à capital portuguesa no dia 1.º de Dezembro de 1589[5]. Em Portugal, ainda de Roma o consultavam sôbre assuntos do Brasil[6]. Gou-

---

1. *Lus. 68*, 415.
2. Carta de Gouveia, de 1 de Novembro de 1574, *Lus. 68*, 409v.
3. O Ir. Barnabé Telo, sócio do Visitador, era natural da cidade de Jaen, Espanha. Sabia muitos ofícios e os fazia bem. Ficou proverbial no Brasil o seu berimbau, com que alegrava as festas domésticas do Natal e as viagens. Fêz os votos de coadjutor, na Baía, no dia 30 de Novembro de 1583 *(Lus. 25,* 5; *Lus. 68,* 343). Acompanhou sempre o Visitador e faleceu no Colégio de Santo Antão, em Lisboa, a 19 de Julho de 1590 (BNL, fg. 4505, 71v; *Hist. Soc. 42,* 20v; Franco, *Imagem de Évora,* 178).
4. Cardim *Tratados,* 368-372, onde se conta tudo pormenorizado; Franco, *Synopsis, anni 1583,* n.º 15. O primeiro a chegar a Lisboa foi o P. Francisco Soares.
5. *Annuae Lit. 1589* p. 461; Yate, *Calendar of State Papers,* p. 355.
6. *Lus. 72,* 121.

veia tornou a ser reitor de Évora[1]. Em 1603, era Prepósito da Casa Professa de Lisboa e chegou a ser nomeado Bispo do Japão, resolução que não teve efeito, por adoecer gravemente. O segundo Visitador do Brasil faleceu, em santa velhice, na Casa de S. Roque, a 13 de Fevereiro de 1622[2].

8. — MARÇAL BELIARTE (1587-1594). Emquanto o Visitador estêve no Brasil, sentiu a necessidade urgente de dar sucessor ao P. Anchieta. Transmitiu o P. Gouveia essa necessidade a Roma, e o Geral indicou para lhe suceder Luiz da Grã, em primeiro lugar, e Inácio Tolosa em segundo. Representou-lhe o Visitador, que o P. Grã já não estava para isso; e, se queria que o P. Tolosa passasse a primeiro lugar, o avisasse[3]. Mas ao mesmo tempo, o P. Luiz da Fonseca escreveu, expondo os inconvenientes que havia num e noutro[4]. Dadas estas informações, de Roma recorreram a Portugal. Sugeriram-se varios nomes, em 1585. Entre êles está o de Marçal Beliarte, em quem recaíu a escolha. Feita a profissão solene em 24 de Agôsto de 1585, em Coimbra[5], Beliarte seguiu para Lisboa a preparar a viagem, logo que houvesse «embarcação segura»[6]. Não apareceu tão de-pressa como se desejava, e só a 7 de Maio de 1587, chegou a Pernambuco o novo Provincial[7]. Entretanto, cuidou em Lisboa dos assuntos do Brasil, nem sempre de perfeita harmonia com os Padres procuradores[8]. Beliarte ainda achou no Brasil o Visitador e com êle tratou do que convinha ao bom govêrno do Brasil. Todavia, retirando-se Gouveia para Portugal, Marçal Beliarte mostrou-se pouco disposto a seguir as orde-

---

1. *Lus. 71*, 190; *Lus. 73*, 143.
2. Livro das Sepulturas do Colégio de Coimbra: «Titolo dos... que fallecem fora», BNL, fg. 4505, f. 74. Na *Hist. Soc. 42*, 24, tem que foi a 12. Cf. Franco, *Imagem de Évora*, 180; BNL, fg. *Jesuítas*, n.º 753 *(Acta Congr.)*.
3. Carta de Cristóvão de Gouveia, de 6 de Setembro de 1584, *Lus. 68*, 403v e 407.
4. Carta de Luiz da Fonseca, 18 de Agôsto de 1584, *Lus. 68*, 398.
5. *Lus. 2*, 25-26.
6. Carta do P. Sebastião de Morais, ao P. Geral, de Lisboa, a 25 de Agôsto de 1585, *Lus. 69*, 137.
7. Cardim, *Tratados*, 365.
8. Cf. supra, Tômo I, 138-139.

nações da Visita. E assim, logo na sua carta de 4 de Janeiro de 1590, toca vários pontos, pedindo ao Geral para fazer o contrário do que nela ficara estatuído [1]. Esta sua indisposição exerceu-se também contra o sócio do Visitador, Padre Fernão Cardim, como transluz de vários documentos [2]. Pelas questões, que não soube evitar, não nos parece que fôsse homem à altura do seu cargo e não conciliou grandes simpatias. Ao passar no Brasil, o P. Pero Rodrigues fêz-se eco desta impressão desfavorável, indicando ao Geral não só o que se pensava dêle, mas o que êle-próprio notou [3].

Sendo, por natureza, pouco conciliador, viu-se a braços com dificuldades também com gente de fora, como o Capitão Gaspar Curado, e com Franciscanos e Carmelitas. Em Maio de 1593, já tinha recebido comunicação de que lhe davam sucessor [4], que êle-próprio aliás tinha pedido um ano antes [5]. Em 1593, foi cativo dos piratas, sendo logo resgatado [6]. Entregue o cargo ao P. Pero Rodrigues, em 1594, ficou destinado a voltar a Portugal. Muita gente da terra quis dar-lhe presentes para a viagem, sem êle os pedir; mas, no Colégio, impediram-no de aceitar, e êle queixou-se a Roma [7]. Inclinado à magnificência, informaram o P. Geral que êle se tratava melhor do que os seus súbditos [8]. Para se justificar, escreveu um apontamento: «o que gastei, parte com os Colégios, parte com pessoas de fora necessitadas», com indicações úteis sob o ponto de vista económico [9]. A 13 de Fevereiro de 1595, Marçal Beliarte já estava em Lisboa [10]. E, três meses depois, era Padre Espiritual do Colégio de Évora [11]. Passou amargurados os últimos dias, com as questões levantadas no

1. Beliarte, *Bras. 15*, 368-369, 371; *Lus. 71*, 3v.
2. *Bras. 15*, 374 (4.ᵐ).
3. Carta de Pero Rodrigues, de 7 de Agôsto de 1592, *Bras. 15*, 393-393v.
4. Carta do P. Beliarte, de 15 de Maio de 1593, *Lus. 72*, 94v.
5. Carta de Beliarte, de Pernambuco, 6 de Novembro de 1592, *Bras. 15*, 405.
6. Cf. supra, Tômo I, 135-136.
7. *Bras. 3*, 358v.
8. *Lus. 73*, 12.
9. *Bras. 3(1)*, 358-360v. Receita: «Recebi no tempo que fui provincial do que El-Rey manda dar cada tres anos ao Provincial para correr a costa com dous companheiros [....] 290$000; Despesa [....] 302$400».
10. *Lus. 73*, 12.
11. Carta de Francisco de Gouveia, de 7 de Maio de 1596. *Lus. 73*, 124.

Brasil, pois as informações iam e vinham do Brasil para Roma e de Roma para Évora, e ainda se debatiam, quando faleceu neste Colégio, no mês de Julho de 1596 [1].

O Provincialato do P. Beliarte não foi feliz. Fértil em incidentes, pouco amante da pobreza, e de carácter precipitado, concitou contra si a muitos Padres da Província, entre os quais Fernão Cardim e Pero Rodrigues. Entretanto, algumas qualidades possuía. Era activo e zeloso nas visitas das casas. Padeceu doenças e passou perigos de Índios e de corsários [2]. Procurou, com todo o empenho, elevar a cultura literária e científica nos Colégios e no Brasil, mandando vir livros de Portugal e dando todo o brilho aos estudos da Baía, que êle teria elevado a universitários, se lho tivessem consentido [3].

Marçal Beliarte era lisboeta. Nas respostas ao exame do P. Nadal, em 1562 ou 1563, diz que tinha 19 anos, era natural daquela cidade, fôra recebido por «Don Ignacio, em Lisboa», havia 3 anos e 4 meses. Tinha estado em Évora, Coimbra, Lisboa em ofícios humildes e de caridade [4]. Na Universidade de Évora, era lente do 3.º curso de Artes, em 15 de Janeiro de 1575 [5].

Estas referências, junto à lição da sua vida, dão-nos a certeza de que teria sido melhor conservarem-no como professor, conforme a informação que dêle se dava em 1561: «o Irmão Beliarte é de boa habilidade. Vai bem no latim, é diligente. Será para ensinar» [6]. Beliarte teve parentes em Pernambuco. O P. Toledo, em 1599, pedia ao P. Geral licença para entrar na Companhia um parente do P. Beliarte, filho de pais portugueses, mas nascido no Brasil. E acrescentava que os pais eram beneméritos do Colégio de Olinda [7].

---

1. No Livro das Sepulturas do Colégio de Coimbra, BNL, fg. 4505, « Titolo dos... que fallecem nesta Província fora deste Collegio », f. 72, diz-se que foi a 26; no *Obituário* da Casa de S. Roque, p. 99, que a 17 de Julho de 1596; *Hist. Soc.*, 42, 21; ib., 43, 44, traz só o ano.
2. *Lus. 71*, 3; *Bras. 15*, 368.
3. Cf. supra, Tòmo I, 99.
4. *Mon. Nadal*, II, 571-572.
5. *Lus. 43*, 481.
6. *Lus. 43*, 297.
7. *Bras. 8*, 8.

9. — PERO RODRIGUES (1594-1603). Durante o govêrno de Beliarte, em Maio de 1592, arribou à Baía o P. Pero Rodrigues, Visitador de Angola[1]. Recebido de braços abertos pelo Provincial e pelo reitor Fernão Cardim, tomou parte na Congregação, que então se realizava naquela cidade. E para se ver o empenho, que logo tomou pelo Brasil, dá informações ao Geral das coisas mais importantes, que achou ou estranhou a Província, que havia de ser, sem êle o imaginar então, o campo principal da sua actividade apostólica. Tratando-se, em 1592, de nomear Provincial do Brasil, em substituïção de Beliarte, caíu a nomeação no P. Fernão Guerreiro, o futuro autor da *Relação Anual*, que teve de desistir por motivo de saúde[2]. Lembrou o Vice-Provincial de Portugal, com o parecer de Pero da Fonseca, Visitador, e do P. João Correia, que seria mais apto, para êsse cargo, Pero Rodrigues. Além das qualidades requeridas, «vai-se com muito mais facilidade e em breve tempo de Angola ao Brasil e com pouca despesa e com menos perigo »[3].

Pero Rodrigues foi nomeado Provincial, a 23 de Novembro dêsse mesmo ano[4]. Demorou-se, porém, mais tempo do que julgava, na Visita de Angola, para onde seguira em 1593, logo que achara embarcação da Baía. Fazendo-se mister a sua pre-

---

1. « A diez de Hebrero deste año de 92 partio de Lisbona una armada de 15 Urcas cõ mil soldados y 50 cavallos, cõ un governador [D. Francisco de Almeida] para cõquistar el Reino de Angola, fertil de minas de plata, cobre, azero, estanho y otros metales y vizinas a las de oro de Menamotapa. En ellas nos embarcamos seis de la Comp.ª en dos Urcas. Tomamos el Cabo Verde, la qual Isla está 15 grados de la linea hazia el Norte, 500 leguas de Lisbona. Alli nos ocupamos 4 sacerdotes que vamos, em predicar y cõfessar como tambien en la mar. Passados 11 dias nos partimos. Y porque la Urca, ẽ que yo y mis dos compañeros, que es um pe y un hero veniamos no era buena de velas y iũtamente por nos faltar agoa, fue necessario tomar este puerto, de la Baya despues de 3 meses de viage ». — Carta de Pero Rodrigues, Baía, 7 de Agôsto de 1592, *Bras. 15*, 393, 407.

2. Fernão Guerreiro achava-se então em Angra, Açores, como Visitador. Chegaram cartas a Lisboa, anunciando que estava com «tremores de cabeça» e outras doenças. A sua patente para Provincial do Brasil tinha a data de 6 de Julho de 1592, *Hist. Soc. 61*, 114v; *Lus. 71*, 236.

3. Carta de Amador Rebêlo, ao P. Geral, Lisboa, 10 de Outubro de 1592, *Lus. 71*, 242; Carta do P. João Álvares ao P. Geral, Lisboa, 27 de Setembro de 1592, *Lus. 71*, 236.

4. *Hist. Soc. 61*, 114v.

sença em Angola não poderia pois assumir o ofício de Provincial do Brasil. A 25 de Maio de 1593, o P. João Álvares conta que Baltasar Barreira, recém-chegado de Angola, quando saíra de lá, ainda não tinha chegado do Brasil, àquela Colónia africana, o P. Pero Rodrigues[1]. Realizada a visita de Angola, foi nomeado então, pela segunda vez, Provincial, a 14 de Março de 1594[2]. Dirigiu-se de África para a Baía. Chegou a 17 de Julho de 1594 e tomou conta do cargo dois dias depois[3].

O govêrno de Pero Rodrigues assinalou-se pelo incremento dado às missões entre os Maromomins, Amoipiras e Potiguares. Deixou sôbre elas muitas notícias, em parte ainda inéditas. Tendo contrariado, a princípio, os estudos do Colégio da Baía, depois defendeu-os e desenvolveu-os. Era zeloso. A 14 de Novembro de 1599, escreveu, de Pernambuco, que visitara a Província duas vezes e não fôra possível mais, nos 5 anos e 4 meses que tinha de Provincial[4]. Nesta viagem a Pernambuco, gastou, à ida, 3 meses; depois, com a monção, voltou de Pernambuco à Baía em 3 dias[5].

Cristão e português da velha cepa lusitana, reflectia em si mesmo a reacção, que se ia operando na mentalidade portuguesa contra os judeus e contra os usurpadores. Gostava que se renovasse o quadro dos que governam. Mudando os Superiores antigos e velhos, diz: « é bom irem-se fazendo outros, que pela bondade de Deus não faltam, se lhes dermos a mão »[6].

Quando lhe comunicaram a captura, pelos corsários, do P. Fernão Cardim e mais companheiros, mandou logo tratar, em Lisboa, do seu resgaste, « ainda que seja preciso vender os cáli-

---

1. Cartas de João Álvares ao P. Geral, Lisboa, a 20 de Março e 25 de Maio de 1593, Lus. 72, 71; Lus. 72, 105.
2. Hist. Soc. 61, 114v.
3. Carta de Pero Rodrigues, de 19 de Dezembro de 1599, BNL, fg. cx. 30, 80, n.º 7; Bras. 15, 354, 418.
4. Carta de Pero Rodrigues, Pernambuco, 14 de Novembro 1599, Bras. 15, 471.
5. Bras. 3(1), 169. A primeira viagem da Baía a Pernambuco, fizera-a por terra, em 1596, com grandes trabalhos que êle-próprio narra em carta de 5 de Abril de 1597 (Bras. 15, 428). Na visita ao sul, partiu da Baía no dia 22 de Outubro de 1597 e, depois de visitar tôdas as casas, saíu do Rio para a Baía, a 1 de Maio de 1598, chegando lá no dia 31 do mesmo mês, Bras. 15, 567.
6. Bras. 3(1), 170v.

ces»[1]. No fim de 1594, preparando-se para a visita do sul, foi ao mesmo Cardim que nomeou em segrêdo, para lhe suceder, em caso de desastre com os corsários ou no mar[2].

Pero Rodrigues deixou o cargo em 1603. Como vimos, no começo dêste capítulo, pediu que lho tirassem e ficasse como súbdito para provar que também sabia obedecer. Assim sucedeu. Ficou apenas como consultor do Provincial e como confessor e prègador. Ainda foi, depois, Visitador do Colégio do Rio e, alguns anos, Superior da Capitania do Espírito Santo, passando os últimos da vida com o ofício de Padre Espiritual e confessor, em Pernambuco, em cujo Colégio faleceu, a 27 de Dezembro de 1628, na avançada e veneranda idade de 86 anos[3].

10. — Para concluir esta matéria do govêrno da Companhia, resta dizer uma palavra sôbre uma expressão dêsse govêrno, que são as *Congregações*, conselho superior da Ordem ou da Província. Quando são de tôda a Companhia, chamam-se Congregações *Gerais*; quando só duma Província, *Provinciais*. Nas gerais, reside o poder legislativo da Companhia. Não teem prazo fixo. Mas torna-se obrigatória a sua reünião quando morre o Geral,

---

1. *Bras. 8*, 16.
2. *Bras. 3(2)*, 356.
3. *Hist. Soc. 43*, 68. O Catálogo de 1613 tem : « Pero Rodrigues, da cidade de Évora, 71 anos, entrou na Companhia em Évora em 1556, a 15 de Fevereiro, *Lus. 43*, 332. Estudou latim 3 anos, antes de entrar, e 2, depois de entrar, Filosofia 4, Teologia outros tantos. Mestre em Artes Liberais. Ensinou Humanidades 5 anos, o mesmo tempo Teologia Moral. Reitor dos Colégios do Funchal e Bragança 7 anos em cada um; 2 anos Visitador da Residência de Angola e 9 Provincial do Brasil. Superior desta casa do Espírito Santo há 3 anos e meio. Prègador, professo de 4 votos desde o ano de 1577» *(Bras. 5*, 101). A profissão fê-la no Funchal, a 27 de Janeiro do referido ano *(Lus. 1*, 55-54v); cf. Franco, *Ano Santo*, 491 ; Fr. Rodrigues, *A Companhia de Jesus em Portugal e nas missões*, p. 51.

Os Provinciais, imediatos sucessores dêstes, foram, conforme a data das suas patentes, os seguintes *(Hist. Soc. 62*, 60) :

> *Fernão Cardim*, 13 de Janeiro de 1603 ;
> *Henrique Gomes*, 18 de Agôsto de 1608 ;
> *Pedro de Toledo*, 22 de Abril de 1614 ;
> *Simão Pinheiro*, 30 de Abril de 1618 ;
> *Domingos Coelho*, 13 de Março de 1621 ;
> *António de Matos*, 29 de Abril de 1623.

a-fim-de eleger sucessor. Aproveita-se a ocasião para despachar os assuntos emergentes. Só teem direito a tomar parte nela os Professos de quatro votos. Três por cada Província: o Provincial e mais dois, eleitos pela Congregação Provincial, reünida para êsse fim[1]. A Congregação Geral é presidida pelo Padre Geral, mas êle-próprio está submetido à jurisdição da Congregação, como qualquer Padre. O seu estudo é importante para a história interna da Companhia. Secundaríssimo para a do Brasil. Indiquemos apenas as Congregações Gerais, que houve, e quem nelas representou a Província do Brasil.

No século XVI, houve 5 Congregações Gerais: a 1.ª em 1558, a 2.ª em 1565, a 3.ª em 1573, a 4.ª em 1581, a 5.ª em 1594. Nas quatro primeiras, foram eleitos, respectivamente, os Padres Gerais Diogo Laines, S. Francisco de Borja, Everardo Mercuriano e Cláudio Aquaviva. A de 1594 foi por parecer dos Procuradores; e, ainda em vida do mesmo Aquaviva, se reüniu outra, a 6.ª Congregação Geral (1608), por decreto de Inocêncio X. Os Padres de Portugal asseguravam a representação do Brasil, quando não era possível enviar um de lá. Abaixo veremos como se regularizou isso. Representando o Brasil, assistiu à 2.ª Congregação Geral o B. Inácio de Azevedo[2]; à 5.ª, o P. Luiz da Fonseca[3]; à 6.ª, o P. Marcos da Costa[4]. Na 2.ª Congregação Geral, determinou-se que, se os Procuradores da Índia e do Brasil, enviados para a Congregação de Procuradores, ainda se achassem na Europa, ao reünir-se alguma Congregação Geral, pudessem tomar parte na eleição, dado que houvesse estas duas condições: serem professos e terem já previsto essa eventualidade, munindo-se com os respectivos poderes outorgados na sua Província. Caso contrário, eleger-se-ia, em Portugal, um Padre que representasse juntamente a Índia e o Brasil[5]. Foi o caso, na morte de S. Francisco de Borja, indo à 3.ª Congregação Geral, como procurador da Índia e do Brasil, o Padre Mestre Inácio Martins, « o da Santa doutrina »[6].

---

1. *Constitutiones*, P. VIII, C. III.
2. *Congr. 1*, 29v.
3. *Ib.*, 112.
4. *Ib.*, 134v.
5. *Ib.*, 39v.
6. Franco, *Ano Santo*, 110.

Até ao presente, houve 28 Congregações Gerais, sendo a última neste ano de 1938.

11. — A Congregação Provincial não tem jurisdição. Além do caso extraordinário de se reünir para enviar à Congregação Geral os seus delegados, convoca-se, de ordinário, trienalmente, para eleger um Procurador, que vai a Roma, tratar com o Padre Geral dos assuntos da Província, em particular dos que a mesma Congregação Provincial achar útil ou necessário propor-lhe. Em Roma, reúnem-se os Procuradores de tôdas as Províncias, e esta Congregação de Procuradores delibera se convém ou não convocar Congregação Geral.

No Brasil, pelas distâncias das respectivas casas, não se reüniu algumas vezes a Congregação Provincial. Em seu lugar havia a chamada Consulta Trienal, enviando-se a Roma notícia das coisas principais da Província. Os Padres convocados para as Consultas Trienais sentavam-se por ordem de antiguidade [1].

1.ª — *1568, Junho*. — A primeira Congregação Provincial, como tôdas as seguintes aqui indicadas, reüniu-se na Baía, em Junho de 1568. Presidiu-a o Visitador, P. Inácio de Azevedo. E êle-próprio foi eleito Procurador. Levava para tratar em Roma 16 postulados. Serviu de secretário da Congregação o P. Quirício Caxa. Os postulados versavam sôbre a organização do noviciado, sôbre as Residências, observância religiosa, aldeamentos, estudo da língua tupi, escravos, esmolas, Colégios, Visitadores, Superiores, Provinciais. O objecto preciso de cada um ou de muitos dêles vai exposto nas páginas desta obra, nos lugares correspondentes [2].

Notemos que já antes, em 1554, tinha sido enviado a Roma o P. Leonardo Nunes. Não precedera Congregação Provincial, impossível ainda então, por falta de professos. Mas teria sido êle, na realidade, o primeiro procurador a Roma, se não naufra-

---

1. *Bras. 2*, 91v-92.
2. « Res quaedam Patri Nostro Generali proponendae in Congregatione Provinciali Brasiliensi tractatae anno Domini 1568 », *Congr. 41*, 298-300v; *Fund. de la Baya*, 19v (91); *Fund. del Rio de Henero*, 52v (129); *Fund. de Pernambuco*, 61v (14); Vasc., *Crón.*, III, 122; *Bras. 2*, 136v-138v; Ant. de Matos, *Prima Inst.*, 24v.

gasse durante a viagem. Levava a incumbência de pedir Padres bem formados; de manifestar, em nome do Padre Nóbrega, o desejo que tinha de deixar de ser Provincial; e de trazer instruções sôbre votos de pessoas leigas, casadas[1]. Levava também recomendação de se enfronhar bem no espírito das Constituïções, para as declarar à volta[2].

2.ª — *1575, Março*. — Reüniram-se a 7 de Março, para a eleição do Procurador, os seguintes Padres: Inácio Tolosa, provincial; Luiz da Grã, professo de 4 votos e consultor; Quirício Caxa, professo de 4 votos e consultor; Cristóvão Ferrão, vice-reitor do Colégio, professo de 3 votos e consultor; Gregório Serrão, professo de 3 votos, consultor e procurador do Colégio; Amaro Gonçalves, consultor. Em vista de haver tão poucos professos de 4 votos, resolveram (sem entrarem nos debates os dois professos, Grã e Caxa) que se devia mandar um professo de 3 votos ou um coadjutor espiritual. Foi eleito o P. Gregório Serrão, — não só como procurador, mas para também, se fôsse preciso, assistir à Congregação Geral e eleger o Geral[3].

1579. — Não houve Congregação. Mas enviaram-se postulados[4].

3.ª — *1583, Dezembro*. — Começou no dia 8 de Dezembro. Assistiram o Padre provincial José de Anchieta; quatro Padres professos do Colégio; os mais não chegaram a tempo; o Supe-

---

1. *Bras. 3(1)*, 135v-136.

2. Carta de Pero Correia, de 18 de Julho de 1554, *Bras. 3(1)*, 113v. Esta carta fixa a data da saída de Leonardo Nunes, de S. Vicente: «haverá pouco mais de um mês que o Padre Leonardo Nunes partiu para o Reino», portanto nos meados de Junho de 1554.

3. *Congr. 42*, 321-322. O documento tem 14 pontos, sendo o último um conspecto geral da Província. Assina-o *Ignatius Tholosa*, Pridie Idus Martii 1575. Está também em *Bras. 2*, 116v-119.

No Arquivo conservam-se as respostas dadas aos postulados (*Congr. 93*, 205-207). No livro das *Ordenações*, as respostas só (*Bras. 2*, 22v-23). Também aqui se encontra o « Memorial das Cousas que o P. Gregorio Sarrão ha propuesto a N. P. Geral cõ la respuesta de su Paternidade año 76 » (*Bras. 2*, 23v-25v). Visto pelo P. Geral no dia 7 de Agôsto de 1576, como diz António Possevino, que o assina (*Congr. 93*, 211-212; 213-215v). Do *Memorial* transcrito nas *Ordenações* suprimiram-se alguns assuntos de carácter pessoal e transitório.

4. « Algunas cosas que de la provincia del Brasil se proponen a ñro P.e General este año de 1579 y respuesta a ellas », « Ordinationes », *Bras. 2*, 28v-30v.

rior de Ilhéus, P. Gonçalo Leite; e o P. António Gomes, procurador da Província, eleito Procurador a Roma[1].

Fizeram-se cinco postulados: pedindo Padres idóneos, para mestres, superiores e provinciais; que os Jesuítas fôssem ao Rio da Prata e Paraguai; certos privilégios; que houvesse em Lisboa um procurador exclusivo do Brasil; e que se excogitasse meio fácil de se receberem as rendas do Colégio[2]. O P. Geral, Cláudio Aquaviva, determinava, em 1582, que os Superiores de Ilhéus, Pôrto Seguro, Espírito Santo e São Vicente tomassem parte na Congregação Provincial. Se não pudessem, deveriam enviar os sufrágios, por escrito, para a eleição do Procurador. Em todo o caso, visto morarem longe e a navegação ser difícil, nem por isso se devia considerar ilegítima a Congregação, se, por acaso, não chegassem a tempo nem êles nem os seus votos[3]. O Visitador Gouveia recomenda, em vista desta ordem, que aquêles mencionados Superiores tomem, com tempo, as medidas convenientes para não faltarem.[4]

4.ª — *1592, Maio.* — Convocada pelo P. Provincial para o dia 25 de Maio. Assistiram os Padres: Provincial Marçal Beliarte; Luiz da Grã; Inácio Tolosa, reitor do Rio de Janeiro; Quirício Caxa, procurador da Província; Pedro Rodrigues (que indo para Angola arribou à Baía); José de Anchieta, superior da Residência do Espírito Santo; Luiz da Fonseca, Leonardo Armínio, Francisco Soares; Pero de Toledo, reitor de Pernambuco; Fernão Cardim, reitor da Baía; Vicente Gonçalves, superior dos Ilhéus. Todos professos de 4 votos, menos êste último, que então ainda o não era.

Deviam assistir também o P. António da Rocha, superior de Pôrto Seguro, e João Pereira, superior de S. Vicente, mas por causa das distâncias e do «tumulto de guerras», foram legiti-

---

1. Cardim, *Tratados*, 300-301; Gouveia, *Lus. 68*, 341. O P. António Gomes, natural de N.ª S.ª do Souto, Braga, voltando ao Brasil, fêz os últimos votos, a 1 de Janeiro de 1588 *(Lus. 19*, 25), e faleceu prematuramente no Colégio da Baía, no dia 5 de Janeiro de 1589, *Bras. 5*, 33; cf. Serafim Leite, *Um autógrafo inédito de José de Anchieta*, em *Brotéria*, vol. XVII (Novembro de 1933) e em *Páginas*, 192.

2. *Congr. 95*, 158. As respostas acham-se nas *Ordenações, Bras. 2*, 52-53; cf. Memorial levado a Roma pelo P. António Gomes, *Lus. 68*, 414-418v.

3. Carta de Aquaviva a Anchieta, 6 de Agôsto de 1582, *Bras. 2*, 50.

4. *Bras. 2*, 145.

mamente dispensados. O P. Rocha ainda chegou no dia 1.º de Junho e foi admitido. Procurador a Roma elegeu-se a Luiz da Fonseca; e seu substituto, ao P. Inácio Tolosa. A Congregação fechou no dia 2 de Junho. Assina a acta o P. Luiz da Fonseca, secretário [1].

Estavam presentes todos os Padres professos e todos os superiores do Brasil, excepto o de S. Vicente. Aquêles «tumultos de guerra» eram as piratarias de Cavendish [2].

5.ª — *1598, Junho*. — Convocada e começada no dia 8. Assistiram os Padres: Provincial Pero Rodrigues; Luiz da Grã; Inácio de Tolosa, reitor do Colégio da Baía; Quirício Caxa; Leonardo Armínio, vice-reitor de Pernambuco; Pedro de Toledo; Francisco Soares, superior das Casas da Capitania de S. Vicente; Fernão Cardim, reitor do Rio; Henrique Gomes, Fernão de Oliveira; João Pereira, superior de Pôrto Seguro; Pedro Soares, superior do Espírito Santo; Marcos da Costa, Vicente Gonçalves; João Baptista, superior dos Ilhéus; Manuel de Sá, procurador do Colégio, em vez do procurador da Província que não pôde comparecer. Todos, menos êstes dois últimos, professos de 4 votos. Foi eleito secretário o P. Henrique Gomes, e Procurador a Roma Fernão Cardim, e, como substituto, Henrique Gomes. Acabou no dia 18 dè Junho de 1598. Foram nove os postulados. Merecem particular menção os que tratavam da admissão de candidatos à Companhia, nascidos no Brasil; do triénio dos Superiores, para que os Provinciais ficassem no govêrno quatro anos pouco mais ou menos; de os reitores não passarem de quatro anos; e do mau estado financeiro do Colégio da Baía, pedindo-se um subsídio.

Tratou-se também da qualidade do Procurador a Roma. As Províncias Ultramarinas só eram obrigadas a mandá-lo de seis em seis anos. E o Brasil tinha o privilégio de mandar Padre que não fôsse professo. «Tratou-se, a seguir, do privilégio que tem esta Província de enviar Procurador a Roma, que não não seja professo de quatro votos; e com o parecer de todos, a Congre-

---

1. *Congr. 45*, 391-391a.
2. *Bras. 15*, 397; *Bras. 15*, 403. As respostas dadas aos negócios, que o P. Luiz da Fonseca tratou em Roma, leem-se em «Ordinationes», *Bras. 2*, 77v--79v; 80-86v, 129-129v.

gação não usa por esta vez dêsse privilégio e resolve que se envie um procurador, professo de quatro votos »[1].

6.ª — *1601, 30 de Junho.* — Consulta Trienal. Resolveu-se não enviar procurador a Roma, por não ter ainda chegado o procurador passado com as respostas e resoluções da Congregação anterior. Espera-se Visitador[2].

Concluímos êste capítulo, dedicado ao govêrno da Companhia no Brasil, no século XVI. Recordando os seus diversos organismos, em união com o Padre Geral (o qual por sua vez está em união com o Vigário de Cristo na terra), verificamos que os responsáveis imediatos dêsse govêrno, que eram os Provinciais, foram, no seu género, homens de valor. Se quiséssemos classificar cada um, com distintivo próprio, ainda que não exclusivo, veríamos que nêles se inter-sucedem grandes qualidades, súmula, afinal, das qualidades jesuíticas: Nóbrega, o fundador e o chefe; Grã, o zelador da pobreza; Azevedo, o mártir; Tolosa, o amante da Eucaristia; Anchieta, o literato e o santo; Gouveia, o legislador; Beliarte, o académico; Rodrigues, o organizador das missões, — galeria que, na verdade, honra a Companhia de Jesus e ilustra o Brasil.

---

1. *Congr. 49*, 452-456. Cf. carta do P. Tolosa ao P. Geral, Baía, 17 de Agôsto de 1598, *Bras. 15*, 469.
2. Pero Rodrigues, *Bras. 8*, 13.

CAPÍTULO IV

Relações com o Clero e os Prelados

*1 — Clero regular; 2 — Clero secular; 3 — D. Pedro Fernandes Sardinha (1552-
-1556); 4 — D. Pedro Leitão (1559-1573); 5— D. António Barreiros (1576-1600);
6 — Bartolomeu Simões Pereira (1578-1602 ou 1603).*

1. — No quadro da História Geral da Igreja no Brasil teem que se citar cronològicamente, antes dos Jesuítas, os Padres Franciscanos. Tiveram êles a glória de passar na armada de Pedro Álvares Cabral, celebrando Frei Henrique de Coimbra a primeira missa no Brasil. Outros Franciscanos vieram depois dêles, mas por virtude das circunstâncias precárias, em que viveram, a-pesar-de todo o seu zêlo, nem fundaram casas, nem deixaram vestígios[1]; outros Franciscanos, espanhóis de nação, passaram no sul do Brasil, de passo para o Paraguai[2]. Já depois da chegada dos Jesuítas, veio um irmão leigo, Frei Pedro Palácios, que os Padres ampararam; e também um ou outro religioso isolado ou ex-religioso[3]. No Rio de Janeiro, com os Franceses de Villegaignon, também estiveram alguns Padres de S. Bernardo[4]; mas nenhum dêstes religiosos lançou raízes. Foram os Jesuítas os primeiros que fundaram casas estáveis e organizaram a catequese em bases sólidas.

Trinta e tantos anos depois de chegarem os Religiosos da Companhia de Jesus, começaram então a afluir outras Ordens e a fixar-se na terra. Diz Anchieta: «no ano de 1581, vieram,

---

1. Nóbr., *CB*, 107-108.
2. Cf. Schmidel, *Viage al Rio de la Plata*, 340-355; Vasc., *Crón.*, I, 58.
3. Nóbr., *CB*, 108-109; *Lus. 60*, 127v.
4. Anch., *Cartas*, 208 e notas de Alcântara Machado, 392-393, p. 340 Nóbr., *CB*, 109.

em companhia de Frutuoso Barbosa, que vinha povoar o Rio da Paraíba, três Frades do Carmo e dois ou três de S. Bento, a Pernambuco. Mas como não se povoou a Paraíba, não fizeram mais que prègar e confessar, sem fazer mosteiro. Veio também, em sua companhia, um de S. Francisco, que também prègou algum tempo em Pernambuco, e tornou-se para o Reino. No ano de 83, vieram dois de S. Bento com ordem do seu Geral. A êstes se deu um bom sítio na Baía e uma igreja de São Sebastião, e fazem já mosteiro: são três, por todos, até agora [1584], e começam a receber alguns outros na Ordem. Na mesma cidade, no mesmo ano, se deu sítio e casa a uns dois de S. Francisco, que vieram mandados por El-Rei para o Rio da Prata com outros; mas êstes ficaram-se na Capitania do Espírito Santo, como ficaram outros em S. Vicente, que vieram na armada do Estreito. Praza a Deus que todos vão adiante para sua glória» [1].

¿Que relações mantiveram estas Ordens religiosas com os Jesuítas, que já encontraram no Brasil? Pode-se dizer que boas. Mas o contacto gera, às vezes, ligeiros atritos, tal qual no seio das melhores famílias. Irmãos e no entanto, às vezes, com critérios divergentes. Naturalmente a identidade de fins, no mesmo campo de actividade, emquanto se não delimitassem bem as respectivas zonas de influência, poderia dar ocasião a algum mal-entendido que seria logo explorado por terceiros, empenhados em atenuar a energia com que os Jesuítas defendiam os Índios. Foi o que se verificou, na Paraíba, com os Franciscanos. No século XVI, não achamos outro motivo de contradição com êstes Religiosos; antes, vemos boa convivência e amizade, como no caso da imagem de Santo António de Argüím, que, recolhida

---

1. Anch., *Cartas*, 313-314; Francisco Soares, *De alg. coisas mais notaveis*, in *Rev. do Inst. Bras.* 99 (1928) 381; Pôrto Seguro, *HG*, I, 496-497; Rocha Pita, *Hist. da America Portuguesa*, 2.ª ed., (Lisboa 1880) 96; P. Fernando de Macedo, *O Brasil Religioso* (Baía 1920) 5, 65, 89; Frei Gaspar da Madre de Deus, *Noticia dos annos em que se descobriu o Brasil e das entradas das religiões e suas fundações*, in *Rev. do Inst. Bras.*, (1840) 427-446; Jaboatão enumera assim a chegada das Ordens religiosas ao Brasil: *hora de prima*, Franciscanos (1500); *hora de tertia*, Jesuítas (1549); *hora de sexta*, Carmelitas, (1580); *hora de nona*, Beneditinos (1581); *undecima hora*, Oratorianos (sem data), os quais chegaram « achando a vinha preparada e só dispostos a colher os frutos...» (*Orbe Seráfico*, 18-19). Rocha Pombo comenta: « Se os Franciscanos podem dizer tudo isto — ¿que não devem poder, por si, alegar os Jesuítas?» (*H. do B.*, III, 419n).

pelos Índios das Aldeias dos Jesuítas, foi entregue solene e festivamente aos Franciscanos [1].

Com os Beneditinos na Baía houve alguma desinteligência, no que toca também à liberdade dos Índios [2]. Debates inerentes à própria vida humana e ao jôgo de tôdas as actividades; com terem um escopo superior de religião, nem por isso deixam de ser actuadas por vontades, que, mesmo quando são rectas, podem ser divergentes, segundo o ponto de vista em que se colocam. Gabriel Soares de Sousa procura opor os Beneditinos aos Jesuítas. Respondem êstes com um facto, que prova a sua boa vontade: o Terreiro do Mosteiro Beneditino na Baía não podia existir sem terras dadas, ou trocadas, pelo Colégio da Companhia de Jesus [3]. Os Jesuítas facilitaram-no. Era, aliás, de franca benevolência o espírito que reinava, em 1592, entre os Religiosos de ambas as Ordens, visitando-se e comendo nos refeitórios uns dos outros — que é o sinal distintivo de quem se estima e põe a caridade religiosa acima de questões humanas. Em 1602, Pero Rodrigues, enviando para Portugal o P. Manuel de Sá, diz que vai acompanhado pelo «P. Frei Clemente, Provincial de S. Bento, pessoa de muito exemplo e muito nosso amigo» [4].

Com os Religiosos do Carmo houve apenas uma ligeira questão, por causa do resgate dalguns religiosos Carmelitas, cativos dos Franceses. Foram resgatados pelos Padres da Companhia de Jesus; mas houve, depois, algum desgôsto sôbre o respectivo pagamento [5]. Questão de puro expediente ou falta de combina-

---

1. *Bras. 15*, 422v. As terras, que êles receberam no Rio de Janeiro, em 28 de Fevereiro de 1592, confinavam com as da Companhia, perto da ermida de Santa Luzia. Partiam com os chãos de Gonçalo Gonçalves e «dahi uão correndo ao longo da cerca dos Padres da Companhia athe o forte já dito que está abaixo da Sé». — *Archivo do Districto Federal*, I, 54.

2. Cf. supra, 164-165.

3. *Bras. 15*, 385v (20).

4. Carta de Pero Rodrigues, 12 de Janeiro de 1602, *Bras. 8*, 19; *Bras. 15*, 387 (29); cf. Amaral, *Resumo Chronologico*, 252; Ramiz Galvão, *Apontamentos historicos sobre a Ordem Benedictina em geral e em particular sobre o Mosteiro de Monserrate, do Rio de Janeiro*, in *Rev. do Inst. Bras.*, 35, 2.ª P. (1872) 249 ss. Êste Padre Manuel de Sá, que voltou para Portugal, era natural de Braga e entrou na Companhia, no Brasil, em 1572. Foi muitos anos procurador do Colégio da Baía. Voltou com licença do P. Geral. Cf. *Bras. 5*, 36v.

5. *Bras. 2*, 89.

ções prévias. Resolvido o assunto, cujos ecos chegaram a Portugal, não houve mais nada. O Provincial carmelita em Lisboa comunicava, em 1596, que não tinha nenhum agravo dos Jesuítas do Brasil, e o que êstes faziam estava bem feito[1]. Os Carmelitas freqüentavam o curso de Artes do Colégio da Baía. Em 1598, eram 5[2]; e em 1601, diz Pero Rodrigues que terminaram o curso quatro religiosos do Carmo, «com os quais corremos em amizade»[3].

Assim, pois, viviam os Padres da Companhia com os demais Religiosos, em boa harmonia, tratando cada qual de colaborar com zêlo, segundo o espírito de seus Institutos, na formação espiritual do Brasil. No regimento que levou Francisco Giraldes como Governador do Brasil, El-Rei recomendava todos os Religiosos, em particular os Padres da Companhia, «por serem os principiadores da obra da conversão»[4]. Esta obra, procuraram levá-la a cabo os Jesuítas o melhor que puderam e souberam. Da sua parte não puseram obstáculos a que outros coadjuvassem na vinha imensa, cada qual, evidentemente, no seu lugar, dentro da caridade cristã. E também em conseqüência da sua mesma actividade pedagógica, concorreram os Jesuítas para a emprêsa dos outros. Dos seus Colégios saíram muitas vocações. Da obra das vocações, tão encarecida modernamente, encontramos os primeiros vestígios no Brasil, no século XVI. Se a princípio eram, naturalmente, tenras e sem grande solidez, pouco a pouco se foram aperfeiçoando até ficar mais firmes. Além das vocações para o clero secular e para a própria Companhia, havia-as para diversas Ordens. Dois alunos dos Jesuítas, no Colégio de Pernambuco, fizeram-se Frades em 1590-1591, *in coenobia religiosorum*[5]. E muitos outros fizeram o mesmo depois. Do Colégio de Pernambuco, no biénio de 1617-1619, saíram 25 vocações, das quais apenas 8 para a Companhia[6]; e do Colégio da Baía, em 1618, entram para a vida religiosa 19 alunos, sendo 10 para a Companhia. E quatro dêles já eram Mestres em Artes[7].

1. *Lus.* 73, 124.
2. *Bras.* 5, 469v.
3. *Bras.* 8, 14v.
4. *Rev. do Inst. Bras.*, 67, 1.ª (1904) 222, 225.
5. *Bras.* 15, 366v.
6. *Bras.* 8, 241v.
7. *Bras.* 8, 228v.

2. — Quanto ao clero secular, já antes de 1549 havia algum no Brasil, repartido pelas Capitanias de Pernambuco, Espírito Santo e S. Vicente. Na armada, em que vieram os Jesuítas, também chegaram alguns Padres seculares. Mas eram a «escória»[1].

Digamos, desde já, que preferíamos não ter de escrever êste capítulo; mas é necessário, para se conhecer o ambiente em que trabalharam os Padres, as dificuldades e modos de as vencer. Aliás, quási tôda esta matéria anda impressa; e advertimos que na classe sacerdotal como em tôdas as classes há bom, medíocre e mau, — a tal «escória», de que falava Nóbrega. Indo ao começo, para o Brasil, quási exclusivamente degredados, não admira que se não achassem lá os melhores[2]. O quadro geral dêste primeiro clero é, em 1551, o seguinte: «Os clérigos desta terra teem mais ofício de demónios que de clérigos; porque, além de seu mau exemplo e costumes, querem contrariar a doutrina de Cristo, e dizem pùblicamente aos homens que lhes é lícito estar em pecado com suas negras, pois que são suas escravas, e que podem ter os salteados, pois que são cãis, e outras coisas semelhantes, por escusar seus pecados e abominações, de maneira que nenhum demónio temo agora que nos persiga, senão êstes. Querem-nos mal, porque lhes somos contrários a seus maus costumes, e não podem sofrer que digamos as missas de graça, em detrimento de seus interêsses. Cuido que, se não fôra pelo favor que temos do Governador e principais da terra, e assim porque Deus não o quere permitir, que nos tiveram já tiradas as vidas»[3].

Na descrição sumária do seu estado, deparam-se-nos os três obstáculos opostos pelo mau clero secular à evangelização do Brasil: questão de moralidade, questão de liberdade dos Índios, questão de ganância. Conseqüência: «os clérigos do Brasil des-

---

1. Nóbr., *CB*, 77, 123. Em 1585, diria o Visitador Gouveia: «degredados e incorrigíveis», *Lus. 69*, 131-131v; cf. António da Rocha, *Bras. 15*, 231v.

2. Na 7.ª Expedição (1563), o único sacerdote da Companhia era o P. Quirício Caxa. Êle confessava e prègava e fazia as cerimónias. Sebastião de Pina, narrando a viagem, diz que nos ofícios da Semana Santa oficiou o Padre. E ajudava-o «um clérigo degredado», que ia para o Brasil (*CA*, 398).

3. Nóbr., *CB*, 116, 119, 139, 75; *Imagem de Coimbra*, II, 169; cf. Vasc., *Crón.*, I, 107, 110. Êstes clérigos, que assim procediam, eram, na maior parte, «irregulares, apóstatas, excomungados», Nóbr., *CB*, 116, 119, 123; cf. Pôrto Seguro, *HG*, I, 286.

troem tudo, ainda que muito se fizesse»[1]. Ao abuso dos sacramentos e ao mau exemplo, andava unido o descaso pelos Índios, cuja língua ignoravam nem aprendiam. Nem sequer os capelãis dos engenhos[2]. Em 1584, já havia alguns sacerdotes mestiços; e êstes já saberiam a língua[3]. Quando, por motivo de mancebias públicas ou de consciências oneradas com cativeiros injustos, os Padres da Companhia julgavam do seu dever negar os sacramentos a brancos e mamelucos, diz Ambrósio Pires, com uma perífrase um tanto irreverente, mas expressiva: «nunca lhes faltam Papas, que, para destruir, teem mais poder que S. Pedro»[4]. «*Omnes quaerunt quae sua sunt*»[5]. É típico o caso do aguazil do clero, deixando viver por interêsse, como vivia, a mulher manceba de João Ramalho[6]. O próprio prelado, D. Pedro Sardinha, como veremos, não estêve isento da pecha de multas pecuniárias.

O *mau* clero era assim; mas havia excepções. Mesmo entre o que já acharam na terra, algum, movido da graça de Deus, arrepiou caminho e deu satisfação ao povo, recomeçando vida nova e edificante[7]. Entre as conversões, narradas na ânua de 1588, está a do Deão e Vigário Geral da Baía: «Era contrário aos nossos, *nec bona admodum fama*». Caído em grave doença, trataram-no os Jesuítas com extremada caridade. Converteu-se, e desejou entrar na Companhia. Não foi admitido, porque era idoso. Pediu perdão pùblicamente a todos; e agravando-se a

---

1. Carta de Nóbrega, 15 de Junho de 1553, *Bras. 3 (1)*, 98; Nóbr., *CB*, 109-110; cf. *CA*, 83; Polanco, *Chronicon*, III, 467; Vasc., *Crón.*, I, 107. O Ouvidor Geral refere-se a um clérigo de missa, «a que chamam o Bezerra». Conta dêle algumas tropelias. Não o prendeu, por ser eclesiástico, porém se V. A. mandar, «fallo hey, porque elle nom vive bem». Cf. *Revista de História*, 4.º vol. (1915) 72; Pôrto Seguro, *HG*, I, 234, 252, 261; Sergio Buarque de Holanda, *Raízes do Brasil* (Rio 1936) 84. Compreendemos que possa haver exagêro nas informações. Mas o fundamento persiste. Robert Ricard, analisando a situação dêste clero, dando todos os descontos possíveis, conclue: *On conserve le droit d'affirmer que, dans l'ensemble, ce premier clergé séculier du Brésil portugais demeurait inférieur à sa tâche et à sa dignité* (*Les Jésuites au Brésil*, 454).

2. Anch., *Cartas*, 318, 322, 412; *Bras. 3 (1)*, 162.

3. Anch., *Cartas*, 322.

4. Carta de Ambrósio Pires, 6 de Junho de 1555, *Bras. 3 (1)*, 139; Carta de Nóbrega, *Bras. 3 (1)*, 106; Anch., *Cartas*, 188-189; cf. *CA*, 185; Nóbr., *CB*, 190.

5. Nóbr., *CB*, 77.

6. *Bras. 3 (1)*, 84.

7. Nóbr., *CB*, 119.

doença, morreu, deixando os seus bens aos pobres[1]. Com o prestígio, dado por Mem de Sá aos Jesuítas, os sacerdotes seculares procuraram manter com êles boas relações. Deu-se também a circunstância de os Prelados, exceptuando o primeiro, correrem em bons têrmos com os Religiosos da Companhia. E é evidente que esta mútua inteligência tinha repercussões satisfatórias no trato de uns com outros. Era comum virem o Bispo D. Pedro Leitão e as dignidades da Sé às festas das Aldeias, como na de Santiago, em 1564, onde compareceram, além do Prelado, o deão, o chantre e os cónegos[2].

Ao lado, pois, dum clero inferior, a contrastar com uma vida desregrada e em desacôrdo com a sua alta vocação, iniciava-se paulatinamente a selecção da virtude, e despontavam os primeiros exemplares do zêlo e santidade do genuíno clero brasileiro. Em 1563, notava-se mudança radical no de Pernambuco: «até os sacerdotes desta Capitania são muito nossos amigos e devotos. O Vigário nenhuma coisa faz de pêso, sem o conselho e parecer do Padre»[3]. Devemos convir que êste facto de estar de bem ou de mal com os Padres não é critério para se ajuïzar da qualidade do clero. Mas dada a irredutibilidade dos Jesuítas em matéria de moralidade e de liberdade dos Índios, era sinal positivo de que o clero, se mantinha com êles boas relações, é porque seguia a mesma orientação naquelas matérias. Não seriam possíveis boas relações, se persistissem os escândalos. ¿Ficariam então suprimidas tôdas as dissidências? Certo que não. É conhecido o caso do Padre nigromante, António de Gouveia, em Pernambuco; e atritos ou friezas aqui e além havia de as haver sempre, por serem limítrofes os campos das respectivas actividades. Era inevitável que surgissem, e nem sempre por motivos razoáveis. ¿Quem pode garantir que haja sempre, inalteràvelmente, o necessário tacto de uns e outros? Contingências da vida, a que a caridade tratava de remediar. Todos sabem a facilidade com que os Jesuítas entregaram ao clero secular a capela da Ajuda, na Baía, que êles fundaram, e onde exercitaram os seus ministérios, ao princípio, como párocos[4]. Nesta matéria de administra-

---
1. *Ann. Litt. 1588*, p. 319.
2. CA, 424, 438.
3. CA, 403.
4. *Fund. de la Baya*, 3 (78).

ção dos sacramentos, próprios dos párocos, poderia haver ocasião de atritos; mas achamos expressamente recomendado pelos Superiores da Companhia que, onde houvesse clero secular, se abstivessem dêles os Jesuítas. É o caso dos baptismos e casamentos [1]. As Aldeias tinham regime diferente. E sucedeu que, pensando o P. Geral em sustentar o princípio de que aos seculares competia a cura das almas, em tôdas as circunstâncias, representaram-lhe, do Brasil, os inconvenientes e a impossibilidade prática de o fazer nas Aldeias, por falta de clero idóneo. E êle responde: « Diz-se na mesma [alude a uma carta do P. Nóbrega] e cá se crê que importaria muito para ajuda de aquelas almas que não houvesse outros clérigos que administrassem os sacramentos senão os da Companhia e certo sendo o estôrvo, que ali dão os clérigos ao bem espiritual, tão grande, não tem Nosso Padre por inconveniente dispensar que os Nossos tenham a cura das almas ao menos *ad tempus*, entretanto que se constituem clérigos bons, seculares, naquelas partes » [2].

Em 1573, insistia o P. Everardo Mercuriano que, onde os Padres exercitavam êstes ministérios, se explicasse bem ao povo que não eram próprios do Instituto da Companhia, e que o faziam ùnicamente para «introduzir o culto eclesiástico » e assegurar o seu exercício [3]. Capítulo mais delicado era certa preferência dada aos ministérios comuns que poderiam ser exercitados por uns e outros [4]. O B. Inácio de Azevedo, em 1568, deixou recomendado expressamente que, onde houvesse clero, o ajudassem os Jesuítas no que pudessem, e evitassem a emulação, sem

---

1. *Bras. 2,* 139; *Mon. Borgia,* IV, 400. O P. António da Rocha, descreve as conseqüências desta ordem, na Capitania do Espírito Santo, em 1571 : « Según tengo entendido despues que vino el P.e Ignacio dazevedo se mandó que los esclauos se apparejassen en casa para los baptismos y casamientos; y confessados los embiassen al parrocho y ansi no tiene el mas que dezir *Ego te baptizo* vel *Coniungo in matrimonium* y llevar su pechança o offerta, quedando a los Nuestros mucho dolor de cabeça quemamiento de sangre y pechança para la vida eterna». — António da Rocha, do Espirito Santo, 18 de Junho de 1571, *Bras. 15,* 232v.

2. *Epp. NN. 36,* 256v.

3. *Bras. 2,* 43. Em 1556, residiam na casa de S. Vicente dois Padres. Não havia então cura, ali, nem nas vizinhanças e « só êles eram os curas de necessidade » (Vasc., *Crón.,* II, 12).

4. *CA,* 370 ; Anch., *Cartas,* 188-189 ; *Fund. de Pernambuco,* 75 (51) ; Carta de Caxa, 2 de Dezembro de 1573, BNL, fg. 4532, 39v.

que por isso se deixassem de praticar aquêles actos, missas solenes, ofícios divinos, procissões, etc.¹. Uma vez ou outra, a defesa de Índios, interêsses particulares, e uma tal ou qual pontinha de intriga, colocavam uns contra os outros. ¿ Não vimos o primeiro pároco de S. Paulo votar, logo em 1592, apenas chegou, contra os Jesuítas, numa questão de Índios e aldeamentos?².

A emulação tem, às vezes, a sua utilidade para despertar o entusiasmo nas obras de Deus. Faltando-lhe, porém, a recta intenção deixa de ser construtora. Do clero da Baía, diz Nóbrega no seu *Apontamento* de 1559: «A doutrina da cidade nos tirou o Vigário, não por se lá fazer melhor, nem por ser maior glória de Nosso Senhor, porque cá, além da doutrina tinham práticas e declarações na sua língua, que era o de que se mais aproveitavam, o que agora se não pode fazer tão còmodamente. O mesmo usou o Bispo, que Deus haja, connosco e veio tudo a tanta frieza, que a largaram; mas nós agora, se êles a largarem, torná-la-emos a tomar». Naturalmente, êste estado de espírito reflectia-se em tudo o mais. E qualquer bem, feito aos outros, parece que nos é tirado a nós. Continua Nóbrega: «o Padre [Ambrósio Pires] dará relações do que cá passamos com os clérigos da Sé acêrca de um legado que nos deixou Diogo Álvares *Caramelu*, o mais nomeado homem desta terra, o qual, por nos ter muito crédito e amor, nos deixou a metade da sua têrça, o que êles tomaram tão mal, e fizeram uma petição de muitas falsidades, como lá verá polo traslado [que] dêle vai; e se algum do cabido não queria assinar, por lhe parecer tudo falsidade, o Vigário Geral o fazia assinar, com dizer que era obrigado a assinar, o que a maior parte assinava, de maneira que por experiência temos visto danar-nos e desacreditar-nos o que pode³. Eu e todos os mais da Companhia tratamos com êle até agora simplesmente e fielmente, e sempre no público e no secreto acreditamos e escusamos suas coisas, mas a êle sempre o amoestei fraternalmente do que me parecia, mas êle nunca tomou meu conselho, nem emendou coisa que eu lhe dissesse,

---

1. *Bras.* 2, 137v.
2. *Actas da Camara de São Paulo*, I, 447, 449.
3. Francisco Fernandes se chamava o Vigário Geral, Anch., *Cartas*, 309; cf. Capistrano, em Pôrto Seguro, *HG*, I, 367, que traz algumas notícias sôbre êle.

antes tomava ocasião de meter cizânia antre nós e aquelas pessoas, que lhe eu dizia; e, como disto era muito, avisando-o do escândalo e mau exemplo dos seus clérigos para êle remediar, não sòmente o não remediou, mas contra nós os encendia e amotinava; e porque disto o Padre Ambrósio Pires sabe muitas particularidades, dêle poderá V. R. saber o necessário» [1].

O prestígio que, pouco e pouco, adquiriram os Jesuítas, a sua boa amizade com os Prelados e Governadores evitaram a repetição de tão desagradáveis episódios. E não só trataram de evitar desinteligências com o Clero, mas levaram a sua intervenção a atalhar os possíveis escândalos que causam desavenças do Clero entre si ou com outros. É facto referido com freqüência nas ânuas. Entre as amizades feitas em 1587, contam-se, por exemplo, algumas desta natureza: «um homem com o pároco; uma Aldeia com o seu Padre; noutra Aldeia, um pároco com um colega fizeram pazes, a pedido dos nossos» [2].

Como o fim específico da actividade dos Jesuítas era sobretudo com os humildes, trataram também de tornar extensivos aos Sacerdotes seculares alguns dos privilégios que impetravam para o bem da catequese dos índios e negros. Cristóvão de Gouveia pedia licença a Roma para os Jesuítas binarem *no mesmo lugar*, a-fim de os escravos também poderem assistir, já que os senhores não consentíam que estivessem à sua missa. E que isto se estendesse também ao clero secular [3]. Iniciativa do mesmo Padre Visitador foi a criação de seminários para a formação de Clero *com alunos internos*, filhos dos fazendeiros e senhores de engenho. Circunstâncias alheias à sua vontade não permitiram então que fôsse adiante obra de tão extraordinário alcance para o futuro do Brasil [4].

---

1. Apontamento de Nóbrega (Arq. da Prov. Port.); cf. *CB*, 181-182.
2. « Vir cum parocho; pagus unus cum suo sacerdote; et in altero pago parochus cum collega, in gratiam nostrorum hortatu, rediere ». — *Annuae Litt. 1586-1587*, p. 573; cf. *Ann. Litt. 1589*, 465; *Ann. Litt. 1590-1591*, p. 825; *CA*, 431.
3. Carta de Gouveia, 6 de Setembro de 1584, *Lus.* 68, 402v-403.
4. *Lus.* 68, 403; *Lus.* 69, 131-131v. De várias ordens e alvarás ou cartas, tiram-se os nomes de muitos sacerdotes, dignidades da sé da Baía, entre 1559--1562; cf. *Annaes*, XXVII, 263-267. Também na *Primeira Visitação — Confissões da Bahia, 1591-1592*, p. 82, vem a lista do clero do Recôncavo da Baía, com as respectivas residências. Digamos, de passo, que a percentagem de cristãos novos

3. — D. PEDRO FERNANDES SARDINHA (1552-1556). O estado do Clero secular foi a causa próxima para que os Jesuítas pedissem a vinda dum Bispo: «Dos sacerdotes oiço coisas feias,—escreve Nóbrega ao P. Mestre Simão Rodrigues, Provincial, pouco depois de chegar—parece-me que devia Vossa Reverendíssima de lembrar a sua Alteza um vigário geral, porque sei que mais moverá o temor da justiça que o amor do Senhor»[1]. E repetia a instância: mas se fôsse Bispo, melhor. E «não seja dos que *quaerunt quae sua sunt sed quae Iesu Christi*. Venha para trabalhar e não para ganhar»[2]. O Provincial de Portugal tomou o pedido em consideração. A 31 de Julho de 1550, escrevia D. João III duas cartas, uma ao seu embaixador em Roma, Baltasar de Faria, outra ao Papa Júlio III, «que queria novamente criar em see catedral a igreja que se chama do Salvador na cidade outrosy chamada do Salvador». Propõe para Bispo, por indicação dos Jesuítas, «Pero Fernandes, mestre em teologia, pessoa de boas letras e doutrina»[3]. O Papa, a 5 de Fevereiro de 1551, pela bula *Super specula militantis Ecclesiae*, desmembra o Brasil do

---

entre o clero do Brasil, naquele tempo, era notável. Logo do Vigário, que o primeiro Bispo achou na Baía, dá êle a seguinte informação: « é muito ambicioso e mais querençoso de ajuntar fazenda que inclinado às coisas da igreja; e é coisa notória e sabida de todos *ter muito parentesco de ambas as partes* com a *gente nova* » (Carta de D. Pedro Fernandes Sardinha, 12 de Julho de 1552, na *Hist. da Col. Port. do B.*, III, 364). Nos começos do século XVII, a carta régia de 4 de Fevereiro de 1603 recomendava ao Bispo do Brasil que provesse as igrejas de cristãos velhos, pois constava que as mais delas o estavam em *novos*. — Andrade e Silva, *Collecção Chronologica*, I, 4-5.

1. Nóbr., *CB*, 75, 78, 116; *CA*, 81.
2. Nóbr., *CB*, 83, 110.
3. *Corpo Diplomático Português*, VI, 376-378; Polanco, *Chronicon*, III, 465.

Como prova das suas letras, achamos na Biblioteca de Évora êstes escritos seus:

a) *Sardinha Petri Ferdinandi in doctrinarum, scientiarumque omnium commendationem oratio apud universam Conimbricam Academiam habita* cal. Octob. anno 1550. Ad Invictissimum Ioannem Tertium Portugalliae Regem.

[Depois] Antonius Cabedius lectori [com 3 dísticos latinos, elogiando o discurso de Pedro Fernandes].

[A seguir]: um Prólogo em que explica porque fêz aquêle discurso e em que diz que chegara de França, onde começara os estudos de Direito, e que os concluía agora em Coimbra. O prólogo está datado de Conimbricae, Cal. Novemb. Anno M.D.L.

Segue-se a oração, que começa *Maxime vellem Rector amplissime*. O discurso

Funchal, a que pertencia hieràrquicamente, e o erige em diocese, «com Sé na Baía-de-Todos-os-Santos, cidade de São Salvador»[1].

D. Pedro Fernandes Sardinha, antigo e zeloso Vigário Geral, na Índia, «tinha grande conceito dos Padres da Companhia, de cujos trabalhos desejava ajudar-se em suas obrigações pastorais»[2]. No dia 22 de Junho de 1552, chegou à sua diocese: «Véspera da véspera de S. João chegou o Bispo a esta Baía». «Veio pousar connosco até que lhe mercaram umas boas casas em que agora está; é muito benigno e zeloso e mostra-se nêle bem ter amor e sentir as coisas da Companhia; prègou o dia de S. Pedro e S. Paulo com muita edificação, com que muito ganhou os corações de suas ovelhas; eu trabalharei sempre por lhe obedecer em tudo, e êle não mandará coisa alguma que pre-

---

está entremeado de versos e recheado de citações de autores sacros e profanos e, entre êstes, sobretudo os gregos, de preferencia Platão. — Cód. CX/1-4, n.º 2 (cadernos sem paginação).

b) *In tractatum Alvari Gometii Lusitani doctoris Theologi Sacellarii et concionatoris Serenissimi Portugalliae Regis, De coniugio Regis Angliae*. Petrus Fernandus electus Episcopus Brasiliensis candido lectori: São duas breves páginas. Olissipone. *Idibus Martii 1551*. A seguir está o trabalho de Álvaro Gomes, *Parisiensis theologus*, dedicado ao Núncio e datado de *Olissipone, Anno Domini 1551, 12 Cal. Martias*. São 8 páginas manuscritas. — Cód. CX/1-4, caderno n.º 3.

1. Paiva Manso, *Bullarium Patronatus*, I, 177. A data da Bula é de 1550, more florentino: portanto, 1551; cf. Moreira de Azevedo, *O primeiro bispo do Brasil* na Rev. do Inst. Bras., 30 (1867) 83-97; Pôrto Seguro, *HG*, I, 318-320. Ludwig Freiherrn von Pastor, *Geschichte der Päpste*, VI, 215. A carta de apresentação real, datada de Almeirim, 4 de Dezembro de 1551, pode ler-se em *Docum. Hist.*, XXXV, 117-127, onde também se encontram diversas provisões sôbre o primeiro Bispo do Brasil; Georg Schurhammer S. J., Die *zeitgenössischen Quellen zur Geschichte portugiesisch-Asiens und seiner Nachbarländer... zur Zeit des hl. Franz Xaver* (Leipzig 1932) 316 (4626). Schurhammer traz notícias dos documentos sôbre Sardinha, emquanto estêve na Índia; e no fim, *Tafel III*, a assinatura autógrafa do prelado com outra igualmente autógrafa de S. Francisco Xavier.

A bula de erecção da diocese chama à Baía cidade de S. Salvador: «ac in una ex praefecturis ipsis de *Bahia Omnium Sanctorum* nuncupata, unum oppidum civitatem nuncupatam *Sancti Salvatoris*» (cf. Paiva Manso, op. e loc. citados). Mas o nome primitivo da cidade é simplesmente, *Cidade do Salvador*, como se vê, dentre outros documentos, nas cartas de D. João III ao seu embaixador em Roma, Baltasar de Faria, e ao Papa Júlio III. Cf. *Corpo Diplomático Português*, VI, 377-378. Vd. supra, Tômo I, 23.

2. Vasc., *Crón.*, I, 114. Cf. J. D. M. Ford, *Letters of John III, King of Portugal, 1521-1557* (Haward University Press 1931) 380.

judique a nosso Instituto e bem da Companhia »[1]. Tão boas esperanças não chegaram a desabrochar. «Haverá pouco mais de um mês que veio e já temo», comunica Nóbrega ao Provincial de Portugal. O Prelado punha tacha em tudo quanto os Jesuítas praticavam para a moralização da terra e a catequese dos Índios. ¿Confessavam por intérpretes? Reprovou tal uso. ¿Faziam disciplinas públicas? Combateu-as. ¿Atacavam as mancebias? Desculpou-as. ¿Ensinavam a doutrina no Colégio? Dispensou-os. ¿Aceitavam alguns costumes indígenas? Decretou que eram ritos gentílicos. O Prelado fazia questão de que os Índios andassem vestidos. Mas que fazer, ¿se naqueles começos não tinham com que se vestir?[2] D. Pedro Fernandes gabava-se de ter sido mestre de Santo Inácio e do Padre Simão. E, sempre que podia desfazer na Companhia de Jesus, não perdia a oportunidade *(mordebat cum opportune poterat)*, procurando o seu descrédito. Nóbrega, que conta tudo isto, e pede esclarecimentos, fundamentados pelos Mestres de Coímbra, termina com um desabafo, atribuindo tudo a seus pecados; e que pois o Padre Mestre Simão o enviou, que o sustente, e arranje para o Prelado uma comenda de Cristo ou Santiago, porque a terra é pobre e o Prelado vive desgostoso. Pagando assim bem por mal, talvez se lhe mudasse o coração[3]. Mas o coração não se mudou. A vida de D. Pedro Sardinha, no Brasil, é uma tessitura compacta de desavenças com o poder civil, com o seu Clero, com os Jesuítas. As lutas entre o Bispo e D. Duarte da Costa e o seu filho D. Álvaro da Costa são já conhecidas pelos documentos publicados[4]. O P. António Pires e o P. Grã procuraram harmonizá-los, com froixos resultados. Na realidade, comenta Capistrano, os Jesuítas «superiores e alheios a êste debate, concentraram os seus esforços na Capitania de S. Vicente»[5]. Mais tarde, Nóbrega, lembrando êste triste período, escreve a Tomé

---

1. Nóbr., *CB*, 128-129, 136.
2. *Bras.* 3 *(1)*, 140.
3. Carta de Nóbrega, Julho e Agôsto de 1552, *Bras. 3 (1)*, 70-71; *Bras. 3(1)*, 104v-105; *ib.*, 98; Nóbr., *CB*, 134, 141-142; Polanco, *Chronicon*, III, 465-467.
4. *Rev. do Inst. Bras.*, 49, 1.ª P. 557-589, *Hist. da Col. Port. do B.*, III,, 368 e segs. Cf. Francisco Vicente Vianna, *A Bahia colonial*, in *Rev. do Inst. da Bahia*, XVII, 3-50.
5. Capistrano, *Capitulos da Historia Colonial* (Rio 1928) 66.

de Sousa, que estas «guerras civis», como lhe chama, fizeram mais dano à terra «que as guerras que se tiveram com os gentios»[1]. Com o Clero também teve dares e tomares. Um dos seus clérigos conta o modo como o Bispo maltratava até os cónegos, mandando-os para a cadeia dos «desorelhados»[2]. Se formos a dar crédito ao Governador, êle até por suas mãos batia nos clérigos, «dos quais um estêve à morte que lhe apareciam os miolos, sendo ambos de ordens menores»[3]. E Vicente Rodrigues diz que «António Juzarte, cónego da Sé, com mêdo dêle [Bispo], veio morar com os meninos órfãos, e há-de voltar para lá [Portugal], quando puder»[4].

Não nos compete referir êstes lamentáveis sucessos senão pela ressonância, que pudessem ter com a Companhia de Jesus. Em Portugal, costumava o povo designar os Jesuítas, desde a aparição, na côrte, dos Padres S. Francisco Xavier e Simão Rodrigues, com o nome de *apóstolos*. Pois o Bispo amesquinhava o nome de *apóstolo* que se lhes dava[5]. Em tudo e por tudo se mostrava adverso. Interpretava mal as atitudes dos Jesuítas, os actos humildes, as penitências públicas, que praticavam; e em particular o caso conhecido de o P. Nóbrega, para experimentar a virtude do Padre Manuel de Paiva e, ao mesmo tempo, mostrar ao povo a necessidade de amparar o Colégio incipiente e os órfãos, promover o simulacro da sua venda[6]. Chegou a tal ponto a oposição do Prelado, que se recusava a ordenar os Irmãos da Companhia de Jesus, propostos pelo seu Superior para o sacerdócio. E ainda em 1555, tratando-se de se ordenar o santo Irmão João Gonçalves, «o Bispo tem escrúpulos de nos dar ordem *extra-tempora* ou não tem vontade», comenta Ambrósio Pires[7]. Para obviar a êsse inconveniente, o Provincial do Brasil chegou a

---

1. Nóbr., *CB*, 201.
2. «Carta dum Padre secular, 1 de Junho de 1553, *Bras. 3 (1)*, 103. Alguns dos seus Padres, de amigos se convertiam em inimigos; cf. Capistrano, in Pôrto Seguro, *HG*, I, 319-320, 346.
3. Carta de D. Duarte da Costa, da Baía, a 8 de Abril de 1554, a D. João III, in *Rev. do Inst. Bras.* 49 (1886) 569.
4. Carta de Vicente Rodrigues, 23 de Maio de 1553, *Bras. 3(1)*, 103v.
5. Carta dum Padre secular, *Bras. 3(1)*, 103.
6. *Bras. 3 (1)*, 102v.
7. *Bras. 3 (1)*, 139, Note-se que a Companhia gozava do privilégio das ordenações *extra-tempora*.

propor a vinda dum Padre da Companhia, com anel e consagração de Bispo, só para ordenar os Jesuítas e crismar; no mais, fôsse igual aos outros Padres [1]. O Provincial de Portugal resolveu então delegar todos os seus poderes no Padre Nóbrega e recordar-lhe que, como Provincial, isto é, prelado regular que ficava sendo, não estaria sujeito ao Bispo, conforme as Constituïções e legítimos privilégios da Companhia [2]. E o Cardial Infante escreve ao Bispo, encomendando-lhe a Companhia, e que o P. Mirão recomendasse a Nóbrega tôda a união com o Bispo. O Provincial de Portugal informa Santo Inácio dêste assunto, e acrescenta que o Cardial deve estar informado pelo Governador Tomé de Sousa, de que não é nossa a culpa [3]. Os ecos da dissidência chegaram a Lisboa e a Roma. De Lisboa escrevem ao Prelado, recomendando-lhe a Companhia [4]. E em Roma conservam-se, no Arquivo do Vaticano, uns papéis, onde se lê que o Bispo está muito ferido, e a ferida mana sangue. Por isso, admitindo às Ordens sacras os seus padres, recusa admitir os da Companhia. Entre êstes papéis, existe a minuta duma súplica a Sua Santidade, para que se ponha remédio a isso: porque a falta destas ordenações redundava em grande prejuízo das almas [5].

Uma das praxes, usadas pelo Bispo e o seu Visitador, era remitirem por dinheiro penas eclesiásticas, que êles próprios impunham. Êste abuso da autoridade espiritual, ainda que se revestisse com a capa de zêlo, redundava infalìvelmente em desprestígio da Igreja, tanto mais que aquelas multas incidiam sôbre quem as podia pagar, deixando-se em paz os outros delinquentes [6]. O Visitador do Bispo exagerara o sistema. Diante do

---

1. *Bras 3 (1)*, 106v.
2. Cf. Carta de Santo Inácio, de 12 de Junho de 1553, aprovando o acto do Provincial de Portugal. — *Mon. Ignat.*, séries VI, p. 123.
3. Carta de Diogo Mirão, a Santo Inácio, 17 de Março de 1554, *Mon. Mixtae*, IV, 111-112.
4. Polanco, *Chronicon*, IV, 549.
5. *De discordia PP. Soc. Iesu .cum episcopo S. Salvatoris in Brasilia. Quaestio Iurisdictionis et etiam privilegiorum. Adiectum est fol. eadem de re agens.* Apog. sine data. — Arch. Vatic. *Miscellanea*, Arm. VI II, 58, f. 222. Na página, que aqui se indica, não encontramos nada. Mas nuns papéis soltos, desta mesma cota, sem data nem assinatura, achamos aquelas notícias.
6. Polanco *Chronicon*, III, 462; cf. Carta de D. Duarte da Costa, de 8 de Abril de 1554, in *Rev. do Inst. Bras.*, 49, 1.ª P. (1886)572.

escândalo do povo, respondia que o fazia por ordem do Prelado[1]. Já referimos o caso da mulher amancebada em S. Vicente[2]. ¿Resultado? «O povo, assim da cidade do Salvador como das Capitanias, de ver que lhe levam o seu dinheiro, ganharam grande ódio ao Bispo e a seus Visitadores»[3].

Avolumando-se as queixas, Portugal mandou chamar D. Pedro Fernandes. «Por êste navio que veio, soubemos como El-Rei mandava ir o Bispo de cá»[4]. Foi, e sabemos o fim que teve. Embarcando para Portugal, naufragou ao pé de Cururipe, a 16 de Junho de 1556. Os náufragos foram a princípio bem recebidos pelos índios Caetés, mas só na aparência; porque, apanhando os brancos desprevenidos, atacaram-nos de-repente, matando-os e devorando-os, com excepção dum ou outro. Nóbrega, contando êste desastre, três anos depois, a Tomé de Sousa, indicando o descaso que o primeiro Bispo do Brasil teve com a conversão do gentio, e a pouca ajuda ou antes hostilidade, toca no desengano que tiveram ambos, Governador e Nóbrega, nos seus desejos de Bispo, «tal qual Vossa Mercê e eu o pintávamos cá, para reformar os cristãos»; e tem estas generosas palavras, que geralmente nos veem à bôca, depois que a morte esfria as competições e atenua ou resgata as faltas do passado: «Trouxe Nosso Senhor o Bispo D. Pedro Fernandes, tal e tão virtuoso qual o Vossa Mercê conheceu e mui zeloso da reformação dos costumes dos Cristãos, mas quanto ao gentio e sua salvação se dava pouco, porque não se tinha por seu Bispo, e êles lhe pareciam incapazes de tôda a doutrina, por sua bruteza e bestialidade, nem os tinha por ovelhas do seu curral, nem que Nosso Senhor se dignaria de as ter por tais; mas nisto me ajude Vossa Mercê a louvar Nosso Senhor em sua Providência, que permitiu que, fugindo êle dos gentios e da terra, tendo poucos desejos de morrer em suas mãos, fôsse comido dêles, e a mim, que sempre o desejei e pedi a Nosso Senhor, e metendo-me nas ocasiões mais que êle, me foi negado. O que eu nisso julgo, pôsto-que não

---

1. *Bras.* 3 *(1),* 105, 106.
2. Cf. supra, p. 379-380.
3. Carta de Nóbrega ao P. Mestre Simão, de S. Vicente, Domingo da Quinquagésima de 1553, *Bras.* 3 *(1),* 106.
4. Nóbr., *CB,* 147.

fui conselheiro de Nosso Senhor, é que, quem isto fêz, por ventura quis pagar-lhe suas virtudes e bondade grande e castigar-lhe juntamente o descuido e pouco zêlo que tinha da salvação do gentio. Castigou-o, dando-lhe, em pena, a morte que êle não amava, e remunerou-o em ela ser tão gloriosa, como já contariam a Vossa Mercê que ela foi, pois foi em poder de infiéis, com tantas e tão boas circunstâncias como teve »[1].

O juízo, que a história emite sôbre D. Pedro Fernandes Sardinha, é severo. Tendo, antes de chegar ao Brasil, dado boa conta de si, foi vítima do meio, ainda inconsistente e em ebulição. Parece-nos que não chegou a compreender a terra. Tendo letras, não se serviu delas para bem da catequese. A Baía daquele tempo não precisava de dissertações eruditas, casuísticas ou teóricas. Necessitava de boas vontades, dentro dum realismo prático e proveitoso ao bem das almas. Usando e gastando a autoridade, fazendo prevalecer os seus direitos, um pouco discricionàriamente, originou disputas com aquêles precisamente com quem devia manter as melhores relações para a obra comum da civilização. Amigo do culto e de cerimónias litúrgicas solenes, não sentiu amor pelos Índios. Nem êle nem o Governador Geral, D. Duarte da Costa, se colocaram à altura de suas responsabilidades. Período quási estéril. Uma virtude, porém, tinha o primeiro Prelado do Brasil. Envolto num torvelinho de paixões, disputas e intrigas, ninguém invocou contra êle prevaricação em matéria de bons costumes. Mas isto não bastava. Anchieta, que o conheceu pessoalmente, ao narrar a vida dos três primeiros Bispos do Brasil, tem para os dois seguintes palavras de elogio. Para D. Pedro Fernandes

---

1. Nóbr., *CB*, 193 e nota 88, p. 200; Vasc., *Crón.*, II, 14-18; Blasques, *CA*, 177. Comentando esta carta, não precisamente sôbre êste trecho citado, mas sôbre outros em que se conta a situação do Brasil naquele tempo, diz Capistrano de Abreu: « Nem Tomé de Sousa, nem Nóbrega eram favoráveis ao Bispo, ou pelo menos ao clero que trouxe e cujo procedimento escandaloso não soube coïbir. Leia-se tôda a carta dêste àquele, na edição de Valle Cabral (pág. 146-168), única que merece fé: é um documento capital, em que o venerando Jesuíta abre tôda a alma ao seu velho companheiro e amigo. Aí se vê que, entre outros motivos, Nóbrega deixou-se ficar em S. Vicente durante três anos para não assistir aos escândalos da nova diocese ». — Capistrano de Abreu, in Pôrto Seguro, *HG*, I, 343-344.

Sardinha, apenas a notícia enxuta, sem um único louvor[1]. Conheceu pessoalmente o Bispo e de-certo também a documentação que os Arquivos da Companhia agora nos revelam. Outros cronistas, que o não conheceram, adiantaram algum elogio, ainda que em contradição com testemunhos coevos. Na *Fundação do Colégio da Baía*, lê-se que era «varão de muita virtude e zeloso da honestidade e perfeição dos clérigos, e assim viviam com êle em congregação e os sustentava à sua mesa»[2]. Agrada-nos fechar o parágrafo com esta conclusão menos austera, mas a lição dos factos obriga-nos a tomar como expressão da verdade êste dito de Nóbrega que «a sua retirada facilitou a conversão»[3].

4. — D. PEDRO LEITÃO (1559-1573). A 7 de Dezembro de 1557, Luiz Gonçalves da Câmara escreve ao P. Laines; e, falando do Brasil, dos seus temores e esperanças, diz: «em fim de tudo esperamos bom sucesso, porque agora nomeou El-Rei por Bispo a um que temos por muito zeloso da honra de Deus. Há muitos anos que trata e se confessa com a Companhia»[4]. Um dos Padres, com quem se confessava antes, era Nóbrega. Di-lo o Doutor Tôrres e, ao mesmo tempo, insinua que o Bispo preferia

---

1. Anch., *Cartas*, 309.
2. *Fund. de la Baya*, 7 (82); cf. Francisco Soares, *De alg. cousas*, 377.
3. Nóbr., *CB*, 202. D. Pedro Fernandes, pela circunstância de ser o primeiro Bispo do Brasil e pelo fim trágico da sua vida, tem sido objecto de aturadas investigações. Sôbre as ocupações anteriores à sua chegada ao Brasil, reüniu Rodolfo Garcia as notícias coligidas, por J. M. de Madureira, da *Mon. Xaveriana*, I, publicando-as primeiro na *Rev. do Inst. Bras.*, 96 (1927) 360-368, e depois em Pôrto Seguro, *HG*, I, 334-335, acrescentando-lhes outros dados. Segundo o *Agiológio Lusitano*, Sardinha estava em Paris, em 1528, e foi professor de Teologia naquela cidade, assim como em Salamanca e em Coimbra (Cardoso, *Agiológio Lusitano*, I, 522). Por outro lado, Vasconcelos recolhe a tradição de que êle teve conhecimento, em França, da estada ali do *Caramuru* e que disso informara El-Rei (*Crón.*, I, 37). Há quem combata a ida a França do célebre povoador baïano. Depois que lêmos num documento coevo, inédito e fidedigno (cf. supra, p. 312), a alcunha ou o epíteto de *francês*, dado ao marido de Catarina Paraguaçu, não achamos inverosímil aquela ida e, portanto, a informação do futuro Bispo do Brasil. D. Pedro Fernandes Sardinha era da diocese de Évora, onde deve ter nascido por volta de 1495, porque D. Duarte da Costa chama-lhe, em 1555, « um bispo de sessenta anos » (Cf. *Rev. do Inst. Bras.*, 49, 1.ª P. (1886) 573).
4. *Mon. Laines*, VIII, 407.

que o Provincial no Brasil fôsse Luíz da Grã[1]. Tratava-se então, em Portugal, de mudar o Provincial do Brasil, e Tôrres dá êsses argumentos para reforçar a mudança. O novo Bispo, D. Pedro Leitão, fôra proposto para o Brasil no consistório de 4 de Fevereiro de 1558 e a eleição efectuou-se a 23 de Março do mesmo ano[2].

O Prelado chegou à Baía com a 4.ª expedição de Jesuítas, a 9 de Dezembro de 1559[3]. Filho espiritual de Nóbrega em Portugal, foi também amigo de Anchieta em Coimbra[4]. Não achamos nenhuma questão grave sua nem com o poder civil, nem com os Jesuítas. Apenas uma certa hesitação ao comêço[5], uma atitude um tanto dúbia na questão do «Padre nigromante», de Pernambuco, logo esclarecida; um ligeiro temor revelado pelos Padres por ocasião do Sínodo, que o Bispo celebrou na Baía sem assistência de letrados. Julgavam os Padres que êle iria exigir a declaração dos privilégios da Companhia; e êles, ainda então, não a possuíam no Brasil e urgiam que lha enviassem de Roma[6]. Não se realizaram aquêles temores. Ao invés de D. Pedro Sardinha, que se não preocupou com a conversão dos Índios, o novo Prelado favoreceu-a sempre. Durante o seu episcopado, estabeleceram os Jesuítas os seus aldeamentos definitivos. O Prelado deu provas de zêlo; ajudou o culto divino, visitou as Aldeias e baptizou os Índios catequizados, em cerimónias solenes. Mostrou-se incansável. Em 1561, sem esperar que os Padres fôssem por êle, apresentou-se no Colégio para uma festa solene em Itaparica, cuja causa parece, diz Leonardo do Vale, «além da sua humildade, o amor e fiel amizade que teve sempre à Companhia»[7]. Outras informações assinalam que prègava em nossas casas nas missas novas, prègação muito boa e de grande

---

1. Carta de Miguel de Tôrres, 12 de Maio de 1559, *Lus*, 60, 127; cf. *Lus*. 60, 133v.
2. Guilelmus van Gulik — Conradus Eubel, *Hierarchia Catholica Medii et Recentioris Aevi*, editio altera quam curavit Ludovicus Schmitz-Kallenberg, III, (Monasterii 1923) 290.
3. Vasc., *Crón.*, II, 63.
4. Vasc., *Anchieta*, 3.
5. *Mon. Laines*, V, 398.
6. Carta de Leão Henriques, Provincial, ao P. Geral, S. Francisco de Borja, de Lisboa, 12 de Fevereiro de 1566, *Lus*. 62, 11v; cf. Anch., *Cartas*, 309.
7. *CA*, 329-331; cf. 314, 318.

doutrina»; e se não prègava, era padrinho dos que cantavam missa. «Em muito pouco se diferenciava ser um dos da Companhia»[1]. Aceitou ser Provedor da Misericórdia, a instâncias dos Padres[2]; fazia esmolas[3], e desejou, ao aproximar-se o seu último dia, morrer no Colégio, coisa que «por justos respeitos não veio a efeito». Deixou a livraria ao mesmo Colégio. Faleceu na sua cidade episcopal, em Outubro de 1573[4]. O autor do tratado, *De algumas cousas mais notáveis do Brasil*, fêz dêle êste conciso mas perfeito elogio: «Dom Pedro Leitão bispou 14 anos, veio na era de 59, ajudou, mais que todos, a Cristandade»[5].

O seu govêrno eclesiástico coincidiu com o de Mem de Sá. Governou, portanto, a Igreja do Brasil no período mais brilhante dêle, no século XVI, e, por sua parte, concorreu eficazmente para a sua grandeza.

5. — D. FREI ANTÓNIO BARREIROS (1576-1600). D. Frei António Barreiros, 3.º Bispo do Brasil, monge cisterciense ou de Aviz, foi eleito a 20 de Julho de 1575[6]. Chegou a Pernambuco, em Maio de 1576. Hospedou-se no Colégio, alguns dias. Uma das causas que o moveram a aceitar o bispado, adiantou êle ao chegar, foi haver no Brasil Padres da Companhia, onde tinha um irmão[7]. Nos longos 24 anos do seu govêrno, entrecortados pelos tormentosos de Manuel Teles Barreto, achamos apenas uma ligeira contradição com os Jesuítas, em 1579, quando êle queria ordenar um Irmão despedido da Companhia, indo-lhe os Jesuítas à mão, talvez com inconveniente vivacidade. O P. Geral recomendou a Anchieta que «tenha muito tento em não perder a amizade de semelhantes pessoas, como de Governadores e

---

1. *CA.* 422, 412, 418, 424, 436, 438; cf. Pereira da Costa, *Annaes Pernambucanos* in *Rev. de Historia de Pernambuco*, ano 2.º, n.º 7, p. 239-242.
2. *Fund. de la Baya*, 19v (93).
3. *Bras. 2*, 25.
4. *Fund. de la Baya*, 24 (98).
5. *Rev. do Inst. Bras.*, 94 (1927) 377. No *Bullarium Patronatus*, I, 220, pode ler-se a epístola *Etsi fraternitatem*, de 6 de Julho de 1569, em que S. Pio V o exorta a tomar a peito a propagação da religião e a civilização dos Índios; e também, com Mem de Sá, recebe outra de D. Sebastião sôbre os cativeiros injustos, *Discurso das Aldeias*, 360.
6. Van Gulik — Eubel, *Hierarchia Catholica*, III, 290.
7. *Fund. de Pernambuco*, 72v (45).

Capitãis»[1]. Bem se esforçou Teles Barreto por alienar a boa vontade do Prelado, tratando de o indispor com os Padres da Companhia. Temeu-se, um momento, que o conseguisse. Em 1583, tinha o Bispo algumas questões com a gente do govêrno. Os Jesuítas mantiveram-se, como de costume, acima da discórdia. Pareceu ao Prelado, que isto significava oposição, e chegou a dar alguma informação contrária aos Padres, deixando até de se confessar com os da Companhia[2]. Nesta época (1584), dá-o Anchieta como desafecto à conversão dos Índios, porque os considerava boçais e de pouco entendimento; com tudo isso, já tinha ido visitar as Aldeias e crismar[3]. Luíz da Fonseca diz abertamente que êle não gostava da Companhia de Jesus[4]. O Visitador, mais ponderado, reconhecendo que êle, de-facto, não tinha grande afeição aos Índios, contudo não impedia a obra dos Jesuítas; e, se não se mostrava tão íntimo, era por causa do Governador. Porque, na realidade, era amigo, e não havia no Reino quem fôsse mais[5].

Tirando êste equívoco, provocado antes pelo estado geral dos espíritos naquele período agitado, que por desinteligências profundas, tudo o mais são relações afectuosas, colaboração e ajuda. Não tardou a buscar de-novo os seus antigos confessores. Em 1584, ordenou, em Pernambuco, oito Irmãos; se não fôsse êle, não se poderiam ordenar em muitos anos, diz Gouveia[6]. Na questão com Luiz de Brito e Almeida, por causa de Sebastião da Ponte, D. António Barreiros interveio a favor das imunidades eclesiásticas[7]. Fundando-se, no Colégio, a Congregação de N.ª Senhora, declara-se promotor dela[8]. Influe na Junta do Govêrno, de que faz parte em 1590, para se concederem ao Colégio uns campos de pastio com uma área de 8 milhas[9]. Escreve no mesmo ano ao P. Geral Aquaviva, para que interceda junto do Papa, sôbre

1. *Bras. 2*, 48v.
2. Carta de Cristóvão de Gouveia, de 25 de Julho de 1583, *Lus. 68*, 339, 343v; cf. *Bras. 15*, 387 (30-31).
3. Anch., *Cartas*, 309.
4. Carta de 18 de Agôsto de 1584, *Lus. 68*, 398v; cf. *Bras. 3 (2)*, 358-358v.
5. Carta de Gouveia, 19 de Agôsto de 1585, *Lus. 69*, 131; cf. *Lus. 68*, 410v.
6. *Lus. 68*, 410.
7. *Bras. 15*, 385 (16-18).
8. *Ann. Litt. 1588*, 318; cf. *Bras. 15*, 415.
9. *Bras. 15*, 364v.

o uso do bálsamo no Brasil[1]. Institue prémios para os alunos dos Colégios da Baía e Pernambuco[2]. Visita-os com freqüência, e nêles é recebido com festas de verdadeira amizade[3]. Passa um atestado, em 26 de Março de 1582, enumerando os serviços dos Jesuítas[4]. Ao aproximar-se o têrmo de sua vida, pede e alcança ir morrer no Colégio da Baía, tratado pelos da Companhia. Faleceu no dia da Ascensão do Senhor, 11 de Maio de 1600, pobremente, como um religioso. Para a igreja nova do Colégio da Baia, quis deixar umas casas que valeriam 6.000 cruzados; mas, crivado de dívidas, as casas teriam de se vender. A razão de tais dívidas, dá-a o P. Inácio Tolosa: o Prelado era «pai dos pobres». ¿Que melhor epitáfio para um príncipe eclesiástico? D. António Barreiros enterrou-se na igreja do Colégio[5].

O Prelado, no seu longo episcopado, viu falecer no Brasil dois Governadores, sem sucessor eleito. Fêz parte das duas Juntas do Govêrno, que então se estabeleceram, a primeira com Cosme Rangel e a Câmara; a segunda, com o Provedor-mor, Cristóvão de Barros. O nome de D. António Barreiros deve ser pronunciado com respeito, tanto pela sua virtude, isenção e caridade, como pelos serviços cívicos que prestou, nomeadamente em repelir os corsários Ingleses de Roberto Witrington[6].

6. — BARTOLOMEU SIMÕES PEREIRA (1578-1602 ou 1603). No século XVI, não houve mais nenhum Bispo no Brasil. Mas, além da Baía, existiu a Administração Apostólica do Rio de Janeiro. Para primeiro Administrador nomeou D. Sebastião, no dia 11 de Maio de 1577, ao Licenciado Bartolomeu Simões Pereira,

---

1. *Bras, 15*, 371.
2. *Ann. Litt. 1590-1591*, p. 821; Ânua de 1596, *Bras. 15*, 431.
3. *Fund. de Pernambuco*, 72v(45); *Lus. 72*, 107; *Bras. 15*, 364v, 430v.
4. *Bras. 15*, 330-330v; cf. Apêndice G.
5. Tolosa, *Bras. 3(1)*, 190; Francisco Soares, *De alg. cousas*, 377. O seu sucessor, D. Constantino Barradas, requereu casas para moradia. Dado, porém, que o Bispo precedente tinha deixado grandes dívidas à Fazenda Pública, El-Rei pede informações para ver o que se poderá fazer com as casas de D. António Barreiros, que foram sequestradas. — Carta régia de 14 de Setembro de 1604, em Andrade e Silva, *Col. Cronol. (1603-1612)*, p. 91).
6. Cf. supra, 137-138.

que governou a sua circunscrição eclesiástica durante 23 ou 24 anos. Chegou ao Rio, em Fevereiro de 1578, com o Governador Salvador Correia de Sá, e mostrou sempre amizade para com a Companhia de Jesus [1]. Deu logo, quando chegou, por concluída a questiúncula suscitada pelo Dr. Salema. Bartolomeu Simões Pereira retirou-se para o Espírito Santo, por não se sentir estimado no Rio, e vivia naquela Capitania quando faleceu Anchieta. Prègou no seu funeral; a êle se deve o epíteto de *apóstolo do Brasil*, dado então pela primeira vez ao célebre missionário [2]. Reciprocamente, a êle tinha dirigido o mesmo Anchieta algumas poesias, entre as quais a que diz: *Onde vais tão apressado, periquito tangedor* [3]. Excogitaram-se duas razões daquela sua ausência do Rio. Expõe-nas Rodolfo Garcia: Pizarro atribue-a a procedimentos ingratos da gente do Rio; Baltasar da Silva Lisboa a questão de jurisdição civil [4]. Poder-se-ia aventar uma terceira razão: algum testemunho que lhe levantassem. Beliarte, num momento de frieza, durante o seu provincialato, antes de 1592, «aceitou patente e comissão do Bispo [D. António Barreiros] para inquirir *de moribus et vita* do Administrador Eclesiástico do Rio de Janeiro». Chegando ao Rio, achou prudente não efectuar tal comissão [5]. É o único indício de menos estima entre êle e um Superior da Companhia, aliás sem conseqüências, porque logo o vemos igualmente amigo. Bartolomeu Simões Pereira voltou, depois, ao Rio de Janeiro, em cujo Colégio faleceu, em 1602 ou 1603. A sua morte vem narrada assim na Ânua que abrange êste biénio: «O Administrador do Rio de Janeiro, que faz as vezes de Bispo nestas partes, faleceu nesta casa, e deixou-nos metade da sua biblioteca, além dos livros de um e outro Direito, que tinha dado em particular. Deixou 250 cruzados aos pobres, encarregando de os distribuir um Padre dos Nossos e outro dos Franciscanos. Os Nossos assistiram-lhe sempre de dia e de noite» [6].

---

1. Ant. de Matos, *Prima Inst.*, 30v; *Bras. 15*, 365v; Anch., *Cartas*, 309.
2. Caxa, *Breve Relação*, p. 22; Serafim Leite, *Páginas*, 172.
3. *Opp. NN. 24*, 176v.
4. Rodolfo Garcia, in Pôrto Seguro *HG*, I, 479.
5. *Bras. 3 (1)*, 360v.
6. Luiz Figueira, *Litterae Provinciae Brasiliae duorum annorum s. 1692 & 1603*, pridie Kal. Feb. Anni Domini 1604 (31 de Janeiro), *Bras. 8*, 43v.

Nas relações dos Jesuítas com os Prelados do Brasil, no século XVI, verificamos que com o primeiro houve graves desinteligências. Talvez um ou outro dos Padres, incluindo o próprio Nóbrega, se mostrasse menos flexível; mas em face das discórdias constantes do Bispo D. Pedro Sardinha com as autoridades civis e com o seu próprio clero, não há dúvida que alguma deficiência existia no seu carácter; nem soube colocar-se à altura das circunstâncias e das necessidades da catequese naqueles primeiros tempos. Com os demais Prelados, a harmonia foi perfeita. As diferenças de critério, inevitáveis em tôdas as actividades humanas, apresentam-se tão ténues entre os Jesuítas e os ilustres Prelados, D. Pedro Leitão, D. António Barreiros e Bartolomeu Simões Pereira; e, por outro lado, foram tão grandes as provas de afeição, mútua compreensão e apoio, que temos de tirar em conclusão, que a caridade animava a uns e outros, e Deus a todos inspirava para, unidos e fortalecidos em Cristo, levarem a bom têrmo a obra espiritual e magnífica da formação cristã do Brasil.

LIVRO QUINTO

CIÊNCIAS, LETRAS E ARTES

MARTÍRIO DOS 40 MÁRTIRES DO BRASIL

« Quarenta Companheiros de Jesus, com o seu chefe P. Inácio de Azevedo,
que, pela Fé Católica, os Calvinistas lançaram ao mar,
a caminho do Brasil. Ano de 1570, 15 de Julho ».
(Ex Mathia Tanner — 1675)

CAPÍTULO I

Actividade cultural

1 — Manifestações literárias em geral; 2 — Epistolografia e documentação; 3 — As primeiras bibliotecas do Brasil.

1. — Silvio Romero parece sugerir, na *História da Literatura Brasileira*, que com os Jesuítas não poderia haver mais desenvolvimento literário, do que houve, como quem os culpa de não ser maior. Preconceitos[1]. Romero esquece-se de que, para a eclosão das letras, requere-se ambiente especial de paz e desafôgo, condições inexistentes no Brasil dos primeiros séculos. Sobretudo no século XVI, que é o que nos ocupa neste momento. A preocupação dominante era então a económica, e a de defesa, conquista e penetração das terras. Juntamente infiltravam-se, entre os colonos, não os prazeres superiores do espírito, em particular estéticos, mas os prazeres sensuais. A culpa talvez não fôsse de ninguém. Se havia alguma, era da atmosfera local, donde não podia brotar logo, de ponto em branco, Minerva literata. Tudo requere tempo. Não obstante estas deficiências do meio, não foram poucas as manifestações literárias ou culturais do Brasil colonial. Recordemos aqui, agora, as dos Jesuítas, no século XVI.

A primeira manifestação escrita de Jesuítas do Brasil é no género de *Epistolografia*, e o primeiro nome, a citar-se, é Nóbrega. Homem de decisão e govêrno, as suas cartas caracterizam-se pela objectividade e argumentação. Algumas delas revestem forma descritiva, como a *Informação das Terras do Brasil*. A par de Nóbrega, tôda uma pléiade de Jesuítas escreve

---

1. Como antídoto contra tais preconceitos leia-se, por exemplo, o livro breve, mas valioso, de Manuel Múrias, *O seiscentismo em Portugal*, Lisboa, 1923.

cartas, algumas das quais, por exemplo as de Rui Pereira, teem já sabor literário, como a sua formosa página sôbre as excelências do Brasil[1]. As de Anchieta são justamente célebres. Algumas delas constituem os primeiros tratados sôbre a *História Natural* do Brasil, em particular, a Epístola *Quamplurimarum rerum naturalium*[2]. Encontram-se nesses escritos as primeiras noções sérias sôbre a fauna, flora, botânica e ictiologia brasileira, com muitos elementos etnológicos, folclóricos, etc. É evidente que se não podem exigir, a homens do século XVI, métodos em que muitos escritores modernos se vão apenas iniciando. Não nos esqueçamos, porém, que os Jesuítas, humanistas por excelência, eram dotados de vasta cultura. E quando a esta cultura se juntam dotes de observação, como em Manuel da Nóbrega, José de Anchieta, Francisco Soares ou Fernão Cardim, as suas produções, pelo contacto directo com os Índios e as coisas, teem valor real e objectivo, além da prioridade, circunstância também para se ter em conta. São muitas as cartas de Jesuítas, que conteem algum elemento novo no campo das investigações científicas. Fidelino de Figueiredo estranha, com razão, que na *História da Colonização Portuguesa do Brasil* se não fale dos Jesuítas. E revindica para êles a primazia em questões folclóricas[3].

No campo *puramente histórico*, que era o género dominante no século XVI, as cartas dos Jesuítas são preciosas como fontes da história do Brasil, porque a maior parte delas, escritas sem preocupação de publicidade, são absolutamente sinceras, como a *História dos Colégios* e a célebre *Narrativa Epistolar*, de Fernão Cardim. Outros escritos, como o *Sumário das Armadas*, descrevem campanhas de guerra; outros ainda, as manifestações da vida, *habitat*, raças e costumes dos Índios. Algumas vezes, o autor eleva-se a grande altura na discussão de têrmos *jurídico-morais* como Nóbrega sôbre a *liberdade dos Índios*, outros sôbre o *casamento dos Índios do Brasil*, e até aparecem já as primeiras manifestações *ascéticas* nalgumas cartas de Anchieta, por exem-

---

1. *CA*, 263.
2. *Epp. NN. 95*, 89-92; em Anch., *Cartas*, 103-129.
3. Fidelino de Figueiredo, *Do aspecto científico da colonização portuguesa da América*, na *Revista da História*, vol. 14 (1925) 189 ss.

plo aos Irmãos Escalante e António Ribeiro[1]. O *sermonário* brasileiro parte de dois sermões de Anchieta. E o mesmo Padre deixou-nos bons exemplares de *biografia*, que nos conservou António Franco. Poucos, infelizmente. Mas houve mais. Jorge Cardoso, no seu *Agiológio Lusitano*, cita o referente ao Irmão Mateus Nogueira. Escreveu os seus louvores «o Santo P. Anchieta em uma relação mui célebre dos varões ilustres da Companhia, que naquelas partes floresceram, em seu tempo, cujo original se guarda no Cartório do Colégio de Coimbra»[2].

Neste género assinalaram-se também Caxa e Pero Rodrigues, que redigiram a própria vida de Anchieta, período que abrange quási tôda a segunda metade do século XVI, com notícias históricas de diversa índole.

De todos os grandes nomes literários de Jesuítas no século XVI, os que conquistaram maior celebridade foram Fernão Cardim e Anchieta. O primeiro, pela sua prosa tersa, elegante e levemente humorística; o segundo, pelo seu talento polimorfo, realmente notável. Menos culto que Nóbrega e Luiz da Grã[3], Anchieta era, contudo, dotado de maiores qualidades de imaginação, e o seu ofício de mestre de gramática predispunha-o a explorar o filão da *poesia latina*, compondo dois poemas, um em honra da sua *dama*, a Virgem Nossa Senhora, outro em honra do seu *herói*, o governador Mem de Sá.

O poema latino de Anchieta *De Beata Virgine Dei Matre Maria* é o primeiro grande poema literário escrito no Brasil[4]. Sôbre a sua composição, escreveu Pero Rodrigues que ela foi feita em Iperoig: «e ali sem livro nenhum de que se pudesse ajudar, nem tinta nem papel, andava compondo a obra, valendo-se sòmente de sua rara habilidade e memória extraordinária e sobretudo do favor da Senhora por cuja honra tomara aquela emprêsa devota». Assim composto o poema, todo de cor, Anchieta tê-lo-ia trasladado, em S. Vicente, para o papel. Pero

---

1. Anch., *Cartas*, 272, 276.
2. Cardoso, *Agiológio Lusitano*, I, 290.
3. Cf. Caxa, *Breve Relação*, cap. IV; Serafim Leite, *Páginas*, 169.
4. Imprimiu-o Simão de Vasconcelos no fim da sua *Crónica* e reimprimiu-o Inocêncio. Consta de 4172 versos. Vasconcelos traduz em português a dedicatória (Vasc., *Crón.*, III, 35-36; Id., *Anchieta*, 97-98).

Rodrigues dá de tudo várias congruências [1]. De-facto, é possível. ¿Não temos visto homens que sabem todo o Virgílio de cor? Mas notemos que Anchieta dispunha, em Iperoig, de vários objectos, nomeadamente livros. É o que se infere de dizeres seus. Saindo de Iperoig como fugitivo, para que não o suspeitassem, deixou «os livros com algumas coisinhas na caixa, como penhor da minha tornada», diz êle. Voltando a passar por ali, em Março de 1564, os Índios foram ao navio «e me trouxeram os livros e tudo o mais que tinha deixado» [2].

O poema heróico *De rebus gestis Mendi de Sa praesidis in Brasilia*, que se dava por perdido, existe ou existia, em 1936, antes da guerra civil espanhola, na família Zuazola, de Algorta, na Biscaia [3]. Além dêstes dois grandes poemas, compôs Anchieta várias poesias, algumas das quais andam já publicadas quer no original português ou castelhano quer traduzidas do tupi, em que muitas foram primitivamente redigidas [4]. Tratando aqui dêstes assuntos, na generalidade, concluamos com a esperança, que já enunciamos no Prefácio do I Tômo, de que alguma instituïção cultural do Brasil se resolverá um dia a estudar, de modo crítico e definitivo, êstes mais belos monumentos, iniciadores da sua história literária e científica. Nos séculos seguintes, as manifestações de cultura dos Jesuítas revestirão aspectos novos, com Vieira, Antonil, Gusmão, Vasconcelos, Diogo Soares, Betendorff, João Daniel e com outros. Ao tratarmos dêles em conjunto, ainda voltaremos o olhar ao século XVI. Mas dalgumas destas manifestações convém deixar, desde agora, notícia mais explícita. Os princípios teem sempre particular interêsse.

2. — E em primeiro lugar, uma palavra sôbre a *correspondência* dos Jesuítas. Ela, que tão grande importância reveste na história da Companhia, tinha por fim informar e edificar, — o bom govêrno e o proveito do espírito! As cartas convergiam a Lisboa de tôdas as partes do mundo. Do Brasil, a primeira carta dos Jesuítas foi naturalmente enviada pelo seu Superior, Manuel

---

1. Pero Rodrigues, *Anchieta*, em *Annaes*, XXIX, 208, 209; António de Matos, *Prima Inst.*, 12.
2. Anch., *Cartas*, 231, 236.
3. Cf. Serafim Leite, *Páginas*, 157.
4. Cf. «Cantos de Anchieta» em Afrânio Peixoto, *Primeiras Letras*.

da Nóbrega. Outros escreveram logo; e, em breve, o Superior encarregava, a algum Irmão estudante, o ofício de escrever. Várias cartas redigiram-se por comissão dos Provinciais ou Reitores. Escolhia-se quem tivesse facilidade em escrever, sobretudo latim, porque era a língua oficial. Anchieta foi um dêles e o mais célebre.

Começando-se a organizar o Arquivo da Companhia, determinou-se, em 1574, que nas cartas se indicasse sempre o lugar, donde se escrevia, e o nome de quem as escrevia [1], preocupação já de se utilizar a correspondência como fundamento da história. Aliás, alguns anos antes, tinha-se dado esta recomendação expressa: «V.ª R.ª escreva aos Reitores que, para edificação e consôlo dos que agora são, e serão adiante, e para outros bons efeitos, tenham em cada Colégio um livro onde se escreva a origem e princípio do Colégio, fazendo menção das coisas de algum momento, que hão sucedido, e por tempo sucederem, no progresso dêle, assim no espiritual como no temporal». Isto escrevia-se primeiro em rascunho, e, depois, examinado na Visita do Provincial, passava-se para o livro [2].

Em 1571, determina-se que se façam bem os catálogos e que se enviem com as minúcias indispensáveis, incluindo os noviços. Como se sabe, iam a Roma três catálogos, o primeiro com as informações gerais das pessoas, outro com as suas qualidades e um terceiro com o estado económico das casas. Ordenou-se também, nesta ocasião, que se remetessem para o Arquivo as escrituras de compra, hoje fonte de informações; e torna-se a insistir na organização de livros próprios, para a história dos Colégios [3]. A estas ordens se deve a história das fundações dos Colégios da Baía, Pernambuco e Rio de Janeiro. No Memorial do P. Serrão inquiria-se sôbre os catálogos *anuais*, se deveriam levar no fim a lista dos falecidos e se os despedidos iriam com o próprio nome. A resposta foi afirmativa [4].

---

1. *Bras.* 2, 28.
2. *Bras.* 2, 124. Recomendação do P. Geral, sem data; acha-se entre duas cartas de 1567 e de 1569.
3. « Algũs capitolos de hũa do Padre Polanco, por comissão do Padre Geral, de Roma a 20 de Março de 71 », *Bras.* 2, 125.
4. Placet hoc, nempe est secundum Constitutiones, P. VIII, Cap. I, lit. P. (*Bras.* 2, 24v).

Nota-se um período extraordinário de actividade epistolar no tempo do Visitador Gouveia. «Por seis vezes já escrevi a V. P. e cada uma por duas vias, *scilicet*, em Junho de 83, em Agôsto e Dezembro do mesmo, e em Junho de 84, em Setembro do mesmo, e agora êste pacote, que também vai por duas vias, e pelo P. António Gomes enviei largas informações desta Província. O suplemento dos catálogos e apontamentos para a *Ânua* vão com esta»[1].

Foi êle, de-facto, quem regularizou êstes serviços: cada sábado pregunte-se o que há de interessante e se aponte. Cada Colégio escreva aos outros, em Dezembro ou pouco antes, uma carta *ânua*; e cada Aldeia ao seu Colégio, cada três meses[2]; as cartas vindas do Reino guardem-se cuidadosamente. Deem-se a ler pelas Residências, e voltem para o Colégio para se arrecadarem com amor[3]. A estas sábias instruções juntou outras, provindas da experiência local. Verificou o Visitador que havia grande descuido em escrever os sucessos edificantes; ao chegarem ao fim do ano, já se tinha esquecido o que se fizera durante êle. Conseqüência: as *Ânuas* do Brasil vinham magras e inferia-se daí pouco fruto. Ora a falta não era do fruto, mas da pouca atenção que se lhe dava. Simão de Vasconcelos, lastimando a deficiência de notícias a-respeito da estada do P. Afonso Braz no Espírito Santo, observa: «naqueles tempos obrava-se muito, escrevia-se pouco»[4]. Antes de se retirar para Portugal, em 1589, providenciou o Visitador: «logo no princípio do ano se nomeará um Padre ou Irmão, que houver mais apto, para ir compondo a carta ânua, ao qual se entreguem tôdas as cartas, em que vierem coisas de edificação. E no mesmo dia ou no seguinte, em que acontecer alguma coisa digna de se escrever, a escreverá *ad longum* em um caderno que para isso terá. E cada mês mostrará ao Superior o que assim tiver escrito, e no cabo do ano ajuntará tôdas as ânuas dos outros Colégios. E de todas fará a Carta Geral, deixando o treslado dela no livro em que se costumam escrever»[5]. Mostra da previdência esclarecida do Visitador foi

---

1. Carta de Gouveia, Baía, 1 de Novembro de 1584, *Lus. 68*, 409.
2. *Bras. 2*, 141-141v.
3. *Bras. 2*, 142.
4. Vasc., *Crón.*, I, 97.
5. Gesù, *Colleg. 13* (Baya); *Bras. 2*, 141.

ainda a ordem que deixou sôbre os baptismos e casamentos de brancos, índios e negros, realizados pelos Jesuítas nas suas missões: « escrevam os nomes dos baptizados e casados, *com ano, mês e dia*, e trasladem-se num livro que para isso haverá nos Colégios em tal ordem, que fàcilmente se achem, quando fôr necessário » [1].

Na correspondência, era preciso tomar algumas precauções para se evitarem desgostos de que viesse a sofrer a Ordem. Já o Visitador B. Inácio de Azevedo mandou, em 1568, « que os Padres das Residências, espalhados pelas Capitanias, não escrevessem directamente a El-Rei quer fôsse a pedir terras, quer a tratar de negócios do Estado, sem combinarem primeiro com o Provincial; se não fôsse possível, comunicá-lo-iam depois » [2]. Tais cartas, a reis ou pessoas de importância, deviam ter primeiro a censura de Roma, para se evitarem excessos ou « menos consideração como agora aconteceu », diz o P. Geral, em 1585 [3]. Essas cartas deviam ir acompanhadas de uma cópia para Roma ou para Portugal, e por estas se veria se convinha entregar ou não as cartas ao destinatário [4]. Sôbre esta matéria de circunspecção, recomendou o P. Mercuriano a Anchieta que não fôssem longas as cartas: cansavam o leitor e davam trabalho nos treslados. Sobretudo que se não metessem a escrever defeitos nem assuntos seculares, como « falar mal dos soldados e cobiça dos Portugueses em fazer escravos, porque isso nem edifica nem é coisa para *Ânuas* ». Ficassem para as cartas de negócios, se fôsse preciso tocar ou avisar disso para a Europa [5]. A-pesar dos avisos, não faltam alusões a esta última questão, como aquela, que os Padres tinham mais a peito, que era a da liberdade dos Índios. Mas as precauções tendiam a corrigir desabafos sem a ponderação devida. E uma ou outra vez se encontram. Pertence a êste número o *Discurso das Aldeias*, evidentemente exagerado.

---

1. Visita de 1586, *Bras. 2*, 147.
2. *Bras. 2*, 138v.
3. A carta é de 15 de Julho de 1585. A 13 de Janeiro dêsse ano, tinha o P. Luiz da Fonseca escrito a El-Rei sôbre os agravos que fêz à Companhia o Governador Teles Barreto *(Lus. 69*, 13-13v). Talvez aluda a êle o P. Geral.
4. *Bras. 5*, 55v.
5. Cartas do P. Geral, de 15 de Janeiro de 1579, *Bras. 2*, 46; Visita do P. Lima, Roma, Vitt.º Em., *Gesuitici, 1255*, 14, f. 3, ad 18-19.

Êste criticismo missionário era, aliás, um antídoto utilíssimo contra prepotências ou desmandos de funcionários públicos. Em todo o caso, o criticismo dos Jesuítas do Brasil permaneceu geralmente num tom muito mais moderado que o criticismo, não raro apaixonado e violento, dos missionários de Espanha (Las Casas). Ao leitor compete lê-los criteriosamente. Não se pode duvidar da sinceridade dos seus autores, mas deve-se ter em conta o grau de excitação circunstancial, que debates prolongados sôbre certos pontos nevrálgicos poderiam produzir. Ler com espírito verdadeiramente culto as cartas e relações dos Jesuítas, verifica-se que são fontes preciosas para a História do Brasil.

Na *Informação do Brasil e do decurso das Aldeias* vem esta nota: «Depois do P. Gabriel Afonso ler êste papel e se ajudar dêle no que fôr necessário pera bem da conversão, se levará a Roma pera o nosso P. Geral o ver, e depois se poderá dar ao P. Mafeu pera ajuda da sua obra»[1]. O P. Gabriel Afonso era, em 1583, o encarregado, em Lisboa, dos assuntos do Brasil[2]; e o P. Mafeu é o historiador, universalmente conhecido.

Muitas cartas, infelizmente, perderam-se. Logo em 1552, informa Navarro que as cartas e a correspondência, que se enviavam para a Europa, iam num navio «que os Franceses tomaram», segundo cá me disseram[3]. Com o B. Inácio de Azevedo seguiam, para o Brasil, as Constituïções, Bulas, ofícios, decretos. Tudo se perdeu na voragem do martírio[4]. Referências à perca de correspondência acham-se aqui e além[5]. Piratas, descuidos, naufrágios. Em Novembro de 1556, iam, de Lisboa para Roma, importantes cartas e relações do Brasil. Perdeu-se o navio; salvou-se a caixa que as levava, mas com a água tornaram-se ilegíveis[6]. Mais tarde, depois que o Visitador Gouveia obrigou a guardar cópias da correspondência, enviavam-se segundas vias, quando os corsários tomavam as primeiras[7]. É conhecido o que se passou com

---

1. *Bras. 15*, 10v.
2. *Lus. 68*, 341v.
3. *Bras. 3(1)*, 100.
4. Leão Henriques, ao P. Geral, de Lisboa, s/d. (Outubro 1570?), *Lus. 64*, 119-119v.
5. *Mon. Borgia*, III, 317; Nóbr., *CB*, 177-178.
6. *Lus. 62*, 11.
7. *Lus. 69*, 134 (1584); *Lus. 70*, 219.

o mesmo Visitador, ao voltar para Portugal. Tomado por Franceses, deitou ao mar uns papéis «por serem de segrêdo». Os Franceses, por isso, maltrataram-no com achas de fogo, a êle, numa coxa, e a dois de seus companheiros, ao P. Francisco Soares, nas costas, e ao Ir. Barnabé Telo, no rosto. O mesmo Francisco Soares deitou outros papéis dentro duma pipa para os não verem os piratas [1].

Tais percalços, juntos com razões de prudência e resguardo, levaram os Jesuítas a usar, na sua correspondência, de cifras e selos para, ao ser interceptada ou violada, não prejudicar negócios e pessoas ou mesmo assuntos de Estado, com informações de que pudessem utilizar-se os inimigos de Portugal ou da fé católica. Informa S. Francisco de Borja, em 1571, que daí em diante as suas cartas levariam êste sêlo: *Sigillum Praepositi Societatis Iesus (sic);* «e assim não será fácil contrafazê-lo como o ordinário, como se fêz êstes dias no Piamonte e em França» [2]. Também no século XVI se usaram algumas cifras. Uma por palavras com significação diferente. Assim: Papa = catedrático de prima; Rei = graduado; Rainha = a Senhora, etc., têrmos usados nos Colégios e estudos. Havia outra cifra de letras. A cada uma correspondia um número, simples, ou com sinal diacrítico; $a=4$; $b=4$; $c=4+$; $d=7$, etc. Como provàvelmente se divulgaram estas letras, escreveu-se ao lado: «outras servem agora» [3].

Multiplicam-se instâncias desde o começo, para que se escreva com freqüência, e, para facilitar o seu acesso, as cartas imprimem-se na Europa [4]. Nóbrega, em 1557, escreve de Pôrto Seguro que fazia tudo para não ir navio sem carta sua, «e isso

---

1. Cardim, *Tratados*, 367, 368.
2. *Bras.* 2, 125.
3. *Bras.* 2, 40v-42. Lino de Assunção publicou duas cifras em *O Catholicismo da Côrte ao sertão* (Paris 1891) 86-88. A segunda foi enviada pelo secretário da Companhia, P. De Angelis, a 12 de Outubro de 1601, ao Provincial de Portugal, P. João Correia. São ambas diferentes das anteriores.
4. A primeira carta dos Jesuítas do Brasil, dada à estampa, é a do P. Nóbrega, dirigida ao célebre Dr. Navarro, seu mestre em Coimbra, datada da Cidade do Salvador, 10 de Agôsto de 1549: *Copia de vna litera del Padre Manuel de Nobrega della Compagnia di Iesu mandada del Brasil Al Dottor Nauarro suo Maestro in Coymbra ricceuuta l'anno del 1552.* Seguem-se mais algumas cartas, dêle e doutros Padres. São os *Avisi Particolari.* Depois vieram novas cartas, *Diversi Avisi, Nuovi*

mesmo deviam lá de usar [na Europa] de mandarem sempre por todos os navios alguma carta...»[1]. Por sua vez, escreve o P. António da Rocha, em 1571: «o ano passado escrevi a V. P., por ordem que deixou o P. Inácio de Azevedo, que de cada casa se escreva a V. P., quando se oferecer embarcação»[2]. Estas cartas percorriam, na Europa, várias casas. A Ânua escrita pelo P. Luiz da Fonseca, a 17 de Dezembro de 1576, foi traduzida em italiano. O exemplar do Arquivo traz: «lida na Penitenciaria, lida em Sienne, em Loreto»...[3].

O desconsôlo, por não receber notícias, também se encontra a cada passo[4]. Pelo contrário, a alegria com que os Jesuítas do Brasil recebiam a correspondência, quer da Pátria quer dos seus companheiros, que regavam o mundo oriental com os suores do seu apostolado, não se descreve. Basta, para o ajuízar, o que conta Blasques, à chegada das cartas. Estava a maior parte dos Padres e Irmãos na Aldeia do Espírito Santo, Baía, a celebrar o jubileu do orago, em 1564, e «seriam duas horas depois da meia noite, quando por casa entrou o que as trazia; não cabiam os Irmãos de contentamento e prazer, vendo o muito que o Senhor se dignava de obrar em suas criaturas, por intermédio dos da Companhia, em tantas e tão diversas partes do mundo. Daí até de manhã, não havia quem pudesse dormir, porque logo o Padre Provincial começou a ler as cartas»[5].

As novidades, que assim provocavam vigílias de entu-

Avisi, onde se entremeiam também cartas já anteriormente publicadas. Eis o título da edição princeps, existente no Museu Inaciano da Biblioteca dos Bolandistas, Bruxelas, e de que possuímos fotocópia: *Avisi particolari delle Indie di Portugallo riceuuti in questi doi anni del 1551 & 1552 da li Reurēdi Padri de la cōpagnia de Iesu, doue fra molte cose mirabili, si uede delli Paesi, delle genti, & costumi loro & la grande cōuersioue di molti populi, che cominciano a riceuere il lume della sāta fede & Relligione Christiana // In Roma per Valerio Dorico & Luigi Fratelli Bressani. Alle spese de M. Batista di Rosi Genouese, 1552 (316 págs.).* Êstes documentos incluem-se nas *Cartas Jesuíticas*. Nota-se, aqui e além, alguma variante.

1. Nóbr., *CB*, 169.
2. Carta de António da Rocha, 18 de Junho de 1571, *Bras. 15*, 231; *Mon. Borgia*, IV, 398; cf. Anch., *Cartas*, em *Annaes*, III, 322; Carta de Ambrósio Pires, *Bras. 3(1)*, 139v.
3. *Lus. 106*, 86-103.
4. *CA*, 104, 126; Nóbr., *CB*, 169, 177-178; *Bras. 3(1)*, 108, 139v; *Mon. Mixtae*, IV, 110; *Annaes*, III, 322.
5. *CA*, 410-411, 429; cf. *Bras. 15*, 61.

siasmo, eram «grandes novas do Japão; disto e do mais, que sabe que nos podemos consolar, *maxime* de quem não espera de Padres nem Irmãos outras consolações, pois estas sobrepujam tôdas as outras, nos façam sempre participantes». Era Grã que falava. E pedia as Cartas da Índia[1]...

3. — Outra coisa que êles também pediam: livros! Logo que chegaram ao Brasil, começaram os Jesuítas a pedi-los, «porque nos fazem muita míngua para as dúvidas que cá há, que tôdas se perguntam a mim», diz Nóbrega[2]. De Portugal vieram livros, efectivamente, enviados umas vezes pelos Padres, outras pelo próprio rei[3]. Em 6 de Janeiro de 1550, já Nóbrega acusa a recepção de duas caixas de livros e ornamentos[4]. Os livros, se não vinham de esmola, compravam-se. Marçal Beliarte, benemérito das letras, comprou, só de uma assentada, 15$000 réis dêles, e enviou, por outra, âmbar que rendeu 40$000 réis. Os livros, que se compraram com o âmbar, valeriam na Baía 80$000 réis[5].

O P. João Vicente Yate pediu, em 1593, várias obras em inglês, latim e espanhol. E o Irmão Pero Correia, já em 1553, as pedia «em linguagem». Eram os «de um chamado Doutor Constantino», de Sevilha, e intitulavam-se «Confissão de um pecador, Doutrina Cristã, Exposição do Primeiro Salmo de David *Beatus vir*, Suma de doutrina cristã, e o Catecismo cristão para instruir os meninos». Pero Correia tinha visto um dêles, o que tratava da primeira parte dos Artigos da Fé, «coisa mui santa». Pedia que, se estivessem à venda em Lisboa, lhos mandassem todos cinco, e senão, lhos comprassem em Sevilha. E explicava, como dando a razão da sua insistência: «porque não sou latino», isto é, porque não posso utilizar livros em latim, que não compreendo[6]. Livros latinos, de natureza ascética ou doutrinal, houve-os suficientes, desde o começo, excepto nalguma casa mais pobre, como a do Espírito Santo, onde Braz Lourenço não pos-

---

1. Nóbr., *CB*, 415.
2. Nóbr., *CB*, 87.
3. *Mon. Mixtae*, II, 504.
4. Nóbr., *CB*, 111.
5. *Bras.* 3(2), 358-359. Como dissemos supra, p. 365, nota 2, temos: 15$000 réis = 4.500$00 escudos; 40$000 réis = 12 contos.
6. *Bras.* 3(1), 85.

suía, em 1554, senão a *Vita Christi*[1]. Escasseavam mais os livros de texto para as escolas. Ao começar o Colégio de S. Paulo de Piratininga, não existiam artes nem livros, pelo menos para todos. Via-se obrigado Anchieta a escrever os indispensáveis apontamentos e a distribuí-los pelos alunos[2]. Na Baía, pedia o P. Grã, em 1555, livros de texto, tanto para os que principiavam como para os mais adiantados[3].

Da biblioteca do Colégio da Baía proviam-se de livros os Padres das Residências, que dêle dependiam. Mas também, em 1597, se determinou que, quando nelas morresse algum Padre, se inventariassem os livros e cartapácios que deixava, ficando ao Provincial liberdade de os recolher à biblioteca do Colégio ou de os deixar na Residência, onde êle falecesse[4]. Os livros saíam, às vezes, para fora das Capitanias. Os Padres, que foram fundar a Missão do Paraguai, levavam também «muitos livros», que foram roubados pelos corsários ingleses. Tais perdas, por motivo de piratarias, eram contingências inevitáveis e comuns. Perigo mais delicado era o de se dispersarem por empréstimo ou mesmo de se roubarem de casa: ordenou-se, em 1589, que estivessem todos em ordem e numerados, «da banda de fora», para que fàcilmente se saiba quando falta algum[5].

Para arruïnar-se em pouco tempo uma biblioteca, basta emprestar os livros. O Visitador Inácio de Azevedo deixou recomendado, na sua visita, que se não emprestassem[6]. O seguinte Visitador (Gouveia) suavizou a proïbição, que recaïria daí em diante apenas sôbre os livros únicos, e ainda dêstes se faria alguma excepção a favor da pessoa «do Prelado ou de maior qualidade»[7]. Era excepção justa. Tanto mais que alguns ilustres Prelados concorreram também para aumentar o fundo das bibliotecas dos Jesuítas. O Bispo D. Pedro Leitão legou ao Colégio da Baía, a sua livraria que «era mui boa»[8]. E o Adminis-

---

1. *Bras.* 3(1), 109.
2. Caxa, *Breve Relação*, cap. III; cf. Serafim Leite, *Páginas*, 155.
3. *Bras.* 3(1), 145v.
4. *Bras.* 2, 132.
5. Roma, Gesù, *Colleg. 13* (Baya).
6. *Bras.* 2, 138v.
7. *Ib.*, 140.
8. *Fund. de la Baya*, 12 (24).

trador Eclesiástico do Rio de Janeiro, além dos livros de «um e outro direito», que tinha oferecido ao Colégio desta cidade, deixou-lhe, ao morrer, metade da sua biblioteca [1].

Naturalmente, havia selecção de leituras e de livros. Não se davam a ler a todos, indistintamente, à-proporção-que iam chegando da Europa. Determinou-se que se examinassem antes, e corrigissem, no que tivessem (se tivessem) contrário à edificação e bons costumes [2]. Isto era em 1596, mas estava já em vigor, desde o tempo de Santo Inácio, a legislação geral da Companhia no que toca a livros obscenos e heréticos, aquêles totalmente proïbidos, os segundos admitidos com as devidas cautelas [3]. Os livros poéticos também não estavam nas boas graças da pedagogia da época. Distinguiam-se, porém, os livros escritos em latim e os escritos «em romance». Com os últimos havia maior rigor, pelos devaneios que suscitam em cabeças juvenis, e porque eram obstáculo ao cultivo sério do latim, a língua culta de então. Sendo informado o P. Geral, de que se introduzira no Brasil o costume de celebrar as festas com sonetos e coplas espirituais, mostrou-se contrário, e proïbiu tal uso, não por êle, em si, mas pela leitura de livros profanos, a que êsse hábito daria ocasião [4]. Igual proïbição atingia certos clássicos latinos. A Congregação Provincial da Baía (1583) propôs «que se desse alguma emenda aos livros de humanidades de Plauto, Terêncio, Horácio, Marcial, e Ovídio». Com efeito, receberam-se no Brasil êstes autores, como se usavam, já expurgados e adaptados ao ensino da juventude, no Colégio Romano [5]. Para o fim do século,

---

1. Ânua de 1601-1602, Luiz Figueira, 31 de Janeiro de 1604, *Bras. 8*, 43v.
2. *Bras. 2*, 91.
3. Entre os livros proïbidos então, o que mais circulava no Brasil, era a *Diana*. Domingos Gomes Pimentel depõe na Baía, a 18 de Janeiro de 1592, e diz « que avera seis annos pouco mais ou menos que elle tinha a *Dianna* do Monte Maior e a lia & algūas pessoas lhe dixerão que ho ditto livro era defeso e em especial lhe lembra que lho dixe hum estudante Francisco dOliveira filho do tabaliam Domingos dOliveira, o qual estudante ora he da Companhia de Jesus ». — *Primeira Visitação* — *Confissões da Bahia, 1591-1592*, p. 99 ; cf. *ib.*, p. 45 ; cf. *ib.*, 144, onde, além da *Diana* e da *Euforsina* (sic) se fala das *Metamaforgis* (sic), em linguagem, de Ovídio.
4. *Bras. 2*, 57v.
5. *Cong. 95*, 160v. Já desde 1564 tinham os Padres do Brasil licença do Cardial Infante, como legado *a latere* e Inquisidor Geral, para « emendar os liuros

circulavam as vidas de Santos e varões ilustres da Companhia. Conta-se que Manuel da Cunha, morador de Pôrto Seguro, vendo-se aflito com tentações do demónio, logo ficou livre, lendo a vida do «Beato Inácio de Loiola». Em 1601, havia já quási cinco anos que isso sucedera[1]. Seria livro emprestado ou dado pelos Padres. Muitos livros de procedência jesuítica andavam assim esparsos pelo Brasil, porque um dos brindes, que se ofereciam aos alunos, na distribuição dos prémios, eram livros[2]. A aquisição dêles foi constante. Em 1597, para obstar a que a falta de curiosidade pelo estudo, unida a certa moleza ambiente, estancasse ou impedisse a cultura geral, Pero Rodrigues não achou melhor meio que mandar vir livros, muitos livros[3]. Com o tempo parece que se destinou ao público alguma sala de leitura. Depois da perseguição pombalina no século XVIII, os livros, avaliados então em 5.499$000 réis[4], foram-se pouco a pouco dispersando, e às vezes para bem longe[5].

O conteúdo das bibliotecas dos Colégios, no século XVI, é facil de inferir pelas faculdades que ensinavam. A mais importante era, sem dúvida, a da Baía com os seus três cursos de Humanidades, Artes e Teologia. No trabalho jurídico-moral *sôbre se um pai pode vender a seu filho, e se um se pode vender a si mesmo*[6], Nóbrega cita, além dos livros da Sagrada Escritura, a São Tomaz de Aquino, Escoto, Soto, Doutor Navarro, Panormitano, Silvestre, Acúrsio, Nicolau de Lira, Gabriel, etc., e com referências tão precisas, que supõem a consulta imediata destas obras ou da maior parte delas. Nóbrega escrevia, no Brasil, em 1567...

---

e todo o mais que he defesso no cathalogo do sagrado comçilio Tridentino e no nosso, semdo em cousas da dita Companhia soomente, e do que assi se emendar se poderá ussar». — *Licença do Cardeal pera emendar e usar dos liuros defessos*, dada em Lisboa a XX de Novembro de 1564, *Mon. Paedagogica*, 698-699.

1. *Bras.* 8, 42-43.
2. *Fund. de Pernambuco*, 67v(32); cf. Capistrano, *Primeira Visitação do Santo Officio*, in *Ensaios e Estudos*, 2.ª série (Rio 1932) 319.
3. Carta de Pero Rodrigues, 5 de Abril de 1597, *Bras.* 15, 428v.
4. Lúcio de Azevedo, *Novas Epanáforas*, 56.
5. Na Biblioteca do Pôrto achámos nós a *Vida do Padre Joam d'Almeida*, da Companhia de Iesu, do P. Simão de Vasconcelos, 1658. Tem escrito, a tinta, no rosto: *Liur. publ. do Coll. da Bahia*.
6. Évora, Cód. CXVI/1-33, f. 145-152v.

CAPÍTULO II

Fundação da lingüística americana

*1 — Primeiros monumentos da língua tupi-guarani ;   2 — A Arte de Gramática ;
3 — O primeiro vocabulário tupi ;   4 — O catecismo e a doutrina cristã ;
5 — Curso da língua tupi ;   6 — Os Maromomins e a sua língua.*

1. — Uma das regras da Companhia de Jesus é que todos aprendam a língua da terra onde residem, se não virem que é mais útil a sua própria [1].

Ao chegarem os Padres ao Brasil, sem deixarem a portuguesa, verificaram que, para atrair e catequizar os Índios, era indispensável saber a língua dêles. Desta regra e desta verificação provieram múltiplas vantagens para a catequese e para a ciência [2]. Os dois principais campos de actividade dos Jesuítas, nos primeiros tempos, foram a Capitania de S. Vicente e a Baía. A prègação na língua começou simultâneamente em ambas, mas com vantagem em S. Vicente, porque alí iniciaram-na alguns Portugueses vindos há muito para a terra, e que, ao agregarem-se à Companhia, já dominavam a língua tupi, falada na costa do Brasil. O Ir. Pero Correia, que foi dos primeiros a entrar, conhe-

---

1. *Constitutiones*, P. IV, C. 6, n.º 13 (Regra 10 das comuns); cf. J. M. Granero, *La acción misionera y los métodos misionales de San Ignacio de Loyola* (Burgos 1931) 143 [*Bibliotheca Hispana Missionum*, vol. VI].

2. Couto de Magalhães, falando da assimilação dos Índios, diz que não há outro meio senão falar a sua língua, como fizeram os Jesuítas. E ainda agora se devia, acrescenta êle, criar um corpo de intérpretes, a « exemplo do que fizeram os nossos maiores, os Portugueses, os quais em matéria de Colonização, foram grandes mestres ». — *O Selvagem*, (Rio 1876) IX. Expende ideias semelhantes Cunha Barbosa, *Qual seria hoje o melhor sistema de colonizar os Índios*, na *Rev. do Inst. Bras.*, 2 (1840) 3-18.

cia a fundo a língua e a psicologia dos Índios, prègava-lhes à sua maneira e mandava vir expressamente da Europa livros para se inspirar e transmitir aos Índios doutrina segura[1].

Na Baía, começou o estudo em 1549, mas o seu exercício só verdadeiramente, com a chegada, em 1556, do Irmão António Rodrigues. Antes dêle, foi preciso proceder-se à aprendizagem laboriosa, utilizando os Padres recém-chegados os moradores da terra. Logo na primeira carta, poucos dias depois de chegar, diz Nóbrega que tentara traduzir as orações com um índio, mas inùtilmente, pela boçalidade do mesmo índio. «Espero de as tirar o melhor que puder com um homem que nesta terra se criou de moço»[2]. Era Diogo Álvares, o *Caramuru*.

Em Pôrto Seguro, havia também um homem antigo, que tinha o dom de escrever a língua dos Índios[3]. Entre os primeiros Jesuítas, vindos de Portugal, o que mais se assinalou nestes estudos foi o P. João de Aspilcueta Navarro. Talvez por ser «biscainho» (a observação é de Nóbrega), revelou maior habilidade, e logo se avantajou aos demais[4]. Nóbrega, ao chegar à Baía, de visitar as Capitanias, enviou-o a Pôrto Seguro para se utilizar daquele intérprete[5].

O P. Navarro traduziu na língua tupi «a criação do mundo, e a Incarnação e os demais artigos da Fé, e mandamentos da Lei, e ainda outras orações, especialmente o Padre-Nosso, as quais orações de contínuo lhes ensino, em sua língua e na nossa», diz êle[6]. Navarro deu àquele português de Pôrto-Seguro passagens «do Testamento Velho e Novo, e Mandamentos, Pecados Mortais, e Artigos da Fé e Obras de Misericórdia para me tornar em língua da terra», diz êle[7]. Traduziu-lhe também alguns sermões sôbre o «Juízo, Inferno e Glória»[8], uma «Confissão Geral, Prin-

---

1. *CA*, 90-91; *Bras. 3 (1)*, 85; Vasc., *Crón.*, I, 48.
2. Nóbr., *CB*, 73.
3. *CA*, 71. Estas orações, logo as utilizaram os Padres. António Pires, em 1551, já prègava aos Índios: «trouxe as orações e alguns sermões escritos nesta língua. Espero agora de me exercitar nêles», *CA*, 82.
4. Nóbr., *CB*, 73, 93; *CA*, 72, 112; *Fund. de la Baya*, 3 (78); Vasc., *Crón.*, I, 48.
5. *CA*, 75.
6. *CA*, 50.
7. *CA*, 71.
8. *CA*, 76.

cípio e fim do mundo »¹. Êstes sermões e orações, aprendidas e decoradas pelo Padre, as ensinava, depois, aos meninos, em vez das canções gentílicas².

Na aprendizagem das orações pelos meninos influíram sobretudo os órfãos de Lisboa, chegados em 1550 e anos seguintes. « Andam os meninos órfãos, que mandaram do Reino e estão neste Colégio [da Baía], pelas Aldeias, prègando e cantando cantigas de Nossa Senhora, na língua da terra declaradas »³. As cantigas eram aperitivos para manjar mais sólido. Não tardou que, unidos todos êstes meninos da metrópole e da colónia, entrassem pelas Aldeias dos arredores e ensinassem aos Índios adultos o seguinte: «Paixão de Nosso Senhor, Mandamentos, Pater-Noster, Credo e Salvè-Rainha em sua língua. De maneira que os meninos em sua língua ensinam os pais e os pais vão com as mãos postas atrás dos seus filhos, cantando « Santa-Maria », e êles respondendo: *ora pro nobis* »⁴.

Com a volta de Nóbrega à Baía, em 1556, e sobretudo com a vinda do Ir. António Rodrigues, a catequese na língua tomou grande incremento. Chegou então a *Arte* de Anchieta; e, ao mesmo tempo, « as orações », traduzidas pelos Irmãos línguas, de S. Vicente⁵. Estas orações é que haviam de ser definitivamente adoptadas. Com as lições do Ir. António Rodrigues enchia-se o Colégio. E onde, dantes, só vinham uns doze ouvintes, logo ao terceiro dia, depois de começar a catequese, vieram 100 pessoas e, pouco depois, « quási duzentas ». Os Índios cobraram grande devoção ao Ir. Rodrigues, e diziam que, se outros lhes falavam mais polida e hàbilmente, êle lhes « lançava o coração pela bôca »⁶.

As línguas são um dom de Deus. É natural que uns tivessem mais propensão para elas do que outros. O Ir. Cipião meteu-se

---

1. Carta de Navarro, 19 de Setembro de 1553, *Bras. 3(1)*, 101.
2. Nóbr., *CB*, 105.
3. *CA*, 118.
4. *Post scriptum* à carta dos Meninos Órfãos, de 5 de Agôsto de 1552, *Bras. 3(1)*, 67. Alguns anos mais tarde, também Thevet havia de publicar, em *La Cosmographie Universelle* (1575) 925, algumas orações: Padre-Nosso, Avè-Maria e Credo, cf. Vale Cabral, *Bibliografia*, em *Annaes*, VIII, 170.
5. *CA*, 155.
6. *CA*, 154-155, 157.

à língua tupi com tanto empenho, «que às vezes lhe falava homem português e êle respondia brasil»[1]. Quando ao conhecimento da língua se juntava facilidade em a falar, os Irmãos condecoravam-se com reminiscências clássicas. O P. Gaspar Lourenço era «um Cícero na língua brasílica»[2]; o P. Leonardo do Vale, um «Túlio»[3]. Pelo contrário, o P. Jorge Rodrigues diz de si mesmo, escrevendo de Ilhéus em 1556, que só confessa a gente branca, por não saber o tupi. E isso que andou dois anos a aprendê-lo nas Aldeias da Baía, «e por ventura que pus nisso algum trabalho»[4]. A dificuldade, deixa-se ver, era maior para os que já vinham, de Portugal, homens feitos. Foi o que sucedeu com os Padres Manuel de Paiva, João Fernandes Gato e outros que tiveram dificuldade em a aprender[5].

O P. António Vieira, a-pesar-de chegar menino ao Brasil e saber bem a *Língua Geral*, também sentiu embaraço na aprendizagem das gírias do Amazonas. As explicações, que dá, mostram a dificuldade comum: «Por vezes me aconteceu estar com o ouvido aplicado à bôca do bárbaro, e ainda do intérprete, sem poder distinguir as sílabas nem perceber as vogais ou consoantes, de que se formavam, equivocando-se a mesma letra com duas e três semelhantes ou compondo-se (o que é mais certo) com mistura de tôdas elas: umas tão delgadas e subtis, outras tão duras e escabrosas, outras tão interiores e escuras e mais afogadas na garganta que pronunciadas na língua; outras tão curtas e subidas, outras tão estendidas e multiplicadas, que não percebem os ouvidos mais que a confusão, sendo certo em todo o rigor que as tais línguas não se ouvem, pois que se não ouve delas mais que o sonido e não palavras dearticuladas e humanas»[6].

As dificuldades, encontradas nos dialectos amazonenses, apresentaram-se também aos primeiros colonizadores e jesuítas, com a língua tupi. Viram-se na necessidade de a estudar, organizar e reduzir a Arte. Depois de feito êste trabalho, a língua

---

1. *CA*, 356.
2. *CA*, 407.
3. *Bras. 15*, 373v, 8.º.
4. *CA*, 467.
5. *CA*, 463; Pero Rodrigues, *Anchieta*, em *Annaes*, XXIX, 259.
6. Vieira, *Sermões*, V (Lisboa 1855) 337-338.

surgiu então uniformizada e ordenada, «fácil, elegante, suave e copiosa», como diz Cardim [1].

2. — A redução da língua tupi a regras ou Arte gramatical foi preocupação dos primeiros Padres. Cremos que Nóbrega encarregaria dessa missão primeiro ao P. Navarro. Pelo menos, antes da sua célebre entrada, deixando ao P. Ambrósio Pires e ao Ir. Blasques o que escreveu sôbre a língua, acrescenta Navarro, à guisa de satisfação e desculpa: «quanto a modo de *Arte*, não alcanço ainda para se fazer, nem me parece que teem senão certos vocábulos que servem em geral» [2]. Quando Navarro fêz esta declaração, havia já dois meses que chegara ao Brasil o Ir. José de Anchieta. Êle ia realizar êsse intento. Nóbrega nomeou-o mestre de gramática latina em S. Paulo. E êle, ao mesmo tempo que ensinava, aprendia; em pouco tempo, moldou, por aquela, a língua tupi. Conta o P. Pero Rodrigues que Anchieta compôs a *Arte* em seis meses [3].

Seria o primeiro esbôço. Foi o fundamental. Reduzida a Arte a língua tupi, o resto foi questão de tempo. A sua e a experiência de outros a aperfeiçoaram. Em 1556, já se ensinava no Colégio da Baía. E «despertou, em todos os meninos e Irmãos de casa, grandes desejos de saberem a língua» [4]. Mas não devia de ser comum o seu uso, porque, ainda em 1559, o P. António de Sá, que tinha cuidado dos Índios da Aldeia da Conceição, no Espírito Santo, escreve: «Eu ensino agora cá a doutrina cristã e as orações em nosso romance, como sempre fizemos, depois que nos mandaram dizer que era necessário concertarem-se alguns vocábulos, que estavam na doutrina. Se lá tiverem alguma maneira de ensinarem na língua brasílica, mandem-no-la, porque de outra maneira dificultosamente se lhes meterá na cabeça, ainda que lhes vozeem cada hora e cada momento. Êles me

---

1. Cardim, *Tratados*, 194. O P. John Vincent Yate, repetiria, depois, a mesma ideia: a língua brasílica é *one of the most easy and well ordered under the sun* (Carta da Aldeia de S. António, a 21 de Junho de 1593, in *Calender of State Papers*, 353).
2. Carta de Navarro, 12 de Setembro de 1553, *Bras. 3(1)*, 101v.
3. Pero Rodrigues, *Anchieta*, in *Annaes*, XXIX, 199.
4. *CA*, 155.

dizem que nosso romance é muito trabalhoso de tomar, mas nem por isso lhes deixo de ensinar todos os dias, e acodem-me todos quantos há na Aldeia, porque os levo por minha simples maneira, e algumas vezes falo em língua brasílica com êles o que sei e contentam-se muito» [1].

Para a sua divulgação e maior utilização da Arte, pedia-se, em 1592, licença para se publicar [2]. Alcançada a licença, a *Arte de Gramática* imprimiu-se efectivamente em Coimbra, em 1595 [3]. É a primeira gramática publicada na língua tupi-guarani, monumento de inapreciável valor lingüístico e filológico, glória da Companhia no Brasil, o facto que deu a Anchieta maior renome. «É o instrumento principal, diz Pero Rodrigues, de que se ajudam os nossos Padres e Irmãos, que se ocupam na conversão da gentilidade, que há por tôda a costa do Brasil. Esta língua é a geral, começando arriba do Rio do Maranhão [êle escrevia em 1605] e correndo por todo o distrito da Coroa de Portugal até o Paraguai e outras províncias sujeitas à Coroa de Castela [4].

---

1. *CA*, 221.
2. *Bras. 15*, 397; *Bras. 2*, 79.
3. *Arte de Gra-/matica da Lingoa/ mais vsada na costa do Brasil. /Feyta pelo padre Ioseph de Anchieta da Cõpanhia de/ IESV.* [Segue-se uma grande vinheta, com o trigrama da Companhia em forma de elipse com êstes dizeres alusivos ao nome de Jesus: *Nomen Domini turris fortissima*].
Com licença do Ordinario & do Preposito geral/ da Companhia de IESV./ Em Coimbra per Antonio de Mariz. 1595.
Consta de 58 fôlhas, fora a das licenças. Dêste livro fêz Júlio Platzmann uma edição fac-similar estereotipada em Leipzig, 1874. E por estas mesmas chapas, oferecidas à Biblioteca Nacional do Rio de Janeiro, fêz ela outra edição, em 1933, para comemorar o quarto centenário do seu autor. Escreveram trabalhos, fundados nos de Anchieta e Figueira, Marcgrav, John Luccoch, Reland, etc. O exemplar da edição «princeps», existente no Arquivo da Companhia (*Epp. NN. 21*), traz um breve aditamento autógrafo de Anchieta, cf. Serafim Leite, *A primeira biografia inédita de José de Anchieta*, p. 13, 1934; *Páginas*, 156; *Rev. do Inst. Bras.*, 43 (1880) 263; vol. 44, P. 1.ª (1881) 1; Sommervogel, *Bibliothèque*, I, 310; VIII, 1631; Rivière, *Bibliothèque*, II, p. 64; Streit, *Bibliotheca Missionum*, II, p. 340; Vale Cabral, *Bibliographia*, em *Annaes*, VIII, 143-144; *III Centenário de Anchieta*, pp. 343-344; Anchieta, *Cartas*, p. 27; Galanti, *H. do B.*, I, 2.ª ed., 106-107.
4. Nos fins do século XVIII, escrevia Fr. José Bernal um *Cathecismo de la lengua Guarany y castellana destinado a los Indios de las Provincias de Paraguay, Santa Cruz de la Cierra y naciones de Chiquitos, y los Pueblos de las Miciones del Uruguay y Parana y pueblos del Chaco, y Provincia de San Pablo de los Portugueses.* A inclusão

Aqui entram os Petiguares até Pernambuco, os Tupinambás da Baía, os Tupinaquins e Tumiminós da Capitania do Espírito Santo, e os Tamóios do Rio de Janeiro, e muitas outras nações, a quem serve a mesma língua com pouca mudança de palavras» [1].

A área, onde se falou, e ainda hoje fala a *Língua Geral,* é muito mais vasta do que o seu núcleo primitivo. Deve-se isso, segundo Teodoro Sampaio e Plínio Airosa, aos missionários e bandeirantes [2]. A êstes dois factores deve acrescentar-se o das próprias migrações dos tupis-guaranis, anteriores e subseqüentes à chegada dos Portugueses [3]. A tal unidade de língua, que concorreu, sem dúvida, para a unidade brasileira, recebeu dos Jesuítas extraordinário vigor, pela feição culta, que lhe deram, fixando por escrito as suas formas gramaticais e vocabulares. A influência da catequese sôbre a propagação da Língua Geral (a que os Padres fixaram) foi grande. Diz Barbosa Rodrigues: «Em todos os Colégios, sempre que chegavam novos missionários, eram obrigados a aprender a Língua Geral, para ensiná-la às tribus nheengaíbas, isto é, àqueles que não falavam o tupi. Tanto assim é que, no Amazonas, tôdas as tríbus, que ainda existem, com dialectos muito diversos e que foram missionadas, falam a Língua Geral. Os mundurucus, maués, tucanos, deçanas, ticunas, arauaquis, pariquis, etc., todos falam a Língua Geral, que aprenderam. Ainda ouvi uma ladainha e oração em Língua Geral, recitadas por pariquis, que teem um dialecto muito especial» [4].

---

de S. Paulo na lista mostra a quási identidade de Guarani e do Tupi. Fr. Bernal, no prefácio, diz que viera substituir os «ex-jesuitas de las miciones de los pueblos Guaranis». — Publicado en *Lenguas de América.* — Manuscritos de la Real Biblioteca, Tômo I (Madrid 1928) 395-439.

1. Pero Rodrigues, *Anchieta,* in *Annaes,* XXIX, 199. Sôbre esta unidade e extensão da língua, cf. Carta de Bastião Gomes, *Annaes,* XX, 264; Anchieta, *Cartas,* 302.
2. Teodoro Sampaio, *O Tupi na Geographia Nacional* (Baía 1928) 6; Plínio Airosa, *Primeiras Noções de Tupi* (S. Paulo 1933) 32.
3. Cf. Métraux, *La civilisation matérielle,* 290-292.
4. J. Barbosa Rodrigues, *A Lingua Geral do Amazonas e o Guarany,* in *Rev. do Inst. Bras.,* tômo do Quinquagenário (1888), suplemento ao tômo 51, p. 108; cf. von Martius, *O estado do Direito entre os Autochtones do Brasil,* na *Rev. do Inst. de S. Paulo,* XI, 25.

A Anchieta une-se na mesma glória Luíz Figueira, com a sua *Arte da Língua Brasílica*, diferente da do P. Anchieta e com o texto todo em português [1].

Mais tarde, vieram outros cultores da língua tupi, quer da Companhia (Mamiani, Bettendorf, João Daniel ...), quer de fora [2]; mas, observa Plínio Airosa: «os trabalhos de Anchieta e de Figueira, embora não possam reflectir com absoluta precisão a linguagem dos aborígenes, são no Brasil as melhores fontes, porque foram escritas, a bem dizer, entre os Índios, e numa época em que a língua estava em pleno uso para todos. As obras posteriores, também valiosas, registram já as mutilações sofridas pelas palavras, as substituições de sons e as adaptações provocadas pelo tempo» [3].

3. — Feita a Arte, necessitavam-se vocabulários. Os vocabulários tupis, organizados pelos Jesuítas do Brasil, deveriam ser, a princípio, simples listas de nomes, listas que iam passando de uns Padres a outros, ampliando-se ou aperfeiçoando-se sucessivamente. A primeira vez que se nos depara referência concreta a vocabulário em forma é em 1585. Pedindo-se licença a Roma para se publicar a *Doutrina Cristã*, portuguesa, do P. Marcos Jorge, que Leonardo do Vale adaptara à língua tupi, pedia-se, ao mesmo tempo, licença para se imprimir o *Dicionário da Língua Brasílica* para utilidade dos que a aprendiam [4]. Em 1592, reno-

---

1. *Arte da Lingua Brasilica composta pelo Padre Luiz Figueira da Companhia de IESV, Theologo*. [Trigrama da Companhia]. *Em Lisboa, com licença dos Superiores, por Manoel da Silva, s/d*. [1621]. A aprovação é datada de «Olinda & Dezembro de 620». Nela diz o P. Manuel Cardoso, que a reviu «por ordem do P. Francisco Fernandes da Companhia de Jesu deste collegio de Pernambuco». Nada achou que fôsse «contra o comum falar dos Índios do Brasil».

«E se deve ao P. Luiz Figueira muito, por facilitar, com seu trabalho, o muito que os que aprendem esta lingua brasilica costumam ter, não obstante a Arte do P. Ioseph Anchieta, que, por ser o primeiro parto, ficou muy diminuta & confusa, como todos esperimentamos». Na BNL (reservados) há dois exemplares, um dêles, magnífico, espelhado.

2. Cf. *Bibliographia* citada, de Vale Cabral.
3. Plínio Airosa, *Primeiras Noções de Tupi*, 33.
4. Scribitur etiam Dictionarium eiusdem sermonis ad Nostrorum utilitatem, qui linguae addiscendae operam sunt navaturi. Visum est petendam esse facultatem e Nostro Patre Generali ut typis possint excudi, *Congr*. 42, 321v.

va-se o pedido para a impressão dum léxicon tupi que se estava escrevendo [1].

¿Quem seria o escritor? Costuma falar-se de Anchieta. ¿Seria êle?

Nos documentos da época não achamos notícia de intervenção sua, directa, neste trabalho. Nos primeiros biógrafos, observa-se esta gradação: Quirício Caxa, enunciando as obras de Anchieta na língua tupi, não fala de vocabulário [2]; Pero Rodrigues já afirma que deu princípio ao vocabulário [3]; Simão de Vasconcelos dá o passo final e escreve; «fêz vocabulário da mesma língua» [4]. Certo, é o seguinte: o Padre Provincial Marçal Beliarte, escrevendo da Baía, a 21 de Setembro de 1591, e narrando a morte de Leonardo do Vale, em Piratininga, a 2 de Maio dêsse ano, chama-lhe «príncipe dos línguas brasílicos, eloqüente como Túlio, que falava a língua com tanta perfeição que até os Índios se admiravam do seu talento e graça singular; companheiro do P. Nóbrega e dos primeiros Padres, autor do Dicionário da Língua Brasílica, óptimo, copioso e muito útil, por onde fàcilmente se aprende: *composuit vero illius linguae optimum, copiosum et valde utile vocabularium ex quo facile est addiscere*» [5].

---

1. *Bras. 15*, 397.
2. Caxa, *Breve Relação*, 13; cf. Serafim Leite, *Páginas*, 157.
3. Pero Rodrigues, *Anchieta*, in *Annaes*, XXIX, 199.
4. Vasc., *Crón.*, I, 156. Esta frase tem andado repetida por todos: Platzmann, Dahlmann, etc. Diz êste: «Anchieta hinterliess noch ein Wörterbuch». — *Die Sprachkund und die Missionen (1500-1800)*, (Freiburg im Breisgau), 83; Vale Cabral, *Bibliographia das obras tanto impressas como manuscriptas relativas á lingua Tupi ou Guarany, tambem chamada Lingua Geral*, in *Annaes*, VIII, p. 197.
5. *Bras. 15*, 373v; cf. *Hist. Soc. 42*, 33. Diz o Catálogo de 1574 (*Bras. 5*, 10): «Leonardo do Valle, coadjutor spūal formado. es grande lingua. sabe mediocremente casos. es confessor. entró en la comp.ª año de 53. siendo de 15 anos. es natural de Bragança». Rocha Pombo considerou-o mameluco (*Hist. do Brasil*, III, 362 nota). Aqui fica expressa a sua naturalidade: Trás-os-Montes. Foi menino para o Brasil, levado pela família ou como órfão. No ano de 1553, dado pelo catálogo, devia ser apenas aluno, porque ainda não aparece no que organizou Anchieta em Julho de 1554 (Anch., *Cartas*, 37-38). Como tal andaria nos Campos de Piratininga, quando se fundou S. Paulo. Nas Missões caminhava quási sempre descalço «com alpergatas feitas de cardos bravos, que era o coiro daquele tempo» (Vasc., *Anchieta*, 44). Fêz os votos de Coadjutor espiritual no ano de 1560, em Piratininga. Recebeu-os o P. Nóbrega (*Lus. 1*, 137). Era sumamente estimado dos Índios, em cujo serviço gastou a vida, tanto dos livres como dos escravos

O Vocabulário do P. Leonardo do Vale não se imprimiu. Andando porém em tôdas as mãos, deve ter ido, com a gramática de Anchieta e a doutrina, até ao Tucumã e Paraguai com os primeiros Padres idos do Brasil. Exaltando a unidade da Língua Geral (tupi-guarani), desde o «famoso Rio das Amazonas» aos Carijós, grande vantagem para a catequese, diz Pero Rodrigues, notando os instrumentos de trabalho de que dispunham: «por onde a Arte desta língua [a *Arte de Gramática*, de Anchieta] e as práticas e doutrinas, que nela andam escritas, servem também os Padres da Companhia, que andam no Peru, para ensinar os Índios do Tucumão, do Rio da Prata e doutras terras que confinam com o Brasil»[1]. Os Padres do Brasil chegaram a Tucumã em 1587 e ao Paraguai em 1588. Dêstes escritos tiveram, sem dúvida, conhecimento Barzana e Ruiz de Montoya, em cujos nomes andam os primeiros dicionários impressos. Outros os conheceriam no século XVIII, depois da extinção dos Jesuítas...[2].

¿Existirá hoje algum exemplar do Vocabulário dos primeiros Padres Jesuítas do Brasil?

No Arquivo Geral da Companhia não o vimos. Couto de Magalhãis, falando dos primeiros livros sôbre o tupi, inclue um «*Vocabulário da língua tupi*, tal qual era falada em S. Paulo, no século XVI, pelo P. Joseph de Anchieta», e acrescenta: a «edição está há muitos anos esgotada; mandei tirar uma cópia em

---

e escravas *(CA*, 308; *Bras. 15*, 278v; Vasc., *Crón.*, II, 5). Quando os da Aldeia de S. João, na Baía, fugiram para a selva, ocasião em que os Índios às vezes matam os brancos, não só não o fizeram, antes despediram-se do P. Leonardo do Vale, « dizendo-lhe que levavam grandes saüdades dêle, e que, se foram mulheres, o choraram», *CA*, 265 e nota 153 de Afrânio Peixoto.

1. Carta de Pero Rodrigues, 7 de Maio de 1597, em Amador Rebêlo, *Comp. de Alg. Cartas*, 236-237.

2. Plínio Airosa reeditou o *Dicionário Brasiliano*, S. Paulo, 1934. E no Prefácio, p. 17, dá como autor a um Frei Onofre, Missionário do Convento de Santo António, no Maranhão, do qual tudo se ignora. Sem entrar agora em maiores averiguações, que reservamos para o estudo do século XVIII, recordemos desde já que, supra, no *Apêndice A*, do Tômo I, 536, entre os escritores da Província do Brasil, cita-se o P. Inácio Leão, com um *Dicionário Português-Brasílico*. E averbemos também a opinião de Dahlmann *(loc. cit.)*, segundo a qual o *Dicionário Português-Brasiliano*, publicado em 1795 (o mesmo que reeditou Plínio Airosa), se baseia no *Manuscrito da Língua Geral do Brasil*, saído, diz êle, com tôda a probabilidade, da pena do famoso Jesuíta, João Daniel. Cf. Francisco Rodrigues, *A Formação*, 379.

manuscrito e vou reimprimi-la»[1]. Esta obra, que se diz impressa, não vem mencionada por Vale Cabral, nem está na Bibliografia, que Plínio Airosa apõe a *O Caderno da Língua*, de Fr. Arronches. ¿Será apenas um *glossário* das palavras usadas por Anchieta nos seus diversos escritos tupis?

Temos fortes razões para fazer remontar até aos primeiros Padres o códice piratiningano de 1622, atribuído a Pero de Castilho[2].

¿Será, na verdade, Pero de Castilho o autor do Vocabulário? Existe uma dificuldade insuperável, proveniente dum incómodo *álibi*. O manuscrito traz, no alto da fôlha do rôsto, estas palavras desenhadas: *Vocabulario na Lingua Brasilica, 1621*. E no fecho:

---

1. Couto de Magalhãis, *O Selvagem*, p. 320. Na Biblioteca da Universidade de Coimbra, conserva-se um *Dicionário da Língua Geral do Brasil*, e outro *Dicionário da Língua Brasílica*, assinalados por Norival de Freitas, *Rev. do Inst. Bras.* 70, 2.ª P. (1907) 895.

2. Na nossa passagem pelo Rio de Janeiro, em 1934, convidou-nos fidalgamente a visitar, em Copacabana, a sua biblioteca, o director do grande diário «Jornal do Commercio», Félix Pacheco, tão cedo arrebatado às lides literárias e jornalísticas. Não foi alheio a êste convite o insigne escritor Afrânio Peixoto. Mostrou-nos Félix Pacheco as suas raridades bibliográficas e, com verdadeira ufania, um manuscrito da língua tupi, formando um só volume com *Os nomes das partes do corpo humano*, de Pero de Castilho.

Félix Pacheco conhecia Sommervogel, que dava Castilho como português e autor provável de um manuscrito, *Vocabulário da Língua Brasílica (Portuguez--Brasiliano*, 4.º, pp. 368. «The last few leaves which countain lists of the names of parts of the body, etc. in Brazilian-Portuguese, and is dated 1613, were written by Padre Pero (sic) de Castilho da Companhia de Iesu who was probably, also the author of the large Vocabolario». Catal. de Quaritch, juill. 1885, n. 30200). D'après ce titre, l'auteur ne s'appellerait-il pas plutôt: Perez de Castilho?» (Sommervogel, *Bibliothéque*, II, 846).

Quem é êste Perez ou Pero de Castilho? — preguntou-nos êle.

Diante desta interrogação e dúvida, ao voltar a casa, consultámos os nossos verbetes, verificando que o nome era realmente Pero de Castilho, grande língua, e que *nascera* no Brasil, como aliás já o dizia Sommervogel, mas no *Suplemento*, IX, 7. Com justificado alvoroço, quisemos logo comunicar-lhe tão grata notícia. Organizámos uma nota com os dados biográficos de Pero de Castilho e remetemos-lha. Félix Pacheco escreveu-nos uma carta, que conservamos como tesouro precioso, e, já agora, como relíquia. Desta identificação e correspondência fêz êle uma erudita comunicação à Academia Brasileira de Letras, em 5 de Julho de 1934, publicada no dia seguinte no seu jornal e depois na *Revista da Academia*, no mês de Outubro do mesmo ano. Mas esta identificação da *naturalidade* de Pero de Castilho prestava-se a uma outra identificação, a da sua *autoria*. Será?...

Este livro intitulado/ Vocabulario Brasil / Foi começado em Abril / Porem em Agosto acabado / 1622 / Aos 23 de Agosto oitava da Assunção de Nossa Senhora / Em Piratininga.

Ora, em 1621, Pero de Castilho vivia no Colégio da Baía[1]; e fêz, com o P. José da Costa, nesse mesmo tempo, e naquela região, uma entrada apostólica ao interior[2]. Não podia estar em Piratininga, em 1622. Os quatro ou cinco meses, de que fala a quadra piratiningana, deve ser o tempo gasto por algum Padre ou Irmão em copiar o dicionário, nas horas vagas do apostolado. Bem vemos que o ser cópia não exclue a hipótese de ter como autor a Pero de Castilho, embora ausente. Mas a hipótese deve justificar-se por outra via. E não encontramos nenhum elemento positivo, que autorize essa conclusão.

Quere dizer, no estado actual dos nossos conhecimentos históricos, aquêle *Vocabulário da Língua Brasílica*, obra certamente dos Padres Jesuítas, tem que se filiar em Leonardo do Vale, sem excluir, é claro, prováveis remodelações e aperfeiçoamentos ulteriores, inclusivè do próprio Anchieta. Êste recuo no tempo dá-lhe, incontestàvelmente, maior valor.

4. — E, agora, outra manifestação da actividade lingüística dos Padres, e à qual, afinal, se dirigiam tôdas as mais: o ensino da doutrina.

O mais antigo ensaio da doutrina cristã em língua tupi data de 1549 com a primeira tradução das orações. Ao Ir. Pero Correia, em S. Vicente, que tão encarecidamente pedia livros de Portugal, se deve, por volta de 1552, a primeira *Suma da Doutrina Cristã*, «posta em estilo da língua natural da terra, pela qual ensinavam com fruto às almas»[3]. Entretanto, o P. Luiz da Grã, pouco antes de 1560, compôs, em português, o *Diálogo ou Suma da Fé*: na Baía «veem cada dia uma vez à escola, onde se lhes ensina a *Doutrina* e um *Diálogo*, onde está recopilada a *Suma da Fé*, que o P. Provincial ordenou e compôs, para que, preguntando e respondendo, com maior facilidade lhes ficasse na cabeça»[4].

---

1. *Bras.* 5, 123.
2. *Lettere Annue d'Etiopia, Malabar, Brasil e Goa, 1620-1624* (Roma 1627) 127-128.
3. Vasc., *Crón.*, I, 70.
4. *CA*, 274, 301, 351.

O *Diálogo* ou *Suma da Fé* generalizou-se pelas Aldeias em cópias manuscritas e, em 1566, já uma delas tinha sido enviada a Portugal[1].

Sucedeu, neste meio tempo, que o P. Marcos Jorge, falecido em 1571, escreveu também e publicou, em Portugal, uma *Doutrina Cristã*, à maneira de Diálogo, para ensinar os meninos[2]. É a mesma Cartilha da Santa Doutrina, remodelada depois pelo P. Mestre Inácio Martins e que ficou célebre. O P. Grã pediu-a, em 1564[3]; e o P. Leonardo do Vale, que em 1572 era lente de tupi no Colégio da Baía, traduziu-a do português para a língua de que era professor, em 1574, para maior união e conformidade[4]. Na carta, em que se dá notícia do seu falecimento, notícia-se que escreveu também «muitos sermões e explicações do catecismo e outros documentos para a educação e instrução dos Índios»[5]. Acrescenta-se, na História da Fundação dos Colégios, ano de 1574, que a tradução da Doutrina lhe «custou muito trabalho, mas entende-se que será proveitosa. Também se fizeram as preparações para confessar, baptizar e ajudar a bem morrer e um confessionário na língua»[6]. Diz-se *Confessionário;* mas a Congregação Provincial, reünida na Baía, em Março de 1575, pedindo licença a Roma para se imprimir a *Doutrina Cristã*, pede ao mesmo tempo licença para se imprimir o *Dicionário*[7]. Entre as respostas aos postulados desta Congregação, não se encontra esta. Todavia, recomenda o P. Gouveia, em 1586, que no Livro das casas se tenha escrito a *Doutrina* e *Diálogo*, novamente aprovado[8]. A Congregação de 1592 volta a pedir a impressão da Doutrina. Beliarte recomenda a petição nos seguintes têrmos, que dão ideia do esfôrço colectivo dos Jesuítas na elaboração dêstes monumentos lingüísticos:

---

1. *CA*, 472.
2. Cf. Sommervogel, *Bibl.*, IV, 821; Barbosa, *Biblioteca Lusitana*, III, p. 401, 2.ª ed.; Inocêncio, *Dicionário Bibliográfico*, VI, p. 129.
3. Pedia «a doutrina que lá agora se ensina por preguntas e respostas» e que sentia desgôsto por não a terem já mandado. *CA*, 415.
4. *Fund. de la Baya*, 21v (96), 41v (116).
5. *Bras. 15*, 373v (8.º).
6. *Fund. de la Baya*, 41v (117).
7. *Congr. 42*, 321v; *Bras. 2*, 118, n.º 12.
8. *Bras. 2*, 146.

« Leva também o Procurador [Luiz da Fonseca] a *Doutrina Cristã* composta na língua do Brasil e *Arte* da mesma língua. Uma e outra, pede a Congregação a Vossa Paternidade dê licença para se imprimir, porque será coisa de grande aumento das almas e causa de haver muitos línguas e se aprender com mais facilidade. E eu, da minha parte, peço também com tôdas as veras o mesmo. Quanto à *Doutrina*, quarenta anos há que se compôs, e até agora sempre se ensinou, apurando-se e emendando-se assim no tocante à Teologia como na língua. E porque parece que não há já que emendar, como os melhores línguas, que há, dizem; e no da Teologia estamos certos: e, com se imprimir, será mais fácil tê-la todos, aprendê-la e ensiná-la, se pede a V.ª Paternidade dê para isso licença, porque pelo trabalho de a escrever muitos deixam de a ter, e os que a teem, não a teem certa; e cada um, se está um pouco adiantado na língua, lhe parece que se poderia dizer isto ou aquilo melhor, e assim a querem emendar a seu gôsto; com a ver impressa, entenderão que não há já que tratar de mudança. A *Arte*, outro tanto há que se compôs, mas sempre se foi apurando. É de grande efeito para se aprender a língua, como se tem visto, a não ser que o trabalho de a trasladar faz a muitos não a ter. Está a contento dos grandes línguas, que para ela e a doutrina fiz juntar, e não sei quando se juntarão outros, ao menos tão metódicos, e que a saibam tão bem pela natureza e arte. V.ª Paternidade nos dê a dita licença. O P. Procurador leva já o gasto e pode assistir à impressão, porque sabe para isso »[1].

O P. Geral concedeu ambas as licenças pedidas[2]. Mas, por então, só se publicou a *Arte de Gramática*.

¿ Que parte caberá a Anchieta na redacção daquela *Doutrina*? Entre os seus biógrafos, Caxa diz que êle « ajudou a compor a *Doutrina* ou foi o principal autor dos *Diálogos das coisas da fé* »[3]. Isto quere dizer colaboração ou refundição. Mais abaixo, Caxa torna a falar do *Diálogo da Fé*, onde se não faz alusão a isso[4]. Pero Rodrigues escreve que « trasladou o catecismo, fêz a dou-

---

1. Carta de Beliarte, Baia, 20 de Setembro de 1592, *Bras. 15*, 397.
2. *Bras. 2*, 79.
3. Caxa, *Breve Relação*, cap. IV; cf. Serafim Leite, *Páginas*, 157.
4. Id., *ib.*, 169.

trina em Diálogo, Instrução das preguntas para confessar, e a que serve para ajudar a bem morrer »[1].

Nesta conformidade conservam-se dois manuscritos no Arquivo Geral da Companhia, que se lhe atribuem: Devocionário Brasílico e Doutrina Cristã. O *Devocionário Brasílico* é todo em língua tupi, excepto o título das matérias e os capítulos, que são em português. A letra não é de Anchieta[2]. A *Doutrina Cristã* é autógrafa. Consta de duas partes: a primeira é um pequeno caderno com a doutrina, escrita pelo próprio punho de Anchieta; a segunda, é um caderno um pouco maior com várias poesias de Anchieta, copiadas pelo Padre Andreoni (Antonil), nem sempre « ad litteram », como se adverte aí mesmo[3].

¿Será realmente Anchieta o autor desta Doutrina e dêste Devocionário? Todos os Padres deviam ter uma cópia da Doutrina Cristã. ¿A que se conserva com letra de Anchieta não será cópia da que compôs o P. Leonardo do Vale? ¿Será nova redacção? ¿Será obra sua no fundo e na forma? É problema que terá de resolver definitivamente (se fôr possível) quem fizer a edição crítica destas obras[4].

Entretanto, digamos que, pelo modo como Agostinho Ribeiro e demais censores de Lisboa se expressam, ao dar a licença para a impressão da *Arte*, Anchieta interveio pelo menos na redacção final da que se apresentou para imprimir.

« Vi por mandado de Sua Alteza êstes livros de *Gramática* e *Diálogos* compostos pelo Padre Joseph de Anchieta »... « Por onde me parece que se devem de imprimir estas *suas obras*. Em Lisboa, a vinte e cinco de Septembro de mil e quinhentos e noventa e quatro ».

Obras, no plural: *Gramática* e *Diálogos*. Ora *Diálogos* são o

---

1. Pero Rodrigues, *Anchieta*, em *Annaes*, XXIX, 199-200; cf. Vasc., *Crón.*, I, 156-157; Id., *Anchieta*, 25-26, 185-187.
2. *Opp. NN.* 22.
3. Luiz Gonzaga Cabral, *Jesuítas no Brasil*, 95, faz uma descrição literária da *Doutrina Cristã*.
4. Entre as obras dadas como de Anchieta, nesta matéria de doutrina, enumera Streit os seguintes manuscritos: Syntagma de avisos para ajudar a bien morir, en lengua Guarani; Instrucción para preguntar a los penitentes, en lengua Guarani; Doctrina Cristiana, en lengua Guarani. — Streit, *Bibliotheca Missionum*, II (Aachen 1924) 341.

mesmo que a *Doutrina*. Não foram impressas ambas as obras, mas a licença junta-as na mesma unidade de autor.

Assim, pois, os nomes, que os documentos nos foram revelando para a composição da Doutrina, podem ser, por esta ordem: Pero Correia («há quarenta anos que está composta...»), Luiz da Grã, Leonardo do Vale e José de Anchieta, a que terá de juntar-se, mais tarde, António de Araújo, que viu, emfim, lograr-se a aspiração, constantemente renovada, de se imprimir a doutrina, em 1618. Escreve êle no *Prólogo ao leitor*: agora que a Companhia «ordenou por via do Reverendo Padre Provincial Pedro de Toledo, que eu o minimo de seus filhos posesse em ordem, para com a do nosso Reverendissimo Padre Geral se imprimir o Catecismo, que nesta lingua antigamente composerão *alguns Padres doctos & bons lingoas* ao qual bem visto & examinado acrescentei, não só todas as exortações necessarias nos passos ocurrentes & hum copioso confessionario: mas tambem lhe ajuntei tudo o que pertence á ordem de Baptizar, casar, & ungir, & enterrar, conforme ao Ceremonial Romano; com suas declarações & amoestações na lingua, tudo muito importante para os que se ocupão na conversão: dando fim ao catecismo com hum tratado dos quatro novissimos, remate da vida humana & princípio ou da gloria eterna ou de perpetuos tormentos».

A Congregação Provincial de Junho de 1617, no seu 4.º postulado, pede que se imprima e se conserve exactamente o original. Deve dirigir a impressão o P. Salvador Coelho, então em Portugal. O P. Geral respondeu que sim [1].

O título da obra reflecte o Prólogo e a sua origem colectiva:

Catecismo na lingoa brasilica, no qval se contem a svmma da Doctrina Christã, Com tudo o que pertence aos Mysterios de nossa sancta Fè & bõs costumes. Composto a modo de Dialogos por Padres Doctos & bõs lingoas da Companhia de JESV. Agora nouamente concertado, ordenado, & acrescentado pello Padre Antonio d'Araujo Theologo & lingoa da mesma Companhia [2].

---

1. *Congr.* 55, 255, 257.
2. Reproduzimos o frontispício. Por êle se vê que se imprimiu à *custa dos Padres do Brasil*. Lisboa, Pedro Craesbeeck, 1618, 4.º-XVI-170 fôlhas. Descrevem-no Inocêncio, *Dicionário Bibliográfico*, VIII, p. 80; Sommervogel, *Bibliothèque*, I, 507; Vale Cabral, *Bibliographia*, em *Annaes*, VIII, 160-161. Foi reeditado, em

5. — Emquanto não havia gramáticas nem vocabulários, o estudo da língua tupi era puramente pragmático. Falavam os meninos portugueses com os índios, os missionários com os meninos. Anchieta, em Iperoig, quando, ausente o P. Nóbrega, se viu só entre os índios, fêz isso. Tendo forçosamente de falar a língua, aprofundou-a.

Convinha, contudo, metodizar o ensino. Composta a *Arte*, iniciou-se o Curso, no Colégio da Baía, em 1556; e, em 1560, determinou o P. Grã que todos a aprendessem, ficando êle-próprio mestre[1]. O Visitador Inácio de Azevedo confirmou e decretou a sua obrigatoriedade para os Jesuítas do Brasil: todos a aprendam «pelo menos a doutrina e orações». E os que sabem latim, tenham algum exercício «pela *Arte da Lingua*»[2]. Parece que a *Arte de Gramática* foi escrita primitivamente em latim[3].

O texto, que se publicou em 1595, é português. A cada passo, porém, se encontram explicações ou aclarações latinas. E às vezes, dentro do mesmo período.

O curso de Humanidades, na Europa, compreendia a aula de grego. No Brasil, não se ensinou no século XVI; substituíu-o o tupi. Por isso os estudantes, com uma pontinha de bom humor, chamavam *grego* à língua brasílica[4].

Em 1572, era lente de tupi, na Baía, o P. Leonardo do Vale. Assistiam às aulas todos os estudantes de casa, os Nossos e alguns Padres[5].

Para estimular e animar os estudos, havia exercício público

1686, pelo Padre Bartolomeu de Leão, com o título de *Catecismo Brasilico da Doutrina Cristãa*. O exemplar da Bib. Nac. de Lisboa (reservados) tem no fim, manuscrita, uma *Benedictio Retium*. Nela se incluem alguns «*Poemas brasilicos do Padre Christovão Valente, theologo da Companhia de Jesus, emendados para os meninos cantarem ao Santissimo nome de Jesus*».

1. *CA*, 253, 275.
2. Visita do B. Inácio de Azevedo, «Ordinationes», *Bras*. 2, 138; *CA*, 155.
3. Isto explicaria a seguinte frase do P. John Vincent Yate, pedindo uma gramática inglesa para concluir a tradução portuguesa da Arte : Wants an English grammar, if not prohibed, to aid in finishing a Portugese grammar, wich he has composed in Portugese of the people's speech there, and wich Father Procurator Lodwick da Fonseca carried with him». — Carta de 21 de Junho de 1593, *Calendar of State Papers*, p. 354.
4. *CA*, 270.
5. *Fund. de la Baya*, 21v, 96.

de prègação no refeitório ou aulas [1]. Aproveitavam-se as recepções solenes a personagens de categoria, como ao Prelado D. António Barreiros em Pernambuco, para se comporem e prègarem «orações em prosa e em verso na língua do Brasil» [2]. A experiência mostrou que o sistema directo do começo era ainda o mais profícuo. Sobretudo porque a *Arte* do P. Anchieta não tinha grandes qualidades didáticas: «confusa, como nós todos experimentamos», diz o P. Manuel Cardoso [3]. Mais didática seria a do P. Figueira. De qualquer forma, a aprendizagem nas Aldeias tinha a vantagem do duplo emprêgo do tempo. Emquanto se aprendia a língua, podia-se fazer a catequese. A partir de 1574, o curso do Colégio transferiu-se para as Aldeias. Inaugurou-o o P. Gaspar Lourenço na sua de Santo António [4]. O mesmo se introduziu noutras Aldeias, às quais acorriam os Padres e Irmãos, que a tivessem de aprender. Mas para que, mesmo nas Aldeias, houvesse algum método, impôs-se, em 1610, que os Irmãos estudassem, pela *Arte*, meia hora por dia, excepto domingos e dias feriados [5].

A língua não se estudava só na Baía. Em 1587, lia-se uma lição da língua, em Pernambuco, «porque desciam do sertão muitos milhares de almas» [6].

O estudo da língua requeria abnegação. O símples facto de sair dos principais centros da Colónia e a perspectiva de se ver depois dedicado exclusivamente ao serviço dos Índios, gente bronca e sem lustre, fora de cátedras e púlpitos, aterrava algum ânimo mais froixo. Os Superiores urgiam, repetidas vezes, esta obrigação, como importantíssima para a conversão das almas [7], tanto mais que o clero secular ajudava pouco neste ponto [8].

Por tal motivo, o conhecimento da língua era elemento estimável para a admissão na Companhia [9]. Dizia Nóbrega que era

---

1. *Bras. 15*, 288 ; *Annaes*, XIX, 63.
2. *Fund. de Pernambuco* 72v (44).
3. *Arte de Gramatica*, do P. Luiz Figueira, na *Aprovação*.
4. *Bras. 15*, 261v.
5. Visita do P. Manuel de Lima, Roma, Vitt.º Em., *Gesuitici, 1255*, f. 9.
6. Carta de Amador Rebêlo, *Lus. 70*, 229.
7. Carta do P. Everardo ao P. Anchieta, 19 de Agôsto de 1579, *Bras. 2*, 64v.
8. Anch., *Cartas*, 318.
9. *Bras. 3(2)*, 354v, 356 ; *CA*, 52.

o «latim da terra», e o mesmo argumento aduzia, em 1557, para se concederem ordens sacras a Manuel de Chaves, que não tinha latim, a não ser alguns rudimentos aprendidos em Piratininga[1]. A Congregação Provincial de 1568 pede precisamente a dispensa de maiores estudos para os que saibam a língua da terra, tanto para a ordenação sacerdotal, como para a profissão[2].

Por saberem bem a língua, se ordenaram alguns em 1584, ainda que estavam fracos em latim[3]. Ou como diria Beliarte, em 1592: o estudo da língua supre a teologia, para alguns que não teem tanto talento para estas especulações[4]. Êstes casos só se davam com os que entravam no Brasil. Com os que vinham de Portugal era preciso precaução para assegurar o seu estudo. Acabado o Noviciado, antes da Gramática e Humanidades, iam os Irmãos para as Aldeias. Como não se tinham ainda distinguido os talentos de cada qual, cortava-se a ocasião a que algum cuidasse que estava mal empregado em tal estudo[5].

Para mais eficácia, adoptou-se no Brasil o que ordenara o P. Geral para o México, que ninguém passasse a estudos mais altos nem se ordenasse, sem aprender primeiro a língua[6]. Ao P. Gouveia pareceu-lhe demasiado rígida tal ordem. Poderia haver Padres muito úteis sem saber a língua[7]. Eis como êle regularizou os estudos e o seu respectivo exame: «para que se guarde com exactidão o que o N. P. Geral ordena acêrca da língua, todos os que forem recebidos por estudantes, acabada a provação, aprendam a língua, se não a sabem, e deem-se a ela com tôda a diligência, e nenhum passe do latim a outra faculdade, nem se ordene, sem primeiro ser examinado por dois ou três Padres, e se achar que a sabe medianamente. Mas com algum poderá dispensar o P. Provincial, *auditis consultoribus*, com

---

1. Carta de Nóbrega, 2 de Dezembro de 1557, *Bras. 15*, 44.
2. «Scire namque linguam brasilicam videtur esse pars ut cum illis facilius posset dispensari; dummodo virtute et aliis bonis partibus sint ornati», *Congr. 41*, 299v.
3. *Lus. 68*, 410.
4. *Bras. 15*, 397v-398.
5. *Lus. 68*, 338.
6. *Bras. 2*, 53; outras recomendações: *ib.*, 55, 57v, 59, 87v, 145v.
7. Carta do P. Gouveia, de 1 de Novembro de 1584, *Lus. 68*, 410.

causa de momento, como se julgasse que não tinha habilidade ou que tinha muita idade»[1]. O P. Geral aclara, em 1589, o modo de fazer esta dispensa. Encarecendo mais uma vez o estudo da língua, urge-o sobretudo para os que chegam do Reino (os da terra já a saberiam pouco mais ou menos); contudo, esclarece, segundo a mente do Visitador, que, sendo a dificuldade maior com os que já na Europa tivessem sido professores, com êsses se poderia ter consideração, promovendo-os, sem a exigência da língua, a mais altos estudos ou a ordens sacras[2]. A dispensa poderia ter aplicação aos que iam para o Brasil com os estudos incompletos.

¿E os que iam já Padres? Estudavam-na como podiam. Ocupado em ministérios com os Portugueses, dizia de si humildemente o P. António Pires, quando, em 1560, determinou Luiz da Grã que todos aprendessem a língua: «há 12 anos que cá ando e não sei nada. Agora começo pelos nominativos, pela *Arte*, para a poder aprender»[3]. É conhecido o exemplo edificante de Paulo de Carvalho, doutor e prof. da Universidade de Évora, que, indo para o Brasil, e dando-se a êste estudo, declara que nunca «estudara com tanto gôsto filosofia e teologia como a língua brasílica»[4]. Também, em 1602, chegou uma luzida expedição de missionários. Vinham três humanistas, que andaram no curso de Évora. Um dêles quis entrar logo no curso de Artes da Baía, para não ter que esperar pelo seguinte, daí a três ou quatro anos. O Prov. Pero Rodrigues não o consentiu, para que os outros não pedissem o mesmo. E êle e os demais foram para as Aldeias[5]. De-vez-em-quando, soltava-se o grito de alarme, de que iam acabando os bons línguas, como faz o P. Simão Travassos, em 1592, e que se buscasse remédio[6]. A utilidade dos

---

1. Visita do P. Gouveia, *Bras.* 2, 143. Também determinou o P. Manuel de Lima, que ninguém se metesse a confessar na língua, sem ser primeiro examinado nela; é deveria começar-se a aprender no 2.º ano do noviciado (Roma, Vitt.º Em., *Gesuitici 1255*, 14, f. 3v, 6v, 9).
2. Carta do P. Aquaviva, 20 de Fevereiro de 1589, *Bras.* 2, 58v.
3. *CA*, 276.
4. Franco, *Ano Santo*, 258. «Era cosa incredibile che un huomo celebrato in tante Academie non maí dette segno alcuno di vanità». Faleceu na Baía, a 15 de Maio de 1621, *Lettere annue d'Etiopia, Malabar, Brasil e Goa* (Roma 1627), 119-124.
5. Carta de Pero Rodrigues, 16 de Fevereiro de 1602, *Bras.* 8, 16.
6. Carta de Simão Travassos, 8 de Março de 1592, *Bras.* 15, 411.

estudos da língua indígena do Brasil, reconheciam-na todos. E aquêle mesmo Provincial, Pero Rodrigues, apresentava-os, em 1596, como modêlo a ser imitado por Angola, onde até então se tinha descurado o estudo da língua ou línguas respectivas [1].

6. — Antes de sairmos desta matéria, convém recordar as tentativas feitas com outros Índios de língua diferente. Ao começar o movimento de unificação da *Língua Geral*, tomaram contacto os Jesuítas com uns Índios Tapuias, «como quem diz salvagens». E, ao mesmo tempo que infiltravam entre êles a língua tupi, aprendiam a sua própria. Êstes Índios, uns vieram ter à Capitania de S. Vicente, e chamavam-se Maromomins (há transcrições diferentes: Maramimis, Maromumins, Guaramemis, Marumimis, Miramomis...); outros apareceram nas Capitanias de Pôrto Seguro e Ilhéus, e eram conhecidos com o nome de Aimorés. A língua, que usavam, era diferente da geral, e os Jesuítas aprenderam-na também [2]. Não consta que da actividade lingüística dos Padres com os Aimorés resultassem obras escritas. Dos Maromomins fizeram vocabulário e catecismo.

A primeira ligação com os Maromomins realizou-se durante o Provincialato do P. Marçal Beliarte (1587-1594); e deixaram ligados os seus nomes a êstes Índios o P. Manuel Viegas, o Ir. Pedro de Gouveia e o P. Anchieta. A fonte, donde constam êstes factos, é Pedro Rodrigues. Escreve êle, em 1599: «Os anos passados, em tempo do P. Marçal Beliarte, Provincial que foi desta Província, começou o P. Manuel Viegas de tomar notícia da língua de um gentio, mui fero e bravio, a que chamam Maromomins. Vive esta gente em uma serra, que está sôbre o Rio de Janeiro e S. Vicente, em espaço de obra de duzentas léguas. E tem diferença do gentio, que vive pela costa, em algumas coisas. Teem uma só mulher, não comem carne humana, dor-

---

1. Carta de Pero Rodrigues, 24 de Março de 1596, *Bras. 15*, 418v.
2. Pero Rodrigues, *Anchieta*, em *Annaes*, XXIX, 199. Teodoro Sampaio, *O Tupi na Geographia Nacional*, 3.ª ed. (Baía 1928) 266, lê «Miramomis, corr. *myramomis*, a gente miúda ou de pequena estatura». Adoptamos a forma *maromomins*, não como decisão etimológica, mas porque a vimos com freqüência, e porque é a única exeqüível, em português, para traduzir as formas latinas *maromominorum* e *maromomiticam*, dadas nos documentos originais reproduzidos infra, páginas 567 nota 3 e 568 nota 2.

mem no chão, quando muito sôbre fôlhas de árvores, e contentam-se com terem os pés para o fogo e teem muita variedade de línguas. Os que vivem pela costa dormem em rêdes com fogo debaixo, e teem uma só língua em todo o Brasil, desde o Rio da Prata até o famoso Rio das Almazonas. O Padre Viegas, com sua santa curiosidade, chegou a tanto, que *fêz catecismo naquela língua dos Maromomins*, de que se podem ajudar os que aprendem. E já agora se ajuda um Irmão, que é discípulo do Padre, natural da Alta Alemanha, o qual reside em uma das Aldeias, e tem a seu cargo os Maromomins, que teem suas casas junto dela. E o Padre foi-se para a casa de S. Paulo, donde vai visitar outra Aldeia da mesma gente. E pouco e pouco os vai ajuntando, e os anos passados fêz comigo que fôsse dar favor a esta gente, com lhes dizer a primeira missa, na sua terra. Quererá Nosso Senhor trazer obreiros que levem tão santa obra por diante, vencendo as dificuldades que nestas emprêsas cada dia se oferecem » [1].

Em 1604, pensava-se em abrir Residência entre êles, na região de Piratininga. Propô-lo ao Padre Geral a Congregação Provincial dêste ano; e a resposta, favorável, recomendava que se estabelecesse a Residência em lugar seguro, ao abrigo de ataques dos Índios, para não ter que se abandonar depois, com grave dano dos mesmos Maromomins [2]. Os perigos não eram imaginários, parte por causa dos índios, parte por causa dos colonos. Viu-se isto no ano de 1593, em que a Câmara de S. Paulo proïbiu, sob pena de multa pecuniária, degrêdo ou açoites, que ninguém fôsse negociar com os Maromomins, « emquanto a terra não estiver bem segura, porquanto haviam ido lá algumas pessoas, e se vieram, com deixarem escândalo antre os ditos Guaramemis » [3].

---

1. Carta de Pero Rodrigues, Baía, a 19 de Dezembro de 1599, BNL, fg. cx. 30, 82, n.º 7, 2.ª página; *Bras. 15*, 473-473v. O P. António de Matos, depois de falar do ano de 1588, diz, referindo-se à catequese do P. Viegas, *eodem tempore*. (*Prima Inst.*, 31v).
2. *Congr. 51*, 318.
3. *Actas da Camara de S. Paulo*, Resolução de 31 de Julho e 14 de Agôsto de 1593, I, 466-469; cf. Fernão Guerreiro, *Relação Anual*, I, 384, onde escreve que os Maromomins, antes, eram contra os Portugueses; e, depois, com a intervenção dos Padres, teem igrejas e ajudam os brancos.

Os Maromomins catequizados foram absorvidos na massa geral dos Índios. Além daquela Aldeia, na comarca de S. Paulo, havia outra, junto à Aldeia de S. Barnabé, no Rio de Janeiro, e em 1599 celebrou também a primeira missa entre êles o mesmo P. Pero Rodrigues, a convite do Ir. Pedro de Gouveia, encarregado da sua catequese [1]. Rodrigues, que era então Provincial, tinha em grande estima êste Irmão, e chegou a pedir para Roma que se ordenasse; dava, como motivo principal, o saber a língua dos Maromomins, que só êle conhecia, fora Manuel Viegas, seu mestre. Todavia o P. Geral não acedeu, observando que êsses tais, depois, servem de pouco; e seria uma tentação para outros [2]. Nem por isso deixou o Irmão Pedro de Gouveia de prestar relevantes serviços na catequese daqueles Índios [3].

Na segunda década do século XVII, insistiu-se de-novo na necessidade de abrir Residência em « Piratininga, nos Maromomins ». Porque, a-pesar da licença, não se tinha até então pôsto em execução. Os Maromomins viviam de pinhões que são « maiores que os nossos ». Os Padres iam a sua Aldeia periòdicamente, mas queriam ter ali residência fixa, porque senão (e é êste o principal argumento para a criação da residência) os Maromomins «tornam ao seu natural que é irem para os matos » [4].

Tiveram êstes Índios o primeiro conhecimento dos Padres por notícias levadas por um índio cativo, e depois liberto, diz Simão de Vasconcelos, por intermédio do Padre Anchieta. Os Maromomins, assim informados, vieram ter a Bertioga. Recebeu-os bem o Capitão. Foram catequizá-los os Padres Anchieta e Viegas. Referem os biógrafos de Anchieta, que êle começou o vocabulário desta língua. Contudo, demorando-se apenas quinze dias entre os Maromomins, pouco mais poderia

---

1. *Bras. 15*, 473-473v.
2. Carta de Cláudio Aquaviva, 27 de Agôsto de 1596, *Bras. 2*, 92.
3. O Ir. Pero de Gouveia, cujo nome alemão não consta dos documentos, era natural de Edister. Ainda vivia em 1607, última referência. Já não aparece no catálogo de 1610. O de 1598 tem : « Petrus de Gouveia ex Edister in Germania, annorum 31. Obiuit aliquot annos domestica officia, postea didicit linguam brasilicam et Maromominorum, et Indis instruendis se exercet. Coadiutor temporalis », *Bras. 5*, 39v.
4. *Algumas Advertencias para a Provincia do Brasil*, Roma, Vitt.º Em., *Gesuitici, 1255*, 15v.

ter feito que recolher alguns nomes. Em compensação, o P. Viegas, ficando só, levava « a casa os filhos dêles, pequenos, para que, aprendendo a Língua Geral, depois lhe servissem de intérprete ». E, com o tempo, « tresladou nesta nova língua a *doutrina* que estava feita para os Índios da costa, e fêz *vocabulário* muito copioso, e ajudou o P. José a compor a *Arte de Gramática*, com que fàcilmente se aprende » [1]. ¿Conservar-se-ão vestígios de tão preciosos documentos lingüísticos? Até agora não se nos depararam pelo menos com a denominação dêstes Índios.

Do seu autor, testemunha o P. João de Almeida: « Um Padre, Manuel Viegas, em S. Paulo, Pai dos Maromomins, do qual disse o P. Cristóvão de Gouveia, Visitador Geral desta Província, que, ainda que não viera de Portugal a ela por outra coisa, senão só por ver ao P. Manuel Viegas, tivera por bem empregada sua vinda, com todos seus trabalhos » [2].

---

1. Pero Rodrigues, *Anchieta*, em *Annaes*, XXIX 285; cf. Serafim Leite, *Páginas*, 158; Vasc., *Anchieta*, 184-187; Paternina, *Vita*, p. 261; Vale Cabral, *Bibliographia*, em *Annaes*, VIII, 199.

2. Testemunho citado por Vasconcelos, *Almeida*, 76. Manuel Viegas era de Marvão, distrito e diocese de Portalegre. Faleceu com 75 anos de idade, em Março de 1608 *(Hist. Soc. 43*, 65v; não traz o dia nem o lugar). Fêz os votos de Coadj. esp. em S. Vicente, no dia 24 de Maio de 1582, em mãos do P. Anchieta *(Lus. 19*, 6). Reza assim o catálogo de 1598: Em Piratiningao « P. Manuel Viegas ex Maruão, diocese. Portalegrensis, annorum 65. firma valetudine; admissus in Societatem anno 1556. Studuit grammaticae et casibus conscienciae quantum fuit satis ad sacros ordines. Didicit Brasilicam linguam et Maromomiticam. In docendo pueros elementarios, et erudiendis indis et confessionibus audiendis semper versatus est. Coadiutor spiritualis formatus ab anno 1582 », *Bras.* 5, 40.

CAPÍTULO III

Contribuição para as ciências médicas e naturais

1 — Os Jesuítas e as doenças da terra; 2 — Cirurgia de urgência; 3 — Flebotomia; 4 — Epidemias; 5 — Assistência domiciliária e hospitalar; 6 — A Misericórdia do Rio de Janeiro; 7 — Doenças venéreas; 8 — Tratamento do cancro? 9 — Ciências naturais e farmacologia.

1. — Os Jesuítas Portugueses, ao chegarem ao Brasil, viram-se logo a braços com as doenças tropicais, e sem médicos. Para a manutenção da saúde ou sua reintegração, utilizaram naturalmente, por um impulso de defesa e de caridade, os escassos meios que tinham trazido da Europa ou que o país, onde deveriam exercer a sua actividade, lhes oferecia. Vivendo em pleno século XVI, e não sendo a medicina a sua profissão, tinham por força de manter-se dentro da terapêutica empírica e duma profilaxia rudimentar. Evitaram, contudo, o escolho do curandeirismo, pela cultura humanista que possuíam, a mais alta do seu tempo. Tiveram, na verdade, que se premunir sòlidamente contra êle. Os Índios, com a sua mentalidade primitiva, exigiam curas maravilhosas, como se na mão dos Jesuítas estivesse a vida e a morte. Não se servindo os Padres, um dia, dos remédios de que dispunham, «no curativo de um indivíduo atacado de doença contagiosa, que parecia a lepra», custou a convencer a gente de que era cura superior às suas possibilidades[1].

Contendo-se dentro desta posição, discreta e científica, nem por isso deixaram de captar a confiança absoluta dos Índios, que chamavam aos Padres o seu *poçanga*, isto é, a sua verdadeira

---
1. Anch., *Cartas*, 87.

medicina: e «nisto dizem verdade, escreve Blasques, porque em suas enfermidades não teem outros físicos»[1]. Vimos, quando tratámos dos Aimorés, que as mulheres traziam os filhos doentes aos Padres para que os curassem e que um principal, entre aquêles Índios, estando muito mal, pediu que o levassem aos Jesuítas. «E tanto que chegou, lhe aplicou o Padre uma medicina com que logo sarou, de que ficou mui consolado e contente»[2].

Os Jesuítas, indo para o Brasil como médicos das almas, viram-se pois, obrigados, pela fôrça das circunstâncias, emquanto não vieram profissionais, a ser também médicos do corpo. Intenção de *assistência*, evidente. Tal intenção indicaria a inclusão dêste capítulo no livro III; mas os problemas de cultura, que pressupõe e envolve, aconselham antes a colocá-lo aqui, onde se estudam sumàriamente as actividades científicas dos Jesuítas.

Assim pois, as cartas e relações, onde consta da actividade médica dos Jesuítas, são inúmeras. A *Informação do Brasil para Nosso Padre*, escrita por Fernão Cardim, traz uma secção relacionada directamente com a medicina. O Prof. Lopes Rodrigues classifica o seu conteúdo médico da seguinte forma: «clima e feridas; feridas nas pernas, na cabeça; mortandade e mortalidade infantis, na Baía; diferença de salubridade entre as várias terras do país; de como passam os Padres nelas, melhor do que em Portugal, mesmo os que sofrem de sangue pela bôca, catarros, dor de pedra, cólica, dor de cabeça e peitos»[3].

Não há lista sistemática de manifestações patológicas ou de doentes, no século XVI; e, evidentemente, «as curas [operavam-se] segundo requeria a sua doença»[4]. Dalguns tratamentos ficaram notícias mais circunstanciadas. Merecem menção particular a cirurgia de urgência, a flebotomia, a assistência nas epidemias, as doenças venéreas, e talvez o cancro; também assume importância, com o tempo, a descoberta e manipulação de medicamentos nas suas oficinas ou laboratórios privativos.

---

1. Cf. supra, p. 126.
2. *CA*, 300.
3. Lopes Rodrigues, *Anchieta e a Medicina* (Belo-Horizonte 1934) 232. Lopes Rodrigues fala na hipótese da *Informação* ser de Anchieta, como aparece em Anch., *Cartas*, 424-434.
4. Anch., *Cartas*, 227.

2. — As feridas mais comuns entre os Índios eram as que êles recebiam guerreando quer entre si, quer com tríbus inimigas. Uma vez, certo índio feriu gravemente um irmão seu, mais novo, com um manchil. Intrometendo-se na briga fraterna um índio estranho, a mãi dêles pegou num arco e enfiou-lhe duas frechas «pelo estômago». O filho mais velho, para evitar a guerra com a tríbu ou família do índio intrometido, enforcou a própria mãi, a pedido dela mesma. O ferido, levaram-no ao P. Anchieta. Feitos os curativos, ficou bom [1]. São freqüentes os casos de índios frechados em guerras, e que os Jesuítas curaram. Nóbrega, narrando a primeira fase da Guerra do Paraguaçu, na Baía, e encarecendo a boa ajuda que nela prestaram os Índios das Aldeias dos Padres, nota que nenhum morreu; «pôsto-que veem dêles feridos; e são curados de nós com a caridade que podemos» [2]. Distinguiram-se na cirurgia de urgência os Padres José de Anchieta e João Gonçalves [3]. Além dos ferimentos por desordens ou guerra, havia outros de origem infecciosa. Em 1561, foi Inácio Rodrigues mordido por uma cascavel. Os Padres curaram-no e escapou [4]. Estando Anchieta como refém entre os Índios de Iperoig, veio um com intenção, ao que parece, de o matar. Caindo doente, corrompeu-se-lhe a mão, inchando-lhe todo o braço. O tratamento consistiu em excisar profundamente a palma da mão com uma lancêta; e o doente recuperou a saúde [5].

O modo como se haviam os Jesuítas, naqueles primeiros passos da cirurgia brasileira, está expresso nesta passagem: Era a grande epidemia de varíola de 1563-1564. Os Índios mandavam fazer «umas covas longas à maneira de sepultura, e depois de bem quentes com muito fogo, deixando-as cheias de brasas, e, atravessando paus por cima e muitas ervas, se estendiam ali tão cobertos de ar e tão vestidos como êles andam, e se assavam, os quais comumente depois morriam, e suas carnes, assim com aquêle fogo exterior como com o interior da febre, pareciam assadas. Três dêstes, que achei, revolvendo as casas,

---

1. Anch., *Cartas*, 100.
2. Anch., *Cartas*, 146, 148, 162.
3. Nóbr., *CB*, 183-184.
4. *CA*, 374.
5. Anch., *Cartas*, 227-228.

como sempre fazia, que se começavam a assar, e, levantando-se por fôrça do fogo, os sangrei e sararam pela bondade de Deus. A outros, que daquele pestilencial mal estavam mui mal, esfolei parte das pernas e quási todos os pés, cortando-lhe a pele corruta com uma tesoura, ficando em carne viva, coisa lastimosa de ver, e lavando-lhes aquela corrução com água quente, com o que, pela bondade do Senhor, sararam; de um em especial me recordo, que com as grandes dores não fazia senão gritar, e, gastado já todo o corpo, estava em ponto de morte, sem saber seus pais que lhe fazer, senão chorá-lo, o qual, como lhe cortámos com uma tesoura tôda aquela corrução dos pés e os deixámos esfolados, logo começou a se dar bem, e cobrou a saúde. É gente miserável, que em semelhantes enfermidades nem sabem nem teem com que se curem, e assim todos confugem a nós outros, demandando ajuda, e é necessário socorrê-los não só com as medicinas, mas ainda muitas vezes com lhes mandar a levar de comer e a dar-lho por nossas mãos. E não é muito isto com os Índios, que são paupérrimos: os mesmos Portugueses parece que não sabem viver sem nós outros, assim em suas enfermidades próprias, como de seus escravos: em nós outros teem médicos, boticários e enfermeiros; nossa casa é botica de todos, poucos momentos está quieta a campainha da portaria, uns idos, outros vindos, a pedir diversas coisas, que só o dar recado a todos não é pouco trabalho, onde não há mais que dois ou três que atendam a isto e a tudo mais » [1].

3. — A flebotomia estava muito em voga na Europa. Os Jesuítas também a utilizavam em larga escala. Não tardou, porém, a suscitar-se um caso de consciência. É interessante examiná-lo ràpidamente e a solução que teve, porque daqui se infere o espírito com que procediam: fim caritativo e humanitário. Fora disso, não. Conta Simão de Vasconcelos que Santo Inácio, consultado sôbre se os Padres poderiam ou não praticar a flebotomia, respondeu que a tudo se estendia a caridade [2]. Nada tem de inverosímil a resposta do Santo. Mas achamos que pouco depois estava proïbida essa prática e que sempre houve tal ou qual

---

[1]. Anch., *Cartas*, 239-240.
[2]. Vasc., *Almeida*, 74 ; id., *Crón.*, I, 162.

resistência contra ela. Em 1578, regularizou-se o assunto. Como se sabe, uma das irregularidades canónicas para a admissão às ordens sacerdotais, ou para o seu exercício, é o homicídio voluntário. Inclue-se nesta irregularidade o uso da medicina e da cirurgia, «se dela resulta a morte». Tratando-se de médicos de profissão, êstes casos fatais são contingências da arte, sem outras conseqüências. No sacerdócio, traz a suspensão *ipso-facto*. Daqui o ser a sangria uma fonte de escrúpulos para a gente fé. A-fim-de se atalharem, proïbiu-se. Todavia nisto, como em muitas outras matérias, o Brasil necessitava de uma legislação especial. Os Padres recorreram, portanto, a Roma, para que se levantasse a proïbição, ainda que fôsse com dispensa do Papa. Por um lado, não se via inconveniente em que êsse mister fôsse desempenhado por Irmãos coadjutores leigos; por outro, a sangria, então em voga, parecia necessária em certos casos urgentes, numa terra onde não havia «físicos nem barbeiros», e, quando houvesse, não se podia contar com êles nas Aldeias. Diante de tais motivos, respondeu o P. Geral afirmativamente, dizendo que os Irmãos coadjutores temporais, não sendo sacerdotes nem se destinando a êsse estado, ficava afastada a hipótese de irregularidades canónicas. Recomendava, contudo, que só se usasse em caso de verdadeira urgência, e o Irmão, encarregado de a fazer, fôsse experimentado e apto. Acima do preceito eclesiástico, positivo, colocava-se o «preceito natural da caridade»[1].

Com isto, vinca-se o espírito da concessão. E expressa-o mais claramente o Visitador Cristóvão de Gouveia, em 1586: «ninguém dos Nossos sangrará, por si mesmo, senão em urgente necessidade, se a doença fôr grave, e não houver outrem que o faça»[2]. Por outras palavras: praticar a sangria, fora de caso de urgência, não é da competência dos Jesuítas, mas dos profissionais. Durante muito tempo, não os houve. Por isso, nos primeiros anos, foram os Padres os verdadeiros peritos da arte.

Movidos, pela necessidade e urgência dos casos, afiaram os canivetes de aparar penas (as lancêtas chegaram depois)

---

1. *Algunas Cosas que de la Provincia del Brasil se proponen a nuestro Padre General este anno de 1579 y respuestas a ellas* (Bras. 2, 29v, 45).
2. Bras. 2, 145v.

e meteram mãos à obra. Acudiram «a todo o género de pessoas, Portugueses, Brasis, servos e livres», sobretudo nas Aldeias aos Índios, onde os Padres «os sangram» e curam em tôdas as suas enfermidades [1]. A experiência mostrou que as sangrias eram úteis naqueles climas tropicais, quando sobrevinham os grandes calores, pelo mês de Dezembro. Tal prática tinha não só carácter curativo, mas também, como êles diziam e criam, profilático, para prevenir «priorizes» [2]. Nas epidemias de 1561, verificou-se, na vila de S. Paulo de Piratininga, que, «pela mesma diligência que os Irmãos nisso punham, não morreram ali tantos como noutras partes, onde isso faltava» [3]. A flebotomia, uma vez regularizado o seu uso, foi praticada com mais ou menos êxito até ao século XVIII. Na *Collecção de Receitas*, que adiante veremos, encontra-se um excelente desenho a côres com o sistema venoso para ensinar o melhor modo de a fazer.

4. — O Brasil foi muitas vezes fustigado por grandes «pestes», «epidemias», ou «doenças gerais»: «bexigas, priorizes, tabardilho, câmaras de sangue, tosse e catarro». Nestas ocasiões, os Padres não descansavam, e nisso gastavam a vida [4]. Havia o sarampão, a malária ou impaludismo, a que já alude Nóbrega em 1549. De impaludismo adoeceram alguns Padres. São as terçãs ou quartãs renitentes, «as terríveis maleitas, a mais mortífera das endemias nacionais, novidade velha de séculos» [5]. Estas manifestações maláricas eram o mais grave da patologia indígena. Outra epidemia, que causava muitas vítimas: câmaras de sangue ou disenteria hemorrágica [6].

---

1. Carta de Martim da Rocha, Setembro de 1572, BNL, fg. 4532, f. 33v; Anch., *Cartas*, 63, 151, 178-179; *CA*, 260-261, 450; Vasc., *Crón.*, I, 57, 162; Id., *Anchieta*, 31.

2. Anch., *Cartas*, 179.

3. Anch., *Cartas*, 173, 178. Sôbre os barbeiros de S. Paulo, cf. Alcântara Machado, *Vida e Morte do Bandeirante* (S. Paulo 1929) 95 ss.

4. Anch., *Cartas*, 323; *CA*, 258-259; Carta de Anchieta, 1 de Janeiro de 1581, *Bras.* 15, 325; *Annuae Litt. 1581*, p. 106. Nesta epidemia, que durou 3 meses, chegavam a morrer nas Aldeias 5 pessoas por dia (Fernão Guerreiro, *Relação Anual*, I, 391).

5. Afrânio Peixoto, em *CA*, nota 26, p. 85.

6. Anch., *Cartas*, 173; Vasc., *Crón.*, II, 116; Blasques, em *CA*, 405-406.

Era extrema a depressão de ânimo, por ocasião das epidemias. E emquanto os Jesuítas curavam os contagiados, os Índios sãos fugiam sobretudo dos variolosos, porque êles « até às enfermidades limpas teem grande nojo, quanto mais a estas »[1]. A imaginação também fazia estragos. « Muito trabalho nos dá a imaginação desta gente nos tais tempos de doenças, porque quási tantos parece que morrem dela como da peste ».

Uma pobre mulher, a quem morreu o marido, que ela muito amava, « se foi lançar na rêde, dizendo: quero morrer. E assim morreu, deitando-se muito sã »[2]. Em 1558, houve uma grave epidemia no Espírito Santo, que levou, em poucos dias, 600 pessoas numa população reduzida e disseminada. Afrânio Peixoto parece ver nela uma forma violenta de gripe. Arrebatava as vítimas em seis dias, « a uns com priorizes, a outros com câmaras de sangue, e como quer que o Padre Braz Lourenço ficasse só, carregaram sôbre êle muitos trabalhos, porque a uns era necessário aparelhar para o bautismo, a outros para a confissão e bem morrerem, e assim tinham sôbre êles mui especial cuidado o Padre e o Irmão língua, e muitos, aparelhados e bautizados, passavam desta transitória vida à eterna e assi nunca estavam quedos, porque se fazia dia de enterrarem treze; por estar já o adro cheio, botavam dois em uma cova: já não chamavam ao Padre senão *o que leva os mortos*, e porque não acabasse de entrar o pasmo nos sãos e acabassem os doentes, mandou que não tangessem; porque, com tanto tanger de sino e campainha, esmaiavam. Finalmente, que em breve tempo achámos, por conta, a 600 escravos serem mortos »[3].

De tôdas as epidemias, a que causou maiores estragos, e cuja existência é assinalada várias vezes, foi a varíola. Grassou de forma violenta em 1563. Morreram « 30.000, no espaço de 2 ou 3 meses »[4].

---

1. *CA*, 459-460.
2. Leonardo do Vale, em *CA*, 388.
3. *CA*, 207-208.
4. *Discurso das Aldeias*, in Anch., *Cartas*, 356; *CA.*, 405-406; Vasc., *Crón.*, III, 1-2. Também ficou célebre a epidemia de bexigas de 1597, Ânua de 1597, *Bras. 15*, 430; Cf. *Bras. 15*, 433; *CA.*, 459-461.

É quási milagre não sucumbirem os Padres às epidemias. Pelas câmaras de sangue foram contagiados, várias vezes; pela varíola, raras. Leonardo do Vale deixou-nos, dos efeitos desta enfermidade, uma descrição extremamente realista, que recorda a peste de Milão de *I Promessi Sposi* de Manzoni[1]. Os Jesuítas assistiam aos doentes, curavam-nos; e « muitas vezes lhes ficava a pele e carne dos doentes pegada nas mãos; e o cheiro era tal, que se não podia sofrer »[2].

5. — As epidemias eram esporádicas. Mas sempre havia doentes. Uma das formas da caridade cristã é a visita aos enfermos. Os Padres praticaram-na sempre. E não se contentavam com boas palavras. «Aconteceu que uma velha pobre tinha um filho entrevado e todo chagado». A triste mãi trabalhava para o filho; um dia, adoeceu também, e «não havia quem desse um jarro de água a um nem a outro, e depois que os vizinhos viram que os Nossos os visitavam, fazendo-lhes a cama, que também lhes acudiam de esmolas e lhes lavavam os vasos, varriam a casa e traziam água, lenha para o fogo e comer, ficaram tão envergonhados e comovidos com êste exemplo, que daí em diante não se contentavam com os ir a casa servir com seus escravos e escravas, mas por si mesmos os visitaram e socorreram; de maneira que, não havendo dantes quem lhes lavasse uma camisa, ainda que pagassem muito bem à lavadeira, por se arrecearem todos do mal que era contagioso, houve depois mulheres, que tinham bem por quem o mandar fazer e não queriam senão por suas próprias mãos lavar as camisas, lençóis e tudo o mais, e, finalmente, daí por diante não lhes faltou nada do necessário, nem escravos que lho ministrassem »[3].

Assistência caridosa, assistência médica e também assistência alimentar. Nas Aldeias, cada dia, iam os Padres visitar os doentes, acompanhados de alguns Índios; se viam que tinham necessidade dalguma coisa, acudiam-lhes com ela[4]. Só numa

---

1. *CA*, 382-384, 390, e notas de Afrânio, p. 394.
2. *Discurso das Aldeias*, em Anch., *Cartas*, 380, 238-240.
3. *CA*, 493.
4. *Discurso das Aldeias*, p. 381.

Aldeia faziam comida para «60 e 70 pessoas, e, se lhes os Padres faltavam com isto, faltava-lhes o remédio»[1]. Na grande epidemia de 1597, além disso, pôs-se o carro do Colégio à disposição dos doentes para carrear os géneros mais indispensáveis à vida, água, legumes, fruta, etc.[2].

Além dos domicílios, visitavam os Padres os hospitais, onde os havia[3], e, em 1574, introduziram êles-próprios nas suas Aldeias enfermarias e hospitais para os pobres[4].

6. — ¿Teriam os Jesuítas fundado a Misericórdia do Rio de Janeiro? Conta Vasconcelos que, ao chegar ao Rio a armada de Diogo Flores Valdés, trazia muitos doentes, e Anchieta «deu traça que se lhe assinalasse casa de hospital que té então não havia naquela cidade»[5]. Inferiram daqui alguns historiadores que êle fundara a Santa Casa da Misericórdia[6].

Capistrano de Abreu acha mais provável que a Misericórdia existisse desde o começo da cidade[7]. Somos da mesma opinião, por dois motivos positivos: porque, a 25 de Março de 1582, data em que a armada de Flores Valdés aportou ao Rio, relata Sarmiento que, ao chegarem à cidade, «os *confrades da Misericórdia* dêste povo receberam os doentes e, com a sua pobreza, na verdade muita, começaram a curar os doentes»[8]. Segunda e principal razão: é que uma carta ânua, inédita, assinada pelo próprio Anchieta, contando o que se fazia em diversas partes do Brasil, ao tratar do Rio, pormenoriza como os Padres e moradores receberam e trataram os doentes daquela armada, e, dando re-

---

1. *Ib.*, 380.
2. *Ann. Litt. 1597*, p. 493-494.
3. *Fund. de la Baya*, 23v (98); *CA*, 187.
4. *Bras.* 15, f. 260: «infirmis pauperibus valetudinaria»; cf. *Fund. de la Baya*, 37v (113): «Este año [de 1574], se ordenó que uuiesse hospital en cada aldea».
5. Vasc., *Anchieta*, 270-271.
6. Cf. Madureira, *A Liberdade dos Índios*, I (Rio 1927) 24-25, onde cita Brasilio Machado, Barão de Studart, José Vieira Fazenda e Frei Agostinho de Santa Maria.
7. Cf. Madureira, *loco cit.*
8. Sarmiento, *Relacion de lo sucedido a la Armada Real de su Magt. en este viage del Estrecho de Magallanes*, Rio de Janeiro, 6 de Janeiro de 1583, publicada por Pastells, *El descubrimiento*, 586.

lêvo ao entusiasmo com que o povo, e em particular os Índios das Aldeias construíram casas para os doentes, diz expressamente que as construíram, por êles *« não caberem no hospital »* [1]. Existia, portanto, o hospital e a Misericórdia do Rio de Janeiro antes de 1582, ano em que chegou a armada de Flores Valdés. ¿Desde quando? Cremos que a Misericórdia seja coeva da fundação da cidade. Onde quer que os Portugueses se estabeleciam, fundavam Misericórdias, como em Santos e na Baía [2]. Notemos, porém, que pode existir Misericórdia, sem haver hospital. É o caso de Santos, à chegada de Leonardo Nunes. Já havia Misericórdia; e, no entanto, êle, à falta de hospital, teve que se recolher numa casa particular [3]. Quanto à Misericórdia do Rio de Janeiro, já existia em 1570 [4]. Quere dizer, se quiséssemos dar à Misericórdia da capital do Brasil origem jesuítica, teríamos que pronunciar o nome de Nóbrega, Superior do Rio desde 1567 a 1572, período em que ela, sem dúvida, se fundou. ¿Mas para quê atribuir aos Jesuítas glórias incertas, se lhe sobejam as verdadeiras? Certo é que o Colégio do Rio, por ocasião da chegada da armada, lhe prestou serviços extraordinários, promovendo a construção de pavilhões hospitalares, distribuindo remédios, comida, carne, peixe e farinha, não só pelas casas como na portaria do Colégio. Vasconcelos faz ainda recair todo o louvor destas benemerências sôbre Anchieta [5].

Anchieta era bem capaz disso e de mais. Todavia, o reitor do Colégio em 1582, portanto, o responsável imediato por tôda a actividade do mesmo Colégio, era o P. Pero de Toledo.

---

1. ... « in domibus praesertim conficiendis (cui operi nostri Indi diligenter insudarunt quibus male affecti reciperentur, *nullatenus eos hospitale capiebat*, quamquam multi in navibus remanerent », Carta da Baía, 1 de Janeiro de 1584, *Bras. 8*, 5 ; *Annuae Litt. 1583*, p. 203.

2. Já a 6 de Nov.º de 1549 existe uma ordem de pagamento a favor de Diogo Moniz, Provedor do Hospital desta cidade do Salvador *(Doc. Hist.*, XIII, 327).

3. *CA*, 60.

4. Cf. Duarte Nunes *Almanac Historico — Notícia da Fundação da Santa Casa da Misericordia*, na *Rev. do Inst. Bras.*, *XXI*, (1858) 158-159.

5. Vasc., *Anchieta*, 270-271. Em 1841, por iniciativa do seu Provedor, foi colocada a estátua de José de Anchieta na sala do Banco da Santa Casa da Misericórdia do Rio de Janeiro. Cf. Victor Ribeiro, *A Santa Casa da Misericórdia de Lisboa*, na *História e Memórias da Academia das Ciências de Lisboa*, nova série, 2.ª Classe, tômo IX, parte 2.ª (Lisboa 1902) 36.

7. — Discute-se, se a sífilis foi da Europa para a América ou se veio da América para a Europa. Karl Sudhoff, director do Instituto de História da Medicina na Universidade de Leipzig, manifesta-se contrário à origem americana da sífilis [1]. Ricardo Jorge aceita-a sem a menor hesitação [2]. Carlos França também é favorável à origem americana. O principal argumento é o testemunho do Padre Anchieta, referindo-se à lagarta preta (socaúna), semelhante à centopeia, que produzia certas úlceras, algumas incuráveis e transmissíveis [3]. «¿Quem sabe, pregunta Carlos França, se o treponema de Schaudinn não será o descendente, adaptado ao homem, dalgum organismo parasitando as lagartas, a que, em 1560, se referia Anchieta? Os nossos actuais conhecimentos parasitológicos não permitem considerar ridícula esta ideia» [4].

Até ao século XIX, andaram confundidas as doenças venéreas e a sífilis. Abrangiam-se tôdas, entre nós, com o nome de mal gálico (em França, era mal americano). Pois, logo em 1549, escreve o P. Manuel da Nóbrega: «a terra é sã; desde que aqui estamos, nunca ouvi dizer que morresse algum de febre, mas sòmente de velhice e muitos de mal gálico» [5]. Diogo Jácome conta o caso de um homem, que há muitos anos vivia na terra, doente; padecia dos males «comuns aos que ao pecado da luxúria se dão... assim está comido de chagas» [6]. Afrânio Peixoto não infere que fôsse necessàriamente a sífilis; poderiam ser «leishamainoses cutâneas» ou «discrásicas ulcerações devidas a ancilostomose» [7].

O certo é que destas doenças venéreas (sífilis ou outras) se

---

1. *Investigación y Progreso*, Madrid, Setembro de 1929. Era da mesma opinião von Martius. Cf. *Natureza, doenças, medicina e remédios dos Índios brasileiros*, pelo sábio naturalista alemão Dr. Carlos Frederico Filipe von Martius — Conferência do Prof. Pirajá da Silva, *Jornal do Commercio* (Rio) 23 de Maio de 1937.
2. Ricardo Jorge, *La Médecine et les Médecins dans l'expansion mondiale des Portugais* (Lisboa 1935) 4.
3. Anch., *Cartas*, 116, 136; Gabriel Soares, *Tratado*, 246, 286-287.
4. Carlos França, *Os Portugueses do século XVI e a História Natural do Brasil*, in *Rev. de Hist.*, vol. 15 (1926) 64.
5. Nób., *CB*, 111.
6. *CA*, 103.
7. *Ib.*, nota 56, p. 107. Cf. Rodolfo Garcia, nota aos *Dialogos das Grandezas do Brasil* (Rio 1930) 121-122.

sofria no Brasil, à chegada dos Jesuítas. E êles as trataram como souberam e puderam. A mulher antiga de um Português, com quem vivera 40 anos, estava atacada dessa terrível doença. Assistiram-lhe até à morte, tratando-a, espiritual e medicalmente, os Padres Afonso Braz e Gaspar Lourenço [1].

8. — Para Anchieta, o cancro curava-se no Brasil, e diz como: «aquecem ao fogo um pouco de barro bem amassado, com que se fazem vasos; e, tão quente quanto a carne o possa suportar, o aplicam aos braços do cancro, os quais morrem pouco a pouco; e tantas vezes repetem êste curativo até que, mortas as pernas, o cancro se solta e cai por si». Esta experiência tinha-se feito, havia pouco, numa mulher, e com resultados felizes [2]. ¿Seria verdadeiramente um cancro, dêstes que em medicina se chamam epiteliomas, sarcomas, etc.? Os especialistas inclinam-se a dizer que não. Assim Olivério Mário [3]. Carlos França chama-lhe cautelosamente neoplasia, sem especificar mais. Contudo, acrescenta: «Não se poderá ver nesta terapêutica indígena, descrita por Anchieta, uma antepassada da diatermia empregada em nossos dias? Não haveria nesses barros quaisquer substâncias radioactivas?» [4]

9. — Os Padres levaram consigo os remédios indispensáveis para a travessia do Atlântico e para as primeiras necessidades. Mas, em chegando à terra, viram-se na contingência de ampliar a reserva, bem escassa, dos seus remédios. Entre os Padres das primeiras expedições foram alguns doentes. E é curioso verificar que foram precisamente os mais atacados os que melhores serviços prestaram, talvez pela própria experiência. João Gonçalves e José de Anchieta, doentes no Colégio de Coimbra, repar-

---

1. Anch., *Cartas*, 148-149. Cf. êste assunto, um pouco mais desenvolvido por nós mesmos, em *Os Jesuítas no Brasil e a Medicina* na Revista *Petrus Nonius* 1-2 (Lisboa 1937) 6-7; *Os missionários da Companhia de Jesus no Brasil e a sua contribuição para as ciências médicas*, na revista *Medicina*, XXIX-XXX (Lisboa 1937) 51-52; Serafim Leite, *Páginas*, 296-308.
2. Anch., *Cartas*, 113.
3. Id., *ib.*, 133.
4. *Os Portugueses do século XVI e a História Natural do Brasil*, in *Rev. de Hist.*, vol. 15 (1926) 57.

tiram a sua actividade no Brasil: o primeiro na Baía, o segundo na Capitania de S. Vicente. Anchieta, que ficou no sul, arribou da sua doença, porque «os opilados e meio doentes», vindo para Piratininga, saram [1]. O que um era no sul, outro era na Baía. Entre as muitas curas que operou o P. João Gonçalves, antes de falecer, conta-se a de certa índia «que, estando mui ao cabo, de câmaras, e não tendo remédio os parentes com que as estancar, lhe fêz uns emplastros com almécegas e azeite (porque cá não há outros materiais) e logo a deu sã» [2].

Além dos remédios indígenas, as plantas medicinais. Nóbrega, em 1541, manda para os doentes de Portugal algumas conservas, cujos efeitos terapêuticos especifica: «ananases para dor de pedra, os quais, pôsto-que não tenham tanta virtude como verdes, todavia fazem proveito. Os Irmãos, que lá houvesse desta enfermidade deviam de vir para cá, porque se achariam cá bem, como se tem por experiência. Vão também marmeladas de ibas, camucis, carazases para as câmaras» [3].

A respeito do tabaco, escreve: «nesta terra tôdas as comidas são difíceis de desgastar, mas Deus remediou a isto com uma herva cujo fumo muito ajuda a digestão e a outros males corporais e a purgar a fleuma do estômago» [4]. Anchieta descreve a ipecacuanha e outros arbustos purgativos numa relação em que trata expressamente das plantas «úteis à medicina» [5].

Fernão Cardim compõe expressamente uma informação a-respeito-do *Clima e Terra do Brasil e de algumas cousas notáveis que se acham assim na terra como no mar*, de interêsse médico evidente. Um dos capítulos trata das ervas que servem de mezinhas, onde descreve as propriedades curativas de 14 espécies de plantas. Ao corrente do saber do seu século, «especialmente da ciência médica», diz Rodolfo Garcia, eram-lhe familiares os tratados do médico sevilhano Monardes, «como seriam os de Clusius, Garcia da Horta e outros» [6].

---

1. Anch., *Cartas*, 63.
2. CA., 162; Anch., *Cartas*, 178.
3. Carta de Nóbrega, 12 de Junho de 1561, *Bras. 15*, 114.
4. Nobr., *CB*, 111-112; Fernão Cardim chama-lhe «erva santa», *Tratados*, 75-76.
5. Anch., *Cartas*, 127.
6. Cardim, *Tratados*, 28, 33, 73.

A *Informação do Brasil para Nosso Padre*, atribuída a Anchieta, mas que nos Arquivos da Companhia tem a assinatura autógrafa de Cristóvão de Gouveia (o estilo é de Fernão Cardim, seu secretário), traz, além doutras notícias de interêsse médico, como dissemos, uma secção sôbre higiene alimentar.

Não menos valioso é o tratado que Francisco Soares nos deixou, *De algumas coisas mais notáveis do Brasil e de alguns costumes dos Índios*. O capítulo II da 2.ª Parte dêste tratado ocupa-se das «ervas de que Dioscórides não teve conhecimento nem fêz menção alguma»[1].

Carlos França, numa série de monografias, já estudou a contribuïção dos Jesuítas para a cultura científica em geral. Em «Os Portugueses da Renascença, a medicina tropical e a parasitologia», fala dalgumas doenças descritas e caracterizadas pelos Padres Fernão Cardim e José de Anchieta[2]; em «Os Portugueses do século XVI e a fauna brasileira», anota as observações de

---

1. *Rev. do Inst. Bras.*, 148 (1927) 402. Sôbre o autor desta obra, considerado anónimo, publicámos na *Brotéria*, XVII (1933) 93-97, um estudo, propondo como solução provisória o nome de Luiz da Fonseca. Depois disso, achámos na Biblioteca de la Academia de la História, de Madrid, *Jesuítas*, 119, n.º 254, um *ms*. com êste título « *Das cousas do Brasil e costumes da terra polo p. Francisco Soares* » Este *ms*. omite a parte histórica do começo; mas da parte pròpriamente naturalista e científica fica desvendado agora o Autor: Francisco Soares. A êle quadram, efectivamente, as considerações que fizemos sôbre Luíz da Fonseca. E tem a vantagem, sôbre aquêle, de aparecer agora o seu nome expresso. Por êste tempo, existiam no Brasil dois Padres Jesuítas com o mesmo nome de Francisco Soares. Teem andado confundidos. Trata-se do que voltou à Europa, em 1589, com o Visitador Cristóvão de Gouveia. Cativos dos piratas franceses, a 6 de Setembro, o P. Francisco Soares tomou terra na Biscaia, alguns dias depois, a 15; e dali veio por terra até Bragança (Cardim, *Tratados*, 367-371). Francisco Soares já estava em Lisboa a 1 de Dezembro e tinha « muitos anos » de Brasil *(Lus. 70, 290v)*. Em 1584, estava na Baía e era estudante de gramática. Contava, nesse ano, 24 de idade. Entrou na Companhia em 1575. Nasceu na Vila de Ponte de Lima *(Bras. 5, 21v)*. Em Portugal, foi para o Colégio de Coimbra, onde estava em 1593, cujo catálogo diz que tinha então 36 anos de idade, 20 de Companhia e estivera 17 no Brasil *(Lus. 44, 75; cf. Primeira Visitação da Baía — Denunciações da Baía, 364)*. Os números não conferem bem uns com os outros, mas são os que lá estão. O autor « *Das Cousas do Brasil & Costumes da Terra* » não tornou ao Brasil, falecendo em Bragança a 11 de Novembro de 1597 *(Livro das Sepulturas no Colégio de Coimbra. Titolo dos que faleceram fora deste Colegio*, BNL, fg, 4505, f. 72).

2. *O Instituto*, vol. 73 (Coimbra 1926) 4-42.

animais até então desconhecidos, feitas por êles[1]; e em «Os Portugueses do século XVI e a História Natural do Brasil»[2], examina os escritos daqueles mesmos Jesuítas, a que junta Nóbrega e Gaspar Afonso. A êstes podemos acrescentar nós Francisco Soares. E digamos, de passo, que Soares, Anchieta e Cardim descrevem, um século antes de Redi, a sede dental do veneno ofídico. «A peçonha [da jaraca] vem das gengivas e corre por um rêgo que o dente tem, como eu o vi» — diz Francisco Soares[3].

Os Jesuítas sempre foram homens práticos. As suas observações não ficavam só no campo da especulação. Gradativamente, os elementos da flora e da fauna americana se iam utilizando na sua farmacologia. A quina, que os Jesuítas revelaram ao mundo, levou muito tempo o nome de «mezinha dos Padres da Companhia»[4]. Para veícular as tisanas, havendo falta de vinho na terra, prepararam uma beberagem de milho cozido, a que adicionaram mel, muito mais fácil de achar[5]. O mel servia também «para curar feridas».

Em cada um dos Colégios e nas principais Residências, onde se criavam e viviam muitos Irmãos e Padres, havia uma parte principal do edifício bem orientada e com as condições higiénicas requeridas, segundo, aliás, as ideias do tempo, mas não inferiores a elas: era a enfermaria. «A enfermaria da Baía está mudada em outra e o tratamento dos enfermos o melhor que se pode dar», diz Pero Rodrigues, em 1598[6]. Anexa, havia a farmácia, de que se abastecia também a gente de fora. E, em casos de epidemia ou calamidade pública, a botica do Colégio era a botica de todos![7] As boticas dos Jesuítas tornaram-se famosas. Com o andar do tempo, foi-se enriquecendo a sua farmacopeia,

---

1. *Memórias e Estudos do Museu Zoológico da Universidade de Coimbra*, série I, n.º 9, Coimbra, 1926; cf. Luiz de Pina, *Os homens da Igreja na Ciência Nacional*, separata da *Brotéria* (Lisboa 1936) 13-17.
2. *Rev. de História*, vol. XV, p. 52.
3. Francisco Soares, op. cit., p. 396. Cf. Augusto da Silva Carvalho, *La Médecine dans la découverte et la colonisation du Brésil*, 2.ª édition (Lisboa 1937) 14.
4. Luiz Gonzaga Cabral, *Jesuítas no Brasil*, p. 215-216.
5. Anch., *Cartas*, 44.
6. Pero Rodrigues, *Bras.* 15, 468.
7. *CA*, 451.

sobressaindo, com renome quási lendário a *Triaga Brasílica*. Por ocasião do seqüestro do Colégio da Baía, diz o desembargador, que procedeu ao arrolamento, que êste remédio tinha grande consumo, « por ser pronto o seu efeito e que não faltaria quem desse pelo segrêdo três ou quatro mil cruzados »[1].

Considerava-se perdida a fórmula desta extraordinária triaga. Possuímo-la. É longa demais para se transcrever. Aliás, para dizer todo o nosso pensamento, achamo-la extravagante. Mas, a cada tempo, a sua farmacopeia. Aqui fica a notícia do manuscrito onde se encontra, livro precioso, que se publicará um dia. Eis, màriamente, as suas características: *Collecção de Varias Receitas e segredos particulares das principaes boticas da nossa Companhia de Portugal, da India, de Macão e do Brasil, compostas, e experimentadas pelos melhores Medicos, e Boticarios mais celebres que tem havido nessas partes. Aumentada com alguns indices, e noticias curiozas e necessarias para a boa direcção, e acerto contra as enfermidades.*

Desenho pequeno de um coração encimado pela cruz.

Em Roma anno M. DCC. LXVI. Com todas as licenças necessarias. Mede 134 × 200 mm, e tem 10+610+22 páginas de índice e um desenho, no fim, a côres, representando um homem e o sistema venoso com o modo de se fazer a flebotomia. Abre com uma « Dedicatória ao Coração Santíssimo de JESUS ». Uma gravura grande, a côres, do mesmo Coração, rodeado de anjos e querubins.

Prólogo. — Pág. 1. — Agoa Cordial, etc.

Está distribuído pelo abecedário. Cada uma das letras A, B, C, D... é um desenho à pena, primoroso, quási sempre com um ou dois animais, cuja inicial começa com a letra respectiva, como fazem alguns dicionários modernos. De letra a letra, há algumas páginas em branco, destinadas a receber novas receitas.

Além da *Triaga Brasílica*, encerra várias notícias sôbre medicamentos e Irmãos farmacêuticos dos Colégios do Brasil [2].

---

1. Ofício do Desembargador Francisco António Berquó da Silveira Pereira (para Tomé J. Côrte-Real), da Baía, 30 de Julho de 1760, no Arquivo Hist. Colonial, *Baía*, n.º 5018. Cf. *Inventário* de Castro e Almeida, *Annaes*, XXX, 401.

2. *Op. NN*. 17. A *Collecção de Varias Receitas* não traz nome de Autor. Entre os *Scriptores Provinciae Brasiliae* (cf. supra, Tômo I, 536), acha-se o P. Francisco de Lima, baïano, que faleceu em Castelo Gandolfo, a 13 de Agôsto de 1772. Deixou inédito, além de uma *Descrição Histórica e Geográfica do Brasil*, um volu-

No século XVI, quem obteve maior renome nestas matérias foi Anchieta. Há quem o condecore com os títulos de clínico, cirurgião, higienista, parasitologista, psicoterapeuta, naturalista, ginecólogo, e até parteiro, ainda que não nos parece que êste último título se possa definitivamente sustentar, dado que só consta de dois casos, e nêles Anchieta não interveio junto da parturiente, mas só com a criança recém-nascida e abandonada [1].

Ampliando nós o quadro a todos os Jesuítas, a êles em geral, uns mais outros menos, pertencem aquêles títulos. E deve-se acrescentar o de farmacólogos distintos, como se prova pela sua mesma actividade e pela *Collecção de Varias Receitas*, que revelamos.

Terminemos êste capítulo. A-pesar das apreciações competentes dos especialistas e médicos, não nos iludimos. Sabemos que, diante dos extraordinários progressos da medicina e da

---

moso trabalho intitulado *Dioscórides Brasílico* ou *Plantas Medicinais do Brasil*. Não se diz se é escrito em latim se em português. O título, na relação latina, é *Dioscorides brasilicus seu de Medicinalibus Brasiliae plantis*. Sommervogel diz que Francisco de Lima nasceu na Baía, a 3 de Dezembro de 1706, e entrou no noviciado, a 1 de Fevereiro de 1721 (Sommervogel, *Bibliothèque*, IV, Col. 1836).

Na revista *Medicina*, no artigo supracitado, p. 580, nota 1, incluímos duas gravuras da *Collecção de Varias Receitas*, uma com o sistema venoso, outra com o frontispício. Quando a *Collecção* se publicar, prestará serviços não só à história da medicina no Brasil, mas no Oriente, onde os Jesuítas realizaram obra notável, em particular no Japão. Cf. Dorotheus Schilling O. F. M., *Das Schulwesen der Jesuiten in Japan (1551-1614)*, Munster in Westf., 1931; e Arlindo Camilo Monteiro, *De l'influence portugaise au Japon* (Lisboa 1935) 19ss.

1. Anch., *Cartas*, 218-219. Achamos também um caso de intervenção com parturiente, em 1568, mas não se nomeia o Padre. O facto é narrado em carta do P. Baltasar Fernandes, e parece tratar-se dêle-próprio: « Se por ventura acontece algum achar-se *in extremis*, se nos dão recado, quando quer que seja, quer chova, quer faça sol, quer de noite, quer de dia, uma légua e mais, corremos quanto podemos pera chegar ao pobre com remédio da alma como do corpo. Aconteceu que dando-nos recado de uma Índia, que não era cristã, que estava para morrer de parto, tanto que o soubemos, fomos muito de-pressa; chegando, já quási não falava; aparelhámo-la e baptizámo-la; e depois que acabámos de entender na cura espiritual, entendemos também na corporal, pola necessidade assim o pedir, por remédios que lhe fizeram para beber, e quis o Senhor, por sua misericórdia, que uma e outra obrassem » (*CA*, 500-501). Cf. Lopes Rodrigues, *Anchieta e a Medicina*, p. XX.

cirurgia moderna, aquelas práticas e tratamentos do século XVI farão sorrir complacentemente. ¿Não nos fazem também sorrir os mestres e especialistas de então, a «Polianteia Medicinal» de Curvo Semedo, por exemplo? Só na perspectiva do tempo se pode julgar com justeza a actividade dos nossos antepassados. E é inegável que os Jesuítas do Brasil, dentro da sua múltiplice actividade, souberam, também, nesta matéria, escrever uma página científica e humanitária, digna de especial menção na história geral da Cultura Portuguesa através do mundo.

CAPÍTULO IV

Artífices e artistas

1 — Os primeiros passos da indústria no Brasil; 2 — Pintura; 3 — Arquitectura.

1. — A 9 de Agôsto de 1549, recorria Nóbrega às senhoras de Portugal, para mandarem ao menos uma camisa para as índias, «porque não parecia honesto estarem nuas entre cristãos, na igreja, e quando as ensinamos». Mas isto só é necessário que o façam agora, acrescenta êle, porque os Índios «farão algodão para se vestirem ao diante»[1].

No regime económico indígena, incumbia às mulheres quási todo o trabalho do campo e trabalhavam todos os dias; os homens não. Representa significativo triunfo para os Padres esta frase dum dêles, um ano depois de chegarem: os Índios convertidos trabalham já, tôda a semana; dantes, só as mulheres[2]. Uns e outros começaram a aprendizagem do trabalho, numa elevação industrial, morosa, mas não impossível. Gabriel Soares de Sousa tinha por inútil a actividade dos Jesuítas com os Índios, ao que êles contestam que lhes ensinam a ler, escrever, a doutrina, e *ofícios*, e que algum fruto se tira[3]...

Os Índios viviam em relação ao branco numa evidente inferioridade de cultura; pela natureza de sua vida selvagem, eram improvidentes; a sua capacidade para trabalho seguido, limitada. Não se lhes podia falar um pouco mais forte, deitava-se tudo a perder, escrevia Luiz da Grã[4]. É incontestável. No en-

---

1. Nóbr., *CB*, 85.
2. *CA*, 50.
3. *Bras. 15*, 387 (34.º).
4. *Bras. 3(1)*, 149.

tanto, com hábil direcção, despertaram-se nêles faculdades imitativas apreciáveis; e, como seres humanos, isto é, inteligentes, que eram, foram susceptíveis de subir gradualmente ao trabalho civilizado e metódico.

As primícias dos ofícios autónomos no Brasil são no género das indústrias téxteis. O de pedreiro e carpinteiro são anteriores, evidentemente, e começaram-se a exercer com a própria construção das vilas e cidades. Os Índios eram simples serventes. Pelo contrário, um índio, que os Padres puseram a tecelão, já em 1557 era oficial, e tinha tear na Aldeia de S. Paulo da Baía[1]. O próprio Irmão Vicente Rodrigues aprendera êsse ofício, um pouco por necessidade, muito para dirigir e ensinar os Índios[2]. E tinha-se por tão importante tal ofício, que, em Valência de Espanha, recrutando gente para o Brasil, achou o B. Inácio de Azevedo um noviço, antigo cativo de Argel. Fazia o ofício de comprador; no mundo, tivera o detecelão. O santo pediu-o ao P. Geral, alegando que o ofício de comprador não faltaria quem o ocupasse; o de tecelão poderia ser mais útil no Brasil do que em parte alguma[3].

Estabelecida a arte, não tardou a irradiar pela costa. Em 1562, diz-se, da Capitania do Espírito Santo: «nesta casa, se criaram uns moços dos da Baía, os quais os Padres casaram com moças dos Índios e dêles aprenderam a tecelões e as mulheres a fiar e a alfaiatas, e ganham sua vida ao modo dos brancos, que é coisa muito para estimar»[4]. As mulheres alfaiatas, ou costureiras, não seriam só índias; por volta de 1578, já se davam à indústria mais alta de bordados e paramentaria. Deduz-se duma encomenda de ornamentos a fazer na Baía, naquela época, para a igreja de S. Paulo de Piratininga[5].

---

1. CA, 183, 204-205.
2. *Fund. de la Baya*, 4v (80).
3. *Mon. Borgia*, V, 156, 232; cf. *ib.*, 85.
4. CA, 341-342. Aproximando cronologias, notemos que, tendo chegado esta indústria a grande desenvolvimento, decaiu ràpidamente depois da perseguição aos Jesuítas no século XVIII. É o que se depreende dum relatório de 27 de Março de 1784, em que, inspeccionando-se oficialmente a fazenda de Arassariguama, acharam-se ruínas, e, quanto a tecelões, «não se ensinou mais ninguém». — Arquivo Nacional do Rio de Janeiro, *ms.* 481.
5. Anch., *Cartas*, 214; cf. Capistrano, *Ensaios e estudos*, 2.ª série (Rio 1932) 312.

Outra indústria, afim com estas, era a das alpercatas. Faziam-nas os Irmãos; e de si fala Anchieta, em 1554: aprendi «um ofício, que me ensinou a necessidade, que é fazer alpergatas, e sou já bom mestre e tenho feito muitas aos Irmãos, porque se não pode andar por cá com sapatos de coiro pelos montes»[1]. Era o calçado dos missionários «pela aspereza das selvas e grandes enchentes de água», como se refere de Leonardo do Vale, que trazia «alpergatas feitas de cardos bravos que era o coiro daqueles tempos»[2]. «O modo de as fazer era êste: iam ao campo, traziam certos cardos ou caragoatás bravos, lançavam-nos na água, por 15 ou 20 dias, até que apodreciam. Dêstes tiravam estrigas grandes, como de linho, e mais rijas que o linho»[3].

Os próprios Padres, no começo, exercitaram o ofício de carpinteiro, como o P. António Pires, «que faz tôdas as obras de carpinteiro com mais perícia que outro qualquer oficial da terra, o que aprendeu nesta terra, ao ver a muita necessidade de nossa casa, e trabalha mais que dois oficiais»[4]. Por sua vez, Diogo Jácome «levantou um tôrno de pé, sem mais notícia do ofício do que lhe deu a engenhosa caridade»[5]. Esta habilidade estendeu-se logo; e, nas Aldeias, para evitar a ociosidade, durante algum tempo livre ou de maior calma, os Padres, como os do êrmo (a frase é de Martim da Rocha) ou como S. Paulo, faziam «coisas de mão, como colheres, gamelas e cestos»[6]. Não eram sempre assim trabalhos humildes os que realizavam os Jesuítas. Construíram obras de maior vulto, como carros para os transportes necessários. Era um dos muitos ofícios que sabia o Ir. Barnabé Telo[7].

Faziam também obras de marcenaria de fino e delicado lavor. Em Ilhéus, descrevendo as festas de N.ª S.ª da Assunção, ali realizadas em 15 de Agôsto de 1565, escreve Jorge Rodrigues: «A igreja, além de ser em si fresca e nova, estava muito

---

1. Anch., *Cartas*, 63, 151; Vasc., *Crón.*, I, 157.
2. Vasc., *Anchieta*, 44.
3. Vasc., *Crón.*, I, 72.
4. *CA*, 142-143; cf. Vasc., *Crón.*, I, 72.
5. Vasc., *Crón.*, I, 72.
6. Carta de Martim da Rocha, Setembro de 1578, BNL, fg. 4532, f. 35v.
7. Franco, *Imagem de Coimbra*, I, 178.

bem ornada, não com panos de armar, porque pola ventura não os há nesta terra, nem eram necessários, porque as grades e os entretalhos, que fêz o Padre Francisco Pires, lhe davam muita graça. As grades são de pau vermelho, chamado conduru, de balaústres feitos ao tôrno; os entretalhos continham a *Avè-Maria* até *Jesus*, de letras grandes, cada uma com diversas e delicadas laçarias: estavam pregadas estas letras nos tirantes da igreja. Foi, assim uma obra como a outra, louvada dos que alguma coisa entendiam»[1]. O relicário da Baía, com dezasseis armários, forrados de setim, era famoso. «A madeira é de pau de cheiro de jacarandá, e outras madeiras de preço, de várias côres, de tal obra, que se avaliou, sòmente das mãos, em cem cruzados. Fê-lo um Irmão da casa, insigne oficial»[2].

Os Jesuítas dirigiram ou colaboraram nos mais importantes trabalhos realizados no Brasil, durante o período colonial, — engenharia de estradas, hidráulica e militar...

Muitos dos caminhos, que ligavam as Aldeias dos Padres, entre si e com a costa, e mais tarde, de penetração para as suas fazendas do interior, em particular para as de Goiaz, foram abertos pelos Índios, sob a direcção dos Jesuítas. No século XVI, ficou célebre o *Caminho do mar*, entre Santos e S. Paulo de Piratininga. Antes, já havia um trilho, seguido pelos Índios. Mas, com o estabelecimento de Villegaignon no Rio, os Tamóios das margens do Paraíba atreviam-se a rondar nas vizinhanças dêle, assaltando os transeuntes. Além disso, o caminho, pela serra de Paranapiacaba, era difícil e deserto. Resolveu Nóbrega abrir outro, aproveitando a estada de Mem de Sá, no sul, em 1560. Mem de Sá acedeu. Dirigiram a sua abertura dois Irmãos da Companhia, «engenhosos e resolutos», com grandes canseiras e perigo de vida. O caminho já estava feito em 26 de Maio de 1560. Luiz da Grã, ao pedir, nesta data, a transferência da sesmaria de Piratininga, refere-se expressamente ao «caminho novo que ora se abriu»[3].

---

1. *CA*, 468.
2. Cardim, *Tratados*, 324.
3. *Bras. 11*, 481; Vasc., *Crón.*, II, 85. Aleixo García, *As nossas fronteiras e os Jesuítas*, em *O Mensageiro da Paz*, ano II, n.º 34, Julho de 1923, citado por Cabral, *Jesuítas no Brasil* (Rio 1925) 265. Em homenagem a Anchieta, que por ali passou muitas vezes, intitularam-no *Caminho do Padre José*. Tal facto fêz dizer a

Trabalhos hidráulicos, efectuaram muitos os Jesuítas, como o grande canal da Fazenda de Santa Cruz e o de Camboapina, no Espírito Santo, e guindastes nos portos que serviam os Colégios. Mas são, no seu apogeu, de época posterior. Em todo o caso, já no século XVI, alguns levaram a cabo, como, por transena, testemunha Miguel de Azeredo, dizendo que no Espírito Santo andavam certos Padres, entre os quais Anchieta, e muitos Índios, « abrindo uma levada para um engenho de uma pessoa de obrigação »[1].

Serviços de carácter militar, também os prestaram os Padres, concorrendo com os seus Índios para a construção dos fortes do Brasil, sobretudo os da Baía e Rio de Janeiro. Não estavam, porém, como directores principais dessas obras. O forte dos Reis Magos, no Rio Grande do Norte, ésse foi todo traçado e dirigido por Jesuítas (Gaspar de Samperes, engenheiro, que, antes de ser Padre, fôra militar).

Outros ofícios exercitaram ainda os Jesuítas. Nos catálogos da Companhia de Jesus no século XVI, achamos, além dos ofícios já mencionados, os indispensáveis a tôdas as casas, com outros necessários nos Colégios: comprador, porteiro, cozinheiro, dispenseiro, refeitoreiro, sacristão, enfermeiro, barbeiro, roupeiro, alfaiate, sapateiro, hortelão, encarregado dos currais, carpinteiro, torneiro, pedreiro, oleiro, arquitecto, pilôto... Também alguns Irmãos eram mestre-escolas e ajudantes do procurador ou do ministro da casa.

Os oficiais mecânicos estimavam-se muito no Brasil e empenhavam-se os Padres em levar quantos pudessem[2]. Na expedição dos Mártires (1570), iam muitos.

Com o desenvolvimento e correspondentes necessidades dos Colégios, começaram a aparecer, nas oficinas anexas, os encarregados dos engenhos, os praticantes de cirurgia, os artífices especializados em ourivesaria e até em estatuária, ainda que geralmente as esculturas finas vinham de afamados estatuários

---

alguns que êle-próprio o rasgou em 1553 (Azevedo Marques, *Apontamentos*, I, 135). Mas nem Anchieta tinha então saúde para tão dura empresa, nem sequer estava nessas paragens naquele ano, pois só no fim dêle ali chegou.

1. Pero Rodrigues, *Anchieta*, em *Annaes*, XXIX, 269.
2. *Mon. Borgia*, V, 321.

de Lisboa [1]. Mencionemos ainda o ofício de enfermeiro, que às vezes era na realidade farmacêutico e tomou vulto no decorrer do tempo.

Êstes mesteres, não obstante serem desempenhados por Irmãos, aproveitavam grandemente aos de fora. Para os de fora se instituíu até, expressamente, na segunda década do séc. XVII, a confraria dos oficiais mecânicos [2].

Dentro do século, que historiamos, dêmos ainda relêvo a dois ofícios, os de oleiro e ferreiro. O primeiro, porque representa a *indústria de cerâmica* (telha, ladrilho e loiça) e porque do Irmão Amaro Lopes, oleiro, se diz que sabia a arte primorosamente, e a ensinava ao pessoal do Colégio da Baía, escravos e livres, facto de evidente significação económica, social e civilizadora [3].

Outro ofício célebre foi o de ferreiro. E teve a particularidade de ser, num dado momento, o amparo principal dos meninos estudantes, do sul. Até então, importava-se o «resgate», em particular, «facas grandes e pequenas da Alemanha». O Irmão ferreiro fazia «anzóis, cunhas, facas e o mais género de ferramenta» [4]. Foi a primeira defesa da terra contra a importação estranha, com imediata repercussão económica. Escreve Nóbrega do Colégio de S. Vicente, em 1573: «A esta casa deu Nosso Senhor um Irmão ferreiro, mui bemdita alma. Êste mantém êstes meninos com seu trabalho, porque faz algum resgate, com que lhes compram mantimento. Como nada pede, em paga do que para êles faz, os Índios oferecem farinha e legumes e, algumas vezes, também carnes e peixes» [5]. «Esta terra é muito pobre e não se pode conversar êste gentio sem anzóis e facas para os melhor atrair. Faça enviar o mais ferro e aço que puder, para dar que fazer ao Irmão. Mando ensinar alguns moços da terra, para o sertão, a ferreiros e a tecelões» [6].

---

1. Cf. Melo Morais Filho, *A Fazenda Santa Cruz* no *Archivo do Distrito Federal*, III, p. 48, 94; *Santuário Mariano*, X, 71.
2. *Bras.* 8, 169.
3. Cf. Carta de Beliarte, 3 de Janeiro de 1590, *Bras. 15*, 369v (13); *Bras. 15*, 389, ao 44.
4. Vasc., *Crón.*, I, 72.
5. Anch., *Cartas*, 44; Nóbr., *CB*, 153.
6. Carta de Nóbrega, 15 de Julho de 1573, de S. Vicente, *Bras. 3(1)*, 98.

O Irmão Mateus Nogueira, que assim se chamava o ferreiro, trabalhou em S. Vicente e em S. Paulo; e, em 1556, vivia nos seus arredores, em Geribatiba, de cuja casa era o único sustento[1]. É provável que Mateus Nogueira fôsse um dos fundadores de S. Paulo. Ali estava, em Julho de 1554[2]. Os Índios reverenciavam-no « qual outro deus Vulcano »[3].

A formidável *indústria metalúrgica*, de que se orgulha hoje a grande capital paulista, tem que ir buscar naquele humilde « ferreiro de Jesus Cristo », como lhe chamava Nóbrega, a sua primeira e nobilitante origem[4].

2. — Isto, quanto a ofícios; agora uma palavra a-respeito das artes, e comecemos pela pintura. Costuma dar-se o século XVII como o da sua introdução no Brasil[5]. Contudo, já no século XVI, achamos algumas manifestações desta arte, inferiores, certamente, mas emfim pintura, o que não deixa de ter o seu valor histórico.

A primeira amostra da pintura no Brasil, achamo-la em 1552, por ocasião da festa do Anjo Custódio, enlaçando logo, num só efeito, a dupla influência portuguesa e indígena. Na Festa do Anjo Custódio, fizeram os Padres e os meninos do Colégio uma breve entrada às Aldeias dos arredores da Baía. Como de cos-

---

1. Carta de Grã, 8 de Junho de 1556, *Bras.* 3(1), 148.
2. Anch., *Cartas*, 44.
3. Vasc., *Crón.*, II, 122.
4. Mateus Nogueira, casado, foi soldado em África. Voltando a Portugal, donde era natural, soube que a mulher, durante a sua ausência, se não portara bem. Separou-se dela judicialmente, e embarcou para o Brasil, com a mesma profissão de soldado. Recebido na Companhia pelo P. Leonardo Nunes, alcançou licença de Roma para fazer os votos. A 2 de Dezembro de 1557, Nóbrega propõe-no para coadjutor temporal *(Bras. 15,* 44). Assim se determinou, em 1560 *(Nadal,* IV, 189); faleceu no ano seguinte, dia de S. Paulo Eremita, expressamente nomeado (Anch., *Cartas,* 174). Dá-se geralmente o dia 29 de Janeiro de 1561 como o de sua morte; contudo, S. Paulo Eremita cai a 15 de Janeiro.

Mateus Nogueira era homem de penitência e oração. Lê-se no *Agiológio Lusitano* que, tendo perdido as fôrças, « sua deuota industria lhe insinou vsasse de moletas, em q̃ se sostinha, & de tiracolo com que tinha as mãos leuantadas, para ainda na postura exterior professar a interior reuerencia, & deuoção de sua alma ». — Cardoso, *Agiológio Lusitano,* I, 285. Mateus Nogueira, soldado, ferreiro e jesuíta, é um dos interlocutores do *Diálogo sôbre a conversão do gentio,* de Nóbrega (Nóbr., *CB,* 229-245; *ib.,* 153; cf. *Lus. 58,* 19v; Vasc., *Crón.,* II, 117-124).

5. Cf. Manuel Raimundo Querino, *Artistas Bahianos,* 2.ª ed. (Baía 1911) 43.

tume, levavam a cruz alçada, mas desta vez pintaram nela a Jesus Menino, visto que eram os meninos, que a conduziam, e sob a forma de Anjo, por ser o dia do Anjo Custódio. Para simbolizar a soberania de Jesus, conquistador daqueles sertões, em lugar de cetro, uma espada, elemento indígena: e a cruz «ia tôda pintada de pluma da terra, mui fermosa»[1]. Em 1560, aporta à Baía o P. Manuel Álvares, de caminho para a Índia. Era pintor de fama. Demorando-se algum tempo, pintou o frontispício para as grades da igreja, que se estreou na Semana Santa do ano seguinte[2]. Por volta de 1584, há diversas expressões de pintura: uma Verónica de Cristo, «em pano de linho pintado»; e na Aldeia do Espírito Santo (Abrantes), levaram-se na procissão «muitas bandeiras, que um Irmão, bom pintor, lhes fêz para aquêle dia, em pano, de boas tintas»[3]. Êste Irmão, pintor, não devia de ser caso único, pois os catálogos assinalam êsse ofício entre os dos Irmãos[4].

Atraíam a atenção as pinturas existentes na capela dos Irmãos do Colégio da Baía; e admirava-se, em 1583, na Igreja de N.ª S.ª de Ajuda, de Pôrto Seguro, «um retábulo da Anunciação de maravilhosa pintura»[5]. Tôdas as igrejas da Companhia possuíam decorações pictóricas, em particular a de Pernambuco (Olinda). A da Baía, hoje catedral, conserva ainda agora belíssimos exemplares de pintura, do século XVII. Dêles falaremos. Mas, no século XVI, os *Painéis da Paixão*, que cercavam a capela dos Irmãos, do Colégio da Baía, em 1584, causavam devoção[6]; e a mesma igreja da Baía guarda também hoje, como jóia de preço, uma histórica «imagem de Nossa Senhora de S. Lucas, mui formosa e devota», escreve Cardim[7]. Afirma Drive que esta imagem foi pintada pelo melhor pintor de Roma[8]. António Franco diz ter sido feita pelo B. João de Maiorga, que também era pintor.

---

1. Carta dos Meninos Órfãos, 5 de Agôsto de 1552, *Bras. 3(1)*, 65-66; cf. supra, p. 332.
2. Cf. supra, p. 334.
3. Cardim, *Tratados*, 323.
4. Cf. supra, tômo I, 582 (Catálogo de 1600).
5. Cardim, *ib.*, 297.
6. Cardim, *ib.*, 325.
7. Cardim, *ib.*, 288.
8. A. Drive, *Marie et la Compagnie de Jésus*, 3.ª ed. (Tournai 1913) 205.

Afiança êle que êste Irmão, emquanto esperava o embarque para o Brasil, tirou quatro cópias da que S. Francisco de Borja enviou à Rainha D. Catarina. Dêstes retratos, um foi para o Colégio de Coimbra, outro para o de Évora, outro para o de Santo Antão. O quarto, levou-o o Beato Inácio de Azevedo, «e com êle nas mãos acabou e hoje, dizem, se conserva, como preciosa relíquia, no Colégio da Baía do Brasil»[1].

Esta versão de Franco parece-nos menos consentânea com a notícia, dada, à raiz do martírio, pelo P. Pero Dias, a 17 de Agôsto de 1570. Como vimos, êle fazia parte da grande expedição, e a sua carta é a primeira e principal fonte dêstes sucessos. Diz, referindo-se ao martírio do B. Inácio de Azevedo: «deram-lhe com uma lança pola cabeça, com que o cobriram de sangue e a imagem que trazia nas mãos, que era um retrato da imagem de Nossa Senhora, que está em Santa Maria Maior, que fêz São Lucas, que trazia de Roma em uma lâmina de cobre, de que era muito devoto; despois lhe deram duas lançadas e, querendo-lhe tirar a imagem das mãos, nunca puderam. O P. Diogo de Andrade se abraçou então com êle e mataram-nos a ambos e deitaram-nos ao mar com a imagem nas mãos»[2].

Portanto, segundo Pero Dias, a imagem, que levava o mártir, veio de Roma, era de cobre e foi ao mar. Ora a imagem da Baía é de tela. ¿Seria uma das cópias do B. João de Maiorga? ¿Tê-la-iam enviado de Lisboa para o Brasil, como recordação dos Mártires? Não nos repugna a hipótese e ela daria origem à confusão de Franco. O certo é que, no dia 29 de Maio de 1575,

---

1. Franco, *Imagem de Évora*, 215.
2. Carta de Pero Dias, da Ilha da Madeira, 17 de Agôsto de 1570, *Bras. 15*, 192v. Concorda perfeitamente com esta informação a inquirição para o processo do B. Inácio de Azevedo. Diz Baltasar Teles: «Na inquiriçam autentica que temos em nosso poder tirada em Coimbra no anno de 1628 (em rezão de sua canonizaçám, de que se trata) se articulou como depois de ferido na cabeça, & alanceado no corpo, nunca lhe puderam os hereges arrancar das mãos a imagem da Virgem sanctissima, & que com ella, banhada em seu sangue, foy lançado ao mar; que não podiam mãos sacrilegas de hereges malditos tirar das mãos de tam forte capitám aquelle tam forte escudo, com que andava mais unido, que com sua mesma alma, pois lhe tiraram a vida, nam lhe arrancaram a imagem», B. Teles, *Chronica*, 43-44).

domingo da Santíssima Trindade, chegou à Baía aquela imagem de Nossa Senhora de S. Lucas, junto com outras relíquias das Onze-Mil-Virgens, recebidas com festas extraordinárias. A Ânua, que conta a sua chegada, não afirma que fôsse a mesma que levava o B. Azevedo, mas diz que foi feita segundo o modêlo de Nossa Senhora[1].

Como quer que seja, a imagem de Nossa Senhora, da Catedral da Baía, é um documento histórico insigne, pela sua antiguidade, e pela tradição que a une, directa ou indirectamente, à memória dos Mártires do Brasil[2].

3. — Ao tratar das fundações dos diversos Colégios e Residências, vimos o que se fêz em cada qual, pelo que toca à edi-

---

1. « Expressa Deiparae Virginis ad archetypum imagine ».—Carta de Quirício Caxa, da Baía, 11 kal. Ianuarii 1575, *Bras. 15*, 273. A correspondência material desta data latina seria 22 de Dezembro de 1574; e é êste, efectivamente, o ano que escreveram, em Roma, no cimo da carta, o que se presta a confusões. Mas, por uma carta do P. Giacopuzzi, escrita da Baía a 9 de Agôsto de 1575, sabe-se que a expedição, em que veio a imagem, chegou à Baía no dia 4º kal. Iunii 1575 (29 de Maio de 1575) e que portanto a data certa da carta de Caxa, narrando factos de 1575, é na realidade 22 de Dezembro de 1575. Observação semelhante já fizemos supra, tômo I, p. 431, nota 2, a propósito da carta de Luiz da Fonseca e convém ter presente esta maneira de contar para corrigir qualquer interpretação material de tais datas.

2. *Bras. 15*, 273; cf. Argeu Guimarães, *Noticia Historica das Bellas Artes* in *Diccionario Historico*, I, 1594. Esta tradição é tão grande que, por ocasião da elevação da catedral da Baía a basílica, se chegou a informar para Roma que a imagem de S. Lucas ainda conservava vestígios do sangue do B. Inácio de Azevedo. Cf. *Breve Pontifício* de 16 de Janeiro de 1923, na *Revista Ecclesiastica da Bahia*, ano XV (1923), n.os 6-12, p. 11.— A gravura, que publicamos, foi-nos obsequiosamente oferecida pelo P. Cândido Mendes, Vice-Provincial do Brasil do Norte, o qual, na sua viagem a Roma à XXVIII Congregação Geral, teve ocasião de confrontar a da Baía com outras pinturas feitas em Roma, a pedido de S. Francisco de Borja, existentes na Itália, três das quais examinou directamente: a de Palermo, na igreja da Casa Professa, a que era do Gesù de Roma e está agora no Noviciado de Galoro, e a de Santo André, no quarto de S. Estanislau, e escreve-nos, de Roma, a 22 de Abril de 1938 : « As três, que vi, são tôdas pintadas em tela e do tamanho da da Baía. Comparei a fotografia da Baía com a de Santo André, ponto por ponto, juntamente com o P. Provincial [Paulo Durão] e não achámos diferença notável senão nas coroas da Senhora e do Menino, que são posteriores. Na moldura, por cima, está esta legenda : *Hanc imaginem S. Franciscus Borgia ab exquilino exemplari primam omnium exprimendam curavit* ».

ficação dos seus respectivos edifícios. Nalgumas terras, foram os Jesuítas os inauguradores da arquitectura tanto religiosa como civil, em S. Paulo, por exemplo, com o P. Afonso Braz. O mesmo Afonso Braz trabalhou no Espírito Santo; e António Pires em Pernambuco e na Baía, na construção dos primeiros Colégios[1]. No século XVI, o homem dado expressamente como arquitecto profissional é Francisco Dias, Irmão que já tinha trabalhado na construção da célebre igreja de S. Roque, em Lisboa. Veio de-propósito para dirigir os serviços de construção no Brasil, e evitar que se sucedessem planos a planos, conforme ao gôsto pessoal, e nem sempre competente, dos Superiores. Contra os inconvenientes de tais mudanças propõe o Visitador Cristóvão de Gouveia ao P. Geral: «parecendo a V. P., não se devia admitir dispensa nos traçados, que se fizeram com muito cuidado e acôrdo do Irmão Francisco Dias, arquitecto»[2]. A êle se deve o plano do Colégio da Baía e da maior parte dos edifícios da Companhia de Jesus, construídos no Brasil, no último quartel do século XVI. Nestas construções, tomavam parte efectiva os Padres que «andavam, de quando em quando, com o pilão nas mãos»[3]. Quando os edifícios eram de pedra e cal, êles mesmos eram «cavouqueiros, com a gente que tira a pedra»[4]. Mais tarde, António Vieira, aludindo à construção de igrejas nas Aldeias indígenas, dirá por sua vez que «somos nós os mestres e obreiros daquela arquitectura, com o cordel, com o prumo, com a enxó e com a serra e os outros instrumentos, que também nós lhes damos, na mão»[5].

Trabalhando por si-mesmos, os Padres ensinaram a arte aos Índios das suas Aldeias. A primeira obra dos Jesuítas foi a capela da Ajuda, na Baía, fundada ao mesmo tempo que a cidade. Cobriu-se, a princípio, de palha (a famosa «sé de palha»). A êstes primeiros edifícios, sucederam outros de taipa de pilão, e de pedra e cal. Taipa de pilão era uma mistura de pedregulho ou cascalho e saibro, socada entre grossos esteios de vacapu, fincados

---

1. *CA*, 143; Vasc., *Crón.*, I, 112.
2. Visita de 1589, Gesù, *Colleg. 13* (Baya); cf. *ib. 20* (Brasile).
3. *CA*, 431.
4. *CA*, 400-401.
5. Vieira, *Sermões*, II (Lisboa 1854) 117-118.

no chão[1]. Havia edifícios de taipa de pilão, com portadas de pedra e cal. Mais tarde, até da Europa importavam os Jesuítas mármores, para maior esplendor das suas igrejas. A da Ajuda, na Baía, não teve características de arte. Mas com ela inauguraram os Jesuítas, cronològicamente, a sua arquitectura religiosa, donde haviam de surgir, com o tempo, os mais belos e mais ricos monumentos arquitectónicos do Brasil colonial[2].

---

1. *Rev. do Inst. Bras.*, 83, (1918) 97n.
2. « Das Ordens religiosas tôdas, a dos Jesuítas representou o mais notável papel, e suas construções são os únicos monumentos grandiosos ainda existentes daqueles remotos tempos ».— von Martius, *Como se deve escrever a Historia do Brasil*, na *Rev. do Inst. Bras.*, VI (1844) 401 ; cf. Ernesto da Cunha de Araújo Viana, *Das artes plasticas no Brasil em geral e na cidade do Rio de Janeiro em particular*, in *Rev. do Inst. Bras.*, 78, 2.ª P. (1915) 505-608. Breves ideias, mais sôbre a influência do estilo jesuítico do que pròpriamente sôbre as casas da Companhia.

CAPÍTULO V

Introdução do teatro no Brasil

1 — Primeiras manifestações declamatórias e cénicas; 2 — Motivos e cenário; 3 — Cronologia das representações teatrais; 4 — Prioridade e sentido do teatro jesuítico.

1. — O teatro foi introduzido no Brasil pelos colonos, que representavam nas igrejas, à moda portuguesa, os seus autos, arranjados ali mesmo, ou, mais provàvelmente, levados de Portugal. Os Portugueses já representavam autos no Brasil, quando os Jesuítas começaram os seus. Isto, novidade para muita gente, é certo e ve-lo-emos adiante. Mas é igualmente certo que os Padres escreveram no Brasil as primeiras peças conhecidas e deram à arte dramática, na colónia nascente, o primeiro desenvolvimento e arranco.

No seu teatro, utilizavam os Jesuítas elementos indígenas, tirados uns da fauna, outros da etnologia. Pertence a esta categoria o temor dos Índios pelos *anhangas*, semelhante ao que o povo tinha na Europa pelos diabos e monstros fabulosos. Nestas representações primitivas, convém distinguir, desde já, duas espécies, segundo eram para as Aldeias ou para os Colégios: para as Aldeias, autos; para os Colégios, além de autos, havia comédias e tragédias, a denunciar preocupação estética, de estilo mais guindado ou, como veremos exprimir-se Aquaviva, «mais escolástico e grave». Como em todo o teatro verdadeiramente superior, também no do Brasil havia um escopo moral. Não era simples e fútil diversão. Sem descurar totalmente a arte, o que sobretudo preocupava os Jesuítas era a civilização cristã. Com espírito atento, aproveitaram, pois, o gôsto innato das camadas populares para as representações cénicas; e, com as suas alegorias, ensinando, agradando e deleitando, atraíam ou regeneravam o auditório, tanto indígena como colonial. Por esta feição popular dos autos sacros se explica, até, com facilidade, a intervenção nêles de músicas, danças e cantares.

Os Padres do Brasil já tinham, para estas representações, o exemplo dos Colégios Portugueses. Numa festa, dada em 1570 ao Rei D. Sebastião e ao Cardial Infante, no átrio do Colégio de Coimbra, havia, entre as alegorias, uma alusão ao Brasil, para que a êle se estendesse também o século de oiro. «In secundo [theatro] tria flumina, Ganges Indiae nomine, Nilus Aethiopiae, *Ianuarius Brasiliae*, rogarunt in eas regiones extenderet potentiam ut aurei saeculi forent participes» [1].

As primeiras peças do teatro brasileiro escreveram-se em português, tupi e castelhano; o latim veio mais tarde. No sul, misturava-se português e tupi; quando havia hóspedes espanhóis, intervinha o castelhano; em geral, predominava o português. Na Capitania de Pernambuco, no período brilhante de 1573-1575, as peças eram na língua da metrópole. E em português deve ter sido, também, a própria tragédia do *Rico Avarento e Lázaro Pobre*; se fôsse em latim, não se explicariam as conversões retumbantes, que produziu, e o agrado de todos. A introdução da língua latina veio urgida pela regra de a falar, que tinham os estudantes; as representações eram, de-facto e fundamentalmente, uma aplicação escolar dos seus estudos humanistas. A introdução do latim, não foi, contudo, espontânea, antes encontrou resistência passiva. Chegaram-nos ecos dela. À pressão de Roma e à dificuldade prática de cumprir a regra, se deve atribuir, até, a escassez de notícias oficiais sôbre as representações do fim do século. Evitavam-se tais notícias para não virem de Roma observações restritivas. Prolongou-se o debate alguns anos. No Brasil, propugnavam pelo português; em Roma, urgiam a língua clássica. O debate é instrutivo pelas informações subsidiárias que encerra: modo das representações, mordomos, gastos, indumentária, etc.

---

1. António Franco, *Synopsis, anni 1570*, 19. Do teatro latino do P. António Cruz, impresso em Lyon, em 1605, diz Brucker: « Ces pièces, qui s'éloignent délibérément des formes classiques, sont remarquables par l'originalité du plan, la vigueur des pensées et l'action vraiment dramatique ». — Joseph Brucker, *La Compagnie de Jésus* (Paris 1919) 502.

Em 6 de Setembro de 1584, pedia o P. Visitador, Cristóvão de Gouveia, que se adoçasse a regra do latim e se fizessem as representações, ao menos em parte, na língua portuguesa. ¿Porquê? Porque, do contrário, não se entendem e é um desconsôlo para os ouvintes. Tanto mais, acrescenta êle, que até então sempre se usava assim[1]...

Infere-se, pois, como primeira conseqüência, que até 1584, além de serem em português, as representações não tinham carácter estritamente pedagógico, visto assistir o povo, susceptível de se desconsolar, se as não entendesse. O P. Geral, respondendo a Cristóvão de Gouveia, consentiu no uso da língua vernácula nos *Diálogos;* não, porém, nas *Tragédias* e *Comédias*, por serem, como aludimos antes, «coisas mais escolásticas e graves»[2].

As festas dos Colégios, que gozavam de repercussão mais geral e externa, eram as das Confrarias das Onze-Mil-Virgens ou Congregações de Nossa Senhora, dos Estudantes. Os mordomos, pessoas de fora e de categoria, tinham a peito que fôssem luzidas, deslumbrantes e solenes: Sem representação teatral tudo parecia insípido!

Marçal Beliarte expõe, assim, o caso no seu *Memorial* de 1594:

«A Confraria de Nossa Senhora dos Estudantes anda sempre nas pessoas principais da terra, como o Bispo, etc. Êstes querem que no dia da festa lhes façam *algumas representações* e sem isto *vix* [apenas] a querem aceitar; e, por mais que da nossa parte sempre nos escusamos, sempre se lhes concedeu, até agora». Reparemos neste *sempre* e na data, 1594. Beliarte incumbia, portanto, o Procurador a Roma de saber como havia de proceder, «porque, por outra parte, parece que são necessárias, assim para achar mordomos, que lhe deem lustre como para ajudar o pouco que a terra ajuda às coisas de devoção, porque nelas há grande número de gente e, com isso, grande número de confissões e comunhões e nós não pomos de nossa casa mais *que fazer a obra e ensaiá-la*, que o gasto o fazem os mordomos. *Item,* se deve permitir pelas mesmas causas fazer-se

---

1. Cristóvão de Gouveia, *Lus. 68*, 403v.
2. Carta do P. Aquaviva, de 10 de Agôsto de 1585, *Bras.* 2, 56.

na Igreja algumas *obrazinhas* devotas, como já se fizeram e com proveito espiritual do próximo».

Enunciam-se, aqui, duas espécies de peças: umas de mais envergadura, que os Jesuítas se encarregavam de fazer e ensaiar, e outras menores e de carácter pio, para as igrejas. Vislumbra-se também, no encarecimento do fruto religioso, a vontade do P. Beliarte para que a resposta de Roma fôsse favorável. A resposta não foi tão larga, como se pretendia, mas também não foi uma recusa formal, a não ser quanto à representação dentro do templo. «O gasto nestas coisas — responde-se — modere o Provincial, ainda que o façam os mordomos; e veja o que se representa seja coisa pia e boa e não se represente na igreja»[1].

No Brasil, os Jesuítas, como bons portugueses e como auscultadores directos da terra, conheciam o gôsto dos colonos e índios pelos espectáculos; Roma limava-o e restringia-o. Dois anos depois, a 13 de Fevereiro de 1596, o P. Geral chama a atenção do Provincial do Brasil, por ter consentido comédias e tragédias, sem o avisar; e proíbe que assistam mulheres às representações da Congregação dos Estudantes. Porque, escreve êle, «se queriam muitas confissões e comunhões, prepare-se um bom sermão»[2]. A 27 de Agôsto dêsse mesmo ano, queixa-se, outra vez, de que não há emenda nem se modera e reduz o teatro no Brasil ao costume da Companhia. Se as pessoas de fora o tomam em ponto de honra, não convém, insiste êle, que os Padres se deixem levar[3].

Ora, tais recomendações deviam ser muito mal cumpridas no Brasil, porque, em 1610, o Visitador Manuel de Lima insiste, de-novo, que se cumpram. ¿Que quere dizer tudo isto? Que a influência do meio era superior a tôdas as determinações legais.

Nos Colégios, representavam-se tragédias e também entremezes; êstes últimos proïbiu-os o referido Visitador, em 1610. As tragédias representavam-se fora das aulas: que seja dentro, manda êle.

O *Ratio Studiorum* proïbiu os papéis de mulher nestas peças.

---

1. *Bras.* 2, 82v, 144.
2. *Bras.* 2, 90v.
3. *Bras.* 2, 91v.

Mas fêz-se excepção para as Santas Virgens; e parece até que os estudantes se vestiam com trajos femininos, porque o Visitador recomenda: «nas obras, que se fizerem, não se vistam moços como mulheres, mas como ninfas, alevantando a roupa um palmo do chão»[1]...

¿Cumprir-se-iam à risca estas ordenações? Vê-lo-emos, a tempo. Por agora, vejamos o que se fêz até ao começo do século XVII. A-pesar da mudez da correspondência, as representações teatrais não se interromperam nunca. Os seus autores e ensaiadores eram, em geral, professores de Humanidades. Pena foi que se perdessem quási tôdas estas primeiras manifestações da arte dramática no Brasil. O facto de se introduzir a causa do Padre José de Anchieta fêz que se recolhessem os seus escritos, como ordenam os cânones neste caso; salvaram-se assim do esquecimento alguns vestígios do teatro do século XVI, atribuindo-se a êste ilustre jesuíta tudo o que se encontrou. Mas a recolha foi tardia. E é sabido que os diversos Professores, como ainda hoje se usa com freqüência, reüniam nos seus cadernos privativos as composições uns dos outros para as utilizarem ou glosarem, chegada a ocasião. ¿Será possível deslindar, com absoluta certeza, se o conteúdo dos cadernos de Anchieta é exclusivamente seu? Pelo menos, no que se refere ao *Auto de São Lourenço*, que é o principal, há fundamento sólido para admitir a autoria ou intervenção de Manuel do Couto, como veremos.

2. — Os motivos para estas exibições declamatórias ou cénicas eram diversos, conforme as circunstâncias: recebimento de personagens oficiais da Ordem ou de fora dela, Prelados e Governadores; encerramento do ano escolar e distribuíção de prémios, festas dos oragos ou padroeiros; recepção de relíquias insïgnes ou imagens valiosas, etc.

Como espécime, transcrevamos esta poesia, que une ao pensamento teológico da graça, uma sugestão eucarística, do mais puro lirismo e há-de figurar um dia nas antologias brasileiras:

---

[1]. Visita do P. Manuel de Lima, 1610, Biblioteca Vitt.º Em., *Gesuitici*, 1255, n.º 14, f. 3, 5v, 6, 7, 9.

A SANTA INEZ
Na vinda de sua imagem

Cordeirinha linda,
Como folga o povo,
Porque vossa vinda
Lhe dá lume novo.

Cordeirinha santa,
De Jesus querida,
Vossa santa vida
O Diabo espanta.
Por isso vos canta
Com prazer o povo,
Porque vossa vinda
Lhe dá lume novo.

Nossa culpa escura
Fugirá de-pressa,
Pois vossa cabeça
Vem com luz tão pura.
Vossa fermosura
Honra é do povo,
Porque vossa vinda
Lhe dá lume novo.

Virginal cabeça,
Pela fé cortada,
Com vossa chegada
Já ninguém pereça;
Vinde mui de-pressa
Ajudar o povo,
Pois com vossa vinda
Lhe dais lume novo.

Vós sois cordeirinha
De Jesus Fermoso;
Mas o vosso Espôso
Já vos fêz Rainha.
Também, padeirinha
Sois do vosso povo,
Pois com vossa vinda,
Lhe dais trigo novo.

Não é de Alentejo
Êste vosso trigo,

Mas Jesus amigo
É vosso desejo.
Morro, porque vejo
Que êste nosso povo
Não anda faminto
Dêste trigo novo.

Santa Padeirinha,
Morta com cutelo,
Sem nenhum farelo
É vossa farinha.
Ela é mezinha
Com que sara o povo
Que com vossa vinda
Terá trigo novo.

O pão, que amassastes
Dentro em vosso peito,
É o amor perfeito
Com que Deus amastes
Dêste vos fartastes
Dêste dais ao povo,
Porque deixe o velho
Pelo trigo novo.

Não se vende em praça
Êste pão da vida,
Porque é comida
Que se dá de graça.
Ó preciosa massa!
Ó que pão tão novo,
Que com vossa vinda
Quer Deus dar ao povo!

Ó que doce bôlo
Que se chama graça!
Quem sem ela passa
É mui grande tolo,
Homem sem miolo
Qualquer dêste povo
Que não é faminto
Dêste pão tão novo [1].

---

1. Acha-se nos Cadernos de Anchieta, *Opp. NN. 24*, f. 16v e no Caderno da Postulação, f. 27v; Fr. Rodrigues, *A Formação*, 228-230; Cabral, *Jesuítas no Brasil*, 162-165.

O local para as representações assumia tríplice feição, segundo a natureza do facto que se celebrava. Umas vezes, era a sala grande de estudos nos Colégios, e então era já o palco embrionário dos teatros modernos; outras vezes, a praça pública, em forma quer concentrada quer dispersiva, distribuindo-se, neste caso, certas personagens pelo trajecto dalgum cortejo, falando os actores das janelas, à proporção que o cortejo avançava; outras ainda, as Aldeias dos Jesuítas. E é nelas precisamente que o cenário tem mais originalidade na sua candura nativa, ao ar livre: um palanque, umas cortinas singelas a servir de pano de bôca... e como fundo, não pintado, mas real, a floresta virgem, exuberante, com as suas árvores serenas, frondosas e altivas, decoradas, pela natureza, de parasitas multicolores, aves variegadas, e cipós seculares, ambiente maravilhoso e maravilhado, com o movimentado da cena e da linguagem nova, que diziam, por si ou pela voz dos naturais da terra, aquêles Padres da Europa...

3. — Eis a cronologia das peças ou representações teatrais no século XVI, de que pudemos alcançar notícia [1].

AUTO DE SANTIAGO (1564). — Na Aldeia de Santiago, da Baía, a 25 de Julho. «Deixei de referir, diz António Blasques, um *auto* que fizeram *do glorioso Santo Iago*, mui devoto, e o regozijo e prazer com que se passou aquêle dia, porque, com serem passa-tempos de gente de fora, não faz tanto ao nosso propósito relatá-los» [2].

O ser passa-tempo de gente de fora, se dispensava a narração, não exclue a hipótese de ser o auto arranjado pelos Padres. De-facto, era «mui devoto»; e a Aldeia, onde se representava, era dêles. Aliás, o facto seguinte prova que já se representavam

---

1. Não incluímos nela o *Diálogo* sôbre a *Conversão do Gentio*, que escreveu o P. Nóbrega, com personagens reais: Gonçalo Alves e Mateus Nogueira. Vem publicado nas *Cartas do Brasil*, págs. 229-245. O P. Luíz Mesquita escreveu, também, um *Diálogo*, onde entra um Irmão da Companhia e o seu Anjo da Guarda. O Anjo ensina ao Irmão o que deve fazer para cumprir as regras. Depois de sua morte († 1 de Nov. 1574), o Provincial leu-o àcomunidade, *Bras. 15*, 251v ; *Fund. de la Baya*, 31v (107). Não está no Arquivo Geral.

2. *CA*, 425.

autos portugueses no Brasil, quando se compôs o *Auto da Prègação Universal*.

AUTO DE PRÈGAÇÃO UNIVERSAL (1567-1570). — Mandado fazer por Manuel da Nóbrega a José de Anchieta, agora sim, com o fim expresso de « substituir alguns abusos que se faziam com autos nas igrejas ». Por isso Nóbrega « fêz, um ano, com os principais da terra, que deixassem de representar um que tinham, e mandou-lhes fazer outro por um Irmão, a que êle chamava *Prègação Universal* ». Representou-se, primeiro, em Piratininga e depois, em S. Vicente, no dia 31 de Dezembro, véspera da grande festa da Companhia de Jesus (Circuncisão). Escrito em português e tupi, motivo, diz Pero Rodrigues, por que se juntou tôda a Capitania para assistir. Daí, também, o nome, sendo entendido *por todos*, de Prègação *universal*. Durou três horas. Sucederam, aqui, os graves ameaços de chuva que não chegou a cair, tranqüilizando Anchieta os espectadores. « Esta [*Prègação Universal*] se fêz em muitas partes da costa, que com esta ocasião se confessavam e comungavam » [1].

É a primeira peça do teatro brasileiro, escrita no Brasil. Compôs-se, talvez, depois da Campanha do Rio (1567) e antes, com certeza, do falecimento de Nóbrega (1570).

DIÁLOGO (1573). — Em Pernambuco, no dia 2 de Fevereiro. Por ocasião da ida do Dr. Salema ao Colégio de Olinda [2].

ÉCLOGA PASTORIL (1574). — Em Pernambuco. « No princípio do curso » (2 de Fevereiro ?). « Fêz-se com muita graça, de que ficaram todos satisfeitos » [3].

TRAGÉDIA DO RICO AVARENTO E LÁZARO POBRE (1575). — Em Pernambuco, na conclusão do curso (Dezembro ?). « No fim dos estudos, representou-se uma muito boa tragédia sôbre a *História do Rico Avarento e Lázaro Pobre*. Fêz-se com grande aparato. Causou muita devoção em todos. Homem houve, que tanto entrou em si com a representação desta obra, que prometeu dar, cada ano, por amor de Deus, mil cruzados, receando que lhe acontecesse o que ao rico avarento » [4].

---

1. Anch., *Cartas*, 476 ; Quirício Caxa, *Breve Relação*, 14 ; Pero Rodrigues, *Anchieta*, em *Annaes*, XXIX (1909) 210 ; Vasc., *Anchieta*, 26-27.
2. *Fund. de Pernambuco*, 64 (17).
3. *Ib.*, 67v (32-33).
4. *Ib.*, 70v (45).

Talvez seja a mesma que se representou, seis anos antes, no Pátio da Universidade de Évora, em homenagem a El-Rei e ao Cardial Infante. El-Rei D. Sebastião assistiu com tanto gôsto «que quási sempre estêve de pé, para ver melhor»[1].

ÉCLOGA PASTORIL (1576). — Em Pernambuco. No recebimento do Bispo D. António Barreiros, chegado em Maio. Depois dos Discursos, houve «uma *écloga pastoril*, acomodada à terra»[2].

Um AUTO (1578). — Em Pernambuco, pelos estudantes. Refere-se o facto, sem mais explicações[3].

TRAGICOMÉDIA (1581). — Na Baía, no dia da trasladação das Onze-Mil-Virgens[4]. Não se diz o nome da tragicomédia. É lícito supor que fôsse sôbre o objecto da festa, *Santa Úrsula* ou as *Onze-Mil-Virgens*.

AUTO DAS ONZE-MIL-VIRGENS (1583). — No ano de 1583, chegou Cristóvão de Gouveia à Baía, levando como secretário a Fernão Cardim.

Conta êste: «Trouxe o Padre uma cabeça das Onze-Mil--Virgens, com outras relíquias engastadas em um meio corpo de prata, peça rica e bem acabada. A cidade e os estudantes lhe fizeram um grave e alegre recebimento: trouxeram as santas relíquias, da Sé ao Colégio, em procissão solene, com frautas, boa música de vozes e danças. A *Sé*, que era um estudante ricamente vestido, lhe fêz uma fala, do contentamento que tivera com sua vinda; a *Cidade* lhe entregou as chaves; as *outras duas Virgens*, cujas cabeças já cá tinham, a receberàm à porta de nossa igreja; *alguns anjos* as acompanharam, porque tudo foi a modo de diálogo. Tôda a festa causou grande alegria no povo, que concorreu quási todo»[5].

---

1. Franco, *Imagem de Évora*, 36; Id., *Synopsis, an. 1570*, p. 20; Fr. Rodrigues, *A Formação*, 467. Dá notícia dêste teatro Pereira da Costa in *Rev. de Historia de Pernambuco*, Ano 2.º, n.º 8, p. 301-304, onde refuta Sacramento Blake, que atribuíu a Bento Teixeira, sem provas, a autoria da presente tragédia.

2. *Fund. de Pernambuco*, 72v (56).

3. Luiz da Fonseca, Ânua de 1578, *Bras. 15*, 304v: «ab eis hoc anno pia actio in theatrum data est».

4. Carta de Anchieta, de 1 de Janeiro de 1582, *Bras. 15*, 326v.

5. Fernão Cardim, *Tratados*, 287. A Ânua de 1583 enumera, além do *Anjo Custódio da Cidade* as figuras da *Devoção*, da *Paz* e da *Castidade*: «Sacrae sanctorum reliquiae ad nos hoc anno missae ex sede huius urbis ad templum nostrum

Auto Pastoril (1583). — Na Aldeia do Espírito Santo (Abrantes), no dia 2 de Julho. Na primeira visita do P. Cristóvão de Gouveia: «Outros saíram com uma dança de escudos à portuguesa, fazendo muitos trocados e dançando ao som da viola, pandeiro e tamboril e frauta, e juntamente representavam um breve diálogo, cantando algumas cantigas pastorais. Tudo causava devoção debaixo de tais bosques, em terras estranhas, e muito mais por não se esperarem tais festas de gente tão bárbara. Nem faltou um *Anhanga, scilicet*, Diabo, que saíu do mato; êste era o índio Ambrósio Pires, que a Lisboa foi com o Padre Rodrigo de Freitas. A esta figura fazem os Índios muita festa, por causa da sua formosura, gatimanhos e trejeitos que faz; em tôdas as suas festas metem algum Diabo, para ser dêles bem celebrada»[1].

Diálogo Pastoril (1584). — Na mesma Aldeia do Espírito Santo, em Janeiro, debaixo duma ramada. Representou-se, pelos Índios, um diálogo pastoril em língua brasílica, portuguesa e castelhana[2].

Diálogo (1584). — Em Pernambuco, em homenagem ao Visitador: «Os estudantes de Humanidades, que são filhos dos principais da terra, indo o Padre à sua classe, o receberam com um breve *diálogo*, boa música, tangendo e dançando muito bem, porque se prezam os pais de saberem êles esta arte»[3].

Mímica, música e coreografia!

Auto das Onze-Mil-Virgens (1584). — No dia 21 de Outubro, na Baía, na festa dos estudantes, que estava sob aquela invocação. «Saíu na procissão uma nau à vela por terra, mui formosa, tôda embandeirada, cheia de estandartes, e dentro nela iam as Onze-Mil-Virgens, ricamente vestidas, celebrando seu triunfo. De algumas janelas falaram a *Cidade*, *Colégio* e uns *Anjos*, todos mui ricamente vestidos. Da nau se dispararam alguns tiros de

---

solemni pompa et apparatu clero populoque comitante sunt delatae. Erant enim hoc tempore frondibus et floribus ornatae viae et ex utraque parte consistentibus figuris quae *devotionem, pacem, castitatem* et *Angelum urbis custodem* prae se ferebant, quae quidem sua oratione reliquias salutabant, felicemque urbis sortem laudibus praedicabant». — Anchieta, *Bras. 8*, 4v.

1. Cardim, *Tratados*, 292.
2. Cardim, *ib.*, 303.
3. Cardim, *ib.*, 329.

arcabuzes, e o dia de antes houve muitas invenções de fogo ; na procissão, houve danças e outras invenções devotas e curiosas. À tarde, se celebrou o martírio dentro na mesma nau, desceu uma nuvem dos Céus, e os mesmos *Anjos* lhe fizeram um devoto enterramento ; a obra foi devota e alegre, concorreu tôda a cidade por haver jubileu e prègação » [1].

DIÁLOGO DA AVÈ-MARIA (1584). — Na Capitania do Espírito Santo, dia da Imaculada Conceição (8 de Dezembro). « Breve diálogo e devoto sôbre cada palavra da Avè-Maria ; e esta obra, dizem, compôs o P. Álvaro Lôbo e até ao Brasil chegam suas obras e caridade » [2].

AUTO DE S. SEBASTIÃO (1584). — No Rio de Janeiro, depois do Natal, « uma das oitavas, à tarde ». Recebia-se a relíquia de S. Sebastião, que trazia o Visitador, com grandes festas : « Estava um teatro à porta da Misericórdia com uma tolda de uma vela, e a santa relíquia se pôs sôbre um rico altar, emquanto se representou um devoto diálogo do martírio do santo, em coros e várias figuras muito ricamente vestidas ; e foi asseteado um moço, atado a um pau. Causou êste espectáculo muitas lágrimas de devoção e alegria a tôda a cidade, por representar, muito ao vivo, o martírio do santo, nem faltou mulher que não viesse à festa » [3] ...

AUTO DE S. LOURENÇO (1586). Simão de Vasconcelos conta que o Irmão Manuel do Couto preparou, na Aldeia de S. Lou-

---

1. Cardim, *Tratados*, 337. Parece um pouco diferente do Auto de 1583. Das janelas não falaram *à* cidade, Colégio e Anjos, como anda impresso por lapso ; a cidade, Colégio e Anjos, figuras alegóricas, é que falaram *ao* povo. A Ânua de 1584, narrando êste espectáculo, a morte das Santas Virgens e como os Anjos cantavam o triunfo do martírio, diz que isto se representou tão ao vivo « ut nec spectatores cohibere possent lacrymas nec actores ». A nau, que trazia as Virgens, tinha oito rodas de madeira, ocultas, *Ann. Litt. 1584*, p. 143.

2. Cardim, *Tratados*, 340. Teófilo Braga dá a entender que Álvaro Lôbo foi ao Brasil. « Na missão do Brasil, seguiu o exemplo de Anchieta », *Eschola de Gil Vicente* (Pôrto 1908) 335. O P. Álvaro Lôbo era natural de Traz-os-Montes. Não estêve no Brasil. Foi o primeiro cronista da Província de Portugal. Faleceu em Coimbra, a 23 de Abril de 1608. — Franco, *Ano Santo*, 216.

3. Cardim, *Tratados*, 346-347. Cardim não perdeu a boa oportunidade : « Acabado o Diálogo, por a nossa Igreja ser pequena, lhes prèguei, no mesmo teatro, dos milagres e mercês que tinham recebido dêste glorioso mártir na tomada dêste Rio ».

renço, uma *comédia* em louvor do santo, a que acudiu muito povo. Não se adianta mais nada, nem se refere o ano [1]. Personagens: além de S. Lourenço, S. Sebastião, Anjo, Décio, Diocleciano, há as figuras alegóricas do Amor e do Temor de Deus; e as de Guaxará [2], Aimbiré, Saravaia, etc. O *Auto de S. Lourenço* é em português, castelhano e tupi, e encontra-se no Caderno de Anchieta, copiado por êle-próprio [3]. O que não prova seja êle necessàriamente o autor, pelas razões indicadas. É possível que se representasse mais de uma vez, e houvesse acomodações e até intervenção de mais de um autor. A de Manuel do Couto parece-nos incontestável, pelo menos na parte portuguesa. A fala do *Anjo* com as figuras do *Amor* e *Temor de Deus*, já depois de S. Lourenço estar na tumba, é um verdadeiro primor literário e do mais fino vernáculo:

  Dois fogos trazia na alma
  Com que as brasas resfriou,
  E no fogo em que se assou,
  Com tão gloriosa palma,
  Dos tiranos triunfou.

  Um fogo foi o *Temor*
  Do bravo fogo infernal;
  E como servo leal
  Por honrar a seu senhor
  Fugiu da culpa mortal.

  Outro foi o *Amor* fervente
  De Jesus, que tanto amava,
  Que muito mais se abrasava
  Com êste fervor ardente
  Que c'o fogo em que se assava.

  Deixai-vos dêles queimar
  Como o mártir S. Lourenço
  E sereis um vivo incenso
  Que sempre haveis de cheirar
  Na côrte de Deus imenso [4].

---

1. «Era dia de S. Lourenço celebrauase a sua festa em huma Aldea, distante huma legoa da outra parte da Cidade; o Irmão Manoel do Couto tinha preparado huma comedia, em louvor do Santo, a que acudio todo o pouo». — Vasc., *Anchieta*, 267.

2. Guaxará, segundo Vasconcelos era um índio poderoso de Cabo Frio, que capitaneava 100 canoas contra os Portugueses, de que era inimigo, sendo vencido (Vasc., *Crón.*, III, 96-97).

3. *Opp. NN. 24*, 60. O 2.º acto, tupi, torna a vir apontado a f. 135, com ligeiras variantes.

4. Afrânio Peixoto em *Primeiras Letras*, 143 ss., publicou longos excerptos dêste auto, sob o título de *Jesus na festa de S. Lourenço*, segundo a versão de Arinos — Melo de Morais, por onde se vê o desenrolar do drama. Cf. *Cantos do Padre Anchieta* na língua tupi com tradução, artigos publicados pelo Dr. Baptista Caetano de Almeida Nogueira na secção «Sciências, Letras e Artes» do «Diário Official» de 11, 12, 13, 14 e 15 de Dezembro de 1882. Reprodução acompanhada dum prefácio de Basílio de Magalhães, na *Rev. do Inst. Hist.*, 84 (1918)

Auto da Vila da Vitória ou de S. Maurício (1586). — A embaixada, que veio ao Brasil buscar os Jesuítas para a Missão do Tucumã e do Paraguai, chegou à Capitania do Espírito Santo a 20 de Agôsto de 1586 e ficou até 4 de Outubro, expressamente para passar as festas de S. Maurício (22 de Setembro). Ora uma das personagens do auto é o *Embaixador do Paraguai*. Aquela circunstância pode explicar esta personagem e fixar a data da representação. Outras personagens: a *Vila da Vitória* (capital do Espírito Santo), o *Govêrno, S. Maurício, Vítor, Amor* e *Temor de Deus,* a *Ingratidão*, etc. Em português e castelhano [1].

Diálogo de Guaraparim (1587). — Recebimento que fizeram os Índios de Guaraparim, Aldeia da Capitania do Espírito Santo, ao Padre Marçal Beliarte, Provincial. Em português e tupi. Personagens: três Índios, dois Diabos e o *Anjo da Aldeia* [2].

Drama de Assuero (1589). — Representado na Baía, na festa dos estudantes (Santa Úrsula e Companheiras Mártires, 21 de Outubro). Tinham precedido grandes e extraordinários fogos de artifício, com os quais e com o tocar festivo dos sinos exultava o povo; depois, simulacro de guerra entre cavaleiros, com pré-

---

561-608; Melo de Morais Filho, *O Theatro de Anchieta no Archivo do Districto Federal*, IV, págs. 142-148; Eugénio Vilhena de Morais, *Qual a influência dos Jesuítas em nossas letras?* (Rio 1914) 29-36. Fr. Rodrigues publicou a fala do Anjo com o Temor de Deus *(A Formação,* pág. 483). Com o nome de Manuel do Couto houve no Brasil dois Padres: um (senior) de Vila Nova de Alvito; outro (junior) de Ervidel, ambos do Alentejo. Trata-se dêste último, que em 1586 estava efectivamente na Aldeia de São Lourenço e era estudante do curso de Artes, recebendo depois o grau de mestre *(Bras. 5*, 29, 36v). Manuel do Couto (junior) só se ordenou em 1592 *(Bras. 15,* 409v). Estêve nas Aldeias, foi professor nos Colégios e Reitor de Pernambuco (patente de 29 de Abril de 1623), *Hist. Soc. 42*, 13; ib. 62, 60.

1. *Opp. NN. 24*, 109v: *Entra a villa da | Victoria passeando,* mas algumas fôlhas antes está: *Sathanaz a Lucifer | antes que tente a S. Mauricio,* em português e castelhano. Quem fizer a edição crítica destas obras, terá que averiguar se pertence ou não a êste auto. Francisco Rodrigues publicou uns trechos do diálogo entre o Govêrno (em português) e a Vila de Vitória (em castelhano). Cf. *A Formação,* 478-482.

2. *Opp. NN. 24*, 21-24; Afrânio Peixoto, *Primeiras Letras*, 92-104; Fr. Rodrigues, *A Formação*, 477.

mios aos vencedores; e, no intervalo, a *História de Assuero* representou-se com perfeição: «fuit a nostris discipulis pulcherrime acta»[1].

ESPECTÁCULOS (1596). — Em Pernambuco, a-propósito-de festas religiosas. Sem mais indicações[2].

AUTO DA VISITAÇÃO (1598?). — Escrito por Anchieta, durante a última doença. Em castelhano. Personagens: *Nossa Senhora, Santa Isabel, Anjo, Romeiro* e quatro companheiros. Não consta que se representasse[3].

4. — Não se conserva tôda a correspondência dos Jesuítas do Brasil, perdida muita dela nas vicissitudes das travessias atlânticas, tempestades e piratarias. Mas dos documentos publicados e inéditos existentes, com que organizámos a lista anterior, tira-se suficientemente que, também nesta matéria, é digna de registo a actividade da Companhia de Jesus. Só na segunda metade do século XVII, surgirá um cultor do teatro, fora da Companhia — Manuel Botelho de Oliveira — que tentou introduzir o teatro espanhol no Brasil, com duas comédias suas, aliás não representadas: *Amor, engaño y zelos* e *Hay amigo para amigo*[4].

Os Jesuítas, por preocupação escolar, e muito por inclinação nacional portuguesa, empregaram esforços meritórios para o estabelecimento e manutenção do teatro, com o duplo intuito de cultivar o gôsto literário na Colónia e utilizar, na divulgação do Evangelho, o talento e a predisposição evidente dos Índios para o movimento oratório e para a música. Esta observação é de Ferdinand Wolf[5]. Há, porém, mais do que isto. No *Auto de São Lourenço*, o Anjo amarra o inimigo Saravaia, faz uma fala aos Índios, incita-os a aprender a doutrina cristã, e a honrar, quer

---

1. *Ann. Litt. 1589*, 462.
2. *Bras. 15*, 423v.
3. *Opp. NN. 24*, p. 206; no Arquivo da Postulação (19), pág. 233. Diz-se aí: «esta é a derradeira»...
4. Múcio da Paixão, *Do Theatro do Brasil*, na *Rev. do Inst. Bras.*, tômo especial, Parte V (Rio 1917), 679; Max Fleiuss, *O Theatro no Brasil*, no *Diccionario Historico*, II, pág. 1534.
5. «Les Jésuites répandirent et conservèrent donc par leur exemple la culture littéraire chez leurs compatriotes, et cherchèrent, comme missionnaires, à tirer parti des talents musicaux et oratoires des aborigènes». — Ferdinand Wolf, *Le Brésil Littéraire* (Berlim 1863) 8.

ao padroeiro da Aldeia de São Lourenço, onde se representava o auto, quer a São Sebastião, Patrono do Rio de Janeiro, cidade vizinha. Diz o Anjo:

> Dai-lhe tôda a atenção,
> Acabe-se o antigo rito,
> Não haja aqui mortandade,
> Acabem-se os feitiços,
> E o augúrio que vós tínheis
> Nas aves e feras do mato,
> Não adoreis a palmeira.
>
> Não façais mal a ninguém,
> Amai-vos entre vós-mesmos,
> Não sejais enredadores,
> Lembrai-vos dos vossos mortos,
> Não vos lembreis das ofensas,
> E não sejais invejosos,
> Não tireis frechas às gentes, etc.[1]

Apraz-nos fechar êste II Tômo da *História da Companhia de Jesus no Brasil* — e com êle o século XVI — reproduzindo tão singelos versos que concretizam algumas das mais nobres aspirações e conquistas da civilização: por um lado, a abolição de superstições e antropofagias; por outro, a implantação da lei do amor, a lembrança saüdosa dos que repousam na paz do túmulo, o sentido da lealdade, a reacção contra a inveja, o esquecimento das injúrias, a harmonia de todos: *não atireis frechas às gentes!*

Que alto e sereno pensamento de captação, oposta a violências escusadas! Ambiente, afinal, português e cristão, em que se formou e cresceu a grande nação brasileira.

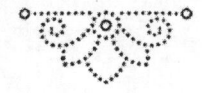

---

1. Cf. Afrânio Peixoto, *Primeiras Letras*, pág. 179. A tradução do tupi é do P. João da Cunha. Está num ou noutro ponto defeituosa em português, pelo que a corrigimos. Por exemplo: *Lembrai de vossos mortos / não lembreis das ofensas*, construção incorrecta. Afrânio Peixoto, na sua faina benemérita de divulgar os primeiros monumentos literários do Brasil, indica no prefácio o interêsse que tais publicações teem para a ciência literária em geral; e insinua, com razão, que o teatro jesuítico, ao mesmo tempo que educava e divertia os primeiros brasileiros, marcava o alvorecer da literatura no Brasil.

MARTÍRIO DE PEDRO DIAS E COMPANHEIROS

« P. Pedro Dias, Português, S. I., com 4 Companheiros que, pela Fé de Cristo, os hereges afogaram no mar, a caminho do Brasil. Ano de 1571, 13 de Setembro ».
(Ex Mathia Tanner — 1675)

Apêndices

ASSINATURAS AUTÓGRAFAS

Nóbrega, Luiz da Grã, Inácio de Azevedo, Pero Dias, José de Anchieta, Cristovão de Gouveia, Pero Rodrigues, Gonçalo de Oliveira, Simão de Vasconcelos, António de Araújo, Inácio Tolosa, Marçal Beliarte, Rodrigo de Freitas, Quirício Caxa, Luiz da Fonseca, Fernão Cardim.

APÊNDICE A

Representação ao Cardial Alberto, Arquiduque de Áustria (1584)

Serenissimo Principe

Por parte do prouincial e padres da Companhia do Brasil se expõe a V. A. que sendo ategora a dita Comp.ª fauorecida ẽ tudo polos Gouernadores e capitães daquellas partes: ao presente he m.to desfauorecida de algũs, e particularmẽte do gouernador Manoel Teles Barreto que por não ser afeiçoado a esta Religião como elle mesmo confessa e publica nem ter feito entendimẽto de seu modo de proceder, sem ẽbargo de S. Mde. lhe ter encomendado o fauor da Compª daquellas partes, elle a desfauorece e desacredita quanto pode por obras e palauras de tal modo q̃ os ditos padres e os com que comunicão e a conversão daq̃llas partes tão deseiada de S. Mde. padecem m.to detrimẽto. E deixando as particularidades notaueis q̃ ha nesta meteria pera seu tempo: não pode ficar ẽ silencio o caso que este verão passado aconteçeo naq̃llas partes. E he o seguinte.

Na Capitania dos Ilheos tem o collegio da Baya hũas terras onde Reside hũ padre da cõpanhia por nome Diogo Nunes com outro cõpanheiro da mesma cõpanhia. Socedeo que o capitão dos ditos Ilheos que se chama Lourenço Mont.o mãdou prender nas ditas terras hũ P.o Simões onde tão bem Residia por ser procurador do dito collegio. E por ser a dita prisão feita de noite os Indios do dito P.o Simões se aluoroçarão e abalarão os mais Indios da terra q̃ acodirão com armas e sahio ferido hũ dos homẽs q̃ hia cõ o Mejrinho: E porque P.o Simões mandou chamar o padre pera apaziguar a Reuolta e o fazer soltar pois o prendião Indiuidamẽte, acodindo o padre a tempo que já o meirinho e os demais q̃ com elle hião erão partidos e por não saber quẽ o leuaua se erão ladrões ou outra gente indomita daq̃llas partes se foi ẽ um barco com algũs Indios da terra polo Rio acima ate poder estar a fala com o dito P.o Simões. E tanto q̃ soube quẽ erão os que o leuauão se tornou pera casa muito quietamente. E sem ter caido na culpa do dito ferimẽto que falsissimamẽte o meirinho e os mais de sua cõpanhia lhe imposerão em hũ auto que o dito capitão sem temor da excomunhão da 18.ª clausula da bulla da cea fez cõtra o dito padre: o qual auto e testas tiradas cõtra o dito padre depois de pronunciar sentença mandou o gouernador como quẽ lhe enuiaua grande aluitre p.ª mais a seu saluo poder desacreditar a cõmp.ª. Divulgou logo o gouernador o caso pola cidade e procuraua q̃ o Reitor do collegio deitasse o dito padre fora da Comp.ª Sabido polo Reitor o que passaua, não se podendo persuadir q̃ tal cousa passasse na verdade, como o conhecimẽto do caso, em respeito do padre tocava ao eclesiastico, pedio ao Vig.ro geral daquellas partes que mãdasse inquirir juridicamẽte delle p.ª com a luz da verdade se prover como fosse justiça e seruiço de N. S.

Felo assy o dito Vigairo e mãdou tirar grande soma de test.ᵃˢ que manifestamente testeficarão a Innocencia do dito P.e e a falsidade de seus emulos que sem temor de Deus falsamẽte jurando o tinhão condenado por homecida, como se a uerdade não ouvesse de vir a luz.

Entendendo o Vig.ro o que passaua pola obrigação de seu officio mandou declarar o dito capitão nos Ilheos por encorrido na Excomunhão da Cea, e querendo fazer o mesmo na Se o gouernador lho impedio como consta da certidão q̃ se offerece. E como pesaroso de se saber a verdade e Innocencia do dito padre sospendeo ao escriuão que o Vig.ro mandou tirar as testemunhas e ao enqueredor priuou do ordenado que tem de S. M.de de modo que o dito gouernador se ha ẽ tudo o que se offerece cõtra os ditos Padres como parte e aduersario manifesto, sem da parte da Companhia haver causa algũa pera lhe elle mostrar tão ma vontade. Polo qual o deue V. A. ter por sospeito en todos os negocios tocantes a Comp.ª e como de tal tomar suas enformações e papeis.

E porque a original causa da auersão q̃ algũas pessoas do Brasil tem aos padres da Cõpanhia he irẽ-lhes a mão nas pregações e confissões as crueldades e iniustiças de que husão com os miseraueis Indios, parece que seria grãde seruiço de N. S. tomar V. A. resolução no negocio da liberdade delles, porque assi seçarião muitos escandalos e a cõversão daq̃llas partes yria ẽ m.to aumento.

E como o caso referido seia tal que não podera deixar de chegar as orelhas de V. A. pintado e corado com as côres q̃ costumão dar os que do falso querem fazer verdad.o, e da virtude vicio, a fim de desacreditar a Comp.ª, que na verdade serue a N. S. e a S. M.de desenganadamente como he notorio e o testificão os que não são mouidos por paixão, P. a V. A. que avendo a tudo respeito e as leis naturais diuinas e humanas que prohibem ser nenhũ condenado sem ser ouvido, aja por bem de dar ordẽ como de nenhũs papeis que seião uindos ou uierem daquellas partes contra os ditos padres se tome conhecimento sen se dar uista ao procurador geral da dita Comp.ª que reside no Collegio de Santo Antão e sem ser ouvido porque mostrara por papeis autenticos e enformações verdadejras e sem sospeita, a verdade do que passa p.ª V. A. mandar prouer em tudo como Julgar ser maior seruiço de N. S. E de S. M.de E. R. J. E M.

[Fora] *Brasil 1584. Memoriale ad Regem contra administratorem publicum.*

[*Lus. 68*, 396-396v].

APÊNDICE B

Copia da certidão que deu o Vigairo Geral do Brasil em fauor do padre dos Ilheos (1584)

Certifico eu Sebastião da Luz Chantre da See da Cidade do Saluador da Baya de todolos Santos, Vigairo geral e prouisor em todo este bispado, etc. que determinãdo eu de mãdar declarar na dita See por excomũgado da bulla da Cea do Sôr a Lourẽço Mõteiro capitão da villa dos Ilheos e a Pero de Saldanha escrivam como ja o tinha na minha prouisão mãdado que se fizesse na dita villa dos Ilheos por averẽ feito processo em causa crime contra o Padre Diogo Nunes sacerdote da Comp.ª de Jesu que residia na Ilha de Boipeba, como pello auto contra elle feito me constou, o deixej de fazer nesta cidade por arrecear mores escandalos, se o fizesse. Por quanto o Gouernador Manuel Teles Barreto me mãdou fazer grandes protestos sobre o caso pollo seu seruidor Sebastião Cauallo e outros officiaes e por auer tirado o officio ao escriuão q̃ eu mãdei a requerim.º dos Padres da dita Comp.ª a fazer diligencia e tirar testemunhas sobre a culpa q̃ ao dito Padre Diogo Nunes falsam.te impunhão, e por me dizerẽ q̃ o dito Gouernador dizia que o punhão a risco, se o cura lesse a tal declaratoria na See de o botar do pulpito abaixo pelas orelhas. E que todos os dias santos avia de ir a See ainda que não ouvesse pregação para q̃ em sua ausencia se não lesse a dita carta. Pollas quaes rezões achei que era mais acertado e mais serviço de Deus não mãdar fazer nesta cidade a tal declaração, visto que estamos mui longe de S. M.de e em parte onde os Gouernadores podẽ fazer o q̃ quiserẽ, e que não esta presente o Senhor Bispo Dõ Antonio Barreiros que isto podera remediar. E que agora bastaria serẽ os taes declarados por escomũgados na dita sua capitania dos Ilheos como de feito tenho por minha prouisão mãdado. Assi o certifico e affirmo dada nesta cidade do Saluador aos 18 dagosto de 1584. Sob meu signal. Belchior da Costa, Escriuão do Ecclesiastico a sobescreui.

Sebastião da Luz.

[*Lus.* 68, 396v-397]

APÊNDICE C

Representação de Luís da Fonseca a El-Rei (1585)

✝

IESUS

Snñor

  Quando o Padre Christouão de Gouuea ueo uisitar os Collegios e casas da Comp.ª desta Prouincia do Brasil foi beijar a mão a V. Mag.de nos paços da Ribeira de Lxª, e lhe encomendou lhe escreuesse o q̃ lhe parecesse necessario ao seruiço de Ds̃ e seu, e bem deste estado o q̃ elle tem feito. E porq̃ foi uisitar as Capitanias da banda do Sul, não pode agora fazer o q̃ lhe V. Mg.e encomendou, e pello cargo q̃ tenho de Rector do Collegio da Baya, me pareceo q̃ deuia responder aos bons deseios de V. Mg.e auendo tanta necessidade de ser bem informado das necessidades q̃ qua ha, e se uão acrescentando por falta dos ministros q̃ a gouernão; e se cedo não ouuer ēmenda auerá notaueis perdas. Antre o Gouernador, e o ouuidor Geral q̃ cõ elle veo ouue tantas differenças q̃ o Ouui.or se foi pera Pernambuco, donde não uirá em seu tempo como V. Mg.e terá entendido. Fez o G.dor Ouuidor desta cidade a hũ mancebo q̃ ueo degradado porq̃ não tem q̃ perder, nem espera mais q̃ o que pode adquirir com seu officio; leua assinaturas como Ouuidor geral, e despacha cõ o Gouernador as appellações q̃ uem das outras Capitanias; de maneira q̃ ha duas alçadas, e muyta falta de hũa casa de Rolação com bons letrados. Fazem-se muytos agrauos, e matam-se homens muy cruelmente, e espancão e tratão mal os officiais da Iust.ª sem auer ēmenda nem castigo, e não faltão murmurações e queixumes de não darem as partes os agrauos pera a mor alçada. Os officiais da fazenda de V. Mg.e tem quá toda a alsada e não são letrados. Os Almox.es e tysoureiros entrão nos cargos sem terem nada, e com elles fazem engenhos e grossas fazendas, e ficão devendo muytos mil cruzados, e tem meos pera não pagarem em muytos annos, e os officiais de V. Mg.e dizem q̃ não tem com que se façam as obras de seu seruiço, nem com q̃ se pague o q̃ V. Mg.e manda dar aos q̃ o seruẽ no bem das almas com q̃ desemcarregão a consciencia de V. Mg.e. Os mercadores de q̃ se prouem os moradores, pera os engenhos e fazendass e conseruarem e augmentarem, são tão maltratados q̃ não ousão ter o comercio q̃ dantes tinhão, pello q̃ as faz.das se uão notauelmente diminuindo. E os engenhos deixão de fazer asuqre. Fizerãose officiais com ordenados e tomarãose mais de trĩta homẽs de guarda pera acompanharem o Gouernador, e fazēse outras despesas a custa da faz.ᵈᵃ de V. Mg.ᵉ bem desnecessarias. No sertão são mortos muytos moradores pellos Indios que trazem por força e enganos. Está a terra despouoada, até duzentas e trezentas legoas, tem trazidos muytos milhares de Indios e pellos captiuarē, e uenderem apartando as molheres dos maridos, e os filhos dos pays, com tristeza, mao tratamento, e mudança das terras logo morrem, ou fogem, e se os puserão em pouações junto as fazendas, e engenhos dos m.ᵒʳᵉˢ conseruarãose e augmentarãose os indios, e as fazendas, q̃ cada dia se uão perdendo e despouando os engenhos cõ mortes de myitos moradores e escrauarias q̃ continuamēnte matão e comem outros indios q̃ nunqua tiuerão conuersação nem paz com os portugueses, nem soyão de ser uistos enquanto a faldra do mar esteue pouada de Indios cõ q̃ os moradores tinhão paz e fazião suas fazendas; e pellos despouarem uierão estes q̃ agora destruem a terra, e porq̃ não tem pouoações, nem fazẽ mantimentos, sempre andão nos matos; sostentão-se com frutas e cassa, e carne humana e sem serem uistos matam quantos achão, pello q̃ lhes uão largando os engenhos, e fazendas e elles crecendo em numero, e crueldade, e não ha outro remedio senão trazer outros Indios contrarios destes e amigos dos m.ᵒʳᵉˢ, e tendo a experiencia mostrado q̃ não ha outro remedio, não ha quẽ o execute como se deue executar. Grande he o aborrecimento q̃ este G.ᵈᵒʳ tomou à Comp.ᵃ e está nisto tão assentado q̃ he impossível fazer mudāça; sendo vereador em Lx.ᵃ nunqua quis consentir que se desse o sitio q̃ os Reys passados e V. Mg.ᵉ mandarão dar p.ᵃ o Collegio de S. Antão e ynda se iacta disso.

Procuramos fazer-lhe a uontade (salvas as consciencias) mas são tão largas as destas partes q̃ nada arreceão fazer e dizer o q̃ querē; Tē elle qua muytos parentes e lançouse da parte dos q̃ tratarão mal a Cosmo Rangel, sendo Ouuidor destas partes, e estes são mais ricos e poderosos, e do governo da terra. Padesse a Comp.ᵃ muy continuos agrauos, e uexações pella defensão e conseruação das Aldeas dos Indios xpãos de q̃ temos cargo por q̃ estes são as fortalezas, e os soldados q̃ sem soldo defendē as capitanias onde os ha dos contrarios da mesma terra, e dos ingreses e franceses; e soietão os escrauos de Guiné q̃ são muytos e fazē muitos males, e posto que todos entēdem quāto importa conseruarem-se estas Aldeas, o ynteresse particular quer pera si o q̃ he bō para todos; tomãolhes as terras, e são tão maltratadosq̃ se uão consumindo; e agora são mais continuos estes agrauos cõ o fauor do G.ᵈᵒʳ q̃ nos deshonra, e faz odiosos dizendo q̃ não será cōtente senão uír desfeita esta Religião, e q̃ fora milhor dar a renda destes Collegios aos Turcos, e q̃ inda q̃ D͞s mande q̃ nola pague, não a mādará pagar, nem se ha de confessar disso; e q̃ este he o mor seruiço q̃ pode fazer a V. Mg.ᵉ e lhe ha de fazer mayores m.s por estar mal cōnosco; e se formos requerer pagamento a nos e aos escrivains lançara pella janella; e q̃ não quere ir ao paraizo se nos lá foremos, e outras palauras altas e publicas; e a quē lhe diz q̃ lhe não hão de ter a bem tratarnos desta maneira, responde q̃ tudo passará cō lhe dizer V. Mg.ᵉ q̃ não fez bem, e q̃ se yrá p.ᵃ sua casa contente. Os dias passados deu a este Collegio hū homē honrado e rico q̃ não tem herdr.ᵒˢ forçados hum pedaço de terra p.ᵃ pasto de alguãs vacas, de q̃ nos sostentamos; estranhoulho tanto o G.ᵈᵒʳ q̃ o fez arrepender e andar cōnosco em demāda; fazemlhe muytos fauores e a nos muytos agrauos, e dizem cousas muy alheias da uerdade por darem ma informação de nos a V. Mg.ᵉ. Fez por officiais da Camara este anno seus parentes e amigos p.ª com suas cartas em nome do pouo procurar seu credito e proueitos particulares; e pera isso foy dequa Gabriel Soares muyto seu amigo e nosso adversario a quem o General Diogo Flores esteue p.ª leuar preso por lhe parecer perturbador do bom gouerno desta terra. este deu muytos capitolos de Cosmo Rangel e lhe causou grandes trabalhos e com creditos do Gouernador e procurações da Camara, auidas mais por temor q̃ uontade com q̃ pretende seus proueitos e credito. E posto q̃ todos sentem os trabalhos q̃ padessem não ha quem tenha zello nem credito para aduirtir disso a quem pode dar remedio. Pello q̃ me pareceo seruiço de Dṡ e de V. Mag.ᵉ, e bem comũm tocar estas cousas assi em geral, deixando as particularidades pera quem V. Mg.ᵉ as mande remediar. Deos Nosso Snõr augmente e conserve a vida e real estado de V. Mag. Da Baya a 13 de Jan.ʳᵒ de 1585.

Pera El Rey nosso Snñor.

[a] Luis da Fonseca

[*Lus.* 69, 13-14v]

APÊNDICE D

Lei de 26 de Julho de 1596 sôbre a liberdade dos Índios

Eu el rej faço a saber aos que este meu aluara, e regimento uirem, q̃ considerando eu o muito que emporta, pa a conuersão do gentio do Brasil a nossa fee catholica, e pa a conseruação daquelle estado dar ordem, com q̃ o gentio deça do sertão pa as partes uesinhas as pouações dos naturais deste Reyno, e se comuniquem com elles, e aia entre hũs, e outros a boa corespondençia, q̃ convem para uiuerem em quietação, e conformidade, me pareceo emcarregar por hora, em quanto eu nom ordenar outra cousa, aos religiosos da Comp.a de Jesu o cuydado de fazer deçer este gentio do sertão, e o enstruir nas cousas da religião xpãa, e domesticar, emsinar, e encaminhar no q̃ convem ao mesmo gentio, assi nas cousas de sua salvação, como na uiuenda comum, e tratamento com os pouadores, e moradores daquellas partes, no q̃ procederão polla maneyra seginte.

Primeiramente os Religiosos procurarão por todos os boñs meos encaminhar ao gentio pa que uenha morar e comunicar com os moradores nos lugares, q̃ o governador lhe asinara com pareçer dos Religiosos, pa terem suas pouoações, e os Religiosos declararão ao gentio, q̃ he liure, e q̃ na sua liberdade uiuira nas ditas pouoações e sera snõr da sua fazenda, asi como o he na serra, por quanto eu o tenho declarado por liure, e mando que seia conseruado em sua liberdade e usarão os ditos religiosos de tal modo, q̃ nom possa o gentio diser, que o fazem deçer da serra por engano, nem contra a sua uontade e nenhũa outra outra pessoa podera entender en trazer o gentio da serra aos lugares, q̃ se lhe hão de ordenar para suas pouoações.

E nenhũas pesoas irão as ditas pouoações sem licença do gouernador, e consentimento dos Religiosos, q̃ la estiuerem, nem terão gentios, por nom se enganarem, parecendo lhes, q̃ seruindo os moradores podem ficar catiuos, nem se poderão seruir delles por mais tempo q̃ tee dous meses, nem lhe pagarão dante mão so pena de o perderem, somente as justiças da terra lho farão com effeito pagar, acabados os dous meses, o q̃ merecerem, ou o em que estiuerem concertados com elles por seu seruiço, e os deixarão livremente ir a suas pouoações, e os porão em sua liberdade.

E [nem] os Religiosos mandarão de sua mão gentios a algũas pesoas particulares, para se siruirem delles, nem elles se siruirão delles em suas casas, se não pollo tempo declarado neste regimento e pagando lhes seu salario, para que em tudo se aião como homes liures, e seião como tais tratados.

O gouernador elegera com o parecer dos Religiosos o procurador do gentio de cada pouoação que siruira atee tres anos, e tendo dado satisfação de seu siruiço, o podera prouer por outro tanto tempo, e auera por seu trabalho o ordenado acustumado, e o governador e mais iustiças fauoreçerão as cousas, q̃ o procurador do gentio requerer, no q̃ com rezão, e iustiça poder ser.

Auera hum juiz particular, q̃ sera portuges, o qual conhecera das causas q̃ o gentio tiuer com os moradores, ou os moradores com elle, e tera dalçada no çivel ate dez cruzados, e no crime a coutes, atee trinta dias de prizão.

E o gouernador lhe asinara os lugares aonde ande de laurar e cultiuar, e serão os que os Capitães nom tiuerem aproueitado, e cultiuado dentro no tempo q̃ são obrigados conforme as suas doações, e o mesmo gouernador lhos demarcara, e confrontara mandando fazer disso autos.

Este regimento se entendera nas pouoações dos gentios q̃ de nouo deçerem do sertão por ordem dos Religiosos da Comp.ª e nas mais q̃ por sua ordem são feitas, mas auendo q̃ estem ordenadas por outros religiosos, e a seu cargo, se gardara a forma em que tee gora as gouernarão.

E o ouuidor geral deuacara hũa ues no anno daquelles, que catiuarem os gentios contra a forma da ley, q̃ mandei passar nesta cidade de Lx.ª para se nom poderem catiuar a *onze de nouembro do anno passado de 1595* e proçedera contra elles como lhe pareçer.

E mando ao Gouernador das ditas partes do Brasil, e ao ouuidor geral dellas e aos capitães das capitanias, e aos seus ouuidores, e a todas as iustiças, offiçiais e pesoas das ditas partes, q̃ cumpram e façam cumprir muy inteira mente, e guardar este meu aluara, e regimento, como se nelle contem, o qual se registara no liuro da chancelaria da ouvidoria geral, e no liuro das Camaras dos lugares das Capitanias das ditas partes, pª que a todos seia notorio, e saibão a forma em que os ditos Religiosos hão de proçeder nos casos deste regimento, e se cumpra inteira mente, e assi se registara no liuro da messa do despacho dos meos desembargadores do passo, e nos liuros das relações das casas da suplicação, e do porto, em que os semelhantes aluaras, e regimentos se registão. Pero de Seixas o fez em Lx.ª 26. de Julho de 96.

Rey.

[*Lus.* 73, 153-153v].

APÊNDICE E

Informaçaõ dos Casamentos dos Indios do P^e fr^{co} Pinto.

As detreminaçoẽs dos casamentos saõ m.^{to} trabalhosas pera quē anda na conuersão & daõ aos Indios escandalo e impedimento á conuersão, portanto direi os seus costumes nisso por onde se ueia se os taes se deuē constrãger. Estes tem estes costumes. s. ha hũs que sendo elles mançebos e ellas moças elles mesmos por si se aiuntaõ a cada uez q̃ elle ou ella querē se apartaõ outra uez e tomaõ outros, e estes chamaõ *aagoacãs*, que quer dizer em bom portugues, namorados, ainda q̃ tambē lhe dizē *temiricô*. mas he como digo, estes se perseueraõ sem tomar outra molher e da q. tem hão filhos, ecõ ella soo estaõ ateidade de trinta años pera cima entaõ digo q̃ pode ser matrimonio, por q̃ afirmeza do consensu destes he terē filhos eisto nao mançebinhos, senaõ homēs feitos, de boa idade por q̃ até entaõ naõ tē consentim^{to} firme, como he neçessario pera o casam^{to}. Eeste he seu custume. Ealgũs destes mancebos agora quando se conuertē naõ querē de nenhuma maneira casar cõ aquella moça q̃ tomaraõ por enamorada, por q̃ naõ se pode chamar doutra maneira, dizendo q̃ não atinhaõ por molher senaõ por amiga, &c q̃ antes se iraõ por y alem, q̃ naõ haõ de fazer uida cõ ella. Ora ueiase se aõ de ser constrangidos estes, e damesma manr.^{a} se aquelle q̃ esteue hũ pouco de tempo cõ aquella moça, e a deixa, e toma outra. E ella toma outro, E agora estaõ assi; quando se conuertē como se pode tornar a desfazer esta meada, sem grande escandalo, principalm^{te} alegando elles q̃ aquelle he seu costume &c. Estes como setē por honrados naõ costumaõ tomar huã soo molher senaõ quantas podē, poronde quando tomaõ hũa, ja tem uõtade de tomar logo outra equantas poder, por onde naõ tē consentimēto cõ aquela prim^a que tomaõ, pois tem uontade de muitas iuntas.

Outro hay q̃ sendomançebos tē huã uelha cõsigo, aqual tē destamaneira o mançebo he solteiro, eauelha folga deter quē lhe roçe Ebusque decomer acquire aquelle mançebo peraisso, oqual a toma assi atéq̃ ache huã moça Equando a acha a toma e tē filhos della, e auelha ajuda aij como criada; Ealguãs destas uelhas ha q̃ dizē aos taes mançebos q̃ as tenhaõ emquanto cresce tal sobrinha, ou parenta sua, eq̃ entaõ casara cõ ella e assi chegado o tempo q̃ amossa he crescida a toma & fica auelha como criada por onde parece claro ficarē amançebados. *Itē* elles tem por costume de os pais & irmãos darē as f.^{as} e irmãas a algũs mançebos q̃ saõ bõs pera lhe roçar & buscar de comer & muitas vezes aquelas moças naõ querē os mançebos nē os tomaõ por uõtade senaõ tē nos assi equando querē deixaõnos & elles a ellas & este he seu cõmũ costume & tambē os pais e irmãos as tornaõ a tomar & dar aoutros, estas se souberaõ que estauaõ obrigados aquelles pode ser q̃ os naõ tomaraõ, emuitas vezes pelos naõ terẽ fogem pera casa dos brancos.

Outros hay q̃ que quando ha algũs uinhos nas Aldeias tomaõ algũas parẽtas E daõnas aalgũs osquais as naõ tomaõ como molheres senaõ assi como o appetito os ensina & depois sequerẽ se apartaõ dellas dizendo q̃ lhas deraõ eq̃ as naõ tomaraõ por molheres.

Bibl. Pública de Évora, códice CXVI / I-33, f. 131-134.

APÊNDICE F

Certidão de baptismo de Anchieta (7 de Abril de 1534)

No *Journal de la Société des Américanistes*, nouvelle série, vol. XXVI (Paris 1934) 188-189, vem uma notícia subordinada ao título de *Canariens en Amérique, d'après un ouvrage récent*. Esta obra recente é de Agustín Millares Carlo: *Ensayo de una bio-bibliografia de escritores naturales de las Islas Canarias, siglos* XVI, XVII y XVIII. Madrid, 1932. A notícia é de Robert Ricard e diz assim:

«P. 69-86 (+ p. 667). Notice sur le fameux apôtre jésuite du Brésil José de Anchieta. Je ne peux que renvoyer globalement aux renseignements copieux que l'on y trouvera. On sait que Anchieta est né à La Laguna (Tenerife) en 1533. M. Millares publie (p. 86) son *acte de baptême*, déjà connu d'ailleurs, où l'on voit que la cérémonie eut lieu le 7 avril 1533. Ce document démontre définitivement l'inexactitude de la date de 1534 que donnent quelques auteurs, comme le P. Robert Streit, dont les notices seront d'ailleurs utilement comparées avec celle de M. Millares (Voir *Bibliotheca Missionum*, II, Aix-la-Chapelle, 1924, p. 339-359. Sur ce point cf. aussi Francisco Rodrigues, S. J., *História da Companhia de Jesus na Assistência de Portugal*, tome I, vol. I, Pôrto, 1931, p. 475, n. 1)».

Um ano antes, tínhamos nós publicado na *Brotéria*, em Janeiro de 1933, vol. XVI, p. 43-44, a certidão de baptismo de Anchieta, que foi não em 7 de Abril de 1533, mas a 7 de Abril de 1534. Reproduzida na *Revista da Academia Brasileira de Letras*, vol. 45 (1934) 259-261, e nas nossas *Páginas de História do Brasil*, p. 185-187, convém deixá-la também aqui:

«Don Juan Cerviá y Noguer, presbítero, Licenciado en Sagrada Teología por la Universidad Pontificia de Tarragona, cura párroco del Sagrario de La Laguna, diócesis y provincia de Tenerife

Certifico: Que entre las partidas bautismales del año de *mil quinientos treinta y cuatro*, teniendo el número veinte y siete *de este año*, consta una que dice exactamente asi // Jusepe hijo de Jñ de ancheta y de su mujer fue bautizado en VII del mes de abril por Jñ gttrs Vcº fueron sus padrinos Domenigo Rico y Doña (aqui hay una palabra que parece decir Fongo) // = Tambien certifico que esta partida tiene una nota marginal que dice asi // Joseph Ancheta fué de la Compañia de Jesus y se tiene por santo y se venera por tal en la provincia del Brasil en donde fué y es llamado el apostol // El libro es el 1º de bautismos. Concuerdan con su original ; de lo que doy fe en La Laguna a cinco de Noviembre de mil novecientos treintadós.

[L. do sêlo]

(a)Juan Cerviá, párroco.

A certidão de baptismo não demonstra, pois, a inexactidão da data de 1534, pelo contrário, impõe-na. Entre 19 de Março, dia certo e que todos admitem para o nascimento de Anchieta, e a data do seu baptismo, a 7 de Abril de 1534, está o tempo normal, intermédio, entre cristãos, para essa cerimónia. Ao remeter-nos a certidão de baptismo, escreveu-nos D. Juan Cerviá estas palavras plenamente justas: « adjunta va la partida de bautismo del V.^{ble} P. José de Anchieta, en la qual V. verá que no dice ni la fecha ni mes ni año de su nacimiento, pero fué bautizado en 7 de Abril de 1534 ; siendo seguro que nació en este año, ya que no es creible que sus padres hubiesen tardado más de un año en bautizarlo sobretodo en aquellos tiempos ».

O equívoco de Millares Carlo e dos mais, para dar o baptismo e, portanto, o nascimento em 1533, está em que o *Livro de Baptismos* de La Laguna tem no começo, efectivamente, o ano de 1533, mas, mais para diante, entra no de 1534, dentro do qual está o assento que se refere a Anchieta. Noutra certidão mais antiga, mas só publicada em 15 de Março de 1934, pelo P. José da Frota Gentil, no jornal *O Globo*, do Rio de Janeiro, certificou o pároco, D. Eduardo Martin, (1909), que a certidão se encontra no fólio 31 e « que al principio del folio expresado hay una inscripción que dice *año de 1534* ». Não há margem a dúvidas.

Notemos que Brasílio Machado, numa célebre conferência, feita na Biblioteca da Faculdade de Direito de S. Paulo, a 24 de Setembro de 1896, já dava a data de *19 de Março de 1534*, acompanhando-a desta nota elucidativa : « Êsse é o dia exacto do nascimento de Anchieta. Vide *Compendio de la vida de el apostol de el Brasil, nuevo taumaturgo y grande obrador de maravillas, v. P. José de Anchieta.* de la Compañía de Jesús, natural de la ciudad de La Laguna en la Isla de Tenerife, una de las Canarias. Dado a la estampa por don Baltasar de Anchieta Cabrera y Samartín, su sobrino. En Xerez de la Frontera por Juan Antonio Taraçona. Año 1677 ». — (Brasílio Machado, *Anchieta — Narração da sua vida*, em *III Centenário do veneravel Joseph de Anchieta* (Paris-Lisboa 1900) 74].

A qualidade de sobrinho devia dar a Don Baltasar de Anchieta documentos de família que explicitassem o dia do nascimento do seu tio jesuíta. Com efeito, a seguir ao título do *Compendio*, declara êle que põe, no fim do livro, « una delineación de los ascendientes y descendientes de su linaje en dicha Isla, que prueva su antigua patria contra su nueva y lusitánica conjetura » (*ib.*, 353).

Em conclusão :

Nascimento de Anchieta : 19 de Março de 1534 ;
Baptismo de Anchieta   7 de Abril de 1534 .

APÊNDICE G

Certidão por que o Bispo do Brasil certifica o que os Padres da Comp.ª fasem na conversão dos Indios e em outras cousas do serviço de Deus e de El-Rei (1582)

Certifico eu Dom Antonio Barreiros B.º da Cidade do Salvador em estas partes do brasil, que os padres da Companhia de Jesu que qua residem fazem muyto serviço a nosso sõr com a conuerção dos Indios naturaes da terra; Eq̃ padeçem continos trabalhos com os defender de muytas Injurias E vexações que os moradores portugueses lhe fazem, E que os ditos padres procurão per todos os meos possivẽs a liberdade dos mesmos Indios, defendendo os dos Injustos captiveiros em que muitos os querem ter. E çertifico q̃ hũas aldeas que ha pera defenssão da terra que os mesmos padres ordenarão, donde se tambem ajudão os moradores pera oplantar de suas canas, E mantim.ᵒˢ, E mais cousas necessarias a suas fazendas, q̃ pellos mesmos padres são substentadas, E conservadas, porque nellas continuamẽte estão padres da companhia pera doutrina E conservação dos mesmos Indios. E por serem tam importantes estas Aldeas a defensão da terra, E ao proveito dos moradores, falecendo muytos Indios E ficando as ditas Aldeas faltas, os mesmos padres da Companhia por respeito deste bem cõmũ mandarão per algũas vezes ao sertão padres da dita Comp.ª, E a sua propria custa buscar Indios q̃ trouxeram com q̃ reformarão as ditas Aldeas. Certifico tambem que não menos fructo, E proveito fazem os mesmos padres pera com os moradores da terra. Em a doutrina, E exercicio das Letras em os estudos que qua tem, aonde geralmẽte todos asi portugueses como filhos da terra são doutrinados, donde redundou, E redunda grande reformação em a vida E custumes de todos. E donde ja sahem pessoas q̃ eu sem escruplo ordeno de ordẽs sacras, E aos quais seguramente emcarrego minhas ovelhas, E certifico finalmente pello que vejo, E entendo que não avendo qua padres da Companhia nẽ avera Cristãdade nẽ liberdade em Indios naturais da terra nem Reformação na vida E custumes de todos, nẽ eu sem elles me atreuera levar o peso, E carrega do cuidado pastoral. E por me ser pedida esta certidão pelos ditos padres a passey em a cidade do Salvador a 26 de Março de 82.

O Bispo do Brasil.

[*Bras. 15*, 330-330v].

APÊNDICE H

Estampas e autógrafos

Mártires : — As gravuras, referentes aos Mártires do Brasil, tirámo-las de um livro inacessível a quási todos os nossos leitores, utilizando o exemplar existente no Instituto de Teologia de Valkenburg, da Província S. I. da Alemanha Inferior: *Societas Iesu usque ad sanguinis et vitae profusionem militans, in Europa, Africa Asia, et America, contra Gentiles, Mahometanos, Iudaeos, Haereticos, Impios, pro Deo, Fide, Ecclesia, Pietate. Sive vita, et mors eorum, qui ex Societate Iesu in causa Fidei, et Virtutis propugnatae, violentâ morte toto Orbe sublati sunt.* Auctore R. Patre Mathia Tanner è Societate Iesu, SS. Theologiae Doctore. Pragae, Typis Universitatis Carolo-Ferdinandeae, in Collegio Societatis Iesu ad S. Clementem, per Ioannem Nicolaum Hampel Factorem, Anno M.DC.LXXV, fol., pp. 548. As estampas, como se pode ver em cada uma delas, foram gravadas por Melchior Küsell, segundo desenhos de Carlos Screta. — Cf. Sommervogel, *Bibliothèque*, VII, col. 1860.

Catálogo dos Mártires do Brasil : — A letra do B. Inácio de Azevedo é muito desigual nos seus diversos escritos. Não garantindo que seja autógrafo, damo-lo como provável. O ter o nome dos outros e não o seu próprio, sendo Provincial, parece indicar também que o escrevesse êle, enviando para Roma a lista dos que o haviam de acompanhar. Probabilidades apenas, e, com franqueza, muito ténues. Mas o documento é precioso, por si mesmo.

Assinaturas autógrafas : — A de Nóbrega é a assinatura da sua profissão solene em 1556 *(Lus. 1,* 5). A do B. Azevedo, com letra tão diferente da do Catálogo, é tirada da sua carta de Coimbra, de 8 de Outubro de 1569 *(Epp. NN. 103,* 94v). As demais pertencem a diversos documentos autênticos. Na lista, ao fundo da gravura, deve acrescentar-se o nome de António Blasques, cuja assinatura autógrafa se vê também nela. O grupo de assinaturas — Marçal Beliarte, Inácio Tolosa, Rodrigo de Freitas, Luiz da Fonseca, Quirício Caxa, Fernão Cardim — é o que subscreve as *Respostas* aos *Capítulos* de Gabriel Soares de Sousa *(Bras. 15,* 389). No documento recortaram, à tesoura, duas assinaturas, uma das quais parece ser, pelo jeito do corte, a de Anchieta. Não nos custa a crer, que, por mal entendida devoção, a levassem como relíquia. A estas assinaturas, do século XVI, juntamos a de Simão de Vasconcelos, posterior, por ser cronista do Brasil, e para ficar, neste mesmo tômo, com o frontispício da sua *Chronica*.

APÊNDICE I

A primeira notícia, no Brasil, do I Tômo desta «História da Companhia de Jesus no Brasil»

Um livro é uma acção. Pode ser grande acção, que outras recorde e a outras incite. Terá o livro, na história humana, valor muito mais alto do que aquêle que geralmente se lhe atribue, de ser a história e de fazer a história, a vida da humanidade. Nada, pois, mais augusto.

Êstes pensamentos, que teem ênfase e dignidade, nos veem, precisamente, da contemplação de um grande livro, dêsses que uma civilização não terá nunca demasiados para exibir, ou de que se ufanar.

É um livro; grande livro, até no aspecto majestoso, mas cujo conteúdo ideológico é ainda maior, porque é um livro de história, de história de nossa Pátria, que relata o Brasil no berço, o Brasil infante, como o iria criar Portugal, servido pela Companhia de Jesus, criando a civilização latina e cristã, em terras de Santa Cruz.

Acaba de se publicar a «História da Companhia de Jesus no Brasil», do Padre Dr. Serafím Leite, S. I. É o primeiro volume, e outros virão. É um monumento erguido, tanto aos Jesuítas, nossos primeiros mestres, como ao aluno dilecto dêles, o Brasil.

Disse Capistrano de Abreu, o nosso maior historiador, que a história do Brasil não poderia ser escrita antes da história da Companhia de Jesus no Brasil. Sabia porquê. Os documentos, poucos e esparsos, de tão preciosos, davam ideia do que seria o manancial dos arquivos selados da Companhia. Havia cartas de Jesuítas publicadas em tradução em vários livros estrangeiros, e recoltas nacionais se ensaiaram. Havia precioso códice tirado à casa de São Roque e dado por Pombal ao Conselheiro Lara e Ordonhes, que o dera a D. João VI, para a Biblioteca Nacional. Capistrano e Vale Cabral puseram-se a publicar documentos jesuíticos. Ajudou-os Teixeira de Melo. Mas ficaram em meio. A Academia Brasileira, no serviço público de que se poderá sempre vangloriar, empreendeu reúnir o acervo nas suas publicações. Saíram as «Cartas de Nóbrega», anotadas pelo Sr. Rodolfo Garcia; saíram as «Cartas Avulsas», de vinte e tantos missionários, anotadas pelo Sr. Afrânio Peixoto; saíram as «Cartas de Anchieta», anotadas pelo Sr. Alcântara Machado. Mas não era bastante.

Foi quando a Companhia de Jesus resolveu abrir os seus arquivos à História do Brasil e confiou a um dos seus o formidável encargo de pesquisar êsses arquivos e escrever esta história. O escolhido foi o Dr. Serafim Leite, que já conhecia nossa Pátria e tinha tirocínio de escritos históricos e sociológicos, que o recomendavam. Depois de anos, em Roma, no Gesù, e pela Europa, onde havia documentos jesuíticos, tirou cópias fotográficas de tudo, a decifrar, a ler, a compreender, a dilucidar. Um trabalho heróico e abnegado.

Antes, porém, da primeira linha, veio ao Brasil para ter o contacto directo com a terra e a gente, a côr local, a alma dispersa do Brasil, recolhida num coração de apóstolo, que andou por tôda a parte entre nós, embevecido e orgulhoso, repetindo a palavra inicial de Nóbrega ao chegar em 1549 à Baía: *esta terra é nossa emprêsa*. Era um Brasil inexistente, terra erma, mato-grosso, que tal esperança tornava sagrada ... E outro Jesuíta, no século XX, acha imenso país, cheio de grandes possibilidades, e com as lágrimas nos olhos e o amor no coração, que reza embevecido a mesma oração orgulhosa de Nóbrega: esta terra foi a nossa emprêsa ...

Tornou o Dr. Serafim Leite à sua casa de Lisboa e pôs-se a escrever a « História da Companhia de Jesus no Brasil ». As aparas, a sobra da obra, trechos de mármore ou troços de bronze, foram levados da oficina para as sociedades sábias, para revistas técnicas, para as colunas do « Jornal do Commercio », para um concurso público. Foi o Brasil vendo que tinha razão Capistrano: não se pode, não se poderia, antes da história dêles, os Jesuítas no Brasil, escrever a nossa história. São Paulo viu a história da fundação de Piratininga mal contada, com lacunas e erros, rectificada. João Ramalho, longe de ser um inimigo dos Padres, foi dêles auxiliar, com sua prole e seus parentes índios. Santo André da Borda do Campo, Maniçoba, Geribitiba, as aldeias dispersas, ao génio do Jesuíta, por economia e para defesa, é que se reúnem em tôrno da colina sagrada, que escolhera o Padre Nóbrega e aí, no dia da Conversão do Apóstolo das Gentes, é que se inaugura São Paulo, do qual será defensor Tibiriçá, o sogro de João Ramalho, que, êste, lhe será o capitão-mor em 1562, primeiro patriarca, pioneiro dos paulistas, braço direito dos Padres na entrada do sertão.

Cartas inéditas veem a lume, datas se corrigem, sucessos se sabem e a história certa do Brasil emerge do pélago de nossa insciência, como uma ilha resplandecente de coral que brotasse do abismo para a glória da luz.

Os entendidos tinham porém a curiosidade insofrida e contavam os meses por anos, na impaciência da obra. E eis que ela nos chega e eis que é como a esperávamos. Grande, na sua factura material. Há muito, dos prelos da Europa e da América não saí livro mais nobre e mais majestoso. Grande na sua compleição espiritual; o nosso Capistrano de Abreu teria lágrimas de emoção nos olhos; — outro Jesuíta, como o primeiro, Nóbrega, lhe relata os feitos, seus e dos seus, num livro mestre, digno dêsse apostolado jesuíta no Brasil « obra sem exemplo na história » ...

•

De todas as imensas obras jesuítas no mundo, o Brasil é a maior. A obra na Europa foi formidável, de educação da mocidade: o chanceler Francis Bacon insuspeitamente dissera, já no século XVII, « nada se podia fazer de melhor ». Mas veio a tormenta liberal do século XVIII, e lá se foi. O Japão, de S. Francisco Xavier? Ou a China? Ou o Paraguai? Tudo tornou ao que era, melhorado certamente, mas sem memória dos apóstolos que aproximaram da civilização êsses povos, diferentes ou bárbaros.

O Brasil é que foi a grande obra jesuíta, a obra que vingou, a «nossa emprêsa», de Nóbrega, a «obra sem exemplo na história», de Capistrano. É essa obra que começa a relatar um grande jesuíta, pelos outros grandes jesuítas que a fizeram, num grande livro que é uma obra-prima, de devoção e patriotismo. O livro do Dr. Serafim Leite, «História da Companhia de Jesus no Brasil», êste grande primeiro volume, é a certidão de baptismo dêsse nosso Brasil, não só à fé, como à civilização.

Quiséramos que alguém, pùblicamente qualificado para isso, representando o Brasil, — o Govêrno, pelo Ministério da Educação; as sociedades sábias; a imprensa; os brasileiros cultos — conhecendo a grande acção que é tal livro, manifestasse à Companhia de Jesus, uma vez mais, a nossa gratidão, a gratidão nacional, agora já consciente, pelo grande documento dêste livro. O Dr. Serafim Leite S. I. bem merece, por êle, a bênção e o aplauso do Brasil.

[« *Jornal do Commercio* », *do Rio de Janeiro, 4 de Agôsto de 1938. Artigo com que se abriu — por excepção e com o maior relêvo — a secção* « *Varia* », *onde se mencionam os actos do Presidente da República, Ministros e entidades oficiais do Brasil*].

NOSSA SENHORA DE S. LUCAS

Célebre tela jesuítica do século XVI existente na Catedral da Baía

ÍNDICE DE NOMES

(Com asterisco: Jesuítas)

Abbeville, Claude d': 20, 279.
Acialcázar, Marquês de: 266.
Acioli, Inácio: XI, 138, 150.
Açores: 187, 254, 258.
*Acosta, Joseph de: 6.
Acúrsio: 544.
*Adauto, B. João: 254, 263.
Adôrno, António Dias: 131, 175, 177.
Adôrno, José: 71, 434.
Afonso (Rei do Congo): 344.
Afonso, Baltasar: 461.
*Afonso, Bastião: 257.
Afonso, Braz: 65.
*Afonso, Gabriel: 538.
*Afonso, Gaspar: 583.
Afrânio Peixoto, J.: XI, 19, 20, 24, 41, 48, 63, 85, 99, 102, 114, 119, 175, 234, 274, 297, 298, 343, 370, 481, 534, 554, 555, 574-576, 579, 610, 611, 613, 631.
África: 136, 146, 147, 149, 155, 227, 232, 237, 262, 310, 324, 343, 428, 497, 593.
Aguiar, Bastião de: 453.
Aguiar, Cristóvão de: 130.
Aimbiré (índio): 610.
Aires, Miguel: 55.
Airosa, Plínio: 551, 552, 554, 555.
Alberto, Cardial Arquiduque: 160, 388, 389, 617.
Albuquerque, Afonso de: 153, 215.
Albuquerque, Jerónimo de: 230.
Albuquerque, Jorge de: 215.
Alcácer do Sal: 259.
Alcácer Quibir: 146, 150, 155, 461, 480.
Alcalá: 245, 260.
Alcântara Machado: 24, 574.
Alcântara Machado, A. de: XI, 5, 9, 14, 19, 48, 55, 178, 292, 477, 479, 482, 489, 504, 631.

*Alcázar, Bartolomeu de: 259.
Alcochete: 261.
Aldeia de António Tôrres: 55.
— *Araçaém*: 57.
— *Bom Jesus de Tatuapara*: 25, 53, 56, 57, 65, 198, 274.
— *Cachoeira*: 72, 123.
— *Conceição*: 79, 99, 549.
— *Espírito Santo (Abrantes)*: 25, 51, 53, 54, 59, 64, 86, 96, 98, 120, 136, 137, 178, 274, 275, 298, 313, 315, 338, 540, 594, 608.
— *Geribatiba*: 39, 593, 632.
— *Guaraparim*: 611.
— *Itapoã*: 59.
— *Maniçoba*: 239, 632.
— *N.ª S.ª da Assunção de Tapepigtanga*: 58.
— *Reis (Baía)*: 58.
— *Reis Magos*: 128.
— *Reribitiba*: 186, 433, 434, 483.
— *Rio Vermelho*: 49-51, 297.
— *Santa Cruz de Itaparica*: 57.
— *Santa Cruz de Jaguaripe*: 58.
— *Santiago*: 26, 31, 47, 50, 52, 54, 55, 65, 86, 275, 315, 511, 605.
— *S. André de Anhembi*: 57, 59, 63, 198.
— *St.º António*: 34, 53, 55-59, 65, 74, 86, 198, 297, 315, 328, 366, 562.
— *S. Barnabé*: 333, 567.
— *S. João (Baía)*: 31, 51, 52, 54, 55, 59, 65, 74, 86, 96, 119, 120, 275, 315, 330, 354, 366.
— *S. João (Esp.º St.º)*: 100.
— *S. Lourenço*: 49, 328, 610, 611, 613.
— *S. Miguel (Baía)*: 58, 275.
— *S. Miguel de Urarai*: 160.
— *S. Paulo (Baía)*: 26, 33, 49, 51, 64,

85, 99, 120, 273, 275, 297, 316, 335, 376, 588.
— S. Pedro de Saboig: 56, 57, 65, 95, 198.
— S. Sebastião: 47, 50, 54.
— Simão: 47, 50.
— Tamandaré: 49.
— Uruçupemaíba: 58, 59, 62.
Alemanha: 141, 246, 333, 566, 567, 592, 630.
Alencar Araripe, Tristão de: 134, 481.
Alentejo: 604, 611.
Alexandre VI: 70.
Algarves: 248.
Algorta, 534.
*Almeida, Baltasar de: 257.
Almeida, Fortunato de: 201, 310.
Almeida, D. Francisco de: 496.
*Almeida, João de: 397, 568.
Almeida Prado, J. F. de: 381, 454.
Almeirim: 133, 238, 249, 457, 516.
Alvarenga, Tomé de: 71.
*Álvares, Baltasar: 314, 438.
*Álvares, Bastião: 257.
*Álvares, Fernando: 258.
Álvares, Fernão: 258, 263.
*Álvares, Francisco (1.º): 257.
*Álvares, B. Francisco (2.º): 258.
*Álvares, B. Gaspar (1.º): 262.
*Álvares, Gaspar (2.º): 434.
*Álvares, João (1.º): 80, 185, 186.
*Álvares, João (2.º): 214, 442, 443, 496, 497.
*Álvares, João (3.º): 257.
*Álvares, B. Manuel (1.º): 257.
*Álvares, Manuel (2.º): 334, 404, 428, 594.
Álvares, Sebastião: 177, 178.
*Alves, Gonçalo: 605.
Alvito: 611.
Amaral, Braz do: XI, 53, 138, 150. Vd. Acioli-Amaral.
Amaral, Claro Monteiro do: 17.
Amaral, José Álvares do: XI, 317, 507.
América: 61, 81, 195, 231, 236, 272, 278, 343, 345, 351, 394, 452, 457, 579, 632.
América do Norte: 16.
Amaro (índio): 272.
Amazonas (Estado): 63, 83.
Anchieta, Ana de: 482.
Anchieta, Baltasar de: 628.
Anchieta, Catarina Lopes de: 482.
*Anchieta, José de: 8, 37, 54, 66, 82, 100, 103, 106, 120, 128, 168, 169, 216, 234, 302; consola os escravos, 357; assiste a um condenado, 386; 396, 400, 410, 412, 417, 438, 442, 443, 445, 446, 449, 451, 452; provincial, 455; 471, 474; biografia, 480-489, 627, 628; 490, 492, 493, 501, 502, 504, 521, 523-525; apóstolo do Brasil, 527; epistológrafo, 535, 537, 582; 542; compõe cantos, 378, 533; peças de teatro, 603, 604, 606, 609, 610, 612; escreve a «Arte de Gramática», 547, 549-554, 556; sua parte na «Doutrina», 558-561; 565, 567, 568; cura os enfermos, 571, 577-580; 585, 589-591; referências bibliográficas, X, XI, 3, 5-7, 9, 12, 17, 19-22, 25, 26, 30-32, 37, 39, 40, 42, 43, 45, 48, 55, 58, 59, 63, 77, 78, 88, 90, 93, 100, 103, 106, 123, 132, 152, 155, 156, 168, 170, 173, 181, 184, 192, 193, 200, 211, 216, 219, 222, 223, 228, 238, 240, 241, 242, 273, 279, 282, 286, 292--296, 298, 303, 304, 316, 317, 322, 325, 329, 339, 340, 353, 357, 364, 374-377, 386-388, 394, 400, 412, 414, 417, 420, 422, 426, 427, 430, 431, 447, 463, 466, 469, 470, 473, 474, 479, 480, 481, 484, 486-488, 505, 506, 510, 512, 513, 522, 523, 525, 527, 532-534, 550, 551, 562, 569--572, 574-577, 579-583, 585, 588, 589, 592, 593, 606-608, 630.
Anchieta, Juan de (1.º): 482, 627.
Anchieta, Juan de (2.º): 482.
Andes: 6.
Andrada, Francisco de: 317.
*Andrade, Afonso de: 242, 470.
*Andrade, Diogo de: 254, 256, 595.
Andrade e Silva, J. J. de: XI, 69, 515, 562.
*Andreoni, João António: 396, 397, 419, 420, 436, 451, 534, 559.
Anes, Catarina: 446.
*Angelis, Bernardo de: 539.
Angola: 68, 243, 263, 344-346, 353, 354, 357, 437, 458, 496-498, 502, 565.
Angra: 254, 263.
Angra dos Reis: 462.
Antilhas: 254, 258.
*Antonil: Vide Andreoni.
Antunes, Miguel: 81.
Aperipê (índio): 131.
*Aquaviva, Cláudio: 67, 136, 180, 223, 228, 312, 346, 396, 411, 419, 434, 446, 490, 499, 502, 525, 564, 567, 599, 601.
Aquino, S. Tomaz de: 544.
Arábia: 248.

Arabó : 182.
Aragão : 251, 260.
*Aragonez, Miguel : 259.
Arari, serra de : 160, 184, 186.
Araribóia, Martim Afonso (índio) : 6, 99, 142.
Araripe, serra de : 186.
Arassariguama : 588.
*Araújo, António de : 80, 186, 286, 411, 560.
Araújo, João de : 65.
Araújo Viana, Ernesto da Cunha : 598.
Arbas : 482.
Argel : 588.
Argentina : 17.
Arguim : 136, 506.
Arinos, Barão de : 610.
*Armínio, Leonardo : 294, 438, 440, 441, 443, 448, 502, 503.
Arronches, Frei : 555.
Arruda : 256.
Ásia : 146.
Assis Moura, Gentil de : 181.
Assunção, Lino de : 539.
Ataíde, Manuel de Carvalho de : 461.
Ataíde, Tristão de : 16.
Áustria : 388.
Ávila, Garcia de : 55, 162, 164, 165.
Aviz : 524.
Azeredo, Belchior de : 71.
Azeredo, Miguel de : 170, 591.
*Azevedo, B. Inácio de : 34, 133, 200, 236 ; vida e martírio, 242-266, 595 ; 277, 325 ; pensa em fundar um grande noviciado, 395, 396 ; 405, 432, 438, 450, 454, 457, 466, 495, 499, 500, 504, 538, 588, 596 ; ordenações da visita, 129, 270, 322, 328, 370, 398--402, 407, 409, 417-418, 428, 512, 537, 542, 561, 630 ; referências bibliográficas, 199, 463, 475, 476.
Azevedo, Inácio de (índio) : 277.
Azevedo, D. Jerónimo de : 246.
Azevedo, D. João de (1.º) : 244.
Azevedo, D. João de (2.º) : 246.
Azevedo, D. Manuel de : 244.
Azevedo, Pedro de : 146, 150, 197.
Azevedo Marques, Manuel Eufrásio de : XI, 238, 591.
Azinhaga : 461.
Azpeitia : 482.
*Baena, B. Afonso : 260.
Baepeba (índio) : 163, 165.
Baía : passim.
Baião, António : 388, 389, 407.
Bacon, Francis : 632.
*Baiardo, Ventidio : 447, 448.
*Baltasar (1.º) : 262.
Baltasar (2.º) : 26, 30.
Bandeira, Manuel : 193.
*Baptista, João (1.º) : 190, 503.
Baptista, João (2.º) : 71.
Baptista, José Luiz : 174.
Baptista Caetano de Almeida Nogueira : 610.
Baptista Pereira : 171, 470.
Barbeita : 397.
*Barbosa, Domingos : 397.
Barbosa, Frutuoso : 168, 506.
Barbosa, Gaspar : 107, 434.
Barbosa Leal : 179.
Barbosa Machado : 460, 557.
Barbosa Rodrigues, J. : 551.
Barbosa, Quinta do : 244, 245.
Barbudo, Francisco : 65.
Barcelona : 249, 259.
Barcelos : 152.
Barradas, D. Constantino : 69, 562.
*Barreira, Baltasar : 263, 346, 497.
Barreiros, D. António : 66, 137, 154, 156, 210, 505, 524-528, 562, 607, 619, 629.
Barrocas : 461.
Barros, António Cardoso de : 147, 363.
Barros, Cristóvão de : 66, 71, 137, 246, 526.
Barros, Manuel de : 302.
Barroso, Gustavo : 18.
Bartira (índia) : 383.
*Barzana, Afonso : 554.
*Bayle, Constantino : 4, 232, 344.
*Beauvais, Gilles François de : 266.
Béguin, Albert : 374.
Beira : 124, 461.
Belém : 251, 252.
Bélgica : 4.
*Beliarte, Marçal : 34, 67, 89, 94, 103 ; captivo dos piratas, 135, 136 ; 218, 322, 327, 346, 389, 403, 429, 434, 435, 446 ; provincial, 459 ; biografia, 492-496, 502, 504 ; 527, 541, 565, 601, 602, 611, 630 ; referências bibliográficas, 178, 231, 289, 311, 329, 333, 365, 400, 418, 419, 440, 449, 452, 455, 473, 553, 557, 558, 563, 592.
Bêncio : 259.
*Beretário, Sebastião : 386, 387, 489.
*Berínger, Fr. : 310, 341.
Bernal, José : 550, 551.
Berquó da Silveira Pereira, Francisco António : 584.
*Bettendorf, João Filipe : 534, 552.
Bevilácqua, Clóvis : 61.
Bezerra (clérigo) : 215, 510.
*Bidermann (Biederamano), Jacobo : 489.

Biscaia : 481, 492, 534, 582.
*Blasques, António : 9, 49, 50, 53, 77, 85, 96, 105, 108, 110, 277, 287, 293, 311, 317, 333, 395, 425, 438, 441, 463, 521, 540, 570, 574, 605, 630.
Bôca Torta (índio) : 131.
Bocage : 373.
Boehmer, H. : 373.
Bolés, João : 387, 389, 474.
Bolingbroke, Lord : 133.
Bolívia : 60.
Bonifácio, José : 120.
*Bonucci, António Maria : 342.
Borba : 258.
Borges, António : 446.
*Borges, Martinho : 488.
Borges, Pero : 196, 197, 363, 368.
Borges de Barros : 174.
Borges da Fonseca, António José Vitoriano : 230.
*Borja, S. Francisco de : 64, 67, 82, 133, 190, 243-249, 251, 256, 264, 270, 277, 311, 326, 350, 395, 398, 417, 432, 438, 475, 477, 490, 499, 539, 595, 596.
Botelho, Diogo : 68.
Botelho de Oliveira, Manuel : 612.
*Bourgeois (Burgésio) : 489.
Braga : 245, 248, 257, 258, 262, 397, 405, 477, 502, 507.
Braga, Teófilo : 609.
*Bragança : 229, 261, 492, 498, 553, 582.
Brasil : passim.
*Braz, Afonso : 10, 39, 274, 536, 580, 597.
Braz, João : 446.
Breard, Charles et Paul : 134.
Brito, Manuel de : 71.
Brito e Almeida, Luiz de : 131, 140, 154, 155, 171, 175, 177, 189, 207, 208, 362, 402, 525.
Brito Freire, António de : 483.
Broer : 138.
*Brucker, Joseph : 600.
Bruxelas : 540.
Buarque de Holanda, Sérgio : 510.
Burgos : 351, 445, 495.
Caarden (van) : 139.
Cabedo, António : 515.
Cabo Branco : 342.
Cabo de S. Agostinho : 254.
Cabo Frio : 132, 435, 438, 610.
Cabo Verde : 34, 461, 496.
Cabral, Fernão : 23, 71, 74, 217, 476.
*Cabral, Luiz Gonzaga : 357, 559, 583, 590, 604.
Cabral, Pedro Álvares : 504.

*Caeiro, José : 483.
Caetano : 283, 285.
Caiubi (índio) : 11.
Caiubi, Amando : 454.
Caldas, Vasco Rodrigues : 120, 131.
*Caldeira, B. Marcos : 259.
Calixto, Benedito : 241, 242, 469.
Calmon, Pedro : 344, 372.
Calógeras, Pandiá : 146, 174, 177, 218, 343.
Camamu : 58, 123, 124, 152, 157, 167, 212, 275.
Camboapina : 591.
Caminha, Pedro Vaz de : 387.
Camões, Luiz de : 141, 365, 373.
Campo, S. Salvador do : 152.
Cananeia : 240.
Canárias : 253, 266, 628.
Caparica : 250.
Capdville : 254.
Capim (índio) : 30, 63.
Capistrano de Abreu, J. : XI, 11, 55, 65, 124, 146, 148, 151, 153, 155, 169, 171, 174, 179, 186, 238, 266, 369, 387, 389, 491, 513, 517-519, 544, 631, 632.
Caraffa, Cardial : 296.
Caramuru, Diogo Álvares : 30, 175, 284, 312, 465, 513, 522, 546.
Cárbia, Rómulo D. : 9.
*Cardim, Fernão : 80, 85, 135, 168, 170, 302, 304 ; manda professos às missões do interior, 306 ; pede em Roma a « devoção das 40 horas », 328 ; manda visitar Angola, 354 ; 389, 478, 479, 485, 494-498, 592 ; procurador a Roma, 503 ; 532, 533, 581, 582, 630 ; referências bibliográficas, XI, 5, 15, 17-19, 30, 32, 36, 37, 63, 84, 97-101, 104, 109, 110, 123, 132, 134, 155, 156, 184, 185, 216, 217, 222, 279, 285, 290, 292, 293, 296, 297, 302, 305, 306, 323, 329, 333, 336, 338, 340, 353, 354, 363, 400, 404, 407, 421-423, 477-479, 484, 491-493, 502, 538, 549, 570, 581, 582, 590, 594, 607-609.
*Cardoso, Domingos : 405.
*Cardoso, Jerónimo : 160, 225, 345.
Cardoso, Jorge : XI, 375, 522, 533, 593.
*Cardoso, Manuel : 552, 562.
Carlos, Rei D. : 439.
Carlos V : 195.
*Carneiro, Francisco : 397.
*Carneiro, Belchior : 472.
Carvalho, Álvaro de : 124, 128, 139.
*Carvalho, Diogo de : 263.
*Carvalho, Paulo de : 564.

Carvalho Franco, Francisco de Assis:
171.
Castanheira, Conde da: 55, 146.
Castela: 245, 249, 251, 260, 440, 550.
Castelo Branco: 477.
Castelo Gandolfo: 584.
*Castilho, Agostinho del: 438.
*Castilho, Pero de: 185, 555, 556.
*Castro, B. Bento de: 257.
*Castro, Francisco de: 252, 254, 256, 258.
*Castro, Manuel de: 190, 302.
Castro Alves: 193, 489.
Castro e Almeida, Eduardo de: 483, 584.
*Cataldini, José: 452.
Catalunha: 259.
Catarina, Rainha D.: 4, 86, 150, 369, 469, 595.
Cavalo, Sebastião: 619.
Cavendish: 118, 386, 503.
*Caxa, Quirício: XII, 11, 22, 28, 33, 34, 85, 103, 176, 189, 191, 202, 264, 277, 286, 288, 289, 298, 302-304, 311, 316, 323, 325-327, 338, 353, 364, 366, 367, 402, 438, 441, 443, 479-481, 483, 486, 488, 489, 500-503, 509, 512, 527, 533, 542, 553, 558, 596, 606, 630.
Ceará: 188, 195.
Ceilão: 246, 428.
Celorico: 262.
Celso, Afonso: 469.
Cerviá y Noguer, Juan: 627, 628.
Ceuta: 262.
Chacim: 257.
Chari: 256.
*Charles, Pierre: 43.
Chaves: 446.
*Chaves, Manuel de: 30, 409, 410, 563.
China: 439, 633.
Cicero: VIII, 548.
Claviko Llerena, D. Mencia Dias: 481.
Clemente XII: 487.
Clemente, Frei: 507.
Clusius: 581.
Cochim: 334.
Cochin, Augustin: 351.
*Coclaeus, Jacobo: 195.
Coelho, Feliciano: 170, 171, 429.
*Coelho, Salvador: 560.
*Coemans, Augusto: 310.
Coimbra: 54, 101, 152, 175, 236, 245, 250, 256-258, 271, 334, 373, 397, 405, 422, 424, 425, 429, 431, 438, 460, 462, 471, 475, 480, 481, 490, 493, 495, 504, 515, 517, 522, 523, 533, 539, 550, 555, 582, 595.
Coimbra, Henrique de: 504.

Colombo, Cristóvão: 344.
Coligny, Gaspar de: 387.
*Comitoli, Cipião: 438, 547.
Congo: 4, 310, 344.
Conselheiro, António: 23.
Constantino, Doutor: 541.
Contreiras Rodrigues, F.: 234.
Copacabana: 555.
*Cordeiro, Melchior: 257, 396, 451.
*Correia, B. António: 258.
Correia, D. Aquino: 489.
Correia, Fernão (índio): 11.
*Correia, Filipe: 434.
*Correia, João: 496, 539.
Correia, Jorge: 67.
*Correia, B. Luiz: 261.
*Correia, Manuel: 185-187.
*Correia, Pero: 30, 76, 180, 217, 222; vida e martírio, 236-242, 366, 434, 541, 545; compõe a primeira «Suma de doutrina cristã», 556, 560; referências bibliográficas, 10, 13, 20, 21, 35, 204, 297, 375, 379, 380, 394, 425, 430, 467, 501.
Correia de Sá, Salvador: 71, 182, 217, 386, 445, 527.
Correia de Sande, Diogo: 71.
Côrte Real, Tomé J.: 584.
Costa, D. Álvaro da: 44, 118, 147, 149, 150, 362, 517.
Costa, Angione: 16, 292.
Costa, Belchior da: 619.
Costa, D. Duarte da: 40, 44, 45, 118, 140, 145-150, 153, 197, 204, 369, 384, 472, 517-519, 521, 522.
Costa, D. Francisco da: 149.
Costa, D. João da: 149.
*Costa, José da: 556.
Costa, D. Lourenço da: 149.
*Costa, Manuel da: 397.
*Costa, Marcos da: 397, 499, 503.
*Costa, Melchior da: 447.
*Costa, Paulo da: 397.
*Costa, Pedro da: 395, 411.
*Costa, B. Simão da: 255, 263.
Coster, Adolphe: 482.
Coutinho, Vasco Fernandes: 71.
*Couto (Sénior), Manuel do: 451, 611.
*Couto (Júnior), Manuel do: 603, 610, 611.
Couto de Magalhãis: 14, 19, 291, 344, 545, 554, 555.
Couto Reis, Manuel Martins do: 359 365.
Covilhã: 258.
Craesbeeck, Pedro: 560.
Crato: 257.
Cretineau Joly: 133, 238.

Criminal, António (índio) : 39, 277.
*Criminale, António : 39.
*Cruz, António da : 600.
Cubas, Braz : 238.
Cuenca : 260.
*Cunha, João da : 613.
Cunha, Manuel da : 544.
Cunha Barbosa, António da : 109, 470, 545.
Cunha Rivara : 279.
Curado, Gaspar : 494.
Cururipe : 520.
Cururupeba (índio) : 40.
Curvo Semedo : 586.
Cygues : 344.
*Dahlmann, José : 553, 554.
Daltro, Cristóvão Pais : 364.
*Damien, Jacques : 15, 242, 483, 489.
*Daniel, João : 534, 552, 554.
*Delgado, B. Aleixo : 261.
Derby, Orville d' : 174.
Descamps, Barão : 16.
Deslandes, Miguel : 355.
*Dias, António : 81, 109, 187.
Dias, Braz : 446.
*Dias, Francisco : 597.
Dias, Lourenço : 67.
Dias, Maria : 369.
Dias, Paulo : 106.
*Dias, Pedro (1.º) : 236, 251, 254-256, 265, 266, 595.
*Dias, Pedro (2.º) : 354, 355.
*Dias, Pero (1.º) : 257.
*Dias, Pero (2.º) : 447.
*Dias, Pero (3.º) : 454.
*Dício, João : 132, 438.
*Diniz, B. Nicolau : 261.
Dioscórides : 582.
*Drive, A. : 340, 594.
*Durão, Paulo : 596.
Edister : 567.
Elvas : 178, 261.
Elvas, Sebastião de : 384.
Entre-Douro-e-Minho : 263 422, 460.
Equador : 60.
Erembé ou Rembé : 55.
Ervidel : 611.
Escada, N.ª S.ª da : 154.
*Escalante, Francisco de : 445, 533.
Escoto : 544.
Escragnolle Dória, Luiz Gastão de : 372.
*Escribano, B. Gregório : 260.
¦ Espanha : 4, 11, 133, 195, 344, 438--439, 440, 457, 492.
Espinhosa, Francisco de : 174.
Espírito Santo : 11, 32, 71, 97, 99, 128, 144, 152, 153, 171, 184, 187, 188, 196, 204, 219, 230, 246, 303, 316, 324, 325, 327-329, 364, 365, 385, 386, 394, 395, 397, 398, 407, 411, 416, 433, 434, 451, 452, 457, 458, 466, 470, 471, 482, 483, 487, 491, 498, 502, 503, 509, 512, 527, 536, 541, 551, 588, 591, 597, 609, 611.
Esposende : 302.
Estêvão : 100.
Estreito de Magalhãis : 137, 168, 257, 445.
Estremoz : 257.
Etiópia : 246, 248, 296.
Eubel, Conradus : 523, 524.
Europa : 81, 281, 298, 310, 343, 345, 394, 395, 419, 448, 491, 539, 540, 579, 605, 632.
Évora : 81, 115, 149, 245, 250, 257-262, 265, 278, 294, 327, 431, 461, 478, 490, 494, 495, 498, 560, 595, 607.
Évreux, Yves d' : 20.
Fagundes Varela : 489.
Falcão, Gil : 121.
Faria, Baltasar de : 515, 516.
Faria, Catarina de : 81.
Faria, D. Guiomar de : 152.
Feira : 259.
Felner, Alfredo de Albuquerque : 212, 343, 345.
Fermedo : 244.
*Fernandes, Afonso : 257.
Fernandes, Aires : 71.
*Fernandes, B. António (1.º) : 262.
Fernandes, António (2.º) : 263.
*Fernandes, Baltasar : 19, 183, 277, 305, 402, 585.
*Fernandes, Diogo : 184, 262, 433.
Fernandes «Tomacaúna», Domingos : 23, 176.
*Fernandes, Estêvão : 367.
*Fernandes, Francisco (1.º) : 552.
Fernandes, Francisco (2.º) : 513.
*Fernandes, B. João (1.º) : 258.
Fernandes, João (2.º) : 252.
*Fernandes, B. Manuel (1.º) : 262.
*Fernandes, Manuel (2.º) : 397.
Fernandes, Melchiora : 187.
*Fernandes, Pedro : 263.
*Fernandes, Urbano : 472.
*Fernandes Gato, João : 548.
Fernandes Pinheiro, J. C. : 24, 343, 344.
*Ferrão, Cristóvão : 501.
Ferraz, António : 71, 131.
Ferraz, Gaspar : 229.
Ferreira, Alexandre Rodrigues : 10.
*Ferreira, António : 396, 397, 484, 485.
*Ferreira, Domingos : 397.

*Ferreira, Francisco : 397.
Féval, Paul : 266.
*Figueira, Luiz : 190, 527, 543, 550, 552, 562.
Figueiredo Ribeiro, José Anastásio de : XII, 207, 212.
Figueiredo, Fidelino de ; 532.
Filipe I, de Portugal : Vd. Filipe II.
Filipe II : 179, 211, 250.
Filipe III (IV) : 439.
Filipe V : 259.
Flandres : 135.
Fleiuss, Max : 612.
Florença : 249.
Flores Valdés, Diogo : 168, 386, 445, 577, 578, 622.
Flórida : 6.
*Fonseca, António da ; 423, 445.
*Fonseca, Luiz da : 66, 157, 160, 225, 278, 389, 397, 459, 485, 486, 493, 499, 502, 503, 525, 537, 540, 558, 561, 582, 596, 607, 620, 630.
Fonseca, Manuel da : 460.
*Fonseca, Pero da : 212, 311, 340, 496.
*Fontoura, B. Pero : 262.
Ford, J. D. M. : 516.
*Forte, António : 397.
Fragoso, Braz : 198, 201, 275.
França : 133, 134, 141, 165, 249, 271, 312, 387, 522, 539.
França, Carlos : 17, 579, 580.
*Francisco, Irmão : 262.
*Francisco, Braz : 262.
Francisco, João : 359.
*Franco, António : XII, 33, 89, 106, 138, 175, 189, 225, 229, 246, 248, 250, 252, 255-263, 266, 283, 301, 321, 387, 452, 460, 462, 469, 475, 477, 479, 489-493, 498, 499, 533, 564, 589, 595, 600, 606, 609.
Franco, Francisco : 469.
Frazão de Vasconcelos : 335.
Freire, Gilberto : 374.
*Freitas, Manuel de : 80.
Freitas, Norival de : 555.
*Freitas, Rodrigo de : 98, 396, 608, 630.
*Frota Gentil, José da : 489, 628.
Funchal : 253, 302, 376, 498, 516.
Furtado de Mendonça, Heitor : 79, 388, 389, 442.
Gabriel : 544.
*Gago, Afonso : 185, 187.
*Galanti, Rafael M. : XII, 155, 550.
Galiza : 134.
Galoro : 596.
Gama de Andrade, Simão da : 154, 335.
Gandavo : Vide Magalhãis Gandavo.
Garcia, Aleixo : 590.

*Garcia, Domingos : 184.
*Garcia Miguel : 100, 227-229, 282, 438, 440.
Garcia, Nuno : 384.
Garcia, Rodolfo : X, XI, 137-139, 146, 152, 179, 184, 266, 285, 329, 387, 456, 475, 522, 527, 579, 581, 631.
Garcia de Sá (índio) : 30.
Gaspar (índio) : 26.
Gaspar da Madre de Deus, Fr. : XII, 506.
Geneva (sic) : 271.
Génova : 249, 434 440.
Gentil, Lopo : 460.
Gerson : 419.
*Giaccopuzi, João Baptista : 438, 596.
*Gibbon, Richard : 55.
Gil d'Araújo, Francisco : 153.
Giraldes, Francisco : 3, 167, 169, 508.
Goa : 335.
*Godoi, B. Francisco Peres de : 109, 260.
Goiaz : 590.
Góis, Damiana de : 369.
*Góis, Gaspar de : 256.
Góis, Pero de : 118, 363.
Gomes, Álvaro : 516.
*Gomes, António : 158, 168, 225, 312, 340, 341, 356, 491, 502, 536.
Gomes, Belchior : 435.
*Gomes, Henrique : 135, 317, 319, 330, 331, 337, 358, 359, 362, 366, 389, 444, 498, 503.
*Gomes, Manuel : 54, 136, 160.
*Gomes, Pero : 262.
*Gomes, Sebastião : 219, 551.
Gomes de Carvalho, M. E. : 37.
Gonçalo (trabalhador) : 263.
*Gonçalves, Afonso : 252, 256.
*Gonçalves, Amaro : 396, 501.
*Gonçalves, B. André : 262.
*Gonçalves, António : 325, 335.
*Gonçalves, Francisco : 397.
*Gonçalves, Gaspar (1.º) : 294.
*Gonçalves, Gaspar (2.º) : 263.
*Gonçalves, Gonçalo : 507.
*Gonçalves, João : 25, 30, 50, 53, 54, 467, 474, 484, 518, 571, 580, 581.
Gonçalves, Maria : 406.
*Gonçalves, Pantaleão : 190.
Gonçalves, Pero : 406.
*Gonçalves, Simão : 31, 238, 394, 415.
*Gonçalves, Simeão : 396, 397.
*Gonçalves, Vicente : 397, 479, 502, 503.
*Gonçalves da Câmara, Luiz : 114, 244, 248, 250, 380, 437, 472, 522.
Gonçalves da Câmara, Martim : 439.

Gonçalves Dias : 14.
Gonçalves de Magalhãis, D. J. : 14, 17, 489.
González, Martín : 195.
*González, Tirso : 354.
Gorrevod, Lourenço de : 344.
Gouveia, António de : 215, 389, 474, 511.
*Gouveia, Cristóvão de : 30, 66, 81, 89, 93, 97 ; promove a aprendizagem do canto, 109, 132 ; ajuda a repelir os piratas ingleses, 137; 156, 168, 169, 211, 223, 224, 229, 242, 245 ; manda compilar os privilégios da Companhia, 279 ; 281, 283, 293 ; promove as missões ao interior, 305, 353, 363 ; 336, 455, 479, 482 ; biografia, 489-493, 504, 514 ; 568, 582, 607, 608 ; ordenações da visita, 10, 24, 75, 78, 94, 110, 129, 230, 247, 278, 285, 288, 300, 303, 306, 357, 403, 417-420, 423, 442, 458, 502, 538, 542, 557, 573, 597 ; referências bibliográficas, 15, 37, 159, 161, 167, 227, 241, 291, 296, 304, 355, 398, 400, 406-408, 432-434, 440, 447, 474, 475, 481, 485, 486, 509, 525, 536, 563, 564, 601.
*Gouveia, Francisco de : 494.
*Gouveia, Henrique de : 245.
*Gouveia, Pero de : 565, 567.
Grã, Inez Roís da : 471.
*Grã, Luiz da : 7, 27, 30 ; actividade nas Aldeias, 53-58, 96, 178, 273-276, 298, 110, 147 ; naufrágio, 189 ; defende a liberdade dos Índios, 197, 198, 200, 202, 243, 244 ; 283, 302, 321, 335 ; é de opinião que não haja escravos, 347-349 ; 353, 356, 388 ; faz a profissão solene, 401 ; 404, 427, 430 ; colateral, 455-457, 463, 464, 466 ; biografia, 471-477 ; 490, 493, 501-504, 517, 523, 533, 541, 542 ; promove o estudo da língua tupi, 557, 560, 564 ; 587, 590 ; referências bibliográficas, 88, 89, 91, 106, 114, 293, 324, 369, 408, 416, 425, 447, 448, 593.
Grã, Maria da (1.ª) : 471.
Grã, Maria da (2.ª) : 454.
Grã, Rui Gomes da : 471.
*Granero, Jesus Maria : 456, 545.
Gregório XIII : 294, 311, 324, 328, 341.
Gregório XIV : 418.
Grilo (índio) : 30.
Guairá : 452.
Guanabara : 132, 148, 153, 469.
Guaxará (índio) : 610.

*Guerreiro, Bartolomeu : XII, 15, 242, 256, 266.
*Guerreiro, Fernão : XII, 11, 73, 124, 127, 130, 138, 160, 181, 182, 188, 193, 209, 217, 219, 270, 355, 496, 566, 574.
Guiana : 17, 34, 132.
Guiné : 92, 130, 207, 246, 248, 278, 304, 306, 347, 348, 353, 354, 621.
Guisona : 259.
Gulik, Guilelmus van : 523, 524.
Gunbleton Daunt, Ricardo : 454.
*Gusmão, Alexandre de : 397, 534.
Gutierres, Juan : 427.
Hanke, Lewis : 195.
Hartman : 138.
Heleno, Manuel : 351.
Henrique, Cardial Rei D. : 120, 121, 150, 250, 388.
*Henriques, Francisco : 266.
*Henriques, B. Gonçalo : 260.
*Henriques, Leão : 115, 133, 198, 244, 248, 405, 448, 449, 523, 538.
Herrera, A. de : XII, 343.
Holanda : 190.
Holanda, Gui de : 16.
Horácio : 543.
*Horne, Gabriel : 16.
Iapacé : 152.
Iguape : 238.
Ilha de Boipeba : 58, 59, 157, 619.
— de Itaparica : 57, 58, 275, 298, 523.
— da Madeira : 109, 252-254, 259, 263, 265, 266, 322, 428, 595.
— de Las Palmas : 253, 266.
— de S. Miguel : 451.
— de S. Pedro Dias : 266.
— de S. Tomé : 358.
— Terceira : 263.
— de Villegaignon : 119, 133, 470.
Ilhéus : 23, 70, 116, 122, 124, 128, 150, 153, 158-160, 187, 190, 229, 303, 320, 322, 397, 425, 443, 457, 458, 502, 503, 548, 565, 589, 617-619.
Índia : 6, 12, 15, 68, 108, 245, 246, 248, 273, 279, 295, 296, 310, 328, 334, 346, 361, 366, 387, 401, 426, 428, 439, 499, 516, 541, 594.
Inglaterra : 141, 162, 386.
Inocêncio Francisco da Silva : XII, 351, 560.
Iperoig : 37, 216, 400, 412, 470, 482, 484, 534, 561, 571.
Ipiru (índio) : 47, 50.
Irala, Domingos de : 195.
Isabel (índia) : 378, 382, 383.
Itália : 437.
Itamaracá : 69.

Itanhaém : 7, 70, 316, 324, 469.
Itapagipe : 357.
Jaboatão, Frei António de Santa Maria : XIII, 79, 137, 154, 269, 506.
Jacobina : 179.
*Jácome, Diogo : 425, 445.
Jaén : 492.
Jaguaraba (índio) : 32.
Jaguaripe : 23.
Japão : 6, 15, 34, 296, 401, 428, 430, 477, 493, 585, 632.
*Jarric, Pierre du : XIII, 24, 356, 396.
Jerez de Badajoz : 260.
Joane (trabalhador) : 263.
João III, Rei D. : 4, 43, 44, 144, 146, 171, 173, 196, 317, 320, 461, 469, 515, 516, 518.
João VI, Rei D. : 109, 631.
João (índio) : 272.
João (mestre) : 366.
*Jorge, Marcos : 270, 552, 557.
Jorge, Ricardo : 579.
*Jorge, Simão : 435.
José I, Rei D. : 483.
*Joseph, Padre : 249.
Júlio III : 515, 516.
Juzarte, António : 517.
Keller : 487.
Keyserling, Conde de : 374.
Knivet, António : XIII, 118, 386.
*Koch, Ludwig : 461.
Küsell, Melchior : 630.
Lafone, A. Quevedo : Vide Schmidel.
Lagoa do Simão : 487.
*Lainez, Diogo : 86, 243, 437, 463, 464, 466, 499, 522.
La Laguna : 481, 627, 628.
Lannoy, Charles de : 374.
Lara e Ordonhes : 631.
Las Casas, Bartolomeu de : 538.
Lavradio, Marquês de : 207.
Leal, António Henriques : 210.
Leão XIII : VII, VIII.
*Leão, António : 254, 258.
*Leão, Bartolomeu de : 561.
Leão, Ermelino A. de : 18.
*Leão, Inácio : 554.
Le Balleur, Jacques : 387.
Leblanc, Vincent : 371, 372.
Leipzig : 550, 579.
*Leitão, Diogo : 453.
Leitão, Jerónimo : 67, 71, 220.
Leitão, Martim : 168, 322.
Leitão, D. Pero (1.º) : 103, 275, 300, 302, 348, 464, 505, 510, 522, 524, 528, 542.
*Leitão, Pero (2.º) : 80, 357.
*Leite, António : 266.

*Leite, Gonçalo : 227-229, 231, 282, 502.
*Leite, José : 251.
*Leite, Serafim : XIII, 102, 341, 381, 411, 462, 463, 480, 483, 486, 502, 527, 533, 534, 542, 550, 553, 558, 568, 631-632.
Leite Pereira, Francisco Lôbo : 174, 177, 218.
Lemonnyer, A. : 16.
Lemos, Sebastião de (índio) : 327.
Lery, Jean de : 19, 20.
*Leunis : 340.
Levi-Strauss, Claude : 295.
Lima, D. António de : 471.
*Lima, Bento de : 189.
Lima, Diogo Lopes de : 146.
*Lima, Francisco de : 584, 585.
Lima, Jorge de : 42, 390, 489.
*Lima, Manuel de : 129, 224, 352, 399, 400, 408, 414, 429, 537, 562, 564, 602, 603.
Lima, Pero de : 324.
Linhares, Conde de : 152.
Lira, Nicolau de : 544.
Lisboa : passim.
*Lobato, João : 188, 220, 289.
*Lôbo, Álvaro : 609.
Logroño : 260.
Loiola, Beltrán de Oñás y : 482.
*Loiola, S. Inácio de : 175, 241, 271, 287, 291, 295, 309, 393, 405, 412, 413, 415, 416, 456, 458, 463, 465, 481, 482, 517, 519, 543, 544, 572.
*Lopes, Amaro : 592.
*Lopes, António : 252.
*Lopes, José : 253.
Lopes, Nicolau : 460.
Lopes, Pero (índio) : 11, 289.
*Lopes, B. Simão : 263.
Lopes Rodrigues : 570, 585.
*Lourenço, Braz : 27, 79, 103, 104, 189, 219, 324, 325, 372, 541, 575.
*Lourenço, Gaspar : 31, 52, 55, 56, 184, 216, 279, 333, 366, 367, 548, 562, 580.
*Lozano, Pedro : XIII, 482.
Luccoch, John : 550.
*Lucena, Fabiano de : 240, 282, 448.
*Lucena, João de : 250, 263.
Lúcio de Azevedo, J. : 365, 389.
Luiz, Rei D. : 439.
Luiz XIV : 351.
*Luiz, Fernão : 189.
*Luiz, Gaspar : 449.
Luiz, Infante D. : 81.
Luiz, Sebastião : 64.
Luiz, Simão : 271.
Luiz, Washington : 382.

Luz, Sebastião da : 619.
*Macedo, Fernando de : 475, 506.
Macedo, Rangel de : 149, 471.
Machado, Brasílio : 577, 628.
*Machado, Jerónimo : 451.
*Madeira, Francisco : 397.
Madre de Deus : Vide Gaspar (Fr.).
Madrid : 55, 264, 410.
Madureira, Beatriz de : 490.
*Madureira, J. M. : 388, 522, 577.
*Madureira, João de : 490.
*Maffei, João Pedro : XIII, 242, 266, 481, 538.
Magalhãis, Basílio de : 610.
*Magalhãis, B. Francisco de : 109, 259.
Magalhãis Gandavo, Pero de : XII, 3, 5, 9, 123, 208, 209.
Mainas : 60.
*Maiorga, B. João de : 260, 594, 595.
Malaca : 135.
Malafaia : 244.
Malheiro Dias, Carlos : XII, 153, 348.
Málio, Baptista : 71.
*Mamiani della Rovere, Luiz Vicêncio : 552.
Manaia, António Gonçalves : 220.
Manuel I, Rei D. : 332.
Manzoni : 576.
Mar Verde : 177, 209.
Maracajaguaçu, D. Branca (índia) : 31.
Maracajaguaçu, Vasco Fernandes (índio) : 11, 327.
Maranhão : 132, 160, 188, 279.
Marcgrav : 550.
Marcial : 543.
Margarida (índia) : 123.
Margarida (madama) : 249.
Maria, Imperatriz D. : 160.
Mário, Olivério : 580.
Mariz, Pero de : 3.
Marques, César : XIII, 487.
Marshall, T. W. M. : 266.
Martín, Eduardo : 628.
Martins Cam, Diogo : 218.
Martins, Gomes : 65.
*Martins, Inácio : 499, 557.
*Martins, João : 252, 259, 288.
Martins Júnior : 61.
*Martins, Pero : 429.
Martius, Carlos Frederico Filipe von : 292, 551, 579, 598.
Mártires, D. Fr. Bartolomeu dos : 248.
Marvão : 568.
Mascarenhas, Fernando de : 3.
Mascarenhas, Manuel de : 130, 160.
*Masseti, Simão : 452.
Mato Grosso : 83.
*Matos, António de : X, 105, 107, 110, 189, 242, 247, 302, 328, 329, 338, 354, 387, 396, 397, 406, 428, 431, 468, 474, 480, 498, 500, 527, 534, 566.
*Matos, Francisco de : 418, 419, 421.
*Mayr : 202.
Medina Celi : 477, 479.
Medina del Campo : 260.
Melchior (índio) : 26.
*Melgarejo, Rodrigo : 451, 452.
Melgarejo, Rui Dias : 451.
*Melo, João de : 25, 338.
*Melo, Martim de : 429.
Melo Morais, A. I. de : 17.
Melo Morais Filho : 359, 360, 592, 610, 611.
*Mendes, B. Álvaro Borralho : 109, 261.
*Mendes, Cândido : 266, 290, 596.
Mendes Júnior, João : 61.
Mendonça Furtado, Diogo de : 3.
Menelau, Constantino : 124.
Meneses, D. João Telo de : 248, 279.
*Mercuriano, Everardo : 78, 128, 129, 329, 345, 415, 432, 434, 443, 447, 449, 512, 537, 562.
*Mercúrio, Leonardo : 397.
Métraux, A. : XIII, 14, 17-19, 35, 186, 292, 551.
México : 6, 172, 563.
*Mesquita, Luiz de : 396, 605.
Millares Carlo, Agustín : 627, 628.
*Mimoso, B. Diogo Pires : 261.
Mina : 322.
Minas Gerais : 174-177.
*Miona, Manuel : 413.
Mirangaoba (índio) : 52.
*Mirão, Diogo : 237, 250, 402, 456, 519.
Moçambique : 246, 354.
*Molina, Luiz de : 227, 294.
Molucas : 345, 428, 439.
Monail : 174.
Moniz, Diogo : 578.
Monomotapa : 236, 477, 496.
Monteiro, Arlindo Câmilo : 585.
*Monteiro, Domingos : 128.
*Monteiro, Jácome : 352, 411, 429, 436.
Monteiro, Lourenço : 617, 619.
Montemolim : 256.
Montemor, Jorge de : 543.
Montemor-o-Novo : 262.
Monterroio Mascarenhas, José Freire : 461.
Morais, Durval de : 489.
Morais, Evaristo de : 351.
Morais, Francisco de : 64, 65.
Morais, Raimundo : 14.
*Morais, Sebastião de : 135, 264, 429, 493.

Morais e Silva: 103.
*Moreau, Guilherme: 34.
Moreira, Braz: 263.
Moreira, Eduardo: 387.
Moreira de Azevedo: 516.
*Morinelo, José: 438, 440.
Mosquera, Rui: 241.
Mota, Artur: 481.
*Mota, Calixto da: 452, 453.
Moura, Alexandre de: 160.
Moura, Cristóvão de: X, 410.
Mourret, Fernand: 488.
*Moutinho, Murilo: 266.
Múrias, Manuel: 531.
*Nadal, Jerónimo: 247, 437, 495.
Navarra: 174.
*Navarro, João de Azpilcueta: 25, dá-se ao estudo da língua, 28, 546, 547, 549; 36, 46, 50, 63, 87, 93, 114, 132; entrada às minas, 173-175, 177; 192, 269, 282, 283, 299, 312, 320, 336, 427.
Navarro, Martim de Azpilcueta: 174, 175, 206, 283, 284, 460, 462, 539, 545.
Neuwied, Max von: 292.
*Nierenberg, Eusébio: 175, 489.
Nina Rodrigues: 343, 354.
Nóbrega: 461.
Nóbrega, Baltasar da: 460, 461.
Nóbrega, Belchior da: 460.
Nóbrega, Francisco da (1.º): 461.
Nóbrega, Francisco da (2.º): 461.
Nóbrega, Francisco Manuel da (1.º): 461.
Nóbrega, Francisco Manuel da (2.º): 461.
Nóbrega, Gaspar da: 461.
*Nóbrega, Manuel da (1.º): VII, 8, 11; dá os primeiros passos para a adaptação ao meio, 12; 37, 44, 45, 49, 54, 75, 86, 105, 106; plano colonizador, 113-121; testemunho de Tomé de Sousa, 146; 153, 154; naufrágio, 188; defende a liberdade dos índios, 196, 199, 200, 202-206, 210, 214, 216, 220, 232; 237, 239, 240, 244, 271, 273; questão das confissões por intérprete, 283, 284; 297, 298, 303, 309, 312, 332, 335, 339, 347-349, 369, 374; intervém no caso de João Ramalho, 379, 380-383, 394, 400; profissão solene, 401; 408-412, 416, 426, 427, 430, 435, 437, 438, 454; fundador da missão do Brasil, 455-457; biografia, 459-470; 472-474, 476, 477, 480, 482, 486, 501, 504, 512,
513, 515, 517, 519, 521-523, 528, 531-533, 535, 539, 544, 546, 547, 549, 553, 561, 562, 574, 578, 579, 583, 587, 590, 593, 605, 606, 630, 632, 633; referências bibliográficas, XI, XIV, 4-6, 9, 11-13, 17, 18, 20, 22, 24-26, 28-30, 33, 37-41, 43-48, 49-51, 53, 54, 62, 73, 76, 77, 86, 95, 101, 102, 106, 113, 114, 116, 118-120, 122, 144-148, 150, 151, 154, 173--175, 186, 194, 196, 204, 206, 214, 215, 227, 237, 238, 243, 269, 271, 272-274, 277, 280, 281, 283, 285, 289, 295, 297, 298, 303, 310, 313, 320, 321, 336-338, 348, 349, 363, 364, 367-371, 373, 375-379, 381, 401, 415, 419, 425, 426, 431, 455, 457, 462, 463, 466-468, 473, 476, 477, 504, 505, 509, 510, 513, 515, 517, 518, 520-522, 540, 541, 546, 547, 562, 571, 579, 581, 587, 592, 593.
Nóbrega, Manuel da (2.º): 461.
Nóbrega, Manuel da Fonseca da: 461.
Nóbrega, P.º Álvares da: 460, 461.
*Nogueira, Mateus: 238, 394, 434, 533, 593, 605.
Noronha, D. Fernando de: 152.
Nova Friburgo: 489.
*Novais, Américo de: 388.
Nunes, André: 135.
*Nunes, Diogo: 157, 158, 160, 617, 619.
Nunes, Duarte: 578.
*Nunes, Henrique: 489.
*Nunes, Leonardo: 103, 180, 189, 190, 196, 198, 215, 217, 237, 239, 312, 325, 372, 378, 379, 390, 416, 435, 444, 500, 501, 578, 593.
*Nunes, B. Pedro: 261.
Octávio, Rodrigo: 61, 83.
Oleiros: 257.
Olinda: 160, 185, 495, 552, 594, 606. Vide *Pernambuco.*
*Oliva, João de: 397.
*Oliva, João Paulo: 195.
Oliveira, Domingos de: 543.
*Oliveira, Fernão de: 397, 442, 503.
*Oliveira, Francisco de: 543.
*Oliveira, Gonçalo de: X, 128, 132, 189, 264, 451, 463, 474, 479, 484.
*Oliveira, João de: 258.
Oliveira Martins: 60.
Oliveira Sobrinho: 61.
Onofre, Frei: 554.
Orbigny, d': 292.
*Orlandini, Nicolau: 175, 379, 456.
Orobó: 182, 184, 186.
Orta, Garcia da: 581.
*Ortega, Francisco de: 438.

Osório, Ubaldo : 480.
Ourém : 263, 461.
Ovídio : 543.
Pacheco, Félix : 555.
*Pacheco, B. Manuel : 262.
Pain de Mil : 136, 137.
*Pais, André : 257.
*Paiva, João de : 397.
*Paiva, Manuel de : 38, 128, 239, 380, 385, 409, 517, 548.
Paiva Manso : XIV, 344, 516.
Paixão, Múcio da : 612.
Palácios, Pedro : 505.
Palafox, Juan de : 9.
Palmares : 358.
Panormitano : 544.
Pará : 132.
Paraguaçu, Catarina (índia) : 31, 312, 522.
Paraguai : 60, 121, 137, 146, 180, 195, 239, 451, 463, 469, 502, 505, 542, 544, 560.
Paraíba : 69, 79, 131, 132, 168, 371, 473, 506, 611, 633.
Parajuba (índio) : 26.
Paramirim : 179.
Paranaguá : 220.
Paranaoba : 131.
Paranapiacaba : 590.
Paripe : 47.
Paris : 133.
Passalácqua, Camilo : 48.
*Pastells, Pablo : XIV, 217, 445, 452, 577.
Pastor, Ludwig Freiherrn von : 45, 235, 516.
*Paternina, Estêvão : 386, 387, 489, 568.
Paulo III : 195, 448, 450.
Paulo V : 488.
Paulo (índio) : 25.
Paulo (pastor) : 263.
*Paulo, Francisco : 261.
*Pecorela, Domingos Anes : 106.
Pedro (índio) : 25.
Pedro (trabalhador) : 263.
Pedrógão-Grande : 256.
*Pedrosa, Pedro de : 188.
*Pedroso, Manuel : 397.
*Peixoto, Jerónimo : 331.
Penedono : 124.
*Pereira, João : entrada às minas, 175-178 ; 404, 502, 503.
*Pereira, Rui (1.º) : 32, 58, 132, 151, 402, 426, 532.
Pereira, Rui (2.º) : 69.
Pereira, D. Violante : 244.
Pereira da Costa, F. A. : 389, 524, 607.
Pereira da Silva, A. J. : 489.

Peres, Alonso : 67.
*Peres, Fernão : 294.
Pernambuco : 23, 41, 55, 69, 71, 80, 93, 109, 110, 130, 131, 135, 140, 159, 160, 163, 187, 190-192, 196, 203, 256, 259, 281, 298, 302, 303, 305, 319, 322, 324, 329-331, 342, 352, 353, 356, 358, 367, 370, 379, 384, 386, 389, 396, 400, 425, 432, 440, 451, 457, 458, 472-477, 480, 492, 493, 495, 497, 502, 503, 506, 508, 509, 511, 523, 525, 526, 535, 551, 552, 562, 594, 600, 606-608, 611, 612, 620.
Pérsia : 248.
Peru : 6, 92, 172, 554.
Peruíbe : 238.
Pettozzani : 17.
Piemonte : 539.
Pimenta, Alfredo : 335.
*Pimenta, João : 488.
Pimentel, Domingos Gomes : 543.
*Pina, António de : 447, 448.
Pina, Luiz de : 583.
*Pina, Sebastião de : 509.
*Pinard de la Boullaye, Henri : 16, 17.
Pinheiro, Jácome : 384.
*Pinheiro, João : 397.
*Pinheiro, Simão : 498.
*Pinto, Diogo : 259.
*Pinto, Francisco : 293, 294, 625.
Pio IV : 295, 310.
Pio V (S.) : 248, 279, 294-296, 311, 524.
Pio IX : 265.
Pirajá da Silva : 579.
Piratininga : Vide S. Paulo.
*Pires, Ambrósio (1.º) : 49, 119, 173, 256, 361, 465, 472, 477, 510, 513, 514, 518, 540, 549.
Pires, Ambrósio (2.º) : 98, 608.
*Pires, António (1.º) : 8, 58, 74, 147, 198, 244, 262, 272, 273, 275, 282, 298, 362, 379, 395, 396, 455, 472, 475-478, 517, 546, 564, 589, 597.
Pires, António (2.º) : 263.
Pires, António (3.º) : 263.
Pires, Bartolomeu : 161.
Pires, Belchior : 378.
*Pires, Francisco : 47, 51, 122, 150, 301, 409, 410, 426, 590.
*Pires Mimoso, B. Diogo : 261.
Pizarro de Sousa Azevedo e Araújo, José : 212, 527.
Placência : 260.
Plataforma : 52.
Platão : 516.
Platzmann, Júlio : 550, 553.

Plauto : 543.
*Polanco, João Afonso : XIV, 101, 107, 108, 146, 237, 250, 256, 285, 311, 456, 457, 467, 471, 510, 515, 517, 519.
Polónia : 214.
Pombal, Marquês de : 82, 234, 631.
Pombeiro : 258.
Ponte, Sebastião da (1.º) : 71, 154, 155, 335, 525.
Ponte, Sebastião da (2.º) : 30.
Ponte do Lima : 582.
Portalegre : 568.
Pôrto : 213, 244, 245, 250, 251, 258--260, 262, 263, 406, 489, 544.
Pôrto Seguro : 25, 27, 70, 99, 103, 107, 122-124, 128, 136, 144, 172, 173, 175, 178, 229, 247, 273, 303, 316, 320, 321, 325, 335, 339, 340, 369, 407, 425, 433, 457, 458, 484, 502, 503, 539, 544, 546, 565, 594.
Pôrto Seguro, Visconde de : XIV, 4, 14, 65, 68, 107, 118, 121, 124, 137--139, 145, 146, 148, 150-153, 155, 171, 179, 201, 207, 210, 212, 234, 238, 266, 506, 509, 513, 516, 518, 521, 522, 527.
Portugal : passim.
*Possevino, António : 501.
*Possino, Pedro : 266.
*Poulain, Aug. : 488.
Prado, Paulo : 279, 374.
Prestage, Edgar : 133.
Prior do Crato, D. António : 440.
Proença, Francisco de : 384.
*Quadros, António de : 107, 145, 468.
Quaritch : 555.
Quelle, O. : 60.
Querino, Manuel Raimundo : 593.
Ramalho, João : 239, 295, 378-384, 409, 431, 467, 510, 632.
Ramiz Galvão : 507.
Ramos, Artur : 354.
Rangel, Cosmo : 167, 168, 210, 526, 622.
Rangel, Julião : 327.
Rari : Vide Arari.
Rates, Prior de : 146.
*Rebêlo, Amador : XIV, 54, 71, 123, 136-138, 167, 179, 183, 212, 214, 358, 449, 496, 554, 562.
Rebêlo da Silva : 207.
Recife : 110, 130, 330, 354.
Recôncavo da Baía : 47, 86, 120, 138, 303-305, 353, 514.
Reis Magos (forte dos) : 591.
Reland : 550.
Reparaz, Gonçalo de : 343.

*Ribadeneira, Pedro de : 37, 241, 291.
Ribas, Inez : 446.
Ribeiro, Agostinho : 559.
*Ribeiro, António (1.º) : 533.
Ribeiro, António (2.º) : 65, 131.
*Ribeiro, B. Braz : 262.
Ribeiro, Diogo : 74.
Ribeiro, Fernão (índio) : 79.
Ribeiro, João : 132.
Ribeiro, Vítor : 578.
Ribeiro da Rocha : 351.
Ricard, Robert : XIV, 5, 17, 311, 316, 412, 510, 627.
Rico, Domenico : 627.
*Rijo, Vicente : Vide Rodrigues.
Rinchon, Dieudonné : 351.
Rio : Vide Rio de Janeiro.
— Amazonas : 20, 22, 548, 551, 554, 566.
— Caburis : 16.
— Camaragipe : 49.
— de Caravelas : 103, 176, 189.
— das Contas : 179.
— Doce : 189, 479, 487.
— Ganges : 600.
— Grande do Norte : 16, 130, 303, 591.
— Grande do Sul : 220.
— Itapicuru : 57.
— de Janeiro : 45, 71, 99, 104, 107, 109, 110, 118, 124, 128, 130, 131, 133, 135, 150, 152, 153, 159, 171, 181, 182, 197, 207, 217, 218, 223, 236, 246, 258, 266, 271, 298, 303, 317, 320, 327, 329, 341, 342, 350, 352, 365, 371, 378, 384, 386, 387, 396, 398, 404, 419, 421, 441, 445, 453, 457, 466, 468-470, 476, 478-480, 482, 483, 485, 491, 497, 498, 502, 503, 505, 507, 526, 527, 535, 543, 550, 551, 555, 565, 577, 578, 590, 591, 600, 606, 609, 613.
— de Joanes : 51, 53.
— Maranhão : 550.
— Negro : 10.
— Nilo : 600.
— Orenoco : 60.
— Paraguaçu : 40, 120-122, 128, 131, 150, 153, 205, 470, 571.
— Paraíba : 181, 590.
— de Pirajá : 50-52, 54.
— da Prata : 451, 452, 502, 554, 566.
— Real : 136, 154, 178, 183, 209, 217, 279, 333, 473.
— de S. Francisco : 52, 176, 179, 183--186, 209, 266.
— Tejo : 134.
— Una : 155.
— Verde : 17.

*Rivière, Ernest-M. : 550.
Rocha (um tal) : 388, 389.
*Rocha, António da : 189, 246, 264, 406, 426, 502, 503, 509, 512, 540.
*Rocha, Martim da : 33, 90, 134, 183, 190, 229, 273, 277, 338, 427, 428, 574, 589.
Rocha Pita, Sebastião da : 153, 365, 506.
Rocha Pombo : XIV, 14, 47, 146, 148, 153, 506.
Rochela : 135, 136, 492.
Rodrigues, Álvaro : 23, 123.
*Rodrigues, António (1.º) : 25, 26, 44, 49, 56, 57, 105, 109, 110, 121, 128, 276, 282, 283, 434, 546, 547.
Rodrigues, António (2.º) : 263.
Rodrigues, António (3.º) : 378.
*Rodrigues, Domingos : 124.
*Rodrigues, Francisco : XIV, 115, 246, 251, 256, 461, 462, 471, 498, 554, 604, 607, 611, 627.
Rodrigues, D. Grácia : 324.
*Rodrigues, Jerónimo : 39, 220-222.
Rodrigues, João : 263.
*Rodrigues, Jorge : 396, 548, 589.
*Rodrigues, Luiz (1.º) : 192, 571.
*Rodrigues, B. Luiz (2.º) : 262.
*Rodrigues, B. Manuel : 261.
*Rodrigues, Miguel : 261.
*Rodrigues, Pero : 68, 80 ; corrige as vidas de Anchieta por Beretário e Paternina, 386 ; introduz o 3.º ano de provação, 400 ; 401, 403, 420, 422, 429, 433, 441, 446, 453 ; provincial, 455 ; visitador de Angola, 458 ; 459, 479, 485, 494, 495 ; biografia, 496-498 ; 502-504, 533, 544, 564, 565 ; referências bibliográficas, XIV, 4, 8, 28, 33, 36, 37, 59, 60, 67, 70, 71, 88, 91, 93, 100, 102, 122, 123, 129, 131, 135, 139, 180, 182-187, 191, 192, 213, 214, 223, 241, 273, 282, 290, 327, 330, 338, 339, 358, 364, 378, 386, 387, 399, 403, 404, 410-412, 422, 434, 435, 442, 443, 445, 473, 477, 479-481, 483, 489, 494, 496, 497, 504, 507, 508, 533, 534, 548-551, 553, 554, 558, 559, 564-568, 583, 591, 606.
*Rodrigues, Salvador : 106.
*Rodrigues, Simão : 105, 107, 145, 196, 256, 309, 310, 365, 381, 425, 468, 471, 472, 515, 517.
*Rodrigues, Vicente : 28, 38, 46, 47, 63, 103, 189, 192, 269, 270, 390, 415, 425, 445, 517, 518, 588.
Roma ; passim.

Romero, Sílvio : 14, 531.
Rondon (general) : 83, 120.
Roquette Pinto : 18.
Rosemblat, A. : 71.
*Ruiz de Montoya, António : 554.
Ruiz Guiñazú : 217.
*Sá, António de : 348, 377, 447, 549.
Sá, Estácio de : 119, 482.
Sá, Fernão de : 150, 152.
Sá, D. Filipa de : 152.
Sá, Gonçalo Mendes de : 152.
*Sá, Manuel de : 503, 507.
Sá, Mem de : ajuda os Padres, 4, 8, 25, 30, 44, 115, 118-122 ; contra a antropofagia, 30, 41 ; promove os aldeamentos, 45, 49, 51, 52, 54-56, 62, 64, 65, 68, 73-75, 86 ; 107, 133, 140, 274 ; govêrno, 150-153, 171, 174, 197 ; defende a liberdade dos Índios, 197, 198, 200-202, 205 ; 247, 270, 317, 327, 369, 373, 406 ; faz os Exercícios Espirituais, 415 ; 463, 466, 470, 473, 476, 511, 524, 533, 590.
Sá de Miranda, Francisco de : 152.
Sá Pessoa, Ambrósio de : 152.
Sacramento Blake : 607.
Saint-Hilaire, Augusto de : 292.
Salamanca : 26, 460, 462, 522.
Saldanha, Pero de : 619.
Salema, António : 207, 208, 402, 438, 527, 606.
Salgado, César : 381.
*Salmerón, Afonso : 437.
*Saloni, João : 438.
Samatra : 334.
Sampaio, Teodoro : 47, 50, 52, 118, 258, 551, 565.
*Samperes, Gaspar de : 591.
*San Martín, B. João de : 260.
San Román, Fray António de : 38.
*Sanches, B. Fernão : 260.
*Sanches, João : 261.
*Sanctander, Padre : 249.
Sanfins : 245, 256.
Santa Catarina : 220.
Santa Cruz (fazenda) : 109, 358, 365, 591.
Santa Maria, Agostinho de : XIV, 137, 269, 577.
Santiago de Compostela : 462.
Santo André (Biscaia) : 492.
Santo André da Borda do Campo : 378, 632.
Santos, Lúcio José dos : 174.
Santos : 178, 219, 370, 429, 466, 578, 590.
S. Luiz do Maranhão : 554.

*São Miguel, João de : 471.
S. Paulo de Piratininga : 6, 8, 21, 39,
    40, 67, 78, 109, 110, 128, 149, 150,
    160, 171, 178, 180, 186, 192, 242,
    247, 258, 303, 317, 328, 333, 339,
    340, 381, 382, 394, 410, 411, 431,
    454, 458, 466, 467, 470, 473, 480,
    482, 485, 489, 513, 542, 551, 553,
    554, 556, 566-568, 574, 588, 590,
    593, 597, 606, 628, 632.
S. Vicente : 11, 25, 30, 31, 41, 44, 67,
    70, 71, 76, 103, 144, 147, 148, 160,
    171, 178, 183, 189, 195, 196, 217,
    218, 220, 238, 239, 242, 247, 289,
    303, 320, 322, 324, 325, 372, 373,
    378, 390, 394, 401, 408, 416, 425,
    430, 431, 434, 435, 451-453, 458,
    462, 463, 466, 470, 473-475, 480,
    482, 484, 485, 491, 501-503, 509,
    512, 517, 520, 521, 533, 545, 556,
    565, 568, 581, 592, 593, 606.
Saragoça : 160.
Saravaia (índio) : 610, 612.
Sardinha, D. Pedro Fernandes : 12,
    44, 105, 107, 147, 148, 197, 202, 215,
    283, 284, 362, 377, 389, 455, 462,
    472, 477, 505, 510, 515-523, 528.
Sarmiento, Pedro : 168, 182, 217, 445,
    577.
Sayler : 344.
Schaudinn : 579.
Schilling, Dorotheus : 585.
Schmidel, Ulrich : XV, 195, 505.
Schmidt, Wilhelm : 14, 16.
*Schmitt, Luiz : 39.
Schmitz-Kallenberg, Ludovicus : 523.
*Schurhammer, Georg : 516.
Screta, Carlos : 630.
Seabra, Pedro de (1.º) : 65.
Seabra, Pedro de (2.º) : 359.
Sebastião, Rei D. : 4, 25, 89, 133,
    150, 153, 201, 206, 207, 248, 250,
    275, 322, 345, 453, 461, 524, 526,
    600, 607.
*Sederra, Juan : 259.
Seixas, Pero de : 624.
*Sequeira, Manuel de : 135.
Sergipe de El-Rei : 9, 31, 55, 154, 155,
    157, 161-166.
*Serra, Jerónimo : 260.
Serrano, Jónatas : 44.
*Serrão, Gregório : 54, 74, 103, 128,
    210, 302, 312, 350, 367, 417, 423,
    427, 432, 478, 490, 501, 535.
*Serrão, Jorge : 64, 265.
Sevilha : 61, 541.
Siguenza : 477.
Silva, Fernão da : 200, 362.

Silva, João Gomes da : 133.
Silva Carvalho, Augusto da : 583.
Silva Lisboa, Baltasar da : 527.
*Silveira, D. Gonçalo da : 236, 245, 477.
Silvestre : 544.
Simão (índio) : 50, 272.
*Simão Gonçalves : 52.
*Simeão Gonçalves : 52, 396, 397.
Simões, Pero : 157, 617.
Simões Pereira, Bartolomeu : 298, 483,
    505, 526, 527.
Simonsen, Roberto C. : 344.
*Soares, B. António : 257.
*Soares, Diogo : 534.
*Soares, Francisco (1.º) : 441, 442, 502,
    503.
*Soares, Francisco (2.º) : XV, 19, 37,
    132, 143, 152, 217, 462, 468, 492,
    506, 522, 526, 532, 582, 583.
Soares, D. João : 271.
*Soares, Pero : 305, 503.
Soares de Sousa, Gabriel : X, XV, 6,
    10, 11, 47, 53, 55, 71, 92, 129, 157,
    160, 177-179, 186, 209, 212, 292,
    301, 302, 307, 308, 410, 507, 579,
    587, 622, 630.
*Soeiro, João : 212.
Solórzano Pereira, Juan : 61.
Sommervogel, Carlos : XV, 265, 355,
    550, 555, 560, 585.
Sória, Jacques : 253, 254, 263.
Soto : 544.
Sousa, Bernardino José de : 184.
Sousa, D. Francisco de : 124, 128, 130,
    137, 140, 169-171, 179, 218, 231.
Sousa, D. Helena de : 146.
*Sousa, João de (1.º) : 236-242, 365,
    366.
*Sousa, João de (2.º) : 189.
*Sousa, Miguel de : 428, 429.
Sousa, Tomé de : 3, 4 ; favorece os
    Padres, 38, 40, 43, 86, 107, 108 ;
    116-120 ; govêrno, 140-146, 171 ;
    173, 195, 196, 204, 238-240, 270,
    271, 320, 336, 363, 377, 380, 384,
    467 ; em Lisboa, 468 ; 517, 519-521.
Sousa Machado, José de : 153.
Sousa Viterbo : 332.
Southey, Robert : XV, 23, 124, 151,
    266, 469.
Souto : 257, 502.
Spalding : 12.
Spix : 292.
Staden, Hans : 6, 9, 21.
Streit, Rob. : XV, 102, 550, 559, 627.
Studart, Barão de : XV, 188, 577.
*Succhesini, Carlo : 266.
Sudhoff, Karl : 579.

*Tanner, Matias : 242, 630.
Taunay, Afonso de E. : XV, 67, 171, 177, 213, 218, 343.
*Tavares, Mateus : 354.
Taveira, António : 471.
Taveira, Rui : 471.
Teberebé (índia) : 454.
Teixeira, Bento : 607.
Teixeira de Barros : XI, 152.
Teixeira de Melo, J. A. : 471, 483, 631.
*Teles, Baltasar : XV, 107, 266, 462, 489, 595.
Teles Barreto, Manuel : 23, 65, 66, 140, 155-169, 171, 210, 211, 281, 362, 363, 491, 524, 525, 537, 617, 619.
*Telo, Barnabé : 104, 132, 492, 539, 589.
Tenerife : 427, 428, 481.
Terça-Corte : 253.
Terêncio : 543.
Teresa de Jesus, St.ª : 260, 266.
Thevet, André : 20, 547.
Tibiriçá : 6, 39, 327, 328, 378-380, 382, 454, 632.
Tinharé : 23, 58.
Toledo : 251, 260.
*Toledo, Pero de : 359, 438, 440, 443, 444, 495, 498, 502, 503, 560, 578.
*Tolosa, Inácio : 27, 64, 80, 133, 154, 189, 207, 258, 265, 278, 345, 366, 397, 438, 441-443; provincial, 455, 475; biografia, 477-479; 480, 481, 493, 501-504, 526, 630; referências bibliográficas: 18, 28, 90, 139, 176, 177, 186, 191, 218, 274, 277, 288--290, 294, 305, 306, 333, 340, 398, 402, 407, 413, 427, 458, 473, 474.
Tondela : 263.
Tordesillas : 172.
Tôrre, Conde da : 3.
*Tôrres, Miguel de : 149, 243-245, 411, 416, 427, 464-466, 472, 522, 523.
Torrijos : 260.
Tourinho, Sebastião Fernandes : 177.
Trancoso : 257.
Trás-os-Montes : 246, 257, 553, 611.
*Travassos, Simão : 396, 397, 564.
Trento : 86, 383, 437, 438.
Tubarão (índio) : 50.
Tucumã : 554, 611.
Urbano VIII : 483.
Urgel : 259.
Val do Rosal : 250, 251.
Valáquia : 214.
*Valderas, Afonso de : 260.
*Vale, Leonardo do : 52, 55, 274, 523, 548, 552-554, 556, 557, 559-561, 574, 576, 589.

Vale Cabral : XI, 18, 48, 154, 470, 521, 547, 550, 552, 553, 555, 560, 568, 631.
*Vale-Régio, Alexandre : 345, 417, 439, 440.
Valença : 155.
Valência : 249, 259, 588.
Valkenburg : 630.
Valladolid : 492.
Vander Linden, Herman : 374.
Varnhagen : Vide Pôrto Seguro.
*Vasconcelos, Luiz de (1.º) : 254.
Vasconcelos Luiz de (2.º) : 254.
*Vasconcelos, Simão de : XV, 6, 17, 19, 22, 24-26, 28, 30, 33, 34, 36, 38, 40, 44-46, 49-58, 73, 76, 97, 100, 104, 106, 107, 109, 110, 113, 119, 150-153, 175, 178, 183, 184, 187, 189, 192, 195-198, 201, 205, 215, 238-240, 242, 246, 249, 266, 269, 273, 275-277, 289, 298, 299, 316, 317, 320, 321, 323, 325, 327, 328, 333, 335-340, 357, 364, 368, 375, 379, 386, 387, 397, 406, 409, 410, 412, 415, 416, 431, 434, 446, 451, 455, 460-462, 464, 466-469, 472, 473, 476, 477, 480-483, 486-489, 500, 509, 510, 512, 521-523, 533, 534, 536, 544, 546, 553, 554, 556, 559, 567, 568, 572, 574, 575, 577, 578, 589, 592, 593, 597, 606, 610, 630.
*Vaz, B. Amaro : 259.
Vaz, Pero : 263.
Vazabarris : 163.
Veiga, Diogo Lourenço da : 140, 155, 210.
*Velho, Jorge : 175, 177.
*Vermeersch, Artur : 4.
Viana do Alentejo : 257, 262.
Viana do Castelo : 378.
Viana, Francisco Vicente : XV, 55, 58, 86, 155, 517.
Viana, Urbino : 174.
Vicente (Fr.) do Salvador : XV, 123, 138, 149, 153, 154, 162, 176, 177, 215, 386.
*Viegas, Manuel : 565-568.
*Vieira, António : 225, 226, 301, 303, 351, 389, 420, 534, 548, 597.
Vieira, Celso : 388, 483.
Vieira Fagundes, José : 577.
Vila Chã : 446.
Vila da Mata de S. João : 53.
Vila Real : 446.
Vilhena, Luiz dos Santos : 53.
Vilhena de Morais, Eugénio : 469, 611.
Villegaignon, Nicolas Durand de : 148, 236, 371, 387, 505, 590.

Virgílio : 534.
Viseu : 257, 258.
Vitória, Padre : 202.
Vitória : 329, 483.
Voltaire : 351.
Vouzela : 378, 381, 382.
Wavrin, Marquis de : 295.
Weiss, Juan B. : 238.
Wetzer-Welte : 488.
Withrington : 138, 526.
Wolf, Ferdinand : 612.

*Xavier, S. Francisco: 196, 516, 517, 633.
Xavier Marques : 483.
*Ximenes : 317.
*Yate, John Vincent : XV, 34, 55, 137, 186, 451, 492, 541, 549, 561.
Yuncos : 260.
*Zafra, B. João de : 260.
Zavala, Sílvio A. : 61, 232.
Zorrilha, Diogo : 74, 86.
Zuazola (família) : 534.
*Zurara, B. Estêvão de : 260.

Índice das Estampas

	PÁG.
José de Anchieta.	2/3
Frontispício da «Chronica da Provincia do Brasil» do P. Simão de Vasconcelos	96/97
Fortaleza dos Reis Magos — Rio Grande do Norte	112/113
Pero Correia e João de Sousa	224/225
Dois Irmãos Coadjutores	240/241
Catálogo dos que foram êste ano para o Brasil (1570)	255/257
B. Inácio de Azevedo	272/273
Martírio dos 40 mártires do Brasil	368/369
Martírio de Pero Dias e Companheiros	384/385
Assinaturas autógrafas	464/465
Nossa Senhora de S. Lucas	480/481
Frontispício da «Arte de Grammatica» (Língua tupi) do P. José de Anchieta.	544/545
Frontispício do «Catecismo na Lingoa Brasilica» pelo P. António de Araújo	560/561

Corrigenda

Fazemos a mesma ressalva do I Tômo. Entretanto notamos os seguintes lapsos:

Pág. 61, nota 1	leia-se	Silvio A. Zabala
» 86, » 3	suprima-se	Oliveira
» 189, linha 25	leia-se	Braz Lourenço
» 220, » 26	»	Jerónimo Rodrigues
» 241, » 29	»	un español
nota 3	»	série 4, I, 740.
» 375, linha 23	»	lhes quebrem a cara
» 422, » 32	»	independentemente do mais
» 534, » 24	»	e cem outros
» 568, nota 2	»	Piratininga o
» 571, linha 18	»	Luiz Rodrigues

— No *Índice de Nomes* do I Tômo, pág. 588, sob a rubrica de António de Andrade, veem englobados dois de igual nome.

FRONTISPÍCIO DA «ARTE DE GRAMMATICA» (LÍNGUA TUPI)
DO P. JOSÉ DE ANCHIETA

Insigne monumento da lingüística americana
(Exemplar da Bib. Vittorio Emanuele, Roma)

ÍNDICE GERAL

	PÁG.
NOTA LIMINAR.	IX
INTRODUÇÃO BIBLIOGRÁFICA.	XIX

LIVRO PRIMEIRO

CATEQUESE E ALDEAMENTOS

CAP. I — **A Catequese dos Índios:** 1 — Obra da conversão; 2 — Disposição do gentio; 3 — Religião primitiva dos Índios do Brasil; 4 — A superstição da «santidade»; 5 — Catequese dos meninos; 6 — Catequese dos adultos; 7 — Catequistas índios. . . . 3

CAP. II — **Luta contra a antropofagia:** 1 — A antropofagia dos Índios; 2 — Combate e vitória. 35

CAP. III — **Fundação das Aldeias:** 1 — Porque se fundaram Aldeias de Índios; 2 — Primeiro ensaio; 3 — Aldeias da Baía. 42

CAP. IV — **O govêrno das Aldeias:** 1 — Origem e necessidade do govêrno das Aldeias; 2 — Os Capitãis; 3 — Os seus inconvenientes; 4 — Fuga dos Índios; 5 — O Direito Penal das Aldeias; 6 — «Menoridade» dos Índios 61

CAP. V — **A vida nas Aldeias:** 1 — Habitação dos Índios; 2 — Terra para cultivos; 3 — Vestuário; 4 — Isenção de dízimos; 5 — Sustento dos Padres; 6 — Regime de trabalho; 7 — Recepções solenes e folguedos; 8 — Cantos, músicas e danças 84

LIVRO SEGUNDO

COLONIZAÇÃO

CAP. I — 1 — **Fôrça e Autoridade:** O plano colonizador de Nóbrega; 2 — Guerra do Paraguaçu; 3 — Guerra dos Aimorés; 4 — Assistência aos Índios de guerra; 5 — Piratas franceses na Baía; 6 — Piratas ingleses; 7 — Piratas holandeses 113

CAP. II — **Relações com os Governadores Gerais:** 1 — O Govêrno Geral do Brasil e o Regimento do 1.º Governador; 2 — Tomé de Sousa; 3 — D. Duarte da Costa; 4 — Mem de Sá; 5 — D. Luiz de Brito e Almeida; 6 — Diogo Lourenço da Veiga; 7 — Manuel Teles Barreto; 8 — D. Francisco de Sousa 140

Cap. III — **Entradas e Minas:** 1 — Expedições mineiras; 2 — Entradas ao sertão a buscar Índios; 3 — Perigos e naufrágios 172

Cap. IV — **A liberdade dos Índios:** 1 — Legislação portuguesa sôbre a liberdade dos Índios; 2 — A Mesa da Consciência e o P. Nóbrega; 3 — A lei de 20 de Março de 1570; 4 — A lei de 26 de Julho de 1596; 5 — Processos dos colonos para a escravização dos Índios; 6 — As escravas; 7 — Escrúpulos e reacções; 8 — Conclusão. 194

Cap. V — **O testemunho do sangue:** 1 — Os Protomártires da Companhia de Jesus no Brasil, Irmãos Pero Correia e João de Sousa; 2 — P. Inácio de Azevedo, Visitador do Brasil; 3 — Sua actividade na Europa; 4 — Martírio do B. Inácio de Azevedo e 39 companheiros; 5 — Morte do P. Pedro Dias e companheiros; 6 — Lista geral dos componentes da expedição martirizada; 7 — Processo canónico 236

LIVRO TERCEIRO

MINISTÉRIOS

Cap. I — **Administração de Sacramentos:** 1 — Primeiros ministérios dos Jesuítas no Brasil; 2 — Baptismo; 3 — Confissão; 4 — Confissão por intérprete; 5 — Comunhão; 6 — Casamentos indígenas 269

Cap. II — **Culto divino:** 1 — O ministério da prègação; 2 — Missões no Recôncavo da Baía, engenhos e fazendas; 3 — As festas dos jubileus; 4 — Procissões solenes; 5 — Ornamentos e objectos sagrados; 6 — Confrarias; 7 — Devoção à Santa Cruz; 8 — Devoções da Semana Santa; 9 — Disciplinas particulares e públicas; 10 — Devoção a Nossa Senhora e congregações marianas. 299

Cap. III — **Assistência religiosa aos escravos negros:** 1 — O tráfico da escravatura; 2 — Como a Companhia a aceitou; 3 — Ministérios com os negros 343

Cap. IV — **Assistência moral:** 1 — Os Jesuítas pacificadores de inimigos; 2 — Esmolas; 3 — Moralidade pública e amparo a mulheres e órfãs; 4 — Mancebias de brancos e mamelucos; 5 — O caso de João Ramalho; 6 — Assistência a presos e condenados civis ou da Inquisição 361

LIVRO QUARTO

REGIME INTERNO DA COMPANHIA

Cap. I — **A formação dos Jesuítas:** 1 — O noviciado e como se constituíu no Brasil; 2 — Votos e 3.ª Provação; 3 — Observância religiosa; 4 — Obstáculos à perfeição da castidade; 5 — Prática dos Exercícios Espirituais ; 6 — Promulgação das Constituições da Companhia ; 7 — O « Costumeiro » do Brasil . . .   393

CAP. II — **Recrutamento:** 1 — Fontes de recrutamento para a Companhia: Portugal ; 2 — Nascidos no Brasil ; 3 — Estrangeiros e cristãos-novos ; 4 — Irmãos coadjutores ; 5 — Tentações e saídas   424

CAP. III — **O govêrno:** 1 — Criação da Província do Brasil ; 2 — Padres Provinciais: Manuel da Nóbrega (1549 ; 1553-1559) ; 3 — Luiz da Grã (1559-1570) ; 4 — António Pires (1570-1572) ; 5 — Inácio Tolosa (1572-1577) ; 6 — José de Anchieta (1577-1587) ; 7 — Cristóvão de Gouveia, Visitador (1583-1589) ; 8 — Marçal Beliarte (1587-1594) ; 9—Pero Rodrigues (1594-1603) ; 10—Congregações Gerais ; 11 — Congregações Provinciais do Brasil .   455

CAP. IV — **Relações com o Clero e os Prelados:** 1 — Clero regular ; 2 — Clero secular ; 3 — D. Pedro Fernandes Sardinha (1552--1556) ; 4 — D. Pedro Leitão (1559-1573) ; 5 — D. António Barreiros (1576-1600) ; 6 — Bartolomeu Simões Pereira (1578-1602 ou 1603)   505

LIVRO QUINTO

CIÊNCIAS, LETRAS E ARTES

CAP. I — **Actividade cultural:** 1 — Manifestações literárias em geral ; 2 — Epistolografia e documentação ; 3 — As primeiras bibliotecas do Brasil   531

CAP. II — **Fundação da lingüística americana:** 1 — Primeiros monumentos da língua tupi-guarani ; 2 — A Arte de Gramática ; 3 — O primeiro vocabulário tupi ; 4 — O catecismo e a doutrina cristã ; 5 — Curso da língua tupi ; 6 — Os Maromomins e a sua língua.   545

CAP. III — **Contribuição para as ciências médicas e naturais:** 1 — Os Jesuítas e as doenças da terra ; 2 — Cirurgia de urgência ; 3 — Flebotomia ; 4 — Epidemias ; 5 — Assistência domiciliária e hospitalar ; 6 — A Misericórdia do Rio de Janeiro ; 7— Doenças venéreas ; 8 — Tratamento do cancro ? ; 9 — Ciências naturais e farmacologia   569

CAP. IV — **Artífices e artistas:** 1 — Os primeiros passos da indústria no Brasil ; 2 — Pintura ; 3 — Arquitectura   587

CAP. V — **Introdução do teatro no Brasil:** 1 — Primeiras manifestações declamatórias e cénicas ; 2 — Motivos e cenário ; 3 — Cronologia das representações teatrais ; 4 — Prioridade e sentido do teatro jesuítico   599

APÊNDICES

PÁG.

APÊNDICE A — Representação ao Cardial Alberto, Arquiduque de Áustria (1584) 617
» B — Copia da certidão que deu o Vigairo Geral do Brasil em fauor do padre dos Ilheos (1584) 619
» C — Representação de Luís da Fonseca a El-Rei (1585) . . . 620
» D — Lei de 26 de Julho de 1596 sôbre a liberdade dos Índios . 623
» E — Informaçaõ dos Casamentos dos Indios do Pe frco Pinto. . 625
» F — Certidão de baptismo de Anchieta (7 de Abril de 1534) . 627
» G — Certidão por que o Bispo do Brasil certifica o que os Padres da Comp.ª fasem na conversão dos Indios e em outras cousas do serviço de Deus e de El-Rei (1582) . . 629
» H — Estampas e autógrafos 630
» I — A primeira notícia, no Brasil, do I Tômo da « História da Companhia de Jesus no Brasil » 631

ÍNDICE DE NOMES. 635
ÍNDICE DE ESTAMPAS 652
CORRIGENDA 653

Imprimi potest
Olysipone, 25 Februarii 1938.

Paulus Durão S. I.
Praep. Prov. Lusit.

Pode imprimir-se
Pôrto, 30 de Abril de 1938.
† A. A., Bispo do Pôrto.

ÊSTE SEGUNDO TÔMO
DA HISTÓRIA DA COMPANHIA DE JESUS NO BRASIL
ACABOU DE IMPRIMIR-SE
DIA DA EXALTAÇÃO DA SANTA CRUZ
14 DE SETEMBRO DE 1938
NA
TIPOGRAFIA PÔRTO MÉDICO, LIMITADA
PRAÇA DA BATALHA, 12-A — PÔRTO

A presente edição de HISTÓRIA DA COMPANHIA DE JESUS, de Serafim Leite S. L., é o volume nº 201 e 202 da Coleção Reconquista do Brasil (2ª série). Capa Cláudio Martins. Impresso na Líthera Maciel Editora e Gráfica Ltda., à rua Simão Antônio 1.070 - Contagem, para a Editora Itatiaia, à Rua São Geraldo, 67 - Belo Horizonte - MG. No catálogo geral leva o número 00841/0C. ISBN. 85-319-0133-2.